www.RagnarRaimundson.de

Gedruckte Originalausgabe erschien 2012

Erstausgabe als eBook 2015

Copyright © 2012 Ragnar Raimundson

Titelbildgestaltung: Daniela Rutica
www.daniela-rutica.de

Fotograf: Frederik Käshammer
www.frederik-kaeshammer.de

Kartendesign Ragnar Raimundson

Impressum
Ragnar Raimundson
Dennis Kinzebach
Sitz: Bruchstraße 53
67158 Ellerstadt

Ragnar.Raimundson[at]gmx.de

Weitere Werke des Autors
bestellen Sie auf www.ragnarraimundson.de

Das Erbe des Konstantin
Teil 1

Das Erbe des Konstantin
Teil 2

Ragnars Reise - historisches Kinderbuch

4

Ragnar Raimundson

Das Schicksal der Götter

Für

Skífie

Viel Freude wünscht

ᛋᛗᛁᛚᛚᚠ

Vorwort

Liebe Leser, ich freue mich sehr, dass Sie aus dem großen Romanangebot den meinigen gefunden haben.

Im Jahr 2008 wagte ich mich zum ersten Mal an historische Geschichten. Damals wurde das Interesse für die Wikingerzeit in mir entfacht. Es war nur eine kleine Flamme, die innerhalb der letzten Jahre aufloderte und zu einem großen Feuer wurde, welches den Rauch auch heute noch weit in den Himmel wirbeln lässt. Die intensive Recherche in verschiedenen Büchern, der Besuch etlicher Museen, der Austausch mit Reenactmentgruppen, Geschichtsprofessoren und Archäologen haben den geschichtlichen Hintergrund für dieses Buch geliefert. Die leidenschaftliche Geschichte des Helden entspringt meiner Seele.

In diesem Vorwort möchte ich Ihnen zunächst einige sachliche Informationen zukommen lassen.

Drei Jahrhunderte währte die Zeit, in der Männer aus Skandinavien Europa in Unsicherheit stürzten, Dörfer überfielen, Städte eroberten, Handel trieben und Staaten gründeten. Historisch gesehen soll mein Buch einen Überblick über diese dreihundert Jahre geben. In dem nach Kapiteln geordneten Anhang »**Historischer Kommentar**« habe ich mich um Aufklärung der in meine Geschichte eingeflochtenen Ereignisse bemüht. Es ist Ihnen möglich, nach jedem Kapitel die Informationen zu lesen und mehr über die damaligen Begebenheiten zu erfahren. Ich empfehle, diesen Anhang nur für das entsprechende Kapitel zu lesen. Er würde Ihnen sonst zu viel verraten.

Des Weiteren finden Sie eine »**Zeittafel**« mit der korrekten chronologischen Abfolge der in diesem Buch beschriebenen historischen Ereignisse. Hier empfehle ich dringlichst, diesen Anhang erst ganz am Ende einzusehen, da er verrät, wohin die Reise meines Protagonisten gehen wird.

Dem **Inhaltsverzeichnis** entnehmen Sie, neben den Seitenzahlen der Kapitel, auch jene der wunderschönen Sagen und Legenden aus der nordischen Mythologie, die in meinen Roman Einzug gefunden haben und mit folgenden Runen gekennzeichnet sind: ᚠᚢᚼ ᛗᛗᛦ ᛗᛗᛗᚠ (»aus der Edda«). Vielleicht wollen Sie diese Geschichten einmal ohne den Zusammenhang des gesamten Romans erneut lesen.

Zuletzt habe ich mich bemüht, alle Personen meines Buches im Anhang »**Auftretende Persönlichkeiten**« kurz zu beschreiben. Durch die oben schon erwähnte nordische Mythologie erzählt der Roman doch von einigen Gottheiten, Riesen, Zwergen und vielen weiteren. Um nicht durcheinander zu geraten, können Sie hier jeden vorkommenden Namen nachschlagen.

Trotz all dieser Bestrebungen, mein Buch ein wenig lehrreich zu gestalten, galt mein Hauptaugenmerk der spannenden Geschichte des Helden, die frei erfunden ist. Für eine historische Korrektheit kann ich keine Gewähr übernehmen. Im Anhang finden Sie einige Bücher, die ich Ihnen empfehle, falls ich ein tiefergehendes Interesse für die Wikingerzeit bei Ihnen wecken sollte.

Bevor Sie nun eintauchen in die Welt, die ich so sehr lieben lernte, möchte ich noch kurz etwas zu den Orten in diesem Buch erwähnen. Sie sind bis auf wenige Ausnahmen den heutigen Namen angeglichen. Ich persönlich verfolge sehr gerne die Reisen der Helden eines historischen Romans über modernes, digitales Kartenmaterial. Diesem, meinem eigenen Wunsch, bin ich nachgekommen. Auch unterscheide ich für das einfachere Verständnis zwischen Norwegern, Schweden und Dänen, was nicht der damaligen Sicht der Dinge entspricht. Das Konzept eines Großreiches entstand erst sehr viel später.

Trotz dieser vereinfachten Sichtweise habe ich es mir nicht nehmen lassen, eine Karte von Europa anzufertigen, die Sie auf der ersten Seite finden. Sie ist von mir handgezeichnet. Die geografische Ungenauigkeit ist nicht nur meinem Unvermögen zuzusprechen. Ich habe auch hier versucht, mich in die Lage eines Nordmanns zu versetzen. So sind die von Wikingern stark frequentierten Gebiete detailreicher, während gerade der Süden Europas nur umrissen ist. Trotz allem ist diese Karte natürlich weitaus genauer als jene, die zur damaligen Zeit entstehen konnten.

Nun bleibt mir nichts anderes, als Ihnen viel Spaß zu wünschen. Möge Ihnen das Lesen ebenso viel Freude bereiten, wie ich sie beim Schreiben in den letzten Jahren Tag für Tag erfuhr und immer noch erfahre.

Ragnar Raimundson

Inhaltsangabe

Aus der Edda

Geschichten der nordischen Mythologie

Das Schicksal der Götter

Kapitel 1 - Sturmgewalten

Unser Langboot stürzte krachend in ein Wellental. Das Holz knarrte und die Balken drohten zu zerbersten. Durch einen Schleier aus Regen, von Blitzen erhellt, sah ich, wie unser anderes Schiff die scheinbar unüberwindlichen Berge aus tosendem Wasser erklomm, um gleich darauf ebenfalls ächzend ins Tal zu fallen.

Einige Bänke vor mir brach ein Ruder. Holzsplitter flogen gefährlich wie Pfeilspitzen über Deck, trafen mich am Hals, rissen mir die Haut auf. Einem der Männer wurde mit solcher Wucht sein Ruder entrissen und entgegengeschleudert, dass es ihm den Brustkorb zerschmetterte. Er presste seine Hände auf die Wunde, schrie und wälzte sich vor Schmerzen auf den Planken des Schiffes. Sein Blut wurde vom Regen weggespült. Ein Blitz erleuchtete sein schmerzverzerrtes Gesicht, der Donner verschluckte seine Todesschreie, das Wasser zu meinen Füßen färbte sich rot.

Verzweifelt versuchten einige unserer Männer, dem Verletzten zu helfen, andere schöpften das Wasser mit Eimern über Bord, konnten sich dabei kaum auf den Beinen halten und fielen immer wieder auf die Knie, während ich mich bei jedem Ruderschlag mit ganzer Kraft aufbäumte. Ich umfasste den Schaft meines Ruders fester, als sich die Gischt an der Reling brach, mir in die Augen spritzte und die Sicht nahm. Der Sturm zerschlug das Wasser, wie Nadeln grub es sich in meine Haut, meine Lippen waren rau und aufgeplatzt, ich schmeckte Blut, der rotblonde Bart war salzverkrustet und die dunkelblonden Haare klebten mir auf der Stirn.

Mit einem Mal zuckte ein Blitz hell über uns hinweg, der Donner zerriss im selben Augenblick die Luft als hätte Thor seine Faust auf unser Schiff geschmettert. Ich erschrak so sehr, dass ich am ganzen Leib zu zittern begann. Wir kauerten uns auf die Planken, nur Kjell saß noch immer auf seinem Platz vor mir und ruderte. Schrie er im Wahn? Oder lacht er gar? Ich wusste es nicht und letztlich war es auch egal, wir würden ohnehin bald bei Njord, dem Gott des Meeres, speisen, niemand hatte dieser Naturgewalt etwas entgegenzusetzen.

Unser Steuermann widersetzte sich diesem Schicksal und zog sich am Holz seines Steuerruders wieder auf die Beine. »Rudert, ihr Bastarde! Rudert!«

Es ist erstaunlich, welche Kräfte die Todesangst in einem Menschen entfesselt. Als ich mich zurück auf die Ruderbank hinter Kjell setzte, befiehl mich mit einem Mal ein seltsam heiteres Gefühl. Zuerst schrie ich. Ich schrie den Wind an, ich schrie das Wasser an, als könne ich Wind und Wasser so besiegen. Dann aber lachte ich. Nichts konnte mich noch erschüttern. Wer noch atmete, der ruderte und trotzte dem Schrecken dieser Welt, die nur aus Wasser und Salz zu bestehen schien. Die Riemen tauchten ins Wasser, bis ein Wunder geschah, die Götter unseren Mut belohnten und unser Boot, all meinen Erwartungen zum Trotz, doch wieder freigaben.

Mein Name ist Ragnar, Ragnar Raimundson.
Nein, eigentlich ist dies nur der Name des Menschen, in den ich geboren wurde. Die Seele, die ich bin, hat schon viele Körper durchlebt, viele Zeitalter durchwandert, Länder bereist, viel Leid, Tod, Verderben, aber auch Liebe und Schönheit gefunden. All diese Leben scheinen nur den Sinn gehabt zu haben, mich zu diesem einen Menschen zu führen. Ein Körper, der nur eine weitere Hülle darstellte, ein weiteres Leben, das in die Welt geworfen wurde, das ich von Beginn bis zum Ende erfahren sollte. Nach all den Jahren aber, die ich diesen Körper beseelen durfte, begreife ich, dass mich Ragnar Raimundson zur endgültigen Erfüllung meines Schicksals führen sollte. Dabei erschien es am Anbeginn der Zeit, als wäre dieser Mensch für keine Seele und auch für niemanden sonst bestimmt. Nur für die Totengöttin selbst.

Es war kurz nach dem Julfest, der Wintersonnenwende, als bei einer Frau namens Idisi die Wehen einsetzten. Die Hütte war ganz aus Holz gebaut, es roch nach Tannenzweigen und Harz. Der dichte Rauch des wärmenden Feuers brannte in den Lungen der vielen Menschen, die sich versammelt hatten, um ein neues Leben zu begrüßen. Idisi war umringt von ihrem erstgeborenen Sohn Raimund, ihrem Mann Raimund, ihrem Schwiegervater und dessen Frau. Eine Heilerin stand neben Idisi, mischte verschiedene Kräuter zu einem Trank, tauchte ihre Finger hinein, tupfte die Flüssigkeit auf die Stirn und auf die Lippen der werdenden

Mutter und sprach mit beruhigender Stimme auf die Gebärende ein: »Es wird alles gut. Ruhig und entspannt atmen, ruhig und entspannt atmen.« Für Idisi wurden die Wehen jedoch so unerträglich, dass sie diese Worte nicht wahrzunehmen schien. Sie schrie mit weit geöffnetem Mund ihre Schmerzen heraus, schnappte nach Luft, nur um die neugewonnene Stärke wieder in einen Schrei zu legen, der wie ein Blitz durch den Nachthimmel zuckte.

»Sammle deine Kräfte!«, sagte die Heilerin. »Sammle sie! Gebäre das Kind.«

Idisi hörte auf die Frau, legte all ihre Kraft in den Unterleib, krallte sich dabei in die Felle und in die Hand ihres Mannes, der zitternd neben ihr stand. Ihre Fingernägel bohrten sich durch die wettergegerbte Haut seines Unterarms. Er musste Schmerzen erleiden, spüren schien er sie nicht. Zu besorgt war er um das Leben seiner Frau. Zu lächerlich erschien ihm die Pein, die er im Vergleich zu Idisi ertrug. Im Gegenteil. Er wollte mehr Schmerzen, er wollte diese Bürde von seiner geliebten Frau nehmen, konnte nicht ertragen, dass nur sie allein all diese Qualen erlitt. Die Heilerin ging nun zwischen die Beine Idisis, spreizte sie weiter auseinander und wiederholte ihre Worte. »Sammle deine Kräfte!«, rief sie. »Gebäre das Kind!« Endlich, mit Idisis erneuter Anstrengung, war ein Köpfchen zu sehen, das sich aus ihrem Leib schob. Der Vater des Kindes bekam große Augen, beugte sich vor, um besser sehen zu können, ohne jedoch die Hand seiner Frau loszulassen, die sich immer noch tief in seine Haut grub. Nur langsam, viel zu langsam drückte sich der Säugling ans Licht. Mit seinem enormen Widerstand saugte das Kind die Lebenskraft aus seiner eigenen Mutter heraus, bis diese den Anstrengungen hätte erliegen müssen. Die Frau aber war willensstark, entwickelte eine ungeheure Ausdauer, die es ihr ermöglichte, das Kind zur Welt zu bringen und sich dabei auch selbst am Leben zu erhalten. Aber was war das? Die Nabelschnur hatte sich um den Hals des Kindes gelegt. Bleich wie Milch war das Gesicht, leblos und schlaff erschien der winzige Körper. Alle waren erschüttert, als sie den atemlosen, blutverschmierten Säugling sahen. Idisi weinte. Ihr Mann schrie vor Zorn, bis auch ihm Tränen der Trauer über die Wangen liefen. Er hatte einen Sohn bekommen und sogleich verloren. Der Körper dieses Kindes war viel zu schwach, als dass eine Seele in ihn fahren wollte, um ihm Leben einzuhauchen. Ich selbst wehte zu diesem Zeitpunkt mit dem Winde in die Hütte, spielte bei diesem traurigen Anblick mit dem Haar der Mutter, wollte diese Glücklosigkeit vertreiben, vermochte es nicht, wollte gehen, bis ich plötzlich einen Lichtschein wahrnahm. Das Kind leuchtete. Keine andere Seele nahm es wahr, nur ich sah es. Das Licht wurde kräftiger und fing an, mich pulsierend zu blenden. Das Kind erschien mir plötzlich so stark wie die Götter selbst und so fügte ich mich dem Schicksal, denn es war mir vorherbestimmt, dass ich dieses Kind mit Leben füllen sollte. Ich flog durch den Mund des Knaben in den kleinen Körper, durchströmte ihn mit der Essenz des Seins, zwang ihn dazu, mit einem einzigen, allerersten Atemzug, das Leben in sich aufzusaugen. Nein, nicht in sich. Ich selbst atmete nun die mit Rauch verhangene Luft, die durch meine Adern strömte und mich so in die Welt der Menschen zurückholte. Von diesem Moment an war ich Ragnar, der Sohn Raimunds, dessen Vater ebenfalls Raimund hieß.

Dies war die Geburtsstunde meines neuen Lebens. Ich holte tief Luft und ließ damit alle um mich herum erstarren. Alle Augen waren auf mich gerichtet, als sich meine Lunge füllte, als sich mein Brustkorb hob, als ich den Mund weit aufsperrte, um einen lauten Schrei von mir zu geben, der meinem Vater durch Mark und Bein gehen musste. Wie es in dem Sein eines Menschen nun mal so ist, vergaß ich mit diesem Beginn des neuen Lebens, dass meine uralte Seele jemals einen anderen Körper durchlebt hatte. Wieder würde ich ein neues Leben bis zum Tod durchwandern, bis ich mit dem letzten Atemzug aus dem Körper entweiche, meine Erinnerungen zurückkehren und ich mich weiter auf die Suche nach dem Schicksal begeben würde. Dieser Mensch aber war mein Schicksal. Nein, er war nicht nur mein Schicksal, er war unser aller Schicksal. Zu diesem Zeitpunkt aber wusste ich nichts davon.

Ich schlug meine Augen auf und blickte in die meines Vaters. Er schaute überrascht, wusste nicht, ob es wahr sein sollte, schließlich aber begriff er und nahm mich auf den Arm, noch während Idisi die Nabelschnur durchtrennte. Die Tränen meiner Mutter wurden zu Freudentränen. Niemand konnte glauben, dass ich zum Leben erwacht war. Die Nachricht darüber verbreitete sich schnell im ganzen Dorf, woraufhin ein großes Fest vorbereitet wurde. Schon am Abend saßen die Menschen beisammen, aßen und betranken sich mit meinem Vater, der mit jedem Becher Bier häufiger die Geschichte meiner Geburt erzählte. So verbreitete sich dieses Wunder bald im ganzen Land. Zumindest behaupteten meine Eltern das stets, wenn sie mir später davon berichteten.

Ein Kind der Götter sei ich, der Sohn Odins.

Ich kann mich daran natürlich nicht mehr erinnern, bekam die Geschichte nur erzählt, als würde sie nicht von mir selbst handeln.

Wir lebten damals in einem kleinen Dorf an der Ostsee, nur zwei Tagesritte von den Ländereien entfernt, deren Bewohner sich als Norweger bezeichneten. Mein Vater war der Anführer, der Jarl, unserer Gemeinschaft. Wir wohnten mit elf anderen Familien in Frieden vom Fischfang, der Jagd, dem Anbau von Getreide und Rüben.

So beteten wir vorwiegend zu Thor der uns mit seinem Hammer Mjölnir vor den Riesen beschützte, die stets versuchten, unsere Ernte durch ihre Naturgewalt zu verderben. Einige von uns trugen seit geraumer Zeit ein Hammeramulett um den Hals, wobei sich die meisten aber vor allem darauf verließen, dem Gott zu opfern und Mut zu beweisen, um ihm zu gefallen.

Für diesen Kult bedankte sich Thor, indem er in zahlreichen Gewittern gegen die Riesen kämpfte. In diesen Jahren gelang es dem Donnergott meist, das Böse zu besiegen, lediglich ein geringer Teil unseres Getreides verdarb. Diesen Verlust glichen wir mit Fisch und Wild aus.

Es war an einem dieser Tage, an dem Thor mit seinem Wagen über die Wolken fuhr und damit das Grollen verursachte, das wir Donner nennen, und an dem er seinen Hammer gegen die Riesen schleuderte, wodurch er die Blitze erzeugte, als ich ein eigenes Hammeramulett bekommen sollte.

Ich stand in der Tür unseres Hauses, in dessen Mitte sich ein riesiger Eichenstamm befand, der das Dach aus Birkenrinde und Torf stützte. Es war mein fünfter Geburtstag und ich war gebannt von dem Naturschauspiel, das sich am Himmel ereignete. Es regnete in Strömen, große, schlammige Pfützen bildeten sich vor der Tür, der schwache Schein unseres Feuers spiegelte sich flackernd im dreckigen Wasser.

Mein Großvater trat hinter mich und streichelte mir mit seiner sehnigen Hand über meinen Schopf. Ich drehte mich um, sah seine Gestalt, die immer noch Kraft ausstrahlte, obwohl er mittlerweile grau und alt geworden war. Mit den hellblauen Augen unserer Familie schaute er mich aus einem faltigen Gesicht an. »Ich habe etwas für dich, mein Kind.« Er hielt seine andere Hand hinter seinem Rücken versteckt, holte sie jetzt hervor und öffnete sie langsam. Darin lag ein aus Holz geschnitzter, kleiner Hammer, das Zeichen Thors.

»Ich wanderte hierfür in den Eschenhain und schnitzte dir aus einem Ast der größten Esche dieses Amulett. Dann fing ich einen Hasen und badete den Hammer in dessen Blut. Genauso, wie es mein Großvater damals für mich tat. Das Band, an dem der Hammer hängt, ist aus Pferdehaar gedreht. Möge Thor dein Schicksal zum Guten beeinflussen, wie er es in meinem Leben so oft vermochte.«

Die Schnitzerei war sehr schlicht, doch mir erschien sie als etwas ganz Besonderes. Rot gefärbt vom Blut, strahlte sie im Licht der zuckenden Flammen und erschien mir lebendig zu sein, als würde die Seele des Hasen in ihm wohnen. Ich streckte meine Hand aus und berührte voller Ehrfurcht das Amulett, während kein Wort über meine Lippen kam, so überwältigt war ich in diesem besonderen Moment. Mein Großvater legte mir Thors Hammer um den Hals, wo er sehr lang hängen sollte.

»Ich möchte dir nun etwas erzählen.« Er sah mich eindringlich an. »Weißt du denn, wie unsere Welt entstanden ist?« Ich schüttelte den Kopf. »Dann hör mir genau zu«, sagte er und sprach:

ᚠᚢᚻ ᛗᛗᚱ ᛗᛇᛗᚠ »Am Anbeginn der Welt, lange bevor die Menschen lebten, gab es nur das Ginnungagap. Das große Nichts, das zwischen dem Eis von Niflheim im Norden und dem Feuer Muspelheims im Süden lag. In der Mitte trafen sich die Flammen des Südens mit dem gefrorenen Wasser des Nordens und bildeten einen Riesen, der Ymir hieß. Unter den Achseln dieses Geschöpfes entstanden viele weitere stinkende Riesen. Sie bedeckten bald den ganzen Körper des Urriesen Ymir, so wie der Schweiß einen Mann bedeckt.

Ymir ernährte sich von der Milch einer Kuh, die Audumla hieß und ihm die Kraft bereitstellte, um all die kleineren Riesen zu gebären. Die Kuh wiederum leckte das gefrorene Wasser aus Niflheim. Bald erschien unter dem Eis ein Mann, der Buri hieß. Buri zeugte einen Sohn namens Bur, welcher mit einer Riesin drei Söhne bekam: Odin, Wili und We. Während der Riese Ymir nur Chaos und Zerstörung hervorbrachte, waren die

Körper und Seelen dieser drei Brüder im absoluten Gleichgewicht. Unendliche Kraft und Schönheit ging mit einem durchdringenden, schöpferischen Geist einher. Sie nannten sich fortan Götter. Sie töteten Ymir und ertränkten in seinem Blut all die bösen Riesen. Alle bis auf einen Mann und eine Frau, die sich retten konnten und das heute bekannte Geschlecht der Riesen zeugten.

Aus dem Körper Ymirs schufen Odin, Wili und We einen Baum, den sie Yggdrasil nannten. Am Fuße dieses Baumes entstand unsere Welt. Aus dem Schädel Ymirs wurde der Himmel. Die Wolken formten die Götter aus dem Gehirn des Riesen. Das Meer aus seinem Blut. Die Steine aus seinen Knochen und die Pflanzen aus seinem Haar. Die so erschaffene Welt nannten sie Midgard, welches die Welt der Menschen werden sollte.

Über all dem, in der Krone des Baumes Yggdrasil, errichteten die Götter ihr eigenes Reich: Asgard. Von dort aus erschufen sie den ersten Menschen. Sie schnitzten ihn aus dem Holz einer Esche, hauchten ihm eine Seele ein, setzten ihn nach Midgard und nannten ihn Askr. Von ihm stammen wir ab. Sowohl du als auch ich.

Unter Midgard ist das Reich der Toten, das von Hel, der Totengöttin, beherrscht wird.

Weit entfernt, jenseits unseres Weltenmeeres, liegt Utgard. Der Ort, an dem die Riesen hausen. Utgard zeigt sich mit einer öden und kargen Landschaft, in der keine Pflanzen wachsen können. Dies ist der Grund, warum die Riesen nach unserer Welt trachten und unsere Ernte vernichten wollen. Die Götter aber beschützen uns. Allen voran Odin, der König der Götter und seine Söhne Thor, Tyr, der Gott des Krieges, und Baldur, der Gott des neuen Lichtes. Auch Freyr, der Gott der Fruchtbarkeit und seine Schwester Freya, die Göttin der Liebe, halten ihre schützenden Hände über uns. Solange diese uns wohlgesonnen sind, sind wir sicher. Solange der Gott des Feuers, Loki, seine wärmenden Strahlen zu uns schickt und nicht seine zerstörerische Kraft entfaltet, sind wir sicher. So trage dieses Amulett mit Ehrfurcht und Stolz, damit Thor auch dich beschützen möge.«

ᚠᚢᚺ ᛗᛗᚱ ᛗᚹᛗᚠ

Mein Großvater blickte mir tief in die Augen. »Merke dir diese Geschichte gut. Du bist ein Geschöpf der Götter. Wie deine Schöpfer soll dein Geist rein und ehrenvoll sein.« Er schaute mich eine Weile eindringlich an, dann lachte er, streichelte mir über den Kopf und zerzauste mir die Haare. »Jetzt gehe zu deiner Mutter. Sie hat sicher noch andere Gaben für dich.«

Zehn Tage später, das schlechte Wetter war längst vergessen, starb mein Großvater.

Es geschah auf meiner ersten Jagd. Die Krieger des Dorfes ritten, mit Speeren und Jagdbogen bewaffnet, voran.

Seit meiner Geburt machte mir mein fünf Jahre älterer Bruder das Leben schwer, so auch an diesem Tag, als er hasserfüllt zu mir schaute und mich grundlos anspuckte. Ich schrie laut, als hätte mich ein Pfeil durchbohrt, doch mein Vater machte nur eine abwertende Handbewegung, womit er uns bedeutete, still zu sein, ohne auch nur einen Blick in unserer Richtung zu werfen. Er hatte nie ein Gespür dafür, einen Streit frühzeitig zu erkennen und im Keim zu ersticken, eher fühlte sich mein Bruder dadurch berufen, mit den Neckereien weiter zu machen.

Ich versuchte, Abstand zwischen meinen Bruder und mich zu bekommen, indem ich mich zurückfallen ließ. Die Männer ließen ihre Blicke auf der Suche nach Wild umherschweifen und sahen nicht, dass mein Bruder einen dicken Ast von einem morschen Baum brach, um mich damit zu schlagen. Weiter wollte ich einem Streit aus dem Weg gehen, doch er verlor nicht die Freude und zielte immer wieder nach mir. Ich habe nie erfahren, warum, aber mit einem Mal schlug er nicht mich, sondern mein kleines Pferd. Das Tier scheute und stieg mit den Vorderläufen so abrupt in die Höhe stieg, dass ich mich nicht im Sattel halten konnte und zu Boden fiel, ohne mich richtig mit den Händen abfangen zu können. Genau in diesem Augenblick, als ich meinen Kopf benommen hob, erspähte ich die beiden Wildschweine. Es war Paarungszeit. Der Keiler versuchte, seinen Kopf auf den Rücken der Bache zu legen, während sich die Bache wiederum wehrte, den Keiler damit aber weiter ansporntе, wodurch beide, nur mit sich selbst beschäftigt, direkt auf mich zukamen. Als sie uns schließlich sahen, war es für eine Flucht zu spät. Der Keiler muss mich, da ich noch immer auf dem Waldboden lag, als schwächstes Glied der Bedrohung erkannt haben und griff an. Ich schaute ihm voll Schrecken direkt in die kleinen Augen, unfähig mich zu bewegen. Seine Eckzähne waren größer als der Daumen eines Mannes. Ich fürchtete mich so sehr vor diesen Hauern, dass ich ängstlich zurückkroch.

Mein Großvater reagierte trotz seines hohen Alters am schnellsten. Vielleicht war es seine besondere Zuneigung zu mir oder seine Weisheit, die ihn die Gefahr sofort erkennen ließ. Eingeklemmt zwischen den Pferden der anderen Männer, dadurch unfähig seines zu wenden, stand er hastig auf und sprang vom Rücken seines schwarzen Hengstes. Er eilte auf mich zu, hob den Speer und warf ihn gegen den Keiler. Die Waffe aus Eichenholz verfehlte ihr Ziel, trotzdem war für mich die Gefahr gebannt, denn das Wildschwein, nun in dem alten Mann eine akute Bedrohung ahnend, wechselte seine Richtung. Als es an mir vorbei sprang, erschien es mir wie ein Riese. Hastig griff ich nach dem Hammeramulett, betete, dass mir Thor helfen möge, hörte meinen Vater schreien, sah, wie er sein Pferd wendete, mit erhobenem Speer auf uns zuritt und seine tödliche Waffe schleuderte, so dass sie zischend durch die Luft schnitt und sich mit einem lauten, dumpfen Knall in den Körper des Wildschweins bohrte. Doch es war zu spät. Das Tier hatte meinen Großvater bereits zu Fall gebracht, seine Hauer tief in den Hals Raimunds des Älteren geschlagen. Blut lief aus der klaffenden Wunde unter dessen Kinn hervor.

Der Keiler brach tot über dem alten Mann zusammen und presste ihm mit seinem Gewicht den Atem aus der Lunge.

Ich sah all das, als wäre die Zeit um mich herum zum Stillstand gekommen. Alles andere war wie im dichten Nebel verschleiert. Benommen nahm ich wahr, wie mein Vater vom Pferd sprang, wie er verzweifelt versuchte, das tote Tier von dem schlaffen Körper zu rollen und wie auch die anderen Männer zu Hilfe eilten. Mit Tränen in den Augen kroch ich langsam auf das Geschehen zu, weinte, schluchzte, schüttelte den Leichnam, trommelte auf seiner Brust herum, bis mich mein Vater an der Schulter packte und mich zurückzog, während er mit zusammengepressten Lippen den Kopf schüttelte. Tränen ließen meine Sicht verschwimmen, als ich nach oben blickte und meinen Schmerz in den Himmel hinausschrie.

Verzweifelt suchte ich nach Hilfe. Irgendjemand musste etwas unternehmen. Wo war Thor, der uns vor dem Bösen beschützen sollte? Mein

Blick fiel mit einem Mal auf meinen Bruder, der emotionslos auf mich und unseren Großvater herabstarrte. Er hatte meinem Großvater nie so nahegestanden, dieser Blick aber regte etwas in mir. Ich wusste nicht, was es war, ich kannte das Gefühl bis zu diesem Zeitpunkt nicht, heute weiß ich es sicher: Hass. Es war Hass, den ich empfand. Mein ganzer Schmerz wandelte sich in Abneigung, die mich schreiend auf meinen Bruder stürzen ließ, bis mich mein Vater am Arm festhielt, mich ansah und erneut stumm den Kopf schüttelte. Ich gehorchte, weinte nur noch und sah dabei zu, wie der Leichnam meines Großvaters befreit und über den Rücken seines Pferdes gelegt wurde.

Bei unserer Heimkehr sprach sich der Unfall schnell herum. Das ganze Dorf war bestürzt, war Raimund der Ältere doch lange der Jarl gewesen, bevor sein Sohn diese Rolle übernommen hatte. Trauer verbreitete sich.

Bereits am selben Tag schichteten wir Holz zu einem riesigen Scheiterhaufen und betteten den ehemaligen Jarl darauf. Seine Axt, ein Speer und einige andere Dinge wurden ihm beigegeben, bis das Holz mit einer Fackel in Brand gesteckt wurde. Als sich das Feuer langsam verbreitete, bald den gesamten Scheiterhaufen mit roten Flammen umschloss, legte mein Vater den Kopf in den Nacken und schrie in den Abendhimmel: »Oooodiiiin. Nimm ihn zu dir! Oooodiiiin, nimm ihn zu dir!« Das waren seine ersten Worte nach dem tragischen Ereignis. In seiner Stimme erkannte ich seine Bestürzung, seine Trauer, die er nie offen zeigte.

Ich schaute auf das Gesicht des Toten, werde nie vergessen, wie ich ein letztes Mal den Blick auf meinen geliebten Großvater richtete, der langsam von den Flammen verzehrt wurde. Das Feuer schlug hoch, der Rauch musste über das ganze Land zu sehen gewesen sein.

Mein Vater trat neben mich und legte eine Hand auf meine Schulter. »Wenn sich ihr Schicksal erfüllt hat, steigt die Seele deines Großvaters mit dem Rauch als Einherier nach Walhalla, die große Halle Odins«, erklärte er mir.

»Was ist ein Einherier?«, wollte ich wissen.

»Wenn ein Mann in Walhalla einzieht, nennen wir ihn Einherier. Dort wird er mit seinen Ahnen, seinen toten Feinden sowie Freunden trinken und essen. Jeden Tag wird er mit ihnen lachen, aber vor allem den Kampf üben und sich für die letzte Schlacht, die Götterdämmerung, vorbereiten, in der wir alle vereint gegen die Mächte der Finsternis in den Krieg ziehen werden. Wenn wir tapfer sterben, werden auch wir eines Tages an seiner Seite sein.«

»Was wird passieren, wenn sich das Schicksal nicht erfüllt?«, fragte ich.

»Dann wird uns die Seele deines Großvaters oft besuchen. Sie wird mit dem Seelenheer Odins über die Länder streifen, bis sie wiedergeboren wird. Wenn der Wind über unsere Felder weht, dann ist es vielleicht dein Großvater, der mit den Ähren spielt. Wenn der Wind über deinen Scheitel streift, dann ist es dein Großvater, der mit deinen Haaren spielt.«

Ich schaute in den Himmel, sah, wie sich die Bäume im Wind wiegten, schloss die Augen, spürte die Seele des Verstorbenen, wie sie mich umkreiste, meine Haut streichelte.

All dies lag fünfzehn Jahre zurück, als ich auf dem Schiff wieder erwachte. Ich war über mein Ruder gebeugt, hielt meine Augen aber noch geschlossen, wollte nicht wahrhaben, was geschehen war. Jeder Knochen schmerzte. Das Boot schaukelte seicht in den Wellen der ruhigen See und die Sonne blendete mich, als ich schließlich doch die Augen öffnete, mein erster Blick auf die Planken fiel. Rötlich gefärbtes Wasser, gemischt mit Erbrochenem schwappte um meine Füße, meine Haut war weiß, fast schon durchsichtig, meine Hände, schwielig und voller Blasen. Ich war so erschöpft, dass ich mich wieder ins Reich der Träume wünschte und gar nicht darüber nachdenken wollte, was geschehen war und in welcher Situation wir uns jetzt befanden. Anstatt das Grauen auf Deck zu betrachten, das Ausmaß des Sturms zu erkennen, nahm ich einen Holzsplitter und stach mir eine der Blasen auf, woraufhin die Flüssigkeit in kleinen Tropfen über meine Hand lief und dunkle, feuchte Streifen auf der trockenen Haut hinterließ, wie der erste Tropfen des Regens, der einen Stein färbt. Ich bemerkte, wie der gerade erwachte Kjell mir wortlos dabei zusah und schaute ihn an, unfähig etwas zu sagen. Jetzt erst blickte ich mich um und stellte mich der Wirklichkeit. Die Männer schliefen zusammengesunken auf ihren Ruderbänken, Planken waren gebrochen, Ruder zerborsten.

Kjell folgte meinem Blick. »Nur Halvardr überlebte nicht. Die Götter müssen uns lieben!«, sagte er mit erschöpfter Stimme. Trotzdem lachte er, als er mich ansah: »Dich lieben sie am allermeisten. Du Mistkerl über-lebst wirklich alles!«

Ich schmunzelte. Den Beleidigungen zwischen uns wohnte keinerlei Boshaftigkeit inne. Im Gegenteil, wir lachten darüber, erfanden immer neue Verspottungen, die mehr unsere Einigkeit stärkten, als dass irgend-ein Ernst darin lag. In diesem Augenblick jedoch war ich zu erschöpft, um etwas zu erwidern. Tatsächlich waren all unsere Männer am Leben geblieben, nur Halvadr war im flachen Wasser auf den Planken ertrun-ken oder verblutet, ich wusste es nicht, sah aber die tiefe Wunde an der Brust und auch am Hals.

Kjell hob das zerbrochene Ruder von seinen Beinen, stand auf und klopf-te mir auf die Schulter, bevor er nach Steuerbord watete, um aufs Meer hinauszuspähen. »Zwei Schiffe. Ich sehe nur zwei Schiffe«, rief er mir zu. Ich erhob mich ebenfalls, wich aber Ingvarr aus, der an mir vorbei zu Kjell stapfte. »Welche Schiffe fehlen?«, rief er. Ingvarr war unser Jarl und das äußerte sich nicht nur durch sein selbstbewusstes Auftreten, sondern auch durch den Ringpanzer, mit dem er gerüstet war, der aus vielen kleinen, ineinander verflochtenen Eisenringen bestand, im Frankenland hergestellt worden und ein Zeichen des Reichtums war, den sich Ingvarr erbeutet hatte. Niemand von uns anderen konnte sich solch einen Schutz leisten. Ingvarrs schwere Kriegsaxt hing auf seinem Rücken. Ohne diese Waffe sah man ihn selten, immer war er zum Kampf bereit, selbst wenn wir tagelang auf offener See waren. »Damit ich nicht schwach werde, damit mein Körper gewohnt ist, die schwere Rüstung am Leib tragen zu müssen. Es gibt nichts schlimmeres, als in einer Schlacht zu stehen und erst dann zu merken, dass man schwächlich ist. Dann ist es zu spät. Wenn dich dein Ringpanzer zu Boden zieht und du nur langsam auf die Finten deines Gegners reagieren kannst, wenn du deine Waffe nicht mehr präzise schwingen kannst, dann Ragnar«, hatte er mir eines Tages erklärt, »dann wirst du ausgeweidet wie ein Schwein. Niemand wird mehr nach dir fragen. Du wirst keinen Ruhm ernten. Nur der Ruhm eines Mannes währt ewig.«

Er war ein Abenteurer, unser Jarl und Vorbild. Wir folgten ihm überall hin.

Vor einigen Tagen waren wir von zu Hause aufgebrochen. Unsere Hei-mat bestand damals aus vielen kleinen Dörfern, die von Jarls angeführt wurden, die sich häufig sogar Könige nannten. Könige von Dörfern mit einigen Feldern.

Wir sprachen alle eine Sprache, verehrten dieselben Götter, dennoch bekämpften wir uns häufig gegenseitig und raubten einander aus. Obwohl Ingvarr durch die Raubzüge in unserem Land zu Reichtum und Einfluss gekommen war, wollte er mehr. Von Händlern hatten wir von fernen Ländern gehört. Die reichen Christen sollten so genannte Klöster haben, die ungeschützt waren und damit unsere Neugierde geweckt hatten. Ingvarr wollte diese fernen Länder entdecken und durch leichte Beute noch wohlhabender werden. Unser Vorhaben war riskant. Bisher tastete man sich mit Schiffen nur an den Küsten entlang, niemand traute sich auf die offene, stürmische See hinaus.

Daher hatte Ingvarr die Unterstützung andere Häuptlinge gesucht und Boten zu benachbarten Dörfern geschickt. Drei waren seinem Ruf gefolgt und hatten sich uns angeschlossen. Zwei kannte ich gut, ihre Dörfer waren unbedeutend und sie folgten uns nur mit jeweils einem kleinen Schiff und wenigen Männern. Der dritte dagegen war ein bedeutender Jarl namens Halmgar der Riese. Ich hatte ihn bisher noch nicht kennengelernt, da er aus Dänemark stammte und erst vor kurzer Zeit auf einer Insel weit nördlich unseres Dorfes eine Siedlung gegründet hatte. Ingvarr hatte auf Halmgars Hilfe gehofft und dieser Wunsch war in Erfüllung gegangen. Halmgar war ebenso wie wir mit zwei vollbesetzten Langbooten gekommen. Uns vereinten die Abenteuerlust, die Gier nach Silber und die Furchtlosigkeit.

Insgesamt waren wir mit sechs Schiffen und über zweihundert Mann auf die offene See gesegelt, bis wir in den Sturm geraten waren.

Ich erkannte Ingvarrs sorgenvolle Miene, als er sich seinen Helm aufzog und versuchte, sein schwarzes Haar zu bändigen, das trotz allem unter dem Schutz hervorwallte. Der Helm war oben mit einem dicken Streifen Stahl verstärkt, der sich von der Stirn bis zum Hinterkopf zog. Der Nacken des Helmes war nur wenig länger als die Stücke an den Seiten, vorne schützte eine Stahlplatte mit münzgroßen Aussparungen die Augen und den Nasenrücken. Verziert wurde der ganze Helm mit eingravierten Linien. Mit Sand glänzend gescheuert, blendete er mich durch die reflektierende Sonne. Ingvarr besaß einen Helm, wie ihn sich nur ein Kriegsherr leisten konnte. Er trug auch dieses kostbare Rüstungsteil die meiste Zeit, damit seine Sinne trainiert und das eingeschränkte Sichtfeld ausgeglichen wird, hatte er mir einmal gesagt.

Ich erwartete ganz selbstverständlich, dass Ingvarr auch mit unserer neuen Situation umgehen konnte und uns den richtigen Weg weisen würde. Die meisten Männer waren nun erwacht und schauten unseren Anführer an, bereit, seine Befehle auszuführen. Auch mein Bruder war unter ihnen und quälte sich gerade unter einem zerbrochenen Ruder hervor, ließ seinen Blick über das Meer schweifen, schaute dann für einen kurzen Moment auf den toten Halvadr und suchte anschließend mich. Nicht, weil er sich Sorgen machte, mir könne etwas zugestoßen sein. Im Gegenteil, ich sah die Enttäuschung, mich noch lebendig an der Reling stehen zu sehen. Die blonden Haare hingen ihm bis auf die Schulter. Seine Hakennase war mehrfach gebrochen, stand dadurch mit einem Knick in der Mitte schräg nach links. Die Haut war wettergegerbt und vernarbt. Anstelle seiner rechten Augenbraue klaffte eine große ovale Brandnarbe, die sich vom Auge aus bis über die Wange zog. Noch bevor der Zorn in mir hochkochte, wandte ich mich ab.

Kjell fasste mich an der Schulter. »Lasst eure Streitigkeiten ruhen, wir haben andere Schwierigkeiten.«

»Ich kann in seinem Gesicht lesen, wie enttäuscht er ist, mich lebend zu sehen.«

Kjell antwortete nicht darauf, er war es gewohnt, dass wir uns immerzu angifteten und versuchte, sich bestmöglich aus diesem nie enden wollenden Streit herauszuhalten, was nicht immer gelang. »Kümmern wir uns lieber um wichtigere Dinge«, sagte er und nickte in die Richtung des herangeruderten Schiffes, das etwa fünfundzwanzig Schritt lang war und Platz für dreißig Ruderer bot. Der etwa zwölf Schritt hohe Mast in der Mitte ermöglichte es bei gehisstem Segel und gutem Wind, auch ohne Riemen schnell voran zu kommen. Wir steuerten unsere Schiffe mit einem massiven Ruder, das hinten rechts, also Steuerbord, angebracht war.

Unser Boot war mit fünfunddreißig Schritt das längste. Wir liebten unsere Boote wie unsere Frauen, also gaben wir ihnen Namen. Das unsrige hieß Wellenpferd.

»Welche Schiffe fielen dem Sturm zum Opfer?«, schrie Ingvarr ein weiteres Mal, als er an unsere Seite trat.

Ein massiger Mann trat an die Reling, woraufhin Kjell mir zuflüsterte: »Das ist Halmgar.«

Ich nickte nur.

»Wir sahen die Wasserschlange untergehen!«, antwortete Halmgar, die Hände wie einen Trichter an seinen Mund gelegt.

Ingvarr brummte. Die Wasserschlange war das zweite Schiff unseres Dorfes und auf ihr waren mehr Männer gewesen als auf allen anderen.

»Auch die beiden Boote eures Nachbardorfes«, schrie Halmgar weiter.

Man hätte Gleichgültigkeit im Gesicht Ingvarrs lesen können, jeder, der ihn kannte wusste aber, dass er nachdenklich wurde.

»Ich will mit Euch reden«, rief er Halmgar zu und forderte ihn damit auf, noch näher heranzukommen, eine Bitte, der schnell Folge geleistet wurde.

Wir warfen Seile auf das andere Boot, die von unserem Gegenüber gefangen wurden und mit deren Hilfe wir die Schiffe Reling an Reling ziehen konnten. Während sich Halmgar mit Ingvarr unterhielt, redeten wir mit den Männern des anderen Schiffes, tauschten neben den Erlebnissen während des Sturms auch Ruder und Nahrungsmittelvorräte aus, damit wir gleichermaßen notdürftig bestückt waren.

Halmgar war ein Mann riesiger Gestalt, ein wahrer Hüne, einen Kopf größer als Ingvarr, obwohl Ingvarr schon ein gutes Stück größer als ich und die meisten seiner Männer war. Noch dazu war Halmgar breit wie ein Bär, den dicken Bauch, konnte man nicht übersehen und auch sonst sah man, dass er gerne aß, trotzdem musste er Bärenkräfte besitzen. Über den massigen Leib trug er einen Ringpanzer, der aus doppelt so vielen Ringen bestehen musste wie der von Ingvarr. Die lange, dunkelbraune und zottelige Mähne machte seine furchteinflößende Gestalt vollkommen. Ich sah ihn zum ersten Mal, denn bei unserer Abreise hatte er sich uns mit seinem Schiff auf See angeschlossen, so dass sich noch keine Gelegenheit für mich ergeben hatte, ihn aus der Nähe zu betrachten. »Bei den Göttern«, flüsterte ich Kjell zu, »gegen diesen Mann möchte ich nicht kämpfen.«

»Jetzt verstehst du, wie er zu seinem Beinamen kam.«

Ich nickte wortlos. Wir gingen nach getaner Arbeit in den hinteren Teil des Schiffes, schöpften ein wenig Wasser, wollten aber vor allem ungestört beobachten.

»Er stammt ursprünglich aus Dänemark«, sagte Kjell, »war dann vor einiger Zeit mit seinen Männern nach Norwegen gekommen, weil er die christlichen Missionare in seiner Heimat nicht mehr länger ertragen konnte. Unter seinem dicken Bauch verbirgt sich ein muskelbepackter Koloss, der es mit einem Bären an Kraft und Stärke aufnehmen kann.«

»Welche Bedeutung haben die Figuren an seinem Ringpanzer? Sehe ich recht? Ist das ein kleines, christliches Kreuz?« Um den Saum seiner Rüstung waren Hammeramulette und verschiedene andere Dinge zu sehen. Das meiste aus Holz, einiges aber auch aus Messing oder Eisen.

»Er sammelt die Ketten von den Hälsen seiner Feinde, die er erschlägt. Das christliche Kreuz ist von einem Priester, der eines Tages in sein Dorf in Dänemark kam, um alle zum christlichen Glauben zu bekehren. Der Priester stellte sich auf ein Fass in der Dorfmitte und fing ohne Unterlass an zu reden. Viele Dorfbewohner waren neugierig und hörten ihm zu, bis der Priester einen nach dem anderen aufforderte, vorzutreten und sich im Bach waschen zu lassen. Taufe nannte er es. Als er versprach, dass jeder das weiße Hemd, welches man während dieser Taufe anhaben sollte, behalten dürfe, erklärten sich einige dazu bereit. Er führte gerade einen Mann in den Bach, als sich Halmgar wutentbrannt durch die zuschauende Menge wühlte. Er schnaubte wie ein Ochse, war rot angelaufen vor Zorn. Schweiß stand auf seiner Stirn. Er watete durch das Wasser, nahm den Priester an den Haaren, warf ihn an Land, trat und spuckte nach ihm. Der Priester wand sich wimmernd unter den Tritten. Es schien, als wollte Halmgar den Mann mit seinen Füßen zu Tode malträtieren. Dann aber nahm er einen herumliegenden dicken Ast. Er hatte seine Axt bei sich, doch aus irgendeinem Grund beschloss er wohl, dass der Priester es nicht wert war, durch seine Klinge zu sterben. Er nahm das Holz, hob es mit beiden Händen über den Kopf, schrie, dass ihm der Geifer aus dem Rachen spritzte, seine Augen hervortraten und ließ den Ast auf den Priester niederfahren. Die Wucht war so gewaltig, dass schon der erste Schlag das Gesicht des Mannes zerschmetterte. Er war sofort tot. Das hinderte Halmgar allerdings nicht, noch einige Male zuzuschlagen, bevor er keuchend vor Anstrengung das kleine hölzerne

Kreuz vom Hals des Leichnams riss. Er spuckte aus, schrie, dass er den toten Körper des Christen auf einen Holzpfahl spießen und neben den Weg zum Dorf stellen würde, damit niemals wieder eine Ratte wie diese den Mut besäße, hier zu missionieren. Und glaube mir, er tat, wie versprochen. Gleich anschließend flocht er das Kreuz an den Saum seiner Rüstung.«

Ich wusste nicht, ob ich Belustigung oder Schrecken empfinden sollte.

Vor dieser Geschichte fühlte ich Respekt beim Anblick Halmgars, nun spürte ich Angst in mir aufsteigen. Ich starrte den riesigen Dänen mit aufgerissenen Augen an.

»Er ist ein recht umgänglicher Mann, solange man ihn nicht reizt«, sagte Kjell und schlug mir auf die Schulter. »Es wundert mich, dass du noch nie von ihm gehört hast. Die Geschichte hat sich weit herumgesprochen.«

»Zum Feind haben wollte ich ihn nicht«, gab ich zu und lenkte nun meine Aufmerksamkeit der Unterredung der beiden Jarls zu.

»Durch den Untergang der drei Boote erlitten wir hohen Verlust«, erklärte Ingvarr. »Mein eigener Bruder segelte auf der Wasserschlange.«

»Willst du etwa umkehren?«, fragte Halmgar verächtlich und ahnte wohl worauf Ingvarr hinaus wollte. »Der Mut unserer Männer muss belohnt werden. Kehren wir um, würde deinen Bruder vergessen werden. Fahren wir weiter bis zur englischen Küste, damit er nicht umsonst gestorben ist.«

»Keiner weiß, was uns dort erwartet«, erwiderte unser Jarl und es wunderte mich, dass er so vorsichtig war, der Verlust musste ihn getroffen haben, obwohl jeder von uns wusste, welchem Wagnis wir uns Tag für Tag aussetzten.

»Wir sind immer noch mehr als hundert Mann in Waffen«, sagte Halmgar.

»Es dürfte nicht mehr weit sein. Plündern wir wenigstens die Küste, wir müssen nicht ins Landesinnere. Bleiben wir in der Nähe unserer Schiffe, können wir schnell fliehen. Unsere Vorräte sind nass oder aufgebraucht. Wir brauchen etwas zu Essen.«

Ingvarr nickte. »Die englische Küste ist nah, dort könnten wir uns auch neue Ruder bauen.«

Zustimmendes Gemurmel machte sich breit, mittlerweile folgte fast ein Jeder an Deck der Unterhaltung.

»Wenn wir an der Küste sind, werde ich sie plündern. Ich kehre nicht mit leeren Händen heim«, betonte Halmgar.

Ingvarr hob beschwichtigend die Hände: »Bleiben wir bei unserem Plan und fahren nach Westen.« Er drehte sich zu uns um und bedeutete uns, unsere Arbeit wieder aufzunehmen.

So war es beschlossen. Kjell und ich setzten uns zurück auf unsere Bänke, um Ingvarrs Aufforderung sofort Folge zu leisten. Die meisten anderen schöpften das Wasser heraus und warfen Halvadr ins Meer, dem sein Schwert beigegeben wurde.

Wie gern hätte ich das Segel gehisst, um vom Wind voran getragen zu werden, doch so stark der Sturm gewütet hatte, so windstill war es jetzt. Mit nur fünf Mann auf jeder Seite kostete jeder Riemenschlag enorm viel Kraft. Erst als es dunkel wurde, kreischten immer mehr Möwen über unseren Köpfen und kündigten das Land an. Trotzdem war es ein zu großes Wagnis, in der Dämmerung noch an Land zu gehen und so verbrachten wir die Nacht auf See, ein Umstand, den ich erhofft hatte, zu umgehen. Obwohl ich mich auf dem Meer wohl fühlte, waren die Nächte auf Deck unangenehm. Auf den harten Ruderbänken konnte mich selbst das seichte Schaukeln durch die Wellen nur schwer in den Schlaf wiegen. So starrte ich in den wolkenlosen Himmel, drehte mich hin und her, doch immer hinderte mich eine andere Kante des harten Holzes am Einschlafen. Als die Sonne aufging, hatte ich kaum ein Auge zu getan. Trotz allem fühlte ich mich erholter als am Tag zuvor. Die Sonne erwärmte meine Glieder, aber ehe ich mich aus meiner Erstarrung aufraffte, wurden die wärmenden Strahlen von einem dichten Nebel verschluckt.

Ich sah auf das Wasser hinaus. Der Nebel verhüllte die weite See. Die Sicht reichte kaum bis zum anderen Langboot, das nur etwa fünfzig Schritt entfernt über das Wasser glitt.

»Die Küste ist nah«, sagte Ingvarr. »Ragnar« nickte er mir zu. Ohne weitere Worte verschwenden zu müssen, wusste ich, was er verlangte.

Ich hob die Plane, die über unseren Waffen ausgebreitet war, und nahm Pfeil und Bogen, um mich mit Kjell zusammen in den Bug zu begeben und die Hände zu einem Trichter geformt an meinen Mund zu setzen:

»Oooooodiiiiiiin!«, rief ich lang gezogen in die Richtung, in der wir die Küste vermuteten. Der Schall erreichte uns kurze Zeit später. Eher von Südwest als von Westen. Um sich zu vergewissern rief Kjell ein weiteres Mal: »Ooooodiiiiin!«, nochmals schallte es. Auf den Bogen legte ich einen Pfeil, dessen vorderes Ende aus einem Stoffballen bestand, der in Holzspäne eingewickelt und in Kiefernharz getränkt worden war. Kjell stand mit einer brennenden Fackel neben mir und entzündete den Pfeil. Ich spannte den Bogen, hob ihn in die Morgenluft und ließ los. Fauchend verließ der brennende Stab die Bogensehne. In absoluter Stille hörten alle gebannt auf das Flirren des dünnen Holzes, wie es durch die Luft flog und sich immer weiter entfernte, bis es im dichten Nebel verschwand. Ich starrte nach vorne, konzentrierte mich auf mein Gehör und vernahm nach einiger Zeit ein lautes Zischen, als das Meer die Flammen löschte und den Pfeil verschluckte.

»Rudert langsam«, rief unser Steuermann Barri von hinten. Unsere Männer tauchten die Ruder ins Wasser und das Boot glitt nach vorn. Wieder herrschte Stille. Ich legte einen weiteren Pfeil auf den Bogen, steckte ihn in Brand, spannte die Sehne, zielte in den Nebel und ließ los. Wieder zischte der Pfeil durch die Luft. Dieses Mal landete er nicht im Wasser, stattdessen machte es ein Geräusch, als wäre er in festem Sand oder Schlick steckengeblieben. Gebannt spähten wir durch den Nebel hindurch. Ganz schwach sah ich schließlich den Schein der Flamme schimmern. »Laaaand«, schrie ich. Ingvarr klopfte uns auf die Schulter und ging zu Barri, der unsere Männer anwies, vorsichtig in die Richtung der Flamme weiter zu rudern. Wir wussten nicht, ob spitze Felsen aus dem Wasser ragten, die den Boden des Schiffes aufreißen konnten oder ob uns flache Sandküsten erwarteten und so spähte ich konzentriert auf die See hinaus, schaute zu, wie sich der Kiel durch klares Wasser schob, ohne auch nur kleinste Spritzer zu erzeugen. Wie der Pfeil uns schon vermuten ließ, war es Sand und kein Stein, der uns in England begrüßte. Nun zogen die Männer die Ruder kräftig durchs Wasser, bis der Kiel auf dem Schlick auflief, dicht gefolgt von Halmgars Schiff, das neben uns anlandete. Nur wenige Augenblicke später durchbrach die Sonne zaghaft den dichten Neben, was an Bord für Erleichterung sorgte. Er hätte Dörfer, Festungen, ja ganze Heere hinter sich verbergen können. Vor uns aber lag gelbbrauner Sand, auf den seichte Wellen herangetragen wurden. Soweit der Nebel blicken ließ, sah ich dahinter grasbewachsene Hügel, von nur wenigen Bäumen geschmückt.

Ingvarr, natürlich in voller Rüstung, sprang sogleich über Bord. Wasser spritzte auf, als er unerwartet tief im Schlick versank. Bis zur Hüfte umspülte ihn das Meer und er hatte Mühe, sich an den Strand zu kämpfen. Wir anderen gürteten uns mit unseren Waffen und nahmen unsere Schilde. Ich schnallte mir als einer der letzten mein Schwert um. Es war eine gute Schmiedearbeit, schlicht, ohne jede Verzierung. Mit einem hölzernen, lederumwickelten Heft, einem ovalen Knauf, der den Griff und die Klinge zusammenhielt, einer geraden, kurzen Parierstange und einer Klinge aus Stahl leistete sie mir gute Dienste. Auch wenn es wenig kunstvoll gearbeitet war, liebte ich mein Schwert. Bevor ich es von einem Händler erbeutet hatte, kämpfte ich mit einer gewöhnlichen Axt, so wie es all meine Gefährten immer noch taten. Es hätte Ingvarr zugestanden, das Schwert, welches als edlere Waffe gilt, an sich zu nehmen, doch er zog es vor, auch weiterhin mit seiner großen Kriegsaxt zu kämpfen. Ich nannte mein Schwert Wadenbeißer. In meinen ersten Gefechten mit dieser Waffe hatte mich die Klinge häufig an meinen Feinden vorbeigeführt, um ihnen von hinten in die Beine zu hacken. Das Schwert entwickelte in jedem Kampf ein Eigenleben. Ich folgte ihm, tat nur das, was es von mir verlangte.

Nachdem ich auch meinen bemalten Schild aus Lindenholz ergriffen hatte, sprang ich meinen Gefährten hinterher, die sich bereits daran machten, die nähere Umgebung auszukundschaften. Ich dachte, es sei klüger nahe am Bug ins Wasser zu springen, wollte nicht so tief in den Schlick eindringen wie Ingvarr, doch die Nähe zum Ufer nützte nichts. Mein Sprung war tief, ich rutschte beim Aufprall im Schlamm weg und landete mit dem Hintern im Wasser. Kjell streckte mir jauchzend seine Hand entgegen, an der ich mich nach oben ziehen konnte.

Ersten Erkundungen zufolge drohte uns keine Gefahr, was unsere Laune, mit der es seit dem Sturm nicht gut bestellt war, deutlich anhob. Wir zogen die Schiffe weiter an Land, was uns aufgrund des geringen Tiefgangs unserer Langboote kaum Kraft kostete. Da wir Bug und Heck auf die gleiche Weise bauten, boten die Schiffe überdies eine schnelle Rückzugsmöglichkeit aufs Meer dar.

Der Nebel hatte sich nun vollständig gelüftet, was uns eine klare Sicht, sowohl ins Landesinnere, als auch auf die See hinaus, ermöglichte und uns weitere Sicherheit gab. Auch einer Gefahr zu Wasser konnten wir nun früh genug begegnen, wenngleich ich bezweifelte, dass uns vollbesetzte Kriegsschiffe aufsuchen würde, aber auch kleine Ruderboote konnten Alarm schlagen und es war wichtig, diese Möglichkeit in Betracht zu ziehen. Die Bucht, in der wir angelegt hatten, war etwa dreihundert Schritt lang. Im Süden säumten viele etwa kopfgroße Steine die Küste, hinter denen sich mannshohe Felsen türmten. Im Norden war die Bucht eher von aufgehäuftem Schlick und Sand geprägt, das Inland war flach.

Die Männer versammelten sich um ihre Anführer, um das weitere Vorgehen zu besprechen. »Raimund, Ragnar, Kjell«, Ingvarr forderte uns auf, näher zu ihm zu kommen.

Ich ahnte nichts Gutes. Mit meinem Bruder wollte ich nicht einen Schritt zusammen gehen. Ingvarr aber neigte dazu, uns immer wieder zusammenzubringen, obwohl er am besten wusste, wie sehr wir uns verachteten.

»Ihr werdet die Gegend auskundschaften. Versucht unentdeckt zu bleiben und herauszufinden, wo wir uns befinden«, sagte er langsam. Sein Blick war leer in die Ferne gerichtet, als würde er sich dieses Vorhaben erst ersinnen, während er sprach. Er machte eine Pause, wandte sich uns zu und redete weiter. »Sucht irgendein Gehöft. Wir brauchen Lebensmittelvorräte für über hundert Mann. Ein einzelner Überfall muss genügen, sonst sind die Engländer alarmiert. Bringt in Erfahrung, ob sich in der Nähe bewaffnete Männer befinden, die schnell zusammengerufen werden könnten. Ich will unsere Männer nicht riskieren. Alles was wir brauchen ist vor allem Nahrung.« Wieder hielt er kurz inne bevor er lachend fortfuhr: »Gegen ein paar neue Sklavinnen oder ein bisschen Silber habe ich natürlich nichts einzuwenden!«

Er wandte sich ab, drehte sich aber noch einmal um: »Ragnar, Raimund. Eure Streitigkeiten müssen warten, bis wir zurückkehren. Kjell wird euch begleiten. Das Leben meiner Männer steht auf dem Spiel. Jetzt verschwindet.«

»Soll ich euch an die Hand nehmen?«, fragte Kjell lachend, als er zu uns trat.

Raimund knurrte gereizt und funkelte mich böse an. Ich musste mich beherrschen, ihm nicht grundlos ins Gesicht zu springen. Lag das nur daran, dass ich ihm die Schuld am Tod meines Großvaters gab? Nein, es war mehr, es war eine so tiefe Abneigung, wie ich sie niemals wieder empfinden würde. Um ihn herum flimmerte eine Aura der Abscheulichkeit, wenn sie außer mir auch keiner sehen konnte. »Ich breche euch beiden alle Knochen und werfe sie den Hunden zum Fraß vor, wenn ihr euch nicht zusammenreißt. Das verspreche ich euch!«, sagte Kjell ernst, der die Gefahr witterte, im Laufschritt vorauseilte und uns nicht weiter beachtete. Ich wollte ihm folgen, doch ohne Vorwarnung traf mich eine Faust an der rechten Schläfe. Ich taumelte, blieb jedoch standhaft. Durch den verschwommenen Blick sah ich, wie Raimund wieder auf mich einschlagen wollte, wich zur Seite aus, hob meinen linken Arm, um meinen Kopf zu schützen, doch seine Linke traf mit voller Wucht meine Nase. Der Schmerz schoss mir in die Augen, mir kamen die Tränen und ich fasste mir ins Gesicht, um festzustellen, dass ich blutete, was meinen Bruder nur zu einem Lachen anregte.

»Du widerst mich an!«, geiferte ich und ging langsam auf ihn zu.

Raimund lachte noch immer und ich wollte mich auf ihn stürzen, doch Kjell trat zwischen uns und zog seine Axt aus dem Gürtel. Noch bevor die Situation eskalieren konnte, kam auch Ingvarr herbei. Er sah uns an, sah meine blutende Nase und schüttelte darüber nur den Kopf: »Ich hätte es wissen müssen, ihr zwei seid unverbesserlich. Kjell, Ragnar, ihr geht allein. Raimund, du bleibst. Helfe den anderen beim Herstellen neuer Ruder.«

Noch einige Herzschläge blickte ich in die Augen meines Bruders, bis Kjell mich weg zog.

»Warum hasst ihr euch so?«, fragte mein Gefährte.

»Das weißt du«, brummte ich immer noch angespannt und wischte mir das Blut aus dem Bart.

»Es ist mehr als nur der Tod deines Großvaters, das weißt du genauso wie ich. Nur was ist es?«

Ich schwieg und antwortete selbst dann nicht auf die Frage, als mich Kjell eindringlich ansah.

Ich achtete nicht mehr auf meinen Gefährten, meine Gedanken schweiften ab, waren mit einem Mal bei meiner Mutter.

»Er wollte nie einen Bruder haben«, hatte sie mir gesagt.

Ich war vier Jahre alt gewesen und wieder einmal weinend in die raucherfüllte Hütte gerannt, in der meine Mutter Wolle filzte.

»Er hat mich geschlagen!«, schluchzte ich. »Hier«, ich zeigte auf den angeschwollenen Wangenknochen unter meinem linken Auge. »Es tut so weh!«

Meine Mutter streichelte mir über den Kopf, nahm mich in die Arme und setzte mich auf ihre Oberschenkel. Sie hatte braune lange Locken, ein rundliches Gesicht, war eher stattlich als zierlich gebaut. Die großen Brüste sind mir noch jetzt aus meiner Säuglingszeit in Erinnerung. Das Liebenswerteste an ihr war ihr Lachen. Stets legte sie dabei ihren Kopf in den Nacken, gluckste, während ihr ganzer Körper vibrierte. Dabei strahlte sie über das ganze Gesicht und wenn man sie so sah, wäre vielleicht sogar der Zorn Halmgars verraucht. Ihre Fröhlichkeit sprach tief aus ihrer Seele, dass sie jeden Mann und jede Frau ansteckte, mit ihr zu lachen. Das Gemüt vieler Menschen war so schon erwärmt worden.

Als ich damals weinend auf ihren Oberschenkeln saß und sie mich an sich drückte, blieb sie ungewohnt ernst. »Er wollte nie einen Bruder, Ragnar. Er wollte der einzige Sohn seines Vaters bleiben«, wieder streichelte sie über meinen Kopf. »Diese Eifersucht hat er vielleicht sogar von mir«, richtete sie mehr an sich selbst als an mich. Dennoch werde ich diese Worte nie vergessen. »Ich wollte deinen Vater niemals teilen«, sagte sie. »Wer hätte gedacht, dass er eine dicke Kuh, wie ich es bin, zur Frau nimmt.« Sie lachte und kitzelte mich. Aus meinem Schluchzen wurde ein unterdrücktes Kichern, welches schnell wieder erstarrte, als ich in das Gesicht meiner Mutter blickte. Zu ernst und traurig erschien sie mir. »Dein Bruder wollte immer der einzige Raimundson bleiben. Der einzige, der mit seinem Vater jagen gehen darf. Er sieht in dir nur einen Konkurrenten. Jetzt muss er seinem Vater beweisen, dass er der Stärkere ist, dass er den Speer weiter schleudern kann als du. Er muss beweisen, dass er besser mit der Axt umgehen kann. Aber du lässt dich nicht unterkriegen Ragnar, versprich mir das? Dein Bruder ist vielleicht stärker, aber wie sagte Thor einst zu Tjalfi?«

Ich sprang auf, stellte mich stolz vor meine Mutter: »Ein wahrer Krieger weiß, wann man seine Waffe *nicht* gebraucht!«, antwortete ich.

Meine Mutter lachte und streichelte mir über die goldenen Haare. »Genau«, grinste sie mich an. »Ich weiß nicht, ob dein Bruder das je begreifen wird«, fügte sie leise hinzu. »Aber jetzt gehe hinaus, deinem Vater helfen«, lächelte sie und gab mir einen Klaps auf den Po. »Na los, geh schon!«

»Erzählst du mir die Geschichte von Thjalfi und Roskva noch einmal?«, fragte ich.

»Wenn wir schlafen gehen«, versprach sie mir. Ich liebte die Abenteuer der beiden Geschwister, und mochte sie auch jetzt noch. Meine Mutter erzählte die vielen Legenden um Thor, Odin und Loki nahezu jeden Abend am Feuer. So auch an jenem Tag, als ich von meinem Vater wieder kam. Ich setzte mich voller Erwartung auf den Schoss meiner Mutter, die mich liebevoll anschaute und sogleich zu erzählen begann.

ᚠᚢᛉ ᛈᛗᚱ ᛗᚤᛈᚠ »Thor und Loki kamen eines Tages auf Thors Wagen zu einer Bauernfamilie. Es war schon spät geworden. Der Mond tauchte das Land in fahles, silbernes Licht und so baten die beiden Götter den Bauern um Herberge. Natürlich gewährte der Bauer voller Ehrfurcht diese Übernachtung. Seine Familie hatte jedoch nur wenig zu essen und konnte die Gäste nicht verköstigen. Für Thor war das aber kein Problem. Er schlachtete einen seiner Ziegenböcke, die seinen Wagen ziehen, und briet das Fleisch über dem Feuer. Der Bauer war entsetzt, dass Thor sein edles Tier opferte. Der Gott aber versicherte der Familie, dass der Bock am nächsten Morgen wieder lebendig wäre. Nur das Knochenmark durfte nicht angerührt werden. Stattdessen sollte jeder die Knochen auf das abgezogene Fell des Ziegenbocks legen. So verspeisten sie an diesem Abend genüsslich das Fleisch. Der Bauer war unendlich dankbar, Thor und seinen Gefährten bei sich aufnehmen zu dürfen, bekam er doch von ihnen ein üppiges Mal als Gegenleistung. Der listige Loki war es, der seinem Freund Thor wieder einmal einen Streich spielen wollte. Er redete auf den Sohn des Bauern ein, bis Thjalfi nicht widerstehen konnte, einen Knochen aufbrach und das köstliche Knochenmark aß. Niemand bemerkte etwas. Am nächsten Morgen erwachte Thor, reckte und streckte sich und wollte seinen Ziegenbock wieder zum Leben erwecken. Alle

38

Knochen lagen wie befohlen auf dem Fell. Auch der zerbrochene rechte Unterschenkelknochen. Der Gott des Donners schwang seinen Hammer, Blitze fuhren durch die Luft. Wie durch Zauberhand erwachte der Bock und erfreute sich guter Gesundheit. Doch was war das? Als das stolze Tier aufstand, das hintere Bein belasten wollte, hinkte es und konnte nicht richtig laufen. Thor war außer sich vor Zorn, denn er erkannte sofort, dass jemand diesen Knochen gebrochen hatte, um an das Knochenmark zu gelangen. Er ging zum Bauern, schüttelte ihn, wollte ihn bestrafen, der aber beteuerte seine Unschuld. Thor ging schon auf die Frau des Bauern zu, da bekam Thjalfi ein schlechtes Gewissen und gestand seinen Frevel. Thor war immer noch sehr wütend, doch konnte er dem kleinen Jungen in seiner unendlichen Gutmütigkeit nichts Böses tun. So beschloss er, Thjalfi als Strafe mit nach Asgard, das Reich der Götter zu nehmen. Dort sollte er ihm für immer dienen. Als die drei sich verabschiedet hatten und losfuhren, rannte Roskva, Thjalfis geliebte Schwester, dem Wagen hinterher, so schnell sie nur konnte. Tatsächlich schaffte sie den Sprung auf die kleine Ladefläche. Dort versteckte sich das Mädchen unter Fellen, bis sie sich lange Zeit später zu erkennen gab. Thjalfi freute sich, hatte er seine Schwester doch schon jetzt sehr vermisst. Thor konnte und wollte Roskva nicht mehr zurückbringen. So nahm er auch sie mit in sein Heim. Von da an sollten die beiden Kinder Thor auf viele Abenteuer begleiten.« ᚠᚢᚼ ᛗᛗᚱ ᛗᚹᚹᚠ

»Ragnar!«, schrie Kjell plötzlich, weckte mich aus meinem Tagtraum und riss mich zu Boden, so dass ich hart mit den Knien aufschlug, mich mit den Händen abfing, aber von Kjell überdies den Kopf herunter gedrückt bekam. »Wo warst du mit deinen Gedanken?«, flüsterte er zornig, während wir uns auf die Erde kauerten.

»Nicht wichtig«, antwortete ich und blickte zum ersten Mal bewusst gerade aus.

Wir waren schon einige hundert Schritt nach Süden über die kleinen Hügel gelaufen. Vor uns lag eine Ebene, auf der sich Wald und Feld abwechselte.

»Achtung«, sagte Kjell, »siehst du nun, warum ich dich auf den Boden zerrte?«, fragte er und wir krochen den Hang des Hügels rückwärts herunter, nur so weit, dass wir den Mann mit erhobenen Kopf gerade noch sehen konnten, der mit einem Ochsengespann sein Feld bestellte. Er war bisher von uns weggelaufen, drehte jetzt und lief geradewegs auf uns zu.

»Es ist eine Halbinsel«, erkannte ich leise, meinen Blick nach Westen gerichtet. Nur eine kleine Enge verband das Land mit dem Festland.

»Versuchen wir, unbemerkt zu dem Waldstück zu gelangen«, erwiderte Kjell, zeigte nach Südost, wo ein schmaler Baumbewuchs die Felder voneinander trennte und sich weit nach Süden zog. »Die Bäume werden bis zur Küste auf die andere Seite der Insel reichen«, mutmaßte ich.

Kjell nickte. »Wenn wir es schaffen, dorthin zu gelangen, können wir gut verborgen das gesamte Gebiet erkunden.« Wir schoben uns liegend zurück, bis wir den Mann auch in der Hocke nicht mehr sehen konnten und warteten. »Wo so viele Felder sind, muss ein Dorf oder zumindest ein Gehöft liegen, das es sich zu überfallen lohnt«, vermutete Kjell mit gedämpfter Stimme.

Immer wieder lugten wir vorsichtig über die Grasnarbe, ich zuckte jedes Mal zurück, denn wir lagen genau im Sichtfeld des Bauern, der zu unserem Glück konzentriert auf den Boden schaute. Abermals hob Kjell langsam seinen Kopf.

»Jetzt!«, flüsterte er. Wir standen langsam auf und bewegten uns zunächst äußerst vorsichtig, in der Angst, man könnte das Geklapper unserer Waffen hören. Als wir sicher waren, nicht vernommen zu werden, rannten wir schließlich so schnell wir konnten. Die Sonne strahlte mittlerweile mit unbändiger Kraft, was uns ins Schwitzen brachte und den Atem schneller werden ließ, bis wir im Schatten der ersten Bäumen Schutz fanden und uns erleichtert auf die Knie stützten, um Luft zu holen, bevor wir weiterliefen Durch das dichte Gestrüpp hatten wir Mühe, uns weiter nach Süden zu kämpfen, waren allerdings durch den Bewuchs vor neugierigen Blicken geschützt. Ich schaute durch die Zweige auf die Felder. »Ihre Kleidung ist sonderbar«, bemerkte ich. Wir sahen vier Männer, die in braunen, bodenlangen Kutten mit großen Kapuzen gekleidet waren. Nur mit einem dünnen Seil wurde die Kleidung an der Taille zusammengehalten.

Neugierig spitzelte Kjell durch das Loch, das ich mit der linken Hand von Ästen befreit hatte. »Sie scheinen sehr ärmlich zu sein«, antwortete er, zuckte mit den Achseln und maß dem Ganzen keine große Bedeutung zu. »Nehmen wir es, wie es ist. Seien wir froh, dass es keine erfahrenen Krieger sind.« Er schlurfte unbekümmert weiter. Wie wir vermutet hatten, zog sich der Baumbewuchs bis ganz in den Süden der Insel, erst etwa hundert Schritt vor dem Strand mussten wir innehalten.

»Schau dort«, Kjell zeigte nach Westen. Ich spähte durch die Zweige und erkannte zunächst nicht recht, was wir dort zu sehen bekamen. Je genauer wir hinsahen, desto ungewöhnlicher erschien es uns. Aus Holz gebaut ragte ein Gebäude imposant zwischen kleineren Ställen und Hütten auf. Wir versuchten, so nah wie möglich heran zu kommen, spähten immer wieder durch die Büsche, konnten kaum glauben, auf was wir hier gestoßen waren.

»Wer im Stande ist, solch ein Gebäude zu errichten, der muss ungeheures Wissen besitzen«, sagte Kjell.

»Nicht nur ungeheures Wissen, sondern auch Reichtümer«, fügte ich hinzu, »obwohl das die Kleidung der Männer nicht vermuten lässt.«

»Ich klettere auf den Baum und versuche, mehr zu erkennen.« Kjell zeigte auf eine Fichte, deren untere Äste abgestorben und abgebrochen waren, weil durch die dichten Kronen nur wenig Sonnenlicht in die tieferen Regionen gelangte. Das Holz war fast wie eine Leiter angeordnet, auf denen Kjell schnell nach oben kletterte. Ein Ast jedoch war morsch, brach und verursachte ein lautes Krachen, das uns beide zusammenzuckten ließ, weil wir befürchten mussten, gehört worden zu sein.

»Klettere weiter!«, forderte ich ihn auf, nachdem wir auch nach einigen bangen Augenblicken keine Warnrufe vernahmen In wenigen Momenten war Kjell etwa sechs Schritt über mir.

»Was siehst du?«, flüsterte ich.

»Noch mehr Männer in diesen braunen Gewändern. Sie laufen alle in das große Gebäude. Der Stall, der die Sicht auf den Eingang versperrt, ist voll mit Schweinen!«, sagte er und machte den Eindruck, als würde ihm das Wasser im Mund zusammenlaufen. »Das sieht nach dem aus, wonach wir suchen. Männer ohne Waffen mit viel Vieh.

»Lass es mich sehen«, forderte ich Kjell auf, der mir diesen Gefallen gern tat und herunterkam, während ich sofort ansetzte, ebenfalls auf den Bam zu klettern. Oben angekommen, ließ mich die Pracht des Gebäudes meine Vorsicht vergessen. Beinahe hätte ich ebenfalls einen morschen Ast gebrochen, konnte meine Gewicht aber noch rechtzeitig verteilen. Ich hatte so etwas noch nie gesehen und konnte meine Augen nicht abwenden. Auf beiden Seiten rahmten zwei etwa dreißig Schritt hohe, viereckige Türme die Front des Gebäudes. Oben lief das Dach der Türme spitz zu. Kleine schmale Fenster waren in regelmäßigen Abständen in die Wände eingelassen. Zwischen diesen Türmen lief das nicht ganz so hohe aber mit schönen Schindeln bedeckte Dach des Gebäudes ebenfalls an einem Punkt zusammen. Drei kleine Fenster erkannte ich oben in einem Dreieck angeordnet, darunter sah man ein größeres. Die vier großen Baumstämme, die die Front stabilisierten, waren mit Schnitzereien verziert und in der Mitte prunkte eine so schwere Tür, wie ich sie noch nie gesehen hatte. Die mit Eisen beschlagenen Flügel schwangen auf und machten einem Mann Platz, der die Tür hinter sich wieder schloss.

»Lass uns zurück gehen«, rief Kjell und obwohl ich mich kaum von dem Anblick trennen konnte, kletterte ich den Baum herunter. »Was auch immer das für ein Ort ist, ich bin mir sicher, dass es hier einiges zu holen gibt. Wir sollten Ingvarr und Halmgar schnellstmöglich Bescheid geben.«

Kjell lief voran. Die Sonne stand hoch am Himmel und schickte ihre Strahlen durch die Baumkronen, während wir uns den Weg durch das Geäst bahnten. Immer wieder wischte ich mir die Spinnenweben aus dem Gesicht. Erstaunlich, wie schnell Spinnen ihre Arbeit verrichten können, dachte ich, denn wir liefen denselben Weg zurück, den wir gekommen waren und schon heute Morgen hatten wir uns durch die klebrigen Netze gekämpft.

Als wir am nördlichen Ende des Waldes ankamen, wären wir beinahe in die Arme des Bauern gelaufen, den wir ganz außer Acht gelassen hatten, vor dem wir uns im letzten Moment versteckten.

»Er hat uns entdeckt«, flüsterte ich.

Kjell runzelte die Stirn und spähte hinter dem Baum hervor, nur um sofort wieder den Kopf zurückzuziehen. In seinen Augen las ich, dass ich Recht hatte. Ich wollte ansetzen, zu fragen, was wir nun tun konnten, doch Kjell hob nur den Zeigefinger an den Mund und ging einige Schritte tiefer in den Wald hinein, um dort durch die Büsche zu spähen, bevor er wieder zu mir zurückkam. Hinter mir raschelte es. Der Bauer rief etwas und obwohl ich seine Sprache nicht verstehen konnte, hörte ich deutlich, dass er wissen wollte, ob hier jemand sei. Kjell nickt mir zu und gemeinsam stürzten wir uns auf den Mann, der vor lauter Schreck erstarrte, nicht einmal nach Hilfe rief, auch weil Kjell sofort seinen Fuß in dessen Magengrube rammte und anschließend das Knie hob, um die Nase des Bauern zu zertrümmern, der bewusstlos zusammensackte.

»Wir hätten ihn befragen können«, sagte ich vorwurfsvoll.

»Wir verstehen nicht einmal seine Sprache.«

Fragend hob ich die Schultern. »Was machen wir mit ihm?«

Kjell wusste es nicht und zog sein Messer aus der Scheide. Offensichtich wollte er unseren Gefangenen umbringen, wovon ich ihn aber zurückhielt. »Wir können ihn mit uns nehmen«, schlug ich vor.

»Schau ihn dir an«, erwiderte Kjell. »Er ist fett wie seine Ochsen, ich werde ihn nicht tragen.« Mit seinen letzten Worten beugte er sich vor und zog ein Schriftstück aus der kleinen Tasche des Mannes.

Du kannst doch lesen, oder nicht?«, er blickte mich fragend an.

»Ich konnte es«, antwortete ich.

Es war lange her, dass ich das Lesen erlernt hatte. In meiner Kindheit war ein Reisender in unser Dorf gekommen. Sein Name war Erich. Er kam in einer regnerischen Nacht und bat um einen überdachten Schlafplatz. Mein Vater gewährte ihm diesen, Gastfreundschaft hielt er für sehr wichtig. Erich kam weit aus dem Süden und erzählte uns noch am selben Abend Geschichten aus dem fernen Land. Er war ein gutmütiger Mann, hatte viel zu berichten, war stark und geschickt, ein Mensch, den man sofort gern hatte und gebrauchen konnte und so blieb Erich einen Sommer bei uns.

Es war an einem Spätsommertag, als er das kleine Gerstenfeld hinter unserem Haus mit der Sense mähte und ich hinter ihm herlief, um die abgeschnittenen Halme aufzusammeln und zusammen zu binden.

»Kannst du lesen, Ragnar?«, fragte er mich aus dem Nichts.

»Lesen?«, fragte ich. Ich war fünf Jahre alt und kannte nicht einmal dieses Wort. Wenn ich nicht meinem Vater auf den Feldern helfen musste, hatte ich nur Äxte, Speere, Thor und die Riesen im Kopf.

»Ja lesen«, wiederholte er. »Die Worte, die du sprichst, kannst du malen und ein anderer kann sie lesen, sie wieder aussprechen.«

Ich lachte nur und verstand gar nichts.

»Komm mit, ich zeige es dir.« Er legte die Sense beiseite, nahm meine Hand, ging mit mir aus dem Feld heraus, bis wir eine sandige Stelle erreichten. Dort nahm er einen Stock und malte seltsame Symbole in den Sand. »Da steht geschrieben: Ragnar ist stark.«

Ich gluckste vor Freude ob dieses Komplimentes.

»Willst du es mal versuchen? Nimm den Stock, male einfach ab, was ich hier in den Sand schrieb«, sagte Erich. Es war nicht einfach die Striche und Bögen in die gleiche Form zu bringen, wie es mein Lehrer getan hatte. Es gelang mir jedoch besser, als ich erwartet hatte.

»Das machst du gut«, lobte Erich. »Ich bin wirklich beeindruckt!« Ich lachte. Gleich darauf schrieb Erich neue Buchstaben in den Sand.

So zeigte er mir immer mehr. Ich lernte nicht viel in diesem Sommer. Immerhin konnte ich meinen Namen schreiben, lesen und die meisten Buchstaben einzeln erkennen. Mit viel Mühe war es mir manchmal gelungen, sie zu Worten zusammenzufügen.

Seit diesem Sommer brauchte ich das Lesen und Schreiben nur ganz selten, wenn überhaupt jemals wieder. So bezweifelte ich an diesem Mittag, das Schriftstück entziffern zu können. Ein Versuch war es aber wert.

Kjell hielt mir das Pergament entgegen: »Lies!«

»Ich weiß nicht einmal, was ich lesen soll, es steht so viel geschrieben.«

Kjell nahm mir das Schriftstück noch einmal weg und betrachtete es selbst, bis ich es ihm aus der Hand nahm.

»Das hier unten sieht aus, als wäre es sein Name. Es müsste Ernst bedeuten, dahinter steht noch etwas.« Ich konzentrierte mich lange, was Kjell sichtlich ungeduldig machte. »Es könnte Linbisfarn heißen«, sagte ich schließlich.

»Das ergibt keinen Sinn«, antwortete Kjell, der die Warterei satt hatte und sichtlich bereute, mir diese Aufgabe gestellt zu haben. »Bringen wir es Ingvarr.«

»Vielleicht ist es der Name des Ortes«, schlug ich vor. »Das muss keinen Sinn ergeben. Kjell ergibt ebenso wenig Sinn.«

»Ich wurde nach meinem Vater benannt. Das ist wohl Sinn genug!«

Ich lachte und steckte das Schriftstück in meine Tasche. »Lass uns ihn an einen Baum fesseln und verschwinden«, schlug ich vor.

Kjell zuckte mit den Schultern, steckte das Messer weg und wir nahmen das Seil, das die Kutte des Mannes zusammengehalten hatte, um die Hände an eine Birke zu binden. Noch dazu knebelten wir den Gefangenen, bevor wir uns auf den Rückweg machten. »Hoffen wir, dass wir deine Gutmütigkeit, ihn am Leben zu lassen, nicht bereuen«, raunte Kjell.

Es war bereits Nachmittag, als wir zu unseren Männern zurückkehrten. Mein Magen knurrte und ich hatte eine so trockene Kehle, dass ich das ganze Meer hätte leer saufen können. Ingvarr drückte jedem von uns in weiser Voraussicht einen Tonbecher Bier in die Hände. »Hat euch jemand gesehen?«.

Ich trank gierig einen Zug, bevor ich antwortete. »Nein, niemand!«, sagte ich kurz angebunden und stürzte sogleich den Rest herunter. Kjell wunderte sich kurz, dass ich unsere Begegnung mit dem Mann verleugnete, tat es mir dann aber gleich und trank in großen Schlucken. Links und rechts lief ihm das Bier in den Bart. Er rülpste laut, als er den Becher absetzte und wischte sich mit dem Handrücken über den Mund. »Das tut gut! Ein gegrilltes Schwein würde meine Glückseligkeit vervollständigen.«

»Es wäre mir eine Freude, wenn ihr endlich erzählen würdet, was ihr herausfandet«, forderte Ingvarr ungeduldig.

Mittlerweile bemerkten weitere Männer unsere Rückkehr und kamen zu uns.

Schaum hing mir im Oberlippenbart, den ich genüsslich ableckte. »Kjell wird nicht lange auf sein Schwein warten müssen«, verkündete ich.

»Was habt ihr gesehen?«, wollte Halmgar wissen.

»Frisches Schweinefleisch«, grinste ich. »Hinter diesen Hügeln«, fuhr ich fort und zeigte mit dem Daumen hinter mich, »sind Felder, die von Bauern bestellt werden.«

Halmgar steckte sich gerade einen riesigen Laib Brot in den Mund und biss ab. Er musste mir meinen Hunger vom Gesicht abgelesen haben, brach den Laib in zwei Teile und warf Kjell und mir das kleinere Stück zu. Das Brot war vom Meerwasser durchweicht und wieder getrocknet, deswegen nicht sonderlich schmackhaft, aber es stillte unseren ersten Hunger. Ich schob mir ein großes Stück in die Backen, kaute, so schnell

45

es ging, schluckte und begann zu berichten was sich zugetragen hatte. Kjell zeichnete währenddessen eine Karte der Halbinsel in den Sand, die von allen betrachtet wurde, um sich ein Bild unserer Lage zu machen.

Ich sah das zufriedene Grinsen in den Gesichtern meiner Gefährten, als ich von dem großen Gebäude erzählte, welches neben Vorräten größere Beute versprach. »Wir fanden ein Schriftstück, auf dem Linbisfarn oder Lindistarn geschrieben steht«, schloss ich meinen Bericht ab und zeigte das Pergament, das niemanden sonderlich interessierte, weil keiner von uns lesen konnte.

Einer von Halmgars Männern war es, der sich aufgrund meiner Äußerung zu Wort meldete. »Ich kenne diesen Namen«, überlegte er laut. »Der Priester, der letzten Sommer in unser Dorf kam, berichtete von diesem Ort. Ich weiß nicht, was er darüber sagte, aber ich bin mir sicher, er nannte es Lindisfarne.«

Halmgar schnaubte verächtlich und sah den Mann an, der aufgrund des zornigen Blickes regelrecht zusammenzuckte. »Du hörtest diesem Schweinepriester zu?«

»Der Zufall trieb mich an jedem Tag an den Bach«, gab der Mann ängstlich zu.

Halmgar brummte, beließ es aber dabei und so galt die Aufmerksamkeit wieder mir. »Lindisfarne, das ist möglich«, sagte ich.

»Dann könnte es eines jener reichen Klöster sein, von denen wir berichtet bekamen«, sagte Ingvarr.

Zustimmendes und auch freudiges Gemurmel machte sich breit, bis Kjell seine Stimme erhob, um die fertig gezeichnete Karte zu erklären. Ich war beeindruckt, wie detailliert er sie angefertigt hatte. »Wir sind ungefähr hier«, erklärte er und zeigte mit dem Stock auf den nördlichen Teil, der unsere Bucht darstellen sollte. »Im Süden von uns sind die Hügel, die ihr von hier aus seht. Keine zweihundert Schritt weiter werden die Felder bestellt, von denen Ragnar sprach. Es wird uns nicht möglich sein mit all unseren Männern unbemerkt bis ganz in den Süden in das Dorf zu marschieren. Sie werden gewarnt sein. Das große Gebäude liegt ganz in der Nähe der Südküste. Ich konnte den Strand sehr gut von dem Baum aus, auf den wir geklettert waren, sehen. Es handelt sich um ebenso einen Sandstrand wie dieser hier.« Er zeigte mit dem Stock auf die untere

Bucht auf der Karte. »Das Dorf ist nicht weit davon entfernt«, erklärte er und sein Stock zog einen Kreis um das Kloster.

»Also werden wir mit den Schiffen an diesen Strand rudern«, antwortete Halmgar langsam, »und dann alles, was wir finden können, mitnehmen.« Mit seiner dunklen, rauen Stimme hatte er beinahe eine beruhigende Wirkung auf mich, obwohl seine Worte eher Tod und Verderben bedeuteten. Nicht für uns, aber für die Bewohner des Dorfes.

Ingvarr stimmte zu: »Warten wir bis morgen früh. Dann rechnen sie am allerwenigsten damit, überfallen zu werden. Wir rudern an den Strand, töten die, die sich widersetzen, nehmen uns das, was wir brauchen und verschwinden.« Er blickte fragend in die Runde, schaute dabei jeden an. »Gibt es andere Vorschläge?« Er wartete kurz, doch niemand widersprach und so setzte er fort: »Können wir es wagen an diesem Strand zu übernachten?«, fragte er mich.

Ich nickte. »Von den Dorfbewohnern haben wir kaum etwas zu befürchten.«

»Eine Nacht wieder festen Boden unter den Füßen zu haben, würde uns allen gut tun und Kraft geben«, betonte Raimund. Zustimmendes Gemurmel machte sich breit. Selbst ich teilte die Ansicht meines Bruders.

»Dann sei es so. Noch vor Morgengrauen brechen wir auf«, befahl Ingvarr und beendete damit die Unterredung.

Als alle Männer ihrer Beschäftigung nachgingen, weiterhin die Bäume fällten, um sie mit ihren Äxten zu Rudern zu bearbeiten, nahm mich Kjell beiseite. »Warum hast du es verheimlicht?«

»Den Gefangenen?«, fragte ich. »Weil ich nicht als verweichlichter Narr dargestellt werden wollte. Wir haben ihn am Leben gelassen, keiner würde verstehen, warum.«

»Es war ein großes Wagnis, vor allem weil wir erst morgen angreifen. Jemand könnte ihn finden.«

Ich zuckte nur mit den Schultern und tat es als unwichtig ab.

Der Abend brach schnell über uns herein, als die Sonne hinter der Graslandschaft Englands verschwand. In der Bucht, versteckt hinter den Hügeln, fühlten wir uns sicher, dennoch verhielten wir uns ruhig, stellten Wachen auf und bemannten auch die Schiffe notdürftig, um schnell verschwinden zu können. Die wenigen Vorräte, die uns der Sturm gelassen hatte, wurden endgültig aufgebraucht. Einige Männer murrten, weil wir nicht gleich angriffen, obwohl der gedeckte Tisch nicht weit entfernt wartete. Ingvarr aber ließ sich nicht umstimmen. Er war ein harter, raubeiniger Anführer, der vor nichts zurückschreckte, aber doch immer die Sicherheit seiner Männer in den Vordergrund stellte und kein unnötiges Wagnis einging.

Die Dunkelheit verschluckte das Land, Stille kam über uns wie eine Decke über das schlafende Kind. Dagegen verdeckten nur wenige Wolken den Blick auf den Sternenhimmel, wodurch es rasch abkühlte. Ich fror, wünschte mir, wir könnten Feuer entzünden, doch mir blieb nichts anderes übrig, als die Kälte zu ertragen und mich in den erlösenden Schlaf zu zwingen. In der Ferne rief ein Uhu. Ich lauschte seiner Stimme, die schon immer beruhigend auf mich gewirkt hatte und so schlief ich der Kälte zum Trotz bald ein.

Noch vor dem Morgengrauen stieß mich jemand mit dem Fuß an, um mich zur Wachablösung zu wecken. Ich hatte mit einigen anderen die letzte Nachtwache zu übernehmen und schüttelte den Schlaf von meinen Augen.

»Alles ruhig«, wurde mir mitgeteilt, als ich auf den Hügeln Stellung bezog. Mehrere Male schlummerte ich im Sitzen ein, bis mich die ersten Vögel mit ihrem Gesang endgültig wach werden ließen. Es war wie am Tag zuvor ein nebliger Morgen. Obwohl das erste Licht am Horizont zu erahnen war, sah man kaum die Hand vor Augen. Ich verließ meinen Posten, ging in das Lager zurück, weckte die Männer, und gemeinsam schoben wir die Schiffe auf die ruhige See. Nebel waberte um die prächtigen Langschiffe. Die neuen Ruder wirbelten den Dunst auf, der über dem Wasser lag, bevor wir sie ein ums andere Mal leise ins Nass tauchten und unsere Boote aus der Bucht in Richtung Süden steuerten.

Nur Kjell und ich wussten, wo der Strand lag, an dem wir anlegen wollten und so wiesen wir Barri den Weg, während uns Halmgar folgte. Lautlos glitten wir durch absolute Stille, die ich einerseits genoss, die mich aber mit dem Wissen, was uns bevorstand, auch in Aufregung versetzte. Ich spannte meine Muskeln, versuchte, Ruhe zu bewahren.

Die Sonne schickte ihre ersten Strahlen und der Nebel lichtete sich zu unserem Glück so weit, dass man die Küste zumindest erahnen konnte.

»Da vorne muss der Strand sein«, sagte Kjell. Barri nickte und hielt geradewegs darauf zu. Noch etwa dreihundert Schritt bis der Bug auf dem Sand aufsetzen würde. Mein Herz fing an schneller zu schlagen, die Haare auf meiner Haut stellten sich auf.

»Macht euch bereit!«, rief Ingvarr gerade so laut, dass wir ihn alle hören konnten. Ich hatte Schwert und Schild bereits in der Hand und sah zu dem anderen Schiff. Dort herrschte ebenfalls fühlbar knisternde Anspannung, gepaart mit Lust, so wie es immer war, wenn ein Kampf bevorstand. Ich war nervös, zugleich aber freute ich mich. Ja, es bereitete mir Freude, zu kämpfen. Es ist schwer zu beschreiben, es ist nicht die Lust, die ein Mann für eine Frau empfindet, es ist anders, aber dennoch in einer gewissen Art und Weise vergleichbar. Man ist bereit sein Leben zu riskieren und doch empfindet man Gefallen daran. Während des Kampfes entfaltet sich ein Hochgefühl, wie ein Rausch, der von mir Besitz ergreift.

Mit der Kraft der letzten Ruderschläge glitten wir auf den Strand zu. Ich schaute auf die Bäume, hinter denen sich Kjell und ich am Tag zuvor versteckt gehalten hatten. Zwei Raben flogen auf, ganz in der Nähe des Baumes, von dem aus wir das Gebäude ausgespäht hatten. Sie krächzten und schienen uns zu beobachten.

»Hugin und Munin werden unsere Zeugen sein«, sagte ich und zeigte mit dem Schwertarm auf die zwei Raben, die sich mittlerweile wieder auf den Bäumen niedergelassen hatten. Hugin und Munin sind die Raben Odins. Sie sind seine Augen, fliegen über die Welt, um Odin zu erzählen, was wir Menschen auf Midgard tun, welche Abenteuer wir erleben. Sie erzählen von unserem Mut oder von unserer Feigheit.

Der Bug setzte auf dem Sand auf und der leichte Ruck ließ uns straucheln, bevor wir von Bord sprangen und losliefen. Das kalte Wasser reichte mir bis zu den Knöcheln, bis wir auf dem Sand schneller vorankamen, der schon bald zu fester Erde wurde. Es war immer noch neblig, die Stimmung der Morgendämmerung düster.

Die Hälfte der Männer blieb bei den Schiffen, um uns die Rückzugsmöglichkeit zu sichern. Etwa fünfzig bewaffnete, kampfbereite Männer liefen die Dünen hinauf und sahen das große Gebäude aus dem Nebel auftauchen. Ich lief mit Halmgar, Ingvarr, Kjell und zehn anderen zu dem großen Haupthaus, während die meisten anderen Männer geschlossen in das Dorf rannten Noch war alles still, ich blickte mich zu allen Seiten um und wäre Ingvarr beinahe in die Hacken getreten, als er seine Schritte verlangsamte und etwa zehn Schritt vor dem großen Holztor des Eingangs zum Stehen kam. Vor uns hatten sich einige Männer in braunen Kutten aufgebaut. Kjell schaute mich vorwurfsvoll an, denn es schien offensichtlich zu sein, dass die Bewohner gewusst hatten, dass wir kommen würden. Trotzdem trug keiner von ihnen eine Waffe und doch stellten sie sich uns selbstbewusst entgegen.

An den großen Kreuzen, die sie um ihre Hälse trugen, erkannte man nun deutlich, dass es Mönche waren. Lindisfarne war tatsächlich eines der christlichen Klöster, von denen wir gehört hatten. Eines der Klöster, welche Reichtum versprachen. Ingvarr lachte bei dem Anblick und ich glaube, es war das erste Mal seit dem Sturm, dass er seine Trübsinnigkeit ablegte. Die Nornen, die drei Schicksalsgöttinnen, schienen es an diesem Tage gut mit uns zu meinen. Ich schaute nach vorne, fand mich in einer Situation wieder, die so bizarr war, wie ich sie nie wieder erleben sollte. Auf der einen Seite vor Waffen starrende Plünderer. Auf der anderen Seite Mönche in braunen Kutten. Einer von ihnen hob sein Kreuz und sagte etwas in einer fremden Sprache. Er sprach langsam, laut und eindringlich. Ich konnte mich noch später an die Worte erinnern, ließ sie von jemandem, der die Sprache der Engländer beherrschte, übersetzen. »Gott wird uns beschützen, kniet nieder vor dem Heiligen Kreuz«, sagte der Mönch.

Wir verstanden all das nicht. Wir wollten nur eines: Beute. Diese Mönche standen uns im Weg und somit wusste ich, dass sie dem Tod geweiht waren.

Seltsamerweise jedoch waren es nicht wir, die mit dem Blutvergießen begannen. Ein Mann in hinterer Reihe bückte sich, hob einen Stein auf und warf ihn hart in unsere Richtung.

Entsetzt schrie der vordere Mönch mit dem Kreuz in der Hand auf und drehte sich zu dem Werfenden um. Doch all seine Warnungen kamen zu spät, der Stein flog durch die Luft und traf Halmgar am Kopf, der ein zwei Schritte nach hinten strauchelte.

Ich glaube im Nachhinein, dass alle Beteiligten auf Halmgar starrten. Auch denke ich, dass alles Folgende weniger grausam abgelaufen wäre, wenn es nicht Halmgar gewesen wäre, der von diesem Stein getroffen wurde, wenn es nicht ein Mönch gewesen wäre, der diesen Stein geworfen hatte. Ich fragte mich in diesem Moment auch, ob alles anders gekommen wäre, wenn Kjell und ich einen Tag zuvor den Gefangenen getötet hätten. Mittlerweile war ich mir sicher, ihn unter den Mönchen zu erkennen und hätte er seine Freunde nicht gewarnt, so hätten sie sich uns nicht geschlossen in den Weg gestellt, sondern wären bei einem überraschenden Angriff in alle Richtungen geflohen.

So aber blutete Halmgar aus einer Platzwunde und spuckte wutentbrannt aus. Nein, er spuckte nicht einfach aus. Das But war ihm von der Stirn in den Mund gelaufen und vermischte sich dort mit dem Speichel. All das spie Halmgar in die Richtung der Mönche. Im hohen Bogen flog es durch die Luft und landete genau auf dem Kreuz, das der Mönch immer noch schützend vor sich hielt. Das Gesicht des Christen war noch erschrockener als zuvor, als Halmgar langsam auf ihn zuschritt, die große Axt in der Hand und vor Wut brüllend. Der Geifer spritze aus seinem weit aufgerissenen Mund, während er nach dem Mönch in vorderster Reihe hieb. Dessen Hand umklammerte noch immer das Holzkreuz, als sie zu Boden fiel. Erst beim Aufschlag wurde der Griff gelöst. So fiel das Kreuz Halmgar vor die Füße, der es verächtlich weg trat. Der Mönch, dem das Blut in Stößen aus dem abgehackten Arm schoss, schrie nicht, er starrte Halmgar entsetzt an und hob seinen verstümmelten Arm, um den nächsten Schlag abzuwehren.

Doch der Hieb Halmgars durchschnitt den Hals des Mannes bis zum Brustbein und kam erst dort zum Erliegen. Blut sprudelte aus der klaffenden Wunde und diese Brutalität ließ die anderen Mönche versteinern. Noch immer lag eine erstaunliche Ruhe über dieser grausamen Szenerie. Halmgar hob sein Bein, stemmte es gegen den Brustkorb des Toten, um seine breite Axtklinge heraus zu ziehen. Er ruckte und zerrte daran, machte dabei angsteinflößende, knurrende Geräusche, bis er seine Waffe endlich frei bekam, nur um sie sogleich wieder über seinen Kopf zu heben und den nächsten Mann zu töten, ohne dass dieser nur den Hauch einer Möglichkeit hatte, sich aus seiner Erstarrung zu lösen. Schließlich kam Bewegung in die Mönche. Sie begingen den nächsten Fehler und leisteten Widerstand. So begannen wir alle mit dem Töten.

Wir stürzten uns schreiend auf sie. Während Halmgars erster Mord noch langsam abgelaufen war, ging plötzlich alles ganz schnell. Allein Halmgar musste die Hälfte der Mönche schon getötet haben, als wir anderen hinzukamen. Ingvarr zerrte seine Axt aus der Brust eines Mannes, als ich das erste Mal zuschlug. Angesteckt vom Kampfesrausch unserer Männer schrie ich vor Wut, als ich einem Mann den Bauch aufschlitzte. Er sank auf die Knie, kippte aber dann vorn über weil ich ihm mit einem weiteren Schwerthieb krachend den Schädel spaltete.

Der Blutdurst und die Gier nach Silber machten uns alle zu skrupellosen Mördern.

Das Tor des Klosters war verriegelt. Während ich noch auf einen Mann einhackte, warf Halmgar sein gesamtes Gewicht schon gegen das Holz. Es knarrte und bog sich, brach aber nicht.

Plötzlich hörte ich hinter mir Schreie und drehte mich um.

Die Männer, die das Vieh aus den Ställen des Dorfes rauben wollten, waren ebenfalls auf verzweifelten Widerstand gestoßen. Eine kleine Gruppe Dorfbewohner hatte sich mit Sicheln, Heugabeln und Ähnlichem bewaffnet und versuchten, ihr Hab und Gut zu beschützen. Verzweifelte Männer sind nicht zu unterschätzen, an diesem Tage aber wurden sie von unseren Kriegern abgeschlachtet wie Vieh. Jetzt endlich brach das Chaos aus, das ich herbeigesehnt hatte, nur dass all unsere Männer keinen Skrupel mehr empfanden, die Mönche zu töten. Schließlich hatten sie sich uns in den Weg gestellt und trugen somit selbst Schuld am Kampfrausch, der uns mit aller Brutalität zuschlagen ließ.

Ich sah wie einer unserer Männer einer Frau hinterher stürzte und sie zu Fall brachte. Er warf sich über sie, riss ihren Rock hoch, nestelte an seiner eigenen Hose, während er der wimmernden und schreienden Frau ins Gesicht schlug und dann immer wieder mit der Hüfte zustieß. Die Frau ergab sich letztlich ihrem Schicksal, lag schluchzend auf dem Boden, ohne dass ihr Körper noch Widerstand leistete.

Ein lautes Krachen lenkte meine Aufmerksamkeit wieder zur Tür. Halmgar hatte sich ein weiteres Mal dagegen geworfen und flog nun mitsamt dem splitternden Holz in das Gebäude. Wir jubelten und ich lief direkt hinter Ingvarr, der mit seinem Schild den Schlag eines Mönches abwehrte, der mit einem Kerzenständer gegen den gestürzten Halmgar zielte. Ingvarr ließ seine Axt nach vorne schnellen, zog die Klinge wieder zurück, stieß den Sterbenden mit dem Schild zur Seite und rannte weiter. Halmgar hatte sich bereits aufgerichtet und schritt nun vor mir her.

Immer wieder stellten sich uns Männer in den Weg, obwohl die meisten gesehen hatten, was passiert war und wissen mussten, dass sie nur in den Tod rannten.

Es war längst kein kontrollierter Überfall mehr. Jeder suchte sich seinen eigenen Weg durch die verschiedenen Räumlichkeiten. Angsterfüllte Schreie erfüllten die Luft und ich bog gerade in eine andere Richtung ab, als ich Halmgar brüllen hörte: »Tötet sie alle! Töten!«

Nur noch Blut konnte seinen Zorn stillen.

Mir ging es um Reichtum, Halmgars Hass auf das Christentum aber schien seine Sinne zu vernebeln. Er sah nur noch Kreuze und Mönche und schickte all das ins Verderben.

Ein Gang führte mich in einen großen Raum, in dem zwei Männer in Kutten warteten. Einer der beiden kniete vor einem massiven Tisch, auf dem ein goldenes Kreuz stand, der andere stand daneben und schleuderte einen Stuhl in meine Richtung. Ich wehrte ihn ab, lief ungehindert weiter und wollte meinem Gegenüber den Schildrand ins Gesicht schleudern. Dieser aber zog eine Sichel aus seinem Gürtel und rannte mit einem von den Wänden widerhallenden Schrei, mit Tränen in seinen roten Augen, auf mich zu. Dumm wie ein Esel präsentierte er mir seinen ungeschützten Körper. Hätte er einfach um sein Leben gebettelt, ich hätte es ihm vielleicht gewährt, doch so tötete ich ihn mit einem Stich in den Bauch. Blutgurgelnd brach er zusammen, krümmte sich auf dem Boden, hob sich die Hand vor die klaffende Wunde, aus der das Blut in Strömen schoss und den Boden rot färbte.

Der andere Mönch faselte mir unverständliche Worte, monoton und in sich gekehrt. Er hatte seine Kapuze über den Kopf gezogen und saß mit dem Rücken zu mir. Ich schaute ihn an, holte aus, um in den Schädel einzuschlagen, doch dann hielt ich inne, war gebannt von dem goldenen Kreuz, das auf dem Tisch stand. Ich war so verzaubert von dem Glanz, dass ich kaum bemerkte, wie Barri die Tür hereinkam, vortrat und keuchte, während er seinen Speer in das Rückgrat des Mannes bohrte. Der Mönch schrie auf, zuckte kurz und hing schließlich schlaff über dem Speer, bis Barri seinen Fuß auf den Rücken des Toten setzte und den blutverschmierten Spieß aus dem Körper zog.

Ich schenkte dem keine Beachtung, hatte nur Augen für das goldene Kreuz, als ich über die Leiche stieg und kurz auf dem Blut wegrutschte, während ich mein Schwert in die Scheide steckte.

Obwohl es in dieser kleinen Halle, deren Decke mit dicken Stämmen gestützt wurde, sehr kühl war, schwitzte ich in meiner Wolltunika.

Von dem goldenen Kreuz, ja schon allein von dem Tisch, der mit zahlreichen kunstvollen Schnitzereien verziert war, ging eine ungeheure Anziehungskraft aus, die mich alles andere vergessen ließ. Ich konnte meinen Augen kaum trauen und tat einen letzten Schritt auf das Objekt zu. Das Geschrei aus den anderen Winkeln des Gebäudes nahm ich nur noch gedämpft wahr. Zwar war das Kunstobjekt schlicht gearbeitet, doch allein das Material aus Gold und Silber verzückte mich. Sogar ein roter Edelstein prangte in der Mitte.

Barri und zwei andere Männer standen neben mir. Ich schloss meine Hand um das Gold, hob es hoch, wog es in der Hand, was in mir Glücksgefühle aufkeimen ließ. Ich lachte. Erst leise, dann immer lauter. Bald lachten wir alle und klopften uns gegenseitig auf die Schultern.

»Das allein macht uns zu reichen Männern!«, sagte Barri, nachdem wir uns wieder gefangen hatten.

»Aber das wird nicht alles sein, was diese Schatzkammer birgt«, antwortete ich begeistert und zeigte auf zwei große silberne Kerzenständer.

»Bei den Göttern. Danke, dass uns das Schicksal hierherführte«, grinste Barri.

»Lasst uns nachsehen, was sonst noch zu finden ist«, sagte einer der anderen Männer.

Zurück im Gang stellte ich fest, dass das Geschrei nachgelassen hatte und uns Männer entgegenkamen, deren Arme mit Schätzen beladen waren.

»Wenn ich in Walhalla nur halb so reich bin...«, jubelte einer, während er kopfschüttelnd über die zerborstene Tür nach draußen rannte und ich seine weiteren Worte nicht mehr hören konnte.

Ich schaute ihm hinterher, als plötzlich ein Ruf zu uns durchdrang: »Kommt hierher. In den Keller! Hier steht alles voller Wein.«

Eine mit Steinen gebaute Treppe führte in eine in die Erde gegrabene Höhle, die mit Holzbohlen ausgekleidet war, in der wir Kjell entdeckten, der gerade einen großen Krug an den Mund setzte. Der Wein lief ihm links und rechts durch den Bart. Er sah mich, musste lachen, setzte den Krug aber nicht ab, wodurch mehr durch seinen Bart rann, als er schlucken konnte.

In dem kühlen Keller waren die Regale voll mit Weinkrügen, die selbst ohne den köstlichen Inhalt von Wert waren. Ich nahm einen heraus, löste den Stopfen und trank einen kräftigen Schluck. Es war der beste Wein, den ich je getrunken hatte. Kein Händler hatte uns jemals solchen Wein gebracht.

»Wir nehmen das alles mit«, lachte Kjell und stürzte den Rest seines Weinkruges hinunter.

»Wenn du so weiter säufst, wirst du gar nichts mehr mitnehmen, mein Freund«, tadelte ich amüsiert.

»Dann musst du es tragen«, sagte er ohne eine leichte Betrunkenheit in seiner Stimme verstecken zu können.

Ich hob das goldene Kreuz in die Höhe. »Zunächst bringe ich diese Kostbarkeit auf unser Schiff!«

Kjell richtete berauscht vom Wein seine Aufmerksamkeit zum ersten Mal auf meinen Fund, den ich ihm entgegenstreckte. Seine Augen wurden immer größer. Er lachte und wollte danach greifen, doch ich zog das Kreuz weg und durch den Schwung, den Kjell in seinen gierigen Griff gelegt hatte, taumelte er nach vorne. Ich musste ihn auffangen, damit er nicht fiel.

»Ich werde das alles mitnehmen!«, schrie er wieder, stolperte zurück, ließ seinen Krug auf dem Boden zerschellen und nahm sich den nächsten aus dem Regal, den er sich unter den Arm klemmte, um zwei weitere Gefäße mit den Händen zu tragen. Schwankend rannte er an mir vorbei und lallte immer wieder die gleichen Worte: »Alles müssen wir mitnehmen. Alles.«

»Ja, das machen wir«, grinste ich und folgte ihm.

Wir erfüllten ihm diesen Wunsch, nahmen tatsächlich alles mit, was wir tragen konnten. Während wir nach draußen hasteten, bemerkte ich das Chaos, das wir dabei verursachten. Ich blickte nach links und nach rechts. Ein Raum war schöner als der andere. Altäre waren mit aufwendigen Schnitzereien verziert, in denen Steine eingearbeitet waren. Unsere Männer aber hatten keinen Sinn für diese Schönheit. Gier steuerte ihr

Denken. So sah ich zu, wie sie die Steine herausrissen, dabei so ungeschickt vorgingen, dass sie die Schnitzereien zerstörten.

Wir liefen weiter zum Schiff und luden unsere Beute darauf, waren allerdings nicht die ersten, die das getan hatten. Alles war bereits voll mit silbernen Kerzenständern, Kreuzen, Truhen voller Münzen und vielem mehr.

»He Kjell, wo fandst du den Wein? Du bist ja schon besoffen wie tausend Mann!«, lachte einer der Wachposten.

»Im Keller dieses Klosters liegen die Regale voll damit«, schrie Kjell sichtlich bemüht, deutlich zu sprechen, was ihm immer schwerer fiel.

Ich riss ihm den Krug aus den Händen, setzte an und trank in großen Schlucken. Kjell protestierte, versuchte, mir das Gefäß wieder abzunehmen, doch ich stieß ihn ohne den Krug abzusetzen zurück. Er schwankte, landete auf seinem Hintern und schaute entsetzt zu mir auf. Wir lachten ihn aus, was ihm sichtlich missfiel. Er versuchte, aufzustehen, konnte sein Gleichgewicht jedoch nicht halten und schaffte es nicht einmal mehr, sich kniend auf den Händen abzustützen.

»Entsprechen seine Worte der Wahrheit?«, wurde ich gefragt.

»Ja, es ist wahr« antwortete ich. »Der Keller ist voller Wein.«

»Ich lass mir diesen Wein nicht entgehen. Was soll schon passieren?«, schrie der Wachmann, winkte seinen Kameraden zu und verließ seinen Posten.

Ich setzte den Krug erneut an und schaute den Männern nach, während ich das köstlich schmeckende Getränk hinunterstürzte und Kjell die Hand reichte, ihm aufhalf, um ebenfalls zurück zum Kloster zu laufen. Kjell jedoch war so betrunken, dass er bei den ersten Schritten strauchelte, nur um sofort wieder auf den Planken zu liegen. Ich beobachtete lachend, wie er versuchte, aufzustehen und immer wieder stürzte und es letzten Endes aufgab.

»Lass mir den Krug da«, lallte er.

»Ganz sicher nicht, du betrunkener Hund«, lachte ich und ließ ihn zurück.

Auf dem Weg zum Kloster kamen mir Männer entgegen, einer hatte seine Hände voller Silber, ein anderer trieb ein Schwein Richtung Schiff, wieder ein anderer zog eine schreiende junge Frau an den Haaren hinter sich her. Ich lief an ihr vorbei, beachtete sie kaum, doch sie machte einen

Schritt auf meine Seite, als ich auf ihrer Höhe war. Ich wich ihr aus, als ihr Kopf nur eine Handbreit an meinem Gesicht vorbeigezogen wurde. In dem Moment, als sie an mir vorbeihuschte, hörte sie auf zu schreien und sah mir mit großen, grünen Augen in die meinen. »Lauf weiter, du Mistvieh«, schrie der Mann, riss sie zu Boden, schlug ihr ins Gesicht und schob sie vor sich her.

Die Frau starrte vor Dreck, trotzdem sah ich, dass sie schön war. Lange, rotblonde Haare hingen ihr auf den Rücken. Sommersprossen verzierten ihre weiße, zarte Haut. Sie war zierlich gebaut, kleiner als ich, für eine Frau aber verhältnismäßig groß und schlank. Unter einem einfachen Leinenhemd zeichnete sich ihre schmale Taille ab. Irgendetwas war da noch, nichts, was ich beschreiben könnte, nichts Greifbares, nichts Sichtbares. Irgendetwas berührte mit einem Mal meine Seele und zwang mich stehen zu bleiben.

»Lass sie gehen!«, rief ich dem Mann hinterher. Ich kannte ihn nur vom Sehen, wusste, dass er zu Halmgars Leuten gehörte. Er drehte sich langsam um, blieb verwirrt stehen und schaute mich angriffslustig an.

»Ich nehme mit, was mir gefällt und die gehört mir«, sagte er, zeigte mit einem Kopfnicken auf die Frau, drehte sich von mir weg und schlurfte weiter. Das Mädchen schrie, als er sie an den Haaren hinter sich herzog. Sie konnte uns vermutlich nicht verstehen, aber sie musste an meinem Gesichtsausdruck erkannt haben, dass ich ihr helfen wollte. Sie drehte sich immer wieder zu mir um und ich haderte mit mir, wollte nicht wegen einer Frau einen Streit wagen, vor allem, weil der Mann Halmgars im Recht war. Im Blick dieser Frau aber lag ein Zauber, wie ich es noch nie gesehen hatte.

»Lass sie gehen«, sagte ich noch einmal, lauter als zuvor.

Der Mann drehte sich um. Er schaute mich an, als hätte er mich nicht verstanden. »Willst du mir drohen?«, fragte er, die Augen wütend zu Schlitzen zusammengekniffen.

Er war nicht groß, aber muskulös, hatte einen kurz gehaltenen Bart, einen kahlen Kopf und kleine, verschmitzte Augen.

»Du verstehst meine Worte gut. Lass sie gehen!«

Aufgebracht schritt er auf mich zu und zog mit der freien Hand seine Axt aus dem Gürtel. »Du wagst es, mit mir um meine Beute zu streiten?«. Er trat auf mich zu, die Frau immer noch hinter sich herziehend.

Sie wand sich unter seinem Griff, schlug mit Fäusten auf ihren Peiniger ein was diesen nicht weiter zu stören schien. Er stand jetzt etwa einen halben Schritt von mir entfernt, wollte mich mit seinem scharfen Blick einschüchtern.

»Lass sie los!«, wiederholte ich mich unbeeindruckt.

»Die gehört mir!«

Als ich mein Schwert zog, ging alles ganz schnell. Mein Widersacher ließ die Frau los, nahm seine Waffe mit beiden Händen und schlug auf mich ein. Es lag seine ganze Kraft in diesem Hieb, was ich durchaus zu spüren bekam. Mein Arm vibrierte, als die Stärke des Hiebes von seiner Klinge auf die meine übertragen wurde. Dennoch wehrte ich seine Axt ab, machte gleichzeitig einen Schritt nach vorn und wollte ihm den Schwertknauf ins Gesicht schlagen. Der Mann wich aus, schwang seine Waffe gegen meine linke Schläfe, doch sein Axtstiel schlug wirkungslos gegen die Schneide meines Schwertes, welches ich mit der Spitze nach unten vor meine Schulter gestellt hatte. Ich packte mit der linken Hand seinen rechten Arm, zog meinen Feind zu mir und nun traf mein Knauf sein Ziel, hämmerte gegen seine Stirn. Er taumelte benommen zurück. Die Wunde blutete sofort. Es war nichts Schlimmes, eine einfache Platzwunde, die ihre Wirkung aber nicht verfehlte und als ich nachsetzen wollte, meinen Gegner nur auffordernd anschaute, wich er zurück und schnaubte kurz, bevor er seine Axt wegsteckte und mit dem Finger auf mich zeigte: »Ich bin Ägir Ägirson! Merke dir diesen Namen gut, denn wir werden uns wieder sehen! Das verspreche ich dir.« Er spuckte aus und ging zum Schiff.

Auch ich steckte mein Schwert in die Scheide, fragte mich ob ich Ägir schon vorher einmal gesehen hatte, hielt dann aber nach der Frau Ausschau, die wegrannte und gerade stolperte.

Ich lief hinterher, packte sie unter den Armen und hob sie grob auf. Als sie sich herumdrehte, um mir mit der flachen Hand ins Gesicht zu schlagen, lachte ich nur, verstärkte meinen Griff, der so eisern war, dass ihr die Tränen in die Augen schossen, mit denen sie mich anstarrte. Erneut wollte sie mich schlagen, ich aber duckte mich nur darunter hinweg.

»Hör auf damit.« Sie hörte nicht, schlug ein weiteres Mal zu, traf meine Nase, die nun blutete, was mich so sehr verärgerte, dass ich mit meiner rechten Hand ausholte, um ihr kräftig ins Gesicht zu schlagen, doch plötzlich erkannte ich in ihren blaugrünen Augen eine Angst und ein so tief ergreifendes Gefühl, das meine Seele schon Momente zuvor berührt hatte. Ich hielt inne und schaute sie an, so lange, dass ich alles um mich herum vergaß. Alles fiel von mir ab. Jede Kraft verließ mich. »Du bist frei«, sagte ich. Sie verstand meine Worte nicht, wohl aber meine Geste. »Geh ruhig,« Sie ging langsam rückwärts vor mir weg, sah mich an, wie ich dastand, unfähig mich zu bewegen. Sie schien sich nicht lösen zu wollen, zögerte, drehte sich dann doch weg, trat auf ihr Kleid und fiel auf die Knie, während ich immer noch bewegungslos dastand und ihr dabei wie gefangen zusah.

Wieder dreht sie sich zu mir um und hielt in ihrer Flucht inne, machte plötzlich wieder einen Schritt in meine Richtung. Ich sah den herannahenden Krieger. Es war einer unserer eigener Männer, der zuvor die hilflose Frau vergewaltigt hatte. Er stürmte mit erhobener Axt auf die Frau zu. »Nein!«, schrie ich, war aber zu weit entfernt, um zu handeln, schloss die Augen und hasste mich dafür, dass ich sie gehen gelassen hatte. Ich hörte den Schrei, der mir durch Mark und Bein drang, wollte nie wieder meine Augen öffnen, ahnte, dass die Frau gestorben sein musste. Als ich blinzelte, lag sie im Dreck. Der Mann beugte sich über sie, nestelte wieder an seiner Hose herum, bis ich losrannte und all meine Abscheu, die ich mit einem Mal für ihn empfand, in den Aufprall legte, mit dem ich ihn von der Frau wegschleuderte. Das Mädchen lebte, er hatte sie nicht getötet, sie lebte, jetzt kroch sie nicht von mir weg, sondern klammerte sich an mein Bein, während ihr Peiniger wieder aufstand und uns ansah.

»Sie gehört mir«, sagte ich. Unser Widersacher knurrte nur, stürmte von dannen und verschwand in dem Dorf, dessen Häuser genau in diesem Augenblick in Flammen aufgingen. Die Frau erhob sich, keuchte und schluchzte vor Furcht und blickte ihrem Angreifer hinterher. Aus ihrer Sicht musste es ein entsetzlicher Anblick gewesen ein. Überall lagen Leichen der Menschen, die sie gekannt hatte. Es stank nach Tod und der Rauch der Feuer verdunkelte den Himmel.

Ich schaute die Frau an, die ihre Augen nun auf mich gerichtet hatte. Eine Träne lief ihr die Wange herunter und hinterließ eine schimmernde Spur auf dem dreckigen Gesicht. »Du bist frei«, sagte ich wieder, doch noch während ich diese Worte aussprach, stockte ich, denn ihr Zuhause brannte, ihre Freunde und vielleicht sogar ihr Mann waren tot. Vorsichtig machte ich einen kleinen Schritt auf sie zu, der sie ängstlich zurückweichen ließ.

»Ist schon gut, ich tu dir nichts«, versuchte ich, sie zu beruhigen.

Ihren Kopf gesenkt, schaute sie mich von unten nach oben an. Ich nahm ihre Hand und sie zitterte, ließ mich aber gewähren. Mit der anderen streichelte ich ihr über den Kopf. Mit einem Mal war es so, als würde sich das Grauen in ihr Bahn brechen. Der Überlebensinstinkt hatte sie aufrecht gehalten, nun aber brachen das Entsetzen und die Trauer aus ihr heraus. Sie weinte und schrie, so ergreifend, dass ich selbst zu zittern begann und ihren Klagegesang in mein Herz aufsaugte. Lange standen wir so da, sie schluchzte, während ich mir Vorwürfe machte. Ich war es, der ihr alles genommen hatte. Ich war es, der den Tod über ihr Dorf gebracht hatte und sich daran auch noch bereichern wollte. Sie hob ihren Kopf und erlöste mich von meinen quälenden Gedanken. Mit einem zögerlichen Lächeln sah ich sie an: »Komm mit mir«, sagte ich.

Ausgiebig musterte sie mich, dachte nach, als hätte sie meine Worte verstanden.

»Mit euch?«, fragte sie schließlich langsam, zeigte auf die wilde Horde, die gerade zu den Schiffen eilte und eine Verwüstung hinter sich herzog. Ich starrte sie überrascht an. »Du – du sprichst unsere Sprache?«, stotterte ich.

»Nicht mehr gut«, sagte sie langsam, um Worte ringend.

»Nicht mehr?«

Sie sprach in der Tat nordisch, wenn auch sehr langsam und gebrochen, als müsse sie über jedes Wort nachdenken.

»Ich bin Dänin. Mein Bruder...«, stockte sie, weinte, brachte kein Wort mehr heraus, zeigte nur mit der Hand auf die Zerstörung hinter sich und ich verstand, was sie mir sagen wollte.

»Dein Bruder ist tot?«, fragte ich schließlich.

Sie nickte.

»Komm mit mir«, sagte ich frei heraus. »Ich werde dich gut behandeln!«, versicherte ich mit all der Ehrlichkeit, die ich in diese Worte legen konnte.

Sie schaute zurück auf die Verwüstung, die wir angerichtet hatten, offenbarte mir damit die Gegensätzlichkeit, die in meinen Worten lag.

»Ich werde dich gut behandeln«, wiederholte ich trotz allem. »Hätte ich das Töten verhindern können, hätte ich es getan«, beteuerte ich, was mich selbst überraschte. Es war eine Lüge. Gleichwohl empfand ich es mit einem Mal als Wahrheit, denn jetzt, als sie vor mir stand, erschien mir alles sinnlos. All das Gold, all das Silber. Ich brauchte und wollte es nicht mehr.

Die Frau schnaubte verächtlich aus, warum sollte sie mir auch Glauben schenken, wenn ich ihr alles genommen hatte. Und doch sah ich etwas in ihren Augen, was mich hoffen ließ. Sie erinnerte sich vielleicht, dass ich es war, der sie vor den Grausamkeiten der anderen Männer bewahrt hatte, dass ich mit diesen Männern um ihre Freiheit gekämpft hatte.

Ihre Blicke wechselten zwischen mir und der Zerstörung hinter ihr. Ich wischte ihr mit dem Daumen die Tränen aus dem Gesicht. »Ich werde dich beschützen«, versicherte ich wieder.

Ich nahm ihre Hand und zog sie Richtung Schiff. Ich zog nur ganz vorsichtig, wollte sie nicht dazu zwingen, doch was blieb ihr anderes übrig? Erst ging sie nur zögerlich mit, wusste nicht, was sie tun sollte.

»Das Schicksal ist unausweichlich!«, sagte ich leise, mehr zu mir selbst.

Sie blieb stehen und schaute mich fragend an. »Was hast du gesagt?«

»Das Schicksal ist unausweichlich«, wiederholte ich.

Tränen rollten über ihre zarte Haut, während sie regungslos da stand und ins Leere starrte.

Später erklärte sie mir, warum sie meine Worte so sehr verwirrten. Die Christen, unter denen sie so lange gelebt hatte, glaubten nicht an das Schicksal. Sie dagegen hatte es vor langer Zeit einmal getan und nie damit aufgehört. Ja, vielleicht war es das Schicksal, das uns zusammengeführt hatte, das all diesem Grauen einen Sinn gab. Ich hörte die Nornen lachen, als wir gemeinsam einer neuen, unbekannten Zukunft entgegenschritten.

Wir liefen auf ein Schiff zu, dass voll beladen war mit Gold, Silber, Essen und Wein. Die Männer waren bereits wieder zurück und grölten, als sie mich mit der Frau an der Hand sahen.

»Ragnar, du führst reiche Beute mit dir!«, johlte einer.

Ein anderer lachte: »Rot wie der Wein sind ihre Haare, von ihr kosten würde ich auch gern mal.«

Die Frau zögerte wieder, doch ich versicherte ihr erneut: »Niemand wird dir etwas zu leide tun! Dafür bezahlen sie mit dem Leben.«

Ich legte meine Hand auf meinen Schwertknauf, um die Aussage zu bekräftigen. Sie glaubte mir, ja, das spürte ich und so schritten wir voran. Hinter uns lag eine Wirrnis, ein verwüstetes, brennendes und geplündertes Kloster namens Lindisfarne. Der Rauch musste ganz England aufschrecken.

Doch vor uns lag das ruhige, friedliche Meer. In mir keimte der Gedanke einer ebenso ruhigen und friedlichen Zukunft auf.

Ich war zwanzig Jahre alt, als ich Reichtum und eine wunderschöne Frau aber auch einen Feind gewonnen hatte.

Wir alle waren reich geworden und so waren reiche Männer auf dem Weg nach Hause.

Kapitel 2 - Vertrauen

Die Frau hieß Bithia. Sie verriet mir ihren Namen, sagte aber weiter nichts, wollte mich nicht an sich heranlassen, obwohl sie sich auf diesem Schiff nicht vor mir verbergen konnte. Genau darunter litt sie am meisten. Oft saß sie, die Knie mit den Armen umschlungen und an den Körper gezogen, in einer Ecke des Schiffes und schaute ängstlich den Männern zu, die ihr Leben zerstört hatten. Sie weinte und hörte nicht damit auf.

»Wo willst du sie verkaufen?«, fragte mich Ingvarr barsch, als er das Flennen nicht mehr ertragen konnte.

»Verkaufen?«

»Willst du sie etwa behalten?«, sagte er gereizt und zeigte mit der Hand auf Bithia.

»Das hatte ich vor.«

»Sie wird dir zu nichts nütze sein. Sieh doch nur, wie dünn sie ist. Sie kann nicht arbeiten. Nicht mal Kinder gebären kann sie dir. Wir verkaufen sie im nächsten Hafen, davon hast du mehr.«

»Ich werde sie nicht verkaufen«, wiederholte ich ruhig.

Ingvarr schaute mich an und ich erwiderte seinen Blick, las in seinen Augen, dass dieses Gespräch keine Unterhaltung sein sollte.

»Verkaufe sie!«, befahl er mir und schien keine Widerrede zu billigen. Er wandte sich ab, entfernte sich von mir.

»Das werde ich nicht tun«, sagte ich.

Ingvarr drehte sich um, schaute mich an, machte einen griesgrämigen Gesichtsausdruck, schritt wieder auf mich zu, bis er nur noch eine Armlänge von mir entfernt war. »Du wirst sie verkaufen«, sagte er noch einmal mit einer Stimme, in der es brodelte und die jeden Moment explodieren konnte. Ich schaute zu Bithia, die all das mitbekommen musste, denn sie kauerte sich nicht weit von uns entfernt an die Reling. Sie sah mich an. Sie war hübsch und mit dieser Schönheit hätte ich sie gut verkaufen können. Darüber hinaus aber strahlte sie etwas aus, das viel mehr bedeutete als nur Schönheit oder Silber. Ich wusste nicht, was es war, aber konnte Ingvarr diese leuchtende Aura um sie herum nicht sehen?

Ich schüttelte langsam den Kopf. »Nein, ich verkaufe sie nicht«, sagte ich, ohne den Blick von ihr nehmen zu können.

Ingvarr knurrte und machte noch einen Schritt auf mich zu. Er stand jetzt nur eine Handlänge von mir entfernt. Ich drehte meinen Kopf zu ihm, versuchte, seinem Blick zu trotzen, kniff die Augen zu Schlitzen zusammen und sah ihn herausfordernd an. Eine gefühlte Ewigkeit standen wir so da, schauten uns in die Augen, bis er endlich das Wort erhob. »Ich werde diese englische Hure nicht in meinem Haus dulden«, sagte er bestimmt.

»Sie ist Dänin«, antwortete ich.

»Du wirst dir ein eigenes Haus bauen müssen, in meinem werde ich diese Frau nicht dulden! Ich werde dieses Gerippe nicht durchfüttern, bis sie fett genug ist, dir ein Kind zu werfen. Ich muss meine eigene Familie ernähren.«

»Ihr Name ist Bithia«, sagte ich, ohne auf seine Ausführungen einzugehen. Wir standen uns direkt gegenüber. Ich wusste, dass Ingvarr zornig war und das machte mir Angst. Es war das erste Mal, dass ich mich ihm widersetzte, trotzdem ließ ich mir diese Furcht nicht anmerken, spürte jedoch, wie mein kleiner Finger nervös zuckte. Warum wagte ich so viel für diese Frau? Warum hörte ich nicht einfach auf Ingvarr und verkaufte sie im nächsten größeren Hafen? Die Antwort darauf erschien mir in diesem Augenblick so deutlich, als hätte sie mir jemand zugeflüstert. Bithia weckte etwas in mir, das ich nicht erklären konnte und doch gab ich mich diesem Gefühl kompromisslos hin, setzte mich für sie ein, obwohl ich sie nicht einmal kannte.

Ingvarr starrte mir in die Augen und ich erwiderte diesen durchdringenden Blick.

Dann, endlich, nach einer Ewigkeit, hob Ingvarr die Hand und zeigte wieder auf Bithia: »Bring sie wenigstens zum Schweigen!« Mit diesen Worten wandte er sich ab. Ich rührte mich nicht von der Stelle. Hatte ich gewonnen? Nein, sicher nicht. Es benötigte mehr als diesen kleinen Widerstand, dass Ingvarr Bithia akzeptieren würde. Ich riss mich los von meinen Gedanken, versuchte, wenigstens diesen einen Befehl zu befolgen und setzte mich neben die Dänin, um sie zu beruhigen. Sie weinte nur leise, doch es war ein Schluchzen und Jammern, das die Stille auf See durchbrach, wie das stete Krächzen eines Raben die Ruhe der Nacht durchdringt.

»Sie reizt mich wie eine Laus!«, hörte ich eine gewohnte Stimme. Ohne ihn zu sehen, wusste ich, dass es mein Bruder war.

»Auf eine Laus mehr oder weniger kommt es bei dir sicher nicht mehr an«, erwiderte ich gereizt. Mein Herz fing augenblicklich an, schneller zu schlagen.

»Wenn du sie nicht sofort zum Schweigen bringst, dann steck ich ihr meine Axt zwischen die Beine, dass sie das letzte Mal gejault hat.«

»Versuche es. Versuche es und meine Klinge schneidet zwischen deine eigenen Beine. Das kleine bisschen, was ich finde, gebe ich den Fischen zum Fressen.«

Raimund spie aus und entfernte sich. Letztlich hatte er schon erreicht, was er wollte: Bithia war still. Vor Angst traute sie sich nicht, auch nur zu atmen.

Vorsichtig legte ich meine Hand auf ihre Schulter. Sie zuckte bei dieser Berührung zusammen und schaute mich ängstlich an. Ich zog meine Hand zurück.

»Hast du gehört, was er sagte?«, fragte ich sie ruhig.

Sie sah auf, nickte, brachte jedoch keinen Ton heraus. Ich wich ihrem Blick aus und schaute nach vorn. »Hast du auch gehört, was ich sagte?« Wieder nickte sie. »Dann weißt du, dass du dich vor mir nicht fürchten musst.« Ich schaute sie erneut an. Sie war so schön. Die großen, grünen Augen zogen mich in ihren Bann und ich fragte mich, ob es nicht doch einfach nur Verliebtheit war, die ich für sie empfand.

»Du musst dich vor mir nicht fürchten! Solange ich lebe, musst du dich auch vor keinem anderen Mann fürchten, das verspreche ich dir.« Sie erwiderte meinen Blick, sagte aber nichts.

Mein Wort, das ich ihr gegeben hatte, meinte ich ernst und doch war es nichts wert, denn ich konnte mich dem Willen Ingvarrs nicht widersetzen, musste auf seine Gutmütigkeit und Loyalität hoffen. Dennoch werde ich Bithia verteidigen, selbst dann, wenn ich bei dem Versuch sterbe, dachte ich.

»Möchtest du mir von dir erzählen?«, fragte ich vorsichtig. Ich erhielt keine Antwort. Fast unmerklich schüttele sie den Kopf. »Das ist in Ordnung«, sagte ich. »Ruhe dich aus. Weine aber nicht, sonst kommen wir in große Schwierigkeiten.«

Ich stand auf und ging zu Kjell, der den ganzen Tag und die Nacht durchgeschlafen hatte. Mit brummenden Kopfschmerzen hatte er versucht, es sich gemütlich zu machen, doch die Nacht auf See hätte für ihn nicht schlimmer kommen können. Sie war windig gewesen und wir mussten uns immer wieder als lebender Ballast von Steuerbord nach Backbord legen, um nicht zu kentern. An Schlaf war die meiste Zeit nicht zu denken und zu allem Überdruss war das Meer am Morgen wieder ruhig, kein Wind erfasste unser Segel. So kamen wir unserem Zuhause nur durch pure Muskelkraft näher und obwohl wir uns mit dem Rudern abwechselten, war Kjell nicht fähig, seine Arbeit zu verrichten. Müde und erschöpft hing er auf seiner Bank, drückte den Riemen kraftlos durchs Wasser, ohne dass er seinen Teil zum Vortrieb beisteuerte.

»Du betrunkener Fisch«, rief ich und schlug ihm auf die Schulter.

Er schaute mich völlig ermattet an. Mit Augenringen saß er da, kämpfte weniger gegen den Widerstand des Wassers, als gegen die Müdigkeit und Übelkeit. Ich lachte ihn aus, doch er war nicht einmal fähig mit mir zu lachen.

»Na los, verschwinde. Wenn du so weiter ruderst, sind wir in hundert Tagen noch nicht daheim. Ich will meinen Reichtum auch ausgeben und nicht auf diesem Schiff versauern.« Erleichtert meine Hilfe annehmend, quälte er sich auf die Beine und schlurfte davon. »Danke«, sagte er knapp.

Ich schüttelte nur den Kopf. »Du stehst in meiner Schuld«, rief ich ihm hinterher und legte mich in die Riemen.

Als Kind hatte ich die Meeresluft nicht besonders gemocht. Sie hatte für mich nach Fisch gestunken und unangenehm in meiner Nase gebrannt. Jetzt aber liebte ich sie, genoss es, den salzigen Geschmack in meine Lunge zu saugen und schloss kurz die Augen, um mich ganz den rhythmischen Bewegungen des Ruderns hinzugeben, bis ich plötzlich einen Schatten wahrnahm. Erschrocken schaute ich auf und erkannte Bithia, die mich aus verheulten Augen ansah. Ich war so überrascht, dass ich mit dem Rudern aus dem Takt geriet und erwartungsvoll meinen Blick auf diese Frau richtete.

»Setz dich neben mich, wenn du möchtest«, bot ich an. Sie folgte meinem Rat und kniete sich neben die Ruderbank. Ich wusste nicht, was ich sagen sollte, doch sie nahm mir diese Bürde ab und fing ohne Aufforderung an zu erzählen. Ihr Blick war leer auf das Meer gerichtet, ihre Worte waren traurig und doch klangen sie in meinen Ohren wie das Flüstern eines Vogels an einem warmen Sommermorgen.

»Ich lebte neun Jahre in dem Dorf dieses Klosters«, sagte sie. »Neun Jahre sprach ich nicht mehr meine Sprache. Zwölf Jahre betete ich zu Christus, neun Jahre lebte ich in dem Haus meiner Ziehfamilie.«

»Wie alt bist du?«, fragte ich verwundert. Sie starrte aufs Meer hinaus, eine Träne lief ihr die Wange hinunter und sie schien meine Frage nicht wahrgenommen zu haben, bis sie nach einer langen Stille doch antwortete: »Achtzehn.«

»Also verbrachtest du deine ersten neun Jahre in Dänemark?«, fragte ich. Sie nickte, machte aber wiederum eine lange Pause, bevor sie weiterredete. »Ich wuchs in einem Dorf namens Dannewerk auf, an der Ostküste Dänemarks, an der Mündung der Schlei. Meine Familie war eine der ersten, die sich dort ansiedelten. Es kamen schnell mehr Familien, die sich ebenfalls niederließen und so wuchs das Dorf stetig weiter an. Schon als ich geboren wurde, zählte es mehrere hundert Einwohner und wurde oft von Händlern angesteuert. Auch Priester aus dem Frankenland kamen und versuchten, ihren Glauben zu verbreiten. Ein von ihnen, ein dicker, fröhlicher Mensch, ließ sich in unserem Dorf nieder. Er bezog das Haus direkt neben uns. Sein Name war Cuthbert und wie er erzählte, wurde er auf den Namen des heiligen Cuthbert getauft, der lange in dem Kloster Lindisfarne lebte. Er versuchte immer wieder, die Menschen in unserem Dorf zum Christentum zu bekehren, was nicht gern gesehen war. Trotzdem wurde er von allen akzeptiert. Er sprach unsere Sprache, half auf den Feldern und wurde schon nach wenigen Monaten ein enger Vertrauter meiner Eltern. Abends erzählte er uns oft Geschichten über Jesus und die Wundertaten, die dieser vollbracht hatte. Meine Eltern«, sagte Bithia und schluckte einen Kloß herunter, »waren von diesen Geschichten fasziniert. So dauerte es nicht sehr lange, bis sie den Gott der Christen als einen der ihrigen annahmen. Natürlich verehrten sie weiterhin auch Thor und Odin.

Doch eines Tages stürmte es. Es war August, kurz vor der Ernte. Es stürmte tagelang und schien kein Ende zu nehmen. Mein Vater war in großer Sorge. Die Ernte war in Gefahr. Wir beteten zu Thor, dass er uns beschützen möge, doch es half nichts. Als sich der Sturm legte, war ein Großteil der Ernte zerstört. Wir befürchteten, den Winter über hungern zu müssen. Die größte Sorge galt meinem kleinen Bruder, der gerade erst drei Monate alt war.

Ich selbst war damals noch zu klein, um zu verstehen, was passierte und was all das für Auswirkungen hatte.

Doch ich bemerkte die Sorge meiner Eltern, die sich auf mich übertrug.

Cuthbert kam zu uns und war ebenfalls in keiner guten Stimmung. Als wir am Abend am Feuer saßen, starrte jeder in die Flammen und schwieg. Mein kleiner Bruder schlief auf dem Schoß meiner Mutter, die ihm die Brust gab. Mein großer Bruder und ich saßen nebeneinander, trauten uns nicht, etwas zu sagen, schauten nur verängstigt auf die Erwachsenen, in der Erwartung, endlich etwas zu erfahren. Das Feuer knisterte, sonst war nichts zu hören.

Irgendwann, es dauerte lange, unterbrach Cuthbert die Stille: ›Eure Götter tragen Schuld daran‹, sagte er langsam und bedächtig.

Wir alle schauten ihn erschrocken an.

›Unsere Götter?‹, fragte mein Vater verärgert.

Wir hatten den Christengott zwar akzeptiert, doch eben nur als einen Gott unter vielen. So war es sehr mutig von Cuthbert, unseren Göttern die Schuld am Verlust zu geben. Er wusste, was für ein Wagnis er einging, das ist mir zumindest heute bewusst. Damals verstand ich natürlich nichts davon.

›Thor ist es doch, der euch vor solchen Katastrophen retten sollte‹, fuhr Cuthbert unbeirrt fort. ›Er scheint an Macht verloren zu haben, wenn ein einfaches Gewitter unsere Ernte zerstört.‹

Der Ärger meines Vaters ebbte ab. Zu erschöpft war er und sah nachdenklich aus.

Es wurde an diesem Abend kein weiteres Wort darüber verloren, doch jeder merkte, dass mein Vater sich allmählich veränderte. Viel häufiger wollte er Geschichten aus der Bibel hören. Auch hängte er bald ein Holzkreuz auf.«

»Die Bibel?«, fragte ich.

»Das heilige Buch der Christen. Alle Geschichten, die Entstehung der Welt, die Entstehung des Christentums und vieles mehr, sind dort niedergeschrieben«, antwortete Bithia. »Der Winter«, fuhr sie fort, »wurde sehr hart. Wir versuchten, uns durch Jagd und Fischfang am Leben zu halten, was uns gut gelang. Wir verspürten nur selten Hunger. Trotzdem erkrankte mein kleiner Bruder und starb noch im selben Jahr. Mein Vater trauerte lange. Für ihn war der Tod seines Sohnes ein deutliches Zeichen. So verbrachte er noch viel mehr Zeit mit Cuthbert und dem Beten. Er betete zu dem Christengott.

Im folgenden Jahr wurden meine Eltern zu guten Christen. Da seine Arbeit getan war, wollte uns Cuthbert verlassen. In den drei Jahren, die er bei uns gewesen war, hatte ich ihn wirklich liebgewonnen. Er war immer gut gelaunt gewesen und gab mir die Zuneigung, die mir mein Vater nur wenig entgegenbrachte. Der konzentrierte sich eher auf die Erziehung seines einzigen Sohnes.

Mein Bruder hieß Bui.« Bithia schluckte schwer, denn es war gerade einmal einen Tag her, dass sie ihren Bruder verloren hatte. »Er gehorchte meinem Vater nie«, stotterte sie. Ich sah ihr voller Mitleid in die Augen, in denen sich das Wasser sammelte und schließlich in dicken Tropfen über die Wangen rollte.

»Er war ein Jahr älter als ich. Er war nicht faul, hatte aber immer andere Dinge im Kopf, als meinem Vater zu helfen. Selbst die Schläge konnten ihn nicht zur Arbeit bewegen. Aber er war schlau und das erkannte auch Cuthbert. Der Priester überredete meine Eltern, ihn in ein Kloster zu schicken, um dort den wahren Glauben sowie Lesen und Schreiben zu erlernen. Ich liebte meinen Bruder.«

Ich sah Bithia an. Sie schaute aufs Meer hinaus, schwieg und wischte sich mit der Hand durchs Gesicht. Sie stockte in ihrer Erzählung und rang nach Fassung. »Auch er mochte mich«, fuhr sie fort. »Doch meine Eltern konnten aufgrund seiner Faulheit auf ihn verzichten und empfanden es als eine Ehre, ihren Sohn in den Dienst Gottes zu stellen. Cuthbert versicherte ihnen, dass sie Gott damit einen großen Dienst erweisen würden.

So kam der Tag der Trennung. Ich klammerte mich an Bui, wollte mit ihm ins Kloster, Cuthbert aber sagte, dass Frauen nicht unterrichtet werden dürfen. Ich weinte. Auch mein Bruder wollte mich nicht zurücklassen, zeigte seine Gefühle aber nicht so offen, wie ich es tat.

Der Tag des Abschieds war gekommen. Cuthbert und Bui setzten sich auf den Wagen, der von zwei Ochsen gezogen wurde und fuhren davon. Hinten hatten sie Decken und Felle geladen, Geschenke von meinen Eltern. Als sich mein Vater und meine Mutter schon umgedreht hatten, zum Haus zurückliefen, rannte ich los. Der Wagen fuhr sehr langsam und ich war sehr schnell für mein Alter. Mein Bruder und Cuthbert bemerkten mich nicht, als ich auf den Wagen sprang und sofort unter die Decken und Felle kroch. Erst spät am Abend, als wir rasteten, gab ich mich zu erkennen. Ich wäre vor Hunger und Durst wohl sonst gestorben.«

Ich musste schmunzeln, bewunderte Bithias Mut. Die Geschichte erinnerte mich an die Sage um Thjalfi und Roskva.

»Los, verschwinde«, sagte ein Krieger unserer Mannschaft und scheuchte mich von meiner Ruderbank. Ich war darüber sehr dankbar, denn so konnte ich meine Aufmerksamkeit ganz Bithia widmen.

Wir gingen ins Heck und setzten uns an die Reling.

»Kennst du die Geschichte von Thor und Loki, der Halbbruder Odins, als sie zu einem Bauernhof kamen und Roskva und Thjalfi mitnahmen?«, fragte ich. Bithia schaute mich an. Ihre Augen wurden groß.

»Ich...« begann sie, senkte dann ihren Kopf, sah stur auf den Boden. »Ich kannte diese Geschichte. Ja, ich hörte sie früher oft. Doch dann nie wieder.«

»Soll ich sie dir erzählen?«, fragte ich vorsichtig und legte so viel Mitgefühl in meine Stimme, dass ich selbst davor zurückschreckte.

Bithia schaute auf, hielt inne, schließlich nickte sie.

Ich erzählte ihr die Geschichte, wie Thjalfi und Roskva die Diener Thors wurden. Während ich redete, schaute ich Bithia immer wieder in die Augen und freute mich darüber, dass sie an meinen Lippen hing, als wären sie die letzte Zuflucht in ihrer verderbten Welt. Meine Geschichte lenkte sie ab, holte sie aus ihrem Leid und aus ihrem Schmerz. Zum ersten Mal sah ich eine Bithia, in der ein Funken Hoffnung aufstob, der den dunklen Nebel aus Trauer um sie herum durchbrach. Nur mit diesem winzig kleinen Lichtblitz berührte sie meine Seele noch intensiver, als sie es schon getan hatte.

»Es ist eine so schöne Geschichte«, sagte sie in sich gekehrt, als ich geendet hatte. »Ich liebte sie einst. In dem Moment«, sagte sie und suchte angestrengt in ihren Erinnerungen, »als ich dem Wagen meines Bruders hinterherrannte, war Roskva mein Vorbild. Wenn Roskva das kann, kann ich das auch, dachte ich.«

Wieder schmunzelte ich. »Ich wollte immer Thjalfi sein, als ich klein war.« Ähnlich wie Bithia schwelgte ich in Erinnerungen. »Auch ich habe diese Geschichte seit meiner Kindheit nur noch selten gehört«, gestand ich. Bithia schaute mich an. Diesmal lag in ihrem Blick nicht nur jenes Fünkchen Hoffnung, sondern noch etwas anderes. Lange forschte ich danach, was sie mir in diesem Moment schenkte, was mich berührte. Viel später erkannte ich es. Es war Vertrauen, nicht viel, nicht genug, aber es war doch da. Ohne es zu wissen, griff ich danach, wie nach dem Zwirn eines riesigen Wollberges. Mochte es mein Leben lang dauern, ich wollte all ihr Vertrauen gewinnen. So zog ich mit all meiner Leidenschaft an dem dünnen Faden und ließ nie wieder los.

»Wie hat Cuthbert reagiert, als du dich zu erkennen gabst?«, wollte ich wissen.

»Mein Bruder war erst völlig überrascht, mich zu sehen, als ich aus dem Wagen kroch«, setzte Bithia ihre Geschichte fort. »Er freute sich und wir schlossen uns in die Arme. Cuthbert war weniger froh, aber er war ein alter, gutmütiger Mann. Er konnte mich schlecht zurückschicken. Zurückfahren wollte er auch nicht, hätte er doch zwei Tage Zeit verloren. Mein Bruder und ich redeten auf ihn ein. Ich könne ja bei der Arbeit helfen, auf den Feldern oder im Haushalt. Ich wollte alles machen, wenn ich nur bei meinem Bruder bleiben durfte.« Wieder stockte Bithia, senkte ihr Haupt. »Mein Vater«, sagte sie langsam, schien nicht zu wissen, ob sie weiterreden sollte. »Mein Vater verprügelte mich häufig. Ich konnte nicht zurück und doch war ich zu stolz es dem Priester zu erzählen. Cuthbert war allein von unserer Geschwisterliebe so angetan, dass er uns die Bitte nicht ausschlagen konnte. Er wusste auch, dass das Dorf bei dem Kloster tüchtige Hände gebrauchen konnte. Er kannte mich und meinen Fleiß. So fuhren wir gemeinsam auf den alten Römerstraßen durch England ins Kloster. Es war eine weite Reise. Ich kann dir nicht sagen, wie lange wir unterwegs waren. Es waren beschwerliche Tage.«

»Wie erging es dir in dem Kloster?«, fragte ich.

»Cuthbert wurde von allen herzlich empfangen. Er muss ein angeschener Mann gewesen sein. So wurde auch mein Bruder herzlich aufgenommen. Es war nicht außergewöhnlich, dass Fremde in ein Kloster gebracht wurden. Während meiner Zeit dort sind immer wieder Priester mit Jungen gekommen, um sie der Klosterschule zu übergeben.«

»Wie wurdest du aufgenommen?«

Bithia dachte nach, schwieg eine Weile, bis sie die richtigen Worte gefunden hatte: »Ich wurde mit Skepsis empfangen. Alle schauten mich fragend an. Cuthbert sah die Blicke und stellte sich selbstbewusst hinter mich. Er sprach Englisch, also verstand ich damals kein Wort, aber am selbstbewussten Ton erkannte ich seine Autorität. Keiner widersprach ihm. Dennoch wurde ich auch weiterhin mit Argwohn betrachtet. Ich kam zu einer Familie in dem Dorf nahe dem Kloster. Auch dort wurde ich nicht freundlich behandelt. Cuthbert verließ uns schon nach einigen Tagen wieder, um seine Missionsarbeit wieder aufzunehmen.

Meine neuen Eltern sahen nun auch keinen Grund mehr, ihre Abneigung gegen mich zu verbergen. Sie hatten drei eigene Kinder, die immer bevorzugt wurden. Als Neuankömmling mochten auch diese mich nicht und trotzdem musste ich die meiste Zeit mit ihnen verbringen. Meinen Bruder sah ich nur sehr selten. Meist aus einiger Entfernung, wenn er mit den Mönchen aus dem Kloster herausging. Wir arbeiteten den ganzen Tag auf den Feldern, so erhaschte ich manchmal einen Blick auf ihn. Auch er erspähte mich, warf mir ein Schmunzeln zu, wurde aber schnell wieder zur Disziplin gezwungen.

Wir mussten einen großen Teil unserer Erträge an die Mönche im Kloster abgeben. So arbeiteten wir mehr, als nur für unseren eigenen Bedarf. Die ersten Wochen waren die schlimmsten. Erst nach und nach fand ich Gefallen an der Arbeit. Ich wurde bald kräftiger und verbrachte die Zeit gerne auf den Feldern. Nicht selten ging ich schon in den frühen Morgenstunden hinaus, um Unkraut zu jäten. Es hatte etwas Beruhigendes. Ich konnte meinen eigenen Gedanken nachhängen, so habe ich nie vergessen, wer ich wirklich bin und wo ich herkomme. Schon bald haderte ich nicht mehr mit meinem Schicksal. Mein Ziehvater schlug mich nicht, also schien es mir so schlecht nicht zu gehen. Immer mehr Zeit verbrachte ich auf den Feldern. Dabei störte ich meine neue Familie am wenigsten, während sie von meinem Fleiß profitierte. So kam es, dass sie mich akzeptierten und mir mehr Freiheiten ließen. Wenn mein Verhältnis zu meiner Familie sich nie zu einer intimen Beziehung entwickelte, so fand ich doch Freunde im Dorf und hatte ein angenehmes Leben.«

»Wie erging es deinem Bruder?«

»Er verbrachte sein Leben im Kloster mit Lesen, Schreiben und vor allem mit dem Beten. Er war ein guter Schüler. Auch ihm wurde bald mehr Vertrauen entgegengebracht und so wendete sich alles zum Guten. Er schlich sich abends aus dem Kloster und wir trafen uns im Wald. Er erzählte mir viel und veränderte sich im Laufe der Jahre sehr, wurde regelrecht besessen vom Christengott. Besonders das Lesen und Schreiben gefiel ihm. Er war gut darin, wurde oft gelobt, wie er mir anvertraute. Obwohl es verboten war, brachte er es mir bei.«

»Du kannst Lesen und Schreiben?«, fragte ich erstaunt.

»Ja. Nicht sehr gut, aber doch besser als manch dummer Mönch.« Mit einem Mal huschte ein Lächeln über ihr Gesicht und berührte mich wie ein warmer Wind, der durch meine Haare streift. Ich versuchte, dieses Lächeln festzuhalten, doch es erstarb schon nach einem Wimpernschlag.

»Du magst die Mönche nicht?«, fragte ich.

»Nein, ich mag sie nicht. Wir mussten einen Teil unserer Ernte an das Kloster geben. Sie beteten für uns, während wir ihnen zu essen gaben. Arbeitsteilung, wie mein Ziehvater mir immer erklären wollte. Doch es war ungerecht. Wir arbeiteten hart auf den Feldern, während sich die Mönche im Kloster mit Lesen und Schreiben aufhielten. Unsere Familie betete trotzdem, aber all diese Gebete halfen nichts. Viel zu oft mussten wir Hunger leiden, weil die Ernte zerstört wurde, wogegen die Mönche immer fetter wurden.«

»Also verfault die Ernte auch, wenn man an den Christengott glaubt?«

»Ja, das tut sie. Ich dachte oft an die Worte von Cuthbert, als er bei uns in Dänemark war. Er hat gelogen, dachte ich immer, das machte mich zornig.«

»Du glaubst also an unsere Götter?« Bithia sah wieder auf die Planken des Schiffes. Durch den aufkommenden Wind schaukelte es auf den Wellen.

»Hisst das Segel!«, rief Barri genau in dem Moment, als Bithia den Mund öffnete, um mir zu antworten.

»Ich bin sofort bei dir«, sagte ich und stand auf. »Warte hier auf mich.«

73

Da der Wind immer noch nicht sehr stark war, hissten wir das Segel bauchig und nicht straff. Wir zogen den Querbalken, die sogenannte Rah, an der das Wolltuch befestigt war, am Mast nach oben und vertäuten die Seile am Schiff. Ich konnte es kaum abwarten, zurück zu Bithia zu gehen, ihre Geschichte fesselte mich. Ich saugte jedes einzelne Wort, das ihre zarten Lippen verließ, in mich auf. Während ich die Taue mithilfe meines Körpergewichts zog, schaute ich zu ihr, wie sie uns, ängstlich in die Ecke gedrängt, bei der Arbeit zusah. Was passierte hier mit mir? Es war nicht allein ihre Schönheit, die mich betörte und durch die ich mich zu ihr hingezogen fühlte. Was aber war es? Mich ließ der Gedanke nicht mehr los. Plötzlich, als der Wind unser Langboot mit seiner Kraft nach vorne schob, spürte ich es deutlich. Es war keine Verliebtheit in ein Mädchen, bei der das Kribbeln im Bauch die Sehnsucht unerträglich macht. Ich fühlte eine lange, intensive Vertrautheit. Bithia stand im Heck des Schiffes, der Wind spielte mit ihren Haaren. Als wollte mir die Seele meines Großvaters etwas mitteilen, kam es mir mit einem Mal so vor, als würde ich Bithia schon eine Ewigkeit kennen. Getrieben von diesem Gedanken lief ich zu ihr. »Dein Name«, sagte ich aufgewühlt. »Dein Name ist so fremd. Es ist nicht dein richtiger Name.«

Sie dachte kurz nach. »Nein«, sagte sie leise und war sichtlich verwirrt.

»Wie ist dein richtiger Name?«

»Die Christen nannten mich von Beginn an Bithia. Früher hieß ich Blida.« Hatte ich erwartet, dass mir der Name irgendetwas sagen würde? Nachdem ich so aufgeregt zu Bithia gestürmt war, wurde mir bewusst, wie unsinnig diese Vermutung war. Der Name Blida löste rein gar nichts in mir aus, keine Erinnerung, keine Gefühle, nichts und doch umgab diese Frau nach wie vor eine rätselhafte Aura, die mich zu ihr hinzog.

Ich setzte mich wieder zu ihr, nun aber folgte eine Stille, die mir sehr unangenehm war. Bithia hatte die Knie an sich herangezogen, umarmte sie mit ihren Händen und schaute auf die See hinaus.

»Möchtest du wieder Blida genannt werden?«, fragte ich.

Bithia hob den Kopf, schaute mich an und überlegte. »Nein«, sagte sie. Nicht mehr und nicht weniger. Ich wurde das Gefühl nicht los, dass ich durch meine stürmische Frage nach ihrem Namen das bisschen Vertrauen wieder zerstört hatte. Das schmerzte mich. Ich ertrug die Stille nicht.

»Ich komme gleich wieder zu dir«, sagte ich und erhob mich. Ich ging in die Mitte des Schiffes, wo Kjell auf einer Ruderbank saß.

»Du siehst nicht glücklich aus«, erkannte er. Ich schüttelte den Kopf. »Wegen dem Mädchen da?« Ich nickte. »Was machst du dir für Sorgen?«, fragte er. »Sie gehört dir, keiner wird sie dir streitig machen.«

»Darum geht es nicht. Ich will sie nicht...«, ich suchte nach den richtigen Worten.

»Was ist denn mit dir los? Bist du etwa verliebt? So habe ich dich ja schon lange nicht gesehen«, lachte Kjell. »Als du Silfra letztes Jahr aus dem Dorf im Süden verschleppt hast, wolltest du sie auch nicht verkaufen. Du wolltest sie behalten, aber nach einem Monat warst du ihrer doch überdrüssig und tauschtest sie für so wenig Silber, dass du dir nicht einmal ein Schwein davon hättest kaufen können. So wirst du es diesmal wieder tun.«

Ich runzelte verärgert die Stirn und stand auf. »Wie kannst du diese beiden Frauen miteinander vergleichen?« Ich zeigte auf Bithia, die immer noch unglücklich im Heck saß. Sie hob ihren Kopf und schaute zu uns. »Sie ist anders«, sagte ich jetzt leiser, damit sie uns nicht verstehen konnte. »Sie ist...«, wieder suchte ich nach Worten, aber Kjell vollendete den Satz. »...wunderschön? Das war Silfra auch und wenn du mich fragst, sah sie sogar weit besser aus, als diese dürre Bohnenstange dort hinten.«

Wütend schaute ich ihn an, versuchte, mich zu beherrschen und atmete tief durch. »Sie ist anders. Sie ist hübscher als Silfra, aber das ist es nicht. Du siehst es nicht, keiner sieht es, sonst würdet ihr nicht so reden. Sie strahlt etwas aus, was mir so bekannt vorkommt.«

»Mein treuer Gefährte«, sagte Kjell, erhob sich ebenfalls und klopfte mir auf die Schulter. »Ich weiß nicht, was du mir sagen willst, aber du weißt, dass ich auf deiner Seite stehe. Also beruhige dich.«

»Das will ich auch hoffen, du Bastard«, erwiderte ich. Der Gram, den ich empfunden hatte, fiel mit einem Grinsen von mir ab.

»Sie wird dir nicht weglaufen«, schmunzelte Kjell. »Also, was immer du für Ziele mit ihr hast, sie kann dir gar nicht entkommen. Irgendwann wird sie merken, dass du gar nicht mal so ein widerwärtiger Ziegenbock bist wie jetzt gerade.« Kjell beugte sich vor, atmete demonstrativ mit kurzen Stößen durch die Nase ein, rümpfte diese und sagte: »Vielleicht solltest du für den Anfang ins Meer springen und eine Runde schwimmen, dann klappt es auch gleich viel besser, da bin ich mir sicher!«

»Du bist ein Mistkerl«, antwortete ich, stieß ihn lachend nach hinten, so dass er in die Ruderbänke stolperte.

»Laaaand«, schrie einer unserer Männer. Ich schaute nach vorne. Tatsächlich waren die ersten vorgelagerten Inseln Norwegens schon zu sehen und kamen schnell näher. Die Strecke, die auf dem Hinweg durch den Sturm zu einem Desaster geworden war, hatten wir nun in nur zwei Tagen hinter uns gelassen.

Unser Dorf Randaberg lag an einem der südlichsten Fjorde Norwegens namens Boknafjord. Ingvarr kontrollierte die Halbinsel am nördlichen Ende der Küste, bevor sich das Meer durch weitere größere Inseln und letztendlich in den Fjord bis tief ins Landesinnere erstreckte. Eine Landenge, die man in nur einem kurzen Fußmarsch durchlaufen konnte, verband uns mit dem Süden. Jenseits dieser natürlichen Grenze lagen weitere Dörfer, mit denen wir in Frieden lebten, doch noch weiter südlich hatten wir Plünderungszüge unternommen und waren so zwar zu Reichtum gekommen, aber mussten immer auf der Hut sein, nicht einem Rachefeldzug zum Opfer zu fallen.

Wir segelten gerade auf die vielen kleinen Inseln zu, als Bithia aufstand und sich zu mir stellte. »Ist das euer Land?«, fragte sie.

Ich nickte nur und freute mich, zuhause zu sein. Die See war ruhig, unser Boot schaukelte sanft auf den kleinen Wellen. Schaumkronen waren dort zu sehen, wo die Wellen sich vor den Küsten der vielen Inseln brachen. Eine Möwe kreischte. Es war stark bewölkt und ein wenig düster, trotzdem war es warm und die Sicht gut. Ich erkannte die flache Landschaft im Vordergrund, die Berge dahinter, an denen sich der Boknafjord mit all seinen Seitenarmen erstreckte.

»Wo genau wohnt ihr?«, fragte Bithia.

»Auf der Halbinsel. Unser Dorf liegt an der Ostseite. Du kannst es noch nicht richtig sehen. Dort auf dem Hügel.« Ich zeigte mit der rechten Hand auf die Landmasse und sie nickte.

Erst jetzt bemerkte ich, dass Bithia von der Landschaft beeindruckt war. England, wo sie fast ihr ganzes Leben verbracht hatte, war flach. Auch Dänemark, an das sie sich vielleicht noch aus ihrer Kindheit erinnern konnte, war sehr flach.

»Ist es das erste Mal, dass du Berge siehst?«, fragte ich vorsichtig, doch Bithia antwortete nicht. Mit aufgerissenen Augen und offenem Mund schaute sie auf die Landmasse, bis sie meine Blicke bemerkte, ihren Kopf verschämt zur Seite drehte, ihre Augen auf den Boden richtete und den Mund schloss.

»Ich liebe dieses Land«, sagte ich und löste damit die peinliche Stille.

»Sie sehen noch so viel beeindruckender aus als in meiner Vorstellung«, bemerkte sie, dann sank ihr Kopf auf ihre Brust. Sie weinte nicht, schloss nur die Augen.

»Dir wird nichts passieren«, versicherte ich ihr wieder, woraufhin ich ängstliche Blicke erntete. »Bei uns im Dorf gibt es viele Frauen, du wirst dich mit ihnen gut verstehen. Glaube mir.« Bithia stand vor mir. Ihr rotblondes Haar wehte im Wind, ihre grünen Augen waren wunderschön und so gerne wollte ich mit meiner Hand durch ihr Haar streifen, doch ich tat es nicht.

Mittlerweile hatten wir die kleinen Inseln hinter uns gelassen und die Küste Randabergs lag wenige Schiffslängen vor uns.

Verzweifelt versuchte ich, die Ängste von mir zu schütteln. Ich war zuhause und reich. Was wollte ich mehr? Vielleicht hatten Ingvarr und Kjell Recht. So sehr mich Bithia in ihren Bann zog, sie machte mich doch sorgenvoll und so auf eine gewisse Weise unglücklich. Mit dem Versuch, mich auf meine Zukunft zu freuen, schaut ich nach vorn.

»Es war schön, euch an unserer Seite zu wissen!«, rief Ingvarr und riss mich aus meinen Gedanken. Mein Blick wanderte zu Halmgars Schiff, dessen Ländereien auf den nördlichen Inseln lagen und deren Abschiedsgrüße ich nun mit gehobenem Arm erwiderte, bis ich Ägir sah, der seinen Blick zunächst nicht von Bithia ließ, dann aber zu mir schaute, seine Axt zog und meinen Namen rief: »Ragnaaaaar!«, schrie er wütend, während er seine Waffe auf mich richtete. Ich ließ mich nicht einschüchtern, zog mein Schwert und schlug einige Male mit der flachen Seite auf den Rand des Schildes, der vor mir an der Reling hing. Ich signalisierte Ägir damit, dass ich seine Feindschaft bereitwillig annahm. Ich wusste, dass früher oder später Probleme auf mich zukommen würden, aber das bekümmerte mich in diesem Moment nicht. Ich war jung, ich war kräftig, ich war reich, ich fühlte mich unbesiegbar. Zumindest redete ich mir das ein. Eigentlich drehten sich meine Gedanken nur um Bithia und egal, was ich auch unternahm, es gelang nicht einmal Ägir, mich mit einer Kriegserklärung abzulenken.

Einige Augenblicke später setzten wir auf Sand auf, wir waren zuhause. Ich schaute zu Bithia, lächelte sie an und wollte sie aufmuntern. »Die Frau Ingvarrs«, sagte ich, während die ersten Männer an Land sprangen, »sie wird dir gefallen!« Doch Bithia reagierte nicht darauf. Im Gegenteil, sie machte den Anschein, als wäre das Vertrauen in mich, die kleine Gewissheit, dass ihr nichts passieren würde, von ihr abgefallen, wie der Sand von den Stiefeln abfällt, sobald er getrocknet ist. »Du hast es geschafft, nur mit Männern auf einem Schiff die Nordsee zu überqueren. Nun kommen wir in unser Dorf, wo du nicht die einzige Frau sein wirst. Also habe keine Angst.« Mehr konnte ich nicht tun. Ich wiederholte mich, wusste nicht, wie oft ich noch auf sie einreden sollte und erinnerte mich an Kjells Worte: Sie kann nicht weg. Und so schaute ich ihr in die Augen, riss mich von ihr los, jetzt musste sie die ersten Schritte in ihrem neuen Leben alleine gehen. Mit der rechten Hand stützte ich mich auf die Reling, schwang meine Füße über die Bretter und sprang vom Schiff. Das Wasser der Nordsee war kalt und umspülte meine Füße. Kleine Luftblasen tanzten um meine Stiefel, als ich in den Sand einsank, der mit jedem Schritt aufgewirbelt wurde und das klare Meerwasser trübte. Ich schritt aus dem Wasser, fiel auf die Knie und küsste den Strand meiner Heimat. Gerade wollte ich Bithia aus dem Boot helfen, als ich sah, dass sie wie selbstverständlich ins kalte Nass sprang. Das Wasser spritze, als sie mit den Füßen eintauchte und so war ihr schlichtes Kleid bis zum Hüftgürtel durchnässt. Ohne dass sie sich daran störte, ging sie mit steinerner Miene auf mich zu. Ich traute meinen Augen kaum und mir kam nichts anderes in den Sinn, als respektvoll zu nicken, als sie an mir vorbeiwatete. Ihre Angst konnte sie nicht verbergen, aber zu diesem Gefühl mischte sich Stolz. Ja, es war Stolz, den ich in ihrem Gesicht las und in mir löste Bithias Mut, nun doch so selbstbewusst in ein neues Leben zu gehen, Erleichterung aus. Sie besaß die Kraft, die Willensstärke und die Intelligenz, sich zu behaupten. Diese junge Frau würde ihren Weg gehen und diese Gewissheit ließ mir die Furcht den Rücken emporkriechen. Ich war es, der nun ängstlich auf das Meer hinausschaute und hoffte, dass Bithia diesen Weg mit mir gemeinsam bestreiten würde.

Kapitel 3 - Wahrhaftigkeit

Wir zogen die Schiffe an der Westküste an Land, damit sie nicht von den Wellen erfasst und aufs Meer hinausgespült werden konnten und vertäuten sie zusätzlich am kleinen Steg. Wir alle waren ungeduldig, abgedeckt unter einem großen Wolltuch hatte unser neu errungener Reichtum vor unseren Blicken geschützt auf Deck gelegen. Ingvarr hatte immer ein Auge darauf gehabt, dass all das Silber unberührt geblieben war und sich niemand ungesehen etwas einstecken konnte. »Traue niemandem, außer dir selbst«, hatte er gesagt, als er Kjell dabei erwischt hatte, einen Blick auf das Silber zu werfen. Nun aber war der Moment gekommen, länger mussten wir nicht warten. Wir alle waren stolz auf unsere Schätze und luden, was wir tragen konnten, vom Schiff. Die zurückgebliebenen Wachen staunten nicht schlecht, drei von ihnen waren schon zurückgerannt, um die Kunde im Dorf zu verbreiten. Es war ein tolles Gefühl, die Hände noch einmal voll mit Reichtümern zu haben. Je häufiger ich hin und her laufen musste, umso breiter wurde mein Grinsen und desto größer wurde der Berg aus Silber und Gold, den wir am Strand anhäuften. Kjell schmiss das große goldene Kreuz vom Boot zu mir herunter. Ich stellte auch dieses Kunstwerk am Ufer ab, nachdem ich es noch einmal intensiv betrachtet hatte.

Als wir alles zusammengetragen hatten, erkannte ich zum ersten Mal, wie viel es wirklich war. Der Anblick überwältigte mich und auch die anderen schienen ihren Augen nicht zu trauen. Wir alle standen mit offenen Mündern um den großen Haufen aus glitzerndem Edelmetall herum. Neben dem goldenen Kreuz waren es auch etliche silberne, einige kleine Kisten mit Silbermünzen und Beutel, deren Inhalt ich nicht sehen konnte. Sie waren aus Stofffetzen der Mönchskutten, teilweise noch mit Blut befleckt, oben mit der Kordel, die den Mönchen als Gürtel gedient hatte, zusammengebunden. Ich vermutete, sie enthielten die zahlreichen Metall- und Glasplättchen, die aus den Schnitzereien des Klosters gebrochen worden waren. Etliche Weinkrüge wurden an das Silber gelehnt. Nicht nur der Wein, der vermutlich aus dem Rheinland oder gar aus Italien stammte, war kostbar, sondern auch die verzierten Tonkrüge sollten bei Händlern einiges einbringen. Außerdem lagen verschiedene Scheren, Pfannen, Töpfe, silbernes Essbesteck, Becher und vieles mehr herum.

Ingvarr beobachtete uns genau. Auch untereinander kontrollierten sich die Männer. Geht es um Silber, fällt das Vertrauen zum Nebenmann schnell ab. Ich kann nicht sagen, ob sich einer unserer Männer etwas einsteckte. Bei der riesigen Masse an Kostbarkeiten wäre es nicht weiter ins Gewicht gefallen.

Diejenigen unter uns, die Frau und Kinder in der Heimat zurückgelassen hatten, gingen als erste zurück ins Dorf, um diese zu begrüßen, wenn sie nicht schon längst auf dem Weg zu uns waren. Alle anderen blieben zur Bewachung bei den Schiffen. Unter diesen Männern waren auch Kjell und ich. Bithia blieb bei uns.

Während wir die Augen kaum von den Schätzen nehmen konnten, legte sich allmählich das Misstrauen aber auch die Euphorie. Wir setzten uns in den Sand und erzählten ausgelassen über das Erlebte. Die meisten prahlten damit, dass sie dieses und jenes gefunden hatten. Auch ich konnte der Versuchung nicht widerstehen und stellte lauthals fest, dass ich es war, der das große goldene Kreuz gefunden hatte.

»Na Kjell, was hast du alles gefunden?«, fragte ich grinsend.

Er saß im Sand und drehte ganz langsam seinen Kopf zu mir, um mich entnervt aus den Augenwinkeln anzusehen. Ich spielte natürlich auf seinen Rausch an, der ihn daran gehindert hatte, überhaupt etwas anderes zu finden außer Wein.

»Der Bastard lag doch schon in seinem eigenen Erbrochenen und träumte von kleinen jungfräulichen Zwillingsmädchen, als wir das Kloster zum ersten Mal betraten«, sagte einer und lachte aus vollem Halse.

»Ich hatte sie wirklich, Kjell! Die Mädchen von denen du nur träumtest, die habe ich mir genommen!«, schrie ein anderer in vor Lachen fast unverständlichen Worten. Wir lachten alle, auch Kjell selbst musste schmunzeln. Ich verschluckte mich und hustete, während mir Tränen ins Gesicht schossen, was alles zu noch mehr Gelächter führte. Mit tränenverschwommener Sicht suchte ich Bithias Blick, in der naiven Annahme, sie würde alles ebenso lustig finden wie wir. Sie saß im Sand und schaute den Mann an, der soeben mit seinen Vergewaltigungen geprahlt hatte. Auch ihr liefen Tränen über die Wangen. Es waren Tränen der Trauer, eine Traurigkeit, die sich in diesem Moment in Verachtung wandelte. »Ich kannte die Zwillinge«, sagte sie erst so leise, dass nur ich es hören konnte, »ich sah mit eigenen Augen, was er ihnen antat.« Ihre Worte wurden, während sie sprach, immer lauter, bis sie plötzlich zornig aufsprang, auf den Mann zustapfte, der die Zwillinge vergewaltigt hatte und ihm schreiend ins Gesicht schlug.

»Ihr Schweine. Ihr habt mein Leben vernichtet, meine Freunde und Familie getötet! Seid ihr darauf etwa stolz?« Ich war längst aufgestanden, ging zu ihr, um sie aufzuhalten. Sie drehte sich zu mir und schrie mich an: »Warum hast du mich nicht einfach liegen lassen? Lieber wäre ich in diesem Dreck gestorben, als hier zu sein!« Sie trommelte mit ihren Fäusten auf meine Brust ein, während ihre Wut erneut einem unendlich tiefen Leid Platz machte, welches ihr Herz umschloss, sie nie wieder frei geben wollte und zusammensinken ließ.

Ich ergriff ihre Hand, zog sie weg, wollte sie fortführen von den Männern, aber sie wehrte sich, wollte mir nicht folgen, hatte meinem eisernen Griff allerdings nichts entgegenzusetzen und stolperte mir nach.

»Bring ihr mal Manieren bei«, lachte der Mann, der von Bithia geschlagen wurde.

»Na dann vergnügt euch mal schön, aber treibt es nicht zu lange!«, schrie mir ein anderer hinterher.

»Gib uns Bescheid, wenn ihr fertig seid! Ich will der nächste sein. Ich steh auf so dürre Weiber.«

Ich schob Bithia weiter weg, verschloss mich vor den Scherzen meiner Gefährten, in mir brodelte aber es und plötzlich konnte ich mich selbst nicht mehr zurückhalten. Mit gezogenem Schwert drehte ich mich herum, schritt auf den Mann zu, der als letzter gesprochen hatte, kam drei Schwertlängen vor ihm zu stehen, richtete meine Klinge auf ihn und spuckte aus.

»Wenn du sie noch ein einziges Mal in irgendeiner Art beleidigst, dann schneide ich zwischen deine Beine, dass du niemals wieder auch nur die hässlichste Frau beglücken kannst!« Ich drehte mich um und wandte mich jetzt an alle. »Wenn nur einer von euch dieser Frau ein Haar krümmt, dann schlitze ich ihm die Kehle auf!« Es herrschte Stille. Alle schauten mich verwundert an, niemals zuvor hatten sie mich so erlebt. Ich steckte mein Schwert in die Scheide, lief wieder zu Bithia, die zitternd vor Angst auf mich wartete und kurz aufschrie, als ich sie am Arm packte, um sie mit mir zu ziehen.

Wir versteckten uns hinter der nächsten Düne. Die Männer lachten, ich wusste nicht, ob über mich oder etwas anderes, aber das war mir egal, es war nur noch dumpf zu hören.

»Es tut mir leid«, sagte ich zu Bithia.

Sie nickte schnell, den Blick ängstlich auf mich gerichtet. Ich wusste, dass sie meine Entschuldigung nicht angenommen hatte. Sie wollte mich nur zufrieden stellen.

»Du hattest Recht mit dem was du getan hast«, sagte ich. »Du hättest diesem Bastard die Eier abschneiden sollen, anstatt ihm nur ins Gesicht zu schlagen. Dennoch war es riskant. Es war eine Dummheit. Du solltest vorsichtiger sein.«

»Was soll mir schon passieren?«, antwortete sie.

»Ich kann dich nicht immer und überall...«, meine Worte erstarben mir auf meinen Lippen.

Bithia aber wusste, was ich sagen wollte und vollendete meinen Satz: »Du kannst mich nicht immer beschützen? Ist es das, was du sagen wolltest? Noch auf dem Schiff versprachst du genau das!«

»Bithia, ich weiß nicht warum, aber...«, weiter sollte ich nicht reden. Für sie würde ich meine eigenen Männer töten, aber ich wollte nicht, dass sie das wusste. Ich wusste nicht einmal, ob es wahr war, wusste nicht, warum ich mit einem Mal so dachte. Die Gedanken stiegen unbewusst in mir herauf. Ich schwieg, ließ es unausgesprochen und gemeinsam starrten wir auf das Meer hinaus. Das Rauschen der Wellen drang an mein Ohr. Möwen kreischten. Ich schloss die Augen.

»Du bist frei«, sagte ich. »Du kannst gehen, wohin du willst, aber bitte hör dir an, was ich dir erzähle: An dem Tag, als ich zu diesen Männern kam, war ich noch sehr jung und doch unterscheidet sich dieser Tag nur wenig von dem, was du erlebt hast.«

Bithia schaute mich neugierig an, runzelte die Stirn, ihr schien es fast unmöglich zu sein, dass jemand ähnlich grausames Leid erfahren haben sollte. Schon gar nicht ich, der ihr Gleiches angetan hatte.

»Ich grabe das, was ich dir erzähle, aus dem dunkelsten Winkel meiner Seele aus, längst habe ich verdrängt, was damals geschah und doch ist es die Wahrheit.«

Ich wollte sie mit meinen Worten nur beruhigen. Als ich mich aber selbst reden hörte, wurde mir bewusst, wie viel Wahrheit darin lag. Bithia und ich hatten tatsächlich Ähnliches erlebt. War es das, was ich in ihr sah? War es diese Gemeinsamkeit, die mich zu ihr hinzog?

»Es war an einem kühlen Sommertag.« Es fiel mir schwer, die Erinnerungen auszusprechen, zu lange hatte ich sie schon verdrängt. »Eine tiefe Wolkendecke hing am Himmel. So wurde es auch einige Stunden nach Sonnenaufgang nicht viel wärmer, als es am Morgen gewesen war. Wir lebten am Fjord, der das Land der Norweger von unserem trennte. Unser Vater übte mit uns das Speerwerfen. Abwechselnd schleuderten mein Bruder, mein Vater und ich Speere aus Eibenholz auf eine Rehattrappe, die wir aus Stroh gebaut hatten. Treffsicher versenkte mein Vater einen Holzspieß nach dem anderen im Ziel. Mein Bruder war sichtlich stolz darauf, es ihm schon fast gleich zu tun, wenn auch mit weniger Präzision und Kraft. Es freute ihn, dass die ein oder andere meiner Wurfwaffen am Ziel vorbeiflog. Er ärgerte mich damit. Ich wollte ihn mit meinem Holzschwert schlagen, doch er wich einfach zurück und schlug mir mit einem Speer auf den Kopf. Mein Vater war sauer, schimpfte, bis seine Worte im nächsten Augenblick erstarben. Er starrte auf den Boden, hieß uns, endlich still zu sein und riss die Augen auf.

Wir hörten Hufschläge, erst leise, dann immer lauter. Bewegungslos standen wir da, schauten in die Richtung, aus der wir das Geräusch vernahmen, bis wir bewaffnete Reiter auf großen Pferden sahen. ›Wer ist das?‹, fragte ich meinen Vater, der gebannt auf die herannahenden Krieger schaute und an uns gewandt antwortete: ›Ich weiß es nicht. Wer kann das sein? Schnell, geht zu eurer Mutter, verschwindet von hier!‹

Es traf uns völlig unvorbereitet. Es war nicht unüblich, dass sich die Männer der Dörfer nach schlechten Ernten gegenseitig überfielen. Dieses Jahr rechnete aber kaum einer mit einem Angriff der verfeindeten Nachbarn. Die Ernte war gut, der Tisch reich mit Gemüse und Getreide gedeckt. Für die anderen Bewohner dieser Region konnte sich das einfach nicht anders verhalten. Es gab keinen Grund für einen Angriff.

Doch diese Männer brauchten keinen Grund. Es waren Plünderer, weit entfernt aus dem Westen. Brandschatzend zogen sie durch die Lande, töteten jeden, der sich ihnen in den Weg stellte, raubten Frauen, Kinder und Männer, um sie als Sklaven zu verkaufen. Sie waren, wie wir es nennen, auf Viking.

Mein Vater stand noch immer erschrocken da, brauchte einige Augenblicke, um seinen Schock zu überwinden. ›Geht!‹, sagte er verzweifelt, ›geht zu eurer Mutter!‹ Er schob uns mit den Händen in Richtung unseres Hauses, ging dann wieder zurück, um aus seiner Lethargie zu erwachen. ›Aaaangriff!‹, schrie er aus vollem Halse. ›Ins Haus‹, wandte er sich wieder zu meinem Bruder und mir, während er zu unserem Reh aus Stroh rannte. Erst wollte ich nicht gehorchen, doch dann rannte ich so schnell ich konnte. Die Reiter auf ihren Pferden waren nun so nah, dass ich den Schrecken sah, den sie mit sich zogen. Sie jagten mir Angst ein. Der blank polierte Stahl ihrer Waffen und Rüstungen schimmerte im fahlen Licht, während die Männer unseres Dorfes voll Entsetzen aus ihren Hütten spähten und sich schnell zurückzogen. Benommen vernahm ich, wie mein Vater ein weiteres Mal schrie: ›Aaangriff!‹ und schaute zu, wie er den ersten Speer aus dem Stroh zerrte. Dann begannen die Reiter mit dem Töten. Ich hatte bereits das Haus erreicht, meine Mutter schrie vor Angst und zog uns hinein, als ein älterer Mann unserer Gemeinschaft niedergestreckt wurde. Ich wehrte mich, stand wie angewurzelt am Eingang, schüttelte meine hysterische Mutter ab, wollte zusehen, wie mein Vater seinen Speer schleuderte, wie dieser mit solch einer Geschwindigkeit durch die Luft flog, dass ich ihm kaum mit meinem Blick folgen konnte und wie er sich in die Brust eines Reiters bohrte, der vom Pferd stürzte und in den Hufschlägen seiner eigenen Leute unterging. Schon zischte der zweite Speer meines Vaters in Richtung der Feinde, die sich im Dorf verteilten, fliehende Frauen einfach niedermachten. Mich überkam eine Mischung aus Stolz und Freude, als der Speer meines Vaters in den Hals eines Pferdes fuhr, das wiehernd stolperte, nach einigen weiteren Schritten krachend zu Boden fuhr und seinen Reiter unter sich begrub. Fast alle Männer unseres Dorfes waren jetzt aus ihren Hütten gekommen. Mit Messer, Speeren und Äxten bewaffnet. Kaum einer trug seinen Schild. Es war ein ungleicher Kampf. Krachend schlugen die Äxte der Angreifer zu. Dumpf bohrten sich Speerschäfte in menschliches Fleisch. Schädel wurden gespalten, Knochen gebrochen. Die Angreifer hackten sich durch unser Dorf, bis sie meinen Vater erreichten. Raimund Raimundson zog seine Axt aus seinem Gürtel und stand ganz ruhig da, während sein Widersacher auf einem schwarzen Hengst auf ihn zu galoppierte. Der Reiter sah riesig aus. Seine breite Brust gab ihm etwas Furchteinflößendes. Mein Vater aber schien unbeeindruckt, ruhig und kontrolliert wartete er leicht in der Hocke, seine Axt mit beiden Händen vor seiner Brust haltend, den rechten Fuß versetzt hinter dem Linken. Als der Krieger an ihm vorbei ritt und mit seiner Axt einen Hieb nach unten ansetzte, duckte sich mein Vater im letzten Augenblick nach rechts, machte einen Schritt in die gleiche Richtung und hieb seine Waffe gegen die Füße des Pferdes. Das Tier wieherte, als die scharfe Klinge Bänder und Muskeln durchschnitt. Es stolperte und stürzte kurz darauf, doch der Reiter wusste, was passiert war, ging leicht aus dem Sattel, wartete den richtigen Moment ab und sprang dann vom Rücken seines Pferdes. Er landete hart auf der feuchten Erde, rollte sich geschickt ab, war sofort wieder auf den Beinen und wich dem ersten Schlag meines heraneilenden Vaters ohne Probleme aus.

Es hatte zu regnen begonnen. Das Wasser ergoss sich über das Schlachtfeld und machte die schon feuchte Erde zur rutschigen Falle. Die verzweifelte Gegenwehr unseres Dorfes war längst gebrochen. Frauen- und Kindergeschrei gesellten sich zum Geruch des Todes, als die Angreifer in den Hütten wüteten. Meine Familie und ich hatten Glück, dass bisher noch keiner der Angreifer zu uns gekommen war. Ungestört konnte ich beobachten, wie mein Vater weiter auf den Schild seines Gegners einschlug. Er keuchte bei jedem Hieb und so langsam schien der größere, körperlich überlegene Feind in starker Bedrängnis. Er stolperte zurück, hielt seinen Holzschild schützend vor sich, rutschte auf dem feuchten Boden aus und stützte sich mit einem Knie am Boden ab. Sein Schild splitterte und bestand nur noch aus den zerhackten Brettern. Mein Vater war fast zu erschöpft um nachzusetzen, atmete schwer. Kurz griffen sich die beiden Widersacher nicht an. Während der Regen immer stärker wurde, bemerkte ich, dass sich einige andere Feinde dem Duell näherten. Warum aber rannten sie nicht, um ihrem offensichtlich unterlegenen Mann zur Hilfe zu eilen? Als ich meinen Blick wieder auf den Kampf richtete, sollte mir diese Frage beantwortet werden. Mittlerweile war mein Vater bei seinem Widersacher angekommen und holte zum entscheidenden Hieb aus. Der Feind war in die Hocke gesunken und hielt seine Axt kraftlos in der Hand. Ich jubelte innerlich, sah schon vor meinem inneren Auge, wie der finale Schlag den Schädel zerschmettern würde, als mein Vater seine Axt hoch über den Kopf hielt und sie niederfahren ließ. Leichtfüßig drehte sich der Feind um die eigene Achse, ließ meinen Vater ins Leere schlagen und richtete sich ohne große Kraftanstrengung wieder zu voller Größe auf. Der Jarl unseres Dorfes hatte seine letzte Kraft in diesen Angriff gelegt, doch fuhr seine Axt nur in nasse Erde und blieb dort stecken, während sein Gegner blitzartig ausholte. Mein Vater brach unter dem gezielten Hieb sofort zusammen, sein Gesicht klatschte in den Schlamm und seine leeren Augen starrten mich an, als der letzte Atem aus seinem Körper wich.

Der Moment, als ich seine Augen sah, kam mir vor wie eine Ewigkeit, in der ich starr vor Angst unbeweglich in der Tür stand und nicht einmal bemerkte, wie mich meine Mutter ins Haus ziehen wollte. Als ich wieder fähig war, mich zu bewegen, folgte ich nicht meiner Mutter, sondern rannte zu meinem Vater. Ich schrie meinen Schmerz und den Zorn hinaus, hörte weder mich selbst, noch meine Mutter, die hinter mir her kreischte, die vor lauter Panik nicht wusste, was sie tun konnte, so blieb ihr nichts übrig, als dabei zuzusehen, wie ich im Matsch ausrutschte, mich wieder auf die Beine arbeitete, bis ich bei einem der Krieger war, der dem Kampf zugesehen hatte und jetzt erschrocken seine Axt nach mir schwang. Ich nahm ihn erst gar nicht wahr, wollte nur zu meinem Vater, bemerkte erst im letzten Augenblick, dass die Waffe auf mich zuraste, mich treffen und töten würde. Erst im letzten Moment zog der Krieger zurück und ließ mich zu meinem Vater durch. Ich starrte den Leichnam schweigend an. Tränen liefen mir über die verdreckten Wangen, als sich Trauer und Wut vermischten. Ich schlug mit meinem Holzschwert auf den Mörder meines Vaters ein, traf ihn an den Beinen, auf der Brust und wollte ihm ins Gesicht schlagen, bis ich seine lachende Fratze sehen konnte. Jetzt, plötzlich, konnte ich wieder hören. Ich hörte schallendes Gelächter, das von allen Seiten auf mich eindrang. Noch wilder vor Zorn zielte ich immer wieder mit dem Schwer nach dem Mann. Der jedoch hob nur lachend seine linke Hand, an der vor wenigen Augenblicken noch die Überreste seines Schildes hingen, entriss mir mein Holzschwert, holte seinerseits aus und traf mich mit dem Schwertknauf meiner eigenen Waffe an der Schläfe. Es wurde dunkel. Ich stürzte zu Boden.«

Bithia schaute mich entsetzt an, schwieg, suchte nach den richtigen Worten, versuchte, endlich etwas zu sagen: »Das...das«, stotterte sie, »das tut mir leid!«

Ich schüttelte den Kopf. »Du kannst nichts dafür«, sagte ich. »Ingvarr. Er kann etwas dafür.« Immer noch entsetzt schaute sie mich an, ohne aber zu verstehen, was meine letzten Worte bedeuten sollten.

»Der Krieger mit der Axt, das war Ingvarr«, erklärte ich.

»Ingvarr tötete deinen Vater?«

»Ingvarr tötete meinen Vater!«, bestätigte ich.

»Wie kannst du...«, stotterte sie. »Wie kannst du das...«, sie brachte die Worte nicht heraus, die ihr in den Sinn kamen, schwieg lieber, bevor sie schließlich doch weitersprach. »Was ist mir deiner Mutter?« Ich zuckte zur Antwort mit den Schultern, konnte mir zwar denken, was mit meiner Mutter geschehen war, vergrub aber diesen einen Gedanken noch viel tiefer in meiner Seele.

»Wie kannst du unter ihnen leben? Ohne sie zu hassen?« Es war eine Frage, die ich nicht sofort beantworten konnte. Diesmal war ich es, der lange überlegen musste.

»Ich hasse sie!«, sagte ich letztlich. »Und ich liebe sie!«, fügte ich langsam hinzu. »Du wirst sie ebenfalls lieben lernen«, stotterte ich. Mir fiel es seltsam schwer, diese Worte über die Lippen zu bringen. Ich ahnte, dass sie die Männer niemals akzeptieren konnte.

Noch für einen Moment saßen wir schweigend da, dann stand ich auf, nahm Bithia wieder an der Hand und führte sie zurück. Neben den Spuren im Sand hinterließ ich vor allem viele Fragen.

Ich hatte ihr die Angst nehmen wollen, indem ich ihr von meiner Vergangenheit erzählte, aber ich löste durch meine Geschichten nur noch mehr Furcht und Verwirrung aus. Trotzdem war ich mir sicher, dass ich durch meine Offenbarung etwas gewonnen hatte: Vertrauen. Wieder war es nicht viel, aber es war dennoch da.

Als wir über die Düne schritten, sah ich, wie Ingvarr und die anderen, die im Dorf gewesen waren, bereits zurückkamen. Schnell vergaß ich meinen Gram und den Schmerz, den ich eben empfunden hatte. Frauen und Kinder liefen aufgeregt auf uns zu und führten einen Esel an den Zügeln, der einen großen Karren hinter sich herzog. Er war groß genug, um all die Schätze ins Dorf zu bringen. Die Kinder erreichten uns, johlten vor Freude, tanzten um den Berg aus Gold und Silber herum. Nicht weniger aufgeregt erschien mir Ingvarrs Frau, die lachend auf uns zu gerannt kam. Einmal eine hübsche Frau gewesen, war sie mittlerweile alt geworden, aber immer noch lebendig und aufgeweckt. Heute übertraf sie alles, was ich bisher von ihr kennengelernt hatte. Ihr kleiner, korpulenter Körper sprang von einem zum anderen Mann, um ihn zu begrüßen, bis sie schließlich mit wehendem, Haar vor mir stand. Sie klatschte in die Hände und schaute mich aus einem strahlenden Gesicht an. »Was bringt ihr mir da alles mit. Ich kann es kaum glauben!«

»Das ist nicht alles nur für dich«, grinste ich.

»Ach, komm her«, antwortete sie, breitete ihre Arme aus, umarmte mich und küsste mich auf die Backe. Dann trat sie einen Schritt zurück und sah Bithia an.

»Du bist also das Mädchen, von dem mir Ingvarr auf dem Weg berichtete«, schmunzelte sie. Bithia schaute mich ängstlich an, es war offensichtlich, dass Ingvarr nichts Gutes von ihr erzählt haben konnte.

»Nimm den alten Griesgram bloß nicht ernst. Der hat hier nichts mehr zu sagen, solange ich hier bin. Also fürchte dich nicht!«, sagte sie. »Ich heiße übrigens Edda«, fügte sie hinzu und schon umarmte sie Bithia, die gar nicht wusste, was mit ihr geschah. »Ein hübsches Ding«, lachte Edda die Dänin an und zwinkerte mir zu, während sie sich schon wieder wegdrehte und auf Kjell zustürmte.

»Sie ist wie eine Mutter zu mir«, erklärte ich Bithia, die durch Eddas Herzlichkeit tatsächlich sicherer wirkte. »Ingvarr respektiert sie sehr. Du kannst ihren Worten Glauben schenken.«

Doch noch bevor ich den Satz ausgesprochen hatte, erreichte mich ein weiterer treuer Gefährte, den ich sehr vermisst hatte: Arthas, der Hund Ingvarrs, rannte schwanzwedelnd auf mich zu, warf sich mit seinen riesigen Vorderpfoten gegen meine Brust, so dass ich mich auf den Rücken abrollen musste. Schon stand der schwarze Hund über mir, schleckte mir die Ohren aus und dachte gar nicht daran, mich jemals wieder frei zu geben. Bithia lachte. Ich hörte es erst nur ganz leise. wollte es gar nicht wahrhaben, drückte den Kopf von Arthas zu Seite und schaute Bithia in die Augen. Tatsächlich lachte sie, ging in die Hocke und streichelte Arthas über den Kopf. Erstarrt lag ich da, schaute Bithia einfach nur an, beobachtete, wie der Hund an ihrer Hand schnupperte und sie dann fast ebenso überschwänglich begrüßte wie mich. Ich stand auf, sah zu, wie Arthas Bithia voller Freude auf den Boden schmiss und ihr über das Gesicht schleckte. Die Augen zusammengekniffen, ließ sie alles über sich ergehen und lachte dabei. Was ich während der ganzen Überfahrt kein einziges Mal geschafft hatte, vermochte der Hund in nur wenigen Augenblicken zu erreichen. Doch das grämte mich nicht. Im Gegenteil, es war, als würde ein Regen das Feuer des Zorns löschen. Als würde er den schwarzen Qualm der Trauer niederwerfen und statt verbranntem Holz nur neues Grün hervorbringen.

Wir luden die Beute auf den Wagen, der nun so schwer war, dass der kleine, zottelige Esel große Probleme hatte den Karren zu ziehen. Einige unserer Männer halfen mit und schoben von hinten an. Möwen kreischten über unseren Köpfen, als der schwere Wagen tiefe Furchen im Schlick hinterließ. Wir liefen an den ersten Hütten vorbei, quälten uns den kleinen Hügel hinauf, bis wir das Zentrum unseres Dorfes erreicht hatten, wo wir uns vor Ingvarrs Langhaus versammelten. Ich gesellte mich mit Bithia zu Kjell, der uns aus seinem blonden Bart anlächelte und mir freundschaftlich auf die Schulter schlug. Die Beute wurde gerecht geteilt. Ingvarr bekam ein Drittel und der Rest wurde unter uns mit gleichen Anteilen vergeben. So bekam ich drei kleine silberne Kreuze, einige Scheren, Töpfe und silbernes Besteck, sowie einen schweren Beutel mit Münzen und Glas gefüllt. Das Glas bestand nur aus Bruchstücken und war in dieser Form nicht viel wert, doch ich wusste, dass man daraus schöne Glasperlen herstellen konnte und nahm mir vor, eine Kette für Bithia zu fertigen.
Nicht jeder war fröhlich an diesem Tag. Wir hatten in dem Sturm ein Schiff verloren und so war die Luft mit den Rufen des Glückes aber auch mit dem Weinen der Witwen erfüllt. Die Frauen der Verstorbenen bekamen einen Teil der Beute, doch das tröstete sie kaum über ihren Verlust hinweg.
Das goldene Kreuz hatte sich Ingvarr bereits zu seinem Anteil gelegt. Ich beobachtete ihn dabei, wie er lachend das Kreuz betrachtete, vor lauter Ungläubigkeit den Kopf schüttelte und alles in sein Haus trug. Ich folgte ihm mit meinen Blicken, bemerkte nicht, dass Bithia ein großes Schaffell

in beiden Händen hielt und darauf wartete, dass ich meine Schätze hineinlegen würde. Sie stieß mich an, bündelte das Leder an allen vier Enden und wartete, bis ich den Beutel auf meinen Rücken schwang.

»Komm mit mir«, sagte ich und schritt voran.

Obwohl Ingvarr alles so gerecht wie möglich verteilt hatte, kam sich der eine oder andere benachteiligt vor und stritt mit demjenigen, der seiner Meinung nach mehr bekommen hatte. Mich kümmerte all das nicht, auch Kjell, der seine Holzhütte nicht weit entfernt von Ingvarrs Wohnsitz gebaut hatte, schlenderte neben uns in dieselbe Richtung. Im Augenwinkel sah ich, wie mein Bruder den Hügel nördlich herunterlief, um in seine eigenen vier Wände zu gehen.

»Wo wohnst du?«, wollte Bithia wissen.

Ich zeigte auf das Langhaus vor uns, das das größte im Dorf war.

»Aber das ist Ingvarrs Haus«, sagte Bithia entsetzt und blieb stehen.

»So ist es. Ingvarr ist mein Ziehvater. Ich wohne bei ihm.«

»Soll ich etwa...?«, stotterte sie.

»Edda wohnt auch dort«, unterbrach ich, animierte sie zumindest dazu, langsam weiterzulaufen. Doch ich sah die Angst in ihren Augen.

»Er wird dir nichts tun. Ich lebe seit vierzehn Jahren mit ihm.«

Bithia schaute mich an. »Du lebst seit vierzehn Jahren mit dem Mörder deines Vaters unter einem Dach?«

Ich nickte. »Er ist so etwas wie mein Vater.«

Sie atmete tief durch, nahm ihren Mut zusammen und stellte sich erneut ihrem Schicksal. Abermals beeindruckt ging ich hinterher und freute mich auf mein Zuhause. So viele Winter hatte ich am Feuer dieser Hütte verbracht. Es war das größte Haus im Dorf und ich war stolz darauf, darin wohnen zu dürfen.

Es maß fünfzig Schritte. Das Gerüst des Gebäudes bestand an den Seiten aus dicken Baumstämmen, die etwa doppelt so hoch waren wie ich. Etwa alle zehn Schritte stand solch ein Stamm. Diese waren mit dünneren Holzbrettern verbunden, die überlappend angebracht waren und die Hütte ringsherum abdichteten. Kleinere Balken stützten das kurze Vordach vor dem Haupteingang, der mit einer schweren Tür geschlossen gehalten wurde. Vom Eingang bis zum hintersten Teil waren in der Mitte des Hauses noch einmal Baumstämme aufgestellt, wie sie für die Wände benutzt wurden. Diese waren allerdings doppelt so hoch und hielten den Dachgiebel. Das Dach erstreckte sich somit dreiecksförmig vom Giebel zu den Wänden. Es war mit Birkenrinde, Torf und Stroh gedeckt. Die Löcher in den Wänden waren mit lehmiger Erde gestopft. So waren wir im Innern des Gebäudes vor Wind und Wetter geschützt. Wir bauten alle Häuser auf die gleiche Weise, aber keines im Dorf war so hoch und lang wie Ingvarrs. Es war so prächtig, dass er es gerne als seinen Palas bezeichnete.

Direkt neben seinem Langhaus befanden sich kleinere Verschläge, die als Vorratskammern, Scheunen und Ställe genutzt wurden.

Ich war jetzt neben Bithia. »Siehst du diese kleinen Hütten?«, fragte ich sie. Sie nickte. »In der rechten ist eine Webstube und die linke ist ein kleines Badehaus.«

Wieder nickte Bithia nur, ohne etwas dazu zu sagen. Ich hatte gehofft, ihr würde es gefallen, ein Badehaus direkt neben den Wohnräumen zu haben, in dem sie sich waschen konnte. Oft machten wir darin ein Feuer, stellten Wasserkübel auf die Flammen und entspannten im heißen Wasserdampf. Bithia aber ging nicht darauf ein und schritt weiter. Sie wird sich mit dem Leben bei uns anfreunden, dachte ich mir, auch wenn es mir langsam schwerfiel, das zu glauben.

»Es wird ein großes Festmahl geben heute Abend. Ingvarr lädt alle in seinen Palas ein!«, rief mir Kjell zu, bevor er in seinem eigenen kleinen Haus verschwand, das nur zwei Schiffslängen von dem unseren entfernt war. Er hatte einst mit einer Frau darin gelebt, die am Fieber gestorben war, bevor sie ihm Kinder gebären konnte. So lebte er bisweilen allein.

»Das hat er versprochen«, antwortete ich und hob meine Hand zum Gruß.

Ich war seltsam aufgeregt, als ich mit Bithia auf den Eingang des Langhauses zulief. Angst überkam mich, dass Bithia unglücklich sein, dass sie mit ihrem neuen Leben nicht zurechtkommen würde, aber so selbstsicher, wie Bithia neben mir herschritt, war diese Sorge völlig unbegründet. Trotzdem wusste ich natürlich, dass dieser Mut an ihren Kräften zehrte und nicht lange anhalten würde.

Es war warm an diesem Abend, das Fell am Eingang hinter der geöffneten Tür war zusammengerollt und mit einem Seil nach oben gebunden. Bithia zögerte einen winzigen Augenblick, duckte sich dann und betrat das Langhaus. Ich folgte ihr. Das Feuer brannte in der Mitte und erfüllte den Raum mit Wärme. Obwohl der meiste Qualm durch ein Loch im Giebel, das Windauge, abzog, war Ingvarrs Palas immer auch mit Rauch erfüllt. Die einfallenden Sonnenstrahlen leuchteten, wie eine Fackel das neblige Zwielicht am Morgen erhellt. Talglichter und Tranlampen hingen entlang der Holzwände, waren aber nicht entzündet. Auf Fenster verzichteten wir, da die Winter sehr kalt und windig werden konnten. Im Sommer bezahlten wir diese Vorsicht mit Dunkelheit und Hitze. So war es auch an diesem Tag warm und ich schwitzte.

Rechts neben dem Eingang war die Küche und ich entdeckte Edda, wie sie Teig in großen Holzschüsseln knetete. Ein Teigfladen lag bereits auf einem heißen Stein, den Edda zuvor im Feuer erhitzt hatte.

»Da seid ihr ja endlich«, lachte sie uns an und rieb sich die Hände aneinander, um die Teigkrümel abzuwischen. »Was habt ihr nur so lange gemacht?«, fragte sie und kam auf uns zu, um uns ein weiteres Mal zu umarmen. Ihre gute Laune brach auch jetzt nicht ab. »Komm her mein Kind«, sagte sie zu Bithia. »Du kannst mir ein wenig helfen.« Obwohl ich wusste, dass Bithia bei Edda in guten Händen war, ließ ich sie nicht ganz ohne Sorge ziehen, versuchte aber, die Zweifel von mir abzuschütteln und mich auf das Einfühlungsvermögen meiner Ziehmutter zu verlassen. Meine Reichtümer legte ich dagegen fast achtlos beiseite, zog meinen Ledergürtel aus, an dem mein Schwert hing, quälte mich aus meiner warmen Tunika und legte alles auf dem Tisch ab, der neben dem Feuer aufgestellt war.

Es zeugte von Ingvarrs Reichtum, dass er neben den üblichen Hockern und einfachen Stühlen auch große Tische in der Mitte des Raumes stehen hatte, die mit Bänken und Stühlen bestückt und deren Beine und Lehnen mit Schnitzereien verziert waren. Zwar besaß jeder Mann ein Schnitzmesser für die langen Winterabende, die Arbeiten in Ingvarrs Palas aber waren von detailverliebter und hervorragender Qualität. Im Laufe der Jahre hatte sich Ingvarr seinen Wohlstand durch die Abgaben der Händler, die an unserer Halbinsel vorbei in den Boknafjord segelten, verdient. Das meiste Gold und Silber hatte er sich jedoch zusammengeraubt, nicht zuletzt in dem Dorf meiner eigenen Familie, und damit konnte er Männer bezahlen, die ihm neben unzähligen anderen Arbeiten auch unvergleichliche Muster aus dem Holz herausarbeiteten. Ich schaute ins Feuer, während meine Gedanken bei meinem Vater waren. Schon so viele Jahre lebte ich in diesem Haus und doch hatte ich nie darüber nachgedacht, dass auch der Tod meiner eigenen Eltern zu dem Reichtum und der Macht Ingvarrs beigetragen hatte. Dieser eine Überfall hatte ihm mehr als nur Silber eingebracht. Ingvarr hatte dabei auch mich gefunden und wenngleich ich Nahrung gekostet hatte, so war ich nun ein Krieger, der ihm in vielen Kämpfen nützlich war. Wie oft hatte ich in seiner Schildburg gestanden, in der die Männer in einer Reihe, die Schilde überlappend, vorwärts preschen, bis sich der gegnerische Schildwall entgegenschmeißt und das Schieben, Hauen, Stechen, das Töten beginnt. Ich war gut darin. Somit hatte ich Ingvarr zu noch mehr Reichtum verholfen.

Ich machte mich frei von diesen Gedanken und ging in den hinteren Teil des Hauses, in dem die Ställe untergebracht waren. Während die stinkenden und lauten Hühner in der Nachbarhütte außerhalb gehalten wurden, waren hier die Schweine zusammengepfercht.

»Was willst du hier?«, fragte Ingvarr und hielt in seiner Arbeit inne. Er grub mit einer Schaufel ein Loch in der Mitte des Schweinestalls und damit tat er genau das, was auch mir als erstes in den Sinn gekommen war, als ich den Berg voller Schätze gesehen hatte, den wir am Strand zusammengetragen hatten. Ingvarr vergrub seine Beute. Zumindest einen großen Teil davon.

»Gut, dann weiß ich jetzt, wo ich suchen muss, wenn ich dir endlich deinen fetten Wanst aufgeschlitzt habe«, lachte ich. Sobald ich die Hütte wieder verließ, würde er ein neues Loch an einer anderen Stelle graben, dessen war ich mir sicher.

»Hast du nichts Besseres zu tun?«, erwiderte er.

»Doch«, antwortete ich, »ich tue es dir gleich.«

Ich lief zu meinem Bündel, nahm es und ging wieder Richtung Ausgang.

»Behandle Bithia gut und pass auf sie auf!«, sagte ich an Edda gewandt.

»Ragnar, du weißt, sie ist bei mir in besten Händen. Zweifelst du etwa daran?«

»Nein, natürlich nicht«, gab ich zu. »Ich bin bald zurück. Ich hoffe, dann das erste Brot kosten zu können?«

»Wenn du dir Zeit lässt, bestimmt«, sagte Bithia und ich erkannte an ihrer Stimme, dass sie zumindest für diesen winzigen Moment sorgenfrei war. Ich verließ die Hütte, doch schon nach einigen Schritten kam mir ein Gedanke und ich blieb stehen. Ich wollte Bithias Vertrauen gewinnen und der größte Vertrauensbeweis war Silber. Erkaufen wollte ich mir ihre Zuneigung nicht, nein, mir kam der Einfall, dass es ein Beweis meiner Ehrlichkeit sein würde, wenn sie wusste, wo ich mein Silber vergraben würde.

Ich machte kehrt, duckte mich durch den Eingang und ging auf die beiden Frauen zu.

»Kannst du sie entbehren?«, fragte ich Edda.

Edda drehte sich zu mir um und stemmte die Fäuste in die Hüften. »Traust du mir etwa nicht«, sagte sie stirnrunzelnd.

»Doch, natürlich traue ich dir«, beschwichtigte ich. »Aber ich möchte, dass sie dabei ist.«

»Dabei sein bei was?«, fragte Bithia.

»Das wirst du schon sehen«, grinste ich sie an.

»Dann geh, ich schaff das auch allein«, sagte Edda und machte eine abwinkende Handbewegung.

Die meisten der Männer waren vermutlich damit beschäftigt, ihre Beute in ihren Häusern zu vergraben, während mir ein ganz anderes Versteck in den Sinn gekommen war. Wir liefen zu Kjell. »He, mein Freund«, begrüßte ich ihn und sagte dann leiser: »Ich geh mein Silber im Wald vergraben. Begleitest du mich?«

»Warum vergräbst du es nicht im Haus?«

»Weil das jeder tut und man dort danach suchen wird, wenn ich tot bin.«

Er dachte über meine Worte nach, stand auf, nahm sein Bündel und trat durch die Tür ins Freie. »Ja, ich werde dir folgen.«

»Dir macht es hoffentlich nichts aus, wenn uns Bithia begleitet?«

Kjell kniff die Augen zusammen. »Wenn sie schweigen kann.«

Ich schaute zu Bithia. »Wirst du schweigen und dieses Geheimnis mit in den Tod nehmen?«, fragte ich und bekam ein Nicken zur Antwort.

»Ich schwöre es«, fügte sie hinzu.

Zu dritt liefen wir den Hügel hinab nach Süden in ein Waldstück und suchten eine geeignete Stelle, die wir uns leicht merken konnten. Dort fingen wir an, das halb verfaulte Laub des Vorjahres mit den Händen zur Seite zu schaufeln. Ich schaute mich um, ob uns jemand beobachtete, sah aber niemanden, also machten wir uns daran, ein Loch zu graben. Die oberen Schichten des Bodens waren locker und wir kamen gut voran, in etwa zwei Handbreit Tiefe aber wurde die Erde hart, Wurzeln versperrten uns den Weg nach unten und ich nahm mein Schwert zur Hilfe, um den Boden zu lockern.

»Falls ich sterben sollte, gehört alles dir«, sagte ich zu Kjell, während ich in der Erde herumstocherte. Der nickte und antwortete: »Wenn ich sterben sollte, dann gehört alles dir.«

»Wenn wir beide sterben sollten«, erklärte ich an Bithia gewandt, »dann bist du die Einzige, die weiß, wo der Schatz vergraben ist. Also hole ihn dir.«

Im Blick Bithias las ich, dass mein Plan aufgegangen war und ich ein weiteres Stückchen Vertrauen gewonnen hatte. Ich drehte mich Kjell zu, der wie ein Hund die von mir gelockerte Erde herausschacherte und schlug ihm mit der flachen Hand so fest ins Gesicht, dass er fast rückwärts umgefallen wäre, hätte er sich nicht mit einer Hand abgefangen. Er schaute mich schockiert an.

»Damit du nicht vergisst, was wir uns gerade versprochen haben!«, lachte ich.

»Gleichfalls!« Kjells Hand traf mein Ohr, das heiß und rot wurde. Ich warf ihm die Erde über, die ich in Händen hielt und das ganze hätte wohl in einer Rangelei geendet, wenn nicht Bithia aufgestanden wäre und uns beiden einen Tritt verpasst hätte. Sie stand mit verschränkten Armen über uns, schüttelte den Kopf, konnte sich aber ein leises Lachen nicht verkneifen. »Wie Kinder seid ihr«, sagte sie. Wir lachten.

Wer war diese Frau, fragte ich mich. So schüchtern und verängstigt hatte ich sie kennengelernt, ihr wahres Gesicht jedoch war ein anderes, nur selten bekam ich es zu sehen. Als sie an der Küste von Bord gesprungen war, oder als sie lachend von Arthas abgeschleckt wurde, als sie Edda beim Teig kneten geholfen hatte und jetzt, da sie mit verschränkten Armen über mir stand. In diesen wenigen Momenten wurde deutlich, dass sie alles andere als ängstlich und schüchtern war, stattdessen strahlte sie Stolz und Mut aus, Eigenschaften, in die ich mich verlieben könnte, wenn ich sie nur in Bithia finden und befreien würde.

Sowohl Kjell als auch ich behielten eine Handvoll Münzen bei uns, auch die Glasstücke steckte ich ein, bevor wir die Bündel in das Loch warfen, die Erde darüber schütteten und das Laub wieder zu verteilen versuchten, um keine Spuren zu hinterlassen. Auf dem Rückweg war ich in meinen Gedanken und redete nur wenig, bekam aber mit, dass Kjell noch einige Dinge zu erledigen hatte, bis er zu uns stoßen wollte.

»Ihr seid schon zurück?«, begrüßte uns Edda fröhlich. »Hier Ragnar, breche dir ein Stück ab«, sagte sie und hielt mir ein braun gebranntes Fladenbrot entgegen.

»Danke!« Ich packte das Brot mit beiden Händen und riss einen großen Teil davon heraus. Es dampfte noch und genauso liebte ich es. Heiß und knusprig.

»Ragnar!«, rief Ingvarr aus dem Stall. »Hilf mir, anstatt dich schon vor dem Fest vollzufressen.«

»Bist du etwa nicht fähig, dein Silber alleine zu vergraben?«, fragte ich mit vollem Mund und ging zu ihm.

»Wir werden ein Schwein schlachten«, entgegnete Ingvarr genervt. »Ich treibe es zu dir und du fängst es ein. Sie sind verdammt wehrhaft und schnell, diese Viecher und ich will es nicht hier töten. Das würde die anderen Schweine zu sehr ängstigen.«

Er schlug einer Sau auf das Hinterteil und als ich das kleine aus Haselzweigen geflochtene Tor zum Stall aufschob, lief das Schwein geradewegs in meine Richtung. Ich schlang sofort meine Arme um den Kopf, klammerte mich um das quiekende Tier und ließ trotz aller Gegenwehr nicht los, war aber erleichtert, als Ingvarr die Hinterbeine ergriff und hochhob, so dass das Schwein keine Möglichkeit mehr hatte, zu entkommen. Gemeinsam trugen wir das Tier nach draußen hinter die Hütte.

»Edda sagt, ich solle euch helfen«, erklang Bithias Stimme hinter uns. Ingvarr knurrte etwas Unverständliches, was Bithia zurückschrecken ließ, ich aber nickte ihr zu und so folgte sie uns.

Ingvarr versteckte seine Abneigung auch in ihrer Anwesenheit nicht, machte ihr das Leben noch schwerer, als es ohnehin schon war und ich spürte, wie ich deswegen einen Groll gegen ihn hegte.

»Hier, nimm das Beil. Schlag den Kopf ab«, befahl er Bithia, während er sichtlich genervt war, weil das Schwein, den Tod vor Augen, all seine Anstrengung darin legte, sich freizukämpfen.

Es war eine hinterhältige Art, die Unfähigkeit Bithias zu beweisen. »Du kannst ihr nicht auftragen, das Schwein zu töten«, sagte ich verärgert. Bithia aber atmete tief durch, nahm die scharfe Axt, die an der Wand des Hühnerstalls hing, überlegte nicht lange und schlug zu. Die Schneide drang in den Hals, woraufhin das Tier zuckte, zappelte und schließlich erlahmte. Es war noch nicht tot, nur gelähmt, da das Rückgrat gebrochen war, bis Bithia erneut ausholte, noch mehr Kraft in den Schlag legte als zuvor und genau die gebrochene Stelle der Wirbelsäule traf, in die das Beil tief eindrang und fast den gesamten Kopf vom Körper trennte. Die Sau brach zusammen, Blut schoss stoßweise aus der weit offenen Wunde, bis das Herz vollkommen aufhörte zu schlagen. Ingvarr sah mich mit aufgerissenen Augen an und nickte dann Bithia mit herabgezogenen Mundwinkeln kurz zu. Das war alles, was er an Anerkennung für sie übrig hatte, wohingegen ich vor lauter Erstaunen lachen musste, auch weil ich wusste, dass gerade Ingvarr niemals damit gerechnet hatte, dass Bithia so schnell und präzise zuschlagen würde. Vielmehr hatte er vermutlich erwartet, dass die zierliche Frau verzweifelt auf das arme Schwein einhacken, es nur verletzen würde, ohne es zu töten.

»Ich bin schwer beeindruckt«, brachte ich schließlich hervor.

»Als Kind half ich oft«, lächelte Bithia und wischte sich den Schweiß von der Stirn, verschmierte sich dabei mit Blut, das an ihrer Hand klebte, brachte mich ein weiteres Mal zum Lachen und schaute ungläubig, bis sie meine Erklärung vernahm: »Dir klebt das ganze Blut im Gesicht, so siehst du aus wie ein Schlächter oder eine Kriegerin nach einem Kampf!«, bemerkte ich, woraufhin sie erst auf ihre Hände sah und sich dann prüfend mit dem sauberen Handrücken ins Gesicht langte, nur um alles noch weiter zu verschmieren, bis auch sie schmunzeln musste. Wieder sah ich mich verzaubert von ihren Augen und den schönen Zähnen, die mich anlachten. Wie gern hätte ich ihr das Blut von der Stirn gewischt und sie geküsst. Noch immer aber war ich davon überzeugt, dass ich nicht verliebt, Bithia stattdessen eine Seelenverwandte war. Schloss das aber aus, sie als Frau lieben zu können? Ingvarr holte mich aus meinen Träumen: »Los, nehmen wir das Tier aus«, sagte er, nahm das lange Messer, das in einer Lederscheide an seinem Gürtel hing, schlitzte den Schweinebauch von oben nach unten auf, so dass der Darm und der Magen sogleich hervorquollen und steckte seine Hand tief in das Tier, um den gesamten Wulst aus Innereien herauszuholen. »Bithia, geh zu Edda. Hol einen großen Eisenhaken und ein Seil damit wir das Schwein aufhängen und ausbluten lassen können«, sagte er barsch.

Bithia gehorchte und verschwand.

Als sie außer Hörweite war, schaute mich Ingvarr an, ohne eine Miene der guten Laune zu zeigen. »Sie kann bei uns bleiben«, knurrte er.

»Gefällt sie dir als Schlachter?«, fragte ich sichtlich erfreut.

Er brummte zustimmend. Ungern gestand unser Jarl, sich in jemandem getäuscht zu haben und ich wusste, dass er keine Lust verspürte, weitere Mäuler zu stopfen, die nicht arbeiteten. Bithia aber hatte sich als nützlich erwiesen, Argumente konnte er kaum mehr gegen sie hervorbringen.

Ohne weiter darauf einzugehen, nahm er mir doch eine große Last von den Schultern. Die Befürchtung, er würde Bithia nicht akzeptieren und sie über meinen Kopf hinweg als Sklavin an den nächsten Händler verkaufen, würde sich nicht erfüllen, dessen war ich nun gewiss.

»Aber ich will sie nicht in meinem Haus«, kam es plötzlich von Ingvarr. Mit diesen Worten erlosch all die Freude in mir. Es hatte mir die Sprache verschlagen und ich versuchte, mir klar zu machen, was diese Aussage für Konsequenzen nach sich zog. Schweigend und regungslos blickte ich auf Ingvarr, der sich weiter im Körper des Schweins zu schaffen machte. Arthas war mittlerweile, vom Blutgeruch angelockt, zu uns gekommen. Er schnupperte aufgeregt an dem toten Tier. Sein Herr schlug dem zotteligen Hund auf die Nase, der daraufhin den Schwanz einzog, mit gesenktem Haupt zurückging und respektvoll wartete, bis Ingvarr den Magen herausschnitt und diesen samt Inhalt sowie einen Leberlappen seinem Hund überließ. Arthas machte sich sofort darüber her, riss große Stücke heraus und verschlang sie gierig ohne zu kauen.

»Hilf mir, anstatt nur herumzustehen«, blaffte mich Ingvarr an.

»Was soll das heißen?«, fragte ich, meine Stimme endlich wiederfindend. Ingvarr schaute genervt auf.

»Du sollst mir helfen«, wiederholte er.

»Bithia darf nicht in deinem Palas wohnen?«, stellte ich meine Frage konkreter.

»Ich will sie nicht in meiner Hütte«, sagte er erneut.

»Dann verweist du mich deines Hauses?«

»Das habe ich nicht gesagt, aber wenn du mit dieser christlichen Bohnenstange zusammenbleiben willst, dann musst du wohl ebenfalls gehen.«

Ich schwieg wieder, während sich Ingvarr wieder seiner Arbeit widmete, als würden seine Worte rein gar nichts bedeuten.

»Jetzt hilf mir gefälligst«, befahl er.

Ich bückte mich, konnte meine Gedanken kaum ordnen, trennte dennoch die Lunge heraus und warf sie Arthas zu, der sich freudig darauf stürzte. Hinter mir vernahm ich Schritte, drehte mich um und sah Kjell und Bithia zu uns kommen. Noch immer in Gedanken nahm ich sie kaum wahr, zu geschockt war ich, dass mich Ingvarr nach all den Jahren so emotionslos aus seinem Haus verbannte, zu lethargisch überlegte ich, was ich nun tun sollte. Klar war mir nur, dass ich mit Bithia zusammenziehen würde. Aber wohin?

»Hast du den Haken?«, fragte ich Bithia, die mir in die Augen schaute und mir sofort anzusehen schien, dass etwas nicht stimmte.

»Edda gab ihn mir, sie kommt gleich nach.« Sie hielt mir den Haken hin, ohne mich aber aus den Augen zu lassen, spürte, dass mich eine Aura der Traurigkeit umgab.

»Gib ihn Kjell, ich nehme das Tier weiter aus.« Mit diesen Worten wandte ich mich von ihr ab.

Während ich mich mit Ingvarr im Tier weiter vorarbeitete, Herz und Nieren herausnahm, befestigte Kjell den Haken an einem Querbalken des Hauses und band anschließend ein Seil an die Hinterläufe des Tieres. Wir hängten das ausgenommene Schwein mit dem Kopf nach unten auf und drückten das Blut aus dem Körper. Arthas schleckte den roten Saft, der sich am Boden in einer Pfütze sammelte, auf. Tropfen trafen seine Schnauze, färbten diese rot, was ihn nicht sonderlich zu stören schien. Im Gegenteil, er schleckte sich genüsslich ums Maul.

Wie Bithia angekündigt hatte, kam Edda mit Holzbrettchen und scharfen, kleinen Messern, mit deren Hilfe wir die Haut abzogen und das Fleisch von den Knochen schnitten. Bithia machte sich daran, es von der dünnen Muskelhaut und den borstigen, kurzen Haaren zu reinigen, während Ingvarr im Stall verschwunden war und kurze Zeit später mit einigen Hühnern wieder zurückkam. In jeder Hand hielt er drei Tiere an deren Beinen, band sie zusammen und hängte die flatternden Vögel an einen Haken. Eins nach dem anderen wurde nun so lange am ausgestreckten Arm im Kreis geschleudert, bis das Blut in den Kopf gestiegen war, der mit einer Axt abgeschlagen wurde. Trotzdem liefen zwei der Hühner nach der Enthauptung noch kurz herum. Ich hatte das immer amüsant gefunden, an diesem Tag jedoch empfand ich es als grotesk, fragte mich, warum sie weiter rennen konnten, obwohl sie offensichtlich tot waren. War ich nicht genau wie diese Hühner? Kopflos rannte ich durch diese Welt, ohne über den Sinn nachzudenken, folgte den anderen, fügte mich meinem Schicksal und jetzt, wo Ingvarr mich aus seiner Hütte verbannt hatte, sollte ich weitermachen wie bisher? Vielleicht machte mir einfach zu viele Sorgen!

Edda sammelte die Hühner auf, setzte sich und rupfte sie. Kjell und ich halfen Bithia, das Fleisch zu reinigen, so saßen wir alle an einem Tisch, schwiegen, gingen unserer Arbeit nach und man hätte den Anschein von Harmonie haben können, wenn in mir nicht eine gewisse Anspannung vorherrschte. Bithia dagegen musste schon vergessen haben, was sie ihn meinen Augen gelesen hatte, sorglos wog sie ihren Kopf hin und her. Die monotone Arbeit beruhigte letztlich auch mich und mit einem Mal fragte ich mich, was Ingvarr schon Schlimmes getan hatte. Schließlich hatte er mich nicht aus dem Dorf verbannt, mir nur nahegelegt aus seiner Hütte auszuziehen. Vielleicht war es seine Art, zu sagen, dass ich mir ein eigenes Haus bauen sollte, um unabhängiger zu werden. Ein eigenes Langhaus, schoss es mir durch den Kopf und der Gedanke begann, mir zu gefallen. War meine erste Reaktion völlig ungerechtfertigt? Das Schicksal ist unausweichlich! Ich sollte mich fügen, anstatt damit zu hadern.

Als Bithia wie zur Bestätigung meiner Erkenntnis und der plötzlich gewonnenen guten Laune ein Lied pfiff, stellte ich mir vor, mit ihr zusammen zu leben. Es war unendlich schön, diese Frau glücklich zu sehen, gleichzeitig machte es auch Angst, ihr fröhliches Wesen weckte Gefühle wie Wohlbehagen und Vertrautheit in mir, die ich nicht verleugnen konnte.

»Was ist das für ein Lied?«, fragte ich.

»Ich weiß es nicht«, antwortete sie.

»Mach ruhig weiter mein Kind«, ermunterte Edda lächelnd. »Mir gefällt es.«

»Wenn das mal kein christlicher Mist ist, den du da pfeifst«, bemerkte Ingvarr, brachte Bithia damit zum Verstummen und die Furcht kehrte auf ihr Gesicht zurück.

»Das ist doch wohl nicht wichtig. Ich finde es schön, ob es nun christlich ist oder nicht«, fuhr Edda ihren Mann an. Auch wenn ich nichts sagte, machte mich das Verhalten Ingvarrs zornig. Vielleicht war es nicht der schlechteste Moment, ihn zu verlassen und in ein eigenes Haus zu ziehen. Trotz Eddas Aufmunterung verlor Bithia den Mut und blieb still.

»Wir sind ohnehin fertig«, sagte ich, legte das letzte Stück Fleisch in die Holzschale in der Mitte des Tisches und stand auf. Edda nahm Bithia mit ins Haus, um die Soßen anzurühren. Ich hoffte, sie würden sich auch weiterhin gut verstehen, zweifelte aber nicht daran, schließlich hatte Bithia gezeigt, dass sie bei der Arbeit zu gebrauchen war und Edda war herzlich, liebte die Menschen und kam mit jedem zurecht, was ich oft nicht verstehen konnte. Kjell, Ingvarr, Edda und jetzt auch Bithia waren meine engsten Vertrauten. Mit allen anderen hatte ich nur wenig zu tun, vielen stand ich neutral gegenüber, einige mochte ich nicht und verschwendete auch wenig Zeit darauf, dies zu ändern. »Lasst uns den Wein holen«, sagte ich. Kjell grinste augenblicklich und erhob sich ebenfalls, bereit, mich zu begleiten. Die Weinkrüge waren nicht unter den Männern aufgeteilt worden. Stattdessen sollten sie uns das Festmahl versüßen und warteten nur darauf, vom Eselskarren in den Palas getragen zu werden. Obwohl die Zeit während des Schlachtens schnell vergangen war, stand die Sonne noch am Himmel. Mittsommer stand kurz bevor, die Sonne verschwand in der Nacht nur kurz am Horizont und da sich auch die Wolkendecke mittlerweile aufgelöst hatte, gerieten wir beim Tragen der Krüge trotz der späten Stunde ins Schwitzen. Beim Abstellen der Tongefäße drang der Duft nach frischem Brot an meine Nase und ließ mir das Wasser im Mund zusammenlaufen. Die würzige Soße aus frischen Kräutern und angebratene Zwiebeln entfachten endgültig meinen Heißhunger, der meine Ungeduld steigerte, bis endlich die ersten Gäste kamen. Über Trampelpfade stapften die Männer den Hügel empor, brachten noch mehr Fleisch mit, das über den Feuern gegart wurde und so roch es bald so herrlich, dass es die verstorbenen Seelen aus dem Totenreich angelockt haben musste.

Wohl wissend, dass es mit steigendem Weingenuss ungemütlich für sie werden konnte, trauten sich nur wenige Frauen in den Palas. Ich sah in der sich füllenden Hütte, in der ein großer Tischkreis gebildet worden war, etwa sieben junge und sechs ältere Frauen, die allerdings schon jetzt mehr damit beschäftigt waren, den Männern Wein einzuschenken, als selbst am Tisch Platz zu nehmen. Letztlich waren die jüngeren wohl gekommen, um sich einen Mann zu suchen. Bis auf ein blondes Mädchen erschien mir allerdings keine von ihnen als attraktiv. Ich selbst hatte ohnehin nur Augen für Bithia, in deren Nähe ich mich von nun an aufhalten wollte, um sie vor dem rüpelhaften Verhalten der anderen zu schützen. Als Anführer hatte Ingvarr das Privileg, leicht erhöht zu sitzen. Während alle anderen auf den Bänken oder Hockern Platz nehmen mussten, thronte er auf seinem Hochstuhl. Rechts neben Ingvarrs Hochsitz durfte sich Barri auf einen Stuhl niederlassen, links von ihm saß Edda, daneben saß ich und neben mir Bithia und dann Kjell. In der Annahme, Bithia wolle all die Männer, die ihr Dorf überfallen hatten, nicht wiedersehen, hatte ich ihr angeboten, den Abend in der Hütte Kjells zu verbringen. Doch sie überraschte mich ein weiteres Mal und blieb. Unter den Gästen waren natürlich auch mein Bruder Raimund und all die anderen, die mit uns das Kloster überfallen hatten. Auch viele Männer, die zu alt und gebrechlich waren, um überhaupt noch eine Axt zu halten, waren gekommen und hatten das Festmahl ebenso verdient wie all die anderen, schließlich hatten sie lange ihr Leben für uns und ihre Nachkommen aufs Spiel gesetzt. Ich bekam mein erstes Stück vom Schwein dargereicht, war hungrig und mit der Soße verschlang ich das köstliche Mahl gierig.

»Du erinnerst mich an den Hund«, sagte Bithia.

In der Tat kaute ich nur so lange, bis ich mir ein weiteres großes Stück Fleisch abgeschnitten hatte und es mir in den Rachen stopfen konnte. »Gewöhn dich daran, wir sind nicht im Kloster«, antwortete ich mit vollem Mund. Bithia lachte und gab mir das Gefühl, sie fühlte sich trotz der Männer, die alle wie Tiere aßen und soffen, wohl. Schnell aber erkannte ich, dass sie mir dieses Gefühl nur vermitteln wollte. Wenn sie sich kurz unbeobachtet fühlte, dann sah ich die Angst in ihren Augen, die sie erstaunlich gut verstecken konnte. Ich versuchte, mich nicht zu sehr von ihrem Wesen einnehmen zu lassen und stürzte den zweiten Tonbecher Wein herunter. Auch Kjell hielt sich wieder einmal nicht zurück. Während es zu Beginn noch recht ruhig zuging, weil jeder mit dem Essen beschäftigt war, häuften sich im Laufe der Zeit die Gespräche. Ich schaute zu Ingvarr, der entspannt, wie immer mit Ringpanzer gerüstet, auf seinem Stuhl saß, dem Treiben wortlos zusah und mir zuprostete, als er meine Blicke spürte. Arthas lag zusammengerollt unter seinem Hochstuhl und kaute genüsslich auf einem Knochen.

Satt und berauscht vom Wein lehnte ich mich zurück. Zufrieden beobachtete ich die Runde, hörte, wie sich die Männer über den Raubzug unterhielten, den Älteren die Geschichte erzählten und die alten Männer ihrerseits mit Kämpfen aus ihrer Jugend prahlten. Ein Mann mittleren Alters versuchte sich als Skalde, letztes Jahr hatte er seine rechte Hand verloren und konnte somit weder auf dem Feld, noch auf Plünderungszügen helfen. Als Skalde war er derjenige, der unsere Geschichten weitererzählte, sie von Dorf zu Dorf weitertrug, hier die Erzählung ein wenig übertrieb und dort etwas wegließ, um unsere Taten möglichst eindrucksvoll wiederzugeben. So waren es die Dichtungen der Skalden, die uns zu Ehre und damit zu Unsterblichkeit verhalfen. Daher wurde der Mann von vielen belagert, die ihre Ruhmestaten lautstark preisgaben, um in seiner Geschichte besonders erwähnt zu werden.

Bithia hörte ebenfalls zu, für sie aber waren es keine Ruhmestaten. Es waren Verbrechen und wahrscheinlich war ich der einzige Mann, der sie verstehen konnte. Warum empfand ich plötzlich so? Wäre sie nicht bei mir gewesen, hätte ich ebenfalls mit meinen Morden geprahlt, so wie ich es schon immer getan hatte.

»Du musst nicht hier sein«, flüsterte ich ihr zu.

Sie rang sich ein kleines, gequältes Lächeln ab und hob die Schultern, um Gleichgültigkeit vorzutäuschen. Vom Wein ermutigt und aus meiner vollendeten Zufriedenheit heraus, nahm ich ihre Hand. Ich nahm sie, weil ich ihr mit dieser Geste meinen Respekt aussprechen wollte, weil ich ihr meine Zuneigung zeigen, weil ich ihr damit sagen wollte, dass ich sie beschützen würde, was immer auch kommen mochte.

Ich hatte mir nicht überlegt, ob ich es wagen sollte, sondern tat es einfach. Innerlich jubilierte ich, als Bithia nicht zurückzuckte, meine Geste sogar erwiderte, ihre Finger zwischen die meinen schob und damit ein Glück in mir auslöste, das für meine vollkommene Ausgeglichenheit sorgte. Ich wusste nicht, ob es der Wein oder tatsächlich die Berührung Bithias war, aber mit einem Mal wurde mein Herzschlag ruhiger, meine Muskeln entspannten sich und die Welt um mich herum wurde nebensächlicher und auf eine gewisse Weise auch schöner. Nicht einmal beim Anblick meines Bruders empfand ich Groll alles erschien wie durch einen Schleier der Glückseligkeit.

Ich wandte meinen Blick zu Kjell und beobachtete, wie er vom Wein berauscht mit einer kleinen, blonden Frau sprach. Sie war nicht älter als sechszehn Jahre und mit ihren blonden Haaren wirklich eine Schönheit. Zwei geflochtene Zöpfe umrahmten ihr Gesicht. Ihre kleine Nase gab ihr ein freches Aussehen. Kjell sagte etwas zu ihr und die junge Frau musste kichern. Ihr Lachen war erschreckend hoch und sie sog nach jedem schrillen Ausstoß die Luft ein, dass ein Laut entstand, der dem Schnarchen eines Bullen ähnelte. Das Geräusch holte mich aus meinem traumartigen Zustand und ich versuchte, mich zu beherrschen, doch die Luft in meinen Lungen wollte in einem schallenden Gelächter hinaus und zerriss mir letztlich meine Selbstbeherrschung. Ich konnte nicht glauben, dass eine solch schöne und zierliche Person solch ein Lachen hatte. Mir kamen die Tränen. Bithia und Kjell wussten natürlich, warum ich mich mit einem Mal so verhielt. Aufgrund seiner Absichten konnte sich Kjell beherrschen und Bithia konnte dies aus Anstand. Ich aber konnte nur eines: Lachen. Eben noch erfüllte mich Ruhe und Besinnlichkeit, davon war ich nun weit entfernt

Bithia schlug mir vorwurfsvoll auf den Oberschenkel, trat mich unter dem Tisch, bis ich mich wieder beruhigte, jedes Mal aber, wenn Kjells neue Freundin zu lachen ansetzte, fiel es mir schwer, mich zu beherrschen.

Irgendwann in dieser Nacht ging die Sonne kurz unter, erfüllte das Land mit Zwielicht, bis nur noch die Feuer flackernd den Raum erhellten. Schon in kurzer Zeit würde die Sonne wieder am Horizont erscheinen, diese wenigen Augenblicke aber waren etwas Besonderes und ich forderte Bithia auf, mich nach draußen zu begleiten, um die friedvolle Stimmung der Dämmerung zu genießen. Bithia folgte mir gern und gemeinsam schauten wir auf das Wasser der See zwischen den vielen Inseln. »Es ist schön«, sagte Bithia.

»Ja, das ist es«, bestätigte ich. Mehr wurde nicht gesprochen, aber das war auch nicht nötig, der Moment schien vollkommen als ich meinen Arm um Btihia legte und wir darauf warteten, dass die Sonne wieder am Horizont erschien. Obwohl es schon bald darauf wieder taghell war, brach dennoch die Nachtzeit an, zu der sich die Frauen endgültig verabschiedeten, nur Bithia wollte an meiner Seite bleiben. Es wurde immer lauter und inzwischen waren Streitgespräche zwischen Betrunkenen zu

104

hören, einige Männer lagen bereits mit dem Kopf auf dem Tisch und schliefen auf ihren verschränkten Armen. Die Meisten aber waren noch nicht betrunken genug, um einfach einzuschlafen, sondern forderten einander zu kleinen Wettessen, Wetttrinken oder Kräftemessen heraus. Als Bithia und ich in den Palas gingen, maß sich Raimund gerade mit einem großen, bulligen Mann im Armdrücken. Trotz all seiner Anstrengung verlor er den Kampf.

Kjells junge Freundin, die sich uns mit Norell vorgestellt hatte, schien ebenfalls den Mut zu besitzen, dem Fest trotz des rauen Umgangstones weiter beizuwohnen, durfte sich auf dem Schoß Kjells aber auch in Sicherheit wähnen. Wie zum Beweis grabschte ein Betrunkener nach Norell, woraufhin Kjell dem Mann mit der Faust ins Gesicht schlug. Der sackte augenblicklich in sich zusammen und schlief in grotesker Haltung auf der Bank ein.

Die Reihen lichteten sich allmählich. Wer noch laufen konnte, torkelte heim, die anderen lagen unter den Tischen und schliefen. Ingvarr hatte sich ebenfalls schon mit Edda in den mittleren Teil des Hauses, den Schlafraum, zurückgezogen. Kjell stand in diesem Moment auf, um mit Norell an der Hand aus der Hütte zu wanken, woraufhin mir deutlich wurde, dass ich ebenfalls ein eigenes Haus benötigte, um mit Bithia allein sein zu können. Ich hatte es Ingvarr zu verdanken, dass ich dies überhaupt in Erwägung zog und dafür sollte ich ihm nicht grollen. Diese Nacht jedoch verbrachten wir hier in diesem Langhaus. Betrunken vom Wein, mit schwerem Bauch quälte ich mich aus meinem Stuhl und wankte zur Schlafstätte. Ein schmaler Gang in der Mitte trennte die beiden erhöhten, mit Tannenreisig und Fellen ausgelegten Bettstätten. Edda und Ingvarr lagen links, also legte ich mich auf die rechte Seite. Es tat gut, meine Beine ausstrecken zu können.

Bithia legte sich neben mich, so dass sich unsere Füße berührten. Wusste sie, dass es meine Füße waren, die sie in diesem Moment streifte? Oder dachte sie, es wäre das Holz des Balkens, das Fell oder sonst irgendetwas. Ich bewegte mich kurz, trotzdem zog sie sich nicht zurück. Ein weiteres Mal machte sich ein wohltuend warmes Gefühl in mir breit, weil sie auch diese Berührungen gewährte.

Am nächsten Morgen war ich der erste, der wach wurde. Die Decken hatte ich des Nachts von mir gestrampelt, so war mir recht kühl, als ich mich aufsetzte. Mein Kopf tat mir weh, Übelkeit plagte mich, aber ein Blick auf die noch schlafende Bithia ließ diese Kleinigkeiten vergessen. Leise stand ich auf, schlich in den vorderen Raum und füllte Wasser aus einem Holzkrug in eine Schüssel, um mich zu waschen, was mich wacher werden ließ. Vor die Tür tretend streckte ich alle Glieder und wurde von der Sonne begrüßt, die Wärme auf meinen Wangen hinterließ. Licht durchflutete jetzt auch die Hütte und ich schaute noch einmal zurück, konnte mich nur schwer von Bithia lösen, die ich von hier zwar nicht sehen konnte, die aber vielleicht gerade deswegen eine gewisse Sehnsucht in mir auslöste. Gerade als ich mich wieder wegdrehen wollte, erschien sie in der Tür des Schlafteils und suchte nach mir, bis sie mich im Eingang stehen sah. »Komm mit mir«, flüsterte ich ihr zu, woraufhin sie augenblicklich hellwach zu sein schien und mir aus dem Haus hinaus ins Freie folgte, so schnell, dass mich ihr Bewegungsdrang so früh am Morgen überraschte. Ihr Enthusiasmus brachte mich zum Lächeln
»Was machen wir?«, fragte sie.
»Ich bau mir ein Haus!«, sagte ich bestimmt.
»Nur für dich?«
»Nein es ist für dich. Nur für dich. Es sei denn...«, stotterte ich, wollte sie aber keineswegs dazu zwingen, mit mir zusammen in einer Hütte zu wohnen. Natürlich erhoffte ich nichts anderes, als mein Leben mit dieser Frau in einem eigenen Heim zu verbringen, zwingen wollte ich sie dazu aber nicht.
»Für mich?«, unterbrach sie meine Gedanken.
Neben meinen eigenen Wünschen verschwieg ich auch, was Ingvarr am Tag zuvor gesagt hatte. Selbst wenn sie ihre Angst vor den Männern gut vor mir verbergen konnte, wusste ich doch, dass sie die Worte unseres Jarls noch weiter verunsichern und verängstigen würden. Zudem wollte ich durch den Bau einer Hütte für sie mehr Vertrauen gewinnen und so sagte ich nach längerem Zögern: »Ein Haus nur für dich. Es soll auch ein Rückzugsort für mich sein, aber darüber darfst du selbst entscheiden.«
Bithia blieb stehen. Ich bemerkte erst nach einigen Schritten, dass sie nicht mehr neben mir war, wandte mich suchend um und sah sie an. Die

Sonne schien ihr ins Gesicht, sie kniff die Augen zusammen, fühlte sich aber von der Helligkeit nicht gestört.

»Wer bist du?«, fragte sie.

»Was meinst du?«

»Du rettest mich in Lindisfarne aus den Fängen dieses Widerlings. Du schleppst mich hierher in ein Dorf, in dem Männer leben, die ohne Skrupel Mönche, Frauen und Kinder töten aber doch bist du bemüht, mir das Gefühl zu geben, ein freier Mensch zu sein. Warum tust du das? Wer bist du?«

»Ich bin der, der deinen Bruder tötete«, sagte ich und schaute ihr dabei in die Augen.

»Du hast meinen Bruder nicht getötet. Er war an dem Morgen bei mir, ich weiß wer es war. Wir waren im Wald und lasen gerade aus einem Buch, als ihr aus dem Nichts aufgetaucht seid. Mein Bruder stürmte heraus, ich rannte ihm hinterher. Der Mann, aus dessen Griff du mich befreitest, tötete ihn und zog mich dann hinter sich her.«

Ägir, dachte ich und sann im Geiste nach Rache. »Und doch war ich es, der die Männer in dein Dorf führte. Ich tötete ebenso wie die anderen.«

Ich sagte das so kalt, wie ich dem Mönch mein Schwert in die Brust gesteckt hatte, genauso skrupellos stachen meine Worte in Bithias Herz. Dafür hasste ich mich, doch es war aus mir herausgesprudelt, wie das Wasser aus einer Quelle, es war die Wahrheit und diese wollte ich nicht verbergen. Bithia kamen die Tränen.

»Warum hast du das getan?«, fragte sie und schluchzte.

»Weil ich ihr Silber wollte und sie mir im Weg standen.«

»Warum behandelst du mich nicht genauso? Warum beschützt du mich, wenn dir ein Menschenleben so wenig wert ist?«

Ich dachte kurz nach, verlor alle Gleichgültigkeit die ich früher für meine Taten empfunden hatte. »Ich weiß es nicht.«

»Hältst du mich gefangen, um mich zu quälen?«

»Quält es dich so sehr, bei mir zu sein? Du kannst gehen, wann immer du willst.«

»Wohin sollte ich gehen?«, fragte sie und schnaufte traurig, aber auch ein wenig schicksalsergeben aus.

»Das weiß ich nicht«, bemerkte ich. Wir schwiegen eine Weile und je länger dieser Moment dauerte, desto mehr zweifelte ich selbst an meinem Verhalten. Warum hatte ich all das gerade so emotionslos ausgesprochen, obwohl ich wusste, dass es einen tiefen Graben zwischen uns treiben würde? Warum hielt ich die Frau, die ich begehrte absichtlich auf Distanz? Viele Fragen schossen mir durch den Kopf. Ich war froh, als Bithia einatmete, um etwas zu antworten: »Es quält mich, bei diesen Männern zu sein, die meine Familie und mein Leben zerstörten, aber es quält mich nicht, bei dir zu sein. Ich kann nicht in Worte fassen, warum und doch ist deine Nähe wohltuend für meine Seele.«

Ich schaute sie weiter an, sie erwiderte meinen Blick und mein Herz hätte aufgrund ihrer Aussage einen kräftigen Schlag machen sollen, doch das tat es nicht, stattdessen blieb es stehen, mein Atem versiegte. Es war, als würden unsere Seelen die Körper verlassen und sich in dieser unendlichen Stille des warmen Morgens zum ersten Mal verständigen. Als würden sie sich betrachten, einander umkreisen, erkunden und sich ein erstes Mal berühren. Etwas verband uns, wir beide spürten es, doch keiner vermochte es zu erklären. Unsere Körper waren dabei nur leere Hüllen gewesen, bis die Leben spendenden Seelen zu uns zurückgekehrt waren. Wie gebannt starrten wir einander an, mussten unsere Gefühle sortieren. Mein Verstand versuchte, das gerade erlebte zu verstehen, schloss aber letztlich damit ab, es je wirklich verstehen zu können und projizierte es lediglich auf das irdische Leben, indem ich bekannte: »Ich würde mich freuen, wenn wir ein Haus bauen. Und ich würde mich freuen, wenn wir zusammen darin wohnen.« Bithia nickte nur. Sie stand einfach da und bewegte ihren Kopf auf und ab, bis sie sich innerlich zu schütteln schien, das seltsam verbundene Gefühl zu mir verdrängen wollte, um sich wieder anderen Dingen widmen zu können.

»Ich möchte mir noch ein wenig Wasser ins Gesicht schöpfen«, antwortete sie und ging zurück in die Hütte.

»Ich warte dort am Waldrand auf dich«, rief ich ihr hinterher, zeigte den Hügel hinunter nach Süden und lief in diese Richtung, nachdem ich ihr Nicken wahrgenommen hatte.

Dort angekommen setzte ich mich auf einen umgefallenen Baumstamm und lauschte den Vögeln, genoss die Sonne, die durch das Laub strahlte und mein Gesicht wärmte. Wieder kam mir eine Erinnerung aus meiner Kindheit in den Sinn. Als Kind hatte ich es schon immer als aufregend empfunden, mit meinem Vater unter freiem Himmel zu schlafen. Die

Geräusche der Nacht waren anders als am Tag und nur, wenn man ganz still dalag, vermochte man sie zu vernehmen.

Ich hörte Bithias Schritte und hob meinen Blick, der augenblicklich auf ihr Lächeln fiel, was mich sehr erfreute.

»Ich zeige dir, welche Bäume für uns in Frage kommen«, sagte ich und ging voraus. »Ich möchte die Stützbalken aus Eichen machen. Am besten wären hohe, gerade Bäume, mit nur wenigen Ästen bis zur Krone.«
Bithia verstand und begutachtete jeden Baum genau.

»Dieser hier zum Beispiel ist sehr gut geeignet«, sagte ich und klopfte mit meiner Hand auf den Stamm.

»Aber er ist nicht sehr dick«, erkannte Bithia und hatte damit Recht. Ich konnte den Stamm mühelos mit meinem Armen soweit umschließen, dass ich mit den Händen meine Ellenbogen berührte.

»Das ist genau das, was wir brauchen. So können wir den ganzen Stamm für einen Pfeiler nehmen und müssen ihn nicht aufwendig spalten. Markiere die Bäume, die du auswählst mit dem Messer«, sagte ich und reichte ihr eines aus meinem Gürtel. »Schabe oder breche einfach die Rinde ab, damit wir sie wiedererkennen. Merke dir aber auch ungefähr, wo sie stehen, es ist trotz Markierung nicht ganz so leicht, sie wieder zu finden.«

»Warum willst du keine Buchen?«, fragte sie, während sie sich von mir entfernte.

»Die verziehen und krümmen sich zu stark, wenn sie trocknen!«, erklärte ich. »Buchen nehme ich nur für das Feuer, für nichts anderes. Einige bauen sich damit auch Bänke, Stühle und Schränke, aber ich habe damit schlechte Erfahrungen gemacht.«

So liefen wir durch den sonnendurchfluteten Laubwald, begutachteten die Bäume und ich genoss die Arbeit mit Bithia, auch ohne dass wir miteinander sprachen. Wir liefen eine Baumlänge voneinander entfernt und doch tat es gut, dass sie in meiner Nähe war. Ich erfreute mich so sehr an unserer Zweisamkeit, dass es die letzten Zweifel ausräumte, ob es richtig war, mich von Ingvarr zu entfernen, um mit Bithia alleine zu sein. Ihre Gesellschaft war angenehm.

»Ich laufe schon einmal zurück und hole eine Axt!«, rief ich Bithia zu.

»Gut, ich warte hier.«

Die gute Laune ließ mich meine Kopfschmerzen und die Übelkeit endgültig vergessen, als ich den Hügel hinaufrannte, mich auf meine neue
Aufgabe freute und Kjell aufsuchte, der immer noch in seiner Hütte lag
und schlief. Norell war neben ihm und ein nackter Busen schaute unter
dem Fell hervor, den ich kurz betrachtete, bevor ich meinen Freund
weckte. »Was willst du von mir?«, fragte er genervt.
»Ich baue mir ein eigenes Haus, und du wirst mir dabei helfen!«
»Musst du ausgerechnet heute damit anfangen?«
»Ja, das muss ich. Ingvarr will es so. Nun denn. Steh auf.«
Ich zog ihn am Arm, so dass er halb von der Bank fiel und sich mit der
anderen Hand und einem Fuß abstützen musste.
»Ist gut, ich komme mit, aber sei leise«, seufzte er und leistete meiner
Bitte Folge, versuchte dabei aber, Norell nicht zu wecken, was ihm sogar
gelang. »Ich glaube, sie hat mehr getrunken als ich«, grinste Kjell.
Ich lachte, nahm aber sogleich eine der beiden großen Äxte, warf sie
meinem Freund zu, der sie trotz seiner Müdigkeit auffing, ergriff meinerseits die andere Axt und lief wieder zurück in den Wald. Kjell folgte
mir, konnte oder wollte aber nicht Schritt halten und trottete hinterher.
Obwohl ich gerne allein mit Bithia gewesen wäre, war ich auf Hilfe angewiesen. Je mehr ich davon bekam, desto schneller würde ich Bithia in
meinen eigenen vier Wänden um mich haben.
»Wie ich gesehen habe, kannst Du gut mit einer Axt umgehen«, lächelte
ich, als ich sie wieder erreicht hatte. »Dann zeig mir, wie du dich im
Baumfällen machst.«
Vorsichtig nahm sie die Axt, die um einiges schwerer war, als die Waffe,
die sie gestern gegen den Nacken des Schweines geschwungen hatte.
Beeindruckt war ich, als sie die Axt trotz allen Erwartungen hoch über
den Kopf hob. Die Kraft, um sie wirkungsvoll gegen den Baum zu
schwingen, hatte sie aber nicht. das Beil fiel nur mit dem Eigengewicht
nach unten, traf auf das Holz, verdrehte sich und prallte ab, ohne mehr
als einen kleinen Kratzer zu hinterlassen. Stattdessen sauste die Klinge
gefährlich an Bithias Beinen vorbei. Erst sichtlich erschrocken, dann doch
ein wenig belustigt, schaute sie mich an. »Ich sehe schon, da braucht es
mehr Kraft«, sagte sie, gab mir die Axt und nahm ein paar Schritte Abstand, als ich ausholte. Ich hieb von schräg oben in den Stamm, holte
erneut aus und schlug nun waagrecht ins Holz, so dass ein Keil aus dem

Stamm herausflog. Mittlerweile war auch Kjell eingetroffen, lehnte sich müde auf seinen Axtstiel, um mir zuzusehen, wie ich letztendlich den Stamm fast durchbrach und den Baum mit einem leichten Schieben zum Umstürzen brachte. Langsam riss das dünne Holz, das die beiden Teile noch verband. Der Baum kippte, die Äste der Krone schlugen gegen die anderen Bäume, bis der Stamm mit dumpfem, durchdringendem Geräusch auf dem Boden aufschlug.

»Ich gebe dir mein Kurzschwert, damit du die Äste abschlagen kannst«, sagte ich zu Bithia. »Aber sei vorsichtig! Nicht, dass du dir selbst Schaden zufügst. Das wäre sehr schade!«, grinste ich und fuhr fort: »Wir fällen in der Zeit schon mal die anderen Bäume.« Das Kurzschwert, auch Sax genannt, war nur auf einer Seite scharf, die andere war dick und gab der Klinge eine Stabilität, die es mir ermöglichte, damit sogar Holzscheite zu spalten. Bithia machte sich ans Werk, während Kjell und ich mit den Äxten auf den nächsten Baum einschlugen. Nach den ersten Bäumen holte Kjell Norell, die Bithia bei ihrer Arbeit half.

»Wie war die Nacht?«, fragte ich Kjell, während wir abwechselnd auf einen Baumstamm einhackten und die beiden Frauen außer Hörweite waren.

»Ich weiß es nicht mehr« sagte er, was mich zum Schmunzeln brachte.

»Und sie?«

»Sie weiß es noch. Da sie hierhergekommen ist, anstatt zu flüchten, kann es nicht so schlecht gewesen sein.«

»Gefällt sie dir?«, fragte ich neugierig.

»Ja, das tut sie.«

»Trotz dieser Lache?«

»Solange das der einzige Makel ist, kann ich damit leben«, antwortete Kjell.

»Sie ist hübsch. Warum kenne ich sie nicht, wessen Tochter ist sie?«

»Sie ist die Tochter Halvardrs.«

Ich setzte mit dem Hacken aus und schaute Kjell verwundert an. »Der Halvardr, der in dem Sturm umkam?« Kjell pausierte ebenfalls mit der Arbeit, stützte sich schwitzend und schwer atmend auf den Schaft seiner Axt. Er schüttelte sich eine Strähne aus dem Gesicht. »Genau der.«

»Ich kenne seine Tochter. Moment, sie hieß tatsächlich Norell, aber sie war viel jünger und ein Kind.«

»Das war sie. Halvardr hatte nur eine Tochter. Wir meinen also die selbe.«

»Dieses kleine Mädchen entwickelte sich in so kurzer Zeit zu einer hübschen Frau?«, fragte ich erstaunt.

Kjell lächelte. »Das tat sie offensichtlich.«

Ich nickte anerkennend, hielt noch ein wenig inne, hob dann die Axt und schlug wieder auf das Holz ein. Es fehlte nicht mehr viel und schon war auch dieser Baum gefällt.

Kjell stellte mir nun seinerseits eine Frage: »Was meintest du damit, als du mir gesagt hast, dass Ingvarr es so will?« Ich schaute nach den beiden Frauen, um mich zu vergewissern, dass sie weiterhin außer Hörweite waren. »Ingvarr akzeptiert Bithia. Sie darf im Dorf bleiben«, sagte ich und Kjell runzelte die Stirn, verstand den Zusammenhang nicht. »Er will sie aber nicht in seinem Haus und ich werde sie nicht alleine lassen.«

Kjell hob erstaunt die Augenbrauen. »Er wusste, dass du mit ihr gehen würdest.«

»Ja, er musste es wissen.«

»Also verbannte er dich.«

»Nein, erst dachte ich das ebenfalls. Ich fürchtete, er würde genau das wollen. Auf dem Schiff hatten wir einen Streit und ich hatte Angst, dass er mich loshaben will. Doch dann hätte er mich aus dem Dorf verbannt. Er will, dass ich ein eigenes Leben beginne. Nicht mehr und nicht weniger.«

Kjell lachte: »Du bist schon lange eigenständig. Nur, weil du kein eigenes Haus besitzt, ist das kein Grund…«

»Dann ist es eben der Reichtum, den ich jetzt besitze«, unterbrach ich ihn schroff. »Dann möchte Ingvarr, dass jeder seiner Krieger auch sein eigenes kleines Langhaus hat, so wie es sich gehört.«

Ungläubig schaute mich Kjell an. »Das ist möglich, aber die meisten Familien leben zusammen in einer Hütte. Gestritten hast du dich mit ihm? Worum ging es?«

»Er wollte Bithia verkaufen.«

»Du hast dich geweigert?«

»Ich sagte, er müsse mich umbringen, bevor er sie anrühren könne.«

»Das hast du gesagt?«

»Nicht direkt, aber die Botschaft meiner Worte war unmissverständlich.«

»Ingvarr mag keine Widerworte. Er tötete einen Mann schon dafür.«

»Tat er das?«, fragte ich erstaunt, aber nicht geschockt oder überrascht, denn das traute ich ihm durchaus zu.

»Ja. Er akzeptiert keine Widerworte, außer von Edda.«

»Edda wollte, dass Bithia bleibt«, sagte ich.

»Dann war vielleicht das dein Glück. Deine Verbannung aus seinem Langhaus ist nur der Kompromiss, den Edda für dich herausgehandelt hat.«

Ich dachte nach, schüttelte letztlich den Kopf. »Nein, das glaube ich nicht.«

Kjell zuckte mit den Achseln und wir widmeten uns wieder der Arbeit. Von einigen Pausen abgesehen schufteten wir den ganzen Tag und hatten bald die Stützbalken gefällt und zurechtgehauen.

Ich bezahlte die folgenden Wochen noch einige andere Männer aus dem Dorf und so kamen wir verhältnismäßig schnell voran. Mit Pferden zogen wir die Stämme aus dem Wald, schälten die Rinde vom Holz, spitzten die Bäume an, die als Stützbalken dienen sollten und zogen sie dann weiter ins Dorf. Wir hatten neben den Eichen auch Fichten gefällt, spalteten sie, indem Keile längs des Baumes ins Holz getrieben wurden. So beschädigten wir nicht die natürlichen Holzfasern und erzielten eine hohe Stabilität der entstandenen Bretter.

Im Dorf suchten wir eine Stelle für unsere Hütte, entschieden uns für die direkte Nachbarschaft zu Kjell oben auf dem Hügel, gruben Löcher und stellten sechs große Stämme in die Erde, drei auf jeder Seite. Ich bezahlte unseren Schmied, damit er uns Eisennägel schmiedete, mit denen wir die Querstreben mit den Stützpfosten verbanden, vieles verbanden wir auch mit Holznägeln. Wir bauten alles genau wie bei Ingvarrs Palas, nur sehr viel kleiner.

Nach wenigen Wochen stand mein Haus und wir machten uns an den Innenausbei Die erhöhte Schlafstätte hielt ich klein, so dass es sich dort nur etwa vier Personen gemütlich machen konnten. Regale, Tisch und Bänke baute ich aus Eichenholz, Aufhänger für Töpfe und ähnliches schnitzte ich aus Fichtenästen und der Schmied arbeitete mir Scharniere aus Eisen für die Eingangstür.

Als alles fertiggestellt war, lud ich die, die geholfen hatten, ein, entzündete ein Feuer in der Mitte der Hütte und beobachtete, wie der erste

Rauch zumindest teilweise durch das Windauge abzog. Der Rest erfüllte den Raum, der sich gewohnt schnell zu einer Räucherkammer entwickelte, in der wir zur Feier des Tages Met aus den Bechern tranken, die uns Kjell geschenkt hatte. Die schönsten Keramikgefäße allerdings kamen von Edda, die uns angenehme Gesellschaft leistete. Ingvarr dagegen blieb der kleinen Feier fern.

Die meisten Gäste gingen früh. Sie hatten mir weniger aus Gefälligkeit denn des Geldes wegen geholfen. So saßen Bithia, Norell, Kjell und ich bald allein um das Feuer, in das ich zwei Holzscheite nachlegte. Funken stoben auf und flirrten zur Decke. Norell und Kjell waren sich in den vergangenen Wochen auch ohne Met oder Bier näher gekommen und harmonierten gut zusammen. Neidisch aber nicht missgünstig schaute ich immer wieder zu, wie sie sich küssten und sich gegenseitig neckten. Bithia und ich hatten uns während des Hausbaus ebenfalls besser kennengelernt und uns währenddessen sehr gut verstanden. Die Arbeit war bald Hand in Hand gegangen, ohne dass wir viel miteinander sprechen mussten. Leider war immer so viel zu tun gewesen, dass wir am Abend stets erschöpft eingeschlafen waren, ohne uns körperlich näher zu kommen. An diesem Abend, so hoffte ich, würde sich unser inniges Verhältnis auch dahingehend ändern. Bithia war offener, scherzte viel, war neugierig und fragte mich oft über meine Vergangenheit aus. Besonders meine Kindheit interessierte sie sehr. Mit ihren Fragen weckte sie immer neue Erinnerungen in mir, die mich oft traurig stimmten. Traurig, weil ich plötzlich meine Mutter, meinen Vater und das Leben im Dorf vermisste, das wir geführt hatten.

»Wir lassen euch jetzt allein«, sagte Norell, nachdem wir eine Weile schweigend um das Feuer gesessen und ermattet in die Flammen geblickt hatten. »Ich bin müde und will schlafen«, ergänzte sie auf Kjells fragenden Blick hin. »Wir können Schlaf gut gebrauchen«, nickte ich, stand auf und begleitete die beiden durch die kühle, sternenklare Nacht zu ihrer Hütte. Norell verschwand hinter der Tür, während Kjell noch kurz bei mir stehen blieb.

»Du magst sie«, sagte ich.

»Natürlich mag ich sie, sonst würde sie wohl nicht jede Nacht bei mir schlafen«, grinste er.

»Du magst sie aber auch außerhalb eurer Bettstatt. So liebevoll habe ich dich noch nicht mit einer Frau umgehen sehen.«

»Ja, das ist richtig«, antwortete er und klopfte mir so fest auf die Schulter, so dass ich einen Ausfallschritt machen musste, um nicht umzufallen. »Geh zu Bithia, damit du sie nicht nur außerhalb eurer Bettstatt mögen musst!«

Ich lachte. »Ich gebe mir Mühe«, sagte ich, schlich langsam von dannen, hörte, wie Kjell die Tür schloss, ging ein paar Schritte, blieb dann aber noch einmal stehen. Es war still und ich genoss diese Ruhe. Die Sonne war gerade hinter dem Horizont verschwunden, Sterne funkelten am Himmel, der Mond schien durch eine hauchdünne Wolke hindurch, die langsam vom Wind nach Osten weitergeschoben wurde. Ich genoss den Moment, spürte, wie mein Blut beim Gedanken an Bithia in Wallung geriet und fühlte, dass diese Nacht eine besondere werden würde. Würde mich Bithia zu sich lassen? Ich hatte schon viele Frauen verführt, doch niemals hatte ich solche Zweifel gehegt. Meinen Mut zusammennehmend, schritt ich auf den Eingang meines neuen Hauses zu.

Als ich die Tür öffnete, schmiss Bithia gerade einen Buchenscheit aufs Feuer. Funken und Rauch stoben auf. Als ich näherkam, blieb ich erschrocken, wie angewurzelt stehen. Ich konnte mich nicht mehr regen, denn als sich der Rauch verzog, bot sich mir ein Anblick, den ich niemals vergessen werde. Es war wohl das Schönste, was ich in meinem ganzen Leben gesehen hatte. Bithia war nackt.

Die Flammen flackerten, als ich einen weiteren Schritt nach vorn wagte, stehen blieb und Bithia einfach nur ansah. Sie schaute leicht angestrengt aufs Feuer, als wolle sie darin die Zukunft lesen, bis sich diese leichte Anspannung in ihren Gesichtszügen löste, sie den Kopf hob und meine Blicke erwiderte. Ihre Augen durchdrangen mich und lösten ein seltsam vertrautes Gefühl in mir aus, was mich nicht daran hinderte, ihren Körper mit meinen Blicken zu erkunden. Die blasse Haut leuchtete im Feuerschein, ihre Brüste waren klein aber wohl geformt, verziert mit schönen Brustwarzen, die sich in das Bild ihrer schmalen Taille und ihrer leicht herausstehenden Hüftknochen fügten. Die Flammen warfen flackernde Schatten auf ihren zarten Bauch, rötlich schwarze, kurz geschnittene Haare versteckten ihre Scham. Darunter bildeten die Oberschenkel eine Lücke, um weiter unten doch wieder eng aneinander zu liegen. Bithia stand einfach nur da und ließ meine Musterung über sich ergehen.

Ich löste meine Augen auch dann nicht, als ich langsam das Feuer umkreiste und auf Bithia zuschritt, deren Blicke mich nun ebenfalls fixierten und deren Hände sich vorsichtig auf meine Hüfte legten. Lächelnd löste sie meinen Gürtel, ließ ihn mitsamt dem Schwert zu Boden fallen und streifte das Hemd über meinen Kopf. Jetzt war sie es, die mich musterte, ihre Handflächen auf meine Brustmuskeln legte und nah an mich heranrückte, um mir von unten in die Augen zu sehen. Unsere Gesichter waren nur wenige Handbreit voneinander entfernt. Meine Hände auf ihre Taille legend, küsste ich sie, zaghaft, zärtlich, während sie meine Hose nach unten zog. Ich zuckte, als mir Bithia ohne zu blinzen in die Augen sah, mich berührte, mein Glied fest in die Hand nahm. Die Erregung brach sich so plötzlich bahn, dass ich sie mir meinen Armen umschlang, auf ihre zarten Lippen biss, gierig mit meiner Zunge nach der ihren suchte, damit spielte, während sie den Griff in meinem Schritt nicht löste, sondern noch verstärkte, was mich so sehr erregte, dass ich die Kontrolle verlor. Ich drückte sie mit meinem Gewicht auf die Felle am Boden und fing an, ihren Hals mit wilden Küssen zu bedecken. Sie war zumindest heute keine Frau, die nur Zärtlichkeit wollte. Ich biss ihr in den Hals, saugte an ihrer Haut. Sie warf den Kopf nach hinten, offenbarte mir ihre Kehle und stöhnte leicht, als ich mich nach unten schob, ihre Arme packte und diese neben ihrer Hüfte auf den Boden drückte. Dabei küsste ich ihren Bauch, ließ ihre Hände los, öffnete ihre Beine, streichelte über ihre Scham, während ich vorsichtig in ihre Leisten biss. Sie seufzte leise, krallte sich in meinem Rücken fest, drückte mich in ihre Scham, forderte mich auf, an ihr zu saugen. Der Geschmack nach Honig steigerte meine Gier, weiter vorzudringen, was mit ihren lauten Seufzern einherging, bis sie mich nach oben zog, mich küsste, ihre Arme und Beine um meinen Körper schlang, mich auf den Rücken drehte, sich auf mich setzte. In diesem Moment hätte mein Leben zu Ende gehen sollen. Ich war machtlos, aber das Gefühl, in sie einzudringen, war so überwältigend, dass es mir alle Sinne raubte. Nein, es nahm mir die Sinne nicht, im Gegenteil, alles wurde nur noch intensiver. Völlig gebannt und regungslos lag ich unter ihr. Sie stützte sich mit ihren Händen auf meiner

Brust ab, schaute mir dabei tief in die Augen. Ein Lächeln huschte über ihr hübsches, zartes Gesicht. Dann schloss sie ihre Lider, setzte sich bis ins Hohlkreuz auf und begann ihre Hüfte vor und zurück zu bewegen, während sie den Kopf in den Nacken legte. Immer wilder, immer schneller, schob sie sich vor und zurück. Ihre Hände umfassen ihre Brüste. Ich dagegen lag einfach nur da, ergab mich ihrer Macht, beobachtete sie dabei, wie sie mich benutzte und wünschte mir, dass all das niemals endete! Es war vollkommen. Niemals hatte mir eine Frau solch ein Gefühl gegeben.

Meine Erregung jedoch ließ mich wenige Augenblicke später aufstöhnen. Pulsierend ergoss ich mich in Bithia, ohne dass ich es aufhalten konnte. Sie schien davon nichts zu bemerken, vielleicht war es ihr in ihrer Ektase auch egal, weiter schob sie ihre Hüfte vor und zurück. Den leichten Schmerz unterdrückend, wartete ich nicht lange, bis mich der Anblick ihres leicht schwitzenden Körpers wieder erregte. Jetzt setzte auch ich mich auf, so dass sich unsere Oberkörper berührten, ich ihre Brustwarzen an den meinen entlangstreifen spürte. Wir verschmolzen miteinander, tauchten ein in eine Welt, die nur aus Lust und Glück bestand. Ich drückte sie immer weiter nach hinten, bis sie auf dem Rücken lag und ich über ihr war. Sie stemmte ihre Beine an meine Brust, mein Hände umschlossen ihre Oberschenkel, die ich neben ihre Körper drückte, rhythmisch bewegten wir uns, ihr Stöhnen wurde lauter und intensiver, auch ich atmete schwer, stieß immer schneller und fester zu, suchte ihren Blick, verlor mich in ihren weit aufgerissenen, Erstaunen ausstrahlenden Augen, bis sie mich mit einem lauten, letzten, langen Stöhnen fest umschlang und unter mir zu beben begann. Sie bebte, zitterte und ich spürte die Kraft ihrer Scham, die mich in sich aufsaugen wollte. Diese Macht trieb auch mich zum letzten, lauten Seufzer. Alles verschwamm, als ich mich erneut in Bithia ergoss und doch schauten wir uns dabei weiter in die Augen. Ich fiel, tiefer, immer tiefer, als würde ich ihr meine Seele übergeben, als ob sie mir ihre schenkte. Ich liebte sie.

Am nächsten Morgen wachte ich vor Bithia auf. Sie lag immer noch nackt neben mir und schlief eben dort nah am Feuer auf dem Boden, wo wir am Tag zuvor erschöpft niedergesunken waren. Ich erinnerte mich, dass des Nachts das Feuer ausgegangen war und ich uns die Decken von der Bettstatt geholt hatte, um uns damit zuzudecken. Bithia war so schön, dass ich es nicht in Worte fassen mag. Ich konnte mich kaum von ihrem Anblick lösen, stand dennoch auf, trank einen Becher Wasser und schöpfte mir aus der Holzschüssel Hände voll kühlem Nass ins Gesicht. Bithia wollte ich nicht wecken, also ging ich zu Kjell.

Norell und er waren schon wach, saßen in ihrer Hütte auf den Bänken und aßen Getreidebrei. Beide begrüßten mich mit einem freudigen Nicken. Kjell legte seine Schüssel beiseite, stand auf und schaute mich erwartungsvoll an. Er bemerkte schnell an meinem strahlenden Gesichtsausdruck, was letzte Nacht geschehen war.

»Ich hoffe du kannst mich kurz entbehren, Norell?«, sagte er.

»Natürlich«, lächelte sie.

»Dann laufen wir doch ein Stück«, wandte sich Kjell an mich und ging zur Tür hinaus.

»Du hast es ihr erzählt«, sagte ich, als ich zu ihm aufgeschlossen hatte.

»Natürlich habe ich es ihr erzählt. Warum auch nicht. Sie wird es nicht weitergeben. Sie wüsste nicht einmal an wen. Aber selbst wenn sie es herausschreien würde, was wäre so schlimm daran?«

Ich dachte nach, wusste keinen Einwand und zuckte nur mit den Schultern.

»Jetzt sprich, wie ist es gelaufen?«, fragte Kjell.

Ich grinste über beide Ohren, schwieg eine Weile, bis Kjells neugierige Blicke die Worte aus meinem Mund sogen. »Wie schätzt du Bithia ein? Schüchtern? Ängstlich? Zurückhaltend?«, fragte ich amüsiert.

»Wenn du so fragst«, begann Kjell.

Ich konnte nicht an mich halten und unterbrach ihn. »Sie ist wie eine Wölfin, die dich jagt, dich mit ihren Blicken erlegt und sich an deinem Fleisch ergötzt. Sie zerreißt dich und du willst in ihren Fängen sterben, weil du so etwas nie wieder erleben wirst, weil dies der einzige Tod ist, der dir sinnvoll erscheint.«

Ich erzählte noch weiter, während wir in den südlichen Wald liefen. Kjell hörte mir neugierig zu und fing mit einem Mal laut zu lachen an.

»Was ist so komisch?«, fragte ich.

»Du bist ein mieser Lügner. Entweder du lügst, oder du bist der glücklichste Mensch auf dieser Erde, wenn du solch eine Frau gefunden hast.«

Ich setzte an, etwas darauf zu sagen, Kjell aber rief dazwischen: »Glaube mir, ich will deine Antwort nicht hören. Lass mich einfach in dem Glauben, dass du ein mieser, stinkender Lügner bist.«

Ich blieb stehen und schaute nach vorne. Kjell schlug mir immer noch lachend auf die Schulter, doch ich reagierte nicht. Dann endlich folgte er meinem Blick und sah vor uns auf dem Weg von Süden her zwei bewaffnete Männer auf uns zukommen.

»Wer ist das?«, fragte Kjell.

»Ich weiß es nicht«, sagte ich, kniff die Augen zusammen und legte meine Hand auf den Schwertknauf, bis sich die Situation entspannte, als hinter den beiden Männern ein Eselskarren auftauchte, der von einer Frau begleitet wurde. Die herannahenden Männer hoben zur Beschwichtigung die Hände, aber an der Härte, mit der sie uns gegenübertraten, erkannte ich, dass es Krieger waren, was mich dazu veranlasste, mein Schwert zumindest handbreit aus der Scheide zu ziehen, um es Griffbereit zu haben. Der Linke der beiden erschien riesig, hatte keine Haare, weder auf dem Kopf noch im Gesicht, wodurch er einen verschrobenen Eindruck machte, trug dafür eine umso größere Axt am Gürtel, die trotz der warmen Temperaturen unter einer dicken Wolltunika hervorlugte. Sein Rücken war so breit und groß, dass vermutlich doppelt so viel Wolle für seine Tunika benötigt worden war wie für die meine. Ich ließ meine Blicke lange auf diesen Mann ruhen, der durch sein fremdartiges Aussehen interessant wirkte. Er erwiderte meinen Blick nicht, sondern starrte nur gerade aus, hätte in seiner Gestalt furchteinflößend wirken müssen, tat es aber nicht. Je näher er kam, desto mehr Gutmütigkeit fand ich in seinen Augen was mir die Angst vor einem so großen und massigen Krieger nahm.

Der Rechte der beiden trug ähnliche Kleidung, unterschied sich jedoch deutlich vom anderen. Er war klein und stämmig und hatte einen langen schwarzen Bart, der fast das ganze Gesicht überwucherte. Seine kleinen Augen schauten aus buschigen Brauen heraus, sein Haupthaar hing ihm lang und wellig auf den Schultern.

»Mein Name ist Baschi«, sagte eben jener, »das da ist Kogg«, er zeigte auf den Großen. Der nickte nur stumm, bewegte sich sonst kaum, wendete auch nicht den Blick und machte dadurch den Eindruck, als wäre er der Wächter des kleineren Mannes. »Meine Frau heißt Ida.«

»Mein Name ist Ragnar«, stellte ich mich vor.

119

»Ich bin Kjell. Woher kommt ihr?«, fragte mein Begleiter und ich spürte die Anspannung in seiner Stimme. Mir waren die beiden sympathisch. Sie wirkten aufgeschlossen. Der Umstand, dass die Frau mittlerweile hinter ihnen nachgekommen war, nahm der Situation die übliche Skepsis, wenn sich fremde, bewaffnete Männer begegnen. Kjell jedoch traute dem Frieden nicht.

»Wir kommen aus Ribe, einer Handelsstadt in Dänemark«, sagte Baschi. Er hatte eine dunkle, wohltuende Stimme. Seine Worte dagegen lösten auch in mir wieder Skepsis aus, denn es war eine unglaublich lange Strecke von Ribe bis hierher, vor allem, wenn die Fremden zu Fuß gegangen waren, wovon ich aufgrund des Eselskarrens ausging.

»Was wollt ihr hier, so weit von eurer Heimat entfernt?«

»Wir wollen zu Ingvarr. Er ist doch der Jarl dieses Dorfes?«, fuhr Baschi fort.

»Das ist er«, sagte ich. »Was wollt ihr von ihm?«

»Wir wollen ihn bitten uns in sein Dorf aufzunehmen.«

Das war ungewöhnlich. Ingvarr war zwar nicht unbekannt, aber zu unbedeutend, als dass Krieger wie diese aus einem so weit entfernen Ort sich uns anschließen wollten.

Zum ersten Mal erhob der glatzköpfige das Wort: »Wir wollen ihm den Treueid schwören. Ihr gehört zu ihm. Führt uns zu Ingvarr.«

Ich fragte mich, ob Kogg schwachsinnig war, er redete so behäbig, als würde er über jedes Wort nachdenken. Vielleicht aber beschränkte er sich lediglich auf das Wesentliche, weil er der Diskussion überdrüssig war.

»Warum wollt ihr das tun?«, fragte ich.

»Wir wollen Ingvarr, dem Plünderer von Lindisfarne, den Treueid leisten!«, betonte Baschi, tätschelte seinen riesigen Gefährten, der zum ersten Mal seinen Kopf in meine Richtung bewegte und mir in die Augen sah. Baschi klopfte Kogg auf die Schulter, als müsse er ihn beruhigen und zurückhalten, mir aufgrund meiner Frage nicht den Schädel zu spalten. Im Augenwinkel bemerkte ich, wie Kjell seine Hand um den Griff seiner Axt legte, ich aber spürte deutlich, dass diese beiden nicht gefährlich waren. Sie wollten zu Ingvarr, sie wollten ihm den Treueid schwören, da war es wenig förderlich, wenn sie uns töten würden.

»Wir bringen euch zu ihm«, sagte ich, erntete einen argwöhnischen Blick von Kjell, dem ich mit einem besänftigenden Gesichtsausdruck begegnete. Kjell überprüfte trotzdem die Ladefläche des Eselskarrens, um sicher zu gehen, dass sich dort keine Krieger verbargen. Er fand nur Decken, Essgeschirr und andere Dinge des alltäglichen Lebens, so willigte auch er ein, die zwei Männer und die Frau ins Dorf zu begleiten.

Ingvarr, der Plünderer von Lindisfarne, wiederholte ich Baschis Worte in Gedanken. Es hatte also nur einige Wochen gedauert, bis der Skalde aus unserem Dorf seinem Ruf gerecht geworden war und die Geschichte weiter verbreitet hatte. Von weiteren Skalden musste die Erzählung dann sogar bis nach Dänemark getragen worden sein. Das dachte ich zumindest in diesem Moment. Diese Krieger sind gekommen, so dachte ich, um sich uns anzuschließen. Die Skalden hatten in anderen Dörfern von unserem Raubzug erzählt, dass wir reich geworden waren und vermutlich auch, dass Ingvarr sehr großzügig und gerecht war. Diese Kombination war es, die andere Krieger anlockte. Gold, Ruhm und Ehre. All das würden sie von Ingvarr bekommen. Es war Brauch, dass man als Gegenleistung für einen Treueid Kostbarkeiten von seinem neuen Herrn geschenkt bekam. Baschi und Kogg waren also gekommen, um ein neues Leben anzufangen. Sie hofften, bei Ingvarr reich zu werden. Das alles ging mir durch den Kopf, als wir die beiden in unser Dorf führten und zum größten Teil stimmte das auch. Die Skalden aber hatten mit der Verbreitung der Geschichte wenig zu tun, wie ich bald erfahren sollte.

Gerade als wir den Hügel hinaufgingen, kam Bithia und duftete angenehm nach Lavendel, als sie mich schüchtern grüßte. Nichts war von der Wölfin zu spüren, die letzte Nacht über mich hinweggefegt war, aber sie wirkte glücklicher als je zuvor und auch ich spürte tiefe Zufriedenheit bei ihrem Anblick. Ich erklärte ihr kurz, wer uns begegnet war und bat sie, sich um Ida zu kümmern, während Kjell und ich die beiden Männer zu unserem Jarl führen würden. Bithia stand zwar der Sinn nach etwas anderem, eine Ansicht, die ich teilte, aber sie fügte sich, und so schritten Kjell, Baschi, Kogg und ich unter neugierigen Blicken der Dorfbewohner den Hügel empor.

Als ich das große Langhaus Ingvarrs betrat, saß dieser in voller Rüstung auf seinem Hochsitz. Irgendjemand musste ihm erzählt haben, dass wir kommen würden. Anders konnte ich mir nicht erklären, wie er so prächtig aussehen konnte, aber all das verfehlte seine Wirkung nicht. Baschi und Kogg waren beeindruckt und fühlten sich sofort bestätigt. Ingvarr war ein Kriegsherr und er würde sie reich machen. Zunächst aber bereicherten sie uns mit ihrem Wissen.

So erfuhr ich, wie die beiden von unserem Überfall auf Lindisfarne gehört hatten.

Kapitel 4 - Geschenke

Die Nachricht unseres Raubzuges hatte sich durch die Überlebenden des Klosters Lindisfarne wie ein Lauffeuer in ganz England und dem Frankenreich verbreitet. Laut Baschis Bericht waren unsere Taten sogar bis zum Herrscher des Frankenlandes Karl durchgedrungen. Der Leiter seiner Hofakademie namens Alkuin hatte das Kloster Lindisfarne einmal besucht, war daher besonders bestürzt gewesen und schrieb dem englischen König Aethelred von Northumbria mehrere Briefe, in denen er sein Mitgefühl aber auch seinen Unmut erklärte. Baschi gab den genauen Wortlaut einer dieser Schriftsätze wieder: »Siehe, die Kirche Cuthberts ist bespritzt mit dem Blut der Priester Gottes, beraubt all ihres Schmuckes. Der ehrwürdige Ort Britanniens wurde Heiden zur Beute gegeben. Sie sind als göttliche Strafe für die Sünden des englischen Volkes zu verstehen: Unzucht, Räuberei, Ehebruch und Blutschande, aber auch luxuriöse Kleidung und modischer Haarschnitt.«

»Also war unser Tun kein Verbrechen, sondern die gerechte Strafe für einen furchtbaren Haarschnitt und hässliche Kleidung?«, lachte Ingvarr. Auch Kjell, Baschi und ich mussten lachen bis uns die Bäuche schmerzten.

Es gefiel Ingvarr, solche Geschichten zu hören, trotzdem wurde er schnell wieder ernst. »Woher wisst ihr das so genau? Wie kann es sein, dass ihr den genauen Wortlaut eines Briefes wiedergeben könnt, der nicht an euch gerichtet war?«, fragte er den kleinen bärtigen Mann.

Ganz ruhig und sachlich antwortete Baschi, dass solche Nachrichten in einem Handelsort wie Ribe sehr schnell die Runde machen würden. Ein englischer Händler habe den Brief selbst gelesen und die Worte verbreitet. »Trotzdem kann ich Euch keine Garantie geben, dass es im Brief tatsächlich so geschrieben steht, Herr«, endete Baschi.

»Wie soll ein unbedeutender Händler an so einen Brief gelangt sein?«, fragte Ingvarr aufgebracht. Vermutlich witterte er eine Lüge von Baschi, der sich damit bei ihm einschmeicheln wollte.

»Oh, dieser Händler ist nicht unbedeutend, Herr. Er ist reich und hat viele Kontakte! Mehr als Ihr Euch vorstellen könnt.«

Ingvarr dachte nach und hob letztlich die Schultern. »Erzählt weiter«, forderte er Baschi mit einer Handbewegung auf.

»Die Menschen in Northumbria, so heißt es, sahen vor eurem Überfall Zeichen, die den Tadel von Alkuin an die englische Bevölkerung bestätigten. Zuckende Blitze und Feuer speiende Ungeheuer sollen gesichtet worden sein. Sie verglichen euren Angriff mit dem eines Drachen.«

Zwanghaft versuchte Ingvarr, ernst zu bleiben, musste dann aber ein weiteres Mal laut lachen. Baschis Bericht war völlig absurd, obwohl er ihn mit ernster Miene vortrug.

Ingvarr erklärte: »Nun, es gewitterte in der Tat einen Tag vor unserer Landung in England. Auf unserer Überfahrt sind wir durch einen tosenden Sturm gekommen. Die zuckenden Blitze können also der Wahrheit entsprechen, aber ich kann euch versichern oder besser gesagt, ich muss euch enttäuschen: Ich bin kein Drache.«

Baschi grinste. »Dennoch habt Ihr wie ein Drache Angst und Schrecken unter den Engländern verbreitet und auch unter den Franken. Diesem Drachen, der es vermag, dem mächtigen Karl das Fürchten zu lehren, möchten wir uns gerne anschließen.«

»Aber was sollte ich denn mit zwei dänischen Händlern anfangen?«, fragte Ingvarr, war trotz seiner skeptischen Frage sichtlich geschmeichelt.

»Sicher sind meine Frau und ich Handelsleute, aber ich hatte schon genug bewaffnete Auseinandersetzungen. Sowohl zu Land als auch auf See. Schaut doch meinen Freund an, wollt ihr solch einen Krieger nicht in Euren Reihen wissen?«

Ingvarr betrachtete Kogg lange, Kogg dagegen starrte nur gerade aus, ohne den Blick zu erwidern.

»Kann er reden?«, fragte Ingvarr.

»Ja, das kann er, er macht es nur nicht so gerne«, antwortete Baschi.

»Also ist der dumm? So blöd wie ein Stein?«

»Nein, er ist sogar sehr klug, er redet nur nicht gerne.«

»Er schafft es nicht einmal, mir in die Augen zu blicken!«, gab Ingvarr zu bedenken. In diesem Moment ging ein Ruck durch Kogg. Er bewegte seinen Kopf, richtete seine Augen auf Ingvarr, der sich daraufhin fast ein wenig ängstlich zurücklehnte. »Zumindest scheint er zu verstehen, was ich sage.«

»Ich verstehe Euch sehr gut, Herr. Ich kann sprechen, Herr. Aber ich mag es nicht sonderlich. Ich mag es, zu handeln, ohne meine Kraft an Worte zu verschwenden.«

Es herrschte Stille und während Ingvarr nachdachte, sah ich wieder die Gutmütigkeit in Koggs Augen.

»Wir sind hier«, riss Baschi das Wort wieder an sich, »um dem feuerspeienden Drachen, der über England herfiel, den Treueid zu schwören.« Wieder musste ich schmunzeln. Der Vergleich, den Baschi anführte, war genau das, was Ingvarr hören wollte und ließ ihn nicht lange zögern, das Angebot anzunehmen. So traten die beiden Männer vor und leisteten einen Treueid, der sie fest an Ingvarr und auch an das Dorf band. Als Gegenleistung gab ihnen Ingvarr wie üblich Silber und Land und beauftragte Kjell und mich, die beiden zu betreuen.

Sogleich liefen wir mit ihnen durch das Dorf, zeigten ihnen ihr zugesprochenes Land, das südlich am Fuße des Hügels lag, stellten sie den Dorfbewohnern vor, führten sie anschließend zur Küste, dem nahegelegenen Strand und präsentierten ihnen neben den vielen kleinen Booten vor allem unser stolzes Langschiff. Sie brannten darauf, damit loszuziehen, um Beute zu machen.

»Wann plant Ingvarr den nächsten Beutezug?«, wollte Baschi wissen.

»Er erwähnte bisher nichts«, sagte ich.

»Noch dieses Jahr?«, fragte Baschi.

»Nein, das denke ich nicht. Wisst ihr, Ingvarr hat verschwiegen, dass wir in dem Gewitter ein Schiff mit der kompletten Besatzung verloren haben. Ich denke nicht, dass er vor dem nächsten Frühjahr aufbrechen will. Viele tapfere Männer ertranken, auch wenn das in all der Freude über unseren Erfolg vergessen worden ist.« Baschi schaute enttäuscht, es schien nicht das zu sein, was er erwartet hatte. »Außerdem ist bald Erntemonat. Wer würde unser Getreide einbringen, wenn wir weg wären?«

Darauf nickte Baschi verständnisvoll. »Das ist wahr, das ist wahr«, sagte er.

So gingen die Tage ins Land, ohne dass sich etwas Besonderes im Dorf zutrug. Bithia vertraute mir von Tag zu Tag mehr. Es sollte nicht bei der einen Nacht bleiben, die wir zusammen verbracht hatten. Abend für Abend verführte sie mich, raubte mir alle Sinne und machte mich glücklicher als je zuvor. Schon am Morgen konnte ich es kaum abwarten, mich am Abend wieder zu ihr zu legen, ihren Körper zu erkunden, mit ihr zu verschmelzen, eins zu werden und doch das Gefühl zu haben, mehr denn je ich selbst zu sein.

Baschi und Kogg erwiesen sich als Glücksgriff. Sie arbeiteten je für zwei Männer, schufteten den ganzen Tag, ohne dass man ihnen die harte Arbeit angemerkt hätte. Baschi war überdies sehr redselig, scherzte oft mit uns, während Kogg kaum redete und trotzdem ein angenehmer Geselle war. Dass er keine Haare besaß, brachte ihm allerdings auch merkwürdige Blicke ein, vor allem von Kindern, die untereinander tuschelten, wenn sie vermuteten, dass Kogg in seine Arbeit auf den Feldern vertieft war. In solchen Momenten warf Kogg plötzlich seine Sense ins Korn, drehte sich herum, hob die Arme, schrie wie ein Bär und versuchte, die Kleinen zu fangen. Am Anfang hatten die Kinder dadurch ungeheure Angst vor ihm, merkten jedoch schnell, dass der haarlose Muskelmann unglaublich kinderlieb war. So starrten sie ihn bald nicht mehr an, weil er so seltsam aussah, sondern weil sie ihn reizen wollten, sie zu fangen. Es verging kein Tag, an dem Kogg nicht irgendwelchen Kindern hinterherlief. Wenn er sie gefangen hatte, schmiss er sich mit ihnen ins Gras, tobte mit ihnen, schleuderte sie durch die Luft und fing sie wieder auf. Bis zu zwei Kinder konnten sich an einem seiner dicken Arme festhalten. Dann drehte sich Kogg so schnell er konnte im Kreis, bis allen schwindelig war, sie schwankend und lachend auf den Boden fielen.

Ich erwischte mich immer wieder dabei, wie ich mich auf meine Sense oder Hacke stützte, zusah und mitlachte, womit ich nicht alleine war. Besonders bei Müttern war Kogg beliebt, wussten sie ihre Kinder doch bei ihm in Sicherheit, außerdem brachte er durch seine Art gute Laune mit auf die Felder.

Unser Reichtum hatte sich auch bei den Händlern herumgesprochen. Ich konnte mich nicht erinnern, jemals so viele Handelsschiffe bei uns in der Bucht gesehen zu haben wie in diesen Sommermonaten.

Bithia und ich verbrachten viel Zeit bei ihnen und jetzt war es doch das Silber, das sie noch glücklicher machte, als sie es ohnehin schon war. Ich kaufte, was immer sie wollte. Während sie am Anfang noch zögerte, da sie wusste, wo ich das Geld her hatte, waren ihre Bedenken bald vergessen.

Es war an einem dieser Tage, als ein großes Handelsschiff angelegt hatte, an dem mir wieder die Glasbruchstücke in den Sinn kamen, die ich aus Lindisfarne bekommen hatte. Bithia betrachtete gerade einige Kupferkessel, deren blasses Rot in der Sonne glänzte und für mich farblich schöner war als Gold! Obwohl Messing um einiges teurer, weil edler, war, kaufte ich Bithia einen großen Kupferkessel mit schönem, schmiedeeisernem Henkel und einer langen Stange. Diese Stange, ebenfalls aus Eisen, besaß Zähne, in denen man den Henkel des Kessels einhängen konnte.

Als ich den Händler bezahlte, fiel mir plötzlich eine Schachtel voll Glasperlen auf, die mich an jene Glasstückchen erinnerten. Hatte ich mir nicht fest vorgenommen, eine Perlenkette für Bithia herzustellen? Vermutlich waren sie in meiner Euphorie für das Haus, dann wegen Bithia selbst, aber letztendlich wegen Baschi und Kogg in Vergessenheit geraten.

»Sind die aber schön«, hörte ich Bithia sagen, als sie mir über die Schulter schaute.

»Du bekamst heute schon den Kupferkessel, ich denke, das ist genug«, sagte ich schnell, um sie nicht auf dumme Gedanken zu bringen.

»Findest du nicht, dass mir eine Kette aus diesen roten Perlen gut stehen würde?«

Fast wäre ich schwach geworden, Bithias Blick konnte besser betteln als unser Hund Arthas. »Nein, ich muss langsam darauf achten, nicht zu viel Silber auf den Handelsschiffen zu lassen. Bald besitze ich keine Reichtümer mehr.«

Bithia schaute mich schief an, durchschaute schnell, dass dies eine Ausrede war. »Dann solltest du vielleicht mal wieder eine Schaufel in die Hand nehmen, um an mehr Silber zu kommen«, grinste sie. Das fand ich nicht lustig. Der Händler hatte diese Worte vernommen und er wusste genau, was sie bedeuteten.

Zornig zog ich Bithia von Deck, die aufgrund meines groben Anfassens einen schockierten Gesichtsausdruck zeigte. »Bald weiß die ganze Welt, dass wir hier im Dorf Schätze vergraben haben, wenn du das weiter herausschreist«, sagte ich ihr gereizt.

»Aber du hast deine Schätze doch gar nicht im Dorf vergraben.«

»Jetzt sei still«, befahl ich, schaute mich um, zum Glück schien uns niemand zuzuhören. »Es ist egal, wo ich meine Schätze vergraben habe, wenn unsere Feinde erfahren, dass hier in diesem Dorf weit mehr zu holen ist als in jedem Kloster, dann werde ich noch dieses Jahr getötet, du gefangen genommen, der Boden unserer Hütte mit langen Spießen durchlöchert und wenn sie nichts finden, dann foltern sie dich, bis sie alle Informationen aus dir herausgequält haben. Anschließend bringen sie dich trotzdem um, oder verkaufen dich am nächsten Hafen, nachdem sie dich vergewaltigt haben.« Das klang hart, entsprach aber durchaus der Wahrheit und die verfehlte nicht ihre Wirkung. Bithia schaute so betroffen, dass ich dem Ganzen wieder die Spannung nahm. »Es ist ja nichts passiert, ich denke, der Händler hat nicht richtig zugehört. In Zukunft aber achte bitte auf deine Worte.«

»Ich schweige wie ein Grab«, sagte sie sofort und legte all ihre Ehrlichkeit in diese Aussage.

Ich ließ es dabei bewenden, wollte mich ohnehin in die Arbeit stürzen anstatt zu streiten, um spätestens zur Wintersonnenwende die Glasperlenkette für Bithia fertig zu haben.

Während Bithia direkt nach Hause lief und den Kupferkessel über der Feuerstelle aufbaute, ging ich zu Baschi. Ich hoffte, er könnte mir mit den Glasperlen helfen. Als Händler aus einer Stadt hatte er so etwas bestimmt schon mal gemacht, hoffte ich.

»Ja, ich schaute als Kind oft zu!«, sagte er auf meine Frage hin. »Aber das ist zu lange her! Frag meine Frau, vor ein paar Jahren hat sie selbst Glasperlen hergestellt, diese sogar verkauft.«

Mit dieser guten Nachricht suchte ich Ida auf, die ein wenig größer als Baschi und sehr korpulent war, außerdem sehr ernst und unfreundlich wirkte, weshalb ich bisher nicht viel mit ihr zu tun hatte.

»Glasperlen? Ja, stellte ich früher her«, sagte sie.

»Kannst du mir erklären, wie man das macht?«, fragte ich erwartungsvoll.

»Ja, das kann ich, aber nicht sofort. Ich werde zu dir kommen, wenn ich soweit bin.«

Das enttäuschte mich. Warum erklärte sie es mir nicht gleich? Sie gab mir das Gefühl, dass sie mir nicht helfen wollte und dieser Eindruck verstärkte sich, je mehr Zeit verstrich, ohne dass sie mich auf mein Vorhaben ansprach.

Der Schlachtmonat kam, ohne dass sich Ida bei mir gemeldet hatte.

Wir unterteilen unser Jahr in Sommer- und Wintermonate. Die sechs Sommermonate beginnen mit der Saatzeit, auch Kuckucksmonat genannt. Darauf folgen die Eierzeit, der Sonnenmonat, Mittsommer, der Heumonat und der Erntemonat. Den Winter leitet der Schlachtmonat ein. Wie der Name schon sagt, werden hier sowohl eigene Tiere geschlachtet, als auch Wildtiere gejagt. Darauf folgen der Frostmonat, Jul, der Dürremonat, der Raureifmonat, und der Frühlingsmonat.

Kogg, Baschi, Kjell und ich gingen oft auf die Jagd. Von unseren Reichtümern hatten wir uns nicht nur gute Pferde, sondern auch einen Jagdrucksack gekauft, der unheimlich nützlich war. Der Deckel und der Boden waren aus Holz, dazwischen bildete Flechtwerk die Wände. Zwei Schlaufen sorgten dafür, dass ich mit beiden Armen hindurchschlüpfen konnte und der Rucksack so bequem auf dem Rücken lag. Darin konnte ich die Sehnen, Knochen und auch Fleisch transportieren. Wir ritten durch den ersten Schnee auf einen dieser häufigen Jagdausflüge, als ich aus Ungeduld Baschi fragte, ob seine Frau mich wohl vergessen habe.

»Nein, das denke ich nicht«, antwortete er. »Sie wird sich schon bald bei dir melden. Sie spinnt und webt nicht gerne, weißt du«, grinste er mich schelmisch an.

Ich nickte nachdenklich, wusste nicht, worauf er hinaus wollte. Die Frauen verbrachten im Winter die meiste Zeit mit dem Herstellen von Kleidung. Besser gesagt, sie mussten die meiste Zeit damit verbringen, denn von der Schafwolle bis zu einer Tunika verging sehr viel Zeit und es kostete noch mehr Arbeit. Den ganzen Winter über verbrachten die Frauen daher mit dem Spinnen der Wolle, dem Weben oder Filzen und Nähen von Kleidung. Hoffte Baschis Frau, sich davor drücken zu können, indem sie mir erst dann helfen würde, wenn alle anderen mit dem Weben anfingen? Das konnte ich mir nicht vorstellen. Bithia freute sich regelrecht darauf, in der Webstube zu arbeiten. Aber es kam genauso, wie Baschi gesagt hatte. Kaum lag der Schnee kniehoch vor unseren Hütten, ging Bithia morgens in die Webstube, traf sich dort mit Norell und vielen anderen, Ida aber erschien nicht dort, sondern vor dem Eingang meines eigenen Hauses.

»Jetzt kann ich dir zeigen, wie man Glasperlen macht«, sagte sie trocken.

Innerlich musste ich lachen, sagte aber nichts.

»Glas macht man aus Quarzsand, Soda und Kalk, aber Baschi behauptete, du hast Glasbruchstücke. Damit geht es viel einfacher.« Sie schaute mich an. »Los, hol es mal her, dein Glas.«

Ich eilte ins Haus, holte den Lederbeutel, öffnete ihn und zeigte Ida den Inhalt. Sie wühlte ein wenig darin herum. »Das ist gut! Es sind sogar ein paar Mosaikstücke dabei. Wahrscheinlich aus Norditalien. Damit können wir dein Glas sogar färben. Also, wir benötigen einen kleinen Kuppelofen, um die Stücke einzuschmelzen.« Verwirrt schaute ich sie an. »Zur Not könnte auch ein größerer Ofen gehen.«

»Muss er möglichst klein sein?«, fragte ich.

»Das wäre von Vorteil, die Hitze muss komprimiert werden.«

»Euer Nachbar hat einen sehr kleinen Lehmofen, wir könnten ihn fragen.«

»Ja, genau, der könnte für unsere Zwecke zu gebrauchen sein. Oder du baust dir einen eigenen«, schlug Ida vor.

»Warum kann man das Glas nicht einfach hier über dem Feuer schmelzen?«

Sie schaute mich kurz entgeistert an, schien schon jetzt etwas genervt von meiner Unwissenheit zu sein. »Weil sich sonst kleine Ascheteilchen mit der Glasmasse vermischen und alles verunreinigen. Das Feuer muss vom Schmelzgefäß getrennt sein«, erklärte sie schließlich barsch. »Und wie ich bereits sagte, ist das wichtigste, dass die Hitze komprimiert wird. Über einem offenen Feuer kann die Wärme in alle Richtungen entweichen.«

Ich nickte nur und fühlte mich in meiner bisherigen Meinung über Ida bestätigt.

»Wir brauchen außerdem Metallstifte, um das Glas darauf zu rollen.«

Wieder hob ich fragend die Augenbrauen.

»Du hast keine?«, fragte sie mich wohl ahnend. »Hm«, überlegte sie und blickte ins Leere, »ich müsste noch einige haben. Sorge du einfach für den Ofen und die Hitze darin, ich mache den Rest.«

Ich atmete tief durch und nickte wieder. Ihr Tonfall war sehr belehrend, als würde sie mit einem Kind reden. Obwohl ich selbst keine Ahnung hatte und ihre Aussagen durchaus Sinn ergaben, schien mir ihre Vorgehensweise nicht sehr professionell zu sein. Da ich aber auf ihre Hilfe angewiesen war, beherrschte ich mich. »Ich werde euren Nachbarn fragen, ob er etwas dagegen hat, wenn wir seinen Ofen benutzen«, erwiderte ich, was ich in der Tat sofort erledigte.

»Wenn du keinen Dreck hinterlässt und dich beeilst, fertig zu werden, kannst du machen, was du willst«, sagte mir der Mann. Ich bedankte mich und verabredete mich mit Ida für den nächsten Abend. Es war tiefster Winter. Eiszapfen schmückten die Häuser. So zog ich neben meiner Tunika noch den dicken Wollumhang, Handschuhe und eine Pelzmütze über und stapfte durch den Schnee in Richtung des Ofens, der außerhalb der Hütte lag. Ida wartete auf mich. Sie hatte das Feuer bereits entzündet.

»Hast du deine Splitter?«, fragte sie, würdigte mich dabei keines Blickes, sondern blies in die noch schwachen Flammen.

»Ja«, antwortete ich, zeigte ihr den Sack, den sie nur im Augenwinkel wahrnahm.

»Dann trenne die bunten Mosaikplättchen vom farblosen Glas und sortiere sie den Farben nach.«

Das ärgerte mich ein wenig, hätte ich diese Arbeit auch schon zuvor in der Hütte am Feuer, nicht hier draußen in der Kälte erledigen können, wäre ich darüber informiert gewesen. Wieder beschwerte ich mich nicht, zog meine Handschuhe aus und schob das Glas auf verschiedene Haufen, bis mir meine Finger vor Kälte bald abzufallen drohten, obwohl Ida das Feuer kräftig anheizte, indem sie weiter trockene Tannenzweige nachlegte und unablässig in die Flammen blies. Ich rückte näher heran, wärmte meine Hände, bis die kalte Taubheit aus meinen Knochen wich.

»Wir brauchen eine sehr hohe Temperatur«, sagte Ida.

»Wie beim Schmieden?«

»Mindestens! Glas schmilzt nicht ab einer gewissen Hitze, wie etwa Eis. Es wird mit höherer Temperatur immer weicher. Wir brauchen es fast flüssig.«

Ich nickte und war gespannt, wie man das Glas auf den Metallstäben zu Perlen rollen konnte.

»Zuerst brauchen wir eine hohe Grundhitze und viel glühende Kohlen. Du besorgtest doch Kohle vom Schmied und einen Blasebalg?«, fragte sie und schaute mich an. Sie wusste, dass ich das nicht getan hatte, weil sie es nie erwähnt hatte. Anstatt ihr Versäumnis zuzugeben, wälzte sie die

Schuld auf mein Unvermögen ab, aber ich ließ auch das über mich ergehen, bereute jedoch spätestens jetzt, Ida um Hilfe gebeten zu haben. Vermutlich wäre ich durch Ausprobieren auch allein zu meinen Glasperlen gekommen, so rannte ich genervt zum Schmied, um die Kohle und einen Blasebalg zu beschaffen. Als ich zurückkam, warf Ida erst kleine Bruchstücke der Holzkohle, dann etwas größere in das Feuer, legte einige Tannenzweige und –Nadeln nach, blies unentwegt in die Flammen, die sie mit dem Blasebalg endgültig zu einer Gluthitze entfachte. Währenddessen sortierte ich weiter mein Glas. Als ich fertig war, löste ich Ida am Blasebalg ab, drückte die zwei Holzbretter an den Griffen mit ganzer Kraft zusammen, sodass das Leder zwischen den Brettern zusammengefaltet und die Luft durch ein Messingrohr an der Spitze herausgepresst wurde. Mir wurde schnell warm dabei, was nicht nur an der Arbeit lag, sondern auch an der Hitze des Feuers, die mir mein Gesicht zu verbrennen drohte. Ida legte immer wieder Holz, auch Tannennadeln sowie die großen Kohlestücke nach. Wir füllten den kompletten Raum des Ofens mit weiß lodernden Flammen, gleichzeitig schüttete Ida die Glasstückchen in ein Tongefäß. »Kümmere du dich nur um das Feuer, versuche, die Hitze so hoch wie möglich zu halten. Ich besorge schon den Rest. Das Tongefäß wird dich allerdings etwas kosten.«

»Ist es wie ein Trinkbecher?«, wollte ich wissen.

»Fast, ich habe es auf die gleiche Art hergestellt wie Zinngussformen. Weißt du etwa nicht einmal, wie man Zinn gießt?«, sagte sie auf meinen fragenden Gesichtsausdruck hin. »Man drückt dafür zum Beispiel ein kleines Hammeramulett aus Holz in den Ton, dann eine zweite Scheibe Ton auf den Hammer, so dass dieser komplett umschlossen ist. An jeder Holzform ist ein Stiel angebracht, der aus dem Tongefäß herausschaut. Dann trennt man die beiden Tonhälften, nimmt die Form heraus und fügt die Tonscheiben wieder zusammen. Die Schnittstelle umschließt man ebenfalls mit Ton und brennt das entstandene Gefäß. Über das Loch, aus dem der hölzerne Stil herausschaute, kann man anschließend das Zinn hineingießen. Wenn das Zinn am nächsten Tag erstarrt ist, zerbricht man den Ton und nimmt das Kunstobjekt heraus.«

Das waren zwar interessante Dinge, es hätte mich aber gefreut, wenn Ida lieber arbeiten würde, schließlich war ich damit beschäftigt, den Blasebalg zu betätigen. Jetzt endlich stellte Ida das faustgroße Tongefäß mit dem Glas in den Ofen und schüttete es mit der glühenden Kohle soweit es ging zu. Mit verschränkten Armen stellte sich Ida neben mich, schaute immer wieder in das Gefäß, während ich unablässig den Blasebalg betätigte. Es war mir schon zuvor sehr warm geworden, jetzt aber schwitzte ich so sehr, dass ich trotz des kalten Wintertages bald mit freiem Oberkörper vor dem Ofen stand.

Das Glas wurde tatsächlich immer weicher, bis es zu einer dickflüssigen, schlierigen, dunklen Masse schmolz und dann die Farbe der glühenden Kohle annahm. Auf dieser Masse bildete sich Schaum. Als Ida zufrieden brummte, holte sie das Tongefäß vor und schöpfte den Schaum ab.

»Welche Farbe sollen die Perlen haben?«

»Grün«, erwiderte ich. Wie Bithias Augen, dachte ich bei mir und freute mich schon, Bithia mit dieser Kette zu sehen.

Ida schmiss die grünen Mosaikstückchen in die Glasmasse, aber auch die blauen und die gelben. Ich wunderte mich sehr und schaute sie fragend an.

»Blau und Gelb ergibt bei gleichen Anteilen Grün.«

Das verstand ich nun wirklich nicht.

»Wir brauchen jetzt noch mehr Hitze«, sagte sie.

»Noch mehr Hitze?«, stöhnte ich. Mir war schon so heiß, dass ich das Gefühl hatte, das Glas in meinen Händen schmelzen zu können. Ich legte noch mehr meiner Kraft in den Blasebalg, bis mir die Arme so brannten, als würde ich ein großes Kriegsschiff ganz alleine nach England rudern. Ida wartete einige Zeit, schaute zufrieden auf ihr Tongefäß und wartete wieder.

Ich stand schon in meinem eigenen Schweiß, als Ida den nächsten Schritt vorbereitete. »Wir müssen das Glas jetzt auf die Metallstifte ziehen, in immer gleichen Anteilen, damit die Perlen gleichgroß werden. Nicht aufhören mit dem Blasebalg, sonst erstarrt die Masse wieder«, sagte sie schnell, als sie bemerkte, dass ich langsamer wurde. »Schön wäre es, man könne Glas genauso bearbeiten wie Zinn, aber es wird niemals flüssig genug, um es durch eine enge Öffnung zu gießen. Wir müssen es wie erwähnt auf den Metallstiften drehen.«

Ich war beeindruckt, aber auch gespannt, versuchte, meine Begeisterung offenkundig zu zeigen, um die Stimmung zwischen Ida und mir zu verbessern. Die Anstrengung mit dem Blasebalg war jedoch so groß, dass es mir kaum gelang und so schaute ich stillschweigend dabei zu, wie Ida den ersten Metallstift im Tongefäß versenkte, um einen kleinen Teil der Masse wie Honig herauszuziehen und diesen anschließend auf einem glatten Stein rollte, bis er eine runde Form annahm, den Ida an den Rand der Glut legte. »Wenn das Glas zu schnell abkühlt, bekommen die Perlen Risse«, erläuterte sie. »Sie müssen mit der Glut ganz langsam kalt werden.« Die Arbeit schien den Enthusiasmus in Ida endlich geweckt zu haben. Nachdem sie bereits zehn Perlen gedreht hatte, ließ ich es mir nicht nehmen, nun selbst einmal diese Arbeit zu übernehmen, während ich Ida den Blasebalg überließ. Auch mir bereitete es Spaß, das Glas zu formen. Als ich zehn weitere Perlen mehr oder minder gleichmäßig auf dem Stein gerollt hatte und die Glasmasse im Tongefäß leer geworden war, ließen wir den Blasebalg ruhen und schauten wortlos aber zufrieden dabei zu, wie die Kohlen und damit auch das Glas langsam abkühlten.

Mit einem Mal spürte auch ich die Kälte wieder und zog mir mein Leinenhemd und die Tunika über, bevor wir die Perlen herausnahmen und betrachteten. Ida kommentierte meine Arbeit nicht, nickte aber zufrieden. Hatte ich zuvor noch das Gefühl gehabt, Baschis Frau sei vom Ehrgeiz ergriffen worden, so bestätigte sich dies nach getaner Arbeit nicht. Ida packte ihre Sachen, verabschiedete sich emotionslos von mir und ging so plötzlich, dass ich mich doch sehr wunderte. »Bezahle wie vereinbart einfach bei Baschi oder mir, wenn wir uns das nächste Mal sehen«, sagte sie und ließ mich allein. Ich fühlte mich einfach stehen gelassen und fragte mich, ob Baschi Ida gegen ihren Willen dazu gezwungen hatte, mir diese Glaskugeln herzustellen. So schnell würde ich mit Ida jedenfalls nicht wieder zusammenarbeiten. Einige Tage später bedankte ich mich anständig bei ihr, zeigte ihr die Perlen noch einmal und gab ihr das versprochene Silber. Danach jedoch hatte ich nicht mehr mit ihr zu tun als zuvor. Ich grüßte sie, sie grüßte zurück, aber wir wechselten kaum mehr ein Wort miteinander.

Die Perlen aber waren dagegen fantastisch. Als das Glas erstarrt war, ich den Stab herausgezogen hatte und das Loch offenbart wurde, an dem ich die Kette aufreihen konnte, traute ich meinen Augen kaum. Die Perlen waren so grün wie Bithias Augen, so grün wie das Kupfer, das der Witterung zu lange ausgesetzt war. Ich liebte dieses Grün, nicht erst, seit ich

Bithia liebte. Vorsichtig betrachtete ich jede Kugel in meiner Hand, bevor ich sie in einen kleinen Lederbeutel verstaute. Sicher waren die Perlen nicht perfekt, die ein oder andere wies Unebenheiten in der Oberfläche auf, noch dazu waren sie ohne jede Verzierung, doch das störte mich nicht. Meine Freude über die Glaskugeln wollte ich natürlich auch mit Kjell und Norell teilen, die beide begeistert waren, besonders Norell war regelrecht neidisch, dass Bithia bald diese Perlen tragen würde.

Ich hätte diese Perlen auch kaufen können, stattdessen hatte ich sie selbst gefertigt und obwohl Ida den Großteil der Arbeit und das Wissen beigesteuert hatte, verspürte ich Stolz.

Bithia hatte von all dem nichts mitbekommen, statt dessen war sie in das Weben und Spinnen vertieft, verschwand Tag für Tag in der Webstube und präsentierte mir Abends nicht weniger stolz als ich ihren Fortschritt an den Gewändern. Ihrer Lebensfreude begeisterte mich dabei mehr, als ihr handwerkliches Geschick, was ich mir selbstverständlich nicht anmerken ließ.

Die kommenden Tage nutzte ich, um die Perlen mit Sand und Leder auf Hochglanz zu polieren. Immer wieder holte ich die Kugeln aus dem Lederbeutel und betrachtete sie, rieb noch einmal mit einem Stück Leder darüber, bevor ich sie wieder zurücklegte.

Die Mühen hatten sich gelohnt! Pünktlich zum Julfest hatte ich die Perlen so glänzend gescheuert, dass man sich fast darin spiegeln konnte. Die Farbe kam noch viel besser zur Geltung und man erkannte sogar die Struktur im Glas. Winzige, weiße Schlieren verzierten das Grün. Ich fand den Schmuck wunderschön und konnte kaum glauben, dass ich so etwas selbst hergestellt hatte.

Das Julfest war das Fest der Wintersonnenwende. Die Tage würden wieder länger werden und das war ein guter Grund zum Feiern, denn von der Kälte ließen sich die wenigsten stören, die kurzen Sonnenstunden der Wintermonate machten dagegen oft lustlos und unzufrieden. So feierten wir das Julfest fast einen ganzen Monat lang. Täglich wurde festlich gegessen und getrunken, Wettkämpfe im Ringen, Laufen und in vielem mehr wurden zur Erheiterung aller ausgetragen, bis der Tag der Wintersonnenwende gekommen war. Voller Vorfreude erhob ich mich von meiner Bettstatt, holte die Perlenkette, die ich auf einem Lederband aufgereiht hatte, aus dem Beutel und konnte es kaum abwarten, Bithia damit zu beschenken. Sie schlief noch, als ich das Feuer entfachte, an dem ich meine Hände wärmte, bevor ich Getreidebrei mit getrockneten Apfelstückchen zum Frühstück bereitete.

Mit den Holzschüsseln in den Händen kroch ich unter die Felle zu Bithia auf die Bettstatt und weckte sie mit einem zärtlichen Kuss auf die Wange. Verschlafen drehte sie sich um, öffnete langsam ihre Augen und strahlte mich an, woraufhin ich sie erneut küsste, diesmal auf ihre weichen Lippen. Als sie den Getreidebrei sah, richtete sich mit einem liebevollen Lächeln auf. »Danke«, sagte sie und wir aßen wortlos, aber eng aneinander geschmiegt, unser Frühstück. Ich stellte meine Schüssel zur Seite, wartete, bis auch Bithia fertig gegessen hatte und nahm ihr die Schale ungeduldig aus der Hand.

»Ich hab etwas für dich«, grinste ich.

Bithia schaute mich überrascht an. »Zur Wintersonnenwende«, fügte ich hinzu. Es war nicht üblich, dass man sich etwas zu diesem Fest schenkte, dennoch holte ich die Perlenkette hinter meinem Rücken hervor.

Bithia war sprachlos. Mit geöffnetem Mund und großen Augen bestaunte sie die Glaskugeln.

»Du hast doch die Glasperlen bei dem Händler gekauft?«, fragte sie.

Ich schüttelte den Kopf und grinste. »Nein, das tat ich nicht. Ich habe die Perlen nicht gekauft, sondern sie mit Idas Hilfe selbst hergestellt.«

Immer noch war Bithia sprachlos und schaute mich an. Ihre Blicke wechselten zwischen der Kette und mir.

»Das ist wahrscheinlich das schönste Geschenk, das ich jemals erhalten habe!« Mit großen Augen nahm sie vorsichtig die Kette in die Hand und betrachtete sie. Ich lachte vor Freude, meine Erwartungen wurden mehr als erfüllt.

»Beuge dich zu mir. Ich lege sie dir um.« Ich nahm ihr die Kette aus der Hand, legte sie ihr um den zarten Hals, um das Lederband zuzuknoten. Gespannt drehte ich Bithia sanft herum. Sie legte die Kette auf ihre Hand und das Kinn auf die Brust, um die Glasperlen weiter zu betrachten. »Schau mich an«, lachte ich. Bithia hob ihren Kopf. Es sah besser aus, als ich erwartet hatte. Das Grün betonte so sehr ihre Augen, dass ich darin versinken wollte. »Du siehst so wunderschön aus, dass ich es nicht in Worte zu fassen vermag!«, sagte ich. Ich begehrte sie mehr als je zuvor, konnte mich nicht zurückhalten, küsste sie auf den Mund, streichelte ihr den Hals und nahm ihr Gesicht in meine beiden Hände. Sie erwiderte die Küsse. Wir sanken auf die Decken. Es war kalt, aber uns wurde so heiß, dass wir den Schnee hätten zum Schmelzen bringen können. Noch während sich Bithia auf mich setzte, schaute ich in ihre Augen, die so grün leuchteten, wie die neuen Blätter der Bäume im Frühjahr. So war die Wintersonnenwende mein Frühlingsanfang und Bithia meine Liebesgöttin.

Kapitel 5 - Im Zeichen des Raben

Die Sonne zeigte sich in diesen Tagen häufiger hinter einer sonst dichten Wolkendecke, dennoch hatte uns der Schnee fest im Griff. Das Julfest lag schon einige Wochen zurück, als Bithia krank wurde. Schon seit zwei Tagen musste sie sich übergeben und ich hatte Angst, dass sie zu wenig Flüssigkeit zu sich nehmen würde, weshalb ich ihr immer wieder über dem Feuer erwärmtes Wasser einflößte.

»Bleib lieber liegen«, sagte ich, als sie am dritten Tag aufstehen wollte, obwohl sie sich morgens übergeben hatte.

»Aber mir geht es gut.«

»Das wird nicht lange der Fall sein, wenn du jetzt aufstehst und so tust, als wäre nichts gewesen. Leg dich wenigstens noch heute hin. Ich heize das Feuer ein, dass du es schön warm hast. Morgen kannst du wieder tun, was immer du willst, wenn es dir weiterhin gut geht«, überredete ich sie. Bereitwillig legte sich Bithia auf die Bettstatt, genoss es, dass ich für sie das Feuer anheizte und ihr Frühstück brachte.

Doch auch am nächsten Tag wurde es nicht besser. So ging ich zu Edda, um sie um Rat zu fragen. Es schneite stark, ich zog die Kapuze in mein Gesicht, um vor dem schneidenden Wind geschützt zu sein. »Sie übergibt sich, besonders morgens?«, fragte Edda und grinste schelmisch.

»So ist es«, antwortete ich.

»Ich werde nach ihr sehen«, sagte sie und begleitete mich in mein Haus.

Als wir die Tür hereinkamen, erbrach Bithia den Getreidebrei, den sie gerade gegessen hatte. Edda kümmerte sich gleich um sie, wischte ihr den Mund ab, legte sie auf die Felle und untersuchte sie kurz. Aufgeregt und Hilflos stand ich daneben.

»Ihr fehlt nichts!«, sagte Edda mit einem Lächeln.

Das beruhigte mich zwar, verstehen wollte ich es aber nicht.

»Lass uns mal alleine, Ragnar. Ich möchte mit deiner Frau reden.«

Ich zögerte, bis mich Edda mit einer deutlichen Handbewegung vor die Tür schickte. Mit Arthas ging ich den Hügel hinab durch den Schnee, schaute zu, wie der Hund seine Schnauze durch das Weiß schob, formte Schneebälle, warf sie ihm zu und lachte darüber, dass er sie jedes Mal auffangen wollte. Zumindest kurz konnte ich mich damit ablenken, die

Sorge trieb mich jedoch früher zurück, als ich vorgehabt hatte. Als ich wieder kam, verließ Edda gerade unser Haus. Sie grinste mich an und klopfte mir auf die Schulter.

»Du gehst schon? Was ist mit ihr?«

»Wie schon gesagt, ihr fehlt nichts. Sie wird dir schon sagen, was wir herausfinden konnten.«

Ungläubig betrat ich die Hütte. Bithia ging es sehr viel besser. Sie begrüßte mich regelrecht aufgeregt und lachte.

»Ich bekomme ein Kind von dir!«, platzte sie heraus.

»Ist das wahr?«, fragte ich ungläubig.

»Ja, Ragnar, wir bekommen ein Kind!«

Als sich der Gedanke in meinem Kopf verwirklichte, wurde ich mit Glücksseligkeit überflutet. Ich lachte und umarmte Bithia.

»Wir nennen ihn auf jeden Fall Ragnar!«, bestimmte ich, nachdem wir uns wieder beruhigt hatten.

»Ihn? Woher willst du wissen, dass es ein Junge wird?«

»Ich weiß es nicht. Ich gehe einfach davon aus.«

Sie lachte nur, wischte meine Vermutung mit einer Handbewegung weg, drehte sich grinsend um und kniete sich vor das Feuer, um sich die Hände zu wärmen. »Es wird ein Mädchen, das fühle ich.«

»Eben hast du über meine Vermutung gelacht und nun stellst du ebenfalls eine auf?«

»Wie gesagt, ich fühle das. Außerdem willst du unbedingt einen Jungen, also wird es ein Mädchen.«.

Ich schüttelte nur den Kopf und war mir sicher, bald Vater eines Jungen zu werden. »Ich möchte es Kjell erzählen«, sagte ich, wandte mich schon zum Gehen, wurde jedoch zurückgehalten.

»Erzähl es lieber erst einmal niemandem, Man weiß nie, was noch passiert.« Mit dieser Vorsicht hatte sie nicht Unrecht, oft hatten die Frauen Totgeburten. Bevor sie die kritische Zeit nicht überstanden hatte, wollte Bithia lieber nichts verraten. Das holte mich mit einem Schlag wieder aus meiner Euphorie und stimmte mich sehr nachdenklich. Nicht nur Totgeburten waren häufig, auch die gebärenden Mütter starben oft im Kindbett. Ich erinnerte mich an Ingvarrs Worte, dass Bithia zu dünn für Kinder sei, wischte den Gedanken jedoch schnell wieder beiseite.

Bithia musste sich auch weiterhin morgens übergeben. Mit dem Wissen aber, was der Grund dafür war, ließ es sich einfacher ertragen. Edda, die die Einzige im Dorf war, die von Bithias Schwangerschaft wusste, kam häufig vorbei, um nach ihr zu sehen. Das aber war alles gar nicht nötig. Die werdende Mutter strotzte vor Kraft und half trotz allem mit, wo sie nur konnte, selbst dann, wenn ich sie zum Ausruhen zwingen wollte. Als der Frühlingsmonat vorbei war, die Sonne die Erde erwärmte und den Schnee schmolz, sah man schon eine Wölbung an Bithias Bauch.

Nicht nur in ihr erwachte neues Leben. Auch die Natur bewies, wie jedes Jahr, ihre wundersamen Fähigkeiten. Das erste Grün zeigte sich, Schneeglöckchen öffneten ihre Blüten und auch die Vögel stimmten wieder ihre Gesänge an. Als auch die ersten Zugvögel im Saatmonat bei uns ankamen, war der Frühling endgültig angekommen. Bithia half auch jetzt auf den Feldern fleißig mit, als wir die Äcker umgruben und die Samen für Gerste, Rüben und einige andere Pflanzen ausbrachten. Es war immer noch kühl, so konnte Bithia ihren Bauch unter weiter, dicker Kleidung gut verbergen. Norell aber spürte, dass etwas nicht stimmte, Bithia bewegte sich schonender und für die gute Freundin war allein das schon zu offensichtlich. So wussten bald schon Norell und Kjell von unserem Glück und aufgrund der schlanken Gestalt Bithias sah man bald deutlich, wie sich ihr Bauch abzeichnete. Somit war es im Dorf kein Geheimnis mehr, dass Bithia schwanger war.

Während Edda sich immer freudig um uns kümmerte, verlor Ingvarr kein Wort darüber.

Er hatte uns schon mit den ersten Sonnenstrahlen die Schiffe kalfatern lassen und konzentrierte sich ganz auf seine Geschäfte. Wir stellten die Schiffe auf Stützen, benutzten Teer und Tierhaare, um die Schiffsplanken abzudichten, was die Stimmung unter den Männern steigerte. Ausgenommen am Julfest, hatte ich unseren Jarl nur selten vor der Tür gesehen. Nun jedoch war er voller Tatendrang. Er wollte wieder auf Beutezug gehen, hatte mit unserem ersten Überfall in Übersee, auf Lindisfarne, Blut geleckt und obwohl er mit diesem Raub ein reicher Mann geworden war, der nicht mehr wusste, wohin mit seinem Geld, würde er nicht lange stillsitzen können. Baschi und Kogg mussten dies mit ihren Geschichten im letzten Spätjahr noch verstärkt haben. Ingvarr der Drache, der ganz England in Angst und Schrecken versetzt, war wieder aus seinem Winterschlaf erwacht.

In diesem Frühjahr wurden die Rufe nach einem weiteren Beutezug besonders laut, denn es blieb nicht nur bei Baschi und Kogg, die sich uns anschlossen. Mit den ersten Sonnenstrahlen trafen weitere drei Männer ein. Sie hatten keine Frauen bei sich und waren daher von Ingvarr gern gesehen. Ohne etwas zu verlieren zu haben, würden sie ausschließlich für den Ruhm kämpfen. Reichtum und Macht, das war es, wonach sie strebten. Ingvarr wollte ihnen diesen Wunsch nicht lange verwehren.

Mir war bewusst, dass es nur eine Frage der Zeit war, bis er lossegeln wollte. Noch vor einem Jahr hätte auch ich es kaum abwarten können wieder auf Abenteuer zu gehen. Meine Situation aber hatte sich verändert. Bithia war in mein Leben getreten und sie erwartete ein Kind von mir. Die meisten Männer überließen die Kinder den Frauen. Erst wenn ihre Söhne alt genug waren, wurden sie mit auf Beutezug gegen andere Dörfer oder mit auf die Jagd genommen, vorher bedeuteten sie nicht viel. Ohnehin wurde nur jedes zweite Kind älter als fünf Jahre, warum sollte man sich also darum sorgen? Ich dagegen mochte Kinder und wollte mein eigenes wirklich gerne auch nach der Geburt häufig bei mir wissen, zusehen, wie es sich entwickelt, wie es sprechen lernt. All das wollte ich miterleben.

»Weiß Bithia schon, dass wir fortsegeln werden?«, fragte mich Kjell, als ich ihn in seiner Hütte besuchte. Gemeinsam tranken wir einen Becher Dünnbier.

»Nein«, sagte ich und senkte den Kopf.

»Was ist? Warum siehst du wie ein geprügelter Hund aus? Sie wird dir schon nicht den Kopf abreißen.«

»Ich denke, genau das würde sie tun.«

Kjell schaute mich mit gerunzelter Stirn an. »Darum geht es gar nicht, oder? Du weißt nicht, ob du mit uns kommen sollst. Stimmt das?«, fragte er und erhob verärgert seine Stimme. Ich sagte nichts, was ihm Antwort genug war.

»Du kommst also nicht mit!«, schnaufte er aus.

»Ich weiß es noch nicht!«, sagte ich deutlich.

»Aber was hindert dich daran? Das ist es doch, wofür wir leben, worauf wir immer hinarbeiten.«

»Aufs Plündern?

»Auf Silber und Reichtum, auf ein sorgenfreies Leben.«

»Was ist das für ein sorgenfreies Leben für Bithia, wenn ich tot bin, sie unser Kind allein in diesem Dorf großziehen muss.«

Kjell war zornig, das sah ich in seinen Augen. Aufgebracht breitete er die Arme aus, holte Luft und ich bereite mich auf den Sturm seiner Worte vor, doch er blieb ruhig. »Ich verstehe dich nicht«, sagte er, erhob sich und ging hinaus, was schlimmer als jede Beleidigung war, die er mir an den Kopf hätte werfen können. Nachdenklich richtete ich meinen Blick auf den Boden. »Ich verstehe mich selbst nicht«, sagte ich, ohne dass es außer mir jemand hören konnte.

Am nächsten Tag war Kjells Zorn verraucht. Stattdessen versuchte er, mich zu überreden, mit ihm zu kommen. »Denk nur an die Abenteuer, die wir zusammen erleben werden«, sagte er, klopfte mir auf die Schulter und lachte. Ich lächelte nur, doch selbst das war aufgesetzt, obwohl ich mich tatsächlich gern an die Abenteuer erinnerte, die ich mit Kjell schon zusammen erlebt hatte. Doch irgendetwas in mir wollte hierbleiben, bei Bithia und meinem Kind. »Was ist denn nur mit dir los«, riss mich Kjell aus meinen Träumen. Mit um Verzeihung bittenden Augen schaute ich zu ihm, er aber nahm meine Entschuldigung nicht an, und stapfte davon.

Ich hatte Bithia von all dem noch nichts erzählt, aber es war Zeit, das ganze Dorf sprach von den Plänen Ingvarrs und es musste auch zu Bithia vorgedrungen sein. Also wollte ich endlich auch mit ihr darüber reden.

»Du weißt, was Ingvarr im Kopf herumgeht?«, fragte ich am darauffolgenden Morgen.

Sie schnaufte verächtlich aus. »Nein, ich habe sicherlich keine Ahnung, was in diesem grausamen Menschen vorgeht.« Sie mochte Ingvarr nach wie vor nicht, das wusste jeder, aber sie hatte auch allen Grund dazu, er machte aus seiner Abneigung gegen die Christin, wie er sie nannte, immer noch keinen Hehl.

»Dir wird sicher schon zu Ohren gekommen sein, was er plant?«, versuchte ich einen neuen Ansatz.

»Nein!«, sagte Bithia, hielt inne und legte den Holzlöffel beiseite.

»Er will wieder fortsegeln.«

»Fortsegeln? Das kann er gerne tun, so weit wie es nur geht«, sagte sie, nahm den Löffel wieder in die Hand und schob sich eine weitere kleine Portion Getreidebrei in den Mund.

»Du weißt, was ich meine. Keiner weiß genau wohin, aber ich denke, er will wieder nach England.«

Wieder hielt Bithia inne, schien langsam zu begreifen, was ich ihr sagen wollte.

»Er will wieder plündern?«, fragte sie ungläubig.

»Genau das.«

»Er will wieder töten?«

»Vermutlich auch das«, bestätigte ich.

»Ingvarr ist ein Widerling. Hat er sich nicht schon genug Silber, genug Macht zusammen gemordet?«

»Er würde nicht damit aufhören, wenn er der reichste Mann dieser Welt wäre.«

Bithia schnaubte aus. »Wie kann Edda nur mit so einem skrupellosen Mann zusammenleben.«

»Er macht damit auch sie zu einer wohlhabenden Frau.«

»Aber zu welchem Preis? Kinder töten, Frauen versklaven, Mönche massakrieren. All das für ein bisschen Silber?«

»Du freutest dich über all die Sachen, die ich dir noch letztes Jahr kaufte«, sagte ich, wohlwissend, dass ich mich auf dünnem Eis bewegte. Anstatt aber mit mir zu streiten, schaute mich Bithia entsetzt an. »Du willst doch nicht etwa mit ihm gehen?«, fragte sie.

»Er ist mein Ziehvater. Er wird wollen, dass ich mit ihm gehe.«

»Er hat dich aus seinem Haus verbannt.«

»Woher weißt du denn…«, setzte ich an.

Bithia unterbrach mich: »Norell hat mir alles erzählt.«

Ich schnaubte aus. Kjell hatte geplaudert. Mein bester Freund hatte mich verraten. Ich schüttelte über seine Dummheit den Kopf. »Er hat mich nicht verbannt«, sagte ich. »Er wollte, dass ich endlich mein eigenes Haus habe und erlangte eben auf diese Weise sein Ziel.«

»Du bist ja so blind, Ragnar«, lächelte Bithia. »Wie du dir so etwas nur einreden kannst, das ist wirklich unglaublich. Dann geh doch mit ihm. Geh mit dem Mörder deines Vaters und lass dich von ihm für seine Zwecke benutzen, aber rechne nicht damit, dass ich noch da bin, wenn du wiederkommst. In einem Dorf voller Mörder werde ich mein Kind nicht großziehen.«

Das verärgerte mich, ich sprang auf und trat wütend vor Bithia. »Es ist nicht dein Kind. Es ist unser Kind. Ich lasse mir von dir sicher nicht vorschreiben, was ich zu tun habe!« Mit diesen Worten ging ich auf den Ausgang zu, bis ich Bithia weinen hörte und mit schlechtem Gewissen stehen blieb: »Du bist der einzige Mann, der mir eine heilvolle Welt vorgaukelte. Der einzige, von dem ich dachte, dass er mir eine friedliche Zukunft bieten könnte. Nun gehst du, um Unschuldige zu töten, um zu plündern, um vielleicht mit einer anderen an der Hand wieder zurück zu kommen? Eine andere, die du wieder aus den Fängen eines Vergewaltigers rettest und der du eine friedvolle Zuflucht versprichst, so wie du es bei mir gemacht hast?«

Ich stand in der Tür, schnaufte kopfschüttelnd aus und ging mit diesen absurd klingenden Worten in meinem Kopf hinaus, ohne mich umzudrehen.

Schon am nächsten Tag rief Ingvarr uns zu sich in seinen Palas. Ich hatte nicht so schnell damit gerechnet und wusste daher immer noch nicht, wie ich mich entscheiden sollte. Es war zwar nicht zwingend notwendig, die Wahl an diesem Tag zu treffen, trotzdem wollte ich Ingvarr mit einer klaren Meinung gegenübertreten. Während ich auf das Langhaus zuschritt, gingen mir Bithias Worte genauso wenig aus dem Kopf, wie die von Kjell. Ich war hin und her gerissen. Sollte ich mich für das Abenteuer oder für Bithia und das Kind entscheiden, war aber ein Kind nicht ein ebenso großes Abenteuer? Ich lachte mich für diesen Gedanken aus, so wie es alle Männer mit getan hätten, wenn ich diese Frage in Ingvarrs Palas laut ausspräche.

Es war für niemanden eine Überraschung, als Ingvarr uns von seinen Plänen erzähltem die nicht mehr beinhalteten als die Aussage, dass wir alleine, ohne die Unterstützung anderer Dörfer, Richtung England oder Schottland auf Beutezug fahren würden. Warum auch sollten wir all das Silber mit anderen teilen? Die Küsten Englands waren letztes Jahr nicht geschützt gewesen, das würde sich dieses Jahr nicht anders zeigen. Nur diese wenigen Informationen reichten aus, um die Männer in Jubel ausbrechen zu lassen, während ich keine Miene verzog.

Einer der Männer schlug vor, dasselbe Kloster noch einmal zu überfallen, aber das erschien kaum einem ein guter Einfall zu sein. Es gab genügend andere Ziele, Lindisfarne hatte all seinen Glanz bereits verloren. Ich hörte das alles, diskutierte in Gedanken mit, erachtete den einen Vorschlag als sinnvoller als den anderen und doch mischte ich mich nicht ein, sondern blieb wie versteinert stehen.

»In fünf Tagen werden wir lossegeln«, schrie Ingvarr. Diese Worte rissen mich aus meiner Lethargie. Plötzlich wurde mir bewusst, wie dringend ich mich doch entscheiden musste, was mich innerlich so sehr aufwühlte, dass ich panisch den Palas verließ. Ich spürte Kjells fragenden Blicke in meinem Rücken, auch, wie ihn Zorn und Traurigkeit zugleich umschlossen, es waren dieselben Gefühle, die auch mich beherrschten. Zornig war ich vor allem, weil mich die Götter vor eine solch schwere Wahl stellten, anstatt mir die Entscheidung abzunehmen? Wir Menschen müssen für gute Laune unter den Göttern sorgen, müssen sie mit unseren Taten und unserem Mut beeindrucken, damit sie uns nach unserem Tod zu sich aufnehmen, also sollte ich eher mit Kjell gehen, dachte ich. Mut im Kampf zu beweisen, das war es, wonach die Götter Ausschau hielten, im selben Moment jedoch erschien mir Bithia vor Augen, für deren Vertrauen ich so viel getan hatte. All das würde ich verlieren. Musste ich mich zwischen Bithia und den Göttern entscheiden? Ich schüttelte mich, je länger ich darüber nachdachte, desto schlimmer wurden meine Kopfschmerzen.

Ich ging in meine Hütte, nahm mir eine Decke von unserer Bettstatt und ging nach Süden in den Wald. Bithia war nicht zu sehen, was mir gerade recht war, weil ich allein sein wollte. Der Himmel war wolkenverhangen, aber es zeigten sich viele blaue Flecken am Firmament, die immer weiter aufrissen und mir zeigte, dass es in dieser Nacht nicht regnen würde. Auf einer Lichtung breitete ich meine Decke aus, legte mich auf den Rücken und beobachtete die Bäume, die im Wind wogten. Vogelgesängen drang an mein Ohr, ich schloss die Augen und schlief ein. Ich träumte von Bithia, ich träumte von den Raubzügen und als ich erwachte, war es bereits dunkel. Die Erkenntnis, auf die ich gehofft hatte, blieb aus, so zog ich die eine Hälfte der Decke über mich und fiel erneut in einen tiefen Schlaf. Am Morgen des darauffolgenden Tages sah ich endlich ein Zeichen, worauf ich den ganzen Abend und die ganze Nacht gehofft hatte. Der Ruf eines Raben weckte mich. Ich sah den schwarzen Vogel, wie er sich dicht über meinen Kopf hinweg nach Norden schwang. Er flog nicht nach Westen, nein, er flog nach Norden, ins Dorf zu Bithia und ich dankte ihm dafür, dass er mir die Entscheidung abgenommen hatte, vor allem aber dafür, dass er sich für meine Frau und mein Kind entschieden hatte. Jetzt endlich war es ganz offensichtlich, dass es das war, was ich wollte.

»Wo warst du die ganze Nacht?«, fragte mich Bithia, als ich unsere Hütte betrat. »Ich habe mir Sorgen gemacht.«

»Im Wald«, sagte ich und erntete dafür ein Stirnrunzeln.

»Was hast du im Wald gemacht?«

»Ich dachte nach.«

Bithia hob die Augenbrauen. »Die ganze Nacht?«, fragte sie. Ich spürte, dass sie aufgeregt war und wusste, dass ich mich entschieden hatte.

»Ich bleibe bei dir«, sagte ich. Bithia fiel mir ohne Umschweife um den Hals.

»Ich bin so froh. Ich wusste, du würdest nicht mitgehen. Ich habe mich nicht in dir getäuscht«, freute sie sich und schlang ihre Arme noch fester um mich, nahm aber nicht wahr, dass ich ihre Freude nur bedingt teilte, ich hatte das Gefühl, meinen besten Freund, der wie ein Bruder für mich war, zu verraten.

Kjell jedoch überraschte mich. Als ich noch am selben Tag zu ihm kam, war er gerade dabei, seine Axt an einem Wetzstein zu schärfen. Er legte den Schleifstein beiseite und schaute mich freundlich und zugleich erwartungsvoll an. Sein wohlwollendes Auftreten brach auch dann nicht ab, als ich ihm erklärte, dass mein Platz bei Bithia und meinem Kind war. Er war enttäuscht, aber keineswegs zornig, wie ich es erwartet hatte.

»Du sagst nichts dazu?«, fragte ich ihn.

»Ich habe mich in deine Lage versetzt und würde an deiner Stelle genauso handeln.«

»Das würdest du?«, wunderte ich mich.

»Ja, ich denke schon. Du hast viel dafür geopfert, Bithias Vertrauen zu gewinnen, du kannst das jetzt nicht riskieren. Schließlich lohnt es sich ja für diese Frau, du alter Ziegenbock«, grinste er.

Mir fiel ein Stein vom Herzen, dass Kjell meine Gedankengänge erkannt hatte.

147

Nun galt es nur noch, Ingvarr zu unterrichten und davor fürchtete ich mich.

Ingvarr lachte, nachdem ich ihn meine Entscheidung mitgeteilt hatte. »Dann soll ich also einen Mann hier zurücklassen, der mir angedroht hat, mein Silber zu stehlen? Wenn ich wiederkomme, ist mein Dorf niedergebrannt und meine Schätze sind alle weg!« In seinen Scherzen verbargen sich wahre Bedenken. Während Ingvarr meine Loyalität früher nie angezweifelt, mich wie einen Sohn behandelt hatte, so schien jeder Funke Vertrauen, den ich bei Bithia gewann, bei Ingvarr verloren zu gehen. Dass ich ihn nun nicht begleiten würde, war ein weiterer großer Schritt in diese Richtung und das ließ mich Ingvarr trotz seines Lachens deutlich spüren.

War es die richtige Entscheidung? Als ich den Palas unseres Jarls verließ, ließ ich auch die Zweifel und Gedanken hinter mir und freute mich auf den ersten Sommer, den ich mit Bithia gemeinsam verbringen würde.

Die Männer verließen uns wie geplant einige Tage später. Der Saatmonat ging bereits dem Ende entgegen, wir hatten die Erde umgegraben, Getreidekörner verstreut, Rübensamen gesät. Nun war es an uns zurückbleibenden Männern und Frauen, die Pflanzen zu pflegen, damit wir auch die Ernte einfahren konnten.

Nachdem sich Kjell ausgiebig von Norell verabschiedet hatte, umarmte er auch mich zum Abschied und klopfte mir freundschaftlich auf die Schulter. »Alter Mistkerl, ich werde deine Beleidigungen vermissen! Pass mir gut auf meine Freundin auf.«

»Das werde ich. Allerdings erwarte ich eine Gegenleistung.«

»Du scheinst wohl auch den letzten Funken Verstand verloren zu haben! Ich soll alleine die Arbeit machen und du willst auch noch eine Belohnung dafür?« Er lachte wieder, lief auf den Steg, kletterte auf das Schiff und winkte ein letztes Mal zum Gruß.

Ich nahm Bithia in den Arm, gemeinsam schauten wir auf das voll besetzte Schiff, dessen Reling mit den bunt bemalten Schilden verkleidet war, ein Anblick, der mich noch einmal zum Zweifeln brachte, auch als Barri die gewohnten Befehle schrie, die Ruder ins Wasser tauchten und sich das Langboot in Bewegung setzte.

Norell stand links neben mir. Ich sah ihre traurigen Augen und legte meinen Arm um sie. »Ihm wird nichts geschehen«, beruhigte ich sie. Mit nassen Augen schaute sie mich an, sagte aber nichts.

Die darauffolgenden Tage waren sehr verregnet. Wir konnten unsere Zweisamkeit in der Hütte trotzdem genießen, wobei es nie so viel regnete, dass unsere Felder unter Wasser standen. Die Ernte war also nicht in Gefahr. Im Gegenteil, es sollte eines der ertragsreichsten Jahre seit langem werden.

Ich hatte gehofft, Kjell und die anderen schon nach nur einer Woche wieder zu sehen, doch damit hatte ich grundsätzlich falsch gelegen. Auch im Sonnenmonat, fünf Wochen nach ihrer Abreise, war noch nichts von ihnen zu sehen. Norell machte sich große Sorgen. Es war in der Tat ungewöhnlich, dass sie so lange wegblieben. Ich ließ mir das nicht anmerken und versuchte, Zuversicht auszustrahlen. Das Wetter war inzwischen besser geworden. Auf die vielen Regentage folgten tolle Sommertage.

Norell schlief oft bei uns im Haus, um nicht allein sein zu müssen. Auch ihre Mutter konnte sie über ihren Kummer nicht hinwegtrösten. Bei jedem Handelsschiff, das an unsere Küste segelte, rannte Norell zum Strand und fragte nach Neuigkeiten. Keiner aber hatte etwas von Überfällen auf englische Küsten gehört.

»Wir müssen Norell ablenken«, sagte ich zu Bithia, als Kjells Freundin wieder einmal zu einem Händler gestürmt war, um ihn auszufragen. »Besser gesagt, wir müssen sie aufhalten.«

»Wie meinst du das?«, fragte Bithia.

»Sie rennt zu jedem Händler, fragt ihn aus und ich bin mir sicher, sie macht kein Geheimnis daraus, dass unser Dorf gerade ohne Gegenwehr dasteht. Wir hätten besser einen Wall ausgehoben, dann könnten wir uns auch noch gegen eine große Überzahl an Feinden verteidigen.«

»Ach, du malst mal wieder viel zu schwarz. Die Händler sind nicht dumm. Sie merken doch, dass weniger Besucher auf ihre Schiffe kommen.«

»Norell sorgt aber dafür, dass sie Gewissheit haben.«

»Wer sollte kommen und uns angreifen?«

»Männer, die mit geringem Aufwand und Wagnis reich werden wollen. Davon gibt es genug.«

»Das glaube ich nicht«, sagte Bithia. Ich konnte aufgrund ihrer Naivität nur den Kopf schütteln. Mit jedem Tag, den Ingvarr länger wegblieb, wurde die Gefahr für uns größer. Das musste auch unser Jarl wissen. Daher machte ich mir weitaus größere Sorgen um unsere Männer, als ich zugeben wollte.

»Aber es ist kein schlechter Einfall, Norell abzulenken. Wir könnten sie mit auf einen Ausflug nehmen. Lass uns zusammen ausreiten«, schlug Bithia vor.

»Ist es so gut, wenn du reitest? In dir wächst ein Kind heran«, sagte ich besorgt.

»Da wird schon nichts passieren.«

Ehe ich mich versah, ritten wir schon am nächsten Morgen bei herrlichem Sonnenschein ohne ein bestimmtes Ziel nach Süden, um einen schönen Tag in der Natur zu verbringen. Obwohl ich nur ein dünnes Leinenhemd trug, schwitzte ich, bis uns die voll belaubten Bäume des Waldes Schatten spendeten. Die kühle Luft beruhigte meine Sorgen, befreit spornte ich mein Pferd an, voraus zu galoppieren, bis die Frauen weit abgeschlagen hinter mir lagen. Der Wind spielte mit den Blättern und ein Specht hämmerte gegen das Holz eines abgestorbenen Baumen. Meine Blicke suchten den Vogel, fanden aber nur die Blätter, die von der Sonne fast durchsichtig erschienen. Ein einzelner Sonnenstrahl durchbrach das Laubdach und strahlte mir auf meine Stirn. Ich schloss die Augen, fühlte die Wärme und die Kraft, die bald meinen ganzen Körper durchströmte.

Die beiden Frauen waren in ein Gespräch vertieft, als sie zu mir aufschlossen und an mir vorbei ritten, ohne dass sie mich weiter beachteten. Ich ritt ihnen hinterher, betrachtete Bithia, die auf ihrer braunweißen Stute majestätisch aussah, obwohl sich die Schwangerschaft auch an der Hüfte bemerkbar machte. Ihre langen, rötlichen Haare wehten in der leichten Brise, ebenso wie der im Sonnenlicht golden schimmernde Schweif ihres Pferdes, das sie Guldfalder genannt hatte, was so viel bedeutet wie fallendes Gold. Bithias Haare dagegen leuchteten in der Sonne wie fallendes Kupfer. Gedankenverloren beobachtete ich Bithias Körper, wie er sich elegant auf dem Rücken des Pferdes bewegte.

Es war ein Rabe, der die Stille durchbrach und meine Aufmerksamkeit auf sich lenkte. Er flog krächzend über unsere Köpfe, landete einige Schritte von uns entfernt ungeschickt auf dem Boden, schrie regelrecht und schaute mir direkt in die Augen.

Ich liebte Raben nicht nur, weil es die Vögel Odins waren, auch weil sie uns den Weg wiesen, nicht zuletzt sandten sie uns Zeichen. Auf der Jagd orientierten wir uns sogar an ihnen, nahmen an, dass sie wussten, davon zu profitieren, uns zum Wild zu führen. Stets ließen wir einige Innereien der erjagten Tiere an Ort und Stelle zurück. Die Rabenvögel machten sich darüber her, sobald wir einige Schritte Abstand hielten. Ich empfand dieses Zusammenspiel immer als beeindruckend und so respektierte ich die Intelligenz dieser Vögel sehr.

Dieser Kolkrabe war ein großes Tier. Bithia und Norell hatten sich zunächst erschreckt, starrten jetzt aber ebenfalls gebannt auf den Vogel.

»Er sieht so aus, als wolle er dir etwas zeigen, Ragnar«, sagte Norell.

Wie um diese Annahme zu bestätigen, krächzte der schwarze Vogel erneut, während er mich ansah.

Ich stieg von meinem Pferd ab, näherte mich dem Raben und erkannte, dass der Flügel halb abgerissen war. Der Stummel blutete. Auch der andere Flügel war zerzaust. Ich hatte den Vogel fast erreicht, als er krähend stolperte, versuchte, sich mit seinem gesunden Flügel abzustützen, trotzdem auf die Seite fiel. Er hatte nur noch ein Bein. Wo das andere gewesen war, klaffte eine große offene Wunde.

»Er ist sehr stark verletzt! Bithia, hilf mir mal!« Bithia stieg ab und lief zu mir. Norell folgte ihr. Ich kniete bereits vor dem Vogel, wollte ihm gerade sachte in die Hand nehmen, als dieser die letzten Kräfte zu verlieren schien, die Augen schloss und reglos vor mir lag.

»Ist er tot?«, fragte Bithia

»Es sieht danach aus!«

»Was hat ihn nur so zugerichtet?«, fragte Norell. Mitleid schwang in ihrer Stimme mit.

»Ich weiß es nicht«, erwiderte ich, in diesem Moment aber öffnete der Rabe wieder seine Augen, schaute mich an und mobilisierte seine Kräfte. Er versuchte, zu fliegen, schaffte es nicht, hüpfte auf die Eiche zu, neben der wir knieten und wollte den Stamm emporklettern, war dazu aber viel zu schwach. Ein letztes Mal schaute er mir tief in die Augen, bevor er endgültig tot zusammenbrach. Gerührt sah ich zu Bithia, die ebenso wie Norell sichtlich betroffen wirkte, sich zu mir beugte und den Vogel in beide Hände nahm. Kurz untersuchte sie ihn. »Er muss wohl von irgendeinem größeren Tier angefallen worden sein. Ein Wolf, oder vielleicht ein Luchs.«

Als ich zu den beiden aufschaute, entdeckte ich ein typisches Rabennest aus Stroh und kleinen Stöcken, groß gebaut, in etwa zwanzig Schritt Höhe. »Er wollte wohl zurück in sein Heim«, sagte ich und zeigte nach oben. Die Blicke der Frauen folgten meiner Hand.

»Dort ist noch ein Nest«, zeigte Norell.

»Dort ist noch eines«, sagte Bithia.

Schnell erkannten wir, dass sich sechs Nester auf dieser einzelnen Eiche befanden. Auch andere Raben waren zu sehen, die diesen Baum bewohnten, was typisch für diese Vögel ist. Stets bauen sie in kleinen Kolonien, um zusammen gegen Angreifer vorgehen zu können und ihre Brut zu schützen.

Eigentlich hätten wir hier wieder auf die Pferde aufsitzen können, um weiter zu reiten. Irgendetwas aber machte mich neugierig.

»Ich klettere hoch«, sagte ich. »Der Rabe wollte mir etwas zeigen. Irgendwie bin ich mir da sicher.«

»Die anderen Raben werden dich angreifen«, gab Bithia leicht besorgt zu bedenken.

»Das macht nichts. Wenn das so ist, dann komm ich eben wieder runter. Sie werden mir nicht die Augen aushacken.« Schon stand ich vor der Eiche, legte meine Hände auf die Rinde und atmete tief durch.

Es war nicht ganz einfach den Baum empor zu steigen. Zumindest der untere Stamm besaß keine Äste. Ich stemmte meine Füße gegen den Baum und krallte mich an der Rückseite des Stammes mit den Händen in die Rinde. So konnte ich langsam hochlaufen was mich unheimlich viel Kraft kostete, bis ich den ersten Ast erreichte. Meine Arme brannten, von hier jedoch ging alles ganz einfach. Fast wie auf einer Leiter konnte ich von Ast zu Ast steigen und kam dem Nest immer näher. Die ersten Raben schienen mich argwöhnisch zu beobachten, schauten mir aber nur zu, anstatt anzugreifen. Im Gegenteil, sie wurden sogar leiser, krähten nicht mehr so viel wie noch zuvor.

152

Als ich oben angekommen herunterblickte, erschien mir das Nest doch um einiges höher zu liegen, als ich von unten angenommen hatte. Der Aufstieg hatte sich dennoch gelohnt, in Stroh gebettet lagen vier Jungvögel. Erst vermutete ich, dass alle tot seien. Als ich aber meine Hand in das Nest hielt, schrie plötzlich einer der Vögel mit einem lauten »kruk« und riss den Schnabel auf. Ich erschrak, zog instinktiv die Hand weg, näherte mich wieder, bis das Vöglein erneut ein »kruk« von sich gab. Behutsam nahm ich es in die Hand. Es wehrte sich nicht und fügte sich seinem Schicksal, während ich es betrachtete. »Dein Vater wollte, dass ich dich mitnehme und groß ziehe, da bin ich mir sicher«, sagte ich dem kleinen Geschöpf, steckte es in meine Tasche, um beim Abstieg beide Hände frei zu haben. Abwärts zu klettern war wie so oft schwerer als hinauf zu kommen. So arbeitete ich mich nur langsam und konzentriert voran. Die Frauen schauten mir halb besorgt, halb neugierig zu.

»Hast du etwas gefunden?«, rief Bithia, die Hände zu einem Trichter um den Mund gelegt.

»Ja«, antwortete ich, vor Anstrengung schwer atmend, »warte, bis ich unten bin.«

Das letzte Stück war wie beim Hinweg auch das schwerste. Gern wäre ich einfach gesprungen, oder hätte mich am letzten Ast hängend fallen gelassen. Doch ich hatte den Jungvogel in der Tasche und wollte nicht, dass ihm etwas geschah. Als ich endlich wieder festen Boden unter den Füßen hatte, konnten es die beiden Frauen kaum abwarten.

»Was hast du gefunden? War etwas in dem Nest?«, drangen ihre Fragen auf mich ein. Ohne darauf einzugehen, holte ich den Jungvogel aus der Tasche. Er fing sofort wieder an zu schreien und den Schnabel aufzureißen.

»Er will etwas zu essen!«, sagte Bithia ganz aufgeregt.

»Und etwas zu trinken«, ergänzte Norell, riss dabei besorgt die Augen auf, als wäre sie die leibliche Mutter des Vogels.

Ich schaute die beiden an und musste grinsen. Sie waren hin und weg von dem verletzlichen Vöglein, so fasziniert von dem kleinen Geschöpf, welches uns das Schicksal in die Hände gegeben hatte. »Etwas zu trinken ist erst einmal wichtiger«, sagte ich. »Die Geschwister waren schon tot. Ich denke, es hat schon lange kein Wasser mehr bekommen.«

»Lass uns schnell weiter reiten. Weiter südlich ist ein See«, schlug Norell vor.

»Moment, ich habe eine bessere Idee!«, erwiderte ich. »Nimm ihn mal in deine Hand, Bithia.«

Bithia öffnete die Handflächen und fügte sie so zusammen, als wollte sie Wasser schöpfen. Ich legte den Kleinen vorsichtig hinein und suchte im Wald nach feuchtem Moos. Ich riss einiges heraus, nahm es mit, suchte daraufhin ein großes Blatt, wurde mit dem einer Buche belohnt und rollte es zu einem Trichter zusammen. Eigentlich war alles ganz einfach. Der kleine Rabe riss sein Schnäbelchen auf und als ich den Trichter vorsichtig hineinsteckte, versuchte er, diesen gleich zu verschlucken. Ich drückte nun das Moos mit der anderen Hand aus, bis Tropfen für Tropfen des herausgepressten Wassers durch den Trichter in den Schnabel des Jungvogels lief. »Es funktioniert«, freute sich Norell lachend und klatschte dabei in die Hände. Das kleine Geschöpf trank unheimlich viel für seine Körpergröße. Ich setzte den Trichter wieder ab. Der Vogel antwortete mit einem zufriedenen »kruk«, nur um gleich darauf schon wieder den Schnabel aufzureißen und nach mehr zu betteln. Den Wassertrichter spuckte er sofort wieder aus.

»Kruk will etwas zu essen«, sagte Norell.

»Kruk?«, schmunzelte ich.

»Ja, so nennen wir ihn, Kruk«, bestimmte Norell mit einem Lächeln auf ihrem Gesicht. Ich glaube seit Kjells Abreise hatte ich sie nicht mehr so glücklich gesehen. Keiner widersprach ihr und so hieß der Vogel Kruk.

»Los«, ermunterte ich, »suchen wir Kruk etwas zu essen. Unter feuchtem Moos versteckt sich bestimmt der ein oder andere Wurm oder Käfer.«

Bithia gab Norell den Vogel. Sie behütete ihn in ihrer Hand, während wir den Boden nach Insekten absuchten. Schnell fanden wir einige Käfer, Larven und Würmer, die wir schnabelgerecht zerteilten und Kruk zu fressen gaben. Der Vogel war ein Nimmersatt. So schnell, wie er alles verschluckte, konnten wir gar nicht für Nachschub sorgen. Irgendwann aber war der erste Hunger doch gestillt und wir ritten weiter. Da ich der sicherste Reiter war, hatte ich den Vogel wieder zu mir genommen, hielt ihn in meinem Beutel unter meinem Leinenhemd dicht am Körper, damit er es schön warm hatte. Immer wieder fragten die Frauen, ob es ihm auch gut ginge. Einmal stiegen wir ab und suchten wieder nach Insekten,

154

die Kruk gierig verschlang. Wir ritten an zwei Seen vorbei. Den zu unserer Rechten nannten wir Halandsee. Den zu unserer Linken Stokkasee. Unser Ziel war der kleinere, aber sehr schöne Mossee.

Dort angekommen übergab ich den Vogel an Norell, die ihn sogleich wieder fütterte, wohingegen ich mich ins Wasser schmiss. Es war kalt, tat aber gut. Bithia folgte mir, tauchte ihren Kopf unter und stieß sich vom Grund nach oben. Ihr Kleid klebte am Körper und die Haare lagen nass auf ihrer Brust, was mich sehr zu ihr hinzog. Norells Sehnsucht nach Kjell berücksichtigend, vergewisserte ich mich, dass sie ihre Blicke nicht auf uns richtete, bevor ich es wagte, Bithia zu küssen.

»Der Vogel tut ihr gut! Ich denke er wird sie ablenken und trösten«, sagte Bithia. Ich nickte nur, lachte sie an, küsste sie erneut, mir stand nicht der Sinn nach Reden. Bithia aber blieb ganz ernst, wehrte mich mit der Hand ab. »Meinst du, sie kommen wieder?«, fragte sie.

»Kjell und die anderen Männer? Natürlich kommen sie wieder«, sagte ich betont zuversichtlich. Bithia aber kannte mich zu gut, bemerkte Zweifel in meiner Stimme.

»Es ist bald Mittsommer«, gab sie zu bedenken. »Wir haben immer noch nichts von ihnen gehört!«

»Ich weiß. Ich kann nicht leugnen, dass ich mir ein wenig Sorgen mache«, gab ich zu. »Vielleicht sind sie doch auf Widerstand gestoßen. Aber sie sind gute Kämpfer, niemand kann Ingvarr besiegen!«

»Ich bin so froh, dass du nicht mitgegangen bist!«

»Ich weiß«, sagte ich gedankenverloren. Bithia spürte mein Unbehagen.

»Du hast ein schlechtes Gewissen, denkst, sie im Stich gelassen zu haben«, vermutete sie und traf damit ins Schwarze. Ich wollte an Kjells Seite kämpfen, wollte gleichzeitig auch bei Bithia bleiben, um sie zu beschützen, wofür ich mich letztlich auch entschieden hatte. Während die Tage hier zuhause aber ohne Zwischenfälle vorübergingen, wusste ich nicht, welchen Gefahren Kjell ausgesetzt war und damit meldete sich der Zweifel, richtig gehandelt zu haben, wieder zurück.

»Warum magst du sie so?«, fragte Bithia.

»Wen? Kjell?«

»Nein, die anderen, vor allem Ingvarr. Er hat deinen Vater getötet. Dennoch verehrst du ihn.«

Diese Frage hatte mir Bithia so oft gestellt. Ich war ihr immer ausgewichen, weil ich sie nicht beantworten konnte. Ich drehte meinen Kopf zu Norell, die Kruk gerade mithilfe eines Blattes etwas zu trinken gab, so wie ich es getan hatte. Bithia nahm meinem Kopf in beide Hände, drehte mein Gesicht zu sich, sah mir von unten in die Augen. Ich schaute sie ernst an. Sie wollte eine Antwort. Hier und jetzt. Ich hob die Augenbrauen und seufzte.

»Du weißt es selbst nicht. Oder du willst es nicht wahrhaben!«, sagte sie fast schon ein wenig zornig. »Ich sage dir, was ich denke«, fügte sie schnell hinzu. »Du hast deinen Vater über alles geliebt. Du hast ihn verehrt. Er war für dich der stärkste und ehrenwerteste Mensch, den du kanntest. Dann wurde er besiegt. Du musstest mit ansehen, wie dein Vater getötet wurde.«

Die Bilder von damals kamen mir ins Gedächtnis. Ich wollte sie verdrängen, drehte mich von Bithia weg, doch sie hielt mich fest. Anstatt mich loszureißen, sah ich ihr wieder in die Augen.

»Du unterdrückst deinen Schmerz. Du versteckst diesen schwarzen Tag tief in deinem Herzen. Du vergisst, wer Ingvarr wirklich ist. Ein Mörder als Vaterersatz? Ein rücksichtsloser Vergewaltiger? Wie kannst du unter ihm leben? Wie kann Edda mit ihm leben? Und Norell und Kjell?« Bithia wurde lauter. Als sie Norells Namen erwähnte, wurde diese aufmerksam. Ich spürte ihre Blicke.

»Ihr alle verschließt eure Augen vor dem, was Ingvarr wirklich ist!«, fuhr Bithia leiser fort. »Du gehörst nicht zu ihnen. Das ist auch der Grund, warum du deinen Bruder so hasst!«

»Warum ich meinen Bruder so hasse?«, fragte ich verächtlich. »Worin sollte da ein Zusammenhang bestehen?« Ihre Worte machten mich zornig. Sie lösten einen Schmerz in meiner Brust aus.

»Du hasst ihn genauso, wie du eigentlich Ingvarr hasst!«

»Das eine hat mit dem anderen überhaupt nichts zu tun!«, schrie ich Bithia an, schob sie grob von mir weg, drehte mich um und watete an Land. Ich hörte Bithia hinter mir schluchzen, dann weinen, schaute mich trotzdem nicht noch einmal um, stieg auf mein Pferd und das Letzte, was ich an diesem Tag sagte, war: »Wir reiten zurück!«

Auf dem Heimweg sagten auch die beiden Frauen kein Wort. Ich hatte Kruk wieder bei mir und er schien zu schlafen, während mir alle möglichen Gedanken durch den Kopf schossen. Ich wusste, dass Bithia sich nicht wohl unter den Männern fühlte, hatte aber bis zuletzt die Hoffnung nicht verloren, dass sie unser Dorf als neues Zuhause akzeptieren würde. Jetzt war offensichtlich, dass sie ihre Abscheu nie ganz ablegen konnte. Zu behaupten, dass ich meinen eigenen Ziehvater ebenso hassen würde, wie ich meinen Bruder verachtete, war zu viel. Dann soll sie doch gehen, dachte ich voller Gram. Warum blieb sie überhaupt bei uns? Wegen mir? Die Antwort, die ich für mich fand, war eine andere: Sie hatte keine Wahl! Wo sollte sie hin? Sie war eine Gefangene und so musste sie bei uns bleiben. Ich liebte sie, da war ich mir sicher, sie aber blieb nur, weil sie bleiben musste.

Auch am darauffolgenden Tag redeten wir nur das Nötigste. Meine Gedanken kreisten ständig um Bithias Worte. Ich bereute schon bald, sie weggeschoben zu haben, mein Stolz aber war zu groß, mich dafür zu entschuldigen. Die Erinnerungen an die Ereignisse im See lösten jedes Mal einen stechenden Schmerz in meiner Brust aus. Bithia schien bedrückt, obwohl sie mich wahrscheinlich ebenso hasste wie Ingvarr. Ich war davon überzeugt, dass sie mich nur als geringstes Übel gewählt hatte. Das kränkte mich. Als wir jedoch abends auf der Bettstatt lagen und ich erfolglos versuchte, einzuschlafen, überraschte mich Bithia.

»Ich liebe dich«, sagte sie frei heraus. Das kam mit einer solchen Ehrlichkeit, dass es mich noch mehr verwirrte.

»Du siehst dich nur als meine Gefangene«, antwortete ich trotzig.

Sie setzte sich auf. »Das ist nicht wahr«, erwiderte sie bestimmt und ließ ihre Verwirrung durchklingen. »Nicht ich, sondern wir sind Gefangene, Ragnar.« Ich antwortete nicht darauf, tat diese Nacht aber kein Auge zu. In meinem Kopf überschlugen sich die Gedanken. Warum hatte Ingvarr mich und meinen Bruder mitgenommen? Eine Frage, die ich mir so oft gestellt und doch nie eine Antwort gefunden hatte. In dieser Nacht aber wurde mir klar, dass die Antwort darauf keine Rolle spielte. Die viel wichtigere Frage war eine andere: Hatte ich je eine Wahl gehabt?

Nein! Genau wie Bithia wurde ich verschleppt und gezwungen, hier zu leben. Ich hatte diesen Zwang im Gegensatz zu Bithia nie bemerkt. Ingvarr war mir ein guter Vater gewesen. Auch Edda war wie eine Mutter für mich. Dennoch gehörte ich nicht hierher. Ingvarr lehrte mich zwar, ein Krieger zu sein, wie ich es mir seit meiner Kindheit gewünscht hatte, doch machte er mich nicht zu dem ehrenhaften Kämpfer, der mein leiblicher Vater gewesen war. Ich wurde zu einem Mörder, tötete wehrlose Mönche, sah tatenlos zu, wie Frauen und Kinder vergewaltigt wurden. Das entsprach nicht meinem Wesen, aber ich hatte es nie bemerkt. Blind war ich dem gefolgt, was mir vorgelebt wurde.

Und mein Bruder? Mit einem Mal erschien mir auch meine Abneigung ihm gegenüber ganz klar. Mein Bruder fühlte sich unter den Männern von seinem ureigenen Wesen her wohl. Er war schon immer skrupellos und so anders als unser Vater oder Großvater gewesen. Es fiel mir schwer, zu glauben, dass Bithia Recht hatte, aber mein Hass auf die skrupellosen Männer bündelte sich in dem Hass auf meinen Bruder, obwohl eigentlich Ingvarr, der Mörder meines Vaters, und all seine Männer diesen Hass verdient hatten. Wer war Bithia, dass sie so etwas in mir weckte?

Mein Herz fing an, schneller zu schlagen, plötzlich erfüllte mich Zorn, Gram und Angst zugleich. Wie sollte ich weiterleben? Wie konnte ich Ingvarr je wieder unter die Augen treten?

Wie stand ich Kjell gegenüber? Nein, Kjell war ebenfalls anders, beim Gedanken an ihn empfand ich keinen Groll. Niemals hatte er Hand an eine Frau gelegt, geschweige denn an Kinder.

Dennoch hatte ich in diesem Moment das Gefühl, allein zu sein. Als wäre ich mit einem Mal umgeben von bösen Menschen, die nach meinem Leben trachteten. Die einzige Person, der ich vertrauen konnte, war Bithia, die Frau, die mich geweckt, mich aus meiner unendlich langen Bewusstlosigkeit herausgerissen hatte. Wer war sie, dass sie so etwas vollbringen konnte? Ich wusste nicht, wie lange ich über meinen Gedanken gehangen und nicht geschlafen hatte. Leise kroch ich zu Bithia, legte mich hinter sie, schlang meinen Arm um sie und streichelte ihren prallen Bauch. Sie nahm meine Hand, schob ihre Finger zwischen die meinen, drehte dann ihren Kopf zu mir und küsste mich. Ich wollte etwas sagen, Bithia aber gab mir allein durch einen Blick zu verstehen, dass ich nichts sagen brauchte. Sie wusste, dass ich verstanden hatte. Sie wusste es einfach. Meine Seele hatte es der ihren preisgegeben. Durch sie spürte ich Wahrhaftigkeit.

Kapitel 6 - Die Seele Eddas

Am nächsten Morgen hörte ich Rufe. »Ein Schiff, sie kommen!« Ich baute diese Rufe in einen Traum ein und fand mich plötzlich an der Reling eines Langbootes wieder. Der Wind wehte mir durch die Haare, die Sonne glitzerte auf dem Wasser, wir hissten das Rahsegel, vertäuten es und die Seile spannten sich mit knirschendem Geräusch, als das Schiff kraftvoll nach vorne geschoben wurde.

Doch dann begriff ich, dass die Rufe gegenwärtig waren und ich öffnete verschlafen die Augen. Die Sonne schickte ihre Strahlen durch die kleinen Schlitze zwischen einigen Brettern unserer Hütte, die durch den wenigen Rauch, der vom Feuer des vorherigen Tages immer noch in der Luft hing, sichtbar waren. Ich ruhte auf dem Rücken, Bithias Kopf lag halb auf meiner Brust und halb auf meinem Arm, den ich um sie geschlungen hatte.

Wieder hörte jemanden schreien: »Sie kommen! Ein Schiff nähert sich!« Ich hob den Kopf und richtete mich auf, rieb mir die Augen und schaute zu Bithia die den Schlaf aus den Augen blinzelte. Genau in diesem Moment stürzte Norell herein. Die Sonne blendete mich, als die Tür aufgestoßen wurde.

»Sie kommen!«, sagte Norell, völlig außer Atem. »Die Wachleute haben ein Schiff gesichtet. Ich bin zur Westküste und habe sie ebenfalls gesehen.«

»Was haben sie gesehen? Ein Handelsschiff?«, fragte ich.

Norell schüttelte aufgeregt den Kopf. »Ein Kriegsschiff. Unser Schiff!«

Bithia und ich waren jetzt hellwach. »Bist du dir sicher?«, fragte ich.

»Sehr sicher«, antwortete Norell.

»Wir kommen sofort«, sagte ich und stand auf.

»Ich hole eure Pferde«, erwiderte Norell und verschwand. Ich zog mein Leinenhemd über und gürtete mich mit meinem Schwert. Als wir die Hütte verließen, wartete Norell bereits ungeduldig mit unseren Reittieren. Schon als wir die Zügel übernahmen, schwang sich Kjells Freundin in den Sattel ihres eigenen Pferdes und ritt voraus. Wir kamen Norell kaum hinterher, die mit einer unglaublichen Geschwindigkeit den Hügel hinab zum Strand galoppierte.

Das Schiff war schon so nah, dass ich es gut erkennen konnte. Es war tatsächlich unser Schiff, das von Westen her auf den Strand zu segelte. Norell hatte also Recht und die Nachricht sprach sich herum wie ein Lauffeuer. So hatte sich längst das ganze Dorf versammelt, als die Männer auf dem Schiff die Segel einholten und die Ruder ins Wasser tauchten, um die letzten Schifflängen an den Strand zu rudern. Norell schaute aufgeregt zwischen den Männern hin und her und auch ich suchte nach Kjell, fand ihn aber nicht, was mich unruhig werden ließ. Der Bug des Schiffes setzte auf den Sand auf und schob sich knirschend an den Strand. Krieger sprangen ins knietiefe Wasser und auf den Steg. Freudenrufe wurden laut, einzelne Frauen rannten auf ihre Männer zu, umarmten sie, küssten sie, verbargen ihr Glück nicht, sondern schrien es heraus. Auch Ingvarr kletterte von Bord, Edda lief auf ihn zu, sie lagen sich bald in den Armen und ihre johlenden Rufe mischten sich unter die anderen. Norell wurde ungeduldig, suchte, schaute erwartungsvoll auf jeden Krieger, der das Boot verließ, Kjell aber war nicht zu sehen, bis sich ein Mann durch die Menge schob und unsere Aufmerksamkeit auf sich lenkte. Sein Gesicht verbarg er unter einem prächtigen Helm, der mit Kettengliedern über Nase und Mund verstärkt war. Der Krieger war außerdem mit einem glänzenden Ringpanzer gerüstet, ein prächtiges Schwert hing an seiner Seite. Ich erkannte ihn an der Art, wie er an den Strand schritt und als er den Helm abzog, machte das unangenehme Gefühl in meinem Bauch Platz für Freude und Erleichterung. Es war Kjell.

Norell sprang ihn an, schmiss ihn um und ich hatte regelrecht Angst, dass die beiden im flachen Wasser ertrinken könnten, bis sich Kjell erhob und Norell vor seiner Brust auf die Arme nahm. Sie strahlte und küsste ihn immer wieder, klammerte sich mit den Beinen und Armen um meinen treuen Freund und lachte vor lauter Glück auf ihre entsetzlich schrille Art und Weise, an die ich mich immer noch nicht gewöhnt hatte, die mich aber jedes Mal ansteckte. Bithia und ich hielten uns im Hintergrund, warteten ab, beobachtete mit einem Lächeln auf dem Gesicht die Szene.

Schließlich kam Kjell auf mich zu. Er setzte Norell vor sich ab, schob sie liebevoll zur Seite und stand mir gegenüber.

»Du Würmerdreck hast mich hier ganz schön lange warten lassen!«, lachte ich.

»Glaub mir, du alter Ziegenbock, es hat sich gelohnt, so lange zu warten!«, antwortete er. Wir umarmten uns und er klopfte mir so fest auf die Rippen, dass ich das Gefühl hatte, sie würden brechen.

Wie damals kamen die Männer mit Säcken voller Schätze wieder. Nur dieses Mal war es weit mehr, so viel, wie ich es mir in meinen kühnsten Träumen nicht hätte vorstellen können! Gold, Silber, Bronze. Sogar etliche Waffen und Rüstungen waren erbeutet worden.

»Ihr seid auf Widerstand gestoßen?«, fragte ich, als ich die Beute begutachtete.

»Das sind wir«, bestätigte Kjell und klopfte mit der freien Hand auf seinen Helm, dann auf den Schwertknauf und rüttelte anschließend an seinem Ringpanzer, der klirrend über seinen Hüften hing.

»Wie gesagt«, lachte er, »es lohnte sich.«

»Du siehst aus wie ein Kriegsgott«, schmunzelte ich.

Kjell lachte. »Das alles zu einem sehr geringen Preis. Nur drei Männer fielen bei den Auseinandersetzungen.«

»Wer?«, wollte ich wissen.

»Ulfgrim, Olav und Orm«, sagte er und schaute zu Bithia. Ich folgte seinem Blick und beide sahen wir sie an, warteten auf eine Reaktion. Nichtsahnend hob sie die Augenbrauen. »Olav war der Mann, der die beiden Zwillinge vergewaltigte«, erklärte ich. Bithia nickte nur und regte sich sonst nicht. Ich dagegen empfand die Genugtuung, die ich eigentlich von Bithia erwartet hatte. Die verwitweten Frauen taten mir einerseits leid, andererseits würde Ingvarr ihnen den Anteil geben, den sich die Männer verdient hatten und für die Frau eines so widerwärtigen Mannes, wie Olav einer gewesen war, musste der Tod des Lebensgefährten und der damit verbundene Reichtum ein Segen sein.

Bei all dem Glück, das von dem Schatz auszugehen schien, vergaß ich die Erkenntnis, die mir Bithia eingebracht hatte, schnell, fiel zurück in alte Gewohnheiten und verdrängte den Hass und den Gram, den ich empfand. Bithia aber konnte ihre Abscheu noch weniger verstecken als zuvor. Allein durch ihre Blicke erinnerte sie mich an unseren Streit und an die darauffolgende Versöhnung.

Auch dieses Mal wurde ein großes Fest gefeiert und, da Mittsommer nicht mehr weit war, wurde dieses Mahl auf einige Tage verlängert, was nichts daran änderte, dass es für mich nicht im Entferntesten so ausgelassen war wie das Fest im vorherigen Jahr. Den Geschichten hörte mit gemischten Gefühlen zu und betrank mich von Abend zu Abend mehr, um meinen Frust zu betäuben. Bithia nahm erst gar nicht an den Feiern teil und verbrachte die Abende allein in unserer Hütte, wartete, bis ich schwankend unser Haus betrat und mich zu ihr legte.

Ich kann nicht leugnen, dass sich ein Teil von mir trotz allem freute, denn nach dem Überfall auf Lindisfarne waren wir reich geworden, jetzt hatten wir so viel Gold, Silber und andere Schätze, dass wir nicht wussten, wohin damit. Zumindest wussten es die anderen nicht. Ich hatte nicht viel mehr als vorher auch, obwohl ich einen kleinen Anteil bekommen hatte. Aber es war wenig im Vergleich zu dem, was Ingvarr, oder auch Kjell, für sich behielten und doch mehr, als ich erwartet hatte.

Nicht alle Erzählungen, die unsere Männer zu berichten hatten, handelten von Gräueltaten. Besonders mit Kjell, Baschi und Kogg saß ich oft lange am Lagerfeuer, trank mit ihnen und erfuhr die fast unglaubliche Geschichte ihrer Reise.

Es war der erste Abend, den wir gemeinsam außerhalb von Ingvarrs Langhaus am Feuer verbrachten, an dem wir Met aus einem großen grünen Glas tranken, das auf der Fahrt erbeutet worden war und das wir nun reihum weitergaben. Baschi saß auf seinem Hintern, die Knie angewinkelt und die Fußsohlen fest auf den Boden gestemmt. Mit seinem langen schwarzen Bart sah er fast aus wie ein Zwerg, als er einen kräftigen Schluck Met aus dem Glas nahm und ihm der gegorene Honigsaft am Mundwinkel herauslief, in den Bart troff und dort zu versickern schien. »Dieses Glas, Ragnar«, sagte er stolz und nahm erneut einen Schluck, »habe ich aus dem Handelsort, den wir überfielen.«

»Ein Handelsort?«, fragte ich.

»Hast dir etwa noch niemand erzähl, wo wir waren?«, fragte er aufgebracht und breitete die Arme aus, so dass der Inhalt des Glases hinausschwappte.

»Nein! Die Männer erzählen ja nur von Huren und Weibern, die sie sich nahmen. Und dieser Lustmolch hier neben mir«, ich zeigte lachend auf Kjell, »verdrückte sich den ganzen Tag mit Norell in der Hütte und sprach kein einziges Wort mit mir. Wahrscheinlich hat er ohnehin nichts zu erzählen, weil er wieder irgendeinen Weinkeller gefunden hat und viel zu betrunken war, als dass er sich an nur irgendetwas erinnern könnte.«

Kjell gab mir einen Fausthieb auf die Schulter. »Das hältst du mir noch in hundert Jahren vor!«, sagte er und wir lachten. Ich schaute auf Kogg und auch er stieß belustigte Laute aus, die eher dem stoßweisen Brüllen eines Bären gleichkamen.

»Nein, diesmal hat er alles hautnah erfahren, was man an seiner reichen Beute gut erkennen kann!«, sagte Baschi. »Aber, mein Freund, wenn du wirklich noch nicht erfahren hast, wie wir zu unseren Schätzen kamen, dann will ich es dir erzählen.« Fragend schaute er mich an.

»Ich brenne darauf«, lud ich ihn mit einer Handbewegung ein.

»Wir segelten, wie ihr im letzten Jahr, zur englischen Küste. Dort gaben wir uns als Händler aus. Wir wussten nicht, was wir angreifen sollten. Also hörten wir uns um und erfuhren, dass in dem Land voller Wilder, wie die Engländer das Land der Schotten nennen, einige Klöster entstanden sein sollen. Ein paar Mönchlein hätten versucht, die Wilden zu missionieren und dort Kirchen errichtet. Diese Klöster, so sagten uns die Engländer, waren schnell zu Handelsplätzen aufgestiegen und hatten für die Bevölkerung längst eine andere Bedeutung erlangt als für die Christen. Das waren, wie du dir vorstellen kannst, schon genug Informationen, um uns gierig zu machen«, lachte Baschi, rückte seine Füße ein wenig vom Feuer weg, trank einen Schluck, gab das Glas weiter und fuhr dann mit seiner Geschichte fort. »Klöster und Handelsplätze versprechen doppelte Beute, wenn auch eine größere Gefahr davon ausgeht, weil Händler, anders als Mönche, bewaffnet sind und sich verteidigen. Ich war einst Händler und schob so manchem Krieger mein langes Messer in den dicken Wanst. Mein großer, schweigsamer Freund hier«, sagte Baschi und klopfte Kogg auf die Schulter, »der war auch Händler, wenn sein Beruf auch eher der war, auf mich aufzupassen und die Gelder einzutreiben. Wie dem auch sei, wir wussten, worauf wir uns einließen, segelten also nach Norden und mussten bald feststellen, dass an der Schottischen Ostküste nicht viel zu holen war. Ingvarr, dieser Drache von einem Menschen, hetzte uns vor lauter Enttäuschung auf ein armes Dorf, welches kaum Widerstand leistete.«

Nur mit diesem Satz erschienen mir die Bilder des Überfalls auf mein Dorf, als ich noch ein Kind gewesen war, vor meinem inneren Auge. Mein toter Vater starrte mich wieder an und das versetzte mich in einen so schmerzhaften Zustand, dass er mich wanken ließ. Etwas ganz anderes aber holte mich zurück. Hatte Baschi in seine letzten Worte Zweifel am Handeln Ingvarrs gezeigt? In mir keimte die Hoffnung auf, nicht allein mit meiner Empathie zu sein und so war ich sehr neugierig, Weiteres zu erfahren.

»Wir hangelten uns nach dem Überfall an der Küste noch weiter nach Norden vor, entdeckten aber immer noch keine Klöster und so beschlossen wir, auch die nördliche Küste zu erkunden. Dort kamen wir an einen Ort namens Durness. In der Nähe befand sich eine Höhle, die durch einen Fluss mit dem Meer verbunden ist.«

»Ein perfektes Versteck!«, mischte sich Kjell begeistert ein. »Bestimmt zehn Bootslängen mussten wir zwischen zwei Klippen hindurchfahren, um die Höhle zu erreichen. Weder vom Meer, noch von Land, sieht dich jemand!«

»Ja, dein Freund hier wäre am liebsten dort geblieben. Du hättest ihn sehen sollen«, lachte Baschi. »Seine Augen waren so groß wie die eines Kindes, wenn es zum ersten Mal eine Kuh scheißen sieht und direkt unter ihrem dicken Hintern steht. Kjell starrte die hohe Decke der Höhle an und kam aus dem Staunen nicht mehr raus.«

»Mir erschien es, als hättest du es ebenso beeindruckend gefunden!«, erwiderte Kjell mit einem Lachen und die Vertrautheit der Beiden machte mich neidisch. Wie gerne wäre ich bei ihnen gewesen. Trotzdem haderte ich nicht mit meiner Entscheidung, hiergeblieben zu sein.

»In dieser Höhle war nichts weiter als ein Wasserfall, der schön anzusehen war. Kein Silber, kein Gold, also segelten wir weiter, kamen an die Westküste Schottlands und wurden für unsere Geduld belohnt.« Breit grinsend klopfte Baschi gegen das Glas, das wieder in seinen Händen war, nachdem jeder einen Schluck genommen hatte. »Das Kloster hieß Iona«, übernahm Kjell die Geschichte ungeduldig. »Die Nähe zur irischen Küste hatte aus diesem Kloster einen wirklich sehr großen Handelsplatz gemacht. Um das Kloster war ein ganzes Dorf entstanden, in dem sich viele Handwerker niedergelassen hatten. Goldschmiede, Ragnar!«, sagte Kjell und schaute mich dabei regelrecht fassungslos an. »Solche Schmiedearbeiten habe ich noch nicht gesehen! Morgen werde ich dir etwas davon zeigen.«

»Wir wussten schon von weitem, was wir hier gefunden hatten und ohne groß darüber nachzudenken, griffen wir an«, übernahm wieder Baschi das Wort. »An einem kleinen Landungssteg am Hafen machten wir unser Schiff fest, sicherten uns den Rückzugsweg und fielen dann sofort über das Kloster und das Dorf her. Wie Kjell schon sagte, allein bei den Goldschmieden machten wir so reiche Beute wie ihr in ganz Lindisfarne zusammen.«

»Allerdings mussten wir darum kämpfen, es befand sich ein wahrer Kriegsherr in diesem Dorf«, sagte Kjell ohne ein Schmunzeln verbergen zu können.

»Lass mich raten. Es war jener Kriegsherr, der dir diesen Helm, den Ringpanzer und das Schwert vermachte?«, fragte ich. Kjell nickte und sein Grinsen wurde noch breiter. »Ich nehme an«, fuhr ich fort, »er gab dir seine Sachen nicht freiwillig?« Wieder nickte Kjell.

»Kjell verdiente es sich«, sagte Kogg und meldete sich zum ersten Mal zu Wort. Seine raue Stimme hätte mich schaudern lassen, läge nicht so viel Gutmütigkeit in seinen Augen. »Es war ein gerechter und guter Kampf, ich sah zu.«

»Du hast also zugesehen, ohne auf die Idee zu kommen, mir zu helfen?«

Kogg nahm die Worte zu persönlich und wehrte schnell ab. »Ich hatte zwei Krieger gegen mich, und als ich fertig war, hacktest du deinem Widersacher schon ins Bein.« Wir lachten. »Versteh mich nicht falsch«, erwiderte ich Koggs verwirrte Blicke. »Es ist gut zu wissen, dass du darauf brennst, uns im Kampf zu unterstützen! Du scheinst nur sehr enttäuscht, wenn du nicht dazu kommst. Wo aber war eigentlich Ingvarr?«, fragte ich.

Meine Freunde schauten sich untereinander an und zögerte, bis Baschi erklärte: »Ingvarr ist ein guter Kämpfer. Ich weiß, du bist sein Ziehsohn, aber mich wundert es nicht, dass er halb England mit seinen Taten aufgeschreckt hat. Er ging wie ein Berserker auf die Mönche los, während wir im Dorf kämpften. Er vermutete wohl weit größere Schätze im Kloster als im Dorf und so schlachtete er die Mönche einen nach dem anderen ab wie Vieh, bis sie ihm die Lage ihres Geldes verrieten. Er fand nicht mehr als ein paar Silberpennies und richtete dafür ein Blutbad an.«

Die Worte Baschis waren trotz des Verderbens erleichternd, denn wie ich zuvor vermutet hatte: Baschi, Kjell und Kogg waren keine Männer, die unschuldige Menschen töteten, wenn es sich vermeiden ließ.

Trotzdem beeilte sich Baschi, unseren Jarl zu loben: »Ingvarr ist ein guter Anführer und teilt die Beute gerecht auf. Ich bereue es nicht, mit ihm gesegelt zu sein. Nur durch diesen einen Überfall verdiente ich mehr, denn als Händler je zuvor. Kjell durfte seine Beute schließlich auch behalten. Er ist nun ein ähnlich großer Kriegsherr wie Ingvarr selbst, wenn man nach seiner Rüstung und seinen Waffen geht.«

Dann folgen wir doch lieber ihm, dachte ich mir, sprach meine Worte aber nicht aus. Es war zu früh, um meine Freunde in meine Bedenken einzuweihen. In Gedanken aber formte sich meine Abneigung langsam zu einem Gebilde, dessen Auswirkungen ich noch nicht erahnte. Im Gegenteil. Ich verdrängte diesen Gedanken, so schnell wie er gekommen war und hörte meinen Freunden weiter aufmerksam zu.

»Einige Mönche schafften es trotz allem, zu fliehen«, fuhr Baschi fort. »Sie flohen zunächst ins Landesinnere, einen Tag später aber beobachteten wir einige Schiffe, die nach Irland übersetzten. Ingvarrs Durst nach Blut war noch nicht gestillt, so folgten wir den Schiffen und gelangten an die irische Küste. Schwer beladen gingen wir dort kein Risiko ein, doch ein breiter Fluss führte ins Landesinnere und die Neugier trieb uns dazu, diesen immer weiter nach Süden zu befahren, bis wir erst zu einem kleinen, dann zu einem großen See kamen. Die Bewohner an der Küste des Sees waren völlig überrascht. So konnte Ingvarr nicht widerstehen und ließ uns erneut zwei Dörfer überfallen. Erst dann war sein Hunger gestillt und wir machten uns auf die Heimreise.«

»Jetzt wundert mich nicht mehr, dass ihr uns hier so lange sitzen gelassen habt«, sagte ich. »Bis nach Irland ist es ein beträchtlicher Weg. Was habt ihr diesen beiden Dörfern erbeutet?«

»Nichts Besonderes. Ein paar Messer, Fischernetzte und andere Dinge, die aber in keinem Verhältnis zu der Beute aus Iona stehen«, sagte Kjell.

Ich nickte nur, genau das hatte ich erwartet. Es folgte ein langes Schweigen… »Ich danke euch, dass ich endlich erfahren durfte, was euch widerfahren ist, aber ich glaube, ich sollte jetzt besser in meine Hütte, Bithia wartet sicher schon.« So stand ich auf, verabschiedete mich von den drei Freunden und verschwand.

Die nächsten Tage verbrachten wir neben dem Feiern auch damit, mit unserem Boot in die Fjorde zu fahren und den Göttern zu opfern. Wir hatten schon das Blut der Tiere, die wir für die Feste geschlachtet hatten, feierlich in die Erde versickern lassen und unsere Hauswände damit besprenkelt, um uns damit bei den Göttern für die reiche Beute zu bedanken. Aber das war Ingvarr nicht genug. So fuhren wir weit ins Landesinnere in den Lysefjord, dessen felsige Berge und Klippen sowohl links als auch rechts von uns beeindruckend aus dem Meer ragten. Unser Boot erschien in der engen Wasserstraße, die an der engsten Stelle nicht mehr maß als zwölf Bootslängen, so winzig klein wie eine Nuss im Gebirgssee. Dort zerbrachen wir einige Klingen der erbeuteten Schwerter. »Odiiiiin«, schrie Ingvarr. »Dies ist ein Geschenk an dich, für das großzügige Schicksal, das du für uns alle bestimmt hast.« Mit diesen Worten warfen wir die Klingen ins Meer.

Am folgenden Tag brachte mir Norell Kruk vorbei. »Kannst du ihn für eine Weile nehmen?«, fragte sie mich. »Seit Kjell wieder da ist, verbringe ich so gerne Zeit mit ihm, dass ich den kleinen Vogel fast vernachlässigt hätte. Ich glaube, er ist bei dir einfach in besseren Händen. Es ist ja nur vorübergehend, bis ich mich wieder mehr um ihn kümmern kann.«
Gerne nahm ich den Vogel zu mir und von diesem Tage an wich der Rabe nicht mehr von meiner Seite, weil er kurz nach der Übergabe seine Augen öffnete und mich anschaute. Wie mich ein Händler, der einmal Raben gezüchtet hatte, später aufklärte, war der Vogel damit auf mich geprägt und würde mich bis zu seinem Lebensende nicht mehr verlassen. Norell störte sich nicht daran, den Vogel verloren zu haben, sie war viel zu sehr in Kjell verliebt, als dass sie für irgendetwas anderes der Sinn stand.
Bithia ging es in den kommenden Wochen nicht gut. Die Schwangerschaft setzte ihr zu und sie verbrachte mehr Zeit auf der Bettstatt in unserer Hütte als irgendwo sonst. Somit war ich hauptsächlich damit beschäftigt, Bithia zu pflegen und Kruk aufzuziehen.
Je prächtiger sich Kruk entwickelte, desto mehr Sorgen machte ich mir um Bithia. Edda kam fast täglich vorbei, um nach ihr zu sehen. »Es geht ihr gut«, sagte sie immer wieder. »Sie hat mehr als die Hälfte der Schwangerschaft bereits hinter sich. Das ist völlig normal, dass sie sich

oft ausruhen muss und viel schläft.« Mit diesen Worten beruhigte sie mich Tag für Tag und doch machte ich mir Sorgen.

Kruks Gefieder wurde immer dichter und er fraß mir schon jetzt die Haare vom Kopf. So viele Würmer konnte ich gar nicht finden. Kjell und Norell halfen mir oft. Dennoch musste ich mir etwas einfallen lassen. Baschi empfahl mir Fisch, Fleisch und Hühnereier zu füttern. Das war eine ausgezeichnete Idee, Kruk verschlang es mit Freuden und wurde immer größer. Er saß oft auf meiner Schulter, wenn er aber schlafen wollte, setzte er sich stets zu Bithia auf die Decke. Manchmal nistete er sich auch in ihr Haar ein und schlief ein. Ich nannte sie fortan Vogelscheuche, was ihr nicht sonderlich gefiel, sie zu ärgern aber, war mir eine Freude.

Es war ein schöner Sommer. Bei warmen Wetter fuhren Baschi, Kogg, Kjell und ich oft aufs Meer hinaus, um Fische zu fangen. Auch sonst unternahmen wir viel zu viert. Die Wortkargheit Koggs glich Kruk mit dem Imitieren unserer Sprache aus und wir amüsierten uns sehr, brachten ihm alle möglichen Schimpfwörter bei, bis es schon zur Gewohnheit wurde, dass der Rabe jeden von uns beleidigte, noch bevor er fliegen konnte. Ich half ihm auch dabei, indem ich ihn auf meiner Hand sitzen ließ und meinen Arm mitsamt dem Vogel nach unten senkte. Kruk flatterte dabei mit den Flügeln und nach einigen Tagen flog er die erste Strecke, wobei er immerzu an den Wänden hängen blieb und zu Boden stürzte. »Er tut mir leid«, sagte Bithia, konnte sich ein Lachen aber nicht verkneifen. »Er verletzt sich dabei nicht«, beruhigte ich sie und nur ein paar Tage später konnte Kruk schon sehr gut fliegen. Erst flog er nur zum Baum, setzte sich auf einen Ast und kehrte dann wieder zu mir zurück, später drehte er ganze Runden, bevor er wieder bei mir landete. Ich genoss es, dem Vogel dabei zuzusehen und so verlief der Sommer in einer fast schon trügerischen Idylle, bis meine Kräfte auf den Feldern gefordert wurden, um die Ernte einzufahren. Da ich meine Zeit aber auch bei der Ernte fast ausschließlich mit meinen Freunden verbrachte, war ich so gut gelaunt wie lange nicht. Ich verschwendete kaum mehr einen Gedanken an Ingvarr und schon bald geriet mein Zwiespalt in Vergessenheit.

Einzig Bithias Gesundheitszustand trübte meine Freude. Als ich mir eines Tages nach der Feldarbeit den Staub und Dreck im Meer abgewaschen hatte und zurück in meine Hütte kam, lag sie schwach wie nie zuvor auf den Decken. Ihr Gesicht war bleich, die Hände kalt. Edda war nicht da. So war ich ganz auf mich allein gestellt, ihr zu helfen und gab ihr etwas zu trinken, wollte sie aufsetzten, ihr Rücken aber schmerzte zu sehr und ich nahm ihre Hand während sie fluchte. »Verdammtes Kind. Hätte ich das gewusst.«

Das schien Kruk dazu zu animieren laut »Ziegenbock« zu krächzen.

Ich schmunzelte, doch Bithia konnte sich an diesem Tag zu keinem Lächeln durchringen. »Es wird bald so weit sein«, sagte ich mit betont ruhiger Stimme. Bithia packte mich am Kragen, zog mich unter Schmerzen zu sich runter. Schweiß stand auf ihrer Stirn. Ich wollte ihn mit einem nassen Lappen wegwischen, sie aber hielt mich fest und zog mich noch näher zu sich heran. »Ragnar«, hauchte sie, »versprich mir was!«

»Ich verspreche dir alles.«

»Wenn ich jemals dieses Kind lebend zur Welt bringen sollte, dann will ich es nicht hier großziehen.«

Ich war wie vor den Kopf gestoßen. »Aber…«, stotterte ich. »Wo sollen wir denn hingehen?«

»Das ist mir egal. Nur nicht hier bei Ingvarr und seinen Männern«, sagte sie, ließ mich dann los und ihre Hand sank kraftlos auf die Decke zurück. »Nur nicht hier bei Ingvarr. Versprich mir das«, flüsterte sie schwach, schloss die Augen und schlief ein. Ich war immer noch über ihr, schaute ihr auf die geschlossenen Lider, dachte nach, konnte aber kaum einen klaren Gedanken fassen, atmete tief durch, beugte mich weiter herunter und flüsterte Bithia schließlich ins Ohr: »Ich verspreche es!«

Sachte streichelte ich ihr über die Wange, dann über den Bauch, ließ meine Hand ruhen und spürte das Kind treten. »Bei den Göttern, lasst das Kind und meine Frau leben«, sagte ich, gerade als Edda die Tür öffnete. Ich bedeutete ihr, sie solle leise sein, woraufhin sie sich mit vorsichtigen Schritten näherte und sich neben Bithias Bettstatt setzte.

»Ihr geht es nicht sehr gut«, sagte ich.

»Es wird bald so weit sein«, erwiderte sie.

»Ich weiß und hoffe, dass alles gut geht. Ich danke dir, dass du dich so rührend um sie kümmerst«, antwortete ich, stand auf und lächelte Edda freundlich an, bevor ich hinausging.

Edda! Sie war wie eine Mutter für mich. Nachdem ich aus meinem Dorf verschleppt worden war, hatte ich immer bei ihr gewohnt. Bithia liebte Edda, warum aber wollte sie trotzdem gehen? Nahm sie das Verlassen Eddas in Kauf, um vor all den Männern und den Erinnerungen an deren Schandtaten in Lindisfarne fliehen zu können. Mir stand nicht der Sinn nach einer Flucht, nein, ich wollte Rache. Niemals hatte ich es in Gedanken so deutlich ausgesprochen. Jetzt aber sah ich es ganz klar. Ich wollte den Tod meines Vaters rächen. Konnte ich Edda so etwas antun? Sollte ich meiner Ziehmutter zuliebe nicht doch besser mit Bithia fliehen, als Ingvarr zu töten?

Ich lief in den Wald. Kruk begleitete mich und flog über die Baumwipfel, bevor er wieder auf meiner Schulter landete. Vor meinem inneren Auge zogen die vielen Abenteuer vorbei, die ich mit Kjell erlebt hatte. Konnte ich ihn zurücklassen? Würde er und Norell, vielleicht auch Baschi und Kogg uns begleiten? Wo sollten wir hingehen? Ich wusste keine Antwort auf diese vielen Fragen, als ich den Wald erreicht hatte, tief durchatmete, mich unter eine Eiche legte und die Augen schloss. Der leichte Wind bewegte die Blätter des Baumes. Lichtflecken spielten auf meinem Gesicht, die ich bei geschlossenen Augen nur als rötlich flackernde Punkte wahrnahm.

Ich dachte so lange nach, bis ich fast einschlief, wartete wieder einmal auf ein Zeichen, doch es gab keins. Kein Vogel, der mir etwas flüsterte, keine Eule, die mir eine Antwort zurief. Lediglich Kruk war es, der mich durch lautes Krächzen aus meiner Lethargie riss. Ich öffnete erst das eine Auge einen Spalt, damit die Sonne mich nicht blendete, konnte aber nichts Ungewöhnliches entdecken. Das Geschrei des Raben wurde trotzdem lauter, so setzte ich mich auf und sah Kruk zwischen den Bäumen fliegen. Er schrie wie am ersten Tag, als ich ihn fand, kam zu mir geflogen, setzte sich auf meine Schulter, hackte mit seinem Schnabel gegen meinen Kopf, zog an meinen Haaren, bis ich ihn wild fluchend verscheuchte. Ich hatte nach einem Zeichen gesucht, aber was genau wollte der Vogel plötzlich von mir? Er stieg wieder auf, um so weit Richtung Dorf zu fliegen, wie er sich noch nie von mir entfernt hatte. Die Stirn in Falten gelegt folgte ich ihm mit meinen Blicken und dann sah ich die Reiter. Es waren ungefähr fünfzehn. Schwer bewaffnet tauchten sie gerade aus dem Dickicht der Wälder auf. Erst zögerte ich, doch als mir klar wurde, dass sie nicht mit friedlichen Absichten gekommen waren, rannte ich zurück, so schnell ich konnte. Mein Schwert hing an meiner Seite, meinen Schild hatte ich nicht bei mir. Kruk flog neben mir her, die Frauen, die auf den Feldern gearbeitet hatten, schrien, rannten um ihr Leben. Die Reiter ließen sie allerdings links liegen, ritten direkt den Hügel hinauf und verschwanden aus meinem Sichtfeld. Sie hatten ein bestimmtes Ziel und mir wurde die Brust enger. Rufe wurden laut. Das Dorf erwachte und ich erkannte Baschi, wie er aus seinem Haus am Fuße des Hügels spähte, um sofort darauf wieder darin zu verschwinden. Als ich das Handelsschiff am Strand erkannte, bekam ich panische Angst. Die Angreifer hatten einen günstigen Moment erwischt. Die meisten Männer und Frauen würden dort am Meer ihren Geschäften nachgehen. Was aber wollten die Angreifer? Meine Gedanken überschlugen sich. Jetzt, als ich den Fuß des Hügels endlich erreicht hatte, kamen Kogg und Baschi wieder aus ihren Hütten, schlossen sich mir gut gepanzert und bewaffnet an. Noch vier weitere Männer taten es ihnen gleich. Oben angekommen, verscheuchte ich die Pferde meiner Feinde, sah, wie diese gerade wieder aus Kjells Hütte kamen, ohne dass sie Kampfspuren aufwiesen, was mich beruhigte. Als ich in die Gesichter der Angreifer blickte, erschrak ich kurz. Einer unter ihnen war Ägir. Ägir, dem ich Bithia in Lindisfarne weggenommen hatte, der Mörder ihres Bruders. Jetzt wurde mir alles klar. Er war gekommen, um sich zu rächen, zeigte in diesem Moment mit seiner Axt auf meine Hütte, in der die hochschwangere Bithia lag, die gerade von Edda gepflegt wurde.

»Ääägir!«, schrie ich aus vollem Halse, so laut, dass meine Stimme schon brach und sich kratzend anhörte. Trotzdem bekam ich seine Aufmerksamkeit. »Äääägir!«, schrie ich erneut, blickte in seine Augen, die immer größer wurden, als er mich erkannte und anstarrte. »Ragnar!«, schrie er geifernd. »Ich werde dich töten!«

Während er langsam, voller Zorn mit drei seiner Männer auf mich zulief, rannten sechs seiner Männer in Richtung meiner Hütte. Zu meiner Erleichterung sah ich Bithia mit Edda aus dem Haus treten, noch bevor die Angreifer sie erreicht hatten. »Bithia! Lauf!«, schrie ich. Edda stützte die Schwangere unter den Armen. Zusammen versuchten sie, so schnell wie möglich vor den sechs Feinden zu fliehen, während ich Ägir mit seinen Mannen umging, um zu Bithia zu gelangen. Baschi, Kogg und die ande-

173

ren dagegen warfen sich gegen Ägirs Truppe. Äxte schlugen auf Schilde, Stahl auf Stahl, Schreie erfüllten die Luft, ich aber sah mich nicht um, schaute nur nach vorn, erspähte die ersten Männer die vom Strand zurückkamen und den Hügel hochliefen, aber noch viel zu weit entfernt waren, um sich entscheidend einmischen zu können. Mein Herz hämmerte in der Brust. Ich hörte das Blut in meinen Ohren rauschen, hatte Angst. Es war abzusehen, dass die Angreifer Bithia und Edda einholen würden, bevor ich bei ihnen sein konnte. Die beiden Frauen stolperten gerade an Ingvarrs Langhaus vorbei, ohne darin Zuflucht zu suchen, dort säßen sie endgültig in der Falle. Die Lage war aber auch so hoffnungslos. Nur noch wenige Schritte trennten die Verfolger von ihren Opfern. Ich schrie, so laut ich konnte, hörte meine eigenen Schreie nicht und sah benommen zu, wie der erste Mann mit der Axt ausholte. Kalte Furcht legte sich um mein Herz. Edda drehte sich um, blieb abrupt stehen, schob Bithia zur Seite und sprang auf ihren Angreifer zu. Sie hatte so plötzlich die Richtung geändert und sich an die Brust des Feindes geschmissen, dass beide zurücktaumelten und der Axthieb ins Leere ging. Und dann kam Ingvarr. Ich war davon ausgegangen, er wäre ebenfalls auf dem Handelsschiff, stattdessen hatte er von seinem Haus aus alles beobachtet und sich versteckt gehalten, um den richtigen Moment abzuwarten. Seine Taktik ging auf, die Überraschung war auf seiner Seite, als er aus dem Schatten der Hütte heraustrat und einen Speer mit so unbändiger Wucht in den Rücken des Mannes stieß, dass der Schaft vorne wieder herauskommen musste. Genau dort aber stand Edda. Beide, sie und der Angreifer, rissen den Mund ungläubig auf, fielen auf den staubigen Boden und blieben leblos liegen. Ingvarr bemerkte seine Frau nicht, hatte längst den Speer losgelassen und schwang jetzt seine Axt gegen die restlichen Angreifer, wütete unter ihnen. Als ich den Kampf endlich erreichte, hatte Ingvarr bereits zwei weitere Feinde getötet. Drei waren noch übrig. Den ersten traf ich völlig unvorbereitet, als ich ihm mein Schwert von hinten durch den Hals bohrte. Von Ingvarrs und meinem Angriff derart überrascht, wussten die beiden anderen nicht mehr, ob sie nun mir oder Ingvarr zu Leibe rücken sollten. So hatten wir leichtes Spiel. Ingvarr hackte seine Waffe in die Schulter seines Opfers, riss die Axt herum und brach dem Mann mit der stumpfen Seite den Kiefer. Ich wich dem unbeholfenen, aber kraftvollen Schlag meines Gegners nach rechtsvorne aus und hieb ihm mein Schwert in den ungeschützten Nacken, trennte seinen Kopf zur Hälfte ab. Blut sprühte auf die Hauswand.

Schwer atmend schaute ich mich um. Ingvarr rannte zu Baschi und den anderen, die immer noch in Kämpfe verwickelt waren. Ich dagegen lief erst einmal zu Bithia. »Bist du in Ordnung?«, fragte ich. Sie nickte benommen, schaute mit großen, angsterfüllten Augen auf Edda. Ich folgte ihrem Blick nicht, drehte mich weg, schaute auf den Kampf und rannte zu meinem Pferd. Die Situation einschätzend, erkannte ich, dass keiner unserer Leute in Gefahr schwebte. Mittlerweile waren Kjell und vier Männer vom Strand zurückgekehrt, warfen sich schreiend auf die Angreifer, denen nichts anderes übrig blieb, als sich zurückzuziehen. Ägirs Vorhaben war trotz seines durchdachten Angriffs zu einem günstigen Zeitpunkt nicht aufgegangen. Ich schwang mich auf mein Reittier und folgte Ägir, der versuchte, sein Pferd zu erreichen, das den Hügel hinuntergelaufen war. Lange bevor er sein Pferd einholen konnte, erreichte ich ihn. Ich weiß nicht, ob er mich nicht kommen hörte, wie ich den Hügel hinunterdonnerte oder warum er sich nicht umdrehte, um seine geringen Möglichkeiten gegen einen berittenen Krieger zu wahren. Er rannte einfach nur vor mir davon und sah mir erst dann in die Augen, als ich schon neben ihm war und nach seinem Kopf hieb. Mit dem Schwert spaltete ich ihm den Schädel, bremste mein Pferd, stieg ab, bohrte mein Schwert in den Rücken des toten Körpers und spuckte auf Ägirs Leiche. Nur zwei seiner Männer hatten überlebt, flohen in die Wälder und wir ließen sie ziehen, waren zu erschöpft, sie weiter zu verfolgen. Ich stützte mich auf meinen Knien ab und atmete tief ein. Kruk flog zu mir, landete auf Ägir und pickte das Hirn aus dessen Schädel. Es war das erste Mal, dass er eigenständig Fressen zu sich nahm. Bisher hatte ich ihn immer noch gefüttert und nickte nun anerkennend, empfand es als ein Zeichen des Schicksals, dass das tote Fleisch Ägirs die erste selbst erbeutete Nahrung meines Raben war. Es war seine Belohnung, ohne ihn wäre Bithia nicht mehr am Leben. »Bithia«, stieß ich erschrocken aus, mobilisierte meine Kräfte, schwang mich auf das Pferd und ritt den Hügel wieder hinauf. Kjell und Norell waren bei meiner Frau, die so laut schrie, dass mir die Furcht in meine Glieder fuhr. Meine Frau saß im Gras. Kjell stütze ihren leicht nach hinten gelehnten Körper. Ihre Beine waren angewinkelt und die Füße standen flach auf dem Boden. Norell und eine andere Frau knieten vor ihren gespreizten Beinen. Bithia saß in einer Lache voll Wasser und Blut. Mein Herz raste und schien meine Brust zerbersten zu wollen. Ich stieg vom Pferd.

»Was ist mit ihr?«, schrie ich hinaus, rutschte aus, fiel auf die Knie.

»Sie bekommt dein Kind, du Holzkopf«, antwortete Kjell. Ich schaute ihn mit offenem Mund an, konnte nicht glauben, was er gesagt hatte und senkte meinen Blick. Bithia schrie wieder und dann erschien plötzlich ein kleines Köpfchen zwischen ihren Beinen.

In dem Moment heulte noch jemand anderes hinter mir auf, ließ mich zusammenzucken und meinen Blick wenden. Ingvarr schrie, den Kopf im Nacken, seinen Schmerz und Zorn in den Himmel. Er hatte Edda auf dem Schoß und Edda war tot.

Die Ereignisse überschlugen sich. Bithia seufzte vor Schmerz. Ich nahm ihre Hand und sah, wie nun auch die Schultern des Kindes das Licht der Welt erblickten.

»Äääägir!«, hörte ich Ingvarr schreien.

Ich drehte mich um. »Ich rächte sie! Ich habe Edda gerächt. Ägir liegt tot dort unten am Waldrand. Mein Rabe frisst sich an seinen Eingeweiden satt! Edda ist gerächt.«

Ingvarr starrte mich an. Ich hatte das Gefühl, er schaute durch mich hindurch. Ein leerer Blick, als hätte seine Seele den Körper längst verlassen.

»Das ist nicht genug!«, sagte er mit einer tiefen, kalten Stimme, hob er seine Axt vom Boden und zog sie hinter sich her bis zu seinem Pferd.

»Das ist nicht genug«, brummte er wieder.

»Was hast du vor?«, fragte ich ihn.

»Blutrache!«

Ich schloss die Augen. Eine Blutfehde ist etwas Schreckliches. Ingvarr würde in Halmgars Dorf reiten, um die Familie Ägirs auszulöschen. Ich pfiff nach meinem Pferd, musste meinen Jarl begleiten, denn Ägir war mein Feind gewesen. Ingvarr aber schaute mir in die Augen.

»Nein«, sagte er leise und schüttelte dabei den Kopf. »Ich gehe alleine. Dein Platz ist bei ihr.« Er zeigte auf Bithia.

»Das wäre dein Tod«, sagte ich entsetzt.

Sein Blick war leer. »Ich bin längst tot«, erklärte er, stieg auf sein Pferd, zog an den Zügeln und ritt davon. Ich folgte ihm nicht. Wir alle ließen ihn ziehen, er strahlte etwas aus, das uns abschreckte. Eine seelenlose Aura, die den Tod prophezeite.

Ich schaute ihm hinterher, bis mich ein weiterer Schrei aus den Gedanken riss. Es war der Schrei eines frisch geborenen Kindes, meines Kindes. Bithia hatte eine Tochter zur Welt gebracht. Norell gab den Säugling Bithia in die Arme, ich schritt auf sie zu, kniete mich nieder, schaute Bithia in die Augen, die meine Blicke erwiderte. »Es ist eine Tochter«, sagte sie.

»Ja«, antwortete ich mit Tränen in den Augen, ließ meinen Kopf sinken und stieß mit meiner Stirn sachte an die meiner Frau. »Ja«, sagte ich wieder. Die Götter hatten das Leben von Edda genommen und es meiner Tochter geschenkt. Neben diesem neuen Leben brach ich unendlich erschöpft zusammen, schloss die Augen, blieb liegen und wollte nie wieder aufstehen.

Bithia ging es nach der Geburt erbärmlich. Ich vermutete, dass der Verlust Eddas seelisch einiges dazu beitrug. Obwohl wir bei einer großen Totenfeier Abschied nahmen, in der wir den Leichnam zusammen mit einigen kostbaren Beigaben in einem großen Hügelgrab beerdigten, verkraftete Bithia den Verlust meiner Ziehmutter fast schlechter als ich.

Auch körperlich brauchte sie lange, um sich von der Geburt zu erholen, aber sie hatte überlebt und das war die Hauptsache. Unsere Tochter war ein hübsches Kind und hatte einen rotblonden Flaum auf dem Kopf, war gesund, munter und zeigte keinerlei Anzeichen von körperlichen Krankheiten. Das beruhigte mich. Jedes zweite Kind starb, meist bevor es ein Alter von fünf Jahren erreicht hatte. Doch die Kleine machte einen starken Eindruck. Ich war sofort von ihr verzaubert.

Alles an ihr war so klein. Die Hände, die Füße, die Nase. Ich konnte dieses Wunder kaum fassen. Es störte mich nicht einen Augenblick, dass es kein Junge geworden war. Sie saugte gerade mit kräftigen Zügen an Bithias Brust, als wir beschlossen, sie Edda zu nennen. Wir versuchten so, der verstorbenen Frau Ingvarrs die letzte Ehre zu erweisen. Außerdem betrachtete ich es als ein Zeichen, dass Edda genau in dem Moment von uns gegangen war, als unsere Edda geboren wurde. Vielleicht überwand die Seele meiner toten Ziehmutter den kurzen Weg, hauchte meiner Tochter neues Leben ein und wurde so wiedergeboren.

Von Ingvarr selbst erfuhren wir erst einige Tage später. Über unserem Dorf lag immer noch ein Schleier der Benommenheit wie ein Nebel, der sich nicht verziehen wollte. Ein Mann Halmgars überbrachte uns die Nachricht, die wir alle erwartet hatten. Unser Jarl war tot, sein Leichnam wurde uns vom Boten übergeben. Was wir bei Ingvarrs Abreise nicht gesehen hatten, war, dass er den Kopf Ägirs mitgenommen hatte. »Er ritt damit in unser Dorf«, sagte Halmgars Mann, den wir im Palas empfangen hatten, wo wir nun alle um ein großes Feuer saßen, um der Geschichte zu lauschen. »Halmgar empfing ihn wie einen Freund, wollte ihn befrieden. Ingvarr aber wollte Rache und forderte alle männlichen Angehörigen von Ägirs Familie zum Zweikampf heraus. Ägir hatte zwei Brüder, die ungefähr im selben Alter waren wie er selbst. Die beiden Männer stellten sich Ingvarr anfangs nicht und blieben in ihren Hütten. Ingvarr legte daraufhin den abgetrennten Kopf auf die Mitte einer kleinen Halbinsel und setzte sich daneben. Er wartete geduldig, bis sich seine Feinde dem Duell stellten. Eine ganze Nacht saß er dort und bewegte sich kaum. Er hatte nicht geschlafen, als die Brüder Ägirs endlich zu ihm kamen und davon ausgingen, dass Ingvarr ohne Schlaf zu besiegen sei. Sie täuschten sich. Ingvarr tötete beide sehr schnell. Danach trennte er die Köpfe von ihren Körpern, legte sie neben das Haupt Ägirs, kniete sich hin, beugte sich vorn über, schob den Stiel seines Speeres vor sich in den Sand und hielt die Waffe so, dass die Spitze zu seiner Brust zeigte. Er drückte sich in die Klinge, umklammerte dabei seine Axt und starb.« Der Überbringer der Nachricht schaute in unsere Runde. Keiner von uns regte sich. Das Feuer knisterte, Funken stoben auf, bis Barri endlich das Wort ergriff: »So hart er im Kampf war, so wollte er dennoch nicht ohne seine Frau weiterleben. Er rächte Eddas Tod. Nicht nur, indem er die beiden Brüder Ägirs tötete, sondern auch, indem er sich selbst umbrachte. Es war sein eigener Speer gewesen, durch seine eigene Hand geführt, der seine Frau tötete. Mit diesem Wissen wollte er nicht weiterleben. Ich weiß, wie er dachte, ich kannte ihn am längsten.«

Der Verlust unseres Jarls und seiner Frau hinterließ eine große Lücke in unserem Dorf. Ein weiteres großes Hügelgrab wurde aufgeschichtet, in dem wir Ingvarr bestatteten. Wir gaben ihm seine Axt, seinen Hochstuhl und viele weiter wertvolle Gegenstände mit auf die Reise. Ich verabschiedete mich von Arthas, auch er sollte Ingvarr begleiten und wurde feierlich getötet, bevor er mit seinem Herrn begraben wurde.

Nach den Tagen der Bestattungsfeierlichkeiten ging jeder getrübt seinem Tagwerk nach. Ich trauerte mit Bithia vor allem um Edda, über Ingvarr sprachen wir nicht. Sie wusste nicht, dass ich vor diesen Ereignissen Rache an ihm nehmen wollte und ich verschwieg es ihr.

Drei Tage nachdem der Bote unser Dorf wieder verlassen hatte, ging es Bithia besser. »Du hast mir damals keine Antwort gegeben«, sagte sie, während sie Edda die Brust gab.

»Was meinst du?«, fragte ich.

»An dem Tag, als Ägir angriff. Ich lag auf dem Bett und zog dich zu mir heran, sagte dir etwas, aber du gabst mir keine Antwort.«

»Ich habe geantwortet. Du bist zu früh eingeschlafen und konntest meine Antwort nicht mehr hören.«

»Was hast du gesagt?«, fragte sie vorsichtig.

Ich ging langsam auf sie zu, kniete mich vor sie und wiederholte mein Versprechen: »Wir werden das Kind nicht hier aufziehen.«

Bithia lächelte und ich liebte sie mehr denn je, als sie mich mit diesem glücklichen Ausdruck ansah. Ingvarr war tot, doch die anderen Männer lebten und dies war Grund genug für uns, die Flucht zu ergreifen.

»Aber«, setzte ich an, Bithia aber unterbrach mich, nahm mir die Worte aus den Mund: »Du fragst dich, wohin wir gehen sollen? Wir gehen zu dir nach Hause.«

»Zu mir nach Hause? Was sollte ich da finden außer Schmerz?«

»Ist deine gesamte Familie gestorben?«, wollte Bithia wissen. »Was ist mit deiner Mutter geschehen? Hattest du nicht noch andere Verwandte? Vielleicht erweckten sie das Dorf zu neuem Leben.«

Ich dachte nach, schüttelte dann aber den Kopf. »Sie nahmen meinen Bruder mit, also haben sie auch meine Mutter gefunden.«

»Das weißt du nicht«, sagte Bithia.

Aus irgendeinem Grund grämten mich diese Worte. »Ja, das weiß ich nicht«, gab ich verbittert zu. »Aber ich habe damit abgeschlossen. Meine Mutter ist tot und mit Edda verlor ich auch den zweiten Menschen, in dem ich eine Mutter gesehen habe. Mach mir keine Hoffnungen. Meine Mutter ist tot.«

Bithia nickte entschuldigend. »Es tut mir leid«, sagte sie. »Aber ich denke, du hast nicht damit abgeschlossen. Du hattest nie eine Möglichkeit, dich von ihr zu verabschieden.«

»Ich habe damit abgeschlossen«, wiederholte ich, wollte mich wegdrehen, Bithia aber hielt mich am Arm fest, ihre Brust wurde dabei aus dem kleinen Mund unserer Tochter gerissen. Edda weinte, bis ihr Bithia wieder das gab, was sie begehrte. Zufrieden saugte sie die Milch in großen Schlucken. »Es wird dir guttun, noch einmal Abschied zu nehmen, glaube mir«, sagte Bithia.

»Was wird danach geschehen, was machen wir dann?«, fragte ich. »Wohin sollen wir gehen?«

»Wir gehen zu meinen Eltern.«

»Nach Dänemark? Das ist ein weiter Weg.«

Bithia nickte. »Wenn sie noch leben«, sagte sie gedankenverloren und starrte dabei zu Boden. »Ich hatte ebenfalls nie die Gelegenheit, mich von ihnen zu verabschieden. Ich floh von zuhause. Meine Mutter hatte das nicht verdient. Wenn sie noch leben, möchte ich mein Kind bei ihnen großziehen.«

Dänemark, dachte ich. »Es ist eine weite und gefährliche Reise. Ich will, dass Kjell uns begleitet.«

»Ja. Ich möchte Norell ebenfalls bei mir wissen.«

»Und Baschi und Kogg. Ich will sie dabeihaben.«

»Baschi und Kogg?«, fragte Bithia, die Stirn in Falten gelegt. »Sie sind nicht besser als die anderen Männer.«

»Du tust ihnen Unrecht«, sagte ich barsch. »Sie verachten Ingvarr für die Gräueltaten, die er beging. Es sind ehrenwerte Männer.«

»Ehrenwert?«, schnaubte Bithia verächtlich. »Nennst du es ehrenwert, Dörfer zu überfallen, unschuldige Menschen zu töten und auszurauben?«

»Sie hätten das Dorf nicht geplündert, wenn es Ingvarr nicht befohlen hätte. Ich kenne sie besser als du. Sie würden niemals Hand an eine Frau oder ein Kind legen. Sie werden uns begleiten. Ohne sie werde ich nicht gehen. Der Weg ist weit und gefährlich. Wir brauchen die beiden. Sie sind gute Kämpfer.«

Bithia zweifelte.

»Urteile nicht über Menschen, die dir nie etwas Böses getan haben. Sie waren Händler und sind zu Kriegern geworden. Ich tötete auch. Wenn du konsequent sein willst, kannst du mich ebensowenig auf die Reise mitnehmen. Denke nur daran, wie gutmütig Kogg mit den Kindern auf den Feldern spielte.« Bithia schaute ins Leere, schien sich zu erinnern und lächelte verlegen. »Es gibt weit skrupellosere Menschen, denen wir auf unserem Weg begegnen können. Ich kann dich nicht alleine vor ihnen beschützen. Vier Männer, drei Frauen und ein Kind. Das ist eine gute Zahl, um unbemerkt und sicher in den Süden zu ziehen.«

Bithia nickte einsichtig. »Du hast Recht«, sagte sie und schaute mich entschuldigend an. »Ich kann nichts Schlechtes über die beiden sagen. Sie waren immer sehr freundlich zu mir. Verzeih mir bitte, ich bin im Moment nicht ich selbst.«

Liebevoll betrachtete ich meine Frau, kam bei ihrem Anblick schnell wieder zur Ruhe. »Auch mir tut es leid. Es ist erstaunlich. Ich liebe dich selbst dann, wenn wir streiten. Ich würde mich auch dann sofort wieder für dich entscheiden«, lächelte ich, streichelte ihre Wange, gab ihr einen Kuss, drehte mich um und wollte die Hütte verlassen. Im Schein des offenen Eingangs aber sah ich einen Schatten, den ich nicht sofort zuordnen konnte, bis ich Kjell erkannte, der mich angrinste. »Ihr wollt uns also verlassen?«, fragte er.

»Bithia und ich werden mit unserem Kind fortgehen«, sagte ich frei heraus.

Kjell sah mich an. Er verzog keine Miene. »Ich weiß«, gab er zu.

Ich runzelte die Stirn.

»Ich kann dir gar nicht sagen warum, aber irgendwie wusste ich es und ich werde mit euch kommen.«

Ich riss verwundert die Augen auf. »Du wirst mit uns kommen?«

»Ja, das werde ich. Norell wird sich meinem Wunsch fügen. Aber nicht vor dem nächsten Jahr.«

Ich wurde nachdenklich. »Woher konntest du wissen, dass wir fortwollen?«

»Du hast dich sehr verändert, mein Freund«, erklärte er und forderte mich auf, mit ihm nach draußen zu gehen. Wir liefen ein Stück. »Du ziehst in dein eigenes Haus, distanzierst dich von Ingvarr. Kommst nicht mit auf Viking.« Kjell hielt kurz inne. »Ich sah es in deinen Augen, als

Baschi die Geschichte von unserer Raubfahrt erzählte. Aber du wolltest nicht fliehen«, sagte er, blieb stehen und schaute mich an. In seinen Augen lag etwas, das mir Angst machte. »Du wolltest Ingvarr umbringen!« Ich schreckte zurück, Kjell aber lächelte und nahm mir damit meine Furcht. »Du hattest allen Grund dazu. Er war der Mörder deines Vaters.«

»Wie… wie kannst du…«, stotterte ich.

»Wie ich das wissen kann? Ich kenne dich gut. Zu viele Jahre verbrachten wir miteinander. Auch wenn du dich verändert hast, kenne ich dich immer noch wie niemanden sonst. Ich nehme dir deine Gedanken nicht übel. Ich weiß nicht, was passiert wäre, wenn du Ingvarr tatsächlich umgebracht hättest, aber das hast du nicht getan. Er nahm diese Bürde von dir. Kannst du dich an seine letzten Worte erinnern, die er an dich richtete?«, fragte Kjell.

Ich runzelte die Stirn, wusste nicht was er meinte.

»Er richtete seine Axt auf dich. Du gehörst zu Bithia, sagte er. Er hat dich geliebt, Ragnar. Auch wenn ihr am Ende das Vertrauen ineinander verloren habt, liebte er dich doch immer. Er hätte es wohl sogar in dem Moment getan, da du ihm dein Schwert in die Brust gesteckt hättest. Er hätte genickt. Ja, er hätte es verstanden.«

Ich konnte darauf nichts sagen, zu verwirrt war ich aufgrund seiner Worte.

»Ich habe dich an meiner Seite vermisst, du Ziegenschiss«, sagte Kjell, schlug mir auf die Schulter und wechselte schnell das Thema. »Deswegen werde ich dich begleiten, aber nicht vor dem nächsten Frühjahr.«

»Bithia will jetzt gehen.«

»Es macht keinen Sinn, jetzt schon zu gehen«, erklärte Kjell. »Es gibt noch weitere Felder zu ernten. Dabei werden wir gebraucht und dem sollten wir nachkommen. Aus Respekt vor den anderen und auch, um uns noch einmal zu stärken. Würden wir jetzt gehen, reisen wir in den Winter hinein. Im Frühling können wir aufbrechen. Dann wird eure Tochter ebenfalls stark genug sein, um eine solche Reise zu überstehen.«

Ich nickte. »Ich will Baschi und Kogg an unserer Seite wissen«, sagte ich schließlich.

»Auch sie werden mit uns kommen. Ihre Handelsgeschäfte liefen schlecht. Jetzt sind sie reich. Grund genug, um all ihr Geld wieder in

182

schlechte Geschäfte zu stecken. Wir lachten. »Lass uns die beiden holen und uns gemeinsam zu deiner Frau gesellen. Sie braucht Ablenkung.«
Ich nickte und wir gingen zu Baschi und Kogg, holten Norell und luden alle zu einem Becher Bier in meine Hütte ein.
Wir tranken die Nacht hindurch, Baschi prahlte mit Geschichten aus Ribe, erzählte lange von seinen Geschäften, von Kogg, der als Geldeintreiber doch immer wieder zum Einsatz kam und ein jeder spürte, dass er dieses Leben vermisste. Trotz der teils groben Erzählungen entdeckte Bithia das gute Herz in den beiden Gefährten. Sie lachte, wie sie seit dem Tod Eddas nicht mehr gelacht hatte und am Ende bat sie selbst Baschi und Kogg, uns auf unserer Reise zu begleiten und zu beschützen. Vielleicht war es das viele Bier, vielleicht die Schönheit Bithias, aber vielleicht auch einfach die eigene Euphorie, die Baschi in seinen Händlergeschichten gespürt hatte. »Eine holde Maid auf dem Weg nach Dänemark begleiten? Mein großer Freund«, rief Baschi aus, schlug Kogg so fest er nur konnte auf die Schulter, was den Riesen dennoch nicht ins Wanken brachte, »können wir diese Dame mit diesen beiden stinkenden Ebern hier alleine ziehen lassen?« Kogg dachte nach. Alle Augen waren auf ihn gerichtet und es machte den Anschein als würde er allein die Entscheidung treffen. Gebannt schaute ich auf das Gesicht des Riesen, wie er die Augen zusammenkniff und ins Feuer starrte, als wolle er darin die Zukunft lesen. »Nein«, sagte er letztlich und grinste Bithia an.
»So sei es«, fügte Baschi feierlich hinzu, hob die Arme, so dass er das Bier verschüttete, was er nicht einmal zu bemerken schien. »Lasst uns die Frau und ihr Kind durch Nacht und Wind zu ihren Eltern begleiten. In die Heimat. Zurück nach Dänemark.«
So war es beschlossen. Vier Männer, ein Säugling und drei Frauen, denn Ida würde uns sicher begleiten, würden im Frühjahr aufbrechen, um neue Abenteuer zu bestehen und um in einer hoffentlich sicheren Zukunft anzukommen. Gemeinsam stießen wir darauf an, tranken noch eine lange Weile, doch am Ende war Bithia zu erschöpft, noch länger mit uns am Feuer zu sitzen, verabschiedete sich von uns, gab mir einen dicken Kuss und kuschelte sich zu unserer kleinen Tochter in die Decken. Auch Norell verließ uns kurze Zeit darauf und so waren es Baschi, Kogg, Kjell und ich, die noch lange, tief in die Nacht hinein, am Feuer tranken, feierten und erzählten. Wir erzählten uns Geschichten von Ingvarr und

seinen Beutefahrten. Zuletzt rühmten wir noch einmal, wie Ingvarr die beiden Brüder Ägirs tötete. Ich schloss meinen Frieden mit ihm. Kjell hatte Recht, Ingvarr hatte mich bis zuletzt geliebt. So verzieh ich ihm seinen Mord an meinem Vater, hoffte, dass beide in Walhalla zusammen tranken.

Als ich angetrunken genug war und erfuhr, dass Kogg noch nie von dem berüchtigten Zweikampf Thors erfahren hatte, musste ich ihm diese Geschichte erzählen. Ich wusste, dass sie ihm gefallen würde, hoffte, dass auch Ingvarr und mein Vater zuhören konnten, die beide nach einem Kampf Mann gegen Mann den Tod gefunden hatten.

»Also mein großer Freund, dann lausche den Worten eines großen Skalden«, lallte ich und brachte mir damit großes Gelächter ein.

ᚠᚢᚼ ᛗᛗᚱ ᛗᛈᛈᚠ »Einmal reiste Odin nach Utgard ins Land der Riesen. In ein Land voller Koggs«, scherzte ich, doch Kogg verzog nicht einmal den Mundwinkel, so erzählte ich schnell weiter. »Odin verlangte Gastfreundschaft, geriet aber an den Riesen Rungnir, der ihm Speis und Trank verwehrte. Rungnir war ein mächtiger Riese. Es gab Gerüchte, dass nicht nur sein Schild, sondern auch sein Kopf aus Stein war. Dieser Riese verweigerte Odin nicht nur die Gastfreundschaft, sondern beleidigte ihn sogar als alten Narren und drohte ihm mit seinem Wetzstein, den er als Waffe bei sich trug, den Kopf einzuschlagen. Odin war empört und klärte den Riesen auf, dass er der König der Götter sei. Ja sogar der Totengott persönlich. Er sagte dies sehr furchteinflößend, der Steinriese aber ließ sich nicht einschüchtern. Stattdessen beleidigte er ihn abermals als Großvater und sein prächtiges Pferd sei nur ein klappriger Gaul.

Odin erklärte dem Riesen, dass sein Pferd Sleipnir das Beste sei und dass es in ganz Utgard kein besseres geben würde, darauf verwette er seinen Kopf. Rungnir nahm die Wette sofort an, denn er besaß ebenfalls ein tolles Tier namens Goldfax. Er wollte die Entscheidung den Riesen seines Stammes überlassen. Allein nach Aussehen sollten sie entscheiden, welches der beiden Pferde das bessere sei. Natürlich waren die Riesen auf Rungnirs Seite. Odin aber konnte fliehen, bevor ihm der Kopf abgeschlagen wurde. Rungnir bestand auf die Einlösung der Wette, verfolgte den Gott bis nach Walhalla und wartete dort in einem Wirtshaus, bis sich der König der Götter dem Kampf stellen würde. Nun nahm er seinerseits

Gastfreundschaft für sich in Anspruch und verlangte nach Bier. Die Götter im Wirtshaus wussten nicht was sie tun sollten und gaben ihm einen Bierkrug nach dem anderen. Freya, die Göttin der Liebe, hatte die Idee, Rungnir einfach betrunken zu machen und holte die Krüge, aus denen Thor normalerweise trinkt. Die sind so groß, dass das Wasser eines ganzen Sees hineinpassen würde. Auch diese leerte Rungnir ohne davon beeinträchtigt zu sein. Dann kam Thor hinzu. Er konnte seinen Augen kaum trauen, als er sah, dass ein Riese in Walhalla war und auch noch aus seinen Krügen trank. Er wollte Rungnir sofort zur Strecke bringen. Dieser jedoch hatte seine Waffe, den Wetzstein bei seinem übereilten Aufbruch in Utgard vergessen und appellierte an die Ehre des Donnergottes, dass er keinen unbewaffneten und wehrlosen Gegner angreifen könne. Thor verlangte dennoch einen Kampf und so ließ sich Rungnir auf ein Duell ein. Dieser Holmgang sollte in Utgard stattfinden und Thor erlaubte in seinem Zorn, dass Rungnir so viele Freunde, wie er wollte, zum Kampf mitbringen durfte. Der Riese reiste also wieder nach Utgard, um seine Kollegen zu unterrichten. Keiner wollte so recht gegen Thor kämpfen. So hätte Rungnir alleine zum Holmgang antreten müssen, wenn nicht ein zauberkundiger Riese eine Idee gehabt hätte. Er erschuf mit Magie einen Koloss aus dem Lehm Utgards und dem Herzen einer Stute und nannte ihn Mokkurkalfi.

Das Ungeheuer war zehn Mal größer als Rungnir selbst und als Thor eintraf, hatte er nur seinen treuen Gefährten Thjalfi bei sich. Es schien ein ungleicher Kampf zu werden.

Die Gegner standen sich gegenüber. Als Mokkurkalfi Thor sah, bekam er es aber plötzlich mit der Angst zu tun. Aber warum? Rungnir war außer sich, beschimpfte den Zauberer, der den Riesen erschaffen hatte. Diesem dämmerte, dass es ein Fehler gewesen war, Mokkurkalfi das Herz einer Stute gegeben zu haben. Zitternd vor Angst war das Ungeheuer Rungnir keine große Hilfe. Thor erkannte seine Möglichkeit den Kampf schnell zu beenden und schleuderte alsbald seinen Hammer Mjölnir gegen den Riesen. Der aber hielt seinen Steinschild vor seinen Körper und der Schild hielt stand. Der Hammer flog wie gewohnt zurück in Thors Hände, der überrascht dreinschaute, sich nicht zu behelfen wusste. Sein Freund Thjalfi versuchte es mit einer List. Er ging zum Riesen und sagte ihm, dass der Schild ihn zwar von vorne, von hinten, von den Seiten und von oben schützen würde, nicht aber von unten. Rungnir dachte nach und legte daraufhin seinen Schild auf den Boden und stellte sich darauf. Thor griff natürlich nicht von unten an, sondern schleuderte seinen Hammer erneut frontal auf seinen Feind. Aus seiner Not warf Rungnir seinen Wetzstein gegen Mjölnir. Der Stein barst bei dem Aufprall und zersprang in tausend Teile. Der Hammer aber flog weiter und zerschmetterte Rungnir den Kopf. Dieser war, wie nun zu erkennen war, aus Stein, zersprang ebenso in tausend Teile wie der Wetzstein. Rungnir wurde also besiegt. Alle Wetzsteine dieser Welt sind bei diesem Kampf entstanden.

Ein kleines Bruchstück der zerstörten Waffe flog jedoch hoch durch die Lüfte und traf Thor am Kopf, der daraufhin bewusstlos zu Boden fiel. Das Ungeheuer Mokkurkalfi gewann nun wieder neuen Mut und ging auf den wehrlosen Donnergott zu. Thjalfi versuchte, die Aufmerksamkeit auf sich zu lenken, rannte schnell wie der Wind um den Riesen herum und beleidigte ihn. Mokkurkalfi verfolgte den kleinen Diener Thors und ihm wurde schwindelig, weil Thjalfi immer wieder durch die Beine des Riesen rannte, bis dieser besiegt zu Boden fiel. Schon zeigte sich eine neue Bedrohung. Auch die zuschauenden Riesen in Utgard vernahmen nun, dass Thor in seinem momentanen Zustand besiegbar war. Geschlossen rannten sie auf den Bewusstlosen zu. Plötzlich stoppten sie wieder, rissen die Augen auf und flohen in alle Richtung.

Die Götter waren eingetroffen. Allen voran Odin, aber auch Freyr, Loki, Njord, Balder, Heimdall, Hödur, Tyr und alle Göttinnen waren gekommen, um Thor zu retten. Sie vertrieben alle Riesen und entschieden so den wohl größten Holmgang für sich.«

ᚠᚢᛋ ᛗᛖᚱ ᛗᚹᚹᚠ

Kogg hatte mir aufmerksam zugehört und am Ende lachte er. Ja, es war eine Wohltat dieses bärenhafte Lachen zu hören. Angesteckt davon lachten auch Baschi und Kjell. Ich wollte diese drei treuen Freunde auf meiner Reise nicht missen und konnte es kaum abwarten mich mit ihnen in die nächsten Abenteuer zu stürzen.

Kapitel 7 - Zurück in die Zukunft

Die Ähren der Gerste standen hoch über den Feldern, wiegten sich im Wind und schauten alle in eine Richtung, wie ein diszipliniertes Heer goldener Krieger. So üppig, als wären unsere Opfer von den Göttern bereits erhört und wir mit einer weiteren Gabe beschenkt worden. Bithia hatte Kjells Vorschlag, das Dorf erst im Frühjahr zu verlassen, aus Rücksicht auf Edda schnell zugestimmt. So arbeiteten wir uns mit der Sense durch das hohe Getreide, buken frisches Brot und füllten die Speicherkammern des Dorfes mit Korn. Während ich auf den Feldern arbeitete, kümmerte sich Bithia um die kleine Edda, die sich prächtig entwickelte. Am herzergreifendsten war ihr Lachen. Das erste Mal lachte sie am Ende des Erntemonats und fortan war ich süchtig danach. Wenn ich vom Feld kam, mir im Meer den Staub abgewaschen hatte, war meine erste Handlung Tag für Tag, Edda zu kitzeln und mich so lange an ihrem Lachen zu erfreuen, bis Bithia mich von ihr weg zog. »Gönn ihr auch mal eine Pause, sie bekommt ja schon keine Luft mehr«, sagte sie immer, grinste dabei und stach mir so lange einen Finger in die Rippen, bis es mich selbst so sehr kitzelte, dass ich jedes Mal zusammenzuckte, lachte und verzweifelt versuchte, sie abzuwehren, was mir nur selten gelang.

Als Kjell, Baschi, Kogg und ich Mitte des Schlachtmonats von einer Jagd zurückkamen, hatte das Dorf hohen Besuch. Halmgar persönlich war mit seinem Schiff zu uns gesegelt. Wie schon damals seinen Boten, luden wir auch den Jarl in das Langhaus Ingvarrs ein und bewirteten ihn wie einen König, bevor wir uns anhörten, was er zu sagen hatte. »Ihr seid führerlos«, begann er und das stimmte auch, denn wir hatten noch keinen Nachfolger für Ingvarr gewählt, und so stand der große Palas immer noch leer. »Ich will nicht lange herumreden. Ich möchte euer Anführer werden«, sagte Halmgar und löste damit viel Gerede aus, das die Hütte mit Lärm füllte. Ich hielt mich zurück, schließlich war es mir egal, wer zukünftig über dieses Dorf bestimmen sollte. Mit verschränkten Armen saß ich neben Kjell, Baschi und Kogg auf unseren Hockern und gab keinen Laut von mir. Dennoch konnte ich mich nicht vor meinen eigenen

Gedanken verstecken. Es wäre für Halmgar sehr bedeutend, wenn er auch den Süden des Boknafjordes unter seine Herrschaft bringen könnte. Somit wären alle Abgaben der Händler sein und sein Reichtum würde sich weiter häufen.

Ich wendete meinen Blick, als Barri aufstand und mit einem Stock auf den Tisch schlug. »Ruhe«, schrie er und sorgte so für absolute Stille, die sich aber nicht schlagartig, sondern erst allmählich einstellte. Alle Augen waren auf ihn gerichtet.

Barri war der Mann, der am ehesten als Jarl für unser Dorf in Frage kam. Er hatte Ingvarr am längsten gekannt, war ihm der beste Freund gewesen und leitete oft die Reisen zum Eintreiben der Tribute, wenn Ingvarr zuhause oder anderweitig beschäftig war. Er hatte auch jetzt schon alle Geschäfte an sich gerissen und niemand aus unserem Dorf schien ihm diese streitig machen zu wollen. »Es ist nicht lange her, dass Ingvarr starb. Schon kommst du in unser Dorf und willst auch das südliche Land des Boknafjords für dich. Warum sollten wir dir das alles überlassen, was Ingvarr mit uns aufgebaut hat?«, fragte er Halmgar. Barri hatte eine sehr herausfordernde Haltung angenommen und das erschien mir gewagt, Halmgar war leicht reizbar und doch blieb der Jarl des Nordens ruhig, strich sich durch den Bart, bevor er sprach: »Es war nur ein Vorschlag. Ingvarr war ein Freund. Ich behandelte ihn stets respektvoll und das werde ich auch nach seinem Tod noch tun.«

»Gut«, antwortete Barri, »wir werden diesen Vorschlag nämlich nicht annehmen.«

»Hast du das zu entscheiden?«, fragte Halmgar, schaute Barri an, während seine Hand wieder seinen Bart umfasste.

»Noch habe ich hier nichts zu entscheiden, aber es wird ohnehin Zeit, dass wir einen neuen Jarl in diesem Dorf wählen und ich stelle mich hiermit zur Verfügung«, sagte er und schaute sich um. Zustimmendes Gemurmel machte sich breit. »Also warum sollten wir uns nicht gleich jetzt entscheiden. Ich habe keine Angst vor der Entscheidung meiner Männer, also wählt mich oder Halmgar. Wenn sich sonst noch jemand zur Verfügung stellen mag, kann er das gerne tun.«

Zum ersten Mal erwachte ich aus meiner gleichgültigen Haltung, wurde nervös, weil ich wusste, dass Barri gewählt werden würde und wenn das geschehen war, würde er von uns allen den Treueid entgegen nehmen, den ich ihm aber nicht leisten konnte. Angestrengt überlegte ich, wie ich dem Ganzen entfliehen konnte. Ich schaute zu Kjell, Baschi und Kogg, keiner der drei schien die Problematik erkannt zu haben. War es aber überhaupt ein Problem? Was konnte Barri tun, wenn wir ihm den Treueid verweigern würden? Er könnte uns sofort aus dem Dorf verbannen und würde somit mindestens den Tod der kleinen Edda beschließen. Schutzlos konnte sie den Winter nicht überleben. Nein, dazu war Barri nicht fähig, da war ich mir sicher. Er würde uns nicht hinauswerfen. Vielleicht würde er Silber verlangen, wenn er uns weiter Schutz gewähren sollte, aber das stellte uns vor keine größeren Probleme. Ich lehnte mich also wieder beruhigt zurück und hörte weiter zu.

Es dauerte nicht lange und wie zu erwarten war, entschied sich das Dorf gegen Halmgar und ernannte Barri zum Jarl über das Land südlich des Boknafjordes. Halmgar akzeptierte die Entscheidung, auch wenn sein Gesichtsausdruck seine Enttäuschung nicht ganz verbergen konnte. Wie ich vermutet hatte, forderte uns Barri sogleich auf, ihm unsere Loyalität zuzusichern. Ich hielt mich zurück und blieb sitzen. Wir hatten bisher keinem erzählt, dass wir Randaberg verlassen würden, an diesem Abend aber war es soweit. Ohne ein Wort darüber zu verlieren, warteten meine drei Gefährten und ich ab, bis jeder unserer Männer vor Barri getreten war, sich hingekniet und ihm Treue geschworen hatte. Erst als sich der Palas leerte, gingen wir zu Barri hinüber und ich erzählte ihm von unserem Vorhaben.

»Warum?«, wollte er wissen. Unser Schiffsmeister und Steuermann war ein kluger Mann. So hatte ich nicht die Absicht, ihn hinters Licht zu führen. Dennoch erzählte ich ihm nur die halbe Wahrheit, verschwieg ihm, dass meine Frau und ich nicht länger in diesem Nest voller Mörder leben wollten. »Bithia will unser Kind in Dänemark bei ihren Eltern groß ziehen«, erklärte ich und Barri nickte.

»Wie wollt ihr dort hingelangen?«

»Wir werden den Landweg wählen.« Wieder nickte Barri. »Kjell wird uns mit Norell begleiten«, fügte ich hinzu.

»Das dachte ich mir«, sagte Barri und schaute an mir vorbei auf Kjell, der ausdruckslos den Blick des neuen Jarls erwiderte, bis dieser sich den anderen beiden zuwandte.

»Baschi und Kogg werden das Dorf ebenfalls verlassen und mit uns ziehen. Sie wollen ihre Händlertätigkeit wieder aufnehmen«, sprach ich an ihrer statt.

Barri presste die Lippen aufeinander, schaute angestrengt an mir vorbei und ich wusste, dass ihn der Verlust von vier Männern schmerzte. »Wäret ihr auch gegangen, wenn Ingvarr noch leben würde?«, fragte er stattdessen. Ich dachte kurz nach, nickte dann, fügte aber schnell hinzu: »Ich wäre mit Bithia gegangen. Für die anderen kann ich nicht sprechen.«

»Du hättest den Treueid gebrochen, den du Ingvarr geschworen hast?«, fragte er und schaute mich an. Wieder senkte ich bestätigend mein Haupt. »Ingvarr ist tot, ich stehe in niemandes Schuld«, sagte ich.

Barri blickte mir lang und tief in die Augen. Ich las in den seinen, dass er mich gerne umgebracht hätte, allein der Gedanke an den Verrat gab ihm Grund genug dafür. Er wusste jedoch ebenso wie ich, dass er kein Recht dazu hatte, mich für etwas zu bestrafen, das ich nicht getan hatte.

»Bleibt den Winter hier und dann verschwindet«, sagte er, stolzierte an mir vorbei, stieß mich dabei hart mit der Schulter weg und ließ uns stehen. Es interessierte ihn nicht, wie die anderen gehandelt hätten, wäre Ingvarr noch am Leben. Das ersparte meinen Gefährten die unangenehme Situation, in der ich mich befunden hatte. Barri machte mir mit seinem Verhalten den Abschied nicht schwer.

»Immerhin gestattet er uns, den Winter hier zu bleiben«, sagte Kjell und schaute dem Jarl nach, der gerade aus der Tür getreten war.

»Es wäre Unrecht, uns schutzlos in die lange Dunkelheit zu entlassen«, sagte Baschi.

»Er hätte das nicht verantworten können«, bestätigte ich. »Es wäre der Tod der kleinen Edda. Das weiß er und er weiß auch, dass Ingvarrs Frau das niemals akzeptiert hätte. Genauso weiß er, dass wir die Kornkammern des Dorfes gefüllt haben, ohne viel davon in Anspruch zu nehmen.«

Es war das letzte Mal, dass ich mit Barri gesprochen hatte.

Der Winter verlief ohne Zwischenfälle und wir verbrachten ihn schon jetzt ohne Kontakt zum Rest der Dorfgemeinschaft. Nach dem Julfest wurde Edda vier Monate alt und begann, sich ständig um die eigene Achse zu drehen. Sie schaffte es sogar, sich fast schon zu rollen. Ich hätte nie geglaubt, dass es mich so fesseln würde, die Entwicklung eines Kindes zu verfolgen. Es war ein Wunder der Natur und ich wollte nichts verpassen. Selbst meine Freunde lachten mich für meine Begeisterung aus. Weibisch nannten sie es, war es doch sehr ungewöhnlich, dass ein Mann sein Kind überhaupt beachtete, bevor es laufen konnte. Noch dazu ein Mädchen. All das Gerede störte mich nicht.

Auch Kruk entwickelte sich, war längst ausgewachsen und drehte häufig seine Runden, fand sich aber immer wieder auf meiner Schulter ein. Schon bald hatten wir uns alle so sehr an ihn gewöhnt, dass wir ihn als Mitglied der Gemeinschaft ansahen. Schon im Spätjahr hatte ich ihm weniger zu fressen gegeben. Selbstständig war er auf Futtersuche gegangen, hatte Nüsse vergraben und steuerte jene Verstecke jetzt im Winter zielsicher an, schaufelte erst den Schnee zur Seite, um dann seine Nuss auszugraben. Eine beeindruckende Leistung und ich fragte mich, ob er die Nüsse riechen oder sich wirklich trotz des Schnees daran erinnern konnte, wo er sie vergraben hatte. Obgleich er diese faszinierenden Fähigkeiten besaß, freute er sich über jedes Stück Fleisch, das ich ihm fütterte.

Bithia und Norell verbrachten wieder viel Zeit in der Webstube, arbeiteten an Decken für die Reise und nähten Kleidung für Edda und auch für uns. Wir Männer schnitzten, übten uns an den Waffen und so verging der Winter schneller, als ich befürchtet hatte.

So hart die lange Dunkelheit auch war, umso eher kam der Frühling. Schon vor dem Saatmonat war der Schnee fast vollständig getaut und wir trafen die Vorbereitungen für unsere große Reise. Lange überlegten wir, wie wir Edda am besten transportieren sollten. Auch wenn sie erste Anzeichen zeigte, alleine sitzen zu können, war es wohl unmöglich und unverantwortlich, sie den weiten Weg über hinter Bithia auf ein Pferd zu platzieren. Wir hatten ohnehin nur fünf Pferde zur Verfügung, mussten uns teilweise zu zweit ein Reittier teilen oder zu Fuß nebenhergehen und da uns nichts Besseres einfiel, beschlossen wir, dass Edda abwechselnd auf dem Schoß der Frauen und auch auf dem der Männer reiten würde.

Ebenso entschieden wir, so wenig wie möglich mit uns zu nehmen, um nicht als lohnende Beute angesehen zu werden. Die Dörfer entlang der Reise überfielen sich nach wie vor gegenseitig. Ein Menschenleben war nur wenig wert, wenn es um die Bereicherung des eigenen Wohlstandes ging.

Kjell und ich begaben uns zu unseren Verstecken im Wald, gruben unsere Schätze aus und verstauten alles in Säcken. Dabei wickelten wir jedes Schmuck- und Metallteil sorgfältig in Tücher ein, große, klirrende Beutel waren zu verlockend für Räuber. Wir wollten nicht viel mehr mitnehmen, als unsere Schätze und die Kleidung, die wir am Leibe trugen, wobei wir Männer auf unsere Rüstungen nicht verzichten wollten. Ich war gerade dabei mein Silberbesteck mit einer Axt zu zerhacken, um mit den kleineren Stücken besser zahlen zu können, als das erste Handelsschiff des Jahres bei uns in der Bucht erschien. Wie es das Schicksal wollte, wurde ich dort genau das Silberbesteck los, das ich noch nicht zerstückelt hatte und kaufte mir dafür einen Ringpanzer. Die Ringe waren sorgfältig vernietet und würden die Hiebe und Stiche mit scharfen Klingen gut abwehren, die abschreckende Wirkung, die die Rüstung auf Wegelagerer hatte, sorgte hoffentlich dafür, dass es gar nicht erst zu einem Überfall kommen sollte.

Unser Auftreten war eine Gratwanderung. Wir wollten ärmlich wirken und die Kleidung unserer Frauen ließ auch genau das vermuten, doch wir Männer sahen in unseren Rüstungen alles andere als mittellos aus. Allein die Waffen und der Helm, den Kjell offen bei sich trug, versprachen Reichtum. Um nicht noch weiter aufzufallen, nahm Kjell nicht all seine Schätze mit. Selbst wenn er gewollt hätte, es war schlicht zu viel, so ließ er das meiste hier im Wald und hoffte, eines Tages wieder zurück zu gelangen.

Zu Beginn des Saatmonats zogen wir los. Während Norell lange Zeit in der Hütte ihrer alten Mutter verbrachte, um ihr Lebewohl zu sagen, verabschiedeten sich Bithia und ich von niemandem. Ich sollte meinen Bruder nie wiedersehen und das war auch gut so.

Vier Männer, drei Frauen, ein sechs Monate altes Kind und einen Rabe zog es auf fünf Pferden in das Dorf meiner Kindheit. Zu Beginn der Reise nahmen wir zwei Ruderboote, die gerade groß genug waren, um uns mit samt unserer Pferde transportieren zu können. Sie waren nicht sehr robust gebaut und keinesfalls für die offene See gedacht, aber wir wählten ohnehin den Weg nach Osten und wollten auf ruhiger See über den Boknafjord ins Landesinnere. Die Pferde wehrten sich, als wir sie auf die Schiffe führen wollten. Auch als sie endlich in den leicht schwankenden Booten standen, schienen sie sehr nervös. Immer wieder tätschelten wir den Hals der Reittiere, redeten ihnen gut zu.

Wir ließen viele gute Erinnerungen hinter uns, ich bereute die Entscheidung trotzdem keinen Moment. Als wir die Ruder ins Wasser tauchten, dachte ich an den Tag am See, als mir Bithia Dinge über mich offenbarte, die ich selbst nie gewusst, oder die ich verdrängt hatte. Kruk genoss die Meeresluft und flog über unsere Köpfe hinweg. Auch ihn hatten wir an jenem schicksalhaften Tag gefunden. Nun gehörte er zu mir, ebenso, wie das Wissen über meine ehrenwerte Herkunft. Mit jedem Ruderschlag ließ ich meine Zeit bei Ingvarr weiter hinter mir und strebte stattdessen nach den Tugenden, die mir mein Vater beibringen wollte, bevor er gestorben war.

»Warst du jemals im Lysefjord?«, fragte ich Bithia, als wir im Süden fuhren an jenem beeindruckenden Fjord vorbeifuhren.

»Nein«, sagte sie, schaute schon jetzt mit weit aufgerissenen Augen auf die bewaldeten Berge, die unseren Wasserweg säumten. »Aber ich würde sehr gerne...«, stotterte Bithia, schaute mich dann kurz mit einem bittenden Blick an, bis sich in diesem Moment unser Boot so weit voran schob, dass Bithia in den Fjord hineinspähen konnte, der sich scheinbar unendlich tief in die Berge grub. Es verschlug ihr den Atem. Ich lächelte. »Wie könnte ich dir eine Bitte abschlagen«, sagte ich und rief den anderen zu, dass wir kurz hineinrudern würden. Keiner von ihnen widersprach und so schwenkte ich das kleine Ruder am Heck, woraufhin unser Boot in einem kreisförmigen Bogen nach Backbord und in die schmale Straße zwischen hohen Felsen fuhr. Keiner sagte ein Wort, doch was Bithia damals schon bei der ersten Ankunft in unserem Dorf aus der weiten Entfernung so sehr beeindruckt hatte, war nun imposanter, als sie es sich vorgestellt hatte. Was die Natur hier für uns erschaffen hatte, wurde nur von Bithias Gesichtszügen übertroffen. Wie vermochte dieser schmale, zarte Hals, die Bürde ihrer Schönheit zu tragen?

Ich folgte ihrem Blick, schaute zu, wie Kruk immer höher stieg und schon bald weit oben an der glatten, steilen, fast unendlich hoch aufragenden Felskante des Preikestolen verschwand. »Wie kann so etwas entstehen?«, fragte Bithia.

»Ein Troll schnitt den Fels mit einem riesigen Messer ab. Er war hungrig, weißt du«, grinste Baschi, meinte seine Worte aber durchaus ernst.

»Anders«, setzte Bithia an, hielt kurz inne, »kann dieser Fels nicht entstanden sein.« Noch eine Weile legten wir unsere Köpfe in den Nacken. Das Ende des Preikestolen war in dichten Nebel getaucht, aus dem Kruk im Sturzflug herausschoss, uns entgegenstürzte und erst spät seine Flügel entfaltete, um wieder hoch in die Lüfte zu steigen.

»Es tut mir sehr leid, aber wir dürfen nicht so viel Zeit verlieren«, riss ich Bithia aus ihrem Traumzustand. Traurig schaute sie mich an.

»Wir müssen nach Süden«, sagte ich und hob entschuldigend die Schultern.

»Können wir nicht diesen Weg wählen?«, fragte sie enttäuscht und zeigte nach Osten in den Fjord hinein.

»Dort findest du nur einen kleinen Hof und steile Bergwände, die wir in tagelangen Märschen auf schmalen Pfaden nach oben klettern müssten. Wir müssen nach Süden, wo schmale Täler uns den Weg ebnen.« Mit diesen Worten zog ich das Steuerruder langsam herum. Wieder schwenkte das Boot, wir fuhren zurück, drehten nach Süden und fuhren in den Frafjord hinein bis zu dessen Ende. Dort machten wir unsere erste Rast bei einem kleinen Hof. Wir schliefen in der Scheune, aßen unser getrocknetes Fleisch und zogen am frühen Morgen auf dem Fluss weiter nach Osten.

Die bergige Landschaft war von zahlreichen kleinen Bächen und Seen durchzogen, die wir mit unseren Schiffen durchfahren konnten. Noch kannte ich die Gegend. Obwohl wir mit Ingvarr meistens nur die Küstengebiete abgefahren waren, war ich auch schon das ein oder andere Mal ins Landesinnere gereist. Das änderte sich, als wir am Svartasee den letzten Hof hinter uns ließen, mit dem wir im Inland Handel getrieben hatten. Hier tauschten wir unsere Boote gegen Nahrung und Silber und stießen nun weiter nach Osten vor. Das Land war tiefer ins Landesinnere besiedelt als manch einer glauben mochte. Immer wieder trafen wir auf einzelne Höfe, die von der Außenwelt abgeschnitten schienen, dennoch Töpfe, Kessel und vieles andere mehr aus fernen Ländern besaßen. Ein Hofbesitzer prahlte sogar mit einem Schwert aus dem Rheinland. Es war eine tolle Schmiedearbeit und ich fragte mich, wie er wohl zu dieser Waffe gelangt war. Das jedoch wollte mir der Besitzer nicht verraten.

Trotz all der Gehöfte, in denen wir übernachteten, wurden die Menschen rarer, je weiter wir nach Osten zogen.

Bald schon konnten wir keine Gastfreundschaft mehr empfangen und auch unser Reiseproviant wurde knapp, die Natur aber bot zu dieser Jahreszeit einen reich gedeckten Tisch und alles, was wir sonst noch benötigten. In den kleinen Bächen und Seen tummelten sich die Fische und die Wege waren gesäumt mit essbaren Wildkräutern.

Wir Männer hatten Spaß daran, abends auf Fischfang zu gehen und machten einen kleinen Wettkampf daraus, wer einen Fisch mit bloßen Händen fangen konnte. Baschi versuchte, sich ganz ruhig ins Wasser zu stellen und wartete geduldig, bis die Fische nah genug an ihn heran geschwommen waren. Blitzschnell ließ er seine Hand ins Wasser tauchen und griff nach dem Fisch. Der aber war schneller und entwischte ihm mit ein oder zwei Flossenschlägen. Ich versuchte mich hingegen an einer anderen Taktik, stand am Ufer auf einem Felsen, der hüfthoch aus dem Wasser ragte und beobachtete die Fische. Wenn einer nah genug herangeschwommen war, sprang ich Kopf voran ins Wasser, um den Fisch zu greifen. Durch die Geschwindigkeit meines Sprunges und der eintauchenden Hand hoffte ich, den Fisch überraschen zu können. Doch auch ich scheiterte. Kjell versuchte erst meine Technik, dann die von Baschi, konnte aber auch kein Tier aus dem Wasser holen. Erst Kogg gelang es, indem er, ähnlich wie Baschi, im Wasser wartete. Jedoch stellte er sich recht nah ans Ufer und als ein Fisch zwischen ihm und dem Strand schwamm, schleuderte er mit seinen riesigen Pranken das Wasser vor sich mitsamt dem Fisch aufs Trockene. Der Fisch zappelte und hüpfte auf dem Waldboden, bis ihn Kogg am Schwanz nahm und ihn mit dem Kopf gegen einen Stein schlug. Wir hatten alle unseren Spaß, lachten viel und am Ende konnten wir uns sogar über frischen Fisch freuen.

Die Frauen sammelten unablässig Kräuter wie Löwenzahn, Wegerich, Brennnessel und Nelkenwurz und bereiteten uns daraus leckere Salate oder auch Suppen. Ich mochte Brennesselsuppe sehr gerne, auch wenn die Pflanze noch keine Samen enthielt, so schmeckten doch auch die Blätter allein schon sehr nussartig. Der Saft aus Birken verschaffte uns stets eine gute Erfrischung. Um ihn zu gewinnen, schlugen wir einen hohlen Stock oder Ähnliches in eine Birke und kurze Zeit später floss der Saft in großen Mengen in unsere Becher. Ich liebte den Geschmack und konnte kaum genug davon bekommen.

Um Kruk brauchten wir uns kaum zu kümmern. Er jagte den ganzen Tag nach Insekten. Auch für ihn war um diese Jahreszeit der Tisch reich gedeckt.

Lange vor Sonnenuntergang bauten wir stets unser Lager auf. Wir suchten geeignete Bäume, deren untere Äste waagerecht gewachsen waren, so dass wir große, dicke Äste schräg darauf legen konnten. Somit hatten wir eine grobe Dachkonstruktion, wobei uns der festgewachsene Ast als First diente. Zwischen die dicken Äste legten wir dünnere, bis wir ein dichtes Geäst hatten, auf das wir erst frisches und dann trockenes Laub legten. Stapelten wir die Blätter hoch genug, so war unsere Schutzhütte nahezu wasserdicht. Auch den Boden legten wir mit viel trockenem Blattwerk aus. Wenn auch etwas staubig, bot es uns doch einen gemütlichen, weichen Schlafplatz.

Ein Feuer hob zusätzlich unsere Stimmung. Der Pilz, den wir Zunderschwamm nannten, leistete uns dabei immer gute Dienste. Legten wir ein wenig Glut vom Vorabend in einen solchen zuvor getrockneten Pilz, so hielt dieser die Glut fast immer bis zum nächsten Abend. So mussten wir nur hineinblasen und schon entzündete sich das Feuer erneut.

Die ersten Reisetage verliefen unglaublich schnell. Es war herrliches Wetter, wir hatten viel zu lachen und zu erzählen. Als wir aber das Landesinnere fast durchquert hatten und uns dem Fjord näherten, an dessen Küste Kaupang gelegen war, fing es an zu regnen. Zunächst versuchten wir, unter großen Bäumen Schutz zu suchen, doch schon bald fiel das Wasser in großen Tropfen vom Blätterdach auf uns herab und es blieb uns nichts anderes übrig, als uns der Nässe auszuliefern. Wir ritten den ganzen Tag durch den Niederschlag und zum ersten Mal machte ich mir große Sorgen um Edda. Obwohl wir versuchten, besonders sie mit unseren Umhängen zu schützen, blieb sie nicht trocken. Sie weinte unablässig. So gut unsere Laune auch gewesen war, innerhalb eines Morgens war sie tief gesunken. Wortlos ritten wir nebeneinander her und kamen einen Tagesritt vor dem Nordzipfel des Fjordes endlich zu einem Hof. Es überraschte uns zwar, so weit weg von der Küste ein einsames Gehöft zu finden, in dieser Situation aber war uns das nur recht. Wir wollten nur eines. Ins Trockene. Ein Stall, der groß genug für all unsere Pferde war, bot uns ersten Schutz. Einige Hühner hatten sich hier zurückgezogen und als wir ihnen zu nahe kamen, liefen die Hennen aufgeregt gackernd umher. Kjell versuchte, sie zugleich zu beruhigen, doch wir waren schon bemerkt worden und ich erkannte eine Gestalt, die am benachbarten

Langhaus im Eingang stand und zu uns blickte. Der Regen war so stark, dass ich nur einen Schatten erkennen konnte, obwohl der Mann lediglich vierzig Schritt entfernt war.

»Wer da?«, rief er.

»Mein Name ist Kjell.«, antwortete mein Gefährte mit dem Versuch, das Prasseln der Tropfen zu übertönen. »Meine drei Freunde und unsere drei Frauen erbitten Eure Gastfreundschaft«, ergänzte er.

»Kommt näher, so dass ich euch sehen kann«, rief der Mann wieder.

»Versteckt eure Waffen ein wenig«, sagte Baschi. »Wir wollen nicht zu abschreckend wirken.«

Kjell zog seinen Umhang über das Schwert, auch über seinen Ringpanzer und ging voraus, während wir im Schutze des Verschlags warteten. Der Herr des Hauses kam ihm trotz des Regens entgegen, blieb aber dann in sicherer Entfernung stehen. Kjell hielt ebenfalls inne. Seine Schwertspitze schaute unter dem Umhang hervor und unser Gastgeber musste erkannt haben, wen er vor sich hatte. Es gefiel ihm nicht und ich konnte verstehen, dass er zögerte, uns hinein zu bitten. In seinem Haus saßen vermutlich seine Frau und Kinder. Trotzdem musste ihm bewusst sein, dass es sinnlos war, uns die Gastfreundschaft zu verwehren. Schließlich hätten wir ihn längst töten können. So bat er uns letztendlich in sein Haus, in dessen Mitte ein Feuer brannte, um das dicht gedrängt fünf Kinder und eine Frau saßen. Das jüngste Kind lag bei der Mutter auf dem Schoß und saugte gierig an der Brust.

»Ihr seid...«, stotterte der Bauer und hob langsam die Hand, zeigte auf meine rechte Schulter. »Ihr seid ein dunkler Zauberer«, brachte er hervor und wich vor mir zurück. Verwundert drehte ich meinen Kopf zu meiner Rechten, dorthin, wohin der Hausherr mit seinem Finger gezeigt hatte. Meine Blicke fanden Kruk, der sein Federkleid putze, welches vom Regen arg zerzaust aussah.

»Das ist nur mein Rabe. Er heißt Kruk. Ich habe ihn aufgezogen und er ist mir seitdem treu ergeben.«

Dass Kruk auf meiner Schulter saß, war für mich schon so selbstverständlich geworden wie das Schwert an meinem Gürtel. Somit war mir nicht bewusst gewesen, welch einen Eindruck der Rabe auf die Familie machen musste.

»Er wird euch nichts tun«, fügte ich hinzu und wie um mich Lügen zu strafen, flog Kruk gleich darauf von meiner Schulter und landete auf dem Kopf eines Kindes. Zumindest versuchte er es, rutschte aber an den glatten Haaren ab und flatterte wild mit den Flügeln, um nicht herunterzufallen. Der Junge erstarrte vor Angst, riss den Mund auf, als würde er schreien, doch es kam kein Laut aus ihm heraus. »Nehmt den Raben weg. Er macht ihm weh!«, schrie die Mutter hysterisch. Als der Bauer ein Messer aus seinem Gürtel zog und sich auf den großen Vogel stürzen wollte, ging ich schnell dazwischen und legte meine Hand auf mein Schwertknauf. »Tut das nicht«, sagte ich, streckte meine Hand aus, auf der sich Kruk festklammerte. Ich hob ihn an meine Schulter, doch Kruk flatterte lieber auf einen Balken nahe dem Feuer und blieb dort sitzen, um sich weiter zu putzen, als wäre nichts gewesen.

»Ihr seid ein dunkler Zauberer!«, sagte der Bauer wieder, riss dabei die Augen auf und zeigte mit der rostigen Klinge seines Messers auf mich. »Ich garantiere Euch, das bin ich nicht. Mein Name ist Ragnar und ich würde mich sehr darüber freuen, wenn Ihr uns Eure Familie vorstellt.«

Der Bauer zögerte, nachdem aber meine Gefährten ebenfalls ihre Namen genannt hatten, erfuhren wir, dass der Bauer Einar und seine Frau Kjara hieß. Einar senkte den Dolch, ließ mich und Kruk aber nicht aus den Augen.

Die letzten Zweifel an unseren friedfertigen Absichten schienen aber erst durch Edda zu verfliegen. Vermutlich hatte Kruk so viel Aufmerksamkeit auf sich gezogen, dass meine kleine Tochter auf dem Arm von Bithia, eingewickelt in Decken, gar nicht bemerkt worden war. Nun aber richtete Kjara den Blick auf die Kleine, die laut hustete. Auf meinen Schreck hin, zögerte Kjara nicht, auf Bithia zuzugehen, die bereitwillig die Decken beiseite legte. Wieder hustete meine Tochter. Diesmal war ich es, der es mit der Angst zu tun bekam und es war Kjara, die mich beruhigte. »Es ist nicht so schlimm, wie es sich anhört. Ich kann ihr helfen, wenn ihr mich lasst.« Sie schaute mich fragend an. Ich nickte nur, blickte Bithia in die Augen, die nicht weniger besorgt wirkte. Auch sie nickte der fremden Frau zu. »Kommt mit mir«, sagte Kjara zu Bithia und zog meine Frau liebevoll am Arm. Die beiden unterhielten sich, ich versuchte, etwas zu verstehen, doch Einar redete plötzlich auf uns ein und so hörte ich nichts. Unser Gastgeber war immer noch sehr ängstlich und überspielte diese Nervosität durch wildes Gerede über das Wetter und

198

die Gastfreundschaft. Ich hörte ihm überhaupt nicht zu, war viel zu besorgt um Edda. Kjara kam zum Feuer und sah mich lächelnd an.

»Ihr seid der Vater?«, fragte sie freundlich, weil sie wusste, in meinem sorgenvollen Blick bereits die Antwort gefunden zu haben.

»Ja.« In dem Moment hustete Edda erneut. »Könnt ihr meiner Tochter helfen?«

»Ich mache ihr einen Tee aus Wegerich, Schafgabe und Mohn«, sagte sie, ging in einen kleinen abgetrennten Bereich der Hütte und ich folgte ihr, ließ Einar links liegen, der immer noch redete. An der Wand in diesem Teil der Hütte war ein Regal angebracht, das so hoch und breit war wie ich groß und in dem sich viele Holzgefäße mit allen möglichen Kräutern stapelten. Misstrauisch schaute ich auf die getrockneten Pflanzen, die Kjara herausnahm, zerkleinerte und in heißes Wasser rieseln ließ, das sie zuvor aus dem Kessel über dem Feuer geschöpft hatte. Die Frau war, wie sich herausstellen sollte, ein Glücksfall.

»Der Wegerich«, sagte sie, während ihr Blick zwischen Bithia und mir hin und her wechselte, »wird den Husten bekämpfen. Die Schafgabe wird eure Tochter stärken und der Mohn wird sie in den Schlaf wiegen. Das beste Heilmittel aber kann nur eine Mutter geben: Muttermilch und Liebe. Morgen wird es ihr besser gehen.«

Nachdem der Trank ein wenig abgekühlt war, gab Bithia der kleinen Edda Schluck für Schluck vom warmen Sud und zumindest mit einem hatte Kjara schon einmal Recht behalten: Meine Tochter schlief schnell ein.

»Ich werde einige Blätter der Königskerze ins Feuer werfen. Der Rauch wird ihren Husten zusätzlich mildern«, sagte Kjara, nahm die frischen, grünen Blätter aus einem Holzgefäß, bevor wir uns wieder zu den andern ans Feuer gesellten.

Endlich konnte ich mich auch wieder auf Bithia und mich selbst konzentrieren. Ich hatte meine durchnässte Kleidung längst vergessen, streifte mir aber nun meinen Ringpanzer über den Kopf und zog auch die Tunika aus, die ich darunter trug. Das Leinenhemd ließ ich an und setzte mich ans Feuer. Bithia kam neben mich, die schlafende Edda auf dem Arm wiegend.

Einar redete noch immer. Er hatte sein Misstrauen gegen uns zum größten Teil verloren, seine Worte waren daher weniger hektisch. Kjara schenkte uns warmes Wasser aus dem Kessel in Holzschalen, das wir gierig herunterschluckten und das uns von innen heraus wärmte. Während ich, die Holzschale in beiden Händen haltend, Schluck für Schluck in meinen Rachen goss, verstummte Einar und es war nun an Kjell, unseren Gastgebern die Geschichte unserer Reise zu erzähle. Ich lauschte seinen Worten und beobachtete dabei die vier älteren Kinder, die sich mittlerweile in die Decken gewickelt hatten und am Feuer lagen. Sie waren sehr ruhig und zurückhaltend, schienen etwas verstecken zu wollen. War es nur ihre Angst vor uns, die sie verbargen? Ich legte meine Stirn in Falten und konnte meine Verwunderung kaum zurückhalten.

Kjara bemerkte meine Nachdenklichkeit. Sie saß mir schräg gegenüber, schien meine Gedanken lesen zu können und flüsterte mir zu:

»Der Hinkende reitet,

der Handlose hütet,

der Taube taugt noch zur Tapferkeit.

Blind sein ist besser

als verbrannt zu werden,

nur der Tote nützt zu nichts mehr!«

Ich schaute unsere Gastgeberin lange an, verstand zunächst nicht, was sie mir sagen wollte. Dann dämmerte es mir.

»Sind sie etwa alle... Krüppel?«, fragte ich schließlich.

»Ja, das sind sie«, bestätigte mir Kjara.

Ich schaute wieder auf die Kinder und bemerkte jetzt, dass sie alle im gleichen Alter waren und schon allein deswegen unmöglich von Kjara sein konnten. Sie sahen ihr zudem nicht ähnlich und auch Einar sah völlig anders aus. Jetzt erst erkannte ich, dass das Auge des einen Jungen starr war und sich nicht bewegte. Eins der Mädchen hatte nur eine Hand. Den Stumpf versuchte sie, unter der Decke zu verstecken, ich sah ihn kurz herausspitzeln. Was den anderen beiden fehlte, erkannte ich nicht sofort. Kjara klärte mich auf, dass der eine Junge stumm sei und dem zweiten Mädchen ein Fuß fehle.

»Sie wurden von ihren Familien verstoßen«, erklärte die Ziehmutter. »Wir nahmen sie auf, können selbst keine Kinder bekommen. Dachten wir zumindest«, lachte sie und schaute auf das Kind auf ihrem Arm. »Nun schenkten uns die Götter doch einen eigenen Sohn.«

Ich wusste nicht, was ich sagen sollte. So etwas war höchst ungewöhnlich. Kaum jemand unter den Menschen, die ich kannte, scherte sich um Krüppel. Wussten wir von einer solchen körperlichen Beeinträchtigung bei unseren eigenen Neugeborenen, so setzten wir sie im Wald aus. Keiner konnte es sich leisten, einen Krüppel durchzufüttern.

»Können sie denn hören?«, fragte ich.

»Sieh doch nur, wie sie deinem Freund lauschen und jedes Wort aufsaugen.«

Das stimmte. Sie klebten förmlich an Kjells Lippen.

Nachdenklich schlürfte ich das warme Wasser. Warum also zogen Kjara und Einar diese Kinder groß? Mit sieben Jahren wurden Kinder im Allgemeinen als vollwertiges Mitglied angesehen und mussten daher auch alle Arbeiten verrichten, die wir Erwachsenen zu bewerkstelligen hatten. Alle Familien, die ich kannte, bekamen daher nur Kinder, damit diese ihnen eines Tages helfen konnten. Einar und Kjara hatten einen großen Hof. Die verkrüppelten Kinder würden ihnen nicht helfen können. Stimmte das? Was hatte Kjara gerade gesagt? Der Hinkende reitet? Unsere Gastgeber konnten lange Zeit keine Kinder bekommen, also zogen sie die todgeweihten Säuglinge anderer Familien groß, um so den Hof weiter unterhalten zu können. Konnte es sich so verhalten? Ich hatte noch nie von so etwas gehört und wusste in diesem Moment auch nicht, was ich mir für ein Urteil darüber bilden sollte.

Kjell hatte unsere Geschichte längst abgeschlossen und Einar war fasziniert von der Erzählung, erfragte weitere Details unserer Reise, aber auch über Schottland, England und Irland. Ohne richtig zugehört zu haben, vermutete ich, dass Kjell auch von seinen Überseefahrten erzählt haben musste. Einar und seine Frau hatten es bisher noch auf keine größere Reise gebracht, als die zu ihren Fischgründen im Südosten und den Wäldern im Norden. Ich schaute wieder zu den Kindern hinüber, die nicht mal daran dachten zu schlafen, sondern aufmerksam zuhörten. Obwohl es schon sehr spät war, schauten sie Kjell mit erwartungsvollen, großen Augen an. Es war Ida, die unerwartet ihre Ungeduld stillte.

»Kennt ihr die Geschichte von der Reise Thors und Lokis zu Udgardloki?«, fragte sie und lächelte die Kleinen an. Die Kinder schüttelten den Kopf, was Kjara zu einem unterdrückten Lachen brachte. Natürlich kannten die Kinder die Geschichte, dachte ich mir, aber das war ihnen egal. Sie wollten sie erneut hören. So erzählte Ida bereitwillig von Thors

Taten:

ᚠᚢᚼ ᚹᛗᛦ ᛗᚹᚹᚠ »Thor machte sich mit seinen beiden Dienern Thjalfi und Roskva und seinem Freund Loki auf nach Utgard, dem Land der Riesen. Sie gingen durch einen dunklen Wald und als die Sonne untergegangen war, suchten sie sich eine geeignete Stelle für ihr Lager. Sie fanden eine große Höhle, deren Eingang sehr breit war, fast so groß wie die Höhle selbst. Dies erschien ihnen als vortreffliche Nachtstätte und so legten sie sich alle schlafen.

Doch mitten in der Nacht erschütterte ein Erdbeben die Gemeinschaft. Thor rief seine Gefährten an, ihn in die kleine Nebenhöhle zu begleiten, um dort Schutz zu suchen. Die Erde zitterte. Der Donnergott hielt seinen Hammer fest in der Hand und stand im Eingang dieser Nebenhöhle, bereit, sich und seine Freunde zu verteidigen. Doch es zeigten sich kein Riese, kein Troll, nichts das er hätte angreifen können. Immer noch bedrohte das Beben die Freunde. Erst im Morgengrauen war die Gefahr vorüber. Als der Tag endgültig anbrach, ging Thor vorsichtig aus der Höhle. Er fand einen Mann, der nicht weit entfernt an einem Baum schlief und von wirklich riesiger Gestalt ungeheuren Ausmaßes war. Der schnarchte so laut, dass Thor nun wusste, dass allein der sägende Atem des Riesen das Erdbeben ausgelöst haben musste. Zornig ging Thor zu dem Mann, weckte ihn und fragte ihn nach seinem Namen. ›Mein Name ist Skrymir und ich weiß, dass du Thor bist! Sage mir, wo hast du meinen Handschuh versteckt?‹

›Deinen Handschuh?‹, fragte Thor verwundert. Skrymir schaute stirnrunzelnd an Thor vorbei und fand dort seinen Handschuh auf dem Waldboden liegend. Thor folgte seinem Blick und erkannte, dass die Höhle, in der sie geschlafen hatten, der Handschuh des Riesen war. Die kleine Nebenhöhle war der Däumling.

Skrymir stand auf, stapfte zu seinem Handschuh, hob ihn auf und streifte ihn sich über. Er fragte Thor, ob er etwas dagegen hätte, wenn er die Reisenden ein Stück begleiten würde. Verwirrt aber auch verärgert willigte der Donnergott ein. So gingen sie alle eine Weile zusammen, unterhielten sich und tauschten Geschichten aus. Sie teilten ihre Essensvorräte und Skrymir band alles zusammen in einen großen Beutel. Als sie am Abend sehr erschöpft rasteten, legte sich der Riese sogleich schlafen und gab Thor den Beutel mit all dem Essen darin. Als Skrymir eingeschlafen war, wollte Thor den Sack öffnen, doch er bekam ihn nicht auf, so fest war er zugebunden. Er zog und zerrte so sehr an den Schnüren, dass er zorniger und zorniger wurde. Da nahm er seinen Hammer und schlug dem Riesen wütend auf den Kopf. Skrymir erwachte und fragte nur ganz verwirrt, ob ihm da ein Eichenblatt auf die Stirn gefallen sei. Dann schlief er weiter. In der Nacht schnarchte Skrymir so laut, dass Thor keine Ruhe fand. Wieder voller Zorn, nahm er Mjölnir und schlug dem Riesen erneut kräftig auf den Kopf. Dieser erwachte wieder und rieb sich die Stirn. ›Ist mir da eine Eichel auf den Kopf gefallen?‹, fragte er verwundert und schlief dann weiter. Thor wurde sehr wütend und schlug ein drittes Mal mit seiner ganzen Kraft zu und traf den Riesen an der Schläfe. Wieder erwachte Skrymir und schaute nach oben: ›Sitzen etwa Vögel über mir? Mich düngt, es habe mich eine Feder am Kopfe getroffen. Hast du etwas gesehen, Thor?‹ Thor versteckte seinen Gram und tat, als wäre nichts geschehen.

Am Morgen wanderten die Gefährten weiter und kamen bald zu der Burg namens Utgard. Skrymir verabschiedete sich, er wollte noch weiter in den Norden.

Die Burg war so groß, dass die Freunde ihren Kopf in den Nacken legen mussten, um über sie hinweg sehen zu können. Das Tor war verschlossen, doch sie zwängten sich durch die Gitterstäbe, kamen so in die Burg hinein, gingen in eine große Halle, in der viele Riesen und Trolle speisten und tranken. Thor schritt vor den König namens Utgardloki und begrüßte ihn. Utgardloki war nicht sehr wohlgesonnen und forderte die Freunde zu einem Wettstreit heraus. ›Kein Gast darf mit mir an einer Tafel sitzen, der nicht irgendeine Kunst darbieten kann‹, sagte er und schaute die Gefährten erwartungsvoll an. Loki drängte sich nach vorne und behauptete stolz, dass keiner so schnell essen könne wie er. Utgardloki empfand diese Wette als angemessen und füllte zwei Tröge mit reichlich viel Fleisch mitsamt den Knochen. Unter den Riesen wurde einer benannt, der gegen Loki antreten sollte. Das Wettessen begann sofort und Loki hatte den Trog schnell leer gegessen. Als er aber aufblickte, erkannte er, dass sein Widersacher noch schneller gewesen war. Zudem hatte dieser im Gegensatz zu Loki auch die Knochen und den gesamten Trog gegessen. Loki verlor also die Wette und war sehr erzürnt. Utgardloki dagegen lachte, bestand sogleich auf ein neues Spiel und fragte Thjalfi, was er am besten könne. Thjalfi wollte ein Wettrennen machen. Der Wettlauf wurde sofort vor der Halle veranstaltet und Utgardloki bestimmte einen jungen Riesen namens Hugi als Gegner.

Den ersten Lauf gewann Hugi mit weitem Vorsprung. Auch den zweiten und den dritten Lauf entschied er für sich. Trotzdem lobte Utgardloki den kleinen Thjalfi, er habe selten jemanden so schnell rennen gesehen. Da aber auch er die Wette verloren hatte, war es nun an Thor, sich zu beweisen. Utgardloki überließ ihm die Entscheidung über die Art der Wette. Thor wählte das Wetttrinken. Ein großes Horn wurde gebracht und der Gott sollte es mit einem Zug leer trinken. Thor holte tief Luft, setzte das Horn an die Lippen und trank in kräftigen Zügen. Er trank und trank und als er absetzte, konnte er seinen Augen kaum trauen, er hatte nur sehr wenig abgetrunken und das Gebräu schwappte immer noch über den Rand des Trinkgefäßes. Utgardloki lachte und gab ihm noch eine Möglichkeit, das Horn wenigstens im zweiten Zug zu leeren, aber auch dieser Versuch blieb erfolglos. Immerhin konnte man das Horn nun tragen, ohne etwas zu verschütten, mehr hatte der Donnergott nicht abzutrinken vermocht. Das war Thor lange nicht genug und so versuchte er es auch noch ein drittes Mal, trank voller Zorn, wieder konnte er das Horn nicht leeren. Utgardloki bot ihm eine Ersatzwette an, in der er sich beweisen könne. Er forderte ihn auf, seine Katze vom Boden aufzuheben und sagte: ›Diese Aufgabe ist wahrlich einfach. Wenn ich nicht gesehen hätte, wie schwach du bist, dann hätte ich dir nicht eine solch leichte Prüfung gegeben.‹

Thor packte die Wut, er ging zu der Katze hin und ergriff sie mit seinen Händen. So sehr er sich auch anstrengte, er konnte die Katze nicht heben. Er bündelte all seine Kraft, konzentrierte sich und da, plötzlich hob die Katze immerhin einen Fuß vom Boden. Zu mehr war Thor an diesem Tage nicht im Stande.

Utgardloki lachte wieder und reizte Thor, indem er sagte, die Katze sei wohl zu groß für den kleinen Donnergott. Nun weckte er endgültig Thors Zorn: ›So klein du mich auch nennen magst, ich ringe jeden nieder, den du mir als Gegner stellst!‹, forderte er Utgardloki erneut heraus. Dieser ließ sich mit Freuden auf den Ringkampf ein und rief eine alte Frau zu sich, um ihn zu vertreten. Thor zögerte, wollte nicht gegen eine

Frau kämpfen. Doch die Riesen reizten ihn so sehr, dass er sich schon bald in den Ringkampf stürzte. Thor kämpfte mit all seinen Kräften. Die alte Dame aber stand sicher auf ihren dürren Beinen. Der Gott biss die Zähne zusammen, am Ende sank er selbst auf die Knie und wurde besiegt. Utgardloki beendete den Kampf und erklärte Thor zum Verlierer.

Obwohl die Riesen alle Wettkämpfe für sich entscheiden konnten, luden sie die Götter ein, bei ihnen zu sitzen. So verbrachten die Gefährten den Abend an der Tafel der Riesen, aßen und tranken gut gelaunt.

Sogar noch am nächsten Morgen tischte Utgardloki ein deftiges Frühstück auf. Anschießend begleitete er sie hinaus vor die Burg.

›Hat es dir bei uns gefallen? Bist du zufrieden mit deinen Taten?‹, fragte Utgardloki an Thor gewandt.

›Ob ich zufrieden bin? Nach den gestrigen Wettkämpfen werdet ihr mich wohl für einen unbedeutenden Mann halten. Wie soll ich da zufrieden sein?‹, antwortete Thor.

Utgardloki sagte darauf: ›Mein lieber Thor. Ich will dir jetzt die Wahrheit sagen. Jetzt, wo du außerhalb unserer Mauern bist, stellst du keine Gefahr mehr für uns dar. Deine Kräfte sind so unermesslich, dass ich dir nie wieder Einlass gewähren kann.

Der große Mann, den ihr im Wald traft, das war ich. Den Essensbeutel habe ich nicht mit gewöhnlicher Schnur zugebunden, sondern mit Eisenketten.

Als du mich mit deinem Hammer geschlagen hast, wäre ich gestorben, wenn ich nicht einen riesigen Felsenberg vor mein Gesicht gehalten hätte. Siehst du den Berg dort am Horizont? Das große Tal, das du oben auf dem Berg erspähst, ist durch deine Hammerschläge entstanden.

Loki kann in der Tat so viel und so schnell essen, wie ich es noch nie zuvor gesehen habe. Doch sein Gegner war das Feuer und wie du weißt, verbrennt das Feuer alles im Nu. So blieb weder Fleisch, noch Knochen, noch der Trog übrig.

Auch dein Diener Thjalfi war sehr schnell. Er rannte gegen Hugi und Hugi ist niemand anderes als der Gedanke. Du weißt, dass niemand so schnell sein kann wie der Gedanke.

Nun kommen wir zu deinen Wetten. Das Ende des Hornes, aus dem du trankst, es lag im Meer. Wenn du nun zum Meer gehst, dann wirst du sehen, wie viel du doch getrunken hast, denn durch deine Taten ist die

Ebbe entstanden.

Die Katze war in Wahrheit keine Katze. Es war die Midgardschlange. Die Schlange im Meer, die so groß ist, dass sie um das gesamte bekannte Land liegt. Wir bekamen alle Angst, als du ein Bein der Katze angehoben hast! Denn in dem Moment hast du die Midgardschlange so weit in die Höhe gestemmt, dass nur noch Schwanz und Haupt den Meeresgrund berührten.

Dein drittes Spiel war der Ringkampf. Deinen Gegner, die alte Frau, die vermag nun wirklich niemand zu bezwingen!‹ sagte Utgardloki.«

Ida hielt kurz inne und schaute in große Kinderaugen, die die Spannung kaum aushielten.

»Gegen wen hat Thor wohl am Ende gekämpft?«, fragte sie die Kinder. Diese trauten sich nicht zu antworten und so fuhr Ida fort: »Utgardloki verriet Thor, gegen wen er gekämpft hatte. Es war keine alte Riesin, sondern es war das Alter. Das Alter hat Thor besiegt. Niemand, nicht einmal ein Gott, vermag das Alter zu bezwingen!«

ᚠᚢᚺ ᚦᛖᚱ ᛗᛜᚦᚠ

Hier endete Baschis Frau mit ihrer Erzählung. Ich kannte die Geschichte gut, hatte sie aber schon lange nicht mehr gehört. Sie trägt so viel tiefgründiges Wissen in sich, dass ich lange darüber nachsann. Im Gegensatz zu den Kindern, die aufgeregt nach mehr Geschichten bettelten, war ich müde, legte mich auf die Decken, bemerkte noch, wie Kjara die Kinder zur Ruhe bat und schlief dann ein.

Am nächsten Morgen ging es Edda nicht viel besser. Der Husten hörte sich zwar nicht mehr so furchtbar an wie am Abend zuvor, doch sie war heiß und kalter Schweiß lag auf ihrer Stirn. Kjara machte ihr erneut einen kräftigenden und heilenden Trank, wischte ihr sorgsam über das Gesicht und bereitete Umschläge mit Wegerich vor.

»Ich werde mit meiner kranken Tochter nicht weiterreisen«, erklärte ich, als wir alle um das neu entfachte Feuer saßen und heißes Wasser mit Rübenschnitzeln schlürften. Ich sagte das bestimmend, obwohl ich wusste, dass auch Kjara uns nicht hätte ziehen lassen. Mir ging es weniger um das Verlängern der Gastfreundschaft, sondern eher darum, meine Gefährten davon zu überzeugen, ebenfalls Rücksicht auf Edda zu nehmen.

Kjell, Baschi und Kogg aber zeigten sich als wahre Freunde und schauten mich verärgert an, weil ich meine Zweifel überhaupt äußerte, so selbstverständlich erschien ihnen ihre Güte.

»Ich würde mich freuen, wenn ihr eine weitere Nacht bleibt«, sagte Kjara, wandte sich aber mit einem fragenden Gesichtsausdruck an Einar, der daraufhin schnell nickte.

»Wir werden uns revanchieren. Wir helfen euch, wo wir nur können, wenn du nur meiner Tochter helfen kannst«, sagte ich und bemerkte den unfreiwillig flehenden Ton in meiner Stimme.

»Ich werde ihr helfen und sie wird wieder gesund!«

Wie konnte Kjara mir ein solch gewagtes Versprechen geben? Aber aus irgendeinem Grund vertraute ich ihr.

In der Nacht hatte es aufgehört zu regnen. Als ich vor die Tür trat, stand alles unter Wasser. Ich kämpfte mir den Weg durch den Morast frei zu unseren Pferden, die die Nacht trotz allem gut überstanden hatten. Ich trocknete ihr Fell mit Stroh, streichelte ihnen über den Hals und schaute skeptisch in den Himmel, der noch immer rabenschwarz war, aus dem aber momentan kein Tropfen fiel. Es hatte nun genug geregnet für das gesamte Jahr, dachte ich mir und als ob mich die Götter in diesen Tagen auslachten, bekam ich auf den Rückweg zur Hütte erneut einige Tropfen auf mein Haar. Kruk kam von seinem morgendlichen Erkundungsflug und schien ebenfalls schlechter Dinge zu sein. Er krächzte lautstark, als er bei mir landete. Als ich die Hütte wieder betrat, wurde der Regen stärker, bis es schüttete. Ich fluchte.

Da wir bei diesem Wetter nicht auf das Feld gehen konnten, verbrachten wir den Tag im Haus und schnitzten Löffel, Kellen und Schüsseln für die Familie. Bithia, Ida und Norell halfen Kjara, einige Kräuter zu zermahlen.

Aus der einen Nacht, die wir länger bleiben wollten, wurden schnell fünf Nächte. Es regnete fast die ganze Zeit. Alles stand so unter Wasser, dass man sich außerhalb der Hütte kaum noch in dem Schlamm bewegen konnte. Am vierten Tag klarte es endlich wieder auf. Der Regen machte der Sonne Platz und ich war erstaunt, wie schnell solche Wassermassen wieder verschwinden konnten. Jetzt endlich konnten wir uns für die Gastfreundschaft angemessen bedanken, indem wir der Familie auf den Feldern halfen. Auch hier schien es wie ein Wunder, dass die neue Saat nicht davon geschwemmt worden war. Wir jäteten Unkraut, gruben die Erde um und steckten neue Sämlinge in die weiche Erde. Tatsächlich stellte sich heraus, dass die Kinder trotz ihrer körperlichen Beeinträchtigungen eine große Hilfe waren. Erstaunt schaute ich ihnen zu, wie sie geschickt mit einer Hand oder nur einem Fuß die Feldarbeit nicht weniger effektiv bewerkstelligten als wir.

Unser Aufenthalt auf dem Hof tat Edda sichtlich gut. Kjara kümmerte sich auch am letzten Tag mit all ihrer Leidenschaft um sie und so war unsere Tochter wieder das strahlende, aufgeweckte Mädchen, das ich kannte. Bithia und mir fiel ein Stein vom Herzen und Kjara gab ich vier Stücke von meinem Hacksilber als Dank.

Als wir uns verabschiedeten, bekam ich das Gefühl, dass sowohl Einar und Kjara als auch die Kinder unglücklich waren, uns ziehen zu lassen. Sie gaben uns Verpflegung mit, die wir dankend annahmen. So zogen wir los, die Sonne schien, die schlechte Laune war vergessen und guter Dinge kamen wir bald an dem Fjord an. Wir ritten an seiner Ostküste nach Süden, reisten an einigen Küstendörfern vorbei, die wir aber weiträumig mieden. Schon am nächsten Tag kamen wir in Gebiete, die ich aus der Kindheit noch hätte kennen müssen. Es war jedoch zu lange her, dass ich mich daran erinnern konnte, trotzdem wurde ich allmählich nervös. Nach gut fünfzehn Jahren kam ich zum ersten Mal wieder dorthin zurück, wo das Leben meiner Familie ausgelöscht worden war und mein Leben bei Ingvarr begonnen hatte. Während sich die anderen noch lebhaft unterhielten, schwieg ich und ritt wortlos hinter meinen Gefährten her. Ich versank in Erinnerungen, als Bithia ihr Pferd Guldfalder bremste und sogleich neben mir war. Allein ihre Nähe machte mich glücklich und gab mir Kraft. Ich schaute auf, grinste sie an und bekam ein Lächeln zur Antwort.

»Wir müssten bald da sein«, vermutete ich. Bithia ritt noch näher zu mir, nahm meine Hand und schenkte mir mit ihrer Geste Zuversicht.

Dann, mit einem Mal, war es soweit. Wie aus dem Nichts ritten wir unter Bäumen hindurch, an Felsen vorbei, die mir bekannt vorkamen. Wir kamen durch den Wald, in dem mein Großvater gestorben war. Einzelne Bilder dieses Tages schossen mir vor mein inneres Auge, ohne dass ich mich dagegen wehren konnte. Ich weiß nicht, woran ich den Wald erkannte. Er muss damals ganz anders ausgesehen haben, und doch fühlte ich eine tiefe Verbundenheit. Anstatt mich an die schönen Momente zurückzuerinnern, erschien das Gesicht meines Bruders in meinem Geiste. Wie konnte er so anders sein? Die bessere Frage war, warum ich nie bemerkt hatte, dass ich es bin, der anders ist als all die Männer in Randaberg?

Bithia war es, die mir diese Wahrheit offenbart hatte. Ich blickte wieder zu ihr und schaute in diese wunderschönen grünen Augen, die nachdenklich auf mir ruhten. Wie damals rüttelten mich ihre Blicke wach. Haderte ich gerade mit meinem Schicksal? Das Schicksal ist unausweichlich! War es nicht genau dieses Wissen um die Existenz der Nornen, die unseren Lebensfaden längst gesponnen hatten, das uns so furchtlos machte? Furchtlos gegenüber allem, was noch kommen mochte? Furchtlos, weil wir unser Schicksal nicht selbst bestimmen konnten. Ich schüttelte die schlechten Gedanken ab, machte Platz für die guten Erinnerungen und umfasste das Hammeramulett, das um meinen Hals hing, seitdem ich es von meinem Großvater bekommen hatte. Dann drückte ich meinem Pferd meine Fersen in die Flanken und ritt voran.

»Komm«, sagte ich zu Bithia, »ich zeige dir, wo ich geboren wurde.«

So galoppierte ich in das Dorf hinein, das nur noch aus verkohlten Überresten bestand. Die Häuser waren komplett niedergebrannt und nie wieder aufgebaut worden, nur noch die schwarzen Stümpfe einiger Balken waren zu sehen. Ich erspähte trotzdem unser damaliges Haus, oder das was davon übrig war, ritt genau darauf zu, während ich die Trauer in mir niederrang. Bithia folgte mir langsam, trug Edda auf dem Arm und wollte mit ihr nicht schnell reiten. Wieder entstanden einzelne Bilder vor meinem inneren Auge, wie Ingvarr mit meinem Vater gekämpft hatte, wie meine Mutter versucht hatte, mich fest zu halten und ich dennoch zu meinem toten Vater gestürmt war. Ich sah aber auch jenes Bild, als ich meinen kleinen Hammer Thors erhalten, als ich auf dem Schoss meiner Mutter gesessen, mit ihr gelacht und mich an ihrer Fröhlichkeit ergötzt hatte.

Bithia kam wieder an meine Seite und auch Kjell und Norell waren jetzt da. Kjell, der, so alt wie ich, bei dem Überfall nicht dabei gewesen war. Sein Vater aber hatte hier gekämpft und war leicht verwundet worden. Die Schnittwunde war brandig geworden, hatte ein Fieber ausgelöst, dass Kjells Vater getötet hatte. Ich konnte mich daran nicht mehr erinnern, Kjell hatte es mir einmal erzählt, konnte sich seinen Vater selbst aber nur schlecht ins Gedächtnis rufen.

»Streng genommen verloren wir hier beide unsere Väter«, stellte ich laut fest.

»Das ist richtig«, sagte Kjell.

»Wir haben nie darüber gesprochen.«

»Ja«, er war nachdenklich, »auch das ist richtig, aber was soll man darüber auch erzählen. Ich kannte meinen Vater nicht. Dieser Überfall ist nicht gerade eine Geschichte, die von großen Ruhmestaten berichtet. Die Männer kamen hier durch, sahen dein Dorf, griffen an und brandschatzten es. Unsere Väter kamen dabei ums Leben. Sie warten in Walhalla auf uns. Sorgen wir dafür, dass sie von dort noch etwas zu sehen bekommen, bevor wir sie wiedertreffen. Es nutzt nichts, zu trauern.« Kjell legte seine Hand auf meine Schulter. »Nimm dir einen Moment. Dann lass uns weiterziehen«, fügte er hinzu.

Ich nickte, rang um Fassung, stieg ab, schritt durch die Tür meines Elternhauses, die nur noch aus zwei schwarzen, verfaulten Eichenpfosten bestand, die nicht höher als mein Knie aus dem Boden ragten. Dennoch hatte ich plötzlich das Gefühl, dass die Hütte für einen kurzen Moment in altem Glanz erstrahlte. Ich sah das Feuer in der Mitte des Raumes, ich sah meine Eltern, meinen Großvater und ich sah meinen Bruder. Ich betrachtete meine Familie, blickte in die Augen meines Bruders, nur einen kurzen Moment, dann schaute er wieder weg, drehte sich um, ging aus der Hütte hinaus, verschwand und für einige weitere Wimpernschläge sah ich unsere Familie, glücklich und zufrieden, ohne meinen Bruder. So schnell meine Blicke in die Vergangenheit geraten waren, lösten sich die Bilder auf und doch blieben sie in meinem Gedächtnis, gaben mir das Gefühl, als hätte das Verschwinden meines Bruders meine Seele freigegeben. Ich drehte mich um, lächelte Bithia an, stieg auf mein Pferd und küsste sie.

»Lasst uns weiterreiten«, sagte ich.

Es war schon recht spät am Abend und eigentlich hätten wir hier unser Nachtlager aufschlagen können, ritten auf meine Bitte hin aber weiter.

Mein Leben hatte unter dichten Nebelschwaden stattgefunden. Mit begrenzter Sicht, völlig orientierungslos war ich anderen Menschen wie meinem Bruder gefolgt, hatte meine eigenen Möglichkeiten nicht erkannt, nicht einmal erahnt, dass ein anderer Weg existierte. Ich war auf eine gewisse Art zufrieden gewesen, ohne aber zu bemerken, dass es eine dunkle Glückseligkeit war, die mich gefangen hielt. Mit meinem Aufbruch, ja eigentlich schon mit der Offenbarung Bithias am See und auch mit dem Tod Ingvarrs, aber spätestens in diesem Moment, als ich in meiner Vorstellung zum letzten Mal meinem Bruder in die Augen blicken musste, er aus meinem Leben verschwand, lichtete sich der Nebel um mich herum. Genau hier, an dem Ort meiner Geburt, stand ich wieder auf, ließ die Schwärze hinter mir, die letzten Schleier verschwanden, die Sonne durchflutete mein Leben und wies mir den Weg, einen Pfad in die Zukunft. Wo würde er mich hinführen? Wo würde er Bithia und Edda hinführen? Ich blickte zu Kjell, zu Kogg, Baschi, Norell und Ida, die mir freundschaftlich zunickten. Ich schaute auf Bithia, blickte in ihre Augen, versank in der Tiefe ihrer Seele und zügelte mein Pferd, so dass sie aufschließen konnte. Meine Frau, meine Bithia, meine Sonne, ein Teil von mir.

»Danke«, sagte ich, als sich unsere Hüften berührten und wir nebeneinander herritten. »Ich danke den Göttern, dass ich dich kennenlernen durfte und ich danke dir, dass du mir den richtigen Weg gewiesen hast!« Ich streichelte meiner Tochter über die Haare, dann küsste ich Bithia, schaute nach vorn, peitschte meine Zügel und galoppierte voran. Nach Süden. In eine ungewisse Zukunft. In eine bessere Zeit. Das Schicksal ist unausweichlich.

Kapitel 8 - Abschied in Haithabu

Das Wetter wurde wieder schlechter und es regnete jeden Tag, jedoch nie lange und nie stark, so dass der Boden trocken genug blieb, um den Pferden Trittsicherheit zu geben. Wir kamen den Umständen entsprechend gut voran und erreichten schon bald den Ort Lund. Dieser Handelsort war durch einen kleinen Fluss mit der Ostsee verbunden und von hier aus wollten wir mit dem Schiff nach Dänemark gelangen, zu einer Stadt namens Haithabu. Von Händler war die Stadt bekannt, außer Baschi, Ida und Kogg war aber noch keiner von uns dort gewesen.

In Lund gab es eine Herberge. Wir ließen unsere Pferde davor stehen und Kogg blieb bei ihnen, um sie vorsichtshalber zu bewachen. Kogg war ein gutmütiger Mann, ging Konflikten aus dem Weg, wusste auch, dass seine Größe und abschreckende Wirkung genau dazu beitrug, weil sich keiner gegen ihn stellte, wenn es nicht unbedingt sein musste. Kogg war ein steinerner Turm, niemand konnte ihn bezwingen. Wir anderen betraten das Gebäude und uns öffnete sich der Blick in einen großen Raum. Rauch stand in der Luft, der sofort meine Lungen füllte und ein leichtes Brennen in den Augen verursachte. Überall lagen Baumstämme, die der Länge nach zerteilt waren und als Sitz- oder Schlafgelegenheit dienten. In der Ecke standen Fässer voll Bier. Ein Mann füllte gerade seinen Becher mit dem Gebräu, um es daraufhin an seine Lippen zu setzten, zu leeren und gleich noch einmal zu füllen. Außer uns waren noch etwa zehn weitere Gäste anwesend, die sich lautstark unterhielten und unser Kommen nicht einmal bemerkten. Das kam uns gerade recht, unauffällig gingen wir in eine Ecke des Raumes und nahmen an einem Tisch Platz. Baschi holte jedem vom uns einen Becher Bier und verursachte dadurch doch immerhin so viel Aufmerksamkeit, dass eine Hure auf uns zu tänzelte, die in einer Scheune neben der Herberge ihrer Arbeit nachging. Kjell schickte sie mit einer barschen Handbewegung gleich wieder fort.

Bithia setzte Edda vorsichtig neben sich ab und stützte mit einer Hand den Rücken meiner Tochter, obwohl sie mittlerweile frei sitzen konnte und nicht auf diese Hilfe angewiesen war. Der Aufenthalt bei Einar und seiner Familie hat ihr gutgetan, dachte ich, als ich die Kleine ansah, während sie unbekümmert mit brummenden Geräuschen ihren Kopf hin und her wog. Sie war lebendiger als je zuvor und erkundete die Welt, wo es nur möglich war. Auf allen Vieren krabbelte sie durch die Gegend und konnte sich sogar schon aus eigener Kraft an meinen Beinen hochziehen. Oft fiel sie dann wieder rückwärts um, doch das kümmerte sie nicht und sie kroch weiter oder versuchte es erneut.

Auch jetzt blieb sie nicht stillsitzen, sondern krabbelte zu Kogg, der sich gerade zu uns gesellte, da er der Ansicht war, dass keine Gefahr für unsere Pferde drohte. »War etwas Auffälliges?« fragte ich ihn.

Kogg brummte nur und schüttelte den Kopf. »Zwei Männer«, fügte er hinzu.

»Zwei Männer?«, fragte Baschi entgeistert. »Hast du zwei Männer getötet, die sich unseren Pferden näherten?« Es war, als würde nur Baschi unseren großen Gefährten verstehen, wenn er uns in seiner eigenartigen Weise Wortfetzen an den Kopf warf. Diesmal aber lag auch er falsch. Kogg schüttelte den Kopf. »Machte ihnen Angst«, sagte er, während sich Edda an seiner Schulter hochzog, bis sie auf ihren eigenen Füßen stand, auf seine Glatze haute und laut lachte.

»Zwei erwachsene Männer?«, fragte ich amüsiert. »Wie kannst du zwei Männern so viel Angst einjagen, wenn sich nicht einmal meine Tochter vor dir fürchtet?«

Wir lachten, während unser großer Gefährte seine Anziehungskraft auf Kinder erneut bei Edda unter Beweis stellte, mit ihr spielte und dabei ungeheure Geduld und Ausdauer zeigte, die ich selbst nie hervorbrachte.

Bithia hatte Angst, dass ihre Tochter wieder umfallen könnte und rief nach ihr. Ich wendete mich gerade Kjell zu, als Edda ihre ersten Schritte tat. Sie drehte sich zu ihrer Mutter um und überwand die etwa zwei Ellen lange Lücke zwischen Kogg und Bithia mit zwei Schritten.

»Hast du das gesehen?«, schrie Bithia mir zu und ich drehte mich abrupt zu ihr um, befürchtete im ersten Moment, etwas Schlimmes könnte passiert sein.

»Sie läuft!«, sagte meine Frau begeistert.

»Sie läuft?«, wollte ich wissen.

»Ja, sie ist zwei Schritte zu mir in die Arme gegangen. Sag bloß du hast es wirklich nicht gesehen?«, fragte sie entsetzt, riss dabei ihre Augen auf,

214

während Edda auf ihrem Schoß herumsprang und Bithia Probleme hatte, sie festzuhalten.

Ich schüttelte enttäuscht den Kopf, hatte tatsächlich nicht einmal im Augenwinkel wahrgenommen, dass meine Tochter ihre ersten Schritte vollführt hatte und zu meinem Unglück sollte es noch eine Weile dauern, bis Edda ihr Können erneut unter Beweis stellte.

Bithia war allerdings verrückt vor Aufregung. Sie lachte und drückte Edda vor lauter Freude, so dass ich schon Angst um die Kleine bekam, freute mich aber mit den beiden und gab ihnen, einer nach der anderen, einen dicken Kuss auf die Wange, so dass es laut schmatzte.

Kjell holte uns vorsichtig mit erhobenem Zeigefinger aus unserem Familienglück und erinnerte uns daran, dass wir uns um eine Überfahrt nach Dänemark kümmern mussten. Ich nickte, trank mein Bier in einem Zug leer und wischte mir mit dem Ärmel meiner Tunika über den Bart. Kjell und ich erkundigten uns zunächst beim Wirt, ob es hier in Lund einen Händler gebe, der bald nach Haithabu aufbrechen würde. Er schickte uns zum Hafen. Während Kogg und Baschi bei den Frauen und Edda blieben, gingen Kjell und ich zum Fluss. Es herrschte reges Treiben und keiner wollte uns so recht zuhören, geschweige denn eine richtige Antwort geben, bis wir endlich die Aufmerksamkeit eines Mannes mit dicker, knolliger Nase erhaschten: »Es ist nicht lange her, dass ein Händler mit grauem, langem Haar hier ankam. Der will weiter nach Dänemark«, sagte uns der Mann mit einer unerwartet hohen Stimme, dessen Atem einen Alkoholdunst nach sich zog, dass mir fast schummrig wurde.

»Wie lange ist das her?«, fragte ich.

»Ihr habt ihn gerade verpasst«, hustete er. Er würgte, zog den Schleim aus seinem Rachen hoch und spuckte in den Fluss. »Das hier ist sein Schiff«, er zeigte mit der Hand auf ein großes Handelsboot, »aber er ging in den Ort.«

»Wir kommen gerade von dort und uns ist kein Mann begegnet, der dieser Beschreibung entspricht«, erwiderte ich, doch der Mann zuckte nur mit den Schultern.

Uns blieb nichts anderes übrig, als dem Hinweis zu folgen und wieder zurückzulaufen.

Wir bedankten uns, der Mann aber kümmerte sich schon wieder um seine eigenen Dinge, zog an einem dicken Tau und beachtete uns nicht weiter.

Als wir wieder in die Herberge eintraten, saß Baschi mit dem Rücken zu uns auf einem der Baumstämme und war in ein Gespräch mit einem weißhaarigen Mann vertieft. Das muss er sein, dachte ich. Er war durchschnittlich groß, seine Haare waren nicht grau, sondern strahlend weiß, auf Schulterhöhe zusammengebunden und reichten bis zu seiner Hüfte. Eine Mütze aus grünem Stoff, mit einigen Stickereien verziert, verdeckte seinen Kopf. Wie eine so auffällige Erscheinung unbemerkt an uns vorbeigekommen war, war mir ein Rätsel, das sollte nun jedoch keine Rolle mehr spielen und ich verwarf den Gedanken.

Als wir näherkamen, bemerkte uns Baschi und stellte uns dem Fremden vor.

»Das ist Ottar!«, sagte unser Freund und grinste aus seinem Bart. »Er wird uns nach Haithabu bringen.« Er war sichtlich stolz, schon alles geklärt zu haben und das konnte er auch sein. Ottars Gesicht war vom Wetter gegerbt. Auf seiner Stirn und um die Augen herum zeugten tiefe Falten von einem langen Leben. Seine Nase hatte eine ganz leichte Hakenform und sein weißer Bart war sehr kurz gehalten. Er machte einen griesgrämigen Eindruck, musterte mich und kniff dabei die Augen zusammen. Kruk saß auf meiner Schulter. Der Rabe flog für gewöhnlich davon, wenn wir einen so raucherfüllten Raum betraten und wartete auf dem Dach, bis ich wieder hinausging. Dieses Mal war er auf meiner Schulter sitzen geblieben und musste sich ebenfalls den prüfenden Blicken Ottars unterziehen. Das störte den Vogel nicht weiter und er putzte sich, ohne etwas davon zu bemerken. Ohne ein Wort zu sagen, schien der Händler sich plötzlich auch besonders für meine Hände zu interessieren. Ich vermutete, er suchte nach den typischen Schwielen an den Fingern, die davon zeugen, ob jemand arbeitet oder nicht. Wie aus dem Nichts schlug er mir kräftig auf die Schulter. »Ihr seid in Ordnung«, knurrte er. Kruk musste einige Male mit den Flügeln schlagen, um nicht herunter zu fallen. Ottar schaute wieder auf den Raben, ganz geheuer schien ihm das Tier nicht zu sein. Er neigte den Kopf zur Seite und kniff erneut die Augen zusammen, während er den Vogel ein weiteres Mal prüfend ansah, aber auch dieses Mal nichts gegenüber Kruk erwähnte, sondern ihn einfach nur zur Kenntnis nahm und sich wieder mir zu wendete. »Euch nehme ich mit.« Ohne auch nur ein einziges Wort mit mir gewechselt zu haben, schien er mich gut genug einschätzen und eine Entscheidung treffen zu können.

Er nahm sein Glas, das außergewöhnlich blau gefärbt war, gönnte sich einen kräftigen Schluck und reichte es an mich weiter. Ich trank ebenfalls. Es war Met und er tat gut! »Trink, Junge, du musst schließlich bei Kräften sein, wenn du mit mir nach Haithabu segeln willst«, er lachte laut.

Ich dachte in diesem Moment darüber nach, was uns wohl auf Ottars Kahn erwarten würde. Wir leerten an diesem Abend einen um den anderen Becher Bier mit dem Händler und erfuhren viel von ihm. Er erzählte gerne von sich und ließ uns kaum zu Wort kommen.

Er bezeichnete sich selbst als sehr wohlhabenden Mann und begründete seinen Reichtum damit, dass seine Rentierherde sechshundert Tiere umfasste. Das war in der Tat eine beträchtliche Zahl. Er kam aus dem Norden. Aus Halogaland. Es ist an der nördlichsten Grenze Norwegens zu finden. Seine direkten Nachbarn seien die Finnen, sagte er.

»Mit Schweinen oder Rindern kommst du da oben bei uns nicht weit«, erzählte Ottar. »Das Land ist viel zu karg, aber die Rentiere können dort gut überleben. Einmal«, fuhr er fort, »reiste ich einige Tage an der Küste entlang. Ich war neugierig, was in dieser Ödnis weiter nordöstlich noch kommen mochte. Ich traf einige seltsame Stämme. Viel interessanter aber waren die Walrösser und Wale, die ich sah. Wisst ihr, was die Walrosszähne dieser Tiere wert sind?« Er beugte sich dabei nach vorne und war nicht mehr weit von meinem Gesicht entfernt. Ich roch seinen nach Met stinkenden Atem, war aber selbst betrunken genug, um ihn nicht als unangenehm wahrzunehmen.

»Ha!«, rief er laut aus und lehnte sich wieder zurück, während er sein Glas erneut ansetzte und trank. »Das Elfenbein von den Viechern macht mich reich, sag ich euch! Aber nicht nur das! Aus der Haut kann man die besten Schiffstaue herstellen, die es gibt! Auch die machen mich reich. Wale tummeln sich da oben, soweit das Auge reicht!« Er wurde immer lauter und redete sich wild gestikulierend in einen regelrechten Rausch.

Trotzdem lauschte ich gerne seiner Geschichte. Ich selbst hatte dieses Elfenbein schon einmal gesehen. Ein Händler hatte es in Randaberg in Form von Spielsteinen verkauft. Barri hatte damals welche gekauft und sie waren ihr Geld wert gewesen. Sie hatten ihren Glanz auch Monate danach noch nicht verloren.

Ottar beugte sich wieder zu uns und schaute einem nach dem anderen in die Augen. »Diese finnischen Stämme, die können nur fischen und jagen. Kämpfen können die nicht. Deswegen machen auch die mich reich.« Er lachte. »Dafür, dass ich sie in Ruhe lasse, geben sie mir Bären- und Otterfelle. All das schaffe ich dann nach Kaupang oder Haithabu und verkaufe es.« Er lehnte sich wieder zurück und lachte.

Ich bemerkte im Augenwinkel, dass auch Bithia amüsiert war, wusste aber, dass ihr der betrunkene und leicht aufdringliche Ottar eher unsympathisch sein musste. Dem Witz seiner Erzählungen konnte sich trotzdem niemand verwehren und schließlich würde er uns in Bithias Heimat bringen. So lauschten wir alle weiter mit Wissbegierde seinen Geschichten. Besonders aufmerksam machte mich, dass er allein durch Handel reich geworden war.

Ich wollte auch mehr über Haithabu erfahren. Doch er rückte damit nicht heraus. »Das wirst du bald sehen«, sagte er nur. Damit hatte er natürlich Recht, aber meine Neugier wuchs und wuchs und auch am nächsten Tag wollte er mir kein Sterbenswörtchen von dieser Stadt berichten.

Zunächst forderte die Überfahrt allerdings ein erstes Opfer von uns. Wir mussten unsere Pferde verkaufen, für sie war kein Platz mehr auf Ottars Schiff. Bithia trauerte sehr um ihr schönes Tier. Wenigstens bekamen wir auch so kurzfristig einen gerade noch angemessenen Preis für unsere Tiere und konnten zufrieden an Deck gehen.

Kurze Zeit später befanden wir uns an der Mündung zur Ostsee, umrundeten die große dänische Insel Seeland an der Südküste, wo wir auf weitere Händler trafen, die sich uns anschlossen. Dies schien eine gängige Praxis zu sein, wie uns Ottar erklärte. Haithabu lockte eben nicht nur Händler an, sondern auch Dänen und Norweger, die auf Viking waren. Auch Slawen aus dem Süden versuchten oft ihr Glück mit der Piraterie. Wenn die Händler sich aber zu großen Flotten zusammenschlossen, wagte sich kein Angreifer heran. Die Überfahrt verlief dementsprechend ruhig und war nicht einmal halb so schlimm, wie ich nach den warnenden Worten Ottars vermutet hatte. Der Wind kam von schräg vorne und so segelten wir hart am Wind, was natürlich eine gewisse Herausforderung darstellte, aber auch das waren wir schließlich gewohnt. Das Segel hing an einem Querbalken, der sogenannten Rah. Taue, die daran befestigt waren, nannten wir Brassen und wenn wir hart am Wind segelten, drehten wir die Rah fast parallel zur Fahrtlinie und vertäuten das Segel mit den Brassen am Bug sowie im Heck, so dass es uns auch bei diesen anspruchsvollen Wetterbedingungen Vortrieb gab. Auch Kruk hatte seinen Spaß und stellte seine mittlerweile perfekten Flugkünste zur Schau. Wellenförmig flog er hoch und runter, ließ sich dann plötzlich taumelnd fallen, um seine Flügel kurz vor dem Aufschlag auf dem Wasser wieder auszubreiten und sich vom Gegenwind hochdrücken zu lassen. Ich beobachtete ihn gerne bei solchen Flugeinlagen und beneidete ihn dabei. Er symbolisierte für mich eine Freiheit, die ein Mensch niemals erreichen konnte. Wenn er sich durch irgendetwas gestört fühlte, flog er einfach davon.

Gegenüber Ottar hatten wir unsere Seetüchtigkeit bisher verschwiegen. Besser gesagt, wir waren am Abend zuvor ja nicht zu Wort gekommen, um etwas von uns erzählen zu können. Da wir über den Landweg nach Lund gekommen waren, muss er wohl befürchtet haben, wir seien auf See zu nichts nütze. Überrascht und zufrieden stand er am Ruder und lachte laut, als ihm ein wenig Gischt ins Gesicht spritzte. Sein Schiff war vollkommen auf seine Bedürfnisse, den Handel, ausgelegt. Wir nannten solch ein Schiff Knorr. Es war gegenüber einem Kriegsschiff sehr breit und lag noch flacher im Wasser, um möglichst viele Waren transportieren zu können. Ottars Mannschaft bestand neben uns aus weiteren sieben Männern. Mehr waren für ein Handelsschiff nicht nötig, gerudert wurde nur im Hafen, um zu rangieren. Auf See war solch ein Knorr dagegen auf den Wind angewiesen und dazu genügte eine recht kleine Besatzung. Die Männer Ottars schienen ebenfalls nicht unglücklich über unsere Anwesenheit zu sein, nahmen wir ihnen einen Großteil der Arbeit ab, während sie sich auf Deck niederlegten und das gute Wetter genossen.

So segelten wir und waren guter Dinge, bis wir schließlich die Schlei erreichten. Durch diese Meerenge verlief der direkte Weg nach Haithabu. Die Stadt war dadurch geschützt und trotzdem vom Wasser her zu erreichen.

Nachdem wir einige Zeit nach Westen in das Landesinnere gefahren waren, kamen wir an eine Engstelle der Schlei, hinter der sie sich zu einem großen Binnensee ausdehnte. Wir trafen genau hier auf erste

Kriegsschiffe.

»Sie sorgen für den Marktfrieden«, sagte Ottar erklärend. »Aber eigentlich bräuchten wir sie viel weiter draußen auf See. Es patrouillieren zwar auch ein paar von ihnen vor der Schlei, aber nur sehr wenige. Deswegen müssen wir dort selbst für unsere Sicherheit sorgen und fahren immer mit anderen Händlern zusammen.«

»Marktfrieden?«, fragte Bithia interessiert.

»Ja, Marktfrieden. Er sorgt für unseren Schutz, dafür zahlen wir ihm Tribut.«

»Wem zahlt ihr Tribute?«, fragte Bithia.

»Dem König natürlich. Wobei es keinen richtigen König mehr gibt. Bisher war es König Göttrik gewesen. Er war König von Dänemark und hat Haithabu sozusagen erschaffen.«

»Wie kann man eine Stadt erschaffen?«, fragte ich.

»Nun, er wollte sein Reich gegen Karl schützen«, erklärte Ottar, hielt kurz inne und fuhr dann auf unsere fragenden Blicke hin fort: »Karl ist wohl der mächtigste König auf der ganzen Welt. Er hat die Sachsen besiegt und sein Reich grenzt seitdem direkt an Dänemark. Göttrik hatte Angst, dass auch Dänemark den Franken zum Opfer fallen würde. Das Danewerk, ein großer Wall, wurde unter Göttrik errichtet und wird auch nach ihm immer noch weiter ausgebaut. Es trennt Dänemark vom Frankenreich, dennoch wusste Göttrik genau, dass er der Macht Karls nicht mehr lange standhalten konnte. Die Abgaben der Bauern reichten einfach nicht aus, um ein Heer zu unterhalten, das den Franken Paroli bieten könnte. Also entschloss er sich zu einem gewagten Plan. Er unternahm einen Feldzug gegen die Slawen und zerstörte deren Handelsort Reric. Die ganzen Händler dort siedelten nach Haithabu um. Besser gesagt, Göttrik zwang sie dazu. Das war klug, denn durch diese Händler wurde die Stadt schnell zu dem, was sie jetzt ist. Ein Handelszentrum, das den König reich machte.

Die Lage spielt dabei natürlich auch eine große Rolle. Auch die hatte Göttrik gut gewählt. Um von der Ostsee zur Nordsee zu gelangen, kann man entweder um ganz Dänemark herumsegeln und sich den ganzen Gefahren durch die Wikinger aussetzten, oder man transportiert seine Waren durch die Schlei nach Westen bis nach Haithabu, lädt dann alles auf Ochsenkarren um und geht den Landweg, entlang der großen Wallanlage, weiter nach Westen, bis man an den Fluss Treene gelangt. Dort wird alles wieder auf Schiffe verladen und schon ist man in der Nordsee. Das Danewerk ist dabei unersetzlich für Haithabu. Nur deswegen ist dieser kurze Landweg auch so sicher. Daher wird der Wall auch immer weiter ausgebaut. Durch all das kontrollierte Göttrik den gesamten Handel zwischen Ost- und Nordsee. Das machte ihn reich und Reichtum bedeutet Krieger. Krieger bedeuten Macht.«

»Warum ist er jetzt nicht mehr König?«, fragte ich.

»Weil er tot ist«, stellte Ottar fest.

Darüber musste ich schmunzeln. »Scheinbar nützten dem König von Dänemark all das Geld, die Krieger und die Macht nicht viel.«

»Ja, er wurde umgebracht«, sagte Ottar. »Seitdem streiten sich seine Söhne und andere Verwandte um den Thron, aber das ist nicht wichtig. Haithabu steht auf eigenen Beinen. Der Verwalter der Stadt hat auch schon vor Göttriks Ableben alles kontrolliert. Was er bisher im Namen des Königs getan hat, macht er jetzt natürlich gerne in seinem eigenen Namen, bis sich die edlen Herren endlich entschieden haben, wer den Thron besteigen wird. So hat sich eigentlich nichts geändert, seit der König tot ist. Zumindest nicht für uns Händler, und das ist die Hauptsache.«

Ich war beeindruckt von Ottars Wissen, aber auch von den Gegebenheiten, die uns hier erwarteten. Während Ingvarr nicht viel mehr kontrolliert hatte als sein eigenes Dorf und die Einfahrt in den Fjord, waren hier in Dänemark und dem Frankenreich bereits große Reiche entstanden, die von einem einzigen Mann regiert wurden.

Doch all das verpuffte in meinen Gedanken, als ich Haithabu zum ersten Mal sah.

Die Stadt selbst lag südlich von uns. Wir mussten erneut durch eine recht enge Stelle der Schlei segeln, um in das Haddebyer Noor zu gelangen. Dort, am Westufer, lag Haithabu.

Zunächst wurde uns der Blick durch einen Palisadenwall versperrt, der halbkreisförmig um den Hafen gebaut war. Allein das war schon imposant. So viele Holzpfähle im Wasser zu errichten, musste Ewigkeiten gedauert haben. Der einzige Durchgang wurde von zwei Holztürmen flankiert. Zwischen den Türmen, auf denen Wachen mit Speeren bewaffnet standen, war für zwei Schiffe Platz. Auch das gehörte zum

Marktfrieden, wie Ottar erklärte. Jedes Schiff wurde kontrolliert. Machte die Besatzung den Anschein, Ärger mitzubringen, wurden sie abgewiesen.

Wir hatten das Segel bereits eingeholt, als wir den Türmen näherkamen. Baschi, Kogg, ja wir alle reckten unsere Köpfe, um einen ersten Blick auf die Stadt zu erhaschen, doch die Schiffe vor uns versperrten die Sicht.

Als wir endlich durch die Türme ruderten, bemerkte ich die sorgsamen Blicke der Wachposten nicht, zu gebannt war ich vom Anblick Haithabus.

Die großen Landungsstege fielen mir auf, die so weit ins Wasser ragten, dass auch ein langes Kriegsschiff keine Probleme hatte, hier auf ganzer Länge anzulegen. Sie waren zudem so breit wie Ottars Schiff. Da die hölzernen Stege nicht nur als Anlegebrücke benutzt wurden, sondern auch als Marktplatz, herrschte reges Treiben. Die Händler verkauften ihre Waren direkt vor ihren Schiffen.

Ich ließ meinen Blick vom Hafen über die Stadt schweifen. Große Holzhäuser standen dicht gedrängt in der Nähe der Landungsstege. Auch außerhalb des Ortskerns war Haithabu von dichtem Rauch bedeckt, der von den Feuerstellen der Hütten ausging. Je näher wir kamen, desto lauter wurde es. Hammerschläge und das Fauchen von Feuer mischten sich zu den Rufen der Menschen.

Im Süden und im Norden war die Stadt mit einem hohen Erdwall umsäumt, der Schutz vor Angreifern bot. Auch wenn wir es von hier nicht sehen konnten, vermutete ich, dass dieser Erdwall rings um die Stadt verlaufen würde.

Bithia trat neben mich. Sie hatte Edda auf dem Arm und meine Tochter weinte. Natürlich weinte sie. Der Lärm, der mittlerweile das eigene Wort verschluckte, musste ihr ungeheure Angst einjagen. Wie wir alle hatte sie so etwas noch nie gesehen oder gehört. So schaute auch Bithia eher ängstlich zu mir auf, während ich dagegen fasziniert von dieser Menschenmasse war und beruhigend meinen Arm um meine Frau legte. »Ich bin ja bei euch«, sagte ich und setzte dabei ein ehrliches Lächeln auf. »Ich bin wirklich sehr gespannt, was das Schicksal für uns an diesem außergewöhnlichen Ort vorgesehen hat.«

Noch bevor wir anlegten, kam Ottar auf uns zu. Er kniff wieder die Augen zusammen und schaute mich an. »Ich habe euch also sicher hierhergebracht, nicht wahr?«

»Das tatet ihr«, sagte ich in einem dankbaren Ton. Wir schauten einander an und dann erst wurde mir klar, was der Händler von mir wollte. Ich drückte ihm das abgehackte Ende einer Silbergabel in die Hand. Ottar begutachtete das Stück, biss dann mit den Backenzähnen darauf und nickte: »Mit euch mache ich gerne Geschäfte«, sagte er lachend. »Wir sehen uns heute Abend im Kontor.«

»Im Kontor?«, fragte ich.

»Das ist das große Gebäude da drüben. Ihr könnt es nicht übersehen. Es ist eine Herberge. Wie in Lund. Nur größer und es werden auch Waren dort gelagert.«

Ich nickte und im nächsten Augenblick legte das Schiff an einem der Landungsstege an.

Ein Mann in feinen Kleidern wartete bereits auf uns, vermutlich um den Tribut einzutreiben, von dem Ottar gesprochen hatte. Während seine Mannschaft das Boot vertäute, sprang Ottar von Deck und war sogleich verschwunden. Ich erhaschte noch einen kurzen Blick auf seine grüne Mütze und das weiße Haar, bis er endgültig von den Menschenmassen verschluckt wurde. Dann stellte auch ich meine Füße zum ersten Mal auf den Boden Haithabus.

Mit diesem ersten Schritt wusste ich, wovor Bithia sich gefürchtet hatte. Die Eindrücke drangen auf mich ein wie Speere, die auf meinen Schild niederprasseln. Gleich zwei Männer redeten von links und rechts an meine Ohren. Der eine bot mir etwas zu essen an, der andere fragte, ob ich einen Übersetzter bräuchte, schon kam ein dritter hinzu, der aber gleich weiter zu Bithia ging und ihr irgendetwas verkaufen wollte, was ich weder sah noch verstand.

Mittlerweile waren wir alle an Land. Auch Baschis Frau wurde sogleich begrüßt und die Männer boten ihre Waren feil. Kogg verschaffte uns durch seine große Gestalt erst einmal ein wenig Luft, als er seine Hand drohend hob und grimmig schaute. So schnell all diese Händler gekommen waren und uns regelrecht belagerten, so schnell gingen sie auch wieder, als sie merkten, dass bei uns nichts zu holen war. Mit uns waren auch viele weitere Schiffe gekommen und so versuchten sie dort ihr Glück.

Edda weinte immer noch, als wir uns auf den Weg vom Hafen in die

Stadt machten. In Anbetracht der vielen Menschen nahm ich sie lieber in meine Obhut und kämpfte mich langsam voran, blickte mich immer wieder um und suchte Bithia, die direkt hinter mir war und auch Koggs Glatze konnte ich noch gut erkennen.

Kaum hatte ich den ersten Fuß von den Holzplanken des Landungsstegs auf den Boden der Stadt gesetzt, versank ich in Morast. Ich schaute an mir hinunter und bemerkte, dass ich gar nicht auf dem nackten Boden stand, wie ich zuerst vermutet hatte, sondern auf einem Weg aus Holzbohlen. Der starke Regen der letzten Tage jedoch hatte den Schlamm und allen erdenklichen Unrat auf die Planken gespült. Watend kämpfte ich um jeden Schritt, musste ständig Eddas Kopf vor vorbeieilenden Männer schützen und verlor fast einen Stiefel, als ich ganz am Rand des Weges die Holzplanken verfehlte und tief im Schlamm versank. Kjell hielt mich an den Schultern fest, damit ich nicht stürzte. Schon nach wenigen Schritten in dieser Stadt sah ich schlimmer aus als nach einer Schlacht bei Starkregen. Zu allem Übel setzte sich der scharfe Geruch nach Kot, Erbrochenem und Abfall in meine Nase. Schnell verwarf ich den Gedanken, die Stadt anzusehen, stattdessen wollte ich einfach nur noch dem Tumult entfliehen. Das Kontor, das Ottar erwähnt hatte, war ein guter Zufluchtsort, den wir einige Momente später erreichten. Dicht gefolgt von Bithia und meinen anderen Gefährten trat ich ein. Der Gestank machte dem Rauch Platz, der von der Feuerstelle ausging. Dennoch atmete ich erst einmal tief durch und versuchte, zur Ruhe zu kommen. Wenn es auch hier recht voll war, fühlte ich mich gleich wohler.

»Die Stadt stinkt«, sagte Ida hinter mir. »Habt ihr das gesehen? Sie leeren ihren Unrat einfach neben ihr Haus. Wisst ihr, durch was wir gerade gewatet sind? Schaut euch mal eure Stiefel an. Der Regen der letzten Tage spülte einfach alles über die Wege.«

»Lasst uns möglichst schnell nach Dannewerk weiterreisen«, flehte Bithia, vor allem an mich gewandt.

Wir gingen ein paar Schritte vom Eingang weg, um einem Mann Platz zu machen, der betrunken an uns vorbei nach draußen stolperte.

»Wir sollten uns erst einmal setzen«, schlug Kjell vor, während sich Norell an seiner Schulter festhielt und ihre Schuhe mit einem Stock sauber machen wollte, was ihr aber nicht gelang.

Als ich meine Beine endlich auf einem Stuhl entlasten konnte, durchströmte ein regelrechtes Wonnegefühl meine Glieder. Ein weiteres Mal atmete ich tief durch, setzte Edda neben mich und schüttelte meine Arme aus. Meine Tochter war schwer geworden.

Die ersten Eindrücke der Stadt waren furchtbar, das musste ich mir eingestehen. Ich konnte die Klage der Frauen also durchaus verstehen und es führte nichts daran vorbei, die Stadt am nächsten Tag wieder zu verlassen. Schließlich hatten wir von Beginn an nichts anderes vorgehabt, unser Ziel war nicht Haithabu, sondern Dannewerk, wo Bithias Eltern gelebt hatten oder vielleicht sogar noch lebten. Die Zustände in dieser Stadt beschleunigten unser Vorhaben, obwohl ich zu Anfang so fasziniert gewesen war. Besonders Norell litt unter den Bedingungen, aber letztendlich war es Edda, die mir die Entscheidung leichtmachte, gleich am nächsten Morgen wieder aufzubrechen. Der Kleinen tat die Stadt mit dem Gestank und dem Dreck sicher nicht gut.

Den Rest des Tages verbrachten wir im Kontor, keiner von uns hatte das Bedürfnis, noch einmal vor die Tür zu gehen. Das lag vor allem daran, dass Regen eingesetzt hatte, der alles noch schlimmer machte.

»Wenn der Regen nicht wäre, würde ich mich ja noch einmal nach draußen wagen«, sagte Baschi und blickte zum Eingang, wo die hölzerne Tür nach innen schwang, ein Mann hereinkam und uns so einen Blick hinaus ermöglichte.

»Es regnet immer noch und der Regen ist sogar stärker geworden«, stellte Norell fest.

»Schau dir nur mal an, wie dreckig dieser Kerl ist«, lachte Kjell und zeigte mit dem Zeigefinger auf den Mann, der gerade gekommen war. Seine Hosen waren unter all dem Matsch gar nicht mehr zu erkennen. Er warf uns einen bösen Blick zu, scheinbar hatte er trotz des Geräuschpegels im Kontor Kjells Worte verstanden, ging dann aber lieber zum Bierfass, anstatt uns seine Meinung zu sagen.

Erst am Abend ließ der Regen nach und ich unternahm mit Baschi einen kurzen Versuch, die Stadt zu erkunden. Nach wenigen Schritten lief uns Ottar entgegen.

»Wie war euer Tag?«, fragte er fröhlich grinsend, während Baschi und ich kehrtmachten und ihn zurück zum Kontor begleiteten. »Also meine Geschäfte liefen wundervoll, wie ich natürlich nicht anders erwartet hatte!«

»Ihr habt bei diesem Wetter Geschäfte getätigt?«, fragte ich verwundert.

»Natürlich!«, betonte er. »Stört euch der Regen etwa?« Er war wirklich verwundert und schaute uns fragend an, die Stirn in Falten gelegt. »Ich dachte, ihr kommt aus Norwegen. Da regnet es jeden Tag, oder etwa nicht?«

»Das mag sein, aber immer nur kurz. Wenn es den ganzen Tag regnet, wie hier und heute, dann setzte ich sicher keinen Fuß vor die Tür.«

»Regen darf einem nichts ausmachen. Dafür regnet es viel zu oft!«, erklärte Ottar und verschwand dann im Kontor. Wir folgten ihm.

»Setzt euch zu uns«, sagte ich zu Ottar und zeigte in Richtung Bithia und unserer Freunde.

Der weißhaarige Händler nahm die nasse Mütze vom Kopf, schüttelte sie kurz aus und zog sie wieder an.

»Nun, wie war euer Tag?«, wiederholte er und setzte sich auf einen Baumstamm. Ich reichte ihm einen Becher Met, den er dankbar annahm.

Wir berichteten ihm von unseren eher weniger begeisternden Erlebnissen und von unserem Vorhaben, Haithabu gleich morgen wieder zu verlassen. Er lachte nur. »So geht es jedem, der zum ersten Mal hierherkommt und vorher noch nie etwas Vergleichbares sah. Was meint ihr, wie ich mich gefühlt habe, als ich aus dem kargen Norden plötzlich hier in Haithabu stand? Glaubt mir, man gewöhnt sich daran. Geht aber ruhig erst einmal nach Dannewerk. Ich bin mir sicher, ihr werdet schon bald wiederkommen.«

»Ich setze sicher keinen Fuß mehr in diese Stadt, wenn ich sie einmal verlassen habe«, sagte Norell genervt, woraufhin Ottar nur lachte. »Es ist nicht der beste Tag gewesen, um einen Stadtspaziergang zu machen. Das gebe ich ja zu, meine junge Dame«, sagte er, »wenn es aber nicht gerade ein paar Tage hintereinander geregnet hat, dann kann man über die Straßen gehen, auch ohne sich die Schuhe dreckig zu machen.« Mit der Anspielung auf dreckige Schuhe hatte Ottar den Nagel auf den Kopf getroffen, und erntete dafür verärgerte Blicke von Norell.

»Ich kann mir aber nicht vorstellen, dass die Stadt vor Sauberkeit glänzt, wenn die Sonne scheint«, nahm ich Norell ein wenig vor Ottars Scherzen in Schutz.

»Nein, das sicher nicht, aber wisst ihr, der Dreck ist schnell vergessen, wenn ihr all die schönen Dinge seht, die Haithabu zu bieten hat. Auch die Frauen werden verzückt sein, glaubt mir. Diese Stadt«, fuhr Ottar fort, »ist eine Mischung aus Licht und Dunkelheit, aus Schmutz und Glanz.«

Auf diese Worte sagte keiner mehr etwas, zu verwirrend erschienen sie im Moment, entfachten jedoch das Feuer der Neugier in mir. Ich hoffte, dass unser Händler aus Halogaland Recht behalten würde und wir wieder hierher zurückkommen konnten. Warum aber hoffte ich das? War unser Ziel nicht, Dannewerk und vor allem Bithias Eltern zu finden? Ganz egal, ob wir sie finden würden, Haithabu sollte uns so oder so in seinen Bann ziehen, ob wir wollten oder nicht. Diese Stadt war einfach zu groß, zu bedeutend und Bithias Geburtsort nicht weit genug entfernt, als dass er den Einfluss dieses Handelszentrums nicht spüren würde, da war ich mir sicher.

Ottar verabschiedete sich wieder von uns, wollte auf seinem Schiff nach dem Rechten sehen. Wir dagegen richteten uns unsere Schlafstätte so gemütlich wie möglich ein, holten uns einige heiße Steine aus dem Feuer und versuchten, für den kommenden Tag Kräfte zu sammeln. Bithia hatte ihren Kopf auf meine Brust gelegt. »Werden wir meine Eltern finden?«, fragte sie und hob ihren Blick, um mich anzusehen.

»Das weiß ich nicht. Bestimmt sind sie nach wie vor in Dannewerk und bestellen ihre Felder. Ich bin zuversichtlich!«, aber das war eine Lüge, in Wahrheit glaubte ich nicht daran, dass Bithias Eltern so lange in diesem Ort geblieben waren. An Haithabu sah man, wie viel sich geändert hatte. Haithabu hatte damals nicht existiert. An solch eine Stadt, in der Menschen aus den entlegensten Winkeln der uns bekannten Welt zusammenkamen, war damals nicht einmal zu denken gewesen. Genau diese Menschen waren es, die uns an diesem Abend mit Flöten- und Fiedelmusik in den Schlaf wiegten und am nächsten Morgen zu früher Stunde weckten. Wir nutzten die viele Zeit, die dieser Tag durch das frühe Aufwachen für uns bereithielt und brachen schon bald auf.

Dannewerk war nicht weit von Haithabu entfernt. Der Ort lag direkt am Danewerk, woher er auch seinen Namen hatte. Nach einem kurzen Fußmarsch erreichten wir die Höfe des kleinen Dorfes. Direkt dahinter reihten sich Holzpalisaden auf einem aufgeschütteten Erdwall nach Westen hin aneinander, soweit das Auge reichte.

Bithia blieb stehen.

»Was ist los?«, fragte ich.

»Die Höfe, sie sind so heruntergekommen«, erkannte sie und machte einen besorgten Gesichtsausdruck.

Ich folgte ihrem Blick und in der Tat hatten die meisten Gebäude nicht mehr den Anschein, als wären sie bewohnt. Teilweise fehlten die Dächer.

»Wenn ich diese Gegend aus meinen Erinnerungen nicht so gut kennen würde, müsste ich bezweifeln, dass dies hier Dannewerk ist«, dachte sie laut und schien sehr enttäuscht, aber vor allem besorgt zu sein. »Ich sehe keine Menschen, die auf den Feldern arbeiten! Es gibt gar keine Felder«, fügte Bithia hinzu und ich las Angst in ihrer Miene, die ihr die Tränen in die Augen trieb.

»Dieser Ort ist ein Geisterdorf«, warf Kjell ein.

»Wir sollten nicht weitergehen. Dieser Anblick macht mir mehr Angst als Haithabu«, gab Norell zu und ging zu Bithia, um sie in den Arm zu nehmen. »Du wirst hier nichts außer Trauer finden!«, sagte sie zu meiner Frau. »Lass uns gar nicht erst hingehen.«

»Doch«, beharrte Bithia. »Ich will wissen, was mit meinen Eltern geschah. Auch wenn es nur ihr Tod ist, den ich hier finde, so habe ich wenigstens Gewissheit.«

»Überlege dir das gut!«, sagte ich. Auf Bithias Drängen hin schritten wir weiter voran.

Ich hatte im Heimatdorf meiner Eltern diese Trauer erlebt, die meiner Frau nun bevorstand und hoffte, dass es Bithia danach ebenfalls besser gehen würde, wenn sie Abschied genommen hatte. Dieser Abschied, das wurde bald klar, stand zwangläufig bevor.

Die Hütten waren in einem noch schlechteren Zustand, als ich aus der Entfernung angenommen hatte. Das Holz war feucht und verfault und roch modrig. Die Dächer waren eingestürzt und hingen nur noch mit den Seiten an den Stützbalken, während sie in der Mitte der Gebäude am Boden lagen. Kruk stieg von meiner Schulter auf und jagte im morschen Holz nach Käfern.

»Was ist diesem Ort widerfahren?«, fragte Baschi. »War es eine Flut? Oder warum wurde er so plötzlich verlassen?«

»Vielleicht eine Krankheit?«, überlegte Baschis Frau.

»Nein, keine Flut, keine Krankheit«, sagte ich nachdenklich. »Dieser Ort ist dem Handel zum Opfer gefallen. Haithabu hat das Dorf verschluckt.

Die Bewohner haben ihre Heimat verlassen.«

»Aber irgendwoher müssen auch die Händler Haithabus ihr Brot bekommen«, widersprach mir Kjell.

»Sie werden es sich von anderen Händlern kaufen«, sagte ich, doch bevor wildes Gerede aufflammen konnte, unterband ich jede Antwort meiner Freunde mit einer beschwichtigenden Handbewegung, wir hatten immer noch keine Menschenseele getroffen und ich konnte nur erahnen, wie schwer es für Bithia sein musste, durch diesen Ort zu gehen, in dem sie ihre Kindheit verbracht hatte, der jetzt aber vollkommen ausgestorben zu sein schien.

»Hier ist es!«, sagte sie in sich gekehrt und blieb vor einem eingestürzten Hof stehen. »Hier wurde ich geboren.«

»Bist du sicher?«, fragte ich vorsichtig. Ich bekam keine Antwort. Stattdessen stieg meine Frau über herabgestürzte Balken, bis sie in mitten der Ruine stand und traurig ins Leere starrte.

»Ich habe alles verloren!« Die Angst in ihrem Gesichtsausdruck schlug in pure Verzweiflung um. »Erst meinen Bruder. Jetzt meine Eltern. Sie sind verloren, ohne dass ich jemals erfahren werde, warum und wieso. Was ist das für eine Welt, in der wir leben?« Ihr Kopf sank auf ihre Brust. Ich wollte sie in den Arm nehmen, doch sie stieß mich von sich weg. So überraschend und kränkend diese Zurückweisung auch war, wusste ich doch, dass ich es verdient hatte, schließlich war ich Teil des Mordes an ihrem Bruder gewesen. Trotzdem wollte ich erneut Trost spenden, aber diesmal hielt mich Norell schon im Ansatz zurück und nahm Bithia an meiner statt in den Arm. Bithias Kopf sank auf die Schulter ihrer Freundin und dann schluchzte sie. Sie weinte, und jeder Seufzer versetzte mir einen Stich ins Herz. Gab es etwas, das zwischen uns stand, von dem Norell wusste und ich nicht? War der Schmerz über unseren Überfall auf Lindisfarne noch nicht vergessen? Würde sie je vergeben können? Mir schossen unendlich viele Gedanken durch den Kopf und ich fühlte mich so schlecht, dass auch ich innerlich zusammensackte. Hätte Bithia ihre Eltern nicht verlassen und wäre ich nicht nach Lindisfarne gegangen, wäre es niemals zu diesem Konflikt zwischen Bithia und mir gekommen, aber ich hätte sie auch niemals kennengelernt. Der Schmerz in unserem Herzen, die Reue für unsere Taten, war also die Bedingung unserer Liebe. Würden wir stark genug sein, diese Bürde tragen zu können?

Schließlich schüttelte ich all diese Gedanken von mir ab, ließ meine Frau und meine Tochter mit Norell zurück und schritt mit den anderen in Richtung Wall.

Wir hatten die Mauer, die Dänemark vom Frankenreich trennte, fast erreicht, als Kruk über die Holzpalisaden hinweg ins Frankenreich flog. Ein Land, das mir völlig unbekannt war. Es war groß und es war reich, mehr konnte ich nicht darüber sagen. Zu diesem Zeitpunkt konnte ich es noch nicht ahnen, eines Tages aber sollte ich einen Teil dieses Reichs kennenlernen.

Ein Poltern ließ mich aus meinen Gedanken hochschrecken. Von Westen her näherten sich einige schwer beladene Ochsenkarren und wurden von einem Mann weiter vorangepeitscht. Wie Ottar es beschrieben hatte, würden sie nach Haithabu fahren, dort ihre Waren verkaufen oder auf Schiffe laden, um weiter nach Osten zu segeln.

»Ob es wirklich so viel einfacher ist, seine Waren auf Karren zu laden, um sie dann über Land nach Haithabu zu bringen, statt um Dänemark herum zu segeln?«, fragte Kjell.

»Ganz bestimmt!«, sagte Baschi. »Es würde dich nicht nur viel mehr Zeit kosten, du wärst auch noch den Wikingern ausgeliefert.«

Die beiden redeten weiter darüber, ich aber hörte gar nicht richtig zu, sondern machte mir Gedanken um die Zukunft unserer Gemeinschaft. Dies hier war unser Ziel gewesen. Das verlassene Dorf, in dem keine Menschenseele mehr zu leben schien, hier wollte Bithia unsere Tochter großziehen. Was wir gefunden hatten, war eine Ruine und eine Stadt in direkter Nähe, in der sich keiner von uns so recht wohl zu fühlen schien.

»Kümmert es euch denn nicht, dass wir so weit gereist sind und nichts als dieses Geisterdorf gefunden haben?«

Baschi, Kogg und Kjell schauten sich fragend an, als hätten sie sich darüber noch niemals nachgedacht.

»Wir haben Haithabu gefunden«, sagte Baschi.

Kjell fügte hinzu: »Unsere Säcke sind voll mit Silber und das werden wir hier in Haithabu vermehren. Was also bekümmert dich?«

»Norell will nicht in diese Stadt. Ebenso wenig wie Bithia.«

»Ihnen bleibt nichts anderes übrig!«, sagte Baschi einfach.

Obwohl meine Gefährten keine Schuld traf, ließ ich meinen Frust an ihnen aus. »Ich möchte aber selbst nicht, dass mein Kind in dieser Stadt groß wird«, erklärte ich verärgert und hob gestikulierend die Hand.

»Jetzt beruhige dich«, sagte Kjell, »niemand zwingt dich dazu, dich in der Stadt niederzulassen! Errichte dir eine Hütte in diesem Geisterdorf, lebe hier und trotzdem kannst du dein Silber in Haithabu vermehren.«

Ich wurde still, es schien mir kein allzu schlechter Gedanke zu sein.

»Aber warum«, fragte ich mit einer leisen, aber überzeugenden Stimme, »tut das dann niemand? Wieso lebt hier keiner mehr? Warum zogen sie alle nach Haithabu?«

Als ich diesen Satz ausgesprochen hatte, kam mir mit einem Mal ein Gedanke. Ich ließ meine Gefährten mit verdutzten Gesichtern stehen und lief zurück zu Bithia. Die drei Frauen kamen mir entgegen und Bithia lächelte mich aus einem verweinten Gesicht an.

»Es tut mir leid«, sagte sie und fiel mir in die Arme.

»Mir tut es auch leid. Lass es uns vergessen. Schenk mir dein Gehör, ich habe einen Vorschlag.« Ich drückte sie liebevoll von mir weg, um ihr in die Augen sehen zu können. »Schau mich nicht so erwartungsvoll an, vermutlich ist es nur eine Narretei. Ich frage mich eines. Wenn all die Bewohner aus diesem Dorf nach Haithabu gegangen sind, wovon ich ausgehe, warum sollten es deine Eltern dann nicht auch getan haben?«

Bithia sah mich fragend an, dachte nach und grinste dann. »Meine Eltern waren schon immer Bauern gewesen, aber vielleicht hast du Recht! Wir sollten es zumindest versuchen. Vielleicht können wir in Haithabu etwas über sie in Erfahrung bringen.«

»Genau das erscheint mir naheliegend. Wenn sie selbst nicht nach Haithabu zogen, dann möglicherweise ihre Bekannten.« Ich nahm Bithia wieder in den Arm.

Kjell, Kogg und Baschi hatten bereits zu uns aufgeschlossen und als meine Frau auf meine Gefährten den Eindruck machte, neuen Mut gefasst zu haben, konnte sich auch Norell nicht dagegen wehren, erneut nach Haithabu zu gehen, um nach Bithias Eltern zu suchen.

Wir machten uns sofort auf den Rückweg und obwohl wir den gleichen Weg nahmen, hielt dieser eine Überraschung für uns bereit. Als wir das Geisterdorf schon fast hinter uns gelassen hatten, begegneten wir doch noch einem Menschen. Ein alter Mann stand mit seiner Harke auf dem Feld und grub die Erde um. Wir alle schreckten zunächst vor ihm zurück, allein seine Anwesenheit in diesem seelenlosen Dorf machte einen furchteinflößenden Eindruck. Obwohl er uns sehen musste, schenkte er uns keinerlei Beachtung, als wären wir Geister, die nur ihn sehen konnten, er uns dagegen nicht. Nachdem ich mich aber gefasst hatte, sammelte ich meinen Mut und ging auf den Alten zu. »Hier ist vielleicht der erste Anhaltspunkt auf unserer Suche«, sagte ich zu meinen Gefährten.

Der Mann hielt in seiner Arbeit inne und schaute zu mir auf. Ein schwarzes zusammengerolltes Leinentuch war über eines seiner Augen gebunden und er hatte ein ähnlich wettergegerbtes Gesicht wie Ottar. Dunkelgraue Haare zierten sein Haupt.

»Guter alter Mann«, begann ich, »wo sind all die Menschen aus diesem Dorf hin?«

Lange schaute er mich aus seinem faltigen Gesicht an. Sein langes Schweigen zeigte mir, dass er leicht verwirrt war, doch äußerlich sah man ihm das nicht an. Im Gegenteil, er strahlte etwas aus, von dem ich nicht wusste, was es war, aber es zog mich in seinen Bann.

»Wir suchen die Familie meiner Frau«, versuchte ich es erneut und bekam nach einer ähnlich langen Pause endlich eine Antwort.

»Die Menschen hier gingen in die Stadt«, sagte er und fing gleich wieder an mit der Harke den Boden umzugraben, ohne weiter auf mich zu achten, so als hätte er mit dieser einen Antwort seine Schuldigkeit getan.

»Warum seid ihr noch hier?«, fragte ich ihn.

»Die Menschen sind Narren!«, erklärte er, ohne von seiner Arbeit aufzuschauen. »Sie alle wollen Geld und Macht, dabei liegt der wahre Reichtum vor ihren Augen. Die wahre Macht über diese Welt wird ein Mensch ohnehin niemals erringen.«

Der Mann machte auf mich einen sehr müden Eindruck. Nicht weil er vom Bearbeiten seines Feldes erschöpft war, sondern weil er alt war. Er war seines Lebens müde. Die rätselhafte Aura, die ihn umgab, hielt mich jedoch immer noch bei ihm.

»Wie meint ihr das?«, fragte ich ihn. Langsam schaute er von seiner Harke auf und sah mir in die Augen. »Was meint ihr mit dem Reichtum vor unseren Augen?«, verdeutlichte ich, der Mann jedoch schien mir nicht antworten zu wollen und starrte mich einfach nur an. Oder hatte er mich nicht verstanden? Die Stille dauerte eine so lange Zeit, dass ich unruhig wurde und nicht wusste, ob ich nun weiter ziehen sollte oder noch etwas zu erwarten hatte. In seinem blauen Auge sah ich plötzlich eine so alte und tiefe Weisheit, wie Wasser in einem Brunnen, der vom höchsten Berg Norwegens bis hinab auf den Meeresgrund reichte.

»Narren sind die Menschen, wenn sie denken, dass Silber wohlhabend macht. Narren sind sie, wenn sie denken, dass Sklaven ihnen Macht geben. Nur die Natur macht einen reich. Sie schenkt einem Früchte, Wasser und eine Arbeit, die Sinn gibt. Die Natur schenkt einem das Leben. Kein Mensch vermag es, diese Geschenke zu überbieten, die Natur ist der wahre Herrscher über diese Welt. Lange ist es her, dass die Menschen dies zu schätzen wussten. Heute will das keiner mehr verstehen, auch ihr nicht. Also geht, ihr Narren, geht in die Stadt, wie all die anderen. Geht und sucht weiter nach eurem Schicksal, aber was ihr findet, wird doch nur euer Verderben sein.«

Der alte einäugige Mann sagte dies mit einer so unheimlichen, traurigen Stimme, dass sich seine Worte auf meine Seele setzten, wie der Gestank der Stadt sich auf meine Lungen gelegt hatte. Die tiefe Weisheit in seinem Auge aber sagte mir, dass seine Worte wahr waren. Der Gestank der Stadt war vergänglich, seine Worte aber würden ewig währen.

Ich hatte Mühe, mich von seinem starren Blick, der immer noch auf mich gerichtet war, loszureißen.

Doch dann zog mich Baschi am Arm und ich stolperte rückwärts weiter, wurde vom Auge des Alten verfolgt, bis er sich endlich wieder seiner Arbeit widmete und mich frei gab.

»Der Mann ist verrückt!«, sagte Baschi und ließ mich los. »Lasst uns schnell in die Stadt gehen. Dieser Ort ist mir nicht geheuer!«

Es war in der Tat gruselig und ich schüttelte mich, um wieder klare Gedanken fassen zu können. Sogar Bithia und Norell wollten schnellstmöglich weg von hier und wieder in die Stadt, in der sie sich wenigstens sicher fühlten.

Dannewerk war tot und stand damit in völligem Gegensatz zu Haithabu. Wenigstens hatten wir den letzten Hauch Leben, der in diesem Ort gesteckt hatte, in ein Fünkchen Hoffnung gewandelt, das jederzeit ausgehen konnte, wenn wir es nicht mit positiven Gedanken nähren würden.

Wir betraten die Stadt wieder von Westen. Der Erdwall, der rings um die Stadt aufgeschüttet war, hatte hier eine Lücke, die als Tor diente. Auch hier standen Wachposten und kontrollierten jeden, der die Stadt betreten wollte. Wir wurden sehr argwöhnisch beäugt, die Soldaten sahen nun keine Seemänner auf einem Knorr, sondern Krieger mit Schwertern, Äxten und Rüstungen, die nicht den Anschein machten, Handel treiben zu wollen.

»Wo kommt ihr her?«, fragte einer der vier Wachleute und zeigte mit einem Speer auf uns.

»Wir reisten schon gestern an und verließen Haithabu nur für den heutigen Tag«, erklärte Kjell.

»Warum seid ihr für diesen Tag außerhalb der Stadt gewesen?«, fragte der Krieger barsch und so schnell, dass sich seine Stimme fast überschlug.

»Weil meine Frau«, mischte ich mich ein und nahm Bithia am Arm, »in Dannewerk geboren wurde und ihre alte Heimat wiedersehen wollte.«

»Ist das euer Kind?«, fragte der Wachmann und schaute auf Edda.

»Das ist mein Kind«, bestätigte ich.

Wieder prüfte uns der Soldat mit seinen Blicken, winkte uns aber schließlich durch das Tor.

Im Gegensatz zum Vortag war das Wetter schön. Die Sonne schien vom blauen Himmel und wärmte nicht nur uns, sondern trocknete auch den Morast auf den Straßen und so machte alles gleich einen viel angenehmeren Eindruck. Der Gestank blieb, wurde aber schon nicht mehr als so unangenehm beißend wahrgenommen wie noch am Tag zuvor.

»Da staune ich nicht schlecht«, sagte Kjell und blickte voraus. Ein Mann zog ein Brett an Seilen hinter sich her, das so breit wie die Wege war und den gröbsten Dreck von den Straßen schob. »Sie scheinen doch auf Sauberkeit zu achten.«

Wir liefen an einigen Grabhügeln südlich von uns vorbei, als mir Bithia die Hand auf die Schulter legte und etwas zu mir sagte, was ich nicht verstand. Mit lauten Hammerschlägen wurden wir im Schmiedeviertel begrüßt und so sah ich nur, wie sich die Lippen meiner Frau bewegten, hörte aber nichts, außer dem Dröhnen von Eisenhämmern auf Stahl und fauchendem Feuer.

Obwohl ich genau dieses Geräusch mochte und gerne dabei zusah, wie sich glühendes Metall unter den kräftigen Schlägen der Schmiede verformte, liefen wir schnell weiter. Als der Lärm nachließ, wiederholte Bithia ihre Worte: »Wo sollen wir nach meinen Eltern suchen? Die Stadt

234

ist riesig.«

»Wir fragen einfach die Bewohner. Vielleicht kennt sie jemand.« Bithia machte einen Gesichtsausdruck, als würde sie nicht gerade viel Hoffnung in dieses Vorgehen legen. »Hast du einen besseren Vorschlag?«, fragte ich. Sie schüttelte nur den Kopf.

»Wir müssen nur alle Leute fragen, die wir sehen. Irgendwann haben wir Glück und wenn es den ganzen Tag dauert.« Sofort ging ich mit gutem Beispiel voran, wissend, dass Bithia nicht gerne auf Leute zuging und so war es an mir, den ersten Schritt zu tun.

Auf meine Frage nach einer Bauernfamilie schaute mich der junge Mann, den ich gefragt hatte, nur verwundert an. »Hier in Haithabu gibt es keine Bauern, nur noch Händler und Handwerker!«, sagte er und war gleich darauf schon wieder verschwunden. Bithia war enttäuscht. »Wo ist deine Zuversicht von vor wenigen Augenblicken? Wir werden schon etwas herausfinden«, munterte ich sie auf. »Aber, wenn sie hier in die Stadt gegangen sind, dann müssen sie ihr Überleben mit etwas anderem gesichert haben als mit Gerste«, dachte ich laut.

»Sie waren schon immer Bauern. Ich glaube kaum, dass mein Vater plötzlich Schmied geworden ist«, erstickte Bithia meine Gedanken im Keim.

»Er muss ja nicht unbedingt Schmied sein«, sagte Norell. »Vielleicht verkaufen deine Eltern ja auch Kleidung oder Töpfe aus Speckstein. Hier in der Stadt gibt es alles Mögliche. Es scheint fast, als könne man hier alles zu Geld machen. Wolle und Speckstein, das konnte deine Mutter sicherlich sehr gut bearbeiten.«

»Das ist wohl wahr«, erkannte Bithia mit einem Funken neuen Mutes. Wir liefen die Straße weiter nach Osten und ließen das Schmiedeviertel endgültig hinter uns.

»Warum sind alle Schmiede zusammen in einem Viertel so abgelegen im Nordwesten?«, fragte ich.

»Das ist in jeder größeren Stadt so«, sagte Baschi. »Schau dir doch mal die Häuser an. Genau wie bei uns sind sie alle aus Holz. Hier und da sieht man einige, deren Wände aus Flechtwerk gebaut und mit Lehm verputzt sind, aber auf jeden Fall sind alle Dächer mit Reet gedeckt. Ein Feuer würde sich schnell von Reetdach zu Reetdach in der ganzen Stadt ausbreiten und schneller alles zerstören, als man es wieder aufbauen könnte.«

Ich unterhielt mich noch weiter mit Baschi, bis wir zu einem Handwerker kamen, der seinen Stand vor seinem Haus aufgebaut hatte. Er verkaufte Holzlöffel und Holzschalen. Diese aber waren nicht so einfach gefertigt wie jene, die wir zuhause zweckmäßig aus Ahorn schnitzten. Ich betrachtete einen Löffel, dessen Griff kunstvoll zu einem Schwanenkopf geformt war, bis mein Blick auf etwas anderes fiel. Der Holzschnitzer verkaufte auch Spielsteine. Ich sah Figuren aus allen möglichen Holzarten, aber auch solche, wie sie Barri damals gekauft hatte: Spielsteine aus Elfenbein. »Aus welchem Elfenbein sind diese Spielsteine geschnitzt?«, fragte ich den Verkäufer.

»Aus Walrosselfenbein! Nur das Beste, ganz oben aus dem Norden. Es verliert nie seinen Glanz«, lobte er seine eigene Ware.

»Wisst ihr den Namen des Händlers, von dem ihr die Stoßzähne gekauft habt?«, wollte ich wissen.

»Von Ottar aus Halogaland«, antwortete der Mann.

Schmunzelnd schaute ich zu Bithia, die gerade eine Holzschale in der Hand hielt, deren Wand von außen mit aufwändigen Schnitzereien verziert war.

»Gefällt sie dir?«, fragte ich.

Gedankenverloren starrte sie die Schale an und nahm meine Frage gar nicht wahr. »Schnitzen konnte mein Vater schon sehr gut«, sagte sie und fuhr mit ihren Fingern die verschnörkelten Linien im Holz nach.

Als ich Bithia ansah, fragte ich mich, wie hoch die Wahrscheinlichkeit war, etwas über ihre Eltern herauszufinden. Ich selbst hatte diese Hoffnung in meiner Frau geweckt. Was aber wäre, wenn wir herausfinden würden, dass ihre Eltern verschleppt wurden oder auf grausame Weise gestorben waren? Wäre es nicht besser, all das zu vergessen und sich um sein eigenes Schicksal zu kümmern? Konnte ich Bithia aber diese Zuversicht nehmen, oder sollte ich ihr weiter helfen? »Gibt es noch weitere Schnitzer in Haithabu?«, fragte ich den Verkäufer.

»Ja natürlich. Dutzende. Aber warum wollt ihr das wissen? Gefällt euch meine Kunst etwa nicht?«, erwiderte er gekränkt.

»Doch!« Ich erklärte ihm kurz, worum es uns eigentlich ging und so half er uns bereitwillig: »Die meisten verkaufen ihre Waren direkt am Hafen auf den Landungsstegen. Einige wollen aber während des Verkaufs weiter arbeiten, so wie ich. Deren Stände findet ihr dann in der Stadt. Auch wenn es nicht gerade mein Geschäft fördert, zeige ich euch gerne, wo ihr weitere Schnitzer findet.«

Er beschrieb uns den Weg, verabschiedete sich und ging dann wieder seiner Arbeit nach.

Baschi, Ida und Kogg waren während des Gesprächs bereits um die nächste Ecke verschwunden und ich fand sie bei einem anderen Verkäufer. Kurz erzählte ich ihnen, was wir in Erfahrung bringen konnten und bat sie, uns bei der Suche zu unterstützen, was sie natürlich bereitwillig taten. Wir beschlossen uns zu trennen. Die drei würden zum Hafen gehen, während Kjell, Norell, Bithia mit Edda und ich in der Stadt weitersuchten. Ich war froh über diese Entscheidung, am Ende der langen Straße sah ich den Hafen und es schienen wieder unendlich viele Menschen dort zu sein. In der Stadt war es ein wenig ruhiger, wenn auch hier reges Treiben herrschte.

Auf unserem Weg über die Holzbohlen wurden wir von Eindrücken regelrecht überflutet. Die Verkäufer boten uns alle möglichen Waren an. Wein aus dem Süden, Daunen, Pelze, Geweihe, Taue aus Seehundfell und Töpfe aus Speckstein aus dem Norden. Außerdem Kupfer-, Bronze-, Gold- und Silberschmuck, Gürtelschnallen, verzierte Schwertortbänder und vieles weitere mehr. So langsam verstanden wir, was Ottar gemeint hatte. Der Dreck zu unseren Füßen und der Gestank in unseren Nasen waren schnell vergessen. Diese Stadt war in der Tat eine Mischung aus Schmutz und Glanz.

Nicht weniger imposant als die Waren erschienen mir die Menschen. Selbstverständlich trug keiner von ihnen einen Ringpanzer. Vielmehr trugen sie Tuniken aus feinen Stoffen. Nicht zu vergleichen mit jenen, die meine Gefährten und ich unter der Rüstung anhatten. Sie waren gefärbt und leuchteten in den unterschiedlichsten Farben. Uns begegnete blaue, gelbe, grüne, braune, schwarze Kleidung. Die Tunika reichte etwa bis oberhalb der Knie und wurde an der Hüfte mit einem Leder- oder Stoffgürtel gehalten. Darunter trugen die Bewohner farblich angepasste Hosen aus ebenfalls edlem Stoff, die an den Waden mit Beinwickeln fixiert waren und auf ledernen Schuhen ihren Abschluss fanden. Ein langer Umhang, der mit einer Ringfibel oder Gewandnadel an der Brust zusammengehalten wurde, schützte sie vor Nässe und Kälte. Es gab auch wohlhabende Frauen. Wenn uns bisher auch nur eine begegnet war, fiel sie uns aufgrund ihres Schmuckes ganz besonders auf. Ihr Kleid war strahlend blau und reichte von der Schulter bis zum Boden. Darüber trug sie ein gelbes Trägerkleid. An der Brust hingen drei kunstreiche Glasperlenketten, die links und rechts von zwei ovalen, silbernen Fibeln gehalten wurden, die das Licht der Sonne so reflektierten, dass es mich blendete. Darüber trug die Frau einen dunkelroten Mantel, dessen Rand mit Pelz besetzt war und der an der rechten Schulter mit einer bronzenen Kleeblattfibel zusammengehalten wurde. »Diese Frau muss die Tochter eines Königs sein«, flüsterte ich. Ihre Wangen wirkten rötlich gefärbt und die Haut seltsam glatt. Wie ich später erfahren sollte, schminkten sich die wohlhabenden Damen mit einer Mischung aus Rötelstein und Schweine-schmalz.

Obwohl Bithia von der Hoffnung getrieben wurde, ihre Eltern wiederzu-sehen, blieb auch sie immer häufiger stehen und staunte. Beim Silber-schmied hielten wir uns besonders lange auf. Er verkaufte Ringe, Ketten und Fibeln, alles aus purem Silber. Er hatte seine Ware sehr weit hinter dem Verkaufstresen zur Schau gestellt, so dass wir nicht danach greifen konnten, was sicher dem Diebstahl vorbeugen sollte, aber besonders die Frauen dazu animierte, sich weit über den Tresen zu beugen, um alles genau begutachten zu können. Der Schmied war gerade bei der Arbeit und schien es nicht für nötig zu halten uns anzusprechen und uns seine Ware anzubieten. Stattdessen hob er nur kurz den Kopf und schaute auf Norell und Bithia, die aus dem Staunen nicht mehr herauskamen und immer neue Kostbarkeiten im Laden entdeckten. Dann schenkte er auch Kjell und mir einen argwöhnischen Blick, betrachtete unsere Rüstungen und unsere Schwerter, schien aber keine Angst vor uns zu haben. Der Marktfrieden wurde auch in der Stadt durch patrouillierende Krieger gesichert, so widmete der Schmied seine Aufmerksamkeit wieder der Arbeit. Interessiert schaute ich ihm dabei zu. Er war gerade dabei, einen hauchdünnen Golddraht um eine kleine Form zu drehen, bis ein kuppel-förmiges Gebilde entstand, das nicht größer als ein Fingernagel, aber unheimlich schön anzusehen war. Er nahm es von der Form und lötete es auf eine Handteller große Fibel. Es befanden sich schon weitere dieser kleinen Kuppeln auf der silbernen Scheibe und bildeten im Gesamten eine Struktur, die scheinbar wild wie ein Gebirge, aber dennoch symmetrisch und makellos war. Ich war mir sicher, dies würde ein unbezahlbares Meisterwerk werden, wie sich es nicht einmal die Dame leisten konnte, die uns begegnet war.

Ich riss mich von meiner Faszination los und forderte auch die beiden Frauen auf, weiterzugehen, was ihnen sichtlich schwerfiel.

»Es war ein anstrengender Tag. Sollten wir ihn gemütlich ausklingen lassen und uns erst morgen weiter nach deinen Eltern suchen?«, fragte ich.

Bithia hatte sich durch die Eindrücke tatsächlich ablenken lassen, schaute jetzt ein wenig trübsinnig, strahlte aber auch Verständnis und Zuversicht aus: »Vielleicht haben unsere Freunde ja etwas herausgefunden.«

Wir liefen zu unserer Nachtunterkunft zurück und trafen genau vor dem Eingang auf Baschi, Kogg und Ida. Die vage Hoffnung, von ihnen etwas zu erfahren, wurde im Keim erstickt.

»Konntet ihr etwas herausfinden?«, fragte ich.

»Oh ja«, begann Baschi, wurde aber von Ida in die Seite gestoßen. Scheinbar hatte unser schwarzbärtiger Gefährte vergessen, wonach wir eigentlich suchten und wollte uns all die Kostbarkeiten aufzählen, die sie gesehen hatten. Ich nahm ihm das nicht übel. Wenn Bithia sich selbst von dieser Stadt gerne ablenken ließ, musste es bei unseren Gefährten am Hafen noch viel interessanter gewesen sein.

»Wir konnten leider nichts in Erfahrung bringen, Liebes«, sagte Ida zu Bithia und ich war erstaunt, dass die Frau Baschis auch liebevoll zu uns sein konnte.

»Morgen ist auch noch ein Tag«, tröstete ich Bithia, während wir das Kontor betraten und noch für kurze Zeit dem Flöten und Fiedelspiel lauschten, bis wir so müde waren, dass wir uns schon bald schlafen legten.

Wir verbrachten eine unruhige Nacht. Bithia tat kein Auge zu und hinderte auch mich am Schlafen, indem sie sich ständig hin und her wälzte. Es war durch die vielen Gäste, die noch lange nicht ans Schlafen dachten, ohnehin schwer genug, hier Ruhe zu finden. Die einen unterhielten sich, manch ein Paar schlief miteinander ohne dabei im Entferntesten darauf zu achten, sich dabei leise zu verhalten und die, die vom vielen Bier schon unter den Bänken lagen, schnarchten so laut, dass sie die Gespräche damit sogar übertönten.

Am nächsten Morgen machten wir uns dementsprechend müde wieder auf die Suche. Haithabu aber war einfach zu groß, die Wege zu verwirrend. Wir liefen teilweise an denselben Häusern und Ständen vorbei wie am Tag zuvor. Diejenigen Händler oder Handwerker, die wir gestern noch nicht gesehen hatten, hatten noch nie von Bithias Eltern gehört. Dabei beschränkten wir uns nicht mehr nur auf die Holzschnitzer, sondern fragten auch alle anderen, aber ohne Erfolg.

Mich verließ die Hoffnung, während Bithia eine ungeheure Ausdauer entwickelte. Stur und schon fast besessen fragte sie einen Bewohner nach dem anderen, nur um immer die gleiche enttäuschende Antwort zu erhalten.

Am vierten Tag, wir hatten Edda bei Norell und Kjell gelassen, ging jeder seinen Interessen nach, keiner von uns glaubte mehr an einen Erfolg der Suche, nicht einmal mehr Bithia, die in diesem Moment einer alten Frau wohl nur noch aus Gewohnheit die gleiche Frage stellte.

»Die Christen aus Dannewerk?«, äußerte die Frau uns eine Gegenfrage, die mich regelrecht zusammenzucken ließ, so sehr überraschte sie mich. Ich schaute sie an, sah dann zu Bithia, die regungslos dastand und große Augen bekam, da sie genauso wenig mit der Antwort gerechnet hatte wie ich. Ein scheinbar unendlich langes Schweigen lag in der Luft, bis Bithia antwortete: »Ja, sie waren Christen und wohnten in Dannewerk! Sie schickten mich und meinen Bruder in ein Kloster in England.«

Die Verkäuferin schaute nachdenklich auf Bithia. »Ich glaube, dann weiß ich, wen ihr sucht«, sagte sie langsam, während sie ihren Kopf zu einem langsamen Nicken hob und senkte.

»Wirklich?«, Bithia war jetzt völlig überfordert und wartete ungeduldig auf die Erklärung der Frau, konnte es kaum erwarten, bis die Worte aus ihrem Mund kamen und musste sich scheinbar zurückhalten, nicht über den Tresen zu springen, um das Wissen der Kauffrau aus ihr herauszuschütteln.

»Ich kannte sie nicht gut«, sagte die Verkäuferin und versuchte, die Euphorie, die auf sie hereinzubrechen drohte, ein wenig zu schmälern. »Sie zogen damals hier in die Stadt, nachdem ihre komplette Ernte verfault war und versuchten, sich irgendwie über Wasser zu halten. So wie wir verkaufte der Mann Schnitzereien. Vor ein oder zwei Jahren erkrankte er an einer seltsamen Krankheit und konnte erst seine Hände kaum noch bewegen und starb dann bald darauf.« Bithias Augen waren immer noch weit aufgerissen, aber jetzt mischte sich Trauer in ihre Gefühle. Ich legte meinen Arm um ihre Hüfte, was sie aber gar nicht zu merken schien, zu gebannt klebte sie an den Lippen der Verkäuferin. »Es tut mir sehr leid, mein Kind, aber wenn das dein Vater war, dann ist er jetzt tot.« Bithia stand immer noch regungslos da.

»Was ist mit der Mutter?«, fragte ich an ihrer Stelle.

»Von der Frau hörte ich seitdem nicht mehr viel. Ich weiß aber, wo das Paar gewohnt hatte. Versucht es einmal im Süden der Stadt. Dort gibt es ein Viertel, in dem kleine Hütten direkt nebeneinander stehen. Es ist ein armes Viertel, also gebt auf euch Acht. Dort hatten sie ein kleines Haus. Ihr findet es, wenn ihr hier entlanggeht«, sagte die Alte, zeigte die Straße hinunter und erklärte, wie wir die Hütte finden konnten.

»Vielen Dank!«, sagte ich und schenkte der Verkäuferin ein Lächeln, das freundlich erwidert wurde. Ich verstärkte meinen Griff an Bithias Hüfte und zog sie fort.

»Das tut mir leid, mit deinem Vater«, sagte ich.

»Wir sind vielleicht nur ein Jahr zu spät«, sprach Bithia ihre Gedanken traurig aus.

Ich legte meine Hand in ihren Nacken und drückte sie vorsichtig an mich. Zaghaft setzte sie sich zur Wehr. »Es ist in Ordnung«, nickte sie.

»Immerhin habe ich jetzt endlich ein Zeichen von ihnen gefunden. Stell dir doch mal vor, meine Mutter wäre noch am Leben! So oder so weiß ich wenigstens, was ihnen widerfuhr! Lass uns Norell und Kjell holen, ich möchte vor allem Edda bei mir wissen, wenn wir das Haus meiner Eltern aufsuchen.« Wir liefen zum Kontor und hatten Glück, Kjell und Norell waren mit Edda noch dort und als wir eintraten, überwog Bithias Freude. »Wir haben jemanden gefunden, der meine Eltern kannte!«, stürmte Bithia auf die drei zu, nahm Edda in den Arm und hob sie über ihren Kopf, um sie gleich darauf mit Küssen zu überschütten. Die Kleine freute sich und lachte.

»Das kann ich nicht glauben, ich dachte...«, stotterte Kjell, wurde aber schnell von Bithia unterbrochen.

»Du kannst das sehr wohl glauben, mein Freund!«, sagte sie mit stolzer Brust und dazu hatte sie alle Gründe, keiner hatte mehr daran geglaubt, dass die Ausdauer meiner Frau von Erfolg gekrönt sein würde, selbst ich nicht. »Sie zogen tatsächlich in die Stadt!«, fügte sie hinzu.

»Ist das wahr?«, fragte Norell.

»Natürlich ist das wahr!« Im nächsten Moment ging Norell lachend auf Bithia zu und die beiden lagen sich in den Armen. Norell freute sich mit Bithia und küsste Edda ebenfalls auf die Stirn, die gar nicht wusste, wie ihr geschah, aber angesteckt von den beiden Frauen einfach mitlachte.

Ich ging zu den dreien, nahm die glucksende und fröhlich aufgewühlte Edda zu mir, setzte sie auf meine Schultern und nahm Bithia an die Hand. Zusammen mit Norell und Kjell gingen wir in den Süden der Stadt, kamen bald in die ärmere Wohngegend, die die alte Frau beschrieben hatte und bahnten uns den Weg zwischen kleinen Häusern entlang, die mit Zäunen voneinander getrennt waren. Vor einigen Hütten waren Tierhäute auf Pfähle gespannt. Opfer für die Götter. Es wunderte mich doch sehr, dass Bithias Eltern gerade hier leben sollten, sie waren Christen unter vielen Heiden gewesen, obwohl im Stadtzentrum auch viel Christen waren. Beide Glaubensgemeinschaften lebten friedlich Seite an Seite. Die Wohngegend hier zeigte uns ein Haithabu, das wir bisher noch nicht kennengelernt hatten. Wir beobachteten Menschen, die ihre Armut durch ihre schlichten Gewänder nicht verstecken konnten. Eine Frau wusch kniend ihre Kleidung an einem kleinen Bach, neben ihr spielten Kinder mit selbstgebastelten Holzschiffchen und wir beobachteten einen Mann in Leinenkleidung, der gerade Essensabfälle vor sein Haus kippte. Wir fragten ihn nach Bithias Eltern, ohne aber zu antworten, schaute er uns argwöhnisch an und verschwand in seiner Hütte. Bithia war diese Reaktion inzwischen gewohnt und sie wandte sich der Frau zu, die am Bach saß. Diese hielt nur kurz mit ihrer Arbeit inne, wusch dann weiter, während sie Bithias Beschreibung aufmerksam lauschte. Die Frau stand auf, hängte das nasse Kleidungsstück über eine Leine und kam auf uns zu.

»Ihr Mann starb vor ein paar Jahren, sagt ihr?«

»Ja«, antwortete Bithia.

»Ihr seid die Tochter?«

Wieder bejahte Bithia.

»Nun«, fuhr die Frau fort, während sie sich die Hände an ihrer Leinenkleidung abtrocknete, »ich kann euch zu ihr führen. Ich schaue oft nach ihr. Doch ich muss euch enttäuschen und auch warnen, ich fürchte, eure

Mutter, wenn sie es denn ist, wird nicht mehr lange leben und ihrem Mann bald folgen.«

Bithia stand der Schock ins Gesicht geschrieben. Sie wusste nicht, ob sie sich freuen oder weinen sollte. Nach so vielen Tagen hatte sie ihre Mutter endlich gefunden und wurde trotzdem mit einer traurigen Nachricht konfrontiert.

»Wollt ihr zu ihr? Sie ist kein schöner Anblick mehr.«

»Natürlich will ich sie sehen!«, sagte Bithia bestimmt, ihre Stimme jedoch brach und sie wischte sich eine Träne von der Wange.

»Dann folgt mir.«

Wir liefen der Frau durch Gassen hinterher. Hier waren die Wege nicht mehr mit Holzdielen befestigt. Durch die engstehenden Häuser führten nur schmale Pfade, die stellenweise mit Brettern ausgelegt worden waren, um sich bei schlechtem Wetter die Füße nicht ganz so schmutzig zu machen.

Nach kurzer Zeit blieb die Frau vor einem Haus stehen, schaute auf Bithia und auch auf Edda. »Ist das ihr Enkelkind?«, fragte sie und zeigte auf die Kleine, die ich gerade neben mir abgesetzt hatte. Sie krallte sich an meiner Hand fest, um nicht das Gleichgewicht zu verlieren.

»Ja«, sagte Bithia.

»Es wird sie erfreuen, sie noch kennenlernen zu dürfen. Im Fieber hat sie oft nach ihrer Tochter gerufen. Geht hier hinein.«

Bithia nahm Edda an der Hand und ging ganz langsam mit ihr zur Tür. »Rechnet mit dem Schlimmsten«, sagte die Frau und hielt Bithia noch einmal sachte am Arm fest. »Wisst ihr«, fuhr sie fort, »diese Stadt macht einen krank. Sie kann einen reich machen, aber vor allem macht sie die Menschen krank. Kaum einer hier wird über dreißig Jahre alt. Eure Eltern lebten also länger als die meisten hier.«

Dann ließ sie Bithia gehen. Ich wollte ihr folgen, doch meine Frau hielt mich kopfschüttelnd zurück: »Ich möchte alleine mit ihr sein«, sagte sie, also wartete ich draußen. Bithia blieb vor der Tür erneut stehen, atmete tief ein und nahm all ihren Mut zusammen, bevor sie eintrat.

Es dauerte lange, bis Bithia erschien. Tränen rollten ihr über das Gesicht. Einige tropften von ihrer Nasenspitze, andere sammelten sich zwischen ihren Lippen. Ich ging schnell zu ihr und nahm sie in den Arm.

»Was ist los? Was ist passiert?«, fragte ich aufgeregt, doch ich bekam nur den Versuch einer Antwort zu hören, der sofort von einem tiefen Schluchzen verschluckt wurde. Ich streichelte ihr über den Kopf, drückte sie an mich, bis sie endlich ihre Stimme wiedergewann. »Sie ist tot«, flüsterte sie mir ins Ohr, während ich ihre nasse Wange auf meiner Haut spürte.

»Sie ist tot? Aber...«, stotterte ich, wandte mich an die Frau, die ebenso verwirrt dreinblickte wie ich.

»Sie starb in meinen Armen«, sagte Bithia wieder.

»Sie ist...«, setzte ich an und wollte nicht glauben, was ich hörte. »Sie ist was?«, fragte ich. Zu unglaublich erschien es mir.

»Sie starb in meinen Armen«, wiederholte Bithia schluchzend ihre Worte und weinte so bitterlich, wie ich sie noch nie weinen gesehen hatte. Sie stimmte damit ein Totenlied an, das mir das Herz zerreißen wollte. Dann, endlich, fuhr sie fort: »Sie sagte... sie sei so glücklich... mich noch einmal zu sehen. Sie... Sie hatte sich immer gewünscht, dass ich..., dass ich eines Tages zurückkomme. Sie sagte, ... nur der Gedanke an mich, hielt sie am Leben. Ich zeigte ihr Edda. Sie weinte... Ich streichelte ihr über den Kopf und sie lächelte mich an! Dann...«, Bithia brachte die Worte nicht heraus. Ich drückte sie noch fester an mich, krallte meine Hand in ihr Haar und wollte ihr den Schmerz nehmen, in mich aufsaugen, aber es gelang mir nicht.

»Ich wollte, dass du sie noch siehst, aber sie ist in meinen Armen gestorben.«

»Ist schon gut«, beruhigte ich sie. »Ist schon gut!«, wiederholte ich und streichelte ihr über den Kopf. »Ich würde jetzt zu ihr gehen, wenn ich darf?«

Bithia schaute zu mir auf und blickte mich aus nassen Augen an. Dann nickte sie, klammerte sich fest an meine Hand und folgte mir erneut in die Hütte.

Ich nahm Edda wieder auf den Arm. Sie spürte die Traurigkeit, die in uns wohnte, verstand sie aber nicht. Sie wollte nach Kruk greifen, der gerade geflogen gekommen war und uns einen mittlerweile seltenen Besuch abstattete. Der Vogel wich aus und flog gleich wieder davon. Das war mir sehr recht, ich wusste nicht, wie er sich gegenüber der Toten verhalten würde. Im Raum war es dunkel, nur einige Tranlampen waren entzündet und in ihrem schwachen Licht erkannte ich Bithias Mutter, ruhig auf ihrer letzten Ruhestätte liegend. Bithia kam neben mich und gemeinsam schauten wir auf den leblosen Körper, der mit Decken zugedeckt war. Nur der Kopf und eine Hand waren zu sehen. Die Knöchel der Hand traten deutlich hervor, die Haut war blass, dünn und wirkte fast durchsichtig. Im Gesicht war sie straff über den Schädel gespannt, so dass es fast beängstigend aussah. Das Haar war strähnig und besaß noch eine ganz blasse, rötliche Farbe, die an Bithias Mähne erinnern ließ. Die Lippen des offen stehenden Mundes waren dünn und trocken. Lange schaute ich auf den Leichnam, der so abgemagert und zerbrechlich wirkte, während Bithia erneut auf ihre Mutter zuging und ihre Hand nahm.

»Ich hätte gerne ein christliches Begräbnis für sie. Sie hätte es sich so gewünscht«, sagte Bithia.

»Wie genau stellst du dir das vor?«

»Wir müssen einen Christen finden, der sie bestattet, einen Sarg bauen und sie begraben.«

Ich wusste nicht, ob wir diesen Wunsch erfüllen konnten und als hätte Bithia meinen Zweifel gespürt, drehte sie sich zu mir um. »Wir werden einen Christen finden, der sie bestatten kann.« Mit diesen Worten ging sie an mir vorbei, nahm meine Hand und zog mich Richtung Tür.

Ich warf einen letzten Blick über die Schulter auf die Tote und folgte Bithia nach draußen. Die Frau, die uns hierhergeführt hatte, wartete noch immer vor der Hütte, unterhielt sich mit Norell und Kjell.

»Gibt es hier in dieser Stadt einen christlichen Priester?«, unterbrach Bithia.

»Ich denke schon, aber warum?«, wollte sie wissen.

»Meine Mutter war Christin, wusstet ihr das nicht?«

Anstatt direkt zu antworten, sagte die Frau: »Es gibt mittlerweile relativ viele Christen in Haithabu. Nördlich des Walls wird gerade die erste Kirche gebaut. Dort würde ich nach einem Priester suchen.«

»Ich danke euch!«, sagte Bithia, während ich nur völlig überrascht dreinblicken konnte. »Wir sollten meine Mutter mitnehmen.«

»Wohin willst du sie bringen?«, fragte Norell.

»Zur Kirche«, antwortete Bithia.

»Wir können sie nicht einfach zur Kirche tragen, ohne zu wissen, ob wir dort jemanden finden, der uns helfen kann«, mischte sich Kjell vorsichtig ein.

Dem stimmte ich zu. »Lassen wir sie hier liegen, bis wir geklärt haben, wie wir weiter vorgehen.«

»Ich soll sie hier liegen lassen?«, fragte Bithia ängstlich.

Ich berührte sie liebevoll an der Schulter. »Ihr wird nichts passieren. Die Frau wird auf sie aufpassen!« Ich wandte mich erwartungsvoll an unsere Gehilfin, die bereitwillig nickte, woraufhin ich sie mit einem Stück Hacksilber entlohnte.

»Ich werde auf sie achtgeben, Herr«, stotterte die Frau, und schaute ganz gebannt auf das Silber in ihrer Hand.

»Wir sollten keine Zeit verlieren und zurück ins Kontor gehen, um alles Nötige in die Wege zu leiten«, sagte ich, sogleich machten wir uns auf den Weg.

Kogg, Baschi und Ida warteten in der Herberge auf uns. Ottar war bei ihnen und lachte uns an, als wir uns ihnen näherten. »Da seid ihr ja! Es gibt einiges zu erzählen«, wollte er ansetzen.

Ich aber unterbrach ihn mit einem Kopfschütteln. »Heute nicht, mein Freund. Bithias Mutter ist heute gestorben.« Schweigen herrschte am Tisch und alle starrten uns an, bis wir uns gesetzt hatten. Nur Edda turnte schon wieder gut gelaunt auf Kogg herum. Ich legte meinen Arm um Bithias Schulter und nahm einen großen Schluck Bier, bis ich die fragenden Blicke meiner Freunde endlich beantwortete und von den Geschehnissen des Tages berichtete. »Wir brauchen also einen Christen«, beendete ich meine Erzählung.

»Heute kam ein Mönch aus dem Frankenland in Haithabu an«, erzählte Ottar »Er wird euch sicher bei einer christlichen Beerdigung helfen. Ich glaube er heißt Ansgar.«

»Stimmt das wirklich?«, fragte Bithia euphorisch. Ich schaute sie eindringlich an und konnte schwer abschätzen, ob ihre den Umständen entsprechend gute Laune nur aufgesetzt oder ehrlich war. Einerseits hatte sie heute vom Tod ihres Vaters erfahren und, was wohl noch schlimmer war, ihre Mutter genau in dem Moment verloren, als sie sie wiedergesehen hatte. Andererseits hatte niemand, und vermutlich nicht einmal sie selbst, damit gerechnet, noch einmal etwas von ihren Eltern zu hören. Welche Gefühle überwogen in ihr? Die Trauer um die Verluste, oder die Erleichterung, wenigstens noch einmal Abschied genommen

246

zu haben.

»Natürlich stimmt das«, beharrte Ottar und riss mich aus meinen Gedanken. »Der Mönch kam mit einem gewissen Harald aus dem Frankenland.«

»Aus dem Frankenland?«, wollte ich wissen.

»Ja. Dieser Harald ist ein dänischer Adliger. Er hat sich im Frankenreich taufen lassen und hoffte so auf die Unterstützung des neuen Königs, um mit dessen Hilfe hier in Dänemark an die Macht zu kommen.«

»Welcher neue König?«, fragte Kjell.

»Welcher neue König?«, sagte Ottar entsetzt, schaute in die Runde und erntete nur Kopfschütteln und Schulterzucken. »Bekommt ihr denn gar nichts mit? Die ganze Stadt spricht davon. Karl ist tot. Er starb vor einigen Tagen oder Wochen an irgendeiner Krankheit und sein Sohn Ludwig ist jetzt Kaiser im Frankenreich!«

Ich kann nicht sagen, dass mich das schockierte. An diesem Tag würde mich wohl nichts mehr schockieren, dachte ich und schaute zu Bithia, die scheinbar gar nicht richtig wahrgenommen hatte, was Ottar gesagt hatte. Ich bekam ein schlechtes Gewissen, dass das Gespräch über ihre tote Mutter so schnell von einem neuen Ereignis überschattet wurde, wehrte mich aber nicht dagegen. Vielleicht ist es sogar gut, abgelenkt zu werden, dachte ich und so lauschte ich weiter Ottars Ausführungen, der in seinem Redeschwall ohnehin nicht mehr zu unterbrechen war.

»Dieser Mönch, Ansgar«, fuhr er fort, »kommt auf Befehl von Ludwig. Er sollte Harald unterstützen, den Thron von Dänemark zu besteigen, kam aber viel zu spät. Horik, ein Sohn Göttriks, hat die Ränkespiele für sich entschieden und ist jetzt der neue König von Dänemark. Zumindest nennt er sich so.

Ansgar übergab dann einfach ihm die Geschenke, die ihm Ludwig mitgegeben hat. Dafür gestattete ihm Horik den Bau einer Kirche in Haithabu. Außerdem stellt Horik jedem seiner Untertanen frei, Christ zu werden. Wenn ihr mich fragt«, fuhr Ottar fort, nahm aber zunächst einen großen Schluck aus seinem Glas, »war das ein kluger Zug unseres neuen Königs. Dadurch wird er reicher, als Göttrik es je werden konnte.«

»Warum sollte er reicher werden, wenn er seinen Leuten erlaubt, Christen zu sein?«, fragte ich.

»Das kann ich dir sagen.« Ottar beugte sich vor und kniff die Augen zusammen. »Die Franken weigerten sich bisher, mit uns Handel zu treiben. Oder es wurde ihnen verboten, das weiß ich nicht. Mir persönlich ist das egal, wem ich meine Waren verkaufe, Hauptsache die Bezahlung stimmt.« Er lehnte sich zurück, lachte und schlug Kogg kräftig auf die Schulter. »Stimmt's mein Freund?«, fragte er laut. Kogg brummte nur und hielt sich wie immer zurück. »Auf jeden Fall trieben die Christen bisher immer nur untereinander Handel. Wenn jetzt hier in Haithabu auch Christen sind, dann lockt das noch weit mehr Händler aus dem Frankenland an als zuvor. Mehr Händler bedeuten mehr Abgaben für Horik. Wer weiß«, Ottar breitete die Arme aus, riss die Augen auf und lachte, »vielleicht werde ich ja auch einfach Christ! Dann habe ich noch mehr Kunden und auch ich werde noch reicher. Soll mir doch dieser Mönch sein Wasser ins Gesicht kippen. Dann trage ich eben neben meinem Hammer Thors auch so ein Christenkreuz um den Hals. Das ist mir einerlei. Das Wasser, das mir dieser Ansgar bei der Taufe auf den Kopf schüttet, das mache ich zu Gold.« Er grölte laut und trank einen großen Schluck, musste husten und spuckte dabei über den halben Tisch. Wir belustigten uns über ihn und selbst Bithia konnte sich letztendlich ein Lachen nicht verkneifen.

Es war spät geworden und auch wenn es uns ein wenig Überredungskunst kostete, Bithia davon zu überzeugen, lieber die Nacht abzuwarten und erst am nächsten Morgen zur Kirche zu laufen, gab sie nach. Auch sie war müde und so legten wir uns bald schlafen.

Am nächsten Morgen wollte Bithia erst zu ihrer Mutter, um nach dem Rechten zu sehen, bevor wir uns auf die Suche nach einem Priester begaben. Die Frau hatte ihre Arbeit getan und wie zu erwarten war, lag die Tote noch immer auf ihrer Ruhestätte. Bithia ging ein weiteres Mal zu ihr und streichelte das bleiche Haar.

»Ich bin froh, dass ich sie noch sehen durfte. Ich hätte mir mein Leben lang Vorwürfe gemacht.«

»Ich habe das Gefühl, du bist neben der Trauer auch ein wenig erleichtert«, fragte ich vorsichtig.

»Da hast du Recht. Schließlich rannte ich damals einfach davon, ohne Lebewohl zu sagen. Nun konnte ich dies nachholen. Das befreite mich.«

»Mir erging es im Dorf meiner Eltern ähnlich«, sagte ich. »Ich konnte nicht persönlich Abschied nehmen, aber es tat gut, noch einmal an den Ort zu kommen, wo wir gelebt hatten, um Lebewohl zu sagen.« Bithia kam neben mich, legte den Arm um meine Hüfte, schmiegte sich an mich und gemeinsam schauten wir auf den leblosen Körper. »Ja«, sagte sie, »es tut gut noch einmal Abschied zu nehmen.«

Wir standen noch eine kurze Weile schweigend da, bis wir aus dem Haus heraustraten, die Frau aus unseren Diensten befreiten und Norell und Kjell baten mit Edda hier zu bleiben, während Bithia und ich in den Norden gingen.

»Lasst euch ruhig Zeit«, ermunterte uns Norell und so brachen wir in aller Ruhe auf.

Die Kirche wurde außerhalb und nördlich des Ortes an der Küste der Schlei errichtet. Es standen bisher nicht mehr als wenige zusammengenagelte Bretter, doch es herrschte reges Treiben. Viele Handwerker arbeiteten rund um den Bauplatz. Wir fragten einen Schreiner nach einem Mönch namens Ansgar.

»Da drüben.« Er zeigte auf einen Mann in grauer Kutte. Eigentlich hätte ich ihn auch so erkennen können. Ansgar war bekleidet wie jeder andere Mönch auch. Spätestens seit Lindisfarne wusste ich, wie typisch diese schlichte Kleidung aussah.

»Seid ihr Ansgar aus dem Frankenland?«, fragte ich, als wir den Mann erreicht hatten.

»Ja, der bin ich«, antwortete der Mönch in unserer Sprache, die ihm nur sehr schwerfällig und gebrochen über die Lippen kam. Er war kleiner als ich, hatte ein rundes Gesicht, schmale Lippen und eine gerade Nase, die etwas zu groß für seinen Kopf wirkte. »Seid gegrüßt, mein Bruder und meine Schwester«, er neigte sein Haupt. »Wollt ihr die Lehren Christi empfangen?«

»Meine Mutter ist gestorben«, erklärte Bithia ohne auf die Frage einzugehen. »Sie war Christin und ich wollte erfragen, ob es möglich ist, sie zu begraben, wie es bei euch Christen üblich ist.«

»Aber natürlich, mein Kind«, begeisterte sich Ansgar und riss dabei die Augen auf, versuchte, sich aber gleich wieder zu beherrschen. »Es tut mir sehr leid, mein Kind, dass deine Mutter gestorben ist! Aber da sie Christin war, wird sie jetzt vom Himmel auf dich herabblicken und dich beschützen, so lange, bis du zu ihr kommst.«

»Danke für eure Anteilnahme«, sagte Bithia aufrichtig.

»Wo ist die Tote aufgebahrt? Wann starb sie?«, fragte Ansgar und forderte Bithia freundlich auf, mit ihm Richtung Stadt zu gehen.

Sie schritten an mir vorbei, als wäre ich Luft. Nach kurzem Zögern ging ich ihnen nach, holte schnell auf und trat dem Mönch versehentlich auf den Fuß, als er sich abrupt umdrehte, was er mit einem mädchenhaften Schrei erwiderte.

»Das tut mir leid«, sagte ich und hielt Ansgar an der Schulter fest, während er sein rechtes Bein anzog, um sich den großen Zeh zu reiben und dabei eine schmerzverzerrte Grimasse schnitt, die so dämlich aussah, dass ich ein Lachen unterdrücken musste. »Was bleibt ihr auch einfach stehen?«

»Gebt Ihr mir jetzt auch noch die Schuld?«, keuchte er.

»Natürlich nicht. Wie schon gesagt. Es tut mir leid.«

Bithia hob die Augenbrauen und signalisierte mir, dass sie nicht glauben konnte, dass ich den Mönch beinahe einfach umgerannt hatte. Ich hob abwehrend die Hände und zuckte mit den Achseln.

»Wird es denn gehen?«, fragte ich den Mönch. »Oder muss ich Euch tragen?«

Ansgar schaute mir in die Augen und versuchte vorsichtig, mit dem lädierten Fuß aufzutreten, humpelte leicht, schien sich aber zusammen zu reißen. »So weit käme es noch, dass ich mich von Euch tragen ließe.« Er rief vier Männer zu sich, die mit einer Trage kamen.

»Ach, aber von ihnen lasst ihr euch tragen?«, fragte ich lächelnd.

»Diese Trage ist für die Tote«, erklärte Ansgar genervt, woraufhin Bithia mir wieder einen deutlich verärgerten Blick zuwarf, ohne ihre Belustigung ganz verstecken zu können. Ich rollte mit den Augen, nahm mich von da an zurück und lief den Männern, die Ansgar und Bithia in die Stadt begleiteten, hinterher.

Als wir im Süden bei Norell, Kjell und Edda ankamen, begrüßte Ansgar jeden unserer Gefährten höflich. Lange hielt er sich damit nicht auf, verschwand in dem Haus und stellte sich vor die Tote. Ich bückte mich unter dem Türrahmen durch und folgte ihm mit Bithia an der Hand und Edda auf dem Arm. Der Mönch senkte seinen Kopf, schloss die Augen und begann in einer Sprache zu sprechen, die ich nicht verstand. Monoton redete er mit dem Leichnam, ohne dass ihm jemand dabei wirklich zuhörte. Ich kümmerte mich lieber um meine Frau, der bei dem traurigen, tiefen Sprechgesang Ansgars die Tränen in den Augen standen. Ich nahm sie in den Arm und muss zugeben, dass auch ich von der mystischen Kraft der Worte erfasst wurde. Unendlich viel Trauer, aber auch Ruhe lag in der Stimme des Mönches und hätte er nicht bald damit aufgehört, wären vermutlich auch mir die Tränen gekommen. Mit dem Ende des Sprechgesangs jedoch, lichtete sich der Nebel aus Trauer, der sich um uns gelegt hatte genauso schnell, wie er gekommen war.

Die vier Männer schritten zur Bettstatt, legten Bithias Mutter auf die Trage, deckten nun auch ihr Gesicht mit einem Tuch ab und trugen den Leichnam ins Freie. Kjell, Norell, Baschi, Ida, Bithia, Kogg, ich und natürlich Edda begleiteten die Tote auf ihrem letzten Weg durch Haithabu, bis wir an der Kirche ankamen. Ansgar wies die Männer an, ein Loch neben dem entstehenden Gebäude auszuheben. Wieder predigte der Mönch in einer Sprache, die wir nicht verstanden, die erneut das traurige Gefühl in mir noch verstärkte. Unsere Gefährten senkten ebenfalls die Köpfe, die Frauen weinten und insbesondere Bithias Tränen schienen nie mehr versiegen zu wollen. Ich wischte ihr so liebevoll wie nur möglich die feuchten Wangen trocken, während Ansgar immer weiter redete, bis er uns endlich erlöste und meine Gedanken wieder klarer wurden.

Bithia schien dagegen in diesem Schleier aus Schwermut zu versinken. Sie weinte, schluchzte und drückte ihren Kopf an meine Brust. Es schmerzte in meinem Herzen, sie so traurig zu sehen, während die vier Männer den toten Körper von Bithias Mutter in das Loch legten und es zuschütteten. Diese ganze Zeremonie versetzte alle in einen so lethargischen Zustand voll Kummer, dass ich mich nach der Totenfeier meines Großvaters sehnte. Auch ich hatte damals geweint, aber das große Feuer, auf dem der Leichnam meines Großvaters aufgebahrt war, hatte etwas Imposantes und eher etwas Freudiges. Die Seele war mit dem Rauch hoch in den Himmel gestiegen und ich hatte es damals als ein schönes Gefühl empfunden, dem Rauch soweit hinterherzuschauen, bis er vom Wind verweht und nicht mehr zu sehen war. Die Gewissheit, dass mein geliebter Großvater nach Walhalla reiste und dort auf mich warten würde, tröstete sehr über dessen Tod hinweg.

Die christliche Beerdigung war dagegen einfach nur traurig, von Dunkelheit umgeben. Mit jedem Haufen Erde, der auf den Leichnam geschaufelt wurde, zuckte Bithia zusammen und die Trauer in ihr wurde ins Unermessliche gesteigert. Meine Nähe konnte sie nicht trösten und auch Norell vermochte dies nicht, denn während sie Bithia über den Kopf streichelte, war auch ihr Gesicht voller Tränen und Kummer.

Die Prozedur der Christen war mir deutlich zu schwermütig. Hatte Ansgar nicht gesagt, dass sie den Aufstieg der Seele in den Himmel feierten? Ich empfand diese Beerdigung eher als das endgültige Ende des Seins.

Zu meiner Überraschung löste Ansgar mit einem Mal all diese Glücklosigkeit auf. Nachdem er ein Holzkreuz auf das Grab gesteckt hatte, kam er zu uns, sprach sein Beileid aus und zeigte uns ein Lächeln, in dem so viel Freude lag, dass er damit Bithias Lebenskraft wiedererweckte. Plötzlich schien diese Prozedur ein würdiger Abschied gewesen zu sein. Trotz all der Tränen machte Bithia einen befreiten Eindruck. Für sie war die Beerdigung ihrer Mutter nicht das Ende des Seins, sondern der Beginn eines neuen Lebensabschnittes. Auch sie konnte nun mit ihrer Vergangenheit abschließen, ähnlich wie es mir beim letzten Besuch des zerstörten Hofes meiner Eltern gelungen war.

Die Abschiede verstärkten das Band zwischen Bithia und mir. Das innige Empfinden, sie schon lange, ja vielleicht aus längst vergessenen Leben, zu kennen, nahm immer weiter zu. Ich schaute Bithia in die Augen und wusste in diesem Moment, dass unsere Seelen für immer miteinander verbunden waren, dass sich unsere Schicksalsfäden umeinanderschlangen und nie wieder getrennt werden konnten. Bithia küsste mich, zärtlich, innig, vertraut. Ich wollte sie nicht wieder loslassen.

Ein schwaches Räuspern von Ansgar weckte uns. Wir grinsten ihn an und er erwiderte unser Glück mit einem freundlichen Lachen, bevor wir gemeinsam in die Herberge gingen und aus der traurigen Beerdigung doch noch ein Fest zauberten, bei dem viel gegessen und getrunken wurde.

Den nächsten Morgen verbrachten wir in dem Haus von Bithias Mutter, das jetzt meiner Frau gehörte. Es war klein und heruntergekommen. Man sah es den Balken der Wände nicht an, doch sie waren morsch. Als ich das Holz begutachtete, konnte ich nur den Kopf schütteln. So wie die Häuser Haithabus gebaut wurden, konnten sie nicht länger als drei Jahre stehen. Die Feuchtigkeit vom Boden zog in jedes einzelne Brett, das einfach in die Erde gesteckt worden war und jetzt von innen heraus schimmelte.

Bithias Eltern hinterließen nichts, außer ein paar modrige Decken und ein paar schmucklose Holzschalen. Ich suchte vergebens nach ein paar Schnitzereien des Vaters und auch das Schnitzwerkzeug war verschollen.

»Es muss alles gestohlen worden sein«, mutmaßte Norell.

»Da gebe ich dir Recht«, pflichtete ihr Kjell bei, der gerade ein Fell von der Wand riss und hustete, als er sich selbst den Staub und Dreck ins Gesicht schleuderte.

Schulterzuckend verlieh ich meiner gleichgültigen Haltung Nachdruck.

»Viel werden sie nicht besessen haben. Wir sollten uns den Abschied nicht durch Kleinigkeiten schwerer machen.«

Meine Gefährten gehorchten gern und obwohl wir nicht wussten, wie unsere Zukunft aussehen würde, waren wir guter Dinge. Wir scherzten und lachten miteinander. Damals wusste ich nicht, woher diese gute Laune kam, doch im Nachhinein erkenne ich, dass es die Freiheit war, die uns beflügelte. Wir hatten all unsere Sorgen hinter uns gelassen, ein neues Leben stand uns nun offen, wohin es uns auch tragen würde, wir waren unsere eigenen Herren.

Bithia und ich wollten es an diesem Tag noch einmal wagen, uns ins Getümmel am Hafen zu stürzen. Wie jeden Tag gingen hier unheimlich viele Menschen ihrem Tagwerk nach und das erste Gesicht, das wir sahen, war jenes mit schmalen Lippen, denen ich am Tag zuvor so unendlich lange gelauscht hatte. Es war Ansgar. Er winkte schon von weitem.

»Was macht ihr denn hier unter all den Heiden?«, fragte ich lächelnd.

»Genau das ist der Grund, warum ich hier bin. Damit diese Heiden Christen werden«, erwiderte er.

»Euch wird keiner zuhören, da bin ich mir sicher. Schaut Euch doch um. Die Menschen hier haben nicht einmal Zeit, sich selbst zuzuhören.«

»Sicher werde ich nicht die Aufmerksamkeit aller gewinnen, aber es werden sich bestimmt einige finden, die die Worte des Herrn hören wollen«, sagte der Mönch selbstbewusst.

»Wir werden Euch ein Stück begleiten. Dieses Schauspiel lasse ich mir nicht entgehen«, lachte ich. Wenn dieser Missionar auch etwas zerstreut war, mochte ich Ansgar. Bithia hatte ihn ohnehin ins Herz geschlossen, was natürlich auch daran lag, dass er so viel für sie getan hatte.

Noch bevor wir die Landungsbrücken betraten, waren wir schon in ein Gespräch mit Ansgar über die Stadt vertieft.

»Es stinkt so bestialisch hier«, erklärte der Mönch und hielt sich die Nase zu. »Bei mir im Frankenreich gibt es keine Stadt, die so sehr stinkt. Natürlich riecht es mal unangenehm, aber so wie hier? Nein, das gibt es nicht.«

»Ich finde, man gewöhnt sich sehr schnell daran. Ich rieche es gar nicht mehr«, gab ich zu.

Wir blieben vor der großen Masse an Menschen stehen, um unser Gespräch noch ein wenig fortzusetzen, bevor jedes Wort vom Lärm verschluckt werden würde. Während Bithia gestern schon auf dem Weg zu ihrer Mutter viel mit dem Mönch gesprochen hatte und ich nur hinterhergelaufen war, richtete er das Wort heute häufig an mich. Er war an allem interessiert, fragte nach meiner Heimat, wie ich nach Haithabu gekommen war und auch, wie ich Bithia kennengelernt hatte, was ich ihm verschwieg. Er war mir ein sehr angenehmer Zeitgenosse. Am vorhergehenden Tag hatte ich den Eindruck gewonnen, er hätte nur sein Christentum im Kopf, aber das stimmte nicht, wie an seinem großen Interesse an meinem Leben im Norden zu erkennen war. Ich fing gerade an, von unserer Reise zu erzählen, als der Mönch plötzlich die Augen aufriss und ganz schockiert an mir vorbeischaute. Ich folgte seinem Blick und sah ein herannahendes Schiff, welches schmal und lang gebaut war. Es war ein Kriegsschiff und es hatte die Ware geladen, die in Haithabu wohl am häufigsten gehandelt wurde und den Besitzer wechselte: Menschen. Das Kriegsschiff brachte neue Sklaven. Das war an sich nichts Ungewöhnliches. Sklaven wurden fast bei jedem Überfall gefangen genommen. Ob das Nachbardorf überfallen wurde oder ein weit entfernter Ort. Wenn es sich ergab, wurden die überlebenden Männer, Frauen und auch Kinder verschleppt und am nächsten Handelshafen verkauft. Wir hatten damals bei unserem Überfall auf das englische Kloster auf Sklaven verzichtet, da unser Schiff ohnehin schon voll beladen war. Sklaven bedeuteten auch Arbeit. Man musste sie bewachen, ernähren und man musste sie verkaufen.

Die Überfälle meiner Landsleute häuften sich. Man hörte immer wieder von neuen Brandschatzungen an englischen, irischen und auch fränkischen Küsten. Sogar bis an die Westküste des Frankenreichs waren sie schon vorgedrungen. Dort war eine Insel namens Noirmoutier geplündert worden. Mit all diesen Überfällen nahm die Zahl der verschleppten Sklaven zu.

Haithabu war eine sehr große Handelsstadt, also war auch hier die Ware Mensch sehr gefragt.

Was also schockierte Ansgar so? Hatte er so etwas noch nie gehört oder gesehen? Das konnte ich mir nicht vorstellen. Noch während ich mir diese Fragen stellte, stapfte er, ohne den Blick von dem Schiff zu lösen, auf den Landungssteg und schob sich durch die Menschenmenge. Ich nahm Bithia an der Hand und folgte dem Mönch, hatte aus irgendeinem Grund das Gefühl, er würde gleich etwas sehr Dummes tun. Davor wollte ich ihn bewahren.

Doch auch als das Schiff schon sehr nah war, wusste ich immer noch nicht, was Ansgar so empörte.

»Ansgar, was ist los?«, rief ich ihm zu, gerade schoben sich zwei Männer vor mich und trennten uns voneinander. »Bleibt stehen!«

Meine Rufe wurden schier verschluckt. All das Treiben auf dem Landungssteg schien zum Erliegen zu kommen, Männer wie Frauen ließen suchend ihre Blicke umherschweifen, als der liebliche Gesang einer Frau plötzlich die Luft durchdrang, wie ein Vogel, der an einem vernebelten Morgen mit seinem Flügelschlag den Schleier lüftet. Als das Sklavenschiff beinahe angelegt hatte, sah ich sie. Eine Sklavin, die gefesselt an den Mast ihre betörende Stimme erhob.

Ansgar konnte das niemals schon so früh gehört haben. Wieso war er also so zielstrebig auf das Schiff zugegangen? Ich schaute erneut auf die Frau, bis ich endlich erkannte, was Ansgar so aufregte. Die Frau, von der der wohltuende Gesang ausging, war eine Nonne und Ansgar hatte sie schon aus der Entfernung an ihrer Kleidung erkannt. So schnell, wie der Trubel zum Erliegen gekommen war, gingen alle wieder ihren Geschäften nach. Männer redeten, handelten, diskutierten, Verkäufer riefen, Menschen schoben. Ich wurde mit Bithia weiter zurückgedrängt und noch bevor ich Ansgar aufhalten konnte, schrie er vor Zorn und beleidigte die ankommenden Nordmänner.

»Sie ist eine Dienerin Gottes. Ihr verfluchten Heiden. Was begeht ihr für eine Sünde, ihr Ratten.«

In mir keimte eine Mischung aus Angst um den Mönch aber auch Erheiterung auf. Trotz der gefährlichen Situation musste ich innerlich lachen. Ansgar war uns bisher immer anständig gegenübergetreten. Jetzt aber schien er die Kontrolle über sich zu verlieren. Endlich erreichten wir ihn und ich zog ihn am Arm. »Hört auf damit!« Er wehrte sich, konnte sich meiner Kraft aber nicht widersetzten und so zerrte ich ihn in die Menge noch bevor die Krieger sein Geschrei hören konnten.

»Was ist in Euch gefahren?«, fragte ich ihn »Seid Ihr lebensmüde?«

»Wir müssen sie befreien. Sie ist eine Nonne. Sie darf nicht versklavt werden«, sagte der Mönch aufgebracht.

»Nun, dann müsst ihr sie kaufen«, erwiderte ich.

»Ihr müsst sie kaufen, Ragnar. Ich flehe Euch an«

»Ich? Warum sollte ich sie kaufen?«, lachte ich. »Was soll ich denn mit einer Nonne?«

»Sie ist eine Dienerin Gottes. Wir müssen sie befreien. Was kostet sie?«, fragte er und holte einen kleinen Geldbeutel unter seiner Kutte hervor.

»Sklaven kosten ungefähr zweihundert Gramm Silber«

»Zweihundert Gramm Silber?« Er schaute in seinen Beutel und dann wieder zu mir. »Bitte, ich flehe Euch an. Kauft sie frei.«

»Da schenkt ihr Horik einen Berg kostbarster Geschenke aus dem Frankenland, wie ich hörte, und dann wollt Ihr mir weismachen, Ihr hättet keine zweihundert Gramm Silber?«, fragte ich belustigt.

»Das brauche ich alles für meine Missionsarbeit in Birka«, sagte er schnell und flehend. »Das ist ein deutlicher Befehl von Kaiser Ludwig.«

»Aber Euer Kaiser ist nicht hier«, erinnerte ich ihn, »und Ihr seid nicht in Birka sondern in Haithabu!«

»Ich werde nach Birka reisen«, erklärte er, »aber das spielt jetzt keine Rolle. Wir müssen sie befreien!«

»Falls Ihr lebend nach Birka gelangen solltet, wird Euer König auch dort nicht sein. Also wie sollte er jemals erfahren, wo ihr sein Geld ausgabt. Was ist er für ein Christ, wenn er den Freikauf einer Nonne verweigern würde?«

»Nein. Das kommt nicht in Frage. Ich kann meinen König nicht hintergehen«, sagte er empört. »Aber ich habe einen Einfall«, fuhr er nach kurzer Überlegung fort und schaute mich strahlend an. »Ich verkaufe Euch mein Pferd«, schlug er vor.

Ich musste wieder lachen. »Ihr bereitet mir Spaß, Mönch. Erst soll ich eine Nonne kaufen und dann ein Pferd?«

»Es ist ein gutes Pferd«, gelobte er mir. »Ich garantiere Euch, es wird Euch treu dienen. Bitte! Im Tausch gegen diese Nonne gebe ich Euch mein Pferd!«

Meine Blicke fielen auf Bithia, die mich bittend anlächelte. »Ansgar hat Recht, wir sollten die arme Frau retten. Außerdem hast du mir in Lund ein neues Pferd versprochen!«, erinnerte sie mich. Ich fing an, darüber nach zu denken. Eigentlich machte ich sogar ein gutes Geschäft. Ein Pferd kostete hier in Haithabu etwa dreihundert Gramm Silber, also würde ich Gewinn machen. Ich willigte ein und streckte Ansgar die Hand entgegen. Als er sie ergreifen wollte, zog ich sie kurz weg und schaute dem Mönch eindringlich in die Augen: »Wenn es kein gutes Pferd ist, dann schneide ich Euch Eure lange Nase ab.« Ansgar schaute ängstlich, griff sich mit der einen Hand ins Gesicht, zögerte aber nicht und schlug ein. So tätigte ich mein erstes Geschäft in Haithabu und kaufte eine Nonne.

Ihr Name war Susanna. Ansgar war unendlich dankbar, dass ich auf seinen Vorschlag eingegangen war. Ich wies diese Dankbarkeit erst einmal zurück. »Solange ich Euer Pferd nicht gesehen habe, gehört Susanna mir«, erklärte ich dem Mönch.

Er war betroffen und auch Susanna schaute nach der ersten Erleichterung über ihr glückliches Schicksal wieder ängstlich drein. Ansgar unterhielt sich mit ihr in einer mir fremden Sprache, schien sich nach ihrem Wohlergehen zu erkundigen. Bis auf die von Fesseln aufgeriebenen Handgelenke ging es Susanna gut.

»Wer weiß, was Ihr mir da für einen Gaul verkaufen wollt«, sagte ich.

»Es ist ein gutes Pferd!«, garantierte mir Ansgar mit all seiner Ehrlichkeit, die er in diese Worte legen konnte.

»Wir werden sehen, ob ich meine Nonne gegen ein Pferd eintausche.« Ich hatte natürlich nie vor, die Frau zu behalten, machte mir aber einen Spaß daraus, den Mönch zu ärgern. Bithia kicherte, wodurch ich Probleme hatte, ernst zu bleiben.

Wir gingen zur Kirche, um unser Tauschgeschäft zu tätigen. Hektisch holte der Mönch sein Pferd. Es war braun, hatte am Hals einen weißen Fleck und wieherte laut, als es an den Zügeln zu uns gezogen wurde. Ansgar hatte die Wahrheit gesagt. Es war in der Tat ein gutes Pferd, sah gesund und kräftig aus. Ich tat so, als wäre ich immer noch sehr skeptisch und schaute mir das Tier lange und intensiv an. Bithia legte ihre Hand auf die Schnauze des Pferdes, was daraufhin schnaubte und sie mit seinem Kopf anstupste. Ansgar tippelte ungeduldig von einem Fuß auf den anderen, aber ich ließ ihn eine Weile zappeln, bis ich ihm letztendlich Susanna übergab und das Tier gleich an Bithia weiter schenkte. Bithia schien sofort eine gute Bindung zu dem Pferd zu haben.

»Ich nenne es wieder Guldfalder«, lachte sie, als das Tier sie ein weiteres Mal mit der Schnauze anschob.

»Darf ich einen Proberitt machen?«, fragte sie uns.

»Natürlich, es ist Euer Pferd«, grinste Ansgar.

Bithia schaute mich fragend an. »Brauchst du neuerdings eine Erlaubnis von mir, wenn du reiten willst? Wie Ansgar schon sagt, es ist dein Pferd.«

Sofort schwang sie sich voller Vorfreude und elegant auf den Rücken des Tieres und drückte ihre Oberschenkel in dessen Flanken. Sie ritt an der Küste entlang, wirbelte Sand auf und hatte sichtlich ihre Freude. Währenddessen unterhielt ich mich mit Ansgar. Am Hafen waren wir unterbrochen worden und so setzte ich meine Erzählung fort, bis auch ich erfragen konnte, wie der Mönch hier nach Haithabu gelangt war. Anstatt mir nur von der Reise zu erzählen, schien der Mönch meine Frage als Aufforderung zu verstehen, seine ganze Lebensgeschichte preiszugeben.

»Ich wurde in Gallien geboren«, sagte er und schaute mich nach kurzem Zögern fragend an. Ich hob verwirrt die Augenbrauen, wusste nicht, was er wollte. »Wisst ihr denn, wo Gallien liegt?«, fragte er dann. Ich schüttelte den Kopf und zuckte mit den Achseln. »Im Westen des Frankenlandes, das kennt ihr aber, oder?«, schmunzelte er mich schelmisch an, woraufhin ich kurz mit den Augen rollte und nickte. »Meine Mutter starb, als ich fünf Jahre alt war«, setzte er fort und ich befürchtete, dass sich dieser Monolog ähnlich lange hinziehen konnte, wie seine Gebete. Doch er hielt sich zu meinem Glück sehr kurz. »Nach dem Tod meiner Mutter schickte mich mein Vater in ein Kloster. Natürlich wollte ich das nicht, aber es gefiel mir dort doch besser als ich erwartet hatte. So entwickelte ich mich schnell zu einem braven Schüler und durfte nach einigen Jahren des Studierens sogar schon selbst unterrichten. Auch das schien mir so gut zu gelingen, dass ich nach einigen weiteren Jahren die Leitung einer Klosterschule in Westfalen übernehmen durfte. Ich kann euch gar nicht genau sagen, wann ich zum ersten Mal den Sohn Karls traf, aber wir verstanden uns gut und uns verband von Beginn an die Vision, dass ein vereinigtes Europa nur an den einen Gott glauben sollte. Ludwig sieht in der Missionierung des Nordens eines seiner wichtigsten Ziele. Er kann das Heidentum nicht ausstehen, ohne Euch nahe treten zu wollen«, sagte Ansgar und legte entschuldigend eine Hand auf meine Schulter.

»Was kümmert mich das, was ein Kaiser im Süden über uns denkt.«

»Ludwig kam eines Tages mit Gedichten der Heiden in Berührung und er hat mir selbst gesagt, dass er sie verachtet. Er will sie weder lesen noch hören oder lehren.«

»Verachtet Ihr diese Gedichte auch?«, fragte ich Ansgar.

»Ich muss gestehen, ich habe noch nicht sehr viele gelesen oder gehört, verachte die Heiden aber nicht. Ich sehe meine Aufgabe in eurem Land nicht als Missionsarbeit wie Ludwig. Ich muss nicht unbedingt das Christentum mit aller Gewalt durchsetzen, sondern predige für eine bessere Welt! Ich will, dass das viele Töten auf dieser Erde ein Ende hat. Ludwig interessiert das weniger und daher schickte er mich hierher nach Dänemark, um seine Macht und natürlich die Macht der Kirche zu erweitern. Ich strebe nicht nach der Macht der Kirche, ich strebe nach der Macht des Friedens. Ich denke, ich habe hier in Haithabu eine gewisse Grundlage geschaffen mit dem Bau der Kirche. Daher werde ich bald weiter nach Schweden reisen, in eine Stadt namens Birka. Wollt Ihr mich vielleicht begleiten? Ich könnte jemanden gebrauchen, der mich beschützt und die Sprache besser spricht als ich.«

»Ihr mit Euren absurden Vorschlägen, Mönch«, lachte ich.

»Ich würde mich wirklich darüber freuen!«, sagte Ansgar aufrichtig.

»Lasst uns ein anderes Mal darüber reden«, erwiderte ich, Bithia kam wieder zurück und stieg freudestrahlend von ihrem Pferd ab.

»Und? War das Pferd eine Nonne wert?«, fragte ich sie.

Wieder einmal schaute mich Ansgar mit einem empörten Gesichtsausdruck an, was mich jedes Mal zum Lachen brachte und ich schon deswegen nicht aufhören konnte, den Mönch zu ärgern.

»Guldfalder ist ein so tolles Pferd! Ich liebe ihn schon jetzt!«, sagte Bithia und war ganz aus dem Atem. Das Pferd schwitzte und auch Bithia war sichtlich erschöpft.

»Ich sehe, du hattest deine Freude!«, lächelte ich.

»Ja, die hatte ich!«

»Dann lass uns nach Hause reiten!« Ich schwang mich hinter meine Frau auf den Rücken des Tieres. »Vielen Dank, Mönch. Gerne mache ich mit Euch wieder Geschäfte.«

»Dann überlegt Euch, ob Ihr mich nicht doch begleiten wollt.«

Wir verabschiedeten uns zufrieden, ich schlang die Arme um Bithias Hüfte und schon ritten wir los. Nach ein paar Schritten drehte ich mich noch einmal um.

»Wann werdet Ihr nach Birka aufbrechen?«, rief ich dem Mönch zu.

»Erst in ein paar Tagen, wenn die Kirche steht und ich die Stadt ruhigen Gewissens verlassen kann.«

»Nun, dann werden wir uns noch einmal sehen«, sagte ich und hob die Hand zum Gruß.

Wir verbrachten die darauffolgenden Tage fast ausschließlich damit, immer wieder zum Hafen oder in die Stadt zu gehen, es gab jeden Tag etwas Neues zu entdecken. Dabei wechselten wir uns meistens mit dem Aufpassen auf Edda ab. Norell und Kjell waren uns eine große Hilfe, aber des Öfteren gingen auch nur die beiden Frauen alleine, während wir Männer zuhause blieben.

Kruk hatte sich an das Leben in Haithabu schnell angepasst. Oft flog er einfach bis an die nächste Kreuzung vor, setzte sich auf ein Haus und wartete auf mich, um zu sehen, in welche Richtung ich abbog.

Den Hafen mochte er sehr. Er schwang sich nach oben in die Lüfte, ärgerte die Möwen, war schneller und wendiger als sie und versuchte, von ihnen ein ums andere Mal Fressen zu erbeuten. Gerade als ich Kruk zuschaute, griff er eine Möwe an, die vor lauter Panik etwas aus ihrem Schnabel fallen ließ, was ich nicht erkannte. Kruk legte augenblicklich die Flügel an, stürzte nach unten und fing seine Beute noch im Flug auf, spreizte blitzschnell seine Schwingen und stieg elegant wieder nach oben, kurz bevor er auf dem Wasser aufgeschlagen wäre.

»Hast du das gesehen?«, sagte ich zu Bithia, erhielt aber keine Antwort.

Ich drehte mich zu ihr um und sah, wie ihre Augen immer größer und größer wurden. Ich folgte neugierig ihrem Blick und konnte meinen Augen kaum trauen.

Bei uns hatten wir unsere Töpfe und Schüsseln oft aus Speckstein hergestellt, dieses Gestein gab es dort in rauen Mengen. Was ich aber hier auf einem Händlerschiff erblickte, übertraf all meine Vorstellungskraft. Ein Specksteintopf, der so groß war, dass eine ganze Schiffsbesatzung daraus satt werden konnte. Er musste so schwer sein, dass es kaum möglich war, ihn mit purer Muskelkraft zu bewegen. Daher band ihn die Schiffsbesatzung an der Rah des Handelsschiffes mit Tauen fest, zog an den Brassen, so dass sich die Rah drehte und der Topf über den Landungssteg geschwenkt wurde. Trotzdem waren noch einige Männer vonnöten, die schwere Ware auf den Ochsenkarren zu manövrieren, der für den riesigen Topf bereitstand. Das war selbst für Haithabu ein ungewöhnliches Spektakel und lockte viele Schaulustige an, die genauso gebannt zuschauten wie Bithia und ich. Wie immer stand der Trubel in dieser Stadt bei solchen Ereignissen nur kurz still und schon bald ging jeder wieder seinen gewohnten Geschäften nach.

An diesem Tag traf ich auch Ottar wieder, der immer noch in der Stadt weilte. Ich erzählte ihm stolz von dem ersten Geschäft, das ich abgeschlossen hatte, was ihn so sehr zum Lachen brachte, dass er daran fast erstickt wäre. »Aus Euch könnte ein großer Händler werden«, grinste er. »Wer eine Nonne kauft, sie gegen ein Pferd eintauscht und dabei auch noch Profit schlägt, der ist zum Handeln geboren!« Auch wenn er sicher nicht viel Ernst in diese Worte legte, so machten sie mich dennoch stolz. »Kommt heute Abend ins Kontor«, fuhr er fort. »Ich werde wahrscheinlich morgen weiter nach Westen reisen, um auf der Nordsee mein Glück zu versuchen. Es ist also die letzte Gelegenheit, mit mir zu plaudern.«

»Diese Angebot werde ich gerne annehmen!«, erwiderte ich.

In den Gesprächen mit Ottar erfuhr ich immer sehr viel. Er saugte die Neuigkeiten in sich auf und war nicht geizig, sie an mich weiterzugeben. Ich war sehr neugierig und freute mich auf den Abend. Bithia wollte mich nicht begleiten und so betrat ich alleine das Kontor, nachdem ich sie nach Hause gebracht hatte. Ottar saß bereits an einem der Tische und hatte zwei Becher Met in den Händen.

»Kommt, ich lade Euch ein!«, sagte er und reichte mir einen davon. Wir stießen an, so dass der Met herausschwappte und tranken einen ordentlichen Schluck.

Ottar ließ sich nicht lange bitten und erzählte sofort drauf los, so wie ich es von ihm gewohnt war. Diesmal erfuhr ich noch mehr über den Aufstieg Haithabus. Nicht nur die Lage, das Danewerk und die ansässigen Geschäftsleute hatten zu diesem florierenden Handel beigetragen, sondern auch die Beziehungen zu Osteuropa waren ein entscheidender Faktor. Diese Verbindungen nahmen an Bedeutung immer weiter zu. Neue Handelsrouten im Osten sorgten für weitere Händler, die die osteuropäischen Waren hier in Haithabu verkauften.

»Diese Pluderhosen, die man hier immer häufiger sieht?«, fragte er, wollte wissen, ob sie mir ebenfalls schon aufgefallen waren. Ich nickte, so redete er weiter: »Sie sind zum Beispiel ein modischer Einfluss aus dem Osten. An all dem sind die Schweden schuld«, lachte mich Ottar an. »Die entdeckten auf einer Insel namens Rügen, die gar nicht weit weg von hier in der Ostsee liegt, ein Dorf namens Ralswiek, dessen Bewohner unheimlich geschickt in der Herstellung von Waren aus Metall und Bernstein sind. Außerdem betreibt dieses Dorf Handel mit einigen anderen Stämmen weiter im Osten, wodurch der Warenstrom von Osten über Rügen bis nach Haithabu reicht.«

Ich lehnte mich zurück und lauschte interessiert Ottars Worten, während ich immer wieder an meinem Met nippte und den süßlich aromatischen Geschmack genoss.

»Aber nicht nur das«, fuhr Ottar in seiner gewohnt eindringlichen Art und Weise fort und lehnte sich nach vorne. »Die Schweden sind mittlerweile viel weiter nach Osten vorgedrungen als du dir vorstellen kannst. Weit jenseits des Finnischen Meerbusens liegt ein großer Binnensee namens Ladogasee. Schon seit längerem scheinen sich Handelsbeziehungen zwischen den slawischen Stämmen dort und Birka zu entwickeln. Am Ladogasee ist sogar eine Handelsstadt entstanden, von der aus Waren bis nach Birka und dann hierher transportiert werden.«

»Wie heißt die Stadt?«, fragte ich neugierig.

»Ladoga, glaube ich. Ja, einfach nur Ladoga. Von dieser Stadt aus gibt es unendlich viele Möglichkeiten, die Welt im Osten zu entdecken. Zahlreiche Flüsse fließen ins Binnenland und es soll sogar einen Wasserweg bis ins Schwarze Meer und damit bis Konstantinopel geben. Aber das sind nur Gerüchte.« Er hob abwehrend die Hände und signalisierte mir, dass er keine Garantie geben konnte.

»Ein schiffbarer Weg bis Konstantinopel?«, fragte ich erstaunt.

Er nickte. »Das wäre doch mal ein Abenteuer für dich, Ragnar«, sagte er lächelnd, beugte sich vor und klopfte mir auf die Schulter. »Zeig, dass ein echter Schwede in dir steckt«, lachte er.

Konstantinopel. Eine Stadt, von der wir gar nichts wussten. Die wagen Gerüchte beschrieben Konstantinopel als einen fantastischen Ort, wie er in unserer Welt einfach nicht existieren konnte. Genau das weckte meine Neugier und mein Interesse.

»Die Händler fahren von Birka aus?«, vergewisserte ich mich.

»Und von Gotland«, bestätigte er.

»Ansgar wollte nach Birka weiter reisen«, dachte ich laut.

»Der Mönch?«, fragte Ottar. »Was will der in Birka?«

»Er wurde von Kaiser Ludwig als Missionar dorthin geschickt.«

»Ha!«, rief Ottar aus. »Sieh mal einer an! Jetzt erzählst du mir etwas, was ich noch nicht wusste«, lachte er und schlug mir erneut auf die Schulter. Doch ich hörte gar nicht mehr hin.

»Er fragte mich, ob ich ihn begleite«, ergänzte ich mehr für mich selbst und nahm gedankenverloren einen erneuten Schluck aus meinem Becher.

Ottar schaute mich belustigt an und sagte nach einer kurzen Pause: »Siehst du mein Freund. So weisen die Nornen uns das Schicksal.«

Von diesem Moment an dachte ich ernsthaft darüber nach, mit Ansgar nach Birka zu segeln. Ich ahnte bereits, dass dieser Gedanke sehr schnell von mir Besitz ergreifen und sich zu meinem unabwendbaren Schicksal entwickeln würde. Birka, Ladoga, Konstantinopel. Warum sollte ich nicht Händler werden? Händler in einem weit entfernten Land, weit weg von dieser Stadt.

Ottar und ich tranken noch einige weitere Becher Met und redeten über Dinge, die mich weniger interessierten und so hörte ich nicht richtig zu, in meiner Fantasie stellte ich mir bereits vor, wie ich fremde Länder entdecken würde, in denen ich mit Bithia und Edda in Frieden vom Handel leben konnte. Ottar spürte meine Geistesabwesenheit und lachte nur darüber. »Morgen werde ich in den Westen aufbrechen, mein Freund«, erklärte er. »Ihr werdet schon bald in den Osten segeln?«

Leicht betrunken schaute ich ihn an und zuckte mit den Schultern. »Wer weiß, wer weiß«, sagte ich, bevor ich aufstand und wir uns voneinander verabschiedeten.

»Es war mir einer Ehre, Euch kennengelernt zu haben!«, lächelte ich.

»Es freute mich ebenfalls sehr«, erwiderte Ottar. »Auch wenn wir uns scheinbar in entgegengesetzte Richtungen bewegen werden, würde es mich freuen, wenn uns das Schicksal einmal wieder zusammenführt.«

»Ich freue mich schon auf Eure zahlreichen Geschichten«, schmunzelte ich. Ottar lachte und schlug mir auf die Schulter. »Viel Glück«, wünschte er mir.

»Viel Glück«, sagte ich und so trennten sich unsere Wege.

Ich schlurfte nach Hause und hatte doch ein wenig Met zu viel getrunken. Schwankend suchte ich mühsam nach den richtigen Wegen und verlief mich das ein oder andere Mal. Ich kann nicht sagen, ob es nur am Alkohol lag, oder daran, dass ich in Gedanken schon all die Möglichkeiten durchging, wie wir nach Ladoga kommen würden. Es war ein Funken der Neugierde, den Ottar in mir entfacht hatte und die schwache Glut grub sich weiter und weiter, entfachte ein Feuer, das nicht mehr zu löschen war.

Als ich endlich zuhause ankam, war mir so schwindelig, dass ich neben Bithia auf die Decken fiel und sofort einschlief. Ich schlief diese Nacht unruhig, denn der Gedanke, als Händler in den entfernten Osten zu reisen, ließ mich auch im Traum nicht los. Ich träumte von wilden Flüssen, Schiffen, voll beladen mit Fellen und Walrosszähnen und Truhen voller Gold und Silber. Ich träumte von einer alten Bithia und einer erwachsenen Edda, die auf unseren Ländereien in Frieden und Glückseligkeit meine Enkelkinder zur Welt brachte.

Ich wurde am nächsten Morgen lange vor Bithia und den anderen wach und ging gleich zur Kirche, um Ansgar zu suchen. Er hielt gerade eine Rede vor dem halbfertigen Gebäude. Etwa zwei Dutzend Menschen hörten ihm zu, viele verschwanden nach und nach, gingen zurück in die Stadt. Die Handvoll Männer und Frauen, die übrig blieben, holte Ansgar zu sich, tippte bei jedem Einzelnen nacheinander auf die Stirn, auf die Schultern und auf die Brust und sagte dabei ein paar Worte, die ich nicht verstand.

Ich hielt mich im Hintergrund, wartete bis er fertig war und ging erst dann zu ihm.

»Wollt ihr auch den Segen Christi erhalten?«, begrüßte er mich.

»Nein«, lachte ich. »Ist es das, was ihr gerade mit den armen Seelen da angestellt habt?«

»Sie dürfen weiter zu ihren Göttern beten. Ich taufte sie nicht, bekreuzigte sie nur und erteilte ihnen damit den ersten Segen. Sie dürfen jetzt eine Kirche betreten und den Worten Gottes lauschen.«

»Und mit Christen Handel treiben?«, fragte ich.

»Ja, auch das«, bestätigte er.

Ich lachte.

»Ihr seht, ihr könnt dabei nur gewinnen. Wollt ihr also auch den Segen erhalten?«

Ich dachte kurz darüber nach, lehnte aber dankend ab.

»Nun, warum seid ihr gekommen?«

»Ich möchte Euch etwas fragen.«

»Wollen wir eine Runde laufen? Ich habe lange genug gestanden und muss mich bewegen.«

Ich willigte ein und ordnete zunächst meine Gedanken, während wir auf taufrischem Gras zum Strand liefen.

»Wie wollt Ihr nach Birka gelangen?«, fragte ich frei heraus.

Ansgar schaute mich mit einem Gesichtsausdruck an, den ich nicht ganz deuten konnte. »Wollt ihr uns also doch begleiten?«

»Ich denke darüber nach!«

»Mein Angebot steht nach wie vor, um aber auf Eure Frage einzugehen: Wir werden mit dem Schiff segeln.«

»Mit was für einem Schiff?«

»Mit einem Handelsschiff. Ich muss einige Waren nach Birka transportieren, die ich dem König als Geschenk vermache.«

»Mit einem Knorr also«, erkannte ich und verzog dabei die Miene. »Mit einem langsamen und anfälligen Knorr«, wiederholte ich.

»Ach, was seid Ihr nur so pessimistisch. Was soll passieren?«

»Ihr wisst, dass sich die Händler weit vor der Schlei zusammenschließen, um Wikinger abzuschrecken?«

Ansgar runzelte die Stirn. »Nein, das wusste ich nicht«, sagte er, schaute auf den Boden und schwieg. »Umso wichtiger erscheint es mir, dass Ihr mit uns reist und Eure Gefährten natürlich auch«, fügte er dann hinzu.

»Wären wir die einzigen Krieger an Bord?«, fragte ich.

»Nein, nein«, beteuerte er. »Ich habe fünfzehn Männer, bis an die Zähne bewaffnet!« Doch ich ahnte schon, dass das eine Lüge war. Vermutlich besaß jeder von ihnen nur einen Wurfspeer, mehr nicht. Das war enttäuschend. Ich hatte gehofft, der Mönch konnte wenigstens mit mehreren voll besetzten Schiffen segeln, aber mit einem einzigen Knorr? Ich dachte an Edda und Bithia, die mit auf diesem Boot sein würden. Ich dachte an all die Geschenke, die Ansgars Schiff geladen haben und so jeden Krieger anlocken würde, der nach Reichtum strebte.

»Was wollt Ihr in Birka?«, fragte mich der Mönch. »Gestern noch lachtet Ihr mich aus, als ich Euch den Vorschlag unterbreitete. Was hat Eure Meinung geändert?«

Ich erzählte ihm vom fernen Osten. Vom Ladogasee, von den Handelswegen, und auch von Konstantinopel.

»Konstantinopel«, wiederholte Ansgar und schaute mich nachdenklich an. Dann grinste er. Es war ein anerkennendes und freundliches Lächeln, mit dem er mich lange schweigend ansah, was aber in keiner Weise unangenehm wurde. Im Gegenteil. Ohne ein Wort zu sagen, schien er meinen Mut und meinen Tatendrang zu befürworten. »Ihr seid keiner dieser grobschlächtigen Händler oder Wikinger«, sagte er und durchbrach damit die Stille. »Das sehe ich Euch an. Ich weiß, Ihr seid ein Krieger und wie ich Euch schon sagte, mag ich das Kriegshandwerk nicht. Auch wenn ich gerne meine Augen vor all der Brutalität dieser Welt verschließen möchte, so ist mir doch klar, dass es manchmal nötig ist, Gewalt anzuwenden, um die Unschuldigen zu beschützen. Ihr habt schon getötet, das sehe ich in Euren Augen. Doch Ihr seid ein ehrenwerter Krieger. Ihr verteidigt Euch, Euer Land, Euer Hab und Gut, Eure Frau. Ihr könntet keine Nonne versklaven. Glaubt mir, Herr Ragnar, ich habe eine gute Menschenkenntnis. Wenn Ihr mir gestern Susanna scheinbar widerwillig übergeben habt, so war ich mir doch in jedem Moment sicher, Ihr würdet es tun. Deshalb möchte ich Euch an meiner Seite wissen. Es wäre mir eine Ehre, wenn Ihr mich auf der Reise beschützt.«

Diese Einschätzung war es, die Ansgar zu meinem Freund machte. Einem Freund, vor dem ich für immer ein Geheimnis haben sollte: Den Überfall auf Lindisfarne. Niemals durfte er davon erfahren und auch ich wollte niemals mehr daran erinnert werden. Ich spürte bei den Worten Ansgars, wie sie mich stolz machten. Sie machten mich stolzer, als der Überfall auf das Kloster es jemals machen konnte. Im Gegenteil: Ich schämte mich für diese Tat und für das Leben, das ich geführt hatte. Jetzt, nach all den Jahren, wurde ich endlich so gesehen, wie ich es mir in meinem tiefsten Innern immer gewünscht hatte: als ein ehrenwerter Krieger.

»Nun, würdet Ihr mich beschützen?«, fragte Ansgar abschließend.

Ich neigte meinen Kopf leicht nach vorne. »Ja, das würde ich«, bestätigte ich ihm.

»Dann seid Ihr herzlich willkommen. Überlegt es Euch. Ich erwarte Eure Antwort in zwei Tagen, in vier Tagen wollen wir aufbrechen.«

Ich hätte ihm diese Antwort schon jetzt geben können, ich hatte mich längst entschieden. Vergessen waren die Gefahren, die auf uns lauerten, wenn wir mit einem einzelnen, voll beladenen Knorr über die Ostsee segeln würden.

Das einzige Hindernis, dass sich mir in den Weg stellen konnte, war Bithia. Doch ich würde sie überzeugen, da war ich mir sicher.

Als ich von Ansgar zurückkam, erzählte ich zunächst nichts über mein Vorhaben und mein Gespräch mit dem Mönch. Stattdessen gaben wir Edda ein weiteres Mal in die Obhut von Norell und unternahmen einen Ausritt vor die Tore der Stadt. Wir saßen auf dem Rücken von Guldfalder und während ich die Zügel in der Hand hielt, schlang Bithia die Arme um mich und hielt sich an mir fest. Nachdem wir das Westtor durchquert hatten, galoppierte ich los. Bithia lachte, als die Bäume und das Grasland an uns vorbeirauschten. Wir hatten die Stadt schon seit einigen Tagen nicht mehr verlassen und merkten jetzt, was uns doch gefehlt hatte. Das Freiheitsgefühl bei unserem Ritt durch die Natur war überwältigend.

Auch Kruk schien sich zu freuen. Ich dachte immer, er würde sich in der Stadt wohl fühlen, denn er war ständig unterwegs, durchsuchte die ganzen Abfälle nach brauchbaren Essensresten und kam selten zu mir. Jetzt aber schien er es zu genießen, durch die Lüfte zu fliegen. Er stieg weit auf, spielte mit dem Wind und flog immer höher, bis nur noch ein schwarzer Punkt am Himmel zu sehen war und dann ganz verschwand. Weg ist er, dachte ich. So einfach ist es für ihn, alles hinter sich zu lassen.

Ich richtete meine Aufmerksamkeit auf Guldfalder. Es war in der Tat ein gutes Pferd. Es war schnell und ich spürte die Muskeln des Pferdes, wie sie sich bei jedem Schritt anspannten und uns in einem ungeheuren Tempo vorwärtsstürmen ließen. Die lange Mähne flatterte im Wind und ich genoss es, wie der Luftzug auch meine Haare wehen ließ.

»Gut festhalten«, rief ich Bithia zu und spürte, wie sie die Kraft erhöhte, mit der sie sich an mich klammerte und ihren Kopf an meinen Rücken presste. Ich steuerte Guldfalder direkt auf einen umgestürzten Baum zu. Das Tier schien zu wissen, was ich vorhatte und gab mir mit einer erneuten Beschleunigung Vertrauen, dass es nicht scheuen würde. Guldfalder sprang mit Kraft und Eleganz über das Hindernis. Bithia schrie kurz auf, doch das weibische Kreischen wandelte sich schnell zu einem Ausruf der Freude. Die Landung presste dem Pferd die Luft aus den Lungen und schüttelte uns ordentlich durch, ich gönnte uns trotzdem keine Pause und trieb das Tier weiter an. Guldfalders Fell wurde schweißnass, es war warm an diesem Tag und auch ich fing an zu schwitzen.

»Fühlst du, wie die frische Luft durch deine Nase strömt«, rief ich meiner Frau zu.

Bithia atmete tief ein. Ihre Brust hob und senkte sich mehrere Male. »Es tut so gut!«, schrie sie mir ins Ohr nur um daraufhin noch einmal tiefe Atemzüge zu nehmen. Nur zwei dünne Leinenschichten trennten ihren Körper von dem meinen und es erregte mich, als ihre Brustwarzen durch die intensive Atmung an meinem Rücken rieben. Sie spürte diese Erregung und ihre Hand glitt an meiner Hüfte entlang nach unten an die Innenseite meines Oberschenkels. Sie streichelte mich und kniff mir in die Leiste, so dass ich aufstöhnte, halb aus Schmerz, halb aus Lust.

Ich zügelte das Pferd und wir ritten langsam auf einen Birkenhain zu.

Das Laub des Vorjahres bot uns ein weiches Bett und die Sträucher schützten uns vor unerwünschten Blicken. Ich ließ mich vom Pferd rutschen, Bithia sprang vom Rücken des Tieres auf mich und umschlang mich sofort mit Armen und Beinen. Ihre Haut war verschwitzt, klebte an dem Leinenkleid und glänzte wie ein frisch gewaschener Apfel, in den ich sofort reinbeißen musste. Sie küsste mich feucht und innig, während ich im Augenwinkel nach einer geeigneten Stelle auf dem Waldboden suchte. Ich trat einen Stein und einen Stock zur Seite, versuchte, mit aller Konzentration das wilde Zungenspiel meiner Frau zu erwidern und schob ihr langes Leinenkleid nach oben, um mit meiner Hand ihren Po zu umschließen. Fest aber liebevoll drückte ich zu, ging dabei in die Knie und legte sie auf das weiche Laub. Sie schlang immer noch ihre Beine um meinen Rücken und nestelte an meiner Hose. Ich half ihr, ignorierte den eingenähten Bund und zog die Hose mit einem Ruck von meinen Hüften. Fäden rissen, aber das war mir egal, denn Bithia fand was sie gesucht hatte und führte mich mit ihrer Hand, bis ich in sie eindrang und sie mit einem leisen, lustvollen Stöhnen ihren Kopf nach hinten warf.

Wir schliefen an diesem sonnigen Nachmittag zweimal miteinander, bevor wir bei Sonnenuntergang wieder zurück in die Stadt ritten. Dieser Tag war so wundervoll, dass mir Zweifel kamen, ob wir wirklich nach Birka aufbrechen sollten. Diese Zweifel wurden in dem Moment, als wir die Stadt wieder betraten, sofort ausgelöscht.

»Ragnar, riechst du das?«, fragte Bithia.

»Die Stadt stinkt«, antwortete ich.

»Ja, es ist widerlich«, sagte sie. »Wir gewöhnten uns daran. Nur der eine Tag außerhalb dieser Stadt zeigt uns wieder, wie dreckig es hier ist.«

Den Rest des Weges schwiegen wir. Zuhause angekommen, legten wir uns müde und erschöpft auf die Decken.

»Die Frau hatte Recht. Die Stadt macht krank«, sagte Bithia und durchbrach die Stille. Edda lag neben ihr, saugte im Schlaf an ihrer Brust. »Ich möchte hier nicht bleiben.«

Wieder schwiegen wir eine Weile. Doch die Zeit war gekommen und so erzählte ich Bithia von meinem Gespräch mit Ottar und von dem Treffen mit Ansgar. Ich offenbarte ihr meine Gedanken und Träume von der Reise in weit entfernte Länder. So, wie ich es ihr schilderte, hörte es sich perfekt an, wir beide wussten natürlich, dass es anders kommen musste. Trotzdem waren wir uns einig, für diese Freiheit zu kämpfen.

»Ansgar ist so anders als die Mönche, die ich in Lindisfarne kennenlernte«, sagte Bithia. »Selbst Cuthbert, den ich wirklich gern mochte, wollte nur möglichst viele Heiden vom Christentum überzeugen, um den Einfluss der Kirche auszuweiten. In Lindisfarne verließ er uns deswegen schnell wieder. Die anderen Mönche waren streng genommen nicht viel besser als ihr, die ihr uns überfiel. Sie töteten nicht, aber sie stahlen. Einen Teil unseres Essens, das wir uns hart erarbeitet hatten, musste wir dem Kloster geben. Sie bereicherten sich an uns. In manchen Jahren mussten wir Hunger leiden, aber die Mönche wurden immer fetter und fetter. Sie hatten nur ihre Kirche im Kopf. Geld und Macht, das war es, wonach sie strebten. Ansgar dagegen kämpft für eine bessere Welt. Er will möglichst viele vom Christentum überzeugen, aber nicht aus Gier nach Einfluss und Reichtum. Er will seine Vorstellung eines friedlichen Miteinanders unter den Menschen verbreiten. Er will eine Welt erschaffen, von der ich träume, Ragnar. Eine Welt, in der ich Edda aufziehen möchte.«

»Lass uns Ansgar nach Birka begleiten«, antwortete ich und Bithia gab mir einen Kuss.

Ob wir von Birka weiter nach Osten ziehen oder dort bleiben würden, darüber wollte sie noch nicht entscheiden. Ich dagegen war getrieben von dem Wunsch, eines Tages vielleicht sogar Konstantinopel zu erreichen, gab mich jedoch mit diesem ersten Schritt zufrieden.

Ich hoffte inständig, dass auch Kjell, Kogg und Baschi uns begleiten würden. Bei Kjell war ich mir sicher. Er war für alles offen und war noch mehr von Abenteuern getrieben als ich.

Baschi und seine Frau dagegen schienen hier in Haithabu sehr glücklich zu sein. Nachdem sie in Ribe so erfolglos und deswegen zu uns gekommen waren, liefen ihre Geschäfte hier sehr gut. Ich bewunderte die beiden, sie hatten den Großteil ihres Geldes in einige seltene Waren investiert, um es anschließend teurer zu verkaufen. Sie machten aus Geld noch mehr Geld.

Und Kogg? Würde er uns begleiten? Er war sehr stark an Baschi und Ida gebunden. Allerdings war es immer schwer, ihn zu beurteilen, da er wenig redete.

Ich grübelte über all das nach, während Bithia schon längst eingeschlafen war. Ihre langsame, tiefe Atmung hatte eine beruhigende Wirkung und so wurde auch ich schnell von der Müdigkeit übermannt.

In der Nacht bemerkte ich die Rückkehr von Kjell und Norell, die sich ruhig verhielten und sich neben uns legten.

Am nächsten Morgen war meine Ungeduld nicht mehr zu halten und so weckte ich Kjell.

Er war, wie immer, nicht gerade gesprächig um diese Zeit, lag mit dem Gesicht dicht an Norell gedrängt, öffnete nur langsam die Augen und drehte sich zu mir. Ich redete einfach auf ihn ein, ohne zu wissen, ob er mir im Halbschlaf überhaupt zuhörte, irgendwann jedoch unterbrach er mich: »Wenn du mich noch ein wenig weiter schlafen lässt, gehe ich mit dir, wohin auch immer du willst.« Ich schwieg, er schlief einfach weiter. Ich war neidisch auf seine Unbekümmertheit. Er ließ sich einfach treiben, lebte von Tag zu Tag, ohne große Planungen anzustellen, verließ sich ganz auf die Nornen und nahm alles, was das Leben für ihn vorgesehen hatte, gelassen hin. Auch wenn seine Worte etwas Scherzhaftes hatten, waren sie doch ernst gemeint.

Norell hatte nun kaum mehr eine Wahl. Ähnlich wie in Randaberg wurde mal wieder über ihren Kopf hinweg entschieden. Ich weckte sie trotzdem, um wenigstens den Schein zu wahren, sie vor die Wahl zu stellen. Sie hob leicht den Kopf und blinzelte mich mit verschlafenen Augen an.

»Wir wollen in zwei Tagen nach Birka segeln«, sagte ich ihr.

Sie hob die Augenbrauen und schwieg zunächst. »Was sagt Kjell dazu?«

»Der kommt auf jeden Fall mit, denke ich«, grinste ich sie an.

Sie verdrehte die Augen und ließ sich zurückfallen, richtete sie sich aber plötzlich abrupt auf. »Wann sagtest du, segeln wir nach Birka?«

»In zwei Tagen«, antwortete ich.

Sie stand auf, so schnell, dass sie mich damit völlig überraschte. Sie war, wie so oft, halb nackt, was sie nicht sonderlich zu stören schien.

»Wir hatten noch so viel vor«, sagte sie, während sie sich anzog.

»Was dachtet ihr zu tun?«, fragte ich.

»Kjell wollte mir ein Kleid kaufen.«

»Ihr werdet in zwei Tagen eines finden.«

»Gehst du in die Stadt?«, fragte sie, und wühlte hektisch in Kjells Geldbeutel.

»Ja, ich wollte zum Kontor, zu Baschi und Kogg.«

»Ich komme mit. Der Stoffhändler liegt auf dem Weg.«

Ehe ich mich versah, ging ich mit Norell durch die Straßen Haithabus und jetzt war sie es, die ohne Unterlass redete, von dem Stoff erzählte, den sie gefunden hatte und ohne, dass ich richtig zuhörte, verging die Zeit unheimlich schnell. Schon im nächsten Moment standen wir vor dem Händler, der seine Stoffe in allen möglichen Ausführungen anbot. Norell prüfte einige Bahnen der purpurnen und grünen Filzstoffe, indem sie diese zwischen zwei Finger legte und anschießend ihren Handrücken darüber strich.

»Fühl mal, wie weich er ist«, sagte sie zu mir und hielt mir die Ware hin. Ich legte meine Hand ebenso wie sie auf den Filz, strich darüber und war in der Tat beeindruckt. Meine Tunika bestand ebenfalls aus gefilzter Schafwolle, war aber lange nicht so hochwertig wie diese und kratzte enorm, wenn ich kein Leinenhemd darunter zog.

Um zu dem Stoffhändler zu gelangen, waren wir durch einen kleinen Teil Haithabus gelaufen, den ich in all den Tagen noch nicht gesehen hatte. Er war sehr abgelegen, aber der Stoffhändler erfreute sich trotz der schlechten Lage seines Geschäftes einer großen Kundenzahl, was für seine Qualität zu sprechen schien. Außer ihm war hier in diesem Winkel der Stadt nur noch ein einziger Händler zu finden. Als ich im Augenwinkel sah, was dieser Händler verkaufte, war all der weiche Stoff schnell vergessen. Ich fand etwas, bei dessen Anblick mir die Augen aus dem Kopf fallen wollten: Glasperlen. Glasperlen in so vielen verschiedenen Formen und Farben, dass mir der Mund offen stehen blieb. Ich dachte wirklich, ich hätte Bithia ein kostbares Geschenk gemacht, doch die Perlen, die ich hier sah, übertrafen meine Arbeit bei Weitem!

Ich hatte seit meiner Ankunft in Haithabu immer wieder Glasperlen gesehen. Sie dienten nicht nur als Schmuck für Frauen, sondern neben Silber und Münzen auch als Zahlungsmittel. Glasperlen wie diese waren mir aber völlig unbekannt. Ich konnte mich nicht erinnern, jemals auch nur annähernd solch prachtvoll und kunstvoll gearbeitete Stücke gesehen zu haben. Selbst diejenigen, die ich damals auf dem Handelsschiff in Randaberg erspäht hatte, waren nicht hochwertiger gewesen als die meinen. Hier an diesem Stand zählte ich mindestens sechzehn verschiedene Formen. Eine Art sah so aus, als wären viele hauchdünne Glasfäden ineinander gearbeitet worden, bis ein kugelförmiges Gebilde entstanden war. Sie gefielen mir besonders gut und faszinierten mich vor allem deswegen, weil ich mir nicht vorstellen konnte, wie solch ein Kunstobjekt entstehen sollte.

»Schaut Euch diese Perle einmal an«, holte mich der Verkäufer aus meinen Erinnerungen. Er präsentierte mir auf seiner flachen Hand eine wunderschöne Glasperle. Seinen Worten zufolge wurde diese nach der mit Abstand aufwendigsten Art hergestellt und stellte daher auch die teuerste Glasperle dar. Diese Perlen wurden Millefiori genannt.

»Darf ich sie genauer betrachten?«, fragte ich fasziniert.

»Natürlich, nehmt sie ruhig«, sagte er freundlich.

Vorsichtig nahm ich die Perle in die Hand. Ich schaute sie mir ganz genau an und untersuchte begeistert jede Kleinigkeit. Ich war so beeindruckt, dass ich nicht widerstehen konnte und sie kaufte, ohne groß darüber nachzudenken, was sicher auch daran lag, dass das Glas aus mehreren Grüntönen bestand, was wunderbar zu der Glasperlenkette von Bithia passte. Diese aufwändige Perle in der Mitte, umgeben von meinen selbstgemachten Glaskugeln. Ich war mir sicher, dass es Bithia noch hübscher machen würde, als sie ohnehin schon war.

»Die Perle ist wirklich sehr schön! Bithia wird sich freuen«, bestätigte Norell, als sie neben mich getreten war.

Ich wollte nun so schnell wie möglich ins Kontor, hatte nur zwei Tage Zeit, Baschi und Kogg von unserer Reise zu überzeugen. Zielstrebig liefen wir durch die Gassen, was sich als nicht einfach herausstellte, weil Norell mit Stoffen vollbepackt schlecht vorankam, obwohl ich ihr den Großteil abgenommen hatte.

Als wir endlich ankamen, mussten wir nicht lange suchen, um Baschi und Kogg zu erspähen. Ida war bereits unterwegs und so saßen die beiden allein an einem Tisch direkt am Eingang.

Ich wartete nicht lange und erzählte den beiden von Birka und dem Gerücht, über den Wasserweg bis nach Konstantinopel gelangen zu können. Sie folgten meinem Bericht aufmerksam und ich sah das abenteuerlustige Blitzen in den Augen meiner Freunde.

»Wie gedenkst du nach Birka zu gelangen?«, fragte Baschi.

»Wir fahren mit Ansgar, dem Mönch. Er hat ein Schiff, eine Besatzung und die einzige Gegenleistung, die wir erbringen müssen ist, ihn zu beschützen.«

Baschi sah an mir vorbei und überlegte. »Ladoga, sagtest du, nicht wahr?«

»Das wäre unser erstes Ziel von Birka aus.«

»Ich hörte gerade gestern einen Händler davon sprechen.« Wieder überlegte er und machte einen sehr nachdenklichen Gesichtsausdruck. Aus irgendeinem Grund war ich mir sicher, er würde mitkommen. Das konnte ich in seinen kleinen Augen lesen. Er war Händler, aber eben auch ein Abenteurer. Diese Reise musste all seine Träume erfüllen.

»Kennst du die Geschichte von König Geirröd?«, fragte Baschi nach einer

Weile.

»Der König, der der Legende nach die Riesen nach Midgard ließ?«

»Genau der!«, sagte Baschi.

»Natürlich kenn ich diese Geschichte.«

»Ich kenne sie nicht«, sagte Norell aufgeweckt und mischte sich damit zum ersten Mal in das Gespräch ein.

»Ich werde sie dir gerne erzählen«, grinste Baschi. »Denn König Geirröd regierte im Bjarmland. Dieses Land liegt nur ein wenig östlicher als der Ladogasee. Es ist also eine Legende über das Land, welches wir bereisen wollen. Es scheint mir, als könnten wir einige Botschaften aus dieser Geschichte erkennen.«

Jetzt war auch mein Interesse geweckt, ich wusste nicht, worauf unser Gefährte hinauswollte.

»Wie du weißt, versuchen wir immer einen König oder Jarl zu wählen, der die Gunst der Götter hat. Nur mit dieser Gabe ist es ihm möglich, die Riesen und damit das Chaos abzuwehren«, begann Baschi, wurde aber noch einmal unterbrochen, da in diesem Moment auch Kjell und Bithia mit Edda zu uns kamen. Meine Frau küsste mich und setzte Edda auf meinen Schoss, die mir in die Nase kniff und laut lachte, als ich mich dafür revanchierte.

»Ich habe etwas für dich«, flüsterte ich Bithia ins Ohr. Neugierig riss sie die Augen auf. »Aber ich gebe es dir erst später«, fügte ich grinsend hinzu.

»Was ist es?«, wollte sie wissen.

»Das wirst du schon noch erfahren.«

Enttäuscht schaute sie mich an, konnte ihre Neugier nicht verstecken. »Was...«, wollte sie mich wieder fragen, doch ich legte meinen Zeigefinger auf ihre Lippen und lächelte sie an, während ich sie auf Baschi aufmerksam machte, der seine Geschichte nun fortsetzte.

»Na, meine Kleine?«, fragte er Edda, die ihn mit großen Augen ungläubig anschaute. »Willst du die Geschichte auch hören?«, fragte er freundlich und beugte sich zu ihr herunter.

»Bitte Baschi, was immer du erzählen willst, lass die Einzelheiten weg, wenn du verstehst was ich meine«, warnte ihn Bithia.

»Ich werde mich zurückhalten. Wenn nicht, dann halte ich dir einfach die Ohren zu«, sagte Baschi und kitzelte Edda am Bauch, die daraufhin

274

lachte und in die Hände klatschte.

»Nun erzähl schon, wir haben einige Fragen zu klären und ich bin sehr gespannt, was du uns mit dieser Geschichte sagen willst!«

»Also gut«, begann Baschi und räusperte sich kurz.

ᚠᚢᚾᚼ ᛗᛗᚱ ᛗᚼᛗᚠ »Einst ist ein Wikinger namens Hraudung ins Bjarmland gesegelt. Er benutze dabei genau den gleichen Weg von Birka bis zum Ladogasee, wie ihn Ragnar beschrieben hat. Von dort erreichte er über den Fluss Swir den Ornegasee und damit das Bjarmland.

Hraudung eroberte das Land, unterwarf die Bewohner und wurde Herrscher. Trotz dieser scheinbar gewaltsamen Übernahme war er ein guter König. Er hatte die Weisheit Odins und brachte Glück über die Bevölkerung, so dass er schnell anerkannt, geschätzt und sogar verehrt wurde.

Hraudung hatte zwei Söhne. Geirröd und Agnar. Agnar kam ganz nach seinem Vater und war immer auf das Wohlergehen der Menschen bedacht. Auch er stand in der Gunst der Götter und wäre ein würdiger Nachfolger geworden. Sein Bruder jedoch war das genaue Gegenteil. Er respektierte weder die Götter noch die Menschen.

Eines Tages gingen die beiden Brüder ans Weiße Meer fischen. Die See wurde stürmisch und die jungen Männer trieben aufs offene Meer hinaus. Agnar, der ältere der beiden, schaffte es gerade noch, mit letzter Kraft das Boot wieder ans Ufer zu rudern. Dort sprang Geirröd an Land und anstatt seinem Bruder zu helfen, entriss er ihm die Ruder und stieß ihn zurück aufs Wasser. Er überließ den eigenen Bruder der rauen See und niemand sah Agnar je wieder.

Als einziger Sohn erbte nun Geirröd das Königreich seines Vaters, der einige Jahre nach dem Verschwinden Agnars starb.

Geirröds Wesen stand für Chaos und Zerstörung. Es dauerte daher nicht lange, bis sich die ersten Riesen im Bjarmland ansiedelten, die die gleichen Charakterzüge aufwiesen wie der neue König. Sie vertrieben die Menschen und versetzten das Land in Angst und Schrecken.

Da mit den Menschen auch die Opfer für die Götter immer weniger wurden und bald ganz versiegten, wurde Odin auf das Königreich aufmerksam. Von seinem Hochsitz Hlidskjalf, von dem er die ganze Welt sehen kann, erkannte er auch die schreckliche Wandlung, die sich im Bjarmland unter dem neuen König vollzogen hatte. Er reiste mit seinem

Blutsbruder Loki an den Hof Geirröds, um sich ein Bild von all dem Schrecken zu machen.

Was die beiden Götter dort sahen, entsetzte sie aufs Äußerste. Nicht nur, dass Geirröd die Riesen in sein Land einlud, er zeugte noch dazu Kinder mit ihnen. Es war allerhöchste Zeit, einzugreifen.

Bevor sie aber Verstärkung holen konnten, wurden Odin und Loki entdeckt und gefangen genommen. Damit sie der König des Bjarmlandes nicht als das erkennen konnte, was sie waren, gaben sie sich Decknamen, und so hielt sie Geirröd für einfache Bauern. Loki schloss eine Vereinbarung mit Geirröd. Er würde den Donnergott Thor höchstpersönlich ausliefern, wenn der König ihn und seinen Freund dafür frei lassen würde. Geirröd fragte sich zwar, wie ein einfacher Bauer Kontakt zu Thor aufnehmen wollte, willigte aber trotzdem ein, unter der Bedingung, dass Thor unbewaffnet kommen sollte. Auch das versprach Loki zu erfüllen. So reiste er zurück nach Asgard und berichtete von der Gefangennahme Odins. Thor war außer sich vor Wut, begleitete Loki sofort ins Bjarmland, hielt sich trotz des Zorns an die Vereinbarung und ging ohne seinen Hammer Mjölnir.

Da es Heimdall jedoch zu gefährlich erschien, die Regenbogenbrücke Bifröst aus Asgard in ein Land herabzusenken, das von Riesen bevölkert war, mussten die beiden Gefährten zu Fuß ins Bjarmland gehen. Die Reise führte sie durch das Halogaland, wo sie bei der gutmütigen Riesin Grid, der Mutter Vidars, Rast machten. Vidar der Schweigsame ist der Halbbruder Thors, den Odin mit der Riesin gezeugt hatte. Grid kannte Geirröd gut und warnte die beiden Götter vor ihm. Thor beschloss daraufhin, den Stab, den Eisenhandschuh und auch den Stärkegürtel von Vidar mit sich zu nehmen.

Währenddessen war Odin immer noch die Geisel König Geirröds, der ihn zwischen zwei magischen Feuern gefangen hielt und hungern lies. Odin aber bekam Gesellschaft. Der Sohn des Königs, der nach seinem Onkel Agnar benannt war, gab Odin heimlich Essen und Trinken. Odin sprach mit dem kleinen Jungen und es stellte sich dabei heraus, dass er das gute Wesen seines Großvaters geerbt hatte. Der Götterkönig begann, Hoffnung für das Bjarmland zu hegen, denn mit Agnar als König würde die Ordnung ins Bjarmland zurückkehren. Odin nutzte die Zeit seiner Gefangenschaft, um den Jungen einiges zu lehren. So erzählte er ihm unter anderem von der Entstehung der Welt und vieles mehr.

Während Odin die Unterrichtung seines Schülers fortsetzte, näherten sich Loki und Thor dem Bjarmland. Sie erreichten den Fluss Vimur, den sie bei einer Furt überqueren wollten. Die Strömung war stark, doch mit Hilfe des Stärkegürtels gelang es den beiden, den Wassermassen standzuhalten. Genau in der Mitte des Flusses aber überraschte sie eine plötzliche Flut. Woher kam diese Flut, fragten sie sich. Da entdeckten sie die Riesinnen Gjalp und Greip, die die Töchter Geirröds waren und einige hundert Schritt flussaufwärts breitbeinig über dem Strom standen. Sie pissten in den Fluss und verursachten so das Hochwasser. Die beiden Götter waren in großer Bedrängnis und kurz vor dem Ertrinken. Thor überlegte verzweifelt, was er ohne seinen Hammer gegen diesen hinterlistigen Angriff tun sollte. Kurzentschlossen nahm er einen Stein aus dem Flussbett und warf ihn mit voller Kraft auf die beiden Schwestern. Die Riesinnen jaulten auf und flohen. Obwohl sie sich gerettet hatten und das Wasser wieder flacher wurde, hatte die Flut das Flussbett so stark ausgewaschen, dass Thor und Loki eine steile Felswand emporklettern mussten, um wieder aus der entstandenen Schlucht herauszukommen. Sie stiegen Fuß um Fuß nach oben. Die Erde aber war nass und rutschig, so dass sich kurz vor dem Ziel ein Teil des Lehms löste, auf dem Thor zuvor festen Halt zu haben schien. Im letzten Moment ergriff der Donnergott den Ast einer Eberesche und konnte sich und Loki daran über den Rand der Klippe ziehen. So war die Eberesche Thors Rettung.

Ohne Pause setzten sie ihren Weg fort, bis sie die Burg König Geirröds erreichten. Dort rasteten sie in einer kleinen Hütte, bevor sie sich dem Kampf mit den Riesen stellen wollten. Thor setzte sich auf einen sehr großen Stuhl und ruhte sich aus. Plötzlich hob sich dieser und drohte ihn an der Decke zu zerquetschen. Er nahm den Stab Vidars, drückte ihn gegen das Dach und erkannte, dass es Gjalp und Greip waren, die ihn von unten nach oben drückten, um ihn zu zermalmen.

Vidars Stab drohte zu zerbrechen und tatsächlich krachte es mit einem Mal mit lautem Knall. Doch es war nicht der Kampfstab, sondern die Wirbelsäulen der beiden Riesinnen, welche zerbarsten. Thor hatte gesiegt und ging mit Loki letztendlich zu Geirröd selbst, der sie in seinen Hallen erwartete und zu einem weiteren Gefecht herausforderte. Der König war sich seines Sieges gewiss, er dachte schließlich, Thor sei unbewaffnet und witterte so seine Chance.

Diabolisch schrie Geirröd, nahm mit einer Zange ein glühendes Eisen aus dem Feuer und warf es auf Thor. Der Donnergott fing es zum Entsetzten des Königs mit dem Eisenhandschuh auf. Geirröd zögerte nicht lange und zog sein Schwert, um einen nächsten Angriff zu wagen.

›Tot sollst du sein, du, der den König der Götter gefangen hält‹, sagte Thor.

›Den König der Götter?‹, fragte Geirröd völlig überrascht.

›Ja, es ist Odin selbst, den du als Geisel nahmst.‹

Geirröd war über diese Nachricht so erschrocken, dass er stolperte und genau in dem Moment in sein eigenes Schwert stürzte, als Thor das glühende Eisen mit solch einer Wucht auf den mittlerweile sterbenden König schleuderte, dass alles um Geirröd herum explodierte. Schnell befreiten Thor und Loki Agnar und Odin aus dem Gefängnis, bevor die gesamte Burg einstürzte.

Nachdem sie in Sicherheit waren, ernannte Odin Agnar zum neuen Herrscher des Bjarmlandes. Als allererste Tat vertrieb Agnar die Riesen aus seinem Land. Die gute Nachricht verbreitete sich schnell und so kamen die Menschen zurück in das Königreich. Sie opferten wieder den Göttern und hatten nach einer langen, schrecklichen Zeit wieder einen König, der die Weisheit und die Gunst der Götter besaß.«

ᚠᚢᚻ ᛗᛖᚱ ᛗᚤᚤᚨᚠ

Baschi endete mit seiner Erzählung und schmunzelte.

»Eine schöne Geschichte«, lächelte Bithia, »aber ich verstehe nicht, was sie mit unserem Vorhaben zu tun haben soll.«

»Sie soll euch sagen, dass unsere Reise ins unbekannte Land nicht ungefährlich wird!«

»Unsere Reise?«, fragte ich.

Baschi redete weiter, ohne auf meine Frage einzugehen: »Nun, auch wenn es nur eine Legende ist, zeigt sie mir doch, dass das Land, in das wir reisen wollen, gefährlich ist. Die Flüsse scheinen unberechenbar zu sein und genau wissen wir von diesem Land nur das eine: Es befindet sich weit hinter dem uns bekannten Meer. Wer sagt, dass es nicht Utgard, das Land der Riesen ist, wo wir hinfahren wollen? Das würde erklären, warum Geirröd einen solch bösen Charakter hatte.«

Edda krabbelte zu Kogg herüber, der lächelnd meine Tochter in Empfang nahm. Als würde unser großer, schweigsamer Gefährte erkennen, dass er die kleine Edda vielleicht nicht wiedersehen konnte, war er es, der all die Bedenken seines Freundes mit einfachen Worten vom Tisch wischte: »Dann treten wir diesen Riesinnen, die in Flüsse pinkeln, eben in den Hintern!« Weiter sagte er nichts und während meine Freunde noch konsterniert dreinblickten, musste ich über seine Aussage lachen. Es war erst ein kurzes Ausschnaufen, bald aber lachte ich laut und all meine Gefährten schlossen sich mir an. Wir lachten, hielten uns die Bäuche und schlugen uns auf die Oberschenkel. Nun war klar, wir alle würden Haithabu bald verlassen und in eine unbekannte Welt aufbrechen.

Kapitel 9 - Tiefe Finsternis

Ida begleitete uns nicht. Sie wollte unter keinen Umständen Haithabu verlassen. Baschi versprach ihr, bald wiederzukommen, doch ich bezweifelte, dass sie sich in den nächsten Jahren wiedersehen sollten. Wir boten Ida unsere Hütte an und sie lehnte nicht ab, wollte jedoch nur übergangsweise darin wohnen, bis ein geräumigeres Haus frei werden würde.

Einerseits überraschte mich ihre Entscheidung, in der Stadt zu bleiben, in keiner Weise, denn sie hatte Fuß gefasst in Haithabu und für eine Händlerin wie sie war dieser Ort die Erfüllung aller Träume. Für diesen Traum aber ließ sie ihren eigenen Mann gehen. Das konnte ich nicht nachvollziehen. Andererseits hatte ich mich mit Ida nie gut verstanden. Ich war nicht traurig, sie zurückzulassen.

Schon am nächsten Tag gingen wir gemeinsam zu Ansgar und ich erzählte ihm von unserer Entscheidung. Er sah uns der Reihe nach an, musterte uns und grinste schließlich.

»Ich muss zugeben«, sagte er, »ich hatte Angst. Vor der Überfahrt und vor dem, was mich in Birka erwartet. Daher bin ich froh, dass ich nicht nur auf Gott als meinen Beschützer vertrauen muss. Ich heiße euch also herzlich willkommen auf meinem Schiff.«

Schon wenige Tage später standen wir auf Ansgars Knorr und nachdem wir Bithias Pferd endlich überreden konnten über die schmalen Planken auf das Boot zu laufen, legten wir in Haithabu ab. Die Schiffsbesatzung bestand neben Ansgar, Susanna und uns noch aus den vier Männern, die wir schon bei der Beerdigung kennen gelernt hatten sowie einigen weiteren Seeleuten.

Das Schiff war schwer beladen. Ich staunte nicht schlecht, als ich die ganzen Geschenke sah, die der Mönch im Auftrag Kaiser Ludwigs nach Birka bringen sollte. Neben Gold und Silber waren auch einige Dutzend Bücher dabei.

»Und ihr hattet keine zweihundert Gramm Silber für Susanna übrig?«, fragte ich lachend.

Susanna hörte meine Worte, schaute ebenfalls auf die ganzen Schätze, die gerade mit einem großen Tuch zugedeckt wurden und warf dann einen leicht vorwurfsvollen Blick in Richtung Ansgar. Ich wusste nicht, ob sie unserer Sprache überhaupt mächtig war. Zumindest schien sie den Inhalt meiner Aussage verstanden zu haben. Ansgar schien leicht beschämt zu sein, wiegelte diese Anschuldigung aber schnell mit einer nervösen Handbewegung ab.

»Kjell«, rief ich, »sobald wir diesen Hafen verlassen haben sollten wir das Schiff in unseren Besitz nehmen, alle umbringen und gleich wieder zurück segeln. Wir wären reicher als der König von Dänemark selbst.«

Kjell lachte. »Dein Wunsch ist mir Befehl.«

»Versucht es nur«, rief Ansgar und ging überraschender Weise auf unsere Scherze ein. »Gott wird mich beschützen.«

Verächtlich schnaufte ich aus. »So wie euer Gott Susanna beschützte?«, fragte ich und Kjell lachte daraufhin laut aus, schaute interessiert zu Ansgar und wartete auf seine Reaktion. Die Miene des Mönchs verriet mir, dass ich nun zu weit gegangen war. Ich erntete verärgerte Blicke, die von ernsthaftem Gram zeugten, über die ich mich dennoch sehr amüsierte. Dieser Mönch würde mir noch einigen Spaß bereiten, dachte ich bei mir, während wir die Türme der Hafeneinfahrt Haithabus passierten.

Obwohl die Stadt stank und nach jedem Regenguss unfassbar dreckig und schlammig war, hatten wir schöne Tage dort verbracht. Ich schaute zurück, erinnerte mich an unsere Ankunft, die so viel Schlimmes prophezeit hatte, und doch hatte ich hier viele schöne Momente erlebt.

An den letzten beiden Tagen waren Bithia und ich Norells Beispiel gefolgt und hatten meiner Frau neue Kleidung besorgt, die ebenfalls aus den feinsten Stoffen gefertigt war. Bithia sah aus wie eine Königin.

Norell stand ihr in ihrem neu geschneiderten Kleid in nichts nach und ich erwischte mich dabei, wie ich die beiden ansah und meine Augen kaum von ihnen lassen konnte. Neben all den Geschenken waren sie die wahren Schätze an Bord.

»Sie sehen beide so unglaublich gut aus. Wir können uns glücklich schätzen«, erkannte Kjell, während wir an der Reling standen. Ich schaute gerade noch einmal auf Haithabu, erhaschte einen letzten Blick, dann folgte ich Kjells Augen und betrachtete wieder unsere Frauen, die sich gerade unterhielten.

»Sie ist der wahre Reichtum, den ich in Lindisfarne fand«, sagte ich.

Bithias Kleid war recht eng geschneidert. Der Stoff war nicht dick, so dass sich ihre schlanke Figur abzeichnete. Der unterste Teil des Rockes war rotbraun und mit einer goldgelben Borte vom oberen, gelben Teil getrennt. Zudem war ihr Kleid oberhalb der Brüste mit zwei Fibeln geschmückt, die zwar bei weitem nicht so aufwendig gestaltet waren wie das goldene Schmuckstück, dessen Fertigung ich kurz mitverfolgen durfte, aber trotzdem prächtig aussahen. Sie waren aus Bronze. Die grünen Glasperlen hingen nun an einer Kette, die die Fibeln verband. In der Mitte dieser Kette strahlte die neue Perle, über die sich Bithia sehr gefreut hatte. Passend dazu war der Umhang aus gefilzter, grün gefärbter Wolle, weit geschnitten, so dass sie sich bei Kälte gut darin einwickeln konnte und er sie warm halten würde. Er wurde über dem Brustbein mit einer weiteren Fibel zusammengehalten.

Ich war in den letzten Tagen mit Kjell im Schmiedeviertel unterwegs und ebenfalls auf etwas Neues aus gewesen. Ich hatte ein Schwert gesucht, war aber leider nicht fündig geworden, was mich noch jetzt sehr enttäuschte. Ich mochte meine schlichte, alte Waffe, doch die Klinge war schartig und vom vielen Wetzen mittlerweile sehr dünn geworden. Wenigstens hatte ich eine schöne Schwertscheide mit reich verziertem Ortband aus Bronze erstanden. Kjell hatte sich eine neue Gürtelschnalle gekauft, die er an seinen alten Gürtel nietete. Am Ende unseres Einkaufs war ich noch auf einen schmucken Dolch gestoßen, dessen Griff aus fünf verschiedenen Holz- und Hornarten gefertigt war und dessen Knauf einen Hammer Thors aus Bronze darstellte. Ich trug den neuen Dolch mit Stolz neben meinem alten Schwert am Gürtel.

In Birka werde ich bestimmt auch die alte, schartige Klinge eintauschen können, dachte ich.

»Wart ihr schon einmal in Birka?«, fragte ich Ansgar, als er zu uns trat, wusste jedoch auch ohne Antwort, dass dem nicht so war. Doch er überraschte mich. Der Mönch hatte sich ausgezeichnet über das Ziel seiner Reise informiert. Hätte ich nicht gewusst, dass er noch niemals nördlicher als Dänemark gereist war, so könnte man anhand seiner Erzählungen vermuten, er sei ein Bewohner dieser Handelsstadt, die laut seinen Worten zwar groß, aber lange nicht so groß wie Haithabu war.

»Woher wisst ihr das alles?«, fragte ich.

»Der König von Birka ist mit Kaiser Ludwig befreundet.«

»Er ist was?«, fragte ich erstaunt.

»Sie sind befreundet. Sie schreiben sich Briefe und tauschen sich aus. Was meint ihr, warum ich diesen langen Weg auf mich nehme?«

Ich zuckte mit den Achseln. »Um eure Missionsarbeit im Norden aufzunehmen?«, riet ich.

»Natürlich, aber ich wäre wohl kaum auf die Idee gekommen, so hoch im Norden damit anzufangen. Der König hat mich eingeladen.«

Jetzt war ich völlig verdutzt, riss fragend die Augenbrauen nach oben, zweifelte sogar an den Worten Ansgars, obwohl er sie sehr ernst ausgesprochen hatte. Ich belächelte ihn, was ihm nicht gefiel.

»Warum tat er das?« In meiner Stimme schwang meine ganze Verwunderung mit und all die Zweifel, die ich für seine Behauptung übrig hatte.

Ansgar rang seinen leichten Ärger darüber nieder. »Wie gesagt, der König von Birka und Kaiser Ludwig sind befreundet. Ist es da nicht normal, einen Boten zu empfangen?«

»Wie kam es zu dieser Freundschaft?«, wollte ich wissen und blieb jetzt ernst, was dem Mönch entgegen kam.

»Ich vermute, es geht dem König von Birka um den Handel, den er mit dem Kaiser aufbaute. Ludwig will diese Beziehung nutzen, um seinen Einfluss zu erweitern und natürlich auch die Macht des Christentums.«

Ich nickte, diese Übereinkunft schien mir nach all meinen Zweifeln doch sinnvoll und lohnenswert für den Herrscher Birkas. Sein Name war Björn. Er kontrollierte nicht nur Birka, sondern auch weite Teile des Umlandes. Er nannte sich selbst sogar König der Schweden, was ich aber für stark übertrieben hielt, wenngleich er doch ein größeres Land regierte, als ich zunächst angenommen hatte.

Ansgar berichtete auch von einem sogenannten Anund Uppsale, der der Bruder Björns war. Wie sein Name schon sagt, regierte er von der Stadt Uppsala aus. Gemeinsam herrschten die beiden Brüder also über eine beträchtlich große Region, die viel Einfluss auf den Handel mit Dänemark und ganz offensichtlich auch mit dem Osten hatte. Genau das war es, was mich nach Birka zog. Ich stand auf diesem Knorr und war neugierig wie ein kleines Kind, was ich in dieser Stadt über den weit entfernten Osten erfahren würde. Blauäugig schaute ich in eine Zukunft, in der ich mich als einen reichen Händler sah.

Wir segelten auf dem gleichen Weg um die dänischen Inseln herum, den wir von Lund gekommen waren. Das Wetter war gut und der Wind günstig. Die frische Meeresluft füllte wohltuend meine Lungen. Die Sonne leuchtete auf dem Wasser und blendete mich so sehr, dass ich die Augen kaum offen halten konnte. Ich schloss die Lider, genoss die Wärme auf meinen Wangen, hing meinen Gedanken nach und träumte von dem Reichtum, den ich auf ehrenwerte Weise, durch Handel gewinnen wollte. Plötzlich aber zog ein ganz anderer Gedanke durch meinen Kopf. Ich bekam ein ungutes Gefühl. Ich weiß bis heute nicht, ob es eine Vorahnung war oder doch nur Zufall. Mit einem Mal grübelte ich über unsere Lage nach. War es wirklich so klug gewesen, mit Ansgar zu segeln? Wir waren allein auf diesem Meer und so angreifbar wie nie zuvor. Die Kriegsschiffe, die den Marktfrieden sicherten, lagen weit hinter uns und unser Knorr hatte genug Tiefgang, um allen Seeräubern dieser Welt zu sagen: Hier gibt es reiche Beute.

Ein Überfall war fast nur eine Frage der Zeit. Ich krauste die Stirn, dachte nach, versuchte, das Brennen in meinem Bauch zu ignorieren. Bithia trat mit unserer Tochter neben mich, ich öffnete meine Augen, blickte in die meiner Liebsten und schon waren die schlechten Gedanken vergessen. Meine Frau nahm wortlos meine Hand und schaute aufs Meer hinaus. Sie war nicht gekommen, um mit mir zu reden, sondern nur, um bei mir zu sein. Ich genoss ihre Berührungen, fuhr mit meinem Daumen über ihren zarten Handrücken und schloss erneut kurz die Augen, ich war müde.

»Bist du schon einmal vom Schaukeln des Meeres in den Schlaf gewiegt worden?«, fragte ich. Bithia lächelte mich an und schüttelte den Kopf. Liebevoll zog ich sie hinunter auf die warmen Planken, Edda kuschelte sich zwischen uns, das Schiff schaukelte sachte über die kleinen Wellen und so schliefen wir bald in der Sonne ein. Bithia konnte die Ruhe jedoch nicht lange genießen. Schlafend bemerkte ich nicht, dass sie sich aufgesetzt hatte und wieder aufs Meer hinausschaute.

»Ein Schiff«, sagte sie. Diese Worte drangen so schnell in mein Unterbewusstsein, dass ich sofort hellwach war. Abrupt setzte ich mich auf. Wir hatten den südlichsten Zipfel Schwedens hinter uns gelassen und steuerten gerade Richtung Nordost auf die Insel Öland zu, die aber noch so weit entfernt war, dass wir sie nur vage am Horizont erspähen konnten.

Im Westen lag das Festland. »Dort!« Bithia zeigte nach Südwest. Ich folgte ihrem Blick und sah nicht mehr als einen kleinen Punkt am Horizont. Ich kniff die Augen zusammen, um schärfer sehen zu können. »Verdammt«, fluchte ich und spürte das Brennen in der Magengegend wieder, deutlicher als noch zuvor. Der kleine Fleck wurde schnell größer und schon bald erkannte man ein Segel. Kjell, Kogg und Baschi gesellten sich aufgrund meines Fluches zu uns und gemeinsam starrten wir das herannahende Boot an. Keiner sagte ein Wort, angespannt spähten wir aufs Meer hinaus, meine Gefährten und ich dachten nach, die Luft knisterte.

»Es ist ein Kriegsschiff«, brach Baschi die Stille.

Das Schiff kam immer näher, hatte den gleichen Kurs. Es verfolgte uns, daran bestand kein Zweifel mehr.

Um keine Panik zu verbreiten, wollte ich mit einer Warnung an die Besatzung noch warten, bis ich meine Gedanken zu einem Ende gebracht hatte. Alle möglichen Szenarien gingen mir durch den Kopf. Es konnte möglich sein, dass das Boot nur zufällig die gleiche Richtung eingeschlagen hatte, schließlich war der Weg von Haithabu nach Birka nicht ungewöhnlich und stark frequentiert.

Als Ansgar unsere Unruhe bemerkte, kam er zu uns.

»Ein anderes Handelsschiff?«, fragte er naiv.

»Nein«, antwortete ich, »es ist ein Kriegsschiff.«

Er schaute mich mit weit aufgerissenen Augen an: »Seid ihr da sicher?«

Ich überlegte kurz, denn der Mönch würde genau die Panik auslösen, die ich vermeiden wollte. Doch das Schiff kam jetzt rasend schnell näher. »Ganz sicher«, sagte ich und fasste einen Entschluss: »Hart backbord«, schrie ich dem Steuermann zu.

»Aber dann steuern wir ja auf die Küste zu«, wunderte sich Ansgar.

»Genau das«, bestätigte ich ihm.

Der Steuermann wusste nicht, was er tun sollte, warum sollte er auf meinen Befehl hören, war er doch nur Ansgar unterstellt. Die Kunde über das Kriegsschiff machte jetzt die Runde, Rufe wurden laut. Entgegen meiner Befürchtungen blieb das große Chaos aus. Der Steuermann hatte das Ruder immer noch nicht eingeschlagen und aufgrund seines Zögerns lief ich zu ihm, schob ihn genervt beiseite. Er wollte sich widersetzen, hatte meinem kräftigen Griff, mit dem ich ihn vom Ruder wegzerrte, aber nichts entgegenzusetzten.

»Hart backbord«, wiederholte ich und schlug das Ruder ein. Es benötigte einiges an Kraft, das Steuer bei voller Fahrt herum zu reißen, selbst bei einem langsamen Knorr. Die Mannschaft reagierte schnell und lehnte sich auf die Steuerbordseite, damit sich das Schiff nicht zu sehr zur Seite neigte.

Ich bezweckte zweierlei mit meinem Unternehmen. Zum ersten sahen wir, dass das Kriegsschiff ebenfalls seinen Kurs änderte, um uns abzufangen. Somit konnten wir sicher sein, dass es uns angreifen wollte. Zum anderen steuerte ich auf die Küste zu, um uns eine Flucht zu Land zu ermöglichen. Allerdings musste ich schnell erkennen, dass wir den Strand nicht mehr erreichen konnten, bevor es zu einem Aufeinandertreffen kommen würde, zu langsam, zu schwerfällig bewegte sich der Knorr auf das Land zu.

Jeder Fluchtversuch war hoffnungslos. Wir mussten kämpfen und dieser Kampf konnte nur unser Untergang sein, denn was hatten eine Handvoll Seeleute mit vier Kriegern einer Schiffsbesatzung kampferprobter Wikinger entgegen zu setzen?

Wir sahen jetzt deutlich den Drachenkopf auf dem Vordersteven, dessen Maul weit geöffnet war und der uns anfauchte, als wolle er unseren Tod verkünden. Auch die Männer auf dem Schiff sahen wir. Stahl blitzte in der Sonne und blendete mich.

»Bringt euch in Sicherheit«, sagte ich zu Bithia, der die Angst ins Gesicht geschrieben stand. Ich küsste sie, versuchte Zuversicht auszustrahlen und nahm meinen Schild. Die anderen Männer bewaffneten sich ebenfalls.

»Haben sie Bogenschützen?«, fragte ich Baschi, der die besten Augen von uns hatte.

»Ich sehe keine«, antwortete er zu meiner Beruhigung.

Ich ging zu Ansgar, der in keiner Weise wusste, was er tun sollte. Aufgeregt wie ein Huhn rannte er durch das Schiff. Dieser Mann war ein Rätsel. Da war er in einem Moment noch so gefasst und zog uns mit seiner Weisheit in den Bann, aber schon im nächsten Augenblick verlor er völlig die Kontrolle über sich und konnte seine Angst und Nervosität nicht verbergen. Ich drückte das Steuer dem Steuermann wieder in die Hand.

»Halte es auf Kurs!«, sagte ich ihm eindringlich, dann rannte ich zu Ansgar, packte ihn am Arm. »Hört auf, hier herum zu rennen, Mönch«, schrie ich ihn an, zog ihn an seiner Kutte zu mir, so dass seine Brust die meine berührte und drücke ihm eine Axt in die Hand: »Es sind die gleichen Krieger, die die Nonne versklavten.« Das stimmte natürlich nicht. Doch ich erinnerte mich, wie unerschrocken Ansgar auf diese Krieger zugestürmt war und sie beleidigt hatte.

Ich hoffte, mit dieser Lüge seine Wut zu wecken. Erstarrt blickte er mich an, blieb mit einem Mal ganz ruhig stehen, spannte sich unter meinem Griff und umschloss den Schaft der Axt, sodass seine Knöchel weiß wurden.

»Hackt die Seile durch«, forderte ich ihn auf.

»Welche Seile?«, fragte er verwirrt, ohne jedoch den Zorn verbergen zu können, der ihn erfasst hatte.

»Die, die jetzt gleich auf unser Schiff geworfen werden. Stellt euch einfach backbord an die Reling, geht in Deckung und wartet ab, was passiert. Ihr werdet es schon sehen.«

Mit diesen Worten ging ich zu meinen Gefährten. Ihnen brauchte ich nicht zu sagen, was zu tun war, jeder von ihnen hatte so etwas schon erlebt. Auf Schiffen hatten wir kämpfen gelernt. Die Küste Norwegens besteht aus tausenden kleinen Inseln. Das Meer war unser Lebensraum und so hatten wir gelernt, auf ihm zu kämpfen. Keiner von uns hatte es jedoch jemals mit einer solch schlechten Besatzung auf seiner Seite getan.

Das Schiff war nun nur noch etwa zehn Speerwürfe entfernt. Unsere Feinde hoben den Mast ihres Bootes an und legten ihn mitsamt dem Segel längs zwischen die Ruderbänke. Wir dagegen ließen alles so, wie es war, denn während unsere Gegner mit den zahlreichen Rudern auch ohne die Kraft des Windes vorwärts kamen, waren wir auf den Wind angewiesen. Ein Mast ist allerdings auch eine große Schwachstelle. Wenn sich ein Enterhaken darum wickelt, kann ein Schiff schnell zum Kentern gebracht werden.

Bis zu diesem Zeitpunkt sah ich dem bevorstehenden Kampf relativ gelassen entgegen. Überhaupt herrschte eine erstaunliche Ruhe auf unserem Schiff. Ich hatte alle Hände voll zu tun gehabt und gar nicht darüber nachdenken können, was auf mich zukommen würde. Jetzt stand ich da, das Schwert in der einen, meinen Schild in der anderen Hand und wartete. Unsere Feinde hämmerten mit ihren Waffen auf ihre Schilde und schrien wilde Beleidigungen zu uns herüber. Ich war plötzlich wie gelähmt. Kruk flog davon. Er würde nicht wieder kommen, bevor der Krach zu Ende war. Er mochte den Trubel des Krieges nicht, aber wer mochte den schon. Ich schaute meinem Raben kurz hinterher, beneidete ihn darum, einfach davonfliegen zu können und richtete schließlich meinen Blick wieder auf unsere Gegner.

Mein Herz schlug schnell und ich erwischte mich dabei, wie ich meinen Schild und das Schwert so fest umklammerte, als könnte ich das Holz zerdrücken und das restliche Wasser herauspressen. Meine Sicht verschleierte und ich hörte plötzlich alles nur noch gedämpft. Ich hatte Angst.

Wer in solch einer Situation keine Angst hat, der ist kein Mensch. Alle haben Angst. Das ist auch der Grund, warum wir uns gegenseitig beleidigen und mit unseren Schwertern auf die Schilde schlagen. Wir versuchen, uns damit Mut zu machen, die Angst zu vertreiben, zu unterdrücken.

Genau das war es, was mich wieder aus meiner Benommenheit riss.

Direkt neben mir schlug Stahl auf Stahl. Kogg erwiderte mit steinernem Gesichtsausdruck das Trommeln der Schwerter auf Schildbuckel. Ich war wieder hellwach, tat es ihm gleich und schrie: »Ihr Bastarde! Ihr Hurenkinder.«

Im nächsten Augenblick waren sie nah genug bei uns. Ein Speer zischte auf mich zu. Ich duckte mich hinter meinen Schild, die Wurfwaffe flog über meinen Kopf. Ich drehte mich um, sah, wie sich Norell, Susanna und Bithia zwischen die Ruderbänke kauerten. Meine Frau schützte die schreiende Edda mit ihrem Körper. Ansgar kniete mit dem Rücken zur Reling.

»Schau zum Gegner, Mönch!«, rief ich ihm zu. Er blickte mich angsterfüllt an, lugte dann über die schützenden Bretter, um sich gleich darauf wieder zu verstecken.

Ein dumpfer Schlag brachte mich aus dem Gleichgewicht und ich musste mich mit der Schwerthand abstützen, um nicht umzufallen. Ich drehte meinen Kopf und direkt vor meinem Auge blickte ich auf eine Stahlspitze, die meinen Schild durchschlagen hatte. Ich versuchte, den Speer heraus zu ziehen, was mir auch gelang, aber die Spitze der Wurfwaffe saß nur locker auf dem hölzernen Schaft und so hatte ich nichts als einen unbrauchbaren Stock in der Hand und warf ihn ins Wasser.

Vier Enterhaken flogen in hohem Bogen zu uns herüber. Einer direkt auf mich zu, ich wehrte ihn mit dem Schild ab und er landete wirkungslos im Meer. Die anderen drei fanden ihren Weg über unsere Reling und sofort wurde an den Seilen gezogen. Verkanteten sich die Haken in unserem Schiff, konnten sich unsere Feinde an uns heranziehen und dann auf unser Deck springen. Mann gegen Mann hatten wir keine Chance, es waren zu viele. Wir mussten dieses Vorhaben auf jeden Fall vereiteln.

Ich blickte mich zur Seite um und hoffte, dass die Männer ihre Arbeit machten und die Seile kappten.

»Hackt die Seile durch!«, schrie Kjell, als hätte er meine Gedanken gelesen. Ein Haken wurde gerade über unser Deck gezogen und drang mit seinem gebogenen Eisen in die Wade eines Mannes. Er schrie laut, als die gegnerischen Krieger weiter am Seil zogen, ihn zu Fall brachten, sein Bein aufrissen, bevor sich der Haken im Holz verkantete.

»Hack das Seil durch!«, schrie ich Ansgar zu, der bewegungslos neben dem Tau stand und nur schockiert auf das Blut des Mannes starrte. Er nahm meinen Ruf wahr, brauchte aber noch einen Wimpernschlag lang, um zu verstehen, was er zu tun hatte. Schließlich hob er seine Axt und schlug zu. Das Seil war gespannt und riss schnell. Ich schaute mich benommen um. Auf Deck war das reinste Chaos. Guldfalder versuchte sich von der Leine loszureißen, mit der er an einen Balken angebunden war, wollte lieber ertrinken, als von einem Speer durchbohrt zu werden. Die Frauen schrien. Die Männer Ansgars rannten sinnlos umher.

Doch meine Freunde behielten die Nerven. Die anderen Haken wurden von ihnen über Bord geworfen noch bevor sie Halt fanden und so konnten unsere Feinde unseren Knorr keinen Schritt näher an sich heranziehen.

Ich spähte hinter meinem Schild hervor und zu unserem Glück hatte das Kriegsschiff zu viel Fahrt, schoss wirkungslos an unserem Heck vorbei und war schnell außer Reichweite.

Ich stand auf. »Ist das alles? Ihr seid nicht mehr wert als Kuhscheiße«, schrie ich unseren Feinden hinterher.

Susanna rannte zu dem verletzten Mann, der mit Schmerzensschreien den herunterhängenden Hautlappen an seine Wade hielt. Sie riss ein Stück ihres Kleides ab und wickelte es um die Wunde. Auch Bithia und

Norell eilten hinzu und halfen. Edda schrie.

Ansgar löste sich von dem grausamen Anblick, stand auf und sah erst jetzt, dass wir den Feind vorerst los waren. Er jubelte: »Wir haben sie vertrieben. Wir haben sie besiegt.«

»Ihr seid ein Narr«, schrie ich zornig. »Wir haben sie noch lange nicht besiegt.«

Das war nichts als die Wahrheit, die Krieger drehten nur einen lang gezogenen Kreis nach Backbord. Sie ruderten diszipliniert im gleichen Rhythmus, flogen mit ungeheurer Geschwindigkeit über das Wasser.

»Sie werden uns rammen«, sagte Baschi mit einer Stimme, in der keine große Zuversicht lag.

»Sie werden auf uns auffahren und uns zum Kentern bringen«, verbesserte ihn Kjell. Damit hatte er Recht. Ein Handelsschiff war breit aber genau an der breitesten Stelle nicht sehr hoch. Wir lagen ohnehin tief im Wasser und so würde uns das Kriegsschiff mit seinem hohen Bug einfach überfahren und herunterdrücken.

Ich schaute zum Ufer. Es war noch zu weit entfernt, um es rechtzeitig zu erreichen, obwohl unser Segel immer noch gehisst war und der Wind uns weiter voran schob, wenn auch nicht mit all seiner Kraft. Wir waren ein wenig vom Kurs auf das Land abgekommen, trieben jetzt eher nach Nordwesten. Unsere Feinde kamen von Nordosten, waren aber noch weit genug entfernt. Uns blieb nicht viel Zeit.

»Du sollst den Kurs halten, du Schwachkopf«, schrie ich den Steuermann an, der zitternd das Holz des Ruders in Händen hielt. »Direkter Kurs aufs Land!«, rief ich, drehte mich dann um und erkannte, dass keine Hoffnung bestand. Der Feind war zu schnell, konnte uns weit vor dem Ufer abfangen. Ich überdachte meinen Plan.

»Wenn wir im letzten Moment beidrehen, so dass sie uns nicht an unserer empfindlichen Seite treffen können, sondern nur am Heck…«, dachte ich laut und schaute meine Gefährten an.

»Alles wäre besser, als direkt von der Seite«, sagte Kjell. Ich rannte zum Ruder, schob den jetzt vollkommen verwirrten und verängstigten Steuermann erneut zur Seite und übernahm seine Aufgabe. »Aber… ich hielt doch auf die Küste…«, stotterte er, ich beachtete ihn nicht weiter, wir hatten nur noch wenige Augenblicke. Ich schwenkte das Ruder noch weiter und steuerte jetzt wieder nach Nordwesten. Das Segel blähte sich stark und wir nahmen an Fahrt auf. Unsere Feinde passten sich schnell unserem neuen Kurs an, und fuhren direkt auf unsere Steuerbordseite zu.

Alles ging jetzt rasend schnell. Das Kriegsschiff war plötzlich nur noch einen Speerwurf entfernt.

»Schilde!«, rief ich, denn außer mir schien noch keiner bemerkt zu haben, wie nah unsere Feinde schon waren.

»Bithia, verschwinde da!«, mit einem Mal hatte ich panische Angst um sie, die Frauen standen immer noch bei dem Verletzten. Die ersten Speere zischten zu uns herüber und Bithia hechteten mit Norell und Susanna gerade noch unter eine schützende Ruderbank, bevor sich stählerne Spitzen ins Holz bohrten.

»Kjell, sag mir, wann ich beidrehen soll!«, schrie ich ihm zu, denn er konnte die Situation von seiner Position aus weit besser einschätzen als ich.

Er schaute konzentriert den Gegnern entgegen. Alles kam jetzt auf die zeitliche Abstimmung an.

»Jetzt!«, schrie Kjell laut und zog das Wort wie einen Kampfschrei in die Länge. Guldfalder wieherte. Nein, er schrie und das Brüllen schrillte in meinen Ohren. Ich schaute nur einen Augenblick zu ihm herüber, erkannte, dass in seinem Bauch ein Speer steckte. Ich riss am Ruder. Ein Wurfspieß bohrte sich neben mir in das Holz. Ich hörte wieder dumpfe Schläge und Schreie, legte aber meine ganze Konzentration und Kraft ins Steuer.

Es war die richtige Entscheidung beizudrehen, sie kam aber zu spät. Der kurze Augenblick, den ich dem Pferd gewidmet hatte, war ein Fehler gewesen. Ein Ruck riss mich von den Füßen. Ich klammerte mich am Ruder fest, zog mich wieder hoch, blickte zur Seite und sah, wie sich der Bug des feindlichen Schiffes auf unser Deck schob. Das Holz des Steuers stieß mir durch eine weitere Erschütterung in die Rippen und ein stechender Schmerz zog durch meinen ganzen Brustkorb. Ich ließ nicht los, versuchte weiter, das Schiff nach Backbord zu lenken, um so das gegnerische Schiff am kompletten Auffahren zu hindern. Doch auch dieser Versuch war zwecklos.

Unsere Feinde hatten uns nicht direkt von der Seite getroffen, sondern waren nur schräg aufgelaufen, aber das änderte nichts. Holzbretter barsten. Der verletzte Mann wurde unter dem Bug der Feinde zerquetscht und schrie.

Unser Schiff gab nach, wurde steuerbord einfach unter Wasser gedrückt. Auf der anderen Seite hob sich das Schiff ächzend aus dem Meer, ich verlor das Gleichgewicht, stolperte in die Richtung der Gegner, fand nirgends festen Halt, fiel auf die Knie, fing mich ab, zog mein Schwert. Im Fallen sah ich, wie ein Speer einen weiteren von Ansgars Männern traf und seinen Hals durchbohrte. Er taumelte, hielt den Schaft der Wurfwaffe, als wolle er ihn aus seinem Hals ziehen, brach dann augenblicklich zusammen. Sein Kopf wurde beim Aufprall auf die Planken bizarr verdreht. Seine kalten, leeren Augen starrten mich an.

Ich riss mich von dem Anblick los, die ersten Krieger sprangen auf unser Schiff. Ich sah im Augenwinkel, wie Kogg einen an Bord springenden Mann mit seinem Schwert aufspießte und ins Wasser warf. Andere Feinde schleuderten weiter Speere auf Kjell und Baschi, die sich hinter ihren Schilden versteckten und verzweifelt versuchten, dem niederprasselnden Stahl standzuhalten. Ich hörte Schreie über mir, hob, immer noch kniend, meinen Kopf und sah einen Krieger mit erhobener Axt auf mich zu hechten. Ich schob gerade noch meinen Schild zwischen uns, während ich mich aufrichtete. Der Mann landete mit den Füßen auf meinem hölzernen Schutz, gab mir damit einen harten Stoß, der mich einfach rückwärts umstieß. Das war mein Glück, seine Axt, mit der er noch im Sprung ausgeholt hatte, rauschte knapp an meinem Kopf vorbei und der Krieger traf durch den ins Leere gehende Schwung beinahe sich selbst. Er landete hart auf den Planken, verlor das Gleichgewicht, gab mir dadurch Zeit aufzustehen. Meine linke Schulter schmerzte durch den Aufprall. Ich konnte meinen Schild kaum noch heben. Kleine Augen starrten mich an. Mein Feind senkte seinen Kopf, zog die Oberlippe zornig nach oben und fletschte die Zähne. Seine schwarzen langen Haare flogen nach hinten, als er erneut zum Schlag ausholte. Er hielt seine Waffe hoch über den Kopf und anstatt nach hinten auszuweichen machte ich einfach zwei schnelle, kraftvolle Schritte auf ihn zu und warf mich gegen ihn. Mit meinem Schwert schlug ich blind nach oben, hoffte seine Hand oder den Arm zu treffen, gab ihm einen Kopfstoß und zertrümmerte mit meiner Stirn seine Nase. Sie platzte auf, mein Gegner verdrehte benommen die Augen, stürzte und drohte, nach hinten zu fallen. Ich stieß mein Schwert in seine Brust und durchdrang Haut, Knochen, Muskeln. Der Mann schrie, Blut sickerte aus der klaffenden Wunde, spritzte auf meine Hand. Ich wollte meine Waffe frei ziehen, doch die Klinge hatte sich zwischen den Rippen verkeilt, steckte fest. Ich ruckte und zerrte an dem Schwert, bekam es nicht frei und durch das Blut auf meiner Hand und das Gewicht des toten Mannes, entglitt mir der Griff. Ich fluchte.

Im Augenwinkel sah ich, dass Kjell, Baschi und Kogg versuchten, die Feinde am Herunterspringen auf unser Boot zu hindern, aber es waren zu viele und der nächste landete rechts neben mir. Unbewaffnet drehte ich mich zu ihm um, legte all meine verbliebene Kraft in den linken Arm. Die Schmerzen in meiner Schulter pulsierten wie glühende Feuerstöße bis in meinen Kopf. Ich nahm keine Rücksicht auf diese Pein, kämpfte gegen die Qualen an und schmetterte meinem Gegner mit dem Schwung der Drehung den harten Rand des Schildes auf den Kiefer, zog dann meinen neuen Dolch aus dem Gürtel und schob dem Angreifer die Klinge unter den Rippenbogen nach oben Richtung Herz. Mein Widersacher riss den Mund auf, spuckte mir Blut ins Gesicht, kippte vorn über und begrub mich fast unter sich. Ich hatte Mühe unter seiner Last einen Schritt zur Seite zu machen und seinen toten Körper von mir zu stoßen.

Ich schaute auf, atmete schwer. Unser Schiff lag tief unter dem Bug in rot gefärbtem Wasser. Es war hoffnungslos. Immer mehr Krieger drangen auf Deck. Ich schaute zum Ufer und erkannte, dass wir darauf zugetrieben waren. Es war nur noch drei oder vier Speerwürfe entfernt.

Ich suchte meine Frau. Mit Norell, Susanna und Edda kauerte sie immer noch am anderen Ende des Bootes hinter einer Ruderbank. Guldfalder war tot, seine Beine zuckten noch.

»Bithia!«, schrie ich, doch sie hörte mich nicht, Stahl schlug auf Holz und Schreie erfüllten die Luft »Bithia!«, rief ich erneut und jetzt endlich blickte sie auf. »Schwimm zum Ufer!« Sie verstand meine Worte, schaute aber mit großen, ängstlichen Augen auf mich. Sie wusste, dass ich selbst das Ufer niemals erreichen konnte. Mein Ringpanzer würde mich gnadenlos unter Wasser ziehen und ich würde ertrinken. »Schwimm!«, rief ich wieder mit flehender Stimme. Dann endlich, als ich den Schatten eines Mannes vor mir wahrnahm, sah ich, dass Bithia ihren Mantel auszog und mit Edda ins Wasser sprang. Norell und Susanna folgten ihr und auch Ansgar flüchtete sich ins kalte Nass.

Erleichtert drehte ich mich um. Ein Schwert rauschte auf meinen Kopf zu. Erneut hob ich unter brennenden Schmerzen meinen Schild und fing den Schlag ab, hatte aber keine Kraft mehr im linken Arm und so schlug mir durch die Wucht des Hiebes der Schildrand gegen meine Schläfe. Schwärze, nichts als Schwärze, mein linkes Auge war blind. Eine flimmernde Dunkelheit, die mich zu übermannen drohte, alles drehte sich um mich herum. Ich taumelte benommen, mein Schwertarm sank, der Dolch fiel zu Boden und dann traf mich ein harter, dumpfer Schlag auf die Brust. Ich spürte keinen Schmerz, nur ein betäubter Ruck ging durch mich hindurch. Ich fiel, mir wurde kalt und scheinbar schwerelos sank ich in eine tiefe, verschwommene Finsternis.

Doch dann, plötzlich, wurde ich aus meinem kalten Grab wieder nach oben gerissen und tauchte aus dem Schatten auf, der mich umspült hatte. Benommen spürte ich einen ziehenden Schmerz an meiner Kopfhaut, Schläge, die auf mein Gesicht nieder gingen und hörte meinen Namen: Ragnar, Ragnar, Ragnar. Immer und immer wieder. Ich öffnete die Augen. Auf dem linken war ich immer noch blind, mein rechtes offenbarte mir einen blauen Himmel, die Sonne blendete mich. Unfähig mich zu bewegen, drehte ich meinen Augapfel nach unten und sah Wasser. Ich war im Meer. Wieder gingen Schläge auf meine Wangen nieder.
»Ragnar! Du verdammter Bastard!«, rief eine Stimme. Dann spürte ich, wie allmählich Kraft in meine Glieder fuhr. Ich hustete. Wasser quoll aus meinem Mund hervor.
»Dreh dich rum und halt dich fest.«
Es war Kjell, der mich anbrüllte. Rückwärts schwimmend zog er mich an den Haaren hinter sich her. Wie aber war das möglich? Wir mussten aufgrund unserer schweren Rüstung untergehen. Ich drehte mich um und schaute meinem Freund ins Gesicht, der sich mit seiner freien Hand an eine große Schiffsplanke klammerte, auf der er mit dem Rücken lag und uns so über Wasser hielt. Ich ergriff das Holz, zog meine Brust darauf und strampelte mit den Füßen.
Benommen sah ich einen Strand vor mir immer näher kommen und versuchte verzweifelt, dorthin zu gelangen. Irgendwann spürte ich endlich Sand unter meiner tauben linken Hand, die kraftlos unter mir hing, als wäre sie ein Stück Stoff, das ich im Wasser hinter mir herzog. Uns

schob eine Welle ans Ufer. Ich ließ das Brett los, rutschte vom Holz und klatschte in den Schlick. Mit der letzten Kraft, drehte ich mein Gesicht, um atmen zu können, bevor ich mich übergab und noch würgte, als mein Magen schon all das Wasser hinausgebrochen hatte. Abermals spürte ich zwei Hände, die mich erst an den Haaren zogen, mich anschließend unter den Achseln packten. Ein so unglaublicher Schmerz fuhr durch meine Schulter, dass ich fast wieder das Bewusstsein verlor. Kjell zog mich durch den Sand, bis die Wellen nur noch meine Füße umspülten. Erschöpft ließ er sich schließlich zu Boden sinken. Mein Kopf lag auf seinem Bein, Kjell zog es weg und mein Hinterkopf schlug hart auf dem Sand auf. Die Bewusstlosigkeit umarmend, sank ich in einen tiefen Schlaf, der meine Schmerzen betäubte.

Als ich wieder erwachte, konnte ich nicht sagen, wie lange ich geschlafen hatte. Ich spürte, dass ich immer noch am Strand lag, an den mich Kjell geschleppt hatte. Die sanfte Berührung von zarten Lippen auf den meinen holte mich zurück ins Reich der Lebenden. Bithia war vor mir, als ich die Augen öffnete. Kopfschmerzen hämmerten mir gegen die linke Schläfe, als würde mein Kopf immer wieder gegen die Planken unseres Schiffes schlagen. Ich bemerkte, dass ich auf dem linken Auge wieder sehen konnte. Zwar war alles leicht verschwommen und verbarg sich hinter einem roten Schleier, doch ich erkannte die Umrisse von Bithias Gesicht, das sich noch einmal zu mir herabsenkte und mich küsste.

Ich versuchte, mich aufzurichten. Mein erster Versuch scheiterte kläglich, mein linker Arm lag neben mir, als würde er nicht zu mir gehören. Ich spürte den Schmerz, konnte den Arm aber nicht bewegen. Bithia half mir und auch Kjell kam hinzu und stützte mich von hinten.

»Edda?«, brachte ich hervor. Meine Stimme hörte sich fremd an und ich war unfähig ganze Sätze zu sprechen.

»Sie lebt!«, sagte Bithia und grinste mich an. »Auch Norell, Susanna und Ansgar schwammen mit mir ans Ufer.«

»Kogg?«, fragte ich.

»Er tat es mir nach und sprang mit einem dicken Balken ins Wasser«, sagte Kjell hinter mir. »Aber wir wissen trotzdem nicht wo er ist. Wir müssen annehmen, dass er ertrunken ist.«

Ich konnte meiner Enttäuschung und meinem Zorn keinen Ausdruck verleihen, presste die Lippen aufeinander, fluchte innerlich. Bithia flößte mir ein wenig Wasser ein. Ich hustete, konnte dann aber doch in kleinen Schlucken trinken. Allein die Befeuchtung meines Mundes und des Rachens taten unglaublich gut.

»Und Baschi?«, fragte ich. Das Reden viel mir jetzt leichter.

Bithia schüttelte den Kopf. »Er wollte nicht springen. Er hatte Angst vor dem Ertrinken. Er kämpfte bis zum Schluss auf Deck und muss dabei umgekommen sein. Ihm haben wir zu verdanken, dass wir das Schiff überhaupt verlassen konnten.«

Ich ließ mich wieder zurücksinken, zu schwer lastete der Schmerz auf mir. Erschöpft schlief ich wieder ein. Im Halbschlaf bemerkte ich, dass ich irgendwann getragen oder gezogen wurde. War es Feind oder Freund? Ich war zu schwach, mich dagegen zur Wehr zu setzten und so ließ ich es geschehen.

Als ich wieder erwachte, ging es mir viel besser. Meine Gefährten hatten ein kleines Lager errichtet, hatten dicke, lange Stöcke und Zweige an einen Baum und dessen quer abstehenden Ast gelehnt, so dass ein kleiner Unterschlupf entstanden war. Sie schienen mich dorthin getragen zu haben. Ich lag geschützt unter diesem Dach, ein Feuer brannte neben mir und wärmte mich. Es war Nacht, nur die Sterne erleuchteten den Nachthimmel.

Ich richtete mich auf, wurde aber schnell daran erinnert, dass mein linker Arm unbrauchbar war, konnte mich zumindest setzen und sah auf beiden Augen wieder klar und deutlich. Bithia schaute mich an und kniete augenblicklich neben mir. »Hier trink«, forderte sie, hob mir eine provisorisch geschnitzte Schüssel an den Mund und ich befolgte ihren Rat bereitwillig, hatte unendlichen Durst. Erst nahm ich nur kleine Schlucke, dann trank ich in großen Zügen. »Das reicht! Nicht so viel auf einmal.« Bithia zog die Schüssel weg, der ich gierig hinterherschaute. »Wie geht es dir?«

»Furchtbar!«, hustete ich. »Wie geht es dir? Wo ist Edda?«

»Mir geht es gut und auch Edda ist wohlauf. Sie schläft gerade«, sagte Bithia, beugte sich kurz zur Seite, zeigte mir ein kleines Bündel, das neben dem Feuer lag und aus dem der Kopf meiner Tochter heraus schaute. Lange ließ ich meine Augen auf Edda ruhen, ihr Schlaf strahlte eine Ruhe aus, die Balsam für meine Seele war.

Ganz überrascht erkannte ich Kogg neben meiner Tochter sitzen, der meine Blicke ausdruckslos erwiderte, als wäre nie etwas geschehen.

»Ich dachte du wärst…«, begann ich, hustete dann aber und brachte kein Wort mehr heraus.

»Ich trieb ein wenig in die falsche Richtung ab und fand euch nicht gleich«, erklärte Kogg, der meine Frage erahnte.

Aus meinem Husten wurde ein Lachen, ich war unheimlich froh, ihn zu sehen. Edda öffnete die Augen, strampelte die Kleidung von sich, die über sie gelegt worden war, schaute sich um und sah mich dann einfach an. Als wäre es selbstverständlich, lachte sie aus ganzen Herzen, krabbelte über Kogg, kam zu mir und legte sich neben mich. Ich streichelte ihr Haar, kraulte ihren Rücken. Solch ein Moment, nachdem man den sicheren Tod vor Augen hatte, dann aber plötzlich seine Tochter neben sich hat, ist unbeschreiblich. Mit den Glücksgefühlen, die ich in diesem Augenblick empfand, hätte ich wahrscheinlich eine ganze Schiffsmannschaft alleine besiegt.

Ich hob meinen linken Arm, um mich darauf abzustützen und um Edda besser erreichen zu können, nur beim Ansatz dieses Vorhabens jedoch schoss mir jener Schmerz durch den Körper, der mir abermals das Bewusstsein rauben wollte.

Susanna sagte etwas in einer fremden Sprache. »Deine Schulter ist ausgekugelt!«, übersetzte Ansgar.

»Bist du dir sicher?«, fragte ich mit schmerverzerrtem Gesicht an die Nonne gewandt. »Ich habe schon fast damit abgeschlossen, jemals wieder einen Schild tragen zu können.«

»Sehr sicher«, beteuerte sie, was wieder Ansgar übersetzte. »Ich könnte sie dir wieder einrenken, aber das wird sehr schmerzhaft sein.«

Sie schaute mich fragend an.

»Mir tut ohnehin alles weh, also tu dir keinen Zwang an.«

»Dann lege dich auf den Rücken«, bat Susanna, stand auf, stellte sich neben mich und nahm meine linke Hand. Sie stemmte ihren Fuß in meine Achselhöhle und zog ruckartig an meinem Arm. Es krachte laut und es tat wirklich unglaublich weh. Ich schrie auf, Tränen schossen mir in die Augen, dennoch spürte ich, dass ich den Arm wieder bewegen konnte.

»Danke«, lächelte ich. »Spätestens jetzt hat es sich wirklich gelohnt, dich frei zu kaufen! Ich bin froh dich bei uns zu wissen.«

Ich fühlte mich wieder wie ein Mensch. Zuvor hatte ich noch das Gefühl gehabt, ein Krüppel zu sein, doch allein durch die Wiedergewinnung meines Arms waren die anderen Schmerzen gleich viel erträglicher. Mit dieser neugewonnenen Kraft packte mich die Neugier. »Wie, bei den Göttern, kam ich lebend von diesem Schiff herunter?«, fragte ich in die Runde.

Kjell erhob das Wort: »Unser Schiff war nicht mehr zu retten. Schon als der Bug unserer Feinde auf unser Deck auflief, schien mir der Tod oder die Flucht als unausweichlich. Während ich gegen das Erstere dieser beiden Schicksale ankämpfte und die Feinde abwehrte, wendete ich nicht weniger Kraft für das Ersinnen eines Fluchtplanes auf. Aber wie sollten wir das Ufer je erreichen, ohne von den Ringpanzern nach unten gezogen zu werden und zu ertrinken? Die zerbrochenen Planken unserer Reling brachten die Erkenntnis. Ich wartete auf einen günstigen Moment, der sich länger nach hinten schob, als es mir lieb war, rief euch allen zu, was ich vorhatte, aber nur Kogg und Baschi schienen mich gehört zu haben. Du hast immer weiter gekämpft«, sagte er an mich gewandt. »Auch Baschi, der meine Worte vernahm, ignorierte mich. Ich versuchte, ihn von meinem Einfall zu überzeugen, doch während er einen Hagel von Axthieben über seine Feinde austeilte, schrie er nur, dass er lieber hier sterben würde, als in das Wasser zu springen.

Es war zwecklos, unseren treuen Gefährten vom Gegenteil zu überzeugen, so schnappte ich mir einen großen, dicken Balken, der mir genug Auftrieb geben konnte und floh. Ich rannte in deine Richtung, um mich von Bord zu schmeißen und als ich zu dir aufsah, standst du auf wackeligen Beinen. Dein Schild entglitt deiner schlaffen Hand und auch dein Schwertarm hing herab. Das Gesicht war voller Blut und an deiner Schläfe klaffte eine riesige Platzwunde.«

Kjells Erzählung weckte Erinnerungen in mir und ich griff mir an den Kopf, an die Stelle, von der der hämmernde Schmerz ausging. Tatsächlich fühlte ich dort eine große Wunde, die aber schon von einer dicken, erhabenen Kruste überwuchert war.

»Dir gegenüber stand ein Krieger, der gerade ausholte, um dich zu töten«, fuhr Kjell fort. »Es wäre ihm ein Leichtes gewesen, wenn ich dich nur einen Augenblick später erreicht hätte. Ich hatte den Balken unter meinem Arm und mein Schwert in der Scheide. Mir blieb nichts anderes übrig, als einfach auf dich zuzustürmen und dich mit über Bord zu reißen. So landeten wir beide im Wasser und du wurdest in die Tiefe gezogen. Ich konnte im letzten Moment nach deinen Haaren greifen, klammerte mich an das Holz und zog dich nach oben. Es kostete mich die letzte Kraft, dich über Wasser zu halten, bis du endlich wieder wach wurdest.« Er schmunzelte und ich erwiderte sein Lachen.

»Danke«, sagte ich nur.

»Danke nicht mir«, sagte Kjell. »Danke Baschi. Ohne ihn wäre ich nicht einmal bis zu dir gekommen und wir wären jetzt alle tot.«

Ich dankte unserem kleinen, bärtigen Gefährten und presste traurig die Lippen aufeinander. »Ich werde ihn vermissen! Er war ein guter Mann. Ich freue mich, dass er mich in Walhalla empfangen wird.«

»Ich hoffe, das wird noch eine Weile dauern«, sagte Bithia, lehnte sich zu mir und küsste mich. »Ich bin so froh, dass du noch lebst«, säuselte sie mir ins Ohr.

»Kamen all Eure Männer um?«, wandte ich mich an Ansgar.

Er nickte, ohne vom Feuer aufzusehen.

»Sie kämpften gut«, sagte ich, was eine Lüge war, denn in Wahrheit waren sie miserable Krieger gewesen und so wunderte es mich nicht, dass sie nichts als den Tod gefunden hatten.

Wir alle schwiegen eine Weile, bis Kjell wieder das Wort ergriff.

»Du musst dich wohl von einem weiteren Begleiter verabschieden«, erklärte er und schaute mich eindringlich an. »Kruk«, rief ich aus und riss die Augen auf. Wie konnte ich diesen treuen Vogel vergessen? »Wo ist er?«

»Er kehrte nicht zurück«, bedauerte Kjell.

»Er kommt wieder!« Die Worte schossen aus mir heraus, ohne dass ich darüber nachdachte. »Er kommt immer zurück«, sagte ich erneut, doch diese Zuversicht wandelte sich schnell in Trauer, ich wusste, wie unwahrscheinlich ein Wiedersehen war.

»Er wird deine Spur im Wasser nicht verfolgen können«, gab Kjell zu bedenken.

»Er ist ein intelligenter Vogel. Er wird kommen.«

Wieder herrschte Stille. Ich dachte an Kruk und Baschi, wusste nicht, wen ich mehr vermisste.

»Trotz allem sollten wir an die Zukunft denken«, riss mich Kjell aus meinen Erinnerungen. »Es bleibt uns nicht viel Zeit, zu trauern oder mit unserem Schicksal zu hadern. Wir müssen einen Weg finden, wie wir hier weg kommen. Was habt ihr nun vor, Ansgar? Wollt ihr zurück nach Haithabu?«

Ansgar saß zusammen gesunken am Feuer, machte einen Buckel und hatte die Beine vor sich über Kreuz gelegt. Seine Kleidung war dreckig und voller Sand. In seinen Augen spiegelte sich der Schein des Feuers und es wirkte fast so, als würde dieses flackernde Licht plötzlich von seinem Innern ausgehen und eine Welle der Entschlossenheit freisetzen. Er schaute Kjell auf eine Art an, als sei dessen Vorschlag das Abwegigste, an das er in unserer Lage gedacht hatte. »Zurück nach Haithabu? Ich habe eine Mission. Ich muss nach Birka zu König Björn.«

»Um ihm Eure Geschenke zu überbringen?«, fragte ich lachend, wurde dabei aber schmerzhaft daran erinnert, dass nicht nur der Mönch sein gesamtes Vermögen verloren hatte. Auch wir waren völlig mittellos. Ein Schauder ergriff mich, mit einem Mal wurde mir bewusst, dass ich zwar noch am Leben war, aber kein bisschen Silber mehr besaß. Das Leben war so einfach gewesen, als man in seine Tasche greifen und sich jeden Wunsch erfüllen konnte. Doch innerhalb weniger Augenblicke waren wir alle bettelarm geworden. Ich besaß nicht mal mehr einen Schild oder ein Schwert. Auch mein Dolch war mir abhandengekommen. Ich schaute zu Bithia. Nur noch ihre nasse und verdreckte Kleidung hatte einen Wert. Die Fibeln und die Glasperlen hatte sie verloren, von ihrem Mantel hatte sie sich getrennt. Vollgesogen mit Wasser hätte er sie in die Tiefe gezogen. So war es ein weiser Entschluss gewesen, das kostbare Kleidungsstück mitsamt der Fibel zu opfern.

»Wir haben alles verloren«, sprach ich meine Gedanken aus und blickte durch Bithia hindurch. Sie aber lächelte kurz, und holte plötzlich eben jene Fibeln mitsamt den Perlen hervor, über die ich gerade nachgedacht hatte.

»Diese Kostbarkeiten konnte ich retten«, zeigte sie stolz.

Ein kleiner Stein fiel mir vom Herzen. »Dachtest du tatsächlich in so einem Moment noch an die Fibeln?«, lachte ich verwundert.

»Ich nahm sie ab und steckte sie mir in die Schuhe«, antwortete Bithia und schaute auf die vergoldeten Scheiben. »Ich finde sie so schön und die Glasperlen bedeuten mir viel!«

Ich schmunzelte, schüttelte den Kopf. »Du bist verrückt«, grinste ich und stupste sie liebevoll an der Schulter.

»Was habt ihr anderen noch bei euch?«, fragte ich.

Kjell zeigte mir wortlos seinen Helm. Auch dieser war viel wert und konnte uns vielleicht retten. Ich wusste aber, dass Kjell ihn nur im äußersten Notfall eintauschen würde.

Ansgar fischte vorsichtig nach einem Beutel unter seiner Kutte. »Ich habe diesen Beutel voller Silberstücke. Wir werden nach Birka gehen«, sagte er langsam und schaute in die Runde, öffnete das nicht sehr kleine Säckchen und zeigte uns den Inhalt.

»Und ihr hattet keine zweihundert Gramm Silber, um Susanna freizukaufen«, schüttelte ich verächtlich den Kopf. »Ich sollte Euch die Hand abhacken und mit Eurem Beutel einfach verschwinden.«

Bithia verzog das Gesicht. Sie mochte es nicht, wenn ich den Mönch ärgerte, aber ein Lächeln konnte sie sich doch nie verkneifen.

»Es war nur ein Spaß«, beschwichtigte ich Ansgar. »Ich gab mein Wort, Euch zu beschützen. Dieses Versprechen werde ich nicht brechen! Es ist gut, dass Ihr wenigstens einen kleinen Teil Eures Vermögens retten konntet. Hätten wir Euer Silber nicht, würden wir weder in Birka noch in Haithabu lebend ankommen.«

»Ich werde nach Birka gehen«, sagte Ansgar erneut, als ob es die einzigen Worte waren, die er kannte. »König Björn lud mich ein«, fuhr er fort. »Er wird mich auch ohne Geschenke empfangen.« In Ansgars Stimme schwang ein wenig Unsicherheit mit, aber er sprach trotz allem in einem Ton, der keine Widerworte zuließ. Ansgar wollte seine Mission auf keinen Fall abbrechen. »Ich gehe nach Birka«, wiederholte er.

»Ich weiß!« Ich hob beschwichtigend die Hände. »Wir werden Euch begleiten.«

Ich hatte Respekt vor dem Mönch. Er gab nicht auf, obwohl er dem Tod gerade eben von der Schippe gesprungen war.

»Wir sollten möglichst schnell aufbrechen«, sagte Kjell. »Das Wetter ist gut, es regnet nicht, wir sollten das ausnutzen.«

»Kannst du längere Zeit laufen?«, fragte mich Bithia mit sorgenvoller Stimme.

»Ich denke schon. Wir können morgen los.«

Ich stand auf, um meine Worte unter Beweis zu stellen. Mein Rücken schmerzte, aber das lag wohl eher daran, dass ich einfach zu lange gelegen hatte. Meine Rippen taten ebenfalls weh, was ich vor meinen Gefährten nicht verbergen konnte. Skeptisch schauten sie mir dabei zu, wie ich bei jedem Schritt mein Gesicht verzog.

»Ich werde mich schon irgendwie durchbeißen«, raunte ich.

»Dann ruh dich aus«, antwortete Kjell in einem befehlshaberischen Ton.

Ich gehorchte, legte mich wieder nieder und bald kroch auch Bithia mit Edda zu mir. Sie nahm einen heißen Stein aus dem Feuer und wickelte ihn in einen Stofffetzen. Die Nacht wurde kühl und so konnten wir uns, aber vor allem Edda daran wärmen.

Am nächsten Morgen wurde ich früh wach. Die Sonne und die Vögel weckten mich. Ich blieb liegen, schaute zum Himmel und genoss den Moment. Es war kühl, aber die Luft in meiner Lunge fühlte sich gut an, während ich meinen Blick umherschweifen ließ und Kruk ansah, der auf einem Ast einige Schritte von unserem Lager entfernt sein Federkleid putzte. Kruk? Träumte ich oder wachte ich? Hastig stand ich auf und ging auf den Raben zu. Es bestand kein Zweifel, er war es. Er flatterte vom Ast auf meine Schulter, pickte mir kurz ins Ohr, zupfte an meinen Haaren und putzte sich weiter, als wäre er nie fort gewesen. Überglücklich wollte ich Bithia wecken, als ich aber sah, wie sie Edda eng umschlang, sie wärmte, beide seelenruhig dalagen und regelmäßig durch den leicht geöffneten Mund atmeten, brachte ich es nicht übers Herz, diesen Frieden zu stören.

Stattdessen schlurfte ich zum Strand und schaute auf die See hinaus. Kleine Wellen rollten mit Schaumkronen auf mich zu. Das Meer schimmerte in der aufgehenden Sonne, strahlte Ruhe und Friedlichkeit aus. Unser Kampf schien hier niemals stattgefunden zu haben.

Meine Schmerzen waren aufgrund der Freude über Kruks Rückkehr längst vergessen. Er stieg auf, spielte sein übliches Spiel mit den Möwen, die zu so früher Stunde schon auf der Jagd waren und es war noch niemals ein so schöner Anblick gewesen wie in diesem Moment. Er war zurückgekehrt. Aber warum? Kruk stand längst auf eigenen Beinen, fing sich sein Fressen alleine und verbrachte auch immer weniger Zeit bei uns. Lieber schwang er sich in die Lüfte, ärgerte Bussarde oder spielte mit seinen Artgenossen. Ich wunderte mich mehr als je zuvor, dass er bei mir blieb, hatte ihm nichts von all dem zu bieten, was ihm die anderen Raben geben konnten. Trotzdem war er mir treu.

Kjell trat neben mich. Ich drehte mich kurz um und wir begrüßten uns mit einem Nicken.

»Wie geht's dir?«, fragte er.

»Gut genug, um heute aufzubrechen.«

»Dann sollten wir los. Wir haben einen weiten Weg vor uns.« Er wendete sich ab, wollte zurück, doch ich hielt ihn fest.

»Siehst du diesen Raben dort?«, fragte ich und zeigte über die See. Kjell kniff die Augen zusammen und verfolgte die Flugbahn des Vogels. »Es ist Kruk«, sagte ich und lachte Kjell an.

»Das kann nicht sein«, erwiderte er und schaute genauer hin. »Woher willst du das wissen?«

»Weil er eben noch auf meiner Schulter saß«, erklärte ich gut gelaunt.

»Das glaube ich erst, wenn ich es sehe«, entgegnete Kjell, klopfte mir freundschaftlich auf den Rücken, schaute dem Schauspiel des Raben noch einige Momente zu, bis er sich endgültig abwendete. »Dennoch sollten wir los.« Ich nickte, folgte ihm und schon wenige Augenblicke später landete Kruk wieder auf meiner Schulter. Kjell schüttelte nur den Kopf. »Das ist ein gutes Zeichen«, deutete er. »Das ist ein gutes Zeichen.«

Gemeinsam gingen wir zurück zum Lager. Ich weckte Bithia so, wie sie mich aus meinem tiefen Schlaf nach dem Kampf gerissen hatte und küsste sie auf ihre zarten Lippen. Sie öffnete die Augen, grinste, schlang ihre Arme um meinen Hals und zog mich zu sich herab.

»Wir müssen gehen«, flüsterte ich in ihr Ohr.

Sie seufzte kurz, richtete sich dann aber auf und streckte sich.

»Schau nur, wer da oben auf dem Ast sitzt«, zeigte ich.

Bithia bekam große Augen. »Das... das hätte ich wirklich nicht für möglich gehalten«, stotterte sie. Norell und Edda freuten sich am meisten über die Rückkehr meines Raben. Edda war sofort quicklebendig, krabbelte lachend herum und zeigte immer auf Kruk, bis dieser tatsächlich zu ihr geflogen kam und mit ihr spielte. Edda war bald ein Jahr alt und konnte jetzt schon einige Schritte ohne fremde Hilfe laufen. Sie schaute mittlerweile auf, wenn man ihren Namen nannte. Es machte mir Spaß, dieses Wunder so nah mitzuerleben. Unsere Lage erzwang, dass sie ständig um mich herum war. Das behagte mir sehr. Ja, ich war glücklich. Ich hatte alles verloren, doch die Wahrheit meiner eigenen Worte, die ich bei unserer Abreise aus Haithabu an Kjell gewandt hatte, offenbarte sich erst jetzt in vollem Umfang. Bithia war der wahre Schatz, den ich in Lindisfarne gefunden hatte. Sie machte mich glücklich, sie hatte mir Edda geschenkt, die mich ebenfalls glücklich machte.

Wir packten unsere wenigen Sachen und forderten Ansgar auf, seine Silberstücke in Stofffetzten einzuwickeln, damit sie nicht klimperten.

»Ihr wollt, dass wir Euch beschützen, also tut, was ich sage«, befahl ich ihm, nachdem er meine Vorsicht für völlig übertrieben erachtet hatte. Die Küsten waren uns zu unsicher, also beschlossen wir, ins Landesinnere vorzudringen, um durch die unendlichen Wälder Schwedens den Weg nach Birka zu suchen. Bis wir die großen Seen erreichen würden, rechneten wir nicht damit, auf Menschen zu stoßen. Die Sterne wiesen uns den Weg nach Norden.

Zu allererst benötigten wir jedoch etwas zu essen. Die letzten zwei Tage waren wir alle zu erschöpft gewesen, uns auf die Suche nach etwas Essbarem zu machen. Meine Gefährten hatten nur ein paar Schnecken und Muscheln gesammelt und über dem Feuer geröstet. Das war unsere einzige Mahlzeit und so knurrte uns allen der Magen. Zu trinken hatten wir genug. Überall sprudelten Quellen und kleine Bäche, nur das Essen war knapp.

Susanna kannte sich ausgezeichnet mit Kräutern aus. Abends machte sie uns Tee aus Nelkenwurz und Wegerich, der uns stärkte. Bei jedem Schluck wurde ich an unsere Zeit auf dem Hof von Kjara und Einar erinnert. Was damals meiner Tochter gutgetan hatte, half nun auch uns. Dennoch stillte es nicht unseren Hunger. Wir bereiteten Gemüse aus den zarten frischen Blättern von Eiche und Buche. Auch die jungen Triebe der Fichte gaben uns eine Notration. Wir stellten Fallen auf Wildpfaden auf, hatten damit jedoch kein Glück. So blieb es die ersten Tage bei magerer Kost und ich hätte meinen rechten Arm für eine ordentliches Stück Fleisch gegeben.

Ich fing an, es Kruk gleich zu tun und unter Rinde nach Würmen zu suchen, die ich roh verzehrte. Es schmeckte widerlich aber es gab mir Kraft.

Susanna mied all das und schob sich stattdessen Kräuter aller Art in die

Backen. Sie fand immer irgendetwas und war nur am Kauen. Nachdem sie uns die einfach zu erkennenden Pflanzen erklärt hatte, stopften auch wir uns die Münder voll. Ich hatte aber eher das Gefühl, noch mehr Hunger davon zu bekommen, als gesättigt zu werden.

Am darauf folgenden Tag hatten wir mehr Glück. Kruk kam zu mir geflogen, krächzte mir ins Ohr und flog dann nach rechts weg. Ich folgte ihm mit meinen Blicken und da sah ich es stehen. Ein Reh. Es bemerkte uns nicht oder fühlte sich durch die dornigen Brombeerbüsche geschützt, hatte jedoch nicht an die Fähigkeiten der Menschen gedacht. Wir hatten uns schon am Tag unseres Aufbruches Speere aus geraden Ästen geschnitzt. Auch wenn die Spitzen aus angebranntem Holz sicher nicht so wirkungsvoll waren wie die aus Stahl, so erfüllten sie doch ihren Zweck. Im Gegensatz zu Raubtieren mussten wir durch unsere Waffen nicht so nah an unsere Beute heran. Damit schien das Reh nicht zu rechnen. Wir blieben stehen, um keine Geräusche zu verursachen, gaben uns Zeichen und versuchten, uns so unauffällig wie möglich zu verhalten. All das aber wäre nicht nötig gewesen.

Kruk machte uns die Jagd ganz einfach. Ich wusste nicht, ob er absichtlich half, um ebenfalls ein gutes Stück Fleisch abzubekommen oder ob es Zufall war. Als wir uns auf die Lauer legten und uns noch näher heran pirschten, sah ich, wie mein Rabe um das Reh herumflog und sich dann auf die andere Seite setzte.

Kjell und Kogg wollten gerade langsam nach vorne schleichen, ich aber hielt sie am Arm fest. »Bleibt hier«, flüsterte ich und beide runzelten die Stirn. Ich nickte nur nach vorne, wollte jedes Geräusch vermeiden. Genau in diesem Moment schrie Kruk aufgeregt und flatterte wild mit den Flügeln, während er sich unserer Beute näherte. Das Reh erschrak sich so sehr, dass es einen Satz machte, vor dem großen schwarzen Vogel flog und genau in unsere Richtung rannte.

»Auf mein Zeichen!«, flüsterte Kjell.

Das Tier war keine fünfzehn Schritte entfernt, als Kjell den Befehl gab und so sprangen wir auf, schleuderten die Speere fast gleichzeitig, so fest wir konnten und warteten gebannt den Augenblick ab, bis Koggs Holzspieß mit solch einer Wucht den Hals des Tieres traf, dass der angespitzte Stock tief eindrang, weit auf der anderen Seite herausstach und unsere Beute straucheln ließ. Kjells und meine Waffe fanden ebenfalls ihr Ziel.

Das Tier schrie kurz auf, rannte noch einige Schritte und sackte schließlich zusammen.

Ich kann kaum beschreiben, wie sehr ich mich über diese erfolgreiche Jagd freute. Wir alle umarmten uns und ich küsste Bithia, die mit Norell, Susanna und Edda freudig aus dem Unterholz gerannt kamen, in dem sie sich versteckt hatten. Gemeinsam liefen wir zu dem Reh und dankten still, dass es sein Leben für uns gegeben hatte, bevor ich mich stolz aufrichtete und meinen Speer triumphierend über meinen Kopf hielt. »Heute Abend gibt es Fleisch zu essen.« Wir verhielten uns albern, jubelten übertrieben wie kleine Kinder. Wen aber wunderte das, so hungrig wie wir waren. Sogar Kogg konnte man ansehen, dass ihm das Wasser schon im Munde zusammen lief. Kruk kam geflogen und setzte sich auf meine Schulter. »Du bist so ein guter Rabe«, sagte ich lobend. »Wo hast du das nur gelernt? Oder trieb dich der Hunger zu dieser Tat? Ganz egal, du sollst dein Anteil haben, das ist gewiss.«

»Mit Verlaub«, machte Ansgar auf sich aufmerksam. »Ich würde es willkommen heißen, schon jetzt unser Lager zu errichten, ein Feuer zu entfachen und das Fleisch zu essen.«

Wir alle schauten ihn an, es war seine Willenskraft, die uns Tag für Tag weiter in den Norden trieb. Der Mönch wollte Birka so schnell wie möglich erreichen und nörgelte, wenn ihm eine Rast zu lang erschien. »Ich habe Hunger«, fügte er hinzu, rieb sich über den Bauch und machte einen gequälten Gesichtsausdruck. Ich lachte und meine Gefährten stimmten in mein Lachen ein.

»Euer Wunsch ist mir Befehl und sehr willkommen obendrein«, sagte ich.

Wir entzündeten sofort ein Feuer und brieten das Fleisch. Ich verschlang es, ohne zu kauen. Es war köstlich und endlich gab ich meinem Körper, was er verdiente, wonach er sich so lange gesehnt hatte.

Wir bedankten uns auch bei Kruk, der wirklich eine große Hilfe gewesen war. Gewollt oder nicht, der Vogel überraschte mich immer wieder und wir schmissen ihm die Augäpfel und die Innereien zu, auf die er sich stürzte, als hätte er Ewigkeiten nichts gefressen.

Um den Rest des Fleisches haltbar zu machen, gruben wir ein kleines Loch, entfachten dort ein weiteres, stark rauchendes Feuer und legten das Fleisch auf Äste, die wir über die kleine Grube gelegt hatten. Die ganze Nacht räucherten wir die Fleischstreifen, die somit die kommenden Tage unseren Hunger stillen sollten.

Frisch gestärkt wanderten wir am Morgen weiter, über Weg, die uns durch dichte Kiefernwälder führten, die mit Heidekraut durchzogen waren.

Wir kamen an etlichen Seen und Sümpfen vorbei, die das Landschaftsbild immer mehr prägten, ließen kleine idyllische Teiche, bis hin zu großen Gewässern, an denen auch einige Menschen siedelten, hinter uns.

Kogg war es zu verdanken, dass Edda uns kaum zur Last fiel. Wenn sie wach war, trug er sie auf seinen Schultern. Wenn sie schlief, dann lag sie in seinen Armen vor seiner Brust, wenn sie weinte, schaukelte er sie mit seinen großen, langsamen Schritten in den Schlaf. Unser muskulöser Gefährte machte dabei nicht einmal den Eindruck, als würde es ihn anstrengen. »Ich sollte häufiger mit Schwert und Schild trainieren«, sagte ich zu Kogg. Er runzelte auf meine Worte hin die Stirn und brummte fragend. »Ich habe es nicht einmal geschafft, meine Tochter durch Haithabu zu tragen und du trägst sie den ganzen Tag«, erklärte ich ihm.

Er nickte kurz, machte weiter einen großen Schritt nach dem anderen. »Meine Arme sind unerschöpflich«, sagte er nur und entlockte mir damit ein Grinsen.

»Darüber bin ich nicht unglücklich«, erwiderte ich und klopfte Kogg freundschaftlich auf die Schulter.

An einem der größeren Seen, der Madkroken genannt wurde, fanden wir eine kleine, bewohnte Hütte. Wir klopften spät am Abend an die Tür und baten um Obdach. Ein unfreundlicher Mann öffnete die Tür, ließ uns aber nicht ein, weil er Fremden nicht vertraute. Die Familie hatte sechs erwachsene Söhne, die alle bewaffnet in der Tür standen und so überlegten wir nicht einmal, uns die Gastfreundschaft einfach zu nehmen. Ansgar hätte sich ohnehin mit Händen und Füßen dagegen gewehrt. Dennoch wühlte mich diese Begegnung innerlich auf und machte mich zornig. Schlecht gelaunt zogen wir wieder ab, als uns der Hausherr immerhin hinterherrief, dass sich eine leerstehende Hütte am östlichen Ufer, nicht weit von hier befand. Wir machten uns auf den Weg und kamen nach kurzer Zeit an einem herunter gekommenen Schuppen an.

»Wenigstens haben wir ein Dach über dem Kopf«, sagte Susanna. »Die Zeit des guten Wetters scheint vorbei zu sein. Wolken türmen sich auf.«

Ich folgte dem Blick der Nonne und sah die Gewitterwolken, die sich über uns zusammenbrauten.

»Wir hatten bisher viel Glück«, nickte Kjell. »Eine solch lange Zeit ohne Regen ist selten. Hoffen wir, dass sich die Natur von dieser kleinen Trockenzeit nicht mit langem, starkem Regen erholt.« Mit diesen Worten schritten wir in die Hütte hinein. Sie war nicht groß. Umgestürzte, morsche Holzbalken lagen herum, die wir beiseite räumten. Wir fanden ein paar alte Felle und Decken, mit denen wir es uns auf dem Boden gemütlich machen konnten.

Schon wenige Momente später blitzte und donnerte es. Ich umfasste meinen Thorhammer, bat, dass der Donnergott den Kampf gegen die Riesen gewinnen und der große Sturm ausbleiben würde. Doch es schien ein harter Kampf zu sein. Der Wind pfiff durch die vielen Löcher in den Wänden, Regen peitschte zu uns herein und immer wieder bekamen wir kleine Tropfen ab, die das Dach durchdrangen. Obwohl wir letztlich vor allem durch Eddas Geschrei kein Auge zutaten, hätte es viel schlimmer kommen können. Im Freien wären wir den Naturgewalten schutzlos ausgesetzt gewesen.

Am nächsten Morgen war der Himmel wieder klar, nur wenige Wolken verdeckten die Sonne. Wir hatten das Unwetter überstanden und so gingen wir weiter nach Nordwesten. Wir wollten den großen See namens Vättern erreichen. »Mein Vater reiste oft mit meinem Großvater und anderen Männern unseres Dorfes zu diesem See, um einige Tauschgeschäfte zu tätigen«, erinnerte ich mich laut. »Das Ufer muss besiedelt sein. Mit dem Silber können wir einen Bewohner davon überzeugen uns mit einem Schiff durch den See nach Norden zu fahren. Das würde viel Zeit und Kraft sparen«, wandte ich mich an Ansgar.

»Ich hoffe, Ihr habt Recht«, antwortete der Mönch und widersprach zu meiner Überraschung nicht, dass ich sein Geld bei diesem Vorhaben eingeplant hatte.

Mein Plan ging auf. Wir benötigten vier Tage bis zur Südküste des Vättern, fanden gleich mehrere Siedlungen und schon am Morgen nach unserer Ankunft legten wir an Bord eines Handelsbootes ab. Der Preis dafür war völlig übertrieben, wodurch sich Ansgar doch scheute, sein Silber so schnell zu verlieren, ließ sich aber leicht überreden. Wir segelten die komplette Strecke bis an die Nordküste des Sees an nur einem

Tag.

Von dort ging es wieder zu Fuß weiter, bis wir den Hjälmaren, einen weiteren großen See im Nordosten erreichten. Während unser Weg nach Birka mit einem Desaster begann und ich schon das Schlimmste befürchtet hatte, verlief die Reise durch Schweden überraschenderweise ohne große Probleme, ja schon fast zu einfach. Am Hjälmaren hatten wir wieder ungeheures Glück. Wir mussten einige Tage warten, doch dann trafen wir einen Händler, der weiter nach Osten segeln wollte.

»Wohin genau segelt ihr?«, fragte Ansgar den Mann misstrauisch.

»Ich bringe euch an einen beliebigen Ort, der auf meiner Route liegt. Umwege mache ich keine. Ich werde den Hjälmaren nach Osten fahren, dann durch den Fluss Närsjöfjärden in den Mälaren segeln, aber nicht den Fjord bis ganz in die Ostsee reisen, sondern nur bis Birka.«

Ansgar schaute den Mann an und auch ich brachte im ersten Moment kein Wort heraus. »Ihr fahrt nach Birka?«, fragte ich ungläubig.

»Warum sollte ich nicht nach Birka fahren?«

»Wir wollen ebenfalls nach Birka«, rief Ansgar aus und konnte seine Aufregung nicht verbergen.

»Warum sagt ihr das nicht gleich? Ihr sagtet, ihr wollt nach Osten.«

»Ich hatte nicht damit gerechnet, dass...«, stotterte Ansgar.

»Ich bin Händler. Ich fahre nach Birka«, unterbrach ihn der Mann schroff.

Langsam drehte der Mönch seinen Kopf zu mir, schaute mich entgeistert an und lachte. Er konnte sein Glück kaum fassen, nahm seinen Beutel und wollte ihn vor lauter überschwänglicher Freude komplett leeren. Ich hielt ihn auf, doch es war zu spät. Der Händler hatte all das Silber und auch das Blitzen in den Augen des Mönches gesehen, wusste, dass dieser den gesamten Inhalt seines Beutels zahlen würde, also forderte ihn auch.

»Ihr bekommt die Hälfte jetzt, sorgt für Verpflegung und wenn wir sicher in Birka ankommen, erhaltet ihr auch den zweiten Teil des Silbers«, bestimmte ich und versuchte, das Bestmögliche heraus zu schlagen, doch auch wenn uns der Händler jeden Tag nur Lende zur Speise und fränkischen Wein zum Trank geben würde, wäre unsere Bezahlung viel zu hoch gewesen. Das aber kümmerte Ansgar nicht. Nach all dem, was er durchgemacht hatte, war er am Ziel. Birka lag vor uns.

Kapitel 10 - Der verrückte König

Wir erreichten Birka knapp vier Wochen nach dem Überfall auf unser Boot.

Mir gefiel die Stadt auf den ersten Blick sehr. Sie war friedvoll auf einer Insel namens Björkö gelegen. Viele kleine, felsige Eilande, auf denen Kiefern weit in den Himmel ragten, umsäumten die große Insel, deren Küste ebenfalls von glatten, grauen Felsen geprägt war, die zum Meer hin butterfarben leuchteten.

In Birka galt ein Marktfriede, der durch König Björn und seine Kriegs-schiffe aufrechterhalten wurde, dabei war die Stadt auch von ihrer natür-lichen Lage her ähnlich gut geschützt wie Haithabu. Um von der Ostsee hierher zu gelangen, musste der gesamte Inselgürtel vor Schwedens Ostküste umsegelt werden. Auf dem See Mälaren selbst musste man ebenfalls etliche Inseln hinter sich lassen, um den Hafen zu erreichen. Dieser war wie in Haithabu durch Palisaden im Wasser geschützt.

Noch bevor wir diesen Wall passierten, fiel mir die Burg ins Auge. Sie stand südlich der Stadt auf einem Felsmassiv, welches sich in das umge-bende Landschaftsbild fügte. Es hatte aus der Entfernung den Anschein, als wäre es ein einziger großer, massiver, glatter Fels. Zur westlichen See hin war er recht steil und die Festung vom Wasser her uneinnehmbar.

Die Insel war als Sitz einer Handelsstadt gut gewählt. Bei einem Angriff konnten sich die Bewohner in die Sicherheit der Burg zurückziehen, sich verteidigen und jeden Angreifer zurückschlagen, der dumm genug war, diese Festung überhaupt anzugreifen.

Die Stadt an sich war bei Weitem nicht so groß wie Haithabu, aber sie besaß dennoch einige Landungsstege, auf denen reges Treiben herrschte.

Wir legten an einer dieser Landungsbrücken an und gingen von Bord. Ich erinnerte mich an unsere ersten Eindrücke, als wir in Haithabu ange-kommen waren, und musste beinahe lachen, so gegensätzlich war unsere Ankunft in Birka. Das Wetter war gut, der Himmel blau, die Planken zu unseren Füßen waren sauber, keiner überfiel uns mit Fragen, die Men-schen schienen uns kaum zu beachten.

»Wir sind ihnen zu solchem Dank verpflichtet. Sie machten es möglich, dass ich meine Aufgabe wahrnehmen kann«, hörte ich die Stimme Ansgars hinter mir. Ich drehte mich zu ihm um.

»Wenn es Euch noch nicht genügt, diesen Mann reich gemacht zu haben, dann küsst ihm doch die Füße«, rief ich, ohne eine kleine Verärgerung in meiner Stimme verbergen zu können. Ansgar übergab den Händler den Sack Münzen, bezahlte somit unsere Schuld und verbeugte sich, ohne auf meine Anspielung einzugehen.

»Seid nicht so unterwürfig, Mönch«, sagte ich und schritt auf die beiden zu. »Wir haben genug für diese Reise gezahlt!«

»Wer mir einen so großen Dienst erweist, der soll anständig bezahlt werden«, erwiderte Ansgar mit einem Gesichtsausdruck, als wäre sein Gegenüber der größte Wohltäter dieser Welt.

»Wenn ich mich recht entsinne, retteten wir euch das Leben!«, erinnerte ich ihn. »Das schien Euch nicht ein einziges Silberstück wert gewesen zu sein.«

Der Schiffsmeister stand selbstgefällig neben uns, grinste und verfolgte unseren Wortwechsel mit Neugierde.

»Ich werde bei Björn eine gutes Wort für euch einlegen«, versprach Ansgar und lief an mir vorbei. Ich grummelte in mich hinein, warf dem Händler, der den Sack immer noch in seiner Hand wog, einen zornigen Blick zu und folgte dem Mönch in die Stadt.

Wir liefen über die Stege und uns begegneten, neben den üblichen Händlern, wie wir sie in Haithabu kennengelernt hatten, auch Bauern. Es schien hier ländlicher zuzugehen und die Menschen gingen nicht ausschließlich ihren Geschäften nach, sondern verdienten ihre Nahrung und ihr Geld mit ehrlicher Arbeit auf nahen Äckern und Feldern.

Ansgar wollte ohne Umschweife den König aufsuchen, den wir in einem Palas auf der Burg vermuteten. Auf unserem Weg durch die Stadt konnten wir wenig Neues erhaschen, was wir in Haithabu noch nicht gesehen hätten. Die Händler und Handwerker verkauften ebenfalls ihre Waren, feilschten mit Kunden oder arbeiteten an neuen Kunstobjekten. Als wir die letzten Häuser hinter uns ließen, erstreckte sich vor uns das gesamte Burgareal, das sehr beeindruckend auf mich wirkte.

Nach Osten hin fiel das Felsmassiv der Festung sehr flach ab, wodurch kaum ein natürlicher Schutz geboten war. Der König hatte hier einen Graben ausheben, einen Wall aufschütten und eine Palisade aus dicken Eichenstämmen in einem Halbkreis bis zu den steil abfallenden Felsen errichten lassen. Hinter dieser Mauer thronte ein Palasgebäude, umgeben von zahlreichen anderen, kleineren Häusern. Wir schritten auf das Tor zu und ich verscheuchte Kruk von meiner Schulter, um nicht unnötig in Erklärungsnöte zu geraten. Während Ansgar den Wachmännern sein Anliegen erläuterte, begutachtete ich den Festungswall. Der Graben war nur notdürftig ausgehoben, denn obwohl das Felsmassiv hier oberflächlich nicht sichtbar war, ruhten unter unseren Stiefeln doch große Steine und Felsen. Die Erde des aufgeschütteten Walls musste also von anderen Gebieten hergebracht worden sein.

Die Wachen ließen den Mönch schnell passieren.

»Und wer seid ihr?« fragte uns ein Wachmann mit schiefer Nase und schwankender Stimme, als wir Ansgar folgen wollten.

»Dies sind meine Gefolgsleute. Lasst sie passieren«, erklärte der Mönch.

»Legt die Waffen ab«, befahl der Wachmann, nachdem er uns misstrauisch gemustert hatte.

»Dein Schwert«, forderte er mich erneut auf, als ich passieren wollte nachdem Kjell und Kogg ihr Waffengehänge abgelegt hatten.

»Ich besitze keines«, sagte ich. Der Wachmann blickte an meinem Gürtel hinunter und schaute mich fragend an. Ich erwiderte seinen verwirrten Blick mit ernster, schweigender Miene, woraufhin mein Gegenüber noch einmal genauer hinsah, mit den Schultern zuckte und uns schließlich zu Björn führte.

Der König von Birka saß mit prächtigen Gewändern gekleidet auf einem Thron in seinem Palas und erwartete uns. Tranlampen hingen an den Wänden und erfüllten den düsteren Raum mit schwachem Licht, in dem kleine Bänke in zwei Reihen vor dem Thron standen, dessen Lehnen wie Drachenköpfe geschnitzt waren. Ein Diener und drei Wachen, mit Speeren bewaffnet, standen hinter uns am Eingang.

Der König selbst war groß und dünn, hatte braune, lange Haare, die glatt auf seine Schultern hingen und einen Bart, der so kurz geschnitten war, dass man ihn kaum sehen konnte. Er machte einen aufgeweckten Eindruck, erschien aber sehr eitel. Ein Kamm aus Horn lag vor ihm. Die

Haare des Königs waren sehr gepflegt, wirkten fast weibisch. Er bewegte seinen Kopf kaum. Seine Hände ruhten auf seinen Oberschenkeln, sein Kinn reckte er ein wenig in die Höhe, schaute uns von oben herab an und während des ganzen Gesprächs veränderte er diese Haltung nicht. Ansgar trat vor und verbeugte sich. Wir taten es ihm gleich.

»Ihr seid also Ansgar«, erkannte Björn mit übertrieben langsamer und überheblicher Stimme, die eher knabenhaft wirkte, aber gerade deswegen zu seinem Aussehen passte.

»Der bin ich, mein König«, sagte Ansgar untertänig und verbeugte sich nochmals.

»Wen brachtet ihr mir mit?«, fragte Björn. »Sklaven?« Er sah uns herabwürdigend an. Zuvor kam mir der König suspekt und falsch vor. Mit diesem einen Satz aber zog er meinen Zorn auf sich. Ich beherrschte mich, schaute Björn nur voller Abneigung an, anstatt meinen Gedanken wahr werden zu lassen, in welchem ich auf ihn zulief und ihn würgte. Ein Grinsen huschte über sein Gesicht.

Ansgar drehte sich um, suchte verwirrt den Raum ab, verstand nicht ganz, was der König gemeint haben mochte, blickte mir fragend in die Augen und zuckte hilfesuchend mit den Achseln.

»So beruhigt Euch. Ich erlaubte mir nur einen kleinen Scherz«, grinste der König, erlöste Ansgar aus seiner peinlichen Lage, kicherte kurz und versuchte verzweifelt, dieses mädchenhafte Lachen zu unterdrücken. »Aber, mein lieber Mönch, sagt mir trotzdem wer Eure Begleiter sind«, brachte er schließlich ernst heraus. Meine Wut flaute ab, ohne dass ich meinen ablehnenden Blick vom Herrscher Birkas nehmen konnte. Er erwiderte diesen. Ohne zu blinzeln, starrte er mich an.

»Gerne mein König. Es sind meine Beschützer«, Ansgar schritt auf uns zu, ignorierte den unsichtbaren, aber spürbaren Konflikt, der zwischen Björn und mir herrschte und stellte uns nacheinander vor. »Und dies ist die Frau Ragnars mit seiner Tochter Edda. Ohne diese Männer«, kam der Mönch zum Ende, »wäre ich jetzt wohl nicht hier. Sie retteten mein Leben, auch wenn wir die Schätze, die ich Euch zum Geschenk machen wollte, leider nicht bewahren konnten.«

Während sich der König zunächst stark wundern musste, warum wenigstens einer der Beschützer des Gesandten gleich seine ganze Familie mitgebracht hatte, zuckte er vor Enttäuschung regelrecht zusammen und

314

löste endlich den Blick von mir, als er erfuhr, dass es keine Geschenke geben würde.

»Was widerfuhr euch?«, fragte er sichtlich entsetzt.

Ansgar erzählte ihm von dem Überfall auf hoher See und von unserer Reise bis nach Birka. Er ließ all die brutalen Details, die solch ein Kampf mit sich brachte, aus und pries nur unsere Tapferkeit und unseren Mut. Ich weiß noch, wie sehr es mir gefiel, als Ansgar all das erzählte und es machte mich stolz, dass er mich als ehrenhaften Krieger beschrieb. Den König schien die Geschichte ebenfalls zu fesseln und er hörte aufmerksam zu.

»Es sind schlimme Zeiten. Nicht einmal ein Gesandter Kaiser Ludwigs ist noch sicher«, sagte Björn empört. »Ich hoffe doch, unser Handelsabkommen mit dem Frankenreich ist dadurch nicht gefährdet?«

»Natürlich nicht, mein König«, antwortete Ansgar schnell. Eine kurze Stille schlich sich ein. Björn schaute auf uns herab und schien sich langsam damit abzufinden, dass er keine Gaben erhalten würde. Ein Wachmann hinter uns räusperte sich. Eine Tranlampe ging aus, woraufhin der Diener den Raum verließ, gleich darauf wieder kam, um die Lampe wieder zu entzünden.

»Es sind unsichere Zeiten«, sagte der König so leise mit seiner knabenhaften Stimme, dass ich ihn kaum verstehen konnte. Der Diener stellte sich zwischen die Wachen, die Tranlampe erlosch erneut und bevor der Diener wieder seiner Arbeit nachgehen konnte, hob Björn fast unmerklich seinen Zeige- und Mittelfinger. Der Diener blieb da, wo er war.

»Was sagt Kaiser Ludwig zu den sich häufenden Überfällen?«, fragte Björn.

»Er sagt«, begann Ansgar vorsichtig, stockte aber und schaute Björn mit einem ängstlichen Blick an. Ich wusste, dass er die Aussage seines Kaisers nicht verheimlichen wollte. Die Worte Ludwigs könnten dem König Birkas aber beleidigend vorkommen und so zögerte Ansgar lange bevor er weiter sprach. »Er sagt«, stotterte der Mönch, konnte seine Furcht nicht verstecken und wurde nun nach einer weiteren Stille durch eine sachte Handbewegung Björns aufgefordert, weiter zu reden. »Wikinger aus dem Norden greifen immer öfter das Frankenland an und plündern Siedlungen. Das muss ein Ende haben.« Björn zog die Luft lautstark durch die Nase ein.

315

»Beschuldigt er etwa auch mich mit dieser Behauptung?«

»Nein! Nein!«, rief Ansgar schnell aus. »Er hofft auf Eure Unterstützung im Kampf gegen die Angriffe.« Björn nickte, Ansgar war erleichtert.

»Hat er Beweise dafür, dass diese Überfälle aus dem Norden kommen?«, fragte der König.

Ansgar suchte hilfesuchend meinen Blick. Ich zuckte mit den Achseln, wusste, wie absurd diese Frage war, jedem musste klar sein, dass Wikinger das Frankenland heimsuchten. Dann sah der Mönch Susanna an. »Stellt Euch vor, diese unschuldige Frau kaufte und rettete ich in Haithabu aus den Klauen eines Sklavenhändlers.« Sachte zog er Susanna nach vorne. »Wikinger raubten sie aus dem Frankenland, entführten und versklavten sie.«

»Unfassbar«, sagte Björn schockiert und riss dabei die Augen auf.

»Sie ist Nonne«, versuchte Ansgar zu unterstreichen.

»Nein, ist das denn die Möglichkeit. Diese Barbaren.« Der König schüttelte übertrieben den Kopf.

Ich kaufte ihm seine Empörung nicht ab. In seiner Stimme lag eine solche Ironie, dass ich es fast nicht ertrug, dem Gespräch weiter beizuwohnen.

Ansgar jedoch war viel zu fixiert auf seine Mission, als dass er dies bemerkt hätte. Im Gegenteil. Die Art, wie Björn auf seine Worte einging, schien ihn zu beflügeln. Er wurde euphorisch, all seine Angst fiel von ihm ab und er wedelte wild mit den Armen, während er weiterredete.

»Findet ihr nicht auch, dass diese Brutalität in der Welt ein Ende haben muss?«, fragte er aufgeregt.

»Aber natürlich. Ihr habt sicher festgestellt, dass ich hier für Frieden sorge, indem ich meine Krieger auf dem Meer patrouillieren lasse. Hier in meiner Stadt seid ihr sicher.«

»Ja, in der Tat, das glaube ich Euch. Lasst uns aber die Gewalt an den Wurzeln bekämpfen«, sagte der Mönch gestikulierend. »Nicht nur durch Abschreckung Eurer Soldaten könnt Ihr Eure Stadt sicherer machen. Wir sollten den Menschen beibringen, dass Töten und Stehlen etwas Schlechtes ist.«

Für einen kurzen Moment zuckte die Stirn des Königs, offenbarte sein wahres Gesicht, bevor er angestrengt den Schein seines Schauspiels aufrecht hielt. Es musste ein lächerliches Spiel sein, das er mit Ansgar trieb, da war ich mir sicher. Anders konnte ich mir sein Verhalten nicht erklären. Ich dachte darüber nach, wie oft Björn wohl schon einen Unschuldigen ermordet oder bestohlen haben könnte, wie oft er Menschen versklavte, ohne auch nur darüber nachzudenken, ob es nun gut oder schlecht war, was er tat. Es brachte ihm Geld und Macht ein, was hätte daran also falsch sein sollen? Doch all das war reine Spekulation. Ich traute diesem König sogar zu, dass er hinter seiner Maske aus Verständnis und Gefälligkeit gerade darüber nachdachte, den Mönch einfach aufzuhängen, weil dieser sein Handeln als böse und schlecht dargestellt hatte. Björn aber überraschte mich und stimmte Ansgar abermals zu.

»Seht Ihr«, ergriff der Mönch seine Möglichkeiten. »Das Christentum lehrt genau das, was Ihr Euch wünscht. Frieden und Gerechtigkeit. Du sollst nicht töten. Du sollst deinen Nächsten ehren. Du sollst nicht stehlen«, zählte Ansgar auf. »Erlaubt mir, die Bevölkerung Eurer Stadt über diese Lehren aufzuklären.« Ich vermutete, Ansgar würde mit dieser Bitte zu weit gehen. Wir kannten Björn erst seit wenigen Augenblicken. Nein, eigentlich kannten wir ihn noch gar nicht. Wer konnte wissen, was dies für ein Mann war, der sich hinter seiner Ironie verstecken musste.

Björn überlegte. War er nun ernsthaft interessiert? Er machte auf mich mit einem Mal genau diesen Eindruck, doch ich wollte es nicht glauben. Er war ein Rätsel, das ich noch nicht zu durchschauen vermochte.

»Warum nicht«, sagte er schließlich. »Ihr könnt hier bleiben, so lange Ihr wollt. Ich erlaube Euch auch, zu meiner Bevölkerung zu sprechen, so oft Ihr wollt. Ich gewähre Euch Schutz.«

Ansgar durchströmte sichtlich eine Glückseligkeit. Er freute sich und aus seiner Sicht hatte er allen Grund dazu. Björn hatte ihn in der Tat freundlich empfangen und ihm das gewährt, was sich der Mönch von seiner Reise erhofft hatte. Das und sogar noch mehr. Der König gestand ihm ein eigenes Zimmer auf seiner Burg zu. Ich traute all dem nicht, schwieg aber.

Selbst wenn der König zu seinem Wort stehen sollte und all die Versprechen hielt, die er gab, bezweifelte ich, dass Ansgar so hoch im Norden Erfolg haben würde.

In Haithabu hatten sich viele der Händler und Kaufleute segnen lassen. Grund dafür war nur, mit den Christen Handel treiben zu können. Es war ein lohnenswertes Unterfangen, schließlich ist das Frankenland nur einen Steinwurf entfernt. Der Kontakt mit den christlichen Händlern bestand schon seit langer Zeit. Die Segnung beseitigte die letzte Hürde, das reiche Frankenreich für den eigenen Handel zu erobern.

Hier oben im Norden dagegen gab es keine Christen. Warum sollten die Geschäftsleute Ansgar also Gehör schenken? Es gab keinen Grund dafür, was dem Mönch einerlei war. Mit vollem Eifer wollte er seine Arbeit sofort aufnehmen.

Der König rief seinen Diener und trug ihm auf, Ansgar in sein neues Zimmer zu geleiten.

Wir wollten den Palas ebenfalls verlassen und dem Mönch folgen, Björn aber hieß uns, noch kurz zu bleiben. »Nur der werte Herr Mönch mit der Nonne darf gehen, ihr anderen bleibt bei mir«, sagte er mit seiner Knabenstimme.

Ich schaute Ansgar und Susanna hinterher, machte mir ein wenig Sorgen, sie alleine ziehen zu lassen. Als sie außer Hörweite waren, stand der König von Birka auf, lief auf uns zu und breitete seine Arme aus. »Na? Wie fandet ihr es? Wie war ich?«

Ich schaute ihn völlig verwirrt an. Seine Stimme war tiefer als zuvor und seine Haltung hatte sich geändert. Er lief leicht geduckt und zeigte nur noch wenig von der Eitelkeit, die ich bei ihm vermutet hatte.

»Wisst ihr, ich liebe es mich zu verstellen. Es bereitet mir Freuden zu sehen, wie die Leute auf eine Person reagieren, die ich gar nicht bin!«, sagte er, lachte und klopfte mir und Kogg auf die Schulter.

Ich stand immer noch wie angewurzelt da, wusste nicht, was hier gespielt wurde.

»Kommt zu mir, meine Freunde, und trinkt mit mir. Ich habe guten Met.«

Er ging an ein Fass, das in der Ecke stand und zapfte ein Glas nach dem anderen. Dann drehte er sich um. »Hat es euch jetzt die Sprache verschlagen? Na los, kommt her, ich trinke sicher nicht all das alleine.« Er streckte uns die gefüllten Trinkgefäße entgegen. Ich schaute Bithia an, die ungläubig die Augen aufgerissen hatte und genauso wenig wusste, was wir nun tun sollten. Ich zuckte mit den Schultern, ging langsam zu Björn hinüber. Die anderen folgten mir, wir nahmen dem König die Gläser aus den Händen und setzten uns mit ihm an einen großen, runden Tisch aus Eichenholz.

Ich nippte an meinem Met, schluckte nichts hinunter, war misstrauisch und wusste nicht, was dieser Mann im Schilde führte. Wollte uns der König betrunken machen? Bithia und Norell saßen ein wenig abseits und hielten sich bedeckt.

»Jetzt trinkt endlich«, befahl der König, als er meine Zurückhaltung beobachtete, stieß mit uns an und trank einen kräftigen Schluck. »Ah, ein herrliches Gebräu. So kostbar wie Silber und Gold.« Er hielt kurz inne.

»Ihr schaut mich alle so an, als wäre ich verrückt geworden! Dabei sagte ich dem Mönch nur das, was er hören wollte. Ihr durchschautet mich, das sah ich euch an und dafür verdient ihr meinen Respekt«, er prostete mir erneut zu, bevor er sein Glas leerte, es erneut füllte und grinsend wieder zu uns kam. »Er war doch zufrieden, der Mönch, oder nicht?«, fragte er und wirkte mit einem Mal unsicher.

»Er war sehr zufrieden. Ihr verspracht ihm schließlich all das, was er sich erhoffte«, sagte ich.

»Ja seht ihr. Ach, es bereitet mir solch eine Freude in den Gesichtern der Menschen zu lesen, was ihnen auf dem Herzen liegt. Herauszufinden, wer sie sind und was sie wollen. Sich dann genau so zu verhalten, wie sie es sich wünschen. Oder vielleicht auch genau im Gegenteil? So machte ich es bei Euch«, erklärte er, schaute mich belustigt an, drehte dabei seinen Kopf zur Seite und starrte aus weit aufgerissenen Augen zu mir herüber. »Das durchschautet Ihr nicht, nicht wahr?«, lachte er, während er mit seinen Händen Bewegungen machte, als würde er mit einer Marionette spielen. Ich suchte erneut den Blickkontakt mit Bithia. Sie starrte Björn entsetzt an.

»Oder gefiel es Euch, dass ich euch einen Sklaven nannte?«, fragte er grinsend.

»Nein«, sagte ich langsam. »Das gefiel mir nicht.«

»Seht ihr. Genau das wollte ich bezwecken. Ihr hättet Euer Gesicht sehen sollen. Ich dachte jeden Moment platzt Euer Kopf, hätte mich zu Tode lachen können, aber genau darauf kommt es an. In so einem Moment ernst zu bleiben, sonst würde man alles zunichtemachen.« Er lachte, trommelte mit der Faust auf den Tisch, so dass dieser zu vibrieren anfing und ich meine Ellenbogen heben musste, um nichts von dem Met zu verschütten, den ich in Händen hielt.

Ich war mir sicher: Der Herrscher von Birka war verrückt.

»Verhaltet Ihr Euch jetzt gerade so, dass es uns gefällt?«, fragte Kogg mit seiner gewohnt ruhigen, tiefen Stimme.

»Nein, jetzt verstelle ich mich nicht. Ihr seid jedoch ein kluges Köpfchen mein großer, mächtiger Freund. Nun aber genug davon. Erzählt mir die Geschichte Eurer großen Seeschlacht.«

»Unserer Seeschlacht?«, fragte ich. »Es war höchstens ein kleines Scharmützel. Ansgar berichtete Euch bereits alles.«

»Ich will es aus der Sicht eines großen Kriegers hören und nicht aus der Sicht eines Mönchleins, der sich beim Anblick eines Tropfen Blutes in seine Kutte pisst. Erzählt es mir so, als wäre es ein großes Gefecht. Ich will alles wissen und ihr dürft die Geschichte gerne ausschmücken«, sagte er auffordernd. »Aber ich darf die kleinen Lügen nicht bemerken!«, fügte er schnell hinzu und zeigte drohend mit dem Zeigefinger auf mich. »Ich muss glauben, es wäre alles die Wahrheit und wirklich genauso passiert. Also los, nun fangt schon an.« Er lehnte sich erwartungsvoll zurück.

Ich wusste nicht recht, was ich tun sollte und sah meine Gefährten an, die ungläubig drein schauten. Nach kurzem Zögern fing ich an, die Geschichte vom Verlust unseres voll beladenen Schiffes zu erzählen. Björn rief immer wieder begeistert dazwischen. Als ich von Kogg zu erzählen begann, wie er den Feind ins Wasser geworfen hatte, ließ der König seiner Vorstellungskraft freien Lauf und nahm mir meine Worte vorweg. »Dieser große, mächtige Koloss nahm es bestimmt mit gleich vier Kriegern auf. Oder ist es nicht so?«

Er war mittlerweile aufgestanden, stellte sich hinter Kogg, umfasste die Arme unseres Gefährten, machte dabei große Augen und tat, als hätte er große Angst.

Ich sah Kjell an. Er saß mir gegenüber und Björn konnte ihn gerade nicht von vorne sehen und so verzog mein Freund sein Gesicht, um mir zu zeigen, dass er es nicht mehr aushielt. Ich trank auffällig einen Schluck Met und Kjell verstand die Botschaft, prostete mir zu und stürzte den Met so schnell herunter, dass die Hälfte in seinen Bart sickerte. Nüchtern war die Anwesenheit Björns wirklich nur schwer zu ertragen.

Letztlich bestätigte ich die Ideen Björns. »Ja, so war es. Kogg zog gleich vier Gegner auf sich.«

»Oh, das müsst Ihr noch üben«, antwortete der König enttäuscht. »So wie Ihr es erzählt, hört es sich an, als hätte dieser Riese hier gegen drei nackte Jungfrauen gekämpft.« Er schaute nachdenklich. »Wobei das auch eine Geschichte wert wäre, vielleicht aber doch ein wenig zu unglaubwürdig. Gegen drei nackte Walküren? Was meint Ihr?« Er schaute mich fragend an. Ich wusste nicht, ob ich weinen oder lachen sollte. Dieser Herrscher war wirklich der verrückteste Mensch, den ich jemals kennen gelernt hatte. Was aber sollten wir tun? Er war schließlich der König und gewissermaßen waren wir auf seine Gunst angewiesen. So verging der Abend mit weiteren Geschichten und Lügen über unsere Reise. Ich ertränkte alles in Met und nach dem vierten Glas erreichte ich eine Trunkenheit, die das Ganze erträglich machte. Meine Gefährten taten es mir gleich und auch Björn war am Ende so betrunken, dass er sich übergeben musste. Er brach ohne Vorwarnung einfach über den Tisch, fiel dabei rückwärts vom Stuhl und blieb einen Moment liegen. Bithia und Norell ergriffen die Flucht. »Wir gehen zu Ansgar«, flüsterte Bithia und ich nickte, wollte sie zwar nicht alleine ziehen lassen, wusste jedoch, dass sie außerhalb dieses Palas sicherer war, als bei diesem verrückten König. Sie stürzten zum Tor hinaus. »Haaaalt«, rief Björn immer noch auf dem Boden liegend. Ich stand auf, ging mit schnellen Schritten zu Bithia, um sie zu beschützen. »Diener«, lallte Björn. »Führt diese edlen Frauen auf ein Zimmer!«

Ein Diener kam herein. »Lasst mich meine Frau und meine Tochter begleiten, bis ich weiß, wo ich sie wieder finden kann und sie in Sicherheit sind«, bat ich und bemerkte auch in meiner Stimme ungewohnt starke Schwankungen, die der Met verursacht haben musste. »Kommt gar nicht in Frage«, sagte Björn. »Keiner tut ihnen etwas!« Er hob den Oberkörper, setzte sich auf und saß mit verschränkten Beinen auf dem Boden, griff nach seinem Glas, das bei seinem Sturz heruntergefallen, ausgelaufen erstaunlicherweise aber nicht zerbrochen war. »Met!«, rief er und streckte das Trinkgefäß nach oben. Der Diener rannte zu ihm, füllte das Glas und gab es seinem Herrn zurück. Björn trank einen großen Schluck und das widerte mich an, denn sein kurzer Bart war mit Erbrochenen verklebt, das nun vom Met mit hinuntergespült wurde. »Kommt gar nicht in Frage«, bestimmte er wieder an mich gewandt.

»Ich komme ganz sicher wieder«, versprach ich ihm. Er schaute mich an. Sein Kopf machte langsame kreisende Bewegungen, als könne er ihn nicht mehr kontrollieren. »Er soll gehen«, sagte er schließlich und deutete auf Kogg. »Gut«, willigte ich ein, verabschiedete mich von meiner Frau und hieß Kogg gut auf die drei aufzupassen. Ich selbst setzte mich wieder gegenüber von Kjell an den Tisch. Björn stand auf, schwankte ein wenig, ergriff den Stuhl, stellte ihn auf und setzte sich darauf. Kjell hatte ihn dabei beobachtet, so als würde er einen Fisch betrachten, der im Fischernetz zappelt und um sein Überleben kämpft. Ich konnte nicht anders und musste einfach nur noch lachen. Ich lachte, schaute Björn und Kjell durch einen Schleier aus Met und Tränen an, bis sie in mein Gelächter einstimmten. So wurde das Ganze immer absurder und wir betranken uns so sehr, dass ich mich am nächsten Tag an nichts mehr erinnerte. Kogg muss später wieder zu uns gestoßen sein, doch selbst daran erinnerte ich mich nur schwach.

Als ich am nächsten Morgen die Augen öffnete, hoffte ich, auf einem Schlafplatz zu liegen, zu meinen Füßen sollte ein Feuer brennen und Bithia mir frischen Getreidebrei mit warmer Milch und Obst an meine Schlafstätte reichen.

Stattdessen wachte ich unter dem Eichentisch auf. Mein Kopf lag an ein Tischbein gelehnt, der Hals schmerzte, mir war so übel, dass ich das Gefühl hatte, brechen zu müssen.

Ich richtete mich auf, schaute mich um und bekam einen Schreck. In dem Palas war alles zerstört. Jede Bank, jeder Stuhl war zerbrochen und ich fühlte mich, als hätte jemand eine dieser aus massivem Holz gezimmerten Sitzgelegenheiten auf meinen Kopf zerschlagen.

»Das war ein grandioser Abend, mein lieber Ragnar. Ich empfand schon lange nicht mehr solch eine Freude«, sagte Björn, der auf mich zuschritt und einen munteren Eindruck machte.

»Was ist hier passiert?«, fragte ich mit kratzender Stimme.

»Das«, er machte eine ausschweifende Handbewegung und drehte sich dabei, »ist die wahre, wundervolle Wirkung des Dichtermets.«

»Des Dichtermets?«, fragte ich.

»Weißt du nicht, was Dichtermet ist? Welch konzentrierte Weisheit in jedem Schluck des Gebräus liegt?«

Ich schüttelte den Kopf.

»Ich erzähl es dir, aber heute nicht. Ich habe noch Termine.« Dann drehte er sich weg, lief zur Tür, wandte sich noch einmal zu mir um: »Kommt heute Abend wieder zu mir.« Dann verschwand er durch das Tor.

Ich schaute mich nach Kjell und Kogg um, ging zu ihnen und weckte sie. Unser großer Gefährte führte uns zu Bithia und Norell in ein kleines hölzernes Zimmer, das in etwa so groß war wie die Hütte, die wir nach dem Tod von Bithias Mutter bewohnt hatten. Unsere Frauen waren nicht sonderlich gut auf uns zu sprechen. Ich konnte sie in einer gewissen Art und Weise verstehen, wir hatten sie in der Fremde alleine gelassen, ohne dass ich selbst gewusst hatte, wo sie genau hingeführt worden waren und ob sie dort sicher waren. All das erwähnte Bithia nicht einmal, für sie wog meine Schuld viel schwerer, weil ich unsere Tochter im Stich gelassen hatte.

Trotz meines Schuldbewusstseins war ich nicht in der Stimmung, darüber zu reden, brachte keinen Ton heraus, nahm nur einen Schluck Wasser, legte mich auf die weichen Felle, die eine Wohltat für meine Knochen waren, versuchte den Kopf in eine angenehme Haltung zu bringen und schlief ein.

»Er ist völlig verrückt«, sagte ich, als ich wieder erwachte.

»Das ist er allerdings«, erwiderte Norell. »Wir sollten hier schleunigst verschwinden, bevor er euch noch ansteckt.« Bithia pflichtete ihr bei.

»Aber er ist der König«, gab Kjell zu bedenken.

»Er hat uns für heute Abend wieder zu sich eingeladen«, sagte ich und erntete nur verächtliches Schnauben von meiner Frau.

»Das ist eine gute Gelegenheit, Bithia«, erklärte ich. »Verrückt oder nicht, wenn wir in seiner Gunst stehen, dann können wir uns glücklich schätzen. Ich muss dich wohl nicht daran erinnern, dass ich weder ein Schwert noch einen Schild besitze. Alles, was wir haben, sind mein Ringpanzer, deine Fibeln und Glasperlen. Damit kommen wir nicht allzu weit. Wo ist eigentlich Ansgar?«, fragte ich und versuchte so, das Thema zu wechseln.

»Der gibt sich mit dem Bisschen zufrieden, was er hat und predigt in der Stadt«, betonte Bithia.

»Wäre es dir lieber, wenn ich mir eine Kutte überziehen würde, mich neben ihn auf ein Fass stelle und den Leuten irgendetwas von Jesus Christus erzähle?«

Bithia schwieg und dachte nach. »Du hast Ansgar versprochen, ihn zu beschützen. Halte dein Wort und bewahre ihn vor diesem verrückten König«, bat sie mich eindringlich.

»Ich versprach, ihn nach Birka zu bringen. Ich stehe nicht mehr in seiner Schuld«, antwortete ich.

»Du bist es Ansgar schuldig. Er ist ein guter Mann. Ich weiß nicht, was der König vorhat, aber ich traue ihm nicht.«

»Das tut keiner von uns«, pflichtete ich ihr bei.

»Dann unternimm etwas«, sagte Bithia.

Ich nickte müde. »Ich werde mit ihm sprechen!«, versprach ich, legte mich zurück auf die Decken, dachte nach und schlief bald wieder ein.

Am Abend gingen Kjell, Kogg und ich wieder zu Björn. Er erwartete uns in seiner Halle und begrüßte uns freundlich.

»Setzt euch, meine Freunde«, forderte er uns auf und wies uns wieder die Plätze am Eichentisch. Es standen bereits neue Stühle und Bänke vor Björns Hochsitz, auf denen wir Platz nahmen.

»Herr König«, fing ich an, wurde jedoch schnell unterbrochen.

»Björn, nennt mich einfach Björn. Lassen wir diese Förmlichkeiten, wie ich dir ja gestern schon sagte. Fahr fort, Ragnar.«

»Björn«, begann ich wieder, »warum lässt du Ansgar in deiner Stadt seinen Glauben verbreiten? Versteh mich nicht falsch, aber der Mönch steht immer noch unter unserem Schutz und ihr wart nicht ehrlich zu ihm.« Das war gewagt. Ich konnte mir nicht sicher sein, dass Björn diese Anschuldigung tolerieren würde. Doch der König fühlte sich nicht angegriffen.

»Oh, ich war ehrlich«, beteuerte er und schien ein wenig verblüfft. »Sicher spielte ich ein bisschen mit ihm, aber ich interessiere mich in der Tat für das, was er erzählen will. Ich bin immer offen für Neues. Was mir stattdessen sehr merkwürdig vorkommt, ist, dass drei Männer wie ihr einen Mönch auf einer Missionierungsreise begleitet. Ihr tragt alle Thors Hammer um euren Hals. Also sollte ich doch eher euch fragen, warum ihr den Mönch bei seiner Arbeit beschützt und damit unterstützt.«

Mit diesen ernsten Worten, die von einem scharfen Verstand zeugten überraschte mit der König. Björn schien unberechenbar zu sein, war aufmerksam und intelligent. Ich überlegte, was ich ihm erzählen sollte, entschied mich aber für die Wahrheit, berichtete von unserem zufälligen Aufeinandertreffen mit Ansgar und unserem Vorhaben nach Ladoga weiter zu reisen, um Handel zu treiben und neue Länder zu entdecken. Er hörte mir interessiert zu.

»Hier gibt es einige Händler, die diese Route häufig befahren«, sagte Björn. »Ich könnte euch dabei vielleicht helfen, eure Mittel aber sind begrenzt, wie ihr mir ja berichtet habt.« Er schaute nachdenklich. »Doch ich mag euch und vielleicht könnte ich euch auch ohne Silber weiterhelfen.« Ich horchte auf, kniff die Augen zusammen und wartete gebannt auf die Bedingungen, die da kommen sollten. Björn holte Luft und hob seinen Zeigefinger. »Wenn ihr mir einen Gefallen tun würdet«, sagte er schließlich.

»Was stellst du dir vor?«, fragte Kjell an meiner statt.

»Nun, meine Bitte geht eher an Ragnar. Mein Bruder kommt in ein paar Tagen zu Besuch. Seitdem wir beide Könige der Svea sind, führen wir nur noch selten Kämpfe. Wir lassen kämpfen, was nicht heißen soll, dass wir feige sind, aber zu dieser Zeit sind es keine großen Eroberungs- oder Seeschlachten, die geschlagen werden. Wir leben in unseren Burgen, müssen von hier über unsere Städte und Länder herrschen. Daher sind wir immer froh über Geschichten, wie du sie mir gestern erzählt hast. Ich weiß, du bist Krieger, du besitzt aber auch durchaus Talent im Erzählen. Ich gab schon so vielen Skalden mein Silber, um von ihnen maßlos enttäuscht zu werden. Jetzt könnte ich meinen Bruder mit der Geschichte eines wahren Kampfes überraschen. Erzählt von jemandem, der mitten im Geschehen war, der blutete und dem Tod nur knapp entrann. Erzähl eure Geschichte bei einem großen Festessen noch einmal und ich werde euch helfen.«

Ich senkte meinen Blick auf die Bretter des Tisches und legte die Stirn in Falten. Der Gedanke gefiel mir in keiner Weise. Einem König und seinem Bruder, der ebenfalls König war, diese Geschichte erzählen? In einem Palas, der voll mit Männern sein würde?

»Wie würde deine Hilfe aussehen?«, fragte ich und schaute wieder zu Björn.

»Nun, wie wäre es, wenn ihr über Winter hier bleibt. Ich könnte euch in meiner Wache gut gebrauchen. Ihr könntet hier auf der Burg leben und ich gebe euch dreien Verpflegung und Huren, wenn ihr sie wollt und im nächsten Frühjahr, wenn ihr abreist, dann könnt ihr die Waffen behalten, mit denen ich euch ausstatte. Es werden gute Waffen sein. Eure Frauen werden natürlich auch rundum versorgt sein.«

»Das ist ein sehr großzügiges Angebot. Aber was gedenkst du uns als Gegenleistung zu geben, wenn ich deinem Bruder meine Geschichte vortrage.«

Björn kniff die Augen zusammen, hatte wohl gehofft, dass ich allein für die neue Ausrüstung den Wachsoldat und Skalden spielen würde. Er wusste, wir waren Krieger. Er wusste, wir waren nach unserem Unglück auf See nur noch schlecht ausgestattet und er wusste, dass Krieger ohne Waffen nach jedem Strohhalm griffen, sich wieder auszurüsten. Mir fehlte ein Schwert an meinem Gürtel. Mein Ringpanzer war verrostet und einige Ringe waren aufgeplatzt. Trotzdem aber wollte ich mehr. Hatte ich zu viel gewagt? Björn schaute mir in die Augen, ich erwiderte seinen Blick, hielt ihm stand und wartete auf seine Reaktion.

Dieser König war mir ein großes Rätsel. Wer war er? Welch Schauspiel hatte er uns am Tag zuvor präsentiert? Jetzt wirkte er so intelligent, seine Sprache so klar. Der König von Birka schien zwar einige seltsame Persönlichkeiten in sich zu tragen, aber man durfte ihn auf keinen Fall unterschätzen.

»Du bist gut, mein Freund«, sagte Björn endlich, nach einer langen Stille. Mein starrer Ausdruck und die Forderung nach einer Gegenleistung schienen ihn nervös zu machen. Er fiel ohne Vorwarnung zurück in sein verrücktes Wesen, drehte den Kopf zur Seite, schielte mich aus dem Augenwinkel an und zeigte mit seinem Zeigefinger auf mich. »Ihr seid wirklich gut. Man merkt, dass ihr das Zeug habt, gute Händler zu werden, aber was«, fragte er laut mit ausgestreckten Armen, »was fehlt euch wohl noch, um gute Kaufmänner zu werden. Was fehlt euch, um euer Abenteuer zu beginnen?«

Wir schauten ihn fragend an. An solch einen Menschen konnte man sich nicht gewöhnen. Björn stand auf, riss die Augen auf, seine Mimik und Gestik glichen wieder der vom Vortage. Wir waren verwirrt, konnten unser Unbehagen in unseren Gesichtern nicht verbergen.

»Was fehlt euch?«, fragte er erneut wild gestikulierend. »Was fehlt euch, um all die großen Gefahren auf dem Meer zu bewältigen. Um gegen die Midgardschlange selbst zu kämpfen, um die Flussungeheuer zu besiegen, die südlich von Ladoga hausen?« Es herrschte Stille.

»Ein Schiff«, sagte Kogg schließlich.

»Genau, mein großer, mächtiger Freund. Ein Schiff. Im Gegenzug für eure unfassbare Geschichte werde ich euch meinen Schiffsbaumeister zur Verfügung stellen. Dazu noch genug Wald für das Holz, einige Schmiede, genug Wolle für das Segel und fünfundzwanzig weitere Männer, die euch helfen werden. Wäre das nicht ein überwältigendes Gefühl all eure Abenteuer auf eurem selbst gebauten Schiff zu erleben?«, er zog mit ausgestreckten Armen einen großen Kreis vor sich, schaute mit weit aufgerissenen Augen an die Decke. »Überlegt es euch. Morgen früh will ich eine Entscheidung. Jetzt gehe ich zu Bett.«

Mit diesen Worten hob er das Kinn, legte den starren Gesichtsausdruck auf und drehte sich so schnell um die eigene Achse, dass sein Umhang im Wind flatterte. Auf Zehenspitzen tänzelte der König aus seiner Halle.

»Er ist völlig wahnsinnig, ich kann es nur immer wieder sagen!«, erwähnte Kjell.

»Sein Angebot kann man eigentlich gar nicht ausschlagen. Diesem Verrückten die blöde Geschichte erzählen und ab und zu hier auf der Burg Wache halten? Das steht doch in keinem Verhältnis zu dem ganzen Material für ein Schiff und den Waffen«, sagte ich, suchte nach einem Hinterhalt des Herrschers, fand aber keinen.

»Selbst wenn ich nicht mein gesamtes Vermögen verloren hätte, würde ich dieses Angebot annehmen«, antwortete Kjell.

»Da stimme ich dir zu. In Anbetracht unserer jetzigen Situation kann uns nichts Besseres passieren. Wenn wir auf einem Handelsschiff anheuern, das uns nach Ladoga bringt, müssten wir ganz neu anfangen. Mit einem eigenen Schiff, guten Rüstungen und Waffen, würden wir als Herren dort ankommen.«

»Außerdem«, fügte Kjell hinzu, »muss ja nicht ich den Tanzbären spielen, sondern du.« Er lachte und schlug mir auf die Schulter.

Ich verzog nur das Gesicht. »Also gehen wir auf sein Angebot ein?«, fragte ich meine Gefährten.

»Ja, das sollten wir tun. Kogg?«, fragte Kjell und wandte sich zu unserem schweigenden Riesen.

»Dann müssen die Riesen des Bjarmlandes wohl noch ein wenig auf ihre Tracht Prügel warten«, grinste er trocken.

So war es beschlossen. Wir gingen zurück in unser Zimmer und unterrichteten Bithia und Norell.

»Ihr wollt für diesen«, Bithia stockte, »für diesen König kämpfen?«, fragte sie, während sie das Wort König aussprach, als hätte Björn niemals diesen Titel verdient.

»Ich bezweifle, dass es oft zu einem Kampf kommen wird. Er sagte uns, wir würden auf der Burg sein. Diese Festung ist uneinnehmbar. Keiner wird sich trauen, uns anzugreifen. Außerdem müssten sie sich erst einmal durch die ganzen Kriegsschiffe auf dem Mälaren kämpfen. Nein, ich denke es wird eine ruhige Arbeit. Zu einem großen Kampf wird es nicht kommen.«

Bithia war nicht sehr überzeugt, aber sie erwiderte nichts mehr.

»Was sollen wir den ganzen Winter lang machen?«, fragte Norell.

»Ihr könntet das Segel für unser Schiff nähen. Das wird euch lange beschäftigen.«

Das Schicksal hatte uns nach Birka geführt. Noch vor einigen Wochen hatten die Nornen meinen Schicksalsfaden fast durchtrennt, doch nun schienen sie uns eine gute Zukunft zu weben.

Am nächsten Tag überbrachten wir dem Herrscher der Stadt unsere Entscheidung. Björn war zufrieden, hatte aber mit dieser Antwort gerechnet. Er schickte uns zu dem befehlshabenden Krieger der Festung, der Eric hieß und uns nicht gerade freundlich begrüßte. Nein, er war ein griesgrämiger Mann, der grundlegend schlechte Laune an den Tag legte.

»Ihr seid Rattenschiss.« Das waren seine ersten Worte und er begründete diese damit, dass er lange gebraucht hatte, um auf dieser Burg dienen zu dürfen. Er musste so einige Gefechte auf See überleben, in denen er zahlreiche Männer getötet hatte, bevor er endlich hierher versetzt wurde. Deswegen hasste er uns. Wir hatten gar nichts dafür getan, um hier in aller Friedlichkeit und Ruhe hinter schützenden Mauern unseren Dienst zu tun. Auf irgendeine Art und Weise hatte vor allem ich die Sympathien des Königs errungen, das missfiel Eric.

»Wir sammelten nicht weniger Erfahrung als Ihr«, erklärte ich.

»Ihr habt mit Björn getrunken. Mehr habt ihr in meinen Augen nicht getan.«

»Dennoch sind wir im Kampf erprobt«, erwiderte ich.

Er schaute mich aus seinen dunklen Augen an, die Haare waren zu einem langen Zopf gebunden, sein Bart war braun und etwa so lang, wie ein Finger breit. An seiner rechten Wange zeugte eine kahle Stelle von einer schweren Verletzung. Auf der Stirn trug er ebenfalls eine Narbe, so auch auf beiden Händen. Obwohl die Arme und der Oberkörper von einem Ringpanzer verdeckt waren, zeugten sicher auch dort zahlreiche verheilte Wunden von vielen Kämpfen.

»Ihr habt diese Erfahrung aber nicht im Dienste des Königs gesammelt, deswegen seid ihr Rattenschiss«, sagte er mit rauer Stimme und blieb bei seiner Meinung. Er hatte den Befehl, uns auszustatten, gehorchte seinem König, führte uns in die Waffenkammer, in der einige Schwerter, Äxte, Speere, Dolche, Schilde, Helme, Ringpanzer und Lederpanzer lagen. Ich nahm ein Schwert, wog es in der Hand. Etwas durchströmte mich, als hätte das Schwert eine Seele und würde mit mir in Kontakt treten. Obwohl ich das Ziel und den Wunsch hatte, in der neuen Welt im Osten ein friedvolles Leben mit Bithia führen zu können, fühlte ich mich hingezogen zu diesem Schwert. Zu einer Waffe. Zu einem Werkzeug des Tötens. Die Zeiten waren gefährlich, hatten Björn und Ansgar gesagt. Ich schloss meine Faust um den Griff, gab mich der Wonne hin, die mir die Klinge als mein verlängerter Arm gab.

»Los du Rattenschiss, nimm zwei Holzschwerter und beweise mir, dass du kämpfen kannst«, raunte Eric.

Ich schaute ihn an, kniff meine Augen zu Schlitzen zusammen, nahm nach kurzem Zögern die Herausforderung an und bückte mich zu den Übungsschwertern. Ich nahm zwei Einhänder, trat aus der Kammer heraus und warf Eric eines der beiden zu. Wir verzichteten auf Schilde, hatten nur das Schwert in einer Hand. Eric war Linkshänder, was das Ganze für mich erschwerte. Man war gewohnt, dass der Gegner seine Waffe immer mit rechts führte. Ein Linkshänder hatte im Kampf Mann gegen Mann Vorteile, während er im Schildwall benachteiligt war. Der Abstand zwischen den überlappenden Schilden stimmte nicht mehr und daher vermied man es, Linkshänder in die vorderste Reihe zu stellen. In

Randaberg war niemand Linkshänder gewesen. Niemals hatte ich Gelegenheit gehabt, diesen Kampf zu trainieren. Natürlich konnten gute Krieger ihr Schwert auch mit der schwachen Hand führen, aber das war nicht das Gleiche.

»Dann wollen wir mal sehen, was du so drauf hast, Rattenschiss«, sagte Eric, während er mich mit offenen Armen umkreiste.

»Kennst du noch andere Schimpfworte? Du fängst an mich zu langweilen«, erwiderte ich, bevor er unvermittelt angriff, seine linke Schulter zu mir drehte, einen Schritt auf mich zumachte und von links oben zuschlug. Ich machte einen Ausfallschritt nach hinten und entging dem Hieb ohne Probleme, hob dennoch meine Waffe, um den Angriff abzufangen. Er hatte viel Kraft in den Schlag gelegt. Mein Arm vibrierte bei dem Aufeinandertreffen der Holzklingen schmerzhaft. Mit einer offenen Haltung umkreiste er mich. Dann ging alles ganz schnell. Er griff erneut an, schlug von links unten auf meinen Kiefer zielend nach oben, ich schritt auf ihn zu, konterte mit dem gleichen Schlag, unsere Waffen kreuzten sich, prallten heftig aufeinander. Ich zog mein Schwert durch, sodass ich von rechts oben zustechen konnte, wollte ihm die Spitze schmerzhaft auf die Rippen schieben, doch Eric drehte sich schnell zur Seite, wehrte meine Übungswaffe ab, fuhr mit der seinen einen Bogen über mein Schwert und hieb mir die hölzerne Klinge auf mein Handgelenk. Schmerz durchströmte meinen gesamten Arm, meine Knochen pochten quälend, hielten aber stand. Ich umklammerte den Griff meiner Waffe, wollte sie auf keinen Fall fallen lassen, sah einen Fuß auf mich zu schnellen, machte einen kleinen Schritt und wich einem Tritt aus, der mir vermutlich mein Knie nach hinten durchgebrochen hätte. Sein Schwert rauschte auf mich zu, ich duckte mich, drehte mich weg, unfähig meine Waffe zu heben war ich der sicheren Niederlage noch einmal entronnen. Doch dann traf mich sein Handballen auf meiner Schläfe. Genau dort, wo meine Wunde gerade verheilt war. Sie platzte auf und ich spürte das Blut in mein Gesicht und ins Ohr laufen. Ich taumelte, Eric schlug die Übungswaffe mit solcher Wucht auf mein Knie, dass ich das Gefühl hatte, mein Knochen würde brechen. Vor Schmerz sackte ich zusammen, fiel auf die Knie. Mein Gegner holte erneut aus und dann war es Kogg, der mit seinem Schwert den Hieb abfing, der mich am schutzlosen Kopf getroffen hätte und rettete mich damit vor der sicheren Bewusstlosigkeit oder gar dem Tod. Holzschwerter sind nicht zu unterschätzen. Sie können töten, wenn sie gezielt eingesetzt werden.

Eric schaute hasserfüllt auf meinen großen Gefährten. Der schüttelte nur den Kopf und signalisierte ihm, dass der Kampf vorbei war. Eric spuckte aus, blickte mich mit kalten Augen an, drehte sich herum und warf das Holzschwert weg. »Rattenschiss!«, sagte er so leise, dass ich es kaum mehr hören konnte und verschwand.

»Ich denke, er mag uns, was meint ihr?«, fragte Kjell erheitert.

»Ich denke, wir sollten uns von ihm fernhalten. Sonst müssen wir uns das Schiff und die Waffen am Ende sogar wirklich verdienen«, antwortete ich. »Sechs Monate können lang sein.« Ich stand auf, fühlte vorsichtig mit den Fingerspitzen nach meiner Wunde an der Schläfe, wog mein Gewicht auf dem lädierten Bein und drehte mein rechtes Handgelenk. Eric hatte keine bleibenden Schäden hinterlassen. Wenn er auch meinen Stolz verletzt hatte, würden alle Wunden heilen. Ich empfand Zorn über den Krieger und war enttäuscht von mir, mich so einfach besiegen zu lassen.

Wir betraten wieder die Waffenkammer und suchten uns alles Nötige zusammen. Björn musste unendliche Reichtümer besitzen, wenn er all diese Rüstungen zu verschenken hatte. Die Kettenrüstungen waren so hochwertig, dass sie über tausend Gramm Silber kosteten. Oder sechs Nonnen, die ich hätte versklaven und verkaufen müssen. Die Schwerter, Äxte und Speerspitzen, vermutlich im Rheinland geschmiedet, waren von bester Qualität.

Wie ich später erfahren sollte, war Björn vor allem durch den Handel mit Bernstein, den es hier am Mälaren reichlich gab, zu enormen Wohlstand gekommen.

Ich tauschte meine verrostete Rüstung gegen eine neue und nahm mir auch einen Filzmantel, den ich unter dem Ringpanzer tragen wollte. Während mich die metallenen Ringe gegen Schnitte schützen würden, sollte der Lederharnisch Knochenbrüchen vorbeugen.

»Den solltest du dir besser auch anziehen«, sagte Kjell und streckte mir einen Helm entgegen, »mir scheint es so, als könnte dein Kopf einen besonderen Schutz gebrauchen.« Er lachte mich aus. Mir war gar nicht zum Lachen zumute, den Helm nahm ich trotzdem. Außerdem steckte

331

ich mir einen langen Dolch und das Schwert, das ich noch zuvor in Händen gehalten hatte, in die Lederscheiden meines Gürtels.

Ein langer Umhang wies uns als Soldaten des Königs von Birka aus. So traten wir unseren Dienst an.

Eric schickte uns die ersten Tage mit einem schon länger stationierten Soldaten in die Stadt und vermutete wohl, er würde uns damit bestrafen, er selbst legte sich innerhalb der Mauern auf die faule Haut, während wir die Arbeit erledigten. Das Gegenteil war der Fall. Auf dem Weg zur Festung hatten wir so gut wie nichts von Birka gesehen, so bekamen wir eine Führung durch das Handelszentrum, konnten uns alles genau anschauen und entgingen der Langeweile. Östlich der Burg waren einige Grabhügel zu sehen. Hier bestatteten die Bewohner ihre Toten. Nordöstlich davon lagen einige Felder. Wie ich bei unserer Ankunft vermutet hatte, gingen hier, im Gegensatz zu Haithabu, in unmittelbarer Nähe zur Stadt Bauern ihrer Arbeit nach. Wir schlenderten durch die Gassen und hielten die Augen offen. Zu meiner Überraschung bekamen wir einiges zu tun, obwohl die abschreckende Wirkung unserer Rüstungen schon ausreichte, um die schlimmsten Verbrechen und Untaten der Bevölkerung zu verhindern.

Das Stellen von Taschendieben wurde schnell zur Routine. Oft wurde unsere Hilfe auch bei kleinen Auseinandersetzungen gebraucht, in denen ein Händler seinem Kunden Betrug vorwarf oder umgekehrt. Größere Streitigkeiten sollten wir allerdings dem König überlassen, sagte uns unser Führer, der uns die ersten Tage begleitete. In Birka gab es eine Art Gerichtsverhandlung, die sich Thing nannte. Bei dieser Versammlung durfte jeder freie Bürger vortreten und eine Ungerechtigkeit melden. Die beiden beteiligten Parteien mussten ihre Version der Geschehnisse vortragen und der König entschied über den Fall.

Wir trafen auch Ansgar wieder. Er stand auf einem Fass, hielt eine seiner Reden über eine bessere Welt und hatte durchaus mehr Zuhörer, als ich erwartet hatte. Ich schaute mich in den Reihen um und bemerkte, dass es sich fast ausschließlich um Menschen aus ärmeren Verhältnissen oder gar Sklaven handelte, die die Lehren Christi über sich ergehen ließen. Ich wollte warten, um ein paar Worte mit dem Mönch zu wechseln, der aber nicht aufhörte zu reden, bis mich die Langeweile vertrieb und ich meines Weges ging.

Drei Tage später rief uns Björn wieder in seinen Palas.

»Na, wie bekommt euch eure Arbeit?«, fragte er. »Ich hörte, du hast dich mit Eric angelegt, Ragnar.« Er konnte eine Belustigung nicht verstecken.

»Er legte sich mit mir an«, verbesserte ich.

»Wie dem auch sei, du solltest das nicht tun. Deiner Gesundheit zuliebe. Er ist der beste und schnellste Kämpfer, den ich je sah! Das aber nur am Rande. Widmen wir uns den wichtigen Dingen.« Er grinste mich an. »Mein Bruder wird in zwei Tagen eintreffen. Bist du bereit für deine große Vorführung?«, fragte er und schien selbst schon ganz nervös.

»Ich denke schon«, sagte ich, fühlte aber, dass etwas auf mich zukam, mit dem ich nicht rechnen konnte. Misstrauisch schaute ich den König an.

»Sehr gut, dann zeige ich dir jetzt dein Kostüm«, schmunzelte er.

»Mein Kostüm?« Noch bevor ich Widerstand leisten konnte, zog Björn die Kleidung aus einer Ecke hervor. Mit offenem Mund stand ich da, unfähig etwas zu sagen. Kjell lachte. Selbst Kogg konnte sich nicht beherrschen.

Das Kostüm war die Kleidung eines Skalden. Ein Hosenbein war blau, während das andere in grün leuchtete. Das Leinenkleid war genau anders herum gefärbt. Dazu sollte ich einen Hut tragen und eine Leier spielen.

»Ich werde meine Geschichte nicht in dieser Kleidung vortragen«, unternahm ich kopfschüttelnd einen Abwehrversuch.

»Doch, das musst du«, sagte der König. »Wir wollen meinen Bruder doch überraschen. Er wird denken, es ist wieder einer dieser langweiligen Skalden. Dann, wenn du ihm wie ein Krieger von euren Taten berichtest, wird er staunen. Ich verspreche dir, das wird ein großartiger Tag. Denke an euer Schiff!«

»Bisher habe ich noch nicht viel davon gesehen. Wo ist euer Schiffsbaumeister, ich bekam ihn nicht zu Gesicht.«

»Ich habe dir mein Wort gegeben, mein lieber Freund. Ich werde es nicht brechen. Bereite dich erst einmal auf deine Erzählung vor, schon am nächsten Tag werdet ihr mit dem Bau eures Schiffes beginnen können.«

»Ich kann keine Leier spielen.« In meiner Stimme lag Verzweiflung, ich wollte um dieses lächerliche Kostüm herumkommen.

»Ach, das ist nicht wichtig. Sie gehört nur einfach dazu. Du musst sie nur tragen, nicht darauf spielen.« Es herrschte Schweigen. »Du willst ein Schiff?«, fragte Björn nach wenigen Augenblicken, weil er wusste, dass ich zögerte und Angst hatte, ich würde feige davonrennen. »Dann musst du in dieser Kleidung vortreten.« Wieder trat Stille ein, bis ich meine Augen verdrehte, die Zähne aufeinanderbiss und mich schließlich dem Willen des Königs beugte. »Einverstanden«, sagte ich, wenn mir diese Worte auch sehr widerwillig über die Lippen gingen. Ich hoffte, dass dieser Tag schnell vorbei sein würde. »Ihr hört sofort auf zu lachen«, wandte ich mich an Kjell und Kogg, die daraufhin in größeres Gelächter verfielen, was nur noch übertroffen wurde, als mich der König zwang das Kostüm gleich hier anzuprobieren.

»Ich werde euch beiden im Schlaf die Augen zerdrücken, wenn ihr nicht sofort mit dem Kichern aufhört«, raunte ich meine beiden Gefährten an, musste aber selbst schon anfangen zu lachen, ohne dass mir eigentlich der Sinn danach stand. Björn dagegen war begeistert. »Das wird ein toller Tag«, freute er sich und klatschte aufgeregt wie ein kleines Kind in die Hände. Ich zog das Kostüm wieder aus, nahm es mit und ging zu Bithia, die zusammen mit Norell vor unserer Hütte Wolle spann.

»Was für Wolle spinnt ihr da?«, fragte ich.

»Für das Segel. Was denn sonst?«

»Habt ihr die Wolle etwa schon bekommen?«, fragte ich überrascht.

»Ja, ein Diener brachte sie uns heute Morgen, es ist noch nicht alles. Wie er erklärte, brauchen wir ungefähr vierhundert Pfund für das Segel. Er wird sie uns nach und nach liefern, ich weiß aber nicht, wie wir beide all das in einem halben Jahr spinnen und weben sollen.«

»Ich glaube an euch«, sagte ich und war hoch erfreut. »Ich hatte Zweifel, dass Björn zu seinem Wort steht. Nun aber schaut euch an, wie hart ich uns dieses verdammte Schiff verdienen muss, also beschwert euch nicht über zu viel Arbeit.« Ich zeigte den Frauen das Kostüm und wie nicht anders zu erwarten war, musste ich zur Freude aller abermals die Skaldenkleidung überziehen. Bithia lachte, wollte eine gewisse Ernsthaftigkeit wahren, brach dann aber wieder in Gelächter aus, bevor sie auf mich zutrat und mir aus Mitleid die Wange streichelte. Es machte mich glücklich, Bithia froh zu sehen und ich ergötzte mich auch nach all der Zeit noch immer an Norells greller, kreischender Lache.

Der Tag meines Auftritts als Skalde war gekommen. In meinem lächerlichen Aufzug ging ich zum Palas von König Björn, der den gesamten Ablauf genau geplant hatte. So inbrünstig, wie er mir alles mehrere Male erklärt hatte, glaubte ich, dass dies für ihn der größte Moment in diesem Jahr werden würde, während es für mich der schlimmste werden könnte. Ich konnte und wollte dieses Schauspiel einfach nicht nachvollziehen, aber ich entschloss mich, das absurde Gehabe mitzuspielen und dachte dabei an unser eigenes Kriegsschiff.

Das Fest für den Bruder war schon in vollem Gange, als ich vor den Toren wartete.

Ein Diener öffnete das schwere Holztor und rief mich herein. Ich betrat die Halle und sah Anund Uppsale zum ersten Mal. Er sah seinem Bruder sehr ähnlich, war aber kräftiger und nicht von so hagerer Gestalt wie Björn.

»Hast du schon wieder einen miserablen Skalden bezahlt, um mich zu langweilen, du bescheuerter Kuhtreiber?«, fragte Anund seinen Bruder, der sich die Hand vor den Mund hielt, um sich das Lachen zu verkneifen.

»Warts nur ab, mein Lieber, er wird dich überraschen«, antwortete er.

Zu meinem Entsetzen sah ich auch Eric. Er saß direkt neben den Königsbrüdern, schien nicht eingeweiht worden zu sein und erkannte mich nicht sofort. Sein Kopf neigte sich zur Seite, als er mir in die Augen schaute. Ich wich seinem Blick aus, wollte mich hinter meinem Kostüm verstecken, Eric aber ließ sich nicht täuschen. Als er verstand, wer dieser Skalde war, stand er so abrupt auf, dass sein Stuhl nach hinten kippte und Met aus seinem Glas spritzte. »Rattenschiss!«, brüllte er mich an.

Ich war schon darauf vorbereitet, dass Eric gleich über die Tische mit all dem Fleisch, das darauf stand, springen und mich anfallen würde.

»Rattenschiss!«, schrie er wieder und stand tatsächlich schon mit einem Fuß auf dem Tisch. Ich griff instinktiv an meinen Gürtel, suchte mein Schwert, aber natürlich hatte ich keines bei mir. Selbst wenn ich nicht in diesem Kostüm gekommen wäre, hätte ich meine Waffen, wie alle anderen, vor dem Tor abgeben müssen. Es kam jedoch zu keinem erneuten Aufeinandertreffen zwischen uns beiden, denn Björn pfiff seinen

Kampfhund wütend zurück. »Eric, kannst du dich nicht einmal zusammenreißen? Jetzt halt dein Maul und setz dich hin.«

Eric folgte dem Befehl.

»Ich will sehen, wie Eric diesen verdammten Skalden abschlachtet, das würde mich um einiges mehr unterhalten, als diese langweiligen Geschichten, mit denen sie mich zu Tode quälen«, sagte Anund an Björn gewandt.

»Jetzt warte es doch mal ab, mein lieber Bruder. Seitdem du den letzten aufgeschlitzt hast, werde ich sicher keine normalen Skalden mehr einladen. Er ist ganz anders, versprochen.«

Den letzten Skalden aufgeschlitzt? Ich schaute mich unter den Gästen um. Ansgar war zum Glück nicht anwesend, denn das hätte ihm sicher nicht gefallen. Dass ich mir im ersten Augenblick nur Sorgen um Ansgars Weltanschauung eines friedlichen Miteinanders machte, anstatt um mein eigenes Leben zu fürchten, passte zu diesem absurden Theater, das hier gespielt wurde. Anund trug als König sein Schwert an der Hüfte und er war groß gewachsen. Ich sollte mich also bemühen, ihm zu gefallen.

»Jetzt fangt schon an, werter Skalde«, forderte mich Björn förmlich auf.

Mittlerweile war es in der Halle sehr still geworden. Durch die Unruhe hatte ich die Aufmerksamkeit auf mich gezogen und alle waren neugierig, was ich Besonderes zu erzählen hatte.

Ich blickte mich um, spürte unzählige Augenpaare auf mir ruhen und begann zu schwitzen. Es war kalter Schweiß in meinen Achselhöhlen, der in dicken Tropfen die Haut bis zu meiner Hüfte hinunterrann und von der Leinenkleidung aufgesogen wurde. Es ist etwas anderes, mit einem Schwert gegen jemanden in einem Zweikampf zu kämpfen, während die tobende Menge alles genau beobachtet. Man kann seine Nervosität, seine Furcht in Kraft verwandeln und in mächtigen Hieben ausleben. Nun staute sich all das in mir auf, während ich meine Stimme erhob und versuchte, mich in meine Erzählung hineinzusteigern. Ich stotterte, fiel über meine eigene Zunge, blickte in Anunds bösartig verzerrte Miene, versuchte die Geschichte unserer Überfahrt so dramatisch wie nur möglich zu schildern. Es war still, ich hörte mich selbst reden, als wäre ich nur einer der vielen Zuhörer, dachte an Björns Rat zu den Übertreibungen, baute die eine oder andere Lüge ein, versuchte dennoch, all das

Erlebte so gut wie möglich als die Wahrheit zu verkaufen. Ich redete mich in einen Rausch, sah vor meinem inneren Auge plötzlich die Ereignisse des Überfalls so, wie ich sie erzählte. Im Gesichtsausdruck des Königs von Uppsala aber änderte sich nichts.

Als ich die Begebenheiten schilderte, wie Kogg vier Gegner mit einem Schwertstreich den Kopf abgeschlagen hatte, mir das Blut ins Auge gespritzt war, so dass ich nur noch Rot gesehen hatte, ich dadurch in einen Blutrausch versetzt worden war und selbst zwei Gegnern den Hals durchtrennt hatte, vernahm ich ein leises, schubweises Schnauben von Anund. Ich hielt inne. Alles war still. Björn schaute mit großen, erwartungsvollen Augen auf seinen Bruder. Anunds Schnauben entwickelte sich langsam zu einem leisen Lachen, bis er plötzlich den Mund aufriss und so laut lachte, dass die ganze Halle zu wackeln schien. Der Damm war gebrochen. Der gesamte Palas lachte und eine große Last fiel von mir ab.

»Das ist wirklich das Witzigste, was ich jemals hörte«, brüllte Anund, bekam Tränen in die Augen.

Björn schaute mich mit aufgerissenen Augen an, die seine Begeisterung nicht verbergen konnten.

»Weiter! Erzählt weiter«, schrie Björn, wollte, dass ich auf der Welle der Euphorie ritt, wie auf einem Schlachtross, das mich in den Krieg führte.

Also erzählte ich. Ich erzählte alles, bis ins Detail, von riesenhaften Feinden, deren Knochen unter unseren Schwertern brachen, von der Midgardschlange, die mich in die Tiefe des Meeres zog, von meinem Raben, der mich rettete und mich an Land brachte, von wilden Tieren im Süden Schwedens und noch vieles mehr. All diese Lügen gefielen Anund. Er lachte, er klatschte, er trommelte mit den Fäusten auf den Tisch, dass das Fleisch vor ihm zu beben begann und der Met in rauen Mengen verspritzt wurde.

»Das war eine wundervolle Geschichte. Ich wünschte, ich hätte sie selbst erlebt«, sagte er, nachdem ich geendet hatte. »Kommt her und trinkt mit mir!«, schrie er mir zu und hob sein Glas. »Met! Bringt diesem Mann Met und Bier so viel er will!« Er lud mich ein, an seinem Tisch zu sitzen, trank mit mir und es gab nur eine Person im Palas, die sich an all dem nicht erfreuen konnte: Eric. Ich spürte seine zornigen Blicke. An diesem Abend hatte ich die Gunst der beiden Könige gewonnen und so hatte

Eric nicht die Möglichkeiten, mich zu demütigen. Doch ich würde seine Wut schon bald zu spüren bekommen, daran bestand kein Zweifel. Ein halbes Jahr konnte sehr lang sein und Eric würde auf seine Gelegenheiten lauern, so geduldig, wie eine Katze auf die Maus wartet, bevor sie die Beute zerfleischt. An diesem Tage aber waren die Götter auf meiner Seite.

»Bringt uns ein paar Huren!«, schrie Anund und sogleich brachten Diener leicht bekleidete, junge Frauen herein, nicht älter als siebzehn oder achtzehn Jahre. »Du darfst zuerst, mein guter Skaldenkrieger.« Mit diesen Worten schubste der König von Uppsala eine Hure in meine Richtung, die direkt auf meinen Schoss landete und ihre Arme um meinen Hals legte. Ich hielt sie an den Hüften, fühlte ihre warme nackte Haut und muss zugeben, es dauerte doch lange, bis ich mich besann und sie von mir wegschob.

»Willst du sie etwa nicht? Wir können auch tauschen«, sagte Anund und sah zwischen zwei Brüsten auf.

Ich lehnte dankend ab.

»Umso besser«, lachte er und zog meine Hure am Arm, bis sie ebenfalls bei ihm auf dem Schoss saß. Anund scheute sich nicht mit den beiden Frauen vor aller Augen zu verkehren.

Ich wollte mich zurückziehen, hatte meine Arbeit getan und Björn musste mehr als zufrieden mit mir sein. Der König hielt mich jedoch auf: »Lieber Skaldenkrieger, jetzt wo wir so viel vom Dichtermet getrunken haben, fühle ich die Weisheit in mir aufsteigen und ich weiß, dass ich euch bei eurer Ankunft versprochen habe, die größte aller Geschichten zu erzählen.«

»Björn, bitte verschon uns mit diesem Mist«, schrie ihn sein Bruder an, während er sich immer noch mit den beiden Frauen vergnügte. »Das will keiner hören. Jedes Mal erzählst du uns das, wenn du betrunken bist wie tausend Mann.«

»Ich gab ihm mein Wort, mein lieber Bruder.«

So erfuhr ich eine Legende über die Götter, die ich selbst noch nie gehört hatte. Ich blieb sitzen, um mich herum war es laut. Männer riefen, Männer rülpsten und erzählten, nun aber galt meine Aufmerksamkeit Björn.

ᚠᚢᛋ ᛗᛗᚱ ᛗᚷᛗᚠ »Vor langer Zeit herrschte Krieg zwischen den beiden Göttergeschlechtern der Wanen und der Asen«, erzählte der König. »Sie bekämpften sich unerbittlich, keiner aber konnte den Krieg für sich entscheiden und so schlossen sie Frieden. Um diesen Frieden zu bekräftigen, spuckte jeder der Götter in einen großen Krug, in dem bald der Speichel und damit die Klugheit und das Wissen eines jeden einzelnen Gottes gespeichert waren. Aus diesem Gemisch schufen die Götter einen Mann, den sie Kwasir nannten. Der besaß eine unendliche Weisheit. Er wanderte durch die Welt und traf eines Tages auf die Zwerge Fjalar und Galar, die Kwasir töteten. Sein Blut füllten sie in einen Kessel, den sie Odrerir nannten. Zu dem Blut mischten sie Honig und wenige Tage später war ein einzigartiger Met entstanden. Jeder, der davon trinkt, erlangt die unendliche Weisheit der Götter.

Durch einen Zufall fiel Odrerir in die Hände des Riesen Suttung, der den Kessel in das Gebirge Hnitbjorg brachte und seine hübsche Tochter Gunnlod beauftragte, den Met mit ihrem Leben zu beschützen.

Odin erfuhr eines Tages von dem kostbaren Gebräu und trachtete danach, dieses für sich zu beanspruchen. Auf seiner Suche fand er den Hof von Baugi, Suttungs Bruder. Mit List und Schläue versuchte der König der Götter, an Hinweise zu gelangen, wo der Met wohl versteckt gehalten wurde. Baugi hatte neun Knechte und Odin bot sich an, ihre Sensen mit einem magischen Wetzstein zu schärfen. Die Knechte waren begeistert, denn ihre Arbeitsgeräte waren danach scharf wie nie zuvor. Odin versprach, den Wetzstein demjenigen zu schenken, der ihn fangen würde. Er warf den Wetzstein hoch in die Luft, die Knechte griffen danach, aber während sie sich danach reckten und streckten durchschnitten sie sich die Hälse und Köpfe mit ihren scharfen Sensen. Odin watete durch das Blutbad, das er angerichtet hatte, und trat vor Baugi, der doch arg verzweifelt war, fehlten ihm nun die Knechte, seine Felder und Äcker zu bestellen. Odin bot sich an, die ganze Arbeit zu übernehmen und forderte als Lohn den Met von Suttung.

Baugi willigte zwar ein, hatte jedoch keinen direkten Zugang zum Met, gab Odin aber sein Wort, den Lohn zu bezahlen. Der König der Götter schuftete ein ganzes Jahr, bewerkstelligte alle Aufgaben der neun Knechte, und nach getaner Arbeit zog er mit Baugi aus, den Kessel mit dem Gebräu an sich zu reißen. Der aber war in der Mitte des Berges versteckt, kein Zugang schien hineinzuführen, bis Baugi ein Loch in das Gestein bohrte, durch das Odin in Schlangengestalt schlüpfte. Dort traf er auf Gunnlod, die Hüterin des Mets, die dem Liebreiz Odins nichts entgegen zu setzten hatte und drei Schluck gewährte, wenn der Gott drei Nächte mit ihr schliefe.

Nach diesen drei Nächten leerte der König der Götter mit nur drei Schluck den gesamten Kessel Odrerir, floh in Adlergestalt nach Asgard und spuckte den kostbaren Met in Gefäße, in denen er bis heute aufbewahrt wird und den Göttern und den Menschen zur Verfügung steht. Seither trinken sie den Met. Er macht sie zu Dichtern, zu Poeten, er macht sie so geistreich, wie Kwasir es war, der aus der Weisheit aller Götter erschaffen wurde! Es ist der Dichtermet, in dem wir die Wahrheiten dieser Welt finden!«

ᚠᚢᛃ ᛗᛖᚱ ᛗᛟᛗᚨᚠ

Björn endete hier und schaute mich mit großen Augen an. »Ist es nicht eine wunderbare Geschichte?«, fragte er. »Wir können nie genug Met trinken, in ihm steckt die unendliche Weisheit aller Götter. Also komm, setz dich noch einmal zu mir, mein Skaldenkrieger, und trink mit mir.«
Ich fügte mich den Wünschen des Königs, verbrachte weitere Stunden in der Halle, bis ich mich im Morgengrauen zurückzog. Die Vögel zwitscherten, die Sonne erhellte bereits den Horizont, als ich mich zu Bithia und Edda unter die Felle legte. Schlaftrunken erzählte ich, was mir wiederfahren war, bis ich endlich einschlief.

Am nächsten Tag hielt der König Birkas sein Wort und stellte uns seinen Schiffsbaumeister namens Leif vor. Björn verlor kein Wort mehr über die letzte Nacht, was mich in keiner Weise störte, in seinem Verhalten erkannte ich, dass er glücklich war und das war mehr als genug, mehr musste ich gar nicht wissen.
Leif war klein und dick, sagte nicht viel, beschränkte sich auf das Wesentliche und ich hatte das Gefühl, er lebte in seiner eigenen Welt. Er sah die Bäume nicht als das, was sie waren. Er sah nur die Bretter und Balken, die in der natürlichen Form des Baumes ein Schiffsteil ergeben würden.

Wir ruderten mit ihm und einigen weiteren Männern, die uns Björn zur Verfügung gestellt hatte ans südliche Ufer des Mälaren. Zunächst suchte Leif einen geeigneten Platz aus, um das Boot dort zu erbauen, wo auch das Material vorhanden war. Lange Transportwege mussten vermieden werden. Nahe der Küste war eine kleine Lichtung. Dahinter standen Kiefern, Linden, Eschen aber auch einige Eichen, die für den Bootsbau bevorzugt wurden.

Leif ging auf eine der Eichen zu, die besonders gerade und hoch gewachsen war. Ich wusste nicht, nach was der Schiffsmeister suchte, er offenbarte uns auch nicht, worauf er achtete, schaute den Baum schweigend von unten bis oben an, klopfte gegen den Stamm und legte eine Hand auf die Rinde, als würde er mit dem lebenden Holz kommunizieren. Es war ein mächtiger Baum, doch nach der Begutachtung ging Leif weiter. Er entschied sich für eine andere Eiche, die ebenfalls lang und gerade war und für meine Augen keine Unterschiede zur vorangegangen zeigte, bis Leif verkündete: »Das wird euer Kiel. Fällt den Baum.« Er hatte eine dunkle Stimme, die seltsam gedämpft durch die Nase gesprochen wurde.

Kogg nahm die Axt und fing eifrig damit an, kraftvoll wie ein Ochse auf das Holz einzuschlagen. Während ich versuchte, mir vorzustellen, wie aus dem Baum das wichtigste Teil unseres Schiffes entstehen sollte, flogen Späne durch die Luft. Wie alt wird der Baum gewesen sein? Fünfzig oder gar hundert Jahre? Ich wusste es nicht, doch es hatte etwas Mystisches, dass diese Eiche nun ihr Leben für unser Boot gab.

Erste Schweißperlen rannen Kogg von der Stirn, seine Schläge aber wurden nicht langsamer oder weniger kraftvoll. Der Baumeister ging weiter, war mir schon einige Schritte voraus und suchte die Bäume für die Steven aus. Diese geschwungenen Endstücke für Bug und Heck wurden direkt aus Stämmen geschlagen, deren natürliche Form der der Steven entsprach. So suchte Leif nach Eichen, die schon recht früh in ihrem Leben Äste entwickelt hatten, die eine entsprechende Krümmung aber auch Stärke aufwiesen. Der Bootsbauer tippte immer nur kurz auf die Stämme und sogleich machte sich ein Mann daran, den Baum zu fällen.

Es stand uns eine Menge Arbeit bevor und ich sann mit Freude darauf, unser eigenes Schiff zu bauen. Selbst wenn wir im Vergleich zu Leifs Männern aufgrund unseres Wachdienstes auf der Burg und in der Stadt nur sehr wenig Arbeit verrichten würden, konnten wir den Bau hautnah verfolgen.

Eric schob uns meist in die Stadt ab und blieb selbst auf der Burg. Er redete nur das Nötigste, schrie schroff seine Befehle, verhielt sich sonst unerwartet ruhig. Ich vermutete unendlichen Neid. Ein Schiff war ein Vermögen wert und wir bekamen es geschenkt. Eric war dagegen schon lange im Dienst des Königs und bekam dafür gerade einmal einen einträglichen Sold. Er lebte gut davon, wollte aber mehr, schaute zornig zu uns herüber, wenn wir auf die Burg zurückkehrten. Ich hatte kaum Zeit, über seinen Gram nachzudenken, denn auch während des Dienstes drehten sich meine Gedanken nur um das Schiff.

Zu Beginn befürchtete ich, dass Leif nur die Anweisungen gab, aber selbst nichts arbeiten und uns seine Erfahrung, sein Wissen nicht weiter zur Verfügung stellen würde. Damit lag ich falsch. Ich hätte es an seinen dicken, muskulösen Armen erkennen müssen. Nachdem Kogg die große Eiche gefällt hatte, machte sich Leif die nächsten Tage persönlich daran, mit verschieden geformten Äxten den Kiel herauszuschlagen. Gezielt hackte er mit kräftigen Schlägen auf das Holz ein. Schnell wie der Wind wirbelte er über den Stamm, formte ihn, als wäre er Wachs unter seinen Fingern. Im Querschnitt sollte er oben breit und unten schmal werden, aber auch an der stärksten Stelle sollte er die Breite von zwanzig Fingern nicht überschreiten. Er musste biegsam bleiben, wenn sich das Schiff in hohen Wellen wiegen würde.

Die Planken für die Schiffswand dagegen bearbeiteten Kjell, Kogg und ich mit den anderen Männern. Es war keine sehr anspruchsvolle Arbeit und trotzdem gab es einige Sachen zu beachten, was uns unsere Helfer sorgfältig erklärten.

Zunächst halbierten wir die ganzen Stämme, dann die beiden Hälften und spalteten die Stücke so oft zum Mittelpunkt des Stammes, bis Bretter entstanden, die außen dicker und nach innen immer dünner wurden. Wir verzichteten bei dieser Arbeit auf Sägen, arbeiteten nur mit Äxten, Keilen und Hämmern, da sonst die natürlichen Fasern des Holzes stark verletzt worden wären. So bekamen wir belastbare und extrem biegsame Planken.

Diese Art der Holzbearbeitung empfand ich als extrem anstrengend, denn die Keile, die ich zum Spalten immer weiter in den Stamm treiben musste, drangen bei jedem Schlag mit voller Kraft nur wenige fingerbreit in das Holz. Dennoch liebte ich diese Arbeit vom ersten Moment an. Wenn ich mit dem riesigen Holzhammer auf den Keil schlug, vibrierten meine Arme, jeder Muskel spannte sich an und ich wurde mit einem so wundervollen Geräusch belohnt, dass ich es kaum abwarten konnte, wieder zuzuhauen. Bei jedem Schlag wurde das Holz ein winziges Stück weiter gespalten und knarrte dabei, als würde mit dem Donner meines Schlages ein Blitz in den Stamm eindringen und sich ganz langsam vorarbeiten. Ich liebte es.

Wir gingen Abend für Abend zur Baustelle, fällten insgesamt vierzehn Eichen für die Planken, vier Eschen für die Dollborde, fünfzig Kiefern für die Riemen, den Mast und die Rah und Weiden, um daraus Holznägel herzustellen.

Als Leif mit dem Kiel fertig war, stellten wir den langen, scheinbar perfekt herausgearbeiteten Balken auf lange dünne Baumstämme, die nebeneinander auf dem Boden lagen. In diese hatten wir mittig keilförmige Aussparungen hineingeschlagen, die als erste Stütze für den Kiel dienten. Damit das Schiff auch bei weiterem Fortschritt nicht umkippen konnte, stellten wir an Bug und Heck dreibeinige Ständer aus Birkenstämmen auf, an die wir die Steven festbinden konnten.

Leif klopfte die Hände aneinander und betrachtete sein Werk. Er schien zufrieden. Ich erinnerte mich an den Baum, wusste genau, wie er ausgesehen hatte. Aus diesem lebenden Riesen hatte Leif ein solches Kunstwerk geschaffen, das mich davon überzeugte, die Seele des Baumes lebe im Kiel weiter.

Um die Steven kümmerte sich der Baumeister ebenfalls persönlich. Sie wurden an dem fertigen Kiel mit geschmiedeten Eisennägeln befestigt. Verschiedene Schmiede der Stadt stellten uns insgesamt achttausend Eisennägel für das Schiff her.

Leif hämmerte diese durch vorgebohrte Löcher im Holz, führte sie an der anderen Seite durch kleine Eisenplatten und schlug auf den spitzen Kopf, so dass er rund und breit wurde und die Konstruktion fest vernietet war. Anschließend befestigten wir die Bordwand. Die jeweils obere Planke überlappte dabei die untere. Beide wurden mit den Nägeln auf die gleiche Weise wie die Steven verbunden. Um das Schiff seetauglich und wasserdicht zu machen, verbrannten wir Kiefernholz und schmierten das daraus gewonnene Pech von innen auf die Fugen zwischen den Planken.

Durch querverlaufende Spanten, die die beiden Bordwände verbanden, wurde die Konstruktion gestützt und verstärkt und würde so hohen Belastungen standhalten.

Diese Spanten suchte Leif selbst aus. Wie für die Steven benötigten wir dafür natürlich gebogene Astgabeln oder auch die Wurzeln der Bäume, die wir unter der Anleitung des Baumeisters in die endgültige Form brachten, so dass sie sich der Krümmung des Rumpfes anpassten.

Die Zeit verging rasend schnell. Das Julfest zog an uns vorbei, selbst zu diesem Anlass hielten Kjell, Kogg und ich kaum inne und arbeiteten weiter. Während Norell und Bithia mit Edda uns im Sommer und den darauf folgenden Herbst noch auf die Baustelle begleitet hatten, um dort die Wolle zu dünnen Fäden zu spinnen und daraus Bahnen zu weben, die sie anschließend zu Tüchern zusammen nähten, sah ich meine Frau und meine Tochter in der kalten Jahreszeit nur noch bei Nacht. Gewebt wurde bei der Kälte nur noch in der Hütte, während wir Männer mit Feuern den Bauplatz erhellten und ich oft erst zurückkam, wenn Bithia und Edda schon schliefen. Ich mochte die Arbeit auch bei bitterer Kälte. Die ersten Augenblicke brannte die eisige Luft in meinen Lungen, auf der Haut meines Gesichtes und der Hände. Dichte, weiße Wolken umnebelten meinen Kopf nach jedem Atemzug. Unter dickem Pelz schwang ich den Hammer, bis bald auch die ungeschützten Stellen meines Körpers warm wurden.

»Sie spricht«, sagte Bithia eines Tages als ich von der Baustelle nach Hause kam.

»Wer spricht mit wem?«, fragte ich.

»Deine Tochter natürlich. Sie hat ihr erstes Wort gesprochen.«

»Ist das wahr?«, fragte ich begeistert, gleichzeitig aber war ich ein wenig enttäuscht, da ich, wie auch schon die ersten Schritte, nun die ersten Worte verpasst hatte.

»Ja, das ist wahr«, lächelte Bithia, die Lider immer noch geschlossen. »Du kannst Ansgar fragen, er durfte es miterleben.«

Neid überkam mich, Neid, aber keine Missgunst. »Warum war Ansgar bei dir?«, fragte ich, legte mich neben meine Frau, die sich zur Seite rollte, um mir Platz zu machen. Müde von der Arbeit schloss ich meine Augen, umarmte Bithia von hinten und roch an ihrem nach Lavendel duftenden Haar.

»Er kommt häufig dieser Tage«, sagte sie. »Wir reden über die Welt und vieles mehr.«

»Über das Christentum?«, riet ich.

»Auch darüber, aber er nimmt dieses Wort nur selten in den Mund. Er will nur eine bessere Welt erschaffen und das Christentum liefert ihm den richtigen Ansatz.«

Ich murrte nur, war zu müde, darauf einzugehen. Ansgar war in der Tat ein guter Mann und es freute mich mehr, dass er Bithia Gesellschaft leistete, die ich ihr momentan nicht geben konnte, als dass es mich grämte. Bithia sah mir nach, dass ich mich nicht um sie kümmern konnte, sie wusste, was mir an dem Schiff und den damit verbundenen Möglichkeiten lag.

Schon am nächsten Morgen lief ich zur Baustelle. Bald würde die Schiffswand fertig gestellt sein.

Das Schiff war wundervoll. Die Entstehung hautnah mitzuerleben war für mich etwas ganz Besonderes. Kjell und Kogg waren nicht minder begeistert. Oft schauten wir das fast fertige Boot an, genossen den Anblick, erfreuten uns an kleinen Details und ließen alles auf uns wirken. Wir verbrachten Tage damit, kleine Verzierungen in die Planken der Bordwände zu schnitzen und konnten es kaum erwarten, unser Schiff zum ersten Mal zu Wasser zu lassen.

Im Gegensatz zu Bithia redete ich mit Ansgar in dieser Zeit nur noch sehr selten. Ich sah ihn oft, wenn er in der Stadt weilte, während ich Wachdienst hatte, wechselte aber kaum ein Wort mit ihm, da er und Susanna, die ihn stets begleitete, allzu emsig mit den Predigten beschäftigt waren. Abends gesellte er sich mit seiner Gehilfin zu unseren Frauen, die ihrerseits am Segel arbeiteten. So hatten wir alle viel zu tun und kaum Zeit füreinander.

Auf einem weiteren Rundgang durch die Stadt sah ich den Mönch wieder, nahm mir aber dieses Mal ein wenig Zeit und wartete. Er stand auf einem Fass, predigte zu Sklaven, von denen viele ein christliches Kreuz um den Hals trugen.

»Was sagt Ihr ihnen?«, fragte ich ihn, als er fertig war und freudig auf mich zuschritt. »Dass sie bald frei sein werden? Ihr dürft doch nicht lügen, Ansgar«, grinste ich, während ich vorwurfsvoll meinen Zeigefinger erhob. Er wischte meine zynische Bemerkung mit einer Handbewegung beiseite.

»Ich gebe ihnen Hoffnung und Kraft, die harte Zeit zu überstehen«, erklärte er.

»Kraft können sie sicher gebrauchen. Das wird die Besitzer sehr freuen, wenn sie wieder frisch gestärkt ihre Arbeit verrichten«, lachte ich.

»Ich habe noch etwas ganz anderes erreicht«, erwiderte der Mönch und platzte mit einem Mal fast vor Stolz. »Der Vorsteher Birkas«, sagte er, ohne meine Frage abzuwarten, »der die direkten Befehle von König Björn entgegennimmt, ließ sich von mir taufen!«

Anerkennend zog ich meine Mundwinkel nach unten und nickte langsam. »Das ist in der Tat beeindruckend«, gab ich zu und meinte es auch so.

»Das ist nicht alles«, fuhr Ansgar fort und reckte vor lauter Glück die Nase nach oben. »Er will auf seinem Grundstück eine Kirche errichten!«

»Eine Kirche?«, fragte ich ungläubig. »Ihr lügt doch.«

»Keineswegs!« versprach er mir. »Ihr werdet schon bald den Beweis mit eigenen Augen sehen können.«

Ich glaubte es noch immer nicht. Ansgar blieb ernst, so dass ich wirklich gespannt war und in den folgenden Tagen des Öfteren an dem Grundstück des Ortsvorstehers vorbeilief. Tatsächlich beobachtete ich bald nach unserem Gespräch, wie die ersten Bauteile für die Kirche zusammengetragen wurden. Es war erstaunlich, was dieser Mann in einer für ihn so fremden Welt alles erreichte, noch dazu in so kurzer Zeit.

Ich berichtete Ansgar nicht weniger euphorisch von unserem Schiff und er freute sich für mich, war jedoch etwas entrüstet, dass ich es vorgezogen hatte, ein Kriegsschiff zu bauen, anstatt einen Knorr. Ich versicherte ihm, dass ich mir schon bald ein Handelsschiff zulegen würde, wenn ich genug über das Land im Osten in Erfahrung gebracht hatte. Bis dahin wollte ich nicht auf die Wendig- und Schnelligkeit verzichten, die solch ein schmales Schiff mit sich brachte.

»Es freut mich, dass ihr so gut voran kommt«, sagte der Mönch. »Aber schenkt Eurer Frau ein wenig mehr Zeit. Ich sehe sie fast häufiger als Ihr«, lachte er. »Ich kenne sie mittlerweile recht gut. Wisst ihr, dass sie Christin ist?«, fragte er mich.

»Sie wurde getauft, das weiß ich. Deswegen ist sie noch lange keine Christin.«

»Oh, das ist sie. Ich glaube, das weiß sie selbst nicht, ihre Seele aber ist christlich. Ihr Wesen ist christlich. Sie wünscht sich eine Welt, genau wie sie mir selbst vorschwebt. Ruhe und Frieden zwischen den Völkern.«

»Das wünscht sie sich«, bestätigte ich, legte aber die Stirn in Falten.

Ansgar sah mich an und lachte. »Schaut nicht so nachdenklich. In Euch steckt ebenfalls dieses Wesen.« Er klopfte mir zaghaft auf die Brust und ließ mich mit meinem fragenden Gesichtsausdruck stehen, ging seines Weges, ohne sich ein weiteres Mal umzudrehen.

Ich konnte meine Augen nicht davor verschließen, wusste, dass der Mönch Recht hatte. Die Welt, wie sie sich Bithia vorstellte, war auch Ansgars Welt. Ich war vorsichtig mit dem Begriff Christentum. Zu viel Hab- und Machtgier steckte hinter den meisten Geschichten, die ich über Christen gehört hatte. Die meisten meiner Landsleute strebten ebenfalls nach Macht. Trotzdem missfiel mir das Christentum mit all den Regeln und Gesetzen und der Intoleranz gegenüber anderen Glauben. Die Ansätze Ansgars entsprachen der Weltanschauung meiner Frau, das konnte ich nicht leugnen. In mir aber steckte dieses Wesen ebenfalls? Ich sann darüber nach, warf den Gedanken schnell beiseite. Ich betete zu Odin, Thor, Tyr und all den anderen Göttern, daran würde auch Bithia nichts ändern.

Die folgenden Wochen missachtete ich Ansgars Rat, mehr Zeit mit meiner Frau zu verbringen, weiterhin und arbeitet jede freie Stunde auf der Baustelle. Es wurden Löcher in die Bordwand gebohrt, durch die die Riemen gesteckt werden konnten, die nun ebenfalls gehobelt und anschließend mit Teer bestrichen wurden. Außerdem wurden Ruderbänke gezimmert und an Deck eingearbeitet, das Ruder angebracht und mit einem starken Lederband an der Bordwand befestigt. Der Mast wurde in dem längs über die Spanten verlaufenden schweren, breiten Balken, dem sogenannten Kielschwein, versenkt und mit Holzkeilen festgeklemmt. Mit Tauen aus Lindenbast befestigten wir das obere Ende des Mastes mit dem Bug und dem Heck. Als das Schiff fertiggestellt war, war der Frühlingsmonat gekommen. Die Sonne stand wieder höher am Himmel, die Tage waren merklich länger, doch die Kälte blieb. Kjell, Kogg, Bithia, Norell, ich und alle anderen Helfer standen zusammen, betrachteten das Schiff auf der Backbordseite, während Leif das Boot von Steven zu Steven abschritt, die Nieten kontrollierte und seine Hand über die Planken streichen ließ. Nach monatelanger Zusammenarbeit redete der Baumeister immer noch sehr wenig. Ein Grinsen huschte über sein Gesicht, als er sich von dem Schiff trennte und auf uns zukam.

»Es ist ein gutes Schiff«, sagte er zu mir und meinen Gefährten.

»Ich danke Euch«, erwiderte ich, Leif nickte, dann ging er an uns vorbei und verließ die Baustelle.

Nach kurzen Zögern schlenderte noch einmal an den Planken entlang, drehte eine Runde um das Schiff und spürte die alte Seele, die im Holz erstrahlte und uns auf unseren Reisen begleiten würde.

Zuletzt bemalten wir das Schiff. Kjell, Kogg und ich waren uns nach kurzem Gerede einig, den gesamten Rumpf mit rotem Ocker in Leinöl und Pech zu bestreichen. Darüber malten wir mit gelbem Ocker in regelmäßigen Abständen Streifen entlang der Schiffswand.

Jetzt fehlte nur noch die Rah, an der zuvor das Segel befestigt werden musste. Bithia und Norell waren alleine völlig überfordert gewesen und hatten schon nach den ersten Wochen Hilfe von Björns Sklavinnen bekommen. Zusammen benötigten die Frauen für das Bearbeiten der Wolle von knapp hundertvierzig Schafen genauso lange, wie wir für den Bau des gesamten Schiffes.

Der Frühlingsmonat ging seinem Ende entgegen. Es wurde merklich wärmer und ich konnte es kaum abwarten die Rah mit dem Segel daran zum ersten Mal am Mast hochzuziehen. Das Segel bemalten wir in den gleichen Farben und bestrichen es anschließend mit Tierfett und Pech, um es wetterfest zu machen. Bithia, Norell, Kjell, Kogg und ich übernahmen diese letzte Arbeit gemeinsam.

Wir hatten viel Spaß dabei und alberten miteinander. Bithia und Edda hatten mir gefehlt. Meine Tochter lief jetzt ohne große Schwierigkeiten herum, stolperte immer wieder, was sie aber nicht zu stören schien. Sie war neugierig und lachte viel, brabbelte Unverständliches. Ab und an entfloh ihr auch das ein oder andere Wort, dessen Bedeutung ihr aber noch nicht bewusst war.

Jetzt war die lange Zeit des Wartens endlich vorbei. Der Tag der ersten Fahrt war gekommen. All unsere Helfer und sogar Björn gesellten sich zu uns und schauten gebannt, wie wir das prächtige Schiff ans Wasser schoben.

Ansgar besuchte uns und begrüßte mich freundlich. Ich ging auf ihn zu, sah im Hintergrund Leif, der das Treiben aus sicherer Entfernung beobachtete.

»Habt ihr schon einen Namen?«, fragte der Mönch.

»Wir werden es…«, setzte ich an, konnte unseren Vorschlag aber nicht aussprechen, denn der König fiel mir ins Wort.

»Ich möchte diesen Namen bestimmen. Ich denke, du wirst mir diesen Wunsch nicht ausschlagen können, oder Ragnar?«

»Nein, sicher nicht. Du bist der König.«

Ich ahnte Schlimmes.

»Wir nennen es Odrerir!«

»Odrerir?«, fragte ich.

»Genau! Odrerir!«, sagte der König. »Wisst ihr denn nicht mehr, was das ist?«

»Doch«, erwiderte ich ein wenig unglaubwürdig. »Das ist der Name des Kessels, in dem die beiden Zwerge den Dichtermet ansetzten und aufbewahrten.«

»Richtig, Ragnar. Ich sehe, du hörtest zu. Ist es nicht ein wundervoller Name für ein Schiff?«

Ich wusste nicht recht, was ich sagen sollte. Ein Schiff mit dem Namen eines Metkessels. Ich konnte dem König diese Bitte schlecht ausschlagen, hatte er doch so viel für uns gegeben. So stand die Entscheidung und unser Schiff trug fortan den Namen Odrerir.

Die Odrerir war fertig zur ersten Fahrt. Alle Männer, die geholfen hatten, bildeten die erste Besatzung. Verwundert suchte ich Leif, der immer noch abseits stand und keine Anstalten machte, uns zu begleiten. »Er wird nicht mitkommen«, erklärte mir Björn, der meine Blicke wahrnahm. »Er mag große Menschenansammlungen nicht. Es sei denn, sie treffen sich, um ein Schiff zu bauen. Außerdem wird er schnell seekrank.«

»Seekrank?«, fragte ich überrascht nach. »Wie kann ein Schiffsbaumeister seekrank werden?«

»Nun, er baut Schiffe und das kann er unglaublich gut. Zur See fahren liegt ihm nicht sonderlich.«

Ich verzog meine Mundwinkel, schien mir diese Gegebenheit doch mehr als seltsam, wollte aber keinen weiteren Gedanken daran verschwenden.

Gemeinsam zogen wir das Schiff mit dem Heck zuerst bis zur Hälfte ins Wasser und kletterten an Bord. Kjell, Kogg, Norell, Bithia, Edda und ich gingen voran, dicht gefolgt vom König und seinem ranghöchsten Wachsoldaten Eric und den Helfern, ohne die wir niemals zu diesem Zeitpunkt fertig gewesen wären. Die Männer setzten sich an die Riemen und ich übernahm das Steuer.

Es fiel mir schwer, die neidischen und boshaften Blicke Erics zu ignorieren, immer noch hatte ich mich nicht daran gewöhnt, obwohl wir sehr wenig mit ihm zu tun hatten.

Ich schloss meine Finger um das glatte Holz des Ruders, schwenkte es einige Male hin und her, spürte den Widerstand des Wassers und dachte an die mächtige Eiche, aus der Leif unseren Kiel geformt und die unserem Schiff Leben einhauchte. Es war Zeit für die Geburtsstunde unseres Schiffes. Ich schaute zu Bithia, die meine Hand nahm und fest zudrückte, bis ich mich wieder der Mannschaft zuwandte. Mein Herz klopfte schneller. Ich war aufgeregt. »Rudert!«, rief ich den Männern zu und die hintersten Reihen begannen ganz sachte, das Boot langsam mit den Rudern zu bewegen, während die an Land gebliebenen Männer nachhalfen. Der Kiel schob sich vom Sand in den Mälaren. Schon so lange hatte ich das Knirschen eines großen Schiffes, das sich vom Strand schob, nicht mehr gehört. Ich liebte dieses Geräusch. Die Vorfreude auf Abenteuer stieg ins Unermessliche, als immer mehr Ruder ins Wasser tauchten.

»Steuerbord!«, schrie ich mit einem Lachen im Gesicht. Kjell und Kogg standen neben mir und ich sah im Augenwinkel, wie auch meine beiden Gefährten Freude ausstrahlten.

Schon einen Moment später entfernten wir uns vom flachen Wasser und so konnten sich die Männer voll in die Riemen legen.

»Rudert, ihr Bastarde, rudert!«, schrie ich wieder und nahm dabei absichtlich die Rufe unseres damaligen Steuermannes Barri aus Randaberg auf. Es war ein herrliches Gefühl. Mit jedem Ruderschlag machte das

Schiff einen Satz nach vorne, glitt langsam durch das Wasser und wurde schneller. Lautlos durchschnitt der Kiel die glatte Oberfläche des Mälaren, immer weiter auf Birka zu. Ich ließ das Schiff jetzt kurz nach Backbord und sogleich nach Steuerbord schwenken und wir fuhren einen großen Halbkreis um Birka herum, bis wir Richtung Ostsee ruderten.

»Kein schlechtes Schiff«, sagte Björn und in seiner Stimme schwang eine Art Neid mit, die mir Angst machte. Wenn er dieses Schiff für sich haben wollte, könnte er es sich nehmen. Ich war mir sicher, Eric brannte darauf den Befehl der Übernahme auszuführen. Björn aber hatte immer zu seinem Wort gestanden. Darauf vertraute ich und schob die schlechten Gedanken beiseite. Diese Fahrt wollte ich mit all meinen Sinnen genießen.

»Setzt das Segel«, schrie ich.

Schon wurde die Rah emporgezogen und das rote Segel mit gelben Streifen entfaltete sich zum ersten Mal. Der Wind war günstig und die von Bithia und Norell aneinander genähten Tücher blähten sich auf, trieben das Schiff kraftvoll voran. Es war ein solch beeindruckendes Erlebnis, dass ich einfach lachen musste. Meine Gefährten klopften sich gegenseitig auf die Schulter, waren stolz auf das, was wir vollbracht hatten. Ich schaute Kruk zu, wie er seine Flugkünste unter Beweis stellte. Der Wind fuhr mir durch die Haare und ich erinnerte mich an meinen Vater und Großvater. Ich wusste, sie waren jetzt bei mir und es waren ihre Seelen, die um mich herumflogen und ihrer Freude, mich so zu sehen, Ausdruck verliehen, indem sie mit meinen Haaren spielten. Das Schiff war prächtig. Leif hatte all sein Können unter Beweis gestellt. Meine Ahnen mussten dies erkennen und taten ihre Bewunderung kund. »Mein eigenes Schiff«, sagte ich leise zu mir selbst und ließ die Worte in meinen Ohren klingen. »Unser Schiff«, verbesserte Bithia. Ich legte meinen Arm um ihre Schulter, drückte sie an mich, übergab Kjell das Ruder, klopfte ihm auf die Schulter, nahm Edda auf den Arm und genoss den leichten Salzgeschmack der Gischt und den Wind. Ich genoss das Gefühl der Freiheit.

Björn ließ uns bald wieder umkehren. Unsere Zeit im Dienste des Königs war noch nicht vollendet und so würden wir noch einige Tage in Birka verbringen müssen, bis wir endlich nach Osten aufbrechen konnten. Diese Zeit benötigten wir auch. Wir hatten keine Mannschaft und zu dritt konnten wir ein solches Schiff auf keinen Fall steuern. Wir legten kurze Zeit später im Hafen der Handelsstadt an, vertäuten die Odrerir am Steg und ich bemerkte die neugierigen Blicke, mit denen die Bewohner Birkas das Schiff bestaunten. Es erfüllte mich mit Stolz, der Besitzer dieses Bootes zu sein, auch wenn niemand davon wusste und es für das neue Gefährt des Königs gehalten wurde. Björn stieg erhobenen Hauptes von Deck und gab sich Mühe, diesen Eindruck seiner Bevölkerung noch zu bekräftigen.

Wir gingen durch die Stadt in Richtung Burg. Unsere Aufgabe war es, den König zu beschützen und so machten wir dem Herrscher Birkas Platz, schoben uns vor ihm durch die Menschen, so dass er uns problemlos folgen konnte. Plötzlich fiel mir etwas ins Auge, das mich all meine Aufgaben und sogar die Odrerir vergessen ließ. Ich blieb stehen. Björn, der nicht auf mich geachtet hatte, lief auf mich auf, doch auch das bemerkte ich kaum. »Ragnar«, schrie er mich verwirrt an. »Lauf weiter!«

Ich reagierte nicht, starrte nur auf den Händler, der zwei Schritt entfernt seine Waren feilbot.

»Rattenschiss«, rief Eric. »Hast du den Verstand verloren?« Er folgte meinem Blick. »Bist du in diesen Händler verliebt?«, fragte er voller Abneigung. Auch seine Worte nahm ich nur gedämpft wahr. Dieser Händler verkaufte Messer, Schwerter und sonstige Waffen.

»Geht schon mal weiter«, sagte ich beiläufig, ohne meine Blicke von einer der Klingen nehmen zu können.

»Was ist los, Ragnar?«, fragte Björn.

»Das«, erklärte ich und zeigte auf die Waffe, »ist mein Dolch.« Langsam schritt ich auf den Händler zu. Es bestand kein Zweifel. Zorn packte mich. »Mein Dolch, den ich in Haithabu gekauft habe und der mir auf der Fahrt nach Birka gestohlen wurde.« Während ich sprach, wurde ich immer lauter. Bithia kam an meine Seite, legte ihre Hände auf meinen Arm, versuchte, meine Wut zu besänftigen. Ich aber wollte mich nicht beruhigen. Stattdessen schaute ich den Händler an, der große Augen bekam, mit denen er seinen Blick zwischen mir, dem Dolch und seinem König, der ebenfalls hinter mich trat, hin und her springen ließ. Ich packte den Mann an seiner Tunika und zog ihn nah an mein Gesicht heran. Bithia wollte mich zurück zu halten, ich aber sah nur noch den Dolch und den Händler.

352

»Wo habt ihr ihn her?«, fragte ich leise und knirschte dabei mit den Zähnen.

»Gekauft, Herr«, sagte der Mann ängstlich. »Ich kaufte ihm einen Mann ab.«

»Wem habt ihr den Dolch abgekauft?«

»Ich... ich kenne seinen Namen nicht«, stotterte er.

»Ist er hier in der Stadt?«, fragte ich.

»Ich denke nicht, es ist schon lange her.«

»Wie lange?«

»Wochen, oder sogar Monate.«

»Ihr lügt.« Mit diesen Worten nahm ich meinen Dolch und hielt die Klinge an den Hals des Händlers. Der Zorn ging mit mir durch. Ich hörte, wie ein Schwert aus der Scheide gezogen wurde und sich die Spitze an meinen Hals legte.

»Der Marktfrieden gilt auch und gerade für dich, Rattenschiss!«

Ich drehte den Kopf, blickte die Klinge entlang in Erics Augen, wusste, dass er ohne weiteres zustechen würde. Bithia zog mich am Arm. Ich besann mich, ließ den Dolch sinken und gab den Mann frei, der daraufhin schwer atmete und sich den Hals hielt, an dem ein kleiner roter Strich zu sehen war, aus dem ein Tropfen Blut sickerte. Ich umschloss den Dolch noch immer fest mit meiner Faust, etwas in mir hinderte mich, ihn aus der Hand zu geben, während ich den Händler weiter anstarrte.

»Eric ist im Recht. Halte den Marktfrieden. Wenn du dich ungerecht behandelt fühlst, dann warte auf das Thing. Bei der Gerichtsverhandlung kannst du mir gerne das Unrecht schildern. Ich werde dann darüber urteilen«, sagte der König streng. Ich schnaubte verächtlich, hegte allerdings die Hoffnung, dass mein Dolch auf diese Weise zu seinem rechtmäßigen Besitzer wechseln würde. Ich entspannte mich, drehte mich langsam zu Björn um.

»Du kannst dir diese Mühe allerdings auch sparen«, betonte er. »Der Mann ist im Besitz dieses Dolches und du kannst es nicht beweisen, dass er jemals dir gehörte. Ich würde also gegen dich entscheiden.«

Verwundert schaute ich den König an. Damit hatte ich nicht gerechnet. Besonders seine ernste Miene, die Strenge, die in seiner Stimme lag, verwirrte mich. Ich kam mir vor, als wäre er mir in den Rücken gefallen, kniff die Augen zusammen und schaute ihn lange an. Er hielt meinem

Blick stand, bis mir endlich die Odrerir in den Sinn kam und ich wusste, dass der Dolch es nicht wert war, all das aufs Spiel zu setzen, was mir der König von Birka zugestanden hatte. Ich erkannte auch, dass Björn als König so handeln musste. Wie konnte er wissen, dass ich jemals eine solche Waffe besessen hatte. Was wäre er für ein Herrscher, wenn er immer zu Gunsten der ihm Nahestehenden entscheiden würde.

Zornig ließ ich von einer weiteren Diskussion ab. Ich liebte diesen Dolch, legte ihn dennoch auf den Tisch des Händlers zurück.

»Wenn Ihr Euch über diesen gewalttätigen Akt beschweren wollt, so steht Euch dies am Thing offen«, sagte Björn zu dem Händler, woraufhin ich es mit der Angst zu tun bekam, mich mit meinem Handeln um die Zukunft im Osten gebracht zu haben.

»Was kostet die Klinge?«, fragte Eric.

Ich drehte mich zu dem Krieger um, konnte nicht glauben, was er gerade gesagt hatte.

»Ich kaufe ihn«, lachte er, schaute mich dabei selbstgefällig an und legte dem Händler einen Sack Silberstücke auf den Tisch. Ich wusste auch Jahre später nicht, wie viel Silber in dem Lederbündel gewesen war, doch es musste weitaus mehr als der Gegenwert des Dolches gewesen sein. Der Händler machte große Augen, als er den Beutel öffnete, wollte etwas sagen, was von Eric sofort mit einer Handbewegung erstickt wurde. Eric nahm den Dolch und steckte ihn sich in den Gürtel. Er lief an mir vorbei, ohne mich eines Blickes zu würdigen. Ich hätte ihn in diesen Moment gern angegriffen. Mir war jedoch bewusst, dass er genau darauf spekulierte und diesen Gefallen tat ich ihm nicht.

»Es ist mein Dolch«, raunte ich zu Bithia, die neben mir stand und versuchte, mich zu beruhigen.

»Du hast ihn verloren, Ragnar. Der Händler kann nichts dafür und auch Eric, so sehr du ihn verachtest, kann nichts dafür«, flüsterte sie.

»Hör auf deine Frau«, empfahl mir Björn, als er an mir vorbei ging. »Es ist jetzt Erics Dolch.«

Damit war diese Angelegenheit für alle vom Tisch. In mir aber brodelte es und ich konnte mich nur schwer beherrschen, nicht vor Zorn auf irgendetwas oder irgendjemanden einzuschlagen.

Einen Tag später kam es Bithia in den Sinn, dass der Händler aus dem Streit großen Profit geschlagen hatte und wohl nur deswegen auf die

Anklage beim nächsten Thing verzichtete. »Eric hat dir also einen Gefallen getan«, erklärte sie. Ich runzelte die Stirn, dachte darüber nach, konnte mir aber nicht zusammenreimen, welchen Nutzen er daraus ziehen wollte. »Mache dir nicht so viele Gedanken«, sagte Bithia. »Vielleicht hat er es unwissentlich getan und wollte dich mit dem Kauf und dem viel zu hohen Preis nur demütigen. Vielleicht erkennt auch er erst jetzt, dass er dir damit half. Überlege dir lieber, wie wir eine Mannschaft bekommen.« Damit hatte sie Recht. Es gab Wichtigeres zu tun, als über Eric nachzudenken.

Die nächsten Tage verbrachten wir damit, für unser Vorhaben zu werben. Wir suchten Freiwillige, die uns in den Osten begleiten wollten, und benötigten mindestens sechsundzwanzig Ruderer, um das Schiff über das Meer fahren zu können. Unter den Nordleuten gab es genug, die ihr Glück in der Ferne suchen wollten. Zu meinem Erstaunen brachten wir es schon nach nur einer Woche auf zwanzig Ruderer und nach zwei weiteren Wochen waren es schon vierunddreißig. Die meisten von ihnen waren mittellos. Sie waren in die Stadt gekommen, um hier eine bessere Zukunft zu finden und suchten jetzt ihr Glück im Osten, nachdem sie in Birka nicht erfolgreich gewesen waren. Keiner von ihnen hatte ein Schwert. Sie waren nur mit Äxten und Messern bewaffnet. Doch zunächst gaben wir uns auch damit zufrieden. Alle Männer waren stark und erfahren genug, um sich in die Riemen zu legen und das Schiff sicher über das Meer zu bringen.

Wir hatten den Abreisetag bereits festgelegt, als sich wenige Tage vorher ein weiterer Freiwilliger meldete. Wir trauten unseren Augen kaum, denn dieser Mann war uns nicht unbekannt. Es war Saatzeit und die Sonne stand schon recht hoch am Himmel. Die ersten Vögel brüteten und flogen emsig mit reicher Beute zu ihren Nestern zurück, um die schreienden Hälse der Jungvögel zu stopfen. Kjell, Kogg und ich waren dabei, erste Nahrungsvorräte auf unser Schiff zu laden, als die große muskulöse Gestalt auf uns zukam. Wir hielten inne und schauten zu, wie der Mann in voller Rüstung den Steg betrat, die Planke zu unserem Boot überwand und dann vor uns stand.

»Was willst du?«, fragte ich.

»Ich hörte, es gibt ein Boot, das nach Ladoga segelt. Ein Kriegsschiff, welches die fernen Länder weit südlich des Weißen Meeres erkunden will. Ein Schiff voller Männer, die kaum Kampferfahrung besitzen und beim ersten Überfall untergehen werden. Ich kann nicht zulassen, dass das passiert und möchte euch begleiten. Ihr könnt einen Krieger wie mich brauchen.«

»Das könnten wir«, sagte ich sehr langsam und bedächtig. Mir war klar, dass der Mann die Wahrheit gesprochen hatte, was mich innerlich aufwühlte.

»Dieses Boot«, sprach Kjell, »ist Eurer Meinung nach aber voller Rattenschiss. Was also wollt Ihr hier?«

Es war Eric, der vor uns stand. Ich konnte es kaum glauben, doch in seinen Gesichtszügen las ich, dass er es ernst meinte.

»Wir können immer einen Krieger wie Euch gebrauchen«, gab ich zu. »Aber wie sollte ich Euch vertrauen? Sobald wir diesen Hafen verlassen, steckt mein eigener Dolch in meinem Rücken. Ist das der Grund, warum Ihr diese Waffe gekauft habt? Um ihn mir zwischen die Rippen zu schieben?« Wieder wurde ich wütend und sah Eric herausfordernd an. Kogg und Kjell standen an meiner Seite. Selbst Eric konnte gegen uns drei nicht viel ausrichten.

»Ich kaufte diesen Dolch, um Euch vor dem Thing zu bewahren«, erklärte Eric. Kjell schnaubte aus, empfand diese Behauptung lächerlich, ich aber legte meinem Freund meine Hand auf die Schulter. »Bithia behauptete dies ebenfalls.«

»Dann ist sie eine sehr kluge Frau«, nickte Eric anerkennend.

»Aber warum solltet ihr mich davor bewahren?«

»Weil ich mit euch segeln will.« Es herrschte Stille. Eric meinte es ernst, das war uns nun allen bewusst. »Als Zeichen meiner Treue, würde ich Euch meinen Dolch überlassen.«

»Euren Dolch?«, schnaubte ich.

»Ja, meinen Dolch. Es könnte aber wieder Euer Dolch sein.«

Ich dachte darüber nach. War es sinnvoll, diesen Mann mitzunehmen? Was führte er im Schilde?

»Warum wollt ihr uns begleiten?«, stellte Kjell die Frage, dir mir auf der Zunge lag. Im Augenwinkel sah ich, wie Kogg angespannt seine Hand auf dem Schwertknauf liegen hatte.

»Ich habe es einfach satt, für diesen König zu arbeiten«, sagte Eric. »Er ist verrückt und schenkt dahergelaufenem Rattenschiss ein Schiff und Rüstung in einem Wert, den ich mir ein Jahr in seinen Diensten verdienen muss. Außerdem würde ich in dieser Stadt sterben und am Ende werde ich den Süden der Insel mit einem weiteren Hügelgrab schmücken, ohne die Stadt jemals wieder verlassen zu haben.«

Ich lachte und witterte den Verrat, denn das alles widersprach Erics Aussagen, die er vor einem halben Jahr bei unserer ersten Begegnung ausgesprochen hatte. »Ihr habt lange genug für Björn gekämpft, auch außerhalb dieser Mauern. Ihr seid doch glücklich, hier Euer Leben genießen zu können.«

Eric zog langsam den Dolch aus seinem Gürtel. Koggs Schwert verließ eine Hand breit die Scheide, Eric aber nahm den Dolch an der Klinge und streckte mir den Griff entgegen. »Dies ist der Preis, den ich zahle, damit ihr mich mitnehmt. Mit diesem Dolch möchte ich, dass ihr über etwas nachdenkt. Es seid nicht ihr, die ich verachte, sondern es ist Björn. Was ist das für ein König, dem ich lange treu diente und der mir doch nie solche Geschenke machte wie Fremden. Diesen Zorn ließ ich lediglich an euch aus, an wem auch sonst?«, ein Lächeln huschte über sein Gesicht. Ich mochte ihn. Ja, in diesem Moment mochte ich ihn, weil ich ihn verstand. War es nicht vergleichbar mit dem Zorn auf meinen Bruder, der für mich nur die Grausamkeit der Männer unseres Dorfes symbolisiert hatte? Im Gegensatz zu mir, hatte Eric dies selbst erkannt, ohne die Hilfe einer Frau. Das verdiente Respekt. Ich streckte meine Hand nach dem Griff des Dolches, umschloss ihn mit meinen Fingern, erinnerte mich, dass ich mit dieser Klinge einen Mann getötet hatte, sah Eric in die Augen, nickte ihm zu und hörte Koggs Schwert in die Scheide zurück sinken, als Eric die Klinge losließ.

»Da wäre allerdings noch ein Problem«, sagte ich. »Ihr schwort Björn Eure Treue.«

»Er wird mich bei ein paar Bechern Met von dem Schwur entbinden«, war Eric überzeugt.

Ich nickte, schaute Eric hinterher, der sich umdrehte und sich von uns entfernte.

»Irgendetwas sagt mir, dass wir es bereuen werden, diesen Bastard an Bord zu nehmen«, dachte Kjell laut, als Eric außer Reichweite war. Kogg brummte zustimmend.

Ich offenbarte meinen Gefährten mein Gespräch mit Bithia, schien sie schnell dazu zu bringen, zumindest darüber nachzudenken, ob wir mit unserem Urteil über Eric womöglich falsch liegen konnten.

»Das Wagnis ist gering und es könnte sich lohnen. Ihr habt selbst gesehen, dass er ein starker Krieger ist«, erklärte ich.

Widerwillig nickte Kjell. Ich wusste, dass er keinesfalls überzeugt war. Kogg schloss sich der Mehrheit an. Noch nie hatte ich meinen riesenhaften Gefährten dabei beobachtet, dass er seine eigene Meinung durchsetzen wollte. Ich war dankbar darüber, dass er uns überallhin folgte. »Hab ein Auge auf ihn«, sagte ich meinem großen Freund.

Am nächsten Tag besuchte uns Eric erneut, suchte uns in unserer Hütte auf, schaute sich um, ob ihm jemand gefolgt war und schloss die Tür hinter sich.

»Ich werde in der Nacht vor unserer Abreise auf euer Schiff kommen. Niemand darf mich dabei beobachten und niemand darf erfahren, dass ich mich dort befinde, bis wir die Inseln im Osten hinter uns haben.«

»Björn entband Euch nicht von Eurem Eid«, riet ich.

»Nein, das tat er nicht.«

»Also wollt Ihr fliehen?«

»Das will ich.«

Ich war nicht gerade ein Mensch, der das Brechen eines Treueides unterstützen wollte, doch es schien mir ein Beweis dafür zu sein, dass Eric es ernst meinte und nichts anderes im Schilde führte, als tatsächlich mit uns nach Ladoga zu segeln. Dennoch blieb ein gewisser Zweifel. War es eine Falle? Hatte Eric auch diese Geschichte erfunden und würde uns in den Rücken fallen? Ich hatte lange darüber nachgedacht und grübelte auch weiterhin. Nein, bei dem Versuch, uns zu töten, würde er selbst sterben. Wir waren zu dritt, er allein. Oder hatte er die Besatzung auf seiner Seite? Das konnte durchaus möglich sein. Würden die Männer dem ehemaligen Krieger Björns folgen, wenn er sie dazu aufrief? Ich schüttelte den Gedanken von mir ab. Das Schicksal ist unausweichlich und so gab ich Eric die Hand. Kjell und Kogg taten es mir gleich und in der Nacht vor unserer Abreise schlich sich der ranghöchste Wachsoldat Birkas und der beste Kämpfer, dem ich je begegnet war, auf unser Boot, versteckte sich unter dem Segel, blieb dort die ganze Nacht und noch weit darüber hinaus.

Björn hielt sein Wort und gab jedem von uns den Ringpanzer, Schwert und Schild, das wir während unseres Dienstes getragen hatten. Er umarmte mich zum Abschied und drückte mich so fest, dass ich schon Angst bekam, er würde nie wieder loslassen. Als er schließlich einen Schritt zurücktrat, weinte er, fing dann aber mit einem Mal zu lachen an.

»Du hast mir geglaubt, nicht wahr?«, lachte er auf seine übliche verrückte Art und Weise.

»Einen Moment lang schon«, bestätigte ich.

»Denkst du wirklich, ich würde um dich weinen?«

Ich zuckte nur mit den Schultern, wollte nicht aussprechen, dass ich ihm vermutlich alles zutraute. »Genug Schauspiel für heute«, sagte er. »Lebe wohl Skaldenkrieger. Kommt bald wieder, um von euren Taten zu berichten.«

Er verabschiedete sich herzlich von Kjell, Kogg, Bithia, Norell und Edda. Ich ging mit Bithia hinüber zu Ansgar, von dem mir der Abschied weitaus schwerer fiel. Wir umarmten ihn, was den Mönch eine gewisse Überwindung kostete.

»Hört auf Eure Frau«, lächelte er. »Hört auf sie, sie ist sehr weise!«

»Das werde ich tun«, versprach ich ihm und nahm Bithia in den Arm.

»Ich wünsche Euch weiterhin viel Glück in Birka. Passt auf Euch auf. Vor allem, wenn Ihr wieder zurück ins Frankenland segelt. Ich kann Euch dieses Mal nicht beschützen.«

Er lachte, ich bemerkte jedoch den Schmerz, den diese Erfahrung auf seiner Seele hinterlassen hatte. »Lebt wohl«, sagte er, hob noch einmal die Hand zum Gruß. Auch Susanna wünschte uns das Beste und winkte uns nach.

Wir drehten uns um, gingen an Bord unseres Schiffes. Meine Gefährten warteten bereits. Kjell übernahm das Steuer, ich setzte mich an die Ruderbank.

»Rudert, ihr Bastarde!«, schrie mein Freund.

Mit einem Lachen im Gesicht legte ich mich in die Riemen. Die Odrerir machte sich auf den Weg nach Osten.

Kapitel 11 - Jenseits des Meeres

Wir ruderten aus der Hafenzone Birkas heraus. Schon zum zweiten Mal sah ich auf eine große Handelsstadt zurück.

Während ich Haithabu mit Säcken voller Silber betreten und kurz nach der Abreise alles verloren hatte, hatte ich Birka mittellos erreicht. Jetzt besaß ich ein Schiff, eine Mannschaft, Waffen, Rüstungen, aber vor allem war ich reich an Erfahrung.

Wir fuhren am Südrand der Inselstadt entlang und hatten die vielen engen Fahrrinnen des Mälaren vor uns, bis wir das Schärengebiet der schwedischen Ostküste erreichen würden. Eric kroch schon weit früher unter dem Segel hervor, als wir besprochen hatten. »Ich kann nicht mehr atmen«, sagte er, stand auf und klopfte sich den Staub von der Rüstung. Misstrauisch schaute ich mich um. Die Mannschaft erkannte Eric nicht sofort, doch dann beobachtete ich einen Mann, der mit dem Rudern innehielt und Eric anstarrte. Es sprach sich schnell herum, dass uns der beste Krieger Birkas begleitete und in diesen Momenten achtete ich genau auf die Reaktion der Männer, las in ihren Gesichtern ihre Überraschung und war erleichtert, dass Eric die Besatzung nicht auf seine Seite gezogen hatte, um uns zu töten. Kogg wies ich trotzdem an, Eric genau im Auge zu behalten. »Ihr könnt euren riesenhaften Freund zurückpfeifen«, grinste Eric, der meine Absichten längst bemerkt hatte. »Ich gab euch mein Wort, dazu stehe ich.« Ich lachte. »So, wie Ihr Eure Treue zu Birka gehalten habt?«

Er schnaubte und wich meinem Blick aus. »Wo steuert Ihr entlang?«, fragte er stirnrunzelnd ohne auf meine Anschuldigung weiter einzugehen.

»Nach Osten«, sagte ich. »Wohin sonst?«

»Lasst mich das Ruder übernehmen. Wir sollten nördlich dieser kleinen Inseln entlangfahren. Das geht schneller und ist sicherer.«

Ich kniff die Augen zu Schlitzen zusammen.

»Spitze Felsen ragen dort bei dieser Insel aus dem Wasser«, erklärte er und zeigte nach Osten auf ein großes, felsiges Eiland. »Wir sollten sie nördlich passieren, nicht südlich.«

Ich nickte, überließ ihm das Ruder und diese Entscheidung stellte sich als gut heraus. Eric kannte diese Gewässer wie kein anderer und navigierte uns sicher hindurch.

Obwohl wir ein halbes Jahr in Birka verbracht hatten, waren wir nie über die Grenzen der Stadt hinausgekommen. Es war Frühling, der Himmel war von vielen Wolken bedeckt, trotzdem erwärmte die Sonne das Land und die See. Wir hissten das Segel und fuhren mit dem Wind an vielen kleinen Inseln der wunderschönen Landschaft vorbei. Viele der Eilande waren nicht mehr als kleine Felsen, die wie Walbuckel aus dem Wasser ragten. Auf den größeren Inseln wuchs Gras, welches den typisch grauen Felsen mit grüner Farbe verzierte. Hier und da standen Kiefernbäume. Manchmal waren es nur wenige, die knorrig aus dem Gestein emporwuchsen und sich wie uralte Wächter präsentierten. Andernorts waren kleine Wälder entstanden. Die Bäume standen hier dichter und ihre Stämme bildeten ein braunes Gatter, das unüberwindlich schien und oben in einer einzigen dichten, grünen Wolke aus Kiefernnadeln mündete.

Ich ging zu Bithia, die gerade mit Edda spielte, beugte mich zu ihr und flüsterte ihr ins Ohr: »Du kannst doch gut schwimmen, meine hübsche Dänin, oder?«

Ich hauchte ihr ins Ohr, kitzelte sie damit, bis sie lachte und mein Gesicht liebevoll beiseiteschob.

»Wir schwimmen auf eine dieser kleinen Inseln und holen nach, was das letzte halbe Jahr ein wenig zu kurz geraten ist«, sagte ich und blies ihr wieder ins Ohr.

Sie kicherte und fuhr mir erneut mit ihrer zarten Hand über die Wange, um mich abzuwehren.

»Wie gerne würde ich deine Worte wahr werden lassen«, seufzte sie und küsste mich. Da bemerkte ich, wie sehr ich ihre Nähe vermisst hatte. Beim Anblick ihrer grünen Augen, die mich so verliebt ansahen wie beim ersten Mal, als wir miteinander schliefen, wünschte ich mir nichts sehnlicher, als mit ihr über Bord zu springen und eng umschlungen im tiefen Meer zu versinken.

Kruk riss uns aus unseren Träumen, als er von einem seiner Erkundungsausflüge zurückkam und direkt auf Eddas Kopf landete, die erst aufschrie, sich aber schnell beruhigte. Lachend griff sie nach dem Vogel, der zu mir herüberflog, sich auf meine Schulter setzte und mir ihm Ohr herumstocherte. So gern hätte ich verstanden, was er mir sagen wollte. Ich wäre wie Odin, dessen zwei Raben Hugin und Munin die Welt erkunden und dem König der Götter Bericht erstatten, was in Midgard vor sich geht. Doch Kruks Erfahrungen blieben für mich leider verborgen.

Wir ließen schon bald den Inselgürtel hinter uns und segelten auf die offene Ostsee. Ich hielt mich mit dem Übernehmen des Ruders und der Riemen zurück, wollte die Tage nutzen, um mich mit Edda und auch Bithia zu beschäftigen. Wir hatten uns viel zu erzählen und Bithia schwärmte von Ansgar, der für sie wahrlich ein Vorbild geworden war. Ich dachte oft an die Worte des Mönches, dass meine Frau ein christliches Wesen in sich tragen würde und er sollte damit Recht behalten, aber genau das war es, was die Sorgen in mir weckte. Ich bezweifelte, dass in Ladoga diese Welt vorzufinden war, die sich Bithia vorstellte. Bithia folgte mir in ein weit entferntes Land, sie begleitete mich ins Ungewisse. In unser Verderben? In unser Glück? Die Händler hatten erzählt, dass das Land im Osten ungeordnet war. Es gab keine zentrale Macht wie in Birka oder Haithabu. Daraus schloss ich allerdings kein friedliches Miteinander. Stattdessen sah ich viele kleine Konflikte am Horizont, auf den wir zusegelten.

Die erste Nacht verbrachten wir auf einem kleinen Eiland, das der großen Insel Åland vorgelagert war. Das Land erinnerte an die Inseln, an denen wir vorbeigekommen waren. Als das Zwielicht bereits über uns hereinbrach, vertäuten wir unser Schiff vorsichtig am Ufer, wollten den Kiel oder die untere Bordwand nicht an den Steinen beschädigen. Aus Treibholz ließ sich ein Feuer entfachten, an dem ich mich wärmen wollte, Bithia aber zog an meiner Hand und ich wusste sofort, was sie wollte. Wir hielten uns auch dann noch an den Händen, als wir uns an knorrigen Stämmen vorbeischoben, unter dürren Ästen hindurchschlupften und über Felsen stolperten. »Wo ist Edda?«, fragte ich ein wenig besorgt. »Norell hat sie in ihrer Obhut«, sagte Bithia, drehte sich dabei zu mir um und lächelte mich verschmitzt an. Ich musste grinsen, spürte ein Kribbeln in meinem Bauch und ein Zucken in meinen Lenden. Rotes, langes Haar wehte vor mir her und ich folgte dem schwachen Lavendelduft, den sich Bithia Tag für Tag auf die Haut rieb. Wir tauchten aus den dicht stehenden Kiefern auf, fanden einen ruhigen abgelegen Ort am Strand, setzten uns auf einen großen, glatten Felsen nieder und schauten auf die See, die von der einbrechenden Nacht langsam verschluckt wurde. Bithia drückte mich an meinen Schultern sanft nach hinten, beugte sich verlangend über mich, küsste mich, arbeitete sich nach unten, während ich die Sterne beobachtete, deren Leuchten immer deutlicher zu sehen war, bis ich meine Augen schließen musste, um mich auf die zarten, feuchten Küsse meiner Frau zu konzentrieren, die erst meinen Bauch bedeckten, dann meine Leisten und schlussendlich mein steifes Glied, welches Bithia gierig in den Mund nahm und scheinbar verschlucken wollte. Stöhnend öffnete ich die Augen, schaute in die ihren, während sie sich die Kleidung vom Leib zog und auf mich kam. Ich spürte ihren nackten Körper auf dem meinen, drang in sie ein, legte meinen Kopf in den Nacken. Die Sterne verschwammen, drehten sich, als würden die Tage an mir vorbeiziehen. Wir ließen uns Zeit, genossen die Ruhe, die uns umhüllte, waren wild aber zärtlicher als je zuvor zueinander, fügten uns in die Umgebung, wurden eins mit der Natur und verschmolzen gemeinsam in einer Wolke aus Sinnlichkeit.

Lange lagen wir danach da, Bithias Kopf ruhte auf meiner Brust, sie umschlang mich mit ihren Armen, schob auch ein Bein auf die meinen. Die Kühle des Felsens durchdrang meine warmen Muskeln, doch ich traute mich nicht, mich zu bewegen, wollte die Sanftmütigkeit des Moments für immer festhalten und schob meine Frau erst dann sachte von mir, als die Kälte auch meine Knochen erreichte. Schweigend sahen wir einander in die Augen, genossen das Gefühl beieinander zu sein. Jedes Wort hätte diesen friedvollen Moment zerstört. Ich genoss es, nichts zu sagen und dennoch bei ihr zu sein. Bithia legte ihren Kopf auf meinen Schoss, wir blickten aufs Meer hinaus, das vom Halbmond in einem schwachen, silbernen Schein vor uns lag. Die Wellen rollten sachte an den Strand und suchten sich eine Bahn durch die engen Stellen zwischen den Steinen. Zuweilen spritzte es, wenn eine höhere Woge die Küste erreichte, doch wir saßen gerade weit genug entfernt, so dass uns die dicken Tropfen des Meerwassers nicht erreichen konnten.

»Was uns wohl jenseits dieses Meeres erwarten wird?«, fragte Bithia.

»Die Nornen werden uns ein glückliches Schicksal und eine beseligende Zukunft gewoben haben«, sagte ich nach kurzer Stille.

Einige Atemzüge später rollte eine große Welle an den Strand, brach sich an den Steinen, spritzte das Wasser in hohen Bogen auf unseren großen glatten Felsen, färbte ihn dunkel und trug eine Muschel heran. Sie flog auf den Stein, sprang davon ab, rollte weiter und blieb vor Bithias Fuß liegen. Gebannt schauten wir die Muschel an, bis sich Bithia wortlos aufsetzte, sich streckte, die blassgelbe Schale in ihre Handfläche legte und sich wieder an mich lehnte. Die Muschel war geformt wie ein Efeublatt und von Händlern wusste ich, dass die Blätter der langlebigen Pflanzen oft auf Vasen aus dem Frankenland zu finden waren. Sie standen für die ewige Liebe.

»Sie ist schön«, empfand Bithia.

»Sie ist ein Zeichen«, sagte ich und wer sonst, als die Götter selbst, hätte diese Muschel in diesem Moment zu uns bringen sollen. Ich lächelte, bis ich einen Riss in der Muschel erblickte. Er war kaum zu sehen und doch da. Solange ich auch darauf schaute, der Riss blieb.

An diesem Abend ging ich nur einmal zurück zu unserem Lager, in dem mittlerweile mehrere Feuer brannten, nahm Edda aus Norells Obhut, steckte ein wenig Essen ein, zog einen brennenden Ast aus den Flammen und ging wieder zu Bithia. Wir entfachten verborgen hinter den Kiefern ein eigenes kleines Feuer, legten einige kleinere Felsen an dessen Rand, um sie zu erhitzen und schliefen dann eng umschlungen ein. Die Steine, die wir um uns herum aufgestellt hatten, gaben ihre Wärme an uns ab.

Im Zwielicht des Morgengrauens gingen wir zurück. Das Lager war bereits erwacht und so besetzten wir die Ruderbänke, schoben uns von den Felsen weg auf die offene See, hissten das Segel und fuhren weiter nach Osten.

Dieses Mal legte ich mich selbst in die Riemen. Es dauerte nicht lange, bis meine Muskeln schmerzten und mir offenbarten, wie lange es schon her war, dass ich ein Schiff mit meiner eigenen Muskelkraft vorangetrieben hatte. Ich spürte Freude in mir emporsteigen, dennoch war ich erschöpft und froh, als der Wind stark genug war, um das Segel hissen zu können.

Bereits am dritten Tag erreichten wir den Fluss Newa, der den Ladogasee und die Ostsee voneinander trennte. Wir übernachteten etwas abgelegen an der Südküste, stellten verstärkt Wachen auf und verzichteten auf Feuer, befürchteten, dass dieser Fluss häufig sowohl von Händlern als auch von Räubern durchfahren wurde. Diese Vorsichtsmaßnahme erwies sich jedoch als übertrieben, wir sichteten kein einziges Schiff und auch zu Land erblickten wir keinen Menschen.

Am vierten Tag passierten wir die Meerenge und spähten nach Süden, wo wir Ladoga vermuteten. Wir sahen zunächst nichts außer unbewohntem Land, mussten uns noch ein wenig gedulden und eine große Landzunge umfahren, bis wir am Horizont Rauch erspähten. Es waren wenige dünne Rauchfäden, die sich senkrecht in den Himmel zogen und von den Feuern der Hütten stammten, die wir einige Augenblicke später ebenfalls erkennen konnten.

Wenn ich eine Stadt erwartet hatte, so wurde ich enttäuscht. Ladoga war keine Stadt wie Birka, geschweige denn wie Haithabu. Es war ein Dorf, nicht größer als Randaberg. Von einem befestigten Wall im Wasser war keine Spur, aber wenigstens hatte der Ort Landungsstege, an die wir langsam heranruderten. Ich schaute neugierig auf die Hütten. Kaum ein Mensch war zu sehen und diejenigen, die sich zwischen den Häusern aufhielten, schauten eher ängstlich zu uns und verschwanden schnell hinter der nächsten Ecke. Eine seltsame Stille lag über dem Ort.

Östlich mündete ein Fluss in den Ladogasee und wie ich später erfahren sollte, handelte es sich um den Wolchow, der der Grund für die Ansiedlung des Handelsortes an dieser Stelle war. Über diesen Strom konnte man weit ins Landesinnere vordringen.

Wir legten an, gingen an Land und erhaschten neugierige Blicke, die hinter Holzhäusern hervorspähten. Ein kleiner Junge rannte auf uns zu und schrie uns etwas in einer Sprache entgegen, die ich nicht verstand. Seine Eltern riefen nach ihm, er blickte mir kurz fragend in die Augen und lief dann zurück. Ich schritt über den Landungssteg bis ich festgetretene Erde unter meinen Stiefeln spürte, schaute zurück und verstand, was die Einwohner so erschreckt haben musste. Wir waren mit einem Kriegsschiff gekommen. Kogg, Kjell, Eric und ich mussten in unseren Rüstungen Angst vor einem Überfall verbreitet haben. Langsam aber krochen die Menschen wieder aus den Hütten, erkannten, dass wir ihren Ort unbehelligt lassen würden. Bithia stieg mit Edda von Bord. Die anderen Männer unserer Besatzung folgten ihr, trugen ihre schlichte Leinenkleidung unbewusst zur Schau und nahmen den Einwohnern Ladogas die Furcht.

Ich fragte einen Mann, der unser Schiff neugierig beäugte, nach einem Kontor oder einer Herberge, aber er verstand mich nicht, zuckte nur mit den Achseln und schaute ungläubig drein, bevor er seines Weges ging. Kjell versuchte es erneut bei einem anderen Bewohner, der an uns vorbeiging und hatte dabei mehr Glück.

»Ihr könnt da drüben bei Jaroslaw übernachten. Er spricht eure Sprache«, erklärte der Mann, zeigte auf ein recht kleines Gebäude und ging seines Weges. Wie der erste, war auch dieser Bewohner um einiges kleiner als ich und meine Gefährten. Sie waren kleiner als die meisten Männer, die ich kannte und ich wunderte mich doch sehr, dass wir zunächst mit großer Furcht betrachtet worden waren und nun alle ihrem eigenen Treiben nachgingen, als wäre nichts Außergewöhnliches geschehen. Keine neugierigen Blicke mehr, nicht einmal Kinder, die die Neuankömmlinge begrüßten. Ich schloss daraus, dass mehr Händler diesen Hafen ansteuerten, als ich zunächst angenommen hatte.

Wir schickten alle Männer und auch unsere Frauen zunächst auf das Schiff zurück, bis wir die Lage erkundet hatten. Kjell, Kogg und ich betraten das Haus Jaroslaws. Hatte man es von außen kaum erkannt, schien diese Hütte tatsächlich eine Herberge zu sein, wenn sie auch noch kleiner war als unsere Unterkunft in Lund. Lange, breite Bänke standen an den Wänden, ein Bierfass in der hinteren Ecke, weitere schlichte Bänke und Stühle umringten die Feuerstelle in der Mitte des Raumes.

»Seid ihr Jaroslaw?«, fragte ich den kleinen Mann, der ein kantiges Gesicht und kurz geschnittene, braune Haare hatte.

»Der bin ich«, nickte er, ohne uns dabei aus den Augen zu lassen, mit denen er uns argwöhnisch betrachtete.

»Wir wollen Eure Gastfreundschaft für diese Nacht in Anspruch nehmen.«

»Ihr seid willkommen. Setzt euch, ich entzünde ein Feuer«, sagte er in unserer Sprache, die ihm erstaunlich leicht über die Lippen ging.

»Wir kamen mit einer ganzen Schiffsmannschaft, ich denke nicht, dass wir hier alle unterkommen werden.«

Die Schiffsmannschaft eines Händlers kam sehr wohl hier unter, Jaroslaw zögerte deswegen, ging aber ohne Frage auf die unerwartete

Situation sein: »Dann müsst ihr euch an meine Schwester Alenka wenden. Sie betreibt die andere Herberge im Südwesten unserer Stadt. Sie ist größer als diese hier, ein Teil von euch kann aber auch gerne hier bleiben.«

»Was würde die Nacht kosten?«, fragte ich.

»Nun, wenn ihr kommt, um Handel zu treiben, dann ist die erste Nacht umsonst.«

»So ist es, wir wollen Handel treiben.«

»Dann heiße ich euch herzlich willkommen in Ladoga«, sagte Jaroslaw und verschwand im hinteren Teil seiner Hütte, nur um gleich darauf mit einigen Holzscheiten wieder zu kommen. »Wenn ihr länger als diese Nacht bleiben wollt, werden wir morgen über den Preis verhandeln«, erklärte Jaroslaw, während er die Holzscheite aufeinanderschichtete.

Ich nickte, wunderte mich, dass die erste Nacht umsonst sein sollte, tat es aber als Gepflogenheit in der Fremde ab. Vielleicht war es auch Gefälligkeit oder die Furcht vor unseren Waffen. Was es auch war, ich war froh darum, jedes Gramm Silber sparen zu können und dachte nicht länger darüber nach, sondern nahm das Angebot an. Wir gingen zurück auf die Odrerir und berichteten unserer Mannschaft, was wir herausgefunden hatten.

Die meisten Männer mussten zur größeren Herberge, während meine Gefährten, die Frauen und ich bei Jaroslaw übernachteten. Kogg und eine Handvoll Männer blieben auf dem Schiff, um es zu bewachen.

Als wir zurückkamen, brannte das Feuer und obwohl es draußen nicht sehr kalt war, taten die wärmenden Flammen gut. Wir setzten uns auf die Bänke und ich streckte die Beine. Meine Knie gaben ein leises Knacken von sich, was man leicht für das Knistern des brennenden Holzes halten konnte. Jaroslaw setzte sich zu uns.

»Ihr kommt aus Gotland?«, fragte unser Gastgeber.

»Aus Birka«, erwiderte Kjell.

Jaroslaw hob die Augenbrauen und schien ein wenig überrascht zu sein.

»Die Händler kommen häufiger von Gotland, aber das ist mir einerlei, solange ihr keine Unruhe stiftet.«

»Ich kann Euch beruhigen. Wir kommen, um zu handeln. Danach fahren wir entweder weiter in den Süden oder wir kaufen Waren ein, um sie wieder nach Birka zu bringen«, sagte ich, obwohl ich eigentlich Konstantinopel erreichen wollte, nur noch nicht wusste wie. Ich bezweifelte, dass meine gesamte Mannschaft dieses Wagnis einer Fahrt in den Süden eingehen würde. Zudem wollte ich Bithia und Edda in Sicherheit wissen, bevor ich mich ins Ungewisse stürzen würde. Die Fahrt in dieses Dorf war riskant genug gewesen.

»Viele Waren könnt ihr für einen Tauschhandel nicht bei euch haben, wenn ihr mit einem Kriegsschiff anreist«, bemerkte Jaroslaw mit Misstrauen in seiner Stimme. »Es eignet sich auch wenig für den Transport zurück nach Birka!«

»Da gebe ich Euch Recht. Noch vor einem halben Jahr wurden wir auf unserem langsamen Knorr überfallen und verloren alles. Jetzt besitzen wir ein Schiff, Rüstung, Schwert und Schild. So etwas soll nicht wieder geschehen.« Unser Gastgeber nickte anerkennend, wirkte aber nicht so entspannt wie die anderen Bewohner des Dorfes. Warum sollte er auch. Schließlich hatte ich bestätigt, dass wir außer teuren Waffen nichts besaßen. Jaroslaw war wachsam, versuchte durch das weitere Gespräch herauszufinden, was wir hier wollten, während ich versuchte, sein Vertrauen zu gewinnen. Allein der Erwähnung von Bithia, Norell und der kleinen Edda war es letztlich zu verdanken, dass Jaroslaw sein Misstrauen verlor. Kein Krieger bringt seine Familie absichtlich während eines Raubzuges in Gefahr.

»Jeder muss klein anfangen«, erklärte ich ihm, »und zum Schutz meiner Frau und meines Kindes hielt ich es als zu gewagt, unbewaffnet in die Fremde zu segeln.«

Jaroslaw schaute mir nachdenklich in die Augen. »Aber jetzt, da es ersichtlich ist, dass euch hier keiner ein Haar krümmen würde, könntet ihr eure Waffen und Rüstungen an uns verkaufen.«

Ich lachte, hielt es für einen Scherz, erkannte dann aber, dass mein Gegenüber ernst blieb. »Nein«, sagte ich kopfschüttelnd, »wohin mich das Schicksal auch bringen wird, ich werde mein Schwert zum Schutze meiner Familie gebrauchen können, da bin ich mir sicher. Kommen viele Fremde nach Ladoga?«, versuchte ich dem Gespräch eine andere Richtung zu geben.

»Es werden immer mehr. Wir gewöhnen uns daran, profitieren ebenfalls von dem Handel. Aber verratet mir, was genau habt ihr uns anzubieten?«, fragte Jaroslaw, worauf ich nicht sofort antwortete. Viel hatten wir nicht. Björn hatte uns, um seine Großzügigkeit noch weiter zu unterstreichen, ein wenig Bernstein mitgegeben. Es war so wenig, dass ich bezweifelte, davon reich werden zu können. Wir hatten immerhin noch meinen alten Ringpanzer und die Fibeln von Bithia. Eric dagegen hatte trotz seiner eiligen und geheimen Flucht weit mehr Bernstein bei sich und auch die anderen Männer konnten mehr Waren vorzeigen als Kogg, Kjell oder ich.

Jaroslaw schien an meinem Ringpanzer interessierter zu sein, als ich angenommen hatte. Er begutachtete jenen, welchen ich in diesem Moment trug und als ich seine Blicke bemerkte, wies ich ihn darauf hin, dass ich nicht diese Rüstung gemeint hatte, sondern eine andere, in minderer Qualität.

»Ihr seid ein erfahrener Geschäftsmann«, lachte er und antwortete schnell auf meine fragenden Blicke: »Ihr offenbart mir sofort, dass Euer zweiter Ringpanzer einen minderen Wert hat, anstatt ihn zu loben und ihn mir verkaufen zu wollen.«

Ich runzelte die Stirn, dachte kurz nach. »Das war vielleicht etwas unklug«, gab ich zu. »Aber glaubt mir, die schlechte Qualität würde ein Blinder erkennen. Ich halte Euch für klug, also warum sollte ich Euch das verheimlichen.«

»Ich weiß Eure Ehrlichkeit zu schätzen«, sagte Jaroslaw. »Zeigt mir morgen eure Waren, vielleicht kommen wir ins Geschäft.«

Mit diesen Worten ließ er uns allein und verschwand in den hinteren Teil seines Hauses, der nur durch eine kleine Tür mit dem vorderen Raum verbunden war.

Es war ein seltsamer erster Tag in Ladoga und wir hatten nicht viel erfahren, waren aber auch erst kurz vor der Dämmerung angekommen und so hoffte ich, dass der nächste Tag aufschlussreicher werden würde. Tatsächlich zeigte sich das Dorf am nächsten Morgen von einer ganz anderen Seite. Auf den Landungsstegen und vor dem Kontor wurde gehandelt, viele Bewohner gingen ihrem Handwerk nach, einige bauten neue Häuser und ich erkannte beim Erkunden des Dorfes, dass sich dieser Ort erst im Wachstum befand. Ich war erstaunt darüber, wie einfach der Handel war, wenn man in weit entfernte Länder reiste. Die beiden unbearbeiteten Bernsteine, die wir aus Birka mitgebracht hatten und etwa daumengroß waren, wurden mir förmlich aus den Händen gerissen.

Ich verkaufte die goldgelben Steine an einen jener Handwerker, den ich zuvor in seinem Haus beobachtet hatte. Er kam mit einigen anderen zu uns ans Schiff, holte eine kleine bronzene Waage aus seiner Tasche und wog den Bernstein. Er bot mir Silber dafür, dass ich sehr gerne annahm. Ich wusste nicht, ob es ein gerechtes Geschäft gewesen war, aber ich war glücklich, mein erstes Geld verdient zu haben. Den alten Ringpanzer konnte ich ebenfalls schnell an den Mann bringen. Es war Jaroslaw, der mir die Rüstung abkaufte. Ich machte dabei ein gutes Geschäft, trotz meiner geringen Erfahrung war das ersichtlich. Jaroslaw gab mir für die verrostete Rüstung neunhundert Gramm Silber. Sie war nicht einmal die Hälfte wert. Zumindest in Haithabu. Hier, im weit entfernten Osten, waren diese Rüstungen sehr begehrt und dieser Umstand machte mich schon am ersten Tag zu einem wohlhabenden Mann. Ich war nicht reich, aber auch nicht mehr mittellos. Die Männer unserer Besatzung hatten ähnlich viel Erfolg und so machte die Reise bereits am ersten Tag in Ladoga viele der Männer glücklich.

Ich beschloss, noch einige Tage zu bleiben, es gefiel mir hier und so bezahlte ich Jaroslaw täglich eine kleine Menge von dem Silber zurück, das er mir für den Ringpanzer gegeben hatte, um auch weiterhin im Kontor bleiben zu dürfen. Bevor wir, von der Abenteuerlust getrieben, weiter nach Süden reisen würden, wollte ich die Bevölkerung mit ihren Gepflogenheiten besser kennenlernen.

»Wer ist der Jarl von Ladoga?«, fragte ich Jaroslaw, als wir einige Tage später gemeinsam auf mein Schiff gingen. Er war sehr interessiert daran, die Odrerir genau betrachten zu dürfen. Wir verstanden uns gut und so gewährte ich ihm diesen Wunsch sehr gerne. Der Slawe, wie die Bevölkerung in diesem Land allgemein genannt wurde, war in den wenigen Tagen zu einem Freund geworden.

»Was ist ein Jarl?«, fragte er mich, blieb vor unserem Schiff stehen und betrachtete die Bordplanken.

»Ein König. Der Herrscher dieses Landes«, versuchte ich zu erklären.

»Oh, so etwas haben wir hier nicht«, sagte Jaroslaw, hielt sich an der Reling fest und schwang sich auf unser Schiff. Ich folgte ihm nicht gleich, war erst einmal verwirrt über die Aussage des Mannes. »Habt ihr keinen

Herren? Nicht einmal hier in Ladoga? Jemanden, der den Handel organisiert und überwacht?«, wunderte ich mich und sprang nun meinerseits an Bord.

»Nein. Hier ist jeder auf sich selbst gestellt«, erwiderte er und lief über die Planken, schaute sich um, setzte sich auf eine Ruderbank und wog einen Riemen in seiner Hand. »Es ist ein schönes Schiff. Wir sahen hier noch niemals so ein schlankes Boot. Nur breite, tiefe Handelsschiffe. Was ist der Vorteil, wenn man es so schmal baut?«

»Nun, es ist schneller und wendiger«, antwortete ich und sogleich waren wir in ein Gespräch über unser Schiff vertieft. Ich erzählte gerne, wie wir es gebaut hatten und der beeindruckte Gesichtsausdruck Jaroslaws machte mich stolz.

Es fing bald an zu regnen, nicht sehr heftig, aber doch stark genug, dass es unangenehm wurde und wir wieder ins Kontor zurückliefen. Ich fragte den Slawen erneut über die Gegebenheiten seines Landes aus, erfuhr, dass die Bevölkerung überwiegend friedlich miteinander lebte und Handel trieb, auch, dass sich in jüngster Zeit Menschen aus dem Norden aber auch aus dem Süden eingefunden hatten. Manche von ihnen handelten und verschwanden wieder, andere siedelten sich hier an. Seitdem hätten die kleinen Konflikte zugenommen, aber Jaroslaw sah keinen Grund zur Sorge. Im Gegenteil, er selbst war durch die Fremden zu einem wohlhabenden Mann geworden, jeder übernachtete bei ihm oder seiner Schwester Alenka, tauschte sein Silber gegen Bier und einen Schlafplatz. Die Herberge Alenkas hatte er neu errichtet, da die Anzahl der Händler gestiegen war und nicht mehr alle Männer bei Jaroslaw unterkamen.

»Was genau treibt meine Landsleute in Euer Land?«, fragte ich ihn, woraufhin er lachte.

»Das solltet Ihr doch wohl besser wissen als ich. «

»Pelze und Felle, das ist es, was die die meisten mit nach Birka bringen«, sagte ich.

»Und Silber«, fügte Jaroslaw hinzu. »Die meisten sind verrückt nach Silber. Oft fahren sie mit halb leeren Schiffen heim, die Taschen voller Silber.«

Ich nickte. »Woher habt ihr das Silber?«, fragte ich.

Wieder lachte Jaroslaw. »Ladoga ist weit entfernt von Eurer Heimat. Das bedeutet aber nicht, dass wir nicht untereinander Handel treiben. Weit im Süden gibt es weitere Handelsstädte. Wir haben sogar Silber aus Konstantinopel.« Das Wort traf mich wie ein Blitz, der durch meinen Körper zuckte.

»Konstantinopel«, wiederholte ich. »Ihr besitzt Handelsbeziehungen zu dieser Stadt?«

»Nein«, lachte Jaroslaw. »Konstantinopel ist noch viel weiter entfernt als Eure Heimat. Ganz selten erreicht uns ein Händler aus dem Süden, der Waren von einem anderen Händler hat, der sie wiederum von einem Freund bekam und so weiter und so fort. Konstantinopel ist von hier aus nicht in einem Menschenleben zu erreichen.« Damit schmälerte er meine Hoffnungen, jemals in diese Stadt reisen zu können. Ich offenbarte dem Slawen nicht, dass Konstantinopel mein eigentliches Ziel unserer Reise war, dachte aber noch lange über dieses Gespräch nach und grübelte darüber, wie unsere Zukunft wohl aussehen mochte.

Dass es in Ladoga nicht einmal einen Vorsteher gab, der den Handelsplatz kontrollierte und Tribute verlangte, beschäftigte mich bis in die Abende hinein, in denen ich mich an Bithia unter die Decken schmiegte und nicht einschlafen konnte. Lange dachte ich über diese Umstände nach. Wenn die slawischen Stämme so unorganisiert waren und nur in kleinen Gruppen zusammenlebten, so fehlten für Tributeintreibungen einfach die Mittel. Es gab kaum Krieger, die den Küstenstreifen wie in Birka und Haithabu bewachen konnten. Konnte nicht ich mit meinen Gefährten und der Besatzung der Odrerir genau diese Aufgabe übernehmen? Ich als aufsteigender Jarl von Ladoga. Der Gedanke gefiel mir, ich frohlockte schon, plante, durchdachte, bis mir nach einigen Tagen auffiel, dass es nichts zu beschützen gab. Ich hörte von keinem einzigen Überfall auf die Handelsschiffe, die sich am Hafen einfanden. Der Fluss Newa, durch den all die kostbaren Güter transportiert wurden, war seltsamerweise sicher. Es wäre so einfach die Handelsschiffe dort zu überfallen. Kurz ging mir auch dieser Gedanke durch den Kopf, als Wikinger an die Reichtümer der Händler zu kommen, doch ich schüttelte ihn schnell wieder ab.

»Wie gefällt es dir in Ladoga«, fragte ich Bithia. Wir lebten in den Tag hinein und ich konnte mich nicht entscheiden, ob ich nun in den Süden aufbrechen wollte, als Händler zwischen Birka und Ladoga pendeln, oder in dieser Stadt mein Glück versuchen sollte. Ich wollte Bithias Ansichten hören, als wir am Meer entlangschlenderten, Kruk flog in einigem Abstand über uns, Edda lief neben mir und hielt meine Hand.

»Es ist friedlich und weit abgelegen von all den Kämpfen bei uns zuhause«, sagte Bithia.

»Kannst du dir vorstellen, hier zu bleiben?«

Sie blieb stehen, drehte sich zu mir und schaute mich an. »Ich denke schon. Ich hatte gehofft, du würdest das fragen«, grinste sie.

Nach all den Überlegungen, die ich angestellt hatte, schien es mir das Sinnvollste zu sein, hier in dieser heranwachsenden, vom Frieden beseelten Stadt eine Hütte zu bauen. Ich sprach meine Gedanken laut aus. Bithia küsste mich. »Mir gefällt es hier«, wiederholte sie. »Ich freue mich schon auf unser neues Zuhause.«

»Ich würde vermutlich des Öfteren mit der Odrerir nach Birka zurücksegeln, um dort Felle zu verkaufen, die ich von hier bekomme.«

»Das ist mir bewusst und ich werde dich vermissen, aber ich weiß, dass du wiederkommst.«

»Sie haben ausgezeichnete Otterfelle«, sagte ich.

»Sind sie denn anders als bei uns zuhause?«

Ich zuckte mit den Schultern und schmunzelte. »Ich rede mir ein, sie sind weicher. Die Slawen scheinen auf jeden Fall sehr viele davon zu haben und die Nachfrage in Schweden ist groß. Ich denke, es wäre ein lohnenswertes Unterfangen.«

Bithia nickte wieder. »Hier könnten wir unser Glück finden«, dachte sie laut und küsste mich erneut, schaute mich aber fragend an, kannte mich einfach zu gut, konnte in meinem Gesicht lesen, dass ich noch etwas verschwieg.

»Ich will Konstantinopel noch immer erreichen«, gab ich zu. »Neben den Fahrten nach Birka will ich auch den Wolchow erkunden.«

»Werde ich dich davon abhalten können?«

Ich schaute nachdenklich in den Himmel, ein kleiner Vogelschwarm überflog uns. »Nein«, antwortete ich.

»Es ist dein Traum und ich will dich davon nicht abhalten. Vielleicht werden wir beide unser Glück finden«, sagte sie. Wir umarmten uns und küssten Edda, waren glücklich und malten uns eine harmonische Zukunft aus. Doch es sollte alles ganz anders kommen.

Norell, Kjell, Kogg, auch Eric und viele andere Männer der Odrerir schlossen sich unserer Meinung schnell an und gemeinsam bauten wir einige Hütten, in der wir alle unterkommen sollten. Wir fällten Bäume in nahegelegenen Wäldern, zogen die Stämme zum südlichsten Teil Ladogas und ich errichtete unser Haus mit ein wenig Abstand zum Rest des Dorfes, etwa einhundert Schritt westlich des Wolchows. Es entstand eine kleine Siedlung aus etwa zehn Häusern, in denen die Männer der Odrerir wohnten. Außer einem Mann, der mit einem Händler zurück nach Birka gesegelt war, hatte uns bisher keiner verlassen. Obwohl meine Gefährten und ich uns insgeheim als Anführer sahen, war es nach wie vor nicht mehr als eine Zweckgemeinschaft, die sich immer wieder zusammenfand, dadurch aber auch zusammenwuchs, vor allem jetzt, da man so eng beieinander wohnte.

»Ich möchte den Wolchow im Süden erkunden«, verkündete Eric eines Abends, als wir ihm halfen seine Hütte zu errichten. Er stand auf seine Holzschaufel gestützt, mit der er gerade ein Loch tief in die Erde gegraben hatte und spähte auf den großen Fluss nach Osten. Kogg hievte einen dicken Baumstamm in die Grube, den wir zuvor im Feuer geschwärzt hatten. Gemeinsam versuchten wir, ihn so fest wie möglich in die Erde zu rammen, verkeilten ihn mit Steinen und Stöcken, schütteten Erde darüber und traten alles mit unseren Stiefeln fest. Eric schaute immer noch auf den Wolchow.

»Ich habe den Plan, Konstantinopel zu finden, nicht aufgegeben«, sagte ich und folgte seinem Blick, lehnte mich an den Balken.

»Dann lasst uns gleich, wenn wir hier fertig sind, eine erste Erkundungsfahrt unternehmen«, schlug Eric vor und ich spürte den Tatendrang, der in ihm brannte.

Ich nickte langsam. Der Gedanke gefiel mir. »Ja«, erwiderte ich, »das werden wir tun. Organisiere du die Männer.« Eric nickte. Im Augenwinkel sah ich Kogg schmunzeln. Wir freuten uns auf unsere erste Entdeckungsfahrt.

So fanden wir uns schon wenige Tage, nachdem wir unsere Hütten errichtet hatten und auch die Liegestätten und Lehmöfen gebaut waren, auf der Odrerir ein. Während mir Bithia und Edda zuwinkten, ruderten wir vom Hafen Ladogas in den großen Fluss hinein. Wir Männer taten das, worauf ich mich am meisten gefreut hatte. Wir gingen auf Entdeckungsreise. Bei uns waren all jene, die uns auch nach Ladoga begleitet hatten. Jaroslaw hatte mir erzählt, dass bisher kaum ein Händler aus Birka oder Gotland den Wolchow herunter gefahren war und so erfüllte es mich mit Stolz, einer der ersten zu sein, die ins Landesinnere vorstießen.

Der Fluss war breit, der Wind allerdings ungünstig und die Strömung erschwerte das Rudern zusätzlich, aber es regnete nicht, die Sonne zeigte sich und das reichte aus, um mich glücklich zu machen. Wir fuhren einen ganzen Tag nach Süden. Der Wolchow mäanderte kaum, so kamen wir gut voran, trafen auf einige Siedlungen entlang des Stroms, die wir aber nicht weiter beachteten. Üppige Wiesen wechselten sich mit Nadelwäldern ab. Wir sahen Rehe, die uns aufgrund des Gegenwindes erst sehr spät bemerkten und schließlich mit hohen Sprüngen vor uns flüchteten. Bussarde kreisten über den Wiesen, ein Falke rüttelte in der Luft, bevor er sich auf seine Beute stürzte. Inmitten dieser Natur war ich glücklich. Ich stand am Ruder, genoss den Wind, der mir durchs Haar fuhr, hörte das Rauschen in den Baumwipfeln und sog den Geruch der feuchtwarmen Luft durch meine Nase. Es roch nach Leben. Das Land entlang des Wolchows war flach, fruchtbar und kaum bewohnt. Das war eine erste Erkenntnis, die mich sehr zufrieden stellte.

Am Abend legten wir an, errichteten ein kleines Lager und saßen am Feuer. Eric erzählte von seinen Abenteuern unter Björn und ließ auch den letzten Zweifel von mir abfallen, dass er etwas gegen uns unternehmen wollte. Ich mochte ihn und spätestens auf dieser Fahrt wurde er zu einem Freund. Wir redeten viel, tranken Bier und sangen bis wir schließlich einschliefen.

Am nächsten Morgen schlug das Wetter um, der Wind wurde stärker, es regnete, so waren wir gezwungen unsere erste Erkundung schon nach diesem ersten Tag abzubrechen und entschieden uns, zurück nach Ladoga zu segeln.

»Lasst uns weiter nach Süden rudern«, forderte uns Eric, allen Begebenheiten zum Trotz, auf.

»Der Wind weht immer noch aus Südwest. Die Männer sind erschöpft«, sagte ich.

»Wenn du sie gegen die Strömung und den Wind weiter rudern lässt, würde das zu viel Kraft kosten«, fügte Kjell hinzu. Eric verzog das Gesicht und schaute auf den Wolchow hinaus, auf dem kleine Wellen nach Norden getragen wurden.

»Wir wissen nicht, was uns im Süden erwartet. Die kräftezehrende Reise könnte unseren Tod bedeuten«, versuchte ich, Eric endgültig zu überzeugen. Zähneknirschend nahm er es hin und beugte sich unserer Entscheidung. Ich wusste, dass er sofort nach Konstantinopel wollte. Entweder wir würden es schaffen oder dabei sterben. Eric hatte keine Frau und kein Kind, die in Ladoga auf mich warteten und sich darauf verließen, dass ich keine Dummheiten beging. »Der Tag wird kommen«, klopfte ich Eric auf die Schultern. »Der Tag wird kommen.«

Als wir wieder nach Ladoga zurückkehrten, hatten drei Schiffe am Hafen angelegt. Auf den ersten Blick nichts Ungewöhnliches, alle drei Schiffe aber waren lang und schmal. Es waren Kriegsschiffe und das machte mich nervös, obwohl nichts in Ladoga auf einen Überfall deutete. Gebannt schaute ich auf die Boote, einige Männer in Waffen verweilten darauf, waren vermutlich als Wache zurückgelassen worden. Wir vertäuten die Odrerir an dem verbliebenen Landungssteg und ich war gespannt, wer oder was uns erwartete. Kjell, Kogg und Eric begleiteten mich zu Jaroslaw und als wir in die Hütte eintraten, sah ich drei Männer in vollen Rüstungen, mit prächtig verzierten Helmen, die sie ausgezogen hatten und jetzt in der Hand hielten. Am Gürtel trug jeder ein Schwert und ein Messer in mit Messing verzierten Lederscheiden. Einer der Männer hatte auf dem Rücken zusätzlich eine kurze Streitaxt, in deren Griff ein Wolfskopf geschnitzt war. Es waren Krieger. Krieger mit Kriegsschiffen und sie veränderten alles.

Die drei sprachen mit Jaroslaw, so wie wir es getan hatten, als wir nach Ladoga gekommen waren. Sie bemerkten uns nicht, als wir eintraten. Kjell, Kogg, Eric und ich blieben im Eingang stehen, versuchten, das

Gespräch zu verfolgen. Außer ein paar Wortfetzen erhaschten wir nichts. Jaroslaw entdeckte uns schließlich und winkte uns zu sich rüber.

»Ragnar, Kjell, Kogg, Eric, kommt doch mal. Die Herren wollen sich bestimmt auch mit euch unterhalten.« Unser Gastgeber wirkte angespannt und nicht gerade glücklich über die Ankunft dieser Männer.

»Was gibt's neues, mein Freund«, begrüßte ich Jaroslaw und klopfte ihm auf die Schulter. Die drei Neulinge musterten uns. Sie schauten uns in die Augen, auf die Schwerter, auf die Rüstungen.

»Willst du uns den Herren vorstellen?«, fragte ich Jaroslaw.

»Dies hier ist Rurik«, er zeigte mit der geöffneten Hand auf den großen Mann in der Mitte, der lange blonde Haare und einen gepflegten kurzen Bart hatte. »Und diese beiden sind Sineus und Truvor.« Jaroslaw zeigte auf die anderen beiden Herren, die die gleichen kantigen Gesichtszüge wie Rurik aufwiesen. »Sie sind Brüder«, bestätigte der Slawe meine Vermutung.

»Mein Name ist Ragnar und das sind meine drei Gefährten.«

»Ich heiße Kjell«, sagte mein Freund und neigte kurz den Kopf.

»Kogg«, brummte unser imposanter Riese, der auch auf die drei Brüder Eindruck machen musste. Eric stellte sich ebenfalls vor. Da standen wir und schauten einander an. Es herrschte eine Stille, in der jeder damit beschäftigt war, den anderen einzuschätzen.

»Ihr seid keine Händler«, durchbrach Kjell das Schweigen.

»Seid ihr es denn?«, fragte Rurik und schaute abermals auf unsere prächtigen Waffen und Rüstungen.

»Wir sind gekommen, um zu handeln«, erklärte ich.

»Trotzdem seid ihr Krieger«, grinste Rurik.

Ich dachte kurz nach. »Ich war Krieger«, sagte ich, »und nun bin ich ein wehrhafter Händler.«

»Ein wehrhafter Händler mit einem Kriegsschiff?« Rurik schien sich über diese bizarre Situation zu amüsieren. Ich schaute verwundert. Woher konnte er wissen, auf welchem Schiff wir segelten, hatten wir doch lange nach ihm am Hafen angelegt?

»Ich habe euch kommen sehen«, antwortete er, las die Frage von meinen Augen ab.

»Was wollt ihr hier?«, fragte ich und lenkte das Gespräch auf das Wesentliche.

»Wir wollen Erkundungen anstellen«, sagte Rurik.

»Erkundungen?«, argwöhnte ich.

»Sie wollen dieses Land plündern«, mischte sich Jaroslaw mit fast hysterisch wirkender Stimme ein, sprach nur zu mir, wollte flüstern, doch die Worte waren viel zu laut und die drei Brüder konnten sie deutlich hören und warfen Jaroslaw einen finsteren Blick zu, der daraufhin ängstlich einen Schritt nach hinten trat. Jaroslaw schaute mich an, hoffte auf Hilfe von uns. Ihm musste jedoch klar sein, dass wir den drei Schiffsbesatzungen nichts entgegenzusetzten hatten.

»Wenn ihr tatsächlich plündern wollt, dann muss ich euch enttäuschen. Hier gibt es keine Klöster wie in England, im Frankenland oder in Irland. Hier gibt es nicht viel zu holen. Vielleicht könntet ihr ein paar Händler ausrauben, ein paar Sklaven machen und vielleicht würdet ihr dadurch sogar reich werden, aber ihr würdet lange brauchen, es würde euch Kraft kosten. Überfallt lieber ein Kloster in Irland und ihr werdet reicher, als ihr es hier jemals werden könnt.«

Rurik grinste schelmisch und ich wusste, dass man diesem Mann nichts vormachen konnte. Er hatte wache Augen und wusste über die Situation dieser Region genau Bescheid.

Meine Worte jedoch hatte ich ernst gemeint. Hier gab es nichts zu plündern, es sei denn, man fing die Handelsschiffe auf der Newa ab. Dafür braucht man aber nicht nach Ladoga kommen.

»Wir wollen hier nicht raubend durchs Land ziehen, Ragnar«, entspannte sich Rurik. Er schaute Jaroslaw an, dann mich und meine Gefährten. Er machte einen Schritt auf mich zu. »Begleitet mich nach draußen, wir könnten uns ein wenig unterhalten«, sagte er und ich willigte ein, folgte ihm hinaus, wo wir gemütlich nebeneinander her schritten. »Ein schönes Schiff«, begann er, als wir die vier Kriegsschiffe erblickten, die im Hafen sachte im Wind schaukelten. Die Odrerir sah in der Tat sehr imposant aus. Während an den schon älteren Schiffen von Rurik und seinen Brüdern die Farbe nicht mehr ganz so kräftig wirkte, sah man unserem Boot an, dass es neu war.

»Wir haben es selbst gebaut«, erklärte ich stolz.

Rurik nickte. »Laufen wir ein paar Schritte. Ihr seid Händler, dann gehen wir doch gleich zum Geschäftlichen über.«

Ich willigte ein und war sehr gespannt, was er mir offenbaren wollte.

»Hier liegt ein Goldschatz und wir müssen nicht einmal danach graben!«, schmunzelte er und schaute mich aus seinen blauen Augen an. Selbst wenn seine Mimik etwas hinterhältig wirkte, hatte er doch ein einnehmendes Wesen gegen das ich mich nicht wehren konnte. »Hier in Ladoga und in all den umliegenden Gebieten, leben alle Stämme und Siedlungen ohne organisierte Führung«, redete er weiter.

»Das weiß ich«, antwortete ich ungeduldig, dachte an meine eigenen Gedanken, die mir vor einigen Wochen durch den Kopf gegangen waren. Rurik sah nicht nach jemandem aus, der nicht selbst erkannt hätte, dass solch ein Plan zum Scheitern verurteilt war. Dennoch sprach er genau das aus.

»Meine Brüder und ich werden diese Führung übernehmen und diesem Land Ordnung bringen.«

»Diesen Gedanken hatte ich auch schon«, wehrte ich schnell mit einer Handbewegung ab. »Warum sollten sie euch folgen? Was bietet ihr ihnen als Gegenleistung?«

»Wir werden sie schützen«, sagte er und fing an mich zu langweilen, denn genau das hatte ich so oft durchdacht und wieder verworfen.

»Es gibt hier keine Wikinger, die die Händler überfallen wie in Haithabu. Ihr könnt sie vor den Wölfen beschützen, die einmal im Jahr ein Schaf reißen. Mehr nicht. Dafür wird euch keiner sein Silber geben.«

Rurik schnaufte aus. »Wir schützen sie vor sich selbst«, versuchte er es mit einem neuen Vorschlag.

»Sie bekriegen sich kaum«, wehrte ich auch diesen Gedanken leichtfertig ab.

Rurik schwieg, schaute zu den vier Schiffen hinaus, die bei dem kräftigen Wind mit den Bordwänden aneinanderschlugen.

Wie aus dem Nichts bemerkte ich, dass Rurik mir nicht die Wahrheit sagte. Er wollte mich täuschen und hoffte, ich würde seinen Einfällen einfach zustimmen, es als gut empfinden und mich ihm anschließen oder besser noch, hier verschwinden und alles ihm überlassen. Er schaute mich aus zusammengekniffenen Augen an, um meine Gedanken zu lesen. »Ihr wisst sehr gut Bescheid, dafür dass ihr erst so kurze Zeit in diesem Ort weilt.«

»Ihr seid erst seit heute oder gestern in Ladoga, ich denke, ich weiß mehr über diesen Ort und die Menschen als ihr.«

»Oh, glaubt das nicht! Ich war bereits hier. Damals tatsächlich, um Handel zu treiben. Seitdem frage ich die Händler regelmäßig aus. Unser Vorhaben fassten meine Brüder und ich schon vor einiger Zeit.«

»So langsam solltet ihr mir von eurem Plan berichten. Oder wollt ihr mir noch weitere Lügen auftischen?« Mit diesem Ausspruch wagte ich viel, beleidigte ihn sogar und riskierte einen Streit oder gar einen Kampf.

Rurik schaute mich aus kleinen Augen an. Ich richtete meinen Blick weiter auf die Schiffe, sah aber im Augenwinkel, dass mein Gegenüber nicht erfreut über meine Anmaßung war. Letztlich zuckte er mit den Schultern. »Ich werde es euch sagen«, rang er sich durch und ich war erstaunt darüber, dass er meine Beleidigung hinnahm, mich nun gar mit Ehrlichkeit belohnte. »Wir vereinigen die Stämme um Ladoga herum zu einem Königreich. Dieses Reich werde ich regieren. Meine Brüder werden die Macht im Südwesten bei Izborsk und im Osten bei Beloozero an sich reißen. Drei Handelszentren, drei Königreiche, damit werden wir den Handel kontrollieren.«

Ich dachte darüber nach, die Worte leuchteten mir ein. Ich vermutete jedoch, dass Jaroslaws Bedenken berechtigt waren. Es würde Blut fließen.

»Warum sollten euch die Slawen folgen?«, fragte ich.

»Wir beschützen sie vor uns«, sagte Rurik und damit war für mich alles klar.

Die drei Brüder wollten weder Handel treiben noch einen kriegerischen Eroberungszug vollführen. Sie wollten die Stämme unterdrücken, mit ihren Kriegern einschüchtern und dann Tribute einfordern. Wenn ihnen dies in Ladoga gelang, mussten auch die umliegenden Siedlungen diese Abgaben zahlen, denn wenn sie es nicht täten, würden die Brüder ihre Krieger schicken, das Dorf überfallen und brandschatzen. Vielleicht würde dies ein oder zweimal geschehen, bis die Menschen Angst bekamen. So einfach war es und niemand konnte die drei aufhalten, auch wir nicht. Der einzige Ausweg für die Slawen wäre es, sich zusammenzutun. Das aber würde nicht passieren. Das wusste Rurik genauso gut wie ich.

Ich ahnte schon, dass wir, meine Gefährten und ich, vor einer schweren Entscheidung standen. Entweder wir schlossen uns Rurik an, würden ebenfalls Tribute zahlen oder wieder nach Birka zurück fahren.

»Ich tue ihnen damit doch einen Gefallen«, sagte Rurik und fügte schnell hinzu: »Seien wir doch mal ganz ehrlich. Die Slawen sind untereinander zerstritten. Sie brauchen eine zentrale Macht, damit dieses ewige Hin und Her ein Ende hat.« Damit hatte Rurik vielleicht gar nicht mal so Unrecht. »Wie viele Männer habt ihr?«, fragte er mich.

»Keine«, antwortete ich. »Es kamen alle aus freien Stücken mit. Keiner ist zu etwas verpflichtet. Es war ein Zusammenschluss aus gleichen Interessen.«

Rurik schaute mich verwundert an, zuckte schließlich mit den Achseln und war nicht unglücklich über diesen Umstand. So hatte er von uns nichts zu befürchten. Keiner der Männer, die mit uns gesegelt waren, hatte Kjell, mir oder Kogg einen Treueid geschworen. Sie hatten die freie Wahl und so war es ein leichtes für die drei Brüder, sie mit Geschenken von ihrem Vorhaben zu überzeugen. Darüber sprach Rurik gar nicht erst, es war offensichtlich. Stattdessen fragte er mich die unausweichliche Frage, die mir bevorstand und auf die ich keine Antwort wusste: »Nun, Ragnar. Was werdet Ihr tun?«

»Ich weiß es nicht.«

»Was ist mit Kjell, Kogg und Eric?«, fragte er.

»Wir werden zusammen diese Entscheidung fällen.«

Rurik nickte. »Ich kann euch vier gebrauchen. Überlegt es euch.«

Damit war das Gespräch beendet und wir gingen zurück zu Jaroslaw. Die drei Brüder zogen ab und ich berichtete meinen Freunden, was Rurik für Pläne hatte.

Jaroslaw war eine gewisse Erleichterung im Gesicht abzulesen, was mich verwunderte. Er erklärte mir, dass er Angst gehabt hatte, diese Männer würden früher oder später brandschatzend über sein Land herziehen, so wie die Wikinger es im Westen taten. Dass sie vorhatten, das Land zu unterdrücken und somit zu einen, schien ihm gar nicht so entsetzlich schlimm vorzukommen. »Wenn es hier organisierter zuginge, könnten wir davon profitieren«, sagte er.

»Ihr müsstet Tribute zahlen«, wand ich ein.

»Das müssen die Geschäftsmänner in Birka und Haithabu auch und dennoch sind sie reich.«

Das entsprach der Wahrheit. Viele Gedanken schwirrten mir durch den Kopf. Was würde sich alles ändern? Konnten die Menschen in Ladoga tatsächlich einen Mehrwert haben? Aber vor allem, was sollten wir tun? Uns Rurik anschließen? Wir verabschiedeten uns von unserem slawischen Freund und gingen endlich zu unseren Frauen nach Hause, um ihnen vom Eintreffen der Brüder und der veränderten Situation zu erzählen. Beide machten keinen besonders glücklichen Eindruck. Ich kannte Bithia und sah den Zorn und die Enttäuschung in ihren Augen, doch sie sagte nichts, starrte nur vor sich hin.

Wir riefen unsere Besatzung der Odrerir zusammen und berichteten ihnen ebenfalls von den Geschehnissen.

»Ihr habt nur drei Möglichkeiten«, erklärte ich ihnen. »Entweder ihr schließt euch Rurik an, ihr geht zurück nach Birka, oder macht weiter wie bisher und müsst bei jedem Handel Tribute an die drei Brüder zahlen. Ihr habt die freie Wahl, niemand ist uns verpflichtet.«

Ich wandte mich Kjell, Kogg und auch Eric zu, um unsere Entscheidung zu diskutieren.

Meine drei Gefährten waren sich schnell einig. Sie wollten sich Rurik anschließen, denn das versprach Reichtümer. Es war auch das, wonach ich strebte, doch die Art und Weise gefiel mir nicht und ich wusste, dass Bithia nicht begeistert von dieser Entscheidung sein würde, so hielt ich mich zunächst zurück.

Am Abend ging ich mit meiner Frau spazieren und als wir die Männer hinter uns ließen, platzte es zornig aus ihr heraus. »Ihr seid wie eine Krankheit, der man nicht entkommen kann!«

»Wir?«, fragte ich.

»Ja, ihr. Ihr Männer aus dem Norden, die nur immer ihre eigenen Interessen im Sinn haben, die immer nur nach Macht streben.«

»Die Christen sind da natürlich ganz anders?«

»Ansgar ist nicht so«, stellte sie wütend fest.

»Ansgar ist der einzige Christ, den ich kenne, der die Macht des Christentums nicht erweitern will, sondern für eine heile Welt predigt. Ansonsten kenne ich weder Christen, noch Nordmänner, die so denken.«

»Das ist es ja«, sagte sie und drehte sich zu mir um. Ihr Zorn verwandelte sich allmählich in Trauer und sie bekam nasse Augen. »Hier hätten wir in Frieden leben können. Kein König, wie dieser verrückte Björn, kein anderer Herrscher strebt hier nach unendlicher Macht. Alle scheinen friedlich ihren Geschäften nachzugehen. Bis wieder irgendwelche

Männer auf die Idee kommen, alle zu unterwerfen und die Kontrolle mit Gewalt an sich zu reißen.«

Ich nahm sie in den Arm, wollte sie beruhigen, sie aber stieß mich weg. »Deine Entscheidung ist doch längst gefallen«, schrie sie mich an, während ihr eine Träne der Wut über die linke Wange lief.

»Was sollen wir tun?«, fragte ich und wurde nun auch lauter, denn es ärgerte mich, dass sie mir die Schuld an dieser Situation gab. »Wo sollen wir deiner Meinung nach hin? Sollen wir immer weiter fliehen? Immer weiter weg, bis wir endlich einen Ort finden, der dir recht ist? Das müsste ein Ort sein, an dem keine Menschen leben, denn die Menschen sind alle grausam, niemals wird Frieden herrschen auf dieser Welt. So etwas existiert nicht.« Ich blieb stehen während ich redete und breitete meine Arme aus. Bithia lief weiter und ich hörte sie weinen. Sie lief immer weiter, flüchtete vor mir.

»Bithia«, rief ich, sie reagierte nicht. Nach kurzem Zögern rannte ich ihr hinterher, hielt sie an den Armen fest und drückte sie an mich. Sie wehrte sich, doch ich ließ sie auch dann nicht gehen, als sie weinend auf meine Brust trommelte. »Bithia, jetzt beruhige dich. Wer sagt, dass Rurik dieses Land mit Gewalt beherrschen wird. Wir sollten ihm eine Möglichkeit geben, seine Absichten unter Beweis zu stellen. Die Stämme hier sind zerstritten und es kommt sogar hier zu Kämpfen. Du wirst keinen Ort finden, an dem alle friedlich miteinander leben. Du musst das einsehen«, sagte ich eindringlich.

Bithia ergab sich, legte ihren Kopf auf meine Brust und weinte. Ich streichelte über ihr Haar und schaute gedankenverloren in die Ferne. »Sieh dir Ansgar an. Er lebt in dieser grausamen Welt, hat sie akzeptiert und versucht, die Menschen von seinen Ansichten zu überzeugen«, erklärte ich. »Schließen wir uns Rurik an. Vielleicht können wir Schlimmeres verhindern«, setzte ich fort. »Vielleicht kannst sogar du Einfluss auf ihn nehmen. Er ist ein wachsamer und intelligenter Mann, der nicht stur seine Pläne durchsetzen will, da bin ich mir sicher. Versuche, einen kleinen Teil beizutragen zu der Welt, wie du sie dir vorstellst. Ansgar ist dein Vorbild, dann folge seinem Beispiel.«

Bithia schnaubte verächtlich aus, legte aber ihre Arme um mich. »Als würde ein Mann auf mich hören«, resignierte sie leise. »Wenn du dich ihm anschließt, versprich mir, dass du versuchst, einen guten Einfluss auf ihn zu haben.«

»Ich verspreche es«, hauchte ich und legte mein Kinn auf ihren Kopf, schaute nachdenklich ins Leere. Konnte ich dieses Versprechen wirklich halten?

Ich war keinesfalls sicher, dass die Brüder nicht alles daransetzen würden, die Macht notfalls auch gewaltsam an sich zu reißen. Doch ich war froh, Bithia für den Moment beruhigt zu haben.

Schon am nächsten Tag schlossen wir uns Rurik an und er begrüßte uns gerne in seinen Reihen.

»Schwört ihr mir Treue?«, fragte er uns und ich antwortete kühl und gelassen mit Nein, was ihn zu überraschen schien. »Ich werde niemals die Hand gegen Euch erheben, ich werde für Euch kämpfen, wenn Ihr es wollt du ich es als sinnvoll erachte, doch ich werde Euch nicht die Treue schwören. Wenn mir Euer Königreich nicht gefällt, möchte ich nicht gebunden sein«, erläuterte ich ihm.

»Ich gebe Euch Land, viel Land«, versuchte Rurik es erneut, woraufhin ich schmunzelte.

»Welches Land wollt Ihr mir geben?«, fragte ich. »Es ist das Land der Slawen, noch besitzt Ihr nicht mehr als drei Schiffe voller Krieger. Das Land jedoch gehört den Slawen, niemandem sonst.«

»Das Land gehört demjenigen, der es sich nimmt. Euer Haus«, fragte Rurik, »würdet Ihr es nicht als das Eure bezeichnen?«

»Doch, das würde ich.«

»Und doch habt Ihr es auf slawischem Land errichtet und zuvor niemanden gefragt, ob man Euch das Land übergibt. Ihr habt es Euch genommen, so wie ich mir dieses Land um Ladoga ebenfalls nehmen werde.«

Ich wusste, dass Rurik Recht hatte. Neben den Kriegern, die auf seinen drei Schiffen Platz hatten, besaßen er und seine Brüder Reichtümer, die vieles übertrafen, was ich bisher gesehen hatte. Wie hatte Ottar auf unserer Reise nach Haithabu gesagt? Reichtum bedeutet Männer und Männer bedeuten Macht. Es würde nicht lange dauern, bis Rurik das Land südlich des Ladogasees für sich beanspruchen konnte.

Die drei Schiffsbesatzungen reichten sicher nicht aus, all das zu beherrschen und zu kontrollieren, doch die nahe Zukunft sollte schnell zeigen, dass sich alles im Sinne der drei Brüder entwickeln würde. Sie sandten Boten zurück in ihre Heimat und in den nächsten Wochen trafen immer mehr Krieger ein, die sich ihnen anschlossen. Bald wurden aus den ersten drei Schiffen vier, dann fünf und bald waren es zehn. Selbst slawische Krieger schlossen sich Rurik, Sineus und Truvor an. Trotzdem verweigerte ich Rurik den Treueid. Ich wollte mich nicht binden. Kjell, Kogg und Eric gingen ebenfalls nicht auf diese Forderung ein. Das gefiel den Brüdern nicht, doch ich versprach, ihnen zu dienen, solange ich in ihrem Königreich weilen würde. Darauf gab ich mein Wort und sie waren zufrieden.

Schon wenige Wochen später fuhr Sineus nach Beloozero und Truvor nach Izborsk, um den Einfluss auf die anderen slawischen Handelsorte zu erweitern. Während Rurik von Ladoga aus herrschte, erschlossen sich die beiden Brüder ihr eigenes Gebiet, das sie bald kontrollieren sollten.

Zunächst blieb für uns alles wie es war. Wir verbrachten die Tage in Ladoga, sprachen mit Händlern und tätigten einige kleine Geschäfte. Rurik bezahlte Männer dafür, ihm ein Haus zu bauen, einen Palas, der in der Größe dem in Randaberg in nichts nachstand. Ladoga selbst schien mit jedem Tag zu wachsen. Mit den Machtansprüchen Ruriks und der Ankunft immer weiterer Krieger stieg die Nachfrage nach verschiedensten Handwerkern, Sklaven und vielem mehr. Ladoga lockte viele weitere Händler an und wurde bald zu einer Stadt, die zwar bei Weitem nicht so groß wie Birka war, aber doch viel Potenzial hatte, dies zu erreichen. Am Hafen tummelten sich die Händler, Sklavenschiffe trafen ein und verkauften ihre Ware an nur einem Morgen. Der Handel florierte und Rurik wurde immer reicher.

»Ich habe einen Auftrag für Euch und Eure Gefährten«, kam der Herrscher eines Tages zu mir. Es war kurz nach Mittsommer und wir hatten das Fest wie jedes Jahr ausgiebig gefeiert. Nach den Tagen des Trinkens und Spielens war ich gerade an die Arbeit gegangen, bearbeitete mit Kogg, Kjell und Eric das Feld. Ich schaute auf, wurde von der Sonne geblendet, beobachtete im Augenwinkel, wie Kruk ein weiteres Mal nach den Samen pickte, die wir gerade aussäten und verscheuchte ihn mit einem angedeuteten Fußtritt. Erst dann wendete ich mich Rurik zu und musste bemerken, dass er noch weit prächtiger aussah als am Tag seiner Ankunft. Ich konnte mir nicht erklären, woran es lag, trug er doch dieselbe Rüstung wie zuvor. War es sein Erscheinungsbild? War es der Umstand, dass er nun König war? Fühlte ich mich davon beeindruckt? Ich wusste es nicht, trotzdem schüchterte mich Ruriks Anwesenheit zumindest ein klein wenig ein. Ich stützte mich auf meine Harke.

»Ich dachte, Ihr wolltet Händler werden?«, fragte der König, schob seine ersten Worte zunächst beiseite.

»Das wollte ich. Ich will es immer noch. Trotzdem muss das Feld bestellt werden. Es geht doch nichts über das Korn und die Rüben, die man von seinen eigenen Feldern erntet«, sagte ich und wischte mir den Schweiß von der Stirn. Es war warm, die Sonne brannte auf uns hernieder. Keine Wolke war am Himmel zu sehen. Selbst Kruk saß dieser Tage oft mit weit aufgerissenem Schnabel auf dem Feld oder auf einem Ast und bewegte sich nicht.

»Ihr könnt Eure Harke wieder gegen ein Schwert eintauschen«, schlug Rurik vor. »Ich möchte, dass ihr meine Gefolgsmänner Askold und Dir begleitet. Gemeinsam reitet ihr ins umliegende Land und verkündet den Dorfbewohnern, dass ich ihr neuer König bin.«

Ich nickte. »Was gebt Ihr mir dafür?«, fragte ich.

»Ich gebe euch vieren einen Anteil an den Tributen, die ihr einfordert«, sagte Rurik und ich runzelte die Stirn. Er wollte Tribute von Menschen, die seinen Namen noch nie gehört hatten. Ich wusste, dass unser Auftrag nicht so einfach sein würde, wie es Rurik darzustellen versuchte. »Meine Herrschaft hat sich nicht zuletzt durch meine Brüder weit herumgesprochen. Ihr solltet keine Probleme haben, die Tribute zu erhalten«, beruhigte mich Rurik ein wenig und wir willigten sogleich ein, der Aufforderung Folge zu leisten, den Einfluss des Königs auf das weite Umland zu erweitern.

»In drei Tagen werdet ihr aufbrechen. Askold und Dir werden die Führung übernehmen«, bestimmte der Herrscher und ließ uns wieder allein. Am Tag unserer Abreise kam ein weiteres Schiff aus dem Westen und der König hieß uns, so lange zu warten, bis sich die Ankömmlinge von der Reise erholt hatten. An Bord war Ruriks Sohn Ingvar.

»Nehmt ihn mit. Er wird schon bald im kampffähigen Alter sein. Er soll das Land und die Gepflogenheiten hier kennen lernen«, erklärte Rurik und übergab uns den Jungen.

»Wie alt ist er?«, fragte ich und schaute den Knaben an.

»Ich bin dreizehn«, sagte Ingvar.

»Das ist ein gutes Alter, um das Kämpfen zu erlernen. Ihr werdet ihn mitnehmen«, fügte Rurik hinzu und ließ keinerlei Widerworte zu.

»Kniet nieder«, sagte Ingvar und schaute sowohl Askold, Dir, als auch mich und meine Gefährten an.

Während ich mich weigerte oder zumindest zögerte, dieser Aufforderung nach zu kommen, weil ich keine Lust hatte mich vor einem Knaben zu verneigen, stiegen Ruriks Gefolgsmänner hastig von ihren Pferden ab.

»Askold, du Dummkopf, das war nur Spaß. Also bleib sitzen und lasst uns losreiten«, stoppte der Königssohn grinsend die Männer.

Kjell, Kogg, Eric und ich lachten und Askold warf uns einen bösen Blick zu. Die beiden Gefolgsleute Ruriks waren groß und wirkten wie tumbe Zwillinge. Beide hatten dicke Arme, die eher an gestopfte Darmwurst erinnerten als an Muskeln. Während vor allem bei Kogg, aber auch bei Kjell und mir Adern und Sehnen unter der Haut hervortraten, besaßen die Oberarme dieser beiden Krieger keinerlei Struktur. Ich bezweifelte aber nicht, dass sie stark wie Ochsen waren und es sogar mit Kogg hätten aufnehmen können. Ihr Gesichtsausdruck schreckte mich ab. Nicht, dass ich Angst bei ihrem Anblick empfand, es war viel mehr eine Abneigung, die ich zu dieser Zeit noch nicht begründen konnte.

Ingvar stellte sich dagegen schnell als Bereicherung heraus. Er war ein lustiger junger Kerl, der ganz offensichtlich nach seinem Vater kam, hatte lange blonde Haare und die gleichen, kantigen Gesichtszüge. Ich mochte ihn von Beginn an, was auf Gegenseitigkeit beruhte, wie sich auf unserem Ritt herausstellte. Er war gewitzt, aber immer noch ein Kind und so faszinierte ihn Kruk, der gerade wieder auf meiner Schulter landete, als ich mein Pferd anspornte.

»Macht er alles, was du sagst?«, fragte Ingvar.

»Nein, er macht überhaupt nicht, was ich sage. Im Gegenteil. Er führt sein eigenes Leben.«

»Aber warum kommt er immer wieder zu dir zurück?«

»Das weiß ich auch nicht.«

»Vielleicht weil er dich mag.«

»Ja«, lachte ich, »das wäre naheliegend.«

Wir brachen mit vierzig Mann auf. Askold und Dir an der Spitze, dahinter Kjell, Kogg, Eric, ich und Ingvar. Uns folgten die dreiunddreißig anderen Männer, alle gut gerüstet und schwer bewaffnet.

Wir ritten nach Südwesten und erreichten schon am Vormittag das erste Dorf. Die Bewohner hatten bereits von Rurik gehört und wir hatten hier kaum etwas zu tun. Ehrfürchtig gaben sie uns ein Dutzend Otterfelle als Tribut und wir zogen schnell weiter.

Ruriks Anweisungen waren deutlich gewesen. Reitet fünf Tage nach Südwesten, dann nach Osten bis zum Wolchow und an dem Fluss entlang wieder zurück nach Ladoga. Je weiter wir uns von Ladoga entfernten und ins Landesinnere vorstießen, desto weniger Siedlungen trafen wir an.

Das war zwar zu erwarten, die meisten Menschen lebten an Flüssen, Rurik hatte dennoch diese Richtung gewählt, um das das Land kennenzulernen über das er regierte, auch wenn er selbst keine Zeit hatte, so sollten wir ihm ausführlich über Land und Leute Bericht erstatten.

»Wo kommst du her?«, fragte mich Ingvar während wir durch dichte Nadelwälder ritten.

»Aus Schweden«, sagte ich, »und aus Norwegen und Dänemark«, fügte ich hinzu.

Der Junge runzelte die Stirn. »Hast du etwa kein Zuhause?«, fragte er und ich musste schmunzeln.

»Ladoga ist jetzt mein Zuhause«, antwortete ich.

»Aber wo wurdest du geboren?« Ingvar war unglaublich wissbegierig und fragte mir Löcher in den Bauch. Es störte mich nicht, ich ließ alles über mich ergehen und empfand unser Gespräch als angenehmen Zeitvertreib.

»Segelt man von Kaupang nach Osten findet man mein Heimatdorf an der Küste.«

»Also ist das dein Zuhause.«

Ich dachte kurz nach. »Das war es mal. Für sehr kurze Zeit. Ich war nicht einmal so alt wie du, als ich diese Heimat verlassen musste.«

»Was war passiert?«, wollte er wissen und ich erzählte ihm bereitwillig von meinen Reisen, wenngleich ich Dinge, wie den Überfall auf das Kloster, verschwieg.

»Hast du schon einmal einen Menschen getötet?«, fragte er.

Ich musste grinsen. »Was denkst du?«, sagte ich und schaute ihn an, damit er in meinen Gesichtszügen die Antwort finden konnte.

»Ich denke, dass du schon sehr viele Menschen umgebracht hast.«

»Damit liegst du gar nicht so falsch. Es ist nichts, worauf ich stolz bin. Ein wahrer Krieger weiß, wann er sein Schwert nicht gebraucht.«

»Ich habe noch nie getötet«, sagte er enttäuscht.

»Du musst den Krieg nicht suchen. Der Krieg kommt früh genug zu dir.« Ich hatte das kaum ausgesprochen, da stellte er mir schon die nächste Frage.

So ging es die ganze Zeit weiter und ich glaube, am Ende der Reise kannte mich der Sohn Ruriks besser als Bithia oder Kjell.

Nach zwei Tagen erreichten wir einige Seen, die nach dem langen Ritt durch menschenleere Gebiete eine Besiedelung aufwiesen. Wir ritten in ein Dorf, das etwa zwanzig Häuser zählte. Ich vermutete, dass die Menschen hier vor allem vom Fischfang lebten. Aus der Ferne beobachtete ich schnell huschende Schatten und als wir die Hütten erreichten, war niemand mehr zu sehen. Wir ritten in die Mitte des Dorfes und schauten uns um. Es herrschte Stille. Lediglich der Wind pfiff über die Dächer der hölzernen Hütten. Ein ungutes Gefühl überkam mich, als wir von den Pferden stiegen und uns weiter umsahen. Keine Menschenseele. Nur ein Hund rannte von einem Haus in das nächste, verschwand hinter Fellen, die vor den Eingang gehängt waren.

Dir rief nach einem Häuptling, keiner antwortete.

Einer der Slawen aus unseren Reihen, die sich ebenfalls Rurik angeschlossen hatten, trat auf Geheiß Askolds hervor und rief in der slawischen Sprache ebenfalls nach einem Häuptling. Wieder geschah nichts. Niemand war zu sehen. Ich schaute mich um und flehte die Bewohner in meinen Gedanken an, sich endlich zu zeigen, doch sie taten es nicht.

»Ragnar, Kjell, Kogg, kommt mit«, sagte Askold und schritt mit Dir auf eine Hütte zu.

Wir folgten den beiden Männern, die ihre Schwerter aus den Scheiden zogen. Mir gefiel ihr gewaltbereites Auftreten nicht, wir taten es ihnen trotzdem gleich, wussten nicht, was auf uns zukam, als wir durch die Tür traten. Einen Herzschlag lang sah ich die Familie, bevor ich die Augen verschließen musste. Vater, Mutter und zwei Kinder hielten sich in die Ecke gedrängt. Die beiden Jungen versteckten sich hinter dem Mann, der irgendetwas sagte, was ich nicht verstand. Ich schloss meine Lider, wollte nicht mit ansehen, was ich nicht aufhalten konnte. Ohne eine Vorwarnung hieb Askold mit seinem Schwert auf den Kopf des Vaters ein. Die Kinder schrien und die Frau klammerte sich an die Beine ihres Mannes, der sofort zusammenbrach, denn das Schwert zerhackte ihm den Schädel und blieb erst im Kiefer stecken. Askold zerrte seine Klinge frei, packte den blutüberströmten Mann am Arm und zog ihn aus der Hütte. Ich machte einen Schritt zur Seite, ließ ihn vorbei, warf Askold einen hasserfüllten Blick zu, er aber ignorierte mich. Dir schleppte die hysterisch weinende Frau mit nach draußen, sie wehrte sich, hatte der Kraft ihres Widersachers aber nichts entgegenzusetzen. Mein Blick traf sich mit dem meiner Gefährten. Ich las Gram, gemischt mit Entsetzen in ihren Gesichtern. Die Kinder schrien und ich bedrohte sie letztlich mit meiner Waffe, wollte ihnen Angst machen. Angst, damit sie diese Hütte nicht mehr verlassen würden und ihrem Vater nicht in den Tod folgen mussten. Ich folgte selbst der breiten Blutspur am Boden nach draußen.

Askold warf den Toten auf den sandigen Boden und obwohl er eine so lange rote Spur hinter sich hergezogen hatte, wurde der blutige Fleck unter dem zertrümmerten Schädel immer noch größer.

»Rufe erneut nach einem Häuptling«, sagte Askold zu dem Slawen. Er reagierte nicht gleich, zu geschockt starrte er auf den Leichnam, über den sich jetzt schreiend, schluchzend die Frau beugte. »Rufe noch einmal nach einem Häuptling«, schrie Askold. Ängstlich legte der Slawe die Hände trichterförmig an den Mund und schrie in seiner Sprache. Wieder tat sich nichts.

Ich verstand das Verhalten dieser Menschen nicht. Sie wussten nicht einmal, was wir von ihnen wollten. Gab es keinen einzigen mutigen Mann, der sich herauswagte? Er hätte aus sicherer Entfernung nach unseren Absichten fragen können. So riskierten sie, dass wir das ganze Dorf vernichten würden. Wussten sie, dass wir gekommen waren, um die Tribute einzufordern? Für ein paar Felle sollten sie nicht ihr Leben lassen. Dennoch war klar, dass bald etwas passieren musste, was Askold und Dir von einem Blutbad abhielt.

»Kommt aus euren Löchern, ihr Ratten«, schrie der Gefolgsmann Ruriks und breitete dabei die Arme aus. Immer noch war außer dem leiser werdenden Wimmern der Frau des toten Mannes nichts zu hören.

Askold schrie, hob sein Schwert, breitete die Arme aus und drehte sich im Kreis. Er war voller Zorn und ging mit großen Schritten auf die Frau zu, riss sie an den Haaren hoch und schleuderte sie zu Boden.

»Halt dein Maul, du Hure«, geiferte er sie an, zerrte ihren Kopf nach hinten.

Er holte aus und hieb nach ihrer bloß gelegten Kehle. Sein Schwert traf auf Stahl und meine Hand vibrierte bei dem Aufprall. Es war meine eigene Klinge, die den Schlag abfing und das Leben der Frau rettete.

Askold schaute ganz langsam an meinem Schwertarm entlang, bis sein finsterer, wütender Blick auf mir ruhte und er seinen Zorn schnaubend auf mich zu kanalisieren schien.

»Sie kann nichts dafür«, sagte ich mit ruhiger aber kräftiger Stimme.

Askold ließ die Frau fallen, zeigte mit der Schwertspitze auf mich. »Dann such du mir den Schuldigen, oder ich zerreiße dich, du verdammtes Stück Scheiße.«

Ich nickte, ging in keiner Weise auf seine Beleidigung ein und winkte Kjell, Kogg, Eric und dem Slawen zu, dass sie mich begleiten sollten und suchte nach dem größten Haus des Dorfes. Auf dem Weg zu dem Gebäude, in dem ich den Häuptling oder zumindest den wohlhabendsten Bewohner erwartete, dachte ich an Bithia. Ich dachte an Bithia und ihre Vorstellung einer heilen Welt.

Ich wusste, dass ihr nicht gefallen würde, was wir hier taten. Das Schicksal hatte mich hierhergeführt und es war zwecklos, damit zu hadern. Versprecht mir, dass du guten Einfluss auf Rurik nimmst, hallten ihre Worte in meinem Ohr wider. Ich würde mein Bestes geben.

Ich beobachtete schon aus der Ferne, wie das Türfell des Hauses zur Seite geschoben wurde und das Gesicht eines Mannes offenbarte, der mir genau in die Augen sah. Meine Arme als Zeichen meiner friedlichen Absichten ausbreitend, erwiderte ich den Blick. »Wir wollen nur mit euch reden«, rief ich ihm zu. Der Slawe übersetzte.

Ich legte mein Schwert zu Boden und breitete wieder meine Arme aus. Das Gesicht verschwand und das Fell wurde zugeschlagen. Ich wartete, doch es passierte nichts. Was war mit diesen Menschen los? Ich drehte mich zu Kjell um, der zuckte mit den Schultern.

Ich dachte wieder an Bithia und an meine Versprechen. Kurz überlegte ich, unbewaffnet in die Hütte zu gehen, dann bückte ich mich, schloss meine Hand um den Griff meiner Waffe und hob sie langsam auf. Das Türfell wurde wieder zur Seite geschoben, ein anderes Gesicht erschien, nur um gleich darauf wieder zu verschwinden. Ich ging weiter. Kjell, Kogg und Eric direkt hinter mir. Der Slawe hielt sich zurück. Er hatte Angst. Ich spürte es und seine Furcht übertrug sich auf mich.

Nur noch wenige Schritte, ich spannte meine Muskeln, mein Herz schlug schneller.

Plötzlich wurde das Fell erneut hochgerissen. Ich blieb stehen. Nichts war zu sehen außer Dunkelheit. Dann blitzte etwas auf, warf den Schein der Sonne in mein Auge, rotierte auf mich zu. Ich sah die stählerne Spitze des Speers, wie sie sich genau auf meinen Kopf zudrehte, riss starr die Augen auf, ging nach rechts in die Knie und rollte zu Seite. Kjell, dessen Sicht durch mich versperrt gewesen war, wurde ebenso überrascht. Er ließ sich nach vorne auf seine Knie fallen, riss seinen Schild hoch und lenkte den Speer nach oben, so dass er genau auf Kogg zuflog und ihn im Gesicht traf. Der Riese drehte seinen Kopf zur Seite, trotzdem ritzte ihm die Stahlspitze die Wange auf. Blut trat in dicken Tropfen aus der Wunde und lief ihm über das glatte Gesicht bis zum Kinn. Er hob den Handrücken seines Schwertarms an die Wange, betrachtete die roten Flecken auf seiner Hand. Zorn und Wut stand ihm ins Gesicht geschrieben. Er brummte laut und ließ sein Schwert krachend auf sein Schild niederfahren, um von diesem, den Tod ankündigenden Donner getrieben, vorwärts zu laufen. Erst langsam und geduckt, dann immer schneller. Er rannte an uns vorbei und drang in die Hütte ein, dicht gefolgt von Eric. Kjell und ich taten es den beiden gleich, schoben uns durch den Eingang, hörten Schreie im dunklen Haus. Im Schein einiger Tranlampen sah ich nur Schemen, die von unserem riesigen Gefährten zerhackt wurden. Ein Hieb traf mich von rechts auf meinen Ringpanzer, fügte mir aber nicht mehr zu als eine Prellung. Ich drehte mich zur Seite, schlug nach dem Schatten, der sich vor mir aufgetürmt hatte. Meine Klinge drang durch Fleisch, ich zog sie wieder zurück, stach erneut nach meinem Gegner, der röchelnd zusammensackte. Schnell drehte ich mich um, bereit, wieder und wieder zuzuschlagen. Blut rauschte durch meine Ohren. Doch es war still, es war vorbei. Meine Augen hatten sich insoweit an die Dunkelheit gewöhnt, dass ich eine drei Freunde erkannte, die schwer atmend dastanden und sich umblickten. Ich ging zum Eingang, ließ die Sonne herein, um etwas sehen zu können. Kogg hatte zwei Männer in Stücke gehackt, Kjell und Eric hatte ebenfalls einen Mann besiegt, als ich aber meinen Gegner sah, den ich getötet hatte, fiel ich auf die Knie und konnte nicht glauben, was ich dort sah. Vor mir lag eine Frau in ihrem Blut. Mit meinem Stich hatte ich ihren Hals aufgeschlitzt. Ich betrachtete mit aufgerissenen Augen das Gesicht. Es war nicht schön, aber es gehörte einer Frau. Einer Frau, die ich getötet hatte. Haare klebten an der blutigen Wange, der Mund aufgerissen, voller blasenwerfendem Blut, die Augen weit geöffnet.

Sie griff mich zuerst an, redete ich mir ein und versuchte, mein Handeln damit zu rechtfertigen.

Ich stand auf, versuchte, die tote Frau schnell zu vergessen, die Bilder von meinem inneren Auge zu verbannen und den Gedanken zu verdrängen.

»Lasst uns sehen, was es hier zu holen gibt, damit diese Menschen nicht umsonst gestorben sind und Rurik seine Tribute bekommt«, schlug Eric vor.

»Willst du sie berauben?«, fragte ich verwundert.

»Sie sind tot. Möge ihr Tod das Leben der anderen Bewohner vor Askold und Dir bewahren.«

Ich nickte. Eric hatte Recht. Wir nahmen die Waffen der Getöteten mit uns nach draußen, warfen sie Askold vor die Füße. »Die Tribute für unseren König«, sagte ich im Vorbeilaufen.

»Na, bist du jetzt zufrieden?«, fragte mich Askold.

»Ich habe es wenigstens versucht«, schnaubte ich verächtlich, stieg wieder auf mein Pferd und wollte so schnell es nur ging fort von hier.

Dir wendete sich dem Dorf zu. »Ihr habt mit diesem Tag einen König. Sein Name ist Rurik! Er regiert das Land von Ladoga aus und fordert Tribute von euch. Wenn ihr sie zahlt, dann passiert euch nichts. Wenn ihr sie nicht zahlt, dann werdet ihr sterben. Wenn ihr nach Südwesten flieht, dann kommt ihr in das Herrschaftsgebiet von Truvor, der sein Land von Izborsk aus regiert. Wenn ihr weit nach Osten reist, dann kontrolliert Sineus die Gebiete um Beloozero. Für heute haben wir genug von euch genommen. Lasst es euch eine Lehre sein.«

»Ingvar«, rief Askold, »du sollst auf dieser Reise lernen, wie man das Land regiert. Du hast uns dabei zugesehen, nun nimm dein Schwert und töte sie.« Er zeigte auf die Frau, die immer noch leise weinend ihren Kopf auf die Brust ihres toten Mannes legte. »Nein!«, rief ich, während die Frau angsterfüllt aufsah und von uns wegkroch, als sie bemerkte, dass ein Schwert auf sie gerichtet wurde.

»Du«, Askold zeigte mit der Schwertspitze jetzt auf mich, »halte dich zurück, du Hurensohn.«

»Ingvar, tu es nicht«, wandte ich mich an den Jungen. »Sie ist unschuldig. Sie ertrug genug Leid.«

»Halt endlich dein Maul, du Bastard! Ingvar, töte sie!«

Ich sagte nichts, beachtete Askold nicht mehr, sondern starrte Ingvar flehend an, der meinen Blick erwiderte.

»Ich denke, Ragnar hat Recht«, sah Ruriks Sohn ein. »Für heute ist genug Blut geflossen. Ich möchte meinen ersten Mord nicht an eine wehrlose Frau verschwenden.«

Ich atmete durch. »Du bist ein weiser junger Mann«, sagte ich ihm.

Askold spuckte aus, drehte sich um und schwang sich auf sein Pferd.

Ich lenkte mein Reittier zu Ingvar, klopfte ihm anerkennend auf die Schulter.

Die anderen Männer hatten die Waffen und Rüstungen bereits auf die Packpferde gebunden und so brachen wir auf, ließen das Dorf in seinem Kummer zurück.

Auf der weiteren Reise ließ ritten meine Gefährten und ich in der Mitte unserer Gruppe, um die Nähe unserer Anführer zu meiden.

»Askold ist Rattenschiss«, flüsterte Eric.

»Ja, das ist er«, antwortete ich. »Dir ist nicht besser.«

»Er ist ein Widerling, mit dem man es keinen Augenblick aushält. Wie kann Rurik so jemanden als seinen treuen Gefolgsmann bezeichnen?«

»Vermutlich, weil beide dumm sind und Ruriks Befehle ausführen, ohne darüber nachzudenken«, sagte Kjell. Ich gab ihm Recht, schwieg jedoch und widmete meine Aufmerksamkeit lieber der schönen Landschaft.

Immer noch sah ich die Bilder der toten Frau vor meinen Augen. Ich brauchte Ablenkung und fand sie in der Natur.

Das Land zeigte zahlreiche weitere Seen. Die kleineren von ihnen waren mit dichten Schilfgürteln umgeben und ich vermutete, dass noch nie ein Mensch hindurch geschwommen war. Nur Vögel tummelten sich hier. Ein Fischreiher stolzierte durch das hohe Gras, ließ seinen Schnabel sinken und suchte nach Fischen oder Fröschen. Zwischen den Gewässern ritten wir meist auf Pfaden durch Nadelwälder, die so schmal waren, dass ein Pferd hinter dem anderen reiten musste. Unser Blick reichte nicht weiter als bis zur nächsten Biegung, ein Angriff auf uns wäre ein Leichtes gewesen, doch es geschah nichts.

Wir kamen an ein größeres Gewässer, an dessen Ufer eine kleine Fischersiedlung lag. Die Bewohner hatten einen Großteil des Waldes um ihren Ort gerodet, um an Baumaterial für ihre Hütten zu kommen und Platz für ihre Felder zu schaffen. Wie zu erwarten war hatten die Fischer nicht mehr zu bieten als den Fisch, den sie gefangen hatten. Wir nahmen auch diesen Tribut an, bauten unser Lager auf und brieten das frische Fleisch über den Feuern. Ich schmiss Kruk einige Brocken zu, die er gierig verschlang.

»Dieser Vogel frisst uns das Beste weg«, hörte ich Askold zu Dir sagen.

»Ihr beleidigt einen Raben?«, fragte ich. »Den Vogel Odins?« Die beiden erschraken leicht, hatten nicht damit gerechnet, dass ich ihr Gespräch gehört hatte. »Die Götter werden sich schon bald an euch rächen, da bin ich mir sicher«, fügte ich hinzu, nahm das weiße Fleisch mit den Fingern aus dem Fisch und steckte es mir genüsslich in den Mund. Es schmeckte rauchig, war zart und gut. Ich schmiss Kruk einen weiteren Brocken zu.

»Vielleicht reiße ich diesem Viech einfach die Flügel heraus, dann wird er Odin keine Nachrichten mehr überbringen können«, raunte Askold und Dir lachte so sehr darüber, dass er seinen vollen Mund ausspuckte.

»Ich denke, es ist an der Zeit meinem Raben beizubringen, Bastarden wie euch die Augen auszuhacken. Dann bräuchte ich ihm auch nicht den Fisch verfüttern.«

Dir stand wutentbrannt auf, wollte zu mir herüberstürmen, Askold aber hielt ihn zurück.

»Wir sprechen uns noch, Ragnar, wir sprechen uns noch«, sagte er. Mir schienen es genug Beleidigungen für diesen Tag und so ging ich schlafen.

Am nächsten Morgen zogen wir weiter. Von Siedlung zu Siedlung, von See zu See. Der Reichtum auf unseren Packpferden mehrte sich. Die Bewohner gaben uns bereitwillig ihre Abgaben. Ich las Angst in ihren Gesichtern und es schien so, als hätte sich unsere Bluttat vom Vortag längst herumgesprochen.

Wir ließen die Seen hinter uns und trafen hier draußen auf keine weiteren Menschen. Bis auf einen Zug Händler, der nach Beloozero unterwegs war. Wir rasteten mit ihnen und unterhielten uns lange. Es wurde deutlich, dass Ingvar ein guter König werden würde. Er löcherte die Menschen mit ebenso vielen Fragen, wie er es bei mir getan hatte, war wissbegierig, ging auf die slawische Bevölkerung ein und versuchte, ihre Gewohnheiten zu erforschen. Die Slawen mochten sein Wesen, lachten über seine Fragen, antworteten bereitwillig und freundlich. Ich hoffte, dass Ingvar diese Eigenschaften von seinem Vater geerbt hatte.

»Sie haben ganz andere Namen als wir«, erkannte er, als wir nach nun nach Osten Richtung Wolchow ritten.

»Wie meinst du das?«, fragte ich.

»Sie heißen nicht Ragnar und Ingvar. Ihre Namen klingen anders.«

»Das tun sie in der Tat.«

»Vielleicht sollten wir ihre Namen annehmen.«

Ich lachte und hielt das für einen Witz, doch Ingvar meinte es ernst.

»Überlegt doch mal. Wir sind in diesem Land fremd. Die Bewohner betrachten uns mit Argwohn. Würdet ihr einem Fremden nicht freundlicher begegnen, wenn er einen gewohnten Namen besitzen und dazu eure Sprache sprechen würde?«

Ich dachte darüber nach. »Ich denke, ich würde ihn mit weniger Argwohn betrachten«, kam ich zu dem Schluss.

»Welchen König würdest du eher akzeptieren: Den, der eure Sprache spricht und einen einheimischen Namen trägt, oder denjenigen, der einen Namen hat, dessen Aussprache jedes Mal schwer fällt und den du nicht verstehen kannst?«

»Du bist ein weiser junger Mann«, wiederholte ich mich und das meinte ich auch so, seine Intelligenz schien die meine bei Weitem zu übersteigen.

»Ich könnte mich zum Beispiel Igor nennen. Das klingt ähnlich wie Ingvar, ist aber ein slawischer Name.«

»Igor?«, fragte ich lachend.

»Warum nicht? Wir wollen schließlich dieses Land beherrschen, dann müssen wir uns auch anpassen. »Der Mann von der Handelskarawane hieß Igor, also scheint es ein gängiger Name zu sein. Die Sprache zu lernen ist schwierig und braucht Zeit, aber den Namen zu ändern, das ist einfach und geht schnell. Es wäre ein Anfang, oder nicht?«

Mein Lachen verstummte. Ingvar hatte Recht mit allem was er sagte.

»Du kannst dich vielleicht Radoslav oder Radovan nennen«, fuhr Ruriks Sohn fort.

Gequält verzog ich das Gesicht. »Das klingt scheußlich«, Ich dachte kurz darüber nach, aber der Gedanke gefiel mir ganz und gar nicht. Ich mochte meinen Namen.

»Du wirst dich ganz sicher daran gewöhnen.«

»Nein. Ich will wirklich weiterhin Ragnar heißen. Deine Absichten in Ehren. Ich denke, es reicht erst einmal, wenn sich der Königssohn Igor nennt.«

»Was ist mit euch dreien?«, fragte Ingvar und wandte sich an meine Gefährten. »Eric, wie wäre es mit«, er überlegte kurz, »Elvir?«

»Ganz sicher werde ich mich nicht Elvir nennen. Mein Großvater hieß Eric, ebenso wie mein Vater, ich heiße Eric und mein Sohn wird auch Eric heißen.«

»Bei euch beiden? Hm, das ist nicht so einfach, Kjellimir oder Kjerov und Koggran oder Koggmir.« Ingvar musste selbst anfangen zu lachen, seine Namensvorschläge wurden immer absurder. Kogg brummte fröhlich und lachte die Namen in sich hinein. »Koggmir, hohoho.«

»Du bist ein witziges Kerlchen, Ingvar«, lachte Kjell.

»Bitte, nenn mich Igor«, antwortete er.

»Meinst du das ernst?«, fragte ich.

»Ja, ich meine das ernst.«

Ich schaute zu Kjell, der erwiderte meinen fragenden Blick und zuckte nur mit den Achseln.

»Gut«, sagte er, »dann heißt du ab jetzt Igor.«

»Das gefällt mir!«, grinste der Junge fröhlich. »Da fühlt man sich hier gleich viel heimischer.«

Wir kamen bald an den Wolchow. Ich erkannte die Stelle wieder, die wir bei unserer Fahrt über den Strom schon erkundet hatten. Schon damals hatten wir hier Siedlungen gesehen, denen wir ausgewichen waren, die wir jetzt aber besuchten. Es befanden sich bereits Krieger in diesen Dörfern, alles Slawen, die sich dem neuen König angeschlossen hatten. Sie waren von Rurik in Ladoga ausgerüstet worden, bekamen vorab ihren Sold und wurden wieder zurückgeschickt. Ihr Auftrag war es, die Händlerschiffe, die nach Norden unterwegs waren, zu kontrollieren. Das waren bisher nicht sehr viele gewesen, der meiste Handel spielte sich zwischen der Ostsee und Ladoga ab. Genau das änderte sich jetzt mit dem neuen Königreich. Weitere Handelswege wurden erschlossen, bestehende Handelsrouten weiter ausgedehnt und alles besser organisiert. Einzelne Händler schlossen sich zusammen und bauten größere Schiffe, um mehr Waren weiter zu transportieren.

Rurik kooperierte dabei mit den slawischen Stämmen. Er machte einheimische Krieger zu seinen Soldaten, beschenkte sie mit Silber und machte sie damit zu wohlhabenden, treuen Gefolgsmänner, die für immer in seinem Dienst standen. Sie sorgten dafür, dass Ruriks Königreich immer größer wurde und er selbst immer mehr daran verdiente. Die Intelligenz Igors kam nicht von ungefähr.

Während ich damals bei meiner Ankunft darüber nachgedacht hatte, die Macht in diesem Land zu übernehmen, hatten die drei Brüder diesen Gedanken perfektioniert.

Das Unglaublichste daran war, dass unsere Tötungen in dem Dorf im Südwesten ein Einzelfall zu sein schienen. Mit Sicherheit bekam ich nicht jeden kleinen Zwischenfall zu hören, doch die gesamte Machtübernahme lief um einiges friedlicher ab, als ich es für möglich gehalten hatte. Das beruhigte mich und hellte meine Stimmung auf, die sich seit dem Mord an der Frau hinter dunklen Wolken versteckt gehalten hatte.

Wir ritten den Wolchow entlang nach Norden. Einige Schiffe überholten uns auf dem Weg nach Ladoga, lagen tief im Wasser und hatten vor allem Felle geladen. Nach wenigen Tagen erreichten wir die Stadt. Ja, man konnte den Ort mittlerweile Stadt nennen. Immer mehr Händler und Handwerker siedelten sich an, bauten sich Werkstätten und Wohnhäuser. Rurik unterstützte sie darin, indem er jedem einzelnen Land zur Verfügung stellte, so dass es zu keinen Streitigkeiten kam.

»Richte deinem Vater einen schönen Gruß von uns aus«, verabschiedeten wir uns von Igor.

»Ich werde ihm mehr ausrichten als nur einen schönen Gruß!«, rief Askold.

»Tut, was ihr nicht lassen könnt«, sagte ich.

»Rattenschiss!«, murmelte Eric.

Unser Weg führte uns zu unseren Frauen. Ich freute mich, Bithia und Edda wieder zu sehen.

Bithia fiel mir um den Hals, als ich die Hütte betrat, auch Norell umarmte Kjell und übersäte ihn mit Küssen.

»Habt ihr uns etwa vermisst?«, fragte ich freudig.

»Überhaupt nicht!«, log meine Frau und lachte dabei. Es war das Lachen, das ich so sehr liebte. Ich gab auch Edda einen Kuss auf ihren Kopf. Sie hing an meinem Bein und schrie die ganze Zeit »Papa, Papa«. Ich lief ein paar Schritte, drehte mich im Kreis, Edda lachte. Anschließend eilte sie zu Kogg, den sie vermutlich ebenso vermisst hatte wie mich und hängte sich an sein Bein. Er nahm Edda, packte sie unter den Armen und hob sie hoch über seinen Kopf. Lächelnd und glücklich schaute ich den beiden dabei zu, wie sich Kogg meine Tochter auf seine Schultern setzte und sie ihm auf der Glatze herum trommelte. Es hatte sich nie etwas daran geändert. Kogg sagte kaum etwas, war immer sehr in sich gekehrt, bis zu dem Moment, in dem er Kinder sah. Besonders bei meiner Tochter kam er aus sich heraus und offenbarte uns sein liebevolles Wesen. Er rannte mit Edda auf den Schultern im Kreis, machte dabei lustige Geräusche und tat so, als würde er versuchen, mein Kind abzuschütteln. Die Kleine lachte dabei immer lauter und fühlte sich dazu animiert immer fester auf dem Kopf unter sich herumzuschlagen und schrie bei jedem Schlag »Kogg, Kogg, Kogg«. Der ließ sich plötzlich zu Boden sinken und spielte den gefallenen Krieger, besiegt von einem kleinen Mädchen.

»Wie war euer erster Auftrag?«, lenkte Bithia die Aufmerksamkeit wieder auf sich.

Ich erzählte ihr von der Landschaft und den Eindrücken, die wir gesammelt und von den Tributen, die wir eingetrieben hatten, verheimlichte aber den blutigen Zwischenfall im Dorf im Südwesten.

Sie machte einen fröhlichen Eindruck und das machte mich glücklich. Nach dem Eintreffen Ruriks hatte ich schon Schlimmes befürchtet, Bithia aber schien sich trotz der unerwarteten Umstände wohl zu fühlen. Ich hoffte, sie würde niemals von unseren Morden erfahren.

Am nächsten Morgen stattete uns Rurik einen Besuch ab. Er hatte einen Mann namens Helgi bei sich, der ein enger Vertrauter und vor ein paar Tagen mit dem Schiff gekommen war. Beide fragten mich über die Landschaft aus, stellten mir eine um die andere Frage, erkundigten sich über die Lage der Dörfer und standen mit ihrer Wissbegierde Igor in nichts nach.

»Ihr habt mit Askold Freundschaft geschlossen?«, fragte mich der Herrscher schelmisch grinsend, nachdem er genug über seine Ländereien gehört hatte.

»Oh ja, wir mögen uns sehr«, gab ich voller Ironie zurück.

»Er erzählte mir, Ihr habt Euch seinen Befehlen widersetzt. Er sagte mir, Ihr seid ein Stück Scheiße und der Bastard einer hässlichen Ziege.«

»Ja, so in der Art nannte er mich. Es waren schwachsinnige Befehle, wenn ich mir erlauben darf, ehrlich zu sein.«

»Das dürft Ihr, ich bitte darum.«

Bithia befand sich im Raum, hörte argwöhnisch zu und ich befürchtete, dass dieses Gespräch zwangläufig mein Geheimnis verraten würde. Daher schlug ich Rurik und seinem Begleiter vor, das Gespräch bei einem Spaziergang fortzusetzten. Sie willigten ein.

»Ihr habt die Klinge mit Askold gekreuzt«, sagte der König.

»Er wollte eine wehrlose Frau abschlachten. So wie er es mit dem unbewaffneten Mann zuvor getan hatte.«

»Ja, das berichtete mir mein Sohn ebenfalls. Trotzdem wäre ich glücklicher, wenn sich meine Krieger als Einheit demonstrieren. Uneinigkeit wirft kein gutes Bild.«

»Mit Verlaub, dann solltet Ihr lieber Igor die Führung überlassen. Er besitzt mehr Verstand als Alskold und Dir zusammen.«

»Igor?«, fragte Rurik, dann fiel es ihm auf, ohne dass ich etwas sagen musste. »Ach, ihr meint meinen Sohn. Er heißt jetzt Igor«, wandte er sich an Helgi, der fragend die Augenbrauen hob.

»Er ist sehr klug«, sagte ich. »Die Einheimischen mögen ihn, und das liegt auch daran, dass er nun einen Namen hat, der für die Slawen gebräuchlich ist.«

»Da ist etwas Wahres dran«, gab Helgi zu bedenken.

»Ich werde meinen Namen nicht ablegen«, sagte Rurik. »Aber um auf das Wesentliche zurück zu kommen. Askold ist ein guter und erfahrener Krieger, ebenso wie Dir. Sie sind mir beide schon lange treu ergeben. Ich vertraue ihnen.«

»Sie sind dumm und brutal. Sie könnten durch ihre Aktionen das zerstören, was Ihr aufgebaut habt.«

»Igor ist noch zu jung, er muss sich den Respekt der Krieger erst verdienen«, sagte der König.

»Indem er eine wehrlose Frau tötet?«, fragte ich.

Rurik verzog das Gesicht. »Nein«, gab er zu. »Ihr bewahrtet ihn davor. Dafür danke ich Euch.«

»Dankt ihm, er entschied es selbst, aus freien Stücken. Euer Königreich baut auf einer weitestgehend friedlichen Machtübernahme auf. Ich denke, Igor hat mit seiner Weigerung ein wenig dazu beigetragen.«

Wieder machte Rurik einen gequälten Gesichtsausdruck.

»Stimmt etwas nicht?«, fragte ich.

»So friedlich, wie es aussieht, ist es nicht. Berichte du es ihm«, forderte der König seinen Begleiter auf, was mich sehr wunderte. Das konnte nichts Gutes bedeuten, wenn Rurik nicht selbst in der Lage war, es auszusprechen. Ich schaute Helgi an. Ein kleiner Mann mit gerader Nase, die aber zu klein für sein Gesicht war. Die grauen halblangen Haare waren hinter dem Kopf zu einem kleinen Zopf gebunden.

»Truvor und Sineus sind tot«, erzählte er.

»Was?«, ich konnte es nicht glauben. »Eure Brüder sind tot? Wie...?

»Sie wurden getötet. Wir wissen nicht von wem, aber es ist sehr naheliegend, dass es Slawen waren, die mit den neuen Königen nicht einverstanden waren«, mutmaßte Helgi und machte mich sprachlos. Ich blieb stehen und wartete auf weitere Erklärungen.

»Wir sind in diesem Land in der Minderheit. Zwar kommen fast täglich Schiffe aus unserer Heimat, aber wir können niemals die einheimische Bevölkerung in ihrer Zahl übersteigen. Es wird immer Stämme geben, die sich zusammenschließen und sich uns widersetzen«, sagte Rurik und rang dabei um Fassung. Er trauerte nicht, zumindest ließ er es sich nicht anmerken. Ich bemerkte aber seinen Zorn und wusste, dass er als Krieger einen Drang nach Rache besaß.

»Was werdet Ihr tun?«, fragte ich ihn.

»Ich werde versuchen, die Herrschaft dort ebenfalls zu übernehmen. Das muss schnell und friedlich geschehen. Ich muss mit den Stämmen kooperieren, ihnen zeigen, dass sie von einem geeinten Königreich profitieren können. Es funktionierte hier in Ladoga, also warum sollte es nicht auch dort funktionieren.« Er schaute mich eindringlich an. Überlegte lange, bis er sein Wort wieder an mich richtete: »Wenn ich Euch meinen Sohn mitgebe und Helgi«, er klopfte seinem Gefolgsmann auf die Schulter, »würdet Ihr nach Beloozero reisen und in meinem Namen für Ordnung sorgen? Helgi ist nicht wie Askold und Dir«, er grinste, »er ist anständig und weiß, sich zu benehmen. Ingvar«, er hielt kurz inne und verbesserte sich dann. »Igor kennt Ihr ja bereits. Er hat nur Gutes von Euch berichtet. Ihr seid ihm ein Freund geworden. Könntet Ihr das für mich tun?«

Ich überlegte kurz, die Entscheidung fiel mir jedoch nicht schwer.

»Die Odrerir steht schon zu lange am Hafen vertäut«, antwortete ich voller Abenteuerlust.

»Die Odrerir?«, fragte mich Helgi.

»Mein Schiff«, erwiderte ich. Helgi nickte.

»Heißt das, Ihr werdet den Auftrag annehmen?«

»Ja.«

»Würdet Ihr mir den Treueid schwören, wenn ich Euch über Askold und Dir als meinen ranghöchsten Gefolgsmann unter Helgi und Igor mache?«

Ich atmete tief durch. Das war ein Angebot, das wohl niemand ausschlagen konnte. Meine Gedanken überschlugen sich. Insgeheim hatte ich auf diese Gelegenheit gewartet. Askold und Dir taten diesem Land nicht gut. Dennoch hielt ich mich bedeckt. Ich hatte mir und Bithia versprochen, mich nicht mehr zu binden. Ich zögerte. »Ich werde darüber nachdenken.«

Rurik war enttäuscht. »Denkt nicht zu lange nach!«, sagte er mit Nachdruck. Wir liefen zurück zu meinem Haus und verabschiedeten uns. Ich schaute den beiden hinterher, war in Gedanken versunken und verschwand gerade in der Tür, da drehte sich der König noch einmal um, rief mir etwas zu, das ich nicht verstand. Ich streckte den Kopf noch einmal nach draußen.

»Ich sagte, Eure Hütte ist klein. Ich könnte Euch eine größere bauen lassen.« Ich lachte. Er warb mit allen Mitteln um meine Treue und ich wusste gar nicht genau, warum. Ich vermutete, dass Igor etwas damit zu tun hatte. So oder so schmeichelte es mir. »Ich denke darüber nach«, wiederholte ich mich.

Ich ging zu Bithia, die gespannt auf mich wartete und alles hören wollte. Auch Kjell, Norell, Kogg und Eric gesellten sich neugierig hinzu.

»Das ist eine große Möglichkeit für dich«, überraschte mich ausgerechnet Bithia, als ich mit meinem Bericht geendet hatte. Ich war verwundert, von ihr hatte ich solch eine euphorische Reaktion am wenigsten erwartet.

»Du hattest Recht mit dem, was du sagtest. Wir können den Lauf der Geschichte in diesem Land nicht mehr aufhalten. Du wolltest Einfluss auf Rurik nehmen. Als seine rechte Hand kannst du das«, erklärte sie. Kjell, Kogg und Eric stimmten ihr zu und brachten mir damit Erleichterung. Es bestätigte meine eigenen Gedanken. »Es wäre dumm, dieses Angebot auszuschlagen«, nickte ich allen zu. »Werdet ihr mich auf diesem Weg begleiten? Werdet ihr mit nach Beloozero gehen?«, fragte ich meine Gefährten. Diese Frage hätte ich jedoch nicht stellen müssen. Alle nickten, ohne zu zögern.

»Jemand muss schließlich auf deinen Kopf aufpassen!«, grinste Kjell und erntete dafür Gelächter.

»Ich hoffe aber, dieser Rattenschiss wird nicht mit uns gehen«, gab Eric zu bedenken.

»Nein, Askold und Dir fahren mit dem König nach Izborsk«, sagte ich. Eric war zufrieden. So war es beschlossen.

Rurik wollte so schnell wie möglich aufbrechen. Wir gingen also gleich am nächsten Morgen zu ihm und berichteten von unserer Entscheidung.

Er war höchst erfreut und nahm uns den Treueid sofort ab. So schworen wir dem König von Ladoga unsere Treue.

»Hiermit gehört ihr nun offiziell zu den Rurikiden«, sprach der Herrscher förmlich. So nannte er seine Familie und die, die ihm nahestanden, die Rurikiden.

Kapitel 12 - Aufstand und Rache

»Ich gebe euch fünf Schiffsbesatzungen«, erklärte Rurik. »Wann könnt ihr aufbrechen?«

»Sofort nachdem Ihr uns berichtet, was uns erwartet«, antwortete ich.

Rurik erzählte uns alles, was er über das Land im Osten in Erfahrung gebracht hatte. Bis zu seinem Tod hatte Sineus mit seinem Bruder in regem Kontakt gestanden. Rurik wusste gut über die Umstände im Osten Bescheid. »Das dachte ich zumindest«, sagte der König und hob besorgt die Augenbrauen. »Mein Bruder hat niemals von nahenden Konflikten berichtet. Seine Machtübernahme sei ebenso friedlich wie die meine verlaufen. Es muss sehr überraschend für ihn gewesen sein.«

»Erhieltet Ihr noch vor seinem Tod eine Nachricht?«, fragte ich.

Rurik nickte. »Ein Bote erreichte mich noch. Er muss einige Tage vor dem Überfall losgeschickt worden sein. Er erzählte nichts von einem Angriff.«

Ich runzelte die Stirn. »Wie könnt Ihr dann wissen, dass Sineus tot ist?«

»Ich bekam Nachricht von den Slawen.«

»Von Euren Feinden? Keine Flüchtlinge?«, fragte ich verwundert. Rurik schüttelte den Kopf.

»Es muss Überlebende geben«, mischte sich Helgi ein. »Es gibt immer Überlebende.«

»Vielleicht wurde ihnen der Fluchtweg in den Westen abgeschnitten. Wie erreicht man Beloozero?«, fragte ich.

»Man fährt den Ladogasee nach Nordosten bis man an einen Fluss kommt, der wie die Newa zwei große Gewässer miteinander verbindet. Sein Name ist Swir und man folgt ihm stromaufwärts, bis man den Onegasee erreicht. Dann segelt man die Südküste entlang, bis man zum Fluss Wytegra kommt, der sich bis zum Weißen See schlängelt. An dessen Nordküste liegt Beloozero.«

»Dieser Wytegra ist die einzige Möglichkeit, in den Westen zu entkommen?«

»Zumindest auf dem Wasserweg«, nickte Rurik.

»Dann wird dieser Fluss von den Slawen bewacht. Da bin ich mir sicher«, sagte ich.

Helgi nickte. »Wir sollten Vorsicht walten lassen, wenn wir dort hinunterfahren. Es könnte eine Falle sein.«

Rurik kniff die Augen zusammen. Ich sah den Zorn in seinem Gesicht. Er ballte die Fäuste. »Ich will Frieden, aber noch mehr will ich Beloozero in mein Herrschaftsgebiet eingliedern. Tut, was dafür nötig ist.« Mit diesen Worten entließ uns der König und einige Tage später befanden wir uns auf der Odrerir.

Ich liebte unser Schiff und die rasante Fahrt über die Seen und Flüsse erfüllte mich abermals mit einem Hochgefühl. Wie ein Pfeil schnellte die Odrerir über das Wasser, durchschnitt die Oberfläche und glitt lautlos dahin. Ich hätte es mir nie erträumt, in solch ferne Länder vorzustoßen. Nicht im Entferntesten wäre es mir in den Sinn gekommen, im Auftrag eines Königs zu reisen, der mir seinen Sohn in Obhut gegeben hatte. Als wäre das nicht genug, folgten uns vier weitere, voll besetzte Schiffe, die in erster Linie Helgi und Igor unterstellt waren, jedoch ebenfalls auf meine Befehle hörten. Ich stand am Ruder und lachte in mich hinein. Ich lachte vor Glück und ich hoffte, dass die Seelen meiner Vorfahren mit dem Wind, der mir die Gischt in einem feinen Nebel ins Gesicht trug, die Geschichte meines Schicksals in die ganze Welt hinaustragen würden.

»Ihr solltet euch ebenfalls einen slawischen Namen zulegen«, hörte ich Igor zu Helgi sagen, als wir gerade den Swir verließen und auf den Onegasee fuhren.

»Wenn es dem Königreich dient, würde ich es gerne tun«, antwortete Helgi.

»Mir fällt nur leider kein Name ein, der ähnlich wie der eure klingt.«

»Nun, das spielt keine Rolle. Ich würde mich gerne Oleg nennen, der Name gefällt mir.«

»Ihr heißt ab jetzt Oleg?«, mischte ich mich ein.

»So ist es.«

»Überzeugte euch Igor davon?«

»Das war nicht weiter schwer. Ich denke es ist gut, sich der slawischen Mehrheit anzupassen.«

Ich nickte und war froh, dass Rurik die Wahrheit gesagt hatte. Helgi, oder jetzt Oleg, war auf keinen Fall ein Rattenschiss, wie ihn Eric bezeichnet hätte. Er erschien mir ein sehr kluger Mann zu sein. In seinen Augen las ich Weisheit. Seine langen, grauen Haare machten ihn älter, als er war. Er zählte nur drei Sommer mehr als Rurik und kannte den König schon seit dessen Geburt. Ich wusste nicht, ob sie verwandt waren, aber sie standen wie Brüder zueinander.

Während der Fahrt nach Beloozero musste ich oft an Baschi denken. In seiner Geschichte über das Bjarmland hatte er von reißenden Strömen erzählt. Von Riesinnen, die Überschwemmungen auslösen, indem sie in Flüsse pinkeln. Er hatte zu bedenken gegeben, dass dieses Land voller Ungeheuer sei, und wir vielleicht in Utgard, im Land der Riesen, ankommen würden. Ich musste bei dem Gedanken daran schmunzeln. Nichts davon war bisher eingetreten. Die Landschaft an den Küsten des Swir und des Onegasees sah immer noch so einladend aus wie am Wolchow auch. Nadelwälder säumten die Ufer, Bäche plätscherten vor sich hin, bevor sich ihr klares Wasser in den großen Weiten des Sees verlor. Ein Elch stand mit seinen riesigen Schaufeln bis zu den Knien im Wasser und schaute kauend unserem Boot hinterher, als wären die mit Kriegern besetzten Schiffe etwas ganz Gewöhnliches. Wir beobachteten einen Seeadler, der sich ins blaugrün schimmernde Nass stürzte und einen kleinen Fisch erbeutete. Kruks Flügel schlugen mir ins Gesicht, er schwang sich in die Lüfte, näherte sich dem großen Raubvogel und machte ihm seine Beute streitig. Der Seeadler war zu schnell, Kruk kehrte um, tanzte über uns in der Luft und genoss den leichten Wind.

Ich dachte an Bithia und ein Teil von mir wollte sie bei mir wissen. Der Ort strahlte Schönheit, Ruhe und Frieden aus. Genau das, wonach Bithia suchte. Dennoch war ich froh, dass sie in Ladoga in Sicherheit war. Die Idylle trog. Keiner von uns wusste genau, was uns erwarten würde.

Wir fuhren in die Wytegra ein, schärften unsere Sinne auf das, wonach wir suchten, spähten an den Ufern nach Feinden. Wo waren sie? Wo würden sie uns in Empfang nehmen? Die Dörfer, die entlang des Stroms lagen, sahen friedlich aus. Ich beobachtete, wie die Bewohner uns mit Angst entgegenblickten, ihre Kinder hinter sich verbargen, in ihren Hütten verschwanden. Ein Einheimischer rannte zu seinem Pferd, als er unsere Schiffe kommen sah und ritt nach Süden. Ich blickte ihm lange hinterher. Zielstrebig galoppierte er stromaufwärts.

»Sie wissen, dass wir kommen«, mutmaßte ich. Meine Gefährten standen bei mir, hatten den Reiter ebenfalls erblickt und schauten in die Richtung, in der er gerade aus unserem Sichtfeld verschwand. »Wir sollten

Kundschafter vorausschicken«, schlug Oleg vor. »Ich will wissen, was uns im Süden erwartet.«

»Wir haben keine Pferde«, gab Kjell zu bedenken.

»Die haben Pferde«, antwortete Igor und deutete auf die Siedlung am Ufer. Ich nickte langsam.

»Ich werde reiten«, sagte Eric und war bereits dabei seinen Ringpanzer über den Kopf zu streifen. »Ich habe es satt, zu warten. Ich will handeln.«

»Ich werde ihn begleiten. Ich bin klein und leicht«, erklärte Oleg, legte ebenfalls seine schwere Rüstung ab, die nur zusätzliches Gewicht für das Pferd bedeutet hätte. Als Kundschafter musste man schnell sein.

»Gebt ihnen im Austausch gegen die Pferde dieses Silber«, sagte Igor, der aus einem großen Lederbeutel Hacksilber hervorholte und es Oleg in die Hand gab. »Sie sollen wissen, dass wir sie gerecht behandeln«, fügte er hinzu.

Ich schaute erneut zu dem Dorf. Keine Gefahr ging davon aus, so ruderten wir an den Strand, Eric und Oleg sprangen ans Ufer, wateten an Land, redeten mit den Einheimischen, die vermutlich kein Wort verstanden, doch das glänzende Metall, das sie nun in Händen hielten, sprach mehr als tausend Worte. Unsere beiden Gefährten ritten dem Boten hinterher nach Süden. Wir ruderten nur langsam weiter, warteten Stunde um Stunde auf die Rückkehr unserer Kundschafter.

»Die Stämme vereinigten sich«, tat ich meine Gedanken kund, starrte dabei auf den Fluss, der sich vor uns hinschlängelte, sprach dennoch deutlich, so dass es meine Gefährten hören konnten.

»Wie kommst du darauf?«, fragte Igor.

»Wenn ein Bote aus einem Dorf nach Süden reitet, um andere Slawen zu warnen, so müssen sie gemeinsame Sache machen.«

»Warum sollten sie uns dann Pferde geben, um den Boten zu verfolgen?«

»Das ist wahr«, erkannte ich und dachte nach.

»Vielleicht war es nur ein Slawe der südlichen Stämme, der hier auf uns wartete«, schlug Kjell vor.

»Sie müssen sich vereinigt haben«, verharrte ich auf meiner Vermutung, ohne dass ich sie beweisen konnte. »Es war schon immer die einzige Möglichkeit für die Slawen, gegen die Herrschaft Ruriks vorzugehen. Wie sonst hätte Sineus besiegt werden können.« Keiner antwortete mir darauf. War es, weil ich Recht hatte und es keiner wahrhaben wollte, oder war es, weil zwei Reiter am Horizont erschienen. »Sie kommen«, rief Igor aus.

Wir ruderten an Land, Eric und Oleg stiegen von ihren Pferden, gaben ihnen einen Klaps auf ihr Hinterteil und schauten ihnen kurz hinterher, wie sie nach Norden in ihr Dorf zurücktrabten bevor sie selbst ins Wasser wateten, um von uns an Bord gezogen zu werden.

»Was konntet Ihr herausfinden?«, fragte ich noch während ich Oleg am Arm packte, um ihn an Deck zu hieven.

»Nichts«, antwortete Oleg, kletterte nach oben und erwiderte erst dann meinen fragenden Gesichtsausdruck. »Wir konnten keinen Hinterhalt entdecken. Es ist nicht mehr weit bis zum Weißen See. Das Einzige, was auf einen Kampf hindeutet ist Rauch. Rauch im Osten, dort, wo wir Beloozero vermuten.«

»Kein Hinterhalt«, wunderte ich mich. Stattdessen Rauch über Beloozero. »Wie lange ist es her, dass Rurik von Sineus› Tod erfahren hat?«, fragte ich Oleg.

»Am Tag eurer Rückkehr vom Wolchow.«

»Also sind es vier Tage. Kann dieser Rauch noch vom Überfall auf Beloozero stammen?«

»Möglich ist es.«

»Lasst uns dieses Mysterium aufklären«, sagte ich und Oleg gab den Befehl weiter nach Süden zu rudern, hinein in den Weißen See, bis auch ich die leichten Rauchschwaden im Osten erkennen konnte. Es war kein schwerer, dichter Rauch, nur noch einzelne, unregelmäßige Säulen, die in den Himmel stiegen und ihn verdunkelten. Die Sonne brach durch die Schwaden, warf ein blasses Licht auf einen Ort, von dem nicht mehr viel übrig war. Beloozero hatte gebrannt. Es musste ein großes Feuer gewesen und es musste von vielen Männern gelegt worden sein.

Ich fluchte innerlich. Bis zuletzt hatte ich geglaubt, den Frieden für Ruriks Königreich ohne zu morden sichern zu können. Die schwarzen Säulen am Horizont waren jedoch stille, wabernde Boten eines bevorstehenden Krieges. Ich wollte diesen Krieg nicht, doch ich hatte Rurik den Treueid geleistet und es gab kein Zurück mehr. Unaufhaltsam glitt die Odrerir dem Rauch entgegen.

Ich hustete und mir brannten die Augen, als wir den Hafen erreichten. Der Wind trug Ruß auf das Wasser hinaus und färbte es schwarz. Wir legten an, stiegen von unseren Schiffen, zogen unsere Schwerter und rückten vorsichtig in den Ort ein. Wir trauten der Ruhe nicht, die über der scheinbar menschenleeren Siedlung lag. Eine kleine Windhose wirbelte Staub und Asche auf, schleuderte sie mir ins Gesicht. Leichen lagen auf den Wegen, in den verkohlten Häusern. Männer, aber auch Frauen, aufgeschlitzt wie Vieh. Es stank nach verbrannten Gedärmen. Ich blickte mich um. Kjell, Kogg, Eric, Oleg und ich führten etwa dreihundert Mann an, die sich durch die Gassen drängten. Dreißig blieben bei den Schiffen. War dies die Falle, die die Slawen für uns vorbereitet hatten? Ein ungutes Gefühl machte sich in mir breit, dennoch liefen wir weiter. Das einzige, was die Slawen in Beloozero gelassen hatten, war der Tod, der auf den Wegen aus gequälten Fratzen zu uns aufblickte und Körper verwesen ließ. Fliegen ergötzten sich am toten Fleisch.

Allem Anschein zum Trotz erreichten wir schon bald einige unversehrte Häuser, die vom Feuer nicht erreicht worden waren. Wir entdeckten keine Überlebenden.

»Kennt Ihr ihn?«, fragte ich Oleg, der sein Schwert in die Scheide gesteckt hatte und sich zu einem Leichnam herunterbeugte. Der Tote hatte blonde Haare, die blutverschmiert an seiner Brust klebten. Seine Arme waren seltsam verdreht. Jemand musste seinen Ringpanzer grob über den Kopf gezerrt haben, ebenso wie den Lederharnisch, den er getragen haben musste.

»Sie nahmen alle Waffen und Rüstungen mit«, bemerkte Oleg.

»Natürlich taten sie das«, erwiderte Eric. »Selbst von unseren Männern tragen nur wenige einen Ringpanzer. Die Slawen kennen so etwas nicht einmal. Warum sollten sie etwas so Wertvolles zurücklassen?«

»Wer war er?«, wollte ich wissen und deutete mit meiner Schwertspitze auf den blonden Toten.

»Ein Getreuer von Sineus«, antwortete Oleg.

»Sineus selbst ist nicht hier?«, fragte ich verwundert.

»Die Stämme haben sich vereinigt«, vermutete Oleg, ohne auf mich einzugehen. Noch vor wenigen Stunden hatte ich genau diese Vermutung angestellt. Nun gab es keinen Zweifel mehr.

»Sineus war mit dreihundert Mann aufgebrochen«, sagte Oleg und stand

412

auf. »Rurik schickte ihm weitere drei Schiffe. Wenn man die Slawen hinzuzählt, die sich ihm angeschlossen haben, war sein Heer mindestens vierhundert Mann stark.«

»Die Slawen schlossen sich ihm ganz offensichtlich nicht an«, mutmaßte Kjell.

»Nicht alle, nur wenige«, bestätigte Oleg.

»Diese wenigen können Sineus getäuscht haben«, fügte ich hinzu. »Sie schworen ihm die Treue, nahmen seine Schwerter, Rüstungen, Schilde und besiegten ihn mit seinen eigenen Waffen. Wenn die angrenzenden Stämme zur Unterstützung kamen, dann können sie Sineus überwältigt haben.«

»Es waren dreihundert Schweden und Dänen. Es hätte sechshundert oder mehr Slawen gebraucht, um sie zu besiegen«, gab Oleg zu bedenken. Damit lag er nicht ganz falsch. Die einheimische Bevölkerung war uns in Größe und Körperbau unterlegen. Noch dazu hatte mindestens die große Mehrheit der Slawen keine guten Waffen, erst recht keine Rüstungen, waren nicht kampferprobt und schlecht organisiert.

»Aber Beloozero wurde besiegt. Wie auch immer das geschah«, sagte ich.

»Wir sollten die nähere Umgebung durchkämmen, vielleicht kamen sie von Land und lagern hier in der Nähe«, mischte sich Kjell ein, der sein Schwert in die Scheide steckte und seine linke Hand locker auf dem Knauf ruhen ließ.

»Nein, das wäre Unsinn. Sie sind nicht dumm«, gab Oleg zu bedenken. »Sie kamen vom Wasser her. Vom Süden des Sees, oder vom Fluss weiter stromaufwärts.«

»Suchen wir im Süden nach ihnen? Nachdem wir auf dem Wytegra niemanden entdeckt haben?«, fragte ich Oleg. Er nickte und wir gaben das Zeichen zum Umkehren.

Die Situation beunruhigte mich, aber ich ließ es mir nicht anmerken. Viele Fragen blieben offen. Wo waren die Flüchtlinge? Wenn der Angriff vom Süden her erfolgt ist, hätten sich die Überlebenden in den Norden durch die Wälder bis zum Onegasee schlagen können, um Rurik Nachricht zu geben. Oder sie wären nach Beloozero zurückgekehrt, doch wir fanden niemanden.

Igor, der auf dem Schiff gewartet hatte, war nervös und die Erregung und Aufgeregtheit seines jungen, unerfahrenen Alters konnte er nicht verstecken. Er redete und fragte noch mehr als sonst. Wie ein Wasserfall überschlugen sich seine Worte. Geduldig versuchte ich unser weiteres Handeln zu erklären, aber er nahm gar nicht wahr, was ich sagte, sondern redete ohne Unterlass weiter.

Wir ruderten von der zerstörten Stadt aus nach Süden. Die Sicht wurde immer noch durch einige Rauchschwaden verschleiert. Als wir den schwarzen Nebel hinter uns gelassen hatten, blickten wir auf das Südufer des Weißen Sees. Das Land war flach und doch erhob sich ein kleiner Hügel am Horizont. Die Sonne blendete mich und ich hob die Hand über meine Augen, um besser sehen zu können. Je näher wir kamen, desto deutlicher wurde es. Dieser breite, aber flache Hügel war von Menschenhand gemacht und es stellte sich bald heraus, dass es eine Festung war. Umgeben von einem aufgeschütteten Erdwall und einem Graben verschanzten sich die Slawen und warteten auf uns.

Jetzt erst entdeckten wir westlich dieser Festung ein Dutzend Schiffe, die am Waldrand ans Ufer gezogen worden waren. Es waren zwar Handelsschiffe, aber dennoch war mir sofort klar, dass dies die Boote gewesen sein mussten, mit denen die Slawen von Beloozero in den Süden geflohen waren, nachdem sie die Stadt niedergebrannt hatten. Hatten sie damit Sineus sogar angegriffen? Kriegsschiffe besaßen sie nicht und so konnten sie ihre Handelsschiffe zweckentfremdet haben, um ihre Krieger über den See zu setzen. Wie aber war das möglich? Handelsschiffe waren viel zu langsam für einen Überraschungsangriff. Sineus hätte die Slawen kommen sehen müssen.

Ich schaute auf die Schiffe, dann auf die Festung. Das Schicksal hatte mich hier an diesen Ort geführt, ich aber haderte damit. Tut, was nötig ist, um mein Königreich auf Beloozero zu erweitern, hörte ich Rurik sagen. Es war unabdingbar diese Festung zu erobern, die Slawen darin zu vertreiben, sie zu besiegen. Genau das gefiel mir nicht. Ich hatte auf eine Falle gewartet, einen Hinterhalt, auf einen Kampf Mann gegen Mann, tief im Innern jedoch hatte ich gehofft, Beloozero friedlich zurückzuerobern. Der Anblick der Festung machte den letzten Funken Hoffnung zunichte. Warum sollten sich die Slawen auch verstecken? Es war ihr Land. Wir wollten es haben, somit mussten wir es erobern, mussten sie aus ihrer Festung vertreiben. Vorahnungen erschienen vor meinem inneren Auge, während ich auf den Erdwall spähte. Wir würden in

414

den Graben rutschen, den Wall emporklettern, während die Slawen lachend Speere auf uns regnen lassen konnten. Männer würden sterben, vermutlich mussten wir alle sterben.

»Wir sollten die Schiffe verbrennen«, sagte Eric und holte mich aus meinen düsteren Gedanken.

»Warum sollten wir das tun. Sie haben diese Schiffe längst aufgegeben. Keiner bewacht sie. Nehmen wir sie mit nach Ladoga«, erwiderte Oleg.

Zum ersten Mal fuhren wir die Odrerir auf den Sand eines Strandes. Wir hatten sie in Birka vom Ufer ins Wasser geschoben und seitdem kannte der Kiel unseres Schiffes nichts anderes als das Nass des Meeres. Nun aber war das vorbei. Knirschend schob sich die Odrerir auf den Sand östlich der Festung. Das Geräusch erinnerte mich an Lindisfarne, als wir als Wikinger angelandet waren, geraubt und gebrandschatzt hatten, zurück auf das Schiff gerannt und verschwunden waren. Ich sah die Bilder vor mir, wie wir von Bord gesprungen waren und das Kloster gestürmt hatten. Heute war alles ganz anders. Niemand hatte es eilig. Die Männer wussten, worauf sie sich einließen. Keiner wollte das Schiff verlassen, alle starrten nur zu dem Festungswall hinüber, der sich etwa dreihundert Schritt von uns entfernt auftürmte und unseren Tod voraussagte. Ich machte den Anfang, sprang von Deck und watete an Land, kämpfte mich durch den Sand, sank bei jedem Schritt tief ein. Ich schaute mich nicht um, hörte jedoch, wie nun auch die anderen Männer ins Wasser sprangen.

Auf dem etwa zwei Mann hohen Wall zeigten sich die ersten Feinde. Sie spähten zu uns herüber, kundschafteten diejenigen aus, die ihre Festung stürmen wollten. Sie hatten freie Sicht, wussten genau, mit wie vielen Feinden sie es zu tun hatten. Wir dagegen sahen gar nichts, waren blind, mussten uns den Erdwall nach oben schieben, durch die Massen der Feinde kämpfen, wie ein Maulwurf, der nicht wusste, wie viel Erde er schaufeln muss, um endlich das Licht, die Freiheit an der Oberfläche sehen zu können. Gerne hätte ich mir einen Überblick verschafft, mit wem wir es zu tun hatten. Nur ein paar hohe Tannen könnten uns eine Sicht ins Innere der Festung gewähren, wenn wir sie emporklettern würden. Es war schon spät geworden. Die Sonne stand tief am Horizont.

»Werden wir sofort angreifen?«, fragte Igor.

Ich schüttelte fast unmerklich den Kopf, legte die Hand über meine Augen, erforschte die Gegend, versuchte irgendetwas zu finden, was uns weiter brachte. Kjell antwortete an meiner statt. »Es ist zu spät. Die Sonne steht zu tief im Südwesten. Wir würden, geblendet von dem grellen Licht, in den Tod rennen.«

Igor nickte.

Wir schlugen ein Lager auf, über das sich eine erdrückende Stille legte und entzündeten Feuer. Mehr als eigentlich nötig waren, denn wir wollten den Gegner einschüchtern. Oft wurde die Zahl der Feinde an ihren Lagerfeuern gezählt. Selbst wenn die Slawen die Stärke unseres Heeres schon gesehen hatten oder anhand der Schiffe schätzen konnten, war es ein verzweifelter Versuch für Verwirrung zu sorgen.

Das brennende Holz knisterte und die Flammen flirrten in den Himmel, der im blauen Zwielicht der Dämmerung langsam dunkler wurde.

»Wären wir vernünftig, würden wir auf unsere Schiffe zurückkehren und nach Ladoga segeln, dort auf Rurik warten und mit all unserer Kraft wiederkommen«, sagte Kjell.

»Waren wir jemals vernünftig?«, fragte ich und grinste ihn an.

»Wir sind dreihundert Krieger«, raunte Eric voller Zuversicht und schlug mit der Faust in seine Handfläche. »Sie sind Bauern, Handwerker, Siedler. Sie werden uns nicht überraschen, so wie sie es mit Sineus gemacht haben. Wir zerquetschen sie wie eine Ratte unter meinem Stiefel.«

»Wenn drei Bauern einem Krieger gegenüberstehen, werden die Bauern gewinnen«, wandte ich ein.

»Ha«, blaffte Eric und ich wusste, dass er es vermutlich mit fünf Bauern aufgenommen hätte und als Sieger hervorgegangen wäre. Das traf aber nur auf die Wenigsten zu.

»Der Sieg ist möglich«, sagte ich, »doch es ist ein großes Wagnis!«

»Wir müssten erfahren, wie viele sie sind«, mischte sich Igor ein, der sich bisher seltsam zurückgehalten hatte, nachdem sein Redeschwall verebbt war.

Wir diskutierten lange, wie wir am klügsten vorgehen sollten. Alles lief darauf hinaus, den Wall direkt zu erstürmen. Zahlenmäßig mussten sie uns einfach überlegen sein. Wir gingen alle Möglichkeiten durch, doch im Endeffekt bemerkten wir schnell, dass wir gar nichts von unserem Feind wussten. Nicht einmal seine Bewaffnung.

Ich war der vielen Rederei irgendwann überdrüssig und beschloss, in

416

dieser Nacht eine der Tannen zu erklimmen. Von der Festung ging ein schwacher Schein aus. Sie hatten Feuer entfacht, die ich leicht abzählen konnte. Im Schutze der Nacht witterte ich meine Möglichkeit, Licht ins Dunkle zu bringen, mehr über das innere der Festung zu erfahren.

»Ich komme mit dir«, sagte Kjell, ich hielt ihn jedoch zurück und forderte Igor auf, mich zu begleiten.

»Er ist klein und schnell und wird nicht so gut zu sehen sein«, erklärte ich, während ich meinen Gürtel öffnete und zur Seite legte.

»Was tust du da?«, fragte Eric.

»Ich werde alles hier lassen. Waffen, Rüstung, einfach alles. Ich darf keinen Lärm verursachen.«

Sowohl Eric als auch Kjell waren nicht begeistert von diesem Einfall.

»Wenn sie uns entdecken, sind wir tot, egal wie viele Waffen ich bei mir habe. Deshalb sorge ich lieber dafür, meine Möglichkeiten auszuschöpfen, nicht entdeckt zu werden.«

Igor war sichtlich stolz, mich begleiten zu dürfen, hielt es als einziger für ein gutes Vorhaben, jegliche metallene Rüstung abzulegen und brannte darauf, endlich handeln zu können.

Ich band Kruk Lederbändchen um die Füße und übergab ihn Kjell. Auch ihn konnte ich jetzt nicht gebrauchen.

Ich spürte die Aufregung, die nicht nur durch meine Glieder fuhr, sondern vor allem durch die von Igor, was sich an seinem erneuten Redeschwall bemerkbar machte.

»Jetzt, mein guter Freund«, ich beugte mich zu ihm herunter, »ist es an der Zeit die Klappe zu halten. Oder willst du, dass sie uns bemerken und umbringen?«

Er schüttelte den Kopf.

»Na siehst du. Ich will von diesem Moment an keinen Ton mehr von dir hören, bis wir wieder zurück sind.«

Die Tannen standen nur etwa hundert Schritt nördlich vom Erdwall und erstreckten sich weitere hundertfünfzig Schritt bis zum Ufer des Weißen Sees. Es war nicht schwer, den Waldrand zur Festung hin zu erreichen, denn wir konnten uns am Ufer in das Wäldchen schlagen und waren so vor Blicken geschützt. Ich zog mir einen schwarzen Umhang über und auch Igor band sich ein schwarzes Tuch um die blonden Haare.

»Schmiere dir Dreck ins Gesicht«, sagte ich dem Jungen und er setzte schon an, den Befehl zu kommentieren. Ich erinnerte ihn mit erhobener Hand daran, dass er die Klappe zu halten hatte und so verstummte er, nahm eine Hand voll Erde und rieb sie sich unter die Augen, auf die Wangen, um den Mund und auf die Stirn.

Lautlos liefen wir am Strand entlang nach Westen, bis wir die Nadelbäume erreichten. Von Baum zu Baum schlängelten wir uns durch den Wald. Ein Uhu rief, der Mond versteckte sich hinter Wolken und tauchte uns in eine düstere Finsternis, wie ich sie selten erlebt hatte. So muss es bei Hel, der Totengöttin aussehen, dachte ich bei mir. Während ich mich aber vor Hel fürchtete, war die Dunkelheit an diesem Tag unser Freund. Ich drehte mich immer wieder um, und obwohl Igor dicht hinter mir war, sah ich ihn nicht. Nur das Weiße in seinen Augen blitze auf, brechende Zweige unter seinen Füßen und sein schneller, aufgeregter Atem verrieten, dass er mir folgte. In dieser absoluten Stille kam mir jeder Atemzug so laut vor, als wäre es das Röhren eines Elches, das in der Nacht erschallt. Langsam tasteten wir uns voran. Kleine Stöcke brachen unter meinem Gewicht und ich fluchte innerlich, hatte Angst, entdeckt zu werden. Eine Maus schreckte auf, rannte durchs Unterholz und verursachte solch einen Lärm, dass ich zusammenzuckte und für wenige Augenblicke mit weit aufgerissenen Augen in die Finsternis starrte. Wenn eine Maus solch einen Krach verursacht, können sie uns nicht hören, beruhigte ich mich selbst und schlich vorsichtig weiter. Einen Fuß vor den anderen. Jeder Schritt war bedacht.

Endlich sah ich einen schwachen Schein, der zwischen den Schatten der Bäume aufleuchtete. Da wusste ich, dass wir bald am Ziel sein würden. Immer weiter schlugen wir uns durch dichte Tannen, kleine, tote Äste streiften mein Gesicht, verfingen sich in meinen Haaren.

Ich blieb stehen. Stimmen, ich hörte Stimmen. Sie waren zu nah, als dass sie vom Wall ausgehen konnten. Ich hob die Hand, Igor wartete hinter mir. Gebannt horchte ich in die Düsternis, schaute auf das flackernde Licht, das von der Festung ausging. Langsam sog ich Luft in meine Lungen, die nach mehr verlangten, doch aus Angst gehört zu werden, kam ich dieser Forderung nicht nach. Ich drehte mich um. Igor hatte die Augen weit aufgerissen. Starr vor Furcht öffnete er den Mund. Er wollte nichts sagen, hatte einfach nur unbändige Angst. War es klug, ihn mitgenommen zu haben, fragte ich mich. Das Schicksal ist unausweichlich und er konnte dabei viel Erfahrung sammeln. Wenn er es denn überleben würde.

Ich blickte wieder in Richtung der Festung und versuchte zu erkennen, von wem die Stimmen ausgingen. Schließlich sah ich sie. Zwei Männer. Zwei Krieger standen dort, keine hundert Schritt entfernt am Waldrand. Sie standen Wache. Oleg hatte Recht, die Slawen waren nicht dumm. Sie hatten meinen Plan durchschaut und warteten nur darauf, dass ich vor ihnen auftauchen würde, um mich aufzuschlitzen.

Vermutlich wäre es am klügsten gewesen, umzukehren. Doch irgendetwas in mir trieb mich vorwärts, zwang mich, nicht aufzugeben. Wie sollte ich an den Wachen vorbei kommen? Gar nicht, war meine Antwort. Ich musste sie ausschalten und das war fast unmöglich. Wir waren unbewaffnet und ohne Rüstung. Noch dazu hatten wir zwei Gegner und waren selbst nur ein Krieger und ein Kind. Der einzige Vorteil war, dass die beiden Wachen so sehr in ein Gespräch vertieft waren, dass wir überraschend zuschlagen konnten. Ich vermutete, dass der Befehlshaber den Auftrag gegeben hatte, am Waldrand Wachen aufzustellen. Diese beiden Männer, deren Schatten im fahlen Flammenschein der Festungsfeuer nur zu erahnen waren, empfanden ihren Dienst dagegen als langweilig und unnötig. Genau das war unser Glück.

Viele Gedanken schossen mir durch den Kopf. Sollte Igor die Männer auf sich aufmerksam machen und sie so in einen Hinterhalt locken? Sollten wir uns so nah wie möglich heranpirschen und dann überraschend zuschlagen? Ich lehnte mich mit dem Rücken an einen Baum und sank langsam in die Knie. Der nächste Schritt musste gut überlegt sein. Ich griff nach einem langen Stock, der zu meinen Füßen lag. Er eignete sich gut als Waffe. Ich umschloss das dünnere Ende mit meiner Hand. Er war schwer und nicht morsch. An der dickeren Seite des Astes saßen mehrere kleine, abgebrochene Auswüchse, die meine improvisierte Keule zu einer gefährlichen Waffe machten. Ich hielt den Stock senkrecht vor mein Gesicht, legte den Kopf in den Nacken, lehnte den Hinterkopf an den Baum und schloss die Augen. Ich schickte ein Stoßgebet zu Thor, Odin und Tyr, während ich mit der linken Hand meinen Hammer Thors umfasste. Wie sollte ich vorgehen? Die Götter antworteten nicht. Ich öffnete wieder die Augen. Genau in dem Moment, in dem ich entschied, alleine, ohne Igor, vorzupirschen, fiel mir auf, dass ich etwas Entscheidendes übersehen hatte. Auf dem Wall würden weitere Wachen stehen, die die beiden Männer am Waldrand gut im Blick hatten. Ich zögerte. Der Uhu rief wieder, lauter als zuvor, aus der Richtung des Festungswalls. War das ein erhofftes Zeichen? Ich deutete Igor, hier zu warten. Der riss seine Augen noch weiter auf, rang mit sich, denn sein Mut musste ihm befehlen, mir zu folgen. Doch er hatte Angst und ich wollte ihn nicht in noch größere Gefahr bringen, als ich es schon getan hatte. So akzeptierte ich keine Widerrede, was ihn sichtlich erleichterte. Ich schaute hinter meinem Versteck hervor. Ich würde gehen, es gab kein Zurück. Odin wird auf meiner Seite sein. Die beiden Krieger waren immer noch in ein Gespräch vertieft und so begann ich, die gut hundert Schritte zu ihnen lautlos zu überwinden. Ich ging geduckt und der schwache Schein der Festung erhellte den Boden. Gerade so, dass ich erahnen konnte, wo die Äste lagen, die unter meinem Gewicht zerbrechen mussten und mich so verraten würden. Ich bog vorsichtig einen fingerdicken, mit grünen Nadeln besetzten Ast in Augenhöhe zur Seite, um daran vorbeizugehen, als etwas geschah, was ich niemals in meinem Leben vergessen werde. Ich war noch etwa zwanzig Schritte entfernt, als ich das Geräusch vernahm, ein Laut, der mir wohl bekannt war. Als ich es zum ersten Mal gehört hatte, war es nicht mehr als ein leiser, schwacher Ton gewesen, der von einem völlig schutzlosen Lebewesen ausgegangen war. Jetzt schwoll es zu einem ohrenbetäubenden Gebrüll an. Ein schreiendes Krächzen, das in die Glieder fuhr, die Stille der Nacht, wie Blitz und Donnergrollen zugleich, durchbrach. Die Stimmen der Wachen wurden verschluckt, gebannt starrte ich in die Höhe, über die Wipfel der Tannen, entdeckte einen schwarzen Schatten, der vom Himmel fiel. Es war Kruk, der im Sturzflug auf die beiden Krieger zustürmte und direkt vor ihnen seine Flügel ausbreitete, um sie von vorne mit seinen Krallen zu attackieren. Die beiden Männer schrien und fuchtelten mit ihren Armen herum, um den Vogel abzuwehren. Kruk sauste an ihnen vorbei, nur um gleich darauf den nächsten Angriff zu starten. Ich brauchte einen Moment, bis ich verstand, was hier geschah. Dann rannte ich geduckt auf die schreienden und taumelnden Männer zu. Rufe vom Festungswall wurden laut, in slawischer Sprache, die ich nur unzureichend verstand. Das musste ich allerdings auch nicht, um zu wissen, dass die beiden Wachen am Waldrand die volle Aufmerksamkeit der Festung hatten.

Kruk versuchte zum zweiten Mal seine Krallen in die Haut eines Mannes zu graben, der jetzt nur noch zehn Schritt von mir entfernt war. Beide zogen ihre Schwerter und schlugen nach dem Raben. Mein treuer Vogel wich aus und floh laut krächzend in Richtung des Festungswalls.

Wieder ertönte eine Stimme vom Erdhügel. Die Wache vor mir antwortete und ich wartete, wusste nun nicht mehr vor oder zurück. Kruk wies mir den Weg, den ich gehen musste, denn in diesem Moment hörte ich Flüche und Gebrüll der weit entfernten Wachen. Kruk griff sie an und da wusste ich, dass jetzt der Moment gekommen war. Keiner achtete mehr auf den Waldrand, alle beschäftigten sich mit meinem Raben. Mit schnellen, großen Sprüngen überwand ich die letzten Schritte bis zu meinen Feinden, holte mit meiner Keule aus und schlug mit all meiner Kraft zu. Ich traf meinen Gegner von hinten am Ohr und auf die Schläfe, trat den taumelnden Mann in die Kniekehle, schob ihn beiseite und rammte die Spitze des Stockes ins Gesicht des anderen, holte erneut aus, stach mit den Fingern meiner linken Hand nach seinen Augen, bevor meine Waffe sein Nasenbein zertrümmerte. Bewusstlos und übel zugerichtet brach auch der zweite Gegner zu Boden. Blutrausch erfasste mich und ein kleiner Teil von mir wollte wie ein Berserker in die Massen der Feinde rennen. Ich holte tief Luft, kleine Wolken meines Atems bildeten sich vor meinem Mund. Immer noch hörte ich hysterische Rufe vom Festungswall, eilig zerrte ich die schlaffen Körper meiner beiden Gegner in den Wald hinter die Bäume. Ich nahm das Schwert des einen Mannes und wollte vollenden, was ich begonnen hatte, doch dann berührte mich eine Hand an meiner Schulter. Blitzschnell drehte ich mich herum und hätte Igor fast erschlagen, der mich ganz ruhig ansah, als wäre er sich der Gefahr durch mein Schwert nicht bewusst gewesen. Er schüttelte den Kopf, holte mich durch seine besonnene Haltung aus meinem Rausch.

»Töte sie nicht«, flüsterte er und brach damit sein Versprechen, bis zu unserer Rückkehr zu schweigen.

»Warum?«, fragte ich ihn.

»Töte sie nicht!«, flüsterte er wieder und ich gehorchte, vertraute auf seine Klugheit, denn er sah so aus, als hätte er einen Einfall, den zu erklären jetzt zu kompliziert war.

Es herrschte wieder Totenstille. Vom Festungswall verebbten die Rufe und Schreie. Es war nur noch leises Gemurmel zu hören. Kruk war entweder tot oder geflohen. Lautlos kletterte ich einen der Bäume empor und hatte Glück. Die Höhe der Tanne bot mir gerade so einen Blick ins Innere der Festung. Ich zählte siebzig Feuer und vermutete, einige übersehen zu haben, die vom nahen Wall verdeckt waren.

Schnell, aber vorsichtig stieg ich wieder von Ast zu Ast herab, bis ich den Boden erreichte. Igor bewachte die beiden Krieger, die immer noch bewusstlos waren.

Ich nahm wieder das Schwert des einen Mannes und so langsam wir uns dieser Stelle genähert hatten, so schnell zogen wir uns zurück. Wir rannten durch den Wald, bis wir den Strand erreichten. Ich atmete schwer, Igor rang nach Luft. Wir hatten überlebt. Mehr noch. Wir wussten endlich, mit wem und mit wie vielen wir es zu tun hatten. Das alles hatten wir nur Kruk zu verdanken. Hatte er mein Leben gerettet? Vielleicht. Ohne ihn wäre ich zu den beiden Kriegern geschlichen und wahrscheinlich hätten sie mich bemerkt und getötet. Ich hoffte, dass mein Rabe überlebt hatte und bei Kjell auf mich wartete.

Die letzten Schritte liefen wir gemächlich zurück ins Lager. Ich wog das Schwert in der Hand. Es war eine gute Schmiedearbeit und der Knauf mit verschnörkelten Linien verziert. Ich lachte, klopfte Igor auf die Schulter, der mich grinsend ansah. »Das haben wir gut gemacht, mein Junge!«, sagte ich und sah Stolz in seinen Augen blitzen.

Als wir keine zwanzig Schritt von den flackernden Flammen unseres Lagers entfernt waren, flog ein schwarzer Schatten auf mich zu. Ich konnte es kaum glaube, es war Kruk. Er krächzte kurz, landete auf meiner Schulter und putzte mich im Ohr. So wie er es immer tat, wenn er von einem Ausflug zurückkam. Ich strich ihm über den Kopf und konnte nicht glauben, was mein Vogel für mich getan hatte. »Du bist ein Rabe Odins. Ist es nicht so?«, fragte ich Kruk und ich bildete mir ein, dass er kurz mit dem Kopf nickte.

»Du solltest den Raben festhalten«, rief ich Kjell zu, der uns, wie auch die anderen, gar nicht kommen sah. Unsere Wachen hatten uns geräuschlos passieren lassen. Er stand mit Schwert und Schild vor Oleg, redete wild gestikulierend auf ihn ein. Auch Eric und Kogg waren völlig aufgebracht. »Was meinst du, warum ich ihm die Lederschlaufen umlegte, du Ochsenhoden!«, lachte ich. Kjell drehte sich überrascht um.

»Bei den Göttern, ich dachte, du bist tot!«, rief Kjell mir entgegen.

»Was ist passiert?«, fragte Eric und ich sah Erleichterung über Koggs Gesicht huschen.

»Kruk riss sich plötzlich los«, erzählte Kjell, ohne auf eine Antwort von mir zu warten. »Kurz darauf hörten wir ihn krächzen, dann vernahmen wir Schreie, konnten aber nicht genau verstehen warum. Mit einem Mal war wieder alles still! Ich versuche seit geraumer Zeit diesen Sturkopf davon zu überzeugen, sofort anzugreifen, um euch beide da rauszuholen. Ich konnte Kogg kaum noch zurückhalten, einfach alleine gegen den Wall anzurennen.«

Ich sah Kogg an. Er schritt auf mich zu, steckte sein Schwert in die Scheide und klopfte mir auf die Schulter. »Ich bin froh, dass du wieder zurück bist.«

»Ich sagte doch, es geht ihnen gut«, grinste Oleg und ich erwiderte sein Lachen.

»Mein Rabe rettete mir das Leben«, erklärte ich. »Igor«, wandte ich mich an den Jungen, »Ich denke, du brennst darauf, unsere Geschichte zu erzählen.« Wissen die Götter, darauf hatte der Sohn Ruriks in der Tat gewartet. Er redete schnell wie ein Wasserfall, machte kaum Pausen, erzählte sich die Aufregung von der Seele und alle hörten ihm gebannt zu. Ich selbst erlebte während seiner Erzählung noch einmal, was geschehen war. Erst jetzt wurde mir bewusst, wie leichtsinnig ich gehandelt hatte. Manchmal wird Leichtsinn belohnt, wenn man unter dem Schutz der Götter steht.

»Warum sollte Ragnar die beiden Männer am Leben lassen?«, fragte Eric am Ende. Igor schaute uns einem nach dem anderen mit dem schelmischen Grinsen seines Vaters an.

»Überleg doch mal, was die beiden Männer erlebten. Seht es aus ihrer Sicht«, gestikulierte Igor und spielte die Geschehnisse nach. »Plötzlich kam ein Rabe geflogen. Er griff uns an, riss mir die Haut auf und so schnell er gekommen war, verschwand er wieder. Irgendetwas oder irgendjemand schlug uns ohnmächtig und seitdem können wir uns an nichts mehr erinnern. Wie wirkt diese Geschichte auf euch?«

»Völlig unglaubwürdig?«, riet ich.

»Der Junge hat Recht, es muss ihnen vorgekommen sein, als wären sie von den Göttern persönlich angegriffen worden«, stimmte Oleg zu.

»Die Männer vom Festungswall können den Angriff eines Raben bestätigen, also werden sie den beiden Wachen glauben«, erklärte Igor weiter.

»Das bringt uns nicht weiter«, mischte sich Eric ein. »Wie viele Feuer zähltest du, Ragnar?« Ich erkannte in seinen Augen, dass er nicht viel von der Raben und Göttergeschichte Igors hielt.

»Siebzig, aber ich konnte nicht ihr ganzes Lager einsehen. Ich schätzte eher achtzig oder mehr«, antwortete ich.

»Dann müssen wir mit etwa vierhundert Mann rechnen«, schätzte Kjell.

»Wie haben sie nur Beloozero zerstören können?«, fragte Eric nachdenklich.

»Das spielt jetzt keine Rolle, wir haben nicht mehr viel Zeit. Bis zum Morgengrauen sind es nur noch wenige Stunden«, erwiderte Igor, wollte noch etwas sagen, wurde jedoch von Eric unterbrochen.

»Mit vierhundert können wir es aufnehmen. Lasst uns im Morgengrauen angreifen.«

Oleg hob die Hand. »Lasst den Jungen ausreden«, mahnte er und endlich kam Igor wieder zu Wort.

»Die beiden Krieger, die du erschlugst, Ragnar. Sie werden vermutlich jetzt wach. Ich hoffe es zumindest. Sie werden in die Festung gehen und genau das berichten, was ich euch eben erzählte. Sie werden auch aufgrund ihrer Verletzungen nicht auf taube Ohren stoßen. Wie Oleg schon sagte, die Götter haben sie angegriffen.«

Allmählich wusste ich, worauf der Junge hinaus wollte.

Wir zogen einen unserer slawischen Krieger hinzu, der beide Sprachen sprach und fragten ihn über den Glauben der Einheimischen aus und unser Plan nahm Gestalt an. Selbst Eric verstummte irgendwann. »Es könnte funktionieren«, beugte er sich der Mehrheit. »Es könnte funktionieren. Wenn nicht, entscheidet das Schwert.«

Am nächsten Morgen regnete es leicht. Nach der kühlen Nacht war es ein warmer Sommerregen und die Luft roch gut. Über uns hing eine schwarze Wolke, die ihren Inhalt sachte auf uns ergoss.

Unsere Krieger nahmen Aufstellung. Alle waren über unser Vorhaben informiert worden. Kjell, Kogg, Eric, Oleg, Igor und ich gingen an der Spitze. Unsere dreihundert Mann liefen in einer langen Reihe hinter uns. Vor uns versammelten sich die Slawen auf ihrem Wall, bereit uns mit tödlichen Speeren und Schwerthieben, mit Sensen und Heugabeln zurück zu schlagen.

Wir waren noch einen Pfeilschuss von der Festung entfernt, als Oleg seine Hand hob. Wir kamen zum Stehen.

»Schildwall!«, schrie der grauhaarige Gefolgsmann Ruriks und sofort donnerten Schilde aufeinander. Augenblicklich fing mein Herz an, schneller zu schlagen. Mein Körper kannte dieses Geräusch des Krieges und wie ein Tier war ich darauf konditioniert, Kraft durch meine Adern in Beine und Arme zu pumpen. Ich drehte mich um und schaute auf unsere Reihen. Die Schilde überlappten sich. Ich grinste. Nie zuvor hatte ich den eigenen Schildwall betrachten können. In Norwegen hatte ich schon in einigen kleineren Schildwällen gekämpft, doch ich wusste nur, wie es aussah, wenn man aus den eigenen Reihen mit Angst und Schrecken die Schildburg aus Holz und Stahl seiner Feinde betrachtete. Zum ersten Mal stand ich als einer der Anführer vor den eigenen Kriegern und das machte mich stolz. Ich zog mein Schwert und schlug mit der Klinge auf den Rand meines Schildes. Dreihundert Krieger taten es mir gleich, brachten meinen Körper in Wallung, bis die Vibration meines Schwertes nach Feindesblut schrie. Oleg hob wieder den rechten Arm. Wir verstummten. Es war das Zeichen, dass ich nun mit Oleg, Igor, Kogg und dem slawischen Übersetzter alleine nach vorne gehen sollte. Wir schritten auf die Festung zu und signalisierten unseren Feinden, dass wir verhandeln wollten. Die Männer auf dem Wall schrien uns Beleidigungen entgegen. »Scheißdreck, Huren«, übersetzte der Slawe.

»Das«, betonte Oleg, »brauchst du uns schon lange nicht mehr übersetzten. Wir verstehen schon sehr gut, wie sie uns nennen.« Ich schmunzelte in mich hinein.

Auf der Gegenseite löste sich eine kleine Gruppe, vier Mann stolperten den Wall hinunter und kamen auf uns zu. Zehn Schritte vor uns blieben sie stehen. Wir schauten einander an, ohne dass jemand etwas sagte. Sie alle trugen einen Ringpanzer. Die vernieteten Glieder waren mit Blut befleckt und ich vermutete, dass es die erbeuteten Rüstungen von Sineus‹ Männer waren. Wenn die Anführer auf die Rüstungen der gefallenen Feinde angewiesen waren, so konnte ihr Heer nur wenige Krieger mit sich führen. Zu meiner Enttäuschung war keiner der beiden Männer bei ihnen, denen ich gestern meinen Stock ins Gesicht geschlagen hatte.

Mir fiel es unglaublich schwer, still zu stehen, mich nur wenig zu bewegen. All die Kampfeslust, die durch meine Adern rauschte, durfte ich nicht ausleben. Alles hing stattdessen von meinen Erzählkünsten ab. Ich erinnerte mich an den Abend, an dem ich Björns Bruder Anund in Birka meine Geschichte beschrieben hatte und hoffte auf mein Talent als Skaldenkrieger, auf meinen Raben und auf die beeindruckende Gestalt von Kogg.

Kruk saß auf meiner Schulter. Ich hatte ihn mit den Lederbändern an meiner Hand festgebunden, es war unabdingbar, dass er blieb, wo er war.

»Kennt ihr Odin?«, schrie ich meinen Feinden entgegen und es tat gut, wenigstens meine Stimme erheben zu dürfen, wenn ich doch mein Schwert, das so sehr nach Feinden geschrien hatte, wieder in die Scheide stecken musste.

Die vier Männer der Slawen reagierten nicht. Ich verstand mittlerweile zumindest einige Brocken ihrer Sprache und konnte mir manches herleiten, wenn ich es deutlich hörte. Dagegen schienen sie mein Schwedisch nicht deuten zu können. Unser Slawe übersetzte für mich.

Mit Genugtuung beobachtete ich, wie ihre Blicke auf meinem Raben ruhten. Obwohl sie versuchten, keine Regung zu zeigen, bildete ich mir ein, dass es Angst war, die ihnen über das Gesicht huschte. Dass sie die Erscheinung Koggs im Gegensatz zu meinem Raben unbekümmert ließ, wies mir den Weg und machte mir Mut, dass Igors Einfall aufgehen würde.

»Odin«, fuhr ich fort, »ist der König unserer Götter. Er ist auch der Gott des Todes«, schrie ich und legte nun all meine Wut in meine Worte. »Mit den verstorbenen Seelen fliegt er über das Land. Wenn der Wind über eure Köpfe streicht, so ist es Odin mit seinem Heer der verstorbenen Seelen, der mit euren Haaren spielt. Wenn der Sturm über eure Felder fegt, so ist es Odin mit dem Heer der toten Seelen, der eure Ernte verfaulen lässt. Gestern Nacht kam Odin über dieses Land. Sein Seelenheer nahm die Gestalt eines Raben an. Dieses Raben«, schrie ich und zeigte auf Kruk, der ganz einfach ruhig sitzen blieb und unser Gegenüber anstarrte.

»In Gestalt dieses Raben kämpfte er gegen euren Windgott Stribog. Um euch zu zeigen, dass er gesiegt hat, erschlug er anschließend zwei eurer

Männer. Er ließ sie am Leben, damit sie berichten können, dass es Odin ist, der die Fühler nach eurem Land ausgestreckt hat. Er lacht über euch. Er sieht eure Götter und lacht über sie. Wo ist Veles, euer Beschützer? Wo ist Svarog und sein Sohn Dazbog, der Kriegsgott? Sie verkriechen sich vor unserem Totengott. Sie machen sich in die Hosen vor Angst. Sie haben dieses Land längst verlassen.« Mich überkam wieder jenes Hochgefühl, ein Rausch der Worte. All meine Kampfeskraft verwandelte sich in Rede und Wendungen, die mir von den Lippen gingen, ohne dass ich nachdachte. »Odin schickte mich. Er zeugte mich einst mit einer Menschenfrau und gab mir einen Auftrag. Ich soll sein Werk vollenden und diese Welt von den schwachen Göttern befreien. Dieser Rabe soll mein Zeuge sein.« Ich machte einen Schritt auf meine Feinde zu und beugte meinen Oberkörper vor. Ich wusste, dass die große Gestalt von uns Schweden die kleineren Slawen beeindruckte und ich versuchte auch das zu meinem Vorteil zu nutzen, so imposant wie möglich zu erscheinen.

»Dieser Vogel ist es, der eure beiden Männer erschlug. In ihm wohnen tausende gefallene Seelen und er kam, um euch zu vernichten.«

Ich ging noch weiter auf meine Feinde zu, las Furcht in ihren Augen und nur wenige Schritte von ihnen entfernt, riskierte ich es, Kruk los zu lassen. Ich betete zu allen Göttern, die ich kannte, dass er sich in diesem Moment nicht anfing zu putzen oder einfach davon flog. Sonst wäre all der Zauber zerstört worden. Ich spürte, wie sich der Vogel anspannte und so ging ich dieses Wagnis ein. Kruk übertraf meine Erwartungen bei weitem. Er breitete seine Flügel aus und schlug ein paar Mal kräftig, ohne abzuheben. Dabei ließ er wieder den entsetzlichen Schrei los, wie er es schon die Nacht zuvor getan hatte. Ein Krächzen, das durch Mark und Bein ging. Er blickte in die weit aufgerissenen Augen der Slawen, die nur wenige Schritte von ihm entfernt waren, hob ab und flog über die Köpfe unserer Gegner, die daraufhin all ihre Fassung verloren. Sie hoben schützend ihre Hände über die Köpfe, zuckten zusammen, gingen in die Knie und machten ihrer Angst durch mädchenhafte Schreie Luft.

»Verlasst diese Festung und flieht, solange ihr noch könnt!«, schrie ich so laut, dass mich jeder hören konnte und ging weiter auf die vier Männer zu, zog meine Waffe, brüllte sie an und schlug mit meiner Klinge auf den Schildrand. »Flieht«, schrie ich wieder. Ich hob mein Schwert und gab meinen Männern das Zeichen. Sie brüllten und schlugen mit ihren Waffen ebenfalls auf ihre Schilde. Der Donner des Krieges grollte über das Land und die Slawen taten genau das, was ich erhofft hatte. Angsterfüllt drehten sie sich um und rannten stolpernd zurück. Immer wieder blickten sie sich um und schauten uns mit großen Augen entgegen. »Flieht!«, schrie ich und schließlich rückten wir vor. Kruk flog über die Festung, krächzte so laut, dass er die Stimmen unser drei hundert Mann zu übertönen schien. Unsere Feinde flohen, rutschten den Festungswall herunter und flüchteten sich in die nahen Wälder, zerstreuten sich in alle Himmelsrichtungen.

Wir hatten gesiegt. Ohne einen einzigen Menschen zu töten schlugen wir unsere Feinde in die Flucht.

»Rurikiden!«, schrie ich und wiederholte dieses Wort immer wieder, bis unser gesamtes Heer in meine Rufe einstimmte.

»Rurikiden!«, brüllten wir.

Dann rannte auch ich. Ich wollte sie nicht alle entkommen lassen, wir mussten eine Botschaft hinterlassen und Oleg, Kjell, Eric und Kogg jagten neben mir. Wir mussten einen Feind erwischen, liefen wie Wölfe, die ihre Beute vor sich hertreiben. Genau wie die Raubtiere lösten wir drei Männer von der großen Herde, verfolgten sie, gnadenlos, Blut witternd.

»Feiglinge!«, schrie Kjell. »Dreht euch um und kämpft.«

Stattdessen flohen sie weiter, schauten immer wieder nach hinten, bis einer von ihnen stolperte. Oleg schlug ihm sein Schild im Vorbeirennen gegen den Kopf. Wir wollten sie alle drei und wir bekamen sie, nahmen ihnen ihre Waffen weg und schoben sie vor uns her, drückten sie zu Boden und Oleg beugte sich zu ihnen herunter.

»Sagt euren slawischen Freunden, dass es die Rurikiden im Auftrag des großen Gottes Odin waren, die über euch hergefallen sind. Sineus mögt ihr getötet haben, aber Rurik herrscht nun über dieses Land. Er ist in der Gunst unserer Götter. Solange er unter ihrem Schutz steht, ist er unbesiegbar. Fügt euch seiner Kraft oder sterbt. Unterwerft euch seiner Macht oder findet den Tod durch Ragnar, der eure Seelen mit seinem Raben verfolgt, bis sie ausgesaugt sind und kein Leben mehr in ihnen wohnt. Verdammt sollt ihr sein für alle Zeit.« Unser herbeigeeilter Slawe übersetzte. Die drei Männer schauten mich angsterfüllt an. Kruk landete auf meiner Schulter und die drei krochen vor mir weg. Mein Rabe steckte mir den Schnabel ins Ohr, ich spürte seine Zunge. So, wie er es oft tat.

Ich wusste nie warum, vermutete, dass er mich putzen wollte oder den Schmalz aus meinen Ohren leckte. Ich nutzte auch dieses Verhalten zu meinem Vorteil. »Nein, heute lassen wir sie leben«, sagte ich und tat so, als würde ich meinem schwarzen Vogel auf eine Frage antworten. Erleichterung machte sich auf den Gesichtern der drei Krieger breit.

»Kein Blut soll mehr vergossen werden. Sagt euren Freunden, dass sie sich uns anschließen und sich mit Rurik verbünden sollen! Als Zeichen unseres guten Willens«, Oleg zeigte auf Igor, der neben mir stand, »nahmen wir slawische Namen. Ich bin ein treuer Gefolgsmann Ruriks und Ragnars. Mein Name ist Oleg. Dies ist der Sohn Ruriks und sein Name ist Igor. Vergesst diese Namen nicht und erzählt sie unter den slawischen Stämmen! Jetzt geht«, beendete Oleg seine Rede, schritt hinter die Gefangenen, richtete sie auf, schaute ihnen ins Gesicht und nickte ihnen freundlich zu. »Geht!«

»Wartet«, rief Igor und kramte in seiner Tasche. »Seht es als euren Auftrag an, diese Nachricht unter den Stämmen zu verbreiten. Nehmt diese Silbermünzen und tut den ersten Dienst für euren neuen König Rurik. Wie heißt Ihr?«, fragte er, während er dem verwirrten Slawen Silber in die Hand gab.

»Rostow«, sagte der Mann, der auf das Edelmetall in seinen Händen starrte.

»Rostow«, sprach ihn Igor mit seinem Namen an. Bisher musste unser Übersetzer immer aushelfen und kam kaum nach mit all den Worten, die über ihn hereinbrachen, jetzt aber bemühte sich Igor ganz langsam in gebrochenen Slawisch: »Wir wollen helfen und nicht kämpfen.«

Mit diesen Worten gab er den beiden anderen Gefangenen ebenfalls eine Handvoll Silber und ließ sie ziehen.

Sie gingen ein paar Schritte rückwärts. Konnten nicht glauben, dass sie nicht nur am Leben waren, sondern auch noch mit Silber freigelassen wurden. Sie starrten abwechselnd in ihre vollen Hände, auf Igor, Oleg und mich.

»Sagt mir noch eines«, fiel mir im letzten Moment ein. Die drei Männer erschraken und schauten mich ängstlich an. Ich nahm eine offene, freundliche Körperhaltung an, indem ich meine Arme leicht ausbreitete. »Sagt mir nur, wie ihr es geschafft habt, Beloozero mit nur so wenigen Mann einzunehmen«, fragte ich Rostow, der sich fürchtete seine Untat zuzugeben. »Sagt es ruhig, es wird euch nichts geschehen«, forderte ich ihn erneut auf, er schrak zurück. »Sagt es, oder mein Rabe wird euch töten.«

»Wir gaben uns als Händler aus«, stotterte er, »und versteckten uns in den Schiffen. Nachts griffen wir an.«

Ich nickte dankend und wandte meinen Blick wieder zu Oleg. »Ihr hattet Recht, die Slawen sind nicht dumm!«

Kapitel 13 - Die Stadt am See

Wir ließen einen Verwalter zurück, den Rurik bereits im Vorfeld bestimmt hatte. Oleg trug ihm auf, Beloozero am Südufer in und um die eroberte Festung wieder aufzubauen, von dort die Befehle Ruriks auszuführen und das Land zu kontrollieren. Er sollte regelmäßig einen Boten nach Ladoga schicken, um Bericht zu erstatten. Außerdem ließen wir vier Schiffe mit voller Besatzung zurück. Beloozero benötigte Männer, um wieder aufgebaut und verteidigt zu werden. Alles Weitere musste Rurik entscheiden. Ich bezweifelte jedoch, dass die Slawen erneut versuchen würden, den König zu stürzen. Sie wussten nun von unserer Stärke und waren mehr als eingeschüchtert.

Auf der Odrerir fuhren wir wieder über den Onegasee zurück nach Ladoga.

»Du bist ein wahrer Skaldenkrieger«, sagte mir Eric, während der Wind das rot-gelbe Segel aufblähte und wir gerade auf den Swir fuhren. Er bezog sich damit natürlich auf mein Schauspiel, das ich vor den Slawen und auch in Birka aufgeführt hatte.

Ich lachte. »Kein Rattenschiss?«, fragte ich belustigt.

»Nein, mir scheint, als hätte ich dir damals Unrecht getan«, grinste er.

»Wenn du dich jetzt dafür entschuldigen willst, lass es gleich wieder sein. Ich schätze dich als meinen Gefährten und dass du mich beinahe umbrachtest, hab ich längst vergessen«, lachte ich.

»Nanntet Ihr ihn einen Skaldenkrieger?«, fragte Igor, der uns ganz offensichtlich zugehört hatte. »Was ist das?«

»Ich glaube, es gibt nur einen Skaldenkrieger. Das ist Ragnar«, antwortete Eric.

Igor dachte nach, kam nicht dahinter, was gemeint war und hakte erneut nach.

»Wenn du ihm jetzt die Geschichte erzählst, wie ich in Birka vor Anund trat, dann schätze ich dich nicht mehr als meinen Gefährten und muss dich leider über Bord werfen lassen«, warnte ich Eric.

Er lachte und begann trotz meiner Warnung alles auszuplaudern. Ich verdrehte die Augen, seufzte und versuchte meine Ohren zu verschließen.

»Ragnar, der Skaldenkrieger mit dem Raben«, grinste Igor, nachdem er alles gehört hatte. »Ein guter Beiname, findest du nicht?«

Ich sagte mir den Namen in Gedanken noch einmal vor und zuckte schließlich mit den Achseln. So schlecht fand ich ihn nicht einmal obwohl es nicht unbedingt das war, was ich mir immer gewünscht hatte.

»Mir gefällt er«, sagte Igor.

»Sag mir, Igor«, versuchte ich abzulenken, »seit wann sprichst du Slawisch? Das schien unsere drei Gefangenen sehr zu überraschen. Ebenso wie mich.«

»Ich spreche ihre Sprache nicht, wenn ich auch recht viel verstehe, was sie sagen. Ich fragte den Übersetzer zuvor nach diesem Satz und versuchte, ihm diese Worte nachzusprechen. Nicht mehr und nicht weniger.«

»Das war klug«, nickte ich anerkennend und war ein weiteres Mal von dem Jungen beeindruckt, denn er hatte es mit dieser kleinen Geste geschafft, unseren Feind davon zu überzeugen, dass wir uns ihren Gepflogenheiten anpassen würden. »Rostow und die anderen beiden werden deine Güte verbreiten. Da bin ich mir sicher!«

»Ich hoffe, dass sie es tun«, erwiderte Igor, der weniger davon überzeugt zu sein schien.

»Das werden sie«, betonte ich und ich sollte Recht behalten. Die Slawen schlossen sich uns in Beloozero an und Igor wurde sehr beliebt.

Als wir in Ladoga eintrafen, war Rurik längst aus Izborsk zurück. Sein Schiff war am Landungssteg vertäut und schaukelte in den kleinen Wellen, die der Wind ans Ufer trug. Es war sehr windig an diesem Tag und ich hatte Mühe, meine langen Haare zu bändigen. Obwohl ich sie zu einem Zopf gebunden hatte, wehten mir einzelne Strähnen in die Augen. Der König schritt uns bereits entgegen, als wir an Land gingen.

»Was ist euch wiederfahren?«, fragte er ohne Umschweife.

»Ich freue mich auch, Euch zu sehen, mein König«, sagte ich ein wenig vorwurfsvoll, da er uns nicht einmal begrüßt hatte.

Er holte dies entschuldigend nach. Dennoch verwies ich ihn mit seiner Frage auf Oleg und Igor. Die beiden Gefährten sollten von Beloozero berichten und ich vertraute darauf, dass sie Rurik erzählen würden, wem sie den letztendlich verlustlosen Sieg zu verdanken hatten. Für mich gab

432

es in diesem Moment nichts Wichtigeres, als so schnell wie möglich zu meiner Frau und meiner Tochter zu gehen.

Bereits auf dem Heimweg durch die engen Gassen Ladogas quälte ich mich aus meinem Ringpanzer. Trotz des Windes war es warm. Ich schwitzte und der Lederpanzer, den ich unter dem Eisenhemd trug, hatte mich nicht davor bewahrt, dass mir sämtliche Schnakenstiche aufgescheuert worden waren.

Als ich in unserer Hütte ankam und Bithia endlich wieder in meinen Armen lag, ich ihre Brüste auf meinen Rippen spürte, meine Nase in ihre Haare grub und ihren Geruch nach Kräutern wahrnahm, wurde mir wieder einmal klar, wie sehr ich sie vermisst hatte. Ich legte sie auf die Felle, schmiegte mich an sie. Mir schwindelte fast vor lauter Glück, sie zu spüren, ihre Nähe und Vertrautheit mit meiner Seele zu fühlen. Das alles verstärkte den Wunsch in sie einzudringen, um dieses intensive Glück zu vervollkommnen. Doch auch meine Gefährten kamen zurück und so beließen wir es bei der Innigkeit von Umarmungen und Küssen.

»Ihr wart lange weg«, sagte sie schließlich. »Ich habe mir Sorgen gemacht.«

»Uns kam etwas dazwischen«, antwortete ich knapp, lächelte sie an, gab ihr einen weiteren Kuss und hob Edda hoch, um sie zu uns zu legen. Ihre rotblonden Haare wehten, als ich sie über meinen Kopf hielt und sie durch die Luft wirbeln ließ. Sie kam ganz nach ihrer Mutter und würde eine hübsche Frau werden.

»Was ist passiert?«, fragte Bithia.

»Nichts Besonderes«, log ich, wohlwissend, dass sie sich damit nicht zufrieden geben würde, bis ich ihr alles erzählt hätte.

»Du bist ein schlechter Lügner«, lachte sie.

»Wir eroberten Beloozero für Rurik zurück«, erwiderte ich und schaute sie mit einem fröhlichen Gesichtsausdruck an.

»Erobert?«, fragte sie ungläubig und verzog unzufrieden ihr Gesicht. »Das hört sich nach einem weiteren Blutvergießen an.«

»Komm mit«, grinste ich und nahm sie an der Hand. »Ich erzähle es dir und werde dich nicht enttäuschen.«

Gemeinsam mit Edda liefen wir zum nahegelegenen kleinen Bach, der sich südlich von Ladoga bis zum Wolchow schlängelte. Ich schob mir meine schweren Lederstiefel von den Füßen, zog mir mein Leinenhemd über den Kopf und stieg ins Wasser. Es tat gut, sich den Schweiß und den Dreck abzuwaschen. Auch Kruk schritt an den Bach und tauchte seinen Schnabel hinein, legte sein Haupt in den Nacken und schluckte. Ich stieß meinen Kopf ins kühle Nass und peitschte meine Haare in Richtung Bithia, die mädchenhaft aufschrie und den dicken Tropfen auszuweichen versuchte. Es gelang ihr nicht und so war ihr grünes Leinenkleid mit dunklen Flecken genässt, die in der Sonne schnell wieder trockneten. Der Wind war kühl auf meiner Haut und so zog ich mein Hemd schnell wieder über, bevor ich Bithia von Beloozero berichtete.

»Ich wusste, dass du einen guten Einfluss auf die Geschehnisse haben würdest«, freute sich meine Frau, nahm mein Gesicht zwischen ihre Hände und küsste mich.

»Nicht ich, meine holde Maid, sondern Igor müsst ihr dafür danken«, nuschelte ich, während Bithia mich nach hinten drückte und unaufhörlich auf die Lippen küsste.

»Du jedoch setztest seine Idee in die Tat um und schließlich warst du es, der ihn auf diese Gedanken brachte«, beharrte sie, lag bereits auf mir und fuhr mit ihrer Hand die Innenseite meines Oberschenkels entlang.

»Das kann ich nicht leugnen«, erwiderte ich und atmete erschrocken tief ein, denn ihre Hand griff in meine Hose und zarte, angenehm kühle Hände umschlossen mein Glied. Ich schloss die Augen, sie küsste mich auf den Mund, dann auf den Hals, zog mein Leinenhemd nach oben und saugte an meinem Bauch, bis sie sich noch weiter nach unten arbeiten wollte, wovon sie Edda aber zurückhielt, als sie ungestüm auf uns zulief, über mich stolperte und in meine Hände fiel, mit denen ich sie sanft auffing. Wir lachten.

»Lass uns kurz ins Haus gehen«, flüsterte ich und nahm meine beiden Frauen an die Hand. Zurück in unserer Hütte übergaben wir Edda unseren Freunden, liefen zurück zum Bach und Bithia machte augenblicklich da weiter, wo sie aufgehört hatte. Sie verwöhnte mich mit ihrem Mund, ich krallte meine Hände in ihr Haar, hörte das Plätschern des Baches, schaute glücklich in den Himmel, führte ihren Kopf in rhythmische Bewegungen und zog dann sanft an ihren Schulten. Ich wollte meine Lust nicht so schnell verschwenden. So schob ich ihr Kleid nach oben. Sie setzte sich auf mich und ich drang tief in sie ein. Mit meinen Händen umschloss ich ihre Hüfte, drückte sie sachte auf und nieder, bis sie ihren

Kopf in den Nacken legte, ihre Fingernägel in meine Brust krallte, schwerer und schwerer atmete und wir beide gleichzeitig aufstöhnten, den Moment des Pulsierens ausschöpften, so lange es nur ging. Schmunzelnd sank Bithia nieder und bettete ihren Kopf auf meine Brust. Das alles passierte in nur wenigen Herzschlägen, aber ich genoss jeden einzigen Augenblick.

»Dass die Slawen zu so etwas fähig sind«, sagte Bithia nachdenklich.

»Was meinst du?«, fragte ich.

»Sie zerstörten Beloozero. Töteten Frauen und Kinder. Das hätte ich nicht von ihnen erwartet.«

»Es sind Menschen. Menschen tun so etwas nun mal. Daran wird sich wohl nie etwas ändern.«

»Wie kannst du nur so denken?« Eindringlich schaute sie mich an. Sie war nicht zornig, eher zuversichtlich. »Sieh dir an, was du vollbracht hast. Du hast das Leben unzähliger Menschen gerettet.«

»Das ist wahr«, gab ich zu. »Vermutlich aber war es nur ein Tropfen auf den heißen Stein.«

»Jedes Leben zählt! Durch deine Taten wird sich Rurik in Herrscherfragen noch häufiger an dich wenden. Du holtest ihm sein Königreich im Osten zurück und sichertest den Frieden. Du kannst jetzt noch mehr Einfluss auf dieses Land nehmen.«

»Das bleibt abzuwarten«, sagte ich, hoffte jedoch, dass Bithia Recht hatte.

»Außerdem bin ich stolz auf dich. Schon allein das sollte dich weiter antreiben, den Frieden zu bewahren«, lächelte sie. Ich grinste zurück. Liebe strahlte aus ihren Augen. Vertrautheit, Innigkeit.

»Alles Gute, was ich vollbringe, tue ich nur durch deine Liebe«, flüsterte ich.

Eindringlich schaute sie mich an. »Warum liebst du mich?«

»Warum ich dich liebe?«, fragte ich überrascht.

»Ja«, lächelte sie.

Ich dachte kurz nach, blickte sie an. »Weil du schön bist!«

Bithia lachte: »Du bist so oberflächlich!«

»Das bin ich nicht!« erwiderte ich übertrieben brüskiert. »Ich bin sinnlich! Ich meine ja nicht nur deine schönen Augen, deine Haare, deinen elfenhaften Körper, sondern dich, deine Seele, die ich in der Tiefe deiner Augen finde.«

Bithia schaute mich an. Ihre Seele war so rein, so ganz. »Was ist Liebe für einen so großen Helden, wie du einer bist?«

»Liebe?«, lachte ich, überlegte, wandte meine Blicke kurz ab, beobachtete einen Vogel, der einen Wurm aus der Erde zog. Der Wind streifte meine Haare. »Die Liebe«, sagte ich langsam, lächelte nachdenklich, legte Bithia auf den Rücken, streichelte sie, fuhr mit meinen Fingerspitzen von ihrer Stirn über ihre Nase, die Lippen, den Hals, zwischen ihren Brüsten entlang. »Die Liebe beginnt immer mit der Sinnlichkeit. Mit allen Sinnen nehme ich dich wahr. Ich sehe, dass du schön bist, ich lausche deiner Stimme, der Art, wie du redest, ich erkunde deinen Körper, erst mit meinen Blicken, dann mit meinen Händen. Ich sehe, höre, fühle dein Wesen, dein stolzes Auftreten, dein Selbstbewusstsein, deine Ausstrahlung, deine Aura. Ich spüre in mir, wie ich mich zu all dem hingezogen fühle, spüre, wie sich unsere Seelen umgarnen. Aus all dieser Sinnlichkeit entsteht Zuneigung, Verlangen, Fürsorge, Verantwortungsgefühl, Hochachtung, Gemeinsamkeit, eine Einheit, die mir doch das Gefühl gibt, mehr denn je ich selbst zu sein! All das steigert sich mit jedem Herzschlag, den ich bei dir bin, all das wird mit jeder Verschmelzung intensiver. All das führt mich zu uneingeschränktem Vertrauen in uns, in meine Gefühle zu dir, in die absolute Glückseligkeit, bis jede Oberflächlichkeit abfällt, jeder Makel an dir nur noch mehr zu all dieser Sinnlichkeit, zu all diesem Vertrauen, zu dieser intensiven Seelenverwandtschaft beiträgt. Das Schwingen unsere Seelen, unsere körperliche und seelische Verschmelzung zu einer Einheit, in der jeder doch so sehr sich selbst fühlt, seine Seele spürt, führt uns zu dem, was ich Liebe nenne! Sinnlichkeit, Intensität, Leidenschaft, Verlangen, Vertrauen, Achtung, Einheit, Liebe. Das ist die Grundlage unseres Seins.«

Überwältigt schaute mir Bithia in die Augen! »Komm in mich!« Mit einem fordernden Blick spreizte sie ihre Beine, so dass ich sie sehen konnte. Lange betrachtete ich ihre wunderschöne Scham. Ich senkte mein Haupt zwischen ihre Schenkel, küsste ihren Bauch, ihre Leisten, bis meine Zunge mit ihrem feuchten, kleinen Hügel spielte. Bithias Finger krallten sich tief in meine Schultern, sie seufzte, stöhnte, wollte mehr, zog mich zu sich nach oben. »Nimm mich«, hauchte sie begehrend. Ich drang in sie ein. Tief aber sanft, küsste ihren Hals, leckte ihre Brustwarzen, wurde wilder, stieß fester und schneller zu, keuchte, bis auch sie stöhnte, ein weiteres Mal erbebte und dennoch weiter forderte. Sie legte sich auf den Bauch. Ich schaute mir dabei zu, wie ich meine Hüften auf ihren samtweichen Po presste, wie ich in sie eindrang. Jeder Stoß war wie ein kleiner Höhepunkt. Sie spreizte ihre Beine weit auseinander und was ich sah, was ich spürte, was ich fühlte, kurz bevor alles verschwamm, war Vollkommenheit.

Am nächsten Morgen kam Rurik in unsere Hütte. »Ist der Skaldenkrieger mit dem Raben zuhause?«, fragte er Bithia, während ich im hinteren Teil des Hauses stand. Rurik sah mich sehr wohl und er lachte dabei, als er den Namen benutzte, den Igor mir gegeben hatte.

»Euer verdammter Sohn hat Euch also wiedermal alles erzählt«, sagte ich und schritt auf ihn zu.

»Das hat er. Er redet gerne, wie Ihr sicher schon bemerkt habt. Ich weiß jedes Detail. Jedoch sollte ich eher Euren Worten lauschen, Herr Skaldenkrieger«, schmunzelte er schelmisch.

Ich rümpfte die Nase, verdrehte die Augen, was ihn zu weiteren Sticheleien ermutigte, doch wie es für Rurik üblich war, wurde er schnell wieder ernst, schob all den Spaß beiseite.

»Danke für euren Einsatz. Ihr habt meinem Königreich einen großen Dienst erwiesen.«

»Es ist nicht der Rede wert«, sagte ich, war trotzdem stolz auf meine Taten und hoffte, dass es Rurik wirklich zu schätzen wusste und es keine leeren Worte waren. »Was trug sich in Izborsk zu?«, wechselte ich das Thema.

»Ach, das war kein Problem«, winkte er ab. »Truvor ist einem Attentat zum Opfer gefallen. Der Mörder kam aus den eigenen Reihen, wie sich herausstellte. Er wollte die Macht an sich reißen. Als ich dort ankam, war dieser bereits von einem treuen Gefolgsmann meines Bruders hingerichtet worden. Der Rächer schwor nun mir die Treue und ich übergab ihm im Gegenzug die Ländereien und die Verwaltung über das ehemalige Gebiet Truvors. Es war die tägliche Arbeit eines Königs. Nicht mehr und nicht weniger. Lieber wäre ich bei euch gewesen und hätte als Krieger in euren Reihen gestanden.«

»Ihr trauert nicht um euren Bruder«, stellte ich fest.

»Oh doch, das tue ich. Besser gesagt, ich tat es bereits in Izborsk. Ich nahm Abschied, mehr kann ich nicht für ihn tun.«

Ich nickte, fragte mich, ob Truvor und Sineus jemals Bedeutung für Rurik gehabt hatten. Nach deren Ableben hatte er sie einfach ausgetauscht. War ich selbst auch austauschbar? Würde niemand, außer Bithia und meine Gefährten über meinen Tod weinen?

»Wie soll es weitergehen?«, fragte ich.

»Zunächst einmal muss Ruhe einkehren. Die neuen Verhältnisse müssen sich festigen. Vielleicht werde ich eure Dienste erneut benötigen, aber das kann ich jetzt noch nicht sagen.«

Rurik stand auf, verabschiedete sich, kramte dabei unter seiner Tunika herum und warf mir einen großen Beutel Silber zu. »Das ist für eure Dienste in Beloozero.«

Ich wog die Münzen in der Hand. Rurik hatte mich reich gemacht.

Das restliche Jahr verlief ruhig. Rurik kam kein einziges Mal zu uns und das störte mich nicht. Ich gab Eric, Kjell und Kogg die gleichen Teile des Silbers, wie ich selbst für mich behielt. Der Reichtum machte uns faul. Zwar übten wir uns täglich an den Waffen, die Händlergeschäfte waren jedoch in weite Ferne gerückt. Wir genossen stattdessen den Rest des Spätsommers, arbeiteten ein wenig auf den Feldern, taten auch hier nur so viel, wie wir mochten.

Edda machte große Fortschritte in ihrer Entwicklung. Sie konnte inzwischen gut laufen und kletterte überall hoch, wo es sich ergab. Ich hatte das Gefühl den ganzen Tag auf sie aufpassen zu müssen, damit sie nicht irgendwo herunterfallen und sich die Knochen brechen würde. Sie erforschte ihre noch so kleine Welt, die ihr jetzt zur Verfügung stand. Nicht einmal unsere neuen Töpfe aus Speckstein, welche ich einem Händler abgekauft hatte, waren vor ihr sicher. Schon zwei große Schüsseln hatte sie zerbrochen, als sie versucht hatte, sich an einer Bank hochzuziehen und an der Schüssel festzuhalten. Sie war mitsamt dieser rückwärts zu Boden gefallen. Es war eine unheimlich anstrengende Zeit mit ihr und dennoch lachten Bithia und ich so oft wie selten zuvor miteinander. Edda war aus unserem Leben nicht mehr wegzudenken.

Die langen Wintermonate, mit der unendlich scheinenden Dunkelheit wurden jedoch auch in diesem Jahr zur Qual. Ich sehnte den Tag herbei, an dem Rurik wieder in der Tür stehen würde, mir einen Auftrag zuteilte und ich endlich wieder auf der Odrerir über Flüsse oder Seen fahren konnte. Um mir die Zeit zu vertreiben, ging ich mit Kjell jagen. Es war tiefster Winter, die Landschaft war weiß, von den Tannen hingen lange Eiszapfen. Wir folgten einer Spur von Wildschweinen, die den Schnee aufgewühlt hatten und nicht weit von uns entfernt sein konnten. Igor, der die meiste Zeit des Winters damit verbrachte, die slawische Sprache zu erlernen, begleitete uns auf das kleine Abenteuer. Im Gegensatz zu Rurik kam er mich oft besuchen, erzählte mir von seinem Vorankommen und versuchte auch mir das Slawisch näher zu bringen. Ich hatte keine Geduld, doch mit fortschreitender Zeit redete Igor mehr slawisch als nordisch und, ohne dass ich es beabsichtigte, konnte ich immer mehr der einheimischen Sprache verstehen, sogar einige ganze Sätze sprechen.

Wir ritten zu dritt durch die Wälder und der Königssohn machte sich einen Spaß daraus, zwischen den beiden Sprachen zu wechseln, so dass wir kaum etwas verstanden. Ich vermutete, das meiste waren wilde Beleidigungen, denn er lachte immer wieder lautstark auf, während wir nur den Kopf schütteln konnten. Gerade, als wir an einen kleinen Fluss kamen, quasselte Igor wild drauf los. Ich hob die Hand, anstatt der erwarteten Wildschweine sah ich aus der Entfernung einen Otter, der gerade aus dem Wasser kroch. Nur in der Mitte des Flusses floss das Wasser Richtung Wolchow. Die Ufer waren längst zugefroren. Ich zügelte mein Pferd und meine Gefährten taten es mir gleich. Igor verstummte, folgte meinen Blick. Ich war beeindruckt von diesem Tier. Während ich nur sehr wenige Augenblicke in diesem eiskalten Bach ohne Erfrierungen ausgehalten hätte, tauchte der Otter wie ein Fisch durchs Wasser, nur um gleich darauf wieder elegant ans Ufer zu springen. Ich wog meinen Speer in der Hand, zielte kurz und warf dann mit ganzer Kraft nach dem Tier. Es war nicht weit entfernt, aber einen Otter mit einem Speer zu treffen ist nicht einfach. Sie sind zu klein und schnell. Zu meiner Enttäuschung, aber zur Erheiterung unseres jungen Begleiters, verfehlte ich mein Ziel bei Weitem und der Otter floh hinter dichtes Gehölz, das im Wasser trieb.

»Das hätte ich nicht von dir erwartet«, grinste Igor.

»Ragnar wird alt, weißt du«, scherzte Kjell.

»Ich will euch beide mal sehen, wie ihr einen Otter mit einem Speer erlegt«, sagte ich herausfordernd.

»Loki hat es einer Sage nach geschafft, und das mit einem Stein. Der Otter hatte in dem Moment sogar einen Fisch gefangen und somit erlegte Loki zwei Beutetiere mit nur einem Wurf«, erzählte Kjell.

Igor wurde hellhörig. »Ist das wieder eine eurer Geschichten?«, fragte er neugierig und konnte seine Freude darüber kaum verbergen.

Er kannte nur die wenigsten Sagen unserer Götter. Als Eric ihm von meinem Auftritt als Skalde bei Björn und Anund erzählt hatte, musste ich ihm anschließend sofort die Legende vom Dichtermet schildern, die mir der König von Birka erzählt hatte. Igor mochte sie gerne und das konnte ich gut verstehen.

»Wollt ihr mir die Geschichte von Loki und dem Otter vortragen, geehrter Skaldenkrieger mit dem Raben?«, fragte Igor an mich gewandt.

»Ich überlasse Kjell den Vortritt«, sagte ich und mein Freund willigte in meine Aufforderung überraschenderweise ein, ohne dass ich ihn dazu überreden musste. Wir stiegen von den Pferden, schaufelten den Schnee von einem umgestürzten Baumstamm und setzten uns darauf.

»Ob die Geschichte überhaupt zur Geltung kommt, wenn du sie erzählst und nicht Ragnar«, wandte sich Igor schelmisch an Kjell.

»Sicher wirst du mir Gehör schenken, wenn ich dich an den Füßen nehme und deinen Kopf in diesen Bach tauche.«

Igor lachte. »Ich denke, ihr beide würdet große Probleme mit meinem Vater bekommen, wenn ihr mich nicht wieder zurück bringt.«

»Wir könnten es wie einen Unfall aussehen lassen«, schlug ich meinem Freund vor, der daraufhin nachdenklich auf den Fluss schaute und grinsend nickte, als würde ihm dieser Gedanke gut gefallen.

»Na los, erzähl schon«, konnte Igor sein kindlich neugieriges Wesen nicht verstecken.

»Also«, begann Kjell,

ᚠᚢᛊ ᛗᛗᚱ ᛗᛞᛗᚠ »Odin, Loki und Hönir machten eine Wanderung durch Midgard. Sie kamen zu einem Fluss und wie ich schon sagte, sahen sie einen Otter, der gerade einen Fisch gefangen hatte. Loki erschlug den Otter mit einem Steinwurf und rühmte seine Tat, da er gleich zwei Beutetiere mit einem Streich erschlug.

Die drei Götter gingen weiter und kamen zu einem Hof. Sie baten den Bauern namens Hreidmar um Gastfreundschaft und zeigten ihrem Gast-

440

geber, dass sie reiche Beute auf ihrer Jagd gemacht hatten und somit selbst für das Abendmahl der gesamten Familie sorgen konnten. Hreidmar sah den Otter und wurde unglaublich zornig, denn es war kein Tier, das die Götter getötet hatten, sondern sein eigener Sohn, der in Ottergestalt im Bach auf Fischjagd gegangen war. Der Bauer rief wütend seine beiden anderen Söhne herbei, die Fafnir und Regin hießen. Die drei gingen auf die Götter los und da sie sehr groß, mächtig und zauberkundig waren, überwältigten sie ihre Gäste. Odin bot Hreidmar Lösegeld an, um sich und seine beiden Freunde frei zu kaufen. Der Bauer ging darauf ein, verlangte aber so viel Gold, dass er den Balg seines getöteten Sohnes damit füllen und anschließend überschütten konnte, solange, bis nichts mehr von dem Otterfell zu sehen sei.

Odin war mit der Bedingung einverstanden und schickte Loki ins Reich der wohlhabenden Zwerge, um das Lösegeld zu beschaffen. Dieser fand dort einen Zwerg namens Andwari und nahm ihm all sein Vermögen. Doch der Zwerg verbarg etwas unter seiner Hand. Loki sah es und wollte auch diesen Schatz nehmen. Es handelte sich um einen Ring. Der Zwerg flehte den Gott an, dass er den Ring behalten dürfe, aber Loki schüttelte den Kopf und ergriff auch das letzte Stück, das dem Zwerg noch geblieben war. Andwari weinte bitterlich und belegte in seiner Trauer und seiner Wut den Goldring mit einem Fluch: Jeder, der den Ring besitzt, dessen Seele soll verfaulen und am Ende sterben.

Loki war dieser Fluch einerlei, er musste den Ring ohnehin abgeben. Er reiste wieder zurück zu Hreidmars Hof und übergab den Schatz an Odin. Der reichte das Gold an Hreidmar weiter. Der Ring gefiel dem König der Götter aber so sehr, dass er ihn für sich behalten wollte. Der Bauer füllte sogleich den Balg des toten Otters mit dem Gold, häufte den Rest des Schatzes darauf und trotz des unermesslichen Reichtums schaute ein einziges Barthaar aus dem riesigen Berg des gelben Edelmetalls hervor. Er schimpfte und sagte, die Bedingungen seien nicht erfüllt, bis auch dieses letzte Barthaar mit Gold bedeckt sein würde. Schweren Herzens legte Odin den Ring darauf und erkaufte somit den drei Göttern die Freiheit.

Hreidmar war nun reich und tanzte vor Freude. Seine beiden Söhne forderten einen Teil des Schatzes, ihr Vater aber verweigerte es ihnen. Fafnir und Regin waren nun außer sich vor Zorn, denn es war ihr Bruder gewesen, den sie verloren hatten. Sie verlangten unnachgiebig einen Teil der Buße. Hreidmars Seele aber wurde bereits vom Ring zerfressen und da beschlossen die beiden Brüder, ihren Vater zu töten. Fafnir erschlug Hreidmar und nahm den Schatz mit dem Ring an sich. Sofort, als er sich den Ring über den Finger zog, verdarb auch seine Seele und so verweigerte er seinem Bruder den Anteil am Schatz. Stattdessen verschwand er mit all dem Gold und versteckte sich auf einem Berg. Der Ring ließ seine Seele so sehr verfaulen, dass er sich in einen Drachen wandelte.

Regin floh mit dem Schwert seines Vaters und ging zu Hialprek, der König von Thiodi war. Regin wurde dessen Schmied und fristete sein Dasein. In seinem Geiste schwor er sich, Rache an seinem Bruder zu nehmen. Viele Jahre sollten vergehen, ehe Regin seine Möglichkeit ergreifen konnte.

Eines Tages schickte Hialprek seinen Sohn Sigurd zu Regin, damit er sein Handwerk erlernen würde. Regin brachte ihm alles bei, was er wissen musste. Am Ende schmiedeten sie gemeinsam, mit all ihrem Können, ein Schwert, das so mächtig war, wie es die Welt noch nie gesehen hatte. Sie nannten es Gram und es durchschnitt eine Wollflocke, die in einem kleinen Bach gegen die Klinge getrieben wurde, so scharf war es. Sigurd war beeindruckt von ihrer Arbeit. Er nahm das Schwert an sich und hieb nach dem Amboss auf dem Gram geschmiedet worden war. Der Amboss zerbrach in zwei Teile. Regin erzählte seinem Schüler, der nun voller Kampfeseifer war, von einem unfassbaren Schatz, der von einem Drachen gehütet wurde.

Sofort machte sich Sigurd auf den Weg, den Schatz zu bergen. Er fühlte sich mit seinem Schwert unbesiegbar und so wanderte er zu Fafnirs Versteck. Erst in der Höhle des Drachen wurde Sigurd entdeckt. Fafnir, voller Zorn, vollends verdorben durch den Ring, brüllte, ging sofort zum Angriff über, als er den Feind herannahen sah. Sigurd wich dem Feuer speienden Untier aus, sprang unter den vorüberfliegenden Drachen, raffte sich auf, stemmte seine ganze Kraft, die er beim Schmieden erlangt hatte, in diesen einen Stich, schob das Schwert in die Brust des Drachen und schlitzte dem Bruder Regins den Bauch auf. Gram war so scharf, dass auch die Drachenschuppen dem Schwert nichts entgegenzusetzten hatten. Blut spritzte aus der Wunde und Sigurd war über und über mit dem roten Lebenssaft des Untiers begossen. Sigurd atmete schwer, ließ sein Schwert sinken, blickte auf seinen toten Feind, als ihm das dicke Blut in den Mund rann. Er leckte sich über die Lippen, schmeckte den roten Saft und mit einem Mal veränderte sich alles. Plötzlich verstand er die Sprache der Vögel. Er blickte auf, hörte all die Gespräche der Amseln, Spatzen, sogar Eulen. Noch einmal nahm er einen Schluck des Blutes und schon vernahm er die Weisheiten der Bäume und diese alten Urbewohner des Berges verrieten ihm, dass es das Herz des Drachen sei, welches er essen müsse, um unbesiegbar zu werden. Sigurd tat, wie ihm auferlegt, aß das rohe Herz des Fafnir, nahm den Schatz mitsamt dem Ring an sich. Regin forderte seinen Anteil, doch Sigurd verwehrte ihm diesen und kämpft seither in vielen Schlachten. Niemand kann ihn töten, durch das Herz und das Blut Fafnirs ist er unbesiegbar.«

ᚠᚢᚺ ᛗᛖᛘᚱ ᛗᛖᛗᛖᚠ

Igor schaute erwartungsvoll auf Kjell. »Ist die Geschichte zu Ende?«, fragte er nach einer Pause.

»Ich kenne sie nur bis hier«, sagte Kjell und ich nickte zustimmend, als Igor fragend den Blick auf mich richtete.

»Ein seltsames Ende«, stellte er fest. »Müsste Sigurd nicht auch sterben, weil er vom Ring verflucht ist?«

»Vielleicht wird er das. Du kannst die Geschichte gerne weiter dichten, wenn sie dir nicht gefällt«, lachte Kjell.

»Sie gefällt mir«, widersprach Igor, »aber das Ende ist seltsam«, wiederholte er. »Wenn der Ring jedem Besitzer den Tod brachte, so muss auch Sigurd selbst besiegbar sein.«

Ich dachte über Igors Worte nach, erkannte, dass er Recht hatte. Die Geschichte war hier nicht zu Ende, doch keiner von uns wusste, wie sie weiterging.

»Lasst uns zurück reiten«, schlug ich vor. Es dämmerte bereits, unser Jagdausflug blieb ohne Erfolg und dennoch hatte ich die Zeit mit meinen Gefährten genossen. Jetzt allerdings sehnte ich mich nach der Nähe meiner Frau und den wärmenden Flammen, die in unserer Hütte bereits lodern würden.

Ich stieg auf mein Pferd, hielt meine Hand mit ausgestrecktem Arm vor meine Augen und zählte die Finger, die zwischen Horizont und Sonne passten. »Noch vier Finger«, sagte ich. »Uns bleibt eine Stunde, bis die

443

Sonne untergeht.«

Einige Wochen später kam Rurik und machte endlich das, worauf ich so lange gewartet, womit ich vor dem endgültigen Frühlingsanfang nicht mehr gerechnet hatte. Der Saatmonat würde in wenigen Tagen beginnen, in Ladoga hatte uns der Schnee immer noch fest im Griff. Die Sonne schien, wärmte die Tage, so dass das Gefrorene zu schmelzen begann. Die bitterkalten Nächte jedoch hielten die Stadt in einem Gefängnis aus Eis.

Rurik besuchte Bithia und mich, als wir gerade am Feuer saßen und dabei waren, Gemüse zu zerkleinern, um uns eine warme Suppe zuzubereiten. »Ragnar, mein treuer Gefolgsmann«, grüßte er mich und verbeugte sich höflich vor Bithia. Er schaute auf mein Messer und auf die zerschnittenen Rüben. Er grinste: »Wie wäre es, wenn ich euch aus eurer Hütte locke und wir mal wieder ganz ohne Frauen ein kleines Abenteuer erleben?«

»Das kommt ganz darauf an, was ihr damit meint. Es soll ja Männer geben, die unter solchen Abenteuern etwas ganz anderes verstehen. Ich muss gestehen, in diesem Fall verzichte ich auf keinen Fall auf Frauen.«

Rurik wusste nicht sofort, was ich meinte, doch als Bithia mir mit dem Ellenbogen in die Seite stieß, ich zusammen zuckte und anfing zu lachen, wurde ihm bewusst, dass ich ihn beleidigt hatte. Nach anfänglichem Gram nahm er mir die Bemerkung nicht übel und schmunzelte.

»Eure Frau hat schon Recht. Ihr gehört für eure Frechheiten verprügelt«, lachte er, kam jedoch schnell zu seinem eigentlichen Anliegen. Der König wollte nach Süden reisen. Auf dem Wolchow entlang bis zu einem großen See, den er bisher nur aus Erzählungen der Händler kannte. Dort schien es viele kleine Siedlungen zu geben und das Land war reich, es hatte ebenso wenig Ordnung wie das Gebiet, das jetzt von Rurik beherrscht wurde.

»Ich würde gerne mit eurem Schiff fahren«, sagte er.

»Es ist ein gutes Schiff, nicht wahr?«, betonte ich stolz.

»Das kann man nicht leugnen«, stimmte er zu. »Können wir morgen los?«

»Morgen schon?«, fragte ich verwundert, war allerdings hoch erfreut über Ruriks spontanen Entschluss. »Ist der Wolchow nicht mehr zugefroren?«

»Nein!«, sagte Rurik. »War er das jemals?«

»Über das Julfest waren zumindest die Uferbereiche vereist.«

»Nun, hindert uns das daran, stromaufwärts zu rudern?«

»Solange mein Schiff nicht an den scharfen Kanten des Eises aufgerissen wird«, gab ich mit einem unterschwellig sorgenvollen Ton zu bedenken.

»Das Eis taut bereits. Die Kanten sind brüchig und längst nicht mehr scharf. Macht euch keine Sorgen. Der Odrerir wird nichts passieren.«

Selbst scharfe Uferbereiche und eine schmale Fahrrinne hätten mich in diesem Moment nicht abgehalten, dieses Wagnis einzugehen. Ich mochte die lange Dunkelheit nicht und das lag vor allem daran, dass mich die Arbeiten im Haus langweilten, dass die Hütte irgendwann bedrückend auf mich wirkte. Ich wollte hinaus, dem Rauch des Feuers entfliehen. Frische, kalte Luft in meine Lungen saugen, den Duft der Freiheit genießen. Wo konnte ich das besser, als auf unserem Schiff, mit dem wir in unbekannte Gebiete vorstoßen würden. Kjell, Kogg und Eric waren wie ich sofort begeistert von dem Vorhaben.

So fanden wir uns bereits am nächsten Tag auf der Odrerir wieder und ruderten auf dem Wolchow nach Süden. Rurik hatte fast hundert Männer mitgenommen.

Gegen die Strömung musste viel gerudert werden und das Segel konnte uns die Arbeit kaum abnehmen. In diesem Fall war es von Vorteil, dass sich die Männer abwechseln und ausruhen konnten. Hundert Mann waren dafür mehr als ausreichend. Leider waren auch Askold und Dir darunter. Ich hatte sie schon lange nicht mehr gesehen, aber sie zählten immer noch zu Ruriks engsten Vertrauten, was ich nicht verstand. Eric erspähte sie als erstes und starrte die beiden an, als sie den Steg auf unser Schiff betraten. Ich folgte seinem angewiderten Blick und ich wusste genau, welches Wort jeden Augenblick aus seinem Mund hervorzischte.

»Rattenschiss«, sagte er und enttäuschte mich nicht.

Doch Askold und Dir hielten sich von uns fern und wir sollten die ganze Fahrt nichts von ihnen hören. Ich wusste nicht, ob Rurik den beiden Befehle diesbezüglich erteilt hatte, aber das war mir einerlei. Sie saßen an den Riemen und verhielten sich ruhig.

Rurik selbst übernahm anfangs das Steuer, übergab es mir bald, setzte sich zu meiner Überraschung auf eine Bank und half den Männern beim

445

Rudern. Er hatte sichtlich Spaß daran, dass seine Kraft dazu beitrug, den Wolchow stromaufwärts zu fahren.

Ich ließ meinen Blick schweifen. Am Ufer hatte sich einiges getan. Die Dörfer waren größer geworden und an den Stränden standen einige Handelsschiffe, die kalfatert wurden und nur darauf warteten, im Frühling wieder Waren vom Inland nach Ladoga oder sogar weiter bis nach Birka oder Gotland, vielleicht sogar Haithabu zu bringen.

Schon bald erreichten wir die Stelle, zu der wir damals den Strom nach Süden gefahren waren, wegen schlechten Wetters allerdings umkehren mussten.

»Was sagte ich dir, Eric? Die Zeit wird kommen. Es dauerte zwar lange, aber jetzt ist es soweit«, grinste ich meinen Gefährten an. Er lachte, wirkte in der Tat sehr glücklich, endlich dem Verlauf des Wolchows weiter nach Süden folgen zu können. Er hatte aufgehört zu rudern, stand am Bug und spähte auf das, was uns erwarten würde.

Die Landschaft änderte sich nur wenig. Je weiter wir nach Süden fuhren, desto mehr Grün erblickten wir unter der Schneedecke, bis wir nach weiteren zwei Tagen die Quelle des Wolchows erreichten, an der nur noch einige Schneefelder das Gras mit weißen Flecken verzierten. Dies war der See, den Rurik gesucht hatte. Der Ilmensee. Er war nicht so groß wie der Ladogasee, jedoch größer als der Weiße See bei Beloozero. Als wir den Fluss verließen und auf das große Gewässer trieben, hoben wir die Ruder aus dem Wasser und schauten uns gebannt um. Lautlos glitten wir über das Wasser, alle Männer waren still, keiner sagte ein Wort. Solche Momente genoss ich ganz besonders. Es sind jene Augenblicke, die man niemals in seinem Leben vergisst. Sie brennen sich in das Gedächtnis ein und erscheinen immer wieder vor dem inneren Auge. Selbst Jahre später erinnerte ich mich an Kleinigkeiten dieser wunderschönen Landschaft.

Backbord erstreckte sich das Delta eines anderen Flusses, der sich in den Ilmensee ergoss. Zwischen sumpfigem Grün, das mit gefrorenem Reif bedeckt war, mündeten unzählige Wasserläufe in den See. Die kleinsten waren von einer dünnen, in der schon außergewöhnlich warmen Sonne des Saatmonats schmelzenden Eisschicht bedeckt, während die breitesten so viel Wasser mitführten, als wären die größten Schneemassen an der Quelle des Stroms längst geschmolzen. Es waren so viele, unzählige

Bäche, die wilde, verschnörkelte Linien in das grünweiße Bild malten, dass ich sie nicht zählen konnte und nur gebannt war von dem mystischen Zusammenspiel der Natur.

Steuerbord war das Ufer befestigter und Rurik befahl genau dorthin zu rudern.

»Wollt Ihr ihn komplett umrunden?«, fragte ich ihn.

»Warum nicht? Wir haben Zeit.«

»Der Mann gefällt mir«, lachte Eric und setzte sich voller Tatendrang wieder auf die Ruderbank.

»Dafür, dass du in Birka den langweiligen Wachdienst auf der Festung so sehr bevorzugtest, verhältst du dich seit unserer Abreise vor gut einem Jahr seltsam agil«, lachte ich ihm zu.

»Ich hielt zu lange still! Das hier«, rief er, ergriff ein Ruder und drehte seinem Kopf in einem Halbkreis, um auf das Schiff, die Landschaft und vermutlich auch auf uns zu zeigen, »ist mein Leben.« Er lachte und war glücklich.

Wir benötigten den gesamten Tag, um dem Ufer des Sees bis zur Südseite zu folgen. Drei große Flüsse zählten wir, die auf der Westseite in den Ilmensee mündeten und die zu befahren sich gelohnt hätte. Ganz im Westen lag ebenfalls ein kleines Delta und ein Handelsschiff fuhr gerade von dort auf den Ilmensee hinaus, als wir daran vorbei kamen. Rurik war immer bedacht, so viel wie möglich über sein Königreich zu erfahren und so steuerten wir auf das Schiff zu. Es war zu einer außergewöhnlich frühen Jahreszeit unterwegs, was unsere Neugier zusätzlich weckte.

»Wohin wollt ihr?«, rief Igor der anderen Besatzung entgegen. Er sprach slawisch, was er mittlerweile gut beherrschte.

»Richtung Ladoga«, kam die Antwort eines kleinen Mannes, der einen Umhang aus zusammengenähten Otterfällen trug.

»Der Winter hat Ladoga fest im Griff. Ihr seid früh in diesem Jahr!«

»Nur der Mut eines Mannes verhilft ihm zum Reichtum.«

Ich schmunzelte, obwohl er slawisch redete, hatte ich gut verstanden, was der Mann gesagt hatte und bewunderte ihn.

»Wie heißt der Fluss, aus dem ihr kommt?«, wollte Igor wissen.

»Sjclon«, lautete die Antwort.

»Wo führt er hin?«

447

»Erst nach Westen, dann nach Südosten«, sagte der kleine Mann.

Igor bedankte sich und übersetzte für uns, obwohl ich das meiste begriffen hatte. Rurik war kurz geneigt, diesem Fluss zu folgen, deutete schließlich doch wieder nach Süden und wir fuhren weiter am Ufer entlang.

Zahlreiche andere kleine Ströme mündeten in das große Gewässer. An der Südküste bot sich uns ein Bild, das sogar das des nördlichen Deltas übertraf. Hier ergoss sich ebenfalls ein Fluss in den Ilmensee. Das Ausmaß dieses Deltas war jedoch kaum in Worte zu fassen. In seiner Gesamtheit pilzförmig, wechselte sich seichtes Wasser mit flachen Sümpfen und Graslandschaften ab. Die Zahl der Bäche übertraf meine Vorstellungskraft bei weitem. Es waren tausende. Manche nicht größer als ein Rinnsal, andere dagegen groß genug, dass die Odrerir sechs oder sieben Mal der Länge nach nebeneinander gepasst hätte. Ich beobachtete Seeadler, die über uns kreisten. Das Moorgebiet des Deltas schienen sie zu meiden, ihre Blicke fielen allein auf den Ilmensee. Ich wusste von Schweden und Norwegen, dass Sümpfe keinen Fischreichtum aufwiesen und so war nur der See an sich das Jagdgebiet dieser beeindruckenden Raubvögel, die ihren Kopf ruckartig hin und herwarfen, bis sie eine Beute anvisiert hatten und herabstürzten.

Zahlreiche Enten flatterten auf und lenkten meine Aufmerksamkeit wieder auf das Sumpfgebiet. Die bereits untergehende Sonne färbte den Himmel rot und tauchte das Flussdelta in ein seichtes Licht.

Ich schaute zwei außergewöhnlichen Vögeln zu, die über den Sumpf schritten und ähnliche wie Reiher im Gras herumstocherten. Beide hatten sie lange Schnäbel wie ich sie noch nie gesehen hatte. Der Schnabel des einen Vogels war gebogen und wirkte zerbrechlich, während der des anderen massiv und dick war. Die Körper waren verhältnismäßig klein. Der rötlichen Hals des einen Vogels erinnerte mich an die Haarfarbe Bithias und entlockte mir ein leichtes, glückliches Schmunzeln.

Wir trieben auf das Sumpfgebiet zu, kaum ein Mann saß noch auf der Ruderbank, alle waren aufgestanden und schauten auf das Naturschauspiel, das sich uns bot.

Rurik steuerte das Schiff in einem kleinen Bogen nach Osten, setzte gerade an, etwas zu mir zu sagen, als ihn ein fauchender, zischender Laut unterbrach, der seinen Ursprung scheinbar direkt neben uns hatte. Wir alle drehten unsere Köpfe, hielten Ausschau. Es drohte keine Gefahr und dennoch hatten wir uns erschrocken, blickten uns um, bis wir die Eule sahen, die vor unserem Bug aufstieg, abdrehte und majestätisch drei bis vier Schritt über dem Boden nach Süden durch die Luft glitt. Wir schauten ihr nach und wieder ließ sie diesen fauchenden Schrei los. Dann herrschte Stille und nur die entfernten Vögel waren zu hören.

»Lasst uns einen dieser Flüsse noch weiter erkunden«, sagte Rurik. Er sah die Eule als Zeichen, wir alle taten das, und da sie nach Süden flog, bogen wir in den nächstgrößeren Arm des Deltas nach Steuerbord und folgten der Eule, die am Horizont verschwand.

Der Fluss war hier unfassbar breit. Es hatte etwas Demütiges auf solch einem riesigen Strom zu rudern. Bereits nach wenigen Augenblicken spalteten sich mehrere Wasserläufe ab, die hinter uns in den Ilmensee mündeten. Vor uns lagen drei kleinere Flüsse, die wir weiter nach Süden rudern konnten. Ich schaute Rurik an, der seine Augen zu kleinen Schlitzen geschlossen hatte und sichtlich nachdachte, ohne jedoch den Befehl zu geben mit dem Rudern inne zu halten. Im letzten Augenblick zog er das Ruder zu sich und drehte das Schiff in den westlichsten, den größten der drei Ströme. Immer noch hätte die Odrerir drei Mal der Länge nach nebeneinander gepasst und es stellte sich bald heraus, dass Rurik die richtige Entscheidung getroffen hatte, denn wir ließen das Delta hinter uns und ruderten stets nach Süden. Die hereinbrechende Nacht zwang uns, am Ufer unser Lager aufzuschlagen. Die Naturschönheit und das kaum zu glaubende Glück, so einfach immer weiter nach Süden vordringen zu können, hatte jetzt nicht nur die Neugier von Eric und Rurik geweckt. Die Abenteuerlust hatte uns alle gepackt, wir wollten weiter, immer weiter ins Unbekannte. So fuhren wir auch die darauffolgenden Tage nach Süden.

Etliche Fischer siedelten hier und auch einige Handelsschiffe kamen uns entgegen. Die Slawen starrten uns an, betrachteten unser Schiff und unsere Männer, als hätten sie so etwas noch nie zuvor gesehen. Wieder fragten wir nach dem Namen des Flusses und bekamen Lowat zur Antwort. Unsere Krieger und insbesondere Rurik kannten den Namen von Händlern, die nach Ladoga kamen. Auch ich hatte ihn schon einmal gehört. Nun hatten wir diesen Lowat selbst für uns entdeckt. Es mag seltsam erscheinen, dass wir schon einige Monate am Ladogasee wohnten, handelten und mit den Slawen in engem Kontakt standen, bevor wir von diesem weiten Handelsnetz im Süden erfuhren. Die Vorkommnisse in Beloozero und Izborsk und auch der Handel über die Ostsee hatten viel Zeit und Aufmerksamkeit gefordert. Nun waren unsere Köpfe frei und wir fanden ein weiteres Gebiet, das uns so interessant erschien wie Ladoga selbst. Mehr noch, und das erkannte nicht zuletzt Rurik. Wir fuhren weiter den Lowat nach Süden und so langsam wurde klar, dass das Gerücht, Konstantinopel sei auf dem Wasserweg zu erreichen, um einiges wahrscheinlicher wurde. Obwohl der Fluss stark mäanderte, war er gut befahrbar.

Wir kehrten erst um, als der Strom immer schmaler zu werden schien. Wir vermuteten, den südlichsten Punkt bald gefunden zu haben. Erneut halfen uns die einheimischen Slawen aus einem Fischerdorf weiter. Sie bestätigten uns, dass wir die Quelle des Lowat bald erreichen würden.

»Gibt es eine Möglichkeit über einen Seitenarm oder einen anderen Fluss noch weiter in den Süden zu fahren?«, fragte Igor. Die Fischer, deren Frauen und Kinder neugierig aus den kleinen Hütten spähten und uns anstarrten, schüttelten den Kopf, schauten sich gegenseitig an und zuckten mit den Schultern. Sie wussten es nicht. Enttäuschen konnte uns diese Antwort dennoch nicht. Wir waren so weit ins Landesinnere vorgestoßen, wie wir es uns nicht erträumt hatten. Der Name Rurik war hier am Lowat völlig unbekannt. Die Reaktion der Menschen zeigte uns, dass sie noch niemals Schweden mit unserer großen Statur, den blonden langen Haaren auf schmalen, langen Kriegsschiffen zu Gesicht bekommen hatten. Stattdessen gab es nur Gerüchte über unser Volk aus dem Westen. »Rus, Rus«, hörte ich die einheimischen Fischer tuscheln, wenn wir nah genug an ihren Dörfern vorbeiruderten und neugierige Blicke uns verfolgten.

»Was bedeutet Rus?«, fragte ich Igor, denn dieses Wort war mir nicht geläufig.

»Rudernde Männer«, antwortete Igor. »So scheinen sie uns zu nennen. Rus.«

Ich nickte nur und ahnte nicht, welch weitgreifende Bedeutung diese Bezeichnung mit sich bringen würde.

Wir ruderten wieder den Lowat entlang nach Norden, waren durch die

450

Strömung des Flusses schnell wieder am Ilmensee. Die Eindrücke waren überwältigend gewesen und ich freute mich bereits Bithia davon zu erzählen.

»Über was denkt Ihr nach?«, fragte ich Rurik, der am Ruder stand und abwesend auf den See hinausschaute, an dessen Ufer langsam das große Flussdelta der Nordküste zu sehen war.

»Niemals hätte ich geglaubt, dass die Flüsse im Süden solche Handelsnetze zum Vorschein bringen würden. Ich dachte immer, der Handel mit Birka, Gotland und Haithabu wäre am wichtigsten, aber das stimmt nicht. Dieses Land ist so groß und so reich an Schätzen, die die Einheimischen nicht zu bergen wissen.« Nachdenklich schaute er mich an und ließ seinen Blick schließlich an den Ufern entlanggleiten. »Allein mit den Fellen der Tiere, die hier leben oder den Federn der Vögel könnte man ein Vermögen verdienen.«

»Das mag sein, aber Ihr seid schon jetzt ein reicher Mann«, sagte ich.

»Darum geht es mir gar nicht. Ich möchte dieses Land erschließen, ich will es zugänglich machen für die folgenden Generationen und ich möchte vor allem den Handelsweg nach Konstantinopel finden.«

»Wenn er existiert«, gab ich zu bedenken, frohlockte jedoch, dass Rurik meinen Traum teilte.

»Er existiert! Ich bin mir ganz sicher. Die Eule hat uns den Weg gezeigt. Es war ein Zeichen der Götter. Seht euch doch an, wie weit wir ins Landesinnere vorgedrungen sind.«

»Aber der Lowat ist eine Sackgasse.«

»So scheint es, aber die Einheimischen kennen sich mit unseren Schiffen nicht aus. Wir können kleinere Flüsse befahren als sie es für möglich halten. Wir könnten unsere Boote sogar über Land tragen.« Er breitete sein Arme aus und hob fragend die Achseln. »Wer sagt, dass nicht einen halben Tagesmarsch weiter südlich weitere Flüsse auf ihre Erkundung warten? Selbst, wenn dies nicht der Fall ist, ist der Lowat ein bedeutender Handelsweg. Ebenso der Sjelon, da bin ich mir sicher. Der Wolchow steht ohnehin außer Frage.« Rurik wurde wieder still, starrte auf den See hinaus, schaute mir schließlich in die Augen, ohne eine Miene zu verziehen. Ich erkannte ein Funkeln in seinem Blick. Fragend hob ich meine Augenbrauen, wartete auf das, was er sagen wollte. »Wo fließen all diese Flüsse hin?«, fragte er mich.

»In den Ladogasee?«, vermutete ich.

»Nein, vorher«, verdeutlichte er und jetzt wusste ich, was er vorhatte, konnte seine Gedanken lesen. All seine Visionen erschienen vor meinem inneren Auge und ich wartete nur darauf, dass Rurik diesen Schicksal verheißenden Einfall aussprach. »Sie fließen alle hier zusammen. Genau hier«, grinste er schelmisch. »Der Ilmensee ist das Zentrum des Landes! Ladoga ist nur der Hafen zur Ostsee. Doch dieser See, auf dem wir uns jetzt befinden, ist der eigentliche Mittelpunkt des gesamten Handels in der Welt der Slawen. Wer ihn beherrscht, kontrolliert den Warenverkehr des Ostens! Hier muss mein Machtzentrum sein und nicht im Norden. Hier!«, bestimmte er und zeigte mit seinem Finger nach unten. Er stampfte mit seinem Fuß auf die Planken des Schiffes unter denen sich der Ilmensee erstreckte. Das Wasser vibrierte durch die Erschütterung, schlug Wellen, die sich ausbreiteten, den gesamten Uferbereich zu erreichen und die Botschaft Ruriks über die Flüsse weiter zu tragen schienen. »Hier, am Ufer dieses Sees werde ich eine neue Stadt errichten.«

Vielleicht waren seine Worte in diesem Augenblick nicht mehr als ein vager Einfall. Ich kannte Rurik jedoch und wusste, dass er nicht lange warten würde, seinem Königreich ein neues Machtzentrum zu errichten. Dennoch, obwohl ich all dies erwartete, ahnte keiner von uns, mit welchem Ehrgeiz und Enthusiasmus Rurik die neuen Möglichkeiten am Schopfe packen würde, die sich ihm hier boten.

Rurik gründete noch in diesem Jahr eine Siedlung an der Stelle, an der der Wolchow aus dem Ilmensee hervorging. Obwohl nach dem schnell eintretenden Frühling und dem warmen Sommer die Wintermonate rasch über uns hereinbrachen und die ersten Schneeflocken schon am Ende des Erntemonats fielen, ließ er in diesem kurzen Jahr einen neuen Palas und einen Befestigungswall errichten. Er bestimmte einen Gefolgsmann zum Verwalter von Ladoga, er selbst aber zog mit uns und dem Großteil seiner Krieger in die Neue Stadt. So nannten wir den neuen Ort, der zu einem Handelszentrum aufsteigen sollte, die Neue Stadt. Schon bald etablierte sich die slawische Variante dieser Worte. Die Einheimischen nannten die Stadt Nowgorod.

Kapitel 14 – Das Land der Festungen

Bithia, unsere Gefährten und ich zogen noch im Jahr unserer Erkundungsfahrt nach Süden. Rurik stellte uns Männer zur Verfügungen, um uns eine Hütte zu bauen und so verbrachten wir den Winter bereits in unserem neuen Haus, das weitaus größer war als das in Ladoga. In Nowgorod erschien alles größer und Rurik zeigte sich großzügig. Kjell und Norell sowie Kogg und Eric bekamen eigene, große Häuser erbaut, die einem Palas gleich kamen.

Im ersten Frühjahr siedelten sich bereits einige Händler und Handwerker in der neuen Stadt an. Vermutlich waren sie auf dem Weg nach Ladoga und machten kurz entschlossen Nowgorod zu ihrem Zuhause. Im Frühling und dem darauffolgenden Sommer des Jahres nach unserer Entdeckungsreise wuchs die Stadt so rasant, dass sie Ladoga sehr bald an Bedeutung übertraf, genauso wie es sich Rurik vorgestellt hatte. Mit der Erweiterung seines Einflusses wuchs nicht nur der Reichtum des Königs, sondern auch die Zahl der Krieger, die er benötigte, um das große Land zu kontrollieren. Er rekrutierte weitere Kämpfer aus Schweden, Dänemark und Norwegen, ließ slawische Männer ausbilden und stellte sie in seinen Dienst. Die slawische Bevölkerung war trotz der vielen Einwanderer aus meiner Heimat bei weitem in der Überzahl. Dennoch stellten die Schweden mit Rurik an der Spitze weiterhin die dominierende Schicht.

Durch die Erschließung der Gebiete um den Ilmensee und den Lowat herum festigte sich ein Name, den wir auf unserer Reise in den Süden zum ersten Mal gehört hatten. Die Slawen nannten uns Rus, rudernde Männer. Was zunächst nur der Beschreibung unseres Volkes gedient hatte, wurde schnell gebräuchlich und war bald die übliche Bezeichnung.

»Wir sollten diesen Namen annehmen«, sagte Igor. »Es ist ihre Umschreibung, ihr Name für unser Volk. Wir können die Verbreitung ohnehin nicht mehr verhindern.« Wie so oft sollte der Junge Recht behalten.

Im Sommer des Jahres nach der Gründung florierte der Handel in Nowgorod in einer nie dagewesenen Form, was Rurik zu dem wohlhabendsten Mann machte, den ich bis dahin kennengelernt hatte. Er nannte sich jetzt nicht mehr König, sondern Fürst und beugte sich damit ein weiteres Mal der einheimischen Bevölkerung, die den Titel König nicht gebrauchte. Seinen Rufnamen behielt Rurik allerdings bei.

Er kam einige Tage nach Mittsommer zu uns. Edda war jetzt fast vier Jahre alt und plauderte wie ein Wasserfall. Noch vor einem Jahr bestanden die Sätze meist nur aus wenigen Worten und manches war noch ein wenig unverständlich gewesen, jetzt aber redete sie ohne nachzudenken, wusste genau was sie wollte. Wenn sie nichts sagte, dann ging dieser trügerischen Stille meist eine Frage voraus. Wann, wo, warum. Geduldig erklärte ich ihr alles, ich liebte sie so sehr, dass mir allein bei ihrem Anblick das Herz zu zerbersten drohte. Ihr bester Freund war immer noch Kogg und mit ihm spielte sie gerade, als Rurik unser Haus betrat.

»Wie laufen die Geschäfte?«, fragte ich und bot ihm einen Platz auf einer Bank an, während ich mich ihm gegenüber setzte.

»Ich kann mich nicht beklagen!«, grinste der Fürst. »Allerdings gab es ein paar kleinere Zwischenfälle auf dem Lowat. Ein paar Stämme haben Händlerschiffe angegriffen und die Waren erbeutet.«

Ich war verwundert, was ich in meinem Gesichtsausdruck nicht verbergen konnte. »Auf dem Wolchow kam es nie zu solch einem Zwischenfall«, dachte ich laut.

»Auf dem Wolchow traut sich keiner der Einheimischen, meine Macht anzuzweifeln, aber im Süden ist das anders. Ich bin dort noch nicht anerkannt, sie wissen nicht um meine Stärke. Sie sehen nur den Reichtum, der auf den Schiffen liegt, die aus Nowgorod und Ladoga kommen. Sie nehmen ihn sich, weil es niemanden gibt, der die Schätze beschützt. Sie wissen nicht, welche Konsequenzen es haben kann, meine Handelsrouten anzugreifen.«

»Konsequenzen? Wollt Ihr einen Kriegszug in den Süden unternehmen?«, fragte ich stirnrunzelnd, denn das war nicht gerade das, wonach mir der Sinn stand.

»Nein, das wäre zu gefährlich. Im Gegensatz zum Norden bei Ladoga gibt es im Süden Stämme mit Kriegern, die mit ihren Waffen umzugehen wissen. Es waren keine kleinen Gruppen, die die Handelsschiffe überfielen, sondern größere, gut bewaffnete Kriegertrupps. Einige Stämme müssen sich vereinigt haben.«

Das beunruhigte mich. Es bedeutete, dass es früher oder später zu einem

Kampf kommen konnte. Vielleicht zu einem Krieg. Wann das geschehen würde, wusste ich nicht, aber es sollte geschehen, das schien unausweichlich. Dass Rurik mit dieser Nachricht zu mir gekommen war, bedeutete auch, dass ich für ihn diesen Krieg führen sollte.

»Was verlangt Ihr von mir?«, fragte ich vorsichtig. »Wollt Ihr, dass ich mit meinem Schiff eine Kontrollfahrt in den Süden mache?«, schlug ich vor.

»Was würde das bringen?«

»Ich könnte Händler aus Nowgorod eskortieren und andere zurück in die Stadt begleiten.«

»Ihr würdet nur diese Handvoll Schiffe beschützen können. Die Händler nach oder vor euch wären allen Gefahren ausgesetzt, die von den Stämmen ausgehen. Nein, wir müssen den Lowat dauerhaft sichern.« Rurik machte einen entschlossenen Gesichtsausdruck.

»Was schlagt Ihr also vor?«, fragte ich, war gespannt auf die Antwort. Was hatte Rurik ersonnen, wenn er weder Kontrollfahrten noch Kriegszüge geplant hatte?

»Ich will, dass Ihr Nowgorod verlasst«, sagte er. Ich machte große Augen, was hatte er vor?

»Für immer?«, fragte ich verwundert.

»Wir müssen«, fuhr er fort, »entlang der Flüsse Befestigungen errichten. Ich dachte mir, dass Ihr den Befehl über eine dieser Befestigungen übernehmen könntet.« Er schaute mich fragend an. Was er gesagt hatte, hing in der neuen Hütte, wie der Nebel in den Spinnennetzen an einem Herbstmorgen. War sein Vorschlag eine Gelegenheit für mich, guten Einfluss auf die Geschehnisse zu nehmen?

Ich schaute zu Bithia, die neben mir saß und einen skeptischen Eindruck machte, ohne mir aber ihre Gedanken zu offenbaren.

»Das ehrt mich«, erwiderte ich schließlich und das war die Wahrheit, »aber wir zogen erst vor einem halben Jahr in dieses Haus.«

»Das soll Euch nicht aufhalten. Besser Ihr verlasst es schon jetzt, bevor Ihr Euch daran gewöhnt. Eure Häuser werden nicht lange leer stehen, da bin ich mir sicher!«

»Das ist sicher richtig, aber zählt mein Wille und der meiner Frau nicht? Ich möchte diese Stadt nicht schon wieder verlassen.«

»Nowgorod wird wachsen. Es wird ein Haithabu. Da bin ich sicher.

455

Zieht Ihr das Leben in der Stadt dem Landleben vor?«, fragte Rurik und schaute mich fragend an. Er kannte mich mittlerweile gut, was vor allem an Igors losem Mundwerk lag.

»Was ist das für ein Landleben, wenn ich eine Festung errichten soll, in ihr hause, eingesperrt wie in einem Verlies und ohne eure Unterstützung slawische Stämme bekämpfen muss.«

Rurik lachte. »Wer sagt denn so etwas? Warum stellt Ihr Euch das so grausam vor? Ihr müsstet die Festung nicht alleine errichten und verteidigen. Ich werde euch Männer unterstellen, die das übernehmen würden. Eure Gefährten werden euch begleiten. Eure einzige Aufgabe besteht darin, abschreckend zu wirken. Kein slawischer Stamm wird diese Festung angreifen. Selbst wenn sich jemals genug Männer zusammenschließen sollten, würden sie diesen Kampf nicht wagen. Sie wollen Reichtum stehlen und nicht den Tod an einem Festungswall finden. Lediglich die Überfälle sollen verhindert werden. Genau das wird der Fall sein, wenn entlang des Lowat Festungen entstehen. Ihr könnt sie jederzeit verlassen, in den Wäldern und am Fluss umherziehen. Ich halte euch dort nicht gefangen.«

»Ihr wollt mehrere Festungen errichten?«, fragte ich nachdenklich.

»Ja«, antwortete er, ging aber nicht weiter auf die Frage ein. Stattdessen sprach er etwas mit einem Schmunzeln aus, das seinen Vorschlag unwiderstehlich machte. Es war ein Argument, durch das ich all meine Skepsis über Bord warf. »Außerdem sollt Ihr Erkundungen nach Süden unternehmen. Ich will den Weg nach Konstantinopel finden und Ihr seid der Mann, auf den ich meine Hoffnungen setzte.«

»Ist das Euer Ernst?«, fragte ich mit großen Augen und stand auf. Ich drehte mich zu Bithia und auch Kogg um, der dem Gespräch ebenfalls lauschte. Meine Frau schien immer noch nicht sehr begeistert zu sein, ihren Wohnsitz erneut aufgeben zu müssen, zuckte schließlich aber mit den Schultern. Sie erkannte in meinem Blick, dass ich mir diesen Auftrag nicht nehmen lassen würde. Kogg nickte, schien sich von meiner Begeisterung anstecken zu lassen und grinste. Wie immer war auf ihn Verlass. Um Kjell und Eric machte ich mir keine Sorgen, sie würden mir folgen.

»Ich werde es tun«, sagte ich kurzentschlossen an Rurik gewandt.

»Ausgezeichnete Entscheidung«, lachte er und schlug mit der flachen Hand auf den Tisch. »Ich wusste, auf den Skaldenkrieger mit dem Raben

456

ist Verlass. Ich werde Euch zunächst hundert Mann unterstellen. Die Festung soll am Südufer des Ilmensees entstehen, an der Mündung des Lowat. Das wunderschöne Flussdelta wird Euer neues Zuhause sein.« Er schmunzelte, ich erwiderte dieses Lachen und freute mich.

»Du wirst es lieben«, versprach ich Bithia. »Wir könnten unsere Hütte so erbauen, dass wir vom Eingang aus auf den Fluss schauen.« Spätestens jetzt strahlte auch aus den Augen meiner Frau Vorfreude.

»Ich werde noch weitere Festungen errichten lassen. Südlich von euch werden Askold und Dir stationiert sein«, zog Rurik die Aufmerksamkeit wieder auf sich.

Schnell verstarb mein Lächeln, ich verzog das Gesicht. »Nicht diese beiden in direkter Nachbarschaft«, raunte ich gequält.

»Keine Sorge«, beruhigte mich der Fürst. »Ihr werdet euch nicht in die Quere kommen. Schließlich werden sie dann weiter entfernt von euch wohnen, als sie es hier in Nowgorod tun.«

»Das ist natürlich wahr und dennoch ist mir nicht wohl dabei.«

»Erst wenn die Festungen stehen«, ging er nicht weiter auf meine Bedenken ein, »und mein Fürstentum gesichert ist, will ich es wagen, mein Einflussgebiet weiter nach Süden auszudehnen.«

Ich nickte. »Wir bauen Eure Festung und danach werden wir nach einem Wasserweg in den Süden suchen«, sagte ich. Rurik schaute zustimmend.

»Werde ich Euren Sohn Igor mitnehmen können? Ich habe ihn schon lange nicht mehr gesehen.«

Der Fürst schüttelte den Kopf. »Igor wird bald heiraten«, offenbarte er mir.

»Heiraten?«, fragte ich überrascht.

»Ja, er ist alt genug und er ist der Sohn eines Fürsten.«

»Wen? Und warum? Ihr seid nicht im Krieg und müsst mit einer Heirat den Frieden wahren. Oder habt Ihr etwa eine Frau der südlichen Stämme gefunden?«

»Nein«, lachte Rurik. »Aber es ist nicht ganz richtig, was ihr sagt. Es herrschen einige kleine Unruhen im Westen und die Frau, die Igor heiraten wird, ist eine angesehene Dame aus Pskov, was in der Nähe von Izborsk liegt. Ich will damit mein westliches Reich sichern. Außerdem ist Igor schon alt genug, es wird langsam Zeit.«

Ich trauerte ein wenig um diese Entwicklung, das Leben würde sich für

457

Igor ändern. Nicht zum Guten, vermutete ich. Er konnte sich die Frau nicht aussuchen und war nun völlig an das Fürstentum gebunden.

So sollte eine lange Zeit vergehen, bis ich den Jungen wieder sehen würde, unsere Wege schienen sich hier zu trennen. Igor blieb in Nowgorod und ich zog schon wenige Tage nach dem Gespräch mit meinen Gefährten und hundert Männern auf der Odrerir und einem weiteren Schiff in den Süden.

Am westlichen Ufer des Lowat, gleich südlich des grünblau schimmernden Deltas fanden wir eine geeignete Stelle und ich befahl, hier einen Wall zu errichten. Während die Männer begannen, die Erde mit Holzschaufeln aufzuschütten, ritt ich mit Kjell und Norell, Eric, Kogg, Bithia und Edda nach Westen. Wir erkundeten die Gegend, ritten durch Wälder, kamen an Bächen vorbei, fanden jedoch nichts Außergewöhnliches. Im Gegenteil, alles war ruhig. Wir ritten an hohen Tannen entlang, ich sog den leicht harzigen Duft der feuchten Luft in meine Lungen.

»Ich denke, es war eine gute Entscheidung diesen Auftrag anzunehmen. Es tut gut, wieder einmal durch die Wälder zu streifen«, bemerkte Kjell, der ebenfalls tief eingeatmet hatte, bevor er sprach.

»Das hätten wir auch von Nowgorod aus tun können«, brummte Eric.

»Aber wir sind den Trubel der Stadt los. Außerdem rückt Konstantinopel ein Stück näher«, mischte ich mich ein. »Rurik gibt uns freie Hand. Wir haben einzig und allein den Auftrag, die Festung zu bauen und den Lowat zu sichern. Wenn die Palisaden stehen, wird kein Stamm mehr die Schiffe überfallen. Dann sind wir unsere eigenen Herren. Gerade dir sollte das doch gefallen«, wandte ich mich an Eric und schaute ihn fragend an. »Du erscheinst mir seltsam skeptisch, mein Freund.« Er antwortete nicht, sondern starrte mit dunkler Miene ins Leere. Im Grunde hatte ich nur die Worte weitergegeben, die Rurik mir gesagt hatte. Glaubte ich sie selbst oder teilte ich die Skepsis meines Gefährten?

»Warum sehe ich einen düsteren Schleier, der dich umgibt? Warum hast du solche Bedenken?«, fragte ich Eric und schmunzelte, als er mich genervt ansah.

»Eine Festung. Es ist eine Festung auf der wir stationiert sein werden«, rief er aus. Ich runzelte die Stirn, bis ich endlich verstand, worauf er anspielte.

Laut lachend schlug ich ihm auf die Schulter. »Du warst doch glücklich in Birka! Das hast du damals selbst behauptet.«

»Damals«, winkte Eric ab.

»Jetzt plötzlich hast du eine so starke Abneigung gegenüber allen Festungen? Ich bin mir sicher, dass es bei uns nicht so langweilig werden wird wie in Birka«, sagte ich.

»Im Winter können keine Schiffe auf den Flüssen fahren.«

»Der Winter«, grinste Kjell, »ist immer ereignislos. Egal, wo du bist. Zumindest müssen wir uns, dank Ruriks Reichtum, nicht mit dem Schnitzen von Schüsseln und Schalen beschäftigen, sondern können uns im Kampf üben.« Mit diesen Worten spornte er sein Pferd an, galoppierte voraus. Wir waren bereits auf dem Rückweg, folgten unserem Freund aus dem Wald heraus, sahen aus einiger Entfernung den Lowat, an dessen Ufer unsere Männer den Erdwall aufschütteten, hielten kurz inne und genossen die Aussicht auf das riesig erscheinende Delta im Norden, den Ilmensee und den Lowat. »Es ist wirklich wunderschön«, schwärmte Bithia, die Edda vor sich sitzen hatte und neben mich kam. »Es macht mich so glücklich, wenn du zufrieden bist! Schau nur Edda«, rief ich aus. »Dort oben.«

»Adler«, freute sich die Kleine.

»Genau. Das ist ein Seeadler, der die Fische im Ilmensee fängt«, erklärte ich.

Schon fing Edda an, alles über Adler und Raben und Falken zu erzählen, was sie wusste. Bithia und ich lächelten uns an. Liebe strahlte aus ihren Augen, eine innere Zufriedenheit ergriff mich. »Ich lasse einen kleinen Hügel aufschütten, auf den wir unsere Hütte errichten. Dann können wir von unserem Eingang aus den Fluss, das Delta und den See beobachten«, sagte ich, schaute in das glückliche Gesicht meiner Frau, bevor wir auch die restlichen dreihundert Schritt zurücklegten und uns in die Arbeit stürzten.

In den folgenden Tagen fällten wir Bäume, versenkten die Palisaden zwischen Wall und dem ausgehobenen Graben, schütteten die Erde von innen dagegen, so dass wir auf dem Erdhügel stehen konnten, während sich unter uns die dicken Eichenstämme und der Graben rings um die Festung erstreckten. Innerhalb des Walls ließ ich einen kleinen Hügel aufschütten und unsere Hütte darauf erbauen, um mein Versprechen an

Bithia zu halten.

Kein einziger Zwischenfall unterbrach unsere Arbeit. Die Überfälle auf die Handelsroute schienen in dieser Zeit nicht zu existieren. Vermutlich hatte Rurik Recht mit der Annahme, dass allein unsere Anwesenheit abschreckend wirkte. Selbst ohne Festung tat sie es zumindest im nahen Umfeld. Weiter südlich kam es zu einem Angriff, den wir nicht beobachten, geschweige denn verhindern konnten. Rurik veranlasste dies jedoch dazu, seinen Plan, noch weitere Festungen zu errichten, schneller voran zu treiben. Einige Tage nach Fertigstellung unserer Festung fuhren Askold und Dir mit zwei Schiffen an uns vorbei. Ich stand auf dem Wall und schaute ihnen argwöhnisch nach.

»Weißt du, wo sie ihre Festung errichten sollen?«, fragte Bithia, die neben mich trat und meinem Blick folgte.

»Nein«, antwortete ich.

»Ich hoffe, sie werden weit, weit weg segeln.«

»Das hoffe ich einerseits auch«, begann ich, »andererseits bedeutet weit weg, dass sie weit in den Süden fahren. Das wiederum heißt, dass sie weitaus bessere Möglichkeiten haben, die unbekannten Wasserwege zu erkunden als wir.«

»Von mir aus können sie den Weg nach Konstantinopel finden«, sagte Bithia verächtlich. »Wenn sie nur dort bleiben und nie mehr wiederkommen.«

»Wir sind hinter diesen Festungswällen ohnehin sicher vor ihnen.«

»Du musst sie dennoch empfangen, wenn sie zu dir wollen.«

»Ich bezweifle doch sehr«, lachte ich hämisch, »dass sie mich jemals freiwillig besuchen wollen.«

»Wenn Rurik es wünscht?«

»Nein. Er weiß, wie sehr wir uns hassen. Er wird es vermeiden, uns noch einmal zusammenzuführen.« Doch mit dieser Annahme lag ich nicht ganz richtig. Ich sollte die beiden noch häufiger sehen als mir lieb war.

Als das letzte Wohngebäude innerhalb der Palisaden errichtet war, schickte ich die Hälfte der Männer wieder zurück nach Nowgorod. Ganz so wie es Rurik befohlen hatte, sollten sie ihm Bericht erstatten und brauchten nicht mehr zu mir zurückzukehren. Fünfzig Mann reichten aus, um diese Festung sogar im Falle einer Belagerung, mit der nicht zu rechnen war, zu verteidigen.

Die Tage gingen ins Land. Ich verbrachte viel Zeit mit Bithia und Edda, unternahm kleine Ausflüge in die nahen Wälder, versuchte Edda mit wenig Erfolg das Schwimmen beizubringen und schritt Tag für Tag den Festungswall ab, um die Handelsschiffe zu beobachten. Unbehelligt fuhren sie an uns vorbei, verschwanden auf dem Ilmensee oder den vielen Windungen des Lowat, je nachdem, in welche Richtung die Händler unterwegs waren.

Es war eine schöne Zeit und ich genoss sie in vollen Zügen. Just in dem Moment, als mir nach einigen Wochen die Füße kribbelten und ich in Gedanken die erste Erkundungsfahrt in den Süden plante, erreichte mich ein Bote Ruriks. Es war ein kleiner Mann und sein Pferd war nass geschwitzt, als er in die Festung ritt, von seinem schnaufenden Reittier stieg und sofort nach mir verlangte. Ich war gerade dabei, mein Pferd mit neuen Hufeisen zu beschlagen, als ich den Boten sprechen hörte. Den Hammer und einen Nagel immer noch in der Hand, ging ich auf den kleinen Mann zu.

»Ist es so dringend, dass Ihr Euer Pferd so quälen müsst?«, fragte ich.

»Dringend genug, Herr«, antwortete er und rang nach Atem.

»Seid Ihr etwa den gesamten Weg von Nowgorod bis hierhergeritten?«

»Natürlich nicht. Der Wind war mit einem Mal so stark, dass das Handelsschiff, auf dem ich segelte, bei einem Dorf am Westufer des Ilmensees Halt machte. Von dort aus ritt ich einen halben Tag bis zu eurer Festung, Herr.« Ich nickte einsichtig, in den letzten Tagen war es in der Tat recht stürmisch gewesen.

»Nun«, begann ich, »was will Rurik mir sagen?«

»Es gab Zwischenfälle auf dem Lowat«, sagte der Bote.

Ich runzelte die Stirn. »Davon hätte ich gehört. Die Händler berichten mir regelmäßig.«

»Die Slawen schlagen schnell zu. Sie greifen ein Handelsschiff an, töten die Besatzung und fahren mit dem erbeuteten Boot nach Süden. Vielleicht sogar nach Norden, hier an eurer Festung vorbei bis nach Nowgorod und noch weiter. Wer weiß? Wie sollten wir hier erkennen, ob es sich um die ursprüngliche Besatzung handelt? Tatsache ist, dass weit im Süden die Händler überfallen werden. Es sind Einzelfälle und dennoch will Rurik sie sofort unterbinden.«

»Woher wisst Ihr das alles so genau, wenn die Slawen so verdeckt und vorsichtig vorgehen?«

»Die Herren Askold und Dir haben Rurik benachrichtigt. Sie haben einen Überfall beobachtet, kamen jedoch zu spät, um ihn zu verhindern.«

Ich verzog das Gesicht, traute den Worten dieser beiden kein bisschen, wusste aber nicht, warum sie in diesem Fall lügen sollten. »Also verlangt Rurik, dass ich mich den beiden anschließe, um die slawischen Räuber zu bändigen?«, mutmaßte ich.

»Nein«, sagte der Slawe und ich konnte nicht anders, als eine fragende, überraschte Miene aufzusetzen.

»Was möchte er?«, fragte ich.

»Er will, dass Ihr unter keinen Umständen in den Süden fahrt, Herr. Askold und Dir werden mit der Situation umgehen können. Sie werden die Überfälle unterbinden. Rurik will, dass ihr auf jeden Fall in eurer Festung bleibt und den Lowat in eurem Einzugsgebiet sichert. Wenn ihr fortgeht, sagt der Fürst, würdet Ihr den slawischen Räubern am Ilmensee eine Einladung geben, da weiterzumachen, wo sie vor einigen Wochen aufgehört haben. Ihr sollt Euer Gebiet sichern, Askold und Dir sichern das ihre. Rurik vermutete, dass Ihr vermutlich Erkundungen in den Süden plant. Damit sollt Ihr warten, bis die Situation geklärt ist.«

Ich starrte den Boten an, kniff verwirrt die Augen zusammen. »Das ist doch nicht sein Ernst?« Mehr bekam ich in diesem Moment nicht über die Lippen.

»So lauten seine Befehle, Herr«, antwortete der Bote.

»Was macht dieser Befehl für einen Sinn?«, rief ich wütend aus, woraufhin der Mann nur mit den Schultern zuckte. »Die Festung ist abschreckend genug. Wenn ich nur zwanzig der fünfzig Mann hierlasse, würde kein Slawe auf den Gedanken kommen, einen Aufstand anzuzetteln oder Händlerschiffe zu überfallen.« Ich schaute Kjell an, der, wie viele andere auch, längst dem Gespräch lauschte, dem aber nichts Besseres einfiel, als mit den Schultern zu zucken. Ich wendete mich wieder dem Boten zu und blickte ihn zornig an. Er hob abwehrend die Hände. »Ich überbringe nur die Befehle, Herr.«

Ich wog den Hammer in meiner Hand, hatte gute Lust, ihn einfach an den Kopf dieses Mannes zu werfen, feuerte ihn stattdessen wutentbrannt auf den Boden, trat mit meinen Stiefeln danach, fluchte, lief dem über die Erde rutschenden Werkzeug hinterher, hob es wieder auf, drehte mich um und ging zu meinem Pferd. Ich machte da weiter, wo ich aufgehört hatte, nur dass ich die Nägel nun zorniger und fester in die Hufe schlug, bis ich abrutschte und mir den Daumen quetschte. Ich schimpfte über die Nachricht des Boten, Blut sammelte sich unter meinem Fingernagel, was mich noch zorniger machte. Aus und vorbei war es mit unseren Erkundungsfahrten in den Süden, wie Rurik sie uns versprochen hatte.

»Wie lange müssen wir hier verharren?«, hörte ich Kjell fragen und horchte kurz auf.

»Bis die Angelegenheiten geklärt sind, wie ich schon sagte«, erwiderte der Bote. Ich schnaufte aus und schüttelte den Kopf. »Das kann ewig dauern, so tumb, wie Askold und Dir vorgehen werden«, brummte ich so leise, dass vermutlich nur ich es hören konnte.

Meine gute Laune der letzten Wochen war verflogen. Die folgenden Tage umfasste mich eine düstere Wolke aus Trübsinn und Zorn. Ich saß auf dem Festungswall, verfluchte jeden einzelnen Händler, der sich frei bewegen durfte und von Nord nach Süd und wieder zurück segelte. Die Männer gingen mir aus dem Weg, außer Kjell mied jeder meine Gesellschaft.

Mir kam es so vor, als hätten wir mit einem Mal nichts mehr zu tun, all die Lebensfreude war aus mir gewichen. Wir verbrachten die Zeit mit Brettspielen und Würfeln, bis mich auch das unendlich langweilte. Ich wartete sehnsüchtig auf eine Nachricht von Rurik, in der er mir sagen würde, dass wir nach Konstantinopel segeln sollten oder Ähnliches. Ich wartete vergebens. Meine Gefährten und Bithia versuchten mich Tag für Tag aus dem Sumpf des Elends zu befreien, doch es gelang ihnen nicht, mir Frohmut einzuhauchen. Stattdessen ließen sie sich von meinem Missmut anstecken.

Kjell und ich saßen an einem Tisch, den wir vor die Tür meiner Hütte getragen hatten, und würfelten ein ums andere Mal. Wir reagierten nicht mehr, wenn einer von uns gewann oder verlor. Ich stützte meinen linken Ellenbogen auf den Tisch und legte meinen Kopf auf die Faust. Mit rechts würfelte ich, meine Gedanken schweiften ab. Da saßen wir, mit so viel Silber, wie wir es uns oft erträumt hatten und hatten keine Möglichkeit, es auszugeben. Während in Nowgorod der Handel florierte und immer mehr vollbeladene Schiffe an unserer Festung vorbeifuhren, warteten wir hier. Wir warten, bis der Rattenschiss im Süden endlich seine

Arbeit erledigt hat, dachte ich. Die Tage und Wochen waren ins Land gezogen, ohne dass uns eine Nachricht erreicht hatte. Eric hatte also Recht behalten mit seiner Skepsis, in diese Festung zu ziehen. Plötzlich kribbelte es in meinen Fingern und mich packte unbändige Wut. Sei glücklich, sagte mir mein Verstand. Du lebst mit deiner Frau in Frieden an einem wunderschönen Ort und kannst tun und lassen, was du willst, versuchte ich mir einzureden. In meinem Körper aber staute sich die Wut und brach in dem Moment aus mir heraus, als das Würfelglück auf Kjells Seite lag. Zornig stand ich auf, so dass mein Stuhl hinten überkippte.

»Wir sitzen hier und machen seit Wochen gar nichts«, schrie ich Kjell an, der ungläubig zu mir aufschaute und mit diesem Wutausbruch nicht gerechnet hatte, »spielen den ganzen Tag diese dämlichen Spiele und wissen nichts mit der Zeit anzufangen. Dabei ist Erntemonat, die Zeit, in der wir eigentlich auf den Feldern stehen, Erkundungsfahrten unternehmen oder Königreiche verteidigen sollten. Ich hege schon den Gedanken, gerade wieder zurück ins Frankenreich zu segeln, um irgendwelche Klöster auszurauben. Ich hätte gute Lust, ein paar Mönche abzuschlachten.« Die Worte sprudelten aus mir heraus, ohne dass ich über sie nachdachte. Ich steigerte mich in meinen Zorn und bemerkte nicht, dass Kjell das Gesicht verzog. Er hob abwehrend die Hand und versuchte mich auf etwas aufmerksam zu machen. Endlich verstand ich seine Hinweise, drehte mich um und sah Bithia direkt in die Augen.

»Kloster willst du also ausrauben?«, fragte sie erbost. »Ich kümmere mich seit Tagen um Edda und du sitzt nur herum, würfelst und sorgst dafür, dass der düstere Dunst, der dich umgibt, bald über der ganzen Festung hängt. Kjell hast du ja schon so weit gebracht, dass er deine Trübseligkeit teilt. Was hat sich im Gegensatz zu den ersten Tagen hier geändert? Rurik befahl dir, den Lowat zu sichern, also wird er es nicht verbieten, dass du diese Festung für ein paar Tage verlässt und auf dem Fluss Patrouille fährst. Wenn ich ihn richtig verstand, ist das doch genau das, was du tun sollst. Du könntest auch mal wieder mit deiner Tochter spielen, wie du es vor wenigen Wochen noch so gern getan hast. Rurik würde davon nicht einmal etwas mitbekommen. Wie kann man aufgrund einer kleinen Einschränkung so wütend werden? Kogg verbringt mehr Zeit mit Edda als du. Bald wird sie ihn Vater nennen, dann kannst du auch gerne wieder zurück nach Norwegen segeln. Fahr auf Viking und bring die kleinen Mädchen anderer um.« Bithia stapfte davon.

Ich kochte vor Zorn. Mir solch einen Schwachsinn anhören zu müssen brachte mich nur noch mehr auf. Ich versuchte, die Wut zu bändigen und starrte Bithia hinterher, als sie wieder im Haus verschwand.

Ihre Worte schwirrten durch meinen Kopf wie Fliegen an einem heißen Sommertag um den Haufen eines Hundes. Sie verdarben meine Seele und dann brach es alles aus mir heraus. Ich nahm den Stuhl an der Lehne, hob ihn über den Kopf und warf ihn mit ganzer Kraft auf den Boden. Ich wollte ihn zerstören, aber er war aus massivem Holz und brach nicht. Ich trat dagegen, stieß mir mein Schienbein schmerzhaft am Holz, fluchte, nahm den Stuhl wieder hoch und schlug damit gegen einen Pfeiler des Hauses, immer und immer wieder, solange bis die Stuhlbeine endlich zerbarsten. Ich riss mir dabei die Haut meines Unterarms am splitternden Holz auf und das war mir grade recht. Blut sickerte mir über den Arm, als ich den Tisch umstieß und die Würfel in hohem Bogen über die Erde flogen. Kjell schrie mich an, ich beachtete ihn nicht, wischte mir stattdessen das Blut ab und stapfte davon.

Ich ging in den Wald, Kruk landete bei mir und holte mich aus dem Rausch meines Zorns, indem er mir mit dem Schnabel im Ohr herumstocherte, so wie er es immer tat. Es hatte eine seltsam beruhigende Wirkung auf mich. Ich atmete tief durch, schloss die Augen, fühlte die Luft in meinen Lungen, spürte den Wind auf meiner Stirn, wie er unablässig seine Kraft auf mich wirken ließ. Angestrengt überlegte ich, was ich tun konnte und beschloss nach Nowgorod zu gehen, um Rurik aufzusuchen. Ich musste der unerträglichen Langeweile ein Ende machen.

Ich lief um die Festung herum zum Landungssteg am Ufer des Lowat, nahm das nächste Händlerschiff und ließ mich über den Ilmensee bis zum Hafen Nowgorods fahren. Der Palas von Rurik, das größte Gebäude der Stadt, war schon vom Wasser aus zu sehen und ich lief ohne Umwege darauf zu. Ich war durch den Raben auf meiner Schulter sehr bekannt geworden und so fragten die Wachen nicht, wer ich sei und was ich wolle. Sie gingen stattdessen wortlos zur Seite und ließen mich passieren. Der Zorn in mir war längst verraucht und dennoch trat ich die Tür mit Kraft auf, um direkt auf mich aufmerksam zu machen, was mir zu

465

meiner Überraschung nicht gelang, obwohl die hölzernen, schweren Torflügel mit lautem Krachen aufflogen.

Rurik war gerade in ein Gespräch mit Oleg und Igor vertieft. Er hatte einen langen Umhang aus feinsten roten Stoffen um, der am Rand mit buschigen Pelzen besetzt war. An den Händen trug er Goldringe und Silberreifen schmückten seine Oberarme. Er sah wirklich aus wie ein Fürst.

Igor hatte sich in diesen wenigen Monaten so sehr verändert, als hätte ich ihn seit Jahren nicht gesehen. Er war groß wie sein Vater und trug die lang gewordenen, blonden Haare offen. Er hatte sie frisch gekämmt und als er meine schweren Schritte auf den Holzplanken bemerkte und sich zu mir umdrehte, erkannte ich sogar den Ansatz eines Bartes. Sein Brustkorb war breit und füllte einen glänzenden Ringpanzer gänzlich aus. Als ich ihn das letzte Mal gesehen hatte, wäre er darin versunken.

»Ragnar«, rief er und kam auf mich zu, stand grinsend vor mir und umarmte mich freundschaftlich. Mit so viel Wiedersehensfreude hatte ich nicht gerechnet, aber gern erwiderte ich seine Umarmung.

»Der Skaldenkrieger mit dem Raben«, rief Rurik. Oleg begrüßte mich ebenfalls herzlich.

»Was führt Euch zu uns?«, fragte Rurik.

»Mir ist langweilig«, sagte ich ernst und mit einem unhöflichen Unterton, der mich selbst ein wenig erschreckte.

Rurik aber lachte. »Das sind gute Nachrichten.«

»Gute Nachrichten?«, fragte ich verächtlich.

»Natürlich. Es zeigt doch, dass die Überfälle praktisch nicht mehr stattfinden. Ich ließ noch viel mehr Festungen entlang aller großen Flüsse errichten. Die Männer nennen mein Reich schon Gardariki, was so viel bedeutet wie das Reich der Burgen«, grinste er. »Diese Burgen tun ihren Dienst, wie es scheint.«

»Das freut mich, dass Ihr Euer Reich derart gefestigt habt, aber dann verratet mir, warum ich weiter in meiner Burg verharren muss. Ich bin noch zu jung, um den Rest meines Lebens in einer Festung zu sitzen und dick zu werden.« Rurik lachte wieder und Oleg musste grinsen. »Gebt mir etwas zu tun«, bat ich in einem flehenden Ton. »Ihr habt mir versprochen, den Weg nach Konstantinopel zu suchen. Noch vor einem halben Jahr wart ihr voller Tatendrang und jetzt?«

»Ihr habt schon Recht«, beteuerte der Fürst. »Ich brenne immer noch darauf, diesen Wasserweg zu finden. Ich muss Euch diese Bitte dennoch ausschlagen.« Er ging langsam auf mich zu und breitete entschuldigend die Arme aus. »Bevor ich dieses große Unterfangen angehen kann, muss ich noch einige weiter Befestigungen bauen. Wenn ich Euch jetzt vom Südufer des Ilmensees abziehe, dauert es keinen Augenaufschlag, bis die Händler wieder überfallen werden. Der Handel floriert und das lockt nicht nur Kaufleute an, sondern auch Wegelagerer!«

»Warum ärgert sich ein Fürst mit solchen Nichtigkeiten herum? Diese Wegelagerer«, sagte ich, ohne ein wenig Häme verheimlichen zu wollen, »von denen Ihr sprecht, bekomme ich nicht zu sehen. Zeigt sie mir. Leider klopfen sie nicht an meine Tür, um sich den Schädel einschlagen zu lassen und um mir die Langeweile zu rauben. Wahrscheinlich würde es reichen, wenn ich Strohkrieger auf die Palisaden stellen würde, um die Feinde abzuschrecken.«

Rurik schmunzelte und fuhr sich mit der Hand durch den Bart. »Das ist gar kein allzu schlechter Einfall, aber seien wir ganz ehrlich, ich kann im Moment niemanden entbehren. Was bringt es mir, wenn wir den Weg nach Konstantinopel finden, ich aber mein Reich in der Zeit an irgendwelche dahergelaufenen Räuber verliere.«

»Sechzig Krieger«, sagte ich halb fragend, halb flehend. »Ich benötige nur sechzig Krieger, um den Lowat nach Süden zu segeln. Schickt mir diese wenigen Männer und ich kann sofort aufbrechen.«

Rurik schüttelte entschuldigend den Kopf. »Ich will ehrlich sein. Mir fehlen Männer. Die Festungen sind nötig, damit ich dieses Reich mit so wenigen Kriegern überhaupt kontrollieren kann. Ich kann nicht auf Euch verzichten. Ich brauche jeden Mann. Geduldet Euch noch. Nächstes Frühjahr wird es soweit sein. Darauf gebe ich Euch mein Wort.«

»Euer Wort?«, fragte ich hoffnungsvoll.

»Mein Wort«, bestätigte er und reichte mir seine Hand. Ich ergriff sie und kurz kam mir in den Sinn, Rurik mit meiner anderen Hand ins Gesicht zu schlagen, damit er dieses Versprechen nicht vergessen würde. Ich konnte mich glücklicherweise zurückhalten.

»Solange müsst Ihr Euch noch gedulden«, fügte der Fürst hinzu.

Es fiel eine Last von mir. Eine Last, die auf meinen Schultern gesessen, mich zu Boden gedrückt hatte, auch wenn ich nicht das erreichte, was

467

ich erhofft hatte. Warum war diese Bürde so unerträglich gewesen? Hatte ich vermutet, mein Leben auf dieser Festung fristen zu müssen? Durch dieses Versprechen des Fürsten stellte ich fest, wie absurd mein Verhalten in den letzten Tagen gewesen war. Von vorneherein war es eine absehbare Zeit, die ich auf dieser Festung verbringen musste. Warum haderte ich also damit? Die Gewissheit, dass im Frühjahr mein Traum in Erfüllung gehen sollte, hauchte mir neues Leben ein. Plötzlich konnte ich es kaum erwarten, wieder zu Bithia und Edda zu gehen, um mich zu entschuldigen, um dieses Jahr mit ihnen zu genießen, bevor ich mich in neue Abenteuer und Gefahren stürzen würde. Rurik und Oleg verabschiedeten sich, sie hatten wichtige Dinge zu tun und verließen den Palas mit schnellen Schritten. Zusammen mit Igor folgte ich ihnen ins Freie.

»Ich gratuliere dir zu deiner Hochzeit«, sagte ich zu dem jungen Mann.

»Danke!«, grinste er. »Komm mit, ich stelle dir meine Frau vor.« Er klopfte mir auf die Schulter. Gerne nahm ich diese Einladung an. Er machte einen glücklichen Eindruck, was ich aufgrund dieser erzwungenen Ehe nicht erwartet hatte. Hatte er also Glück gehabt und wurde mit einer netten, hübschen Slawin vermählt? Ich bezweifelte das sehr. Mir waren in diesem Land bisher sehr wenige anmutige Frauen begegnet. Das mag daran gelegen haben, dass die Menschen hier generell etwas anders aussahen, als ich es gewohnt war.

Wir liefen durch Nowgorod und ich war erstaunt, wie sich diese Stadt entwickelte. Überall wurde gebaut und ähnlich wie in Haithabu säumten Holzpaneele die Straßen. Viele Handwerker hatten sich niedergelassen und boten ihre Waren feil. Das eine oder andere Mal wollte ich stehen bleiben, aber Igor hastete stur weiter und ich hatte Probleme, ihm zu folgen.

Wir liefen durch schmale Gassen. Während im Zentrum große, prächtige Holzgebäude standen, waren in den Randbezirken ärmlichere Handwerkshäuser errichtet worden. Ich wunderte mich doch sehr, diese Wohngegend schien nicht gerade zu dem Sohn eines Fürsten zu passen.

»Wo führst du mich hin?«, fragte ich.

»Zu meinem Haus, wohin denn sonst«, bekam ich zur Antwort, ohne dass sich Igor umdrehte. Stattdessen eilte er weiter voraus, als könne er es kaum abwarten, zu seiner Frau zu kommen. Sie muss wirklich sehr hübsch sein, dachte ich.

Wir bogen wieder auf eine größere Straße ein, die durch ein Tor im Festungswall nach draußen verlief. Ich runzelte die Stirn, denn Igor schlenderte direkt auf den Durchgang zu und gleich darauf hatten wir Nowgorod hinter uns gelassen. Vor den Toren erblickte ich ein kleines Gehöft, direkt am Ufer des Wolchows.

»Hier wohnt ihr?«, fragte ich Igor verblüfft.

»Gefällt es dir?«

»Ich hätte etwas anderes erwartet«, gab ich zu, nachdem ich kurz innegehalten hatte.

Er wartete auf mich und lachte mich an, als ich aufholte.

»Ich mag die Stadt nicht. Mir sind zu viele Menschen dort und warum sollte ich nicht vor den Toren wohnen?«

Ich dachte darüber nach, aber mir wollte kein vernünftiges Argument einfallen. Im Gegenteil, er hatte vollkommen Recht. Hier draußen war es ruhiger, schöner. Den Lärm der Stadt nahm ich nur noch gedämpft im Hintergrund wahr. Stattdessen hörte ich Vogelgezwitscher und die kleinen Wellen des Wolchow, die an den Strand rollten und Luftblasen auf den Sand trugen. Der Gestank, der in Nowgorod im Gegensatz zu Haithabu noch zu ertragen war, aber merklich in den Nasenflügeln brannte, machte der frischen Luft Platz. Warum also sollte Igor innerhalb dieser Stadtmauern wohnen, fragte ich mich, bis mir doch noch etwas einfiel, was dagegen sprach.

»Was sagt Rurik dazu, dass du außerhalb wohnst?«, fragte ich ahnungsvoll.

»Er ist strikt dagegen. Ich würde die Sicherheit seines Reiches aufs Spiel setzten, sagt er.«

»Das dachte ich mir.«

»Ja, ich könnte verschleppt werden und mein Vater wäre gezwungen, auf die Forderungen unserer Feinde einzugehen.«

»Da muss ich Rurik leider zustimmen, befürchte ich. Du setzt dich außerhalb dieser Mauern größeren Gefahren aus.«

»Ich bin vor diesen Mauern sicherer als dahinter. Die Wachen lassen jeden Händler in die Stadt, wer weiß, wie viele Feinde sich in Nowgorod aufhalten, von denen wir nicht wissen. Hier auf meinem Hof können mich die Wachen sowohl vom Festungswall als auch vom Tor aus sehen. Ein Angriff auf mich würde sofort das gesamte Reich aufschrecken.

Sobald ich durch dieses Tor in die Stadt laufe, werde ich von den Menschenmassen verschluckt. Ein Feind hätte leichtes Spiel.«

Ich nickte, sah ein, dass Igor sicherlich nicht ganz falsch lag mit dieser Annahme und dennoch verstand ich auch Rurik, der Angst um seinen Sohn hatte. »Ein Angriff innerhalb der Festung sollte jedoch dafür sorgen, dass die Stadttore geschlossen würden. Niemand könnte mit dir nach draußen«, gab ich zu bedenken.

»Ach, es wird mir hier nichts passieren«, winkte Igor ab und gab mir unmissverständlich zu verstehen, dass er nicht weiter darüber reden wollte.

Ohnehin war ich abgelenkt von seiner Hütte, die wir nun erreicht hatten. Sie war von einem kleinen Zaun umgeben, der aus zahlreichen Stöcken bestand, die waagrecht zwischen senkrecht im Boden steckenden Pfählen geflochten waren. Durch eine kleine Lücke gingen wir auf den Eingang des Hauses zu. Igor ging voraus, ich folgte ihm und betrat den Raum, der nach vielen verschiedenen Kräutern duftete.

»Das ist Olga, meine Frau«, lächelte Igor und vor mir stand eine Frau, die außerordentlich hässlich war. Sie war so groß wie ich, sah zu muskulös für eine Frau aus und hatte halblange, braune Haare. Ihre Lippen waren schmal und viel zu klein für das große kantige Gesicht.

»Das ist Ragnar«, stellte mich Igor vor. Dann wechselte er ins Slawische und redete so schnell, dass ich kaum etwas verstand. Olga lachte mich an. Sie hatte schiefe Zähne und ihre Hässlichkeit ließ mich erschaudern.

»Was hast du zu ihr gesagt?«, wollte ich wissen.

»Ich sagte ihr, dass du der Skaldenkrieger mit dem Raben bist, von dem ich schon so viel erzählte.«

Kruk war wie so oft vor dem Betreten des Hauses davon geflogen.

»Dafür lacht sie mich jetzt aus?«, fragte ich.

»Nein, sie mag dich. Sie ist Fremden gegenüber immer etwas zurückhaltend, aber jetzt wo sie weiß, mit wem sie es zu tun hat, wird sie dich ebenso achten, wie ich es tue.«

»Ich hoffe, du hast nur gute Geschichten erzählt?«

»Natürlich, sonst würde sie dich wohl kaum mögen«, grinste Igor.

»Versteht sie nordisch?«, fragte ich.

»Kein Wort.«

Ich nickte.

»Lasst uns nach draußen gehen«, forderte Igor gut gelaunt auf. Wir folgten seinem Vorschlag und verließen das Haus durch den Hintereingang. Bis zum Sandstrand waren es noch etwa zwanzig Schritt über sehr kurzes Gras, das vermutlich von Ziegen oder Schafen abgefressen worden war. Ich schaute mich um, beobachtete kurz den Wolchow, in dem sich die Wassermassen unablässig Richtung Ladogasee schoben, bevor ich mich Igor und Olga gegenüber auf eine Bank setzte.

Olga starrte mich mit einem herben Gesichtsausdruck an. Ihre Augen waren groß, die Brauen dicht und breit, die Wimpern klebten zusammen und schienen viel zu lang zu sein, wie Besenborsten wirkten die Haare, die aus einer rauen, trockenen Kopfhaut hervorwuchsen. Ich konnte einfach nicht verstehen, wie Igor so fröhlich wirken konnte.

»Olga ist eine sehr nette Frau!«, sagte er in nordisch, als könnte er meine Gedanken lesen.

»Du wirkst nicht unglücklich«, gab ich zu.

»Das bin ich auch nicht!«

»Wo ist dein Rabe?«, fragte Olga und bemühte sich langsam und deutlich zu sprechen, so dass auch ich sie verstehen konnte.

»Er wohl unterwegs, suchen nach Nüsse oder Würmer«, antwortete ich in gebrochenem Slawisch.

Enttäuscht schaute mich Olga an. »Er wird bestimmt bald zurückkehren«, beruhigte Igor, legte eine tröstende Hand auf die Schulter seiner Frau und stand auf. »Hast du Lust auf Kubb?«, fragte er mich.

Ich riss kurz die Augen auf, denn meine eigenen Erinnerungen überraschten mich. Kubb, dieses Spiel hatte ich in Norwegen so oft und gerne gespielt. Trotzdem war es in den letzten Jahren aus meinem Gedächtnis verschwunden. Hätte ich eher daran gedacht, wären die vergangenen Tage auf der Festung an dem Lowat um einiges erträglicher gewesen.

»Sehr gerne«, gab ich euphorisch zurück und freute mich, dieses vergessene Spiel wieder entdecken zu dürfen.

Kubb war ein nordisches Wort und bedeutete so viel wie Holzklotz. Jede der beiden Parteien bekam sechs Spielsteine, die etwa so lang wie mein Unterarm waren. Igor drückte mir meine Kubbs in die Hand. »Du weißt noch, wie es geht?«, fragte er mich und ich nickte lächelnd. Ich war gut in dem Spiel gewesen und ich freute mich darauf, dem Fürstensohn eine Lektion erteilen zu können. Ich stellte meine Klötze in einer Reihe vor mir auf. In etwa fünfzehn Schritt Entfernung tat Igor es mir gleich, so dass sich unsere Kubbs gegenüberstanden. Olga hatte sich neben Igor gestellt und flüsterte ihm etwas ins Ohr, was Igor zum Lachen brachte.

»Was sagte sie dir?«, fragte ich auf nordisch.

»Nichts«, log Igor grinsend.

Argwöhnisch beobachtete ich, wie Olga den König des Spiels, einen mit Schnitzereien verzierten, doppelt so großen Kubb, in die Mitte unserer beiden Grundlinien stellte.

»Du darfst anfangen«, sagte Igor.

Ich nahm das erste meiner sechs Wurfhölzer, die dünn und lang waren, und zielte auf einen von Igors Kubbs. Ich verfehlte und auch bei vier weiteren Versuchen traf ich mein Ziel nicht. Bitter enttäuscht über meine schlechte Leistung nahm ich das sechste Wurfholz, warf es demotiviert in Richtung Igor und fällte wenigstens einen seiner Kubbs. »Jetzt wurde ich warm«, sagte ich, erntete aber nur ein schmähendes Grinsen meiner beiden Gegenüber, die jetzt an der Reihe waren.

Igor schleuderte den von mir umgestoßenen Kubb in meine Hälfte des Feldes, die von ihm aus gesehen hinter dem König begann. Er versuchte, dabei so nah wie möglich an die Mittellinie des Spielfeldes zu werfen, auf der der König positioniert war. Igor schwang das Holz und es landete knapp in seinem eigenen Feld. Er hatte noch einen zweiten Versuch und warf jetzt fester und so landete der Klotz von ihm aus gesehen etwa zwei Schritt schräg hinter dem König in meiner Hälfte. Wäre auch dieser Versuch nicht über seine Hälfte hinausgekommen, hätte ich den Spielstein innerhalb meines Feldes aufstellen können, wo ich gewollte hätte. So aber stellte ich den Kubb dort auf, wo ihn Igor hingeworfen hatte. Seine Aufgabe war es nun, diesen Klotz zu fällen, erst dann durfte er auf die Kubbs zielen, die auf meiner Grundlinie standen. Er überließ diese Aufgabe seiner Frau. Sie schwang das Wurfholz ein wenig gebückt mit ausgestreckten Arm vor und zurück, ließ dann im richtigen Moment los und traf. Der Kubb fiel. Sie freute sich und die beiden fielen sich in die Arme. Auch den nächsten Wurf übernahm die Slawin. Diesmal war ihr Ziel um einiges weiter entfernt und auch das schien kein Problem für sie darzustellen. Sie traf den ersten Kubb auf meiner Grundlinie zielgenau. Ich runzelte die Stirn, als sich die beiden abermals freuten und umarmten. Als auch der dritte Wurf sein Ziel nicht verfehlte, wurde mir langsam klar, dass mir die beiden eine demütigende Niederlage beibringen würden.

»Sie ist gut, nicht wahr?«, lachte Igor mich aus, denn ich verzog nur das Gesicht zu einer Grimasse.

Ganze vier Steine wurden getroffen und fielen Olga zum Opfer.

Nun war ich wieder an der Reihe und versuchte meine gefällten Kubbs so nah wie möglich in das gegnerische Feld zu schmeißen. Das gelang mir recht gut, diese dann mit den Wurfhölzern zu treffen war eine andere Sache. Nach einigen Fehlversuchen traf ich zwar, ich war dennoch hoffnungslos unterlegen, nur noch zwei meiner Kubbs standen auf meiner Grundlinie, während mein Gegner einen fast unberührten Eindruck machte.

Igor benötigte fünf Versuche, um mich schon jetzt an den Rand des Abgrundes zu bringen. Die Niederlage schien unausweichlich, denn mit dem letzten der sechs Wurfhölzer mussten meine beiden Gegner nur noch den König in der Mitte treffen und konnten dann diese Runde für sich entscheiden. Olga sah sehr konzentriert aus. Igor legte ihr seinen Arm auf die Schulter und schaute ganz gebannt auf den König. Olga schwang ihre Hand etliche Male hin und her und ließ dann los. Im hohen Bogen rotierte das Holz durch die Luft und traf den König präzise am Kopf. Der wankte kurz und fiel um. Olga und Igor jubelten wie kleine Kinder, küssten sich, fielen sich in die Arme, während ich nur konsterniert dreinblickte, bis mich die beiden mit ihrer übertriebenen Freude zum Lachen brachten. Sie gaben ein so lustiges Bild ab, dass man sich einfach mit ihnen freuen musste. Nun wurde mir allmählich klar, warum Igor so glücklich wirkte. Sie harmonierten zusammen, hatten Spaß und waren ganz offensichtlich ineinander verliebt.

Wir spielten noch einige weitere Runden, aber ich gewann kein einziges Mal. Olga war unschlagbar. Deprimiert sammelte ich alle Kubbs ein und wir verstauten sie in einem Tuch.

Olga legte mir eine Hand auf die Schulter. »Gut gespielt«, sagte sie langsam und deutlich, so dass ich es verstehen konnte. Ich lachte sie an. Sie war in der Tat eine nette Frau.

»Wenn sie auf dem Schlachtfeld und in der Staatskunst genauso schlagkräftig ist wie bei diesem Spiel, wird sie dir eine ausgezeichnete Partnerin sein, sobald du das Fürstentum übernommen hast«, sagte ich zu Igor, als wir wieder allein waren.

»Das wird sie, davon bin ich überzeugt. Hoffen wir nur, dass es noch lange dauert, bis mein Vater das Fürstentum an mich übergeben muss.«
Ich nickte, denn Rurik würde all seine Macht erst nach seinem Tod auf seinen Sohn übertragen.

Die Mittagszeit war schon längst vorbei und so verabschiedete ich mich von den beiden, bedankte mich für diesen schönen Tag und ging wieder zurück nach Nowgorod.

Am Hafen sprach ich mit zwei Händlern, die nach Süden wollten, aber keiner der beiden fuhr noch an diesem Abend. Ich überlegte, wo ich die Nacht verbringen sollte. Zurück zu Igor oder zu Rurik? Ich entschied mich für das neu errichtete Kontor, bereute diese Entscheidung jedoch schnell. Längst hatte ich vergessen, welch eine Geräuschkulisse herrscht, wenn viele Menschen in einem Raum zusammenkommen. Bis spät in die Nacht wurde gegessen, erzählt, auf Leiern und Flöten Musik gespielt. In der Nacht wurde geschnarcht und gefurzt, so dass der Raum erbärmlich stank, Betrunkene wankten nach draußen, übergaben sich. Ich fand nur wenig Schlaf. Während ich auf den Fellen lag und das Schnarchen eines dicken Gastes neben mir nicht mehr ertragen konnte, fiel mir der Streit mit Bithia wieder ein, von der ich mich nicht einmal verabschiedet hatte. Ein schlechtes Gewissen überkam mich, so wartete ich ungeduldig, wälzte mich von der einen auf die andere Seite, bis der Morgen anbrach. In aller Frühe, völlig übermüdet ging ich in die Stadt und suchte nach einem Händler, der Fibeln oder anderen Schmuck herstellte. Die Sonne tauchte gerade am Horizont auf, warf ein rotes Licht in die engen Gassen Nowgorods. Die Wolken, die den Himmel bedeckten, schienen von Blut besprengt. Die Götter mussten eine Schlacht geschlagen haben. Hier aber, in der neuen Stadt, war alles friedlich. Händler und Handwerker erwachten, gingen ihrem Treiben nach. Zwei Wachen kamen mir entgegen, die müde über die Straßen schlurften.

Ich durchsuchte schnell einige halb aufgebaute Stände nach einem Geschenk für Bithia. Das einzige, was ich in der Eile fand, war jene Schminke aus Rötelstein und Fett, mit der sich die Frauen in Haithabu die Wangen rot gefärbt hatten. Ich empfand das Anmalen des Gesichtes als absurd, war doch die Natürlichkeit Bithias so schön, dass man sie nicht überdecken brauchte. Doch die Zeit drängte, so kaufte ich die Schminke und rannte damit zum Hafen. Der Händler war noch nicht abgefahren, wartete aber ungeduldig auf mich. Ich gab ihm ein Stück Hacksilber, was sein Gemüt ein wenig beruhigte, stieg auf das Boot und schon legten wir ab. Sein Schiff war sehr klein. Er kam aus dem Süden, hatte hier Felle verkauft und dafür Honig mitgenommen und fuhr jetzt wieder nach Hause in seine kleine Siedlung am südlichen Lowat. Ich ergriff die Möglichkeit und fragte den Mann, ob es einen Fluss südlich des Lowat geben würde, doch er wusste es nicht. Der Wind stand an diesem Tag günstig und so durchquerten wir den Ilmensee schnell und sicher, erreichten schon bald das südliche Delta. An der Festung angekommen, drosselte der Händler auf meinen Wunsch hin die Fahrt und fuhr ins seichte Wasser, wo ich stehen konnte. Ich bedankte mich, sprang über Bord und watete an Land, um schnell zu Bithia zu laufen, die vor unserer Hütte gerade ein Feuer entzündete.

»Bist du endlich zurück«, begrüßte sie mich barsch, ohne aufzusehen, ich erkannte jedoch an ihrem Tonfall, dass sie mir nicht mehr böse war. Ich blieb vor ihr stehen, schaute sie an, war unendlich glücklich, dass ich sie hatte. Sie spitzte die Lippen, blies in die Glut vom Vorabend hinein, bis die Hitze die trockenen Äste entflammten, legte weiteres Holz nach und schaute mich dann endlich an. »Du bist ein Rattenschiss«, sagte sie grinsend. Solche Beleidigungen kamen ihr niemals über die Lippen. Nur dann, wenn sie mich zum Lachen bringen wollte. Die Worte aus dem Mund einer so bezaubernden und zierlichen Frau zu hören war so gegensätzlich, dass es mich immer wieder amüsierte.

»Ich habe dir etwas mitgebracht!«, lächelte ich liebevoll und hielt ihr mein Geschenk entgegen. Sie kam auf mich zu, betrachtete das kleine Bündel in meiner Hand, wusste nicht, was es war, griff danach, doch ich zog die Hand hinter meinen Rücken, damit sie mich umarmen musste, um mir das kleine Päckchen zu entreißen. Sie lachte und küsste mich innig, was aber nur der Ablenkung diente, um an das Geschenk zu kommen. Sie machte das Kästchen aus dünnem Holz auf und ein Grinsen huschte über ihr Gesicht. »Findest du mich etwa nicht mehr hübsch? Muss ich mich jetzt schon für dich schminken?«, fragte sie voller Ironie, freute sich über mein Geschenk, wobei ich doch ein kleines Fünkchen Ernst in ihrer Stimme wahr genommen hatte.

»Du gefällst mir so, wie du bist«, grinste ich und nahm sie von hinten in den Arm. »Wenn ich mir deine Sommersprossen ansehe, dann war das ein großer Fehlkauf, ich würde diese kleinen Pünktchen doch sehr vermissen, wenn du sie unter dieser Farbe verbirgst.«

»Da kann man ja wirklich nicht zuhören«, rief Kjell dazwischen, der mit Norell überraschend um die Ecke kam. »Bist du wieder zurück und hast dich ein wenig abreagiert, du jähzorniger Widerling?«, fragte er lachend.

»Wie du siehst«, sagte ich. »Wie geht es dem Stuhl?«

»Den habe ich repariert.«

»Hm, das hättest du vielleicht nicht tun sollen. Ich werde ihn zu meinem Stuhl des Zorns machen und jedes Mal, wenn du mich in irgendeinem Spiel besiegst, werde ich ihn mit all meiner jähen Wut zerstören. Auf deinem Kopf«, fügte ich hinzu und lachte.

»Wenn du schon wieder von irgendwelchen Spielchen sprichst, bedeutet das wohl, dass wir hier noch länger zwischen diesen Mauern festsitzen?«

»Das hast du gut erkannt, mein Freund. Mein Besuch bei Rurik hat so gut wie gar nichts ergeben, außer der Gewissheit, dass wir uns noch für ein halbes Jahr anderweitig beschäftigen müssen. Immerhin gab er mir das Versprechen, im Frühjahr den Weg nach Konstantinopel finden zu wollen. Bis dahin müssen wir uns gedulden.«

»Nun, wie wäre es mit einem kleinen Ringkampf zum Einstieg?«, fragte Kjell und rannte in geduckter Haltung ohne Vorwarnung auf mich zu, stieß mir die Luft aus den Lungen, als er sich mit den Armen um meinen Brustkorb schmiss. Ich machte einige Schritte nach hinten, fiel aber nicht sondern stemmte mich mit all meiner Kraft gegen ihn. Er schob immer weiter und versuchte, mich umzuschmeißen. Ich kämpfte dagegen an, war aber unter dem Druck seines massigen Körpers in der Rückwärtsbewegung, stolperte plötzlich über das Holz, das Bithia vor wenigen Augenblicken entzündet hatte, landete mit meinem Hinterteil im Feuer und rollte mich jaulend zur Seite. Bithia schrie auf und kippte mir den Wasserkübel über, der neben ihr stand. Begossen wie ein nasser Hund saß ich auf meinem Po, den ich mir zwar gehörig verbrannt, aber nicht ernsthaft verletzt hatte. Ich strich mir eine nasse Strähne aus den Augen. Kjell, Norell und meine Frau lachten und hielten sich aneinander fest, um vor Gelächter nicht das Gleichgewicht zu verlieren. Es muss ein wirklich herrlicher Anblick gewesen sein, wie ich dasaß, die Beine von mir streckte, die blonden Haare vom Wasser dunkel gefärbt im Gesicht

476

klebend und die Hose leicht verkohlt.

»Das Feuer, meine liebe Bithia, bestand aus nicht mehr als einem kleinen Flämmchen. Ich denke, ich erstickte es, als ich darauf landete. Aber danke, dass du mir noch den Eimer über den Kopf geleert hast, sonst hättet ihr ja jetzt nichts zu lachen«, sagte ich und bezweifelte, dass nur einer meiner Freunde meine Worte auch nur annähernd wahrnahm, sie alle hatten Tränen in den Augen und Kjell pinkelte fast vor Lachen.

»So können die nächsten Monate gerne weitergehen«, kicherte er und wischte sich mit dem Handrücken die Augen trocken.

»Ich denke, das werden sie. Warum hast du mich niemals an Kubb erinnert?«, fragte ich vorwurfsvoll.

»Kubb? Aber natürlich. Seltsam, dass wir daran nie gedacht haben.«

»Ich habe es mit Igor und seiner Frau gespielt.«

»Mit seiner Frau?«, fragte Norell.

»Ja, er wurde verheiratet. Sie heiß Olga, ist unheimlich hässlich, dafür aber sehr nett. Und sie besiegte mich gnaden- und skrupellos im Kubb.«

»Du hattest also mal wieder deinen Spaß, während wir hier arbeiten mussten!«, stellte Bithia fest.

»Ich hatte wichtige Dinge mit dem Fürsten dieses Landes zu klären. Unterschätze das nicht!«, lächelte ich.

Sie schnaubte verächtlich, drehte sich übertrieben arrogant um und ging in die Hütte. Norell folgte ihr.

»Na los, lass uns ein Kubbspiel schnitzen«, sagte ich zu Kjell und zusammen machten wir uns auf die Suche nach Birkenstämmen, die wir spalteten und mit dem Messer bearbeiteten, bis wir die Spielsteine herausgearbeitet hatten.

Sofort begannen wir mit dem Spielen und ich stellte meine Ehre wieder her, denn ich besiegte meinen Freund einige Male, bis endlich auch er seinen ersten Erfolg erzielen konnte. Wir bekamen bald einige Zuschauer aus der Festungsmannschaft und so entwickelte sich schnell ein Turnier. Wir betranken uns mit Met und spielten bis spät in den Abend hinein.

Wenn in diesem Moment nur hundert Krieger mit Leitern den Wall erstürmt hätten, die Festung wäre untergegangen, dazu aber kam es nicht.

Abermals gingen die Tage ins Land und auch wenn uns Kubb ein wenig Abwechslung gebracht hatte, so zog sich die Zeit in die Länge. Ich sehne den Schlachtmonat herbei, in dem wir jagen gehen würden. Zuvor wurde es jedoch noch einmal ungewöhnlich warm und wir veranstalteten einen Schwimmwettbewerb im Lowat. Dabei schwammen die zwei Kontrahenten so weit heraus, bis keiner von ihnen mehr stehen konnte. Schließlich versuchten sie, sich gegenseitig so oft und lange unter Wasser zu drücken, bis einer aufgab. Früher, als ich erst dreizehn oder vierzehn Jahre alt war, hatte ich dieses Spiel gehasst. Ich war immer der Unterlegene gewesen, hatte Wasser geschluckt, gehustet und geglaubt zu ertrinken. Ingvarr hatte den Wettkampf geliebt und mich immer wieder dazu gezwungen. Mit der Zeit hatte ich gelernt meine Gegner zu lesen, ähnlich wie bei dem Kampf mit dem Schwert. So war ich in meinem letzten Sommer in Norwegen einer der besten Schwimmer gewesen, war am Ende nur von Kogg besiegt worden.

Ich kämpfte auch bei diesem Wettkampf im Lowat sehr erfolgreich. Es stellte sich heraus, das Kruk mittlerweile darauf bedacht war, mich zu beschützen. So war seine Tat in Beloozero kein Zufall, wie ich zunächst angenommen hatte. Bei meinem ersten Kampf im Wasser unternahm er einen Sturzflug auf meinen Gegner und hackte ihm auf den Kopf herum. Kjell musste meinen Raben von nun an bei jedem Kampf an den Lederschnüren festhalten, was sich als sehr schwer erwies, denn Kruk versuchte, sich loszureißen und schlug unentwegt mit den Flügeln. Kjell blieb nichts anderes übrig, als mit ihm außer Sichtweite zu gehen, selbst dann war es schwer, den Vogel zu bändigen.

Ich gewann all meine Duelle, während meine Gefährten überraschenderweise schon früh gegen einige starke Männer der Festungsmannschaft ausschieden. Die Slawen unter unseren Kriegern fanden ebenfalls ein jähes Ende, sie waren körperlich fast immer unterlegen. Ich hatte dagegen Glück und musste häufig gegen eben diese Slawen antreten, wodurch ich mich weit nach vorne kämpfen konnte. Für mich galt es am Ende, nur noch einen Mann zu besiegen, der letzte Kampf stand mir bevor und ich malte mir keine großen Chancen aus. Mein Gegner war ein großer Krieger, den mir Rurik als Wachsoldat unterstellt hatte. Wir schwammen einige Meter ins tiefe Wasser und warteten, bis Eric das Startzeichen gab. Er trommelte dreimal mit einem Schwert auf einen Schild und schon stürzte sich mein Gegner auf mich. Er war ebenfalls Schwede, jedoch größer und schwerer als ich. Sein Name war Hrungnar und dieser Mann hatte zuvor sowohl Kjell als auch Kogg besiegt. Was konnte ich also gegen ihn ausrichten?

Die Regeln waren wie beim Ringen. Es durfte weder geschlagen oder getreten noch gewürgt werden.

Der erste Griff meines Gegners traf so wuchtig meinen Hals, dass mir schwindelig wurde. Sterne tanzten in meinem gesamten Blickfeld, trotzdem sah ich den nächsten Angriff kommen, täuschte absolute Benommenheit vor, ließ mich unter Wasser sinken, tauchte zu Hrungnars Füßen, zog ihn abrupt daran herunter und griff nach seiner Hose, um ihn weiter unter Wasser zu ziehen, während ich mich an ihm nach oben drückte. Ich streckte kurz den Kopf an die Oberfläche, holte tief Luft und versuchte, meinen Gegner mit meinen Füßen weiter unter Wasser zu halten. Der schob mich aber seinerseits mit den Beinen von sich weg und tauchte auf. Ich schwamm einige Züge von ihm entfernt und beobachtete ihn. Wir atmeten beide schwer und nutzten diese Ruhezeit, um uns ein wenig zu erholen. Unmerklich kamen wir uns mit kleinsten Schwimmbewegungen immer näher, dann machte ich einen Satz und versuchte, ihn mit beiden Händen an den Schultern zu ergreifen. Er schwamm einfach auf mich zu, tauchte unter meinen Körper, packte meine Hüften und schmiss mich kopfüber hinter sich ins Wasser. Ich tauchte unter, wendete sofort, zog wieder an seinen Füßen, er drückte mir seine Fußsohle ins Gesicht und wehrte mich damit grob ab. Mit der verbleibenden Luft wagte ich es, noch tiefer zu tauchen, um dann wieder hinter ihm nach oben zu schießen. Er sah mich nicht kommen, wendete seinen Kopf suchend von links nach rechts und so tunkte ich ihn, zog ihn an den Haaren wieder nach oben, nur um ihn gleich wieder mit dem Gesicht unter Wasser zu drücken. Er schnappte nach Luft, wehrte sich, aber ich sah all seine Griffe kommen, wich ihnen aus, umklammerte am Ende seinen Kopf mit meinen Beinen und drückte ihn immer wieder unter Wasser. Endlich verebbte seine Kraft, er schlug mit der flachen Hand aufs Wasser und gab mir so das Zeichen der Aufgabe. Ich hatte gesiegt.

Völlig außer Atem schwammen wir ans Ufer. Ich klopfte Hrungnar auf die Schulter, unfähig etwas zu sprechen, grinste ich ihn freundschaftlich an. Er legte respektvoll seinen Arm um mich. Zunächst konnte ich mich nicht richtig freuen, war zu erschöpft und gepeinigt, legte mich in den Sand und mein Brustkorb pumpte wie der Blasebalg einer Schmiede.

Dennoch lachte ich. Bithia kam zu mir, wir freuten uns zusammen, sie half mir auf und wir feierten meinen Sieg mit Met und Bier. Die ganze Festung nahm an dem Fest teil, trank und sang bis in die Nacht hinein. Wieder waren wir anfällig wie ein gefesseltes Reh. Rurik hätte es sicherlich nicht gerne gesehen, wenn die Besatzung betrunken in den Ecken lungerte, doch das war mir egal. Wir hatten Spaß und mit dieser Moral ließ sich die Zeit bis zum Frühjahr besser durchstehen.

Nach diesen wenigen Tagen des Sonnenscheins wurde das Wetter ungemütlicher. Eingeleitet durch ein letztes Hitzegewitter am Tag nach dem Schwimmwettkampf kam der Regen und blieb wochenlang allgegenwertig. Sobald ich die Tür unseres Hauses durchschritt, watete ich durch Schlamm und war schon nach wenigen Augenblicken durchweicht.

Das schlechte Wetter ging über in den Winter, in dem es viel schneite, aber nicht so kalt wurde wie im letzten Jahr.

Wir zogen die Odrerir an Land, um sie zu kalfatern. Dazu verbrannten wir Kieferholz, um mit dem gewonnenen Pech und Tierhaaren die Planken wasserabweisend und das Schiff so wieder dicht zu machen.

Es musste immer viel Brennholz gesammelt werden, was ich sehr gerne mit Edda übernahm. Sie konnte mittlerweile weit genug laufen. Beim Tragen war sie keine große Hilfe, aber es machte mir Spaß, mit meiner Tochter im Wald umher zu streifen.

Das Julfest kam, an dem sich Bithia zum ersten Mal mit dem Rötelsteinfett schminkte, welches ich schon längst wieder vergessen hatte. Sie legte es auf, als die große Feier im Palas schon längst vorbei war und wir alleine im kleinen, hinteren Teil der Hütte am Feuer schlafen wollten. Sie stellte sich in einem grünen Leinenkleid vor mich und schaute mich aus erwartungsvollen Augen an. Ihr Blick erinnerte mich an unser erstes Mal, als ich durch die Tür unseres neuen Hauses in Norwegen herein kam und sie einfach nackt vor mir stand.

Sie sah, trotz meiner Befürchtungen bezüglich der Schminke, unglaublich gut aus. Ihre roten Haare wurden betont, die grünen Augen und die grüne Glasperlenkette stachen hervor. Ich konnte mich nicht zurückhalten und drückte sie auf die Felle. Vorsichtig zog ich das schöne Leinenkleid nach oben und wir liebten uns die ganze Nacht.

Kapitel 15 - Das Dorf am Fluss

Der Winter verging letzten Endes schneller, als ich gedacht hatte. Mit den ersten wärmenden Sonnenstrahlen erspähten wir auch die ersten Händler auf dem Lowat, die nach Norden unterwegs waren. Ich stand auf dem Festungswall und schaute den aufgeblähten Segeln hinterher. Sie trieben mir ein Grinsen auf das Gesicht. Der Winter war vorbei, die Händler waren die ersten Boten eines neuen Jahres voller Abenteuer.

Kurz nach dem Frühlingsfest, nach dem die Tage wieder länger als die Nächte wurden, bekam ich Nachricht von Rurik.

»Der Fürst Nowgorods wird bald persönlich zu euch kommen, um die Fahrt nach Konstantinopel anzuführen, Herr. Er wartet noch auf Verstärkung, die aus Schweden eintreffen soll, um seine Festungen zu sichern«, berichtete mir sein Bote.

Ich war skeptisch, wusste jedoch selbst nicht genau warum.

»Er wird kommen«, beruhigte mich Bithia, doch ich wollte es nicht glauben, bevor ich nicht sein Schiff tatsächlich am Horizont erspähen würde.

»Er will seine Festungen sichern. Wenn die Verstärkung aus Schweden nicht kommt, wird auch Rurik hier nicht erscheinen«, gab ich Tag für Tag zu bedenken.

Bithia schüttelte nur den Kopf und schien genervt. »Du bist ungeduldig wie ein kleines Kind. Er wird kommen«, beruhigte sie mich immer wieder.

Sie sollte Recht behalten. Nur eine Woche später traf ein weiterer Bote ein, der mir das baldige Erscheinen des Fürsten aus Nowgorod ankündigte.

Ich beauftrage die Festungsbesatzung, sofort mit den Vorbereitungen zu beginnen. Wir packten gepökeltes Fleisch, Trinkwasser und andere Nahrungsmittel auf die Odrerir, schärften unsere Waffen, rieben die Ringpanzer mit Sand blank, befestigten die Lederummantelungen auf den Rändern unserer frisch bemalten Schilde und warteten auf Rurik.

Er ließ lange auf sich warten, nach einigen Tagen aber wurde ich durch Rufe geweckt. Ich schlief so fest, dass ich sie erst in einem Traum einbaute, bevor ich sie als die Wirklichkeit erkannte. »Schiffe!«, schrie die Wache immer wieder vom Festungswall. »Schiffe.«

Plötzlich war ich hellwach, weckte Bithia aufgeregt, rollte mich aus den Fellen und stolperte nach draußen. »Schiffe, Schiffe, Schiffe!«, hörte ich wieder. Er übertreibt maßlos, dachte ich, lachte vor Freude, zog mir meine Rüstung und mein Schwertgurt an. Bithia, angesteckt von meinem Hochgefühl, war ebenfalls schlagartig wach und half mir, den Ringpanzer überzustreifen. Das Schwert, das ich in Beloozero erbeutet hatte, band ich mir auf den Rücken, steckte meinen Dolch in den Gürtel, nahm Schild und Helm und ging nach draußen. Endlich war er gekommen. Meine Blicke wanderten zum Festungswall, auf dem viele der Wachen aufgeregt mit den Armen ruderten und immer wieder »Schiffe, Schiffe! Viele Schiffe!«, riefen.

Was hatte Rurik vor, wenn er nicht nur mit einem Schiff gekommen war? Diesem aufgewühlten Geschrei nach zu urteilen, mussten es mindestens zehn oder eher zwanzig Boote sein, die auf unsere Festung zufuhren. Ich stieg den Wall hinauf und als ich weit genug oben war, um meinen Blick über die Palisadenmauer hinweg bis auf das Wasser zu richten, konnte ich meinen Augen kaum trauen. Ich starrte auf den Fluss und blieb wie angewurzelt stehen. Es waren nicht zehn oder zwanzig, auch keine dreißig Kriegsschiffe, die auf uns zukamen. Es waren hunderte! Allen voran Ruriks Schiff mit dem blauweißen Segel. Es waren so viele, dass ich nicht einmal mehr das Wasser dazwischen sehen konnte. Unzählige Ruder tauchten zur gleichen Zeit ins aufgeschäumte Nass. Die Boote fuhren so dicht beieinander, dass sie sich beim Rudern fast behinderten. Der Lowat war so aufgewühlt, als würde ein riesiger Schwarm Lachse einen Wasserfall emporspringen. Bei hundert Schiffen hörte ich auf zu zählen und es waren bestimmt doppelt so viele. Woher hatte Rurik all diese Männer? War das die Verstärkung aus Schweden, von der der Bote gesprochen hatte? Doch die noch wichtigere Frage war: Was hatte er vor? Wenn es tatsächlich an die zweihundert Schiffe waren, so musste er über achttausend Mann befehligen. Das war eine Zahl, die meine Vorstellungskraft bei weitem überstieg. Noch nie hatte ich von einem Heer solcher Stärke gehört, geschweige denn eines gesehen. Es war schier unmöglich. Zwar hatte ich noch in Haithabu erfahren, dass sich die einzelnen Wikinger-verbände zusammengeschlossen und gemeinsam die besser beschützten Klöster im Frankenreich überfallen hatten. Ich vernahm jedoch nie größere Zahlen als acht- oder neunhundert Krieger. Achttausend? Hatte Rurik nicht noch letztes Jahr behauptet, er könne keinen Mann entbehren?

Als ich die Hand bemerkte, die mir von Kjell entgegengestreckt wurde, kletterte ich endlich auch die letzten Schritte auf den Festungswall empor.

»Siehst du, was ich sehe?«, fragte ich ihn.

Er lachte, aber es war eine sonderbare Lache, die sich anhörte, als könnte er selbst nicht glauben, dass er wachte und nicht schlief.

Ruriks Schiff war mittlerweile am Ufer vor der Festung angekommen und ich stieg den Wall wieder herab. Bithia kam mir entgegen. »Was hat dieser Fürst vor?«, fragte sie mich und sie klang besorgt, ja sogar beängstigt, was ich durchaus verstehen konnte.

»Ich werde es gleich erfahren«, sagte ich schnell, als ich an ihr vorbei, Richtung Fluss rannte.

Rurik sprang über die Reling, vertäute sein Schiff auf unserem Landungssteg und kam auf mich zu. Hinter mir versammelten sich bereits Kjell, Norell, Kogg, Eric und Bithia. Weitere Männer kamen hinzu.

»Seid gegrüßt, verehrter Skaldenkrieger mit dem Raben«, grüßte er mich und schmunzelte. Auch Kruk, der mittlerweile auf meiner Schulter gelandet war, wurde mit einem förmlichen Nicken begrüßt.

»Ich grüße Euch!«, erwiderte ich und schaute demonstrativ auf die Flotte, die einen so überwältigenden Eindruck auf mich machte, dass ich ihn nicht verbergen konnte.

»Was, bei allen Göttern dieser Welt, habt Ihr vor?«, fragte ich.

»Wir wollten doch den Wasserweg nach Konstantinopel erkunden. Ich dachte, einhundertvierundneunzig Schiffe sind gerade genug«, grinste Rurik, als wäre nichts Sonderbares dabei, dies mit einer ganzen Flotte zu tun. »Wenn wir schon dabei sind, könnten wir Konstantinopel ja auch erobern?«, schlug der Fürst ganz beiläufig vor.

»Ihr wollt Konstantinopel angreifen?«, fragte ich entsetzt. Meine Gedanken überschlugen sich. »Ich ging davon aus, auf Entdeckungsreise zu ziehen und nicht in den Krieg«, sagte ich halbherzig, ohne meinen Blick von den unzähligen Schiffen nehmen zu können, die langsam an uns vorbeiglitten und einige Ruderschläge gegen die Fahrtrichtung unternahmen, um ihre Geschwindigkeit zu drosseln.

483

»Nun, meine Pläne änderten sich. Ich erzähle es Euch gern, aber in Ruhe an einem Ort, an dem uns nicht hundert Ohren hören können.« Der Fürst nickte mir zu und schritt an mir vorbei. Meine gesamte Festungsmannschaft stand mittlerweile hinter mir und ich folgte Rurik durch den Gang, den er sich durch die Männer bahnte. Sie alle grüßten ihn, doch sie brachten ihm an diesem besonderen Tag nicht den Respekt entgegen, den er sich als Fürst verdient hätte. Rurik sah es ihnen nach, schließlich war offensichtlich, dass sie ihre Augen nicht von seiner Streitmacht nehmen konnten. Gebannt starrten sie auf den Fluss hinaus, einige schienen zu zählen, nickten dabei ständig mit ihren Köpfen, andere standen nur mit offenem Mund da und konnten nicht fassen, was sie dort sahen. Als ich wieder zu dem Fürsten aufgeholt hatte, redete er weiter, während er einen Arm um meine Schulter legte. »Stellt Euch doch mal vor, mein Reich würde sich von Ladoga bis nach Konstantinopel erstrecken. Ich wäre der mächtigste Mann dieser Welt!«

»Ihr seid ein sehr mächtiger Mann, wenn Ihr nur den Wasserweg in den Süden findet und damit der Welt Handelswege eröffnet, von denen die Händler bisher nur träumten«, bemerkte ich und versuchte zu verstehen, was Rurik vorhatte. War er größenwahnsinnig geworden? Er war solch ein kluger Mann und jetzt wollte er die Stadt angreifen, die ihm so viel Reichtum versprach, wenn er sie nur finden würde. »Wieso wollt Ihr mit so vielen Schiffen den Weg suchen? Es macht für mich keinen Sinn. Ein Heer bewegt sich langsam. Dieses Heer wird kaum vorankommen. Wir sollten die Wasserstraßen in kleineren Gruppen erkunden.«

»Ich weiß, dass die Handelsroute existiert«, winkte Rurik ab und klang dabei so selbstsicher, dass es mich stirnrunzelnd aufhorchen ließ. »Askold und Dir haben...«, setzte er an, bis ich ihn jäh unterbrach.

»Ich wusste es genau, dass diese beiden von ihrer günstigen südlichen Festung aus Erkundungsfahrten unternehmen«, rief ich zornig aus, blieb stehen, schaute Rurik hinterher, der zunächst weiterlief, sich dann aber zu mir umdrehte.

»Sie stellten keine Erkundungen an«, fuhr er mich energisch und beschwichtigend zugleich an.

»Woher wisst Ihr es dann?«

»Von einem Händler.«

»Von einem Händler? Kein Händler ist an mir vorübergegangen, ohne

484

dass ich ihm diese Frage stellte«, blaffte ich.

Rurik beschwichtigte mit ruhiger Stimme: »Ihr habt nicht jeden Händler gefragt, der an dieser Festung vorbeigesegelt ist. Da bin ich mir sicher.«

»Was erzählte der Händler?«, wollte ich wissen, ging nicht auf Ruriks letzte Aussage ein, da er natürlich Recht hatte. Dennoch hatte ich sehr viel Menschen nach einem Wasserweg in den Süden gefragt und immer die gleiche Antwort erhalten. Sie wussten es nicht. Die Slawen wussten nicht, wie ihr Land südlich des Lowat aussah. Sollte der entscheidende Kaufmann an dieser Festung vorbei gesegelt sein?

»Der Händler bezahlte in der Festung von Askold und Dir mit Silber aus Konstantinopel. Die beiden fragten ihn, woher er dieses Zahlungsmittel habe. Sie gaben ihm einen Boten mit und schickten ihn nach Nowgorod in meinen Palas. Dort berichtete er mir, er habe das Silber aus dem Süden. Über einen Fluss sei es gekommen, der tief im Landesinneren südlich des Lowat seinen Lauf nimmt.«

Rurik schaute mich an, neugierig erwiderte ich seinen Blick, wartete, bis er fortfahren würde, bis ich verstand, dass der Händler nicht mehr gesagt hatte. »Mehr wusste er nicht?«

»Mehr wusste er nicht«, bestätigte mir Rurik. »Das ist genug. Es gibt einen Fluss südlich des Lowat, der groß genug sein muss, um mit Schiffen darauf zu segeln.«

»Seit wann wisst Ihr das?«

»Letztes Jahr.«

Eindringlich schaute ich Rurik an. »Wann letztes Jahr?« Rurik schwieg, wich der Frage aus. »Ihr wusstet es schon, als ich bei Euch war?«, fragte ich entsetzt. Ganz unmerklich nickte der Fürst. »Wie konntet Ihr es mir verheimlichen?«

»Hätte ich Euch in dieser Festung halten können, wenn Ihr davon erfahren hättet?«

Ich schnaufte aus. »Nein«, gestand ich, »vermutlich nicht. Trotzdem verstehe ich nicht, warum Ihr auf eine solch vage Aussage hin mit einem so riesigen Heer nach Konstantinopel fahren wollt. Die Odrerir hätte völlig ausgereicht, um diesen Fluss zu finden.«

Rurik lachte. »Was denkt Ihr, warum dieses Heer so groß ist? Es sind nicht meine Männer. Ich benötigte Verstärkung, sandte Boten aus, um Hilfe zu erbitten. Ich wollte neue Krieger rekrutieren, um mein Reich zu festigen, gab Nachricht, dass der Weg nach Konstantinopel gefunden werden kann. Diesem Aufruf sind zu viele gefolgt. Ich konnte es nicht aufhalten. So, wie ich sie jetzt nicht davon abhalten kann, Konstantinopel zu suchen, zu finden und anzugreifen.«

»Es sind also nicht Eure Krieger auf diesen Schiffen?«, fragte ich.

»Nun, sie schworen mir nicht die Treue, sie unterstehen ihren eigenen Herren, aber ich führe sie. Sie hören auf meinen Befehl. Mit fast fünfzig Schiffen stelle ich den stärksten Teil dieser Streitmacht. Dass mir so viele fremde Herren folgen, sehe ich als einen Wink des Schicksals. Die Nornen wollten es so. Sie wollen, dass ich Konstantinopel finde und erobere.«

»Wenn wir diese Stadt angreifen und dabei scheitern, wird Konstantinopel niemals Handel mit uns treiben!«, warnte ich ihn. »Statt Reichtum werden wir Feinde, Krieg und unser Verderben finden.«

»Das ist nicht gesagt. Habt Ihr die Schiffe gezählt? Es sind fast zweihundert. Wer sollte sich uns entgegenstellen?«

Ich schnaufte aus, dachte nach, wusste nicht, was ich davon halten sollte. Meine Seele wollte nicht auf die Welle des Hochmuts aufspringen, die vor den Schiffen den Lowat nach Süden hinunterrollte.

»Ich kann das Schicksal nicht aufhalten. Wir werden nach Süden segeln. Wir werden siegen oder sterben. Begleitet Ihr mich nun in dieses Abenteuer?«, fragte mich Rurik, schaute mich eindringlich an.

Ich atmete tief durch, schloss die Augen, vernahm das Gezwitscher der Vögel im Westen, den Lärm der Schiffe und Männer im Osten. Ruhe und Frieden auf der einen Seite oder Ruhm und Unsterblichkeit oder aber nur der Tod auf der anderen. Wie sollte ich mich entscheiden?

»Rurik, ich war immer ehrlich zu Euch«, setzte ich an und bekam ein Nicken als Aufforderung weiter zu reden, »Euer Königreich basiert auf der friedlichen Beziehung zur slawischen Bevölkerung. Ihr kooperiert mit ihnen und tut es immer noch. Ihr lebt vom Handel, der dank Euch für dieses Land in einer nie dagewesen Form floriert. Wollt Ihr diesen Frieden wirklich gefährden?«

»Ich gefährde den Frieden nicht!«, sagte er und runzelte die Stirn. »Auf meinen Schiffen sind ebenso viele slawische Krieger wie auch schwedische, norwegische oder dänische«, setzte er fort. »Die Slawen kennen Konstantinopel genauso wenig wie wir, sonst hätten wir den Weg dorthin längst gefunden. Was sollten sie also dagegen haben, wenn ich die Stadt erobere? Im Gegenteil, sie würden davon ebenso profitieren, wie Ihr und ich.«

Dem konnte ich nicht widersprechen, Rurik hatte sicher Recht. Dennoch wollte ich mich damit nicht abfinden. »Ihr habt dieses Land mit friedlichen Mitteln erobert und die Macht an Euch gerissen. Die mehrheitlich slawische Bevölkerung akzeptiert und schätzt Euch. Warum kommt Ihr von diesem friedlichen Kurs ab?«

»Ich wollte dieses Land und ich hätte es mir genommen, was immer dafür nötig gewesen wäre.« Er war ernst, schaute mich eindringlich an, grinste schließlich schelmisch und sprach weiter: »Ich habe es Euch zu verdanken, dass wenig Blut floss. Wenn ihr Konstantinopel für mich auf die Weise erobern könnt, wie Ihr es in Beloozero tatet, werde ich Euch unendlich dankbar sein!«

»Ihr wisst nicht einmal, was Euch erwartet«, beharrte ich nachdenklich, schüttelte dabei den Kopf. »Ihr kennt weder den Weg dorthin, noch kennt Ihr die Stadt selbst. Zweihundert Schiffe mag eine Zahl sein, die unbezwingbar erscheint. Sie ist jedoch genauso unglaublich, wie die Gerüchte, die von Konstantinopel ausgehen. Wer sagt, dass achttausend Krieger für eine Eroberung ausreichen?«

»Ha!«, rief der Fürst aus und ich spürte, dass ich seinen Stolz beleidigt hatte. »Seid Ihr in dem halben Jahr auf eurer Festung verweichlicht? Seid Ihr jetzt ein Christ, der nichts wagt, alles genau plant und sich in die Hosen macht, wenn er ein Wagnis eingeht? Ich kann diese Krieger, die Ihr auf dem Lowat seht, nicht mehr aufhalten, also führe ich sie lieber, als zuzusehen, wie jemand anderes die Macht in diesem Land übernimmt.«

Seine Worte trafen mich tief in meinem Herzen. Die Beleidigungen weckten etwas in mir, dass lange vergraben gewesen war. Es störte mich nicht, dass er mich Christ genannt, sondern dass er mich als Feigling bezeichnet hatte. Ich unterdrückte meinen Zorn, biss auf die Zähne, schaute den Fürsten lange in die Augen. Rurik sah mir meinen Gram an und schlug mir beschwichtigend auf die Schulter.

»Ich weiß, dass Ihr nicht solch ein Mann seid. Kommt mit mir. Ich brauche Euch und Eure Gefährten.«

Ich atmete durch. Er hatte meinen wunden Punkt gesucht, gefunden, rührte mit seinem Finger darin und entfachte damit ein Brennen in mir, das nicht mehr aufzuhalten war. Genauso wenig wie die Männer auf den Booten, die unruhig mit den Rudern das Wasser aufwühlten wie ein Wolf, der in der Erde gräbt, bis er den Hasenbau findet und seine Beute zerfleischt.

Was blieb mir anderes übrig? Das Schicksal ist unausweichlich, dachte ich mir.

»Erinnert Ihr Euch an die Eule?«, fragte mich Rurik und ich verstand, ohne dass er mir seine Gedanken erklären musste. Ich nickte ihm zu. Wir würden der Eule folgen. Unser Weg führte nach Süden, nach Konstantinopel.

»Ich wusste, auf den Skaldenkrieger mit dem Raben ist Verlass!«, sagte Rurik und schlug mir erneut freundschaftlich auf die Schulter. »Ich hoffe, die Odrerir ist bereit?«, fragte er, ging wieder zurück Richtung Strand und ließ mich stehen. »Mit Eurem Schiff sind wir hundertfünfundneunzig«, lachte er, ohne mich dabei anzusehen. Ich schüttelte nur den Kopf, konnte diese Zahl nicht glauben. Noch einmal drehte sich Rurik zu mir um. »Verabschiedet Euch von Eurer Frau und Eurer Tochter«, sprach er ernst, als wolle er mich darauf hinweisen, dass es das letzte Mal sein konnte, dass ich sie sah.

Bithia hatte lange gewartet, zu mir zu kommen. Jetzt, wo der Fürst von dannen zog, lief sie aufgeregt zu mir. »Was hat er vor?«, fragte sie.

Sie stellte sich vor mich, sah mir in die Augen. Ich starrte sie an und mit einem Mal wollte ich nicht auf mein Schiff steigen. Ich wollte bei Bithia bleiben. Bei ihr und meiner Tochter. Ich senkte den Kopf, sie ging in die Knie, schaute mir von unten in die Augen, damit ich ihren Blicken nicht ausweichen konnte. »Was hat er vor?«, fragte sie erneut.

Konnte ich die Wahrheit verschweigen? Sie würde davon erfahren. Besser von mir als von einem Boten. Doch ich hatte Angst, es ihr zu sagen.

»Er will Konstantinopel erobern«, brachte ich bestimmt hervor, konnte ihr dabei aber nicht in die Augen sehen, stand mit der Seite zu ihr und blickte stur geradeaus.

»Was? Aber…«

»Er will Konstantinopel erobern«, wiederholte ich. »Er weiß, dass ein Wasserweg existiert. Wir werden ihn finden und dann werden wir die sagenumwobene Stadt angreifen.«

»Das könnt ihr nicht tun. Das kann Rurik nicht machen. Das kannst vor allem du nicht tun!« Bithia war entsetzt. Ich erwiderte nichts, bis sie langsam begriff. »Du wirst doch wohl nicht mit auf diese Selbstmordfahrt gehen?«, fragte sie mit großen Augen und schüttelte dabei den Kopf.

»Ich schwor Rurik die Treue. Ich habe keine Wahl.«

Ich drehte mich zu ihr und sah in wässrige Augen, die mich tief in meinem Herzen berührten, so sehr, wie die Beleidung Ruriks meinen Zorn geweckt hatte. Konnte ich sie verlassen? Vielleicht würde ich sie nie wieder sehen.

»Geh nicht! Bitte! Du wolltest auf Erkundung fahren und nicht in den Krieg«, flehte sie mich an.

Ich nickte stumm. Bithia weinte. »Er weiß seit letztem Sommer von einem Weg weiter in den Süden. Er schickte Boten mit dieser Nachricht nach Schweden, Norwegen, Dänemark. Viele folgten dieser Aufforderung. Zu viele. Rurik kann die mordlustige Horde, die das Wasser des Lowat aufwühlt, nicht zurückhalten. Das Schicksal wollte es so. Nun führt er sie an, führt sie in ein unbekanntes Gebiet, zieht mit ihnen in den Krieg. Ich schwor ihm die Treue. Ich muss ihm folgen.«

»Brich den Schwur!«, schluchzte Bithia.

»Bitte«, hauchte ich und nahm ihr Gesicht in beide Hände. »Du weißt, dass ich das nicht kann.« Mein Herz schmerzte in der Brust, denn das Gefühl ließ mich nicht los, meine Frau und damit einen Teil von mir zu verraten. Sie umarmte mich und weinte.

»Du tust gerade so, als würdest du mich nie wiedersehen«, flüsterte ich zu ihr mit beruhigender Stimme und strich ihr mit der Hand über den Kopf. Sie antwortete nicht. »Du hast doch selbst gesagt, dass ich einen guten Einfluss auf die Geschehnisse haben kann. In Beloozero hätte es auch zu einer Schlacht kommen können und ich habe sie verhindert. Damals warst du stolz auf mich. Vielleicht kannst du es bei meiner Rückkehr wieder sein.«

»Ich bete jeden Tag zu den Göttern, und auch zum Christengott, dass es so geschehen wird«, sagte sie und küsste mich innig. Ich umarmte sie fest, sog ihren Geruch in mich auf und hoffte, ihn niemals zu vergessen. Ich hob Edda hoch, die ruhig neben uns gestanden hatte und gar nicht wusste, was hier geschah. Auch sie machte einen traurigen Eindruck.

Wusste sie, dass ich lange fortgehen würde, oder war es die Traurigkeit ihrer Mutter, die sie trübsinnig machte?

»Wenn ich zurückkomme, dann bist du alt genug und wir gehen zusammen auf die Jagd«, lachte ich sie an. Meine Tochter quiekte fröhlich und sogar Bithia musste lachen. Es war ein Lachen, das, mit Tränen gepaart, ihre Trauer nicht verbergen konnte.

Ich ging zur Odrerir, drehte mich um, bekam beim Anblick meiner Frau nasse Augen, doch ich musste nach vorne schauen. Kjell, Kogg und Eric warteten auf mich. Ich hatte schon vor Tagen vierzig Mann zur Bewachung der Festung eingeteilt. Der Rest saß bereits auf den Ruderbänken, zusammen mit einigen anderen Kriegern, die mir Rurik unterstellt hatte, damit mein Schiff ausreichend besetzt war. Ich drehte mich erneut um, winkte Bithia, Edda und auch Norell, die einen Arm um meine Frau legte. Tief durchatmend bestieg ich die ausgelegten Bretter, setzte meinen Fuß auf die Planken meines Schiffes, ging zum Ruder und umklammerte das feuchte Holz mit meinen Händen. Ich schaute nach Süden. Dort, dachte ich, weit entfernt liegt Konstantinopel. Mein Traum konnte schon bald in Erfüllung gehen. »Rudert, ihr Bastarde!« rief ich. »Lasst uns Konstantinopel finden! Und erobern«, fügte ich leise hinzu, so dass es nur Kjell, Eric und Kogg hören konnten, die bei mir standen und mich fragend ansahen, während sich die Männer jubelnd in die Riemen legten, sich die Odrerir in Bewegung setzte. Erst langsam, dann schneller. Viele Schiffe waren uns weit voraus. Rurik hatte Recht. Sie waren nicht mehr aufzuhalten. Das Schicksal ist unausweichlich.

»Erobern?«, fragte Eric und schaute mich grinsend, mit weit aufgerissenen Augen an.

»Was denkst du«, fragte ich, »wollen diese zweihundert Schiffe sonst machen, wenn sie vor den Mauern Konstantinopels stehen? Handel treiben? Wieder nach Hause gehen?«

Eric lachte laut und war glücklich. Es war genau das, worauf er gewartete hatte. Er würde Ruhm ernten oder dabei sterben. So wie wir alle. Das Schicksal hatte uns hierhergeführt und nur die Nornen wussten, ob unser Leben in Konstantinopel beendet werden oder zu neuem Glanz erstrahlen würde.

»Rudert, ihr Bastarde!«, schrie ich wieder. Wir fuhren weiter auf den Lowat hinaus, setzten uns neben Ruriks Boot und folgten so einer Flotte, die die Welt noch nicht gesehen hatte.

Weiter südlich schlossen sich uns Askold und Dir an.
Erst hier erfuhr ich, dass Igor und Oleg uns nicht begleiteten, was mich zunächst sehr verwunderte. Rurik brauchte sie als Verwalter in Nowgorod.
Mit den vier Schiffen von Askold und Dir waren es nun einhundertneunundneunzig, die sich auf dem Lowat langsam nach Süden schoben. Sehr langsam, wie ich es befürchtet hatte, denn der Fluss mäanderte zu stark und es war nicht selten, dass wir zurückrudern und warten mussten, bis sich die aufgestauten Schiffe vor uns endlich durch das Nadelöhr schoben. Wir benötigten sehr viel mehr Zeit, als auf unserer ersten Erkundungsfahrt, um die Stelle des Flusses zu erreichen, bis zu der wir vor der Gründung Nowgorods vorgestoßen waren. Wir ruderten den Lowat immer weiter nach Süden. Der Fluss wurde immer schmaler und es wurde zunehmend schwerer, die Ruder auszufahren.
Bald war die Stelle erreicht, an der der Strom selbst für unsere schmalen Boote nicht mehr schiffbar war. Dennoch gaben wir nicht auf, stiegen aus und befestigten Seile am Bug, so dass wir die Schiffe treidelten, indem wir am Ufer entlang liefen und die Boote über das Wasser zogen. So kamen wir der Quelle des Flusses ein weiteres Stück näher. Bald war diese Möglichkeit ebenfalls erschöpft. Wir rasteten einige Tage und erkundeten die Gegend per Pferd. Ich meldete mich mit meinen Gefährten freiwillig für die erste Aufklärung. Früh morgens schwangen wir uns auf die Reittiere und brachen nach Süden auf. Während des Ritts erinnerte ich mich an das Pferd von Ansgar, auf dem Bithia und ich ausgeritten waren. Wie an jenem, scheinbar unendlich lange zurückliegenden Tag, ließ auch heute der Wind meine Haare wie eine Fahne hinter mir her wehen. Ich wünschte Bithia wäre bei mir, gerne würde ich mit ihr wieder zu jenem Hain reiten, in dem wir uns geliebt hatten. Was Ansgar wohl in diesem Moment macht, fragte ich mich. Ich schüttelte die Erinnerungen von mir und widmete meine Aufmerksamkeit wieder der Gegenwart. Auf unserer Suche nach dem Fluss, der uns weiter nach Süden bringen sollte, ritten wir über kleine Hügel und hatten von dort eine weite Sicht über das Land, das sich, ebenso flach wie bei Nowgorod und Ladoga, vor uns erstreckte. Was wir fanden, waren nicht mehr als kleine Bäche,

die wir hätten entlang treideln können, was den Aufwand aber nicht wert war. Wo flossen diese Rinnsale hin? Viele mündeten in den Lowat, einige flossen nach Süden und schienen größer zu werden. Hatten wir die Quelle dieses großen Flusses gefunden, von dem Rurik erzählt hatte? Gerne wäre ich dem Wasserlauf gefolgt, doch wir mussten umkehren, denn der Fürst hatte uns befohlen, gegen Abend wieder im Lager zu erscheinen.

Unzählige Feuer brannten am Ufer des Lowat, als wir zurückkehrten. Soweit das Auge reichte, erhellten Flammen das abendliche Zwielicht. Die Gruppen, die den Westen und Osten erkundet hatten, trafen kurz nach uns ein und hatten ein ähnlich ernüchterndes Ergebnis wie wir zu melden.

Die Nachrichten verbreiteten sich schnell und es war, als würde mit dem Rauch der Feuer auch der Mut der Männer in die kühle Abendluft aufsteigen und einen dunklen Dunst des Missmutes über uns ausbreiten, der zu Streitigkeiten führte und schon am ersten Abend Todesopfer forderte.

Ich saß mit Kjell, Kogg, Eric und Rurik am Feuer, als nicht weit von uns entfernt Gebrüll zu hören war. Hastig standen wir auf, zogen unsere Schwerter und hechteten in die Richtung, aus der wir einen Angriff vermuteten. Schnell bemerkten wir, dass es sich um einen Streit handelte. Als wir die Aneinandergeratenen erreichten, konnten wir nur noch mit ansehen, wie die Axt des einen den Schädel des anderen spaltete. Blut spritzte aus der Wunde und färbte den Abendhimmel rot. Einige Männer wollten sich für den getöteten Gefährten rächen und so schmissen wir uns entschlossen dazwischen, verhinderten einen Krieg, der das gesamte Heer hätte vernichten können.

»Spart eure Kräfte«, schrie der Fürst. »Morgen werden wir in den Süden ziehen. Schon bald werden wir Konstantinopel erreichen.« Die Worte beruhigten die Männer und so gesellten auch wir uns wieder an das Feuer.

»Ihr wollt morgen aufbrechen?«, fragte Kjell.

»Die meisten Männer sind Krieger, sie sind auf Viking, wollen rauben, stehlen, töten. Wir müssen weiterziehen«, antwortete Rurik.

»Wir wissen nicht, wohin«, gab ich zu bedenken. »Bisher haben wir nur die Aussage eines Händlers, dass es einen Fluss gibt, der uns weiter in den Süden bringt.«

Rurik dachte nach. »Wir müssen sie beschäftigen. Sie ruhen seit einem Tag und schon bringen sie sich gegenseitig um.«

»Wäre das so schlimm, wenn sie sich gegenseitig die Köpfe spalten?«, fragte ich, erntete jedoch nur missbilligende Blicke.

»Es ist eine weise Entscheidung, eilig aufzubrechen. Wie schnell kann sich ihr Zorn gegen uns wenden?«, sagte Eric.

Ich nickte. »Wenn ich sterben muss, dann lieber vor den Mauern Konstantinopels, als hier an diesem abgelegenen Ort.«

So fällten wir am nächsten Tag unzählige Bäume, die wir als Rollen benutzen wollten, über die wir unsere Schiffe transportieren konnten. Rurik hatte einigen Männern befohlen mit ihren Pferden weiter in den Süden vorzudringen, während wir uns mit dem Fällen der Bäume Zeit lassen sollten. Die Männer brauchten eine Beschäftigung, aber Rurik wollte dennoch keine zweihundert Schiffe ins Dunkel führen.

Mit der Axt schlug ich auf eine Birke ein, gab ihr einen Tritt bis auch die letzte Bindung zwischen Stamm und Wurzelwerk knarrend zerriss. Das Blätterdach rauschte Richtung Boden, blieb kurz in dem Geäst des benachbarten Baumes hängen und landete dann krachend auf der Erde. Ich lehnte mich auf meine Axt. Schweiß lief mir in mein rechtes Auge. Ich blinzelte das Brennen heraus und rieb mit dem Handballen die Tropfen aus dem Gesicht, während ich Kogg beobachtete, der schon den zweiten Baum in Angriff nahm. Ich war wieder einmal beeindruckt, wie er immer weiter auf die Bäume einschlug, ohne Ermüdung zu zeigen. Er nahm uns durch seine scheinbar unendliche Kraft einige Arbeit ab. Schon bald zogen wir die Odrerir an Seilen auf die Rollen, legten den letzten Baumstamm, der beim Ziehen vom Heck frei gegeben wurde, wieder nach vorne unter den Bug, um so immer weiter in den Süden vorzudringen. Langsam aber sicher. Obwohl unsere Schiffe sehr leicht gebaut waren, war es auf die Dauer eine schweißtreibende Arbeit, wenngleich die ganze Schiffsmannschaft an den Seilen zerrte und wir so den Umständen entsprechend gut vorankamen.

Die Kundschafter kamen zurück. Wir alle schauten sie voller Erwartung an. Doch ich erkannte schon an ihrem Gesichtsausdruck, dass sie keinen Erfolg gehabt hatten.

»Es muss einen Fluss geben«, raunte Rurik. Die Stimmung wurde schlechter und trotzdem trieb uns die Gier nach Ruhm weiter ins Ungewisse.

Wir erreichten einen der kleinen Flüsse und ließen unsere Schiffe wieder zu Wasser. Die Rollen verstauten wir im Rumpf, denn es war klar, dass wir sie schon bald wieder brauchen würden. Leider war genau das früher der Fall als erhofft. Der kleine Bach war nicht die Quelle des Flusses, der uns in den Süden bringen würde. Wieder mussten die Schiffe an Land gezogen werden. Stunde um Stunde wechselte dieses Spiel zwischen Treideln, Tragen, über Rollen ziehen, Baumstämme ein und wieder ausladen. Nur selten waren die Wasserläufe groß genug, um zumindest wenige Ruder hineintauchen zu können. Wir schlugen uns durch eine Landschaft, die nie mehr als kleine Flüsschen offenbarte. Die Erkundungsritte brachten uns keine neuen Erkenntnisse. Die Männer murrten. Ein ungutes Gefühl überkam mich. War diese Reise zum Scheitern verurteilt? »Ich werde weiter gehen«, sagte ich meinen Gefährten am Abend an einem Lagerfeuer und erntete eifriges Nicken. »Sollen sie alle umkehren«, erwiderte Kjell. »Wir werden diesen Fluss finden. Ob mit zweihundert Schiffen oder nur mit dem unsrigen.« Allein der Name Konstantinopel hatte mittlerweile etwas Magisches und zog uns an. Erneut unternahm ich einen Erkundungsritt mit Kjell, der mir eine willkommene Abwechslung zum Transportieren der Schiffe bot.

»Wie lange wird es dauern, bis deine Landsleute meutern?«, fragte mich mein treuer Freund, nachdem wir schon einige Zeit in den Süden geritten waren.

Ich antwortete nicht auf seine Frage, sondern kniff die Augen zusammen, zügelte mein Pferd und spähte in die Ferne.

»Was siehst du?«, fragte Kjell.

»Siehst du dieses Glänzen am Horizont?«, wunderte ich mich. Kjell folgte meinem Blick, hob die Hand über seine Augen, um die Sonne aus seinem Gesicht zu halten, die gerade hinter einer Wolke hervorkam.

»Wenn Baschi noch bei uns wäre, könnte er uns mit seinen guten Augen sicher sagen, was es ist«, sagte er.

»So müssen wir es wohl selbst in Erfahrung bringen.« Ich spornte mein Pferd an, preschte nach vorn, um das Geheimnis dieser glänzenden Spiegelungen zu lüften.

Als wir näher kamen erkannten wir, dass wir endlich das gefunden hatten, wonach wir gesucht hatten. Es war ein Fluss. Nicht irgendein Fluss, er war breit wie der Lowat und schien nur darauf zu warten von unserem Heer aus Schiffen durchpflügt zu werden. Noch hielten wir unsere Freude zurück.

»Er fließt nach Westen«, stellte Kjell nachdenklich fest.

»Und er kommt aus dem Osten«, fügte ich hinzu.

»Nicht gerade das, wonach wir suchen.«

»Es muss der Fluss sein, von dem der Händler Rurik erzählte«, sagte ich zuversichtlich. »Die Frage ist nur, in welcher Richtung knickt er nach Süden ab? Stromauf- oder stromabwärts?«

Kjell schaute sich um und schien im Osten etwas zu entdecken. »Ist das ein Dorf?«, fragte er, legte wieder die Hand über die Augen, denn nur noch wenige Wolken waren am Himmel zu sehen und die Sonne strahlte auf uns hernieder, wärmte unsere Glieder in der noch kühlen Frühlingsluft.

»Lass es uns herausfinden«, antwortete ich und wieder sollten wir mit unserer ersten Einschätzung Recht behalten. Schnell erreichten wir das kleine Fischerdorf, deren Bewohner ohne Scheu auf uns zukamen und Auskunft gaben.

Der Fluss trug den Namen Düna und überraschenderweise war an diesem Strom bereits eine Handelsroute zwischen Ost und West entstanden. Wenngleich nur selten nordische oder auch fränkische Händler den Weg so tief ins Landesinnere fanden, waren sie für die Slawen dieser Region keine Unbekannten. Die Bewohner nannten Kjell und mich Rus, was mich sehr verwunderte. War dieser Name hier, an diesem Ort schon gebräuchlich, bevor er uns erreicht hatte? Gab es hier ein Handelsnetz ähnlich dem im Norden?

Noch bevor wir diese Fragen stellen konnten, löcherten uns die Menschen ihrerseits mit Fragen, die darauf schließen ließen, dass Ruriks Reich im Osten einzigartig war. Nur sehr selten fanden die Händler den Weg hierher.

»Fließt die Düna weiter in den Süden?«, fragte ich einen der Slawen.

»Der Fluss mündet irgendwo im Westen, die Quelle liegt weit im Osten in den Bergen.«

Diese Antwort eines kleinen, alten Mannes war viel mehr enttäuschend als vielversprechend. Zwar schien es einen Seitenarm zu geben, der uns weiter in den Süden führen konnte, doch der breite, gut zu befahrende Strom floss von Ost nach West.

Obwohl wir gastfreundlich empfangen worden waren, verabschiedeten wir uns zügig aus dem Dorf, ritten zurück und berichteten Rurik von unseren Erkenntnissen.

»Ich habe Händler aus Ladoga von diesem Fluss erzählen hören«, sagte der Fürst am Abend bei frischem Fisch, den wir über dem Feuer brieten. »Es muss jener Strom sein, der in die Ostsee mündet. Allerdings wusste ich nicht, dass dieser Handelsweg so nah am Lowat liegt.«

Ich hielt inne und horchte auf. »Er mündet in die Ostsee? Seid Ihr da sicher«, fragte ich ungläubig.

Rurik biss in das weiße Fleisch, kaute dreimal, schluckte den Brocken herunter, riss erneut ein Stück Fisch heraus und redete mit vollem Mund weiter: »Man müsste hier ebenfalls einen Stützpunkt errichten«, nickte er so selbstverständlich, als hätte er schon längst alles durchdacht, was mir bisher völlig verborgen geblieben war. »Wenn ich genug Männer hätte, könnte ich dieses Land in das Machtgebiet von Nowgorod einbinden und hätte direkte Handelsbeziehungen in die Ostsee«, ergänzte er. Wir sprachen nicht weiter darüber. Wir alle hatten nur Konstantinopel im Kopf, der Süden aber hatte weit mehr zu bieten als nur diese eine Stadt. All das blieb unausgesprochen.

Ich dachte trotzdem lange über diese Erkenntnisse nach. Der Osten war ein noch größeres, weitreichenderes Land, als ich es mir je erträumt hatte. Rurik hatte natürlich Recht. Er konnte niemals dieses ganze Land beherrschen, hatte schon im letzten Jahr gerade genug Krieger, um seine Macht im Norden zu behaupten. Wenngleich er jetzt ein Heer von acht-tausend Mann anführte, durfte ich nicht vergessen, dass ihm keiner dieser Schweden, Norweger oder Dänen die Treue geschworen hatte. Diese Gemeinschaft beruhte auf gleichem Interesse und barg damit auch Gefahren. Warum sollten sich die Schweden nicht nach dem Feldzug gegen Rurik stellen, um gewaltsam an die Macht zu kommen? Sie hatten ohne Frage die Mittel, zumindest einen Teil des Reiches an sich zu rei-ßen.

Ich war mir sicher, dass Rurik sich all dessen bewusst war. Er war mir in Gedanken und den Plänen für dieses Land weit voraus und ich war gespannt, was uns die Reise noch Weiteres offenbaren würde.

Den darauf folgenden Tag zogen wir die Schiffe weiter nach Süden, bis wir die Odrerir und einhundertachtundneunzig weitere Schiffe in die Wassermassen der Düna schoben. Der Wind stand gut und die unzähligen Segel blähten sich auf. Sie tauchten den Fluss in ein Farbenmeer, von dem ich meine Blicke kaum lösen konnte. Grinsend beobachtete ich die Fischer aus dem Dorf, das Kjell und ich zuvor besucht hatten. Sie versteckten sich in ihren Hütten, hatten Angst vor dem, was über sie hereinbrach, doch niemand behelligte sie. All unsere Schiffe fuhren an ihnen vorbei und die Mutigen unter den Bewohnern spähten mit großen Augen aus ihren Häusern.

Der Wind trieb uns trotz der Strömung immer weiter, bis wir den Seitenarm erspähten, der uns in den Süden trug. Schon bald wiederholten sich die Ereignisse, die wir vom Lowat noch in guter Erinnerung hatten. Der Fluss wurde schmaler, bis nur noch ein Schiff nach dem anderen stromaufwärts rudern konnte. Erneut mussten wir aussteigen, treidelten die Schiffe soweit es ging und wieder luden wir die Rollen aus den Rümpfen der Schiffe, um uns über Land zu quälen. Obwohl die Männer stöhnten und das erste Hochgefühl, endlich weiter zu kommen, längst verflogen war, war die Willenskraft der Krieger ungebrochen. Es kam zu keinen großen Zwischenfällen. Nur wenige Nachrichten über Prügeleien, die selten mit dem Tod endeten, erreichten uns. Wir selbst bekamen davon kaum etwas mit, hatten einen großen Schritt getan und mittlerweile bezweifelte ich nicht mehr, dass wir Konstantinopel erreichen würden. Zur Not hätte ich unser Schiff bis ganz in den Süden getragen. Es war nur eine Frage der Zeit, bis wir die große Stadt erreichen sollten.

Ein weiteres Mal unternahm ich Erkundungsritte, aber es war der Krieger eines anderen Herrn, der die freudige Nachricht zu uns trug. »Ein Fluss!«, rief er schon von Weitem und wedelte mit der Hand, versuchte uns aufgeregt die Richtung zu zeigen. »Ein Fluss!« Wir hielten inne und lockerten die Spannung, die auf unseren Seilen lastete, mit denen wir unsere Schiffe vorwärts bewegten. Der Kundschafter erreichte uns, sein Pferd war nass geschwitzt. »Ein Fluss!« Er rang nach Atem. »Ein großer Strom. Im Süden.«

Rurik grinste. »In welche Richtung fließt er?«

»Nach Westen Herr«, sagte der Mann und holte tief Luft.

Bevor er weiter reden konnte, wurde er von Rurik unterbrochen. »Wir wollen nicht nach Westen.«

»Ich befragte einen Slawen, Herr. Der Fluss fließt schon bald nach Süden und wird immer größer und breiter.« Der Mann lächelte und auch Rurik setzte langsam sein schelmisches Grinsen auf. »Der Fluss fließt nach Süden«, wiederholte der Krieger und atmete dabei zufrieden aus.

»Wenn das wahr ist, muss es endlich jener Fluss sein, von dem mir der Händler berichtete«, überlegte Rurik laut. »Lasst uns weiterziehen, wir sind unserem Ziel sehr nahe, das spüre ich.«

Uns stand eine längere Strecke bevor, als zwischen dem Lowat und der Düna, die wir mit Treideln und Rollen überbrücken mussten, bis wir den breiten Strom fanden. Jenes Gewässer, das uns in den Süden bringen sollte, dessen Anblick wir uns auf dem gesamten Weg in unserem Kopf ausgemalt hatten und der doch ganz anders aussah. Ich hatte ihn mir klar und strahlend vorgestellt. Einladen sollte er uns, die Odrerir in ihn einzutauchen, mit den Ruderblättern die ruhige Oberfläche zu durchbrechen, so dass die kreisförmigen Wellen ungehindert ihre Bahnen durch das im Sonnenlicht glitzernde Nass suchen konnten. Da standen wir nun, das Wasser vor unseren Füßen wälzte sich stetig nach Westen. Rurik, Kjell, Kogg und Eric standen neben mir. Wortlos schauten wir auf den Fluss. Blätter, Erde, Schlamm riss die Strömung mit sich und all das trübte das Wasser, färbte es braun. Es sah dreckig aus. Dennoch schien der Anblick dieses Stromes das Schönste zu sein, das ich auf dieser Reise gesehen hatte. All die Strapazen und die Pein, die wir erleiden mussten, mündeten hier auf diesem Fluss. Führte er wirklich nach Konstantinopel? Hatte uns die Eule diesen Wasserweg weisen wollen?

»Lasst es uns herausfinden«, antwortete Rurik auf meine Fragen, die ich ganz unbewusst laut gedacht hatte.

Ich nickte bedächtig. »Wie heißt der Fluss?«, fragte ich den Krieger, der uns die freudige Botschaft überbracht und uns seither geführt hatte.

»Der Slawe meinte, er hieße Dnjepr, Herr.«

»Dnjepr«, wiederholte ich und ließ den Namen in meinem Kopf wiederhallen, als würde ich die Bedeutung dieses Stromes schon erahnen.

Die Strömung war so stark, dass sie uns schnell vorantrieb und als die Wasserstraße tatsächlich einen weiten Bogen Richtung Süden machte und breiter wurde, wähnten wir uns schon bald am Ziel unserer Träume. Auf unserer Fahrt trafen wir auf etliche Siedlungen am Ufer, deren Bewohner sich zum Volk der Radimitschen zählten. Noch weiter südlich fanden wir die Stämme der Sewerjanen und der Dregowitschen vor. Scheinbar waren die slawischen Völker hier organisierter als im Norden. Alle Dörfer zahlten Tribute an einen Fürsten, der die jeweiligen Stämme regierte. Vielleicht war auch das der Grund, warum die südlichere Region von der Düna aus nicht von westlichen Mächten beherrscht wurde. Rurik hatte es im Norden leicht gehabt. Er hatte die Slawen vereint, ihm hatten sie das Handelsnetz und Reichtum zu verdanken. Ganze Dörfer, die zuvor auf sich gestellt waren, hatten ihm den Treueid geschworen und gelangten so zu Sicherheit. Hier, weit im Süden von Nowgorod, schien sich alles anders zu verhalten.

All das erfuhren wir von den Bewohnern, von denen wir Nahrungsmittel nahmen, um unsere Vorräte aufzustocken. Ich selbst gab den Menschen anfangs Silber für ihre Waren. Doch schon bald konnte ich meine Augen vor dem Unübersehbaren nicht mehr verschließen. Achttausend Männer zogen hinter mir durch das unbekannte Land, raubten den Bewohnern das Silber, das ich selbst gegeben hatte und vermutlich töteten, vergewaltigten und brandschatzen sie auch, bevor sie weiterzogen. Also sparte ich mein Silber, raubte mir mein Essen und fühlte mich elend dabei. Wenngleich ich nicht mordete, war ich doch der Kopf des Drachen, der die Ufer des Flusses verwüstete. Es war falsch, ich wusste das und vielleicht hätte ich umkehren sollen. Hätte das aber etwas geändert? Rurik hatte Recht, wir konnten es nicht aufhalten. Der Gedanke schwelte in meinem Kopf, nur halbherzig versuchte ich einen Ausweg zu finden. Ich wollte nach Konstantinopel, nichts sollte mich mehr aufhalten. So stieg ich über Leichen, um meinen Traum zu erfüllen. Das Schicksal wollte es so, ich aber musste oft an Bithia denken, haderte mit meinen Taten und sah mich zurückversetzt. Zurück in Randaberg, wo ich der breiten Masse hinterhergelaufen war.

Ich hatte mich seit dem Aufbruch aus Norwegen so frei gefühlt. Nun aber wurde ich von dem Strom der mordenden Wikinger mitgerissen, wie das Wasser des Dnjepr den Schlamm und Dreck mitschwemmt. Ich sehnte mich danach, den Dörfern und damit dieser Situation zu entfliehen. Ob unser Fürst ebenfalls so dachte oder nicht, sein Streben, schnell in den Süden zu kommen kam meiner Sehnsucht entgegen. Rurik beschränkte sich auf die wenigen Informationen, die wir von den einheimischen Slawen sammelten und so ruderten wir Tag für Tag den Dnjepr stromab, ohne viel zu rasten.

Von den Bewohnern wussten wir, der Fluss mündet in das Schwarze Meer. Dieses galt es zu durchqueren und damit war der Dnjepr das Tor nach Konstantinopel. Diese Erkenntnis wurde beinahe so gefeiert, als hätten wir die große Stadt schon längst erobert. Es hörte sich alles so einfach an.

Es war jedoch noch ein weiter Weg und wir benötigten mehrere Tage, bis sich am westlichen Ufer einige große Hügel erhoben, die zum Fluss hin steil abfielen, was für die schier unendlich weiten Ebenen dieses Landes eine wahre Besonderheit darstellte. Es war Abend und wir lagerten am Ufer. Die Siedlung, die auf dem Berg lag, schien befestigt und war größer als die meisten. Mit einem Heer von achttausend Mann fühlten wir uns unantastbar und die bisherige Reise hatte uns gezeigt, dass wir damit Recht hatten. Die Einheimischen waren stets vor uns geflohen, hatten sich in ihren Hütten versteckt. Ebenso verhielt es sich mit den Slawen dieses Dorfes, das selbst die mordlustigsten Wikinger unseres Zuges unberührt ließen. Selbst ohne Befestigung war der Hang zu steil. Männer würden bei dem Versuch des Plünderns sterben und nach einer so langen Fahrt über unbekanntes Gebiet war auch der stärkste Mann müde.

So blieb die Nacht zunächst ruhig.

Als der Mond weit oben am Firmament stand, unsere Feuer in den Himmel flirrten und sich die meisten Männer schon betrunken in ihre Umhänge gewickelt hatten, hörten wir plötzlich Schritte hinter uns. Obwohl ich längst gesättigt war, biss ich just in ein Stück Brot und trank einen Schluck Met, als ich die zurückhaltende, aber nicht leise Stimme hinter mir vernahm. »Seid gegrüßt«, sprach ein Mann und wir drehten uns zu ihm um. »Wir suchen den Fürsten von Nowgorod.«

»Der bin ich«, gab sich Rurik zu erkennen und stand auf. Zwei Slawen waren unbewaffnet zu uns gekommen, wurden von Wachen geführt und stellten keinerlei Gefahr dar. Da mir der Met die Sinne vernebelt hatte, ersparte ich es mir, ebenfalls aufzustehen, um mich wankend neben unseren Fürsten zu stellen. »Wer seid ihr?«, fragte Rurik.

»Mein Name ist Kyj und dies ist mein Begleiter Choriw. Wir sind vom

Stamm der Poljaren und kommen von der Siedlung dort oben«, sagte Kyj und zeigte auf den Hügel im Westen. »Wir bitten Euch um Hilfe.« Er faltete dabei die Hände mit den Handflächen vor seiner Brust zusammen. Wir alle hörten gebannt zu und ich vergaß den Fisch, den ich auf einem Messer aufgespießt in der Hand hielt. Das heiße Fett, in dem er gebacken war, tropfte mir auf die Haut und fügte mir einen empfindlichen Schmerz zu. Ich steckte den Finger in den Mund, um die Verbrennung zu mildern.

»Von dieser Siedlung aus«, wieder zeigte der Slawe den Hügel hinauf, »regierte unser Stammesführer über das Land im Westen. Er starb vor einigen Monaten am Wundbrand, zeugte keine Söhne, so sind wir führerlos und die einzelnen Dörfer unseres Stammes streiten sich um die Nachfolge. Wir werden niemals zu einer Einigung kommen. Der Stamm der Chasaren weiß um unsere Schwäche und fällt in unser Gebiet ein, tötet, raubt, brandschatzt, wie es ihm beliebt. Früher konnten wir sie geeint zurückschlagen, aber nun, da unser Fürst verstarb und die Dörfer sich gegenseitig bekämpfen, finden wir keine Mittel mehr, um die Angriffe der Chasaren abzuwehren.«

»Was habe ich damit zu tun?«, fragte Rurik ungläubig aber auch ein wenig belustigt, was ich an seinem schelmischen Grinsen erkennen konnte.

»Wir erbitten Eure Hilfe.« Stille trat ein, bis der Slawe schüchtern ergänzte: »Wäre dies eine solch abwegige Bitte?«

»Was bietet ihr uns als Gegenleistung?«

»Wir wollen, dass ihr die Chasaren vertreibt. Wenn Ihr das tut, könnt Ihr über uns herrschen. Wir brauchen einen starken Führer und Ihr seid ein solcher. Die Götter schickten Euch zu uns.«

»Die Götter. So, so«, sagte Rurik und drehte sich zu mir um, schaute mir in die Augen. Es war, als hätte er meine Gedanken der letzten Tage gelesen. Er musste ebenfalls erkannt haben, dass eine Übernahme der Macht in diesem Gebiet Krieg und Tod bedeuten würde. Es sei denn, die Stämme waren uneins, bekriegten sich gegenseitig. Ich schnaufte aus, schüttelte den Kopf. Die Götter mussten Rurik in der Tat lieben. Wieder spielte ihm das Schicksal in die Hände. Dennoch wäre es ein Wagnis und mein Verstand war nun wacher. Ich war neugierig und lauschte dem Gespräch.

»Die unseren Götter oder die euren?«, fragte der Fürst und wandte sich wieder den beiden Slawen zu, die nun einen etwas selbstsichereren Eindruck machten.

»Vermutlich sowohl die euren als auch die unseren.«

Rurik wurde still und seine Miene versteinerte. Er biss die Zähne zusammen, seine Schläfenmuskulatur trat hervor und er ließ den Blick zu dem schwach erhellten Berg schweifen, auf dessen Kamm die Siedlung lag. Dann schaute er wieder auf den Dnjepr, beobachtete die Wassermassen, die unaufhörlich gen Süden trieben. »Woher wisst ihr, dass ich Rurik von Nowgorod bin?«, fragte er.

»Wir hörten Geschichten über Euch.« Das gefiel dem Fürsten und er lächelte.

»So weit im Süden erzählt man sich Geschichten über mich? Bisher hatte ich den Eindruck, mein Reich wäre hier völlig unbekannt.«

»Nun, das mag auf jene zutreffen, die nur ihre eigenen Interessen verfolgen, die die Entwicklung der Zeit nicht bemerken.«

»Ihr seid anders?«

»Wir kennen Euch, ist das nicht Beweis genug?«

Rurik nickte bedächtig.

»Von wem habt ihr diese Geschichten über uns gehört?«, fragte ich, denn wie Rurik wunderte es mich, dass Nowgorod weit im Süden bekannt war. Vor allem, da noch kein Handelsweg existierte.

»Nicht alle kommen über den Wasserweg«, erklärte Choriw. »Einige Reisende wählen den Weg zu Pferd oder gar zu Fuß. Erst auf dem Lowat schließen sie sich einem Händlerschiff an. Sie erzählen gerne ihre Geschichten. Gardariki nennen sie Euer Reich. Das Land der Festungen.«

Rurik schmunzelte. »Ihr wisst sehr gut über mein Land Bescheid.« Wieder schaute er zur Siedlung im Westen und schließlich zu mir. Ich wusste ganz genau, was er dachte, als ich seinem Blick vom Fluss zum Hügel und wieder zum Fluss folgte. Das Schicksal ist unausweichlich und die Götter mussten uns genau zur richtigen Zeit hierhergeführt haben.

Das Land war flach und vom Hügel würde man den großen Fluss im Blick haben. Vermutlich konnte man dem Wasserlauf schier unendlich weit mit seinen Augen folgen. Ebenso sollte man die Ebenen im Westen und im Osten beobachten können. Der Ort bot die ideale Voraussetzung für eine Festung, von der aus der Handelsweg auf dem Dnjepr kontrolliert werden konnte. Selbst wenn der Weg zwischen den Flüssen über Land beschwerlich war, so war es offensichtlich, dass wir eine neue Handelsroute für Ruriks Fürstentum gefunden hatten. Es war nur eine Frage der Zeit, bis der Handel auch hier florieren würde. Von dem Hügel aus konnte Rurik diesen Handel überwachen, auch wenn er jetzt nicht genug Krieger unter sich hatte, um es wie in Nowgorod und Ladoga zu perfektionieren. Die Tür dazu stand offen, Rurik musste nur den Fuß hineinstellen, alles andere würde die Zukunft bringen. Er wäre dumm gewesen, wenn er dieses Geschenk der Slawen nicht angenommen hätte. Das wusste er, das wusste ich und wer es nicht erkannte, der war ein Narr.

»Über wie viele Männer verfügen die Chasaren?«, fragte der Fürst und lud die beiden Slawen mit einer Handbewegung ein, sich zu uns zu setzten. Das empfand ich als recht ungewöhnlich, denn ich kannte Rurik als einen Mann, der solch wichtige Fragen beim Schlendern an der frischen Luft, möglichst unter vier Augen, klärte. Er mochte seine Gründe haben, dieses Mal auf diese Intimität zu verzichten. Vielleicht hatte er Angst vor einem Hinterhalt, in den er gelockt werden könnte, vielleicht wollte er auch seine Männer bei sich haben, damit wir alles mithören konnten, weil er diese Entscheidung nicht alleine fällen wollte. Meine Vermutung wurde dadurch noch bekräftigt, dass der Fürst Aksold und Dir zu uns rief, was von einem gereizten Brummen von Kogg begleitet wurde. Wir standen vor einer wichtigen Entscheidung. Das Reich Nowgorods war mit seinen vielen Burgen gut geschützt, dennoch konnte Rurik kaum Männer entbehren. Die große Zahl unseres Heeres war anderen Herren zu verdanken, die sich uns angeschlossen, Rurik aber nicht den Treueid geleistet hatten und ihn wohl auch nicht bei der Vergrößerung seines Reiches unterstützen würden. Sie wollten rauben, plündern, töten, erobern. Zur Not würden sie es auch in Ruriks Reich tun.

»Man kann die Zahl der Chasaren nicht schätzen«, riss mich Kyj aus meinen Gedanken. »Sie beschränken sich auf einzelne Überfälle, in denen sie unsere Dörfer mit bis zu hundert Kriegern heimsuchen. Wenn wir die Tribute zahlen, passiert uns nichts. Bald aber haben wir weder Silber noch Essen, was wir ihnen noch geben könnten. Selbst hier in unserer Siedlung müssen wir diesen Winter Hunger leiden, wenn die Chasaren weiterhin über uns herfallen und unser Korn stehlen.«

»Aber ihr sagtet, geeint konntet ihr die Chasaren zurückschlagen«, erwiderte Rurik.

»Das ist richtig. Das konnten wir. Doch durch unseren Krieg mit den anderen Siedlungen verloren wir sowohl unsere Einigkeit als auch viele Männer.«

»Sind es immer dieselben Krieger, die euch überfallen?«

»Nein, gerade letzten Monat überfiel uns ein Heer, nahm Felle und andere wertvolle Dinge als Tribut mit sich. Schon einige Tage später kam eine andere Gruppe von Männern. Sie fanden nichts, vergingen sich frustriert an unseren Frauen.«

»Also wissen die einzelnen Gruppen nichts voneinander. Sie sind nicht organisiert. Zumindest unterstehen sie nicht nur einem Stammesführer sondern mindestens zweien oder dreien?«, fragte Rurik und schaute uns nacheinander fragend an, denn die Erzählung der Slawen hatte ihn zu diesem Schluss geführt. Er wollte die Bestätigung, dass wir ebenfalls so dachten und diese gaben wir ihm.

»Es wäre ein Leichtes, sie zu vertreiben«, setzte Rurik fort, »solange euer Stamm sich wieder vereinigt und der neue Fürst etwa dreihundert kampffähige Krieger mitbringt.« Es war mehr eine Aussage als eine Frage und dennoch wanderte Ruriks Blick erneut in die Runde, wieder stimmten wir nickend zu.

»Man könnte vermutlich die Lage sogar umkehren«, ergänzte ich. »Ihr könntet euch eure gestohlenen Waren zurückholen.« Kyj und Choriw bewegten zustimmend ihr Haupt und machten große Augen, sie spürten, dass unser Fürst die Lösung für das Leid ihres Volkes sein würde.

»Wie viele Krieger habt ihr in eurer Siedlung?«, fragte Rurik.

»Krieger haben wir gar keine«, sagte Choriw und zog die Augenbrauen nach oben, womit er wohl signalisieren wollte, dass genau das ihr Problem war. »Zumindest nicht das, was ihr darunter versteht. Wir sind Bauern. Vielleicht könnte man uns auch als Händler bezeichnen, aber sicher nicht in dem Ausmaß, welches ihr gewohnt seid. Wir hörten Geschichten von Nowgorod und auch von Ladoga. Wir wissen, wie der Handel bei euch blüht. Eins ist gewiss, wir sind keine Krieger in eurem Sinne. Wir besitzen Waffen, wissen sie aber nicht so gut zu gebrauchen, wie ihr es tut.«

»Wie viele Männer im kampffähigen Alter leben in eurem Dorf?«

»Sechzig, vielleicht ein paar mehr«, schätzte der Slawe.

»Wenn wir sie ausbilden, würden dreihundert unserer Männer bei weitem ausreichen, um auch die anderen Siedlungen zu schützen. Wie ist euer Dorf befestigt?«, fragte Rurik, schaute zum Hügel empor, erkannte aber trotz des hellen Mondscheins kaum mehr als die Schatten einiger Häuser.

»Eine Palisade zum Fluss. Die Landseite ist nur mit einem Erdwall gesichert«, begann der Slawe.

»Dieses Gerede reizt mich wie ein Floh in meinem Bart«, unterbrach Askold, der sich bislang überraschend zurückgehalten hatte. »Warum überrennen wir die Chasaren nicht einfach mit unserer vollen Heeresstärke?«

»Ruhig, Askold«, sagte Rurik und klopfte seinem Gefolgsmann auf die Schulter, ohne weiter auf ihn einzugehen. Sein Vorschlag war kurzsichtig und unmöglich durchzuführen. Achttausend Mann würden wie Heuschrecken durch das Hinterland ziehen. Sie würden jedes Dorf plündern, jeder Wald wäre leer gejagt und der Bevölkerung würde es mit uns schlechter gehen, als mit den Chasaren. Ganz zu schweigen davon, dass wir die Krieger unseres Heeres schon jetzt kaum davon abhalten konnten, die Poljaren ebenfalls auszurauben. Nur einen Tag länger an diesem Ufer und genau das würde geschehen.

»Wir müssen schnell weiter«, führte ich meine Gedanken weiter aus und schaute jedem Einzelnen in die Augen. Als ich gerade Luft holte, um unsere Möglichkeit kund zu tun, nahm mir Kjell die Worte aus dem Mund: »Wir teilen unsere Männer auf. Ein Teil bleibt hier. Der andere verfolgt unser eigentliches Ziel und fährt den Djnepr weiter nach Süden.«

»So ist es«, stimmte ich meinem Freund zu.

Rurik nickte und es wurde still. Ich musste Askold eins zugestehen. Die Diskussion hatte nur zu dieser Möglichkeit geführt. Sie war schon lange offensichtlich, doch es brauchte Askolds tumben Einwurf, bis sie endlich ausgesprochen wurden. Jetzt lag es an Rurik, eine Entscheidung zu treffen und wir alle warteten geduldig auf die Worte des Fürsten. Die Flammen flackerten hoch und schickten kleine leuchtende Funken in den wolkenverhangenen Himmel. Ich schaute ihnen nach, bis sie erloschen und nur noch schwarzer Rauch vom Mondlicht angestrahlt wurde. Das

Holz knackte, Eric legte ein Holzscheit nach, der noch nass war, zu zischen begann und Blasen warf, bis er vom Feuer verschluckt wurde.

»Wir lassen zweihundert Mann hier. Sie sollen vor allem diese eine Siedlung auf dem Hügel verteidigen und mit allem Weiteren warten, bis wir zurückkehren. Ich werde diese Aufgabe euch beiden anvertrauen«, sagte Rurik und wandte sich an Askold und Dir. »Baut diesen Ort zu einer Festung aus. Schlagt die Chasaren zurück. Stellt euch ihnen nur in einem offenen Kampf, wenn ihr in der Überzahl seid. Ansonsten verschanzt euch hinter den Palisaden. Mehr will ich nicht, mehr Männer kann ich nicht entbehren, meine Stellung innerhalb unseres Heeres würde zu sehr an Bedeutung verlieren.«

Ich empfand diese Entscheidung als klug. Sie war nicht überstürzt. Der Fürst von Nowgorod wusste um das Risiko, das die sechstausend Wikinger anderer Herren hinter uns darstellten. Er sorgte dafür, dass sie die Region schnell wieder verlassen würden und sicherte sich seine Stellung am Dnjepr, der eine große Bedeutung für den Handel hatte. Wenn Rurik auch zunächst keinen so großen Einfluss in diesem Gebiet haben würde, konnte er jederzeit mehr Männer schicken. Die Siedlung war auf dem Hügel gut zu verteidigen. Mit einem großen Wall und starken Palisaden war sie uneinnehmbar. Trotz allem hielt der Fürst an unserem Plan fest, Konstantinopel zu finden. Mehr noch, der Plan hatte nun eine Versicherung, denn wir konnten uns jederzeit hierher zurückziehen. Mit all unseren Schiffen, ohne dabei unsere Rollen einsetzen oder treideln zu müssen. Der Dnjepr war schon hier so breit, was sollte uns flussabwärts noch passieren?

Nach der Errichtung Nowgorods war das wohl die nächste weitreichende Entscheidung Ruriks, auch wenn ihm dieses Mal das Verhängnis der Poljaren zugespielt hatte. Das Schicksal war auf seiner Seite.

Die beiden Slawen machten den Eindruck, als hätten sie sich mehr erhofft. Aus ihrer Sicht war die leichte Enttäuschung zwar zu verstehen, denn sie mussten weiterhin um die anderen Stammessiedlungen fürchten, konnten sich nur in dieses eine Dorf zurückziehen. Doch wenn nach unserer Rückkehr auch alle anderen Poljaren den neuen Fürsten Rurik anerkennen sollten, wäre ihr Stamm vereinigt. Die Kämpfe würden versiegen, die Chasaren würden gemeinsam besiegt werden können. Die beiden Brüder wussten das, daher zeigten sich Kyj und Choriw letztlich sehr dankbar. Sie setzten sich zu uns, tranken und aßen mit uns.

»Warum Askold und Dir?«, fragte ich Rurik, als wir uns kurz allein die Beine vertraten.

»Sie sind mir treu ergeben.«

»Sie sind dumm.«

»Aber sie sind gute Kämpfer. Sie sind skrupellos und werden jeden Chasaren töten, der sich ihnen nähert. Die Poljaren brauchen genau diese harte Führung. Askold und Dir werden sie ihnen geben.«

Zum ersten Mal war ich damit einverstanden, diesen beiden Kriegern eine Aufgabe solcher Tragweite zu überlassen. Rurik hatte Recht mit dem, was er gesagt hatte. Außerdem würden wir Askold und Dir los sein und das war eine große Erleichterung, so keimte die Hoffnung auf eine friedliche Eroberung Konstantinopels in mir auf.

»Ihr seid eingeladen, auch den Rest der Nacht an unseren Feuern zu verbringen«, ermunterte Rurik die beiden aufbrechenden Slawen, als wir wieder zurück waren.

»Ihr seid sehr großzügig, doch wir wollen zurück in unser Dorf gehen und die gute Nachricht verbreiten. Unsere Frauen warten bereits auf uns.«

»Ich werde gleich morgen früh die Männer einteilen, die Askold und Dir mit zu euch auf den Berg bringen werden. Wir werden uns schon bald wiedersehen. Wenn wir von unserer Reise zurückkehren, werden die Poljaren bereits gestärkt aus diesem Krieg hervorgegangen sein.«

Mit diesen Worten verabschiedeten wir uns von Kyj und Choriw.

»Sagt mir noch eines, meine slawischen Freunde«, hielt Rurik die beiden noch einmal auf. Sie drehten sich um und schauten erwartungsvoll auf den Fürsten von Nowgorod.

»Wie heißt eure Siedlung auf dem Berg?«

»Kiew!«, sagte Choriw. »Sie heißt Kiew.«

Kapitel 16 - Naturgewalten

Wir ließen Askold und Dir am nächsten Morgen am Ufer des Dnjepr mit zweihundert Mann und vier Schiffen zurück. Wir selbst ruderten langsam von unserem Lagerplatz auf den großen Strom hinaus und setzten unsere Fahrt fort. In der klaren Nacht hatte es stark abgekühlt und mir froren die nackten Finger, während mein Körper durch Tunika, Lederharnisch und Ringpanzer ausreichend gewärmt wurden.

Der leichte Wind entzog meinen Händen die letzte Wärme, ich rieb sie aneinander, hauchte hinein, doch es half nichts und so musste ich den Schmerz unterdrücken, der sich langsam bis auf meine Knochen hinunterfraß. Die Gräser am Ufer waren mit Raureif besetzt, zahllose Spinnennetze glitzerten in der Morgensonne. Die Strömung des Dnjepr war stark genug, so dass wir sie nur mäßig mit den Rudern unterstützen mussten, um gut voran zu kommen. Der Fluss war so breit, dass zwei Schiffe nebeneinander genug Platz hatten. Rurik fuhr mit seinem Schiff schräg vor der Odrerir, hinter uns reihte sich eine schier unendlich lange Kette an Kriegsschiffen, die uns paarweise folgten.

Je weiter südlich wir kamen, desto häufiger erblickten wir Siedlungen am Ufer des Stroms. Die Bewohner schreckten vor unserer Übermacht ebenso zurück, wie es die Slawen stromaufwärts getan hatten. Wir fühlten uns unverwundbar. Nichts konnte uns mehr aufhalten. Das Schwarze Meer war zum Greifen nah und würde uns das Tor zu einer anderen Welt öffnen.

Eric übernahm das Ruder. Während ich meinen eigenen Gedanken nachhing, wärmte ich meine Hände unter einem Rehfell, schaute in den Himmel, freute mich darüber, dass die Sonne an Kraft gewann, beobachtete zwei Bussarde und wunderte mich kurz, wo Kruk so lange blieb. Er war schon vor einiger Zeit voraus geflogen und seitdem nicht zurückgekehrt. Gerade in diesem Moment sah ich etwas Schwarzes am Horizont auftauchen. Es wurde größer und ich erkannte bald, dass es mein gefiederter Freund war. Er krächzte laut, als er sich näherte und schien mir seltsam aufgeregt zu sein. Als er auf meiner linken Schulter landete, rechnete ich damit, dass er mir wie immer mit seiner kleinen Zunge in meinem Ohr herumspielen würde. Stattdessen pickte er mir auf den

Kopf und schrie plötzlich so laut, dass es mir Schmerzen bereitete. Instinktiv drehte ich mich weg, wehrte den Vogel ab, der sich weiterhin seltsam verhielt. Ich befürchtete schon, dass er sich bei einem seiner Kämpfe mit größeren Raubvögeln verletzt haben könnte. Vorsichtig hob ich seine Flügel an, fand aber keine Wunde. Er hatte nicht einmal Federn verloren, was nach seinen wagnisreichen Ausflügen schon längst zur Gewohnheit geworden war. Würden sie nicht nachwachsen, hätte er längst ausgesehen wie ein gerupftes Huhn. Dieses Mal jedoch glänzte sein Federkleid in voller Pracht und ich konnte nichts Außergewöhnliches entdecken. Dennoch krächzte er mir wieder ins Ohr und pickte auf mir herum. Ich verstand sein Verhalten nicht. Was wollte er von mir? Fressen? Schon seit langem brauchte ich ihn dabei nicht mehr zu unterstützen. Er stand auf eigenen Beinen, suchte sich sein eigenes Futter.

Wieder hackte er nach mir und schrie mir ins Ohr. Genervt schob ich ihn mit der Handfläche von meiner Schulter, doch er gab nicht auf, flatterte nach ein paar Flügelschlägen wieder zurück und fing erneut an, meinen Kopf mit seinem Schnabel zu malträtieren. Ich erhob meine Stimme und schimpfte mit ihm, als wäre er ein kleines Kind und ich seine Mutter. Sicher konnte er mich nicht verstehen, aber er musste an meiner Mimik und Gestik erkennen, dass es genug war. Er flog laut krächzend davon und zog seine Kreise über unser Schiff, ohne mit dem Geschrei aufzuhören.

Ich ignorierte es und wendete meinen Blick anderen Dingen zu.

»Was ist mit ihm?«, fragte Kjell, woraufhin ich nur mit den Schultern zuckte, zu Eric ging, um ihn wieder abzulösen.

Das Ruder lag locker in meinen Händen. Die Sonne war nun stark genug. Meine Finger leuchteten rot vom Blut, das durch sie hindurchströmte. Ich schaute auf den Fluss. Die Strömung wurde langsamer. Ich befahl mehr Männer an die Riemen, um die Geschwindigkeit zu halten. Seltsam, dass das Wasser mit einem Mal so viel ruhiger ist, dachte ich kurz, lehnte mich aber behaglich in den leichten Wind, der mit meinen Haaren spielte, schloss die Augen, wendete meinen Gesicht der Sonne zu und genoss die wärmenden Strahlen. Kruk war endlich verstummt, flog aber weiterhin aufgeregt über unsere Köpfe hinweg.

Ich schaute zum Ufer. Der Dnjepr war hier breiter als zuvor, die Strömung nahm ab. Es war fast so, als würde der Fluss gestaut werden.

Plötzlich riss mich ein Geräusch aus meiner Träumerei. Ich stellte mich auf die Zehenspitzen, spähte nach vorn, konnte aber nichts erkennen. Ich war beunruhigt. Um mich möglichst groß zu machen, schritt ich von einem Fuß auf den anderen, konnte, trotz aller Bemühungen nichts erblicken. Da hörte ich es wieder. Ich versuchte, mich darauf zu konzentrieren und vernahm ein deutliches Brummen, ja sogar Rauschen, das mit einem Mal immer lauter, bedrohlicher wurde. Nur wenige Augenblicke später sah ich, wie das ruhige, jetzt fast still stehende Gewässer nicht weit vor uns zu schäumen begann. Ich stand wie angewurzelt da, unfähig mich zu bewegen oder etwas zu sagen. Vor uns stürzte das Wasser mit einem Mal zwischen scharfen Steinen hindurch, rauschte mit ungeheurer Geschwindigkeit vor uns hinweg.

Davor hatte uns Kruk warnen wollen. Als die ersten meiner Männer ebenfalls wahrnahmen, was uns drohte, Rufe laut wurden und ich panische Angst in den Gesichtern der Besatzung entdeckte, schossen mir die Erinnerungen an Baschis Erzählung in kurzen Bildern durch den Kopf. Er hatte uns in Haithabu vor den reißenden Flüssen des Bjarmlandes gewarnt. Zwar hatten wir das Bjarmland schon lange hinter uns gelassen, aber wir fuhren genau in diesem Augenblick auf Stromschnellen zu, die so gewaltig zu sein schienen, dass es Riesinnen sein mussten, die hinter uns in den Dnjepr pinkelten. Wie sonst konnte eine solch ungeheure Flut entstehen, die plötzlich unser Boot erfasste. Vor mir waren nur noch Wellen, Felsen und schäumendes, wütendes Wasser. Die Männer schrien, ich stand bewegungslos da und starrte auf die Stromschnelle, die Ruriks Schiff mit einem Mal packte, nach unten zerrte, bis auch wir in die Tiefe stürzten, um gleich darauf hart aufzuschlagen. Wasser spritzte mir ins Gesicht. Ich blinzelte und blickte nach vorne. Warum hatte ich die Warnungen meines Raben nicht verstanden, warum hatte ich ihn ignoriert?

»Ragnaaaaar!«, schrie mich Kjell an und die Stimme durchfuhr meinen Körper, wie der Blitz einen Baum. Ich erwachte aus meiner Lethargie, hörte Schreie, die aus allen Richtungen zu kommen schienen. Das Rauschen der Stromschnellen drang an mein Ohr wie das Gebrüll eines Riesen, der mir den Kopf abbeißen wollte. Sein Geifer war das Wasser, das mir unablässig das Augenlicht nahm.

Ich packte das Ruder und versuchte mit aller Gewalt ans Ufer zu lenken.

Schnell erkannte ich, dass es sinnlos war, gegen die Kraft des Wassers anzukämpfen und wendete all meine Anstrengung nur dafür auf, das Ruder überhaupt gerade halten zu können. Das Holz drückte und zerrte an meinen Armen, riss an meinen Muskeln, die brennend gegen die Gewalt ankämpften.

Ein Ruck ging durch das Schiff, die Planken knarzten. Ich verlor den Halt, schleuderte nach Backbord und stürzte mit dem Gesicht auf Kjells Schulter, der daraufhin ebenfalls seinen Stand verlor und auf die Knie sank. Tränen des Schmerzes schossen in meine Augen. Ich versuchte, meine Lider zwanghaft offen zu halten. Schwindel überkam mich, ich verlor die Orientierung, sank zu Boden, lag wie ein Käfer auf dem Rücken, unfähig mich wieder umzudrehen und trotzdem merkte ich, wie die Odrerir plötzlich hart Steuerbord einschlug und zu kippen drohte.

»Das Ruder!«, schrie ich in den Himmel. Mir schmerzte jeder Wirbel. Das Schiff schlug hart auf, Planken brachen. Kleine Holzsplitter bohrten sich von unten in meinen Hals. Wieder wollte ich schreien, doch eine Fontäne Wasser übergoss mich und ich verschluckte mich, hustete, mein Bauch verkrampfte sich. Ich konnte keinen klaren Gedanken fassen und doch war mir mit einem Mal klar: Jemand musste das Ruder festhalten, damit unser Kriegsschiff nicht quer zu Strömung treiben würde, denn dann gäbe es kein Zurück mehr. Wir würden kentern und von unserer Rüstung und dem schäumenden Wasser in einen kalten Tod gezogen werden.

»Das Ruder!«, schrie ich erneut, unfähig mich zu bewegen. Die Odrerir wankte, ich schleuderte mit dem Rücken gegen Holz, ein stechender Schmerz zog in die Beine, in die ich keine Kraft lenken konnte. Ich wusste nicht, wo oben und unten war, schrie wieder in der bangen Hoffnung, dass sich irgendjemand auf diesem Schiff auf den Beinen halten konnte. Unser Boot schlug hart auf, mein Kopf donnerte auf die Planken, nahm mir fast gänzlich mein Bewusstsein, aber nur wenige Augenblicke später, ich wusste nicht warum, wurden die Bilder vor meinen Augen wieder klarer. Mein Gleichgewichtssinn kehrte zurück und ich hob meinen Kopf, richtete mich auf, drehte mich durch einen erneuten Ruck des Schiffes erst zur Seite, dann auf den Bauch, kam wie durch ein Wunder auf die Knie, kämpfte mich durch spritzendes Wasser, kroch auf das Ruder zu, bekam das zitternde, bebende Holz zu packen und zog mich daran hoch. Ein Schlag ließ meine Arme vibrieren. Das Steuer setzte auf Steinen unter dem Kiel auf und immer wieder hämmerte mir die Naturgewalt ihren Zorn in die Hand-, Arm- und Schulterknochen, die zu bersten drohten. Ich schrie so laut, wie ich noch nie geschrien hatte. Ich riss einfach meinen Mund auf und zeigte dem Strom durch lautes Gebrüll, dass ich am Leben war, dass ich ihn besiegen würde und dass er ein Rattenschiss war.

Zur Antwort schickte mir der Dnjepr Wasser, hart wie Stahl, gegen die Brust, in den Mund, die Augen, die Nase, ließ mich zurück taumeln, doch ich stand fest wie eine Eiche auf beiden Beinen, ließ das Ruder nicht los.

»Rattenschiss!«, geiferte und hustete ich wütend ins Nichts. Vor mir tobte immer noch der Sturm aus tosenden Wellen. Sprudelnd begrüßten sie mich und schienen mir den Weg ins Reich der Totengöttin Hel weisen zu wollen. Ich widersetzte mich diesem Schicksal, stemmte meine Füße auf die Planken der Odrerir. Grimmig schrie ich meine Mannschaft an: »Rudert, ihr Bastarde!«

Ich musste mit ansehen, wie nur einzelne, wenige Blätter ins Wasser tauchten, uns aber dennoch ein Stück weit aus dieser Qual befreiten.

»Rudert!«, schrie ich wieder, fasste neuen Mut, legte diesen in meine Stimme und die Männer wussten jetzt, dass nicht alles verloren war und wir weiterhin um das Überleben kämpfen konnten. Mehr Ruder bewegten unser Schiff nach vorne. »Rudert«, schrie ich wieder und die Männer, die noch bei Bewusstsein waren, packten die hölzernen Schäfte und legten ihre letzten Kräfte in die Riemen. Doch all das half nichts. Ich verstummte. Die Götter wollten unseren Tod, die Nornen legten die Schere an unsere Lebensfäden und warteten nur darauf, sie durchtrennen zu können.

Mit Schrecken erkannte ich, dass die Odrerir auf einen Wasserfall zutrieb. Es war nicht aufzuhalten. Ich starrte nach vorn, sah die Kante aus tobendem Wasser, auf die wir zutrieben, ließ das Ruder los, sank in die Knie. Eine kribbelnde Angst ergriff mich, nahm Besitz von mir, als sich der Bug unseres Schiffes ins Nichts schob und langsam zu kippen begann. Ich sah Bithia vor meinem inneren Auge, ich sah Edda, doch alles um mich herum verschwamm in unbändiger Furcht. Meine Ohren wurden taub, mein geschundener Körper spürte nichts, mein Sichtfeld reduzierte sich auf einen Tunnel, der mir nun plötzlich, wie in einem Traum, das wohl schönste Gesicht offenbarte, das ich seit langem gesehen hatte. Es sollte nicht Bithia sein, die ich als letztes in diesem Leben sehen würde. Es war nicht ihr Gesicht. Nein, es war der Anblick eines ruhigen Flusses. Der Anblick eines Himmels, der sich im glatten Wasser widerspiegelte und mir in diesem Moment vorkam wie die materialisierte Gnade der Götter. All das befand sich hinter dem Wasserfall. Das Schiff stand eine gefühlte Unendlichkeit in der kippenden Position und ließ mir Zeit, den Moment zu genießen, bevor es krachend und ächzend hinunterstürzte, mir alle Sinne raubte und meinem Blick auch das letzte Licht nahm.

Ich kam wieder zu Bewusstsein, als etwas auf meinen Bauch flog und ich durch meinen Ringpanzer gedämpfte, kleine Schritte spürte. Etwas pickte an den genieteten Ringen der Rüstung und dadurch wach geworden nahm ich das leichte Schaukeln wahr, das mich hin und her wiegte wie die Mutter ihr Kind. Ich öffnete langsam die Augen. Die Sonne blendete mich, wurde jedoch gleich darauf wieder von einer Gestalt verdunkelt. Kruk stand auf meiner Brust und ich blickte in seine schwarzen Augen, die auf mir ruhten, während der Vogel den Kopf abwechselnd auf die rechte und die linke Seite neigte, so als würde er darüber nachdenken, ob ich noch am Leben sei. Ich stellte mir diese Frage selbst, konnte mich kaum bewegen. Ich hob meinen Kopf, ließ ihn aber gleich darauf wieder sinken, ein strahlender Schmerz zog von meiner Narbe an der Schläfe über den ganzen Kopf bis zu den Augen. Ich versuchte, mich so schonend wie möglich aufzurichten, setzte mich und wartete, bis der erste Schwindel und die flimmernden Punkte vor schwarzem Hintergrund verschwanden. Vom Rücken zog ein stechender Schmerz in beide Beine. Ich versuchte aufzustehen, musste dabei meine Arme zu Hilfe nehmen, deren Muskeln mich dabei so peinigten, als würde ein Schmied auf sie einhämmern und sie in glühendes Feuer legen. Ich trotzte diesen Qualen und richtete mich auf. Meine Beine und Knie zitterten, aber ich stand. Ich lebte! Kruk setzte sich auf meine Schulter und putzte mich. Er nahm eine Strähne meines verklebten Haares in den Schnabel und zog daran, während er mit der Zunge daran leckte, so wie er es Tag für Tag mit seinem Gefieder tat. Dieser Rabe ist wahrlich ein Geschenk der Götter, dachte ich. Schon in Beloozero hatte er mir das Leben gerettet und auch hier hatte er die Gefahr erkannt und mich gewarnt. Ich war nur zu dumm gewesen, sein Geschrei zu verstehen. Die Intelligenz dieses Raben überstieg die unsere bei Weitem und ich musste lernen, von ihm zu lernen, seine Gestik zu verstehen, seine Gabe besser zu nutzen.

Ich ging Backbord zur Reling. Die Odrerir war ans Ufer getrieben worden und hing mit dem Kiel im Schlick des schlammigen Strandes fest. Langsam schaukelte das Schiff in den kleinen Wellen, in denen sich die Bootsplanken widerspiegelten. Meine Männer lagen in bizarren Körperhaltungen schlafend über den Bänken. Sie sahen aus, als wären sie tot, doch ich sah, wie sich ihre Brustkörbe langsam hoben und senkten. Sie lebten und doch schien keine Kraft mehr in ihnen zu stecken. Ich suchte Kjell, Eric und Kogg, die alle in der Nähe des Steuerruders lagen. Sie öffneten ihre Augen, als ich sie langsam wachrüttelte. Ich sagte nichts, war zu erschöpft, um zu reden. Leises Klopfen lenkte meine Aufmerksamkeit auf das Heck des Bootes. Ruriks Schiff war zu uns getrieben, schlug mit seinen Planken an das Holz der Odrerir. Dahinter lagen noch weitere Schiffe und mein Blick schweifte weiter, bis meine Augen den Wasserfall erblickten. Wie konnte etwas so Schönes eine solche Zerstörung anrichten? Es war ein wundervoller, beschaulicher, ja versöhnlicher Anblick, der sich mir bot. Etwa zwanzig Schritt fiel das Wasser von Felsen zu Felsen. In mehreren kleinen und großen Kaskaden plätscherte das Nass seinem Ziel entgegen und verlor sich bald im seichten Wasser des Dnjepr. Die Schönheit trog, die zerstörerische Kraft zeigte sich in zahlreichen Trümmerteilen. Zerrissene Holzplanken tauchten am Fuße des Wasserfalls auf, um gleich darauf wieder im Strudel zu verschwinden. Zahlreiche Splitter säumten die Wasseroberfläche und wurden bis zu unserer Schiffswand gespült, wo sie sich sammelten und in den Wellen schaukelten.

Es schienen nicht alle Schiffe so viel Glück gehabt zu haben wie wir. Kjell trat neben mich und auch Eric und Kogg gesellten sich kurz darauf dazu. Auf dem anderen Schiff stand Rurik im Heck, grüßte uns mit einem Nicken, hielt sich mit schmerzverzerrtem Gesicht den Hinterkopf und beobachtete stumm, wie unablässig das Wasser aus den Stromschnellen den Wasserfall herunterfloss und am Ende ganz friedlich vor uns lag. Es war ein Wunder, dass wir überhaupt überlebt hatten. Mein Blick schweifte ins Inland. Krieger kamen aufgeregt zu uns gerannt. »Seid ihr in Ordnung«, riefen sie, sprangen an Bord. »Rurik, Herr, Ihr lebt, welch ein Glück!«

»Mir geht es gut«, nickte der Fürst, atmete tief durch. »Habt ihr Tote zu beklagen?«, fragte er mich, rang sich durch, seinen Pflichten als Anführer nachzukommen, während die herangeeilten Männer damit begannen, die Verletzten zu versorgen.

»Es würde mich wundern, wenn alle überlebt hätten. Selbst ich war dem Ertrinken nah«, antwortete ich.

Rurik nickte. »Wir werden hier ein Lager aufschlagen und auf den Bericht der anderen Boote warten«, sagte er und ging langsam zum Bug seines Schiffes. Ich schaute dem Fürsten hinterher. Er humpelte, aber das taten wir alle. Kaum ein Mann besaß jetzt noch seine volle körperliche Kraft.

Wir hatten sechs Schiffe verloren, drei davon waren Ruriks Schiffe. Ich muss gestehen, ich war erstaunt darüber, dass die Naturgewalt nicht mehr Schaden angerichtet hatte. Am Abend, als wir notdürftig ein Lager errichtet hatten, war das Ufer südlich des Wasserfalls gesäumt mit Booten, die meisten unbeschädigt. Nur die vordersten Reihen waren in die Stromschnellen geraten. Die hinteren waren gewarnt worden und die Männer hatten ihre Schiffe um das tobende Wasser herum getragen.

Wie getretene Hunde saßen wir im Lager. Durchnässt entfachten wir große Feuer. Die Sonne hatte es in den wenigen Abendstunden nicht vermocht, unsere Kleidung zu trocknen und uns zu wärmen. Somit gingen wir das Wagnis, durch Feuer entdeckt zu werden, ein. Trotz der hohen Zahl an Kriegern, die sich jetzt an den Flammen wärmten, war es ein gewisses Risiko. Die Männer waren erschöpft, teils schwer verletzt und kaum fähig, ein Schwert zu führen. In mich gesunken saß ich am Feuer und wäre in diesem Augenblick ein Schwerthieb auf mich niedergegangen, ich hätte mich nicht gewehrt, hätte nur die Augen geschlossen und den Tod als eine Erlösung von den Schmerzen begrüßt.

Doch es kam nicht dazu. Stattdessen schliefen wir diese und die darauf folgenden Nächte unbehelligt am Ufer des Flusses, fanden aber keinen geruhsamen Schlaf, denn die Schreie der Männer, deren Verletzungen so stark waren, dass sie es vermutlich nicht überleben würden, begleiteten uns, bis der hohe Blutverlust die Todgeweihten endlich befreite.

Mein Körper dagegen schloss die Wunden, erholte sich von den zahlreichen Prellungen, bis ich wieder zu Kräften kam.

Viele Schiffe, darunter auch die Odrerir, waren beschädigt, konnten aber wieder repariert werden. Wir benötigten dabei vor allem neue Ruder, die wir schnell aus den Stämmen der ufernahen Bäume schnitzten.

Schon eine Woche später hätten wir weiterfahren können. Rurik wurde jedoch vorsichtig. Hatte ihn noch vor ein paar Tagen der Hochmut und das Gefühl der Unbesiegbarkeit unaufhaltsam vorangetrieben, so wusste er nun, dass es mindestens einen Feind gab, dem er nicht gewachsen war: Die Natur. So schickte er zunächst Spähtrupps nach Süden, um den Verlauf des Dnjepr besser einschätzen zu können. Diese Vorsicht des Fürsten war eine sehr weise Entscheidung. Die Berichte der Späher klangen so unglaublich, wie das, was wir schon erlebt hatten. Es warteten sechs weitere Stromschnellen auf uns. Sechs weitere aufgebrachte Wasserstrudel, die kein bisschen weniger gefährlich zu sein schienen, als diejenige, die wir nur durch ein Wunder überlebt hatten. Rurik war, dessen ungeachtet, wild entschlossen dieses Hindernis zu überwinden. Kaum einer zweifelte daran. Wir waren weit gekommen und keiner wollte so kurz vor dem Ziel umkehren. Es war gewagt, doch das Wissen um die drohenden Gefahren des Dnjepr brachte uns Sicherheit. Niemals wieder wollte ich durch solch eine Stromschnelle hindurchfahren. Allein der Gedanke an eine weitere Fahrt durch tosendes Gewässer trieb mir ein Kribbeln in die Magengegend, das meine Knie schnell zum Schlottern brachte. Es wäre eine große Lüge, wenn ich sagen würde, dass ich nicht ebenso Furcht empfand wie all die anderen Männer auch. Wir hatten schon oft bewiesen, dass wir unsere Schiffe auf Rollen über Land transportieren konnten. Es würde uns Zeit kosten, aber was waren Tage im Vergleich zu einem ganzen Leben?

So fuhren wir in einer lang gestreckten Reihe zur nächsten Stromschnelle, ruderten frühzeitig an Land, luden die Rollen aus den Schiffen oder schlugen uns neue aus den Bäumen des Waldes, der den Fluss säumte und transportierten die Schiffe vorsichtig am tödlichen Getöse vorbei.

Dort, wo auch das Ufer von großen Felsen gespickt war, mussten wir unsere Schiffe durch die Stromschnellen treideln. Dabei zogen wir sie nicht, denn die unbändige Strömung nahm uns diese Arbeit ab, was nicht bedeutete, dass es weniger Anstrengung war. Meine Muskeln brannten, als wir mit Seilen und langen Stöcken darauf achteten, dass unsere Schiffe nicht an spitzen Steinen oder Felsen zerschellten.

Wir arbeiteten uns von Stromschnelle zu Stromschnelle. Es war kräfteraubend. Kräfte, die wir kaum mehr besaßen. Lediglich der Gedanke an das Bestehen dieser Prüfungen trieb uns vorwärts und wir wussten, dass es sechs Hindernisse zu bezwingen galt und mit jeder Überwindung einer tödlichen Gefahr kamen wir dem Ziel näher.

Die letzte Stromschnelle wartete noch einmal mit größeren Bedrohungen auf uns, mit denen wir nicht mehr gerechnet hatten. Zu viele Felsen versperrten den Wasserweg, machten selbst das Treideln unmöglich. Die Ufer waren ebenfalls voll von spitzen Steinen und Geröll, wodurch das Transportieren über Rollen unmöglich war.

»Uns bleibt nichts anderes übrig, als unsere Boote zu tragen«, sagte Rurik.

Je mehr Tage vergingen, desto wärmer wurde es und desto weniger Wolken boten uns Schatten. An diesem Tag, an dem wir erschöpft vor der letzten Stromschnelle standen, war es heiß. Die Sonne brannte von einem blauen Himmel und die Luft flirrte über dem Wasser des Dnjepr. Kruk saß auf einem Felsen und hatte den Schnabel weit geöffnet, um kühlende Luft in sein Inneres zu lassen. Ich war einer der wenigen Männer, die ihren Ringpanzer und den Harnisch darunter anbehielten. Die meisten anderen gingen mit nacktem Oberkörper daran, die Odrerir auf ihre Buckel zu hieven, damit wir uns langsam den Weg am Ostufer über die Felsen bahnen konnten. Es bedurfte meiner ganzen Aufmerksamkeit, auf den teils glatten, rutschigen, teils spitzen und scharfen Steinen nicht den Halt zu verlieren, während die Last des Schiffes auf meinem Rücken ruhte. Obwohl ich mit der Beharrlichkeit eines Habichts auf meine Schritte achtete, vernahm ich im Augenwinkel Reiter, die sich von Osten her näherten. Die anderen Männer wurden der Gefahr ebenfalls gewahr, doch ich trieb sie weiter über das unwegsame Gelände und wir stolperten voran.

Die bewaffneten Reiter waren im Vergleich zu uns nicht viele. Nur vielleicht zweihundert, und trotzdem stellten sie eine enorme Gefahr dar. Die Schiffsmannschaften hinter uns, die darauf warteten, ihre Boote ebenfalls an der Stromschnelle vorbei zu tragen, hatten ihre Rüstungen bereits abgelegt. Sie griffen zu den Waffen und viele fingen an, mit den Schwertern auf ihre Schilde zu schlagen, um die Feinde in einen Tanz des Todes einzuladen. Das war dumm, die Angreifer waren beritten und hätten einige von uns töten können, ohne dass wir nur die Möglichkeit gehabt hätten, uns zur Wehr zu setzten. Ungeschützt hatten wir einem Speerhagel kaum etwas entgegenzusetzten. Ich sah von all dem Treiben nicht viel, zu eingeschränkt war mein Sichtfeld. Der Mann hinter mir stürzte und das Gewicht, das er getragen hatte, lag nun auf den Schultern der anderen, also auch auf den meinen. »Achtet nicht auf sie«, schrie ich, bezweifelte aber, dass mich jemand hören konnte, rechts von uns donnerte der Dnjepr mit ohrenbetäubendem Lärm an uns vorbei. »Die anderen werden das regeln. Wir tragen die Odrerir auf die andere Seite! Schaut gar nicht erst zu ihnen!« Das war leichter gesagt als getan, es wurden immer mehr Reiter, die sich nebeneinander formierten. Im Augenwinkel schienen sie fremdartig auszusehen. Anders als die Slawen, die wir bisher kennengelernt hatten. Sie saßen auf ihren Pferden und beobachteten uns. Die Neugier, genauer hinzusehen, packte mich, ich beherrschte mich und stieg wachsam über das Geröll. Als wir die gefährlichen Steine endlich hinter uns gelassen hatten, ließ ich die Odrerir absetzen. Ich zog mein Schwert und meine Gefährten holten schnell ihre Waffen aus dem Schiff. Jetzt sah ich die Reiter deutlich. Die meisten schwarz gekleidet, geschützt durch Lederharnische und Ledermützen. Viele versteckten ihre Gesichter hinter schwarzen Tüchern, die sie über Nase und Mund hinter dem Kopf zusammengebunden hatten. Zwischen Tuch und Kopfbedeckung lugten nur noch die Augen heraus. Dunkle Augen, die uns eindringlich musterten. Sie waren mit langen Speeren bewaffnet, hinter deren metallene Spitze kleine Fähnchen im Wind flatterten. Lange, teils seltsam gebogene Schwerter hingen an den Gürteln der Krieger, während Jagdbögen die Sättel ihrer Pferde schmückten. Ihr Anführer, dessen schwarzer Hengst vor ihren Reihen hin und her tänzelte, hatte einen langen, schwarzen Vollbart. Trotz der imposanten Erscheinung dieser Männer und der starken Bewaffnung drohte keine Gefahr mehr. Zu eingeschüchtert müssen die Reiter von der Masse an Kriegern gewesen sein, denen sie gegenüberstanden. Sie wendeten ihre Rösser und ritten davon.

Später erfuhr ich, dass wir an diesem Tag zum ersten Mal Bekanntschaft mit dem Stamm der Petschenegen gemacht hatten und es sollte nicht bei dieser einen Begegnung bleiben, obgleich wir uns vorerst nicht mehr um sie zu kümmern brauchten.

Stattdessen waren wir froh, endlich durchatmen zu können. Ich setzte mich schweißgebadet auf einen großen Stein am Ufer des Flusses und ließ meine Beine ins Wasser hängen. Ein Seufzer der Erleichterung durchfuhr mich, als das kühle Nass meine Haut umspülte, sich meine Hose vollsog und mein Körper langsam abkühlte. Wir hatten es geschafft. Sieben Stromschnellen lagen hinter uns. Diese Strecke war härter als der gesamte Weg von Nowgorod bis Kiew. Eine gewisse Gelassenheit machte sich in mir breit, als ich den anderen Schiffsmannschaften beim Tragen zusah. Auch sie würden diese gefährliche Stelle hinter sich bringen.

»Jetzt, wo wir all das tobende Wasser überwunden haben und noch leben«, sagte Kjell, der ebenso erschöpft bis zur Hüfte ins Wasser gewatet war, »gebe ich der ersten Stromschnelle den Namen ›Verschlinger‹!«

»Ein guter Name«, antwortete Rurik, der zu uns trat, die Hände in die Hüften stemmte und tief durchatmete. Er hatte sein Schiff mit seiner Mannschaft schon vor uns über die Felsen getragen. »Diese hier nennen wir aufgrund der spitzen Felsen, die mir meine Stiefel aufgerissen haben, ›Spitzertod‹«, verkündete er.

Ich musste schmunzeln und drehte mich zu den beiden um.

»Wollt Ihr auch einen Namen vergeben, Herr Skaldenkrieger mit dem Raben?«, fragte mich Rurik. »Schließlich waren wir wohl die ersten, die diese Qualen durchmachten. Trotz all dieser Hindernisse scheint es mir, als wäre der Dnjepr ein hervorragender Handelsweg. Wenn man nicht gerade, wie wir, versucht, den Verschlinger zu befahren, anstatt ihn zu umgehen.«

»Ich nenne die vierte Stromschnelle ›Immerlaut‹«, erwiderte ich und erinnerte mich an das niemals enden wollende Dröhnen. Es sollte noch tagelang in meinen Ohren widerhallen. Viele kleine Wasserfälle hatten für dieses betäubende Getöse gesorgt.

Eric steuerte den Namen Wogenwall bei und bald hatten wir jede der sieben Stromschnellen benannt. Namen, die sich nicht nur in unserem Heer herumsprachen, sondern noch Jahre später von Händlern benutzt werden sollten, die tatsächlich diesen Handelsweg einschlagen und ihre

Schiffe hier entlang treideln würden.

Wir führten noch ein weiteres Ritual ein. Dort, wo sich das Wasser zum letzten Mal brausend herunterstürzte und am Ende in den Dnjepr ergoss, war der Fluss seicht und ruhig. Er gabelte sich in der Mitte, nur um sich bald darauf wieder zu vereinen. So lag eine große Insel vor uns, die vom Wasser des Dnjepr umspült wurde und in deren Mitte eine große Eiche thronte. Wir schoben unsere Schiffe ins Wasser, machten den kommenden Männern hinter uns Platz und ruderten auf das Eiland, um dort ein Lager für die Nacht aufzuschlagen. Es war noch früh am Tage, als wir das Ufer hinter der siebten Stromschnelle erreichten, doch als auch das letzte Boot von den Kriegern über die Steine getragen wurde und zu uns auf die Insel ruderte, kündigte der Sonnenuntergang bereits die Nacht an. Wir hatten so viele Gefahren bewältigt, dass es fast einem Wunder glich, nur beim Verschlinger Männer und Schiffe verloren zu haben.

Rund um die Eiche entfachten wir Feuer, rammten Speere in den Boden, auf die wir Vögel und Hasen spießten, die wir zuvor erjagt hatten. Sie sollten der Dank für den Schutz sein, den uns die Götter gewährt hatten. Einen Schutz, den sie uns auch weiterhin gewähren sollten. Wir alle hofften, dass das Schlimmste überstanden war und mit dieser Hoffnung lagen wir nicht falsch. Die Stromschnellen des Dnjepr waren der gefährlichste Teil unserer Reise von Nowgorod ins Schwarze Meer gewesen. So sollte es nicht das letzte Opfer bleiben, das den Göttern hier an dieser mächtigen Eiche dargebracht wurde. Viele Händler sollten unserem Beispiel folgen.

Als wir am darauf folgenden Tag weiter nach Süden fuhren, waren unsere einzigen Begleiter die brennende Sonne und die Petschenegen. Die Krieger ritten am Ufer entlang, verfolgten und beobachteten uns. Obgleich sie mit weit mehr Männern gekommen waren als am Tag zuvor, blieb auch diese Begegnung ohne Folgen. Sie waren längst verschwunden, als wir am Abend an Land gingen. Das sollten wir zumindest glauben. Ich vermutete aber, dass sich einige Späher in den Wäldern versteckt hielten und uns auch des Nachts nicht aus den Augen ließen. Wir entzündeten keine Feuer und stellten weitaus mehr Wachen auf, als wir es bisher getan hatten.

»Was diese Krieger wohl wollen?«, fragte Rurik und starrte auf die Sterne, die der klare Himmel offenbarte.

»Vielleicht haben sie Angst, dass wir ihre Dörfer am Ufer des Dnjepr heimsuchen«, antwortete ich.

»Wir haben seit den Stromschnellen keine Dörfer mehr gesehen.«

»Dennoch betrachten sie uns mit Argwohn«, bemerkte Kjell.

»Weiter im Süden werden ihre Dörfer liegen. Es wird ihnen nicht gefallen, wenn wir brandschatzend vorbeiziehen.«, gab ich zu bedenken.

»Selbst wenn sie im Landesinneren leben. Was tätet ihr, wenn, wie aus dem Nichts, achttausend Slawen an die Küste unseres Landes kommen wurden und ihr noch niemals die kleinen Menschen mit teils kastenförmigen Gesichtern gesehen hättet?«, mischte sich Eric ein.

»Eric hat Recht«, stimmte Rurik zu. »Ich würde die Fremden ebenfalls auf Schritt und Tritt bewachen. Wir sollten abwarten und schnell weiterziehen. Sie wissen, dass sie unsere Übermacht nicht besiegen können, haben uns aber früh genug gesehen, um ihr Hab und Gut, Frauen und Kinder in Sicherheit zu bringen. Wir sollten keinen Ärger mit ihnen suchen, sie scheinen das Kriegshandwerk zu verstehen, wirken diszipliniert, gut trainiert und können in wenigen Tagen recht viele Krieger mobilisieren. Ich werde die anderen Herren informieren, dass sie ihre Männer unter Kontrolle halten sollen. Ich will diese schwarzen Reiter nicht zum Feind meines Reiches machen!«

Ich nickte und kräuselte mit Daumen und Zeigefinger meiner rechten Hand den Bart an meinem Kinn. »Sie sind nur vorsichtig, werden uns nicht angreifen. Wenn wir das Schwarze Meer erreicht haben, sind wir sie los«, dachte ich laut.

Wenngleich ich mit dieser Einschätzung richtig lag, sollten wir die Petschenegen in ferner Zukunft wieder sehen.

Weiter im Süden fanden wir kaum noch ein Dorf am Fluss. Wie Eric vermutet hatte, mussten die schwarzen Krieger irgendwo in dem uns unbekannten weiten Land leben. So sehr wir uns auch in Gedanken mit den Petschenegen beschäftigt hatten, so schnell waren sie wieder aus unseren Köpfen verschwunden, als nur wenige Tage später die Mündung des Dnjepr vor unseren Augen erschien. Es herrschte absolute Stille, die Männer hielten inne und so tauchten nicht einmal die Ruder in den Fluss. Allein der Kiel glitt ruhig übers Wasser und gab dabei ein leises, beruhigendes Plätschern von sich. Alle starrten auf das Schwarze

Meer hinaus, das im Westen und Süden vor uns lag. Es dauerte eine gefühlte Ewigkeit, bis auf Ruriks Schiff der erste Mann durch sein Lachen die Stille durchbrach. Er lachte und wurde lauter, bis er zu jubeln begann. Ich grinste, denn von diesem einen Mann ausgehend brandete bald eine Welle der Freudenrufe über alle Schiffe, bis es sich in ohrenbetäubendes Gegröle verwandelte, das bis nach Konstantinopel zu hören sein musste. Es kam aus knapp achttausend Kehlen, die alle ihr Leben riskiert hatten, um hierher zu gelangen, die so viel aufs Spiel gesetzt, so viele Gefahren hinter sich gelassen und so viel Schmerz und Qual ertragen hatten, dass diese Schreie ein Gebrüll des Glücks, der Befreiung und des Hochgefühls waren.

Ich stand an der Reling und blieb dagegen ganz still. Mein Mund war geschlossen. Der Jubel der Männer drang nur dumpf an mein Ohr. Ich genoss den Augenblick auf meine Weise, schaute auf die See, die im Süden noch durch eine schmale Landzunge von uns getrennt war. Ich schloss die Augen, dankte den Göttern und empfand Stolz. Unbändigen Stolz. Ich war einer der ersten Menschen, die den Handelsweg von Nowgorod bis ins Schwarze Meer gefunden und damit geöffnet hatten. Mehr noch. Ich war mit meinen Gefährten Kjell und Kogg von Haithabu nach Birka, von Birka nach Ladoga und von dort ins Schwarze Meer gesegelt und konnte ferner Konstantinopel erreichen. Ich wusste nicht, wie weit wir gesegelt waren, doch es musste eine unglaubliche Strecke gewesen sein, und wir hatten sie bewältigt. Wir hatten allen Gefahren getrotzt, waren bald am Ziel unserer Träume. Würde jemals wieder ein Mensch diese unendliche Reise auf sich nehmen? Zumindest eines war gewiss: Obwohl wir unsere Schiffe oft verlassen und sie unter großen Gefahren auf dem Landweg transportieren mussten, war das Gerücht um den schiffbaren Weg durch das slawische Inland bis zum Schwarzen Meer kein Gerede mehr. Was diese Entdeckung wirklich bedeuten sollte, das konnte ich in diesem Moment nicht einmal erahnen.

»Das Schwarze Meer«, sagte ich mir so leise, dass nur ich es hören konnte. »Das Schwarze Meer.«

Ein wenig erinnerte mich die Mündung des Dnjepr an das Flussdelta der Lowatmündung in den Ilmensee. Hier waren ebenso zahlreiche Vögel in unzähligen Wasserläufen zu Gange.

Das Delta mündete in eine Meerenge, die sich nach Westen hin erstreckte, deren Küsten mal enger, mal breiter wurden und uns erst nach langer Fahrt frei gab. Erst jetzt tauchte der Kiel der Odrerir wahrhaftig in das Wasser des Schwarzen Meeres und unsere Blicke schweiften über die offene See. Kein Flecken Erde versperrte mehr die Sicht.

Doch all die Freude und Erleichterung, die ich an diesem Tag empfand, konnten nicht lange über die Hitze hinwegtäuschen, die drückend auf uns lag und mir den Schweiß aus allen Poren meiner Haut presste. Die Luft flirrte über dem Wasser. Es war unerträglich und ich wünschte mir nichts sehnlicher, als den Schnee der norwegischen Fjorde zu erblicken, mich darin zu wälzen, bis Eiskristalle meine Wimpern und meinen Bart verzieren würden.

Die Sonne brannte unaufhörlich auf uns nieder, schmolz meine Gedanken wie Eis und Schnee, färbte mein Gesicht, Hände und jede freie Körperstelle rot wie Blut und bildete Blasen, so dass ich die folgenden Tage mit dem Abziehen der Haut beschäftigt sein sollte. Wir versuchten, uns mit Dreck zu schützen, den wir uns auf die Haut schmierten. Doch die einzige Hilfe schien Schatten zu sein. Dieser ist rar auf einem Schiff, das auf die offene See hinausrudert. Es war so heiß, dass ich Angst hatte, die Planken der Odrerir könnten Feuer fangen. Wie inmitten eines Flammenmeeres legten wir uns in die Riemen, kein Wind verschaffte uns eine Abkühlung oder nahm uns die Arbeit ab. Schweiß tropfte unablässig von meiner Stirn, rann in meinen Bart, bis all meine Haare nass waren, als wäre ich gerade in die See gesprungen. Je weiter wir auf das Schwarze Meer hinaus ruderten, desto schlimmer wurde es. Rurik fasste den unausweichlichen Entschluss, zurück ans Ufer zu fahren, denn das Trinkwasser, das in unseren Fässern an Bord lagerte, war so schnell verbraucht, wie Thor seine Trinkhörner voll Met leerte. Wir waren gezwungen, am Ufer entlang zu rudern, um uns stets mit frischem Wasser versorgen zu können.

»Es bringt nichts, wenn wir verbrannt in Konstantinopel ankommen und kein Mann mehr fähig ist, ein Schwert zu führen, weil ihm Brandblasen in den Handflächen quälende Schmerzen bereiten!«, hörte ich Rurik einem mir unbekannten norwegischen Häuptling zurufen, der mit seinem Schiff zu Rurik aufgeschlossen hatte. Es war nicht das erste Mal, dass sich ein Jarl den Befehlen des Fürsten widersetzen wollte, doch es war erstaunlich, dass es während der gesamten Reise zu keinen größeren

Auseinandersetzungen gekommen war. Warum es gerade in diesen Augenblicken zu einem Streitgespräch kommen musste, verstand ich nicht. Die Hitze ließ mich in einen Traumzustand hineingleiten, Schwindel schien mich zu übermannen. Vielleicht war das die Erklärung für das Verhalten dieses Kriegers? Hatte ihm die Sonne den Verstand verbrannt? Endlich schien der Streit beendet und Rurik gab den Befehl zum Beidrehen. Als wir die Küste am Nachmittag erreichten, war es immer noch drückend heiß. Hier am Westufer des Schwarzen Meeres wehte wenigstens ein schwacher Wind und wenn ich dem Wetter nur etwas Gutes abgewinnen wollte, so war es die klare Sicht. Ich konnte scheinbar unendlich weit in das unbekannte Land im Westen schauen. Die Luft war so klar, wie ich es schon lange nicht mehr erlebt hatte. Ich blickte über einen golden schimmernden Sandstrand hinweg und ganz weit entfernt am Horizont sah ich Berge. Es mag seltsam erscheinen, dass sich meine Seele gerade in diesem Moment nach der Heimat sehnte, als der große Traum, Konstantinopel zu erreichen, so nah wie nie zuvor war. War es die Hitze, die auch mir den Verstand geraubt hatte? Was auch immer es war, ich konnte meine Augen nicht von diesen Gipfeln lösen, die ganz offensichtlich schneebedeckt waren. Ich vermisste die schmalen Pfade und die steilen, schroffen Felsklippen, wie wir sie in Norwegen hatten. Ich hätte mich auch mit diesen Bergen zufrieden gegeben, die so nah erschienen und doch so unerreichbar weit weg waren. Das Schicksal hatte mich hierhergeführt und die Nornen schienen meinen Faden noch lange nicht durchtrennen zu wollen.

Ich schüttelte mir die Gedanken von meiner Seele, um wieder einen kühlen Kopf zu wahren, schloss kurz die Augen, atmete die warme Luft in meine Lungen und wendete meinen Blick nicht weiter nach Westen, sondern nach Süden. Dort lag unser Ziel. Konstantinopel.

»Fahrt immer am Ufer des Schwarzen Meeres entlang. Fahrt nach Süden, dann nach Südosten und dann nach Osten. Schon bald werdet ihr eine Meerenge erblicken, die euch nach Süden führt. Folgt ihr und ihr findet Konstantinopel«, erklärte der Mann, der uns gegen teures Silber weitere Holzfässer verkaufte, in die wir das Wasser naher Flüsse schöpften. Er war es auch, der uns mitteilte, dass dieses Wetter unüblich war. Noch vor Tagen hatte es geregnet, sogar gestürmt. Nun aber brannte die Sonne in einem Ausmaß, das selbst den Bewohnern dieser Küste die Kräfte raubte.

»Wir haben es geschafft«, lachte mich Rurik an, als wir wieder zurück auf unseren Schiffen waren.

»Ja«, bestätigte ich, »wir haben es geschafft.« In mir wollten nicht die Freude und das Glück aufkeimen, die ich erwartet hatte. Gepaart mit der Erleichterung und dem Stolz, den ich empfand, kroch die Furcht in meine Glieder, die Angst, Bithia und Edda niemals wiederzusehen, denn der Fürst von Nowgorod wollte die Stadt noch immer erobern.

»Ihr wisst es genauso wie ich«, sagte er mir am Abend. »Diese Krieger in unseren Reihen sind nicht mehr aufzuhalten.«

»Wir könnten sie ziehen lassen. Sie sind freie Männer, ebenso wie wir. Wir könnten warten, bis all das vorbei ist und uns dann dem Handel widmen. Wir haben den Weg nach Konstantinopel gefunden. Wir können stolz auf uns sein«, versuchte ich ihn umzustimmen. »Warten? Warten bis diese Jarls die Stadt für sich erobert haben?«, blaffte Rurik. »Ich werde sie führen. Ich werde der Herrscher dieses Landes sein, so wie ich es schon im Norden bin.«

Ich gab es auf, es gab kein Zurück, sollten die Nornen über mein Schicksal entscheiden. Vielleicht war es meine Bestimmung, Konstantinopel zu erobern. Ich wollte Frieden und fuhr in den Krieg. Vielleicht war dieser eine Kampf nötig, um den Frieden für immer zu sichern. Ein großes Reich sollte alle Kriege zwischen den Völkern beenden.

Diese Gedanken waren Narretei, ich wusste das, doch ich wollte daran glauben und belog mich selbst. Die Lüge ist so viel einfacher, als sich all der Grausamkeit und Ungerechtigkeit zu widersetzen.

Ich beobachtete Rurik, der sich in den Bug seines Schiffes stellte, den Befehl zum Ablegen gab und einen entschlossenen Gesichtsausdruck machte, wie ich ihn noch nie bei ihm gesehen hatte und auch nie wieder sehen würde. Jetzt konnte ihn nichts mehr davon abhalten, nach Konstantinopel zu segeln, die Stadt anzugreifen und vermutlich einzunehmen.

So unerträglich die Hitze auch war, so sorgte das Wetter für eine ruhige See. Keine Naturgewalt konnte uns nun mehr stoppen. Wir ruderten unablässig und kamen der Stadt aller Städte immer näher. Was würde uns erwarten? Natürlich hatte ich Bilder im Kopf, die sich meine Fantasie, ohne mein bewusstes Einwirken, erschaffen hatte. Viele Geschichten hatte ich über Miklagard, wie sie oft von Dänen, Norwegern und Schweden genannt wurde, gehört. Das Wort bedeutete nicht mehr als große Stadt und dennoch schwang in diesem Namen nicht nur Größe, sondern auch Macht und Kraft mit. Miklagard. Haithabu war riesig, die Bezeichnung Große Stadt aber war allein Konstantinopel vorbehalten und das sollte seine Gründe haben. Ich verspürte Aufregung. Nur der Gedanke daran, bald vor dem Hafen dieses unbekannten Ortes stehen zu können, ließ mein Herz schneller schlagen.

Ich dachte an Bithia und an ihre Worte, ich könne Einfluss auf Rurik nehmen. Abermals schaute ich zu unserem Anführer. Der Fürst hatte eine undurchdringliche, steinerne Miene der Entschlossenheit. Er strahlte eine Aura aus, die keine Widerrede zuließ. Hier konnte ich nichts ausrichten. Wir würden kämpfen und vielleicht dabei sterben.

»Ich kenne die Stadt nicht«, sagte Rurik am Abend, bevor wir Konstantinopel erreichen sollten. Wir verbrachten die Nacht auf den Schiffen, zu viel Angst hatten wir, schon längst von Spähern beobachtet und im Schutze der Dunkelheit angegriffen zu werden. Ich war auf das Boot des Fürsten geklettert und stand mit ihm am Steuerruder. Es war eine angenehm warme Nacht, nicht mehr zu heiß. Die meisten Männer schliefen bereits, viele erzählten noch und so drang ein stetiges Gemurmel an unser Ohr. »Woher soll ich wissen, was die beste Strategie sein wird? Wir werden es sehen, wenn wir die Stadt vor uns haben.«

»Sollten wir nicht einige Späher vorausschicken, um das Unbekannte zu erkunden?«, fragte ich.

»Konstantinopel weiß, dass wir kommen. Wie sollten wir fast zweihundert Schiffe vor ihnen verstecken? Wenn sich nur ein Schiff aus diesem Verband löst, wird es untergehen, noch lange bevor es den Hafen erreicht.«

»Damit liegt Ihr vermutlich richtig«, gab ich zu.

Er war unerschrocken. Es schien fast so, als hätte ihn die anstrengende Fahrt, die fast in einer Katastrophe geendet hätte, nicht ausgemergelt, sondern noch angespornt. Unerschütterlich setzten wir unsere Fahrt im Zwielicht des nächsten Morgen fort.

An einem heißen Vormittag war es so weit. Wir folgten der Beschreibung, die wir erhalten hatten, fanden die Meerenge und segelten auf dieser Wasserstraße nach Süden. Wir sahen jedoch keine Stadt. Nein, wir sahen etwas, das weit über unsere Vorstellungkraft hinausging. Etwas Vollkommenes, etwas Überirdisches, ja etwas Göttliches, für das ich damals keine Worte fand. Selbst jetzt, zu einer Zeit, in der ich den Körper Ragnars längst verlassen habe, als eine unendlich alte Seele durch die Welten wandle, vermag ich den Anblick Konstantinopels nicht in Worte zu fassen.

Ruriks Schiff fuhr rechts vor der Odrerir, und auch wenn ich meinen Blick nicht von der riesigen imposanten Stadt abwenden konnte, so sah ich doch im Augenwinkel, dass all die anderen Krieger und der Fürst von Nowgorod selbst fassungslos und überwältigt waren. Nicht einmal für den kürzesten Moment des Blinzelns wollte ich meine Augen vor dieser Schönheit verschließen.

Ich hatte Lindisfarne gesehen und war von dem Kloster aus großen, behauenen Felsen, von den Säulen aus Stein und von den reichen Schätzen beeindruckt gewesen. Ich hatte Haithabu gesehen, ich hatte Birka gesehen. Ich hatte erlebt, wie mit Ladoga und Nowgorod neue Städte entstanden waren. Doch diese Vergleiche waren so lächerlich, als hätte ich mich selbst mit Odin gemessen. Mehr sogar, als würde ich die Fische im Wasser mit allen Göttern dieser Welt gleichsetzen, oder den Sand mit den Menschen. So groß war der Kontrast zwischen all dem, was ich bisher erlebt hatte, und Konstantinopel.

Riesige Mauern aus Steinblöcken schützten diese Stadt auf einer Landzunge ringsherum. Die einzelnen behauenen Felsen waren selbst so groß, dass sie nicht von Menschenhand bewegt werden konnten. Es musste leichter sein, die Berge Norwegens zu versetzen, als solch ein Bauwerk zu errichten. Wieder musste ich an Baschis Geschichte denken. Beim Anblick dieser Stadt war ich sicher, dass unser kleiner Gefährte Recht gehabt hatte. Dieses Land musste Utgard sein, nur Riesen konnten ein solch mächtiges Bollwerk errichten.

Endlich konnte ich meinen Blick vom steinernen Wall lösen, nur um gleich darauf die hohen, noch eindrucksvolleren Türme zu bestaunen, die die Ecken flankierten. Unzählige Krieger in blank polierten Rüstungen positionierten sich hinter schützenden Zinnen, während ein riesiger Gong auf einem der Türme geschlagen wurde. Speerspitzen spiegelten in der Sonne, blendeten mich und nahmen mir die Sicht auf etwas, was all das noch weiter übertreffen sollte.

Obwohl schon jetzt alles so riesig erschien, waren wir weit entfernt und trieben immer noch auf die Mauern zu. Etwas schob sich von Osten her in mein Sichtfeld. Ein hoher Turm stand auf einer kleinen Insel, mitten in der Meerenge. Allein dieses einzelne Gebäude war so schön und aufwendig gestaltet wie das Kloster Lindisfarne. Ein großer Schatten legte sich über die kleine Insel und ich schaute nach oben. Der Himmel verdunkelte sich und schon wenige Augenblicke später tauchte auch unser Schiff in das Zwielicht einer dunklen, schwarzen Wolke. Sie sah so bedrohlich aus wie die Speerspitzen Konstantinopels, denen ich mich jetzt wieder zuwandte und die ebenfalls in der Düsternis versanken. Nicht mehr geblendet von all dem Stahl wurde der Blick frei auf das, was hinter dem steinernen Wall versteckt lag. Alles verblasste um mich herum, als ich die riesige Kuppel eines unmenschlich großen Steingebäudes erblickte. Sie nahm mir endgültig den Atem. War das Walhalla? Waren wir hier nicht nach Utgard gesegelt, wie uns Baschi gewarnt hatte, sondern nach Asgard gezogen, ins Reich der Götter? Die Macht, die von diesem Ort ausging, erdrückte meine Seele. Rurik hätte mit fünftausend Schiffen hier auftauchen können, und doch vermochten wir es nicht, nur einen Kratzer an diesem Bollwerk zu hinterlassen.

»Diese Stadt«, ich konnte das Wort kaum aussprechen, es erschien mir nicht würdig genug. »Diese Stadt ist uneinnehmbar!«

Zum ersten Mal drehte ich mich um. Kjell, Eric und auch Kogg standen neben mir. Keiner meiner Männer ruderte mehr. Alle standen auf ihren Bänken und starrten nur auf die von Göttern geschaffenen Bauwerke.

»Miklagard«, sagte Kjell und machte eine lange Pause, bis ich mich fragte, ob er überhaupt noch fähig war, weiter zu sprechen. »Wenn Miklagard wirklich von Menschen geschaffen worden sein soll, so ist dies das Zentrum unserer Welt, das Zentrum der Macht, unantastbar und vollkommen.«

»Menschen können so etwas nicht vollbringen. Es müssen ihre Götter gewesen sein und sie sind den unseren weit überlegen«, sagte Eric.

»Gegen Riesen kämpfe ich, doch gegen diese Götter ist es sinnlos, mein Schwert zu erheben«, meldete sich sogar Kogg zu Wort, in dessen Ausdruck ich zum allerersten Mal Angst sah. Seine Gesichtszüge zeigten Furcht, unbändige Furcht.

»Wendet das Schiff«, rief ich. In diesem Moment wurde ich seit einer Ewigkeit zum ersten Mal wieder zu einem Blinzeln gezwungen, während ich bisher stur auf Konstantinopel gestarrt hatte. Die Götter dieser Stadt schickten ihre ersten Boten. Ich blinzelte einen Regentropfen aus meinem Auge. Mein Blick wanderte gen Himmel. Die dicke, schwarze Wolke hatte sich zu einem Ungetüm aufgebaut. Sie war so schwarz wie das Gefieder meines Raben. Ein Tropfen traf auf meine Stirn, zersprang dort, benetzte meine Lippen. Ich leckte das Wasser auf, richtete meinen Blick immer noch in den düsteren Himmel, sah zu, wie mir weitere Regentropfen entgegenfielen, meine Haare nässten, durch die Glieder meines Ringpanzers sickerten und vom Lederpanzer darunter aufgesogen wurden. Ich blinzelte, einmal, zweimal, ein drittes Mal, dann konnte ich die Augen kaum mehr öffnen. Zu viel Wasser trat hinein. Die Götter hatten die schwarze Wolke aufgerissen und unaufhörlich prasselte der Regen auf uns nieder.

»Zum Hafen«, vernahm ich Ruriks Worte, schaute zu ihm, sah, wie seine nassen Haare unter seinem Helm im Gesicht und auf dem Ringpanzer klebten. Seine Axt mit dem Wolfskopf in der Hand, zeigte er nach Süden. »Wir müssen zum Hafen«, schrie er hysterisch seinen Befehl, breitet beide Arme aus, stellte sich auf die vorderste Kante seines Schiffes, als wolle er von Bord springen, an Land schwimmen und diese Stadt ganz allein erstürmen. Die Flotte folgte seinen Anweisungen.

»Diese Stadt ist uneinnehmbar«, schrie ich und es fiel mir schwer den prasselnden Regen zu übertönen.

»Die südliche Küste!« rief der Fürst, schaute mich an, riss die Augen auf, und auch wenn die Sicht durch die Wassermassen verschleiert war, erkannte ich den Wahn in seinem Blick, »Wir greifen von Süden her an!«

»Dort wird es nicht anders aussehen als hier«, sagte ich, bemühte mich nicht, laut zu schreien, denn es war zwecklos. Ich schaute in Kjells Augen, er erwiderte meinen Blick.

»Wenn er nur einen Funken Verstand besitzen würde, sollte er uns ans Ufer im Osten rudern lassen, um Schutz zu suchen«, stand er mir bei.

Immer noch schauten wir uns in die Augen und die Frage hing in der Luft, ob wir den Treueid brechen sollten. »Er wird erkennen, dass auch die südlichen Mauern unantastbar sind. Dann wird er einlenken und Schutz suchen«, hoffte ich und sah den Zweifel im Gesicht meines Gefährten. Er schaute zu Rurik, ich folgte seinem Blick und erspähte einen Mann, der die Arme nach oben reckte und in den Himmel schrie. Wahrlich war dort oben sein wahrer Feind. Der Regen wurde stärker.

Wir hatten Rurik den Treueid geleistet und einen Schwur durfte ich nicht brechen. »Wir folgen ihm«, sagte ich. »Vielleicht hat er Recht und wir können von Süden angreifen. Wenn nicht, retten wir uns ans Ufer.« Kjell und Eric nickten. Ich schloss kurz die Augen, holte tief Luft. Ich wollte diese Stadt nicht angreifen. Inständig hoffte ich, dass uns der Niederschlag von der Eroberung abhalten würde. Meine Miene versteinerte sich und ich schaute gen Süden. Irgendwo dort, hinter schüttendem Regen, musste der Hafen sein. »Hebt den Mast aus der Halterung und verstaut das Segel«, rief ich meinen Männern zu und nahm das Steuer in die Hand, während ich im knöcheltiefen Wasser Halt suchte. »Jetzt rudert«, schrie ich, »und der Rest schöpft das Wasser hinaus«, fügte ich hinzu. Die Männer gehorchten, obgleich sie mit den kleinen Eimern gegen die Naturgewalt dieses Regens nicht ankamen und das Wasser zu meinen Füßen allmählich stieg.

Zu meiner Sorge erkannte ich, dass die Mehrzahl der Boote unserem Beispiel nicht folgte. Getrieben von der Gier, vom Wahnsinn erfasst, trieben sie mit gehisstem Segel in das Unwetter hinein.

Wir fanden den Hafen Konstantinopels und sahen genau das, was ich erwartet hatte. Es gab keine Schwachstelle in dieser unmenschlichen Mauer. Rurik musste sich nun eingestehen, dass sein Vorhaben zum Scheitern verurteilt war. Diese Stadt war unbesiegbar. Sie war von mächtigen Göttern oder von Riesen erbaut worden und diese höheren Mächte zürnten uns mit all ihrer Gewalt. Selbst wenn es ein Loch in diesem vollkommenen Bollwerk gab, hätten wir es längst nicht mehr gesehen, denn eine weitere Wand schützte diese Stadt. Eine Wand aus strömendem Regen und todbringendem Hagel. Es wurde finster wie in der Nacht. Ängstlich schaute ich in den Himmel. Nichts als Düsternis und Schwärze. Hagelkörner schmetterten auf meinen Helm. Ein plötzlicher Blitz läutete unser Sterben ein und trieb mir den Rest meines Mutes aus den Gliedern. Nichts war mehr zu spüren von dem jubelnden Geschrei, das vor wenigen Tagen beim Erreichen des Schwarzen Meeres aus achttausend Kehlen gedröhnt war. Alle Krieger, deren unendliche Willensstärke und Mut ich bezeugen kann, blickten nur noch mit schlotternden Knien und voller Ehrfurcht zum Himmel empor. Weitere Blitze zuckten durch die Wassermassen, gefolgt von einem Donner, wie ich ihn noch nie gehört hatte. Es war das Grollen der Riesen, die uns lachend in Utgard begrüßten. Mir war klar, wir waren in einer Welt angekommen, in der unsere Götter keine Macht mehr hatten. Diese Blitze und dieser Donner waren nicht von Thor, der gegen Riesen kämpft. Es war etwas anderes, etwas stärkeres, etwas tödlicheres und brachte uns neben prasselndem Regen, furchtbarem Hagel, zuckenden Blitzen und dröhnendem Donner einen Wind, der mir so plötzlich entgegenwehte und meine nassen Haare mit solcher Kraft emporschleuderte, dass ich mich am Ruder festkrallen musste, um nicht über Bord geworfen zu werden. Der entfesselte Sturm trug die Hagelkörner hart gegen mein Gesicht, voller quälender Schmerzen sank ich schreiend in die Knie und hielt die Hände schützend vor mich. Ich hörte nichts mehr, ich sah nichts mehr, alles um mich herum verschwamm zu einem Ort der Verdammnis. Wir müssen ans Ufer, sagte ich mir. Vorsichtig öffnete ich meine Finger, lugte hindurch und erkannte Eric, dessen Gesicht vom tosenden Wind zu einer bizarren Grimasse verschoben wurde.

Ich wandte meinen Blick nach links, wankte im Sturm, kauerte mich auf die Planken.

»Ruuuurik!«, versuchte ich verzweifelt, das Unwetter zu übertönen.

»Zum Ufer!«, schrie ich. Sein Schiff war nicht weit entfernt. Der Fürst klammerte sich an die Reling, hatte die Augen geschlossen. Eine Welle rollte unter uns hindurch, hob unsere Schiffe an, um sie gleich drauf wieder fallen zu lassen. Mein Kinn schlug auf das Holz, ich biss mir auf die Zunge, schmeckte Blut.

»Ruuurik!«, rief ich wieder, doch er hörte mich nicht. Wenn er mich gehört hätte, dann wäre es das Letzte gewesen, was der Fürst von Nowgorod und Herrscher der Rus in seinem Leben wahrgenommen hätte, es wurde alles noch schlimmer.

Der Wind und der Regen peitschten mir um die Ohren. Ich wusste nicht, wo oben und unten war. Eine schwarze, wabernde Masse hing über unserer Flotte, wurde noch dunkler, drohte, uns zu verschlingen. Ein Blitz zuckte über uns, erhellte die Welt für einen kurzen Augenaufschlag, offenbarte mir einen Fürsten, der nur noch ins Leere starrte. Ruriks Augen waren mit einem Mal wieder weit aufgerissen, die Miene versteinert.

Eine weitere Welle, groß wie die Eiche auf der Insel im Dnjepr, rollte unter uns hindurch. Wasser schwappte ins Boot, umspülte meine Füße, meine Knie, meine Hände und drückte das Schiff immer tiefer in die kalte See. Die Männer schrien, krallten sich in das Holz des Schiffes, suchten verzweifelt Halt und fielen dennoch übereinander.

Plötzlich war es taghell. Ein Licht blendete mich. Donner betäubte mich. Ein Blitz, einem glühenden, feuerspeienden Wurm gleich, legte sich um den Mast von Ruriks Schiff, kroch daran herunter und ließ es in einem mächtigen, erschütternden Schlag zerbersten. Bruchstücke, so groß wie Schwerter, sausten wie Geschosse durch die Luft, durchbohrten Fleisch und Muskeln, zerrissen Arme und Beine, zerschlugen Köpfe, zerdrückten Gesichter, richteten auf Ruriks Schiff ein Blutbad an, wie es kein Mensch vermocht hätte. Erst starrte ich nur, dann durchfuhr meinen Körper Furcht, solche Furcht. Rurik war tot. Sein Kopf platzte beim Aufprall eines riesigen Holzprügels und schickte eine blutige Fontäne in die schwärzeste, düsterste und grausamste aller Nächte hinein. Ich drehte mich weg, suchte Schutz, kauerte mich auf die Planken, mein Herz schlug schnell, hämmerte mir gegen die Brust. Regen, Hagel, Donner, Blitze, Holzsplitter und die fürchterlichen Schreie der sterbenden Männer vermischten sich zu einem furchterregenden Grollen, als wäre Hel mit ihrem Drachen Nidhöggr gekommen, um uns zu holen.

Ich rollte durch das Wasser in eine Ruderbank, stemmte mich mit zitternden Beinen dazwischen. Die Odrerir wankte bedrohlich, kenterte trotz allem nicht. Alles drehte sich, ich kotzte, schloss die Augen, bis mich die Todesangst in den Wahnsinn trieb. »An Land schwimmen«, sagte ich mir. »Du musst an Land schwimmen.« Verzweifelt versuchte ich, meine Rüstung von mir zu streifen. Doch dieser Versuch war zum Scheitern verurteilt. Ich fluchte, gab auf, hob meinen Blick.

Kurz aufeinanderfolgende Blitze erhellten den Himmel und ich sah Kjell auf mich zukriechen. Eingekeilt zwischen den Brettern der Odrerir hatte ich einen guten und sicheren Schutz gefunden. Zumindest solange unser Schiff den Wellen und den Blitzen standhielt. Ich streckte meinem Gefährten die Hand entgegen und zog ihn zu mir.

»Wo sind Eric und Kogg?«, schrie ich gegen das Getöse der Naturgewalten an.

»Kauern sich zwischen zwei Ruderbänke!«, rief Kjell.

Wieder wurde es für einen Augenaufschlag taghell. Hagelkörner, so groß wie Glasperlen, wurden angestrahlt, zischten an meinem Gesicht vorbei und schlugen ins knöchelhohe Wasser ein, hämmerten mir ins Gesicht, auf Hände und Beine. Mein Magen rebellierte erneut, ich kotze in das Wasser, das sich braun färbte.

»Was sollen wir tun?«, schrie Kjell, als würde er nicht wahrnehmen, dass ich mich gerade übergab.

Ich spuckte aus. »Die Rüstungen ausziehen!«, schrie ich hustend.

Er nickte. Ich verkeilte mich noch stärker mit den Beinen zwischen den Ruderbänken, riss mit beiden Händen an Kjells Ringpanzer, stülpte die schweren Kettenglieder über seinen Kopf. Es gelang uns, ihn zu befreien und wir versuchten das Gleiche bei mir, aber die Ringe verklemmten sich im Harnisch. Kjell riss und zog, aber wir bekamen die Rüstung nicht von meinen Schultern. Wieder rollte eine riesige Welle unter unserem Schiff hindurch, Wasserfontänen spritzen auf Deck und ich benötigte beide Hände, um nicht davongespült zu werden.

Ich fluchte und geiferte ins schwarze Nass hinaus.

Manchmal ist es seltsam, was der Mensch in seiner unendlichen Verzweiflung und Todesangst für Gedanken und Zwänge entwickelt. Ich würde sterben, das war unausweichlich. Anstatt mir das Gesicht meiner Frau und meiner Tochter ins Gedächtnis zu rufen, wollte ich mich in diesem letzten Moment meines Lebens nur meines Ringpanzers entledigen. »Zieh mir die Rüstung aus«, schrie ich Kjell an und mit einem lauten Schrei, in den ich all meinen Zorn legte und der all meine Kräfte freisetzte, riss ich den Ringpanzer aus dem Harnisch heraus und konnte mich endlich davon befreien.

»Und jetzt?«, rief Kjell.

»An Land schwimmen«, sagte ich, riss die Augen auf, richtete mich auf, stemmte meine Füße gegen die Planken, wollte von Panik getrieben über Bord springen. Etwas traf mich in den Kniekehlen und ich sackte zusammen, fiel zurück in die Ruderbank. Kjell legte sich über mich. »Das ist dein Tod!«, schrie er und ein Blitz erhellte seine entsetzte Fratze. »Komm zu Verstand!« Er schlug mir ins Gesicht, hob vorsichtig den Kopf über die Reling, Blitze zuckten. »Man sieht nicht einmal, wo das Land ist!« rief er wieder zu mir gewandt.

Wo ist Kruk, dachte ich plötzlich. Ich hoffte mit flehenden Gedanken, dass mein Rabe geflogen kam und uns den Weg ans Ufer weisen würde. Diese Hoffnung war vergebens. Er hatte sich längst in Sicherheit gebracht, er war schlauer als wir und wusste, dass der Sturm auch seinen Tod bedeutet hätte.

Wieder traf mich die Faust meines Gefährten, Blut verstopfte meine Nase, aber ich kam endlich zu Verstand. Ich schaute nach oben und versuchte einen klaren Gedanken zu fassen. Der Himmel schien sich zu drehen. Die riesige, schwarze Masse wirbelte genau über uns und der Sturm nahm weiter zu.

»Was sollen wir tun?«, schrie ich Kjell an und sah in seinen Augen eine hoffnungslose Leere. Er schüttelte den Kopf. Er wusste es nicht. Dann grinste er. »Wir sehen uns bei Njord wieder«, lachte er laut.

Es war diese Hoffnungslosigkeit unserer Situation, die mich endgültig wach rüttelte. Sollte ich mich etwa aufgeben? Dem Tod kampflos übergeben? Nach allem, was wir durchgemacht hatten?

Endlich dachte ich an Bithia und Edda. Ich dachte an die Stromschnellen des Dnjepr, die wir überstanden hatten. Ich dachte vor allem an den Verschlinger, den wir überlebt hatten. Nein, nach all dem sollte es nicht so zu Ende gehen. Ich würde kämpfend sterben, mit dem Schwert in der Hand.

Ich packte Kjell an seiner Lederrüstung, zog sein Gesicht ganz nah zu dem meinen heran. »Wir rudern, du Rattenschiss!«, sagte ich. »Wir rudern hier raus!«

Er lachte. »Du bist ein Narr!«, schrie er, doch was ich gesagt hatte, war das einzige, was er von mir hören wollte.

Er stand auf, schwankte im Sturm, fiel auf die Knie, ergriff meine Hand und wir zogen uns gegenseitig hoch, klammerten uns an das Steuerruder und versuchten gemeinsam, daran zu ziehen. Stück für Stück bewegte sich das Holz. Meine Muskeln schmerzten, Regen hämmerte gegen mein Gesicht, der Sturm trieb mir Tränen in die Augen, Blut lief aus meiner Nase in den Bart, auf die Lippen. Meine Zunge fühlte sich matschig an. Das alles war mir egal. Ich würde sterben, aber ich wollte es mit Ehre tun. Eric und Kogg kamen zu uns gekrochen. Das Ruder bewegte sich immer weiter und wir bekamen das Schiff fast wieder unter unsere Kontrolle. Plötzlich ließ sich das Steuer ganz einfach bewegen und ich jubi-

lierte. Es war jedoch nur eine Welle, die das Heck aus dem Wasser geho-
ben hatte. Als der Kiel wieder in die stürmische See eintauchte, schlug
uns das Wasser das Ruder aus den Händen und der Kampf begann von
Neuem. Wir gaben nicht auf.

»Ihr Narren!«, schrie ich, so laut ich nur konnte, und der ständig wech-
selnde Sturm peitschte meine Worte an die Ohren der Männer, die noch
lebten. Viele waren bewusstlos im jetzt knietiefen Wasser ertrunken. Ein
Blitz erhellte die Gesichter der Überlebenden und offenbarte mir ihre
Angst, aber auch ihre Fassungslosigkeit, als sie im Heck mit einem Mal
Kjell und mich sahen, die sich in diesem alles verschlingenden Sturm ans
Ruder krallten und das Unmögliche versuchten.

»Ihr Narren, wollt ihr sterben wie Weiber?«, schrie Eric, der sich mit
Kogg ebenfalls aufrichtete. Wieder erhellte ein Blitz das Deck und wir
hatten die Aufmerksamkeit der Mannschaft gewonnen, die sich immer
noch ängstlich zwischen die Ruderbänke kauerte, aber nun alle mit offenen Mündern zu uns blickten. In den kurzen, grellen Lichtblitzen mussten wir auf sie wirken, als wären wir die Götter persönlich. Vor einem
tobenden Sturm und hinter großen Regentropfen wurden im Schein der
Blitze vier Männer erhellt, die dem Untergang entgegentraten.

»Rattenschiss seid ihr!«, lachte ich. Ich zeigte ihnen eine furchtlose Fratze, die ich mit meinem letzten Mut hervorbrachte. »Rudert, ihr Narren!«,
schrie ich ihnen zu, woraufhin mich eine Woge gewaltigen Wassers von
den Beinen riss, was aber niemand sah, da es in dem Moment wieder
stockdunkel war. Beim nächsten Blitz war ich längst wieder auf den
Beinen, die zitterten wie Espenlaub, doch auch das war mir gleich.

»Rudert, ihr Narren!«, schrie ich wieder und wieder. Eric stimmte in das
Geschrei ein. Es wurde zu einem Gesang, der dem Sturm den Kampf
ansagte und unseren Männern die Furcht aus den Gliedern peitschte.
Wir gaben ihnen das zurück, weswegen sie diese Fahrt überhaupt auf
sich genommen hatten. Wagemut, Willenskraft und Stärke. »Rudert, ihr
Narren!« Endlich bäumten sie sich auf, ergriffen die Riemen, versuchten,
sich mit aller Kraft darin fest zu krallen, tauchten die Blätter ins aufgeschäumte Wasser und zogen an den Hölzern. Eine große Welle rollte auf
uns zu, brach kurz vor unserem Bug und stürzte mit all ihrer Gewalt
über die vorderen Reihen herein. Den Männern wurden die gerade gewonnenen Ruder entrissen. Das Wasser schlug sie hart gegen die Plan-

ken und hämmerte ihnen den Verstand aus dem Schädel.

»Ruuudert!«, schrie ich wieder.

Die Männer, die den Angriff des Sturmes überlebt hatten und nicht bewusstlos im Wasser lagen und ertranken, ergriffen erneut die Ruder, und wieder senkten sich die Blätter ins sturmumtoste Meer.

Ich sah das Unwetter mit all seiner zerstörerischen Kraft nicht mehr als eine höhere Macht, der wir nichts entgegenzusetzen hatten, sondern als einen Feind, den es zu bezwingen galt. Ich erinnerte mich an die Fahrt nach Birka. Dort waren wir unseren Gegnern ebenso hoffnungslos unterlegen gewesen, und dennoch hatten wir überlebt. Dieser Sinneswandel brachte die Wende. Er setzte Kräfte in mir frei, von denen ich selbst nichts wusste.

»Stellt euch dem Feind, weicht nicht zurück!«, schrie ich. Obwohl ich wusste, dass der Sturm nur Wortfetzen über Deck trug, gab es mir ein Gefühl der Befreiung und umgab mich mit einer Aura, die sich auf die Mannschaft übertrug. Die Krieger gaben nicht auf und die Odrerir gab sich den Ungetümen aus Wasser und Wind nicht geschlagen. Der Kampf dauerte ewig. Wir stürzten, standen auf, schluckten Wasser, husteten, kotzten, schrien, beteten. Männer starben. »Tötet ihn«, schrie ich. »Tötet den Feind!« Salzwasser nahm mir die Sicht, schleuderte mich mit dem Kopf auf die Reling, Schwärze umhüllte mich, ich schluckte rotes, blutdurchtränktes Wasser. Kogg riss mich nach oben, hielt mich fest. Ich konnte mich kaum auf den Beinen halten, Kogg aber stützte mich, streckte meinen schlaffen Körper der Mannschaft entgegen, die mich im grellen Licht der zuckenden Blitze immer noch am Ruder stehen sahen.

»Tötet ihn«, rief ich mit letzter Kraft, und gemeinsam schaffte die Mannschaft das Unmögliche und steuerte das Schiff aus dem Sturm heraus. Jeder Ruderschlag brachte uns weiter aus dem Orkan. Nach einer gefühlten Unendlichkeit, in der die Stärke in meine Beine zurückkehrte, so dass ich wieder stehen konnte, wurden die Wellen kleiner, der Regen ließ nach, der Sturm wurde zu Wind und die schwarze Dunkelheit zu düsterem Zwielicht eines wolkenverhangenen Himmels. Wir trieben auf ein Meer hinaus, das südlich von Konstantinopel liegen musste. Als wir endgültig frei waren, schauten wir zurück und sahen das ganze Chaos, das die Götter dieser Stadt über unsere Flotte gebracht hatten. Eine riesige, tosende Windhose schien all unsere Schiffe in dem Sturm gefangen zu halten. Blitze sprengten die Boote, Wind wirbelte Bruchstücke durch die Luft. Wir sahen zu, wie unsere Flotte unterging. Nur drei weitere Schiffe schienen den Fluten entkommen zu sein.

Wir vergegenwärtigten uns, dass nicht unsere Willensstärke allein gereicht hatte, um Njord zu entfliehen. Die Nornen waren uns wohlgesonnen. Wir waren nur aus dem Rand dieser nassen Verdammnis geflüchtet. Dort, wo das Zentrum des Unwetters lag, hätte auch unsere ganze Kraft nicht gereicht, dem Tod zu entkommen. Dort hätten wir nur ein schnelles, nasses Ende gefunden, wenn uns ein Blitz nicht zuvor verglüht hätte. Wir mussten am Ende der Welt angekommen sein, und es musste die Midgardschlange sein, die unsere Flotte in die Tiefe gerissen hatte.

»Rudert uns hier weg, von diesem grausamen Ort, an dem unsere Götter keine Macht besitzen«, sagte ich, und erfüllt von Glückseligkeit, noch am Leben zu sein, gepaart mit der Niedergeschlagenheit, alles verloren zu haben, ruderten wir weiter nach Süden und ließen uns schließlich erschöpft auf die Ruderbänke sinken. Wir waren durchnässt, es war kalt und doch schliefen wir ein, trieben auf die offene See hinaus.

Kapitel 17 - Die schwarzen Reiter

Ich wusste nicht, wie lange ich geschlafen hatte. Es muss sehr lange gewesen sein, das Wetter hatte sich bereits erholt. Die Sonne strahlte von einem blauen Himmel, wenn auch nicht so heiß wie in den Tagen vor dem Unwetter. Um uns herum lag die ruhige See, nur ganz entfernt am Horizont konnte ich Land entdecken.

Es war wieder einmal Kruk, der auch dieses Mal den Weg zu mir zurück gefunden hatte und mich weckte, indem er in meinem Ohr herumstocherte. Ich stand auf, watete in knöcheltiefem Wasser durch das Schiff, ignorierte den Schmerz, der mir bei jedem Schritt durch die Glieder fuhr und schaute nach meiner Mannschaft. Ich war nicht der erste, der wach geworden war. Zwei Männer hatten sich auf die Reling gesetzt, den Oberkörper nach vorne gebeugt, die Stirn lag auf den verschränkten Unterarmen, die wiederum auf den Knien ruhten. Sie wollten schlafen und waren dem Wasser entflohen, das im Schiff hin und her schwappte. Andere Männer hatten sich Eimer geschnappt und versuchten die Wassermassen aus dem Schiff zu schöpfen, doch sie taten es ohne Kraft. Der Sturm hatte ihnen diese genommen.

»Wie viele Männer haben wir verloren?«, fragte ich Hrungnar, der mich mit müden, rotunterlaufenen Augen ansah. Seine Haare klebten blutverkrustet in seinem Gesicht. »Du bist verletzt«, bemerkte ich.

»Es ist nur ein Kratzer«, antwortete er mir, tastete gleichwohl sehr vorsichtig nach der Wunde an seinem Hinterkopf. »Es ertranken etwa zwanzig Männer«, fügte er hinzu.

Ich nickte, schlurfte zurück zum Ruder, wo meine Gefährten noch immer an der Bordwand lehnten und schliefen. Ich weckte sie. Wortlos rangen wir uns ein Lächeln ab. Gefühle der Trauer über den Verlust von Rurik, aber auch der Erleichterung, selbst überlebt zu haben, durchströmten mich. Wir wussten, dass es ein Wunder war, noch auf dieser Erde wandeln zu dürfen. Das Schlimmste hatten wir hinter uns. In Sicherheit konnten wir uns aber noch lange nicht wähnen. Wir trieben in einem uns unbekannten Meer, das irgendwo südlich von Konstantinopel sein musste. Wie sollten wir je zurück nach Nowgorod gelangen? Ich war zu erschöpft, um darüber nachzudenken. Meine Gefährten schwiegen ebenso.

Wortlos suchten wir die Leichen, die vom Sturm nicht über Bord geworfen worden waren, zogen ihnen ihre teure Rüstung aus, banden jedem einzelnen sein Schwert oder die Axt an die Hand und warfen die Toten in die See. Ich wusste nicht genau, ob sie nun zu Njord oder zu Odin gehen würden, denn der Tod in der See bedeutete eigentlich, dass ihre Seelen von Njord, dem Gott des Meeres, aufgenommen wurden. Doch wir gaben ihnen ihre Waffen mit und somit erfüllten sie auch die Bedingung, in Walhalla aufgenommen zu werden. Ich rief beide Götter an, opferte ihnen meinen Dolch, den ich in Haithabu gekauft, auf meiner Fahrt nach Birka verloren und von Eric wiedererhalten hatte und der jetzt in die Hände von Odin oder Njord gehen sollte. Die anderen Männer taten es mir gleich, opferten etwas Wertvolles aus ihrem Hab und Gut, das sie noch bei sich trugen. Es war das Mindeste, was wir als Dank für unsere Götter tun konnten.

Kjell nahm sich einen Eimer und begann, das Wasser aus dem Schiff zu schöpfen. Wir anderen halfen ihm dabei. Einige Zeit verging, ohne dass jemand etwas sagte, bis Eric eher beiläufig die Stille brach. »Wir brauchen neue Ruder.«

»Wir brauchen Männer, die sich überhaupt in diese neuen Ruder legen können. Es sind fünfundzwanzig Überlebende auf diesem Schiff. Die Odrerir braucht allein sechsundzwanzig Ruderer, um gut voranzukommen. Wir können uns nicht einmal ablösen. Die Ruder bleiben unbewegt, wenn wir rasten«, erkannte ich.

»Ich denke, es wird gehen«, mischte sich Kjell ein. »Vierundzwanzig werden sich in die Riemen legen, einer übernimmt das Ruder. Wir sollten immer frühzeitig mit dem Rudern innehalten. Wir brauchen Kraft, um uns gegebenenfalls zu verteidigen. Wir sind ein einzelnes Schiff und müssen mit einem Überfall rechnen.«

Ich antwortete nicht gleich darauf, meine Muskeln schmerzten schon nach den wenigen Eimern Wasser, die ich über Bord gekippt hatte. An die Anstrengungen des Ruderns wollte ich gar nicht erst denken. Trotz allem tat die Arbeit gut. Sie war sinnvoll und lenkte mich von den vergangenen Ereignissen ab. Ich stellte den Eimer auf die Planken und ging zum Segel, das zusammengerafft unter den schweren Mast geklemmt war. »Lasst uns den Mast ins Mastschwein stellen und sehen, ob das Segel noch zu gebrauchen ist. Bei gutem Wind könnte es uns das Leben retten«, sagte ich, wartete ungeduldig, bis genug Männer mit anpackten. Wir breiteten das große Tuch aus und fanden einige Löcher, die vom schweren Mast und dem Salzwasser hineingescheuert worden waren. »Nicht so schlimm wie ich erwartet hatte«, dachte ich laut und steckte meine Finger durch die einzelnen Lücken in den riesigen Stoffbahnen. Einige waren nicht groß, so dass nur mein Daumen hindurchpasste. Durch andere konnte ich meinen gesamten Arm stecken. Ich nickte zuversichtlich und spähte nach Norden. »Hisst das Segel und lasst uns den leichten Wind ausnutzen, um der Heimat ein wenig näher zu kommen.«

»Wird dieses Meer einen weiteren Ausgang nach Norden haben?«, fragte Eric.

»Außer bei Konstantinopel?«, erwiderte Kjell, »Würden sie unser Schiff wiedererkennen, wenn wir an ihrer Stadt vorbei rudern?«

»Sie würden sehen, dass es ein Kriegsschiff ist und könnten wohl schnell ihre Schlüsse daraus ziehen«, sagte Eric.

»Wäre es zu riskant, durch die Meerenge zurück ins Schwarze Meer zu fahren?«, fragte ich, doch die Antwort war mir schon bewusst, bevor sie mir gegeben wurde und so sprach ich sie leise und gedankenverloren selbst aus: »Es muss einen anderen Ausweg geben.«

»Wenn wir uns als Händler ausgeben?«, fragte Eric.

»Mit was willst du handeln?«, gab Kjell zu bedenken und fügte hinzu: »Schau uns doch an. Wir sind Krieger auf einem Kriegsschiff, das noch dazu sehr heruntergekommen ist. Einige Planken sind gebrochen. Die Ruder müssen ersetzt werden. Das Segel hat Löcher. Es ist offensichtlich, was uns widerfahren ist.«

»Dann tragen wir unser Schiff über das Land östlich der Meerenge«, schlug ich vor.

»Mit fünfundzwanzig Mann?«, wandte Eric ein.

»Ich zähle für zwei«, brummte Kogg, womit er sicherlich Recht hatte, aber das brachte uns auch nicht weiter.

»Lasst uns einfach auf das nächste Handelsschiff warten, es überfallen und damit nach Konstantinopel fahren«, mischte sich ein Besatzungsmitglied ein.

»Ich gebe die Odrerir nicht auf!«, bestimmte ich und meine Gefährten standen mir bei.

»Würdet ihr lieber sterben?«, fragte der Mann, der uns von Rurik unterstellt worden war und keinerlei Bezug zu unserem Schiff hatte.

»Das würde ich«, antwortete ich gereizt. Meine Stimme und die Blicke meiner Gefährten schüchterten den Mann ein. Er trollte sich und ließ uns wieder allein.

»Selbst wenn ich sie nicht mit eigenen Händen gebaut hätte, würde ich die Odrerir nicht aufgeben, nach all dem, was sie durchstand«, wandte ich mich wieder meinen Gefährten zu. »Sie ist ein Teil von mir.«

»Für uns gilt das Gleiche«, stimmte Kjell zu, »dennoch brachte mich der Vorschlag auf eine Idee. Wir warten auf das nächste Handelsschiff. Anstatt die Männer zu überfallen, bezahlen wir sie, damit sie mit uns das Schiff über Land tragen.«

Ich dachte nach. »Das könnte funktionieren.«

»Aber mit was willst du sie bezahlen?«

»Mit den Rüstungen der Toten«, entgegnete er und deutete auf den Haufen Ringpanzer und fünf Helmen.

Ich nickte nachdenklich »Ringpanzer sind rar. Sie können die Rüstungen in Konstantinopel verkaufen. Das sollte ihnen einiges einbringen, wenn sie sie nicht selbst behalten. Ein guter Einfall.«

»Wir sollten es versuchen«, sagte Eric. »Doch wenn wir es schaffen, wie sollen wir unser Schiff an den Stromschnellen des Dnjepr vorbeitragen. Wir brauchen mehr Männer.«

»Was ist mit den anderen Booten?«, fragte Kogg und wir drehten ihm alle unsere Köpfe zu, schauten ihn verdutzt an. Wir alle hatten sie vergessen. Wo waren die drei anderen Schiffe, die mit uns den Sturm überlebt hatten? Wir schauten uns um, mit der blauäugigen Hoffnung, dass gerade jetzt ein Schiff auftauchen würde, was all unsere Probleme lösen konnte. Wir fanden nichts, die See war bis auf einige kleine Fischerboote leer, wir waren auf uns alleine gestellt.

»Die anderen werden ebenfalls versuchen, zurück nach Nowgorod zu gelangen«, erklärte ich. »Wir wissen nur nicht wie. Lasst uns zunächst versuchen, ins Schwarze Meer zu kommen. Auf dem Dnjepr werden wir sie vielleicht wiedertreffen. Sie warten vor einer Stromschnelle auf uns. Sie benötigen ebenso Hilfe wie wir.«

Wenn sie sich nicht schon gegenseitig helfen können, dachte ich. Es war äußerst schwierig, bis zu den Stromschnellen zu gelangen. Wir mussten mit so wenigen Mann gegen die Strömung des breiten Flusses ankämpfen. »Lasst uns über die Probleme am Dnjepr sprechen, sobald wir den Fluss erreicht haben«, schloss ich, versuchte selbst, nicht mehr darüber nachzudenken und zog das Ruder ein wenig zu mir. Die Odrerir schwenkte auf Nordost und ich hoffte, dass wir östlich von Konstantinopel einen Händler finden konnten. Der leichte Wind trieb uns schneller voran als gedacht. Die Männer unterstützten tapfer mit den wenigen Rudern und so näherten wir uns der Landmasse an, die zunächst nur ein schmaler Streifen am Horizont war, aber schnell größer wurde.

In sicherem Abstand segelten wir an der Küste nach Osten, bewegten uns vorsichtig und spähten nach Handelsschiffen. Wir erkannten aus der Ferne einige Siedlungen, waren kurz versucht, das Wagnis einzugehen, dort nach Hilfe zu fragen. Doch vielleicht würden sie besser daran verdienen, unsere Köpfe nach Konstantinopel zu bringen, als unser Schiff durchs Land zu tragen. Ein von Osten kommender Händler hingegen konnte unmöglich schon von den Ereignissen gehört haben und so warteten wir geduldig ab. Die Sonne trocknete unsere Kleidung im Laufe des Tages, das Deck war bald leer geschöpft, die Planken nur noch leicht feucht. Wasser sickerte jedoch durch einige Lecks, die der Sturm geschlagen hatte. Immer wieder schöpften wir, was zusätzlich Kraft kostete. Kraft, die wir nicht hatten.

Wir mussten eine weitere Nacht auf See verbringen, bis am nächsten Morgen ein Handelsschiff auf uns zukam. Es lag nicht tief im Wasser, hatte demnach kaum Waren geladen. Als der Kapitän uns erspähte, änderte er dennoch aus Furcht vor einem Überfall sofort seinen Kurs. Wir signalisierten ihm, dass wir sie nicht angreifen wollten. Als unsere Rufe und Signale nicht ausreichten, befahl ich einigen Männern über Bord zu springen. Sie schauten mich an, als wäre ich verrückt geworden. Ich machte es ihnen vor und sprang ins kühle Nass, wollte dem Händler damit signalisieren, dass wir keine Rüstungen trugen und unbewaffnet waren. Kein Krieger würde mit Schwert und Ringpanzer ins Meer springen, ohne sich umbringen zu wollen. Das schwere Metall würde ihn sogleich auf den Grund des Meeres ziehen. Kjell und Hrungnar folgten meinem Beispiel. Endlich fuhr das Schiff wieder auf uns zu. In sicherem Abstand hielten sie an. Ich schrie so laut ich konnte, doch die Besatzung des Handelsschiffes konnte mich entweder nicht hören oder verstand mein Slawisch nicht. Kurz entschlossen ließ ich mir zwei Ruder und einen Ringpanzer ins Wasser werfen, klammerte mich an das Holz und begann, zu unseren Rettern zu schwimmen. Kjell, Hrungnar und Eric folgten mir. Auch Kogg wollte hinzukommen, aber ich hielt ihn auf, denn jemand, dem ich blind vertraute, musste auf unserem Schiff bleiben.

Unser Plan ging auf. Zwar verstanden die Händler tatsächlich kein Slawisch, mit Händen und Füßen aber konnten wir ihnen unsere Notlage erklären. Sie waren misstrauisch, doch der hochwertige Ringpanzer, den ich ihnen schenkte, überzeugte sie. Ich sah das Funkeln in ihren Augen, wozu sie auch allen Grund hatten. Wir bezahlten mit einem Ringpanzer, sechs Lederrüstungen und drei Helmen, was für solch einen Dienst unglaublich viel war. Sie wussten, sie könnten das Geschäft ihres Lebens aus unserer Not machen und verlangten weitere drei Lederharnische, wenn sie uns sofort helfen würden, ohne zuvor alles in Konstantinopel zu verkaufen. Genau das war uns sehr wichtig. Händler redeten viel. Ich bezweifelte, dass sie zurückgekommen wären, wenn sie gehört hätten wer wir waren. Stattdessen hätten uns vermutlich zwanzig Kriegsschiffe Konstantinopels angegriffen, um uns zu versklaven oder lieber gleich den Kopf abzuschlagen. Wir zahlten bereitwillig den Preis, wenn er auch sehr hoch war. Die Mannschaft des Händlers erwies sich als sehr hilfreich. Die Männer waren stark und ausgeruht. Sie trugen, treidelten und zogen die Odrerir fast alleine.

Schon fünf Tage später setzten wir unser Schiff in einen Sandstrand an der Küste zum Schwarzen Meer, ab. Das Wasser schwappte an den Bug und der Anblick erfüllte mich mit Freude, wenngleich ich auch völlig erschöpft war. Der Wind stand gut, immer wieder hatte es leicht geregnet, aber an diesem Tag war der Himmel blau, die Sonne wärmte uns angenehm. Wir bedankten uns bei den Händlern, die nun denselben Weg durchs Landesinnere zurückgehen mussten, um zu ihrem Handelsschiff zu gelangen, welches sie in einem Dorf zurückgelassen hatten. Aus nahen Bäumen fertigten wir neue Ruder und stachen in See. Wir hangelten uns nicht am Ufer entlang, sondern riskierten es, mitten durch das Schwarze Meer zu segeln. Die Odrerir war zwar undicht, aber immer noch so zuverlässig wie am ersten Tag. Ich liebte dieses Schiff und das aufgeblähte Segel, der Wind, der mir die Haare ins Gesicht blies, und die Luft, die meine Lungen füllte, machten mich glücklich. Zum ersten Mal nach dem großen Verlust ergriff mich ein Hochgefühl. All der Schmerz, der sowohl meinen Körper als auch meine Seele fest im Griff zu haben schien, fiel von mir hab. Ich atmete tief durch, schloss die Augen und wollte nur noch eins: Bithia. Die Odrerir würde mich zurück in ihre Arme bringen. Doch ich war ein Narr, wenn ich dachte, ohne weitere Schwierigkeiten zu meiner Frau zurück zu gelangen.

Bei der Ankunft am Dnjepr war ich noch guter Dinge. Der Wind stand nach wie vor günstig und wir konnten so der Strömung trotzen, unterstützten nur wenig mit den Rudern.

Als wir in einem Dorf an der Mündung des Flusses Nahrungsmittel eintauschten, verloren wir einen weiteren Ringpanzer. Wir mussten Askold und Dir in Kiew erreichen. Selbst wenn mir der Gedanke nicht gefiel, gerade diese beiden um Hilfe zu bitten, waren sie doch unsere Hoffnung, schnell und sicher zurück nach Nowgorod zu gelangen.

Bis zum Dnjepr war alles ganz einfach gewesen. Mit den Rüstungen hatten wir uns Hilfe erkauft und das Wetter war auf unserer Seite gewesen. Der Wind aber drehte und uns verließ das Glück. Noch waren die gefährlichen Stromschnellen weit genug entfernt und ich verdrängte ein weiteres Mal den Gedanken daran, wie wir sie überwinden sollten. Es war schon jetzt quälend und kräftezehrend mit so wenigen Männern gegen die Strömung und den Wind anzukämpfen. Tag für Tag legten wir uns in die Riemen und erholten uns, indem wir die Odrerir am Ufer vertäuten, damit wir nicht von der Strömung erfasst wurden. Während sich in einem vollbesetzten Schiff die Mannschaft abwechseln kann, mussten wir durch die geringe Zahl an Männern nicht nur auf den steten Vortrieb verzichten, sondern lieferten uns am Ufer etlichen Gefahren aus. Jeder von uns wusste, dass dies das Gebiet der schwarzen Krieger war. Zwar versuchten wir stets die Odrerir versteckt hinter Wäldern oder hohen Büschen festzumachen, dennoch war unser Schicksal unausweichlich.

Gerade ruderten wir die Odrerir nach einer langen Rast in die Flussmitte, als ich, nicht weit vom Ufer entfernt, zwei Reiter entdeckte. Sie waren schwarz gekleidet, das Gesicht verhüllt. Sie beobachteten uns, wendeten ihre Pferde und ritten davon. Nur einen Tag später kamen sie. Die Petschenegen. Es waren ungefähr einhundert und dieses Mal hatten sie kein Heer von achttausend Mann vor sich, sondern nur eine halbe Schiffsbesatzung, die weder ausgeruht noch kampfesmutig war. Während wir unsere Kräfte an den Riemen verschwendeten, folgten sie uns am Ufer und wartete, bis wir wieder anlegen würden, um sich über uns herzumachen. Sie waren geduldig wie Wölfe, die der Blutspur eines verletzten Rehs folgen. Sie wussten, dass sie uns töten würden, es war nur eine Frage der Zeit.

»Rattenschiss!«, sagte Eric und spuckte aus, als er die Reiter sah.

»Das kannst du laut sagen«, antwortete Kjell.

Die schwarzen Krieger ritten mit den Pferden ans Ostufer. Ich erkannte den Anführer mit dem schwarzen, langen Vollbart wieder. Die Vorderhufe seines Reittieres tauchten bereits in das Wasser des Flusses ein.

»Wollen sie etwa zu uns schwimmen?«, fragte Eric.

»Nein«, gab ich zurück. »Sie überlegen, ob sie uns mit ihren Bögen erreichen.« Ich zog am Ruder und versuchte die Odrerir so weit wie möglich ans Westufer zu lenken, um aus der Reichweite der Petschenegen zu gelangen. Der Dnjepr war breit und das war unser Glück. Die schwarzen Krieger gaben ihr Vorhaben auf und ritten langsam am Ufer entlang, ohne uns aus dem Auge zu lassen.

»Jetzt können wir mal gemeinsam unser Hirn benutzen und überlegen, wie wir da lebend raus kommen«, sagte ich mit fragenden Blicken in die Runde.

»Wir rasten das nächste Mal einfach auf der anderen Uferseite«, brummte Kogg und ich muss gestehen, dass mir dieser Einfall im ersten Moment gar nicht gekommen war. Er war so simpel und doch sehr weise.

»Du bist ein kluger Mann, mein großer, riesenhafter Freund. Warum beglückst du uns nicht häufiger mit deinen Worten?«, lächelte ich Kogg an, der auf dieses Lob nicht zu reagieren schien.

»Wir sollten schon bald rasten«, fügte Eric hinzu. »Falls es eine Furt gibt, möchte ich nicht erschöpft mit nur zwanzig Mann gegen einhundert antreten.«

»Ich denke nicht, dass es eine große Rolle spielen würde, ob wir entkräftet oder ausgeruht gegen diese Übermacht kämpfen. Wenn es zu einem Aufeinandertreffen kommt, bedeutet das unser Ende, aber ich gebe dir Recht«, sagte ich. »Wir sollten so viele mit in den Tod nehmen, wie wir nur können. Lasst uns häufiger rasten. Wir sollten uns Zeit lassen, bis wir dem Verderben ins Auge blicken.«

Schon bald ruderten wir ans Westufer, vertäuten die Odrerir und entspannten unsere Muskeln. Die Petschenegen stiegen von ihren Pferden, setzten sich an den Strand des Ostufers und beobachteten uns weiterhin. Es schien keine nahe Furt zu existieren und fast machte es den Anschein, als würde Friede zwischen unseren Kriegern und denen der Petschenegen herrschen.

Zumindest bis zu jenem Moment, als einige Männer unserer Besatzung aufstanden, sich an die Reling stellten und Beleidigungen auf die andere Seite riefen. Die Reiter reagierten nicht darauf, was unsere Männer zorniger machte. Immer mehr schlossen sich den Schmährufen an und ich ließ sie gewähren, beobachtete das Treiben mit erheiterter Stimmung.

»Ich bin gespannt, wie lange sie auf ihrem Hintern sitzen bleiben können«, fragte ich mich laut und schaute gebannt zum Ostufer. Immer noch zeigten die Petschenegen keinerlei Reaktion, saßen ruhig und gelassen am Strand. Einer unserer Männer zog sich die Hosen herunter und zeigte unseren Feinden den blanken Arsch. Wir lachten darüber und es dauerte nicht lange, bis alle die Hosen unten hatten, sich bückten und einladend mit dem Hinterteil wackelten. Vergnügt beobachtete ich die schwarzen Reiter. Mindestens bei einem entlud sich der Zorn. Er stand auf, nahm seinen Bogen und feuerte einen Pfeil ab. Wir alle hielten inne, verfolgten die Flugbahn mit unseren Blicken. Uns drohte keine Gefahr, der Pfeil fiel eine Bootslänge vor uns ins Wasser. Wir lachten unser Gegenüber aus. Der bärtige Anführer ging zu dem Mann und schlug ihm mit der Faust ins Gesicht, so dass dieser zurücktaumelte.

»Sie sind sehr diszipliniert«, bemerkte ich.

»Und sie können mit ihren Bögen sehr weit schießen«, erkannte Kjell. »Sie hätten uns schon längst angreifen können. Wir waren häufig in ihrer Reichweite.«

»Es reicht ihnen nicht, uns nur zu töten. Unser Schiff würde führerlos von der Strömung nach Süden getrieben werden. Sie könnten uns nicht plündern. Sie werden auf ihre Gelegenheit warten. Die werden sie bekommen.«

Wir machten noch drei weitere Male am Westufer Rast und immer warteten unsere Feinde am Ostufer auf uns. Gerade als ich mich fragte, wann es den Petschenegen wohl langweilig werden würde, verließen sie uns. Wir ruderten weiter, als sich ihre Blicke von uns lösten, ihr Anführer ein Zeichen gab und sie nach Norden davongaloppierten. Wir lachten sie aus, nannten sie Feiglinge und Rattenschiss und riefen ihnen noch hinterher, als sie schon längst nicht mehr zu sehen waren.

»Ich habe mich schon gefragt, ob sie nichts Besseres zu tun haben!«, sagte Eric.

»Freu dich nicht zu früh, mein Freund«, antwortete ich. »Sie werden an den Stromschnellen auf uns warten. Es ist nicht mehr weit bis Spitzertod.«

»Wenn sie von Osten kommen, tragen wir das Schiff eben auf der anderen Seite herum. Dort können sie uns genauso wenig angreifen wie bei unserer Rast.«

»Das Wasser oberhalb der Stromschnelle ist sehr seicht und ruhig. Es staut sich stark, bis es schäumend stromabwärts stürzt. Sie könnten oberhalb hindurchschwimmen und auch auf der anderen Seite auf uns warten«, mutmaßte ich.

»Wir werden sehen, wo sie sind und steigen am jeweils anderen Ufer aus«, schlug Eric vor.

»Wenn sie sich versteckt halten, laufen wir ihnen in die Arme. Wir können genauso gut am West- wie am Ostufer in die Falle tappen. Es ist einerlei, was wir tun«, gab ich zu bedenken.

»Unser Problem ist ein ganz anderes«, mischte sich Kjell ein. »Um Spitzertod zu überwinden, müssen wir die Odrerir tragen. Dazu sind wir zu wenige Männer.«

Ich verzog das Gesicht, seine Worte waren wie ein brennender Schmerz in meiner Brust. Ganz offensichtlich war unsere Lage hoffnungslos und scheinbar hatte uns das lange Rudern das Hirn verbrannt, denn außer Kjell hatte niemand daran gedacht, dass wir schlicht auf Hilfe angewiesen waren, egal was wir tun würden.

»Welche Möglichkeiten bleiben uns also?«, fragte ich mit einer Stimme in der Hoffnungslosigkeit mitklang, ohne dass ich es beabsichtigt hatte.

»Wir stellen uns dem Kampf mit den Petschenegen, töten nur die Hälfte und nehmen die anderen gefangen. Dann können sie das Schiff für uns tragen«, schlug Eric vor. Wir lachten. Dann schwiegen alle eine Weile, es wollte uns nichts einfallen. Ich ließ mich gerne von Kruk ablenken, der gerade mit einem anderen Raben um die Beute kämpfte. Er gewann den kleinen Streit und landete am Strand, um seinen Fang schnell zu verschlingen. Das Ufer stieg hier ganz langsam an und kaum ein großer Stein war zu sehen. Nur Sand und einige Stücke trockenes, weißes Treibholz. Im Hinterland standen kaum Bäume, was mich auf einen Einfall brachte. Ich erhob meine Stimme und erkannte die Hoffnung in den Augen meiner Gefährten, die mit einem Mal erwartungsvoll auf mich gerichtet waren. »Wir könnten die Odrerir schon hier aus dem Wasser ziehen und die Gefahrenstelle weiträumig auf Rollen umfahren.« Wieder herrschte kurze Stille, meine Freunde schienen nicht sehr angetan und schauten eher enttäuscht drein.

»Vermutlich würde es uns eher gelingen, Erics Plan in die Tat umzusetzen«, winkte Kjell ab.

»Sicher, es ist nicht der beste Einfall, den ich jemals hatte«, entschuldigte ich mich. »Aber in den sicheren Tod werde ich nicht rennen. Das kann Eric alleine tun. Fällt euch etwas Besseres ein?«

Alle schüttelten den Kopf, bis Eric vorsichtig seine Stimme erhob und das aussprach, was schon lange in der Luft hing. »Wir könnten die Odrerir hier zurücklassen und es zu Fuß versuchen.« Er schaute dabei in die Runde, erwartete förmlich, dass wir ihn verprügeln würden, wir liebten unser Schiff und das wusste er. In Wahrheit hatte jeder von uns bereits auch schon daran gedacht. Es wäre die einzige vernünftige Entscheidung in unserer Situation gewesen.

»Es wäre sehr riskant, die Stromschnelle weiträumig zu umgehen. Wir wären anfällig wie ein verletztes Lamm in einer Schafherde, die vor einem Rudel Wölfe flieht«, sagte Kjell und dem musste ich leider zustimmen.

Ich gab nicht auf, wollte das Schiff nicht zurücklassen. »Lasst es uns versuchen. Wenn wir zu Fuß weiter ziehen, sind wir ebenso leicht angreifbar. Die Odrerir können wir im Falle eines Angriffes immer noch zurück lassen und uns ohne Schiff im Wald verstecken.« Eric, Kjell und Kogg sahen mich ungläubig an. Ich wusste, dass es schlicht gehöriger Unsinn war, den ich von mir gegeben hatte, denn während wir zu Fuß unbemerkt durch die Wälder streifen konnten, würde ein Schiff, von Kriegern auf Rollen gezogen, aus großer Entfernung auffallen. Käme der Angriff unerwartet, war es töricht an eine erfolgreiche Flucht zu Fuß überhaupt zu denken. War die Odrerir dieses Wagnis wert? Sollte ich nicht all meine Möglichkeiten ausschöpfen, so sicher wie möglich zu

Bithia und Edda zurück zu gelangen? Stand es mir überhaupt zu, solch ein Wagnis einzugehen? Was bedeutete die Odrerir, wenn wir am Ende sie und unser Leben verlieren würden und meine Tochter ohne Vater aufwachsen musste? Trotzdem entschloss ich mich, weiter für das Schiff zu kämpfen. Ich konnte mich nicht von ihm trennen. Die Seele, die in der riesigen Eiche gewohnt hatte, die jetzt unseren Kiel darstellte, galt es zu beschützen. Die Odrerir war mehr als nur ein Schiff.

»Wir haben die Odrerir selbst gebaut. Mit unserer eigenen Kraft, unserem eigenen Schweiß«, sprach ich langsam und eindringlich, schaute dabei jeden meiner Gefährten nacheinander an. »Unsere Frauen haben in einem halben Jahr das Segel hergestellt. Die Odrerir brachte uns sicher nach Ladoga. Sie erkundete als erstes Schiff den Wolchow bis zum Ilmensee. Wir fuhren mit ihr nach Beloozero und schlugen dort eine Schlacht. Unser Schiff überstand die Stromschnellen des Dnjepr, und vor allem«, ich machte eine kurze Pause, um meine Worte besser wirken zu lassen, »vor allem überlebte die Odrerir das Unwetter bei Konstantinopel, ausgelöst von einer höheren Macht. Wir haben es ihrer Standfestigkeit zu verdanken, dass wir noch in dieser Welt wandeln. Wie könnt ihr dieses Schiff jetzt den Petschenegen überlassen?«

Diese Worte hatten ihre Wirkung nicht verfehlt. Meine Gefährten schwiegen, ich sah in ihren Gesichtern, dass ich sie überzeugt hatte. Mit meiner Rede hatte ich selbst meine eigenen Zweifel ausgeräumt. Solch ein prächtiges Schiff, wie die Odrerir, konnten wir nicht zurücklassen.

»Lasst uns das Wagnis eingehen«, schloss ich eindringlich ab.

»Du hast Recht, Ragnar«, sagte Kjell. »Wir sind es diesem Schiff einfach schuldig.« Eric nickte, Kogg schaute grimmig und senkte zustimmend sein Haupt. Es war beschlossen, wir würden um die Odrerir kämpfen.

Wir legten uns wieder in die Riemen, überzeugt davon, das Richtige zu tun und fuhren, mit dem Bug voran, an der Ostseite des Dnjepr auf den Strand auf. Vorsichtig kundschafteten wir die Gegend aus. Als keine Petschenegen zu sehen waren, fällten wir Bäume und bauten uns daraus Rollen. Ich schickte zwei Mann nach Norden, zwei nach Osten und zwei nach Süden. Es fiel mir schwer, auf diese sechs Krieger zu verzichten, denn es war schwierig genug, ein Schiff mit so wenigen Mann zu ziehen, aber es war unabdingbar, früh von einem bevorstehenden Angriff zu erfahren. Die Gegner waren beritten und so konnten uns unsere Späher nur wenige Augenblicke Zeit verschaffen. Die Sicht aber war gut, vielleicht konnten uns die Kundschafter das Leben retten. Die Abmachung war klar. Jeder Mann wusste Bescheid. Wenn unsere Feinde in zu großer Zahl kommen sollten, wovon auszugehen war, dann würden wir die Odrerir zurücklassen, uns in die Wälder schlagen. Andernfalls mussten wir eine Schildburg errichten und kämpfen. Ich war gespannt, was das Schicksal für uns bereithielt.

Wir zogen das Schiff auf den Baumstämmen am Waldrand soweit am Dnjepr vorbei, dass wir das Rauschen von Spitzertod nur noch sehr leise wahrnahmen. Das Seil lag über meiner Schulter und ich stemmte meine Stiefel in den sandig lehmigen Boden. Schweiß tropfte mir von der Stirn. Zwei Männer waren allein damit beschäftigt, die letzte Rolle wieder unter den Bug zu schieben, ohne dass wir halten mussten. Ein erneutes Anziehen des Schiffes hätte enorm viel zusätzliche Kraft gekostet. Obwohl meine Augen vom Schweiß brannten, hob ich immer wieder den Blick und schaute nach vorn. Ich rechnete jeden Augenblick mit zwei Spähern, die, wild mit den Armen rudernd, auf uns zu gerannt kommen würden, doch es tat sich nichts. Ohne Unterlass zogen wir unser Schiff und es war weit und breit nichts von den Petschenegen zu sehen. Je länger wir unterwegs waren, desto sicherer fühlte ich, die richtige Entscheidung getroffen zu haben. Wir würden es schaffen. Ich schickte einen zusätzlichen Kundschafter nach Westen, um einen geeigneten Uferbereich auszuspähen, an dem wir die Odrerir wieder in den Fluss schieben konnten. Dieser Mann brachte schon kurze Zeit später gute Neuigkeiten. Wir hatten Spitzertod hinter uns gelassen und es war nicht mehr weit bis zum Ufer.

Als das Wasser schon zu sehen war, kamen die zwei Späher, die ich in den Norden geschickt hatte, aus dem Westen zurück. Wir waren dem Ziel so nah, dass ich trotz der Anstrengung bei jedem Schritt schmunzeln musste. Ich vermutete, dass die beiden Männer nur zu uns eilten, um die letzten Schritte mitzuhelfen. Die wilde Gestik aber, mit der die Kundschafter auf uns zugerannt kamen, ließ mich erstarren. Ich hielt inne, wollte das Seil loslassen, bis die aufgeregten Rufe der Späher an meine Ohren drangen. »Schneller, zieht schneller!«

Ohne diese Aufforderung zu hinterfragen, zog ich weiter und die beiden Männer ergriffen die Seile und halfen uns, während sie völlig außer

Atem ihr Verhalten erklärten: »Sie warteten auf der anderen Flussseite, wie ihr vermutet habt. Als sie uns sahen, ritten sie ins Wasser und durchschwimmen nun den Dnjepr. Trotzdem können wir es schaffen, vor ihrem Eintreffen die Odrerir ins Wasser zu lassen«, sagte der eine und schnauften immer wieder laut ein und aus.

»Wie weit sind sie schon auf unserer Seite?«, fragte ich.

»Die ersten zwanzig Mann waren im Wasser, als wir die Situation begriffen und zu euch rannten.«

»Warum sah das mein erster Späher nicht?«, fragte ich wütend.

»Sie hielten sich versteckt. Er konnte sie nicht sehen. Erst, als sie uns erblickten, verstanden sie, dass wir unser Schiff am Ostufer zu Wasser lassen.«

»Werden wir es schaffen?«, fragte ich.

»Ich hoffe es«, bekam ich eine Antwort in der ich weniger Zuversicht las, als mir lieb war.

»Verschwenden wir unsere Kraft nicht weiter mit Worten. Zieht, ihr Bastarde, ziiiieht! Die Feinde sind ganz in der Nähe. Zieht um euer Leben«, schrie ich den Männern zu. Dieser Befehl war nicht nötig, die Mannschaft hatte die Worte unserer zwei Kameraden gehört und legte ihre letzten Kräfte in die Seile. Wir kamen dem Wasser immer näher, das so still vor uns lag und doch, zwischen den spitzen Felsen, einige wenige Schiffslängen weiter südlich, solch einen Lärm verursachte. Kleine Wellenkreise trafen im seichten, gestauten Wasser auf den Sandstrand. Sie stammten von Pferden, die durch den Fluss schwammen. Die Petschenegen wollten uns abfangen. Drei oder vier Reiter mühten sich in vorderster Reihe nebeneinander in unsere Richtung und hinter ihnen schien der ganze Fluss voll von Kriegern zu sein. Die ersten waren etwa genauso weit vom Ufer entfernt wie wir auch.

»Zieht!«, schrie ich erneut und spornte die Männer an. Meine Muskeln krampften, meine Hände waren aufgerieben, ich biss die Zähne zusammen und meine Schläfen pochten. Mein rechter Fuß rutschte in einer Pfütze weg und ich fiel fast, fing mich mit dem linken Bein ab, versuchte den Schwung mitzunehmen und zog weiter am Seil.

Erstes Flusswasser schwappte um meine Füße, aber auch die ersten vier Feinde erhoben sich langsam aus dem Strom. Ihre Pferde hatten mit den Vorderhufen bereits Bodenkontakt und drückten sich aus dem Schlick.

»Kogg, Kjell, Eric, kümmert euch um sie!«, rief ich meinen Gefährten zu. Ich wusste, dass Kogg für zwei kämpfen konnte und dass Kjell und besonders Eric keine Probleme mit diesen Gegnern haben würden. Ich kannte unsern Feind nicht. Dennoch war ich mir sicher. Die anderen unserer Männer sollten ihre Kraft weiter in die Seile legen. »Zieht!«, schrie ich ihnen zu, während vor mir die Schwerter aus den Scheiden gezogen wurden und Stahl auf Stahl schlug.

Ich sah unsere Feinde zum ersten Mal von Nahem und es waren prächtige Krieger, die schwarz gekleidet waren. Sie trugen keine Ringpanzer, waren sehr beweglich und hieben von ihren Pferden, die bis zu den Hüften im Wasser standen, auf meine drei Freunde ein. Doch sie waren dem Untergang geweiht, die Reittiere steckten im Schlick fest, versuchten sich zu befreien, gerieten in Panik und eines warf seinen Reiter ab. Kogg tat das einzig Richtige und schlug mit dem Schwert nach den Vorderläufen der anderen Tiere. Ich hörte ihre Knochen brechen, die Pferde knickten vorne ein, als auch ich jetzt knietief im Wasser stand, das Seil losließ und nach hinten rannte, um die Odrerir über die Rollen ins Wasser zu schieben. Im Rennen schaute ich mich um. Die nächsten drei Petschenegen drückten sich aus dem Wasser und würden Kogg, Eric und Kjell bald angreifen. Kogg tötete seinen Gegner mit einem Hieb gegen die Schläfe. Der Kopf klappte zur Seite, aus einer klaffenden Wunde spritzte Blut und unser großer, mächtiger Freund half Eric und Kjell, ihre Feinde mit Hieben zu töten. Schlaff hingen die toten Männer nun in ihren Sätteln und stellten eine Barriere für ihre Kampfgefährten dar. Die nächsten schwarzen Krieger hatten sich trotzdem bereits aus dem Schlick des Strandes befreit. Die Pferde bauten sich zu voller Größe auf. Ich hatte, ebenso wie die anderen Männer, die zuvor noch an den Seilen gezogen hatten, das Heck erreicht und schob nun mit all meiner Kraft. Die Baumstämme drehten sich, die Odrerir fuhr langsam auf den Dnjepr zu und meine drei Freunde kämpften, hackten nach den Feinden, wurden von einigen unserer Männer unterstützt. Kogg watete bis zu den Knien ins Wasser, um die kommenden Petschenegen frühzeitig abzufangen, wenn ihre Pferde noch versuchten im Sand Halt zu finden. Die Reiter waren gefangen in den Sätteln ihrer Tiere und Kogg hieb nach dem ersten, traf ihn am Kopf, fügte ihm eine klaffende Wunde am Scheitel zu, drückte ihn mit dem Schild vom Pferd und eilte zum nächsten.

Kjell, Eric und vier andere Männer waren ebenfalls ins Wasser gegangen und nutzten ihre Vorteile gnadenlos aus. Ich hatte Angst, sie würden ebenfalls im Schlick versinken, doch die Pferde wogen einiges mehr als unsere Krieger und sanken viel tiefer ein. Eric schlug seinem Widersacher die Schwerthand ab, Blut spritzte ihm ins Gesicht, nahm ihm scheinbar kurz die Sicht und sein nächster Schwertstreich ging ins Leere. Der dritte Hieb jedoch traf seinem Feind an der Schulter und Eric ruckte und zerrte sein Schwert frei, als auch Kjell seinen Gegner mit einem gezielten Stich den Hals durchbohrte.

Am Ufer schoben sich mittlerweile die ersten sechs Baumstämme unter dem Kiel der Odrerir zusammen. Bald würde sich das Heck anheben und der Bug ins Wasser kippen. Die nächsten Angreifer hatten das seichtere Wasser noch nicht erreicht.

»Auf das Schiff mit euch!«, schrie ich meinen Freunden zu. Sie drehten sich zu mir um, schüttelten den Kopf und schrien etwas, was ich nicht verstehen konnte. Ich runzelte die Stirn, forderte sie erneut auf, ins Boot zu klettern, das mittlerweile schon halb im Wasser stand. Dann begriff ich endlich, was meine Gefährten erkannt hatten. Die Petschenegen waren uns zahlenmäßig vollkommen überlegen, aber was spielte ihre Überlegenheit hier für eine Rolle, wenn sie einer nach dem anderen ans Ufer in unsere Hände getrieben wurden? Ich rannte zu ihnen, zog mein Schwert und wollte ebenso mit dem Gemetzel beginnen. Unsere Feinde aber wurden sich ihrer Lage bewusst und schwammen wieder zurück. Fünfzehn unserer Männer standen jetzt mit gezückten Waffen am Ufer und warteten nur darauf, erstes Blut zu schlagen. Doch dazu kam es nicht.

»Feiglinge, Weiber, Rattenschiss«, schrien die Männer. All diese Beleidigungen konnten unsere Feinde nicht davon überzeugen, in unsere Schwerter zu schwimmen. Wir lachten sie aus, riefen ihnen weitere Beschimpfungen hinterher und wünschten ihnen von einer Flut erfasst und in den Spitzertod getrieben zu werden. Leider passierte all das nicht und die Pferde der Petschenegen waren ausdauernd genug, um das andere Ufer wieder sicher zu erreichen.

Wir hatten das erste Aufeinandertreffen für uns entschieden und sechs dieser seltsam geschwungenen Schwerter, vier Pferde und noch einiges andere, wie Stiefel, Kleidung und diversen Schmuck erbeutet. Drei Pferde hatten wir getötet und wir entschlossen uns dazu, hier am Ufer des Dnjepr, direkt bei der Stromschnelle unseren Sieg zu feiern und zum ersten Mal seit langer Zeit wieder frisches Fleisch zu uns zu nehmen. Wir entzündeten Feuer, brieten die Pferdekeulen darin und machten aus unserem Festmahl keinen Hehl. Die Petschenegen schauten uns wütend dabei zu, bis sie genug gesehen hatten und abzogen. Ich schickte einige Wachen stromaufwärts, um zu verhindern, dass die schwarzen Krieger weiter nördlich unbemerkt über den Dnjepr setzten.

Wir verbrachten den ganzen Abend am Strand, aßen das Fleisch und kamen wieder zu Kräften. Die Nacht verbrachten wir auf der Odrerir. Wir hatten gesiegt, unsere Feinde aber sehr zornig gemacht und wir mussten uns weiter vor ihnen in Acht nehmen. Es standen uns noch sechs Stromschnellen bevor und ich stellte mir noch an diesem Abend die Frage, wie wir sie bewältigen sollten. »Sie werden wiederkommen«, sagte ich an Kjell gewandt, der wohlwissend seine Augenbrauen hob und nickte. »Sie werden wiederkommen«, wiederholte er meine Worte bestätigend.

An der nächsten Stromschnelle konnten wir unser Schiff treideln. Dabei losten wir die Seite aus, an der wir die Odrerir vorsichtig durch das Wasser zogen. Wir hatten entweder Pech, und unsere Feinde warteten bereits am Ufer auf uns, oder wir hatten Glück und konnten einem Angriff erneut ausweichen. Keines von beidem traf ein, die Petschenegen waren nirgends zu sehen. Hatten wir sie in die Flucht geschlagen? Hatten sie nun Angst vor uns? Das konnte uns nur Recht sein. Während wir das eine Problem erst einmal los waren, war das Treideln jedoch umso schwieriger. Anders als auf dem Hinweg arbeitete jetzt die Strömung gegen uns und wir mussten unser Boot mit Muskelkraft vorwärts ziehen. Doch keine der Stromschnellen war ein so riskantes Unternehmen wie Spitzertod und so kamen wir nach einigen Tagen an dem Wasserfall an, dem damals so viele Schiffe und Männer zum Opfer gefallen waren. Der Verschlinger lag vor uns und zu meiner Überraschung waren die Petschenegen hier ebenfalls nirgends zu entdecken. Die Landschaft entlang des Dnjepr war angenehm flach und zeigte keine besonderen Hindernisse. Der Wasserfall zwang uns, erneut die Rollen aus dem Schiff zu holen und die Odrerir am Verschlinger vorbei zu ziehen.

Es begann zu regnen. Schon im Morgengrauen hatte sich der Himmel zugezogen. Jetzt, als wir die Stromschnelle zur Hälfte umrundet hatten, emsig eine Rolle nach der anderen unter unser Schiff legten und an den Seilen zogen, fielen die ersten Tropfen. All die Zuversicht, Kiew zu erreichen, die in mir aufgelodert und hier, am letzten Hindernis, zu einem Feuer entbrannt war, erlosch mit diesem Regenguss. Die Götter lachten über mich. Sie lachten über meine Gedanken, die so voller Hoffnung waren Bithia bald wiederzusehen.

Die Petschenegen lauerten uns auf. Es gab kein Entrinnen. Wir sahen sie von Osten her kommen, ich schaute zum Ufer und wusste, wir konnten es nicht schaffen, das rettende Wasser rechtzeitig zu erreichen. Hier endete unsere Reise und ich musste lachen. Lachen, weil wir alle Stromschnellen hinter uns gelassen hatten. Sowohl stromab- als auch stromaufwärts hatten wir den Gefahren getrotzt. Wir hatten den Sturm bei Konstantinopel überlebt und Kiew fast erreicht. Vier Schiffslängen trennten uns vom Ufer, das unsere Rettung bedeutet hätte und vier Schifflängen trennten uns von den Petschenegen, die unseren Tod bedeuteten. Sie blieben stehen und bereiteten sich auf ihren Angriff vor. Es waren jene hundert Reiter, die uns so lange verfolgt, vermutlich nie aus dem Auge gelassen, auf ihre Möglichkeit gewartet hatten und die uns jetzt töten würden. Ich war gewillt, meinen Ringpanzer auszuziehen, um wie ein Feigling ins Wasser zu rennen und mein Glück in der Flucht zu suchen. Würde ich es schaffen, dem Tod zu entrinnen? Konnte ich durch den Fluss schwimmen und nach Kiew laufen, um mit der Hilfe von Askold und Dir bald in Bithias Armen zu liegen? Obwohl mir diese Überlegungen durch den Kopf schossen, ich Bithias Gesicht vor meinem inneren Auge sah, war mir doch bewusst, dass mich das Schicksal an diesen Ort geführt hatte, um hier zu sterben. Es galt, eine andere Geliebte bis zum letzten Atemzug zu beschützen. Sooft hatten wir um die Odrerir gekämpft, waren solche Wagnisse auf der Rückfahrt über den Dnjepr eingegangen, um sie zu erhalten. So kurz vor dem Ziel konnte ich sie nicht kampflos dem Feind überlassen. Nein, ich wollte lieber sterben, hier und jetzt, an diesem Strand. Die meisten unserer Männer dachten jedoch eher an die Flucht und wussten nicht, ob sie vor oder zurück rennen sollten. »Schildwall!«, schrie ich ihnen zu, bevor sie sich endgültig entschließen konnten. »Ihr Feiglinge. Bildet einen Schildwall oder soll ich euren Frauen von ihren weichlichen Angsthasen erzählen?« Ich konnte ihr Verhalten durchaus verstehen, schließlich waren sie so gut wie tot, aber sie als Feigling zu beschimpfen verfehlte nie seine Wirkung. Wir Schweden, Dänen und Norweger waren stolz. Das Schlimmste für uns war, wenn sich unsere Frauen, Kinder und Kindeskinder ihrer Vorfahren wegen schämen mussten. Also gehorchten die Männer, und die wenigen slawischen Krieger unter uns wurden dazu verdammt, mit uns zu sterben.

Ich selbst sah dem Kampf seltsam gelassen entgegen. Zwar musste er unseren sicheren Tod bedeuten, aber gleichzeitig fiel eine Last von meinen Schultern, die ich seit Konstantinopel tragen musste. Die ganzen letzten Tage hatten wir unter steter Anspannung gelebt. Jede Handlung war wohlüberlegt. Immer waren wir auf der Hut gewesen und stets hatten wir den Kampf und das Ende vor Augen gehabt. Jetzt, endlich, fiel all das von mir ab. Selbst wenn ich mir einen angenehmeren Ausgang gewünscht hätte, indem wir den Verschlinger umgangen hätten und ich den Fluss aufwärts bis in die Arme meiner Frau und meiner Tochter gesegelt wäre. Das Schicksal aber ist unausweichlich und die Last, die von mir fiel, setzte Kräfte frei. Ich war bereit für meinen letzten Kampf, für meinen Tod. Mögen die Skalden über diese Schlacht singen.

Ich reihte mich in die Linie unserer Männer ein. Wir positionierten uns vor unserem Schiff, damit wir nicht an den Flanken zurück gedrängt und schnell eingekreist werden konnten. Die Odrerir gab uns wohl zum letzten Mal Rückhalt. Während sich die Feindeslinie langsam auf uns zu bewegte und unsere Schilde sich mit einem lauten Klappern übereinander legten, überkamen mich mit einem Mal seltsame Empfindungen. Ich hatte das Gefühl, diese Fahrt nach Konstantinopel, den Kampf gegen den Sturm und all die anderen Gefahren nicht für oder wegen Rurik unternommen und überlebt zu haben, sondern allein für die Odrerir. Auch den Handelsweg ins Schwarze Meer, von dem noch so viele Generationen nach uns profitieren würden, hatten wir nicht dank dem Herrscher Nowgorods gefunden. All das hatten wir der Odrerir zu verdanken. Es war unser Schiff und wir dienten ihr, niemandem sonst. Wir schuldeten ihr unser Leben. Die Odrerir war der wahre Herrscher dieses Reiches der Rus. Von diesem verrückten Gedanken getrieben schlug ich mit dem Schwert auf meinen Schildrand. »Für die Odrerir, die wahre Herrscherin dieses Reiches! Für die Odrerir!«, schallte es aus meiner Kehle.

557

Vielleicht war ich verrückt geworden, doch es gab mir das Gefühl, hier am Ufer dieses Flusses für mehr zu kämpfen, als nur um mein Leben. Dieser Gedanke gab mir Kraft »Für die Odrerir! Für die Odrerir!«, schrie ich immer wieder. Kruk krächzte auf meiner Schulter. Plötzlich fühlte ich den Wunsch loszustürmen, mich alleine dem Gegner zu stellen und mich als Berserker durch ihre Reihen zu hacken, bis mich die schwarzen Krieger niederstrecken und mit meinem Blut den Boden tränken würden. Ich machte einen Schritt nach vorn, aus dem Schildwall heraus, schrie, geiferte unsere Gegner an, spuckte in ihre Richtung. Kruk schwang seine Flügel, stieg auf und flog auf unsere Gegner zu, zog Kreise über ihre Köpfe und krächzte.

Eric hielt mich zurück. Er besaß in diesem Moment mehr Verstand und wollte nicht zulassen, dass ich unseren guten Standpunkt mit unserem Schiff im Rücken zunichte machte. Er hielt mich am Arm, riss mich nach hinten und ich widerstand der unbändigen Lust, in meinen Tod zu rennen. So starrten wir unseren Feinden regungslos entgegen, verharrten auf der Stelle, während die Petschenegen unbeeindruckt von meinem Raben auf uns zu ritten. In einer Linie, immer schneller werdend, bis die nasse Erde unter den Hufen der Pferde bebte und emporgeschleudert wurde. Ich sah die Nüstern der Tiere weit aufgerissen, der Atem, wie Rauch stoßweise herauswallend. Dahinter, die Gesichter verborgen hinter schwarzen Tüchern, waren die furchtlosen Krieger, die ihre Speere erhoben, bereit unsere Leiber zu durchstoßen. »Für die Odrerir!«, schrie ich wieder. Meine Gefährten stimmten mit ein, schrien sich die Kehle und die Angst aus dem Leibe, machten sich für den heftigen Zusammenstoß bereit. Die Petschenegen galoppierten auf uns zu, ich schloss ein letztes Mal die Augen, betete zu Thor, dass er mir Stärke geben möge, stellte mir vor, in Bithias Haar ein letztes Mal einzutauchen, ihren Lavendelduft einzusaugen, schaute dann wieder nach vorn, sah dem Anführer mit dem schwarzen, langen, wehenden Vollbart in die Augen, hob mein Schwert, bereit den Kopf des Pferdes zu spalten, als die Petschenegen plötzlich hart an den Zügeln ihrer Reittiere rissen und feuchte Erde auf unsere Schilde, in mein Gesicht, auf unsere Rüstung schleuderten. Sie blieben stehen, keine zwanzig Schritt von uns entfernt, wendeten und ritten davon.

Ich blinzelte einmal, zweimal und noch ein drittes Mal, wischte mir den

Dreck aus den Augen, das Bild vor mir veränderte sich nicht. Die Petschenegen hatten Angst und flüchteten, als wären wir wieder achttausend Mann und nicht dieser lächerliche, kleine Haufen. Sie ritten einfach davon.

Das Blut rauschte durch meine Adern und all die Kraft, all die Wut, die ich schon in meinen ersten Schlag gelegt hatte, staute sich auf, wollte heraus aus meinem Körper. Ich wollte Feinde zerhacken. Deswegen stürmte ich nach vorn, rannte den Petschenegen hinterher und schrie ihnen wüste Beleidigungen an den Kopf. Es war offensichtlich, dass ich sie nicht mehr einholen konnte und so fuhr ich mit dem Schwert durch die Luft, schlug immer wieder ins Leere und brüllte vor Zorn: »Rattenschiss, kommt zurück und kämpft mit mir. Ihr Bastarde!« Sie waren längst außer Reichweite, doch ich hörte nicht auf zu schlagen und zu schreien, bis ich erschöpft mit den Knien in den nassen Schlick fiel, sich mein Brustkorb, nach Atem ringend, hob und senkte.

Vorsichtig wendete ich meinen Blick und da wusste ich, vor wem unsere Feinde geflüchtet waren. Drei Kriegsschiffe waren am Ufer hinter uns aufgelaufen. Es waren die drei Boote, die den Sturm bei Konstantinopel mit uns überlebt hatten. Die Krieger waren von Bord gesprungen und begrüßten meine Gefährten. Seit dem Unwetter hatten wir nichts von ihnen gesehen, sie waren jedoch im richtigen Moment gekommen und hatten uns das Leben gerettet. Ich steckte das Schwert in die Scheide und ging zurück.

»Wo wart ihr so lange?«, fragte ich vorwurfsvoll, lachte aber dabei. Ich kannte die Männer nicht, aber ich erkannte ihre Schiffe, wusste, dass sie unserer Flotte angehört und das Schicksal mit uns geteilt hatten. Das verband uns, und so begrüßte ich sie, als wären sie alte Freunde.

»In Konstantinopel«, antwortete mir ein Mann grinsend. Er war größer als ich, hatte lange hellbraune Haare, deren Spitzen von der Sonne aufgehellt waren und fast golden schimmerten.

»Mein Name ist Ragnar«, stellte ich mich vor. Kruk landete auf meiner Schulter.

»Der Skaldenkrieger mit dem Raben«, nickte der Mann anerkennend.

»Es ist mir eine Ehre, Euch kennenzulernen. Mein Name ist Alfgerir. Ich folgte dem Ruf Ruriks und kam mit fünf Schiffen.«

Ich nickte ihm zu. »Dann meinen es die Nornen gut mit Euch, dass Ihr drei Eurer Schiffe aus dieser Verdammnis retten konntet.«

»Nur eines. Die Männer der anderen verloren ihren Jarl und folgen nun mir.«

»Mögen Eure Männer nun bei Njord oder Odin speisen«, tat ich mein Beileid kund. »Ihr seid zurück nach Konstantinopel?«, fragte ich verwundert und kam auf das eigentliche Thema.

»Wir waren dort, ja. Besser gesagt im Hafen. Wir wollten die Meerenge durchfahren, doch die Wachen der Stadt hielten uns zurück und steckten uns in ein Hafenbecken, das sie mit Ketten zusperrten und uns Tag und Nacht mit etlichen Kriegern bewachten.«

»Wie lange wurdet ihr festgehalten?«, fragte ich.

»Fünf Tage, dann endlich hatten sie entschieden, dass wir all unsere Rüstungen als Tribut zahlen mussten, um weiter ziehen zu dürfen.«

Jetzt erst bemerkte ich, dass keiner der eingetroffenen Männer einen Ringpanzer trug, Alfgerir hatte dennoch ein Schwert in der Hand.

»Die Waffen durftet ihr behalten?«

»Nur der Hälfte unserer Männer wurde dies gewährt«, sagte Alfgerir.

»Wie habt ihr so schnell zu uns aufgeschlossen?«, wollte ich wissen. Diese Frage erübrigte sich jedoch, als ich sah, dass die Schiffe, im Gegensatz zu dem unseren, noch voll besetzt waren. Sie hatten die Boote an Spitzertod vorbei getragen, waren nicht gezwungen gewesen, zwischen den anderen Stromschnellen und beim Rudern häufige Rasten einzulegen, wie wir es getan hatten.

»Wo wart ihr nach dem Sturm? Wir haben euch noch herausrudern sehen, verloren euch aber schnell aus den Augen«, fragte ich stattdessen, bevor mein Gegenüber auf meine erste Frage antworten konnte.

»Das Unwetter hatte es uns unmöglich gemacht, zu euch zu gelangen. Als der Sturm vorbei war, hatte es uns weit in Süden an einen Küstenstreifen getrieben. Dort kamen wir in ein Dorf, kauften Nahrungsmittel und fuhren wieder zurück. Von eurem Schiff fanden wir keine Spur, so hofften wir, euch an der Mündung des Dnjepr oder spätestens an der ersten Stromschnelle wieder zu treffen. Wie habt ihr es mit so wenigen Mann geschafft, hierher zu gelangen?« Alfgerir schaute in die Runde und schien unsere Krieger zu zählen.

Ich lud ihn ein, auf unser Schiff zu kommen. Gemeinsam mit seinen Männern trugen wir die Odrerir zunächst ins Wasser, dann willigte

Alfgerir ein, kam an Bord und ließ getrocknetes Fleisch und Brot bringen. Jetzt erst spürte ich, welchen Hunger ich hatte. Mit vollem Mund erzählte ich unsere Geschichte.

»Ihr seid solche Narren«, lachte Alfgerir und schien von unserer Leistung beeindruckt zu sein.

»Wir hätten es so viel einfacher haben können«, sagte ich nachdenklich. »Hätten wir an der Mündung auf Euch gewartet, hätten wir keinerlei Kontakt zu den Petschenegen gehabt.«

»Wieso tatet ihr es nicht?«

»Wir konnten nicht wissen, dass ihr nicht vor uns seid, nicht einmal, dass ihr zurück nach Nowgorod wollt. Es hätte sein können, dass ihr euer Glück im Süden versucht. Ich bin überrascht, davon zu erfahren, dass Konstantinopel euch freiließ. Noch dazu zu einem solch geringen Preis.«

»Nun, keiner wusste, ob wir die Stadt angreifen wollten. Noch bevor der erste Speer geflogen war, ist unsere Flotte untergegangen. Sie konnten uns nichts beweisen«, erklärte Alfgerir.

Ich nickte nachdenklich und erwiderte dann: »Dennoch. Wir kennen die Menschen aus Konstantinopel nicht und es musste für sie offensichtlich gewesen sein, dass wir die Stadt erstürmen wollten. Sie hätten Euch und Eure Männer ohne Weiteres für diesen Frevel töten können.«

Alfgerir zuckte nur mit den Schultern. »Die Meerenge war der einzige Wasserweg zurück ins Schwarze Meer. Als wir dies im Dorf im Süden erfuhren, blieb uns nichts anderes übrig, als dort hindurch zu segeln. Auf einen Einfall, wie Ihr ihn hattet, wäre ich nicht gekommen«, grinste er, schlug mir auf die Schulter und ich lachte freundschaftlich mit ihm.

»Auch wenn wir erst sehr spät wieder zusammenfanden, sind wir doch froh, dass ihr hier seid«, sagte ich.

Wissen die Götter, das konnten wir auch sein. Von diesem Moment an war alles ganz einfach. Wir stockten unsere Besatzung mit einigen Männern der anderen Schiffe auf und kamen schon bald am Fuße der Berge von Kiew an, ohne dass es noch einen einzigen Zwischenfall gegeben hätte.

Am Ufer des Dnjepr ragten zwei Landungsstege ins Wasser, die bei unserem letzten Besuch noch nicht vorhanden waren. Daran lagen die zwei Boote von Askold und Dir. Die anderen Kriegsschiffe waren an

Land gezogen worden.

Wir sahen etliche Männer, die vom Ufer schnell auf ihre Pferde stiegen und den Hügel bergan galoppierten. Sie würden in Kiew unser Kommen ankündigen. Mindestens genauso viele Krieger blieben bei den Schiffen, um sie zu bewachen. Wir ignorierten sie, fuhren an ihnen vorbei, waren ihren neugierigen Blicken ausgesetzt und zogen unsere Schiffe weiter stromaufwärts an Land.

Mit unseren erbeuteten Pferden ritten Kjell, Alfgerir, Eric und ich den Hügel empor zur Siedlung. Wir freuten uns nicht besonders auf Askold und Dir, wussten jedoch, dass wir von nun an in Sicherheit waren. Von weitem erkannten wir bereits, dass die beiden nicht tatenlos geblieben waren. Kiew war nun ringsum von einem Palisadenwall umgeben und schien zu einer schwer einzunehmenden Festung herangewachsen zu sein. Das alles in so kurzer Zeit zu erschaffen, davor hatte ich durchaus Respekt. Das geschlossene Tor wurde von zwei Türmen flankiert, auf denen Wachen standen. Wir zügelten unsere Pferde, legten den Kopf in den Nacken, riefen den Soldaten entgegen, dass wir mit den Herren Askold und Dir sprechen wollten und warteten geduldig, während uns einer der Krieger ankündigte.

»Sind nicht einige Krieger vom Hafen hier hoch geritten? Sie sollten wissen, dass wir kommen«, überlegte Alfgerir.

»Vermutlich wussten sie nicht, wer wir sind«, erwiderte ich gelassen.

»Sie kennen die Odrerir und müssen sie von den Mauern aus am Ufer sehen«, antwortete Eric. »Außerdem hätten uns die Krieger am Fluss nicht ohne Weiteres passieren lassen, wenn sie uns nicht erkannt hätten.«

Ich zuckte nur mit den Schultern, war mir sicher, sogleich hereingelassen zu werden, wurde jedoch schnell eines Besseren belehrt.

»Sie wollen nicht mit euch sprechen!«, rief der Wachmann vom Turm.

»Sagt ihnen, dass wir im Namen Ruriks kommen«, schnauzte ich den Mann an.

»Der Herr Askold erwartete, dass Ihr das sagen würdet und lässt ausrichten, dass die Herren auch nicht mit Rurik selbst sprechen wollen.«

Ich runzelte die Stirn und sah in ein ebenso verwundertes Gesicht von Kjell, Eric und Alfgerir.

»Was geht hier vor?«, fragte ich meine Freunde. »Die Herren Askold und Dir unterstehen dem Befehl Ruriks, also müssen sie mit ihm sprechen«, sagte ich laut, den Kopf wieder in den Nacken gelegt und verheimlichte, dass der Fürst von Nowgorod tot war.

Nach einer langen Pause kam endlich Askold selbst auf den Wachturm.

»Wo ist Rurik?«, schrie er uns verärgert an, ohne uns zu begrüßen. »Warum liegen nur vier Schiffe am Dnjepr, wo ist der Rest?«

»Rurik ist tot«, platzte Alfgerir heraus und ich hätte ihn dafür erwürgen können. Mittlerweile teilte ich Erics Misstrauen und witterte Verrat. Ich wollte herausfinden, ob die so treuen Gefolgsmänner ihren Fürsten hintergingen.

Der Gesichtsausdruck von Aksold war aber schon Beweis genug. Anstatt zu trauern, schaute er fröhlich drein. Eine bessere Nachricht, so schien es, hätte er kaum erhalten können.

»Wenn Rurik tot ist, was wollt ihr dann hier?«, fragte Askold und wisperte einem Krieger neben sich etwas zu. Dieser verschwand sogleich.

»Wir kommen, um den Wunsch Ruriks von einem großen, geeinten Fürstentum der Rus zu verwirklichen. Ihr hattet diesem Wunsch euren Treueid gegeben. Behandelt man so die Männer, die das gleiche Ziel vor Augen haben?«, fragte ich.

»Ha!«, rief Askold verächtlich aus. Der Wachsoldat, den er fortgeschickt hatte, kam zurück und brachte Dir mit, der sich nun neben Askold stellte.

»Rattenschiss!«, flüsterte Eric, während die beiden Männer auf dem Wachturm miteinander tuschelten und Dir daraufhin ein freudiges Gesicht machte.

»Habt Ihr diesem Bastard gerade erzählt, dass Rurik tot ist?«, rief ich zornig. »Warum sehe ich keine Tränen in seinem Gesicht, sondern ein mieses, hässliches Grinsen?«

»Ich hätte dich aufspießen sollen, als du zum ersten Mal das Wort gegen uns erhoben hast, du widerlicher Mäusedreck«, schrie Dir, wurde jedoch von Askold schnell zurückgehalten, der erstaunlich ruhig und sachlich blieb. »Wir schworen nur Rurik den Treueid, sonst nichts und niemandem!«

»Was wollt ihr uns damit sagen?«, fragte Kjell wütend. Ich wusste die Antwort schon.

»Wir wollen euch damit sagen, dass ihr euch verpissen könnt. Kiew ist unsere Stadt. Wir haben sie während eurer Abwesenheit aufgebaut und ernannten sie zu unserem Fürstentum.«

Ich spukte aus. »Wenn Rurik zurückgekehrt wäre? Was hättet ihr ihm wohl gesagt? Ihr braucht mir diese Frage nicht beantworten, ihr habt euch mit eurem Geflüster längst verraten. Ihr hättet den Treueid gebrochen und Rurik hintergangen. Ihr seid nichts weiter als Abschaum«, spie ich aus.

»Wir haben den Treueid nicht gebrochen, Rurik ist tot!«, lachte Dir.

Damit hatte er nicht Unrecht. Sicher, sie hatten es ganz offensichtlich vorgehabt, Rurik zu verraten, aber sie hatten Glück. Rurik war rechtzeitig gestorben und hatte sie so von ihrem Eid entbunden. Etwas Besseres hätte ihnen nicht passieren können. So waren sie nicht einmal Eidbrecher geworden und konnten ihr Vorhaben in die Tat umsetzten. Sicher hatte ich vor langer Zeit das gleiche Glück gehabt. Ingvarr war ohne mein Zutun gestorben. Auch ich hätte damals einen Treueid gebrochen, das Schicksal hatte mich aber davon befreit. Dennoch hasste ich Askold und Dir mehr als je zuvor. Die Festung Kiew war fast uneinnehmbar und von hier aus kontrollierten sie den Handelsweg auf dem Dnjepr bis nach Konstantinopel. Den Weg, den wir entdeckt hatten. Wir waren es, die diese Stadt verdient hatten und nicht diese beiden Bastarde, die von ihren Wachtürmen zu uns herab grinsten und mich damit reizten wie Flöhe in meinem Bart. Unbändiger Zorn packte mich und meine Gefährten. »Wir werden euch von dieser Festung holen und euch alle Eingeweide herausreißen. Wenn es das letzte ist, was ich auf dieser Welt tue!«, schrie ich und holte mir den tiefsten Schleim aus dem Rachen, um ihn an das Holztor zu speien, an dem der Speichel hängen blieb und herunterlief. Eric stieg vom Pferd und pinkelte gegen das Tor, doch Askold und Dir lachten uns nur aus.

Kjell zog mich weg. Er war genauso wütend wie ich, wusste jedoch, dass jede weitere Aktion sinnlos war. Wir ritten zurück zu unseren Schiffen.

»Wir fanden den Weg nach Konstantinopel und diese beiden Verräter werden dadurch reich. Das kann ich nicht akzeptieren«, sagte ich wütend.

»Das geht mir nicht anders«, stimmte Eric zu.

»Wir können daran rein gar nichts ändern. Wir müssen zurück nach Nowgorod, um Igor und Oleg Bescheid zu geben«, erwiderte Kjell. »Etwas anderes können wir nicht tun.«

564

»Sie müssen uns Männer geben und dann stehen wir noch dieses Jahr wieder vor diesem Tor«, zürnte ich. Dieser Gedanke war naiv. Wir benötigten ein Heer, mindestens vierhundert Mann, um diese Festung zu erobern. Wir wussten alle vier, dass es ein unmögliches Unterfangen war, in so kurzer Zeit erneut so viele Krieger zu sammeln. So schwiegen wir und der Zorn rauchte über unseren Köpfen, als wir zu unseren Schiffen zurückkehrten.

Stirnrunzelnd wurden wir von den Männern empfangen. Sie sahen uns an, dass etwas nicht stimmte und waren mindestens genauso wütend wie wir, als wir Bericht erstatteten. Doch all der Zorn, der sich am Ufer des Dnjepr vor dem Hügel Kiews zusammenbraute und zu einer Wolke aus Hass, Verachtung und Gram heranwuchs, brachte nichts. Wir mussten warten, bis die Zeit reif war. So segelten wir weiter nach Norden und unsere Wut wuchs dabei immer weiter an. In jedem Dorf, in dem wir hielten, erzählte man uns, dass es Aksold und Dir waren, die die Poljaren von der Unterdrückung der Chasaren befreit hatten. Es waren Askold und Dir, die die einzelnen Dörfer wieder vereint hatten. Uns wurde schmerzlich bewusst, dass die Zeit gegen uns spielte. Askold und Dir hatten sich nicht nur eine Festung erbaut, sondern in den wenigen Wochen unserer Abwesenheit sogar die Chasaren zurückgeschlagen und würden in diesem Jahr vermutlich noch weitere Dörfer zu einer Festungen ausbauen, um sich so ein Fürstentum zu errichten, dass dem von Nowgorod in nichts nachstehen würde.

Wir kamen bald an die Stelle, an der wir den Dnjepr verlassen und unsere Schiffe über Land, die Düna und wieder über Land transportieren mussten. Als wir endlich den Lowat erreichten und die Boote in das Wasser schoben, machte der Zorn dem Gefühl Platz, der Heimat wieder sehr nah zu sein. Den Männern der südlichsten Festung erzählten wir, Askold und Dir seien umgekommen. Wir verschwiegen, dass Rurik getötet wurde, sondern berichtete, dass wir unser Vorhaben abgebrochen hatten, dass Rurik aber bald nachkommen würde und dass er uns aufgetragen habe, Alfgerir zum neuen Befehlshaber dieser Festung zu machen. Wir hatten Alfgerir zuvor gefragt und er hatte dankend angenommen. Mehr noch. Er schien überglücklich zu sein und dazu hatte er allen Grund. Der Verlust von vier Schiffen und so vielen Männern hatte ihn arm gemacht. Wir machten ihn wieder reich und das war das Mindeste, was wir für ihn tun konnten. Er hatte uns das Leben gerettet, da ihn das Schicksal zur richtigen Zeit an den richtigen Ort geführt hatte. Allerspätestens als die alte Festung von Askold und Dir hinter uns lag, war mein Zorn verraucht. Für mich kam nun der Moment, an dem ich all die Sorgen, die hinter mir, aber mit dem Verrat von Askold und Dir auch vor mir lagen, vergessen wollte. Ich freute mich auf Bithia und auf meine Tochter Edda. Alles andere fiel von mir ab.

Mein Zuhause erschien am Horizont und ich gab Eric vorab das Kommando. Er sollte Igor und Oleg Bericht erstatten. Kjell, Kogg und ich würden hier an Land gehen. Kogg wollte ich dabei haben, da Edda ihn so gerne mochte und sich sehr freuen würde, auch ihn wiederzusehen. Kjell hatte schließlich Norell zurückgelassen. Er freute sich ebenso auf das Wiedersehen, wie ich es tat. So sprangen wir drei an das Ufer, wateten an Land und sahen unsere Frauen, wie sie vor den Palisaden auf uns warteten. Die Späher hatten ihre Arbeit getan und unsere Schiffe frühzeitig kommen sehen. Bithia und Norell waren in der Hocke, legten den Arm um Edda, zeigten auf uns und erklärten meiner Tochter vermutlich, wer vor ihnen langsam aus dem Wasser schritt. Kjell rannte voraus, nahm Norell in den Arm, hob sie hoch, drehte sich mit ihr, bis sie schrie und ihr schrilles Gelächter ertönte. Ich dagegen blieb stehen, schaute den beiden nicht einmal im Augenwinkel zu, meine ganze Aufmerksamkeit galt Bithia. Sie schritt mit Edda an der Hand an Kjell und Norell vorbei. Nach einer so langen Zeit hatte man immer Angst, dass etwas passiert war. Nur eine Krankheit oder eine kleine Schnittverletzung und darauf folgender Wundbrand hätte meine Frau oder Tochter dahinraffen können. Sie schienen sich glücklicherweise bester Gesundheit zu erfreuen. Edda war gewachsen, sah älter aus, ihre Haare reichten bis zu den Schultern. Wie lange war ich fort gewesen? Ich wusste es nicht mehr und es war mir gleich, ich war endlich hier. »Bithia«, flüsterte ich zu mir selbst, um den Klang ihres Namens wieder zu hören. Meine Augen waren nass, eine Träne rollte über meine Wange, dann hielt mich nichts mehr zurück. Bithia flog in meine Arme. Ich drückte sie fest an mich, genoss den Lavendelduft, vergrub meine Nase in ihrem roten Haar. Sie weinte. Auch mir flossen Tränen. Tränen der Freude. Ich hatte es geschafft. Ich war wieder zuhause.

Edda klammerte sich an mein Bein, ich ging in die Hocke und küsste sie auf die Stirn, lächelte sie an. Norell und Kjell waren längst nicht mehr zu sehen. Ich vermutete, sie waren schnell in ihrer Hütte verschwunden und würden sich an diesem Tag nicht mehr blicken lassen. Auch Kogg ließ uns allein.

»Ich hatte solche Angst um dich! Du warst lange fort. Ich hatte Angst, du seist tot!«, sagte Bithia, kniete sich neben uns, umarmte uns, versteckte ihr Gesicht an meinem Hals, schluchzte und streichelte mir über die Wange. »Du weinst«, bemerkte sie und wischte mir die Tränen aus den Augen. »Verrat es niemandem«, schmunzelte ich.

»Ich hatte solche Angst um dich«, wiederholte sie.

»Ich werde erst sterben, wenn du mich verlässt. Erst dann entflieht meine Seele voller Trauer diesem nutzlosen Körper«, sagte ich und bekam einen dicken, innigen Kuss, von dem ich mich erst losreißen konnte, als Edda an meinem Bart zog und nicht mehr loslassen wollte. »Papa, Papa«, rief sie immer wieder und berührte mit diesen einfachen Worten mein Herz. Ich stand auf, Edda saß auf meinem Fuß und ich zog sie mit mir, was sie zum Lachen brachte. Ich konnte mich nicht länger zurückhalten, nahm sie hoch, küsste sie auf die Stirn, hob sie über meinen Kopf, presste meinen Mund auf ihren Bauch und blies die Luft heraus, bis meine Lippen flatterten und Edda vor Freude schrie.

»Wo sind die anderen Schiffe?«, fragte Bithia und schaute den zwei Booten hinterher, die auf den Ilmensee hinaussteuerten.

Ich wich der Frage aus: »Ich schickte Eric zu Igor und Oleg, um ihnen Bericht zu erstatten.«

»Wo ist Rurik? Seid ihr wirklich in Konstantinopel angekommen? Ist Rurik noch dort? Habt ihr die Stadt tatsächlich erobert?« Sie legte einen Arm um meine Taille und gemeinsam liefen wir in die Festung. Ich küsste sie auf die Wange und hoffte ihre Fragen nicht beantworten zu müssen. Sie aber wich zurück und schaute mich fragend an.

»Wir haben Konstantinopel gefunden. Aber nein, wir haben die Stadt nicht erobert. Wir griffen sie gewissermaßen nicht einmal an. Dennoch ist Rurik dort geblieben«, sagte ich. Wieder versuchte ich, die Wahrheit zu verschleiern, ich wollte unser Wiedersehen in vollen Zügen genießen und wusste, dass die Geschehnisse uns davon abbringen konnten, wenn ich sie nur aussprechen würde. Doch es half nichts, Bithia stellte wie üblich zu viele Fragen.

»Konntest du ihn daran hindern, die Stadt anzugreifen?«, fragte sie hoffnungsvoll.

»Nein, darauf hatte ich keinen Einfluss. Dafür sorgte die Midgardschlange selbst.«

»Wie meinst du das?«, fragte sie und runzelte die Stirn. Es gab kein Zurück. Ich musste ihr alles erzählen und erntete ungläubige Blicke, als würde ich Lügen und Märchen vortragen bis sie bemerkte, dass ich die Wahrheit sprach. Sie konnte es nicht glauben.

ᚠᚢᚼ ᛗᛗᚱ ᛗᛗᛗᚠ Heute vergleiche ich unsere Fahrt nach Konstantinopel gerne mit der Fahrt Thors, als er die Midgardschlange angeln wollte. Der Legende nach kam er zu einem Riesen namens Hymir und verlangte von ihm, dass sie beide auf Fischfang gehen würden. Der Riese willigte ein und hieß Thor seinen Köder selbst zu wählen. Thor suchte einen Ochsen von Hymir aus, tötete ihn, nahm dessen Kopf, steckte ihn auf einen riesigen Haken und verband diesen mit einem Seil. Zusammen ruderten die beiden hinaus aufs Meer und selbst als Hymir erklärte, dass sie nun seine gewohnten Fischgründe erreicht hätten, fuhr Thor immer weiter auf die See hinaus. Der Riese bekam es mit der Angst zu tun. Er fragte Thor, was er vorhabe, so weit draußen fände er keine Fische mehr. Thor antwortete ihm, dass er die Midgardschlange fangen wolle und ruderte unerschrocken weiter.

Als der Donnergott dachte, nun sei er dem Meeresende nah genug, schmiss er den Haken mit dem Ochsenkopf über Bord. Hymir kauerte sich ins Boot und schrie weiterhin angsterfüllt seine Warnungen heraus. Thor achtete nicht auf all das Betteln und Flehen. Plötzlich biss etwas an Thors Angel an. Es war die Midgardschlange und sie riss die beiden mit dem Boot in die Tiefe, zog sie in die schwarze, dunkle See hinab, bis Thor sich mit den Stiefeln in den Meeresboden stemmen konnte und der Midgardschlange den Kampf ansagte. Es ging hin und her und keiner konnte sagen, wer gewinnen würde. Und gerade als die Midgardschlange langsam an Stärke verlor und der Gott die Überhand zu gewinnen schien, schnitt Hymir das Seil durch. Thor schleuderte verzweifelt seinen Hammer, traf das Ungeheuer am Kopf, doch das Wasser des Meeres bremste den Aufschlag und so entkam die Schlange in die Untiefen der dunklen See. Der Hammer flog zurück in Thors Hand und auf diesem Weg zer-

schmetterte die Waffe den Kopf Hymirs. Thor stapfte zornig am Meeresboden entlang, zurück ans Ufer. Trotz seines Misserfolges wird er nicht
müde, bei jeder Gelegenheit seine Unerschrockenheit in dieser Geschichte zu rühmen, als er die Midgardschlange fast besiegt hätte.

ᚠᚢᚼ ᛈᛉᚱ ᛗᛉᛇᚠ

Beim Vergleich unserer Fahrt in den Süden mit dieser Legende sehe ich
Hymir gerne als den Fluss Dnjepr, der uns mit seinen sieben Stromschnellen scheinbar unendlich viele Warnungen ausgesprochen hatte.
Wir dagegen stellen Thor dar, auch wir beachteten all diese Warnungen
nicht und fuhren immer weiter nach Süden.
Es war die Midgardschlange, die in der Legende Thor den Verlust des
Fischerbootes beibrachte, ihn in die dunkle See hinab riss und es muss
dieselbe gewesen sein, die auch unsere Flotte in die schwarzen Tiefen
hinabgezogen hatte. Der Sturm schien unbesiegbar gewesen zu sein und
doch waren wenigstens vier Schiffe entkommen.
Thor hätte die Midgardschlange vielleicht besiegt, wenn nicht Hymir die
Angelschnur durchtrennt hätte. Wir dagegen mussten uns eingestehen,
dass unsere Flotte untergangen war, ohne dass wir nur den Hauch einer
Möglichkeit hatten, den Sturm zu bezwingen. Die Midgardschlange
zerriss unsere Schiffe mit all ihrer Erbarmungslosigkeit.

Als ich gedacht hatte, unser Wiedersehen konnte dadurch getrübt werden, dass ich Bithia all die Schrecken und Grausamkeiten unserer Fahrt
erzählen würde, hatte ich falsch gelegen. Das Gegenteil war der Fall. Sie
war überglücklich, weil wir und insbesondere natürlich ich noch am
Leben waren, dass sie nicht mehr aufhören konnte, mich mit ihren großen Augen anzusehen, mich mit Küssen verschlingen zu wollen und
mich am Abend mit ihren Lippen und der Zunge so wild liebkoste, dass
ich erneut das Gefühl hatte, im Sturm vor Konstantinopel unterzugehen.
Am nächsten Morgen brach ich sofort nach Nowgorod auf. Gerne wäre
ich einfach hier geblieben, der Zorn auf Askold und Dir hatte aber einen
schwelenden Brand entfacht, der nicht mehr zu löschen war.
So ritt ich mit Kogg und Kjell in die Hauptstadt der Rus, deren Fürst
gestorben war. Wir steuerten zunächst Igors Haus an, aber weder er
selbst noch Olga waren dort. Ich vermutete, dass alle im Palas waren, um

zu trauern, aber wohl auch schon darüber redeten, wie es nun weitergehen sollte. Mit dieser Einschätzung hatte ich Recht. Wir betraten die Hallen und ich sah zunächst Oleg, dann Igor mit Olga, Eric und einige andere Männer.

Igor kam auf mich zu und begrüßte mich wie gewohnt herzlich, wenngleich er seine Trauer um den Tod seines Vaters hierbei nicht verbergen konnte.

»Ich danke den Göttern, dass du überlebt hast!«, grinste er und umarmte mich.

»Es tut mir leid um deinen Vater. Er war ein guter Mann, aber er wollte zu viel. Er starb tapfer.«

»Du lügst«, lachte er gequält. »Er wurde von einem Blitz getroffen, was ist daran tapfer?«, fragte er mich.

»Ich sah ihn, wie er bis zum letzten Atemzug stolz im Bug seines Schiffes stand, die Axt in der Hand«, erwiderte ich so ernst ich konnte. Es war eine Lüge. Ich hatte nur gesehen, wie sein Schiff in unbändigem Chaos auseinander brach, unterging, Ruriks Kopf zerschmettert und sein Körper mit in die Tiefe gezogen wurde. Gleichgültig, ob Igor diese Lüge erkannte oder nicht. Er presste die Lippen aufeinander, schaute mir in die Augen und nickte: »Danke, das bedeutet mir viel!«

Gemeinsam gingen wir zu Oleg.

»Seid gegrüßt, mein treuer Freund«, begrüßte er mich freundlich und wandte sich dann mit den gleichen Worten an meine Gefährten. Er trauerte ebenfalls, da war ich mir sicher, doch er versteckte seine Gefühle gut.

»Berichtete man Euch von Askold und Dir, die sich auf einer Festung namens Kiew verkriechen?«, fragte ich, wollte sogleich das Thema auf das lenken, was mir am wichtigsten erschien. Es musste schnell gehandelt werden, wenn der Verlust Ruriks auch tief in unseren Seelen saß.

Oleg nickte. In seinen Augen loderte ein Feuer des Zorns, das so unbändig war, dass ich glaubte, aus seinem Kopf würden gleich Flammen herausschlagen und alles um uns herum vernichten.

»Sie werden sich ein unabhängiges Reich erschaffen, wenn wir sie nicht bald aufhalten«, erklärte ich.

Wieder nickte Oleg. »Wir haben nicht genug Männer, um solch eine Festung zu stürmen. Besser gesagt, wir würden unser eigenes Reich gefährden, wenn wir die Anzahl an Kriegern abziehen, die wir brauchen.«

Das stand außer Frage und diesmal war ich es, der nickte und sich mit weiteren Überredungsversuchen zurück hielt, da mir die Einfälle für unser weiteres Vorgehen fehlten.

»Wir haben ohnehin eine viel wichtigere Frage zu klären«, mischte sich Olga ein. »Wer soll der Nachfolger Ruriks werden?« Diese Frage gerade aus ihrem Mund zu hören erschien mir seltsam. Eigentlich sollte es selbstverständlich Igor sein, der das Fürstentum beerbte.

Igor bemerkte die fragenden Blicke, die ich ihm zuwarf. »Ich will diese Aufgabe nicht auf mich nehmen«, erwiderte er. »Mein Vater sagte immer, ich müsse mir den Respekt der Krieger erst auf dem Schlachtfeld verdienen, bevor ich sie führen kann. Diesen Willen will ich ihm nicht ausschlagen. Ich möchte, dass Oleg Fürst von Nowgorod wird, bis ich dieses Ziel erreicht habe.«

»Das ist ein ehrenwerter Gedanke von dir, aber dennoch…«, setzte ich an, aber Igor ließ meinen Einwand gar nicht erst zu und wehrte ihn mit einer Handbewegung ab, die mich verstummen ließ.

»Also soll Oleg das Reich der Rus führen?«, fragte ich und wandte mich dem kleineren Mann zu, der diese Entscheidung nicht alleine treffen wollte.

»Ich würde diese Aufgabe übernehmen. Allerdings möchte ich, dass du mit deinen Gefährten hinter mir stehst, so wie ihr es für Rurik getan habt«, sagte er und es erschien mir fast lächerlich, all die Augen in diesem Saal waren nun auf mich gerichtet, als wäre mein Wort entscheidend für die Zukunft dieses Landes der Rus. »Ich will, dass du mir die Treue schwörst, Ragnar. Wenn du und deine Freunde hinter mir stehen, dann haben alle Anwesenden einstimmig beschlossen, dass ich die Herrschaft übernehme.«

Ich schaute mich um, blickte zu Eric, Kjell und Kogg. »Ihr seid freie Männer. Ihr müsst euch meiner Entscheidung nicht anschließen. Ich aber werde Oleg sehr gerne meine Treue schwören«, erklärte ich und beugte sogleich mein Knie. Alle meine Gefährten zögerten nicht lange, sondern taten es mir gleich. So war es beschlossen. Oleg war der neue Herrscher des Landes der Rus und zu meiner Überraschung war seine erste Handlung, einen Angriff auf Askold und Dir vorzubereiten. »Wir brauchen

Verstärkung aus unserer Heimat, um unser nördliches Reich sichern zu können und wir müssen gleichzeitig weitere slawische Männer zu Kriegern ausbilden«, sagte er, rief einige Männer zu sich, gab Instruktionen und versank in der Arbeit, während wir anderen uns überlegten, wie man am ehesten gegen Askold und Dir vorgehen konnte.

Am Abend versammelten wir uns um das Feuer im großen Palas. Die Männer waren in Gespräche vertieft, als Oleg zu mir rückte. »Wie kannst du es schaffen mit nur hundert Kriegern Kiew für mich zu stürmen?«, fragte er.

»Oleg. Wir haben viel nachgedacht im Laufe dieses Tages. Diese Festung könnt Ihr wahrscheinlich mit vierhundert Mann nicht so einfach einnehmen. Sie würden uns kommen sehen. Wir müssten einen steilen Hügel hinaufsteigen und würden uns an den hohen Palisaden aufreiben.«

Er wandte seinen Blick von mir ab, schaute ins Feuer und nickte nachdenklich. »Das habe ich befürchtet.«

Auch ich schaute in die Flammen und grübelte nach. Funken stoben auf, als Kjell einen weiteren Holzscheit ins Feuer warf. Meine Haut wurde so heiß, dass ich ein wenig zurück rutschte, um der glühenden Luft zu entgehen. Ich war mit dem Wunsch in den Osten gesegelt, mit Handel vom Ladogasee nach Birka Silber zu verdienen. Stattdessen saß ich nun am Feuer mit einem Fürsten, dessen Vorgänger binnen kürzester Zeit ein Handelsimperium erschaffen hatte. Das Schicksal hatte mich zu dem Krieger ernannt, der dieses Reich beschützen und den Einfluss mit der Eroberung Kiews bis nach Konstantinopel ausbauen konnte. Ich schmunzelte, schüttelte unmerklich den Kopf, konnte nicht glauben, was die Nornen für mich bereitgehalten hatten. Abrupt riss ich die Augen auf und starrte Oleg an. Als hätten die Flammen mir ein Geheimnis verraten, wusste ich mit einem Mal, wie ich Kiew erobern konnte.

»Gebt mir hundert Mann«, sagte ich dem neuen Fürsten. »Ich werde Askold und Dir töten und Kiew wird unser sein!«

Oleg schaute auf, blickte in meine Augen und sah mein schelmisches Grinsen, dass vom Schein der Flammen offenbart wurde. »Ich werde einer dieser Männer sein«, lächelte er, klopfte mir auf die Schulter und rückte näher an mich heran, um meinen Einfall zu erfahren. Es war nicht viel, was ich ihm erläutern musste, es war kein kompliziertes Vorgehen.

Würde es aber funktionieren?

Ich starrte in die Flammen, während ich Oleg erzählte, was ich vorhatte und in meinem Kopf entstanden Bilder unserer Eroberung. Bis in das kleinste Detail entstand ein Plan, der waghalsiger als die Eroberung Konstantinopels zu sein schien.

Kapitel 18 - Mit List und Schläue

Am nächsten Tag fuhr ich mit Kjell, Eric und Kogg zurück zu unserer Festung. Oleg gab uns bereits am Morgen die fünfzig besten Kämpfer aus Nowgorod mit und mit ihnen ruderten wir auf der Odrerir nach Süden. Der Tag war angenehm warm und ich weigerte mich dieses Mal, ein Ruder oder das Steuer in die Hand zu nehmen. Ich wollte diese kurze Fahrt genießen, mich einfach am Bug auf die Planken setzen, Kruk beobachten, wie er über unsere Köpfe rauschte und mit dem Wind spielte. Wir hatten nicht viel Zeit, um uns zu entspannen und einen klaren Kopf zu bekommen, Oleg wollte meinen Plan noch in diesem Jahr ausführen. Ich begrüßte das sehr, wollte Askold und Dir für ihren Verrat zur Strecke bringen, so schnell es nur ging. Trotzdem sah ich mich ein weiteres Mal einer großen Gefahr ausgesetzt, mein Plan war riskant, mein Körper von der langen Reise geschunden. Bithia konnte nicht begeistert sein, wenn ich ihr mein Vorhaben offenbaren würde. Während ich die Augen schloss und die Sonne auf mein Gesicht scheinen ließ, war ich hin und her gerissen, ob ich ihr überhaupt davon erzählen sollte. Es entsprach in keiner Weise ihrer heilen Welt, dass ich Kiew angreifen wollte. Rache existierte in ihrer Vorstellung nicht, obwohl wir diesen Kampf für die Gerechtigkeit führten.

Doch mit einem Mal kamen mir Zweifel an unserem Vorhaben. Ich wollte Bithia nicht ein weiteres Mal verlassen. Streng genommen hatten die beiden Herrscher Kiews keinen Verrat begangen. Dass sie es vorgehabt hatten, stand für mich außer Frage. Vielleicht täuschte ich mich auch? War es wirklich nötig, war es richtig, sie aufzuhalten? Ich wischte den Gedanken weg. Diese beiden Männer hatten in Kiew eine Festung errichtet. Sie hatten weder mit uns noch mit Rurik reden wollen und das, bevor sie wussten, dass Rurik gestorben war. Es war offensichtlich, was sie von Anfang an geplant hatten. Selbst wenn dem nicht so war. Wir hatten den Weg nach Konstantinopel gefunden. Mein lang ersehnter Traum war in Erfüllung gegangen. Diese beiden Bastarde machten den Handel mit Miklagard nun für uns zunichte. Sie zerstörten das, was ich mir verdient hatte, sie zerstörten meinen Traum. Das war nicht rechtens. Dennoch wusste ich, dass mich Bithia nicht unterstützen würde.

Ehe ich mich nur einen Moment von meinen Gedanken ablenken und entspannen konnte, fuhren wir schon vom Ilmensee in den Lowat und erreichten unsere Festung. Ich wies Olegs Männern ihre Unterkünfte zu und ging zu meiner Frau. Sie fiel mir um den Hals, erkannte jedoch sofort, dass etwas nicht stimmte.

»Was ist los?«, fragte sie ohne Umschweife.

»Oleg ist nun Herrscher der Rus, nicht Igor. Er fühlt sich noch zu jung und hat selbst so entschieden.«

»Das ist es, was dir so missfällt? Ich dachte du schätzt Oleg«, wunderte sie sich.

»Ich schätze Oleg!«, erwiderte ich und schwieg, wusste nicht, wie ich fortfahren sollte.

»Aber irgendetwas ist mit dir. Du kannst es nicht vor mir verbergen.« Bithias Stimme klang vorwurfsvoll, wie eine Mutter, die ihr Kind beim Stibitzen einer Schüssel Honig erwischt.

»Er will nach Süden fahren. Er will Askold und Dir aus Kiew vertreiben.«

»Wann?«, fragte Bithia aufgebracht.

»Noch dieses Jahr.«

»Und du wirst mit ihm fahren?«

»Das werde ich«, sagte ich und wusste, dass ein Streit nun nicht mehr abzuwenden war.

Bithia drehte sich beleidigt, scheinbar auch zornig, von mir weg. »Könnt ihr nicht ein einziges Mal Frieden wahren? Warum lasst ihr diese beiden nicht einfach da unten sitzen. Was kümmert es Oleg und was kümmert es dich. Sie sind so weit weg. Seid lieber froh, dass ihr sie los seid.«

»Sie schworen Rurik die Treue und brachen diesen Eid. Sie nahmen sich, was Rurik und damit Oleg gehört. Sie nahmen sich, was auch mir zusteht. Ich fand diese Handelsroute nach Konstantinopel und ich lasse mir diesen Ruhm und den Reichtum nicht nehmen!«

Edda fing zu weinen an. Ich hatte meine Stimme erhoben und sie bekam Angst. Bithia nahm sie an der Hand, warf mir einen bösen Blick zu und ging zu ihren Kräutern. Sie schüttete einige Samen aus einem Gefäß in eine Schale. »Komm Edda, hilf mir, die schlechten Samen auszulesen«, sagte sie beruhigend.

»Welche Samen sind die schlechten?«, fragte Edda.

»Die schwarzen, runzligen. Schau mal, ob du welche findest. Diese hier zum Beispiel«, zeigte Bithia. Ich beobachtete die beiden. Es war ein friedlicher Anblick und ich haderte mit mir, diesen Frieden unterbrechen zu müssen.

»Wie soll diese Welt, von der du träumst, existieren, wenn Männer wie Askold und Dir ungestraft tun und lassen können, was sie wollen?«, fragte ich. Bithia schaute zu mir auf und machte einen Gesichtsausdruck, als könnte sie nicht fassen, diese Worte aus meinem Mund gehört zu haben.

»Wie kann diese Welt, von der ich träume, existieren, wenn immer alle gleich nach Rache schreien, weil ihnen ein wenig Macht und ein wenig Silber genommen wurden?«

»Ein wenig Macht und ein wenig Silber? Ist dir bewusst, dass diese beiden Bastarde den gesamten Dnjepr kontrollieren und damit den Handelsweg nach Konstantinopel mit Tributen belegen können, wie es ihnen passt? Du scheinst dir nicht vorstellen zu können, wie viel Silber das bedeutet!«

»Was bedeutet denn Silber überhaupt?«, fragte sie zornig, gestikulierte mit der linken Hand, vergaß dabei die Samen, die jetzt aus dem Gefäß auf den Boden rieselten und sich im ganzen Raum verteilten. Sie fluchte, schien insgeheim mir die Schuld dafür zu geben. Edda weinte wieder. Bithia umarmte sie, versuchte, sie zu beruhigen.

»Wir leben doch hier ein glückliches Leben«, erklärte sie schließlich. »Wir haben alles, was wir brauchen. Wir haben uns, eine wundervolle Tochter, wir haben genug zu essen und unsere Freunde leben hier. Was kümmern dich also Askold und Dir?«

»All das, was du aufzählst, Bithia, beruht auf genau dieser Macht und Geldgier, die du so verachtest. Wie sonst ist diese sichere Festung entstanden? Rurik erbaute sie mit seiner Macht und aufgrund von Silber beschützen uns die Männer, die Rurik mir unterstellt hat.«

Bithia sagte nichts mehr. Es gab dem nichts hinzufügen, ich hatte mit meinen Worten Recht. Das wusste sie genausogut wie ich.

Wieder schaute sie mich an und in ihrem Blick lag eine tiefe Trauer. Eine Trauer der Erkenntnis, dass ihre Welt niemals aus ihrer Fantasie in die Wirklichkeit übergehen würde. So oft hatten wir schon darüber gestritten, so oft darüber diskutiert. Sie gab nicht auf, an das Gute zu glauben.

Ich beruhigte mich, atmete tief durch, ging langsam auf sie zu, beugte mich zu ihr herab und küsste sie auf die Stirn. »Lass uns nicht immer darüber streiten. Es ist, wie es ist. Wir sollten es akzeptieren. Machen wir das Beste daraus. Ich muss jetzt die Männer über meinen Plan unterrichten, damit sie sich vorbereiten können.«

Sie nickte und ich ließ sie allein.

Zwei Wochen später kam Oleg. Er hatte Igor bei sich, was mich sehr freute. Sie kamen mit zwei Booten auf dem Lowat bis zu unserer Festung gefahren.

»Da habt ihr zwei schicke Schiffe aufgetrieben, meine Freunde«, begrüßte ich die beiden.

»Ich hoffe, sie sind gut genug für dein Vorhaben?«, fragte Oleg und ich nickte, war mehr als zufrieden. Beide Schiffe waren genau so, wie ich es mir vorgestellt hatte.

»Wer verwaltet Nowgorod, wenn ihr beide mit mir ziehen wollt?«

»Olga«, grinste Igor.

»Deine Frau verwaltet Nowgorod?«, äußerte ich meine Verwunderung.

»Besser, als ich es je tun könnte.«

Ich senkte anerkennend mein Haupt. Ich glaubte Igor, denn ich hatte Olga als tatkräftige Frau kennengelernt. Ich konnte sie mir gut als Befehlshaberin der Stadt vorstellen.

In den folgenden Wochen trainierten wir für unsern Plan. Wir hatten einhundert Mann, so wie ich es verlangt hatte. Darunter war auch Alfgerir, der mit zehn Kriegern aus dem Süden gekommen war und Oleg den Treueid leistete. Es stellte sich schnell heraus, dass er eine Schlüsselrolle übernehmen konnte. Alfgerir war ein kluger Mann und ich mochte ihn. Die einhundert Kämpfer waren allesamt erfahren und so übten wir uns weniger im Kampf, als dass Oleg, Igor und ich immer wieder unseren Plan von vorne bis hinten durcharbeiteten und unseren Kriegern einbläuten. Jedes kleinste Detail sollte überlegt sein. Wir gingen jede mögliche Reaktion unserer Feinde durch und erdachten auch dafür unsere Möglichkeiten für den Notfall.

Dessen ungeachtet befürchtete ich Tag für Tag, etwas übersehen zu haben und das Gefühl wollte mich nicht loslassen, dass alles anders kommen würde.

Um mich abzulenken, ging ich am Morgen und Abend mit meiner Tochter in den Wald. Ich genoss es, mit ihr spazieren zu gehen, zeigte ihr den Unterschied zwischen Kiefern- und Tannenzapfen, erklärte ihr, wie man im Frühjahr den Stamm einer Birke anschlagen muss, um an den süßlichen Saft zu gelangen und wir halfen Kruk, der damit begann, Nüsse für den Winter zu vergraben. Bithia begleitete uns oft. Der Abend nach dem Spaziergang gehörte stets uns allein. Wir saßen am Feuer und kochten uns Wurzelgemüse mit seltenen Kräutern, die wir von Händlern kauften. Ich hieß es willkommen, dass Bithia anfangs keinerlei Worte über mein Vorhaben verlor, sondern die Zeit mit mir voll ausschöpfte. Es waren schöne Tage. Erst als der Moment der Abreise immer näher rückte, konnte sie ihre Neugier und Sorge nicht mehr zurückhalten. Die Flammen in unserer Hütte loderten hoch, spendeten uns Wärme, als ich ihr bereitwillig unseren Plan schilderte.

Erschrocken über das Wagnis, das wir eingehen wollten, riss sie die Augen auf. »Wofür setzt du dein Leben aufs Spiel?«

»Für die Gerechtigkeit!«

Sie schwieg, schaute in die Flammen, umfasste meine Hand und streichelte meinen Daumen mit dem ihren. »Es wird keine Gerechtigkeit geben in dieser Welt. Selbst du wirst das nicht erreichen.« Bithia sagte dies ohne Gram und ich spürte, dass sie nicht streiten wollte. Sie wollte mit mir darüber reden. Sie machte sich Sorgen und ihre Seele schmerzte. Sie suchte Linderung, aber ich war nicht sicher, ob ich ihr diese geben konnte. »Ich kämpfe dafür, dass die Welt ein wenig redlicher wird.«

»Blutvergießen führte noch niemals zu Gerechtigkeit. Unschuldige müssen sterben. Vielleicht musst du sterben.«

»Bin ich unschuldig?«, fragte ich instinktiv und ich hätte mir gewünscht, diese Frage nie gestellt zu haben. Mir erschienen Bilder von Lindisfarne. Ich wusste, dass auch Bithia diesen Tag vor Augen hatte, an dem wir ihr alles nahmen und so viele Menschen getötet hatten. Nein, ich war der letzte, der sich unschuldig nennen konnte. Ich schaute dem Rauch hinterher, der durch das Windauge in den Himmel stieg. Edda seufzte kurz im Schlaf und drehte sich auf ihren Fellen in die andere Richtung. Ich schaute in ihr Gesicht. »Sie wird dir immer ähnlicher«, brach ich das Schweigen. Bithia folgte meinem Blick »Ich liebe sie«, lächelte Bithia. »Ich liebe sie auch.«

»Dann geh nicht.«

»Du weißt, dass ich gehen muss. Askold und Dir müssen sterben. Sie haben zu viel Unheil angerichtet in dieser Welt.« Mit diesen Worten wurde mir plötzlich die Absurdität bewusst, in der ich lebte, an die ich glaubte. War ich besser als Askold und Dir? Ich hatte genug Unschuldigen das Leben genommen. Noch vor einigen Jahren hatte ich in anderen Dörfern auf Befehl Ingvarrs getötet. Ich hatte in Lindisfarne getötet. »Es muss viele Menschen geben, die meinen Tod ebenfalls wünschen, weil ich so viel Unheil angerichtet habe in dieser Welt«, mutmaßte ich und starrte in die Flammen.

»Es gibt sie«, antwortete Bithia und schmiegte sich an mich. »Aber sie kennen dich nicht. Du hast dich verändert. Du warst nie einer von ihnen.«

»Und doch benötigte ich deine Hilfe, um mich selbst zu finden. Was passiert, wenn ich dich verliere? Ein Teil von mir würde sterben, meine Seele mich verlassen.«

»Jetzt weißt du, warum ich solche Angst habe, wenn du in den Süden ziehst. Mir würde es nicht anders ergehen.«

»Trotz allem muss ich fort!« Wir starrten noch eine Weile schweigend ins Feuer, bis meine Seele nach der ihren verlangte, wir gemeinsam auf die Decken sanken und miteinander verschmolzen.

Wenige Tage später fand ich mich inmitten der Krieger auf unserem Schiff wieder. Wir hatten den Lowat und die Düna hinter uns gelassen, die beiden Schiffe in den Dnjepr geschoben und waren auf direktem Weg in den Süden zu Askold und Dir. Die Zeit lief uns davon, der Winter kam immer näher.

Dicht gedrängt saßen wir da, warteten, bis wir endlich unser Ziel erreichen würden. Es war dunkel. Es war stickig und warm. Es roch nach dem Schweiß der vielen Männer, nach Urin und Fäkalien.

»Warum schon jetzt? Wir sind so weit von Kiew entfernt, wer sollte uns so schnell verraten?«, fragte mich Eric, denn ich hatte den Befehl gegeben, uns frühzeitig unter einem großen Tuch im Laderaum unserer beiden Handelsschiffe zu verstecken.

»Sicher ist sicher, mein Freund«, antwortete ich ihm. »Dumme Zufälle gibt es immer. Aus irgendeinem Grund überholt uns ein Knorr und der

Händler erzählt Askold und Dir, dass zwei Schiffe, vollbeladen mit Kriegern den Dnjepr herunter fahren. Wir wären tot, bevor wir nur unsere
Schwerter ziehen könnten.«

Eric verdrehte die Augen und rümpfte die Nase. Es war unwahrscheinlich, dass dieser Fall eintreten würde, dennoch wollte ich meinen Plan
nicht einmal der geringsten Gefahr aussetzen. Wenn wir scheitern, dachte ich, ist Kiew niemals zu erobern.

Abends legten wir am Ufer an. Im Schutze der Dunkelheit schlichen wir
uns an Land und legten uns in den Wald schlafen. Es regnete leicht und
ich fand keine Ruhe. Ständig fielen dicke Tropfen von den Bäumen auf
meine Stirn, in die Augen oder in den Bart, weckten mich, wenn ich
gerade auf dem Weg ins Reich der Träume war. Das Wetter machte mich
zornig, wir brauchten unsere Nachtruhe. Die Männer mussten bei vollen
Kräften sein, wenn wir in Kiew ankamen. Ich erinnerte mich an Konstantinopel, an die Petschenegen. Jedes große Unglück hatte sich mit Regen
angekündigt. Ich betete zu Thor, dass sich dies nicht wiederholen würde
und tatsächlich wurden meine Bitten erhört. Der Regen schien zu versiegen, einige wenige Sterne tauchten kurz hinter dichten Wolkenfeldern
auf. Zwar tropfte das Wasser weiterhin von den Bäumen, doch es wurde
weniger und bald waren wir auch davon befreit. Endlich schlief ich ein.

Am nächsten Morgen fuhren wir früh weiter und verbrachten eine weitere Nacht versteckt im Wald, bevor uns die letzten Flusswindungen bis
zu Askold und Dir bevorstanden.

Im Schiff mischte sich zu dem Gestank ein Dunst des schlechten Gemüts.
Die Männer fühlten sich elend, auch ich empfand die Situation unter der
gespannten Plane als bedrängend, übte mich aber in Geduld. Ich erwischte einen Krieger, wie er in der Ecke stand, an seiner Hose nestelte
und sich erleichtern wollte. »Hör auf damit. Es stinkt hier doch ohnehin
schon genug!«, schnauzte ich ihn mit gedämpfter Stimme an.

»Ich muss aber pinkeln«, grummelte der Mann und drehte sich kurz zu
mir um, nur um gleich darauf da weiter zu machen, wo er aufgehört
hatte.

Eric schnappte den Krieger von hinten an seiner Rüstung und zog ihn zu
sich. Der verlor das Gleichgewicht, pinkelte auf seine Hose, fluchte,
drehte sich drohend zu Eric um und fast wäre die Situation eskaliert,
wenn ich nicht zwischen die beiden getreten wäre und sie mit einem

flehenden, zornigen Blick angestarrt hätte. Kogg kam hinzu und sorgte endgültig für Ruhe.

»Spar dir deine Aggression für später auf«, raunte ich den Krieger an. »Wenn du dich erleichtern musst, nimm dir einen Eimer und reich ihn hoch, so wie wir es besprochen haben.«

Inständig hoffte ich, dass wir unser Ziel bald erreichen würden. Unsere Männer wurden offensichtlich ungeduldiger. Sie waren wie wir voller Gram und Zorn. Die meisten, die die Fahrt nach Konstantinopel überlebt hatten, hatten darauf bestanden, uns bei unserem Vorhaben zu unterstützen. Zunächst befand ich dies für einen guten Einfall, sie hatten allen Grund, Wut auf Askold und Dir zu empfinden. Schließlich waren sie daran beteiligt gewesen, den Weg nach Konstantinopel zu finden. Ihre Wut setzte Kräfte frei. Kräfte, die wir bald dringend benötigen würden. Mittlerweile aber bereute ich die Entscheidung, diese Männer mitgenommen zu haben. Sie waren zu unruhig, zu unvorsichtig, wollten den Tod der beiden Verräter mit allen Mitteln.

Ich versuchte, in der Dunkelheit in die Gesichter der Krieger zu sehen, doch im schwachen Lampenschein erspähte ich nur Kogg, Oleg und Eric. Igor, Kjell und Hrungnar waren auf dem anderen Schiff. Eine Stimme drang von oben zu uns herab: »Wir sind gleich da. Haltet jetzt die Klappe.«

Es war Alfgerir, der zu uns gesprochen hatte. Ich sah ihn nicht, erkannte nur seine Stimme. Ich wusste, dass er keine Rüstung trug und später lediglich mit seiner Waffe in den Kampf ziehen konnte, so wie sechzehn weitere Krieger auf beiden Schiffen, das aber war alles Teil des Plans. Trotzdem war es vor allem in Alfgerirs Interesse, dass unsere Falle nicht entdeckt werden würde. Ich holte noch einmal tief Luft und betete zu Thor. Möge er uns in diesen entscheidenden Momenten zur Seite stehen.

Ich versuchte, mich zu beruhigen, bewegte mich nicht mehr und atmete so flach wie möglich, um keinerlei Geräusch zu verursachen. Zu meinem Glück steckte ich die Männer mit meinem Verhalten an und als die Fahrt langsamer wurde und wir bemerkten, dass das Schiff eine scharfe Kurve fuhr, um ganz offensichtlich den Landungssteg anzusteuern, war es ganz still, die Luft knisterte vor Spannung.

Die Männer starrten ins Leere, ich hatte meine Augen weit aufgerissen. In der stickigen Dunkelheit konnte ich kaum etwas erkennen. Oleg löschte die Lampen. Nur noch wenig Licht schien zu uns durch. Gedämpft drangen Stimmen an unser Ohr.

»Seid gegrüßt, Wachleute von Kiew. Wir kommen vom Ladogasee und haben Waren aus Birka geladen. Wir wollen weiter nach Konstantinopel«, sagte Alfgerir.

»Was habt ihr geladen?«

»Felle, Walrosszähne aus dem hohen Norden, Weinfässer aus dem Frankenland und Bernstein direkt aus Birka.«

»Die Kiewer Rus kontrollieren diesen Handelsweg. Wenn ich euch die Weiterfahrt gewähren soll, müsst ihr Abgaben zahlen.«

»Natürlich!«, antwortete Alfgerir und ging an Land, um den Tribut auszuhandeln.

Askold und Dir waren schnell. Sie hatten sich in kürzester Zeit darauf eingestellt, dass der Handelsweg vom Ladogasee bis nach Konstantinopel geöffnet war. Vermutlich hatte sich das noch lange nicht bis nach Birka oder gar Haithabu herumgesprochen. Dennoch gab es schon jetzt abenteuerlustige Händler, die ihre Waren eigentlich nur in Nowgorod verkaufen wollten, sich nun zusammengeschlossen hatten, um weiter gen Süden zu fahren. Wir hatten versucht, aus unserer erfolgreichen Erkundungsfahrt ein Geheimnis zu machen, um nicht das Geld der Händler in die Arme von Askold und Dir zu treiben. Es wussten jedoch zu viele Männer Bescheid, hatten es ihren Frauen oder Huren erzählt, wenn sie betrunken in ihrem Schoß gelegen hatten. Wer aber konnte es ihnen verübeln? Schon am zweiten Tag nach unserer Rückkehr hatte sich die Nachricht vom schiffbaren Weg ins Schwarze Meer herumgesprochen wie ein Lauffeuer. Bald darauf war die erste Gruppe Händler weiter nach Süden gefahren. Die wenig überraschte Reaktion des Wachmannes auf das Eintreffen zweier Handelsschiffe bestätigte uns, dass schon einige Händler vor uns den Weg in den Süden gefunden hatten.

Später, als all das vorbei war, konnte ich mit eigenen Augen bestaunen, dass Askold und Dir während unserer Abwesenheit emsig zu Werke gegangen waren. Sie hatten Wachtürme am Djnepr errichtet, um ihre ersten Einkünfte zu sichern. Außerdem lag ein Kriegsschiff mit voller Besatzung auf dem Fluss und war mit Tauen am Landungssteg und am gegenüberliegenden Ufer mit Holzpflöcken fest gemacht, versperrte so die Weiterfahrt aller Boote, die hier vorbei wollten. Askold und Dir verfolgten die gleiche Taktik wie Rurik bei seiner Ankunft im Osten. Sie verlangten Schutzgeld von den Händlern. Diese Tribute mussten auch wir zahlen. Wir waren darauf vorbereitet und hatten an Deck genug Waren stehen, um der Gier Kiews nachzukommen.

Ich wusste nicht, wie viel wir zahlen mussten, hörte nur, wie einige Fässer vom Schiff gerollt wurden und etliche Männer auf den Planken hin und herliefen.

Erneut hörte ich die Stimme von Alfgerir: »Mir scheint, als wäre diese Stadt ein erstes lohnenswertes Ziel unserer Reise. Ist es uns gestattet, hier auf diesem Landungssteg unsere Waren anzubieten?«

»Das wird euch weitere Abgaben kosten«, betonte die Wache.

»Wie viele Einwohner hat Kiew?«

»Genug«, raunte der Krieger schroff. »Außerdem kommen jede Woche Bewohner anderer Dörfer.«

»Mir scheint, als wäre es die zusätzlichen Abgaben durchaus wert. Was meint ihr?«, wandte sich Alfgerir an die anderen Männer, die sich im Hintergrund hielten. Ich hörte zustimmendes Gemurmel. »Ach«, begann Alfgerir beiläufig. »Bevor ich es vergesse. Ich habe eine wichtige Botschaft an Eure Herren Askold und Dir zu überbringen.«

Wir Männer unter Deck waren jetzt ganz still. Es hatte zuvor schon absolute Ruhe geherrscht, nun spürte ein jeder die Spannung des entscheidenden Moments. Alfgerir überbrachte die Botschaft. Unser Spiel begann.

»Oleg, der neue Fürst Nowgorods, lädt die beiden Herren zu sich ein. Ich soll ihnen ausrichten, dass Nowgorod ihre Herrschaft über Kiew und das umliegende Land akzeptiert und respektiert. Oleg und Igor würden die Herren Askold und Dir gerne in ihre Stadt einladen. Schließlich sei man fast verwandt und sollte daher keinen Unmut gegeneinander hegen, sondern miteinander kooperieren. Es wird ein großes Fest in Nowgorod vorbereitet, um die Herren Askold und Dir schnellstmöglich empfangen zu können.«

Eine kurze Stille herrschte, bis die Wache antwortete: »Ich werde es den Fürsten ausrichten lassen.«

Damit war der erste Teil unseres Plans vollbracht und unendlich viele unangenehme Stunden standen uns bevor. Um unsere Tarnung nicht missglücken zu lassen, sollten unsere Schiffe hier im Hafen Kiews verharren, Waren verkaufen und einkaufen, bis Askold und Dir die Einladung entweder ablehnten oder annahmen. Falls sie die Einladung annahmen, mussten wir im Laderaum unserer Handelsschiffe warten, bis sie aus ihrer Festung herauskommen würden. Das konnte Tage dauern. Mir graute es davor, schon jetzt war es so unerträglich heiß und stickig, dass ich kaum zu atmen vermochte. Ich versuchte, daran zu denken, was es bedeutete, wenn wir Erfolg haben sollten. Ich malte mir das Gesicht dieser beiden Bastarde aus, das Ende vor Augen. Nur diese Vorstellung hielt mich am Leben. Mit welchen Gedanken sich unsere anderen Krieger die Zeit vertrieben, wusste ich nicht, alle verhielten sich ruhig. Vermutlich dachten sie an Huren und ihre schönen Brüste. Mir war das egal. Das Wichtigste war, dass ihre Laune hoch gehalten wurde.

Menschen kamen, handelten, Menschen gingen. Wir vernahmen lediglich die Schritte auf den Planken, hörten die Stimmen, wie sie um jedes kleine Stück Silber feilschten. Das sanfte Licht, das durch das Segeltuch schien, wurde schwächer, die erste Nacht brach herein. Im Schutze der Dunkelheit tauschten wir uns kurz mit Alfgerir aus, reichten seinen Männern die Eimer, in die wir uns erleichtert hatten, und sie leerten diese in den Fluss. Die Strömung des Dnjepr riss die stinkenden Beweise der Krieger unter dem Segeltuch mit sich und trug sie ins Schwarze Meer. Die verpestete Luft wurde erträglicher und ich atmete auf, rollte mich, wie all die anderen auch, auf dem harten Boden zusammen und schlief schlecht. Wie lange konnten wir hier unten ausharren? Würden wir unser Vorhaben am nächsten Tag abbrechen müssen? Wir konnten einige Tage später mit der Begründung, die Stromschnellen nicht bewältigen zu können, wiederkommen und die restlichen Waren hier verkaufen. Auch das hatte ich bedacht, doch je länger wir jetzt hier blieben, desto größer war die Wahrscheinlichkeit, dass uns Askold und Dir besuchen kommen würden. Ich wälzte mich mit diesen Gedanken ein ums andere Mal hin und her, bis mich die Müdigkeit übermannte.

»Sie verlassen die Festung«, flüsterte Alfgerir und weckte mich damit. Ich schreckte regelrecht auf, wusste gar nicht, wie mir geschah. Schwaches Licht drang zu mir durch. Die Sonne musste schon aufgegangen sein. Ich hatte erstaunlich lange geschlafen, zu lange, wie mir schien. »Sie kommen«, sagte Alfgerir wieder und schien abrupt aufzustehen. Machte sich unsere Geduld bereits jetzt bezahlt? Ich konnte nicht daran glauben, dass Askold und Dir dem Ruf Olegs folgten.

»He, ihr da. Die beiden Fürsten wollen Euren Wein probieren«, rief eine fremde Stimme aus einiger Entfernung. All unser Unglück, dass wir bei den Stromschnellen des Dnjepr, aber vor allem vor Konstantinopel erfahren hatten, schien sich zum Guten zu wenden.

Ich war hellwach. Mein Herz schlug bis zum Hals. Leise stieß ich Kogg an, der ebenfalls längst erwacht war, wie die anderen Männer auch. Gerne hätte ich noch einige Worte an unsere Krieger gerichtet, doch ich hielt den Mund, wusste nicht, was über Deck geschah, wie viele Wachen Kiews in der Nähe waren. Oleg nickte uns allen zu und ich tastete im Zwielicht des Laderaums nach meinem Schwert, das nicht an meiner Hüfte hing, sondern vor mir auf dem Boden lag. Wir hatten die Schwerter schon vor der Ankunft am Hafen aus der Scheide gezogen, damit wir zeitlich im Vorteil waren und uns die Geräusche jetzt nicht verraten konnten. Die Männer bückten sich nach ihren Waffen. Gebannt standen wir in der stickigen Luft.

»Braucht er wirklich sechzig Mann, um Wein zu kaufen? Mit so vielen Fässern kann ich nicht dienen«, sagte Alfgerir und ich wusste, dass diese Worte, die er den Wachen zurief, in Wahrheit an uns gerichtet waren. Schon am letzten Abend hatte ich erfahren, dass auch etwa sechzig Mann auf dem Kriegsschiff verweilten. Wir waren also in der Unterzahl.

Ich schaute Oleg fragend an, wollte eine Zustimmung, dass wir unseren Plan in die Tat umsetzen würden. Der Fürst Nowgorods erwiderte meinen Blick, wollte diese Entscheidung offensichtlich nicht alleine treffen. Ich nickte ihm zu, wir waren zwar in der Unterzahl, aber wir hatten das Überraschungsmoment auf unserer Seite und das war mindestens dreißig Mann wert. Wir konnten Askold und Dir erreichen, bevor die Kämpfer auf dem Kriegsschiff überhaupt wussten, in welcher Lage sie sich befanden, zumindest hoffte ich das. Gebannt warteten wir auf das vereinbarte Zeichen. In meiner Brust hämmerte mein Herz. Ich war mir sicher, dass das Klopfen und mein beschleunigter Atem bis an die Ohren von Askold und Dir dringen und uns verraten würde. Ich spürte jeden Herzschlag bis in meine Augen pulsieren, versuchte, auf dieser Welle aus Zorn, Aggression und Ungeduld weiter zu reiten, bis ich all diese Gefühle endlich herauslassen könnte. Ich starrte in die Gesichter unserer Männer. Oleg, Kogg, Eric, sie alle hatten ihre Schwerter mit der flachen

Seite auf ihre Brust gelegt, um beim Herausstürmen niemanden zu verletzen. Gebannt horchten wir auf das Treiben an Deck. Alfgerir und die Männer über uns suchten unauffällig nach ihren Waffen, die sie Backbord versteckt hatten. Da wussten wir, dass es nicht mehr lange dauern konnte.

»Ich grüße die Herren Askold und Dir mit meinem vollen Respekt«, hörte ich Alfgerir sagen. Einer unserer Männer unter Deck hustete. Mein Herz blieb stehen. Ich starrte den Mann mit weit aufgerissenen Augen an. Er hielt sich die Hand vor den Mund, versuchte damit, den Drang, erneut zu husten, zu unterdrückte. Wie ein Dröhnen war das Geräusch an mein Ohr gedrungen, viel zu laut. »Bist du ein Mann Olegs?«, fragte Askold in seinem gewohnt barschen Tonfall. Mein Herz schien still zu stehen. Schwindel überkam mich. Waren wir durchschaut worden?

»Nein, Herr«, wehrte Alfgerir ab.

»Aber Ihr hattet eine Nachricht von Oleg für uns.«

»Ja, Herr. Oleg kaufte Wein aus dem Frankenland bei uns und in einem Gespräch erfuhr er, wohin wir weitersegeln wollten.«

»Er schickt einen dahergelaufenen Händler, um uns zu sagen, dass er unsere Herrschaft über Kiew akzeptiert?« Askold schrie fast und spuckte aus. Er musste wissen, dass es eine Falle war, aber warum waren er und Dir dann hier bei uns am Fluss? Meine Gedanken überschlugen sich und nichts wollte einen Sinn ergeben.

»Werdet ihr dem Ruf Olegs folgen?«, fragte Alfgerir blauäugig.

»Ha«, rief Dir aus. »Dieses Fest ist eine Falle, um uns zu töten und Kiew in das Reich Nowgorods einzubinden. Für was hält er uns?«, wieder spuckte einer der beiden aus. »Ihr könnt ihm ausrichten, dass der Tag kommen wird, an dem wir seiner Einladung Folge leisten, ihn mit zehntausend Mann besuchen kommen, um mit seinem Kopf auf dem Mast unseres Schiffes wieder zurück nach Kiew zu segeln!«

Meine Hände zitterten. Mein Schwert schien zu vibrieren. Ich wollte diese beiden Männer zerreißen. Inständig betete ich, dass Alfgerir endlich das vereinbarte Zeichen geben würde. Askold und Dir waren auf diesem Schiff, worauf wartete er? Statt einem Ruf Alfgerirs hörte ich plötzlich andere Schreie, die in meine Glieder fuhren, als wären sie Blitze, die mich umschlingen, wie sie es mit Ruriks Mast vor Konstantinopel getan hatte.

»Falle!«, schrie ein Mann. »Das ist eine Falle!« Mehr Männer fielen in die Rufe ein. »Falle! Tötet sie!« Ich hörte Tumult, weitere Rufe, dumpfe Schläge, Gebrüll und verzweifelte Schreie. Wir warteten verwirrt auf unser Zeichen, wussten nicht, was wir tun sollten. Ich blickte Oleg an, der in eine Schockstarre gefallen war und ohne zu blinzeln, mit weit aufgerissenen Augen auf die Spitze seines Schwertes starrte. Augenblicke wurden zur Ewigkeit. Wir mussten Handeln. »Raus mit euch, ihr Hunde!«, schrie ich unseren Männer zu, durchstieß die Plane des Laderaums, stürmte nach oben, wendete meinen Kopf hin und her, versuchte, mir einen Überblick zu verschaffen. Unsere Männer auf Deck waren alle tot, von Speeren und Pfeilen durchbohrt lagen sie in ihrem Blut. Alfgerir lag vor meinen Füßen, eine Wurfaxt steckte in seinem Rücken. Die Männer auf dem Kriegsschiff hinter uns brüllten, warfen weitere Speere. Einer fuhr einem Mann durch den Hals, der gerade aus dem Laderaum kletterte. Ein Pfeil vom Wachturm tötete einen weiteren. Die anderen Geschosse konnten wir mit unseren Schilden abwehren. Der tödliche Hagel verebbte und die Krieger des Kriegsschiffes zogen sich an den Seilen, die mit dem Landungssteg verbunden waren, in unsere Richtung, wollten uns angreifen. Obwohl sie unsere Falle frühzeitig erkannt und todbringend unseren Überraschungsangriff vereitelt hatten, waren sie noch zu weit entfernt, um ernsthaft eine Gefahr für uns darzustellen. Wo waren Askold und Dir? Ich wendete suchend meinen Kopf, fand Kjell, Igor und Hrungnar, die Richtung Festung zeigten. »An Land, tötet sie«, riefen sie mir zu und sprangen sogleich vom Schiff. Das Blut und das Chaos auf Deck musste viele von uns blind gemacht haben. Askold und Dir rannten auf dem Landungssteg mit zehn ihrer Männer zurück zu den restlichen fünfzig, etwa sechshundert Schritt entfernten Kriegern, die von den Rufen und dem Kampf scheinbar noch nichts mitbekommen hatten. Ihre Schwerter steckten noch in den Scheiden. Erst jetzt, als sich der Hafen mit unseren Kriegern füllte, erkannten sie, dass sie in eine Falle getappt waren und eilten ihren Herren entgegen.

Ich hechtete auf den Landungssteg, schloss zu Kjell und den anderen auf. Zwei der zehn Getreuen, die die Herrscher Kiews aufs Schiff begleitet hatten, stellten sich uns in den Weg, versuchten Askold und Dir Zeit zu verschaffen. Eric, der die Situation am schnellsten erkannt hatte, war einige Schritte vor uns. Der rechte Krieger holte aus, griff unbeholfen an,

Eric stieß ihm seine Schwertspitze in den Hals, trat den anderen Widersacher kraftvoll zwischen die Beine. Beide Wachen fielen in den Fluss, der Überlebende versuchte sich gurgelnd und Wasser spuckend an Land zu retten. Hrungnar sprang von den Planken ans seichte Ufer und tränkte sein Schwert mit erstem Blut, als der Wachmann aus dem Schlick auf ihn zu kroch. Hrungnar stach ihm die Klinge zwischen die Augen. Blut spritzte über seinen Stahl. Ich rannte vorbei, schaute nach vorn. Weitere zwei der zehn Krieger von Askold und Dir hatten sich gelöst, stellten sich uns in den Weg. Oleg hieb einem Mann auf den Lederhelm unter dem es sofort rot hervorsprudelte. Der feindliche Krieger fiel wie ein Sack rückwärts zu Boden. Wir rannten weiter, brüllend, tobend, wie der Dnjepr, der sich bei Spitzertod durch Felsen kämpft. Ich warf einen Blick nach hinten und sah, dass das Kriegsschiff gerade an unsere Knorre stieß. Die ersten Krieger sprangen auf unser Boot. Auch wenn sie sehr weit hinter uns waren und erst über unsere leeren Schiffe laufen mussten, war es ein Spiel gegen die Zeit. Wir mussten Askold und Dir unschädlich machen, bevor uns diese Krieger in den Rücken fallen konnten. Ein plötzlicher Einfall schoss mir durch den Kopf. Ich rief Hrungnar und fünf weitere Männer an, die hinter mir rannten. Wir machten noch einmal kehrt, liefen zurück, töteten zwei Krieger, die sich erst jetzt aus den Türmen trauten, beschäftigten drei weitere, die vom Kriegsschiff auf uns zukamen, während zwei meiner Männer die Seile durchhackten, mit denen unsere Schiffe und jenes unserer Feinde festgemacht waren. Ganz langsam wurden sie allesamt von der Strömung erfasst, trieben auf den Fluss hinaus. All das ging viel zu langsam, einige Krieger schafften es an Land. Wir flohen wieder Richtung Kiew und hatten zwanzig Feinde hinter uns, die uns verfolgten. Immerhin mussten die restlichen Männer des Kriegsschiffes nun zu den Riemen greifen und an Land rudern. Wir hatten Zeit gewonnen, wenn auch nur sehr wenig. Immer wieder drehte ich mich um, hatte Angst, von der wilden Horde hinter mir eingeholt zu werden. Ein Speer fuhr in den Rücken meines Nachbarn. Er schrie, stürzte zu Boden. Ich rannte weiter, schaute ihm nach, sah Äxte auf meinen gefällten Kameraden niederfahren. Im Augenwinkel aber erkannte ich auch etwas, das mir ein Schmunzeln ins Gesicht zauberte. Unsere beiden Knorre waren zwischen das Ufer und das Kriegsschiff getrieben. Die Krieger versuchten sich verzweifelt mit den Rudern dieser Hindernisse zu entledigen, ohne großen Erfolg verzeichnen zu können. Ich war mir sicher, dass die Männer dort draußen in diesem Kampf keine Rolle mehr spielen würden. Auch unsere Verfolger verlangsamten mit einem Mal ihren Schritt, starrten an mir vorbei und ich folgte ihrem Blick den Hügel empor. Oleg und die anderen hatte die Schar von Askold und Dir längst erreicht, Schlachtenlärm drang an mein Ohr. Es war nicht das gewöhnliche Aufeinanderschlagen der Schilde in einem Schildwall, die Krieger Kiews waren viel zu überrascht, ja schockiert. Von einer effektiven Verteidigung waren sie weit entfernt. Die Schlacht schien bereits entschieden und die Krieger hinter mir wären in den sicheren Tod gerannt, hatten deswegen die Verfolgung aufgegeben. Ich dagegen stürmte weiter. Als ich endlich das Gewirr aus blutigen Klingen und entsetzlichen Schreien erreichte, war der Kampf schon vorbei. Einzig die beiden Fürsten kämpften noch. Kogg hackte gerade auf den Schild von Dir ein und brüllte dabei wie ein Stier.

»Ich will ihn lebend!«, rief ich meinem großen Kameraden zu. »Hörst du Kogg? Lass ihn leben!« Kogg hämmerte noch auf den Fürsten von Kiew ein, als dieser schon am Boden lag und nur noch einen halb zerfetzten Schild schützend vor sich hielt, um den tödlichen Schlägen zu entkommen. »Lass ihn leben!«, schrie ich wieder und erreichte meinen großen Gefährten endlich.

Dir überlebte die zahlreichen Attacken von Kogg tatsächlich, obwohl ich nicht mehr daran geglaubt hatte.

Einige Schritte weiter umkreiste Oleg seinen Feind Askold elegant und tänzelte mit einem erbeuteten langen Speer um ihn herum, versuchte, den schwerer gerüsteten Gegner mit seiner langen Waffe auf Distanz zu halten, um immer wieder blitzschnell zuzustechen. Ein geschwungener Hieb, der durch die Luft sirrte wie ein aufgewühlter Bienenschwarm, zwang Askold, sein Schwert zur Abwehr hochzureißen. Die Speerspitze traf auf die Klinge Askolds, Oleg drehte blitzschnell seine Waffe und fuhr dem Verräter von unten mit der Spitze durchs Gesicht.

Um diese beiden Zweikämpfe herum lagen die Männer Kiews mit aufgeschlitzten Bäuchen, gespalteten Schädeln oder zerstückelten Gliedmaßen in ihrem Blut, ohne dass ihre eigenen Schwerter rot gefärbt waren. Viele unserer Feinde flüchteten zurück zur Burg. Einige unserer Männer rannten ihnen hinterher, andere bildeten einen Kreis um Oleg und Askold herum, die immer noch miteinander kämpften. Kogg hatte Dir besiegt, ließ seinen am Boden liegenden Gegner nicht aus den Augen und hielt die Schwertspitze an dessen Kehle.

Ich drehte mich um. Die zwanzig Kämpfer des Kriegsschiffes hatten gewusst, dass sie keine Möglichkeit mehr hatten und waren zurück zum Boot geeilt, bereit zu flüchten oder doch anzugreifen, falls aus der Burg Verstärkung anrücken sollte. Wir hatten die beiden Fürsten in unserer Gewalt. Ich rechnete nicht damit, dass sich die zurückgebliebene Festungsmannschaft heraus trauen würde.

Ich wandte mich den Verrätern zu. Askold wusste, dass er sterben würde, dennoch wehrte er einen Angriff seines Widersachers nach dem anderen ab. Blut lief ihm aus dem Schnitt auf der linken Wange. Sein Gesicht glühte rot durch die Anstrengung. Er war stark wie ein Bär, aber Oleg war zu wendig, zu flink für seinen Gegner. Immer wieder stach er zu, bis Askold schnaufte, als wäre er ein müde gelaufener Ochse. Er rang nach Luft, war kaum noch fähig, sein Schwert zu heben, allerdings war er zu stolz, um aufzugeben, wollte hier und jetzt sterben, anstatt in unsere Gefangenschaft zu geraten. Diesen Gefallen tat Oleg ihm nicht. Er tanzte um ihn herum, stach wie eine Wespe zu, machte Askold mürbe, bis dieser zu einem letzten Hieb ausholte. Oleg wich dem Angriff aus, indem er einen Schritt nach hinten machte. Blitzschnell schwang er seinen Speer über Askolds Waffe hinweg. Er traf mit dem Speerschaft das Gesicht. Ich hörte den Knochen brechen. Askold taumelte, Oleg stieß ihm die stählerne Spitze in den Oberschenkel. Askolds Miene versteinerte. Er schrie nicht, ging nur in die Knie, sein Schwertarm sackte zu Boden. Der Kampf war vorbei. Unsere Falle hatte zugeschnappt, wir hatten gesiegt.

Kogg schleifte Dir heran, der aus zahlreichen Wunden blutete. Koggs linkes Ohrläppchen war abgeschnitten, Blut troff aus dem Schnitt hervor, es schien ihn aber nicht zu stören.

Da lagen sie, die beiden Verräter, die Rurik als so treue Diener bezeichnet hatte. Ich ging auf sie zu, voller Hass und Zorn. »Ich schwor, ich würde wieder kommen und euch töten«, sagte ich und spuckte aus. »Ich habe diesen Schwur gehalten.«

Askold und Dir schauten mich hasserfüllt an, sagten jedoch nichts. Zu schwer ging ihr Atem, als dass sie würdevoll ihre Stimme hätten erheben können, deshalb schwiegen sie.

Oleg stand neben mir, rang ebenfalls nach Luft, war aber im Vollbesitz seiner Kräfte und legte seinen Speer an den Hals von Dir. »Ihr habt Rurik verraten. Ihr nahmt das, was ihm gehörte«, raunte er, fuhr mit seiner Klinge an Dirs Hals entlang, hinterließ einen roten Streifen und tat das gleiche bei Askold. »Kiew ist sein Verdienst!«, fügte er hinzu und spie den beiden ins Gesicht, was jedoch nichts an den harten Zügen der Verräter änderte. Sie schlossen nur die Augen, wussten, sie würden sterben, ließen sich nicht einschüchtern und demonstrierten selbst in den letzten Momenten ihres Lebens Stärke, anstatt zu winseln oder zu flehen, wie es manch anderer getan hätte.

Oleg zog seinen Speer zurück, richtete seine Augen auf die Festung, auf dessen Wall sich viele Krieger, aber auch Frauen und Kinder versammelt hatten. Der Fürst von Nowgorod hatte die Aufmerksamkeit von Kiew und auch die Krieger des Schiffes auf dem Dnjepr hörten ihm zu. Er breitete seine Arme aus, drehte sich im Kreis und erhob laut seine Stimme. Ja, er brüllte diese Worte in den Himmel hinaus: »Kiew gehört meinem Vorgänger Rurik. Diese beiden Männer nahmen das Dorf in seinem Auftrag und bauten es zu seiner Festung aus. Es waren nicht Askold und Dir, die euch von den Chasaren befreiten, sondern es war Rurik, der Fürst von Nowgorod. Jetzt ist der Fürst tot und ich übernehme seine Nachfolge. Nun bin ich, Oleg, der neue Fürst Nowgorods. Ich beherrsche das Land der Rus vom Ladogasee bis zur Quelle des Lowat, von Izborsk bis Beloozero. Heute ist der Tag, an dem ich das Land, das sich diese beiden Verräter nahmen und damit ihren Treueid brachen, in mein Herrschaftsgebiet eingliedere. Ich bin von nun an der Fürst von Kiew.« Askold und Dir zeigten keinerlei Regung. Sie starrten vor sich hin, hielten den Kopf immer noch stolz erhoben.

»Ihr«, Oleg zeigte jetzt mit dem Speer auf die beiden Verräter, ohne aber an Lautstärke einzubüßen, »ihr beide seid nicht von fürstlichem Geschlecht! Ich, Oleg, bin von fürstlichem Geschlecht. Dies hier ist Igor«, er nahm den Jungen an seine Seite. »Igor ist Ruriks Sohn und auch er ist von fürstlichem Geschlecht.« Oleg ließ seine Worte wirken und drehte sich um, schaute, ob auch alle verstanden hatten, was er gesagt hatte.

»Ich, Oleg, bin der Fürst Nowgorods und der Herrscher der Rus. Ich werde Igor selbst entscheiden lassen, was mit den Verrätern seines Vaters geschehen soll.«

Igor war überrascht, fing sich jedoch sofort, reckte den Kopf in die Höhe, drückte seine Brust selbstbewusst heraus und rief laut: »Ich, Igor Ruriksson, werde die beiden Männer nach unserem Brauch sterben lassen. Sie sollen mit dem Schwert in der Hand den Tod finden und nach Walhalla ziehen. Ich selbst werde diese Hinrichtung vollenden!«

Ich kniff die Augen zusammen. War das klug? Immer hatte Igor den Sitten der Slawen den Vorzug gegeben. Jetzt, in diesem entscheidenden Augenblick, wollte er zwei Verräter nach Walhalla einziehen lassen? Doch wie sich später herausstellte, bewies er wieder, welch ein weiser junger Mann er war. Seine Entscheidung war unheimlich scharfsinnig, er erreichte damit vielerlei Dinge. Er zeigte sich gegenüber den Schweden, Norwegern und Dänen als jemand, der unseren Brauch in Ehren hielt und tötete seine Feinde in einem würdevollen Kampf. Auf unsere erfahrenen Krieger aus dem Westen kam es letztlich an. Sie bildeten trotz der Unterzahl das Rückgrat dieses Reiches, wenn es um kriegerische Auseinandersetzungen ging. Sie bildeten die Slawen aus. So folgten die Einheimischen ihren Ausbildern, sahen diese als Vorbild. Es war wichtig, dass Igor wiederum als Vorbild dieser Ausbilder angesehen war.

Askold und Dir wären im Vollbesitz ihrer Kräfte Igor weit überlegen gewesen, doch schwer verletzt konnten sie Schwert und Schild kaum hoch halten. Dennoch hatten sie nichts von ihrer machtausströmenden Aura verloren. Für die Krieger des Landes waren sie bis zuletzt der Inbegriff von Stärke. Trotz ihres verachtenswerten Wesens waren sie gute Kämpfer und somit sollte Igor das Ansehen erlangen, das er immer angestrebt hatte. Die Skalden würden von ihm als dem Bezwinger von Askold und Dir singen. Wenngleich es Oleg und Kogg waren, die sie wahrhaftig besiegt hatten, würden die Lieder einen großen Kampf besingen, den Igor geschlagen hatte.

In Wahrheit waren die beiden Duelle, mit denen die Verräter hingerichtet wurden, lächerlich und wenig imposant. Gäbe es nicht die ausgeschmückten Geschichten der Skalden, so hätte sich der Sohn Ruriks wohl kaum das Ansehen der Krieger im Reich der Rus verdient.

Dir sollte zuerst gegen ihn antreten. Er bekam einen neuen Schild und sein Schwert gereicht. Kogg hatte ihm die linke Hand zertrümmert und so musste ihm einer unserer Männer den Schild an seinen Arm binden. Der hölzerne Schutz mit dem Eisenbuckel hing schlaff von Dirs Körper herab und behinderte ihn mehr, als dass er ihm diente. Dir wehrte sich nicht. Er wusste, was Igor vorhatte und gab ihm nicht den ehrenvollen Kampf, den dieser sich gewünscht hatte. Er umklammerte lediglich sein Schwert, so dass die Knöchel seiner Hand weiß hervortraten, um es nicht zu verlieren und so nach Walhalla reisen zu dürfen. Sonst stand er wackelig auf den Beinen und fiel schon auf die Knie, als Igor ihm kraftvoll gegen den Schild schlug. Der zweite Hieb traf seine Schulter, rutschte von dort ab und schlitzte ihm den Hals auf. Blut strömte hervor und lief in schwachen Stößen über Dirs Ringpanzer, bis der Kopf nach hinten umklappte und der massige Körper letztlich grotesk zu Boden fiel. Selbst in diesem Moment verzog der ehemalige Fürst Kiews keine Miene, schaute bis zuletzt voller Gram in die Augen seines Feindes.

Askold wurde ebenfalls vor Igor geschickt und dieser Kampf war noch schneller vorbei als der erste. Der Krieger, den ich so hasste, hatte mittlerweile aus der klaffenden Wunde am Bein so viel Blut verloren, dass er nicht einmal stehen konnte. Igor tat das einzig Richtige, während er bei Dir noch versucht hatte, einen richtigen Zweikampf zu inszenieren, wusste er jetzt, dass ein weiteres Schauspiel vollkommen lächerlich erscheinen würde. Askold kniete vor ihm, Igor nahm das Schwert mit beiden Händen über seinen Kopf. Die Klinge nach unten gerichtet, stieß er es dem Verräter mit all seiner Kraft von oben in den Hals, dass der Stahl am Rücken wieder aus dem Körper heraustrat und erst im Boden stecken blieb. Der Sohn Ruriks öffnete seine Umklammerung um den Griff seines Schwertes, ließ die Waffe dort, wo sie war, so dass jeder sehen konnte, wie Askold auf dem Hügel von Kiew aufgespießt worden war.

Es herrschte Stille. Jeder starrte auf die beiden Toten und keiner wusste so recht, was er tun sollte. Es war an Oleg und Igor den nächsten Schritt zu wagen. Nach kurzem Zögern marschierten sie auf die Festung zu.

Ich schaute zum Dnjepr hinab. Das Kriegsschiff wehrte sich mit leichten Ruderschlägen gegen die Strömung. Die Männer schauten den Hügel hinauf. Sie waren Askold und Dir gefolgt, aber sie waren ihnen unterstellt worden und somit sah ich in ihnen keine Verräter, sondern nur Männer, die die Befehle ihrer Herren befolgt hatten. Ich ging zu Oleg und Igor. »Wir sollten diese Männer wieder in unsere Reihen aufnehmen«, sagte ich. Oleg nickte, stimmte mir zu, lief weiter auf die Festung zu, während ich mit Kogg, Eric und Kjell den Hügel hinab zum Ufer rannte.

»Wir sehen in euch keine Verräter!«, schrie ich den Männern zu. »Ihr dientet Rurik, nun dient Oleg, dem neuen Fürsten. Kommt an Land, schwört ihm die Treue und wir werden euch in keiner Weise für den Verrat von Askold und Dir belangen.«

Es herrschte Schweigen und ich war gespannt, wie sie sich entscheiden würden. Doch was blieb ihnen anderes übrig? Wo sollten sie hin? Oleg herrschte über das gesamte Land vom Ladogasee bis nach Kiew und noch darüber hinaus. Sie hätten also höchstens den Djnepr hinunter bis ins Schwarze Meer fahren können. Oder sie hätten sich bis zum Ladogasee und zurück nach Schweden schlagen können. Beide Möglichkeiten waren unheimlich riskant. So kam es, wie es kommen musste. Die Krieger ruderten an Land, folgten uns den Hügel hinauf. Jeder einzelne trat vor Oleg und Igor, kniete nieder und schwor den beiden vor den Toren Kiews die Treue.

Die Krieger auf dem Festungswall sahen zu und ich war mir sicher, dass diese Augenblicke einen großen Einfluss auf jeden einzelnen Mann hatten, der sich hinter den Mauern versteckt hielt. Sie wussten nun, dass sie keine Rache vor uns zu befürchten hatten.

»Öffnet das Tor!«, schrie Oleg.

Wir warteten kurz, es waren Momente des Zweifelns. Mit achtzig Mann waren wir den Hügel Kiews emporgestiegen, mit den wieder eingegliederten Kriegern waren wir etwa hundertdreißig. Das reichte noch lange nicht aus, um diese Festung zu erobern. Würden die Männer auf dem Festungswall sich uns widersetzten?

Die großen Flügeltüren bewegten sich knarrend nach innen. Meine Frage war beantwortet. Wir hatten Kiew endgültig erobert. Oleg schritt voran, wurde von Igor begleitet, wir anderen folgten ihnen, schauten uns um. Es war keine große Stadt und dennoch war sie in den wenigen Wochen unter Askolds und Dirs Herrschaft gewachsen. Vor uns erstreckte sich ein breiter Weg, der mit Handwerkshäusern zur Linken und Rechten gesäumt war. Krieger begrüßten uns, knieten nieder, viele Bewohner streckten neugierig und ängstlich zugleich die Köpfe aus den Hütten. Es herrschte Stille und es schien, als wären alle Augen auf den neuen Fürsten gerichtet. Oleg nickte den Kriegern zu, nahm ihnen den Treuschwur ab, schritt nach diesen endlosen Momenten den Erdhügel des Walls hinauf und schaute an den Palisaden hinunter. Ich folgte ihm mit meinen Gefährten. Gemeinsam schritten wir die Erhöhung entlang, blickten über das weite Land im Westen. Was Oleg wohl in diesem Moment dachte? Ich weiß es nicht und er offenbarte uns seine Gedanken nicht. Stattdessen schritt er weiter den Wall ab, bis wir die Stadt umkreist hatten und nach Osten blicken konnten. Der Dnjepr lag unter uns, wir sahen den Hafen mit dem Kriegsschiff. Etwas weiter südlich waren unsere beiden Handelsschiffe von der Strömung an den Strand getrieben worden. Sie hatten uns den Zugang zu dieser Stadt gesichert. Die Sicht war trotz der dichten Wolkendecke sehr gut und wir konnten dem Strom mit unseren Blicken bis weit in den Süden und Norden folgen.

»Kiew«, sagte Oleg gedankenverloren. Weiter nichts, er sagte einfach nur Kiew und dachte nach. Die Zeit verstrich und wir alle schauten Oleg an, der immer wieder auf den Dnjepr blickte. Endlich drehte er sich zu uns um, sah Igor und mich an, wandte sich schließlich zur Stadt.

Viele der slawischen Bewohner waren aus ihren Häusern gekommen, hatten die Angst verloren oder waren zu neugierig und wollten sehen, wer ihr neuer Fürst war.

Oleg traf in diesem Moment eine ähnlich schicksalhafte Entscheidung wie Rurik damals, als er den Ilmensee befahren und beschlossen hatte, Nowgorod zu gründen.

»Kiew«, wiederholte Oleg und wandte sich dann mit lauten Worten an die Bewohner der Stadt, »Diese Stadt«, er machte eine Pause und breitete die Arme aus, bevor er fortfuhr, »diese Stadt soll das Zentrum meines Fürstentums werden. Von hier will ich das Land der Rus regieren. Kiew ist die Mutter aller russischen Städte!«

Kapitel 19 - Tod im Westen

»Nein, ich bleibe hier.«

»Bithia, ich kann verstehen, dass du unser Zuhause nicht aufgeben willst, aber sei bitte vernünftig. Sobald es Frühjahr wird, muss ich zurück nach Kiew.«

»Um Menschen zu töten?«

»Nein, um die Handelslinie zu beschützen«, sagte ich genervt.

Ein Jahr war vergangen, seit wir Kiew erobert hatten. Bereits im letzten Sommer wurde die Handelsroute stark befahren. Oleg erlangte durch die Abgaben Reichtümer, die die von Rurik weit übertrafen. Nicht nur er war reich geworden. Die Händler, die den langen und gefährlichen Weg auf sich genommen und Konstantinopel erreicht hatten, verdienten Silber in rauen Mengen. Miklagard bezahlte viel für das Elfenbein, den Bernstein und die Felle aus dem Norden. So war es ein lohnendes Unternehmen, die gefährliche Fahrt auf sich zu nehmen. Mit der Zunahme der reichen Händler wurde der Schutz der Handelslinie zusehends schwieriger. Schon Ende des letzten Jahres hatte ich nur selten Zeit mit meiner Frau verbracht. Stattdessen hatten wir mit der vollbesetzten Odrerir den Dnjepr einige Male befahren, hatten all den Händlern Schutz geboten, die nach Konstantinopel unterwegs gewesen oder von dort gekommen waren. So erfuhren wir am eigenen Leib, dass die Handelsroute angenommen und emsig genutzt wurde, dass allen voran aber die Petschenegen den Fluss unsicher machten. Sie waren ein ständiger Unruheherd und kaum zu bändigen. Verschiedene Gruppen hatten immer wieder an unterschiedlichen Stellen angegriffen. Am häufigsten bei den Stromschnellen, wo die Schiffe getreidelt wurden. Spitzertod stellte dabei die größte Gefahr dar, da hier die Handelsboote sogar getragen werden mussten. Die Händlergruppen waren hier am anfälligsten. Schutz konnten wir ihnen an dieser Stelle kaum bieten. In diesem unwegsamen Gelände war es uns unmöglich, eine kleine Festung oder ähnliches, wie an den Stromschnellen weiter nördlich, zu errichten. Der Flussabschnitt hinter Kiew war somit der gefährlichste Teil der Reise. Zu allem Überfluss hatten sogar die vermeintlich zurückgeschlagenen Volksstämme, wie die Chasaren, Blut geleckt. Voll beladene Handelsschiffe strahlten zu viel Reichtum aus. So manch bodenständiger Bauer konnte der Versuchung nicht widerstehen und schloss sich kleineren Gruppen an, die die Händler das Fürchten lehrten. Sogar einige Männer der verbündeten Poljaren waren unter diesen Räubern.

»Oleg braucht uns«, erklärte ich meiner Frau eindringlich.

Er wollte auf dem Dnjepr einen Marktfrieden erschaffen, wie er auf der Schlei bei Haithabu und im Hafengebiet Birkas herrschte. Er hatte zu wenig Mann, um viele stationäre Festungen entlang des Flusses zu errichten, so wie es Rurik im Norden getan hatte. Stattdessen sollten wir mit unseren Schiffen auf dem Dnjepr patrouillieren.

»Er braucht mich«, wiederholte ich. »Sein Vorhaben ist sowohl von großer Bedeutung, als auch von ungeheurem Ausmaß, so dass er jeden Mann dafür benötigt.«

»Er braucht dich und nicht uns«, sagte Bithia stur.

»Er vielleicht nicht, aber ich brauche dich! Und ich brauche Edda!«

»Dann solltest du uns hier zurücklassen, hier sind wir sicher.«

Seit Tagen stritten wir um dieses Problem. Heftiger als je zuvor. Bithia wollte nicht einlenken und hier auf der Festung bleiben, anstatt mit mir nach Kiew zu kommen. Selbst wenn ich den ganzen Sommer in der neuen Hauptstadt des Fürstentums verbringen musste, wollte sie diese Burg nicht verlassen. Es war eine Trotzreaktion und ich hoffte, dass sie ihre Meinung ändern würde. So schwer war es ihr gefallen, mich zur Eroberung Kiews ziehen zu lassen, so sehr hatte sie mich das letzte Jahr vermisst. Die ersten Wochen nach meiner Rückkehr waren wunderschön gewesen. Der Winter war gekommen, Schneeflocken hatten den Himmel verziert, Morgen für Morgen hatte Edda an unserer Bettstatt gestanden, bereit mit uns hinaus in den Wald zu gehen. Doch von dem Tag an, als ich von meinem Vorhaben erzählte, im Sommer dauerhaft nach Kiew ziehen zu wollen, war alles anders. Bithia schien mich dafür zu verachten. Sie wollte hierbleiben, mich alleine lassen.

Ein Teil von mir konnte sie verstehen. Jetzt, wo sie die slawische Sprache gelernt hatte, der Lowat, der Ilmensee und der Wolchow durch das Land der Burgen, das Rurik aufgebaut hatte, gesichert war, konnten wir uns hier in unserer Festung und den umliegenden Wäldern frei bewegen. Wir brauchten nichts zu befürchten. Wenn sich Bithia weiter von unserem Zuhause entfernte, so wurde sie von zwei bis drei Kriegern der

Festung begleitet. Bis auf kleine Diebesdelikte gab es vom Lowat bis zum Ladogasee keine größeren Zwischenfälle mehr zu beklagen. Wo viele Menschen aufeinandertrafen, der Handel florierte, gab es Räuber, das stand außer Frage. Diese hatten es hier jedoch so schwer, dass sich die meisten tief in den Wald verzogen oder gleich in den Süden wanderten, wo es leichtere Beute zu holen gab.

Häufig ging Bithia mit Norell nach Nowgorod, kaufte auf dem Markt Kräuter, Stoffe, Schmuck, verbrachte die Tage mit ihrer Freundin, stickte und nähte. Es fehlte uns an nichts und es schien fast so, als wäre unser Traum in Erfüllung gegangen, unsere Tochter in einer friedlichen, vom Handel geprägten Welt aufzuziehen.

»All dieser Friede ist mit Silber erkauft«, rief ich Bithia wieder einmal ins Gedächtnis. Sie verschloss sich vor dieser Wahrheit und wollte nicht glauben, dass ich nach Kiew ziehen musste, um Oleg zu unterstützen, den Handel mit Konstantinopel zu erweitern und zu schützen. Nur durch den Fürsten des Landes der Rus wurde diese Festung unterhalten.

»Sein Reichtum, seine Macht sorgt für unsere kleine heile Welt. Wir würden diese Unterstützung, unser Zuhause verlieren, wenn ich Oleg alleine lasse«, sagte ich. Bithia schwieg, tat so, als hätte sie meine Worte nicht einmal wahrgenommen und zeigte Edda, wie sie die Teigfladen möglichst dünn drückte, damit sie schneller gar waren. Edda hörte aufmerksam zu und nickte.

»Bist du glücklich, Edda?«, fragte Bithia.

»Ja«, antwortete meine Tochter.

»Heute Abend gehen wir wieder in den Wald, Brennholz sammeln. Freust du dich darauf?«

»Natürlich freu ich mich«, lachte Edda. Sie liebte den Wald, verbrachte mehr Zeit dort draußen als bei uns in der Hütte, obwohl sie Bithia oft helfen musste.

Meine Frau wandte sich zu mir. Ihr Gesicht zeigte Verbissenheit, Zorn und Enttäuschung. »Wäre sie in Kiew ebenso glücklich?«

»Oleg würde uns ein großes Haus erbauen lassen.«

»Könnten wir mit unserer Tochter durch die nahen Wälder ziehen?« Sie stellte diese Frage zum dritten Mal. Ich ging nicht mehr darauf ein, sondern schaute zu Boden. »Ich kenne die Antwort schon. Kiew ist nichts für eine Frau und ein Kind.«

»Ich kann nicht glauben, dass du mich ziehen lässt.«

»Das hört sich so an, als würden wir dich verlassen«, lachte Bithia hämisch. Die Worte trafen mich tief, machten mir schmerzlich bewusst, dass ich es war, der seine Familie zurück lassen würde. Hatte ich aber eine Wahl? Ich musste nach Kiew, sobald der Winter vorbei war. Oleg rechnete mit uns. Ich hatte ihm die Treue geschworen. Meine Gefährten und ich waren dem neuen Fürsten des Ruslandes scheinbar so wichtig, dass er uns sogar aufteilen und jedem von uns eines der Dörfer unterstellen wollte. Das war eine große Ehre, die kleinen Siedlungen würden sich durch den Handel in kurzer Zeit zu kleineren Städten entwickeln. Allen voran Smolensk, ein Dorf, welches im Norden des Dnjepr lag. Dort, wo man die Schiffe über das Land und die Düna in den Lowat transportierte. Oleg wollte Smolensk mir unterstellen. Ich hatte dieses Angebot abgelehnt. Zu unsicher erschien mir dieses noch unbefestigte Dorf für meine Frau und mein Kind. Stattdessen wollte ich mit meiner Familie nach Kiew ziehen, von dort mit der Odrerir den Dnjepr beschützen. Oleg war mit dieser Entscheidung einverstanden, was er aber nicht akzeptieren konnte, war, dass einer seiner wichtigsten Krieger im Norden auf seiner Festung sitzen und sich dick fressen würde. Bithia beharrte genau darauf, sie wollte hier bleiben.

»Er braucht keine Frauen und Kinder in seinem ungesicherten Reich, in dem täglich Menschen überfallen, ermordet und entführt werden. Was würdest du tun, wenn die Petschenegen Edda in ihre Gewalt bekämen?« Bithia schaute mich eindringlich an.

»In Kiew ist es sicher«, wusste ich es besser. Kiew war nicht einzunehmen, ich ahnte jedoch, worauf Bithia hinaus wollte. Sobald man die Tore dieser Festung hinter sich ließ, war man allen Gefahren ausgesetzt. Bithia und Edda wären gefangen in der Stadt. War es besser, meine Familie in unserer Festung bei Nowgorod zurückzulassen? Hier waren sie glücklich und in Sicherheit. Ich liebte die beiden so sehr, dass ich keinen Tag ohne sie verbringen wollte. Es erschien mir jedoch mit einem Mal egoistisch, meine Familie der Unsicherheit des Südens auszuliefern.

»Du hast Recht«, sagte ich einsichtig mit einem trotzigen Unterton. Bithia schaute mich überrascht an. »Ihr seid hier sicher. Ich muss dennoch gehen. Oleg braucht mich. Wenn ich die Handelslinie nicht beschütze, dann werden unschuldige Händler getötet. Entspricht das deiner Vorstellung einer heilen Welt?«

»Nein, natürlich nicht«, antwortete Bithia. »Doch du bist hierher ge-kommen, um Händler zu werden. Stattdessen tötest du wieder, wie du es in Lindisfarne auch getan hast.«

»Das ist nicht wahr«, äußerte ich aufgebracht und Bithia wusste, dass ihre Worte nur den Sinn erfüllt hatten, mich zu kränken. Ich schämte mich für meine Taten in Lindisfarne, das wusste sie besser als ich. »Du willst nicht verstehen, dass ich jeden Mord, den ich begehe, streng ge-nommen nur für deine Welt vollführe. Mit Ausnahme des kläglich ge-scheiterten Eroberungsversuchs bei Konstantinopel, fechte ich, seitdem ich dich kenne, nur noch für deinen Willen. Für den Frieden, für uns. Für Edda! Das Schicksal machte mich nun einmal zu einem Krieger und ich kann mich scheinbar nicht dagegen wehren. Ich versuchte, diesem Handwerk zu entfliehen, aber es gelang mir nicht. Anstatt selbst Handel zu treiben, beschütze ich nun die Händler und dies scheint mir eine ehrenvolle Arbeit zu sein.«

»Menschen zu töten ist niemals ehrenvoll!«

»Vielleicht mag es in deinen Augen nicht ehrenhaft sein, aber selbst Ansgar sagte mir in Haithabu, dass es manchmal nötig ist, zu töten, um den Frieden zu wahren. Er sagte, dass er in mir einen Krieger sieht, der tötet, weil er sein Land, seine Familie verteidigt, weil er den Schwäche-ren hilft.«

Bithia schaute mich mit gerunzelter Stirn an. »Das hat Ansgar sicher nicht gesagt.«

»Das hat er. Wenn du ein wenig darüber nachdenkst, weißt du, dass er damit Recht hat. Du, Bithia, verlangst zu viel.«

Sie starrte mich an, ihr Gesicht immer noch in Falten gelegt.

»Wollen wir zum Fluss laufen, meine Kleine?«, fragte ich meine Tochter.

»Ja«, antwortete sie begeistert. Ich nahm Edda an der Hand und ging mit ihr nach draußen, ließ meine Frau mit ihren Gedanken allein. Ich konnte Bithia nicht mehr davon überzeugen, mich nach Kiew zu begleiten. Ich hoffte auf ihre Einsicht, dass mein steter Kampf für das Gute in dieser Welt war.

Edda war jetzt sechs Jahre alt und redete viel. Sie hinterfragte und zwei-felte alle erdenklichen Dinge an, die ihr in den Sinn kamen. Ich versuch-te, all ihre Fragen so geduldig wie möglich zu beantworten, spürte aber, dass Edda über meine Worte nachdachte und abwog, ob sie meiner Meinung war. Sie hatte einen eigenen Willen entwickelt.

Es war ein schöner Wintertag, als ich mit ihr am Hafen ein wenig spazieren ging. Kruk begleitete uns. Da er an diesem Tag scheinbar keine Lust hatte, andere Vögel zu ärgern, flog er ständig über unsere Köpfe und versuchte ein ums andere Mal, auf uns zu landen. Lachend wehrte ich ihn immer wieder mit der Hand ab. Edda hatte sichtlich Spaß. Dieser Vogel hatte mir schon so oft geholfen und genoss seitdem alle Freiheiten. Selbst wenn er einen Scheinangriff auf mich startete, gewährte ich ihm diese Freude und nahm kleine Kratzer durch sein Krallen in Kauf.

Wir kamen zur Odrerir, die schon im Spätherbst an Land gezogen worden war. Kurz schauten wir zu, wie die Festungsmannschaft einige Planken austauschte, die zu stark beschädigt waren. Edda fragte etwas, das Hämmern der Arbeiter übertönte jedoch ihre Worte und so gingen wir am Strand des Lowat nach Süden.

»Warum kann das Schiff nicht fahren?«, wollte Edda wissen.

»Weil es repariert werden muss.«

»Ist es kaputt?«

»Ja, der große Sturm bei Konstantinopel beschädigte einige Planken, die bei den vielen Fahrten über den Dnjepr letztes Jahr endgültig brachen.«

»War der Sturm wirklich so groß?«

»Ja das war er, du kannst mir glauben«, grinste ich. »Es war wirklich ein sehr, sehr starker Sturm und ich weiß selbst nicht genau, warum er über uns kam. Vermutlich hatte Thor in diesem weit entfernten Land keine Macht mehr und die Riesen, die Midgardschlange oder andere Götter brachten diesen Orkan über uns. Willst du vielleicht eine Geschichte über Thor hören?«, fragte ich, dachte dabei wie aus dem Nichts an meinem Großvater und fasste mir an den Hals. Das Hammeramulett, welches er mir geschenkt hatte, hing immer noch dort, wo ich es vor so vielen Jahren umgehängt bekommen hatte. Nur die Pferdehaare hatte ich gegen ein Lederband ausgetauscht.

»Ja! Die Geschichte von Roskva und Thjalfi«, antwortete Edda begeistert.

»Mein Großvater erzählte mir diese Geschichte, als ich so alt war, wie du es jetzt bist«, erinnerte ich mich laut. »Du kennst diese Geschichte doch auswendig, oder etwa nicht?«

»Nein, das tue ich nicht«, beteuerte sie. Ich wusste, dass das nicht die

Wahrheit war. Schließlich verband diese Geschichte meine Frau und mich. War es nicht genau diese Legende, durch die wir auf der Fahrt von Lindisfarne nach Norwegen Vertrauen ineinander gefasst hatten?

»Deine Mutter erzählt sie dir nahezu jeden Abend, da bin ich mir sicher.«

»Nein, das tut sie nicht. « Seit einem Jahr begann meine Tochter damit, das Lügen zu erlernen. Niemand brachte es ihr bei. Scheinbar verstand sie allein, dass sie durch falsche Aussagen an Dinge kommen konnte, die sie durch die Wahrheit nicht erreichen würde. Eindringlich schaute ich Edda an, die daraufhin lachte, ich hatte sie durchschaut.

»Du sollst doch nicht lügen«, sagte ich ihr, konnte mir aber ein Grinsen nicht verkneifen. »Wenn du mir versprichst, es nicht mehr zu tun, werde ich dir eine andere Geschichte erzählen. Eine sehr lustige.«

»Ich verspreche es«, sagte Edda gleich. Sie war ein kluges Kind. Wir sprachen Slawisch, doch Edda beherrschte auch unsere nordische Sprache.

»Ich glaube dir, meine kleine Dame. Ich erzähle dir die Geschichte, wie Thor einen Riesen heiratete.«

»Was bedeutet heiratete?«

»Das weißt du nicht? Du lügst doch schon wieder!«

»Nein, tu ich nicht. Ich weiß nicht was heiratete bedeutet.«

»Wenn Mann und Frau einen Bund eingehen, den sie ihr ganzes Leben nicht brechen werden, heiraten sie.«

»Bist du mit Mama heiraten?«

»Mit Mama verheiratet heißt es dann. Ja, deine Mama und ich sind verheiratet.« Das entsprach nicht der Wahrheit, niemals hatte eine offizielle Zeremonie stattgefunden. Dennoch wussten wir beide, dass unsere Seelen auf ewig miteinander verbunden waren und uns nicht einmal der Tod trennen konnte.

»Jetzt lass mich dir die Geschichte erzählen«, fuhr ich fort und setzte mich auf einen Baumstumpf. Edda kletterte auf meinen Schoß und legte ihren Kopf an meine Schulter. Sie liebte Geschichten, war süchtig danach. Die Legenden der Götter wurden natürlich ganz besonders gern gehört. Ich überlegte kurz, ob ich nicht auch diese Sage schon erzählt hatte, aber was machte das für einen Unterschied. Es schien oft so, als könne Edda die Geschichten unendlich oft hören, ohne dass ihr langweilig wurde. So begann ich zu erzählen:

ᚠᚢᚺ ᛗᛗᚱ ᛗᛟᛗᚠ »Eines schönen Morgens erwachte Thor. Die Vögel zwitscherten, die Sonne stand am Himmel und hatte den Tau auf den Blättern der Bäume und auf den Halmen der Gräser längst getrocknet. Verschlafen und mit zugekniffenen Augen tastete Thor nach seinen Hammer, den er am Abend zuvor neben sich auf seine Bettstatt gelegt hatte. Doch was war das? Der Hammer schien fort zu sein. Der Donnergott riss die Augen auf, schaute in seinem ganzen Haus nach seiner Waffe, fand sie aber nicht. Seine Frau und seine Kinder, sogar Thjalfi und Roskva wussten ebenfalls nicht, wo der Hammer sein konnte. Verzweifelt suchte Thor Rat bei seinem Freund Loki. Der meinte, der Hammer sei wohl von den Riesen gestohlen worden. Schnell liefen sie zu Freyja, um sich Fluggewänder zu borgen, flogen nach Utgard ins Land der Riesen und fanden den Riesen Thrym, der auf einem Hügel saß. Loki fragte ihn sogleich, ob er den Hammer Thors gesehen habe. ›Hoho‹, lachte der Riese. ›Ich selbst habe den Hammer gestohlen und tief unter die Felsen eines Berges gelegt, zu dem nur ich den Zugang kenne.‹ Thor war außer sich vor Wut, ballte die Fäuste, doch ohne seinen Hammer konnte er nichts ausrichten. Thrym lachte wieder und forderte Freyja als Gemahlin, wenn Thor seinen Hammer wiederhaben wollte. Geschwind flogen die beiden Götter heim nach Asgard, besuchten erneut die schöne Freyja und berichteten ihr, was vorgefallen war. Sie baten die Göttin, den Forderungen Thryms nachzukommen. Freyja weigerte sich, wies die Bitte zornig zurück. Thor und Loki waren ganz verzweifelt, wussten nicht, was sie tun sollten und wandten sich schließlich an Odin. Die Umstände waren bedrohlich, denn mit dem Hammer wäre es den Riesen ein Leichtes, Asgard zu erobern. Odin rief schnell eine Ratsversammlung ein, an der alle Götter und Göttinnen teilnahmen. Viel wurde gesprochen, bis Heimdall endlich einen guten Einfall hervorbrachte. Er schlug vor, Thor als Frau zu verkleiden und ihn selbst als Freyja zu Thrym zu schicken. ›Schmückt ihn mit einem Brautschleier, Freyjas Halsband, weiblichen Gewändern und steckt ihm Steine anstatt des Busen in seine Oberbekleidung‹, sagte Heimdall.«

Edda lachte und fand es unheimlich komisch, dass sich Thor als Frau verkleiden sollte.

»Thor war misstrauisch«, fuhr ich fort, »er befürchtete, von all seinen Freunden ausgelacht zu werden. Loki redete ihm gut zu, schließlich ging es um die Sicherheit aller Götter. Er selbst werde sich ebenfalls als Frau verkleiden, um Thor als Dienstmagd zu begleiten. Unter diesen Voraussetzungen willigte Thor in den Vorschlag Heimdalls ein. Schon wenige Tage später zogen er und Loki in Frauengewändern zu Thrym. Der Donnergott trug einen Schleier, der sein Gesicht verhüllte und hinter seinem Kopf so lang war, dass ihn Loki tragen musste, damit er nicht auf den Boden schleifte. Bei Thrym angekommen, war der Riese sehr überrascht, dass Freyja so schnell seinem Ruf gefolgt war. Geschwind ordnete er ein großes Fest zur bevorstehenden Heirat an. Nur die feinsten Speisen wurden aufgetischt, denn Thrym war überaus reich, konnte seiner zukünftigen Braut eine große Feier mit reichlich Essen bieten. Thor ließ sich nicht lange bitten und aß einen ganzen Ochsen, acht Lachse und trank drei Fässer Met. Thrym war verwundert, ja sogar erschrocken, wie viel Freyja essen und trinken konnte. Verärgert über das ungehaltene und auffällige Verhalten seines Freundes, versuchte Loki zu erklären. Er beteuerte, dass Freyja seit acht Tagen aus Sehnsucht und Liebe nichts gegessen und getrunken habe. Thrym war so entzückt, dass er Freyja sogleich küssen wollte. Als er ihr aber zu nahe kam, erkannte er die vor Zorn rot angelaufenen Augen, die sich hinter dem Schleier verbargen. Wieder versuchte Loki, mit seiner Redegewandtheit den Riesen zu besänftigen. Freyja habe acht Nächte nicht geschlafen, aus lauter Sehnsucht und Liebe zu Thrym. Nur deswegen habe sie so rote Augen. Der Riese wurde verlegen und befahl vor lauter Glück, den Hammer holen zu lassen, um sein Versprechen zu halten. Ein Diener legte den Hammer vor Thor auf den Tisch und als der Gott seine heilige Waffe sah, fühlte er die Kraft und die Lebenslust in seinen Körper zurückkehren. Er umschloss den Hammer mit seiner Faust und war voll des Glückes. Sogleich erschlug Thor den bösen Riesen und seine gefährlichen Freunde, bevor er und Loki endlich wieder mit dem Hammer heim nach Asgard gehen konnte.«

ᚠᚢᚼ ᛞᛖᚱ ᛗᛟᛟᚠ

Edda freute sich sehr über diese Geschichte und machte mich mit ihrem Lachen glücklich. Ich fragte mich in diesem Moment, ob Bithia nicht

Recht hatte. Sollte ich nach einem Ausweg suchen, hier auf der Festung bleiben zu können, um mehr Zeit für meine Familie zu haben?

Gemeinsam mit Edda ging ich zurück zur Odrerir, wollte in die Festung, hoffte, dass mir meine Frau wieder freundlich gegenübertreten würde. Doch als die Hammerschläge der Arbeiter an der Odrerir wieder lauter wurden, erspähte ich ein Schiff. Es war Igors Schiff, das er letztes Jahr hatte erbauen lassen. Es hatte ein grauschwarzes Segel, das mit Asche und Eiweiß gefärbt worden war. Rote, schräg verlaufende Streifen machten es unverwechselbar. Auch die Planken waren in diesen Farben eingestrichen worden. Geduldig und voller Vorfreude auf meinen Freund wartete ich am Ufer des Lowat, bis das prächtige Kriegsschiff am Landungssteg festmachte. Igor sprang von Deck, lief auf mich zu und umarmte mich. Edda grüßte er ebenso herzlich. »Es freut mich, dich wiederzusehen«, sagte ich und nahm im Augenwinkel einen anderen Mann wahr, den ich zuvor noch nicht gesehen hatte. »Was verschafft mir die Ehre deines Besuches?«

»Ich bringe dir jemanden, den du kennenlernen solltest«, grinste Igor. Gespannt hob ich den Kopf, spähte zum Schiff und betrachtete den Mann, der auf uns zukam. Er war größer als Kogg, wirkte aber aufgrund seines jungen Alters schmächtiger. »Sein Name ist Harald.« Igor zeigte, die Handflächen nach oben hin geöffnet, ganz höflich auf den jungen Mann. Ich grüßte den Fremden und stellte mich vor.

»Ich hörte von Euch und eurem Raben«, nickte Harald mir zu. Er war so groß, dass ich meinen Kopf in den Nacken legen musste, um ihn ansehen zu können. Mit seinem fast weißen, langen Haar, den tiefen, eisblauen Augen und den noch jugendlichen Gesichtszügen erinnerte er eher an einen Reiffriesen.

»Er ist Norweger«, erklärte Igor. »Er kam mit einem Kriegsschiff und seinen Männern nach Nowgorod und hat eine unterhaltsame Geschichte zu erzählen. Ich dachte mir, dass sie dich im Besonderen interessiert. Da wir uns schon lange nicht mehr gesehen haben, nehme ich mir bei der Verwaltung der Stadt eine Auszeit, um dir Harald vorzustellen.«

»Das freut mich sehr!«, sagte ich und war tatsächlich sehr gespannt, was Harald aus dem Land, in dem ich so viele Jahre verbracht hatte, berichten konnte. »Seitdem ich dort fortging, hörte ich nicht mehr viel aus Norwegen«, erzählte ich. »Bevor du mir jedoch verrätst, von wo genau du stammst, lasst uns meine Tochter zu meiner Frau begleiten.«

Harald willigte ein, schritt schweigend neben uns her, während Igor mir das Neueste aus Nowgorod und Ladoga berichtete. Der Sohn Ruriks war zu einem Mann gereift, dennoch redete er wie noch vor Jahren ohne Unterlass, fragte viel, war wissbegieriger denn je. Von seiner kindlichen Stimme war nichts mehr zu hören, stattdessen drangen seine Worte in einem dunklen, fast bärenhaften Tonfall an mein Ohr. Ich bat die Gäste in unser Haus. Bithia begrüßte mich, als ich eintrat. Ich sah ihre reumütigen Blicke. Auch ich war auf Versöhnung aus, doch vor unseren Gästen wollten wir unseren Streit nicht ausdiskutieren und beilegen.

»Nun, ich bin wirklich sehr gespannt, was du mir aus meiner alten Heimat berichten kannst«, sagte ich zu Harald, nachdem alle einen kräftigen Schluck warmes Bier getrunken hatten.

»Ich denke, da gibt es einiges, was Euch ins Staunen versetzen wird«, antwortete der junge Mann mit einer tiefen, dumpfen Stimme. Er sprach mich betont förmlich an und das machte ihn mir auf eine gewisse Art unsympathisch. Seine Anrede klang vorwurfsvoll. Ich selbst hatte ihm gegenüber auf Förmlichkeiten verzichtet, ihm diesen Respekt nicht entgegen gebracht und das missfiel ihm. Ich hielt nicht viel davon. Es waren Höflichkeitsfloskeln, die niemandem nütze waren. »Ich bin der Thronanwärter Norwegens«, betonte Harald. Ich schaute ihn an, runzelte leicht die Stirn, wusste nicht, wie ich darauf reagieren sollte. Schließlich lachte ich, denn Norwegen bestand aus einzelnen Dörfern. Es war kein Frankenland, in dem ein König regierte. Die Fjorde zerschnitten die Landschaft und so konnte niemals jemand über mehr als einige Dorfgemeinschaften herrschen. Harald verzog keine Miene und da wusste ich, dass es ihm ernst war. »Norwegen soll vereinigt sein?«, fragte ich höchst verwundert. »Mit Verlaub muss ich fragen, was den Thronanwärter eines so großen Landes, das bis vor drei Jahren noch aus einzelnen Dörfern bestand, zu einer solchen Jahreszeit ins Land der Rus verschlägt.«

Harald schaute mich an und grinste nun ebenfalls. Es war ein nettes, freundliches Lächeln. Ohne ein wenig Trauer in seiner Stimme verbergen zu können, sagte er mit fast schon schmerzverzerrtem Gesicht: »Dieses Land hier ist mein Exil.«

Wieder war ich still, starrte mein Gegenüber an, bis ich ein weiteres Mal lachen musste. Meine Gefühle von vor wenigen Herzschlägen waren vergessen. Von diesem Augenblick an mochte ich Harald. »Du hast Recht«, nickte ich Igor zu. »Er hat in der Tat eine unterhaltsame Geschichte zu erzählen.« Trotz der freundlich gemeinten Worte schwang Respektlosigkeit mit. Igor schaute mich eindringlich an, trat mich mit seinem Stiefel unter dem Tisch. Harald bemerkte es und hob abwehrend die Hände. »Ist schon gut. Warum solltet ihr mich wie einen König behandeln, wenn ich keiner mehr bin. Weit weg von Norwegen bitte ich euch um Schutz. Ihr seid die Herren in diesem Land.«

»Erzähle mir, mein Freund, warum du ins Exil geschickt wurdest«, forderte ich ihn auf und Harald erzählte.

Zu meinem Erstaunen hatte sich tatsächlich einiges in Norwegen geändert. Ein König namens Olaf hatte es geschafft, die Dörfer trotz des landschaftlichen Zerwürfnisses zu vereinigen und herrschte über die meisten Teile des Landes. Sicher war es übertrieben, sich König aller Norweger zu nennen. Ich war mir sicher, dass gerade die Menschen im Norden, wie etwa Ottar aus Halogaland niemals diesen König akzeptieren würden. Wahrscheinlich hatten sie nicht einmal von ihm gehört.

»Olaf ist mein Halbbruder. Besser gesagt war er das, bevor er starb«, sagte Harald, hielt kurz bedächtig inne und fuhr fort: »Er wurde in einer Schlacht bei Stiklestad getötet, in der ich ebenfalls kämpfte. Unsere Feinde wurden von Knut angeführt und ich musste mit eigenen Augen ansehen, wie ein Krieger namens Thorstein meinen Halbbruder angriff. Er traf mit einer Axt Olafs Oberschenkel. Olaf stürzte. Unser treuer Mann Finn warf sich vor seinen Herren und tötete Thorstein, aber Olaf war schwer verwundet, lehnte an einem Stein, schrie vor Schmerz und sein Schwert entglitt seinen Fingern. Ein feindlicher Krieger, dessen Name, glaube ich, Thorir ist, stieß seinen Speer in den Bauch meines Halbbruders. Ein weiterer Krieger namens Kalv traf Olaf mit einem kräftigen Hieb am Hals. Mein Halbbruder starb.«

»Das tut mir sehr leid«, sagte ich. »Wie entkamst du, wenn du so nah am Geschehen warst und ihr scheinbar die Schlacht verloren habt?«

»So nah war ich nicht. Ich hatte von einem Hügel eine gute Sicht. Die Helme der genannten feindlichen Krieger waren unverwechselbar verziert. Ich hatte die Männer vor der Schlacht bei Friedensverhandlungen gesehen. Auch ich war schwer verwundet und wurde von unseren Männern aus der Schlacht herausgezogen. Die Flucht wäre fast missglückt.

Wir wurden verfolgt und meine Männer mussten mich zurücklassen, um selbst zu entkommen. Ich schleppte mich hinter einen Felsen, versteckte mich dort. Unsere Verfolger sahen mich nicht und ritten an mir vorbei. Durch den hohen Blutverlust wurde ich ohnmächtig und ich dachte in dem Moment, in dem meine Sicht verschwamm, ich würde meinem Halbbruder in den Tod folgen. Bauern fanden mich, brachten mich auf ihren Hof in den Bergen und pflegten mich gesund. Ich brauchte sehr lange, um mich von den Wunden zu erholen, trotzdem kam ich zu Kräften. Vollends genesen stand ich vor dem nächsten Problem. Wo sollte ich hin? Zurückzugehen erschien mir zu gefährlich, also flüchtete ich über das Gebirge nach Schweden.«

Wieder machte Harald eine Pause und fast war ich ein wenig neidisch wegen der Reise, die er gemacht hatte, denn das Gebirge, das Schweden und Norwegen trennt, hatte ich nie gesehen, nur viel von der beeindruckenden Landschaft gehört.

»Wie kamst du hierher?«, fragte ich.

»Mit meinem Schiff natürlich«, grinste er, wusste, dass dies nach seinem Schicksal alles andere als selbstverständlich war. Erklärend fuhr er fort: »In Schweden fand ich andere Flüchtlinge, die mit mir in der Schlacht gekämpft hatten. Wir sammelten uns kauften ein Schiff und beschlossen, hierher nach Nowgorod zu kommen, um freiwillig ins Exil zu gehen. Igor hat uns diese Zuflucht gewährt«, schloss Harald ab. Ich nickte.

»Ich sage dir eins, Ragnar«, sagte er und beugte sich zu mir, »ich werde eines Tages nach Norwegen zurückkehren und diesen Thron an mich reißen. Das schwöre ich, so wahr ich hier sitze.« Seine Augen funkelten, leuchteten regelrecht. Sie waren voller Leidenschaft und viele Jahre später erfuhr ich, dass er diesen Schwur wahr machen würde, doch es sollte noch sehr viel Zeit ins Land gehen, bis der Wunsch des jungen Mannes in die Tat umgesetzt werden konnte.

Igor wollte Harald in Sicherheit wissen und so sollte er bei uns auf der Festung sein Exil verbringen. Harald blieb bei uns, baute sich und seinen Männern ein Haus innerhalb der Festung. Anfangs bekam ich selten etwas von ihm zu sehen. Er verbrachte trotz seiner neuen Wohnstätte am Lowat die meiste Zeit bei Igor in Nowgorod. Die beiden schienen sich gut zu verstehen, was ich auch darauf zurückführte, dass Harald nur ein Jahr älter als Igor war.

Als das Julfest hinter uns lag, hatte ich mich längst mit Bithia versöhnt und ausgesprochen. Ich akzeptierte ihren Wunsch, hier auf der Festung zu bleiben, ich selbst musste aber im kommenden Frühling in den Süden, versprach ihr jedoch, so oft wie möglich zu ihr zurückzukehren.

Als nach der Wintersonnenwende die Ufer des Lowat einfroren, bekam ich endlich Gelegenheit, Harald besser kennenzulernen. Der harte Winter, der dieses Jahr erst sehr spät über uns hereingebrochen war, fesselte den jungen Mann an unsere Festung. Eine Reise nach Nowgorod war unmöglich geworden.

Die bittere Kälte hatte das Land fest im Griff. Abend für Abend versammelten wir uns an großen Feuern in unseren Hütten, erzählten, aßen und tranken. Am Tage jedoch trainierten wir uns im Umgang mit den Waffen. Besonders neugierig war ich auf Haralds Fähigkeiten, denn Igor hatte mir ausrichten lassen, dass der Norweger ein hervorragender Kämpfer sein sollte.

Mit Schwert und Schild, Streitaxt, Speer und Spieß kämpften wir gegeneinander, unterhielten uns viel über verschiedene Angriffstechniken und ebenso über defensives Verhalten. Während ich Igor noch weit überlegen war, hatte ich gegen Harald tatsächlich Schwierigkeiten. »Wo hast du kämpfen gelernt?«, fragte ich ihn. »Im Kampf«, lachte er. »Als Kind wurde mir von einem treuen Diener viel beigebracht. Mit dreizehn stand ich meinem ersten Feind gegenüber. Man lernt viel, wenn man Fehler macht, aber überlebt.« Harald schob seine Tunika am linken Ärmel nach oben und zeigte mir seine zahlreichen, tiefen Narben.

Wir erfuhren viel voneinander. Harald schien sich auf die Streitaxt spezialisiert zu haben und beherrschte diese gefährliche Waffe sehr gut. Die einhändige Axt war in einem Schildwall sehr gefürchtet. Hakte man die Klinge hinter dem Rand des feindlichen Schildes ein und zog den Schild nach vorn, entstand eine Lücke in der gegnerischen Verteidigung, die schnell genutzt zum Aufbrechen der gesamten Schildburg führen konnte. Mit der langstieligen Zweihandaxt war Harald ebenfalls ein ernstzunehmender Gegner. Er wirbelte mit ihr herum, hielt mich auf Distanz, hakte die Klinge in meinen Schildrand, entriss mir meinen hölzernen Schutz und stieß sowohl mit dem unteren, als auch dem oberen Ende des Axtstiels zu. Ich konnte machen, was ich wollte und kam doch nicht an ihn heran.

Nur selten gelang es mir, die Axt mit dem Schild abzufangen, schnell nach vorne zu stoßen, ohne dass er mir den Stiel seiner Waffe gegen den Helm hämmerte.

Als die Flüsse im Frühjahr wieder schiffbar waren, kam Igor zu uns und wollte für die restlichen Wochen, bis wir nach Kiew aufbrechen würden, mit uns und vor allem mit Harald trainieren. Der Norweger war ein guter Lehrer für den Thronanwärter, denn was bei Kjell, Eric oder mir schon ablief, ohne dass wir darüber nachdachten, konnte der Neuankömmling seinem Altersgenossen gut erklären. Harald sorgte für frischen Wind auf der Festung. Er war beliebt und verschaffte sich durch seine Kampfkenntnisse den Respekt der Mannschaft.

Zu seiner eigenen Enttäuschung hatte Igor nicht ausreichend Zeit, mit Harald den Kampf zu erproben. Schon wenige Tage nach seinem Erscheinen kam ein Bote aus Nowgorod, der ihn zurückbeorderte. Auf Befehl Olgas.

»Seine Frau scheint die wahre Fürstin Nowgorods zu sein«, sagte Harald mit einem schelmischen Grinsen, als wir dem Schiff hinterherschauten, mit dem Igor nach Nowgorod zurücksegelte.

Ich ging nicht auf diese Lästerei ein und verteidigte das junge Paar.

»Olga ist eine sehr tatkräftige und willensstarke Frau! Ich bin mir sicher, dass sie viele Entscheidungen für Nowgorod alleine trifft. Die wichtigen jedoch, stimmt sie mit Igor und Oleg ab. Was soll daran verkehrt sein? Ich vertraue ihr. Wäre Olga nicht, hätte uns Igor für keinen Augenblick besuchen können. So konnte er wenigstens ein wenig Zeit mit uns verbringen.«

Nach etlichen frostigen Tagen kamen mildere Wochen, in denen es so warm war, dass der Schnee schmolz und Regen das Land gefangen hielt. Verschlammter Schnee säumte die Wege in unserer Festung. Die nasse Erde gefror über Nacht und es war nicht selten, dass ich beim ersten Schritt aus der Hütte auf dem Hosenboden landete. Der Regen verwandelte das Eis vor unserer Tür am Tage schnell wieder zu Matsch und dem Winter folgte ein ebenso verregneter Frühling, in dem sich die ersten risikofreudigen Händler nach Nowgorod und von dort an unserer Festung vorbei nach Süden trauten. Sie wollten weiter bis Konstantinopel. Der Tag war gekommen, auf den ich so lange gewartet, aber auch gehofft hatte, dass er sich noch weit nach hinten verzögern würde. Noch nie hatte ich mich von Bithia für so lange Zeit getrennt und dementsprechend schwer fiel es mir, mich an den Gedanken zu gewöhnen, vielleicht den gesamten Sommer ohne sie leben zu müssen.

»Pass auf dich auf und komm bald wieder«, sprach sie fast förmlich und umarmte mich in unserer Hütte.

Ich atmete ihren Duft nach frischem Lavendel ein, nahm ihr Gesicht zwischen meine beiden Hände, um ihr einen innigen Kuss zu geben. »Unsere Schicksalsfäden sind eng miteinander verwoben und daran wird auch dieser Sommer nichts ändern«, versprach ich, schaute Bithia tief in die großen, grünen Augen, in denen sich Tränen sammelten und an der Nase entlang zu den schönen Lippen rollten. Bithia versuchte, ihre Traurigkeit in einem Lachen zu verstecken, wischte sich mit dem Ärmel ihres grünen Kleides über die nasse Stelle im Gesicht und schluchzte kurz auf. Meine Seele schmerzte, den Gefühlen meiner trauernden Frau und der Gewissheit, sie und Edda so lange nicht wiederzusehen, konnte ich mich nicht widersetzen. Ich nahm Bithia ein weiteres Mal in den Arm und grub mein Gesicht in ihr Haar, um eine Träne zu verstecken, die jetzt auch mir über die Wange lief. Sie schob mich an den Schultern liebevoll zurück, betrachtete mich und meine nassen Augen. Sie legte den Kopf zur Seite, sah mich mit einem Lächeln an, das mir mehr als tausend ausgesprochene Liebesgeständnisse offenbarte. Mit ihrer zarten Hand strich sie eine blonde Strähne aus meinem Gesicht hinters Ohr und wischte mir die Träne mit ihrem Daumen von der Wange. Ich betrachtete ihren zarten Hals, die kleine Nase mit den wenigen Sommersprossen, die in der Sommersonne mehr werden würden, was ich im kommenden Jahr schmerzlich vermissen sollte. Warum ging ich nach Kiew? Ich hatte mir diese Frage in diesem Winter so oft gestellt und stellte sie mir in diesem Moment erneut, als hätte ich sie mir noch niemals beantwortet. »Ich muss gehen, um dich zu beschützen«, sagte ich mehr zu mir selbst, sprach die Worte dennoch laut aus. Bithia nickte und schaute traurig zu Boden. »Ich weiß«, gab sie zu und es war das erste Mal, dass sie laut eingestand, dass mein Tun nötig war, damit diese Festungsbesatzung nicht nur den Lowat, sondern auch meine Familie schützen würde. Ein wenig erleichtert küsste ich meine Frau auf die

612

Stirn, drückte zärtlich meine Lippen auf die samtweiche Haut ihres Halses und versuchte, so viel von ihr in mich aufzusaugen, wie ich nur konnte, damit ich dieses Gefühl der Geborgenheit und des Vertrauens nicht vergessen würde.

Von Edda fiel mir der Abschied ein wenig leichter, sie lachte und fragte nur, wo ich hingehen, was ich machen und wann ich wieder kommen würde. Mit ihrer aufgeweckten Art brachte sie mich zum Lachen. Ich küsste sie auf den Kopf, strich noch einmal über ihr Haar und schaute ihr lächelnd in die Augen, bevor ich die Hütte verließ und aus der Festung heraus Richtung Hafen ging, um Hrungnar auf die Schulter zu klopfen, der am Tor auf mich gewartet hatte, um mich zu verabschieden. Ihm hatte ich den Befehl während meiner Abwesenheit übertragen. »Pass besonders auf unsere Frauen auf!«, sagte ich eindringlich.

»Du kannst dich auf mich verlassen!«

Ich nickte, schritt voran. Es war, als konnte ich all die Traurigkeit hier in dieser Festung zurücklassen, denn als ich die Odrerir sah, die Planken frisch bemalt, machte sich ein Hochgefühl in mir breit. Ich wusste, dass bald der Wind durch meine Haare wehen und ich die Kraft des Flusses spüren sollte. Igor begleitete uns mit seinem prächtigen Schiff und auch Harald sollte an unserer Seite fechten. So waren es drei Kriegsschiffe, die die zwei ersten Händler bis nach Kiew begleiten und beschützen sollten.

Mit Eric, Kjell und Kogg schritt ich auf das Deck der Odrerir, schloss meine Hände um das Steuer und rief: »Rudert, ihr Narren, rudert.«

Schon schoss unser Langboot auf den Lowat hinaus. Zwar mussten wir die Fahrt alsbald wieder drosseln, damit die Knorre nicht zurückfallen würden, aber die Zeit verging sehr schnell und ehe wir uns versahen, stießen wir die Odrerir in den Dnjepr. Vor uns lag Smolensk, ein Dorf, das stetig wuchs. Die Händler gaben ihr Geld nach der beschwerlichen Reise über Land gerne im Kontor für einen warmen Schluck Met, Proviant oder auch für ein paar hübsche Huren aus. Ich wartete auf dem Schiff, bis wir Wasser und Lebensmittel aus Smolensk eingeladen hatten. Die Odrerir war voll besetzt und somit für jeden Kampf gut gerüstet. Wir beobachteten die Ufer des großen Stromes kritisch, bereit uns in jede Schlacht zu stürzen, doch dazu kam es nicht. Der gesamte Weg bis Kiew war ruhig und obwohl ich wusste, dass ich hätte froh sein müssen, keiner Gefahr ausgesetzt gewesen zu sein, kribbelte es in mir. Ein Teil von mir wollte kämpfen, suchte die Gefahr und ich sollte sie bald bekommen. Ein paar Tage nach unserer Ankunft in der neuen Hauptstadt des Fürstentums hörten wir erschreckende Neuigkeiten. Die Petschenegen waren uns einen Schritt voraus. Die Händler, die wir bis nach Kiew begleitet hatten, waren an den Stromschnellen überfallen worden. Ich war zornig und enttäuscht, dass Olegs Männer an den Stromschnellen den Überfall nicht vereitelt hatten.

»Sie kamen aus dem Nichts, machten mit den Kaufleuten kurzen Prozess. Als wir eintrafen, waren sie längst wieder verschwunden«, gestikulierte der Mann, der vor Oleg getreten war. Es war der befehlshabende Krieger des Trupps, der die Händler an den Stromschnellen beschützen sollte. Er war ein alter, erfahrener Soldat. »Sie luden die Waren auf Ochsenkarren und verbrannten die Schiffe«, endete er mit seinem Bericht.

Der Fürst behielt mich und meine Männer in Anbetracht der Situation nicht lange in Kiew und schickte uns gen Süden, um diese Petschenegen zu suchen. Wir sollten mit zwei Schiffen bis zu den Stromschnellen fahren und von dort per Pferd im Umland nach den Kriegern und den erbeuteten Waren Ausschau halten. Igor begleitete uns und auf der Fahrt stromabwärts unterhielten wir uns über Ereignisse der wenigen Wochen, in denen wir uns nicht gesehen hatten.

»Olga ist eine intelligentere Frau, als ich mir es jemals erträumt hatte«, sagte Ruriks Sohn.

»Was ist passiert?«, fragte ich stirnrunzelnd, denn der junge Mann sah nicht so glücklich aus wie damals in Nowgorod, als er mich mit seiner Frau beim Kubbspiel demontiert hatte.

Igor zog nachdenklich die Augenbrauen nach oben. »Ich habe großes Glück sie als meine Frau zu haben.« Diese Aussage deckte sich nicht mit seiner Mimik, trotzdem sprach er diese Worte mit einer Ehrlichkeit, die keinen Zweifel zuließ. »Sie setzt sich sehr für mich ein«, fuhr Igor fort. »In Kiew gibt es einige, die nicht ganz damit einverstanden zu sein scheinen, dass ich dieses Fürstentum bald übernehmen soll. Oleg macht seine Arbeit gut. Ich weiß nicht, ob ich nicht ganz darauf verzichten sollte, obwohl ich der rechtmäßige Erbe bin.«

»Du wirst die Aufgabe ebenso gut meistern wie dein Vater und wie Oleg. Wenn Olga sich so für dich einsetzt, was hast du noch zu befürchten? Wenn ich deine Frau richtig einschätze, wird sie dir eine gute Beraterin sein.«

»Genau das ist es ja. Sie hat sich schon jetzt zu einer Beraterin von Oleg entwickelt. Im letzten Jahr kamen Boten aus Kiew zu uns. Olga beantwortete die Fragen des Fürsten in meinem Namen.«

»Also denkt Oleg, dass du ihn beraten hast und nicht Olga?«, fragte ich, Igor schüttelte den Kopf. »Er weiß, wer dahinter steckt, Olga berät sich mit mir, aber ich muss gestehen, dass sie die bessere Herrscherin von uns beiden ist. Vielleicht würde Olga das Fürstentum besser regieren als ich.«

»Mein Freund«, schmunzelte ich, »statt dich mit dieser Sorge zu quälen, solltest du darüber sehr froh sein. Selbst wenn es dazu kommen sollte, dass Olga das Fürstentum übernimmt, ist sie dir dennoch treu ergeben. Sie liebt dich, ist es nicht so?«

»Ich bin mir sehr sicher.«

»Wenn du zuhause eine starke Frau hast, die sich in Regierungsfragen zurechtfindet und dir treu ergeben ist, dann kannst du dein Heer anführen, vor allen Kriegern deinen Mann stehen und musst keine Angst haben, dass dir jemand aus den eigenen Reihen das Fürstentum streitig macht oder du etwas vernachlässigst, während du in den Kampf ziehst. Mir scheint, als wären dir die Nornen sehr wohlgesonnen.« Igor schien noch nicht ganz überzeugt zu sein und schaute mich sehr nachdenklich an. »Damals in Haithabu hörte ich so einige Geschichten von früheren Königen aus dem Frankenland, die so schwach waren, dass sie nicht einmal ein Schwert heben konnten, weil sie nichts anderes taten, als sich am Hofe bedienen zu lassen. Willst du ein solcher Führer werden? Denkst du, deine Krieger würden dich respektieren?«

»Vermutlich nicht«, erkannte Igor, dachte weiter angespannt über die Lage nach, in der er sich befand.

»Bist du glücklich mit Olga?«

»Oh ja, sehr. Sie ist eine tolle Frau!«, erwiderte Igor bestimmt.

»Vor was fürchtest du dich?«

»Ich weiß es nicht. Ich habe einfach das Gefühl, nicht meinem Mann zu stehen, wenn ich die Aufgaben an meine Frau abgebe, aber vielleicht sollte ich aufhören, mir darüber den Kopf zu zerbrechen. Du hast sicher Recht.«

»Ich bin mir sicher, dass es so ist. Widmen wir uns lieber dem, was Männer tun sollten. Wir brauchen deine Weisheit hier«, sagte ich und zeigte auf das Ufer vor der ersten Stromschnelle, an der man an Land gehen musste, um nicht in den Verschlinger hineingetrieben zu werden.

Man sah schon von hier aus den Rauch, der von den verkohlenden Planken der Handelsschiffe am Fuße des Wasserfalls noch immer weit in den Himmel hinaufstieg. Wir ruderten unsere Boote ans Ostufer, sprangen an Land, teilten schnell die Männer ein, die bei den Booten bleiben sollten, führten die Pferde heraus und ritten um die Stromschnelle herum zu den beiden Wracks. Wir erkannten schnell, dass hier ein ungleicher Kampf stattgefunden hatte. Es stank nach Tod und Verderben. Raben pickten an den Leichen der Händler, die wir noch Tage zuvor begleitet hatten. Kruk gesellte sich zu ihnen und ich versuchte, ihn von den Überresten dieser Menschen zu vertreiben, doch es gelang mir nicht. Es lag in seiner Natur, sich von Aas zu ernähren und so musste ich mit ansehen, wie er sich mit Artgenossen um den Augapfel eines Mannes stritt, den ich Tage zuvor am Ruder seines Knorrs stehen gesehen hatte. Kruk gewann den kleinen Kampf und verschlang das weiche Auge genüsslich, als gäbe es nichts Schmackhafteres auf dieser Welt. Ob er auch mein Auge auspicken würde, wenn ich im Kampf fiele, fragte ich mich. Ich verwarf den Gedanken, wollte nicht über so etwas nachdenken und wandte mich meinen Männern zu.

»Wie lange ist der Überfall her?«, fragte ich den alten Krieger, der Oleg Bericht erstattet hatte und uns nun begleitete.

»Zwei Tage.«

»Wo sind die Petschenegen jetzt?«, fragte ich mich selbst und schaute mich um, ohne wirklich darauf zu hoffen, dass sie in diesem Augenblick auftauchen würden. »In welche Richtung könnten sie geflohen sein?«

»Sie werden nach Osten geritten sein, um die Beute in ihre Dörfer zu bringen«, sagte Igor.

»Oder sie sind weiter nach Konstantinopel gesegelt, um all das zu verkaufen«, mischte sich Eric ein.

»Dann hätten sie die Schiffe nicht verbrannt, sondern sie ebenfalls gestohlen«, erwiderte Igor.

»Das ist wohl wahr«, stimmte ich zu und schaute nachdenklich auf das Wasser, das in vielen Kaskaden zwischen Felsen hinabstürzte. »Sie hatten Ochsenkarren bei sich?«, erinnerte sich Igor an den Bericht des Kriegers in Kiew und schaute diesen fragend an. Er nickte. »Also sind sie nach Osten gegangen und sie werden nicht so gut vorankommen wie wir«, fügte Igor hinzu.

»Vielleicht können wir sie einholen?«, fragte Eric.

»Wenn sie auf direktem Wege in ihre Dörfer ritten, dann nicht«, vermutete Kjell.

»Warum sollten wir nicht bis in ihre Heimat vordringen? Wir wissen nicht einmal, ob ihre Siedlungen befestigt sind«, schlug Eric vor.

»Hier sind Spuren«, rief Harald, der schon einige Schritte nach Osten gelaufen war und den Boden untersuchte. »Sie haben nicht einmal versucht, sie zu verwischen. Ein Kind könnte ihnen folgen.«

Ich schaute nach Osten über die Wälder, die grasbewachsenen Hügel und gab Eric in Gedanken Recht. »Wir sollten herausfinden, wo sie wohnen«, nickte ich. Igor stimmte zu. Mit zwanzig berittenen Kriegern würden wir den Petschenegen ordentlich auf den Zahn fühlen.

Obwohl es ein Leichtes war, der Spur unserer Feinde zu folgen, verbargen sich die Petschenegen vor unseren Blicken und wir fanden auch nach vielen Stunden kein Dorf dieses Volksstammes. Die Rauchsäule der verbrannten Schiffe im Westen war schon lange nicht mehr zu sehen, dennoch ritten wir weiter, bis die Sonne unterging und wir im Zwielicht ein kleines Lager in einem Waldstück errichteten. Am darauffolgenden Tag verlor sich die Spur an einem Bach. Wir fuhren mit der Suche fort, begegneten jedoch keiner Menschenseele. »Wo sind diese Bastarde«, raunte ich ungeduldig und gereizt. Mein Hintern tat mir weh, meine Oberschenkel waren vom Leder des Sattels wund. Zu lange hatte ich nicht mehr für mehrere Tage im Sattel gesessen.

»Wir sollten umkehren«, sagte Igor und ich legte keinerlei Widersprüche ein. Nur einer schien dieses Vorhaben vereiteln zu wollen. Es war Kruk. Er flog aufgeregt von einer Hügelgruppe im Süden zu mir und dieses Mal achtete ich aufmerksamer auf das Verhalten meines Vogels als noch in den Jahren zuvor, als wir etwa zum ersten Mal auf die Stromschnellen zugetrieben waren. »Wir reiten zu den Hügeln«, bestimmte ich mit einem zuversichtlichen Lächeln im Gesicht.

»Warum gerade dorthin?«, hörte ich Harald fragen, antwortete ihm aber nicht, sondern ritt stur in die Richtung, aus der Kruk gekommen war.

»Sein Rabe«, erwiderte Kjell an meiner statt. »Er hat sie gefunden.«

Die Skepsis des jungen Norwegers wurde im Keim erstickt, als ich hinter den schwarzen Schwingen meines Vogels einen Krieger am Horizont erblickte. Ich riss an den Zügeln, schrie unseren Männern etwas zu und galoppierte den Hang hinauf. Unsere gesamte Kriegerschar folgte mir. Sie riefen und spornten ihre Tiere an, schneller zu werden. Ich hatte einige Pferdelängen Vorsprung, lief Gefahr, allein gegen mehrere Feinde kämpfen zu müssen, doch das war mir egal, ich wollte diese Möglichkeit auf Rache nicht verstreichen lassen. Der einzelne Krieger vor mir hatte erschrocken sein Pferd gewendet, das wiehernd kurz die Vorderläufe nach oben reckte und seinen Reiter beinahe abwarf. Dann verschwanden Tier und Mann hinter den Hügeln. Einige Augenblicke später sah ich, wohin der schwarze Reiter geflohen war. Die Petschenegen waren vor uns. Es musste die Gruppe sein, die den Überfall auf die beiden Handelsschiffe auf solch gnadenlose Weise durchgeführt hatte und ich wollte sie auf ihre eigene skrupellose Art zur Strecke bringen. Ich ritt schneller, legte mich auf den Hals des Pferdes und schoss über die Erde, dass die Grasnarbe nur so von den Hufen meines Tieres durch die Luft gewirbelt wurde. Ich hörte, dass unsere Krieger hinter mir waren und ebenso rasant auf die Petschenegen zu galoppierten. Im Tal vor mir sah ich Karren, ich dachte an die toten Händler, an das Auge, das Kruk gefressen hatte und zog mein Schwert aus der Scheide, um meinem Raben noch weitere Augäpfel als Dank schenken zu können. Ich lachte, als sich unsere Feinde zur Flucht wendeten und wie die Angsthasen davonritten, wusste, dass ich sie einholen würde, schrie laut und spornte mein Pferd weiter an, das schnaufend unter mir zu beben begann.

Die Petschenegen ließen die Karren stehen, flohen nach Süden auf einen Wald zu und mir wurde bewusst, dass wir sie erreichen mussten, bevor sie zwischen den schützenden Bäumen verschwinden konnten. Wir kamen näher. Unsere Reittiere schienen ausgeruhter und schneller und wir hatten das Überraschungsmoment auf unserer Seite. Ich ritt immer noch einige Pferdelängen vor unseren Männern und blickte mich kurz nach hinten um, um sicher zu gehen, dass ich nicht tatsächlich ganz alleine gegen die etwa fünfzehn Krieger kämpfen musste, als mein Pferd plötzlich unter mir wegsackte. Es schien, als würde es mit einem Mal verschwinden und es warf mich aus dem Sattel nach vorn ab, ohne dass ich in irgendeiner Art reagieren konnte. Ich flog durch die Luft, schlug hart auf dem Gras auf, war orientierungslos. Abwechselnd flimmerten das Grün des Bodens und das Blau des Himmels vor meinen Augen bis ich nach einer gefühlten Unendlichkeit benommen liegen blieb. Wo ist mein Schwert, war mein erster Gedanke, denn es war beim Aufschlag aus meinem sonst so festen Griff entglitten. Verzweifelt blickte ich mich um, konnte es aber nicht finden. Stattdessen fand ich den Kopf des sterbenden Pferdes, schreiend aus einer Grube ragend.

Es war eine Falle, in die wir wie Hasen gerannt waren, die von einem Hund direkt in die Fänge des Jägers getrieben werden. Die Petschenegen hatten uns in eine Falle gelockt und sie warteten geduldig am Waldrand, ob noch mehr Krieger in die Gruben stürzen würden, die sie für uns ausgehoben und mit spitzen Pfählen gespickt hatten. Sie wartete nur darauf, sich auf die gefallenen Reiter zu stürzen und uns allesamt niederzumachen. Diesen Gefallen taten wir ihnen nicht. Wir hatten Glück im Unglück, ich war weit genug vorausgeritten, hatte mit meinem Sturz unsere Krieger gewarnt. Ihre Pferde scheuten, stiegen mit den Vorderhufen in die Höhe und taten keinen Schritt mehr in Richtung der Gruben. Ich rappelte mich wieder auf, die Knochen schmerzten, waren aber nicht gebrochen. Getrieben von der Pein der zahllosen Prellungen schrie ich unseren Feinden entgegen, dass sie doch zu uns kommen sollten und beschimpfte sie als Bastarde und Rattenschiss. Sie reagierten nicht darauf, wirkten gefasst. Da erkannte ich den Mann mit dem schwarzen Vollbart wieder. Ihr Anführer, den ich vor Jahren zum ersten Mal am Ufer des Dnjepr erspäht hatte. Er verfolgte mich seither in meinen Träumen, obwohl ich ihn nicht einmal kannte und nichts von ihm wusste. Ich richtete meinen Schwertarm auf ihn. »Mein Name ist Ragnar«, schrie ich ihm hinterher und bevor er in die Wälder eintauchte, drehte er sich noch einmal um, schaute mich an. Als ich diesem Krieger das letzte Mal in die Augen gesehen hatte, war ich dem Tod so nah gewesen. Am Dnjepr, die Odrerir im Rücken, das Verderben in Gestalt dieses schwarzen Kriegers vor mir.

»Kurja«, schrie er mir entgegen, wendete sein Pferd durch einen leichten Zug an den Zügeln und ritt in den Wald hinein. Nun wusste ich wenigstens seinen Namen. Die Petschenegen hatten es nicht eilig uns zu entkommen. Sie wussten, dass die Gruben eine unsichtbare und undurchdringliche Mauer waren, durch die wir ihnen nicht folgen konnten. Ich versuchte, meinen Zorn zu bändigen, ging zu dem Loch, in das mein Reittier gestürzt war, und betrachtete das Tier, das blutüberströmt, aufgespießt auf angespitzten Pfählen qualvoll gestorben war.

»Ist alles in Ordnung?«, fragte mich Igor und hielt mir die Hand entgegen.

»Mir fehlt nichts.«

»Dein Sturz sah übel aus. Dort liegt dein Schwert«, sagte er und zeigte mir meine Waffe. Ich holte sie mir, steckte sie in die Scheide. »Mir geht es gut«, wiederholte ich, ergriff den Arm meines Freundes und schwang mich hinter ihm auf den Rücken seines Pferdes.

Ich schaute zum Wald, die Petschenegen waren ebenso plötzlich verschwunden, wie sie aufgetaucht waren.

»Wir haben es mit einem Feind zu tun, den wir nicht unterschätzen sollten«, dachte ich laut, während wir zurück zu den Karren ritten, mit denen uns die Petschenegen in die Falle gelockt hatten. Die Wagen waren leer, nicht einmal diesen kleinen Erfolg konnten wir feiern. Wir ritten zurück zum Dnjepr und fuhren wieder nach Kiew, um Oleg Bericht zu erstatten. Mir schmerzten die Glieder, ich musste mich einige Tage erholen, meine Wunden lecken, hoffte jedoch, Kurja bald wiedersehen zu können, um seine Augäpfel an meinen Raben zu verfüttern.

Obwohl der Weg zur Festung bereits mit Brettern ausgebaut worden war, mussten wir uns dennoch durch den vom Regen auf die Planken gespülten Schlamm kämpfen. Wir wurden durch das stets geschlossene Tor eingelassen und liefen geradewegs auf das große Haus Olegs zu.

Oleg verschlang gerade eine Gänsekeule, als wir den Palas betraten. Er grüßte uns, trank einen kräftigen Schluck Met aus einem gläsernen Sturzbecher, der nach unten hin spitz zulief, damit man ihn nicht abstellen und niemand Gift oder ähnliches in das Getränk des Fürsten kippen konnte. Oleg schien sich vor Attentätern zu fürchten, was in Anbetracht seiner stetig wachsenden Macht durchaus begründet war. Es gab viele Neider, nicht nur unter unseren Feinden, sondern auch in den eigenen Reihen.

Oleg stand auf, grüßte uns herzlich, bot uns ebenfalls von seinem köstlichen Gebräu an und bat uns an seine Tafel. Wir setzten uns. »Was habt ihr zu berichten?«, fragte er und hob neugierig seinen Blick. Er schien eine Vorahnung zu haben. Die schlechte Nachricht musste an unseren Gesichtern abzulesen gewesen sein.

Mit einem Blick voller Gram hörte er uns an, schmatzte vor sich hin, biss ein um das andere Mal in das saftige Fleisch und schluckte ohne viel zu kauen. Ich hatte ihn noch nie so gesehen und ich hielt inne in meiner Erzählung, so verwirrt war ich von seinem Verhalten.

»Diese Bastarde«, schrie er und schlug mit der Faust auf den Tisch.

Kjell, Eric, Igor, ich und sogar Kogg erschraken, dieser Wutausbruch kam so plötzlich, dass wir trotz aller Anzeichen seiner schlechten Laune nicht darauf gefasst gewesen waren.

»Marktfrieden wollte ich hier am Dnjepr und was bekomme ich stattdessen? Ich züchte mir regelrecht die Räuber heran, füttere sie mit Händlern, damit sie groß und kräftig werden«, brüllte Oleg und fuchtelte dabei mit den Armen herum, ohne vorher die Keule abgelegt zu haben.

»Könnt ihr euch vorstellen, was die Drewljanen im Norden getan haben?«, fragte er uns und machte dabei einen Gesichtsausdruck, als wäre er mit einem Mal völlig hilflos. »Dieser von uns schon lange unterworfene Stamm richtete Ähnliches an wie die Petschenegen im Süden. Eine Gruppe von dreihundert Mann überfiel einige Handelsschiffe und raubte sie brutal aus. Die Händler starben, keiner überlebte. Wo soll das hinführen?« Oleg warf die Gänsekeule auf den Tisch, raufte sich die Haare und zeigte ein schmerzverzerrtes Gesicht. »Das Jahr hat noch nicht einmal richtig begonnen und schon fallen sie über uns her wie die Fliegen über unseren Mist!«

Ich erstarrte. Oleg war an Ruriks Seite der ruhige Pol gewesen. Er allein hatte die Kraft besessen, den Zorn seines Fürsten zu zügeln. Nun schien er zorniger, als es Rurik jemals gewesen sein konnte.

Seine Worte verwunderten aber auch mich. Ja, sie schockierten fast. Der Volkstamm der Drewljanen hatte noch nie Probleme gemacht. Viele dieser Slawen hatten sich Oleg angeschlossen und zählten zu seinem eigenen Heer. Sie sollten nun Überfälle auf Händler auf dem Dnjepr wagen? Mit dreihundert Männern? Das konnte ich mir einfach nicht vorstellen.

»Hast du die Tribute erhöht?«, fragte ich Oleg und suchte damit nach einem Grund für die Geschehnisse.

»Nein!«, schrie er und stand auf, so dass sein Stuhl nach hinten umkipp-

621

te. »Gar nichts dergleichen habe ich getan. Ich versteh es nicht. Wollen diese Bastarde, dass ich sie angreife?«

»Willst du sie wirklich angreifen?«, fragte Igor.

»Sag du es mir. Was hätte Rurik getan?«

Ich richtete meine Augen auf Igor, wir alle taten das und der junge Mann tat mir leid, denn ich wusste, dass er diese Frage trotz seiner Weisheit nicht beantworten konnte. Dennoch herrschte in diesem Moment eine Stille, die Igor unter Druck setzte. Ich wollte ihm gerade zur Seite springen und für ihn antworten, als er seine dunkle Stimme erhob: »Es muss einen anderen Weg geben, als sie anzugreifen.«

»Ich befürchte, den gibt es nicht«, erwiderte Oleg. »Wir sollten ihre neuen Machenschaften im Keim ersticken und sie angreifen.«

Ich kniff die Augen zu Schlitzen zusammen, mich überkam ein seltsames Gefühl, was solch einen Krieg anging. Ich war mir nicht sicher, was es war, horchte in mich hinein und fand eine Angst, die mir völlig unbekannt war. Wovor fürchtete ich mich? »Wir können sie nicht angreifen«, sagte ich ohne den Grund dafür zu kennen. Ich suchte nach einer Ausrede, stotterte herum: »Wir haben zu wenig Männer. Wir müssen die Handelslinie beschützen«. Igor sah mich leicht verunsichert, aber unterstützend an, wandte seinen Blick schließlich zu Oleg.

Der Fürst überlegte angestrengt. »Das Problem ist, dass wir diese Handelslinie scheinbar nicht beschützen können. Die Petschenegen, die Drewljanen. Sie machen, was sie wollen.« Oleg atmete tief durch, hob seinen Stuhl auf und setzte sich wieder.

Es klopfte an der Tür, die in die große Halle des Fürsten führte und wir alle schauten auf, drehten unsere Köpfe und sahen, wie sich der hölzerne Eingang langsam öffnete. Ein Krieger kam vorsichtig herein. »Ein Gesandter Konstantinopels ist eingetroffen und bittet um eine Audienz, Herr«, sagte der Mann und wartete auf die Befehle von Oleg. Der Fürst reagierte sehr überrascht, starrte den Mann, der die Botschaft überbracht hatte, wortlos an. »Aus Konstantinopel?«, fragte er entgeistert.

»Ja, Herr.«

»Warte noch einige Augenblicke, bis du ihn hereinlässt«, stotterte Oleg verwirrt, forderte uns zum Aufstehen auf und zupfte an seinem neuen Gewand, das die Slawen Kaftan nannten. Es war einer Tunika sehr ähnlich, war allerdings an der Bauchseite offen und wurde mit kleinen hakenförmigen Schließen zugemacht. Die Ränder von Olegs Kaftan waren mit teurem Pelz besetzt. Der Stoff war überdies mit Goldnähten verziert, was ein Zeichen von Olegs Wohlstand war. Er richtete seinen Gürtel, indem er ihn enger schnallte, versuchte die Haare zu ordnen und setzte seine Kappe auf, die ebenfalls mit dickem Pelz besetzt war. Es war warm im Palas, mehrere Feuer brannten. Oleg musste schwitzen wie ein Tier, doch er versuchte Haltung zu wahren. Es sollte das erste Mal sein, dass wir direkten Kontakt zu Konstantinopel haben würden. Der Gesandte trat ein. Er schaute sich unmerklich um. Es war ein kleiner Mann, wenn auch nicht ganz so klein wie die meisten Slawen. Sein Körperbau war schmächtig und sein Gesicht war kahl rasiert. Nicht einmal der Flaum eines Jungen zierte seine Oberlippe, was ihn in meinen Augen weibisch erscheinen ließ. Sein Blick schweifte an uns allen vorbei, blieb an Oleg hängen, der am Ende der Tafel, vor dem mit Schnitzereien verzierten Stuhl und mit der prächtigen Kleidung als Fürst zu erkennen war. Von diesem Moment an würdigte uns der Gesandte keines Blickes mehr. Wir dagegen starrten ihn an und staunten über die feinsten Stoffe, in die er gekleidet war. Noch viel neugieriger machten uns seine Diener, die ihm jetzt in den Palas folgten. Sie hatten Geschenke mitgebracht, die auf hölzernen, mit Messing verzierten Tabletts hereingetragen wurden. Ich konnte nicht genau erkennen, was darauf lag. Es sah eher seltsam verschrumpelt aus und war ganz sicher kein Gold oder Silber.

»Seid gegrüßt, Oleg, Fürst von Rusland«, sagte der Gesandte förmlich und verbeugte sich. Oleg tat es ihm gleich und versuchte, mit so viel Würde aufzutreten, wie ihm nur möglich war. Trotz des vorangegangenen Wutausbruchs gelang ihm das durchaus. Meine Gefährten und ich wichen einige Schritte zurück, um nicht zu sehr in das Geschehen einzugreifen. Die Diener mit den Geschenken schauten uns an, hielten uns wahrscheinlich für die Garde des Fürsten und wendeten ihren Blick wieder nach vorn. Sie mussten verwirrt sein, im Gegensatz zu ihren feinen, sauberen Gewändern waren wir von oben bis unten verdreckt. An meinen Stiefeln klebte der Schlamm, mein Ringpanzer setzte Rost an.

»Wir bringen Euch Geschenke mit einer Botschaft vom Kaiser Konstantinopels.«

Auf einen Wink hin stellten die Diener die Tabletts auf dem großen Tisch ab. Sie versuchten es zumindest, denn der Tisch war schmutzig und sie suchten verzweifelt eine saubere Stelle, konnten keine finden und entschieden schließlich, ihre rechteckigen Holzschalen in die Lücke auf dem Tisch zu stellen, die die Gänsekeule in all die Schüsseln und Schalen gesprengt hatte, als sie Oleg wütend auf seine Tafel geschleudert hatte. Die Fettspritzer reichten bis ans Ende des Tisches. Ein Diener verzog das Gesicht, stellte das Tablett dennoch vor dem Fürsten ab.

Oleg starrte auf das verrunzelte Etwas, das in den hölzernen Schalen der Gesandten lag. Fragend blickte er in das Gesicht des fremden Mannes.

»Man kann es essen. Probiert es«, sagte der Botschafter und machte eine aufmunternde Geste mit seiner rechten Hand. Oleg war misstrauisch und ich erinnerte mich an den Sturzbecher, der verhindert sollte, dass er vergiftet werden würde. Er zögerte lange, bis der Gesandte selbst ein Stück nahm und es sich in den Mund schob. Oleg rief trotzdem nach einem seiner Diener und befahl ihm, eines dieser verrunzelten Dinger zu essen. Der Mann griff danach, verzog das Gesicht, schaute Oleg fragend an, der mit einem wütenden Blick keine Widerrede zuließ. Langsam verschwand das Stück im Mund des Dieners. Wir alle schauten ihn gebannt an. Er hatte Schwierigkeiten zu kauen, aber mit einem Mal riss er die Augen auf. »Es ist köstlich«, lachte er begeistert. »Könnte ich noch ein kleines…?«, setzte er an, doch Oleg untersagte es ihm und hieß ihn, sich zu setzen. Die Zeit verging, wir alle schauten auf den Diener Olegs, der mit der Zunge verzweifelt versuchte, etwas aus seinen Zahnzwischenräumen zu puhlen. Wir warteten, ob er sogleich tot umfallen würde, stattdessen schien er sich bester Gesundheit zu erfreuen.

»Man kann es essen«, lachte der Gesandte wieder.

Oleg weigerte sich immer noch.

»Sollen wir jetzt deine Vorkoster sein?«, fragte ich belustigt. »Sie leben beide noch, was willst du mehr?« Ich zeigte kurz auf den Gesandten und Olegs Diener, trat vor und griff nach einem der Geschenke aus Konstantinopel. Sehr appetitlich sah es in der Tat nicht aus. Es war etwa so klein wie das Ei eines Raben, braun und runzelig, wie ein abgestorbenes Fingerglied.

»Was ist es?«, wollte ich wissen.

»Getrocknete Feigen«, erklärte der Botschafter und fügte auf meine fragenden Blicke hinzu: »Früchte, es sind getrocknete Früchte.«

Das war mir nicht unbekannt. Im Winter aßen wir oft unseren Getreidebrei mit getrockneten Äpfeln. Die Farbe und die Form dieser Feigen jedoch erschienen mir sehr befremdlich, fast abstoßend. Dennoch wollte ich nicht ablehnen, dafür hatte ich den Mund vor Oleg zu voll genommen. Also biss ich hinein. Zunächst war es zäh und faserig wie Leder oder getrocknetes Fleisch und ich empfand es als höchst unangenehm, bis meine Zunge mit dem weicheren Inneren der Feige in Berührung kam und sich ein Geschmack in meinem Mund ausbreitete, den ich noch niemals in meinem Leben genossen hatte. Ich kaute darauf herum und die Süße erinnerte mich an kristallisierten Honig und doch war es ganz anders. Schnell biss ich ein weiteres Stück ab, steckte dann aber gleich die ganze Feige in den Mund. Es war unfassbar süß und köstlich. »Wenn es vergiftet ist, so soll es meinen Tod bedeuten, ich will mehr davon«, sagte ich.

»Greift ruhig zu«, lachte der Gesandte und, das wissen die Götter, das tat ich. Ich probierte eine andere Frucht, die mich eher an Gänseschiss erinnerte, als an Obst.

»Datteln«, offenbarte der Fremde. »Sie wurden den Winter über kühl gelagert, sind deswegen noch nicht ganz getrocknet und umso schmackhafter.« Obwohl ich nicht wusste, was es war, steckte ich es mir in den Mund. Es zerlief zwischen Gaumen und Zunge. So süß, so cremig. Nein, ich fand keine Worte dafür, nichts konnte ich damit vergleichen. Es war köstlich.

Endlich war der Bann gebrochen und die anderen griffen ebenfalls zu, stopften sich nach dem ersten vorsichtigen Versuch den Mund voll mit all diesen Kostbarkeiten. Wir freuten uns wie kleine Kinder, die den Honignapf ihrer Mutter leerschlecken durften. Am Ende überwand selbst Oleg seine Angst und aß etwas von den Geschenken, die zwar vergänglicher als Gold und Silber waren, aber uns deswegen nicht weniger kostbar erschienen. Die Männer aus Konstantinopel lachten, aber es war ein freundliches Lachen und ehe sie sich versahen, waren ihre Tabletts leer und unsere Bäuche voll. Meine Zunge brannte von dieser unbekannten Süße.

Oleg hatte immer noch den Mund voll, als er seine Aufmerksamkeit wieder dem Gesandten widmete.

»Nun, verehrter Botschafter aus Konstantinopel, jetzt, wo ich dieses überaus großzügige Geschenk kosten durfte, hoffe ich, dass ihr keine schlechten Nachrichten von Eurem Kaiser übermittelt.«

»Ich soll Euch vom Kaiser ausrichten, dass die Händler des Ruslandes von diesem Tage an zu besonders günstigen Konditionen nach Konstantinopel reisen dürfen, um dort ihre von uns sehr geschätzten Waren anzubieten.«

Oleg hörte auf zu kauen und starrte den Gesandten an. Er rang um Fassung und musste sich stark beherrschen, um nicht seine Haltung zu verlieren. Für diesen Moment waren all die schlechten Nachrichten von den Überfällen auf die Handelsroute vergessen, diese Botschaft bedeutete Reichtum, mehr als es sich Oleg erträumen konnte. Händler von überall her würden kommen, durch das Land der Rus nach Konstantinopel reisen, um dort die günstigen Konditionen zu nutzen. Sie sollten dem Fürstentum Silber in die Truhen spülen, wie das Meer das Wasser an den Strand trägt. Die Worte des Gesandten mussten für Oleg noch viel süßer schmecken, als die exotischen Früchte, die der Fürst vor Begeisterung kaum noch zu schlucken vermochte.

Zwei Tage später riss diese Begeisterung immer noch nicht ab. Die Gesandten waren längst wieder verschwunden. Wir standen vor Olegs Palas und ich zog gerade den Gürtel mit meinem Schwert enger um meine Taille, als der Fürst heraustrat und uns fröhlich begrüßte. Er war immer noch voller Zorn, vor allem auf die Drewljanen, aber die Botschaft aus Konstantinopel hatte diese rasende Wut betäubt, ordnete die Gedanken des Fürsten und ließ ihn das Problem mit Begeisterung angehen.

»Diese Slawen werden noch sehr bereuen, sich mit Kiew angelegt zu haben. Mein Fürstentum, das besondere Handelsbeziehungen zu Konstantinopel pflegt, lässt solch brutale Überfälle nicht ungestraft!«, sagte er. Er strahlte Zuversicht und Kraft aus, während er sich mit der Faust in die Handfläche schlug. Seine Kopfbedeckung war über und über mit goldenen Fäden durchzogen, sein blauer Kaftan schien zu leuchten. Darunter trug Oleg einen edlen Ringpanzer.

»Was gedenkst du genau zu tun?«, fragte ich ihn.

»Wir werden mit einem Heer in das Land der Drewljanen reisen und die Schuldigen zur Strecke bringen. Wir demonstrieren ihnen unsere Macht und zeigen ihnen, wie wir mit Verrätern umgehen«, bestätigte er meine Vorahnung.

Es schien unvermeidbar. Wir würden in den Krieg ziehen und Oleg wollte uns persönlich anführen. Der Stolz auf sein Fürstentum war durch den Botschafter aus dem Süden so stark angewachsen, dass er sich für unbesiegbar hielt. Der Gesandte des Kaisers hatte Oleg davon überzeugt, dass sein Fürstentum unantastbar sein sollte. Es musste verteidigt werden, mit allen Mitteln. Es trat das ein, wovor ich mich so fürchtete. Wir zogen in einen Krieg gegen unbekannte Gegner. Warum hatte ich solche Angst davor? Ich dachte an Bithia und Edda, wusste, dass ich mich für das Fürstentum erneut in ungeheure Gefahr begeben musste. Ich hatte die Petschenegen verfolgt. Ich war alleine nach vorne geprescht, hatte mich bewusst in Gefahr begeben. Ich hatte den Kampf gewollt, gesucht, aber dessen ungeachtet erschien mir ein Feldzug gegen die Drewljanen zu gefährlich. War es eine Vorahnung? Würde dieser Krieg meinen Tod bedeuten?

»Wie wollen wir diese Verräter finden? «, holte mich Igor aus meinen Gedanken, der wie ich einen großen Kampf vermeiden wollte. »Wir können nicht einfach eine Festung angreifen, in der sich all die schuldigen Drewljanen verschanzen. Wir wissen nicht, wer diesen Überfall durchführte. Es wird ein zufälliger Zusammenschluss von einzelnen Bauern, Kriegern und vielleicht sogar Händlern gewesen sein. Die sind längst in ihre Dörfer zurückgekehrt und gehen ihrem Tagwerk nach. Wäre es nicht klüger, in Frieden zu den Drewljanen zu reiten und mit einer kleineren Kriegerschar die Lage zu klären, bevor wir Unschuldige ermorden?«, fragte er. Oleg schätze es, dass Igor so offen mit ihm über dieses Problem diskutierte, wusste aber, dass es zu dieser Zeit er war, der die endgültige Entscheidung treffen konnte, und winkte den Vorschlag Igors ab.

»Wer soll Kiew während unserer Abwesenheit führen?«, versuchte ich einen neuen Versuch.

»Olga«, antwortete Oleg und überraschte uns damit. »Olga wird kommen.«

»Meine Frau kommt nach Kiew?«, fragte Igor verwundert, denn er schien ebenfalls nichts davon zu wissen.

»Ich ließ nach ihr schicken«, bestätigte Oleg. »Olga vermag es, hier zu regieren, während wir in den Kampf ziehen.«

»Da bin ich sicher«, sagte Igor und ich betrachtete ihn sehr genau, wusste, dass diese Entscheidung an seinem Selbstvertrauen nagen würde. Das verstand ich, dennoch sah ich keinen Grund dazu.

»Wenn Olga nach Kiew kommt, dann höre sie an«, sagte ich zu Oleg. »Sie ist dir eine gute Beraterin, also warte ab, was sie zu deinem Vorhaben zu sagen hat.« Oleg erwiderte nichts, befahl stattdessen einigen Dienern bereits mit der Vorbereitung für den Feldzug zu beginnen und ging wieder in seinen Palas.

»Wenn deine Frau in Kiew ist, kannst du den Feldzug führen«, versuchte ich, Igor zu beruhigen, als wir am Abend allein in einer kleinen, verrauchten Hütte saßen, in der etliche Fackeln rußend den Raum erhellten, ein Feuer vor unseren Füßen brannte und Igor seinen Gram über Olegs Entscheidung lautstark zum Ausdruck brachte.

»Oleg wird diesen Feldzug führen, nicht ich.«

»Deine Zeit wird kommen. Oleg ist alt, du bist jung und doch schon so klug, dass dir die Welt der Rus offensteht. Du erbst ein Fürstentum auf dem Zenit seiner Macht. Du und Olga seid ein unschlagbares Paar. Ihr könnt zur gleichen Zeit regieren und kämpfen. Darin liegt eure Stärke. Jeder in diesem Land wird das bald zu schätzen wissen.«

»Ich hoffe nur, du hast Recht«, erwiderte Igor nachdenklich.

»Olga liebt dich, sie legt zu jeder Zeit ein gutes Wort für dich ein. Es scheint, als würde sie dich so schnell wie möglich an die Macht bringen wollen.«

Igor schaute mich dankend an, sagte nichts mehr dazu. Ich hatte ihn nicht überzeugt, aber ihm waren die Argumente ausgegangen. Wir schwiegen, ich nahm mein Messer aus dem Gürtel und schnitzte an einem kleinen Stück Birke, das ich zu einem Hammer Thors formen wollte. Ein Geschenk für Edda. Igor bückte sich, hob einige Späne auf, die vor seine Füße gefallen waren und schmiss sie ins Feuer. Ich schaute zu, wie sie sich kurz zusammenrollten, bevor sie in Flammen aufgingen.

»Wenn diese Schlacht gegen die Drewljanen geschlagen ist, würdest du der befehlshabende Krieger in Nowgorod werden?«, fragte mich Igor. Ich machte große Augen und konnte nicht verbergen, dass diese Aufgabe ungeheures Glück für mich bedeuten würde. »Ich sprach mit Oleg und werde wohl mit Olga in Kiew bleiben, hätte dich gerne an meiner Seite, im Kampf gegen die Petschenegen. Doch ich weiß, dass du bei deiner Frau und deiner Tochter sein möchtest. Du tatest so viel für dieses Fürstentum. Wir sind dir etwas schuldig.«

Ich war sprachlos. »Ich bin dir zu tiefstem Dank verpflichtet!«, brachte ich hervor.

»Harald und Eric werden an meiner Seite fechten, an deiner statt.«

»Das ist eine gute Wahl!«

»Kjell und Kogg werden dir unterstellt werden. Euch können wir nicht trennen.« Ich nickte und freute mich auf die Zukunft. Vielleicht sollte der Feldzug gegen die Drewljanen der letzte große Kampf sein, den ich für dieses Fürstentum unternehmen musste. Dennoch hatte ich ein ungutes Gefühl.

Am nächsten Tag ging ich zum Hafen, fragte nach einem Händler, der bis Nowgorod segeln wollte und bat ihn, an der Festung südlich des Ilmensees Halt zu machen. Er sollte meiner Frau ausrichten, dass ich bald heimkomme, dass mir Nowgorod unterstellt werden würde und ein glückliches Leben vor uns lag. Nichts konnte uns mehr trennen.

Ich gab dem Händler ein Stück Silber und hoffte, dass er die Nachricht überbringen würde. Dann warteten wir auf Olga. Eine Woche später traf ihr Schiff ein.

»Sie würden über mich lachen und sobald ich ihnen den Rücken zukehre, stecken sie mir ein Messer zwischen die Rippen!«, widersprach Oleg.

»Ich denke eher, sie würden Eure Präsenz spüren, Eure Güte schätzen. Berichtet ihnen von Konstantinopel. Richtet ihnen persönlich die frohe Kunde unserer Handelsbeziehungen aus. Bringt ihnen die getrockneten Früchte, von denen Igor mir so vorschwärmte. Sie würden dies für ein wahres Wunder halten und ihre Zukunft im Handel sehen. Sie werden die Handelsrouten nicht länger überfallen, sondern selbst in den Süden segeln, um all diese Kostbarkeiten zu erkunden«, sagte Olga. Wir waren im Palas des Fürsten, saßen an seinem großen Tisch und obwohl Olga alles daran setzte, diesen Feldzug zu verhindern, was ich sehr unterstützte, wusste ich, dass Oleg seine Entscheidung längst getroffen hatte.

»Nein. Ich denke, sie werden mich auslachen und diese Botschaft als Einladung verstehen noch weitere Kaufleute auszurauben. Wenn sie von dem Handelsabkommen erfahren, wissen sie, dass die Händler noch hochwertigere Waren über den Dnjepr bringen. Sie wären dumm, wenn sie sich diese Reichtümer nicht einfach holen würden«, sprach er in einem Ton, der zwar keine Widerrede zuließ, aber in keiner Weise abwertend gegenüber Igors Frau klingen sollte. Olga fügte sich seinen Worten und nickte widerwillig.

Ich hatte mich zurückgehalten. Es fiel mir schwer, mich für eine Meinung zu entscheiden, wenn ich mein eigenes Interesse, meine vielleicht unbegründete Angst ausblendete. Ich wollte diesen Krieg nicht, trotzdem verstand ich Olegs Ansichten. Warum sollten wir skrupellosen Mördern solch gute Nachrichten übermitteln. Wenngleich Olgas Vorhaben ebenfalls funktionieren konnte. Ich wusste nicht, was die bessere Alternative für das Fürstentum sein würde. Ich stellte meine Gefühle hinten an und schwieg.

»Wir werden diese Hunde von Drewljanen ausfindig machen und töten«, bestimmte der Fürst.

»Wie sollen wir sie finden?«, fragte ich.

»Ich habe mir noch einmal berichten lassen, wie der Überfall auf die Händler abgelaufen ist. Es war zu organisiert für einen zufälligen Zusammenschluss. Die Drewljanen kannten sich, gehorchten einem Anführer.«

»Vermutest du einen Ort, eine Festung, in der sie sich verstecken?«, fragte Igor.

Oleg nickte. »Genau das. Wir werden diesen Ort ausfindig und dem Erdboden gleich machen.«

Niemand widersetzte sich mehr. Somit war es beschlossen. Wieder würde ich töten, um das Fürstentum zu sichern, um Händlern das Leben zu retten.

»Ragnar«, wandte sich der Fürst an mich. »Sind deine Männer bereit?«

»Sie ergötzten sich lange genug in dieser Stadt an den Huren. Wir sollten nicht mehr allzu lange warten, sonst verlieben sie sich noch«, versuchte ich, meine Ängste mit einem Scherz zu verschleiern.

Oleg lachte und klopfte mir auf die Schulter.

»Was macht eigentlich dieser junge Harald, von dem mir Igor erzählte? Er soll ein guter Kämpfer für sein Alter sein«, erkundigte sich der Fürst, während seine Hand immer noch auf meiner Schulter ruhte und er mich durch leichten Druck aufforderte, mit ihm den Palas zu verlassen. Diese Geste kam mir sehr bekannt vor und erinnerte mich an Rurik, der so oft mit mir bei einem Spaziergang über vieles gesprochen hatte. Oleg mochte den Festungswall seiner Stadt sehr. Wir schritten direkt darauf zu, stiegen den aufgeschütteten Wall hinauf und liefen an den Palisaden entlang. Die Aussicht war gut, es herrschte ein leichter Luftzug, der angenehm kühl war. Kruk flog neben uns und spielte mit dem Wind, stieg auf, ließ sich fast bis zum Boden fallen und schwang sich erneut hoch in die Lüfte.

»Erzähl mir von diesem Mann«, forderte mich der Fürst auf.

»Igor hat nicht untertrieben. Er ist wahrlich ein guter Kämpfer. Es ist kaum zu glauben, dass er noch so jung ist.«

»Wäre er ein Mann, mit dem du an deiner Seite kämpfen wolltest?«

»Wir trainierten diesen Winter oft und viel zusammen. Wir verstehen uns gut, ohne viele Worte zu wechseln.«

Oleg nickte, blieb stehen, stützte seine Hände auf die Palisaden und schaute auf den Dnjepr. Ein Handelsschiff legte gerade am Hafen an und ein weiteres kam von Norden auf uns zu.

»Sie kamen wohl sicher durch das Gebiet der Drewljanen«, vermutete Oleg.

»Du siehst die Situation zu schwarz, mein Freund. Die allermeisten Handelsschiffe kommen ohne nur einen Kratzer in den Planken nach Konstantinopel und wieder zurück. Deine Kriegsschiffe schrecken die meisten Räuber ab. Die Überfälle sind sehr ärgerlich aber selten.«

»Da hast du sicher Recht. Nichtsdestotrotz kann ich so etwas nicht dulden. Das Schlimme ist, dass die Petschenegen wohl die weitaus größere Gefahr darstellen, um die wir uns noch kümmern müssen.«

»Sie sind erfahrene Krieger, agieren mit List und Schlauheit. Die Drewljanen sind Bauern, die zu Waffen griffen. Das wahre Problem liegt im Süden«, bestätigte ich und wir beide schauten auf den großen Fluss, mit dem sich unendliche Wassermassen unaufhörlich stromabwärts schoben.

»Ich bräuchte dich hier im Kampf gegen die Petschenegen«, sagte Oleg gedankenverloren. Ich kniff die Augen zusammen, schaute dem Fürst in die Augen, als er zu meiner Erleichterung fortfuhr: »Igor aber sagt, du würdest lieber in Nowgorod bei deiner Familie weilen. Ist das so?«

Ich nickte.

»Igor wird mit Olga hier in Kiew bleiben, ich denke, du wärst der Richtige, mein verlängerter Arm, um das Reich im Norden zu organisieren. Es ist keine leichte Aufgabe, aber ich traue es dir zu und vertraue dir mehr als jedem anderen. Du hast dein Leben so oft für Rusland riskiert.«

»Ich danke dir sehr für dein Vertrauen und würde die Herausforderung gerne annehmen«, sagte ich freudig, wusste aber nicht einmal ob das stimmte. Ich wollte zu meiner Familie, mit ihr in Frieden mein Leben verbringen. Alles andere war mir egal.

»Lass uns die Gefahr durch die Drewljanen im Keim ersticken, bevor sie Erfahrung sammeln, sich besser organisieren und am Ende eine genauso große Gefahr darstellen wie die Petschenegen. Dann werden wir alles Weitere besprechen.«

»Ich halte das für eine kluge Entscheidung. Die Petschenegen sind schwer zu fassen. Damit wir uns ihnen stellen können, brauchen wir Frieden vom Ladogasee bis zu den Stromschnellen.« Natürlich befürwortete ich nun die Vorgehensweise des Fürsten, fragte mich kurz, ob genau das die Absicht Olegs war, doch was spielte das für eine Rolle. Es sollte mir nur Recht sein. Wir schwiegen eine Weile und schauten zu, wie am Hafen Waren verladen wurden. Männer wuchteten große Fässer vom Schiff und trugen dafür schwere Seekisten in den Laderaum.

»Wie stehst du zu Olga?«, wollte Oleg wissen.

»Ich mag sie und ich bin froh, dass Igor mit einer so klugen Frau verheiratet ist. Du schätzt sie sehr als Ratgeberin. Ich denke, damit liegst du richtig.« Ich schaute den Fürsten an und mir schien es, als wollte er mir etwas sagen, wusste aber nicht, wie er es tun sollte.

»Olga«, sagte er und holte tief Luft. »Ich mag sie nicht. Mir gefällt ihre harte Art nicht.«

Ich war überrascht und verwirrt zugleich. »Du hast nach ihr schicken lassen, um Kiew zu verwalten.«

»Der Mensch in mir mag Olga nicht. Der Fürst sagt, dass ich ihre Beratung brauche und schätze. Andererseits ist sie mir gerade deswegen wieder ein Dorn im Auge.«

»Inwiefern?«

»Igor leidet unter ihr«, erklärte Oleg und in seiner Stimme hörte ich tiefe Bedenken. »Ich weiß nicht, ob Rurik nicht einen Fehler gemacht hat, als er seinen Sohn mit dieser Frau verheiratete.«

»Aber er wirkt glücklich mit ihr«, widersprach ich.

»Das ist er auch. Bei ihm verhält es sich umgekehrt wie bei mir. Der

Mensch in Igor liebt diese Frau. Der zukünftige Fürst in ihm beneidet sie um ihre Gabe, das Fürstentum so gut regieren zu können.«

»Er wird seinen Frieden damit machen, da bin ich mir sicher«, sagte ich und verheimlichte das Gespräch zwischen Igor und mir. »Vor allem, weil Olga ihren Mann ebenso liebt wie er sie. Sie würde ihm den Thron niemals streitig machen. Im Gegenteil, sie setzt sich dafür ein, dass er schnellstmöglich deinen Posten übernehmen kann.«

»Dennoch«, widersprach Oleg. »Igors Stärke war immer sein Geist. Er hat einen unheimlich hellen Verstand und weiß ihn zu gebrauchen. Jetzt gibt es jemanden, der seine junge Weisheit in den Schatten stellt.«

»Mach dir keine Sorgen«, beruhigte ich Oleg und legte ihm meine Hand auf die Schulter. »Er wird seinen Verstand im Kampf gegen unsere Feinde unter Beweis stellen können.«

»Der Kampf ist nicht seine Stärke, das weißt du. Sieh dir doch Harald an. Du sagst selbst, dass er weitaus besser kämpfen kann als Igor.«

»Harald kann besser kämpfen als wir alle in seinem Alter. Mach dir keine Sorgen«, wiederholte ich. »Olga liebt Igor so sehr, diese beiden werden das Land der Rus zu noch größerer Macht und Einfluss verhelfen. Da bin ich sicher. Harald mag Igor. Sein Leben ist der Kampf. Igor wird ihn dafür entlohnen, bis Harald so viel Silber verdient hat, dass er zurück nach Norwegen kann, um sich den Thron seines Landes wieder zu holen.«

»Ich hoffe, du hast Recht, Ragnar, ich hoffe, du hast Recht.«

Das hoffte ich ebenso und meine eigene Seele schalt mich einen Narren.

»Igor wird euch nicht begleiten!«, bestand Olga. Wieder hatten wir uns im großen Palas Olegs versammelt. Die Vorbereitungen für den Feldzug waren fast abgeschlossen. Igor kümmerte sich um die Besatzung der Schiffe und war nicht anwesend.

Wir alle sahen Olga verwirrt an. »Warum nicht?«, fragte Oleg.

»Ich will ihn nicht in diesen Krieg schicken«, Olga stotterte. »Es ist nicht sein Krieg.«

Oleg runzelte die Stirn. »Natürlich ist es auch sein Krieg, warum sollte er hier bleiben?«

»Ich brauche einen Stellvertreter in Kiew«, erklärte Olga.

»Das könnt Ihr auch allein«, erwiderte Oleg sichtlich verwirrt.

»Ich will nicht, dass euch Igor bei eurem Vorhaben unterstützt. Der Kampf ist ein großer Fehler.«

»Noch bin ich hier der Fürst und ich werde Igor mitnehmen, ob es Euch passt oder nicht!«, sagte Oleg bestimmend.

Olga schaute ihn nervös an, wendete sich schließlich mit einem Hilfe suchenden Blick zu mir. Ich hob abwehrend die Hände, war der letzte, der sich dem Befehl widersetzten konnte.

»Er kommt mit, dabei bleibt es«, raunte Oleg. »Diese Unterhaltung ist völliger Unfug. Selbst wenn ich befehlen würde, dass Igor hier in Kiew bleiben soll. Er selbst würde alles daran setzen, uns zu begleiten.« Oleg stand auf und verließ kopfschüttelnd den Palas. Seine Wachen und meine Gefährten folgten ihm. Nur Olga und ich blieben zurück. »Warum willst du nicht, dass er mitgeht?«, fragte ich, wusste, dass Olga nicht die ganze Wahrheit gesagt hatte.

»Ich habe Angst um ihn. Er war schon mit dir bei den Petschenegen. Ich sterbe jedes Mal, wenn er weg ist und kann nicht schlafen.«

Das überraschte mich völlig. Olga erschien immer so hart und skrupellos, dass ich mit diesem weichen Kern nicht gerechnet hatte. »Ich werde auf ihn aufpassen. Er ist ein guter Kämpfer und ein kluger Mann«, sagte ich beruhigend. Olga nickte. Ich schaute in ihre Augen. Die Sonne, die durch das Windauge hereinschien, erhellte nur schwach den verrauchten Raum. Weinte Olga? Ihr Kopf sank nach unten. Sie atmete einige Male tief durch, hob ihr Haupt und blickte mich mit den gewohnt harten Gesichtszügen an. Doch ihre Augen waren nass. »Ich werde auf ihn aufpassen«, versprach ich ein weiteres Mal und konnte kaum glauben, wie groß Olgas Liebe für Igor sein musste. Nur aus einem Grund hatte sie den Angriff auf die Drewljanen verurteilt. Sie hatte Angst um ihren Mann, so wie ich fürchtete, Bithia und Edda nicht wiederzusehen. Der Unterschied war, dass dies meine letzte Schlacht sein konnte, für Igor hatte das Leben im Kampf erst begonnen.

Schon zwei Tage später fuhren wir mit sieben Schiffen und dreihundert Mann den Dnjepr stromaufwärts, bis wir zu der Mündung des Pripjet kamen, einem Nebenfluss, der weit im Westen durch das Land der Drewljanen floss. Wir wollten in Richtung Iskorosten, einem größeren Ort dieses slawischen Volksstammes, und hofften, auf dem Weg dorthin in den zahlreichen Siedlungen Informationen über die Schuldigen sammeln zu können.

Zwar kamen wir auch an kleineren Dörfern der Drewljanen entlang des Dnjepr vorbei, doch die Bewohner profitierten zu sehr von den Handelsschiffen, als dass sie die Händler überfallen würden. Allein der Verkauf von frischem Fisch brachte ihnen einiges ein, denn Kaufleute waren hungrig und bezahlten einen gerechten Preis für gutes Essen. Die Bewohner schienen Oleg zu kennen oder sahen zumindest, dass es sich um wichtige Männer handeln musste, die sich auf diesen Schiffen zusammengefunden hatten und an ihren Dörfern vorbeiruderten. Sie grüßten respektvoll. Ihr Verhalten war uns Beweis genug, dass der Überfall auf die Händler von weiter entfernten Drewljanen ausgeführt worden sein musste, die vom florierenden Handel nicht profitierten.

Der Pripjet mäanderte stark und wir kamen so langsam voran, als würden wir einen Berg in Serpentinen erklimmen. Manchmal fragte ich mich, ob es nicht einfacher wäre, das Schiff über die kurzen Landzungen zu tragen, anstatt um die gesamte Schleife herum zu rudern. An der einen oder anderen Stelle lag weniger als eine Schiffslänge Land zwischen dem Wasser. Wir benötigten enorm viel Zeit und gewannen gerade mal wenige Schritte auf unserem Weg nach Westen.

Nach einigen Tagen kamen wir an einen Ort, der, wie ich später erfuhr, Turow genannt wurde. Der Fluss ergoss sich hier aus einem kleinen See, an dessen Ufer einige Holzhäuser standen, die unorganisiert, kreuz und quer aufgebaut worden waren, ohne dabei auf die Zugänglichkeit durch Straßen zu achten. Die Stadt war überraschend groß und von einem Erdwall umgeben, der etwa zwei Mannslängen hoch aufgetürmt war. Am Strand war dieser Wall ebenfalls aufgeschüttet worden und nur durch eine kleine Lücke gelangte man in die Stadt. Wenn man nicht direkt vor diesem Eingang sein Schiff anlandete, so musste man sich über einen kleinen Pfad entlang des Walls durch brackiges Wasser kämpfen. Einfacher war es vermutlich, den Erdhügel empor zu laufen.

Während wir von den Drewljanen am Dnjepr noch freundlich begrüßt worden waren, schien uns hier kaum jemand besonders wohlgesonnen zu sein. Schon weit stromabwärts hatten uns Männer entdeckt, die auf einem kleinen Hügel am Ufer des Flusses Ausschau gehalten hatten. Sie waren in die Stadt geritten und so wusste man von unserem Kommen.

Das war weder sonderbar noch beunruhigend. Ob es nun Freund oder Feind war, der auf einen zukam, immer war es nützlich, frühzeitig davon unterrichtet zu werden.

»Sie verhalten sich seltsam«, empfand Eric dennoch und stand auf, während ich weiter ruderte, meinen Blick jedoch nicht von der Stadt nahm.

»Ich kann niemanden erkennen«, sagte ich.

»Genau das ist es ja, was ich seltsam finde. Müssten sie uns nicht beobachten? Von dem Tor oder von ihren Wällen aus?«

»Das müssten sie«, stimmte Oleg zu und legte die Stirn in Falten, schaute gebannt ans Ufer, während er das Ruder mit nur einer Hand festhielt.

»Was ist das überhaupt für eine Stadt?«, fragte Igor. »Hast du sie gegründet, um den Fluss zu beschützen?«, wandte er sich an den Fürsten.

»Nein, so weit entfernt vom Dnjepr habe ich mich sicher nicht um die Sicherheit des Handelswegs gekümmert, wenn ich noch nicht einmal mit dem Dnjepr allein fertig werde. Einzig und allein die Tribute forderte ich hier ein.«

»Bekamst du sie denn?«, fragte ich, zog das Ruder ein und stand auf, um besser sehen zu können.

»Ich bekam Tribute von den Drewljanen. Ich weiß natürlich nicht, ob jeder einzelne Bewohner dieses Landes den richtigen Anteil bezahlte.«

»Du weißt also nicht, ob du, besser gesagt wir, jemals ein Stück Silber von dieser Stadt erhielten?«, fragte Igor.

»Nein«, bestätigte Oleg.

Immer noch zeigte sich keine Menschenseele, weder auf dem Wall, noch am Strand oder am Eingang. Kruk hob von meiner Schulter ab, flog auf die Stadt zu und drehte ein paar Runden.

»Schade, dass er nicht sprechen kann!«, sagte Kjell.

»Ja, ich versuche sein Verhalten zu verstehen, aber es ist nicht immer einfach«, antwortete ich.

»Woher weißt du von dieser Stadt, wenn du keine Übersicht der Tributzahlungen hast?«, fragte Igor an Oleg gewandt.

»Von den Slawen in meinen Reihen.«

»Was erzählten sie dir?«

»Sie wissen nur, dass sie existiert und dass es ein großer Ort ist. Nicht mehr und nicht weniger. Ich dachte, es ist ein guter Einfall, hier mit der Suche anzufangen.«

»Oleg«, sprach Eric und kniff die Augen zusammen, um besser sehen zu können, »diese Stadt ist kein normales Dorf. Wie überhaupt ist eine so große Siedlung entstanden, so weit weg von den Haupthandelsrouten.« Wir schwiegen, jeder versuchte, etwas zu erkennen. Die Wolken hingen tief an diesem Tag, die Luft war diesig, die Sicht verschlechterte sich zusehends, ebenso wie unsere Stimmung.

»Ich stimme Eric zu«, mischte ich mich ein. »Dieser Fluss mäandert so stark, dass er nur schlecht zu befahren ist. Ich dachte damals schon, der Lowat schlängelt sich unendlich lange durch das Land und man kommt kaum vorwärts, aber was wir hier erlebt haben, übertrifft das mir Bekannte bei weitem. Diese Stadt ist zu schlecht zu erreichen, um Handel zu treiben.«

Oleg schaute nachdenklich auf die Häuser, deren Dächer den Wall überragten.

»Vielleicht soll sie so schwer zu erreichen sein«, dachte Igor laut und wieder herrschte Schweigen. Jeder grübelte nach, bis Oleg das Aussprach, was wir alle vermuteten: »Du denkst wir werden hier finden, wonach wir suchen?«

»Genau das denke ich«, betonte Igor.

»Hier stinkt es nach Verrat!«, brummte Eric und spukte aus.

»Das ist ein Nest«, stimmte ich meinem Gefährten zu. »Ein Nest voller Drewljanen, die von hier aus die Überfälle planen!« Es war fast zu einfach und dennoch war ich mir sicher. Mit dieser Gewissheit stieg Wut in mir auf. Olegs Zorn, den wir schon vor der Ankunft des Gesandten aus Konstantinopel erspürt hatten, übertrug sich nun auf uns alle.

»Wenn dem so ist«, zischte Oleg, »dann habe ich Olga gegenüber Recht behalten. Lasst uns diese Stadt vernichten, bevor sie größeren Schaden anrichtet!«, Er ballte die Fäuste. »Rudert uns ran!«, schrie er seinen Männern zu.

Ich setzte mich, ließ das Ruder ins seichte Wasser tauchen, spannte meine Muskeln. Die Odrerir fuhr auf den Strand zu. Die Sonne blitzte kurz durch die Wolken, blendete mich, erhellte noch ein einmal die Welt um mich herum, bis uns der dichte Nebel vollends verschluckte. Ich machte mich für den Kampf bereit. Dreihundert Mann gingen auf Viking.

»Wir sollten nichts überstürzen«, versuchte Igor, unseren Zorn zu beschwichtigen. Der Bug der Odrerir schob sich an Land. Sand knirschte unter dem Kiel und bald darauf ertönte das gleiche Geräusch von rechts und von links, als die anderen Schiffe aufliefen. Wir sprangen von Deck und wateten durch das knietiefe Wasser bis vor den Wall.

»Warum sehen wir keinen Menschen hier?«, fragte Igor wieder, wollte verzweifelt die Aufmerksamkeit auf sich lenken. Doch Rachedurst hatte uns gepackt, wir nahmen seine Worte gar nicht richtig wahr.

»Weil sie sich in ihrer Festung verstecken! Warum sollten die beiden Reiter sonst hierher galoppiert sein, wenn keiner mehr da ist?«, antwortete ich ihm beiläufig, umklammerte mein Schwert und nahm meinen Schild.

»Sobald wir das Tor durchschreiten, werden wir schon sehen, was auf uns wartet«, sagte Oleg, der, den Kopf leicht gesenkt, auf den Eingang des Walls zulief und sein Schwert langsam aus der Scheide zog. »Wir töten sie, brennen ihre Häuser nieder, mitsamt ihren Bewohnern und nehmen jeden einzelnen Wertgegenstand als Tribut mit uns«, fauchte er und schien nicht mehr aufzuhalten zu sein.

»Wir sollten vorsichtig sein«, warnte Igor wieder, eilte neben den Fürsten. »Vielleicht ist es eine Falle!«

Kruk kam in diesem Moment zurück, setzte sich auf meine Schulter und krächzte einige Male. Ich blieb stehen, dachte nach. Plötzlich erwachte ich. Mir kamen Zweifel. War es wirklich eine Falle?

»Los!«, rief Oleg und zeigte mit dem Schwert auf die Stadt. Ich schaute mich um und mir wurde mit einem Mal schmerzlich bewusst, in welche Lage wir uns gebracht hatten. Dumm wie Kinder, geleitet von Rachelust und unbändigem Zorn hatten wir selbst für unseren Untergang gesorgt. Hier, auf diesem kleinen Stück Erde, war viel zu wenig Platz, damit alle dreihundert Krieger an Land gehen konnten. Sieben Schiffe waren auf den Strand aufgefahren, die Krieger standen dicht gedrängt.

»Ich habe ein ungutes Gefühl«, sagte Igor und hörte nicht auf, unser Vorgehen zu hinterfragen.

»Oleg, halt!«, rief ich energisch und der Fürst drehte sich stirnrunzelnd zu mir um. »Igor hat Recht, es muss eine Falle sein! Wir haben uns hier selbst eingesperrt!«

Oleg folgte meinen Blicken zu den Schiffen.

»Hinter uns die Schiffe, vor uns der Wall, wenn wir dort durch diesen

Eingang gehen, werden wir einer nach dem anderen abgeschlachtet!«, rief ich ihm zu. Der Fürst erwachte endlich auch aus seiner Wut und erkannte die prekäre Lage, in die wir geschlittert waren.

Weitere Männer sprangen von Deck und schoben von hinten, drückten mich weiter nach vorne, so dass ich an den Wall gedrängt wurde. Ich versuchte, mir Platz zu verschaffen, die Masse der Männer gab jedoch nicht nach. Der Fürst wurde von mir getrennt und ich rief ihm zu: »Oleg! Oleg! Zurück!«

»Bleibt auf den Schiffen!«, schrie Oleg, machte kehrt, schob, drückte, brüllte. »Auf die Schiffe!«

Das Gedränge nahm dennoch weiter zu und ich fluchte, wir waren so anfällig auf diesem kleinen Stückchen Erde wie ein in die Ecke gedrängtes Lamm.

Kogg war der ganzen Situation überdrüssig, zog sein großes, langes Schwert und wollte durch den Eingang des Walls gehen.

»Stopp!«, schrie ich ihm zu und schüttelte auf seinen fragenden Blick energisch den Kopf. »Geh da nicht rein! Es ist eine Falle!« Dessen war ich mir plötzlich ganz sicher. Es war fast egal, was wir jetzt tun würden. Der Tod war ganz nah. Der Nebel, der uns umhüllte, war der Hauch der Totengöttin und mir lief es eiskalt den Rücken herunter. Ich schaute zum Wall empor, rechnete damit, dass im nächsten Augenblick ein Hagel von Speeren auf uns niedergehen würde. Mit ganzer Kraft versuchte ich, mir Platz zu verschaffen, wurde weiter an den Wall gedrängt, verlor fast mein Gleichgewicht.

»Verdammt, zurück auf die Schiffe mit euch!«, schrie Oleg wieder.

»Wir sitzen in der Falle! Von dem Wall da oben können uns diese Bastarde einen nach dem anderen abschlachten, wie Schweine in einem Stall!« schrie ich. Wenn jetzt nur hundert Krieger aus der Stadt angegriffen hätten, wären wir verloren gewesen.

»Wir kommen nicht mehr zurück!«, rief mir Igor zu. »Sammelt euch dort hinten.« Er zeigte den Pfad entlang nach Osten. Der einzige Landzugang in die Festung.

Rüstungen, Schilde und Schwerter klapperten aufeinander und verursachten dabei einen steten Lärm, den wir mit unseren Rufen verzweifelt zu übertönen versuchten. »Auf die Schiffe mit euch, ihr Schwachköpfe!«, schrie Oleg wieder und obwohl die Männer um ihn herum den Befehl wahrnahmen, konnten sie nicht gehorchen, die Krieger auf den Booten hörten nichts, sprangen von Bord und machten alles nur noch schlimmer.

»Geht den Pfad entlang!« schrie Igor. Ich drehte und wendete meinen Kopf, schaute zum Wall, fragte mich, wann endlich der erste Speer dem Ganzen ein Ende setzten würde, doch es passierte nichts. Ich folgte Igors Rat, schob die Männer jetzt am Wall entlang, rief ihnen zu, dass sie sich auf der Wiese am Ende des Pfades sammeln sollten. Langsam kamen wir voran, raus aus diesem Gefängnis, das unseren Tod bedeuten musste, wenn unsere Feinde nur ein bisschen Verstand gehabt hätten.

»Ich gehe währenddessen rein und kundschafte die Lage aus«, hörte ich von hinten und drehte mich verwirrt um.

»Du gehst nicht allein in diese Stadt«, rief Oleg aufgebracht. »Ich schicke doch nicht den Fürsten unseres Reiches ins Verderben!«

»Ich werde gehen«, bestimmte Harald, der sich jetzt ebenfalls von seinem Schiff zu uns durchgekämpft hatte.

»Ich komme mit dir«, sagte Igor wieder.

»Du bleibst hier, verdammt!«, schrie Oleg.

»Igor!«, rief ich. »Du sagst selbst, es ist eine Falle, bist du völlig von Sinnen?«

»Warum erscheint niemand auf den Wällen? Sie müssten uns längst gehört haben. Wir müssen wissen, was dort drinnen vor sich geht. Ich werde es erfahren!«, rief er.

»Mein junger Freund, deinen Mut in Ehren, du solltest nicht da rein gehen«, schrie ich ihm zu.

Noch wenige Momente zuvor war er der Einzige, der die Lage richtig erkannt hatte und jetzt war er davon besessen, sich vor den Männern zu beweisen. Ich musste ihn aufhalten, kam aber nicht an ihn heran, sondern wurde weiter den Pfad entlang des Walls geschoben.

Ich stolperte, fiel mit den Knien in den Dreck, richtete mich auf, schaute nach hinten. Ich sah Oleg, der ebenfalls versuchte, zu Igor zu gelangen, sich zu ihm durchkämpfte und ihn schüttelte.

Meine Blicke gingen ängstlich zum Wall, immer noch war niemand zu sehen. Wieder rutschte ich aus. Es musste Tage zuvor heftig geregnet haben. Die Erde war weich und schlammig.

Ich gab Igor auf, wusste, dass ich ihn nicht mehr erreichen würde und versuchte, unsere Männer, so geordnet es ging, den Pfad entlang zu dirigieren.

»Wenn in dieser Stadt tatsächlich Menschen existieren und sie uns angreifen wollen, dann sollten sie es jetzt tun«, dachte ich laut.

»Oder sie sind dümmer, als ich vermutete«, pflichtete mir Kjell bei, der auf einmal hinter mir war, auf mich gestoßen wurde, mir in die Hacken trat, so dass ich aus einem Stiefel herausrutschte. Ich bückte mich, suchte den Boden ab, wurde grob beiseite gedrückt, fand meinen Schuh, aus dem schmatzend nasser Morast herausquoll, als ich meinen Fuß wieder hineindrückte und weiter stolperte.

Endlich erreichten wir das Ende des Weges und hatten mehr Platz. Wir rannten auf die große Wiese. Kogg rutschte auf dem nassen Gras aus und die Erde bebte regelrecht, als er mit dem Hintern aufschlug.

»Ich habe das Gefühl, dass wir dich noch gebrauchen können, pass auf dich auf«, sagte ich und half dem Koloss wieder auf die Beine.

Der Wall war nun weit genug hinter uns. Schwer atmend blieb ich stehen, schaute mich um. Der Nebel hatte sich ein wenig gelichtet und ich erkannte erleichtert, dass von weitem alles nur halb so schlimm aussah, wie ich im Gedränge vermutet hatte. Das Wasser reichte den Männern eine Schiffslänge vom Ufer entfernt nicht weiter als bis zu den Knien. Jetzt verstand ich, warum sie alle von Bord gegangen waren. Sie hatten die Situation besser überblicken können und gesehen, dass wir, entgegen unserer Einschätzung, alle an Land gehen konnten. Gleichwohl war es gut, sich hier auf der Wiese zu sammeln, zu unkoordiniert wäre sonst der Angriff gewesen.

Die letzten Männer drängten sich immer noch den Pfad entlang. Abermals schaute ich auf den Wall, es war kein Feind zu sehen. Was ging hier vor?

Kruk landete auf meiner Schulter. Sein Gefieder war nass vom dichten Nebel. Er schüttelte sich und spritzte mir kleine Tropfen ins Gesicht. Endlich stießen auch Oleg und Eric zu uns.

»Wo ist Igor?«, fragte Kjell.

Oleg schaute sich um, blickte auf die ankommenden Männer.

»Er war direkt hinter mir, ich konnte den Schwachkopf endlich davon überzeugen, nicht dort hinein zu gehen. Er folgte mir!«, sagte er und blickte sich um.

»Igor?«, rief er, doch keiner antwortete. »Dieser verdammte Sturkopf«, fluchte Oleg. »Er muss doch in diese Stadt gerannt sein!«, schrie er zornig und trat mit dem rechten Fuß gegen die Grasnarbe, die in hohem Bogen durch die Luft flog und Kogg auf der Brust landete. Die nasse Erde färbte seinen Ringpanzer braun. Unser großer Gefährte wischte sich den Schlamm mit der Hand weg und warf ihn zu Boden. Genervt schaute er Oleg an, der erwiderte seinen Blick, war aber zu gereizt, sich zu entschuldigen und wandte sich wieder der Stadt zu.

»Wem will er etwas beweisen?«, fragte ich kopfschüttelnd. »Wir müssen ihn da rausholen! Jetzt sofort!«

Immer noch war kein Feind auf dem Wall zu sehen und wir alle starrten in den Nebel, der die Stadt umhüllte.

»Verdammt!«, schrie Oleg und spuckte aus.

»Wir gehen da jetzt rein«, beschloss ich. Oleg drehte sich nachdenklich zu mir um, widersprach mir nicht, dachte kurz nach. »Dann los«, befahl er und setzte sich an die Spitze.

In gemäßigtem Tempo liefen wir auf die Stadt zu.

»Wir gehen in einer Linie über diesen Wall und hoffen, dass auch dann noch kein Feind oben erscheint und auf uns wartet, wenn wir gerade in diesem Schlamm versinken.«

Meine Schuhe wurden mit jedem Schritt schwerer und schwerer. Erde sammelte sich an den Sohlen.

Wir kamen an dem aufgeschütteten Hügel an und plötzlich vernahm ich klirrenden Stahl und Klingen, die auf Holz trafen.

»Rattenschiss!«, schrie Eric, der es ebenfalls gehört hatte. Wir kämpften uns den Wall nach oben, rutschten immer wieder weg, landeten in der nassen Erde. Ich fluchte, versuchte meine Stiefelspitzen in den Schlamm zu rammen, krallte meine Finger hinein, kam so einigermaßen vorwärts und erklomm als einer der Ersten den Schutzwall. Von dort sah ich, was die Geräusche verursachte. Wenn es noch einen Zweifel gegeben hatte, dass es sich bei dieser Stadt um ein Nest voller Räuber handelte, dann war er hiermit ausgeräumt. Wo war Igor? Ich erspähte nur Harald, wie er sich gegen drei Mann zur Wehr setzte. Zwei seiner eigenen Krieger waren bei ihm.

Wir alle schauten auf den Kampf herab.

»Was macht Harald da unten?«, fragte Oleg und war, ebenso wie ich, völlig verwirrt.

»Harald!«, schrie ich. Der junge Mann drehte sich um, trat ein paar Schritte zurück, wäre fast gestolpert, wehrte wieder einen Schlag seines Gegners ab, flüchtete sich schließlich dicht gefolgt von seinen Angreifern zu uns. Seine Männer waren neben ihm, der eine stürzte und die Feinde machten sich mit Axthieben über ihn her. Das verschaffte Harald und seinem Gefährten genug Zeit, zu uns zu gelangen.

Wir gingen unseren Freunden entgegen und rannten den Wall hinunter. Ich glitt auf dem Gras aus, landete mit dem Hintern im Schlamm und rutschte den Erdwall hinunter.

»Schildwall!«, schrie Oleg und wir legten unsere Schilde mit lautem Klappern übereinander. Es waren nur drei Gegner zu sehen, jeder von uns aber wusste, dass sich weitere anschließen würden.

»Wo ist Igor?«, fragte Oleg Harald, als dieser völlig außer Atem zu uns kam und in unsere Reihen aufgenommen wurde. Die drei Gegner blieben stehen, schauten uns an und machten kehrt.

»Er«, setzte Harald an, schnaufte aber zu stark, um sprechen zu können, nahm drei tiefe Atemzüge und versuchte es erneut. »Er ist... sie nahmen ihn...«

»Sie nahmen ihn was?«, fragte Oleg aufgebracht, die Augen weit aufgerissen.

»Sie nahmen ihn gefangen!«

»Gefangen?«, fragte der Fürst.

»Gefangen!«, bestätigte Harald.

Oleg schrie seinen Zorn in den Himmel. »Warum seid ihr dort hinein? Seid ihr eures Lebens müde?«, schrie Oleg den jungen Kämpfer an. Der antwortete nicht, sondern presste nur die Lippen aufeinander, als wollte er signalisieren, dass er wusste, dass er einen großen Fehler begangen hatte.

Ich beobachtete, wie die drei Krieger zurück in die Stadt rannten und sich in den Häusern versteckten.

»Er lebt aber?«, fragte ich.

»Ja, er lebt! Sie zerrten ihn dort hinten hin. Hinter dieses Haus«, sagte Harald und deutete mit seiner Axt auf die uns am nächsten stehende Hütte.

Oleg knurrte und biss die Backenzähne aufeinander. »Vorwärts«, rief er.

»Vorwärts! Machen wir dem ein Ende! Vorwärts!« Wir rückten vor, wateten durch knöcheltiefe Pfützen, schauten uns vorsichtig um, aber es war niemand zu sehen. Alles war ruhig. Die Sonne kam zum Vorschein und lichtete den Nebel.

Nach einigen Metern kamen wir ins Stocken, keiner wusste, auf was wir uns zubewegen sollten. Wir sahen nur Häuser und Höfe. Wir blieben stehen.

»Igor?«, rief ich in die scheinbar leere Stadt hinein. Nichts war zu hören. Wir schauten uns zu allen Seiten um. Wo war der Feind? Plötzlich rannte ein Drewljane hinter der Ecke eines Hauser hervor, schmiss etwas in unsere Richtung und rannte weiter, um wieder hinter einer Hütte zu verschwinden.

Das geworfene Ding landete auf dem Boden, rollte einige Meter und kam dann in einer Pfütze zum Stehen. Langsam rutschte der Schlamm daran herunter und offenbarte zwei leere, bizarr verdrehte Augen. Haare klebten an der blassen, toten Haut des Gesichtes, das ich so gut kannte und so gemocht hatte. Der Mund war leicht geöffnet, wurde aber von der Zunge, die leicht herausstand, wieder geschlossen.

»Neiiiin!«, schrie Oleg und fiel auf die Knie. Er schluchzte auf, brüllte seinen Schmerz heraus und sank mit den Händen zu Boden.

Ich starrte diesen Kopf an. Mir kamen die Worte in den Sinn, die ich Olga im Palas des Fürsten gegeben hatte. Ich werde auf ihn aufpassen, hatte ich ihr gesagt. Ich hatte versagt, vor mir lag der Kopf Igors und mit jedem Augenblick sickerte ein weiterer Tropfen Blut aus dem durchtrennten Hals in die Pfütze und färbte das Wasser rot. Wir waren alle wie benommen, unfähig, etwas zu sagen, uns zu bewegen oder unser Schwert zu heben und endlich zu handeln. Alles um mich verschleierte. Nur die Schreie Olegs drangen an mein Ohr und erreichten schwach mein Bewusstsein.

Ich vernahm im Augenwinkel eine Bewegung, hob meinen Kopf, schaute auf, sah einem Drewljanen, der hinter einer Hütte hervorsprang, direkt in die Augen, beobachtete, wie er ausholte und einen Speer auf mich schleuderte. Ich starrte lethargisch auf die Wurfwaffe, hob instinktiv meinen Schild und der harte Schlag, mit dem die Spitze in das Holz drang und meinen Arm vibrieren ließ, holte mich aus meinem Schlaf, holte mich zurück in die Welt. Alles war wieder ganz klar. Der Schrei

Olegs schrillte in meinen Ohren, der Nebel klarte auf, die Sonne zwang mich, die Augen zusammenzukneifen. Dann kamen sie. Erst wenige, dann rannten immer mehr Drewljanen hinter den Hütten hervor, warfen ihre Speere, rannten weiter und versteckten sich hinter dem nächsten Haus.

»Vorwärts!«, schrie ich, setzte langsam einen Fuß vor den anderen. »Vorwärts!«, schrie ich wieder, so laut ich konnte, weckte damit meine Gefährten aus ihrer Betäubung. Eric hob Oleg hoch und zwang ihn, nach vorn zu blicken. Da war der Feind und unser Zorn sollte Igors Tod rächen. Unser Schildwall begann vorzurücken.

Weitere Speere wurden auf uns geworfen. Immer nur kurz tauchten die Feinde auf, schleuderten ihre Waffen, suchten sofort wieder Schutz. Wir hatten keinen greifbaren Gegner. Keine Schildburg stellte sich uns entgegen.

»Vorwärts!«, schrie jetzt Oleg, der zorniger denn je aus vollem Leibe brüllte: »Tötet diese Bastarde!« Er hämmerte mit seinem Schwert auf den Schild. Die Männer folgten diesem Beispiel und so ertönte das Trommeln des Todes über der Stadt.

Wir liefen an den ersten Häusern vorbei, verfolgten die Speerwerfer, die immer noch aus ihren Verstecken rannten und uns mit kurzen Attacken angriffen. Die Angriffe waren nutzlos, keine Waffe fand ihr Ziel.

»Rattenschiss!«, schrie Eric. »Kommt raus und kämpft wie Männer!«

In unserem Zorn bemerkten wir zunächst nicht, dass die Gasse, in die wir uns hinein bewegten, schmaler wurde. Blindlings rannte unser gesamtes Heer den Speerwerfern hinterher. Schon bald waren um uns herum nur noch Hütten.

Ich fluchte. Wie Narren hatten wir uns schon wieder in die Falle locken lassen. Jetzt plötzlich tauchten sie auf. Die Drewljanen krochen zahlreich wie Ratten aus ihren Löchern. Vor uns, neben uns, hinter uns schleuderten sie von den Dächern der Häuser Steine, Speere und Äxte auf uns. Männer schrien, hinter mir zertrümmerte ein Stein den Kopf eines Mannes, der augenblicklich zusammensackte. Wir konnten nichts gegen diesen Angriff tun, standen wie eine Herde zusammengetriebener Schafe beieinander, hoben die Schilde und hofften nur, nicht getroffen zu werden!

»In die Häuser!«, schrie Eric. »Greift sie vom Innern der Häuser an! Irgendwie müssen sie auf die Dächer gelangt sein!«

Das war in der Tat die einzige Möglichkeit, zurückzuschlagen und lebend aus dieser Schlacht herauszukommen. Außen waren keine Leitern, die an den Wänden lehnten. Sie mussten also von innen auf die Dächer gelangt sein. So rannte ich los, dicht gefolgt von Eric und Oleg. Ich hastete durch den Eingang einer Hütte, sah sofort ein Schwert von links auf mich zu rauschen, hob meinen Schild, fing die Klinge ab, stach mit meiner Waffe zu, traf auf Fleisch, das ich kraftvoll durchbohrte und hörte einen dumpfen Schlag direkt über mir. Oleg hatte einen Axthieb mit seinem Schild abgefangen, der von rechts auf meinen Kopf gezielt hatte. Ich drehte mich herum, hieb mit dem Schwung dieser Drehung nach dem zweiten Gegner, zerschmetterte ihm den Hüftknochen, überließ ihn schreiend meinen Gefährten und lief tiefer in das dunkle Haus hinein. Nur einige Tranlampen erhellten den Raum. Im schwachen Schein sah ich eine Leiter, die aufs Dach führte, von wo ein Drewljane seine tödlichen Geschosse geworfen hatte. Ich kletterte die Sprossen empor. Ein Speer stach nach meinem Kopf. Ich hob den Schild über mich und schlug mit dem Schwert blind nach oben, traf nur ins Leere, stieg mit erhobenem Schild eine weitere Stufe aufwärts, spitzelte unter dem Schildrand hindurch und erspähte, wie der Feind die Leiter mit seinem Fuß nach hinten wegtreten wollte. Ich schlug mit meinem Schwert nach dem Stiefel des Mannes, spürte, wie die geschärfte Klinge durch Knochen drang und den Fuß in der Mitte spaltete. Von lauten Schreien begleitet, lief das Blut aus der klaffenden Wunde über den kalten Stahl meines Schwertes. Mein Gegner wollte den zerhackten Fuß wegziehen, aber ich drehte das Schwert, verkantete die Klinge im Knochen, kletterte nach oben, zerrte meine Waffe mit einem Ruck frei, stach dem Kämpfer in den Bauch, riss die Wunde weiter auf und zog das Schwert wieder zurück. Mein Feind kippte sterbend nach hinten. Schnell schaute ich mich auf dem Dach um, erwartete einen weiteren Angreifer, fand niemanden, sah von hier oben, wie sich unser Heer in der Stadt verteilte und in kleinen Gruppen in die Häuser rannte.

»Hier ist keiner mehr!«, rief ich Oleg und Eric zu, erkannte aber, dass zwei Drewljanen ins Haus stürmten und meine Freunde sogleich angreifen würden. Ich sprang von der Leiter auf einen der hereineilenden Männer, trat mit beiden Füßen und meinem vollen Gewicht auf den

Kopf des Mannes. Sein Nacken flog von der Wucht nach hinten. Ich hörte Knochen brechen, landete unsanft auf dem Holzboden, rappelte mich schnell wieder auf. Eric streckte den zweiten Angreifer nieder, schlitzte ihm den Hals auf. Blut spritzte mir ins Gesicht.

»Raus, ins nächste Haus!«, rief Eric und rannte los. Wir folgten ihm ins Freie. Die Gasse zwischen den Häusern war mittlerweile wie leer gefegt, nur aus den Hütten drangen Schreie des Kampfes, des Schmerzes und des Todes an unser Ohr.

Wir blieben stehen, wussten nicht wohin, schauten uns um, wählten schließlich eines der Häuser aus. Doch dort kamen zwei unserer eigenen Männer heraus gestürmt. Niemand wusste, wie groß die Zahl unserer Feinde war und so rannten wir orientierungslos weiter, stürmten auf den nächsten Eingang zu. Oleg streckte den Schild vor sich und trat ein. Wieder lauerten zwei Drewljanen auf uns, griffen sofort an. Der linke hieb mit einem Holzprügel nach Oleg, der die Waffe abfing und nun selbst zuschlug. Der gehobene Schwertarm präsentierte dem rechten Feind die ungeschützte Achsel des Fürsten. Er stach mit einem Spieß zu. Ich wollte die Waffe mit dem Schild abfangen, doch der Angreifer riss seine Stichwaffe plötzlich nach unten, bohrte den Stachel mit Wucht in den Oberschenkel von Oleg. Der schrie auf, ließ den Schwertarm sinken, wehrte einen Schlag des linken Feindes mit dem Schild ab und ich schwang meine Klinge gegen die Hand, die den Spieß zurückziehen wollte. Plötzlich kam ein Schwert von oben und hieb auf Olegs Schulter. Knochen brachen und der Fürst riss die Augen auf, wusste nicht, wo diese feindliche Waffe hergekommen war, hieb einfach danach, traf ins Leere, stolperte durch den Schwung nach vorn, weiter in die Hütte hinein. Der Spieß stach nach Olegs Füßen, blieb im Stiefel stecken und brachte unseren Anführer zu Fall. Ich wollte zu Oleg, der linke Drewljane aber stellte sich zwischen mich und den Fürsten. Ich hieb nach ihm, schrie meinen Zorn heraus, erkannte im Augenwinkel, dass es Oleg mit einem Kämpfer zu tun hatte, der sowohl Spieß als auch Schwert führte. Es waren nicht zwei Gegner, wie ich zunächst vermutet hatte. Ich versuchte zwanghaft, an meinem Gegner vorbeizukommen, um Oleg zu helfen, der immer noch am Boden lag. Ich hieb nach meinem Feind, machte einen Schritt nach vorn, an seiner Klinge vorbei, stieß ihm mit meiner Stirn gegen seine Nase, so dass er zurücktaumelte und rammte ihm den Schild in den Mund. Seine Zähne brachen, ich trat ihn von mir weg, schaute zu Oleg, der kniend nach den Füßen seines Feindes hieb. Seine zertrümmerte Schulter ließ nicht mehr als einen kraftlosen Schlag zu. Der Spieß des Drewljanen stach dagegen mit voller Stärke nach dem Bauch des Fürsten, das Schwert rauschte auf den Kopf zu. Ich machte einen Satz nach vorn, wollte den Hieb abfangen, doch ich kam zu spät. Der Spieß drang in Olegs Brust ein, Blut spritzte. Ich schrie, konnte den Blick kaum von dem roten Lebenssaft lösen, der aus Oleg herausströmte, wandte meine Augen nach Momenten des Schreckens dem Mörder meines Fürsten zu, sprang unkontrolliert auf ihn, rammte ihm den eisernen Schildbuckel gegen die Rippen, so dass er rückwärts umfiel. Ich schmiss meinen Schild weg, nahm mein Schwert mit beiden Händen und steckte es dem Drewljanen laut schreiend in den Hals, ergötzte mich daran, wie er röchelnd die Augen aufriss und starb.

Ich drehte mich um, sah Eric schwer atmend im Eingang stehen, seine Klinge war voller Blut, sein Gegner lag tot vor ihm. Er machte einen Schritt auf mich zu, starrte geschockt auf Oleg, blickte mir kurz in die Augen und schaute dann auf den toten Drewljanen vor meinen Füßen. »Rattenschiss«, sagte er und spuckte aus, kam einen weiteren Schritt auf mich zu, hielt plötzlich inne, streckte die Brust seltsam heraus, ließ Schwert und Schild fallen, riss die Augen auf und kippte leblos nach vorne. Wie versteinert stand ich da, fiel auf die Knie, rüttelte an Erics Schulter, sah die Axt, die tief in seinem Rückgrat steckte, hob meinen Blick und erkannte einen riesigen Schatten in der Tür. Ich stürzte mich auf ihn. Er war riesig für einen Slawen, fett wie ein Ochse. Er stieß mich mit seinem Schildbuckel nach hinten, so dass ich taumelte. Ich stürmte erneut vorwärts, schrie meinen Zorn und meinen Seelenschmerz heraus, stolperte über irgendetwas, stürzte dem Ochsen vor die Füße, schlug dabei unbeholfen zu, traf nur seinen Schild und nahm im Fallen wahr, wie ihm ein Schwerthieb vom Hals bis zum Brustbein von hinten den Torso spaltete. Ich landete mit dem Gesicht auf den Füßen des riesigen Slawen. Es trieb mir die Luft aus den Lungen, als der Koloss vornüber kippte und auf mich fiel. Unfähig, mich zu bewegen, hörte ich wütende Schreie, Schläge und ein ohrenbetäubendes Brüllen, dass in ein Gurgeln überging und schließlich verstummte. Der fette Drewljane wurde von mir herunter gezogen. Das Blut des toten Feindes troff von meiner Rüstung. Ich stand auf, schaute meinem Retter in die Augen. Es war Kogg. Er grinste mich aus einer blutbespritzten Fratze an.

»Mein großer, starker Freund«, lächelte ich, stand auf und tätschelte seine Wange. »Was würde ich ohne dich machen.«

»Lebt Eric?«, fragte Kogg.

Ich schüttelte den Kopf und senkte meinen Blick. Ich war voller Gram, Zorn und vor allem Trauer.

»Oleg ist ebenso gefallen«, erklärte ich

»Das ist nicht gut«, erwiderte Kogg und schritt an mir vorbei. Ich starrte vor mich hin, unfähig einen klaren Gedanken zu fassen. »Oleg lebt«, rief mein großer Gefährte plötzlich. Ich erwachte aus meiner Betäubung, rannte zu dem Fürsten, kniete mich zu ihm, hob seinen Kopf sachte mit der rechten Handfläche aus der klebrigen Blutlache. »Oleg«, sagte ich, »Oleg!« Seine Augen zuckten kurz, sahen mich an. Er öffnete den Mund, Blut lief aus den Winkeln. »Ragnar«, kam über die sterbenden, blassen Lippen. Ich nahm seinen Kopf zwischen meine Hände und flehte ihn an, nicht zu gehen. Wieder öffnete er seinen Mund, röchelte. Ich legte mein Ohr an seine Lippen und vernahm einen leises, hauchendes Flüstern: »Rusland!«

Mit einem kurzen, letzten Seufzer wich seine Seele aus dem Körper und strich über mein Ohr.

Der Fürst des Reiches der Rus war tot.

Kjell stieß zu uns, starrte auf all die Leichen und das Blut zu unseren Füßen. »Eric ist tot?«, fragte er entsetzt. Ich drehte mich zu ihm um.

»Er wurde von diesem Fettsack erschlagen«, antwortete ich und deutete auf den dicken Leichnam. »Kogg rächte ihn«, fügte ich hinzu.

Kjell beugte sich zu ihm herunter. »Er war ein guter Krieger«, sagte er, ohne seine tiefe Trauer verbergen zu können

»Das war er.«

»Und wo ist...«, setzte mein treuer Freund an, stockte und starrte auf die Leiche, über die ich gebeugt war. Ich stand auf und gab den Blick frei.

»Oleg ist tot?« Kjell schaute abwechselnd zu mir und zu Oleg, der in seinem Blut lag.

»So ist es.« Wir hielten inne. »Wie steht es um die anderen Männer?«, fragte ich. Kjell schüttelte sich kurz und versuchte, seine Augen vom toten Fürsten zu lösen, brauchte eine Weile, bis er mir antworten konnte.

»Wir durchkämmten so gut wie jedes Haus in der Nähe und besiegten alle Slawen. Sie waren hoffnungslos unterlegen und spielten vermutlich deswegen Verstecken mit uns. Sie wollten uns Mann gegen Mann aufreiben, aber es nützte ihnen nichts.«

»Sie töteten damit Igor, sie töteten Oleg und sie töteten auch Eric«, gab ich zu bedenken, meine Brust voller Schmerz. Und sie zerstörten meinen Traum, ein friedliches Leben in Nowgord mit meiner Familie führen zu können, dachte ich. Kjell und Kogg wussten von dieser Vereinbarung noch nichts, ich wollte sie überraschen, nun verschwieg ich es.

»Dafür mussten sie alle sterben. Wir haben die Schlacht gewonnen«, riss mich mein treuer Freund aus meinen Gedanken.

»Doch zu welchem Preis?«, fragte ich.

Kjell nickte konsterniert. »Was sollen wir jetzt tun?«, fragte er.

»Wir sollten die Leichen nach Kiew bringen und unserer Freunde gedenken.«

Ich schloss die Augen, dachte an Igor, dachte an Olgas Liebe, fürchtete mich davor, ihr die schreckliche Nachricht zu überbringen und dachte an Olegs letztes Wort: Rusland. Was würde jetzt daraus werden?

Kapitel 20 - Olgas Zorn

»Du lügst!« Olga stand vor mir, schaute mir scheinbar emotionslos in die Augen. Ich war allein zu ihr in den Palas gegangen. Rauch erfüllte den Raum. Ich vermochte kaum zu atmen, meine Brust schmerzte.

»Es tut mir leid, es die Wahrheit«, wiederholte ich mich.

In Olgas Augen sammelte sich Wasser. Eine Träne kullerte über ihre Wange. Sie verzog keine Miene, doch ihre Stimme brach, verlor an Kraft.

»Sag mir, dass du lügst.«

Ich senkte meinen Kopf, um ihren Blicken auszuweichen und schüttelte langsam mein Haupt.

»Wo ist er?«, fragte sie.

»Sein...«, ich hielt inne, wusste nicht, ob ich es aussprechen sollte. »Sein Kopf ist draußen!«

»Sein Kopf?«, fragte Olga entsetzt.

»Wir fanden seinen Körper nicht, so konnten wir nur seinen Kopf mitbringen.«

Olga schwieg. Auch ich sagte nichts. Ich wollte nicht aufschauen, bis ich nach einer gefühlten Unendlichkeit der Stille, die mit Traurigkeit durchsetzt war und wie ein Spinnenfaden an mir klebte, von dem ich mich nicht befreien konnte, meinen Blick hob. Olgas Augen flammten auf. Wut überkam sie und die Hitze dieses Gefühls trocknete ihre Tränen. Mein Herz schlug schneller. Trauer vernebelte mein Bewusstsein. Hätte sie ihren Zorn auf mich herabregnen lassen, so hätte ich mich nicht gewehrt. Zu tief saß mein eigener Schmerz, der Gedanke, dass ich die Schuld an dem Tod Igors trug.

»Bring ihn rein«, sagte Olga mit einer Stimme, die mich erschaudern ließ.

»Olga«, setzte ich an, »vielleicht solltest du ihn so in Erinnerung behalten, wie er dir im Gedächtnis ist. Er sieht«, wieder stockte ich, »er sieht nicht gut aus.«

»Bring ihn rein!«, sagte sie noch einmal, erhob ihre Stimme, funkelte mich mit all ihrer Trauer an.

»Olga«, versuchte ich erneut. Ihr Blick ließ mich verstummen. Ich fügte mich ihrem Willen. Langsam drehte ich mich um, öffnete die schwere Holztür, trat hinaus, atmete die frische Luft, doch der bedrückende

Schmerz in meiner Brust wollte nicht von mir weichen. »Sie will ihn sehen«, erklärte ich Kjell, Kogg und Harald, die vor dem Tor gewartet hatten und den Kopf Igors in einem Leinensack bei sich trugen.

Wortlos übergaben sie mir das Bündel. Kurz schaute ich den dreien in die Augen, suchte nach Hilfe, aber meine Freunde konnten mir nicht beistehen und so verschwand ich wieder im Palas.

Ich legte das Leinen vor Olga auf den Tisch und trat einen Schritt zurück. Olga stand auf, zog an dem Tuch, das durch das Blut festklebte, benötigte beide Hände, um den Stoff abzuziehen. Ihr Gesicht regte sich dabei nicht, die Mundwinkel hingen schlaf herab. Nur noch eine Lage des groben Stoffes verdeckte das Antlitz Igors. Olga nahm die Ecke des Leinens zwischen zwei Finger, zog es weg und eröffnete sich damit den Blick auf den Kopf ihres toten Mannes. Tranlampen brannten an den Wänden und warfen flackernde, beängstigende Schatten auf die Haut des abgetrennten Hauptes. Auch Olgas Gesicht wirkte fahl. Sie schrak zurück, stand da, starrte auf den Kopf, unendlich lange. Ich vermochte nicht zu atmen, fühlte mich unbehaglich, wusste nicht, ob ich gehen oder bleiben sollte.

»Igor!«, rief Olga aus und fiel auf die Knie, nahm das Haupt in ihre Hände und hob es vorsichtig hoch. Das Leinen blieb kleben, hing wie abgeschälte Haut daran herunter. Es schauderte mich. »Igor«, flüsterte Olga wieder, überschüttete die eingetrockneten Lippen und das runzlige Gesicht mit Küssen, stellte Igors Kopf mit dem Hals auf den Tisch, strich mit ihren Händen durch das fahle Haar und schluchzte immer wieder seinen Namen. »Igor, Igor, mein liebster Igor!« Sie küsste ihn, innig, schien die tote Zunge in sich aufsaugen zu wollen. Ich wandte mich ab, schloss die Augen, schluckte einen Klos hinunter und erschrak, als Olga vornüber zu kippen schien, unter den Tisch fiel, sich mit den Händen abstützte, ihre Stirn auf den Boden legte und so laut krächzte, jammerte, schluchzte und schrie, dass mir die Gänsehaut vom Rücken bis zur Kopfhaut fuhr. Ihr schrilles Totenlied wurde lauter, immer lauter, bis sie sich wieder aufrichtete, den Kopf in den Nacken legte und all ihren Schmerz zur Decke kreischte.

Ich rannte zur Tür hinaus, floh vor der tödlichen, unbarmherzigen Trauer, die diesen Palas erfüllte, schloss die Tür hinter mir und versuchte, wieder zu Atem zu kommen.

Wir sahen Olga in den nächsten Tagen nicht, hörten nur ihre Schreie, die mal wütend und zornig, mal traurig und klagend an unser Ohr drangen. Niemand traute sich zu ihr. Keiner hätte es vermocht, diesen Palas zu betreten. Nur ein einziges Mal wagte ich es, die Tür einen Spalt weit zu öffnen. Es war Abend, die Schreie waren verstummt, ich spähte in den dunklen Raum hinein. Der Vollmond warf seinen schwachen Schein in den Palas, warf sein graues Licht auf Olga, die zusammengerollt auf dem Boden lag, Igors Kopf fest in ihren Armen an ihre Wange gedrückt. Ich schloss das Tor, auch ich war zu schwach, ihre Trauer zu besiegen.

Olgas Schmerz traf die Seelen aller Menschen in Kiew. Er schien uns alle zu betäuben. Mit blutenden Herzen hoben wir im nebligen Zwielicht des nächsten Morgens Gruben aus, führten Olegs Pferd hinein, das schnaubend und mit weit aufgerissenen Augen die Klinge meiner Axt anstarrte, bis diese den Schädel des Tieres spaltete. Blut spritzte in die Morgenluft, besprengte den Boden. Wir machten ein großes Feuer, in welchem wir Olegs Klinge verbrannten, die wir anschließend mit weiteren kostbaren Beigaben dem verstorbenen Fürsten in die Grube legten, bevor wir einen großen Grabhügel darüber aufschütteten und so den Gründer des Ruslandes auf seinen letzten Weg schickten.

Auf meinen Befehl hin wurde auch Eric mit einer ähnlich großen Totenfeier verabschiedet. »Odin«, sagte ich, als ich am Abend mit all den Kriegern Kiews vor den Grabhügeln stand, »zwei meiner besten Gefährten nehmen nun an deiner Tafel in Walhalla Platz. Es sind tapfere Kämpfer und ich freue mich auf den Tag, an dem ich mit ihnen vereint in die letzte Schlacht der Götterdämmerung ziehen werde.«

Die Tage vergingen und die Zukunft war ungewiss. Olga zeigte sich nicht. Die Handwerker und Händler des Ruslandes gingen ihrem Tagwerk nach, jeder aber schien betäubt von den Ereignissen. Wieder ging ich zum Hafen und suchte einen Mann, der bis Nowgorod reisen wollte. Ich trug ihm auf, meiner Frau Grüße auszurichten. Ich wusste nicht, ob die Nachricht von Igors und Olegs Tod bereits in den Norden vorgedrungen war, doch ich wollte sichergehen, dass Bithia wusste, dass ich noch lebte.

Das Reich der Rus war ohne männlichen Thronfolger. Die einzige Person, die für die Nachfolge in Frage kam, war Olga, aber es schien, als sei die Seele der Witwe ebenfalls gestorben. Übrig blieb ein Körper, eine Hülle, die im Palas Kiews klagend ihre Erlösung durch den Tod erflehte. Nicht einmal an der Totenfeier für ihren Mann nahm sie teil. Nur kurz öffnete sie das Tor, trat heraus und die Männer, die gerade an dem Palas vorbeiliefen, erschraken vor ihrem faltigen und bleichen Gesicht, das von grauem, strähnigem Haar umrahmt war.

»Sie steht da und starrt ins Nichts«, überbrachte mir ein Krieger schwer atmend die Botschaft. Ich war am Hafen, nahm mit Kjell die Tribute von den Händlern entgegen.

»Ich komme«, sagte ich.

»Sie hat Igors Kopf im Arm«, erklärte der Mann auf dem Weg den Hügel hinauf und ich erkannte die Angst in seinen Augen. Mir lief es ebenfalls kalt den Rücken herunter, doch ich überwand meine Furcht und rannte voran. Als ich die Stadt betrat, stand Olga noch immer da, wie es mir der Krieger berichtet hatte. Ich schritt auf sie zu, blieb vor ihr stehen und schaute in ihre leeren Augen.

»Igor ist tot«, raunte sie mit einer kratzenden Stimme, die ich kaum verstand. Ich nickte. »Getötet von den Drewljanen«, fügte sie hinzu. Wieder nickte ich. Olga streckte mir ihre Hände entgegen, in denen Igors Kopf ruhte. Ich betrachtete das abgeschlagene Haupt. Die Haut wirkte starr und schmierig zugleich. Maden saßen dort, wo einst Augen gewesen sein musste. Ich nahm den Kopf in meine Hände. Olga schaute mich kurz an, dreht sich um und schloss die Tür des Palas hinter sich. Es war das letzte Mal, dass sie eines ihrer entsetzlichen Klagelieder anstimmte. Es war lauter als je zuvor, hallte vom Hügel Kiews in die Welt hinaus und begleitete uns, als wir nun auch Igor mit Schwert, Schild und Silber in eine Grube legten und einen weiteren großen Grabhügel aufschütteten.

Zwei Tage später sollten wir Olga wieder zu Gesicht bekommen. Ein Schiff mit einer seltsamen Besatzung erschien am Hafen. Die Mannschaft bestand aus zwanzig Drewljanen, die zwar kaum bewaffnet waren, aber Kaftane trugen, die von ihrem Reichtum zeugten. Diese Männer waren keine Piraten oder Räuber, die sich in ihrem Land vor unserer Macht versteckten. Es waren nicht Männer wie die, die wir in Turow getötet hatten.

Ich empfing sie mit Kjell, Kogg und Harald am Ufer des Dnjepr.

»Was wollt ihr?«, fragte ich.

»Wir kommen von unserem Fürsten und er wünscht, dass wir der Herrscherin von Kiew eine Botschaft übermitteln.«

Es gab zu dieser Zeit viele, die sich um den Thron des Ruslandes stritten, doch die Krieger Olegs und die Krieger Igors waren auch die Krieger Olgas. Keiner wagte es, Olga den Thron wirklich streitig zu machen. Obwohl sie nicht mehr als eine tote Hülle zu sein schien, strahlte sie Macht aus. Ich stand ebenfalls auf ihrer Seite und hoffte Tag für Tag, dass sie die Trauer überwinden und das Reich regieren würde. Die Bevölkerung kannte sie als gerechte Herrscherin Nowgorods, die Oleg eine gute Beraterin gewesen war. Die einfachen Bauern vertrauten ihr. So hatte es sich wohl längst auch zu den Drewljanen herumgesprochen, dass Olga das Fürstentum übernehmen würde. Ich zweifelte nicht daran, doch die Zeit arbeitete gegen sie. Olga musste erwachen.

Es erschien mir sonderbar, dass die Drewljanen selbst einen Fürsten hatten. Ein eigener Fürst bedeutet, dass sich das Volk der Drewljanen Kiew nicht unterwerfen wollte. In Wahrheit verhieß es noch etwas ganz anderes. Ich betrachtete die Gesandten in ihren von Goldfäden durchzogenen Kaftanen und runzelte die Stirn.

»Wo kommt ihr her?«, fragte ich.

»Aus Iskorosten.« Immer noch lag meine Stirn in Falten. »Wir wissen von eurem Überfall auf Turow, wir wissen vom Tod Olegs, wir wissen vom Tod Igors.«

Gedanken schossen mir durch den Kopf. Die Worte des Mannes machten mir die scheinbare Unbedeutsamkeit unseres Kampfes in Turow bewusst. Waren die Drewljanen längst so organisiert, dass wir mit unserem Sieg, mit dem Tod Olegs, Igors und Erics rein gar nichts erreicht hatten? Ich erschauderte. Wollten diese Drewljanen unser Reich erobern? Der Zeitpunkt eines Angriffs war günstig. Olga hatte den Kampfesmut unserer Krieger längst ausgesaugt, wie die Spinne das Blut einer Fliege trinkt. Die Drewljanen stellten eine viel größere Gefahr dar, als wir bis zu diesem Moment angenommen hatten.

»Was für eine Botschaft wollt ihr Olga übermitteln?«, fragte ich.

»Das dürfen wir der Regentin nur persönlich mitteilen.«

Ich schaute zu Kjell. Der zuckte nur mit den Achseln. So baten wir die

Delegation aus dem Westen, an Land zu kommen und geleiteten sie in die Stadt.

Vorsichtig öffnete ich das Tor zum Palas. Olga saß auf dem Thron und starrte ins Leere. Als ich eintrat, bewegte sie ihren Kopf nicht, schwenkte nur ihre Augen auf mich und sah mich fragend an.

»Es sind Boten der Drewljanen eingetroffen und sie möchten dich im Namen ihres Fürsten sprechen.«

»Warte, bis ich nach dir rufe, dann schick sie zu mir«, sagte sie und stand auf.

Obwohl sie furchtbar aussah und sich seit Tagen nicht mehr gewaschen haben konnte, wirkte sie ob diesem überraschenden Eintreffen seltsam gefasst. Es schien fast so, als hätte sie damit gerechnet. Wir warteten mit den Drewljanen vor dem Palas. Die Zeit schien stehen zu bleiben. Jeder schwieg, es tröpfelte leicht aus dem wolkenverhangenen Himmel, aber keiner störte sich daran. Das Tor zum Palas öffnete sich und Olga trat heraus, kniff ihre Augen zusammen und schaute uns an. Obwohl die Sonne nicht schien, musste das Licht sie blenden, zu lange hatte sie in der Dunkelheit gesessen.

Ich war überrascht, als ich sie sah. Ihre Haare waren gekämmt, ihr Gesicht war mit Schminke aus Rötelstein und Tierfett eingerieben. Sie hatte einen Kaftan Olegs angezogen. Jenen mit Goldfäden durchzogenen Kaftan, den er getragen hatte, als ich ihm von unserem Kampf mit den Petschenegen berichtet hatte. Da Oleg nicht besonders groß gewesen war und Olga für eine Slawin überaus riesig erschien, passte ihr der Kaftan ausgezeichnet. Obwohl es Olga tatsächlich geschafft hatte, nicht ungepflegter auszusehen als die meisten Frauen in einer Stadt, erkannte ich die Spuren, die die Trauer hinterlassen hatte. Tiefe Furchen durchzogen ihr abgemagertes Gesicht. Das Haar war grau und licht. Ich vermutete, dass sie sich einige Haare selbst ausgerissen hatte.

Die Drewljanen verbeugten sich. »Wir bringen eine Botschaft unseres Fürsten.«

»Kommt herein«, sagte Olga seltsam freundlich und ging zurück in den Palas, winkte den Gesandten, ihr zu folgen. »Entzündet einige neue Tranlampen«, rief sie und klatschte dabei in die Hände. Ein Diener beeilte sich, der Forderung nachzukommen. Mit Kjell, Kogg und Harald betrat ich den Palas hinter den Drewljanen und schaute mich unauffällig, aber neugierig um. Die blutverschmierten Leinen, in die Igors Kopf gewickelt gewesen war, lagen in der hinteren Ecke. Einige Kerzen standen darum herum und es erschien mir, als hätte Olga die Nächte auf diesen blutigen Tüchern verbracht.

»Was bringt ihr mir für Nachrichten von eurem Fürsten?«, fragte Olga förmlich.

»Wir sollen Euch unser Beileid aussprechen. Euer Mann Igor starb durch unsere Hand, doch konnten wir nicht anders handeln, er wollte unter unseren Einwohnern wüten wie ein Wolf in einer Schafherde. Dennoch bietet Euch unser Fürst großzügiger Weise einen Ausgleich für Euren Verlust an. Er ist ein ausgesprochen liebevoller und einfühlsamer Mann und er möchte Euch zur Frau nehmen.«

Ich pfiff leise aus, so dass es niemand außer mir hören konnte, aber diese Worte waren so verlogen und absurd, dass ich es kaum fassen konnte. Das war also ihr Plan. Der Fürst wollte Olga heiraten, um die Herrschaft über das Rusland an sich zu reißen. Gespannt erwartete ich, dass Olga die Männer auf der Stelle umbringen lassen würde. Ich hoffte, dies verhindern zu können. Ich wollte kein Blut mehr vergießen. Selbst wenn dieses Angebot dreist und unverschämt war, wollte ich doch, dass diese Gesandten sicher bei ihrem Fürsten ankämen. Ich fürchtete die Rache der Drewljanen, wenn Olga nur die Köpfe dieser Männer zurück in den Westen schicken würde. Zu viele Unschuldige könnten in diesen Krieg hineingezogen werden. Olgas Antwort war jedoch so unerwartet, wie der Antrag der Botschafter selbst: »Ich nehme euer wahrlich großzügiges Angebot an. Niemals wieder soll Krieg zwischen uns herrschen. Gemeinsam können wir dieses große Reich in Frieden regieren.«

Ich riss meine Augen auf, war verwirrt und schaute meine Gefährten an, denen es nicht anders zu ergehen schien. Selbst Kogg wirkte zerstreut.

»Ich möchte euch, die ihr diesen weiten Weg auf euch nahmt, um mir diese wundervolle Nachricht zu übermitteln, einen ehrenvolleren Empfang bereiten. Dies bedarf einiger Vorbereitung. Ich würde euch also bitten, in eurem Schiff zu warten, bis meine Männer zu euch kommen und euch wieder in die Festung geleiten«, sagte Olga, der wir alle gebannt, aber verwirrt lauschten. Sie fügte sogleich hinzu: »Ich möchte, dass ihr darauf besteht, dass meine Männer euch in eurem Schiff den Berg hinauf tragen und ihr so meinem Volke würdevoll präsentiert werdet.«

Was hatte Olga vor? Meinte sie das wirklich ernst? Hatte sie die Trauer mit einem Mal überwunden und wollte mit dieser Heirat die Handelsrouten sichern und dem Reich Frieden bringen? War sie des Tötens überdrüssig und verschenkte lieber all die Macht, bevor weitere Frauen zu Witwen werden würden?

Die Drewljanen schienen freudig überrascht zu sein, verbeugten sich, verließen frohen Mutes den Palas und gingen zu ihrem Schiff. Ich schritt auf den Festungswall und schaute ihnen nach, wusste nicht, was ich von all dem halten sollte. Kruk landete bei mir und stocherte in meinem Ohr herum. Meine Gedanken schweiften ab und ich ließ es gerne geschehen. Zu schwach war ich, darüber nachzudenken, was hier gespielt wurde. Die Wolken hingen tief, wirkten so bedrückend wie Olgas Klagegesang. Ich war erschöpft und wünschte mir plötzlich nichts sehnlicher, als zurück nach Norwegen zu reisen. Zurück zu jenem Tag, an dem ich die knorrige Eiche emporgeklettert war um ein Rabenjunges aus dem Nest zu befreien. Ich erinnerte mich an den See, in dem wir an jenem warmen Morgen geschwommen waren, dessen Wasser Bithias Leinenkleid an ihrem Körper kleben ließ. Bithia, ich hatte mir ein wundervolles Leben in Nowgorod mit ihr ausgemalt.

»Ragnar«, holte mich Olga aus meinen Träumen. Mit übertrieben liebevoller Stimme schritt sie stolz und fröhlich auf mich zu, lächelte mich an. »Ragnar, bitte sage den Männern, sie mögen hier in der Festung eine Grube ausheben, die so groß ist, dass das Schiff dieser Drewljanen hineinpasst. Die ausgehobene Erde sollen sie rings um dieses Loch aufschichten.«

»Was hast du vor?«, fragte ich Olga misstrauisch.

»Ach Ragnar«, sagte sie, schenkte mir ein Lachen und streichelte mir zärtlich die Wange, »sei doch nicht immer so neugierig. Das wirst du schon sehen. Sag es lieber den Männern und hilf ihnen. Du bist so stark, sie können deine Hilfe sicher brauchen.«

»Olga, was hast du vor?«, fragte ich wieder.

Die Fürstin blickte mich ernst an, bis sie sich umdrehte und den Wall hinunterlief. Ich schaute ihr nach. Sie ging zu Kjell, der sie anhörte, verwirrt den Kopf schüttelte, bis auch er stehen gelassen wurde.

Mein treuer Freund kam zu mir herauf. »Was sagte sie dir?«, fragte ich.

»Dass du deines Dienstes als Krieger in ihren Reihen entbunden bist und ich den Befehl habe. Ich solle den Männern auftragen, eine Grube auszuheben, die so groß ist, dass das Schiff der Drewljanen hineinpasst.«

»Gehorchst du ihr?«

»Ich wollte erfahren, was sie damit bezweckt. Daraufhin entband sie mich von meinem Dienst als Krieger für das Fürstentum und stolzierte zum nächstbesten Soldaten Kiews.«

Ich schaute in die Mitte der Stadt und erkannte, wie sich die Männer sammelten, mit Spaten begannen, die Erde herauszuschaufeln.

»Was hat sie vor?«, fragte ich erneut.

»Ich weiß es nicht! Sie scheint sehr gefasst und gelassen zu sein, aber gerade das beunruhigt mich.«

»Diese Grube kann nichts Gutes bedeuten.«

»Nun holt die Drewljanen und tragt sie mit ihrem Boot in die Stadt herein«, rief Olga einen Tag später. Die Männer Kiews hatten gute Arbeit geleistet. Die Grube war tief ausgehoben, die Erde lag in großen Bergen daneben. Auch dieses Mal folgten alle Olgas Befehlen, rannten zum Hafen, während die Witwe mit einigen verbliebenen Kriegern redete. Ich wusste nicht, was sie ihnen sagte, stand erneut mit Kjell, Kogg und Harald auf dem Festungswall. Wir hielten uns im Hintergrund, beobachteten, wie die Männer das schwere Schiff auf ihren Rücken den Hügel hinauf in die Stadt schleppten. Die Drewljanen standen an Deck und suhlten sich in ihrem Ruhm, es schien ihnen eine große Ehre zu sein, auf ihrem Boot nach Kiew getragen zu werden. Die Bevölkerung jubelte ihnen zu.

»Seid gegrüßt«, rief Olga ihnen entgegen. Ich kniff die Augen zusammen. Natürlich hatte ich eine Ahnung, was die Witwe vorhatte und dennoch konnte ich nicht glauben, dass sie es wahr machen würde. Die Drewljanen wurden vor die Grube getragen und mit einem Mal wechselte die Stimme Olgas zu jenem krächzenden, schrillen Schreien, welches uns aus ihrem Palas Tag für Tag begleitet hatte. »Werft sie in das Loch! Werft sie mitsamt dem Boot in dieses Grab!«, geiferte sie und die Männer folgten diesem Befehl, bündelten ihre Kräfte, zogen, schoben und drückten das Schiff in die Grube. Die Drewljanen schienen blind gewesen zu sein. Kein einziger schaffte es, aus dem Boot herauszuklettern, bis allesamt im Loch landeten. Sie schrien, machten sich viel zu spät daran, sich zur Wehr zu setzen, stellten sich auf die Reling und versuchten, sich am Grabenrand nach oben zu ziehen. »Tötet sie«, schrie Olga und die Krieger hackten nach den Händen der Gesandten. Brüllend fielen sie nach hinten, hielten sich die blutenden Stümpfe.

Ein anderer Bote warf den Mast auf den Grubenrand um, wankte unbeholfen aus dem Grab heraus.

»Tötet ihn!«, hörte ich Olgas schrille Stimme wieder. Ein Krieger Kiews schlitzte dem Flüchtenden den Wanst auf, so dass das Gedärm herausquoll. Er warf ihn zurück. Die Männer auf Deck schrien und bangten um ihr Leben.

»Begrabt sie!«, geiferte Olga. »Begrabt diese Bastarde bei lebendigem Leibe! Dies soll meine Rache sein, für Igors Tod!«

Zu meinem Entsetzen folgten die Krieger auch diesem Befehl, warfen Schaufel um Schaufel Erde über das Boot und drängten die Herauskletternden mit Speeren und Äxten zurück. Nur einer der Drewljanen war klug genug, solange mit aller Gewalt um sein Leben zu kämpfen, bis er mit Speeren erschlagen wurde und so dem grausamen, dunklen Tod unter der Erde entrann.

Noch während Olga den Befehl zum Begraben gegeben hatte, war ich zu ihr gestürmt, redete auf sie ein, wollte diese Grausamkeit verhindern. Sie schrie mich an, stieß mich weg und war in ihrer Bösartigkeit nicht mehr aufzuhalten.

Als die Schreie unter der Erde versiegten, ging Olga zufrieden in ihren Palas und wir hörten sie wieder weinen. Den Rest des Tages und die gesamte Nacht brüllte sie ihren Schmerz heraus. Erst in den frühen Morgenstunden verebbte ihr schrilles Totenlied, welches mir sämtliche Haare zu Berge stehen ließ.

Doch Olgas Rachedurst war noch lange nicht gestillt. Als sie aufwachte, kam sie aus ihrem Palas. Das Gesicht war von Tränen und der roten Schminke verschmiert, die Haare zerzaust. »Ragnar«, rief sie mich in einer künstlich freundlichen Stimme zu sich. »Bitte schicke Boten zu den Drewljanen, sie mögen weitere Edelmänner zu mir senden. Gemeinsam mit den ersten Gesandten, die wie Fürsten behandelt werden, sollen sie mich zu ihrem Herrn geleiten.«

»Olga, wenn du mit diesen Männern ebensolche Grausamkeit vorhast, wie du es mit den Gesandten getan hast, dann werde ich der Entbindung aus deinen Diensten weiterhin nachkommen. Diese Befehle führe ich nicht aus.«

»Du!«, schrie sie mich an. »Du wolltest ihn beschützen! Du bist ein Verräter!«

»Olga, ich stehe tief in deiner Schuld. Du weißt, wie sehr ich Igor mochte. Mir schmerzt meine Brust ebenso wie dir die deine!«

»Wenn du nur annähernd wüsstest, wie mir der Tod meines Mannes das Herz zerreißt, meine Seele verbrennt, dann würdest du nicht solche Lügen erzählen! Jetzt tu, was ich dir sage, oder...«, sie stockte.

»Oder deine Rache wird auch mich treffen?«, fragte ich.

Sie stapfte zornig an mir vorbei, ging wieder zu dem Mann, der bereits am Tag zuvor bereitwillig ihre Befehle weitergeleitet hatte.

»Wir müssen hier raus!«, flüsterte Kjell, der neben mich trat.

»Wir können jetzt nicht gehen!«, sagte ich. »Wir haben so viel für diese Stadt getan, ich kann sie nicht einfach verlassen.«

»Ragnar, sieh dir diese Frau an. Sie ist verrückt geworden.«

»Genau deswegen braucht sie uns jetzt am dringendsten. Wir müssen ihr dabei helfen, den Wahnsinn in ihr zu vertreiben.«

»Die Männer gehorchen ihr. Was wenn sie uns als nächstes in eine Grube wirft?«

»Das wird sie nicht tun. Das würden die Männer nicht tun. Sie kennen uns, respektieren uns.«

Kjell seufzte, war sichtlich aufgewühlt. So wie wir alle. »Gut«, willigte er ein. »Ich hoffe so sehr, dass du Recht hast«, dachte er laut und versuchte, sich mit einem tiefen Atemzug zu beruhigen. »Ich werde unsere Männer dennoch auf eine Flucht vorbereiten.«

Ich wagte täglich weitere Versuche, Olga aus dem Wahnsinn zu befreien, doch ich versagte und zwei Wochen später kamen die Edelmänner aus dem Reich der Drewljanen. Olga setzte, wie beim ersten Mal auch, einen netten, freundlichen und höflichen Gesichtsausdruck auf, kleidete sich mit den feinsten Stoffen und lockte die Männer mit ihrem Schauspiel in unsere Stadt.

Sie richtete ihnen das große Badehaus her und zeigte ihnen stolz ihre bequeme und entspannungsfördernde Einrichtung. Als die Männer im heißen Wasserdampf schwitzten, ließ Olga Feuer unter der Hütte legen und versperrte die Tür. Ich konnte sie auch bei dieser Tat nicht aufhalten und so verbrannten die Drewljanen auf grausamste Art und Weise. Eine dicke Rauchwolke stieg auf. Die Schreie und der Gestank werden mir ewig in Erinnerung bleiben.

Ich hätte auf Kjell hören, hätte längst fliehen sollen, doch mein schlechtes Gewissen plagte mich. Ich wollte Olga helfen, stand in ihrer Schuld, stattdessen musste ich all die Grausamkeiten mit ansehen.

»Wir werden hier verschwinden!«, sagte ich am darauffolgenden Tag zu Kjell, Harald und Kogg. Der Rauch des Feuers brannte immer noch in meinen Lungen.

»Bist du endlich davon überzeugt?«, fragte mein Freund gereizt. Der Zorn in seinen Worten galt nicht mir, sondern Olga. Wir wussten jetzt, dass wir nichts mehr für sie tun konnten, ohne um unser eigenes Leben fürchten zu müssen.

Schon lange wandte sie sich nicht mehr an uns, sondern redete nur noch mit den ihr ergebenen Kriegern. So erfuhren wir, dass sie ein weiteres Mal Boten nach Iskorosten sandte, um den Fürsten davon zu unterrichten, dass sie nun mit seinen und ihren Kriegern kommen würde, um Igor in seiner Stadt zu beerdigen und um nach diesem offiziellen Abschied von ihrem verstorbenen Mann den Fürst der Drewljanen zu heiraten. Dass dies alles erlogen war, konnten wir uns denken. Ich startete einen letzten Versuch, in Olga den Menschen zu finden, den ich damals im Haus am Strand des Wolchows kennengelernt hatte, während Kjell und unsere Krieger die Odrerir fertig machten.

»Olga, komm zu Verstand! Du hattest selbst gesagt, dass wir den Drewljanen eher mit Frieden entgegen kommen sollten. Das waren deine Worte an Oleg. Wir sollten ihnen die Kostbarkeiten aus Konstantinopel zeigen, um sie vom Handel zu überzeugen. Du warst es, die Gewalt nicht mit Gegengewalt beantworten wollte.«

Olga starrte mich an. Sie saß auf dem mit Schnitzereien verzierten Stuhl im Palas, strahlte Ruhe aus. In ihren Augen flackerte der Wahnsinn und ich wusste, dass all meine Versuche vergebens waren. All die Kraft, die ich für dieses Land aufgebracht hatte, verpuffte in dem Zorn dieser Frau.

»Du hast längst das Vertrauen dieses Fürstentums verspielt!«, geiferte sie mich von ihrem Thron an und zeigte mit dem Finger auf mich. »Du wolltest Igor beschützen und hast genauso versagt, wie du es jetzt auch tust. Der Tod meines Mannes muss gerächt werden und ich werde erst ruhen, wenn ich das gesamte Volk der Drewljanen ausgelöscht habe!«

»Das wäre nicht im Sinne von Igor oder Oleg gewesen.«

»Pahh!«, blaffte sie mich an. »Oleg war ein Narr!«, schrie sie. »Igor hat nur gemacht, was er sagte und er hätte auch gemacht, was ich sage!«

»Du hast Igor geliebt. Du hättest ihm den Thron niemals streitig gemacht und ihm Befehle erteilt. Du hättest ihm mit deinem Rat zur Seite gestanden, ihn aber niemals unterdrückt!«

»Was weißt du schon, wie wir zueinander standen!?«, schrie sie mich an und stand drohend auf.

Ich blieb stehen, versuchte, ihr zu trotzen, klammerte mich an einen Funken Hoffnung, redete mit beruhigender Stimme weiter auf sie ein.

»Ich sah deine Liebe für Igor in deinen Augen. Als wir Kubb spielten, damals in Nowgorod. Ihr habt mich besiegt und zusammen gelacht. Ihr freutet, küsstet euch und lagt euch in den Armen. Von euch ging eine Aura des Glückes aus! Auch als ich mit Igor auf meiner Festung trainierte, spürte ich seine Liebe zu dir, zu einer gutmütigen Frau.«

»Schluss damit!«, unterbrach sie mich schrill. »Hör auf damit!« Olga brach auf dem Stuhl zusammen, hob die Hände vor ihr Gesicht und fing bitterlich zu weinen an.

»Jetzt sehe ich nur noch Tod und Verderben in deinen Augen«, fuhr ich fort. »Sie sind schwarz vor Gram und Hass. Igor wird dich so nicht erkennen, wenn er aus Walhalla auf dich herabschaut. Diese Olga liebt er nicht. Du verdirbst seine Seele, wenn sie dich je mit den Winden besuchen kommt.«

Sie brüllte, schluchzte und weinte, dass ich sie kaum verstehen konnte: »Du verpestest die Luft mit deinen Worten. Verschwinde von hier, du bist der Grund, warum ich so geworden bin.«

»Olga, zeig uns wieder deine liebenswürdige Seele und regiere dieses Fürstentum, das der Vater deines Mannes mit so viel Kraft und Würde errichtet hat. Regiere mit der Gutmütigkeit, die wir von dir gewohnt sind!«

Olga heulte, den Kopf in ihre Hände gelegt und ihr Körper zuckte bei jedem Atemzug, den sie nur mühsam durch die Tränen hindurch in ihren Brustkorb sog. Hatte ich den Punkt in ihrem Herzen gefunden, nach dem ich die letzten Wochen so verzweifelt gesucht hatte? Bestand Hoffnung für uns?

»Neeeein!«, schrie sie mich plötzlich mit einer gehässigen Stimme an, die mich zurücktaumeln ließ. Sie starrte aus einem tränenverhangenen Gesicht, aus dem die Boshaftigkeit der Totengöttin Hel persönlich sprach. Sie stand auf, beugte sich zu mir. »Du wolltest ihn beschützen!«, schrillte ihre Stimme. »Geh mir aus den Augen oder ich lasse dich zerhacken und zerstückeln!«

Allein von diesen Worten ging eine Vibration aus, die über meine Ohren tief in mich eindrang, meine Seele umschloss und all den Hass, den Olga ausstrahlte, wie eine Welle der Verderbtheit über meinen Körper spülen ließ. Schmerzen aus Feuer und Eis, Qualen der Götter und des Todes peinigten meine Gebeine. Ich stolperte zurück, wollte meine Blicke von Olga lösen, doch ihre schwarze Aura hielt mich gefangen, nahm mir den Atem, bis ich endlich das Tor erreichte, hinausstürzte, auf die Knie sank und meine Lungen schwer atmend wieder mit sauberer Luft füllte.

»Was ist passiert?«, fragte Harald und griff unter meine Achseln, um mir aufzuhelfen. Kogg packte mit an.

»Wir müssen weg von diesem Ort!«, war das einzige was ich zunächst herausbrachte, rang nach Atem. »Weg von ihr!«, rief ich. »Die Totengöttin ist in sie gefahren. Wir müssen hier verschwinden!«

Kogg und Harald rannten mit mir aus dem Tor Kiews, den Hügel hinab zum Djnepr. Wir sprangen zu Kjell auf die Odrerir, nahmen die Ruder in die Hand und fuhren los. Olga ließ uns ziehen und keiner verfolgte uns. Wir legten all unsere Furcht in die Riemen und schon bald verschwand der Hügel Kiews am Horizont.

Wir alle dachten in diesem Moment, dass Olgas Wahnsinn das Reich der Rus zerstören und alles, wofür wir in den letzten Jahren gekämpft, geblutet und geschwitzt hatten, vernichten würde. So flohen wir nach Norden, bevor das Land auseinanderbrach. Ich hatte Angst, so große Angst, dass wir in unserer Festung ebenfalls nicht sicher sein und die Erdbeben aus Zorn unsere Mauern einreißen, uns lebend darunter begraben konnten. Genauso wie die Drewljanen in ihrem Boot elend zugrunde gingen.

Von Smolensk trugen wir die Odrerir bis zum Lowat, von dort ruderten wir nach Hause und als ich an Land sprang und zu meiner Familie rannte, zitterten mir die Glieder vor Erschöpfung und Furcht.

Es tat so gut, meine Frau und meine Tochter wiederzusehen. Nach all dem Hass, den wir erleben mussten, kamen sie mir wie die reinste Glückseligkeit vor. Es war, als würde ich aus einer Höhle voller Schatten zum ersten Mal die Sonne erblicken.

»Bithia« stöhnte ich, fiel in ihre Arme und versenkte mein Gesicht in ihren Haaren, drückte meine Nase an ihren zarten Hals und fand für einen Moment meine innere Ruhe wieder.

»Was ist passiert?«, fragte sie.

»Olga« sagte ich nur. »Olga.«

»Was ist mit ihr? Ist ihr etwas zugestoßen?«

»Sie will uns alle umbringen.«

Bithia schob mich von sich weg, um mich ansehen zu können. Ich spürte, dass meine Angst und der Hass, den ich erfahren hatte, auf sie übergingen. Ihre Augen wurden nass. »Wie meinst du das?«

»Sie ist voller Zorn und Gram, sie wird uns alle umbringen.«

Immer noch schaute mich meine Frau mit verwirrten Blicken an. »Warum?«, fragte sie nach kurzem Schweigen. Ich blickte in ihre Augen und dann schritt ich an ihr vorbei, nahm Edda auf den Arm und wollte in meine Hütte, wo mich keiner sehen konnte, an mein Feuer, wo ich alles hinter mir lassen konnte.

»Igor ist tot!«, offenbarte ich langsam, nachdem ich die Tür unseres Hauses geschlossen hatte. Mir kamen die Tränen.

»Was ist euch widerfahren?«, fragte sie geschockt.

Ich antwortete nicht, ließ mich fallen, in Bithias Arme, schluchzte und versuchte, all die Pein, die auf meinen Schultern lastete, von mir abzuwerfen. Bithia sagte nichts, ließ mich in ihren Schoß sinken. Ich legte mich auf ihren Oberschenkel, schaute sie an, Tränen liefen mir aus den Augen in mein Ohr. Das Feuer knisterte und die Flammen warfen ein warmes Licht auf Bithias rote Haare, ihre Lippen, auf die Nase und die Sommersprossen. Sie war so schön. Nach all den grauenvollen Dingen, die ich gesehen hatte, war sie so rein wie das Quellwasser in den Bergen. In ihrem Schoß zu liegen, war, als würde ich mich in einen Bach legen, dessen Wasser mich umschließt, bewahrt vor all dem Bösen dieser Welt und mir neue Kraft gibt, neuen Mut.

»Mein Quell des Lebens«, hauchte ich. Bithia lächelte mich an. Edda kletterte auf mich und ich hob sie hoch, setzte sie auf meine Knie, kitzelte ihr den Bauch, bis sie so sehr lachte, dass auch ich seit einer Ewigkeit wieder zu lachen begann.

»Arme Olga«, flüsterte Bithia.

»Arme Olga?«, fragte ich und schaute sie überrascht an. »Du weißt nicht, was geschehen ist, Bithia. Igors Tod hat den Wahnsinn in ihr freigesetzt. Olgas Rache ist unvorstellbar grausam. Sie hat zwanzig Männer bei lebendigem Leibe begraben und noch mehr Edelleute bei der nächsten Möglichkeit skrupellos verbrannt!«

Bithia schüttelte den Kopf und kniff die Augen zusammen. »Was erzählst du da? Das kann nicht sein.«

»Glaube mir, so unfassbar es für deine Ohren klingen mag, ich erlebte es selbst. Ich versuchte, es zu verhindern und scheiterte.«

»Was ist mit Oleg?«

»Er ist tot!«

»Er ist tot?«

»Eric ebenfalls. Wir sind in eine Falle gelaufen, aber das spielt für uns keine Rolle mehr. Es tut mir leid. All das, was wir aufgebaut haben, wird zerstört werden. Wir sind hier nicht sicher. Olga gibt mir die Schuld für Igors Tod. Wir müssen verschwinden, bevor Olgas Zorn uns erreicht.«

»Warum gibt sie dir die Schuld?«

»Ich versprach, auf ihn aufzupassen und versagte.«

»Aber dafür kann sie dich doch nicht…«

»Die Trauer verdirbt ihre Seele, Bithia. Keine Rache, und war sie noch so grausam, vermochte ihr Genugtuung zu verschaffen. Ich bin mir sicher, sie wird kommen, um mich zu holen! Es tut mir leid, wir müssen hier fort.«

»Wo sollen wir denn hin?«, fragte sie und schaute mich aus verzweifelten Augen an.

Ich setzte mich auf, nahm sie in den Arm, küsste sie auf den Hals »Ich weiß es nicht.«, flüsterte ich in ihr Ohr, »ich weiß es nicht!« Dann legte ich mich auf die Felle, umklammerte Edda so fest ich nur konnte. Bithia starrte ins Feuer. Die Erschöpfung und Ratlosigkeit ließen mich in einen tiefen Schlaf fallen, noch bevor sich meine Frau an mich schmiegte. Ich träumte von den Küsten Englands, von den Fjorden Norwegens, von der

Reise nach Lund und Haithabu, von dem langen Fußmarsch durch die tiefen Wälder Schwedens, von Birka, Björn und Ansgar. Es war ein schöner Traum, doch dann erschienen mir Bilder von Ruriks platzendem Kopf, vom abgetrennten Schädel Igors, von den Todesschrecken Erics und Olegs. Die Schreie der Drewljanen schrillten in meinen Ohren.

»Ich hätte Olga umbringen müssen«, rief ich im Schlaf. »Ich hätte sie aufhalten sollen, ich habe alles versucht, das Böse zu vertreiben. Ich hätte sie töten sollen, die Welt bewahren vor der Totengöttin! Sie wird unser Verderben sein!«

»Ragnar«, weckte mich Bithia, schüttelte mich sanft, küsste mich. »Ragnar.« Ich öffnete die schweren Lider, war außer Atem, schweißgebadet, sah in die smaragdgrünen Augen meiner Frau und fand schnell meine innere Ruhe wieder. Ich war zuhause, in den Armen meiner Liebsten. Bithia lächelte. »Ist es wirklich wahr, was du mir gestern erzählt hast? Die Erinnerung an deine Worte verblasst heute, als wäre es nur ein Traum gewesen.«

Ich schaute sie an, schwieg, versuchte meine Gedanken zu ordnen, bevor ich sprach. »Es ist wahr!«, sagte ich schließlich und obwohl dieser Moment so voller Frieden und Glück war, wusste ich, dass uns der Schrecken Olgas einholen würde.

Es war dunkel, die Tür war geschlossen. Nur durch das Windauge schien ein schwacher Schein. »Wie lange habe ich geschlafen?«, fragte ich und stand auf.

»Lange, sehr lange. Du träumtest schlecht, hast im Schlaf geschrien!«

»Wir müssen hier fort!«, erklärte ich.

»Aber wohin?«

»Zurück nach Birka!«

»Wieder zurück?«, fragte Bithia und schaute mich verzweifelt an. »Ich will nicht zurück!«

»Wo willst du hin? Wir müssen raus aus dem Land der Rus. Wir müssen dorthin, wo uns Olga nicht erreichen kann. Ich fürchte mich vor ihrem Zorn.«

»Du hast so viel Kraft in dieses Land gesteckt«, sagte Bithia. »Ist all das verloren?«

»Es wird der Tag kommen, an dem Olga mich töten will, um somit auch den letzten Menschen zu vernichten, der Schuld an Igors Tod hat. Wir sind hier nicht sicher.«

»Aber die Männer dieser Festung gehorchen dir. Du sagtest selbst, dass wir hier für immer sicher sind. Die Burg ist uneinnehmbar.«

»Das ist sie«, bestätigte ich. »Doch der Tod lauert vor den Toren. Wir wären gefangen, für immer an diesen Ort gebunden.«

Bithia nickte. Ich wusste, dass sie sich an ihre eigenen Worte erinnerte, als ich versucht hatte, sie zu überreden, mit mir nach Kiew zu kommen. Die Stadt war ihr zu unsicher gewesen. Sie wollte keine Gefangene sein.

»Nein«, erkannte ich, nachdem ich die Möglichkeiten abgewogen hatte. »Es gibt in diesem Land keine Zukunft mehr für uns. Kjell, Kogg, Harald und mir folgen genug Männer, um vielleicht Smolensk oder sogar Nowgorod zu übernehmen. Olga würde das jedoch nicht akzeptieren und uns in einen erbitterten Krieg hineinziehen. Vielleicht können wir sie zurückschlagen, ich aber möchte diesen Krieg nicht. Nein, hier im Land der Rus gibt es keine Zukunft mehr für uns! Wir müssen zurück nach Birka.« Bithia schaute mich an. Ich sah die Trauer in ihren Augen. Sie war kurz davor, sich aufzugeben, all ihr Streben nach einer heilen Welt zu vergessen, vor der Bösartigkeit der Menschheit zu kapitulieren.

Ein Licht erhellte mit einem Mal den Raum. Der Sonnenschein strahlte den Rauch des Feuers an. »Was wäre«, ertönte eine Stimme hinter mir. Ich drehte mich um und sah Harald, Kogg und Kjell in der Tür stehen. Es waren nur ihre Schatten, die ich im Gegenlicht erkannte. Ich hob meine Hand vor die Stirn, um von der tief stehenden Sonne nicht geblendet zu werden. Meine Gefährten taten einen Schritt nach vorn, schlossen die Tür, bis ihr Antlitz nur noch vom Feuer erhellt wurde. »Was wäre«, wiederholte Harald, »wenn wir nur noch ein einziges Mal durch das Land der Rus segeln würden? Noch ein einziges Mal den Lowat herunter fahren, noch ein einziges Mal das Schiff auf den Dnjepr tragen und noch ein letztes Mal an Kiew vorbeirudern!«

Ich schaute ihn fragend an und Kjell war es, der meinen Blick an seiner statt beantwortete.

»Olga sagte, sie wird nach Iskorosten gehen, um den Krieg in das Land der Drewljanen zu tragen. Wenn sie weg ist, würde uns keiner aufhalten, wenn wir an Kiew vorbeirudern.«

Schweigen erfüllte den Raum. Ein Vogel landete auf dem Dach. Wir hörten seine Schritte, bis Kruk zum Windauge hereinflog und auf meiner Schulter landete. Es war, als würde mir der Rabe verraten, worauf Harald und Kjell hinaus wollten. Mit einem Mal wusste ich, was sie meinten.

»Noch ein einziges Mal die Stromschnellen des Dnjepr besiegen.« Kjell, Kogg und Harald nickten. »Ihr wollt ans Schwarze Meer!«, schmunzelte ich. Wieder nickten die drei und meine nächsten Worte klangen so klar, so unausweichlich, als würden die Nornen aus mir sprechen.

»Ihr wollt«, sagte ich bedächtig und musste nun bis über beide Ohren grinsen, was meine Freunde mit einem breiten Lachen erwiderten, »ihr wollt nach Konstantinopel!«

Sie nickten erneut. Ich blickte an ihnen vorbei, starrte ins Leere. Die Tür ging auf und mit Norell kam die Sonne ein weiteres Mal in die Hütte herein. Ich schaute auf Kjell und Norell, auf Kogg und Harald, nahm Edda auf den Arm, ergriff Bithias Hand und half ihr auf. Ich sah ihr in die Augen, in ihre tiefe Seele, die mir so viel Glück und Zuversicht gab. Wir schauten uns an, nahmen uns in den Arm, spähten zur Tür hinaus, nach draußen, ins Licht. Wir schauten nach vorn.

Wir würden nach Miklagard gehen. In die große Stadt. Nach Konstantinopel.

Historischer Kommentar

Im Folgenden finden Sie in der Reihenfolge der Kapitel einen Kommentar über die historisch belegten Ereignisse mit den entsprechenden Jahreszahlen. Vor allem wird hier aber auch darauf hingewiesen, wenn diverse Romanbestandteile frei erfunden sind und niemals Wirklichkeit waren.

Bei größerem Interesse an der Wikingerzeit empfehle ich Ihnen, der Seite von *Kaptorga – Visual History* zu folgen. Außerdem kann ich folgende Bücher und Museen empfehlen, die mir neben dem Internet und dem Austausch mit Reenactment-Gruppen zur Recherche gedient haben:

Bücher

- ⌘ Daniel Föller, Wikinger – Wissen, was stimmt (2011)
- ⌘ Angus Konstam, Historical Atlas of the Viking World (2004)
- ⌘ Manfred Stange (Herausgeber), Die Edda: Götterlieder, Heldenlieder und Spruchweisheiten der Germanen (2011 und ältere Ausgaben)
- ⌘ Wolfgang Golther, Germanische Mythologie: Vollständige Ausgabe (2011 und ältere Ausgaben)
- ⌘ Dmitrij Tschiewskij (Herausgeber), Die Nestorchronik (1969)
- ⌘ Peter Madsen, Valhalla 1-15 (Comics in dänischer Sprache)
- ⌘ Peter Pentz, Matthias Wemhof und Gareth Williams: Die Wikinger (2014) (Ein Katalog zur Ausstellung in Berlin)
- ⌘ John Marsden, Harald Hardrada The Warrior's Way (2007)

Museen

- ⌘ Wikinger Museum Haithabu (Deutschland)
- ⌘ Wikingerschiffmuseum Oslo (Norwegen)
- ⌘ Wikingermuseum Avaldsnes (Norwegen)
- ⌘ Danewerkmuseum (Deutschland)

zu Kapitel 1

Im Laufe der ersten Hälfte des 8. Jahrhunderts erweiterten die damaligen Skandinavier ihre Schiffsbaukunst um einen entscheidenden Faktor: Das Segel. Dies hatte weitreichende Folgen, was am Überfall auf Lindisfarne im Jahre 793 n. Chr. deutlich wurde und endgültig das Zeitalter der Wikinger einläutete. Wie genau dieser Tag ablief, ist umstritten, Geschichtsbücher aber berichten von Schiffen, die an einem nebelverhangenen Morgen aus dem Nichts auftauchten, raubten, töteten und ebenso schnell wieder verschwanden.

In diesem Kapitel finden die ersten mythologischen Aspekte Einzug. Daher möchte ich gerne schon jetzt darauf hinweisen, dass es zur damaligen Zeit keinen einheitlichen Glauben der Skandinavier gab. Die Götter- und Heldensagen der Edda, die in diesem Roman enthalten sind, zeichnen ein wahrhaft schönes und einheitliches Bild. Das Problem dabei ist allerdings, dass dieses literarische Werk nicht wikingerzeitlich ist, sondern erst in den 1220er Jahren von Snorri Sturluson, einem Christen, geschrieben wurde. Als Quelle ist dies völlig unzureichend. So kann man sich neben den Gedichten der Skalden fast ausschließlich auf archäologische Funde berufen und diese zeigen vor allem deutliche regionale Unterschiede der Rituale und des Glaubens. So konnte Thor einerorts als Gott des Ackerbaus betrachtet werden. Er beschützt mit seinem Hammer Mjölnir die Ernten der Menschen vor bösen Mächten. Durch seine kriegerischen Auseinandersetzungen mit den Riesen wurde er andernorts als Gott des Krieges verehrt.

Viele Dinge, die heute als wikingerzeitlich in unseren Köpfen sind, kamen erst durch das Christentum in Mode. Thors Hammer als Amulett war zunächst nicht verbreitet und wurde durch das Vorbild des christlichen Kreuzes getragen.

Der Kriegerhimmel Walhalla war vermutlich ebenfalls eine Adaption des christlichen Himmels, denn ein Runenstein des 9. Jahrhunderts in Dänemark zeigt uns, dass man die Toten zumindest in dieser Region und zu dieser Zeit in ihren Gräbern anwesend glaubte. Gerade in Bestattungsritualen wird die regionale Verschiedenheit sehr deutlich. Wir wissen von Verbrennungen, Schiffsbestattungen, Begräbnissen, Steinsetzungen, Grabhügeln und vielem mehr.

Die Unterschiede waren also mannigfaltig, die Geschichten der Edda dennoch wunderschön, was mich in diesem Roman dazu veranlasst hat, verschiedene Rituale zu beschreiben, die archäologisch nachgewiesen wurden, aber auch die Götter- und Heldensagen und damit das eher unwahrscheinliche Bild eines einheitlichen Glaubens mit einfließen zu lassen.

Die Pferde des frühen Mittelalters hatten eine Widerristhöhe von etwa 130cm. Werden in diesem Roman große, herangalopierende Tiere beschrieben, muss man das aus heutiger Sicht stark relativiert sehen.

zu Kapitel 4

In Geschichtsbüchern ist sinngemäß eben jenes Zitat zu finden, welches Baschi vor Ingvarr vorträgt. Der Überfall auf Lindisfarne wurde in ganz England und im ganzen Frankenreich als unfassbare Gräueltat aufgefasst und erschütterte sogar Karl den Großen zutiefst.

zu Kapitel 5

Im Jahre 795 wurde das Kloster von Iona überfallen. Es war eine Art Zentrum, von wo aus Mönche in die benachbarten Länder aufbrachen, um weitere Klöster zu gründen. Die Überlebenden des Überfalls flohen nach Irland.

zu Kapitel 6

Während Ragnar in seinem Heimatdorf der Feuerbestattung seines Großvaters beiwohnt, beschreibt er in diesem Kapitel die Aufschichtung zweier Grabhügel. Mit diesen beiden sehr unterschiedlichen Bestattungsvarianten will ich erneut darauf hinweisen, dass es zur damaligen Zeit keine einheitlichen Rituale gab.

zu Kapitel 7

In norwegischen Höfen, weit ab der Küsten wurden viele Gegenstände aus dem Frankenreich gefunden. Auch in abgelegenen Winkeln Skandinaviens war der Handel weiter verbreitet, als man annehmen mag. Das Schiff spielte dabei von Beginn an eine entscheidende Rolle. Aufgrund der geografischen Begebenheiten war ein sozialer und materieller Austausch schon vor der Erfindung des Segels ohne Schiffe undenkbar. Ohne Ruderboot war man nicht mobil und zwangsläufig sozial ausgegrenzt.

zu Kapitel 8

Lund wurde 990 vom Wikingerkönig Sven Gabelbart gegründet und ist damit die älteste Stadt Schwedens, sie existierte aber so wenige Jahre nach dem Überfall auf Lindisfarne noch nicht.

Ottar von Halogaland ist eine historisch belegte Person. Im nördlichsten Gebiet Norwegens lebend, reiste er 890 an den Hof von Alfred von Wessex und berichtete, dass er ein reicher Mann sei. Diesen Reichtum begründete er mit seiner Rentierherde und den Tributzahlungen der unterworfenen Samen. Seine bevorzugten Handelsgüter waren Walrosszähne, Taue und Rentierfelle. In Lund, wo ihn die Gefährten kennenlernen, kann er aufgrund seiner Lebenszeit nie gewesen sein, ein Besuch in Haithabu ist dagegen kaum auszuschließen.

König Göttrik residierte von 804 bis 810 in Haithabu, bis er von den eigenen Männern ermordet wurde. Zu Lebzeiten war er ein Gegner Karls des Großen. Er versuchte, sein Reich mit dem Ausbau des Danewerks zu schützen und zerstörte den Handelsort Reric, um die Händler an der Schlei wieder anzusiedeln. Er war damit der Gründer Haithabus.

Das Dorf Dannewerk ist niemals ausgestorben. Auch wenn die kleine Gemeinde heute weniger als siebzig Einwohner zählt, existiert sie noch immer. Die Zerstörung von Bithias Heimatort ist frei erfunden und diente mir nur dazu, die Gefährten wieder zurück nach Haithabu zu bringen.

Das von mir beschriebene Haithabu ist jenes, welches sich um das Jahr 950 auf seinem Zenit befindet. Von der Gründung im Jahr 804 bis zum Untergang dreihundert Jahre später galt die Stadt als das Handelszentrum der Wikinger schlechthin.

Die erste Kirche in Haithabu wurde ca. 850 erbaut und durch den Dänenkönig Horik I. gestattet. Historisch nicht ganz geklärt ist, ob tatsächlich der damalige Erzbischof von Hamburg, Ansgar, diesen Bau beauftragt hat.

Karl der Große starb im Jahre 814. Sein Sohn und Nachfolger Ludwig der Fromme schickte Ansgar im Jahr 826 zur Unterstützung Haralds nach Dänemark.

Der erste Angriff auf die Insel Noirmoutier fand im Jahr 799 statt. Es sollte nicht bei diesem einen Überfall bleiben. Immer wieder wurde die Insel von Wikingern heimgesucht.
Die von mir beschriebene Geschichte, dass Wikinger im Hafen Haithabus eine Nonne verkaufen wollten, ist historisch überliefert. Tatsächlich soll sie einen wunderschönen Gesang angestimmt haben, mit dem sie die Aufmerksamkeit eines Priesters auf sich zog, der sie freikaufte. Dass es sich dabei um Ansgar handelte ist von mir erfunden.

zu Kapitel 9

Tatsächlich stand der Herrscher Birkas mit Kaiser Ludwig in engem Kontakt und bat ihn, einen Gesandten zu schicken.

Ansgar musste auf seiner Fahrt nach Birka im Jahre 829 selbst erleben, wie gefährlich die Zeiten waren. Sein Schiff wurde von Wikingern überfallen. All seine Geschenke, die unter anderem aus vielen Büchern bestanden, gingen verloren. Er selbst konnte sich mit einigen Gefolgsleuten und einem Sack Silber ans Ufer retten. Trotz all der schrecklichen Erlebnisse dachte er nicht ans Aufgeben und kämpfte sich durch die Wälder Schwedens bis Birka durch. Wie genau er Birka erreichte, ist mir nicht bekannt. Die Beschreibung der Reise ist meiner Fantasie entsprungen.

zu Kapitel 10

Birka wurde etwa 790 gegründet und Ende des 10. Jahrhunderts von den Bewohnern aus unbekannten Gründen verlassen.
Björn på haga regierte das Land der Svea von Birka aus um das Jahr 830. Er erlaubte Ansgar in Birka zu missionieren und eine Kirche zu errichten.
Sein Bruder Anund regierte zur gleichen Zeit in Uppsala.
Die Charakterzüge der beiden Regenten sind von mir frei erfunden.

Um die Herstellung eines Wikingerschiffs besser zu verstehen, kann ich dieses Video empfehlen:

https://www.youtube.com/watch?v=78kpzwGmBxk

zu Kapitel 11

Ladoga war zwischen 750 und 950 ein sehr bedeutender Handelshafen.

Rurik wurde um das Jahr 830 geboren. Schon einige Jahre vor ihm siedelten Schweden in Ladoga. Es ist nicht ganz unumstritten, ob es sich bei Rurik und seinen Brüdern um reale Personen handelte oder ob sie nur stellvertretend für die Schweden standen, die 862 Ladoga übernahmen.
Falls es sich um reale Personen handelte, übernahmen Rurik Ladoga, seine Brüder Sineus und Truvor im gleichen Jahr Beloozero und Izborsk und vereinigten damit die einzelnen Dörfer der Slawen zu einem Reich, wovon viele Einheimische tatsächlich profitierten. Die Schweden kooperierten mit den slawischen Stämmen, die meisten schlossen sich den neuen Herrschern an, wodurch die gesamte Machtübernahme verhältnismäßig friedlich verlief.

Dennoch wurden Sineus und Truvor schon bald nach deren Machtübernahme getötet, wenn es sich, wie bereits mehrfach erwähnt, um reale Personen gehandelt hat.

Die schwedischen Eroberer passten sich erstaunlich schnell den Gepflogenheiten der einheimischen Bevölkerung an, lernten die Sprache und übernahmen sogar die Namen der Slawen. Aus Ingvar wurde zum Beispiel Igor.

Askold und Dir waren Vertraute Ruriks. Vermutlich hießen sie Höskuldur und Dyri, da aber die verfälschten Namen verbreiteter sind, entschied ich mich für diese Versionen.

zu Kapitel 12

Beloozero lag damals am Nordufer des Weißen Sees. Erst später wurde der Ort am Südufer wieder aufgebaut. Wie genau Rurik das Gebiet um diese Stadt nach dem Tod Sineus` in sein Reich eingebunden hat, ist mir nicht bekannt. Die in diesem Roman beschriebene Schlacht ist also frei erfunden.

zu Kapitel 13

Die Art und Weise, wie Rurik die Macht in Izborsk übernahm, ist von mir erfunden.

Die Legende um Andwaris verfluchten Ring, die Kjell erzählt, ist der wenig bekannte Beginn der berühmten Nibelungensaga. Diese Geschichte fand vermutlich schon unter den Germanen und nordischen Völkern seinen Anfang und wurde immer weiter erzählt, bis sie letztendlich den heutigen Umfang erhielt.

Die von den meisten Historikern vertretene Meinung über die Herkunft des Wortes Rus ist die, dass es dem finnischen Wort für Rudern entlehnt ist. In meinem Roman habe ich diese Theorie so übernommen, dass die Slawen den rudernden Männern diesen Namen gaben.

zu Kapitel 14

Das heutige Weliki Nowgorod wurde 862 von Rurik gegründet und stieg schnell zu einem Handelszentrum auf, das vermutlich bis zu 10 000 Einwohner zählte. Zunächst entstand nur eine Festung auf einer Insel, doch schon bald siedelten sich so viele Menschen an, dass die Stadt auf das Festland ausgedehnt wurde.
1862 wurde in Nowgorod zu Ehren Ruriks ein Denkmal mit dem Namen »1000 Jahre Russland« erbaut.

Um die Handelswege zu schützen, ließ Rurik entlang der Flüsse viele Festungen errichten. Sein Reich wurde bald Gardariki genannt, das Land der Burgen.

Der Sohn Ruriks namens Igor heiratete die Slawin Olga aus Pskov vermutlich um das Jahr 903.

zu Kapitel 15

Der Weg von Nowgorod über Lowat, Düna und Dnjepr nach Kiew war tatsächlich so beschwerlich, wie ich ihn in diesem Kapitel beschrieben habe.

Es war nicht Rurik selbst, der damals Kiew entdeckte. Stattdessen waren es seine Gefolgsmänner Askold und Dir, die auf einer Fahrt in den Süden die Gelegenheit beim Schopfe packten und den Poljaren dabei halfen, die Chasaren zurückzudrängen.
Kiew wurde von den Brüdern Kyi, Choriw und Schtschek Anfang des sechsten Jahrhunderts gegründet, war aber bis zum Eintreffen von Ruriks Gefolgsmännern nur ein kleiner Ort auf einem Hügel am Ufer des Dnjepr.

zu Kapitel 16

Der Weg nach Konstantinopel wurde bereits viel früher entdeckt, als ich es in meinem Buch darstelle. Spätestens im Jahr 839 treffen die ersten Skandinavier in der großen Stadt ein.

Tatsächlich warteten sieben Stromschnellen auf die Abenteurer, die sich von Kiew zum Schwarzen Meer trauten. Die Schiffe wurden hier getreidelt, auf Rollen gezogen oder sogar getragen. Da dies, auch aufgrund der gerne angreifenden Petschenegen, viele Gefahren barg, opferten die Krieger nach erfolgreicher Umgehung auf der Insel im Dnjepr ihren Göttern.

Wie in meinem Roman wurden den Stromschnellen Namen gegeben, die von der Gefährlichkeit zeugten. So sind in den Geschichtsbüchern Benennungen wie Spitzertot, Immerlaut und Wogenwall zu finden.
Heute ist von diesen Gefahren nichts mehr übrig. Ein großer, von Menschenhand gebauter Stausee hat das tosende Wasser verschluckt.

Von Kiew nach Konstantinopel benötigten die Händler zur damaligen Zeit etwa zehn Wochen.

Der von mir beschriebene Angriff auf Konstantinopel hat im Jahre 860 stattgefunden. Auch hier war Rurik nicht selbst beteiligt. Es ist von mir also auch frei erfunden, dass er hier seinen Tod fand. Er hatte seine Gefolgsmänner Askold und Dir mit dem Angriff auf die große Stadt noch vor der Gründung Ladogas und der Entdeckung Kiews beauftragt. Es war für meine Geschichte leider unabdingbar, gerade diese beiden in Kiew zurückzulassen.

In diversen Geschichtsbüchern wird beschrieben, dass 200 Schiffe und fast 8000 Mann vor den Mauern Konstantinopels durch einen Sturm untergingen! Andere Berichte machen eher die hohen Mauern für das Scheitern der Expedition verantwortlich. In meinem Roman versuchte ich, beides zu vereinen.

zu Kapitel 17

Die Petschenegen, die unseren Helden auf der Heimreise schwer zu schaffen machen, gefährdeten die Handelsroute am Dnjepr tatsächlich durch zahlreiche Überfälle. Es waren gefürchtete Kämpfer, die lange Zeit Krieg gegen die Rus führten.

Askold und Dir, die »treuen« Gefolgsmänner Ruriks, verrieten ihren Herrn und errichteten sich von Kiew aus ihr eigenes Fürstentum. Fortan existierten zwei Reiche der Rus. Nowgorod im Norden und Kiew im Süden.
Nowgorod wurde, nach Ruriks Ableben, ab 879 durch Oleg regiert. Er vertrat Igor, der zu diesem Zeitpunkt noch zu jung war.

zu Kapitel 18

Oleg eroberte Kiew 882 von Askold und Dir zurück, gliederte es in sein Reich ein und machte die Stadt kurzerhand zu der neuen Hauptstadt des großen Ruslandes. So unglaublich es auch klingen mag, beruht meine Beschreibung, wie Oleg die Stadt am Dnjepr einnahm, auf den Informationen aus einigen Geschichtsbüchern. Tatsächlich verbargen sich die Krieger im Laderaum zweier Handelsschiffe und lockten Askold und Dir mit einer plumpen Lüge aus der Festung. Schnell wurden die Feinde getötet. Oleg soll sinngemäß gesagt haben, dass er fürstlichen Geschlechts sei, dass Igor fürstlichen Geschlechts sei, dass aber Askold und Dir keinesfalls fürstlichen Geschlechts seien und deswegen sterben müssen. Auch bezeichnete er bald darauf Kiew als die Mutter aller russischen Städte. Er gilt daher als der Begründer des heutigen Russland.

zu Kapitel 19

Harald, der Schutz von Igor erbittet, ist heute bekannt als Harald der Harte. Hier greife ich eine Figur aus der sehr späten Wikingerzeit auf.

Die Schlacht von Stiklestad, die Harald beschreibt, fand im Jahr 1030 statt. Nachdem er von Bauern gesund gepflegt wurde, floh er über das Gebirge nach Schweden und traf dort auf andere Flüchtlinge der Schlacht. Er setzte über nach Nowgorod. Natürlich traf er im Land der Rus im Jahr 1031 nicht auf Igor sondern auf dessen Nachfolger Jaroslaw den Weisen von Kiew. Dieser gewährte ihm Asyl.

In verschiedenen Geschichtsbüchern steht geschrieben, dass Harald schon in jungen Jahren ein guter Kämpfer war.

Oleg erreichte einen Handelsabschluss mit dem damaligen Kaiser Konstantinopels, wodurch die Rus zu günstigen Konditionen Handel treiben durften.

Es entspricht nicht der Wahrheit, dass Igor schon vor seiner eigenen Regentschaft getötet wurde. Er starb im Jahre 945 bei einem Feldzug gegen die vermeintlich unterworfenen Drewljanen, nachdem er etliche Jahre das Reich der Rus gemeinsam mit Olga regiert hatte. Die Schlacht wurde von mir chronologisch vorgezogen. Der Ablauf des Kampfes ist von mir frei erfunden. Auch Oleg fand dort nicht den Tod, sondern starb bereits 912.

zu Kapitel 20

So unglaublich meine Beschreibungen in diesem Kapitel erscheinen mögen, so sind sie doch in einigen Geschichtsbüchern beschrieben. Ob Olga tatsächlich wahnsinnig geworden war, ist mir nicht bekannt, aber es erscheint mir sehr naheliegend, wenn ich in jenen Berichten davon lese, dass sie die erste Delegation der Drewljanen bei lebendigem Leibe begraben ließ. Die zweite wurde im Badehaus verbrannt. Daraufhin reiste Olga nach Westen, beerdigte Igor und ließ ihre Krieger die Drewljanen bedienen. Als die Feinde stark betrunken waren, töteten die Kiewer angeblich fünftausend Feinde. Wieder zurück in Kiew, organisierte Olga einen weiteren Kriegszug, um den gesamten Stamm der Drewljanen auszulöschen.

Ursprünglich war dieser Roman als abgeschlossen geplant und geshrieben. Es folgten *Das Erbe des Konstantin Teil 1 und Teil 2*, in denen Ragnar und seine Gefährten Zeuge der Begründung des Großmährischen Reiches werden, welches sich gegen Ludwig den Deutschen erwehren musste.

Ich werde dem Ruf meiner Leser nach einem direkten Nachfolger von *Das Schicksal der Götter* folgen, bin mir aber sehr sicher, dass Sie bis dahin Ihre Freude mit *Das Erbe des Konstantin* haben werden.

Im Folgenden möchte ich meine eigene Interpretation zu *Das Schicksal der Götter* wiedegeben.

Interpretation

Die Liebe zwischen Ragnar und Bithia steht für den Einfluss des Christentums auf die nordische Welt.

Zunächst will ich darüber aufklären, dass ich im Buch und auch in dieser kurzen Interpretation von christlichen Werten schreibe, selten aber vom Christentum als Ganzes. Unter diesen Werten verstehe ich persönlich besonders die Nächstenliebe und den damit verbundenen Frieden. Da diese Einstellung meiner Meinung nach in keiner Weise auf christliche Machtansprüche zutrifft, reduziere ich den Glauben der betreffenden Charaktere an das Gute in der Welt lediglich auf die Werte, die in den Grundzügen des Christentums verankert sind.

Im Folgenden beschreibe ich, wie der Einfluss der Liebe von Ragnar zu Bithia, ihr Glaube und die Verbindung zu Ansgar den gesamten Handlungsstrang von *Das Schicksal der Götter* beeinflussen.

Der erste Augenblick, der erste Kontakt von Ragnar zu Bithia findet beim Überfall auf Lindisfarne statt. Es scheint nur ihre Schönheit zu sein, die den Protagonisten anzieht und doch berührt Bithia auch seine Seele. Dieser Funke lodert mit der weiterführenden Geschichte immer weiter

auf, bis die Flammen in Kapitel 4 zu einer Wende im Leben des Protagonisten führen. Ragnar war den Männern in Randaberg blind und ohne
Rücksicht auf seine individuelle Identität gefolgt. Mit der Hilfe Bithias
lichtet sich der Nebel. Nach dem Sturm aus Gewalt und Brutalität sieht
er wieder klar. Die Reise in den Osten ist die Folge dieser Gedanken-
wende und vor allem auch die Folge des Einflusses der christlichen Werte. Obwohl Ragnar niemals zum Christentum konvertiert, keimen seit
seiner Begegnung mit Bithia friedfertigere Gedanken in ihm, die in seinen Vielgötterglauben integriert werden. Zum ersten Mal bewusst wird
ihm das während des Gespräches mit Ansgar in Kapitel 8, welches zu
einer noch weitreichenderen Reise Richtung Birka führt und den Über-
gang zur zweiten Hälfte des Romans im Reich der Rus darstellt. Ragnar
will die Gefühle und die Sehnsucht, die seine Frau ans Licht trägt, vervollkommnen. Bithia, als Symbol für die christlichen Werte, ist längst ein
Teil seiner eigenen Seele geworden. Meine Interpretation könnte so deutlich werden, Bithia sogar als eine solch intensive Verbindung zu Ragnar
darzustellen, dass beide Menschen zu einer einzigen zerrissenen Seele
verschmelzen. Ragnar und Bithia werden eins. Eine Seele mit starker
Zerrissenheit, wie sie in jedem von uns in vielen Lebenssituationen vorkommt. (Eine Leserin hat dies genau erkannt und mich auf die Theorie
der Kugelmenschen von Platon aufmerksam gemacht, an die sie sich
während des Lesens erinnert fühlte. Vielen Dank an Lisa.)
Ragnar versucht, die Werte des Christentums auch oder gerade im Land
der Rus durchzusetzen. Er kämpft und tötet in vielen Schlachten für
diese Werte. Handlungen, die in sich kontrovers sind und die Spaltung
seiner Seele weiter vorantreibt. Im Streit mit Bithia vor der Reise nach
Kiew wird das am deutlichsten. Er opfert einen Teil seiner Seele, lässt
seine Frau zurück, zieht alleine in den Kampf, versucht mit all seiner
Leidenschaft, mit all seinem Sein, eine heile Welt zu erschaffen und findet doch nur Gewalt und Tod. Als schließlich der Wahnsinn in Olga
fährt, flieht Ragnar ein weiteres Mal. Er flieht zurück zu seiner Bithia
und in dem Moment, als er sie sieht, verschmelzen beide Teile dieser
einen konfliktreichen Seele vollends miteinander. Es existiert keine Zerrissenheit mehr, sondern ein Kompromiss entsteht. Mit dem bewusst
angedeuteten Höhlengleichnis am Ende von Kapitel 20, als Ragnar sagt:
»Nach all dem Hass, den wir erleben mussten, kam mir Bithia wie die

reinste Glückseligkeit vor. Es war, als würde ich aus einer Höhle voller Schatten zum ersten Mal die Sonne erblicken«, wird deutlich, dass der Kampf für eine friedvolle Welt nur ein Abbild vom Abbild war. Niemals werden die Werte des christlichen Glaubens Realität werden. Friede findet man nur in der bedingungslosen Liebe. Dies ist der einzige Zufluchtsort für das Herz eines Menschen. Die Liebe ist die alleinige Möglichkeit, allen Grausamkeiten und Konflikten zu entfliehen, seine innere Ruhe zu finden. Man ist verbunden mit einem einzelnen anderen Menschen, hat aber mehr denn je das Gefühl, man selbst zu sein. Das wird beiden, Bithia und Ragnar klar! Sie verschmelzen zum ersten Mal zu einer Seele ohne jegliche Konflikte. Sie wissen, dass sie den Frieden nur in sich und in ihrer Liebe finden. Sie wissen, dass eine weitere Flucht nach Konstantinopel sinnlos aber doch unausweichlich ist. Sie fliehen in eine Stadt, die mit der Hagia Sophia, der ehemals größten und bedeutungsvollsten Kirche der Welt, ein Sinnbild für das Christentum und für Ragnar und Bithia ein Symbol für die christlichen Werte darstellt, die sie in sich gefunden haben. Ihre Liebe stellt den Einfluss des Christentums auf die nordische Welt dar und dieses Sinnbild ist: *Das Schicksal der Götter*!

Zeittafel

793 n.Chr.	(8.Juni) Überfall auf Lindisfarne
795	Überfall auf Iona
799	Überfall auf Noirmoutier
804	Dänischer König Göttrik residiert bis 810 in Haithabu
808	Zerstörung Rerics
814	Tod Karls des Großen
814	Machtübernahme durch Ludwig den Frommen
829	Ansgars Reise nach Birka zu König Björn
839	Entdeckung Konstantinopels
850	Kirchenbau in Haithabu
860	Angriff der großen Wikingerflotte auf Konstantinopel
862	Rurik lässt sich in Ladoga nieder
862	Gründung Nowgorods
879	Tod Ruriks
879	Oleg regiert in Nowgorod
882	Oleg erobert Kiew
890	Ottar aus Halogaland besucht Alfred von Wessex
911	Handelsvertrag mit Konstantinopel
912	Tod Olegs
945	Tod Igors
950	Das von mir beschriebene Haithabu ist jenes aus dem Jahr 950
990	Gründung Lunds
1015	Harald der Harte wird in Norwegen geboren
1030	Schlacht von Stiklestad

Auftretende Persönlichkeiten

Aethelred	König von Northumbria.
Ägir	Gefolgsmann Halmgars. Will Bithia in Lindisfarne verschleppen, wird aber von Ragnar aufgehalten und schwört Rache.
Agnar	Sohn des Königs Hraudung im Bjarmland. Wird von seinem Bruder verraten. (nachzulesen in der Geschichte aus der nordischen Mythologie: König von Bjarmland)
Alenka	Schwester Jarowlaws.
Alfgerir	Der Retter Ragnars und seiner Gefährten, als diese gegen die Petschenegen kämpfen müssen.
Alkuin	Berater Karls des Großen.
Andwari	Zwerg, der seinen Schatz verflucht und Loki übergibt. (nachzulesen in der Geschichte aus der nordischen Mythologie: Andwaris Fluch)
Ansgar	Der Missionar des Nordens wird von Ragnar nach Birka begleitet.
Anund Uppsale	König von Uppsala, Bruder Björns.
Askold	Gefolgsmann Ruriks, der später Kiew für sich beansprucht.
Askr	Der erste Mensch, von Göttern geschaffen.
Audumla	Die Kuh, von deren Milch Ymir sich ernährt.
Balder	Gott des Lichtes.
Barri	Steuermann unter Ingvarr. Wird der neue Jarl nach Ingvarrs Tod.
Baschi	Gefährte Ragnars. Kam aus Ribe, um sich Ingvarr in Randaberg anzuschließen.
Baugi	Bruder Suttungs. Odin tötet seine sieben Knechte. (nachzulesen in der Geschichte aus der nordischen Mythologie: Der Dichtermet)
Bithia	Frau Ragnars, geborgen in Dannewerk. Wurde als Kind nach Lindisfarne gebracht und dort von Ragnar während des Überfalls auf das

	Kloster aus den Fängen Ägirs gerettet.
Björn	König von Birka. Beschäftigt Ragnar ein Jahr und bezahlt ihn mit einem eigenen Schiff.
Bui	Bruder Bithias. Stirbt beim Angriff auf Lindisfarne.
Buri	Wird von Audumla aus dem Eis Niflheims befreit. Vater des Bur.
Bur	Sohn des Buri, Vater von Odin, Wili und We.
Choriw	Gründer Kiews. Bittet Rurik um Hilfe für sein Volk.
Cuthbert	Christlicher Missionar. Bringt Bithia und Bui von Dannewerk nach Lindisfarne.
Dir	Gefährte Askolds.
Edda	Frau Ingvarrs.
Edda	Tochter von Ragnar und Bithia.
Einar	Lebt mit Kjara auf einem abgeschiedenen Hof und beherbergt Ragnar und seine Gefährten auf ihrem Weg nach Haithabu.
Eric	Befehlshaber der Truppen Björns. Verrät seinen König und folgt Ragnar in den Osten.
Erich	Brachte Ragnar das Lesen bei.
Fafnir	Sohn Hreidmars, Bruder Regins. Wird von Andwaris Ring verdorben und von Sigurd getötet. (nachzulesen in der Geschichte aus der nordischen Mythologie: Andwaris Fluch)
Finn	Beschützt Olaf und tötet Thorstein in der Schlacht von Stiklestad.
Fjalar	Ein Zwerg, der Kwasir tötet und aus dessen Blut den Dichtermet herstellt. (nachzulesen in der Geschichte aus der nordischen Mythologie: Der Dichtermet)
Freya	Göttin der Liebe.
Freyr	Gott der Fruchtbarkeit.
Galar	Freund Fjalars. (siehe Fjalar)

Geirröd	Bruder Agnars, Sohn des Hraudung. Beerbt das Königreich Bjarmland, nachdem er seinen Bruder verrät. (nachzulesen in der Geschichte aus der nordischen Mythologie: König von Bjarmland)
Gjalp	Riesin und Tochter Geirröds. (nachzulesen in der Geschichte aus der nordischen Mythologie: König von Bjarmland)
Göttrik	Dänischer König. Zerstört den Handelsort Reric und siedelt die Kaufläute in Haithabu an.
Gram	Das Schwert, mit dem Sigurd Fafnir tötet. (nachzulesen in der Geschichte der nordischen Mythologie: Andwaris Fluch)
Greip	Schwester von Gjalp.
Grid	Riesin, die mit Odin Vidar zeugt. (nachzulesen in der Geschichte aus der nordischen Mythologie: König von Bjarmland)
Gunnlod	Hüterin des Dichtermets. (nachzulesen in der Geschichte aus der nordischen Mythologie: Der Dichtermet)
Halmgar	Überfällt mit Ingvarr zusammen das Kloster Lindisfarne.
Halvardr	Vater Norells. Kommt im Sturm auf dem Weg nach Lindisfarne um.
Harald	Thronanwärter Norwegens. Floh aus seiner Heimat Norwegen und sucht Zuflucht im Reich der Rus. Begleitet Igor in dessen letzte Schlacht.
Heimdall	Gott und Beschützer der Regenbogenbrücke Bifröst.
Hel	Totengöttin.
Helgi	Gefolgsmann Ruriks. Nennt sich später Oleg und wird Fürst der Rus.
Hialprek	König von Thiodi. (nachzulesen in der Geschichte aus der nordischen Mythologie. Andwaris Fluch)

Hödur	Blinder Gott. Sohn Odins.
Hönir	Gott, der Odin und Loki auf einer Reise begleitet. (nachzulesen in der Geschichte aus der nordischen Mythologie: Andwaris Fluch)
Horik	Sohn Göttriks, beerbt das Königreich Dänemark.
Hraudung	Vater von Geirröd und Agnar. (nachzulesen in der Geschichte aus der nordischen Mythologie: König von Bjarmland)
Hreidmar	Vater von Fafnir und Regin. (nachzulesen in der Geschichte aus der nordischen Mythologie: Andwaris Fluch)
Hrungnar	Mitglied der Festungs- und Schiffsmannschaft Ragnars. Kämpfte im Schwimmwettbewerb gegen Ragnar und ist seither ein engerer Vertrauter der Gefährten als zuvor.
Hugi	Der Gedanke beim Wettstreit Thors mit Utgardloki. (nachzulesen in der Geschichte aus der nordischen Mythologie: Thors Hochzeit)
Hugin	Einer der zwei Raben Odins. Erkundet die Welt, und flüstert seine Erkenntnisse dem König der Götter ins Ohr.
Hymir	Ein Riese, der Thor auf seinen Angelausflug begleitet. (nachzulesen in der Geschichte aus der nordischen Mythologie: Thors Angelausflug)
Ida	Frau Baschis.
Idisi	Die Mutter Ragnars.
Igor	Sohn Ruriks. Wird zuvor Ingvar genannt.
Ingvar	Sohn Ruriks. Wird später Igor genannt.
Ingvarr	Der Jarl in Randaberg. Verschleppt Ragnar als Kind und zieht ihn wie seinen Sohn auf.
Jaroslaw	Einer der ersten Bekanntschaften Ragnars im Land der Slawen. Besitzer der Herberge in Ladoga.

Karl	Heute bekannt als Karl der Große. Herrscher des Frankenreiches.
Kalv	Tötet Olaf in der Schlacht von Stiklestad durch einen Hieb zum Hals.
Kjara	Lebt auf einem abgeschiedenen Hof und beherbergt Ragnar und seine Gefährten auf ihrer Reise nach Haithabu.
Kjell	Treuester Gefährte Ragnars.
Knut	Feind Haralds in der Schlacht von Stiklestad.
Kogg	Zunächst der Gefährte und Beschützer Baschis. Später treuer Gefolgsmann Ragnars.
Kruk	Der Rabe Ragnars.
Kurja	Anführer der Petschenegen.
Kwasir	Geformt aus dem Speichel aller Götter, besitzt er die absolute Weisheit. (nachzulesen in der Geschichte aus der nordischen Mythologie: Der Dichtermet)
Kyi	Gründer Kiews. (siehe Choriw)
Leif	Schiffsbaumeister Björns.
Loki	Blutsbruder Odins. In einigen Sagen hilft er den Göttern, wie etwa in: Thors Hochzeit. In anderen spielt er ihnen Streiche, wie etwa in: Thjalfi und Roskva.
Ludwig	Sohn Karls, nach dessen Tod Kaiser des Frankenreiches.
Midgardschlange	Riesige Schlange, die die Welt umschlingt.
Mokkurkalfi	Aus Lehm und dem Herz einer Stute geformter Riese. (nachzulesen in der Geschichte aus der nordischen Mythologie: Der Holmgang)
Munin	Ein Rabe Odins. (siehe Hugin)
Nidhöggr	Der Drache Hels.
Njord	Der Gott des Meeres.
Norell	Freundin von Kjell.
Nornen	Drei Schicksalgöttinnen, die die Lebensfäden aller Menschen spinnen und jederzeit durchtrennen können.

Odin	Der König der Götter.
Odrerir	Der Kessel, in dem der Dichtermet hergestellt wurde. (nachzulesen in der Geschichte aus der nordischen Mythologie: Der Dichtermet)
Olaf	Halbbruder Haralds. Stirbt in der Schlacht von Stiklestad.
Olav	Gefolgsmann Ingvarrs. Stirbt beim Beutezug in Iona.
Oleg	Wurde zuvor Helgi genannt. Treuer Gefolgsmann Ruriks. Übernimmt später dessen Fürstentum.
Olga	Frau Igors. Übernimmt die Herrschaft über das Fürstentum nach dessen Tod.
Orm	Gefolgsmann Ingvarrs. Stirbt beim Beutezug in Iona.
Ottar	Ottar von Halogaland ist ein Händler mit der Heimat im äußersten Norden Norwegens. Er bringt Ragnar und seine Gefährten von Lund nach Haithabu.
Ragnar	Die Abenteuer Ragnars sind in diesem Buch beschrieben.
Raimund	Der Vater Ragnars.
Raimund	Der Bruder Ragnars.
Raimund	Der Großvater Ragnars.
Regin	Sohn des Hreidmar. Nimmt Odin, Hönir und Loki gefangen. (nachzulesen in der Geschichte aus der nordischen Mythologie: Andwaris Fluch)
Roskva	Schwester Thjalfis.
Rostow	Ein Krieger der Slawen in Beloozero.
Rungnir	Riese, der Thor zu einem Zweikampf herausfordert. (nachzulesen in der Geschichte aus der nordischen Mythologie: Der Holmgang)
Rurik	Übernimmt die Macht im Land der Slawen und steigt zum Fürsten des Ruslandes auf.

Sigurd	Schüler Regins. Mit ihm zusammen schmiedet er das Schwert Gram. (nachzulesen in der Geschichte aus der nordischen Mythologie: Andwaris Fluch)
Silfra	Eine Frau Ragnars, bevor er Bithia kennenlernt.
Sineus	Bruder Ruriks.
Skrymir	Deckname von Utgardloki. (nachzulesen in der Geschichte aus der nordischen Mythologie: Thors Prüfungen)
Sleipnir	Das achtbeinige Pferd Odins.
Susanna	Versklavte Nonne, die von Ansgar und Ragnar freigekauft wird.
Suttung	Der Riese, der an den Dichtermet gelangt. (nachzulesen in der Geschichte aus der nordischen Mythologie: Der Dichtermet)
Svanhild	Frau Raimunds des Älteren.
Thjalfi	Bruder Roskvas. Wird von Thor mit nach Asgard genommen und begleitet den Donnergott in zahlreichen Abenteuern. (nachzulesen in der Geschichte aus der nordischen Mythologie: Thjalfi und Roskva)
Thor	Der Donnergott beschützt die Menschen vor den Riesen. Einige seiner Taten sind in den Geschichten aus der nordischen Mythologie in diesem Buch nachzulesen.
Thorir	Stößt seinen Speer in der Schlacht von Stiklestad in den Bauch Olafs.
Thorstein	Greift Olaf in der Schlacht von Stiklestad an und trifft dessen Oberschenkel.
Thrym	Ein Riese der Thors Hammer stiehlt. (nachzulesen in der Geschichte aus der nordischen Mythologie: Thors Hochzeit)
Truvor	Bruder Ruriks.
Tyr	Gott des Krieges.
Ulfgrim	Gefolgsmann Ingvarrs. Stirb beim Beutezug in

	Iona.
Utgardloki	Stellt Thor in einer Sage vor zahlreiche Prüfungen. (nachzulesen in der Geschichte aus der nordischen Mythologie: Thors Hochzeit)
Vidar	Sohn Odins und der Riesin Grid.
Wili	Bruder Odins. Zusammen erschaffen sie die Welt.
We	Bruder Odins. (siehe Wili)
Ymir	Urriese, aus dessen Körper die Welt erschaffen wird.